国家清史编纂委员会·文献丛刊

中国荒政书集成

第三册

主编 李文海 夏明方 朱浒

天津古籍出版社

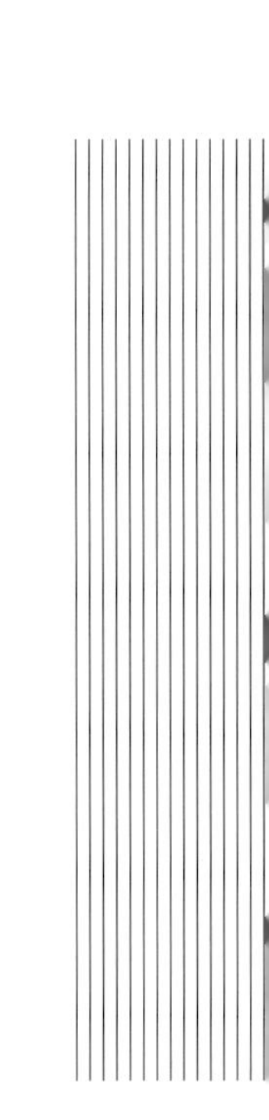

国家清史编纂委员会出版编委会

本书被列为国家古籍整理出版“十五”重点规划

本书出版得到国家古籍整理出版专项经费资助

高等学校全国优秀博士学位论文作者专项资金资助项目

教育部人文社会科学重点研究基地重大项目清代灾荒研究

中国人民大学“十五”“二一一工程”清史子项目

荒政部

选自《古今图书集成·经济汇编·食货典》

一九三四年中华书局影印本

（清）陈梦雷 纂

蒋廷锡 校订

赵晓华 点校

《荒政部》点校说明

《荒政部》系《古今图书集成·经济汇编·食货典》之一部，始自食货典第六十八卷，迄于第一百十卷，共四十三卷。原稿分“汇考”、“总论”、“纪事”、“杂录”四类，其中汇考二十目、总论八目、艺文十一目、纪事五目、杂录三目。因其卷与目并非一一对应，而是一目一卷，或数目一卷，为便于读者查阅，此次点校时以类为纲，合成总目，并在正文之中将各目所属卷数置于小括号之内，附于标题之下，如“汇考一（食货典第六十八卷）。”原稿每卷如有细目，则一并录入，作为正文排印。

荒政部总目*

荒政部汇考*

汇考一

（食货典第六十八卷）

目录

周

周制天官，大宰、小宰有丧荒之式与联事，膳夫不举食饮膳羞。地官大司徒有荒政十二。遗人、均人、司市、司关、旅师、廪人、仓人、司稼，及春官大宗伯、典瑞、司服、大司乐、保章氏，秋官、士师、朝士、小行人、掌客，俱以凶荒而有杀礼。

按：《周礼》天官：大宰，卿一人。小宰，中大夫二人。宰夫，下大夫四人，上士八人，中士十有六人。旅，下士三十有二人，府六人，史十有二人，胥十有二人，徒百有二十人。大宰之职，以九式均节财用，三曰丧荒之式。

（订义）王昭禹曰：荒之礼有散利施惠以救贫者。

小宰之职，以官府之六联合邦治，三曰丧荒之联事。

贾氏曰：荒谓年谷不熟。王昭禹曰：大司徒，大荒则令邦国移民通财；而小行人，若国凶荒令赒委之。若此类皆荒之联事。

丧荒受其含襚币玉之事。

贾氏曰：荒谓凶年，诸侯亦有致币玉之事。郑康成曰：凶荒有币玉者，宾客所赒委之礼。贾氏曰：大宰不言，则此小宰得专受之。

膳夫，上士二人，中士四人，下士八人，府二人，史四人，胥十有二人，徒百有二十人，掌王之食饮膳羞。王齐〔斋〕日三举，大荒则不举。

郑节卿曰：王日一举，一大牢也；朔日加食一等，则二大牢也；斋之日三举，则三大牢也。李氏曰：不举王膳，为之贬也。《曲礼》曰：岁凶，年谷不登，君膳食不祭肺，马不食谷，大夫不食粱，士饮酒不乐，皆自贬损忧民之道也。

地官：大司徒，卿一人。大司徒之职，以荒政十有二聚万民。

郑锷曰：金穰、水毁、木饥、火旱，或不可逃。所恃以无恐者，有救荒之政以聚之，则虽荒而不流徙矣。

一曰散利。

李氏曰：夫家之征则薄之，山泽之禁则弛之，关之讥则去之，所以充一岁之入而为国之经费者，今皆以予民，则已厚矣，而又散利，果何从给乎？吾是以知其所以为荒政之备者，其蓄积有素也。后世常平义仓敛散之法，美意出于此。王昭禹曰：若遗人云县都之委积以待凶荒是也。

二曰薄征。

郑司农曰：薄征，轻租税也。

三曰缓刑。

郑锷曰：凶荒则犯禁多，悯而不刑，则犯者益众。严以示禁，则饥民之犯或出于不得已，姑缓之可也。

四曰弛力。

郑司农曰：弛力，息徭役也。

五曰舍禁。

刘执中曰：山泽林麓，既不以封于诸侯，则设虞衡之禁，所以蕃鸟兽，毓草木，以尽乎万物之性也。民既失食，则宜开其禁，故舍禁之政行焉。

六曰去几。

王氏详说曰：先郑以为关市不讥，诚得其说矣。然诸儒惑于司关之文，有曰国凶札，则无关门之征犹几，曾不谓门关与市盖异乎？司市曰：国凶荒札丧，则市无征，而作布去几者，市之去几也。门关所以防奸人之出入，不几得乎？

七曰眚礼。

刘执中曰：省祭祀之礼，所以节财用、厚赈恤也。

八曰杀哀。

郑康成曰：杀哀，谓省凶礼。

九曰蕃乐。

郑锷曰：先儒谓蕃乐者，蕃当为藩，有闭止之义。凶荒则宜止乐而不作，大司乐于大札则令弛县，其意一也。

十曰多昏。

刘执中曰：昏必用六礼，礼以荒而不可备，时虽荒而不可失也。故多昏之政行焉。史氏曰：古者国有凶荒，则杀礼而多昏，会男女之无夫家者，所以育人民。

十有一曰索鬼神。

刘执中曰：鬼神虽幽，能助阴阳，以为水旱札瘥者，必索而祭之。

十有二曰除盗贼。

史氏曰：《传》曰：牧民如牧羊，当去其败类者。凶荒而除盗贼，防其啸聚为民害也。

大荒大札，则令邦国移民、通财、舍禁、弛力、薄征、缓刑。

郑康成曰：大荒，大凶年也。大札，大疫病也。移民避灾就贱，其有守不可移者，则输之谷。《春秋》定五年夏“归粟于蔡”是也。刘执中曰：凶民可移而丰或不受，谷贵可通而贱或闭粜，是以移民通财之令出焉。王氏详说曰：荒政十二所以聚万民，然与令邦国则不同。且移民通财政之所无，而令邦国之所有也。自散利至除盗，政之所有，而令邦国之所无者，天子家天下，人中国，民吾民也，何民之移，财吾财也，何财之通？是移民通财，可用于邦国，而不可用之于王畿。予夺持之于王，威福作之于辟，礼乐出之于天子，邦国何预焉？此散利、去几、眚礼、杀哀等事，可用之于天子，而不可用之于诸侯。

遗人，中士二人，下士四人，府二人，史四人，胥四人，徒四十人。掌邦之委积以待施惠，县都之委积以待凶荒。

贾氏曰：县四百里，都五百里不见，稍三百里则县都中可以兼之。特于此三处言凶荒者，畿外凶荒则入向畿内取之，畿内凶荒则向畿外取之，是以郑即通给解之。郑锷曰：凶荒则流离入关者多矣，故积于县都以待之，如汉时关东水旱流民入关中仰食之类，即都鄙之境上，以赒恤之不来，莩于京师。李景齐曰：司徒荒政所以散利，或者取具于此欤？

均人，中士二人，下士四人，府二人，史四人，胥四人，徒四十人。凡均力政，以岁上下。丰年则公旬用三日焉，中年则公旬用二日焉，无年则公旬用一日焉。凶札则无力政，无财赋，不收地守、地职，不均地政。

贾氏曰：凶札即廪人不能人二鬴之岁。王昭禹曰：荒政，所谓弛力。郑康成曰：无财赋，恤其乏用也。财赋九赋也。王氏曰：荒政，所谓薄征。李景齐曰：民方资利以自赡，安可以税敛重扰之乎？故无财赋。郑康成曰：不收山泽及地税，亦不平计地税也。非凶札之岁，当收税。乃均之耳。王氏曰：荒政，所谓散利也。李景齐曰：有地守、地职则有贡矣，不收则不责其贡。有财赋、地守、地职之事则必有政，不均地政则尽弛之。

司市下大夫二人，上士四人，中士八人，下士十有六人，府四人，史八人，胥十有二人，徒百有二十人，掌市之治教、政刑、量度、禁令。国凶荒札丧，则市无征而作布。

郑锷曰：凶荒札丧之际，民方困厄。苟市有征，则物贵而民重困，故市无征。当是时，民困于财，钱不乏则民苏，故宜铸作布泉也。

司关上士二人，中士四人，府二人，史四人，胥八人，徒八十人，每关下士二人，府一人，史二人，徒四人，掌国货之节以联门市。国凶札，则无关门之征犹几。

郑司农曰：凶谓凶年饥荒，无关市之征者，出入无租税。王昭禹曰：司门几出入不物者，则关门固亦有几矣。今以荒札之时，宜去几矣，然而不已焉，故曰犹几。祸故多藏于细微，发于人之所忽，故虽凶札之时犹几。

旅师，中士四人，下士八人，府二人，史四人，胥八人，徒八十人。

易氏曰：旅如羁旅商旅之类，皆托宿于外，未安其居，新甿亦然，故以旅名。或谓旅师之新甿继于邻长之后，即民之徙于他邑而为之授者，然他邑居亦六遂之邑，乃遂人以下剂致甿之法，非旅师以质剂致民之法。观旅师一职，言平颁兴积以至使无征役，始末皆凶荒补助之政。大司徒之荒政十有二，不言移民之事。若食不能人二鬴，有非荒政所能聚者，然后廪人为之移民就谷。凡质剂所致者悉补助之，或受廛为甿，则谓之新甿。此所以有旅师之法。

掌聚野之锄粟、屋粟、闲粟而用之。

郑康成曰：野谓远郊之外。郑锷曰：耡粟者合耦于耡，而不趋合耦之令者，罚使出粟。屋粟者，有田不耕，载师所罚之粟。闲粟，闲民无职事者所出一夫之征粟。刘执中曰：耡粟为有五亩之宅，不耡而树艺之，乃出不毛之粟。杨谨仲曰：郑以屋粟为所罚田不耕者之粟，既有此罚，则天下无不耕之田，所罚之粟不常有。旅师果何如掌哉？乡遂公邑，皆为沟洫，三等采地，乃为井田。则是当时之田有九一而助者，则公田也；有用什一之法而使自赋者，则无公田者也。有公田则所聚之粟谓之助粟，乃八家助耕之所收；无公田者，所聚之粟则谓之屋粟，乃三家共其所税之粟而输之，以其三三相保其税。曹氏曰：此三等之粟在农民常赋之外，旅师之所专掌。

以质剂致民，平颁其兴积。

陈君举曰：此乃颁其积，平其兴，谓颁我所积以平其价之兴也。司稼掌均万民之食，而赒其急、平其兴，正是旅师之义。

施其惠，散其利而均其政令。

郑康成曰：以赒衣食曰惠。王氏曰：施其惠，若民有艰厄，不责莫偿。郑康成曰：以作事业曰利。郑锷曰：散利则有时而收之。黄氏曰：散其利，不使积贮者有所专擅，常平平卖之法也。

凡用粟，春颁而秋敛之。

易氏曰：春颁者，平颁其兴积；秋敛者，聚野之耡粟、屋粟而用之。盖凶荒之岁，秋虽不熟，尚有余积，或可移用。及春作之始，苟非上之人为之补助，则将有救死不赡之患。此先王所以专立春颁之法。汉之春和议赈贷，正与同意。李景齐曰：颁之以春，则民有以济其乏，而敛之以秋，则粒米狼戾之时，不至于谷贱而伤农。孙氏曰：先王之恤艰厄，养老幼，有予之而不复取。惟新甿则春时所颁，秋时必敛，亦以新甿之转徙不一，苟予而不取，既非可继之道，又长游惰之习。必定为敛散之法，然后可持久不替，人情亦将自勉乎职业，不徒仰食于官府矣。

凡新甿之治，皆听之，使无征役，以地之媺恶为之等。

易氏曰：或谓新甿之治与遂人下剂致甿之说同，是不然。遂人致甿以下地，而此之授地，则以媺恶为之等，不止乎下地也。郑氏以下剂为家取二人，而此则使人之无征役，并与二人亦不役也。是知遂人乃致甿之常法，旅师乃凶荒补助之法，使无征役，非尽使之无也。《王制》曰：自诸侯来徙家，期不从政。则从于遂者，亦可知要必限以岁月之期，然后以地之媺恶为之等。媺谓不易之上地，恶谓再易之下地。以三地为轻重之等，至期则征役行之。

廪人，下大夫二人，上士四人，中士八人，下士十有六人，府八人，史十有六人，胥三十人，徒三百人，掌九谷之数，以待国之匪颁，周赐稍食。

易氏曰：天府职曰：若祭天之司民司禄而献民数谷数，则知九谷之数专掌于司禄，今复见于廪人，何也？贾氏谓廪人掌米，仓人掌谷，其义诚然。盖仓人掌粟入之藏，辨九谷之物，则掌谷可知。廪如御廪、常廪之类，则皆米也，不然《明堂位》何以曰米廪？有虞氏之庠，释者以鲁谓之米廪；虞帝上庠，今藏粢盛之委焉，非米而何以廪名？官所掌者米而云掌九谷之数者，兼掌九谷之数也。是知仓人掌谷，司禄掌九谷之数，廪人即其九谷之数，以知廪米之数，凡以待国之匪颁，赒赐稍食而已。

以岁之上下数邦用，以知足否，以诏谷用，以治年之凶丰。凡万民之食食者，人四鬴，上也；人三鬴，中也；人二鬴，下也。

贾氏曰：万氏食食者，谓民食国家粮食者。上谓大丰年，中谓常年，下谓少俭年。此虽列三等，以中年是其常法。郑康成曰：此皆谓一月食米也，六斗四升曰鬴。

若食不能人二鬴，则令邦移民就谷，诏王杀邦用。

郑锷曰：梁惠王移民就粟，孟子讥之，何耶？盖周官之民有田以耕，其饥偶出于天时之水旱而已。惠王不能制民之产，凶岁则移民，是为无政。

仓人，中士四人，下士八人，府二人，史四人，胥四人，徒四十人，掌粟入之藏，辨九谷之物，以待邦用。若谷不足则止余法用，有余则藏之，以待凶而颁之。

王氏曰：法式所用，有虽不足不可以已者，有待有余然后用者。所谓余法用，则待有余而余用者。易氏曰：大府所谓式贡之余财以供玩好，币余之赋以待赐予委人。所谓凡其余聚以待颁赐，止余法用，止此者欤？有余则藏之，以待凶而颁之。是乐岁则取之于民，凶年则遂以颁之于民。取之不以为虐，颁之乃所以为利，无非充裕民之仁政。

司稼，下士八人，史四人，徒四十人，巡野观稼，以年之上下出敛法。

陈君举曰：预前观其稼，而后上下其出敛之法。若不预前观稼，如何上下其法得？刘晏正传此法，每四方水旱，则先知之，然后为赒救收敛之政。愚案：周行井田，借民力以耕，非复有所谓敛。则司稼所谓以年之上下出敛法者，盖年之上则为民敛而藏之，于年之下则为民出而赈之，仓人所谓有余则藏之则敛之之谓，所谓以待凶年而颁之则出之之谓，常平义仓之法，岂不见于此哉！

掌均万民之食，而赒其急，而平其兴。

郑康成曰：均谓度其多少，赒廪其艰厄。李嘉会曰：司稼尤近民，故赒急平兴以先之。又不足，廪人始有移民就谷之事。愚案：平其兴，亦当如旅师，谓平均其所兴举之粟以给之。黄氏曰：司稼巡稼，知岁之丰凶、民之宽急为最切，故通掌其事。

春官：大宗伯，卿一人。大宗伯之职，以荒礼哀凶札。

郑康成曰：荒，人物有害也。《曲礼》曰：岁凶，年谷不登，君膳不祭肺，马不食谷，驰道不除，祭事不县，大夫不食禄，士饮酒不乐。札读为截，谓疫疠。

典瑞，中士二人，府二人，史二人，胥一人，徒十人，珍圭以征守，以恤凶荒。

易氏曰：珍有贵重之义。郑锷曰：考玉人之职，不言珍圭。杜氏谓珍当为镇。康成谓，为王使之瑞节，俱制大小，当与琬琰相依，不以为镇。圭者，人君守之。以镇安天下之圭，安可付之使者，执以出使乎？然诸侯守土，王欲征之，凶荒之际，王欲恤之，遣使以往，讵可无所执？此所以作珍圭。惜其尺寸不传，今无所考，非镇圭断可知矣。杜子春言，诸侯为一国之镇，凶荒民有远志，欲镇安之。其说则然，改字以从己意，不可也。

司服，中士二人，府二人，史一人，胥一人，徒十人，掌王之吉凶衣服。大札大荒，大灾素服。

易氏曰：素服如丧礼，恐惧修省之意，与膳夫言不举之意同。

大司乐，中大夫二人，乐师，下大夫四人，上士八人，下士十有六人，府四人，史八人，胥八人，徒八十人。大凶，令弛县。

郑康成曰：凶，凶年也。弛，释下之，若今休兵鼓之为。

保章氏，中士二人，下士四人，府二人，史四人，徒八人，以五云之物辨吉凶水旱，降丰荒之祲象。

郑康成曰：物，色也，视日旁云气之色。降，下也，知水旱所下之国。李嘉会曰：气为祲形为象。王昭禹曰：言降丰荒之祲象，则与视祲所谓叙降同矣。盖下其说于国，使民知之焉，故谓之降。事未至而使之备，患未生而使之防，先王所以仁民也，可谓厚矣。

秋官：士师，下大夫四人。士师之职，若邦凶荒，则以荒辩之法治之。

刘迎曰：荒辩之法，所以别其荒岁之轻重，而知其中年、凶年、无年，欲为移民、通财、纠守、缓刑之备。使凶札而无辨，安知食二鬴与不能人二鬴者哉？上饥则发上年之粟，中饥则发中年之粟，下饥则发下年之粟，未必不自荒辩之法知之。先儒既以辩为别，又改为贬，而援刑贬为证，则荒辩岂特缓刑之一乎？刘执中曰：不辩其荒而概施救政，则侥幸之民出矣。故士师治以荒辩之法。郑司农曰：救荒之政十有二，而士师别其教条，是为荒别之法。郑锷曰：司徒荒政有缓刑，而无移民、通财、纠守事，独掌于此，盖不移民、不通财、不纠守者，斯待以刑也。凡此皆荒贬之法，以治凶荒之时，不用平时之法。先儒谓辩当为贬，引朝士虑刑贬为证。余以为贬则减损也。若夫凶荒之时，当辩论其荒之轻重而讲究时事，以为辩救之法，不必改为贬也。

林椅曰：荒政虽有六联，而荒辩之法存于士师，盖乡合之联，民人什伍，有以纠其守，而后荒政可举。

令移民、通财、纠守、缓刑。

王昭禹曰：移民若梁惠王移其民于河东，通财若晋饥秦输之粟，纠守则纠四封之守以防寇警，缓刑则刑虽不可去，亦缓之而不急。刘执中曰：民可徙则移之就谷，不可徙则移谷以赒之。王氏详说曰：大曰邦，小曰国。此郑氏之说也。邦为王者之邦，国为诸侯之国，正以大宰掌建邦之六典。大司徒掌建邦土地之图，大宗伯掌建邦之天神地示人鬼之礼，大司寇掌建邦之三典，岂非邦为天子之事乎？惟大司马掌建邦国之九法，言邦及国兼诸侯而言耳。此《周礼》之法言也。然邦为王者之邦，亦为诸侯之邦也，且移民通财非王者之事。大司徒以荒政十有二聚万民，未尝言移民通财也。大司徒下大夫云大荒大札，则令邦国移民通财。是移民通财所以待诸侯也。此云令移民通财而继之于若邦凶荒之后，是邦又为诸侯之邦也，然则邦国字无定说。

朝士，中士六人，府三人，史六人，胥六人，徒六十人。若邦凶荒札丧寇戎之故，则令邦国都家县鄙虑刑贬。

贾氏曰：县鄙谓六遂。不言六乡者，举遂则乡在其中。刘迎曰：刑之贬而以朝士虑之者，盖凶荒札丧寇戎之际，法不宽减则民滋不安，而盗贼之变起，正朝士所当虑，而令邦国都家县鄙议刑贬也。先儒以减用为虑贬，朝士何与于减用哉！

小行人，下大夫四人。若国凶荒，则令赒委之。

王昭禹曰：谷不熟为凶，凶甚而为荒。凶荒则在所赒委，以利周之，谓之赒；以聚与之，谓之委。贾氏曰：宗伯云荒礼哀凶札，此云国凶荒则赒委之者；彼谓自贬损，此谓令他人以财委之。

其札丧、凶荒、厄贫为一书。

贾氏曰：札丧一条，专陈凶祸之事。郑锷曰：此诸侯所遭之故也。不为一书，无以知远民之忧也。

掌客，上士二人，下士四人，府一人，史二人，胥二人，徒二十人。凡礼宾客，凶荒杀礼。

易氏曰：凶荒谓无年者。大荒，王为之不举，所以为内省自疚之道至矣，于是而杀礼，抑以其自处者而待宾客耶？

桓王三年（即鲁隐公六年），京师饥。

按：《左传》：隐公六年冬，京师来告饥，公为之请籴于宋卫齐郑，礼也。

惠王十一年（即鲁庄公二十八年），鲁大无麦禾，臧孙辰告籴于齐。

按：《春秋》：庄公二十有八年冬，大无麦禾，臧孙辰告籴于齐。

按：《国语》：鲁饥，臧文仲言于严公曰：夫为四邻之援，结诸侯之信，重之以婚姻，申之以盟誓，固国之艰急是为；铸名器，藏宝财，固民之殄病是待。今国病矣，君盍以名器请籴于齐？公曰：谁使？对曰：国有饥馑，卿出告籴，古之制也。辰也备卿，辰请如齐。公使往。从者曰：君不命吾子，吾子请之，其为选事乎？文仲曰：贤者急病而让夷，居官者当事不避难，在位者恤民之患，是以国家无违。今我不如齐，非急病也，在上不恤下，居官而惰，非事君也。文仲以鬯圭与玉磬如齐告籴，曰：天灾流行，戾于敝邑，饥馑荐降，民羸几卒。大惧殄周公、太公之命祀，职贡业事之不共而获戾。不腆先君之敝器，敢告滞积，以纾执事，以救敝邑。使能共职，岂唯寡君与二三臣实受君赐，其周公、太公及百辟神祇实永飨而赖之。齐人归其玉而予之籴。

襄王五年（即鲁僖公十三年），晋饥，乞籴于秦。

按：《左传》：僖公十三年冬，晋荐饥，使乞籴于秦。秦伯谓子桑：与诸乎？对曰：重施而报君，将何求？重施而不报，其民必携携而讨焉。无众必败。谓：百里与诸乎？对曰：天灾流行，国家代有救灾恤邻道也。行道有福。平。郑之子豹在秦，请伐晋。秦伯曰：其君是恶，其民何罪？秦于是乎输粟于晋。自雍及绛相继，命之曰“泛舟之役”。

按：《国语》：晋饥，乞籴于秦。丕豹曰：晋君无礼于君，众莫不知。往年有难，今又荐饥，已失人，又失天，其殃也多矣。君其伐之，勿予籴。公曰：寡人其君是恶，其民何罪？天殃流行，国家代有。补乏荐饥，道也。不可以废道于天下。谓公孙枝曰：予之乎？公孙枝曰：君有施于晋君，晋君无施于其众，今旱而听于君，其天道也。君若弗予而天予之，苟众不说其君之不报也，则有辞矣。不如予之以说其众，众说必咎其君，其君不听，然后诛焉。虽欲御我，谁与？是故泛舟于河，归籴于晋。

六年（即鲁僖公十四年），秦饥，乞籴于晋。

按：《左传》：十四年冬，秦饥，使乞籴于晋，晋人弗与。庆郑曰：背施无亲，幸灾不仁，贪爱不祥，怒邻不义。四德皆失，何以守国？虢射曰：皮之不存，毛将安傅？庆郑曰：弃信背邻，患孰恤之？无信患作，失援必毙，是则然矣。虢射曰：无损于怨而厚于寇，不如勿与。庆郑曰：背施幸灾，民所弃也。近犹雠之，况怨敌乎？弗听。退曰：君其悔是哉？

按：《国语》：秦饥，公令河上输之粟。虢射曰：弗予。赂地而予之籴，无损于怨而厚于寇，不若勿予。公曰：然。庆郑曰：不可。已赖其地而又爱其实，忘善而背德，虽我必击之。弗予，必击我。公曰：非郑之所知也。遂不予。六年，秦岁定，帅师侵晋，至于韩。

七年（即鲁僖公十五年），晋又饥，秦饩之粟。

按：《左传》：十五年，晋又饥。秦伯又饩之粟。曰：吾怨其君而矜其民。

十三年（即鲁僖公二十一年），鲁大旱，饥而不害。

按：《左传》：二十一年夏，大旱。公欲焚巫尪。臧文仲曰：非旱备也。修城郭，贬食省用，务穑劝分，此其务也。巫尪何为？天欲杀之，则如勿生。若能为旱，焚之滋甚。公从之。是岁也，饥而不害。

匡王二年（即鲁文公十六年），宋饥，公子鲍贷国人。

按：《左传》：文公十六年秋八月，宋公子鲍礼于国人。宋饥，竭其粟而贷之。

景王元年（即鲁襄公二十九年），郑宋饥。郑饩国人粟，宋出公粟以贷。

按：《左传》：襄公二十九年五月，郑子展卒，子皮即位。于是郑饥而未及麦，民病。子皮以子展之命饩国人粟，户一钟，是以得郑国之民。故罕氏常掌国政，以为上卿。宋〈饥〉，司城子罕闻之，曰：邻于善，民之望也。宋亦饥，请于平公，出公粟以贷，使大夫皆贷。司城氏贷而不书，为大夫之无者贷。宋无饥人。叔向闻之，曰：郑之罕，宋之乐，其后亡者也。二者其皆得国乎！民之归也。施而不德，乐氏加焉。其以宋升降乎！

敬王十五年（即鲁定公五年），蔡饥，鲁归之粟。

按：《左传》：定公五年夏，归粟于蔡，以周亟，矜无资。

按：《穀梁传》：诸侯无粟，诸侯相归粟，正也。孰归之？诸侯也。不言归之者，专辞也，义迩也。

汉

高祖二年，关中大饥，令民就食蜀汉。

按：《汉书·高祖本纪》：二年六月，关中大饥，米斛万钱，人相食，令民就食蜀汉。

按：《食货志》：汉兴，接秦之敝，诸侯并起，民失作业而大饥馑。凡米石五千，人相食，死者过半。高祖乃令民得卖子，就食蜀汉。

文帝元年，以百姓阽亡，下诏振贷。

按：《汉书·文帝本纪》：元年三月，诏曰：方春和时，草木群生之物皆有以自乐，而吾百姓鳏寡孤独穷困之人，或阽于死亡而莫之省忧，为民父母将何如？其议所以振贷之。

后元年，以水旱诏丞相、列侯、吏二千石、博士议有可以佐百姓者。

按：《汉书·文帝本纪》：后元年，春三月，诏曰：间者数年比不登，又有水旱疾疫之灾，朕甚忧之。愚而不明，未达其咎。意者朕之政有所失而行有过与？乃天道有不顺，地利或不得，人事多失和，鬼神废不享与？何以致此？将百官之奉养或费，无用之事或多与？何其民食之寡乏也！夫度田非益寡，而计民未加益，以口量地，其于古犹有余，而食之甚不足者，其咎安在？无乃百姓之从事于末以害农者蕃，为酒醪以靡谷者多，六畜之食焉者众与？细大之义，吾未能得其中。其与丞相、列侯、吏二千石、博士议之，有可以佐百姓者，率意远思，无有所隐。

后六年，以旱蝗发仓赈民。

按：《汉书・文帝本纪》：六年夏四月，大旱，蝗。令诸侯无入贡，弛山泽，减诸服御，损郎吏员，发仓庾以振民。

景帝元年，诏以岁不登，听民徙宽大地。

按：《汉书・景帝本纪》：元年春正月，诏曰：间者岁比不登，民多乏食，夭绝天年，朕甚痛之。郡国或硗陿，无所农桑毄畜，或地饶广，荐草莽，水泉利，而不得徙。其议民欲徙宽大地者，听之。

中三年夏旱，禁酤酒。

按：《汉书・景帝本纪》：云云。

后二年，以岁不登，禁内郡食马粟。又诏天下务农蚕。吏奸法与盗，二千石不修其职者，罪之。

按：《汉书・景帝本纪》：后二年春，以岁不登，禁内郡食马粟，没入之。夏四月，诏曰：雕文刻镂，伤农事者也；锦绣纂组，害女红者也。农事伤则饥之本也，女红害则寒之原也。夫饥寒并至，而能亡为非者寡矣。朕亲耕，后亲桑，以奉宗庙粢盛、祭服，为天下先；不受献，减太官，省繇赋，欲天下务农蚕，素有畜积，以备灾害。强毋攘弱，众毋暴寡，老耆以寿终，幼孤得遂长。今岁或不登，民食颇寡，其咎安在？或诈伪为吏，吏以货赂为市，渔夺百姓，侵牟万民。县丞，长吏也，奸法与盗盗，甚无谓也。其令二千石各修其职，不事官职秏乱者，丞相以闻，请其罪。布告天下，使明知朕意。

后三年，以岁不登，诏郡国务本劝农。

按：《汉书・景帝本纪》：三年春正月，诏曰：农，天下之本也。黄金珠玉，饥不可食，寒不可衣，以为币用，不识其终始。间岁或不登，意为末者众，农民寡也。其令郡国务劝农桑，益种树，可得衣食物，吏发民若取庸采黄金珠玉者，坐臧为盗。二千石听者，与同罪。

武帝建元三年，大饥，赐钱。

按：《汉书・武帝本纪》：建元三年春，河水溢于平原，大饥，人相食。赐徙茂陵者户钱二十万。

（注）师古曰：河溢之处损害田亩，故大饥。

元狩三年秋，遣谒者劝有水灾郡种宿麦，举吏民能假贷贫民者以名闻。

按：《汉书・武帝本纪》云云。按：《食货志》：山东被水，灾民多饥乏，于是天子遣使，虚郡国仓廪以振贫。犹不足，又募豪富人相假贷。尚不能相救，乃徙贫民于关以西及充朔方以南新秦中七十余万口，衣食皆仰给于县官。数岁贷与产业。使者分部护〈之〉，冠盖相望，费以亿计，县官大空，而富商贾或墆财役贫，转毂百数，废居居邑，封君皆氐首仰给焉。

元鼎二年，大水，饥。诏下巴蜀粟抵江陵，遣博士循行，举吏民能振饥民者以闻。

按：《汉书・武帝本纪》：元鼎二年夏，大水，关东饿死者以千数。秋九月，诏曰：仁不异远，义不辞难。今京师虽未为丰年，山林、池泽之饶与民共之。今水潦移于江南，迫隆冬至，朕惧其饥寒不活。江南之地，火耕水耨，方下巴、蜀之粟致之江陵，遣博士中等分循行，谕告所抵，无令重困。吏民有振救饥民免其厄者，具举以闻。按《史记・平准书》：是时山东被河菑，及岁不登数年，人或相食，方一二千里。天子怜之，诏曰：江南火耕水耨，令饥民得流就食江淮间，欲留之〔留〕处。遣使冠盖相属于道护之，下巴蜀粟以振之。

昭帝始元二年，遣使振贷贫民种食，免灾伤民所振贷及田租。

按：《汉书·昭帝本纪》：始元二年三月，遣使者振贷贫民毋种食者。秋八月，诏曰：往年灾害多，今年蚕麦伤，所振贷种食勿收责，毋令民出今年田租。

始元四年，以岁不登，诏民勿出马，诸给中都官者减之。

按：《汉书·昭帝本纪》：四年秋七月，诏曰：比岁不登，民匮于食，流庸未尽还。往时令民共出马，其止勿出。诸给中都官者，且减之。

元凤三年，振被水贫民，止四年毋漕。

按：《汉书·昭帝本纪》：元凤三年春正月，诏曰：乃者民被水灾，颇匮于食。朕虚仓廪，使使者振困乏。其止四年毋漕，三年以前所振贷。非丞相、御史所请，边郡受牛者勿收责。

宣帝本始三年，以大旱诏民毋出租赋。

按：《汉书·宣帝本纪》：本始三年夏五月，大旱。诏郡国伤旱甚者，民毋出租赋。三辅民就贱者，且毋收事，尽四年。

（注）晋灼曰：不给官役也。师古曰：收，谓租赋也；事，谓役使也。尽本始四年而止。

本始四年，以岁不登，诏太官损膳省宰，减乐人，丞相以下入谷助贷贫民。

按：《汉书·宣帝本纪》：四年春正月，诏曰：盖闻农者，兴德之本也。今岁不登，已遣使者振贷困乏。其令太官损膳省宰，乐府减乐人，使归就农业。丞相以下至都官令丞上书入谷，输长安仓，助贷贫民。民以车船载谷入关者，得毋用传。

地节元年三月，假郡国贫民田。

按：《汉书·宣帝本纪》云云。

地节三年，诏假流民公田，贷种食。

按：《汉书·宣帝本纪》：地节三年冬十月，诏：池籞未御幸者，假与贫民。郡国宫馆，勿复修治。流民还归者，假公田，贷种食，且勿算事。

地节四年，以水灾诏减天下盐贾。

按：《汉书·宣帝本纪》：四年九月，诏曰：朕惟百姓失职不赡，遣使者循行郡国，问民所疾苦。吏或营私烦扰，不顾厥咎，朕甚闵之。今年郡国颇被水灾，已振贷。盐，民之食，而贾咸贵，众庶重困。其减天下盐贾。

五凤四年，始设常平仓以利农。

按：《汉书·宣帝本纪》：五凤四年春正月，大司农中丞耿寿昌奏设常平仓，以给北边，省转漕。赐爵关内侯。

按：《食货志》：宣帝即位，用吏多选贤良，百姓安土，岁数丰穰，谷至石五钱，农人少利。时大司农中丞耿寿昌以善为算，能商功利，得幸于上。五凤中奏言：故事，岁漕关东谷四百万斛以给京师，用卒六万人。宜籴三辅、弘农、河东、上党、太原郡谷，足供京师，可以省关东漕卒过半。天子从其计。寿昌遂白令边郡皆筑仓，以谷贱时增其贾而籴以利农，谷贵时减贾而粜，名曰常平仓。民便之。上乃下诏，赐寿昌爵关内侯。

元帝初元元年，省公田及苑以赈贫民，赋贷种食。又以谷不登，免被灾者租赋；陂湖园池，假贷贫民。以关东大水，转旁郡钱谷以相救。诏勿缮治宫馆，太仆减谷，水衡省肉。

按：《汉书·元帝本纪》：初元元年三月，以三辅、太常、郡国公田及苑可省者振业贫民，赀不满千钱者赋贷种食。夏四月，诏曰：关东今年谷不登，民多困乏。其令郡国被灾害甚者毋出租赋。江、海、陂、湖、园、池属少府者，以假贫民，勿租赋。赐宗室有属籍者马一匹至二驷，三老、孝者帛五匹，弟者力田三匹，鳏寡孤独二匹，吏民五十户牛酒。九月，关东郡国十一大水，饥，或人相食，转旁郡钱谷以相救。诏曰：间者阴阳不调，黎民饥寒，无以保治，惟德浅薄，不足以充入旧贯之居。其令诸宫馆希御幸者勿缮治，太仆减谷食马，水衡省肉食兽。　按：《贡禹传》：元帝初即位，征禹为谏大夫，数虚已问以政事。是时，年岁不登，郡国多困，禹奏言：古者宫室有制，宫女不过九人，秣马不过八匹，墙涂而不雕，木摩而不刻，车舆器物皆不文画，苑囿不过数十里，与民共之；任贤使能，什一而税，亡它赋敛繇戍之役，使民岁不过三日，千里之内自给，千里之外各置贡职而已。故天下家给人足，颂声并作。至高祖、孝文、孝景皇帝，循古节俭，宫女不过十余，厩马百余匹。孝文皇帝衣绨履革，器亡雕文金银之饰。后世争为奢侈，转转益甚。臣下亦相放效，衣服履绔刀剑乱于主上。主上时临朝入庙，众人不能别异，甚非其宜。然非自知奢僭也，犹鲁昭公曰：吾何僭矣？今大夫僭诸侯，诸侯僭天子，天子过天道，其日久矣。承衰救乱，矫复古化，在于陛下。臣愚以为尽如太古难，宜少放古以自节焉。《论语》曰：君子乐节礼乐。方今宫室已定，亡可奈何矣。其余尽可减损。故时齐三服官输物不过十笥，方今齐三服官作工各数千人，一岁费数巨万。蜀广汉主金银器，岁各用五百万。三工官官费五千万，东西织室亦然。厩马食粟将万匹。臣禹尝从之东宫，见赐杯案，尽文画金银饰，非当所以赐食臣下也。东宫之费亦不可胜计。天下之民所为大饥饿死者，是也。今民大饥而死，死又不葬，为犬猪所食，人至相食。而厩马食粟，苦其大肥，气盛怒至，乃日步作之。王者受命于天，为民父母，固当若此乎！天不见邪？武帝时又多取好女至数千人，以填后宫。及弃天下，昭帝幼弱，霍光专事，不知礼正，妄多臧金银财物、鸟、兽、鱼、鳖、牛、马、虎、豹、生禽，凡百九十物，尽瘗臧之，又皆以后宫女置于园陵，大失礼，逆天心，又未必称武帝意也。昭帝晏驾，光复行之，至孝宣皇帝时，陛下恶有所言。群臣亦随故事，甚可痛也。故使天下承化取女，皆大过度，诸侯妻妾，或至数百人，豪富吏民，畜歌者至数十人。是以内多怨女，外多旷夫。及众庶葬埋，皆虚地上，以实地下，其过自上生，皆在大臣循故事之罪也。唯陛下深察古道，从其俭者，大减损乘舆服御器物，三分去二，子产多少，有命审察后宫择其贤者留二十人，余悉归之。及诸陵园女亡子者，宜悉遣，独杜陵宫人数百，诚可哀怜也。厩马可亡过数十匹，独舍长安城南苑地以为田猎之囿。自城西南至山，西至鄠，皆复其田，以与贫民。方今天下饥馑可亡，大自损减以救之，称天意乎！天生圣人，盖为万民，非独使自娱乐而已也。故《诗》曰：天难谌，斯不易。惟王上帝临女毋贰，尔心当仁不让，独可以圣心参诸天地，揆之往古，不可与臣下议也。若其阿意顺指，随君上下，臣禹不胜拳拳，不敢不尽愚心。天子纳善其忠，乃下诏，令太仆减食谷马，水衡减食肉兽，省宜春下苑以与贫民，又罢角抵诸戏及齐三服官。迁禹为光禄大夫。

初元二年，罢狗马，禁囿、池、苑，假与贫民。以地震诏免租赋，以关东饥诏求言。

按：《汉书·元帝本纪》：二年三月，诏罢黄门乘舆狗马，水衡禁囿、宜春下苑、少府佽飞外池、严籞池田假与贫民。诏曰：盖闻贤圣在位，阴阳和，风雨时，日月光，星辰静，黎庶康宁，考终厥命。今朕恭承天地，托于公侯之上，明不能烛，德不能绥，灾异并臻，连年不息。乃二月戊午，地震于陇西郡，毁落太上皇庙殿壁木饰，坏败豲道县城郭官寺及民室屋，压杀人众。山崩地裂，水泉涌出。天惟降灾，震惊朕师。治有大亏，咎至于斯。夙夜兢兢，不通大变。深惟郁悼，未知其序。间者岁数不登，元元困乏，不胜饥寒，以陷刑辟，朕甚闵之。郡国被地动灾甚者，无出租赋。赦天下。有可蠲除、减省以便万姓者条奏，毋有所讳。丞相、御史、中二千石举茂材异等、直言极谏之士，朕将亲览焉。六月，关东饥，齐地人相食。秋七月，诏曰：岁比灾害，民有菜色，惨怛于心。已诏吏虚仓廪、开府库振救，赐寒者衣。今秋禾麦颇伤，一年中地再动，北海水溢，流杀人民，阴阳不和，其咎安在？公卿将何以忧之？其悉意陈朕过，靡有所讳。

按：《食货志》：元帝即位，天下大水，关东郡十一尤甚。二年，齐地饥，谷石三百余，民多饿死，琅邪郡人相食。在位诸儒多言盐铁官及北假田官、常平仓可罢，毋与民争利。上从其议，皆罢之。又罢建章、甘泉宫卫、角抵、齐三服官，省禁苑以予贫民，减诸侯王庙卫卒半，又减关中卒五百人，转谷振贷穷乏。其后用度不足，独复盐铁官。

初元三年，罢珠厓郡，以救民饥馑。

按：《汉书·元帝本纪》：三年春，珠厓郡山南县反，博谋群臣。待诏贾捐之以为宜弃珠厓，救民饥馑。乃罢珠厓。

按：《贾捐之传》：捐之字君房，贾谊之曾孙也。元帝初，珠厓反，发兵击之。捐之建议以为不当击，愿遂弃珠厓，专用恤关东为忧。对奏，上乃从之，遂下诏曰：珠厓虏杀吏民，背畔为逆，今廷议者或言可击，或言可守，或欲弃之，其指各殊。朕日夜惟思议者之言，羞威不行，则欲诛之；狐疑辟难，则守屯田；通于时变，则忧万民。夫万民之饥饿，与远蛮之不讨，危孰大焉？且宗庙之祭，凶年不备，况乎辟不嫌之辱哉！今关东大困，仓库空虚，无以相赡，又以动兵，非特劳民，凶年随之。其罢珠厓郡，民有慕义欲内属，便处之，不欲勿强。　按：《匡衡传》：衡为郎中，迁博士，给事中。上问以政治得失，衡上疏曰：臣闻天人之际，精祲有以相荡，善恶有以相推。事作乎下者，象动乎上，阴阳之理各应其感。阴变则静者动，阳蔽则明者暗，水旱之灾随类而至。今关东连年饥馑，百姓乏困，或至相食，此皆生于赋敛多，民所共者大，而吏安集之不称之效也。陛下祗畏天戒，哀闵元元，大自减损，省甘泉、建章宫卫，罢珠厓，偃武行文，将欲度唐虞之隆，绝殷周之衰也。诸见罢珠厓诏书者，莫不欣欣，人自以将见太平也。宜遂减宫室之度，省靡丽之饰，考制度，修外内，近忠正，远巧佞，放郑、卫，进《雅》、《颂》，举异材，开直言，任温良之人，退刻薄之吏，显絜白之士，昭无欲之路，览六艺之意，察上世之务，明自然之道，博和睦之化，以崇至仁，匡失俗，易民视，令海内昭然咸见本朝之所贵，道德弘于京师，淑问扬乎疆外，然后大化可成，礼让可兴也。

初元五年，以关东饥，诏减大官日杀、乘舆秣马，罢角抵、齐三服官及盐铁、常平仓。

按：《汉书·元帝本纪》：五年夏四月，有星孛于参。诏曰：朕之不逮，序位不明；众僚久懬，未得其人。元元失望，上感皇天；阴阳为变，咎流万民。朕甚惧之。乃者关东连遭灾害，饥寒疾疫，夭不终命。《诗》不云乎，凡民有丧，匍匐救之。其令大官毋日杀，所具各减半。乘舆秣马，无乏正事而已。罢角抵、上林宫、馆希御幸者、齐三服官、北假田官、盐铁官、常平仓。博士弟子毋置员，以广学者。赐宗室子有属籍者马一匹至二驷，三老、孝者帛人五匹，弟者、力田三匹，鳏寡孤独二匹，吏民五十户牛、酒。省刑罚七十余事。除光禄大夫以下至郎中保父母同产之令，令从官给事宫司马中者，得为大父母、父母、兄弟通籍。

永光元年三月，雨雪陨霜，伤麦稼，秋罢。

按：《汉书·元帝本纪》：云云。按注：晋灼曰：《五行志》永光元年三月陨霜杀桑，九月二日陨霜杀稼，天下大饥。言“伤麦稼，秋罢”是也。师古曰：秋者，谓秋时所收谷稼也；秋罢者，言至秋时无所收也。按：《于定国传》：定国为丞相，封西平侯。永光元年，春霜夏寒，日青亡光。上以诏条责曰：郎有从东方来者，言民父子相弃。丞相、御史案事之吏匿不言邪？将从东方来者加增之也？何以错缪至是？欲知其实。方今年岁未可预知也，即有水旱，其忧不细。公卿有可以防其未然救其已然者不？各以诚对，毋有所讳。定国惶恐，上书自劾。

永光二年，以年不收，民困饥馑，诏赦天下。

按：《汉书·元帝本纪》：二年春二月，诏曰：今朕获承高祖之洪业，托位公侯之上，夙夜战栗，永惟百姓之急，未尝有忘焉。然而阴阳未调，三光暗昧，元元大困，流散道路，盗贼并兴，有司又长残贼，失牧民之术。是皆朕之不明，政有所亏。咎至于此，朕甚自耻。为民父母，若是之薄，谓百姓何？其大赦天下，赐民爵一级，女子百户牛、酒，鳏寡、孤独、高年、三老、孝弟、力田帛。夏六月，诏曰：间者连年不收，四方咸困。元元之民，劳于耕耘，又亡成功，困于饥馑，亡以相救。朕为民父母，德不能覆，而有其刑，甚自伤焉。其赦天下。

建昭四年，以百姓饥，诏遣使存问，并举茂材特立之士。

按：《汉书·元帝本纪》：建昭四年夏四月，诏曰：朕承先帝之休烈，夙夜栗栗，惧不克任。间者阴阳不调，五行失序，百姓饥馑。惟烝庶之失业，临遣谏大夫博士赏等二十一人循行天下，存问耆老、鳏寡、孤独、乏困、失职之人，举茂材特立之士。相、将、九卿，其帅意毋怠，使朕获观教化之流焉。

成帝建始元年，大风拔木，郡国被灾什四以上免租。

按：《汉书·成帝本纪》：建始元年十二月，大风拔甘泉畤中大木十韦以上。郡国被灾什四以上，毋收田租。

（注）师古曰：什四谓田亩所收，十损其四。

河平四年，遣使行举濒河之郡，水所伤者振贷之。　按：《汉书·成帝本纪》：河平四年三月癸丑，遣光禄大夫博士嘉等十一人行，举濒河之郡水所毁伤困乏不能自存者，财振贷。其为水所流压死，不能自葬，令郡国给槥椟葬埋。已葬者与钱，人二千。避水它郡国，在所冗食之，谨遇以文理，无令失职。

阳朔二年，以关东水，遣使行视。

按：《汉书·成帝本纪》：阳朔二年秋，关东大水，流民欲入函谷、天井、壶口、五阮关者，勿苛留。遣谏大夫博士分行视。

鸿嘉三年，遣使赈被水县邑。

按：《汉书·成帝本纪》：不载。按《册府元龟》：鸿嘉三年秋，渤海清河、信都河水溢溢，灌县邑三十一，败官亭民舍四万余所。满昌、师丹等数言百姓可哀，帝数遣使者振赡之。

鸿嘉四年，诏郡国被灾害什四以上勿收租逋。

按：《汉书·成帝本纪》：四年春正月，诏曰：数敕有司，务行宽大而禁苛暴，讫今不改。一人有辜，举宗拘系，农民失业，怨恨者众，伤害和气，水旱为灾，关东流冗者众，青、幽、冀部尤剧，朕甚痛焉。未闻在位有恻然者，孰当助朕忧之！已遣使者循行郡国。被灾害什四以上，民赀不满三万，勿出租赋。逋贷未入，皆勿收。流民欲入关，辄籍内。所之郡国，谨遇以理，务有以全活之。思称朕意。秋，勃海、清河河溢，被灾者振贷之。

永始二年，以岁不登，诏吏民收食贫民；入谷助振赡者，赐直赐爵，免租赋有差。

按：《汉书·成帝本纪》：永始二年二月乙酉，诏曰：关东比岁不登，吏民以义收食贫民、入谷物助县官振赡者，已赐直，其百万以上，加赐爵右，更欲为吏，补三百石，其吏也，迁二等。三十万以上，赐爵五大夫，吏亦迁二等，民补郎。十万以上，家无出租赋三岁。万钱以上，一年。按：《食货志》：成帝时，天下亡兵革之事，号为安乐。然俗奢侈，不以畜聚为意。永始二年，梁国、平原郡比年伤水灾，人相食，刺史、守相坐免。

绥和二年，哀帝即位，河南颍川郡水灾，诏遣使循行举籍，免水伤县邑及他郡国租赋。

按：《汉书·哀帝本纪》：绥和二年四月，即皇帝位。秋，诏曰：朕承宗庙之重，战战兢兢，惧失天心。间者日月亡光，五星失行，郡国比比地动。乃者河南、颍川郡水出，流杀人民，败坏庐舍。朕之不德，民反蒙辜，朕甚惧焉。已遣光禄大夫循行举籍，赐死者棺钱，人三千。其令水所伤县邑及他郡国灾害什四以上，民赀不满十万，皆无出今年租赋。

平帝元始二年，以郡国旱蝗，公卿献田宅以赋贫民。被灾者免租，给钱及田宅牛种有差。

按：《汉书·平帝本纪》：元始二年夏四月，郡国大旱蝗，青州尤甚，民流亡。安汉公、四辅、三公、卿大夫、吏民为百姓困乏献其田宅者二百三十人，以口赋贫民。遣使者捕蝗，民捕蝗诣吏，以石、㪷受钱。天下民赀不满二万及被灾之郡不满十万，勿租税。民疾疫者，舍空邸第，为置医药。赐死者一家六户以上葬钱五千，四户以上三千，二户以上二千。罢安定呼沲苑，以为安民县，起官寺市里，募徙贫民，县次给食。至徙所，赐田宅什器，假与犁、牛、种、食。又起五里于长安城中，宅二百区，以居贫民。

汇 考 二

（食货典第六十九卷）

目　录

后　汉

光武帝建武五年，旱蝗，诏郡国赦罪人。

按：《后汉书·光武帝本纪》：建武五年夏四月，旱蝗。五月丙子，诏曰：久旱伤麦，秋种未下，朕甚忧之。将残吏未胜，狱多冤结，元元愁恨，感动天地乎？其令中都官、三辅、郡国出系囚，罪非犯殊死一切勿案，见徒免为庶人，务进柔良，退贪酷，各正厥事焉。

建武六年，以水旱诏郡国给禀。

按：《后汉书·光武帝本纪》：六年春正月辛酉，诏曰：往岁水、旱、蝗虫为灾，谷价腾跃，人用困乏。朕惟百姓无以自赡，恻然愍之。其命郡国有谷者，给禀高年、鳏寡、孤独及笃癃、无家属贫不能自存者如律，二千石勉加循抚，无令失职。

建武九年，振陇西流民。

按：《后汉书·光武帝本纪》：不载。按：《玉海》：九年，陇西民流，倾仓廪转运诸县振之。

明帝永平三年，以灾荒诏有司勉职言事。

按：《后汉书·明帝本纪》：永平三年秋八月壬申，诏曰：朕奉承祖业，无有善政；日月薄蚀，彗孛见天。水旱不节，稼穑不成；人无宿储，下生愁垫。虽夙夜勤思，而智能不逮。昔楚庄无灾，以致戒惧；鲁哀祸大，天不降谴。今之动变，傥尚可救。有司勉思厥职，以匡无德。古者卿士献诗，百工箴谏。其言事者，靡有所讳。

永平五年，作常满仓。

按：《后汉书·明帝本纪》：不载。按：《晋书·食货志》：显宗即位，天下安宁，民无横徭，岁比登稔。永平五年，作常满仓，立粟市于城东。粟斛直钱二十，草树殷阜，牛羊弥望，作贡尤轻，府廪还积，奸回不用，礼义专行。于时东方既明，百官诣阙，戚里侯家，自相驰骛，车如流水，马若飞龙，照映轩庑，光华前载。传曰：三统之元，有阴阳之九焉。盖天地之恒数也。

永平十一年，以刘般议罢置常平仓。

按：《后汉书·明帝本纪》：不载。按：《册府元龟》：十一年，明帝欲置常平仓，公卿议者多以为便。屯骑校尉刘般对以常平仓外有利民之名，而内实侵刻百姓，豪右因缘为奸，小民不能得其平，置之不便。帝乃止。

永平十八年，以旱诏赐天下爵粟。章帝即位，诏免田租，以见谷给贫人。

按：《后汉书·明帝本纪》：十八年夏四月己未，诏曰：自春已来，时雨不降，宿麦伤旱，秋种未下，政失厥中，忧惧而已。其赐天下男子爵，人二级，及流民无名数欲占者，人一级；鳏寡孤独笃癃贫不能自存者粟，人三斛。

按：《章帝本纪》：十八年八月壬子，即皇帝位。是岁京师及三州大旱，诏勿收兖、豫、徐州田租、刍稾，其以见谷赈给贫人。

章帝建初元年，以年饥人流，诏郡国勉劝农桑。

按：《后汉书·章帝本纪》：建初元年春正月，诏三州郡国：方春东作，恐人稍受廪，往来烦剧，或妨耕农。其各实核尤贫者，计所贷并与之。流人欲归本者，郡县其实禀，令足还到。听过止官亭，无雇舍宿。长吏亲躬，无使贫弱遗脱，小吏豪右得容奸妄。诏书既下，勿得稽留，刺史明加督察尤无状者。丙寅，诏曰：比年牛多疾疫，垦田减少，谷价颇贵，人以流亡。方春东作，宜及时务。二千石勉劝农桑，弘致劳来。群公庶尹，各推精诚，专急人事。罪非殊死，须立秋案验。有司明慎选举，进柔良，退贪猾，顺时令，理冤狱。五教在宽，帝典所美；恺悌君子，大雅所叹。布告天下，使明知朕意。　按：《东平宪王苍传》：建初元年，苍上便宜。帝报书曰：灾异之降缘政，而见今改元之后，年饥人流，此朕之不德感应所致。又冬春旱甚，所被尤广，虽内用克责，而不知所定，得王深策，快然意解。《诗》不云乎？未见君子，忧心忡忡；既见君子，我心则降。思惟嘉谋，以次奉行。冀蒙福应，彰报至德。

建初二年，以饥馑诏禁奢侈。

按：《后汉书·章帝本纪》：二年春三月辛丑，诏曰：比年阴阳不调，饥馑屡臻。深惟先帝忧人之本，诏书曰：不伤财、不害人。诚欲元元去末归本。而今贵戚近亲奢纵无度，嫁娶送终尤为僭侈，有司废典，莫肯举察。《春秋》之义，以贵理贱。今自三公，并宜明纠非法，宣振威风。朕在弱冠，未知稼穑之艰难，区区管窥，岂能照一隅哉？其科条制度所宜施行，在事者备为之禁，先京师而后诸夏。

建初五年，以灾旱诏备凶年。

按：《后汉书·章帝本纪》：五年春二月甲申，诏曰：《春秋》书无麦苗，重之也。去秋雨泽不适，今时复旱，如炎如焚。凶年无时，而为备未至。朕之不德，上累三光，震栗忉忉，痛心疾首。前代圣君博思咨诹，虽降灾咎，辄有开匮反风之应。今予小子，徒惨惨而已。其令二千石理冤狱，录轻系，祷五岳四渎及名山能兴云致雨者，冀蒙不崇朝遍雨天下之报，务加肃敬焉。

元和元年，诏郡国募人耕种以备凶荒。

按：《后汉书·章帝本纪》：元和元年二月甲戌，诏曰：王者八政，以食为本。故古者急耕稼之业，致耒耜之勤，节用储蓄，以备凶灾，是以岁虽不登而人无饥色。自牛疫已来，谷食连少，良由吏教未至，刺史、二千石不以为负。其令郡国募人无田欲徙它界就肥饶者，恣听之。到在所赐给公田，为雇耕佣，赁种饷，贳与田器，勿收租五岁，除算三年。其后欲还本乡者，勿禁。

和帝永元四年，以旱蝗诏蠲田租。

按：《后汉书·和帝本纪》：永元四年十二月壬辰，诏：今年郡国秋稼为旱、蝗所伤，其什四以上勿收田租、刍稾；有不满者，以实除之。

永元五年，诏：减内外厩诸苑马。以离宫园囿恣民采捕。诏上贫不能自给者户口人数，开仓赈之。又令民蓄蔬食，官有陂池，令得采取。

按：《后汉书·和帝本纪》：五年二月戊戌，诏有司省减内外厩及凉州诸苑马，自京师离宫果园上林广成囿，悉以假贫民，恣得采捕，不收其税。丁未，诏曰：去年秋麦入少，恐民食不足，其上尤贫不能自给者户口人数。往者郡国上贫民以衣履釜鬵为赀，而豪右得其饶利。诏书实核，欲有以益之，而长吏不能躬亲，反更征召会聚，令失农作，愁扰百姓。若复有犯者，二千石先坐。三月庚寅，遣使者分行贫民，举实流冗，开仓赈禀三十余郡。秋九月壬午，令郡县劝民蓄蔬食以助五谷。其官有陂池，令得采取，勿收假税二岁。

按：《樊准传》：准迁御史中丞。永元之初，连年水旱灾异，郡国多被饥困。准上疏曰：臣闻《传》曰：饥而不损，兹曰太，厥灾水。《春秋穀梁传》曰：五谷不登，谓之大侵。大侵之礼，百官备而不制，群神祷而不祠。由是言之，调和阴阳，实在俭节。朝廷虽劳心元元，事从省约，而在职之吏，尚未奉承。夫建化之理，由近及远，故《诗》曰：京师翼翼，四方是则。今可先令太官、尚方、考功、上林池籞诸官，实减无事之物，五府调省中都官吏京师作者，如此则化及四方，人劳省息。伏见被灾之郡百姓凋残，恐非赈给所能胜赡，虽有其名，终无其实。可依征和元年故事，遣使持节慰安。尤困乏者，徙置荆、扬孰郡，既省转运之费，且令百姓各安其所。今虽有西屯之役，宜先东州之急。如遣使者与二千石随事消息，悉留富人守其旧土，转尤贫者过所衣食，诚父母之计也。愿以臣言下公卿平议。太后从之，悉以公田赋与贫人。即擢准与议郎吕仓并守光禄大夫，准使冀州，仓使兖州。准到部，开仓廪食，慰安生业，流人咸得苏息。还，拜钜鹿太守。时饥荒之余，人庶流迸，家户且尽。准课督农桑，广施方略，期年间，谷粟丰贱数十倍。

永元六年，诏郡国禀流民，又求直言极谏之士。

按：《后汉书·和帝本纪》：六年三月庚寅，诏流民所过郡国皆实禀之，其有贩卖者勿出租税，又欲就贱还归者，复一岁田租、更赋。丙寅，诏曰：朕以眇末承奉鸿烈，阴阳不和，水旱违度，济、河之域，凶馑流亡，而未获忠言至谋所以匡救之策。寤寐永叹，用思孔疚。惟官人不得于上，黎民不安于下，有司不念宽和，而竞为苛刻，覆案不急，以妨民事，甚非所以上当天心、下济元元也。思得忠良之士，以辅朕之不逮。其令三公、中二千石、二千石、内郡守相，举贤良方正、能直言极谏之士各一人，昭岩穴，披幽隐，遣诣公车，朕将悉听焉。

永元九年，以蝗旱，诏勿收租，山林、陂池勿收税。

按：《后汉书·和帝本纪》：九年六月，蝗旱。戊辰，诏今年秋稼为蝗虫所伤，皆勿收租更刍稿；若有所损失，以实除之，余当收租者亦半入。其山林饶利，陂池渔采，以赡元元，勿收假税。秋七月，蝗虫飞过京师。

永元十一年，遣使循行赈贷，山林池泽免收税。

按：《后汉书·和帝本纪》：十一年春二月，遣使循行郡国，禀贷被灾害不能自存者。令得渔采山林池泽，不收假税。

永元十二年，诏贷被灾诸郡择良吏，赐贫民粟布。又贷敦煌、张掖、五原民及舞阳被水灾者谷。

按：《后汉书·和帝本纪》：十二年春二月，诏贷被灾诸郡民种粮。赐下贫鳏寡孤独不能自存者及郡国流民，听入陂池渔采，以助蔬食。三月丙申，诏曰：比年不登，百姓虚匮。京师去冬无宿雪，今春无澍雨，黎民流离，困于道路。朕痛心疾首，靡知所济。瞻仰昊天，何辜今人？三公，朕之腹心，而未获承天安民之策。数诏有司，务择良吏。今犹不改，竞为苛暴，侵愁小民，以求虚名，委任下吏，假势行邪。是以令下而奸生，禁至而诈起，巧法析律，饰文增辞，货行于言，罪成乎手。朕甚病焉。公卿不思助明好恶，将何以救其咎罚？咎罚既至，复令灾及小民。若上下同心，庶或有瘳。其赐天下男子爵，人二级，三老、孝悌、力田三级，民无名数及流民欲占者人一级；鳏寡孤独笃癃贫不能自存者粟，人三斛。壬子，赐博士员弟子在太学者布，人三匹。闰四月，赈贷敦煌、张掖、五原民下贫者谷。六月，舞阳大水，赐被水灾尤贫者谷，人三斛。

永元十三年，赈贷张掖、居延、朔方、日南贫民及象林贫民粮谷，又诏天下半入田租。

按：《后汉书·和帝本纪》：十三年三月丙午，赈贷张掖、居延、朔方、日南贫民及孤寡羸弱不能自存者。秋八月，诏象林民失农桑业者，赈贷种粮，禀赐下贫谷食。九月壬子，诏曰：荆州比岁不节，今兹淫水为害，余虽颇登，而多不均浃。深惟四民农食之本，惨然怀矜。其令天下半入今年田租、刍稿；有宜以实除者，如故事。贫民假种食，皆勿收责。

永元十四年，赈贷张掖诸郡；诏复象林县田；又以兖、豫、荆州大水，半入租稿。

按：《后汉书·和帝本纪》：十四年夏四月庚辰，赈贷张掖、居延、敦煌、五原、汉阳、会稽流民下贫谷，各有差。秋七月甲寅，诏复象林县更赋、田租、刍稿二岁。冬十月甲申，诏：兖、豫、荆州今年水雨淫过，多伤农功。其令被害什四以上，皆半入田租、刍稿；其不满者，以实除之。

永元十五年，诏流民欲还者，禀之；贷颍川诸郡贫民；又诏百姓鳏寡者，陂池勿收税二岁。

按：《后汉书・和帝本纪》：十五年春闰月乙未，诏流民欲还归本而无粮食者，过所实禀之，疾病加致医药；其不欲还归者，勿强。二月，诏禀贷颍川、汝南、陈留、江夏、梁国、敦煌贫民。六月，诏令百姓鳏寡，渔采陂池勿收假税二岁。

永元十六年，诏贷贫民种粮，禁兖、豫、徐、冀沽酒，又为贫民雇犁牛，直诏天下半入田租、刍稿。

按：《后汉书・和帝本纪》：十六年春正月己卯，诏贫民有田业而以匮乏不能自农者，贷种粮。二月己未，诏兖、豫、徐、冀四州比年雨多伤稼，禁沽酒。夏四月，遣三府掾分行四州，贫民无以耕者，为雇犁牛直。秋七月，旱。戊午，诏曰：今秋稼方穗而旱，云雨不沾，疑吏行惨刻，不宣恩泽，妄拘无罪，幽闭良善所致。其一切囚徒，于法疑者勿决，以奉秋令。辛巳，诏令天下，皆半入今年田租、刍稿；其被灾害者，以实除之。贫民受贷种粮及田租、刍稿，皆勿收责。

殇帝延平元年，以水灾诏除田租。安帝即位，以大水赈赐贫人。

按：《后汉书・殇帝本纪》：延平元年秋七月庚寅，敕司隶校尉、部刺史曰：夫天降灾戾，应政而至。间者郡国或有水灾，妨害秋稼。朝廷惟咎，忧惶悼惧。而郡国欲获丰穰虚饰之誉，遂覆蔽灾害，多张垦田，不揣流亡，竞增户口，掩匿盗贼，令奸恶无惩，署用非次，选举乖宜，贪苛惨毒，延及平民。刺史垂头塞耳，阿私下比，不畏于天，不愧于人。假贷之恩，不可数恃。自今以后，将纠其罚。二千石长吏，其各实核所伤害，为除田租、刍稿。

按：《安帝本纪》：延平元年八月，即皇帝位。九月辛丑，六州大水。己未，遣谒者分行虚实，举灾害，赈乏绝。冬十月，四州大水、雨雹。诏以宿麦不下，赈赐贫人。

安帝永初元年，禀司隶等州贫民，以游猎地及公田与贫民，又调租米赡给东郡等郡。

按：《后汉书・安帝本纪》：永初元年春正月戊寅，禀司隶、兖、豫、徐、冀、并州贫民。二月丙午，以广成游猎地及被灾郡国公田假与贫民。秋九月癸酉，调扬州五郡租米，赡给东郡、济阴、陈留、梁国、陈国、下邳、山阳。

永初二年，禀河南等郡及冀、兖二州，又禀济阴等郡及东郡等郡。

按：《后汉书・安帝本纪》：二年春正月，禀河南、下邳、东莱、河内贫民。二月乙丑，遣光禄大夫樊准、吕仓分行冀、兖二州，禀贷流民。冬十月庚寅，禀济阴、山阳、元菟贫民。十二月辛卯，禀东郡、钜鹿、广阳、安定、定襄、沛国贫民。

永初三年，京师大饥，以鸿池假贫民；令吏人入钱谷，得为关内侯、羽林郎以下有差；又诏林苑赋与贫民，案行在所种宿麦蔬食。

按：《后汉书・安帝本纪》：三年三月，京师大饥，民相食。壬辰，公卿诣阙谢。诏曰：朕以幼冲，奉承鸿业，不能宣流风化，而感逆阴阳，至令百姓饥荒，更相啖食。永怀悼叹，若坠渊水。咎在朕躬，非群司之责，而过自贬引，重朝廷之不德。其务思变复，以助不逮。癸巳，诏以鸿池假与贫民。夏四月丙寅，三公以国用不足，奏令吏人入钱谷，得为关内侯、虎贲羽林郎、五大夫、官府吏缇骑、营士各有差。己巳，诏上林、广城苑可垦辟者，赋与贫民。秋七月庚子，诏长吏案行在所，皆令种宿麦蔬食，务尽地力，其贫者给种饷。是岁，京师及郡国四十一雨水雹，并、凉二州大饥，人相食。

永初四年，诏三辅除三年逋租、口算，禀上郡贫民，减百官奉，又禀九江贫民。

按：《后汉书·安帝本纪》四年春正月元日会，彻乐，不陈充庭车。辛卯，诏以三辅比遭寇乱，人庶流宂，除三年逋租、过更、口算、刍藁，禀上郡贫民各有差。丙午，诏减百官及州、郡、县奉各有差。二月丁巳，禀九江贫民。

按：《续汉书》：四年诏：比年饥，加有军旅，且勿设献作乐，正旦无陈充庭车也。

永初六年，调零陵诸郡租米赈给饥民。

按：《后汉书·安帝本纪》：六年三月，十州蝗。五月，旱。

按：《册府元龟》：六年九月，调零陵、桂阳、丹阳、豫章、会稽租米，赈给南阳、广陵、下邳、彭城、山阳、庐江、九江饥民。

永初七年，以蝗诏勿收今年田租，又赈给南阳诸郡。

按：《后汉书·安帝本纪》：七年八月丙寅，京师大风，蝗虫飞过洛阳。诏赐民爵，郡国被蝗伤稼十五以上，勿收今年田租；不满者，以实除之。九月，调零陵、桂阳、丹阳、豫章、会稽租米，赈给南阳、广陵、下邳、彭城、山阳、庐江、九江饥民；又调滨水县谷输敖仓。

元初元年，京师、郡国旱、蝗，诏举贤良，又诏除三辅田租、口算。

按：《后汉书·安帝本纪》：元初元年夏四月丁酉，京师及郡国五旱、蝗。诏三公、特进、列侯、中二千石、二千石、郡守举敦厚质直者各一人。冬十月乙卯，诏除三辅三岁田租、更赋、口算。

元初二年，诏禀三辅及并、凉六郡，又以旱、蝗诏州郡消救。

按：《后汉书·安帝本纪》：二年春正月，诏禀三辅及并、凉六郡流宂贫人。五月，京师旱，河南及郡国十九蝗。甲戌，诏曰：朝廷不明，庶事失中，灾异不息，忧心惶惧。被蝗以来，七年于兹，而州郡隐匿，裁言顷亩。今群飞蔽天，为害广远。所言所见，宁相副邪？三司之职，内外是监，既不奏闻，又无举正。天灾至重，欺罔罪大。今方盛夏，且复假贷，以观厥后。其务消救灾眚，安辑黎元。

元初四年，京师、郡国十雨水，诏吏无患苦百姓。

按：《后汉书·安帝本纪》：四年秋七月辛丑，京师及郡国十雨水。诏曰：今年秋稼茂好，垂可收获，而连雨未霁，惧必淹伤。夕惕惟忧，思念厥咎。夫霖雨者，人怨之所致。其武吏以威暴下，文吏妄行苛刻，乡吏因公生奸，为百姓所患苦者，有司显明其罚。

元初五年三月，京师及郡国五旱，诏禀遭旱贫人。

按：《后汉书·安帝本纪》云云。

建光元年，京师郡国雨水，又以地震除田租，灾甚者勿收口赋；诏雨水伤稼者减田租。

按：《后汉书·安帝本纪》：建光元年，京师及郡国二十九雨水。冬十一月己丑，郡国三十五地震，或坼裂。诏三公已下，各上封事陈得失。遣光禄大夫案行，赐死者钱，人二千。除今年田租。其被灾甚者，勿收口赋。丙午，诏京师及郡国被水雨伤稼者，随顷亩减田租。

延光元年，以大雨水诏勿收田租。

按：《后汉书·安帝本纪》：延光元年，京师及郡国二十七雨水，大风，杀人。诏赐压、溺死者年七岁以上钱，人二千；其坏败庐舍、失亡谷食，粟，人三斛；又田被淹伤者，一切勿收田租；若一家皆被灾害而弱小存者，郡县为收敛之。

顺帝永建元年，诏以疫疠水潦半收田租。

按：《后汉书·顺帝本纪》：永建元年冬十月甲辰，诏以疫疠水潦，令人半输今年田租；伤害什四以上，勿收责；不满者，以实除之。

永建二年，诏贷荆、豫、兖、冀四州。

按：《后汉书·顺帝本纪》：二年二月甲辰，诏禀贷荆、豫、兖、冀四州流冗贫人，所在安业之，疾病致医药。

永建三年，以汉阳地陷，诏勿收今年租赋，又禀贷汉阳及河内等郡贫人。

按：《后汉书·顺帝本纪》：三年春正月丙子，京师地震，汉阳地陷裂。甲午，诏实核伤害者，赐年七岁以上钱，人二千；一家被害，郡县为收敛。乙未，诏勿收汉阳今年田租、口赋。夏四月癸卯，遣光禄大夫案行汉阳及河内、魏郡、陈留、东郡，禀贷贫人。

永建四年夏五月，五州雨水。秋八月庚子，遣使实核死亡，收敛禀赐。

按：《后汉书·顺帝本纪》云云。

永建五年夏四月，京师旱。辛巳，诏郡国贫人被灾者，勿收责今年过更。

按：《后汉书·顺帝本纪》云云。

永建六年，诏勿收冀部今年租稿。

按：《后汉书·顺帝本纪》：六年冬十一月辛亥，诏曰：连年灾潦，冀部尤甚。比蠲除实伤，赡恤穷匮，而百姓犹有弃业，流亡不绝。疑郡县用心怠惰，恩泽不宣。《易》美损上益下，《书》称安民则惠。其令冀部勿收今年田租、刍槁。

阳嘉元年，冀部水潦，诏案行禀贷，免尤贫民租赋。

按：《后汉书·顺帝本纪》：阳嘉元年二月丁巳，诏禀甘陵贫人大小口各有差。戊辰，以冀部比年水潦，民食不赡，诏案行禀贷，劝农功，赈乏绝。三月，禀冀州尤贫民，勿收今年更租、口赋。

阳嘉二年春二月甲申，诏以吴郡、会稽饥荒，贷人种粮。

按：《后汉书·顺帝本纪》云云。

永和四年，以太原旱，禀贷，除更赋。

按：《后汉书·顺帝本纪》：永和四年秋八月，太原郡旱，民庶流冗。癸丑，遣光禄大夫案行禀贷，除更赋。

桓帝建和元年，赈给荆扬二州。

按：《后汉书·桓帝本纪》：建和元年二月，荆扬二州人多饿死，遣四府掾分行赈给。

建和三年，诏京师郡县民死贫无以葬者，官给直；疾病致医药不能自振流移者，禀谷。

按：《后汉书·桓帝本纪》：三年十一月甲申，诏曰：朕摄政失中，灾眚连仍，三光不明，阴阳错序。监寐寤叹，疢如疾首。今京师厮舍，死者相枕，郡县阡陌，处处有之，甚违周文掩胔之义。其有家属而贫无以葬者，给直，人三千；丧主布三匹；若无亲属，可于官堧地葬之，表识姓名，为设祠祭。又徒在作部，疾病致医药，死亡厚埋藏。民有不能自振及流移者，禀谷如科。州郡检察，务崇恩施，以康我民。

永兴元年，诏郡国赈给乏绝。

按：《后汉书·桓帝本纪》：永兴元年秋七月，郡国三十二蝗，河水溢，百姓饥穷，流冗道路，至有数十万户，冀州尤甚。诏所在赈给乏绝，安慰居业。

按：《晋书・食货志》：元年郡国少半遭蝗，河泛数千里，流人十余万户，所在廪给之。

永兴二年，诏郡国种芜菁以助食，禁卖酒。

按：《后汉书・桓帝本纪》：二年六月，诏司隶校尉、部刺史曰：蝗灾为害，水变仍至，五谷不登，人无宿储。其令所伤郡国种芜菁以助人食。京师蝗。东海朐山崩。九月丁卯朔，日有食之。诏曰：朝政失中，云汉作旱，川灵涌水，蝗虫孳蔓，残我百谷，太阳亏光，饥馑荐臻。其不被害郡县，当为饥馁者储，天下一家，趣不糜烂，则为国宝。其禁郡国不得卖酒，祠祀裁足。

永寿元年，司隶、冀州饥，敕州郡赈给贷一切，王侯吏民积谷以助之。又以大水，诏郡县收葬死尸，赐钱禀食。

按：《后汉书・桓帝本纪》：永寿元年二月，司隶、冀州饥，人相食。敕州郡赈给贫弱，若王侯吏民有积谷者，一切贷得十分之三，以助禀贷；其百姓吏民者，以见钱雇直。王侯须新租乃偿。六月，洛水溢，坏鸿德苑。南阳大水。诏被水死流失尸骸者，令郡县钩求收葬；及所唐突压溺物故，七岁以上赐钱，人二千。坏败庐舍，亡失谷食，尤贫者禀，人二斛。

延熹九年，诏大司农免租，赈禀豫州。

按：《后汉书・桓帝本纪》：延熹九年春正月己酉，诏曰：比岁不登，人多饥穷，又有水旱疾疫之困，盗贼征发，南州尤甚。灾异日食，谴告累至。政乱在予，仍获咎征。其令大司农绝今岁调度征求，及前年所调未毕者，勿复收责。其灾旱盗贼之郡，勿收租，余郡悉半入。三月癸巳，司隶、豫州饥死者什四五，至有灭户者，遣三府掾赈禀之。

永康元年，诏被水州郡赐钱禀食。

按：《后汉书・桓帝本纪》：永康元年秋八月，六州大水，勃海海溢。诏州郡溺死者七岁以上钱，人二千；一家皆被害者，悉为收敛；其亡失谷食，禀人三斛。

灵帝熹平四年，大水及螟。诏穿渠兴利，被灾者减免田租。

按：《后汉书・灵帝本纪》：熹平四年夏四月，郡国七大水。六月，弘农、三辅螟。遣守宫令之盐监，穿渠为民兴利。令郡国遇灾者，减田租之半；其伤害什四以上，勿收责。

献帝兴平元年，大旱，饥。出太仓米作粥赈之。

按：《后汉书・献帝本纪》：兴平元年秋七月，三辅大旱。自四月至于是月，帝避正殿请雨，遣使者洗囚徒，原轻系。是岁谷一斛五十万，豆麦一斛二十万，人相食啖，白骨委积。帝使侍御史侯汶出太仓米豆，为饥人作糜粥，经日而死者无数。帝疑赋恤有虚，乃亲于御坐前量试作糜，乃知非实，使侍中刘艾出让有司。于是尚书令以下皆诣省阁谢，奏收侯汶考实。诏曰未忍致汶于理，可杖五十。自是之后，多得全济。

魏

文帝黄初三年，冀州饥，开仓振之。

按：《三国魏志・文帝本纪》：黄初三年秋七月，冀州大蝗，民饥，使尚书杜畿持节开仓廪以振之。

黄初五年，遣使赈冀州饥。

按：《三国魏志·文帝本纪》：五年十一月庚寅，以冀州饥，遣使者开仓廪振之。

黄初六年，遣使振贫民。

按：《三国魏志·文帝本纪》：六年春二月，遣使者循行许昌以东，尽沛郡，问民所疾苦，贫者振贷之。

明帝青龙三年，运粟赈关东饥。

按：《三国魏志·明帝本纪》：不载。按：《晋书·宣帝本纪》：青龙三年，关东饥，帝运长安粟五百万斛于京师。

景初元年，赈救诸州遇水民。

按：《三国魏志·明帝本纪》：景初元年九月，冀、兖、徐、豫四州民遇水。遣侍御史循行没溺死亡及失财产者，在所开仓赈救之。

废帝嘉平四年，关中饥，徙农夫佃上邽。

按：《三国魏志·废帝本纪》：不载。按：《晋书·食货志》：嘉平四年，关中饥，宣帝表徙冀州农夫五千人佃上邽。

吴

大帝嘉禾三年，以岁不登，诏宽诸逋。

按：《三国吴志·孙权传》：嘉禾三年春正月，诏曰：兵久不辍，民困于役，岁或不登。其宽诸逋，勿复督课。

赤乌三年，以水旱，诏勿扰民，又开仓赈民饥。

按：《三国吴志·孙权传》：赤乌三年春正月，诏曰：盖君非民不立，民非谷不生。顷者以来，民多征役，岁又水旱，年谷有损，而吏不良，侵夺民时，以致饥困。自今以来，督军郡守，其谨察非法，当农桑时，以役事扰民者，举正以闻。冬十一月，民饥，诏开仓廪以赈贫穷。

晋

武帝泰始四年，诏赈青、徐、兖、豫四州立常平仓。

按：《晋书·武帝本纪》：泰始四年九月，青、徐、兖、豫四州大水，伊洛溢，合于河，开仓以振之。　按：《食货志》：是岁，乃立常平仓，丰则籴，俭则粜，以利百姓。按：《傅元传》：元字休奕，泰始四年为御史中丞。时颇有水旱之灾，元上疏曰：臣闻圣帝明王受命，天时未必无灾，是以尧有九年之水，汤有七年之旱，惟能济之以人事耳。故洪水滔天而免沉溺，野无生草而不困匮。伏惟陛下圣德钦明，时小水旱，人未大饥，下祗畏之诏，求极意之言，同禹汤之罪己，侔周文之夕惕。臣伏欢喜，上便宜事：其一曰，耕夫务多种而耕暵不熟，徒丧功力而无收。又旧兵持官牛者，官得六分，士得四分；自持私牛者，与官中分。施行来久，众心安之。今一朝减持官牛者，官得八分，士得二分；持私牛及无牛者，官得七分，士得三分。人失其所，必不欢乐。臣愚以为宜佃兵持官牛者与四分，持私牛与官中分，则天下兵作欢然悦乐，爱惜成谷，无有损弃之忧。其二曰，以二千石虽奉务农之诏，犹不勤心以尽地利。昔汉氏以垦田不实，征杀二千石以十数。臣愚以为宜申汉氏旧典，以警戒天下郡县，皆以死刑督之。其三曰，以魏初未留意于水事，先帝统百揆，分河堤为四部，并本凡五谒者，以水功至大，与农事并兴，非一人所周故也。今谒者一人之力，行天下诸水，无时得遍。伏见河堤谒者车谊不知水势，转为他职，更选知水者代之。可分为五部，使各精其方宜。其四曰，古以步百为亩，今以二百四十步为一亩，所觉过倍。近魏初课田，不务多其顷亩，但务修其功力，故白田收至十余斛，水田收数十斛。自顷以来，日增田顷亩之课，而田兵益甚，功不能修理，至亩数斛已还，或不足以偿种。非与曩时异天地，横遇灾害也。其病正在于务多顷亩而功不修耳。窃见河堤谒者石恢甚精练水事及田事，知其利害，乞中书召恢，委曲问其得失，必有所补益。

按：杜佑《通典》：晋武帝欲平一江表，时谷贱而布帛贵。帝欲立平粜法，用布帛市谷以为粮储。议者谓军资尚少，不宜以贵易贱。泰始二年，帝乃下诏曰：古人权量国用，取赢散滞，有轻重平粜之法。此事久废，希习其宜，而官蓄未广。言者异同，未能达通其制，更令国宝散于穰岁而上不收，贫人困于荒年而国无备，豪人富商挟轻资蕴重积以管其利，故农夫苦其业，而末作不可禁也。今宜通粜，主者平议，具为条制，然事未行。至四年乃立常平仓，丰则粜，俭则粜，以利百姓。

泰始五年，遣使赈青、徐、兖三州。诏以王宏，督劝开荒，赐谷千斛。

按：《晋书·武帝本纪》：五年二月辛巳，青、徐、兖三州水，遣使振恤之。 按：《食货志》：五年十月，诏以司隶校尉石鉴所上汲郡太守王宏勤恤百姓，遵化有方，督劝开荒五千余顷，遇年普饥而郡界独无匮乏，可谓能以劝教，时同功异者矣。其赐谷千斛，布告天下。 按：《王宏传》：宏历给事中。泰始初，为汲郡太守，抚百姓如家，耕桑树艺，屋宇阡陌，莫不躬自教示，曲尽事宜，在郡有殊绩。司隶校尉石鉴上其政术，武帝下诏称之曰：朕惟人食之急，而惧天时水旱之运，夙夜警戒，念在于农。虽诏书屡下，敕厉殷勤，犹恐百姓废惰以损生植之功。而刺史二千石、百里长吏未能尽勤，至使地有遗利而人有余力。每思闻监司纠举能不，将行其赏罚，以明沮劝。今司隶校尉石鉴上汲郡太守王宏，勤恤百姓，道化有方，督劝开荒五千余顷，而熟田常课顷亩不减。比年普饥，人不足食，而宏郡界独无匮乏，可谓能矣。其赐宏谷千斛，布告天下，咸使闻知。

泰始七年，雍、凉、秦饥，赦境内殊死；又以伊洛河溢，诏振贷之。

按：《晋书·武帝本纪》：七年五月，雍、凉、秦三州饥，赦其境内殊死。六月，大雨霖，伊洛河溢，流居人四千余家，杀三百余人，有诏振贷给棺。

咸宁二年，置太仓、常平仓。遭水之县，诏除租布。

按：《晋书·武帝本纪》：咸宁二年九月丁未，起太仓于城东、常平仓于东西市。

按：《江南通志》：二年，诏遭水之县尤甚者，全除一年租布，其次听除半年，受赈贷者即以赐之。

咸宁三年九月戊子，兖、豫、徐、青、荆、益、梁七州大水，伤秋稼，诏振给之。

按：《晋书·武帝本纪》云云。

咸宁五年三月乙亥，以百姓饥馑，减御膳之半。

按：《晋书·武帝本纪》云云。按：《傅元传》：元子咸为冀州刺史，迁司徒左长史。时帝留心政事，诏访朝臣政之损益。咸上言曰：陛下处至尊之位，而修布衣之事，亲览万机，劳心日昃。在昔帝王，躬身菲薄，以利天下，未有逾陛下也。然泰始开元以暨于今，十有五年矣。而军国未丰，百姓不赡，一岁不登便有菜色者，诚由官众事殷，复除猥滥，蚕食者多而亲农者少也。臣以顽疏，谬忝近职，每见圣诏以百姓饥馑为虑，无能云补，伏用惭恧，敢不自竭，以对天问。旧都督有四，今并监军乃盈于十。夏禹敷土，分为九州，今之刺史几向一倍。户口比汉十分之一，而置郡县更多。空校牙门，无益宿卫，而虚立军府，动有百数。五等诸侯，复坐置官属。诸所宠给，皆生于百姓。一夫不农，有受其饥。今之不农不可胜计，纵使五稼普收，仅足相接；暂有灾患，便不继赡。以为当今之急，先并官省事，静事息役，上下用心，惟农是务也。

太康三年冬十二月景申，诏四方水旱甚者无出田租。

按：《晋书·武帝本纪》云云。

太康四年秋七月景寅，兖州大水，复其田租。

按：《晋书·武帝本纪》云云。

太康五年秋七月戊申，任城、梁国、中山雨雹伤秋稼，减天下户课三分之一。

按：《晋书·武帝本纪》云云。

太康六年春正月庚申朔，以比岁不登，免租贷宿负。按：《晋书·武帝本纪》云云。

太康七年十二月，遣侍御史巡遭水诸郡。

按：《晋书·武帝本纪》云云。

惠帝元康四年，赦诸州遭地灾者。

按：《晋书·惠帝本纪》：元康四年秋八月，上谷居庸、上庸并地陷裂，水泉涌出，人有死者，大饥。九月景辰，赦诸州之遭地灾者。

元康五年，荆、扬、兖、豫、青、徐等六州大水，诏遣御史巡行振贷。

按：《晋书·惠帝本纪》云云。

元康七年，关中饥，诏骨肉相卖者不禁。

按：《晋书·惠帝本纪》：七年秋七月，雍、梁州疫，大旱，陨霜，杀秋稼。关中饥，米斛万钱。诏骨肉相卖者不禁。

元康八年春正月景辰，地震。诏发仓廪，振雍州饥人。

按：《晋书·惠帝本纪》云云。

元帝太兴元年十二月癸巳，江东三郡饥，遣使振给之。

按：《晋书·元帝本纪》云云。

太兴二年，三吴大饥。诏非军事所须，皆省之，开仓廪赈给，百官各上封事。

按：《晋书·元帝本纪》：二年五月癸丑，徐扬及江西诸郡蝗，吴郡大饥。壬戌，诏曰：天下雕弊，加以灾荒，百姓困穷，国用并匮，吴郡饥人死者百数。天生蒸黎而树之以君，选建明哲以左右之，当深思以救其弊。昔吴起为楚悼王明法审令，损不急之官，除废公族疏远，以附益将士，而国富兵强。况今日之弊，百姓雕困邪？且当去非急之务，非军事所须者，皆省之。　按：《食货志》：二年，三吴大饥，死者以百数。吴郡太守邓攸辄开仓廪赈之。元帝时，使黄门侍郎虞骙、桓彝开仓廪振给，并省众役。百官各上封事。后军将军应詹表曰：夫一人不耕，天下必有受其饥者。而军兴以来，征战运漕，朝廷宗庙，百官用度，既已殷广，下及工商流寓僮仆不亲农桑而游食者，以十万计。不思开立美利，而望国足人给，岂不难哉！古人言曰：饥寒并至，尧舜不能使野无寇盗；贫富并兼，虽皋陶不能使强不陵弱。故有国有家者，何尝不务农重谷。近魏武皇帝用枣袛、韩浩之议，广建屯田，又于征伐之中，分带甲之士随宜开垦，故下不甚劳而大功克举也。间者流人奔东吴，东吴今俭，皆已还反。江西良田旷废来久，火耕水耨，为功差易。宜简流人，兴复农官，功劳报赏皆如魏氏故事。一年中与百姓，二年分税，三年计赋税以使之，公私兼济，则仓盈庾亿，可计日而待也。又曰：昔高祖使萧何镇关中，光武令寇恂守河内，魏武委钟繇以西事，故能使八表夷荡，区内辑宁。今中州萧条，未蒙疆理，此兆庶所以企望。寿春一方之会，去此不远，宜选都督有文武经略者，远以振河洛之形势，近以为徐豫之藩镇，绥集流散，使人有攸依，专委农功，令事有所局。赵充国农于金城，以平西零；诸葛亮耕于渭滨，规抗上国。今诸军自不对敌，皆宜齐课。

明帝太宁元年冬十一月，以军国饥乏，调刺史以下米各有差。

按：《晋书·明帝本纪》云云。

成帝咸和，□（按：原空字）年，以陶回疏请敕赈三吴。

按：《晋书·成帝本纪》不载。按：《陶回传》：回迁征虏将军、吴兴太守。时人饥谷贵，三吴尤甚。诏欲听相鬻卖，以拯一时之急。回上疏曰：当今天下不普荒俭，唯独东土谷价偏贵，便相鬻卖，声必远流，北贼闻此将窥疆场。如愚臣意，不如开仓廪以赈之。乃不待报，辄便开仓，及割府郡军资数万斛米以救乏绝，由是一境获全。既而下诏，并敕会稽、吴郡依回赈恤，二郡赖之。

咸康元年二月甲子，扬州诸郡饥，遣使振给。是岁大旱，会稽、余姚尤甚，米斗五百价，人相卖。

按：《晋书·成帝本纪》云云。

咸康二年三月，旱，诏太官减膳，免所旱郡县繇役。秋七月，扬州、会稽饥，开仓振给。

按：《晋书·成帝本纪》云云。

哀帝隆和元年夏四月，旱，诏出轻系，振困乏。冬十月，赐贫乏者米，人五斛。

按：《晋书·哀帝本纪》云云。

简文帝咸安二年，孝武帝即位，诏赈三吴。

按：《晋书·孝武帝本纪》：咸安二年秋七月己未，即皇帝位。是岁三吴大旱，人多饥死，诏所在振给。

孝武帝宁康二年，以三吴义兴、晋陵、会稽被水，诏除租布。

按：《晋书·孝武帝本纪》：宁康二年夏四月壬戌，皇太后诏曰：顷元象忒愆，上天表异，仰观斯变，震惧于怀。夫因变致休，自古之道。朕敢不克意复心，以思厥中？又三吴奥壤，股肱望郡，而水旱并臻，百姓失业，夙夜惟忧，不能忘怀，宜时拯恤，救其雕困。三吴义兴、晋陵及会稽遭水之县尤甚者，全除一年租布，其次听除半年，受振贷者即以赐之。

太元四年，以水旱减租税，御所供事及诸役费诏从节省。

按：《晋书·孝武帝本纪》：太元四年春正月，郡县遭水旱者减租税。三月壬戌，诏曰：狡寇纵逸，藩守倾没，疆场之虞，事兼平日。其内外众官，各悉心戮力，以康庶事。又年谷不登，百姓多匮。其诏御所供，事从俭约，九亲供给，众官廪俸，权可减半。凡诸役费，自非军国事要，皆宜停省，以周时务。

太元五年，以岁荒俭，蠲租赐米。

按：《晋书·孝武帝本纪》：五年六月甲子，以比岁荒俭，大赦。自太元三年以前逋租宿债，皆蠲除之；其鳏寡穷独孤老不能自存者，人赐米五斛。

太元十九年秋七月，荆、徐二州大水，伤秋稼，遣使振恤之。

按：《晋书·孝武帝本纪》云云。

安帝隆安五年，饥，禁酒。

按：《晋书·安帝本纪》云云。

义熙元年，以人物雕残，诏减供奉。

按：《晋书·安帝本纪》：义熙元年三月甲辰，诏曰：自顷国难之后，人物雕残，常所供奉，犹不改旧，岂所以视人如伤，禹汤归过之诚哉！可筹量减省。

义熙九年，罢皇后脂泽田，赐贫人。

按：《晋书·安帝本纪》：九年夏四月壬戌，罢临沂、湖熟皇后脂泽田四十顷，以赐贫人，弛湖池之禁。

宋

武帝永初三年，赈给秦雝流户。

按：《宋书·武帝本纪》：永初三年三月，秦雝流户悉南入梁州。庚申，送综绢万匹。荆、雝州运米，委州刺史随宜赋给。

文帝元嘉五年，以旱疫，诏求直言；又京邑大水，遣使赈赡。

按：《宋书·文帝本纪》：元嘉五年春正月丁亥，诏曰：朕恭承洪业，临飨四海，风化未弘，治道多昧，求之人事，鉴寐惟忧。加顷阴阳违序，旱疫成患，仰惟灾戒，责深在予。思所以侧身克念，议狱详刑，上答天谴，下恤民瘼。群后百司，其各献谠言，指陈得失，勿有所讳。六月庚戌，京邑大水。己卯，遣使检行赈赡。

元嘉八年，诏民力田以备水旱。

按：《宋书·文帝本纪》：八年闰六月庚子，诏曰：自顷农桑惰业，游食者众，荒莱不辟，督课无闻。一时水旱，便有罄匮，不深存务本，丰给靡因。郡守赋政方畿，县宰亲民之主，宜思奖训，道以良规，咸使肆力，地无遗利，耕蚕树艺，各尽其力。若有力田殊众，岁竟条名列上。

元嘉十二年，赐遭水郡米，原诸逋负。

按：《宋书·文帝本纪》：十二年六月丹阳、淮南、吴兴、义兴大水，京邑乘船。己酉，以徐豫南兖三州、会稽宣城二郡米数百万斛赐五郡遭水民。八月乙亥，原遭水郡诸逋负。 按：《沈演之传》：演之，除司徒。元嘉十二年，东诸郡大水，民人饥馑。吴义兴及吴郡之钱唐，升米三百。以演之及尚书祠部郎江邃并兼散骑常侍，巡行拯恤，许以便宜从事。演之乃开仓廪以赈饥民，民有生子者，口赐米一斗，刑狱有疑枉，悉制遣之，百姓蒙赖。

元嘉□（按：原缺字）年，三吴水潦，人饥。议敕平粜米货，又折缘淮估赋，交市贷给。

按：《宋书·文帝本纪》不载。 按：杜佑《通典》：元嘉中，三吴水潦，谷贵人饥。彭城王义康立议，以东土灾荒，人凋谷踊，富商蓄米，日成其价，宜班下所在，隐其虚实，令积蓄之家听留一年，储余皆敕使粜货，为制平价。此所谓常道行于百代，权宜用于一时也。又缘淮岁丰，邑地沃壤，麦既已登，黍粟行就。可折其估赋，成就交市。三吴饥人即以贷给，使强壮转运以赡老弱，并未施行人赖之矣。

元嘉十七年八月，徐、兖、青、冀四州大水。己未，遣使检行赈恤。

按：《宋书·文帝本纪》云云。

元嘉十八年夏五月，沔水泛溢。六月戊辰，遣使巡行赈赡。

按：《宋书·文帝本纪》云云。

元嘉十九年闰五月，京邑雨水。丁巳，遣使巡行赈恤。

按：《宋书·文帝本纪》云云。

元嘉二十年，诏有司敦课耕桑，遣使赈水旱州郡。

按：《宋书·文帝本纪》：二十年冬十二月庚午，诏曰：国以民为本，民以食为天。故一夫辍稼，饥者必及；仓廪既实，礼节以兴。自顷在所贫罄，家无宿积。赋役暂偏，则人怀愁垫；岁或不稔，而病乏比室。诚由政德弗孚，以臻斯弊，抑亦耕桑未广，地利多遗，宰守微化道之方，萌庶忘勤分之义。永言弘济，明发载怀，虽制令亟下，终莫惩劝，而坐望滋殖，庸可致乎！有司其班宣旧条，务尽敦课。游食之徒，咸令附业，考核勤惰，行其诛赏，观察能殿，严加黜陟。是岁诸州郡水旱，伤稼，民大饥，遣使开仓赈恤，给赐粮种。

元嘉二十一年，赈恤水旱州郡，并贷种粮，劝道播殖。延陵民徐耕出米助赈，诏书褒美。

按：《宋书·文帝本纪》：二十一年春正月己亥，大赦天下，诸逋债在十九年以前，一切原除。去岁失收者，畴量申减。尤弊之处，遣使就郡县随宜赈恤。凡欲附农而种粮匮乏者，并加给贷，营千亩诸统司役，人赐布各有差。夏四月，晋陵延陵民徐耕以米千斛助恤饥民。六月，连雨水。丁亥，诏曰：霖雨弥日，水潦为患，百姓积俭，易致乏匮。二县官长及营署部司，各随统检实，给其柴米，必使周悉。秋七月乙巳，诏曰：比年谷稼伤损，淫亢成灾，亦由播殖之宜，尚有未尽，南徐、兖、豫及扬州浙江西属郡，自今悉督种麦，以助阙乏。速运彭城下邳郡见种，委刺史贷给。并课垦辟，使及来年。凡诸州郡，皆令尽勤地利，劝道播殖蚕桑麻纻，各尽其方，不得但奉行公文而已。　按：《徐耕传》：二十一年，大旱，民饥。耕诣县陈辞曰：今年亢旱，禾稼不登，氓黎饥馁，采掇存命。圣上哀矜，已垂存拯。但馑罄来久，困殆者众，米谷转贵，籴索无所。方涉春夏，日月悠长，不有微救，永无济理。不惟凡瓅，敢忧身外，《鹿鸣》之求，思同野草，气类之感，能不伤心。民籴得少米，资供朝夕。志欲自竭，义存分飡，今以千斛，助官赈贷。此境连年不熟，今岁尤甚，晋陵境特为偏祐。此郡虽弊，犹有富室，承陂之家，处处而是，并皆保熟，所失盖微。陈积之谷，皆有巨万。旱之所弊，实钟贫民，温富之家，各有财宝。谓此等并宜助官，得过俭月，所损至轻，所济甚重。今敢自励，为劝造之端。实愿掘水扬尘，崇益山海。县为言上。当时议者以耕比汉卜式，诏书褒美，酬以县令。

元嘉二十五年，诏赐贫弊柴米。

按：《宋书·文帝本纪》：二十五年春正月戊辰，诏曰：比者冰雪经旬，薪粒贵踊，贫弊之室，多有窘罄。可检行京邑二县及营署，赐以柴米。

元嘉二十八年，诏振理雕伤，劝课、贷给；流寓者听即属，并蠲税调。

按：《宋书·文帝本纪》二十八年二月癸酉，诏曰：猃狁孔炽，难及数州，眷言念之，寤寐兴悼。凶羯痍挫，迸迹远奔，雕伤之民，宜时振理。凡遭寇贼郡县，令还复居业，封尸掩骼，赈赡饥流。东作方始，务尽劝课。贷给之宜，事从优厚。其流寓江、淮者，并听即属，并蠲复税调。

元嘉二十九年，诏赈恤灾涝诸州，须田种者随宜给之。

按：《宋书·文帝本纪》：二十九年春正月甲午，诏曰：经寇六州，居业未能，仍值灾涝，饥困荐臻。可速符诸镇，优量救恤。今农事行兴，务尽地利。若须田种，随宜给之。五月，京邑雨水。六月己酉，遣部司巡行，赐樵米，给船。

元嘉三十年春正月癸巳，青、徐州饥。二月壬子，遣运部赈恤。

按：《宋书·文帝本纪》云云。

孝武帝孝建二年，赈三吴民饥，又以诸苑假贫民。

按：《宋书·孝武帝本纪》：孝建二年八月辛酉，三吴民饥。癸酉，诏所在赈贷。丙子，诏曰：诸苑禁制绵远，有妨肆业。可详所开弛，假与贫民。

大明元年五月，吴兴、义兴大水，民饥。乙卯，遣使开仓赈恤。

按：《宋书·孝武帝本纪》云云。

大明二年，诏水灾郡县给与粮种；又襄阳大水，遣使赈赡。

按：《宋书·孝武帝本纪》：二年春正月壬子，诏曰：去岁东土多经水灾，春务已及，宜加优课。粮种所须，以时贷给。九月壬戌，襄阳大水，遣使通行赈赡。

大明三年二月甲子，荆州饥。三月甲申，原田租布各有差。

按：《宋书·孝武帝本纪》云云。

大明四年八月己酉，雍州大水。甲寅，遣军部赈给。

按：《宋书·孝武帝本纪》云云。

大明五年，以南徐、兖民困水潦，诏缓逋租。

按：《宋书·孝武帝本纪》：五年夏四月戊戌，诏曰：南徐、兖二州去岁水潦伤年，民多困窭，逋租未入者可申至秋登。

大明七年，旱诏开仓赈给，又诏贷麦种。

按：《宋书·孝武帝本纪》：七年八月丁巳，诏曰：昔匹妇含怨，山燋北鄙；孀妻哀恸，台倾东国。良以诚之所动，在微必著；感之所震，虽厚必崩。朕临察九野，志深待旦，弗能使烂然成章，各如其节，遂令炎精损和，阳偏不施，岁云不稔，咎实朕由。大官供膳，宜从贬撤。近道刑狱，当亲料省。其王畿内及神州所统，可遣尚书与所在共讯；畿外诸州，委之刺史。并讯省律令，思存利民。其考谪贸袭，在大明七年以前一切勿治；尤弊之家，开仓赈给。九月乙卯，诏曰：近炎精亢序，苗稼多伤。今二麦未晚，甘泽频降，可下东境郡，勤课垦殖。尤弊之家，量贷麦种。冬十月戊申，诏曰：虽秋泽频降，而夏旱婴弊，可即开行仓，并加赈赐。

大明八年，诏停商货道中杂税，又诏赈建康、秣陵二县。

按：《宋书·孝武帝本纪》：八年春正月甲戌，诏曰：东境去岁不稔，宜广商货。远近贩鬻米者，可停道中杂税。其以仗自防，悉勿禁。二月壬寅，诏曰：去岁东境偏旱，田亩失收。使命来者，多至乏绝。或下穷流穴，顿伏街巷。朕甚闵之。可出仓米付建康、秣陵二县，随宜赡恤。若温拯不时以至捐弃者，严加纠劾。

明帝泰始元年，以岁不登，诏减太官供膳，蠲尚方无益之物。

按：《宋书·明帝本纪》：泰始元年冬十二月丙子，诏曰：皇室多故，糜费滋广，且久岁不登，公私歉弊。方刻意从俭，弘济时艰，政道未孚，慨愧兼积。太官供膳，可详所减撤，尚方御府雕文篆刻无益之物，一皆蠲省，务存简约，以称朕心。

泰始二年十一月丙申，制使东土经荒流散并各还本，蠲众调二年。

按：《宋书·明帝本纪》云云。

泰豫元年，后废帝即位，诏赈恤贫民。

按：《宋书·后废帝本纪》：泰豫元年四月庚子，即皇帝位。六月，京师雨水，诏赈恤二县贫民。

后废帝元徽元年，寿阳大水，遣使赈恤。京师旱，诏理冤狱。

按：《宋书·后废帝本纪》：元徽元年六月乙卯，寿阳大水。己未，遣殿中将军赈恤。八月，京师旱。甲寅，诏曰：比亢序骞度，留熏燿晷，有伤秋稼，方贻民瘼。朕以眇疚，未弘政道，囹圄尚繁，枉滞犹积，夕历晨矜，每恻于怀。尚书令可与执法以下，就讯众狱，使冤讼洗遂，困弊昭苏。颂下州郡，咸令无壅。

元徽三年，京师水，遣官赈赐，又减太官御府供拟。

按：《宋书·后废帝本纪》：三年三月，京师大水，遣尚书郎官长检行赈赐。闰月戊戌，诏曰：顷民俗滋弊，国度未殷，岁时屡骞，编户不给。且边虞尚警，徭费弥繁，未言夕惕，寝兴增疚。思弘丰耗之制，以惇约素之风，庶偫蓄拯民，以康治道。太官珍膳，御府丽服，诸所供拟，一皆减撤。可详为其格，务从简衷。夏四月，遣尚书郎到诸州检括民户，穷老尤贫者蠲除课调。

顺帝升明元年七月，雍州大水。八月壬子，遣使赈恤，蠲除税调。

按：《宋书·顺帝本纪》云云。

升明二年二月戊子，蠲雍州缘沔居民前被水灾者租布三年。

按：《宋书·顺帝本纪》云云。

汇 考 三

（食货典第七十卷）

目 录

南　齐

高帝建元元年九月辛丑，诏二吴、义兴三郡遭水，减今年田租。

按：《南齐书·高帝本纪》云云。

建元二年，诏丹阳、二吴、义兴四郡遭水尤剧之县，详所除宥。

按：《南齐书·高帝本纪》：建元二年六月癸未，诏：昔岁水旱，曲赦丹阳、二吴、义兴四郡遭水尤剧之县，元年以前三调未充，虚列已毕，官长局吏应共偿备外，详所除宥。

建元四年，武帝即位，诏赈京师。

按：《南齐书·武帝本纪》：四年三月壬戌，上即位。庚辰，诏曰：比岁未稔，贫穷不少，京师二岸，多有其弊。遣中书舍人优量赈恤。五月癸未，诏曰：顷水雨频降，潮流荐满，二岸居民多所淹渍。遣中书舍人与两县官长优量赈恤。六月戊戌，诏曰：水潦为患，星纬乖序。京都囚系，可克日讯决；诸远狱委刺史以时察判。建康、秣陵二县贫民，加赈赐，必令周悉。吴兴、义兴遭水县，蠲除租调。

武帝永明五年，以水潦伤农，遣使赈赐，详蠲租调；又诏平籴和市，以优黔首。

按：《南齐书·武帝本纪》：永明五年六月辛酉，诏曰：比霖雨过度，水潦洊溢，京师居民多离其弊。遣中书舍人、二县官长随宜赈赐。八月乙亥，诏：今夏雨水，吴兴、义兴二郡田农多伤，详蠲租调。

按：《册府元龟》：永明五年，诏曰：善为国者，使民无乏而农益劝，是以十一而税。周道克隆，开建常平，汉载惟穆，岱畎丝枲，浮汶来贡，杞梓皮革，必缘楚往。自水德将谢，丧乱弘多，师旅岁兴，饥馑代有。贫室尽于课调，泉具倾于绝域。军国器用，动资四表，不因厥产，咸用九赋。虽有交贸之名，而无润私之实。民咨涂炭，实此之繇。昔在开运，星纪未周，余弊尚重，农桑不殷于曩日，粟帛轻贱于当年。工商罕兼金之储，匹夫多饥寒之患。良田圜法久废，上弊稍寡，所谓民失其资，能无匮乎？凡下贫之家，可蠲三调二年，京师及四方出钱亿万，籴米谷丝绵之属，平和其价，以优黔首。远邦常市杂物非土俗所产者，皆悉停之。必是岁赋攸宜，都邑所乏，可见直和市，勿使逋刻。

永明六年，诏赈吴兴、义兴被水者，又诏出各处库钱，市积为储。

按：《南齐书·武帝本纪》：六年八月乙卯，诏吴兴、义兴水潦被水之乡，赐痼疾笃癃口二斛，老疾一斛，小口五斗。

按：杜佑《通典》：永明中，天下米谷布帛贱，上欲立常平仓，市积为储。六年，诏出上库钱五千万，于京师市米，买丝、绵、纹、绢、布；扬州出钱千九百一十万，南徐州二百万，各于郡所市籴；南荆河州二百万，市丝、绵、纹、绢、布、米、大麦；江州五百万，市米、胡麻；荆州五百万，郢州三百万，皆市绢、绵、布、米、大小豆、大麦、胡麻；湘州二百万，市米、布、蜡；司州二百五十万，西荆河州二百五十万，南兖州二百五十万，雍州五百万，市绢、绵、布、米，使台传并于所在市易。

永明七年，以雍州戎役、水旱，诏原逋租。

按：《南齐书·武帝本纪》：七年春正月戊申，诏曰：雍州频岁戎役，兼水旱为弊，原四年以前逋租。

永明八年，以岁不稔，原司、雍二州及汝南郡逋租；又以京邑霖雨，遣官赈恤。

按：《南齐书·武帝本纪》：八年秋七月癸亥，诏：司、雍二州，比岁不稔，雍州八年以前、司州七年以前逋租悉原。汝南一郡复限更申五年。八月丙寅，诏：京邑霖雨既过，居民泛滥，遣中书舍人、二县官长赈恤。冬十月丁丑，诏吴兴水淹过度，开所在仓赈赐。癸巳，原建元以前逋租。

永明十年，以京邑霖雨，遣官赈赐。

按：《南齐书·武帝本纪》：十年十一月戊午，诏曰：顷者霖雨，樵粮稍贵，京邑居民多离其弊。遣中书舍人、二县官长赈赐。

永明十一年，诏以水旱申众逋权断酒，遣中书舍人履行赈恤；又诏南兖、兖、豫、司、徐五州宿逋更申五年。

按：《南齐书·武帝本纪》：十一年五月戊辰，诏曰：水旱成灾，谷稼伤弊，凡三调众逋，可同申至秋登。京师二县、朱方、姑熟，可权断酒。秋七月丁巳，诏曰：顷风水为灾，二岸居民多离其患，加以贫病六疾，孤老稚弱，弥足矜念。遣中书舍人履行沾恤。又诏曰：水旱为灾，实伤农稼。江淮之间，仓廪既虚，遂草窃充斥，互相侵夺，依阻山湖，成此逋逃。曲赦南兖、兖、豫、司、徐五州，南豫州之历阳、谯、临江、庐江四郡，三调众逋宿债，并同原除。其缘淮及青、冀新附侨民，复除已讫，更申五年。

明帝建武二年十二月丁酉，诏吴、晋陵二郡失稔之乡，蠲三调有差。

按：《南齐书·明帝本纪》云云。

东昏侯永元三年六月，京邑雨水，遣中书舍人、二县官长赈赐有差。

按：《南齐书·东昏侯本纪》云云。

梁

武帝天监二年，以东阳、信安、丰安水潦，诏蠲课调。

按：《梁书·武帝本纪》：天监二年六月丁亥，诏以东阳、信安、丰安三县水潦，漂损居民资业，遣使周履，量蠲课调。

大同四年，诏赦饥馑诸州租调。

按：《梁书·武帝本纪》：大同四年八月甲辰，诏南兖、北徐、西徐、东徐、青、冀、南北青、武、仁、潼睢等十二州既经饥馑，曲赦逋租宿责，勿收今年三调。

大同十年秋九月己丑，诏有因饥逐食，离乡去土，悉听复业，蠲课五年。

按：《梁书·武帝本纪》云云。

陈

武帝永定三年，诏赈饥民。

按：《陈书·武帝本纪》：永定三年夏闰四月庚寅，诏曰：开廪赈绝，育民之大惠；巡方恤患，前王之令典。朕当斯季俗，膺此乐推，君德未孚，民瘼犹甚，重兹多垒，弥疚纳隍。良由四聪弗达，千里勿应。博施之仁，何其或爽？残弊之轨，致此未康。吴州、缙州，去岁蝗旱，郢田虽疏，郑渠终涸，室靡盈积之望，家有填壑之嗟。百姓不足，兆民何赖？近已遣中书舍人江德藻衔命东阳，与令长二千石问民疾苦，仍以入台仓见米分恤。虽德非既饱，庶微慰阻饥。

文帝天嘉元年，诏兵荒之后劝课农桑，其逐食流移者悉令著籍。

按：《陈书·文帝本纪》：天嘉元年三月丙辰，诏曰：自丧乱以来，十有余载，编户凋亡，万不遗一，中原氓庶，盖云无几。顷者寇难仍接，算敛繁多，且兴师以来，千金日费，府藏虚竭，杼轴岁空。近所置军资，本充戎备，今元恶克殄，八表已康，兵戈静戢，息肩方在，思俾余黎，陶此宽赋，今岁军粮通减三分之一。《尚书》申下四方，称朕哀矜之意。守宰明加劝课，务急农桑，庶鼓腹含哺，复在兹日。秋七月乙卯，诏曰：自顷丧乱，编户播迁，言念余黎，良可哀惕。其亡乡失土，逐食流移者，今年内随其适乐，来岁不问侨旧，悉令著籍，同土断之例。八月壬午，诏曰：菽粟之贵，重于珠玉。自顷寇戎，游手者众，民失分地之业，士有佩犊之讥。朕哀矜黔庶，念康弊俗，思俾阻饥，方存富教。麦之为用，要切斯甚。今九秋在节，万实可收；其班宣远近，并令播种。守宰亲临劝课，务使及时。其有尤贫，量给种子。

宣帝太建二年，诏作田值水旱即言上折除。

按：《陈书·宣帝本纪》：太建二年秋八月甲申，诏曰：民惟邦本，著在典谟，治国爱民，抑又通训。朕听朝晏罢，日昃劬劳，方流惠泽，覃被亿兆。有梁之季，政刑废缺，条纲弛紊，僭盗荐兴，役赋征徭，尤为烦刻。大陈御寓，拯兹余弊，减扈戡黎，弗遑创改，年代弥流，将及成俗，如弗解张，物无与厝，夕惕疚怀，有同首疾。思从卑菲，约己济民，虽府帑未充，君孰与足，便可删革，去其泰甚，冀永为定准，令简而易从。自今维作田，值水旱未收，即列在所，言上折除。有能垦起荒田，不问顷亩少多，依旧蠲税。

太建四年，蠲流民繇赋，诏凋残郡邑给地赋田，各立顿舍。

按：《陈书·宣帝本纪》：四年秋八月乙未，诏无锡等十五县流民，并蠲其繇赋。闰十月辛未，诏曰：姑孰饶旷，荆河斯拟，博望关畿，天限严峻，龙山南指，牛渚北临，对熊绎之余城，迩全琮之故垒，良畴美柘，畦畎相望，连宇高甍，阡陌如绣。自梁末兵灾，凋残略尽，比虽义优宽，犹未克复，咫尺封畿，宜须殷阜。且众将部下，多寄上下，军民杂俗，极为蠹耗。自今有罢任之徒，许分留部下；其已在江外，亦令迎还，悉住南州津里安置。有无交货，不责市估，莱荒垦辟，亦停租税。台遣镇监一人，共刺史、津主分明检押，给地赋田，各立顿舍。

太建六年，以南川失稔，诏缓田租，又遣使赈青、齐诸郡。

按：《陈书·宣帝本纪》：六年三月癸亥，诏曰：去岁南川颇言失稔，所督田租于今未即。豫章等六郡太建五年田租，可申半至秋。豫章又逋太建四年检首田税，亦申至秋。南康一郡，岭下应接，民间尤弊，太建四年田租未入者，可特原除。庶修垦无废，岁取方实。夏四月辛丑，诏曰：戢情怀善，有国之令图，拯弊救危，圣范之通训。近命师薄伐，义在济民，青、齐旧隶，胶、光部落，久患凶戎，争归有道，弃彼农桑，忘其衣食。而大军未接，中途止憩，朐山、黄郭，车营布满，扶老携幼，蓬流草跋，既丧其本业，咸事游手，饥馑疾疫，不免流离。可遣大使精加慰抚，仍出阳平仓谷，拯其悬磬，并充粮种，劝课士女，随近耕种。石鳖等屯，适意修垦。

太建十二年，以夏中亢旱伤农，诏原田税禄秩。

按：《陈书·宣帝本纪》：十二年十一月己丑，诏曰：朕君临四海，日旰劬劳，思弘至治，未臻斯道。而兵车骤出，军费尤烦，刍漕控引，不能征赋。夏中亢旱伤农，畿内为甚，民失所资，岁取无托。此则政刑未理，阴阳舛度，黎元阻饥，君孰与足？靖言兴念，余责在躬，宜布惠泽，溥沾氓庶。其丹阳、吴兴、晋陵、建兴、义兴、东海、信义、陈留、江陵等十郡，并谢署即年田税、禄秩，并各原半，其丁租半申至来岁秋登。

北　　魏

明元帝永兴三年，以水旱诏简宫人伎巧，悉出以赐鳏民。

按：《魏书·明元帝本纪》：永兴三年春二月戊戌，诏曰：衣食足，知荣辱。夫人饥寒切己，唯恐朝夕不济，所急者温饱而已，何暇及于仁义之事乎！王教之多违，盖由于此也。非夫耕妇织，内外相成，何以家给人足矣。其简宫人非所当御及执作伎巧，自余悉出以配鳏民。　按：《食货志》：永兴中，频有水旱，诏简宫人非所当御及非执作伎巧，自余出赐鳏民。

神瑞二年，京师饥，诏听饥民就食山东，又出布帛仓谷赈之。

按：《魏书·明元帝本纪》：神瑞二年九月，京师民饥，听出山东就食。冬十月丙寅，诏曰：古人有言，百姓足则君有余，未有民富而国贫者也。顷者以来，频遇霜旱，年谷不登，百姓饥寒不能自存者甚众，其出布帛仓谷以赈贫穷。　按：《食货志》：二年又不熟，京畿之内，路有行馑。帝以饥，将迁都于邺，用博士崔浩计，乃止。于是分简尤贫者就食山东，敕有司劝课留农者曰：前志有之，人生在勤，勤则不匮。凡庶民之不畜者祭无牲，不耕者祭无盛，不树者死无椁，不蚕者衣无帛，不绩者丧无衰。教行三农，生殖九谷；教行园囿，毓长草木；教行虞衡，山泽作材；教行薮牧，养蕃鸟兽；教行百工，饬成器用；教行商贾，阜通货贿；教行嫔妇，化治丝枲；教行臣妾，事勤力役。自是民皆力勤，故岁数丰穰，畜牧滋息。　按：《崔浩传》：浩拜博士祭酒，赐爵武城子。神瑞二年，秋谷不登，太史令王亮、苏坦因华阴公主等言谶书国家当治邺，应大乐五十年，劝太宗迁都。浩与特进周澹言于太宗曰：今国家迁都于邺，可救今年之饥，非长久之策也。东州之人，常谓国家居广漠之地，民畜无算，号称牛毛之众。今留守旧都，分家南徙，恐不满诸州之地。参居郡县，处榛林之间，不便水土，疾疫死伤，情见事露，则百姓意沮。四方闻之，有轻侮之意，屈丐、蠕蠕必提挈而来，云中、平城则有危殆之虑。阻隔恒代，千里之险，虽欲救援，赴之甚难。如此则声实俱损矣。今居北方，假令山东有变，轻骑南出，燿威桑梓之中，谁知多少？百姓见之，望尘震服。此是国家威制诸夏之长策也。至春草生，乳酪将出，兼有菜果，足接来秋。若得中熟，事则济矣。太宗深然之，曰：唯此二人，与朕意同。复使中贵人问浩、澹曰：今既糊口无以至来秋，来秋或复不熟，将如之何？浩等对曰：可简穷下之户，诸州就谷。若来秋无年，愿更图也。但不可迁都。太宗从之，于是分民诣山东三州食，出仓谷以禀之。来年遂大熟，赐浩、澹妾各一人，御衣二袭，绢五十匹，绵五十斤。

泰常三年三月庚戌，以范阳去年水，复其租税。八月，雁门、河内大雨水，复其租税。

按：《魏书·明元帝本纪》云云。

泰常八年，太武帝即位，诏开仓赈饥。

按：《魏书·太武帝本纪》：泰常八年十月壬申，即皇帝位。十有二月，开仓库、赈穷乏，河南流民相率内属者甚众。

按：《册府元龟》：八年十月，以岁饥，诏所在开仓赈给。

太武帝□（按：原缺字）年，南州大水，以刘洁奏，复天下租赋二岁。

按：《魏书·太武帝本纪》不载。　按：《刘洁传》：世祖监国，洁选侍东宫。世祖即位，迁尚书令，改为钜鹿公。时南州大水，百姓阻饥。洁奏曰：臣闻天地至公，故万物咸育；帝王无私，而黎民戴赖。伏惟陛下以神武之姿，绍重光之绪，恢隆大业，育济群生。威之所振，无思不服，泽之所洽，无远不怀，太平之治，于是而在。自顷边寇内侵，戎车屡驾，天资圣明，所在克殄。方难既平，皆蒙酬锡，勋高者受爵，功卑者获赏，宠锡优崇，有过古义。而郡国之民，虽不征讨，服勤农桑，以供军国，实经世之大本，府库之所资。自山以东，偏遇水害，频年不收，就食他所。臣闻率土之滨，莫非王臣，应加哀矜，以鸿覆育。今南摧强寇，西败丑虏，四海晏如，人神协畅，若与兆民共飨共福，则惠感和气，苍生悦乐矣。世祖从之，于是复天下二岁租赋。

神嘉四年二月丁丑，定州民饥，诏启仓以赈之。

按：《魏书·太武帝本纪》云云。

延和三年，诏复穷民租。

按：《魏书·太武帝本纪》：延和三年二月戊寅，诏曰：朕承统之始，群凶纵逸，四方未宾，所在逆僭。蠕蠕陆梁于漠北，铁弗肆虐于三秦。是以旰食忘寝，抵掌扼腕，期在扫清逋残，宁济万宇。故频年屡征，有事西北，运输之役，百姓勤劳，废失农业，遭离水旱，致使生民贫富不均，未得家给人足，或有寒穷不能自赡者。朕甚愍焉。今四方顺轨，兵革渐宁，宜宽徭赋，与民休息。其令州郡县隐括贫富，以为三级，其富者租赋如常，中者复二年，下穷者复三年。刺史守宰当务尽平当，不得阿容以罔政治。明相宣约，咸使闻知。

太平真君元年，州镇十五民饥，开仓赈恤。

按：《魏书·太武帝本纪》云云。

太平真君九年二月癸卯，山东民饥，启仓赈之。

按：《魏书·太武帝本纪》云云。

文成帝兴安元年十有二月癸亥，诏以营州蝗，开仓赈恤。

按：《魏书·文成帝本纪》云云。

太安三年十有二月，以州镇五蝗民饥，使使者开仓以赈之。

按：《魏书·文成帝本纪》云云。

太安五年，诏以六镇、云中、高平、二雍、秦州灾旱，开仓赈之。

按：《魏书·文成帝本纪》：太安五年冬十有二月戊申，诏曰：朕承洪业，统御群有，思恢政化，以济兆民。故薄赋敛以实其财，轻徭役以纾其力，欲令百姓修业，人不匮乏。而六镇、云中、高平、二雍、秦州遍遇灾旱，年谷不收。其遣开仓廪以赈之。有流徙者，谕还桑梓。欲市籴他界，为关傍郡，通其交易之路。若典司之官分职不均，使上恩不达于下，下民不赡于时，加以重罪，无有攸纵。

和平四年冬十月，以定、相二州霣霜杀稼，免民田租。

按：《魏书·文成帝本纪》云云。

和平五年二月，诏以州镇十四去岁虫、水，开仓赈恤。

按：《魏书·文成帝本纪》云云。

献文帝天安元年，州镇十一旱，民饥，开仓赈恤。

按：《魏书·献文帝本纪》云云。

皇兴二年十有一月，以州镇二十七水旱，开仓赈恤。

按：《魏书·献文帝本纪》云云。

皇兴四年春正月，诏州镇十一民饥，开仓赈恤。

按：《魏书·献文帝本纪》云云。

孝文帝延兴二年，丐遇水民田租，开仓赈恤。

按：《魏书·孝文帝本纪》：延兴二年六月，安州民遇水雹，丐租赈恤。九月己酉，诏以州镇十一水，丐民田租，开仓赈恤。

延兴三年，诏出仓谷赐贫民，又赈恤水旱诸州。

按：《魏书孝·文帝本纪》：三年三月壬午，诏诸仓囤谷麦充积者，出赐贫民。是岁，州镇十一水旱，丐民田租，开仓赈恤。相州民饿死者二千八百四十五人。

延兴四年，州镇十三大饥，丐民田租，开仓赈之。

按：《魏书·孝文帝本纪》云云。

太和元年，赈云中饥，诏督课田农；又以民饥，开仓赈恤。

按：《魏书·孝文帝本纪》：太和元年春正月己酉，云中饥，开仓赈恤。三月丙午，诏曰：朕政治多阙，灾眚屡兴。去年生疫，死伤大半，耕垦之利，当有亏损。今东作既兴，人须肄业。其敕在所督课田农，有牛者加勤于常岁，无牛者倍庸于余年。一夫制治田四十亩，中男二十亩。无令人有余力，地有遗利。十有二月丁未，诏以州郡八水旱蝗民饥，开仓赈恤。

太和二年，州镇二十余水旱，民饥，开仓赈恤。

按：《魏书·孝文帝本纪》云云。

太和三年六月辛未，以雍州民饥，开仓赈恤。

按：《魏书·孝文帝本纪》云云。

太和四年，以膏雨不降，诏祀山川群神，又开仓赈民饥。

按：《魏书·孝文帝本纪》：四年二月癸巳，诏曰：朕承乾绪，君临海内，夙兴昧旦，如履薄冰。今东作方兴，庶类萌动，品物资生，膏雨不降，岁一不登，百姓饥乏，朕甚惧焉。其敕天下祀山川群神及能兴云雨者，修饰祠堂，荐以牲璧。民有疾苦，所在存问。是岁，诏以州镇十八水旱民饥，开仓赈恤。

太和五年，以时雨不沾，春苗萎悴，敕收葬祷神，又开仓赈饥。

按：《魏书·孝文帝本纪》：五年夏四月甲寅，诏曰：时雨不沾，春苗萎悴。诸有骸骨之处，皆敕埋藏，勿令露见。有神祇之所，悉可祷祈。十有二月癸巳，诏以州镇十二民饥，开仓赈恤。

太和六年，诏复灵丘租调，丐遭水处租赋。

按：《魏书·孝文帝本纪》：六年二月辛卯，诏曰：灵丘郡土既褊塉，又诸州路冲，官私所经，供费非一。往年巡行，见其劳瘁，可复民租调十五年。乙未，诏曰：萧道成逆乱江淮，戎旗频举。七州之民既有征运之劳，深乖轻徭之义，朕甚愍之。其复常调三年。八月癸未朔，分遣大使，巡行天下遭水之处，丐民租赋。贫俭不自存者，赐以粟帛。十有二月丁亥，诏曰：朕以寡薄，政缺平和，不能仰缉纬象，蠲兹六沴。去秋淫雨，洪水为灾，百姓嗷然，朕用嗟愍，故遣使者循方赈恤。而牧守不思利民之道，期于取办。爱毛反裘，甚无谓也。今课督未入及将来租算，一以丐之。有司勉加劝课，以要来穰，称朕意焉。

太和七年，诏给饥民粥，又赈州镇十三民饥。

按：《魏书·孝文帝本纪》：七年三月甲戌，以冀、定二州民饥，诏郡县为粥于路以食之，又弛关津之禁，任其去来。六月，定州上言，为粥给饥人，所活九十四万七千余口。九月壬寅，冀州上言，为粥给饥民，所活七十五万一千七百余口。十有二月庚午，开林虑山禁，与民共之。诏以州镇十三民饥，开仓赈恤。

太和八年，诏赈民饥。

按：《魏书·孝文帝本纪》：八年十有二月，诏以州镇十五水旱民饥，遣使者循行，问所疾苦，开仓赈恤。

太和九年，诏以水灾卖鬻男女，尽还所亲。

按：《魏书·孝文帝本纪》：九年八月庚申，诏曰：数州灾水，饥馑荐臻，致有卖鬻男女者。天之所谴，在予一人，而百姓无辜，横罹艰毒，朕用殷忧夕惕，忘食与寝。今自太和六年已来，买定、冀、幽、相四州饥民良口者，尽还所亲，虽娉为妻妾，遇之非理，情不乐者亦离之。

太和十年十有二月乙酉，诏以汝南、颍川大饥，丐民田租，开仓赈恤。

按：《魏书·孝文帝本纪》云云。

太和十一年，以旱饥，诏听民就丰，道给粮粟。又诏所在开仓赈恤。

按：《魏书·孝文帝本纪》：十有一年二月甲子，诏以肆州之雁门及代郡民饥，开仓赈恤。六月辛巳，秦州民饥，开仓赈恤。癸未，诏曰：春旱至今，野无青草。上天致谴，实由匪德。百姓无辜，将罹饥馑。寤寐思求，罔知所益。公卿内外股肱之臣，谋猷所寄，其极言无隐，以救民瘼。秋七月己丑，诏曰：今年谷不登，听民出关就食，遣使者造籍，分遣去留，所在开仓赈恤。九月庚戌，诏曰：去夏以岁旱民饥，须遣就食，旧籍杂乱，难可分简，故依局割民，阅户造籍，欲令去留得实，赈贷平均。然乃者以来，犹有饿死衢路，无人收识。良由本部不明，籍贯未实，廪恤不周，以至于此。朕猥居民上，闻用慨然。可重遣精检，勿令遗漏。冬十月辛未，诏罢起部无益之作，出宫人不执机杼者。十有一月丁未，诏罢尚方锦绣绫罗之工，四民欲造，任之无禁。其御府衣服、金银、珠玉、绫罗、锦绣，太官杂器、太仆乘具、内库弓矢，出其大半，班赉百官及京师士庶，下至工商皂隶，逮于六镇戍士，各有差。戊申，诏曰：岁既不登，民多饥窘，轻系之囚，宜速决了，无令薄罪久留狱犴。是岁大饥，诏所在开仓赈恤。　按：《食货志》：十一年，大旱，京都民饥。加以牛疫，公私阙乏，时有以马驴及橐驼供驾挽耕载。诏听民就丰。行者十五六，道路给粮禀，至所在三长赡养之。遣使者时省察焉。留业者，皆令主司审核，开仓赈贷。其有特不自存者，悉检集，为粥于街衢，以救其困。然主者不明牧察，郊甸间甚多馁死者。时承平日久，府藏盈积，诏尽出御府衣服珍宝、太官杂器、太仆乘具、内库弓矢刀鉾十分之八、外府衣物缯布丝纩诸所供国用者，以其太半班赍百司，下至工商皂隶，逮于六镇边戍、畿内鳏寡孤独贫癃者。皆有差。　按：《东阳王丕传》：文明太后引见公卿于皇信堂。太后曰：今京师旱俭，欲听饥贫之人出关逐食。如欲给过所，恐稽延时日，不救灾窘；若任其外出，复虑奸良难辨。卿等可议其所宜。丕议：诸曹下大夫以上，人各将二吏，别掌给过所，州郡亦然。不过三日，给之便讫，有何难也？高祖从之，四日而讫。　按：《韩麒麟传》：麒麟除冠军将军、齐州刺史。太和十一年，京都大饥，麒麟表陈时务曰：古先哲王经国立治，积储九稔，谓之太平。故躬籍千亩，以励百姓，用能衣食滋茂，礼教兴行。逮于中代，亦崇斯业，入粟者与斩敌同爵，力田者与孝悌均赏，实百王之常轨，为治之所先。今京师民庶，不田者多，游食之口，三分居二。盖一夫不耕，或受其饥，况于今者，动以万计。故顷年山东遭水，而民有馁终；今秋京都遇旱，谷价踊贵，实由农人不劝，素无储积故也。伏惟陛下，天纵钦明，道高三五，昧旦忧勤，思恤民敝，虽虞帝一日万几，周文昃不暇食，蔑以为喻。上垂覆载之泽，下有冻馁之人，皆由有司不为明制，长吏不恤其本。自承平日久，丰穰积年，竞相矜夸，遂成侈俗。车服第宅，奢僭无限；丧葬婚娶，为费实多。贵富之家，童妾袨服；工商之族，玉食锦衣。农夫餔糟糠，蚕妇乏裋褐。故令耕者日少，田有荒芜。谷帛罄于府库，宝货盈于市里；衣食匮于室，丽服溢于路。饥寒之本，实在于斯。愚谓凡珍玩之物，皆宜禁断；吉凶之礼，备为格式，令贵贱有别，民归朴素。制天下男女，计口受田。宰司四时巡行，台使岁一按检。勤相劝课，严加赏罚。数年之中，必有盈赡，虽遇灾凶，免于流亡矣。往年校比户贯，租赋轻少。臣所统让齐州，租粟才可给俸，略无入仓。虽于民为利，而不可长久。脱有戎役，或遭天灾，恐供给之方，无所取济。可减绢布，增益谷租，年丰多积，岁俭出赈。所谓私民之谷，寄积于官；官有宿积，则民无荒年矣。(袨，按：字典无)。

太和十二年，赈雍豫饥民，诏州郡立仓以时籴粜。又立农官，行民屯之法。

按：《魏书·孝文帝本纪》：十有二年十有一月，诏以二雍、豫三州民饥，开仓赈恤。按：《食货志》：十二年，诏群臣求安民之术。有司上言：请析州郡常调九分之二，京都度支岁用之余，各立官司，丰年籴贮于仓，时俭则加私之一，粜之于民。如此，民必力田以买官绢，积财以取官粟。年登则常积，岁凶则直给。又别立农官，取州郡户十分之一以为屯民，相水陆之宜，断顷亩之数，以赃赎杂物市牛科给，令其肆力。一夫之田，岁责六十斛，甄其正课并征戍杂役。行此二事，数年之中，则谷积而民足矣。帝览而善之，寻施行焉。自此公私丰赡，虽时有水旱，不为灾也。　按：《李彪传》：彪迁秘书丞，表曰：臣闻国本黎元，人资粒食，是以昔之哲王莫不勤劝稼穑，盈畜仓廪。故尧汤水旱，人无菜色者，盖由备之有渐，积之有素。暨于汉家，以人食少，乃设常平以给之；魏氏以兵粮乏，制屯田以供之用。能不匮当时，军国取济。又《记》云：国无三年之储，谓国非其国。光武以一亩不实，罪及牧守。圣人之忧世重谷，殷勤如彼；明君之恤人劝农，相切若此。顷年山东饥，去岁京师俭，内外人庶出入就丰，既废营产，疲而乃达，又于国体实有虚损。若先多积谷，安而给之，岂有驱督老弱糊口千里之外？以今况古，诚可惧也。臣以为宜析州郡常调九分之二、京都度支岁用之余，各立官司，年丰籴积于仓，时俭则加私之二，粜之于人。如此民必力田以买官绢，又务贮财以取官粟；年登则常积，岁凶则直给。又别立农官，取州郡户十分之一以为屯人，相水陆之宜，料顷亩之数，以赃赎杂物余财市牛科给，令其肆力。一夫之田，岁责六十斛，蠲其正课并征戍杂役。行此二事，数年之中，则谷积而人足，虽灾不为害矣。高祖览而善之。

太和十三年夏四月己丑，州镇十五大饥，诏所在开仓赈恤。

按：《魏书·孝文帝本纪》云云。

太和十四年，高闾上救凶之法，诏有司依此施行。

按：《魏书·孝文帝本纪》不载。　按：《高闾传》：闾迁尚书、中书监。太和十四年秋，闾上表曰：奉癸未诏书，以春夏少雨，忧饥馑之方臻，愍黎元之伤瘁，同禹汤罪己之诚，齐尧舜引咎之德。虞灾致惧，询及卿士，令各上书，极陈损益。深恩被于苍生，厚惠流于后土。伏惟陛下天启圣姿，利见纂极，钦若昊天，光格宇宙。太皇太后以睿哲赞世，稽合三才，高明柔克，道被无外。七政昭宣于上，九功咸叙于下。君人之量逾高，谦光之旨弥笃。修复祭仪，宗庙所以致敬；饰正器服，礼乐所以宣和。增儒官以重文德，简勇士以昭武功。虑狱讼之未息，定刑书以理之；惧蒸民之奸宄，置邻党以穆之；究庶官之勤剧，班俸禄以优之；知劳逸之难均，分民土以齐之。甄忠明孝，矜贫恤独，开纳谠言，抑绝谗佞，明训以体，率土移风。虽未胜残去杀，成无为之化，足以仰答三灵者矣。臣闻皇天无私，降鉴在下，休咎之征，咸由人召。故帝道昌则九畴叙，君德衰而彝伦斁。休瑞并应，享以五福，则康于其邦；咎征屡臻，罚以六极，则害于其国。斯乃《洪范》之实征，神祇之明验。及其厄运所缠，世钟阳九，数乖于天理，事违于人谋，时则有之矣。故尧汤逢历年之灾，周汉遭水旱之患，然立功修行，终能弭息。今考治则有如此之风，计运未有如彼之害，而陛下殷勤引过，事迈前王。从星澍雨之征，指辰可必；消灾灭祸之符，灼然自见。虽王畿之内，颇为少雨，关外诸方，禾稼仍茂。苟动之以礼，绥之以和，一岁不收，未为大损。但豫备不虞，古之善政；安不忘危，有国常典。窃以北镇新徙，家业未就，思亲恋本，人有愁心，一朝有事，难以御敌。可宽其往来，颇使欣慰，开云中、马城之食以赈恤之，足以感德，'致力边境矣。明察畿甸之民，饥甚者出灵丘下馆之粟以救其乏，可以安慰孤贫，乐业保土。使幽、定、安、并四州之租，随运以溢其处；开关弛禁，薄赋贱籴，以消其费；清道路，恣其东西，随丰逐食，贫富相赡，可以免度凶年，不为患苦。又闻常士困则滥窃生，匹妇馁则慈心薄。凶俭之年，民轻违犯，可缓其使役，急其禁令。宜于未然之前，申敕外牧。又一夫幽枉，王道为亏，京师之狱，或恐未尽。可集见囚于都曹，使明折庶狱者，重加究察。轻者即可决遣，重者定状以闻。罢非急之作，放无用之兽。此乃救凶之常法，且以见忧于百姓。《论语》曰：不患贫而患不安。苟安而乐生，虽遭凶年，何伤于民庶也。愚臣所见，如此而已。诏曰：省表闻之，当敕有司依此施行。

太和二十年，遣使赈恤西北州郡。

按：《魏书·孝文帝本纪》：二十年十有二月甲子，以西北州郡旱俭，遣侍臣循察，开仓赈恤。乙丑，开盐池之禁，与民共之。戊辰，置常平仓。

太和二十三年，宣武帝即位，赈恤民饥。

按：《魏书·宣武帝本纪》：二十三年夏四月丁巳，即皇帝位。是岁，州镇十八水，民饥，分遣使者开仓赈恤。

宣武帝景明元年，遣使赈饥。

按：《魏书·宣武帝本纪》：景明元年五月甲寅，以北镇大饥，遣兼侍中杨播巡抚赈恤。是岁，十七州大饥，分遣使者开仓赈恤。　按：《薛安都传》：安都从祖弟真度为豫州刺史。景明初，豫州大饥，真度表曰：去岁不收，饥馑十五；今又灾雪三尺，民人萎馁，无以济之。臣辄日别出州仓米五十斛为粥，救其甚者。诏曰：真度所表，甚有忧济百姓之意，宜在拯恤。陈郡储粟虽复不多，亦可分赡。尚书量赈以闻。

景明二年，以百姓雕弊，诏正调之外蠲罢妨害损民者。

按：《魏书·宣武帝本纪》：二年三月乙未朔，诏曰：比年以来，连有军旅，役务既多，百姓雕敝，宜时矜量，以拯民瘼。正调之外，诸妨害损民一时蠲罢。壬戌，青、齐、徐、兖四州大饥，民死者万余口。

景明三年，以旱诏州郡埋瘗。

按：《魏书·宣武帝本纪》：三年春二月戊寅，诏曰：自比阳旱积时，农民废殖，寤言增愧，在予良多。申下州郡，有骸骨暴露者悉可埋瘗。是岁，河州大饥，死者二千余口。

正始四年秋八月辛丑，敦煌民饥，开仓赈恤。九月丙戌，司州民饥，开仓赈恤。

按：《魏书·宣武帝本纪》云云。

永平元年三月丙午，以去年旱俭，遣使者所在赒恤。

按：《魏书·宣武帝本纪》云云。

永平二年夏四月己酉，诏以武州镇饥，开仓赈恤。

按：《魏书·宣武帝本纪》云云。

永平三年五月丁亥，诏以冀、定二州旱俭，开仓赈恤。

按：《魏书·宣武帝本纪》云云。

永平四年二月壬午，青、齐、徐、兖四州民饥甚，遣使赈恤。

按：《魏书·宣武帝本纪》云云。

延昌元年，以州郡水旱，开仓赈恤，民乏食者，令就谷他所。又诏有粟之家赈贷饥民。

按：《魏书·宣武帝本纪》：延昌元年春正月乙巳，以频水旱，百姓饥敝，分遣使者开仓赈恤。二月甲午，州郡十一大水，诏开仓赈恤。以京师谷贵，出仓粟八十万石以赈贫者。夏四月，诏以旱故，食粟之畜皆断之。戊辰，以旱，诏尚书与群司鞫理狱讼，诏河北民就谷燕、恒二州。辛未，诏饥民就谷六镇。丁丑，帝以旱故，减膳撤悬。五月丙午，诏天下有粟之家，供年之外，悉贷饥民。自二月不雨至于是晦。六月壬申，澍雨大洽。已卯，诏曰：去岁水灾，今春炎旱。百姓饥馁，救命靡寄，虽经蚕月，不能养绩。今秋输将及，郡县期于责办。尚书可严勒诸州，量民资产，明加检校，以救艰敝。庚辰，诏出太仓粟五十万石以赈京师及州郡饥民。

延昌二年，赈恤州镇饥民。又以百姓饥俭，诏恕死罪，徒流已下，各准减降。

按：《魏书·宣武帝本纪》：二年二月丙辰朔，赈恤京师贫民。甲戌，以六镇大饥，开仓赈赡。是春，民饥。饿死者数万口。夏四月庚子，以绢十五万匹赈恤河南郡饥民。五月，寿春大水。六月乙酉，青州民饥，诏使者开仓赈恤。是夏，州郡十三大水。秋八月辛卯，诏曰：顷水旱牙侵，频年饥俭，百姓窘弊，多陷罪辜。烦刑之愧，朕用惧矣。其杀人、掠卖人、群强盗首，及虽非首而杀伤财主、曾经再犯公断道路劫夺行人者，依法行决，自余恕死。徒流已下，各准减降。

延昌三年夏四月，青州民饥。辛巳，开仓赈恤。

按：《魏书·宣武帝本纪》云云。

孝明帝熙平元年，赈瀛州民饥，又以炎旱，诏尚书厘恤狱犴，劝农省务。

按：《魏书·孝明帝本纪》：熙平元年夏四月戊戌，以瀛州民饥，开仓赈恤。五月丁卯朔，诏曰：炎旱积辰，苗稼萎悴，比虽微澍，犹未沾洽。晚种不纳，企望忧劳，在予之责，思自兢厉。尚书可厘恤狱犴，察其淹枉，简量轻重，随事以闻，无使一人怨嗟，增伤和气。土木作役，权皆休罢，劝农省务，肆力田畴。庶嘉泽近降，丰年可必。

熙平二年，遣使赈恤被灾诸州。

按：《魏书·孝明帝本纪》：二年冬十月庚寅，以幽、冀、沧、瀛四州大饥，遣尚书长孙稚，兼尚书邓羡、元纂等巡抚百姓，开仓赈恤。戊戌，以光州饥敝，遣使赈恤。

神龟元年，诏赈幽州民饥。

按：《魏书·孝明帝本纪》：神龟元年春正月乙酉，幽州大饥，民死者三千七百九十九人，诏刺史赵邕开仓赈恤。

神龟二年，以农月时泽弗应，敕访前式祷祈、理狱、收葬、赈恤。

按：《魏书·孝明帝本纪》：二年二月壬寅，诏曰：农要之月，时泽弗应，嘉谷未纳，三麦枯悴。德之无感，叹惧兼怀。可敕内外，依旧雩祈，率从祀典。察狱理冤，掩胔埋骼。冀瀛之境，往经寇暴，死者既多，白骨横道，可遣专令收葬。赈穷恤寡，救疾存老，准访前式，务令周备。三月甲辰，澍雨大洽。

正光元年，以灾旱为灾，诏察狱囚，蠲罢赋役。

按：《魏书·孝明帝本纪》：正光元年五月辛巳，诏曰：朕以寡薄，运膺宝图，虽未明求衣，惕惧终日，而暗昧多阙，炎旱为灾，在予之愧，无忘寝食。今刑狱系多，囹圄尚积，宜敷仁惠，以济斯民。八座可推鞫见囚，务申枉滥。癸未，诏曰：禳灾招应，修政为本；民乃神主，实宜率先。刺史守令与朕共治天下，宜哀矜勿喜，视民如伤。况今炎旱历时，万姓雕敝，而不抚恤穷冤，理决庶狱。可严敕州郡，善加绥隐，务尽聪明，加之祇肃，必使事允人神，时致灵应。其赋役不便于民者，具以状闻，便当蠲罢。

正光二年，以旱灾损禾，责躬修省，仍敕有司祇行诸惠政。

按：《魏书·孝明帝本纪》：二年秋七月癸丑，诏曰：时泽弗降，禾稼形损。在予之责，夙宵震惧，虽克躬撤降，仍无招感。有司可修案旧典，祇行六事：囿犴淹枉，随速鞫决；庶尹废职，量加修厉；鳏独困穷，在所存恤；役赋烦民，咸加蠲省；贤良谠直，以时升进；贪残邪佞，即就屏黜；男女怨旷，务令会偶。庶革止愆违，有弭灾沴。

正光三年，以炎旱将成灾，年诏有司虔祀山川，侧躬自厉。

按：《魏书·孝明帝本纪》：三年六月己巳，诏曰：朕以冲昧，夙纂宝历，不能祇奉上灵，感延和气，致令炎旱频岁，嘉雨弗洽，百稼燋萎，晚种未下，将成灾年，秋稔莫觊。在予之责，忧惧震怀。今可依旧分遣有司，驰祈岳渎及诸山川百神能兴云雨者，尽其虔肃，必令感降，玉帛牲牢，随应荐享。上下群官，侧躬自厉，理冤狱，止土功，减膳撤悬，禁止屠杀。

正光四年，诏兵荒之处，厚加赈恤。

按：《魏书·孝明帝本纪》：四年八月己巳，诏曰：狂蠢肆暴，陵窃北垂。虽军威时接，贼徒慑遁，然獯虐所过，多离其祸。言念斯敝，有轸深怀。可敕北道行台，遣使巡检遭寇之处，饥馁不粒者，厚加赈恤，务令存济。

出帝太昌元年，诏年饥露尸，所在埋覆。

按：《魏书·出帝本纪》：太昌元年五月庚戌，诏曰：顷西土年饥，百姓流徙，或身倚沟渠，或命悬道路，皆见弃草土，取厌乌鸢。言念于此，有警夜寐。掩骼之礼，诚所庶几；行墐之义，冀亦可勉。其诸有露尸，令所在埋覆。可宣告天下。

孝静帝天平元年，诏出粟赈迁民，又实仓廪以备凶饥。

按：《魏书·孝静帝本纪》不载。 按：《食货志》：孝静天平初，以迁民草创，资产未立，诏出粟一百三十万石以赈之。

按：《隋书·食货志》：魏武西迁，连年战争，河洛之间，又并空竭。天平元年，迁都于邺，出粟一百三十万石，以振贫人。是时六坊之众，从武帝而西者不能万人，余皆北徙，并给常廪，春秋二时赐帛，以供衣服之费。常调之外，逐丰稔之处，折绢籴粟，以充国储。于诸州缘河津济，皆官仓贮积，以拟漕运。于沧、瀛、幽、青四州之境，傍海置盐官，以煮盐，每岁收钱，军国之资，得以周赡。自是之后，仓廪充实，虽有水旱凶饥之处，皆仰开仓以振之。

天平三年冬十有一月戊申，诏尚书可遣使巡检河北流移饥人。

按：《魏书·孝静帝本纪》云云。

天平四年，诏所在开仓赈给饥民。

按：《魏书·孝静帝本纪》不载。 按：《食货志》：天平三年夏，又赈迁民禀各四十日。其年秋，并、肆、汾、建、晋、泰、陕、东雍、南汾九州霜旱，民饥流散。四年春，诏所在开仓赈恤之，而死者甚众。

武定二年，齐高欢以亢旱；请赈穷、宥罪。

按：《魏书·孝静帝本纪》不载。 按：《北齐书·神武本纪》：武定二年三月癸巳，以冬春亢旱，请蠲悬责，赈穷乏，宥死罪以下。

恭帝三年，安定公宇文泰创制六官，司仓掌辨九谷，以待凶荒。

按：《北史·魏本纪》：恭皇帝三年春正月丁丑，初行《周礼》，建六官，以安定公宇文泰为太师、冢宰。

按：《周书·太祖本纪》：魏恭帝三年，以太祖为太师、大冢宰、柱国。

按：《隋书·食货志》：后周太祖作相，创制六官，司仓掌辨九谷之物，以量国用。国用足，即蓄其余以待凶荒，不足则止。余用足，则以粟贷人。春颁之，秋敛之。

北　齐

文宣帝天保元年，诏勤课农桑，以备水旱。

按：《北齐书·文宣帝本纪》：天保元年八月，诏曰：诸牧民之官，仰专意农桑，勤心劝课，广收天地之利，以备水旱之灾。

天保八年，大蝗，诏免租。

按：《北齐书·文宣帝本纪》：八年自夏至九月，河北六州、河南十二州、畿内八郡大蝗。是月飞至京师，蔽日，声如风雨。甲辰，诏今年遭蝗之处免租。

天保九年，诏苗稼薄者免租赋。

按：《北齐书·文宣帝本纪》：九年秋七月戊申，诏赵、燕、瀛、定、南营五州及司州广平、清河二郡去年螽涝损田，兼春夏少雨，苗稼薄者，免今年租赋。

废帝乾明元年，遣使赡恤伤稼九州。

按：《北齐书·废帝本纪》：乾明元年夏四月癸亥，诏河南、定、冀、赵、瀛、沧、南胶、光、青九州，往因螽水，颇伤时稼，遣使分涂赡恤。

武成帝河清□（按：原缺字）年，令州郡置富人仓。

按：《北齐书·武成帝本纪》不载。　按：杜佑《通典》：河清中，令诸州郡皆别制富人仓。初立之日，准所领中下户口数得一年之粮，逐当州谷价，贱时斟量，割当年义租充入。谷贵下价粜之，贱则还用所籴之物，依价籴贮。齐制，岁每人出垦租二石，义租五斗，垦租送台，义租纳郡，以备水旱。

河清二年夏四月，并、汾、京东、雍南、汾五州虫旱伤稼，遣使赈恤。

按：《北齐书·武成帝本纪》云云。

河清三年，诏免水潦州租调。

按：《北齐书·武成帝本纪》：三年闰九月乙未，诏遣十二使巡行水潦州，免其租调。是岁，山东大水，饥死者不可胜计，诏发赈给，事竟不行。

按：《隋书·食货志》：是时频岁大水，州郡多遇沉溺，谷价腾踊。朝廷遣使开仓，从贵价以粜之，而百姓无益，饥馑尤甚，重以疾疫相乘，死者十四五焉。

河清四年，以谷不登，禁酤酒，减百官食，又诏给诸州遭水贫民粟有差。

按：《北齐书·武成帝本纪》：四年二月壬申，以年谷不登，禁酤酒。己卯，诏减百官食禀各有差。三月戊子，诏给西兖、梁、沧、赵州、司州之东郡、阳平、清河、武都、冀州之长乐、渤海遭水潦之处贫下户粟各有差。家别斗升而已，又多不付。

后主天统五年，免河北偏旱诸州租调。

按：《北齐书·后主本纪》：天统五年秋七月戊申，诏使巡省河北诸州无雨处。境内偏旱者，优免租调。

武平七年，诏济水潦饥人，又遣使巡抚流亡人户。

按：《北齐书·后主本纪》：武平七年春正月壬辰，诏去秋已来水潦人饥不自立者，所在付大寺及诸富户济其性命。秋七月丁丑，大雨霖。是月，以水涝遣使巡抚流亡人户。

北　周

孝闵帝元年，以浙州饥馑，诏免租税。

按：《周书·孝闵帝本纪》：元年三月壬子，诏曰：浙州去岁不登，厥民饥馑，朕用愍焉。其当州租输未毕者，悉宜免之。兼遣使巡检，有穷馁者并加振给。

明帝武成元年，以霖雨伤苗，诏求直言。

按：《周书·明帝本纪》：武成元年六月戊子，大雨霖。诏曰：昔唐咨四岳，殷告六眚，睹灾兴惧，咸置时雍。朕抚运应图，作民父母，弗敢怠荒，以求民瘼。而霖雨作沴，害麦伤苗，隤屋漂垣，洎于昏垫。谅朕不德，苍生何咎。刑政所失，罔识厥由。公卿大夫士爰及牧守黎庶等，今宜各上封事，谠言极谏，罔有所讳。朕将览察，以答天谴。其遭水者，有司可时巡检，条列以闻。

武帝保定元年，以亢旱伤苗，诏理刑狱。

按：《周书·武帝本纪》：保定元年秋七月戊申，诏曰：亢旱历时，嘉苗殄悴。岂狱犴失理，刑罚乖衷欤？其所在见囚：死以下，一岁刑，以上各降本罪一等；百鞭以下，悉原免之。

建德元年，诏以年谷不登，正调以外无妄征发，又以大旱求直言，公卿各引罪。

按：《周书·武帝本纪》：建德元年三月癸亥，诏曰：民亦劳止，则星动于天；作事不时，则石言于国。故知为政欲静，静在宁民；为治欲安，安在息役。顷兴造无度，征发不已，加以频岁师旅，农亩废业。去秋灾蝗，年谷不登，民有散亡，家空杼轴。朕每旦恭己，夕惕兢怀。自今正调以外，无妄征发。庶时殷俗阜，称朕意焉。五月壬戌，帝以大旱，集百官于庭，诏之曰：盛农之节，亢阳不雨，气序愆度，盖不徒然。岂朕德薄，刑赏乖中欤？将公卿大臣或非其人欤？宜尽直言，无得有隐。公卿各引咎自责。其夜澍雨。

建德三年，以年饥，诏凡贮粟麦者，准口听留，以外尽粜；又诏移饥民就食。

按：《周书·武帝本纪》：三年春正月丙子，诏以往岁年谷不登，民多乏绝，令公私道俗，凡有贮积粟麦者，皆准口听留，以外尽粜。冬十月庚子，诏蒲州民遭饥乏绝者，令向郿城以西及荆州管内就食。

建德四年，岐宁二州民饥，开仓赈给。

按：《周书·武帝本纪》云云。　按：《邵惠公颢传》：颢子导，导子椿。建德初，加大将军，寻除岐州刺史。四年，关中民饥。椿表陈其状，玺书劳慰。因令所在开仓赈恤。

汇　考　四

（食货典第七十一卷）

目　　录

中宗嗣圣一则　神龙二则　景龙三则
睿宗景云一则　先天二则
元宗开元十五则

隋

文帝开皇三年，以京师仓廪尚虚，诏于诸州置仓漕粟以备水旱。

按：《隋书·文帝本纪》不载。　按：《食货志》：开皇三年，朝廷以京师仓廪尚虚，议为水旱之备。诏于蒲、陕、虢、熊、伊、洛、郑、怀、邵、卫、汴、许、汝等水次十三州，置募运米丁。又于卫州置黎阳仓，洛州置河阳仓，陕州置常平仓，华州置广通仓，转相灌注。漕关东及汾、晋之粟，以给京师。又遣仓部侍郎韦瓒，向蒲、陕以东募人能于洛阳运米四十石，经砥柱之险，达于常平者，免其征戍。

开皇五年，诏立义仓，遣使赈河南水。

按：《隋书·文帝本纪》：五年五月甲申，诏置义仓。八月甲辰，河南诸州水，遣民部尚书邳国公苏威赈给之。

按：《食货志》：五年五月，工部尚书襄阳县公长孙平奏曰：古者三年耕而余一年之积，九年作而有三年之储，虽水旱为灾，而人无菜色，皆由劝道有方，蓄积先备故也。去年亢阳，关内不熟，陛下哀愍黎元，甚于赤子。运山东之粟，置常平之官，开发仓廪，普加赈赐。少食之人，莫不丰足。鸿恩大德，前古未比。其强宗富室，家道有余者，皆竞出私财，递相赒赡。此乃风行草偃，从化而然。但经国之理，须存定式。于是奏令诸州百姓及军人，劝课当社，共立义仓。收获之日，随其所得。劝课出粟及麦，于当社造仓窖贮之。即委社司，执帐检校，每年收积，勿使损败。若时或不熟，当社有饥馑者，即以此谷赈给。自是诸州储峙委积。其后关中连年大旱，而青、兖、汴、许、曹、亳、陈、仁、谯、豫、郑、洛、伊、颍、邳等州大水，百姓饥馑。高祖乃命苏威等分道开仓赈给。又命司农丞王亶发广通之粟三百余万石，以拯关中。又发故城中周代旧粟，贱粜与人。买牛驴六千余头，分给尤贫者，令往关东就食。其遭水旱之州，皆免其年租赋。　按：《长孙平传》：平拜度支尚书，见天下州县多罹水旱，百姓不给，奏令民间每秋家出粟麦一石已下，贫富差等，储之闾巷，以备凶年，名曰义仓。因上书曰：臣闻国以民为本，民以食为命，劝农重谷，先王令轨。古者三年耕而余一年之积，九年作而有三年之储，虽水旱为灾，而民无菜色，皆由劝道有方，蓄积先备者也。去年亢阳，关右饥馁，陛下运山东之粟，置常平之官，开发仓廪，普加赈赐，大德鸿恩，可谓至矣。然经国之道，义资远算，请勒诸州刺史、县令，以劝农积谷为务。上深嘉纳，自是州里丰衍，民多赖焉。

开皇六年，遣使赈恤诸州，又以关内旱，诏免赋税。

按：《隋书·文帝本纪》：六年二月乙酉，山南荆、浙七州水，遣前工部尚书长孙毗赈恤之。八月辛卯，关内七州旱，免其赋税。

开皇八年秋八月丁未，河北诸州饥，遣吏部尚书苏威赈恤之。

按：《隋书·文帝本纪》云云。

开皇十四年八月辛未，关中大旱，人饥。上率户口就食于洛阳。

按：《隋书·文帝本纪》云云。　按：《食货志》：十四年，关中大旱，人饥。上幸洛阳，因令百姓就食。从官并准见口赈给，不以官位为限。

按：《文献通考》：十四年，关中大旱，民饥。上遣左右视民食，得豆屑杂糠以献，为之流涕，不御酒，殆将一期。乃帅民就食于洛阳，敕斥堠不得，辄有驱逼男女参厕于仗卫之间。遇扶老携幼，辄引马避之，慰勉而去。至艰险之处，见负担者，令左右扶助之。

开皇十五年，以岁旱，祠太山，大赦。又诏北境诸州义仓杂种，并纳本州。

按：《隋书·文帝本纪》：十五年春正月庚午，上以岁旱，祠太山，以谢愆咎，大赦天下。　按：《食货志》：是时，义仓贮在人间，多有费损。十五年二月，诏曰：本置义仓，止防水旱，百姓之徒，不思久计，轻尔费损，于后乏绝。又北境诸州，异于余处。云、夏、长、灵、盐、兰、丰、鄯、凉、甘、瓜等州，所有义仓杂种，并纳本州。若人有旱俭少粮，先给杂种及远年粟。

开皇十六年，诏秦、叠等州社仓于当县安置，又诏准三等税。

按：《隋书·文帝本纪》不载。　按：《食货志》：十六年正月，又诏秦、叠、成、康、武、文、芳、宕、旭、洮、岷、渭、纪、河、廓、豳、陇、泾、宁、原、敷、丹、延、绥、银、扶等州社仓，并于当县安置。二月，又诏社仓准上中下三等税，上户不过一石，中户不过七斗，下户不过四斗。

开皇十八年，免遭水处租调。

按：《隋书·文帝本纪》：十八年秋七月壬申，诏以河南八州水，免其课役。　按：《食货志》：山东频年霖雨，杞、宋、陈、亳、曹、戴、谯、颍等诸州，达于沧海，皆困水灾，所在沉溺。十八年，天子遣使，将水工，巡行川源，相视高下，发随近丁以疏道之。困乏者开仓赈给，前后用谷五百余石。遭水之处，租调皆免。自是频有年矣。

仁寿二年，赈河南北诸州水。

按：《隋书·文帝本纪》：仁寿二年九月壬辰，河南北诸州大水，遣工部尚书杨达赈恤之。

唐　一

高祖武德元年，以谷贵给入关者课米，置社仓及常平监官，又开仓赈恤。

按：《唐书·高祖本纪》不载。　按：《旧唐书·本纪》：武德元年十一月己酉，以京师谷贵，令四面入关者，车马牛驴各给课米，充其自食。　按：《食货志》：武德元年九月四日，置社仓。其月二十二日，诏曰：特建农圃，本督耕耘，思俾齐民，既康且富。钟庾之量，冀同水火。宜置常平监官，以均天下之货。市肆腾踊，则减价而出；田穑丰羡，则增籴而收。庶使公私俱济，家给人足，抑止兼并，宣通拥滞。

按：《册府元龟》：元年十二月，开仓以赈贫乏。

武德二年，制以灾损分数，免租调课役，出库物以赈穷乏；又以谷贵，诏禁屠酤。

按：《唐书·高祖本纪》：二年闰二月乙卯，以谷贵，禁关内屠酤。

按：杜佑《通典》：二年，制凡水旱虫霜为灾，十分损四分以上，免租；损六分以上，免租调；损七分以上，课役俱免。

按：《册府元龟》：二年闰二月，出库物三万段以赈穷乏。

又按：《册府元龟》：二年闰二月乙卯，诏曰：酒醪之用，表节制于欢娱、刍豢之滋，致甘旨于丰衍。然而沉湎之辈，绝业忘资；惰窳之民，骋嗜奔欲。方今年谷不登，市肆腾踊，趣末者众，浮冗尚多，肴羞麹糵，重增其费。救弊之术，要在权宜。关内诸州官民，宜断屠酤。

武德七年，关中、河东诸州旱，遣使赈给之。

按：《唐书·高祖本纪》不载。 按：《册府元龟》云云。

太宗贞观元年，以旱饥，免租减膳，又遣使分往诸州赈恤。

按：《唐书·太宗本纪》：贞观元年夏，山东旱，免今岁租。十月丁酉，以岁饥，减膳。

按：《旧唐书·本纪》：元年夏，山东诸州大旱，令所在赈恤，无出今年租赋。八月，关东及河南、陇右沿边诸州霜害秋稼。九月辛酉，命中书侍郎温彦博、尚书右丞魏征等分往诸州赈恤。是岁，关中饥，至有鬻男女者。

按：《册府元龟》：元年九月辛酉，诏曰：虫霜为害，风雨不时，政道未康，咎征斯在。朕祗奉明命，抚育黔黎，忧愍之至，实切怀抱，轻徭薄赋，务本劝农，必望民殷物阜，家给人足。而阴阳不和，气候乖舛，永言罪己，抚心多愧。河北燕、赵之际，山西并、潞所管，及蒲、虞之郊，豳、延以北，或春逢亢旱，秋遇霜淫，或蝨贼成灾，严凝早降，有致饥馑，惭惕无忘。特宜矜恤，救其疾苦。可令中书侍郎温彦博、尚书右丞相魏征、治书侍御史孙伏伽、简校中书舍人辛谞等分往诸州，驰驿检行其苗稼不熟之处，使知损耗多少，户口乏粮之家存问，若为支计，必当细勘，速以奏闻，待使人还京，量行赈济。

贞观二年，诏出御府金宝赎饥民鬻子。始置义仓。

按：《唐书·太宗本纪》：二年三月己巳，遣使巡关内，出金宝赎饥民鬻子者还之。庚午，以旱蝗责躬，大赦。 按：《食货志》：尚书左丞戴胄建议，自王公以下，计垦田，秋熟所在为义仓，岁凶以给民。太宗善之，乃诏：亩税二升，粟、麦、秔、稻，随土地所宜。宽乡敛以所种，狭乡据青苗簿而督之。田耗十四者免其半，耗十七者皆免之。商贾无田者，以其户为九等，出粟自五石至于五斗为差。下下户及夷獠不取焉。岁不登则以赈民，或贷为种子，则至秋而偿。

按：《旧唐书·本纪》：二年三月丁卯，遣御史大夫杜淹巡关内诸州。出御府金宝，赎男女自卖者，还其父母。八月，河南、河北大霜，人饥。 按：《食货志》：二年四月，尚书左丞戴胄上言曰：水旱凶灾，前圣之所不免。国无九年储畜，经之所明诫。今丧乱之后，户口凋残，每岁纳租，未实仓廪。随时出给，才供当年，若有凶灾，将何赈恤？故隋开皇立制，天下之人，节级输粟，名为社仓。终于文皇，得无饥馑。及大业中年，国用不足，并贷社仓之物，以充官费，故至末涂，无以支给。今请自王公已下，爰及众庶，计所垦田稼穑顷亩，至秋熟，准其见在苗以理劝课，尽令出粟，稻麦之乡亦同此税。各纳所在，为立义仓。若年谷不登，百姓饥馑，当所州县随便取给。太宗曰：既为百姓预作储贮，官为举掌，以备凶年，非朕所须，横生赋敛。利人之事，深是可嘉。宜下所司，议立条制。户部尚书韩仲良奏：王公已下垦田，亩纳二升。其粟麦粳稻之属，各依土地，贮之州县，以备凶年。可之。自是天下州县始置义仓，每有饥馑则开仓赈给。

贞观三年，诏州县赈恤逃户，以旱避正殿，求直言，遣使祈雨，并赈灾荒诸州。

按：《唐书·太宗本纪》不载。 按：《册府元龟》：三年四月，诏逃户初迁，交无粮贮，州县长官量加赈恤。是年秋，具、谯、郓、泗、沂、徐、濠、苏、陇等九州，永德、载、廓三州蝗，六辅之地及绵、始、利三州旱，北边诸州霜，并遣使赈恤。

又按：《册府元龟》：三年四月丙午，以旱甚避正殿。六月，诏曰：朕以眇身，祗膺大宝，托王公之上，居亿兆之尊，励志克己，详求至治，兢兢业业，四载于兹矣。上不能使阴阳顺序，风雨以时，下不能使礼乐兴行，家给人足。而关辅之地，连年不稔，自春及夏，亢阳为虐，虽复洁诚祈祷，靡爱斯牲，膏雨愆应，田畴废业，斯乃上元贻谴，在予一人，元元何辜，罹此灾害？朕用是食不甘味，寝不安席，瞻西郊而载惕，仰云汉而疚心，内顾诸己，永怀前载，既明不自见，德不被物，岂赏罚不衷，任用失所，将奢侈未革，苞苴尚行者乎？文武百辟宜各上封事，极言朕过，勿有所隐。是月，遣开府仪同三司长孙无忌、左仆射房元龄、工部尚书段纶、刑部尚书韩仲良祈雨于名山大川。

贞观七年八月，山东、河南三十州大水，遣使赈恤。

按：《唐书·太宗本纪》不载。　按：《旧唐书·本纪》云云。

贞观八年，以水灾遣使赈饥，原赦狱讼。

按：《唐书·太宗本纪》不载。　按：《虞世南传》：世南迁秘书监，封永兴县子。贞观八年，山东及江淮大水。帝忧之，以问世南。对曰：山东淫雨，江淮大水，恐有冤狱枉系，宜省录累囚，庶几或当天意。帝然之。于是遣使赈饥民，申挺狱讼，多所原赦。

按：《旧唐书·本纪》：八年七月，山东、河南、淮南大水，遣使赈恤。

贞观九年，赈关东诸州旱。

按：《唐书·太宗本纪》不载。　按：《册府元龟》：九年秋，关东、剑南之地二十四州旱，分遣使赈恤之。

贞观十年，赈关东诸州水。

按：《唐书·太宗本纪》不载。　按：《册府元龟》：十年，关东及淮海之地二十八州水，遣使赈恤之。

贞观十一年，诏赈给水灾，诸司供役，悉令停减。

按：《唐书·太宗本纪》不载。　按：《册府元龟》：十一年七月，诏以水灾，其雒州诸县百姓漂失资产、乏绝粮食者，宜令使人与之相知，量以义仓赈给，布告天下，使明知朕意。庚子，赐遭水旱之家帛十五匹，半毁者八匹。是月，废明德宫之元圃苑院，分给河南雒阳遭水者。

又按：《册府元龟》：十一年七月，诏以水灾，诸司供进，悉令减省；凡在供役，量事停废。

贞观十二年，遣使赈诸州旱。

按：《唐书·太宗本纪》不载。　按：《册府元龟》：十二年，吴、楚、巴蜀之地二十六州旱，遣使赈恤之。

贞观十五年二月，建州言去秋鼠灾损稼，发义仓赈之。

按：《唐书·太宗本纪》不载。　按：《册府元龟》云云。

贞观十七年，以旱灾失稔，诏覆囚，避正殿，减常膳，开仓赈给。

按：《唐书·太宗本纪》不载。　按：《册府元龟》：十七年三月甲子，以久旱，诏曰：去冬之间，雪无盈尺；今春之内，雨不及时。载想田畴，恐乖丰稔。农为政本，食乃人天，百姓嗷然，万箱何冀！昔颓城之妇，陨霜之臣，至诚所通，感应天地。今州县狱讼常有冤滞者，是以上天降鉴，延及兆庶。宜令覆囚，使至州县，科简刑狱，以申枉屈，务从宽宥，以布朕怀，庶使桑林自责，不独美于殷汤，齐郡表坟，岂自高于汉代？六月癸巳，以旱，不视朝。乙巳，谓侍臣曰：殷、汤、周宣求雨恳祷，昔闻其语，今见其心。比望云蒸雨浓，重于金膏玉液。又诏曰：朕以寡德，祗膺宝命。而政惭稽古，诚阙动天。和气愆于阴阳，亢旱涉于春夏，靡爱斯牲，莫降云雨之泽，详思厥咎，在予一人。今避兹正殿，以自克责；尚食常膳，亦宜量减。京官五品已上各进封事，极言无隐，朕将亲览，以答天谴。　又按：《册府元龟》：十七年七月，汝南州旱，开仓赈给。

贞观十八年，以义仓赈诸州水。

按：《唐书·太宗本纪》不载。　按：《册府元龟》：十八年九月，谷、襄、豫、荆、徐、梓、忠、绵、宋、亳十州言大水，并以义仓赈给之。

贞观十九年正月，易州言去秋水害稼，开义仓赈给之。

按：《唐书·太宗本纪》不载。　按：《册府元龟》云云。

贞观二十年正月，沁州言去岁水伤稼，诏令赈给。

按：《唐书·太宗本纪》不载。　按：《册府元龟》云云。

贞观二十一年，诏赈水旱蝗虫诸州。

按：《唐书·太宗本纪》不载。　按：《册府元龟》二十一年七月，易州水，诏令赈给。八月，冀、易、幽、瀛、尝、豫、邢、赵八州大水，遣屯田员外韩赡等分行所损各家赈恤。是月，莱州螟，发仓以赈贫乏。十月，绛、陕二州旱，诏令赈贷，湖州给贷种食。十一月，夔州旱，渝州言鼠害秋稼，并诏赈恤。十二月，蒲州旱，渠州蝗及鼠害秋稼，并加赈恤。

贞观二十二年，开义仓赈诸州水旱及蝗鼠伤稼者，并贷种食。

按：《唐书·太宗本纪》不载。　按：《册府元龟》：二十二年正月，诏：建州去秋蝗，以义仓赈贷。二月，诏：泉州去秋蝗，及海水泛溢，开义仓赈贷。是岁，泸州、交州、越州、渝州、徐州水，戎州鼠伤稼，开州、万州旱，通州秋蝗损稼，并赈贷种食。

高宗永徽二年，开义仓以赈遭虫水诸州。

按：《唐书·高宗本纪》：永徽二年正月戊戌，开义仓以赈民。

按：《旧唐书·本纪》：二年春正月，诏曰：去岁关辅之地，颇弊蝗螟，天下诸州，或遭水旱，百姓之间，致有罄乏。此由朕之不德，兆庶何辜！矜物罪己，载深忧惕。今献岁肇春，东作方始，粮廪或空，事资赈给。其遭虫水处有贫乏者，得以正义仓赈贷；雍、同二州，各遣郎中一人，充使存问，务尽哀矜之旨，副朕乃眷之心。

永徽四年，赈贷水旱诸州。

按：《唐书·高宗本纪》不载。　按：《册府元龟》：四年，光、婺、滁、颍等州旱，兖、夔、果、忠等州水，并赈贷之。

永徽五年，以旱求直言，又遣使赈遭水诸州。

按：《唐书·高宗本纪》：五年正月丙寅，以旱诏文武官、朝集使言事。

按：《册府元龟》：五年正月，以时旱，手诏京官文武九品已上及朝集，使各进封事，极言厥咎。　又按：《册府元龟》：五年六月，诏工部侍郎王俨往河北较行遭水诸州，乏绝者赈贷之。

永徽六年，以京师米贵，出仓粟粜之，置常平仓于东西市。又赈贷雨水诸州。

按：《唐书·高宗本纪》不载。

按：《旧唐书·本纪》：六年八月，大雨，道路不通，京师米价暴贵，出仓粟粜之京师，东西二市置常平仓。　按：《册府元龟》：六年，冀、沂、密、兖、滑、汴、郑、婺等州雨水害稼，诏令赈贷之。

显庆元年，以近畿百姓岁凶少食，特诏减膳。

按：《唐书·高宗本纪》不载。　按：《册府元龟》：显庆元年二月，上封人奏称去岁粟麦不登，百姓有食糟糠者。帝命取所食视之，惊叹。手诏曰：上封人所进食极恶，情之忧灼，中宵辍寐，永言给足，取愧良深。夫国以人为本，人以食为天，百姓不足，君孰与足？朕临御天下，于今七年，每留心庶绩，轸虑农亩，而政道未凝，仁风犹缺，致令九年无备，四气有乖，遂使去秋霖滞，便即罄竭，所以伫西郊而结念，眷东作以劳怀，岂下乏常供，上甘珍馔！宜令所司常进之食三分减二。群臣奏言：伏见手诏，以近畿诸州百姓少食，特为减膳。去年虽不善熟，未是大饥，陛下忧劳情深，发使赈给，复为减膳，在外黎庶，不胜喜庆。帝曰：比日亦闻百姓食少，不足为至是。今所见者，乃非人所食物。朕闻天子以百姓心为心，岂有见有如此，一身独供丰馔！自见此食，忧欢不能已也。三月澍雨，百寮请复常膳，许之。

显庆四年七月己丑，以旱避正殿。壬辰，虑囚。

按：《唐书·高宗本纪》云云。

总章二年，以旱虑囚祷神。又括州、冀州大水，遣使赈给。剑南等十九州旱，遣使赈贷。

按：《唐书·高宗本纪》不载。　按：《旧唐书·本纪》：总章二年六月戊申，括州大风雨，海水泛溢，永嘉、安固二县城郭，漂百姓宅六千八百四十三区，溺杀人九千七十、牛五百头，损田草四千一百五十顷。冀州大水，漂坏居人庐舍数千家。并遣使赈给。秋七月，剑南、益、泸、嶲、茂、陵、邛、雅、绵、翼、维、始、简、资、荣、隆、果、梓、普、遂等一十九州旱，百姓乏绝，总三十六万七千六百九十户，遣司珍大夫路励行存问赈贷。癸巳，冀州大都督府奏：自六月十三日夜降雨，至二十日水深五尺，其夜暴水深一丈已上，坏屋一万四千三百九十区，害田四千四百九十六顷。

按：《册府元龟》：二年二月戊辰，以旱，亲虑京城囚徒；其天下见禁囚，委当州长官虑之。仍令所司分祷名山大川。

咸亨元年，关中大饥，诏往逐食，仍赈给之。

按：《唐书·高宗本纪》：咸亨元年八月庚戌，以谷贵，禁酒。是岁大饥。

按：《旧唐书·本纪》：是岁，天下四十余州旱及霜虫，百姓饥乏，关中尤甚。诏令任往诸州逐食，仍转江南租米以赈给之。

按：《册府元龟》：元年三月，以岁旱谷贵，诏司成、弘文、崇贤馆及书、算、律、医、胡书等诸色学生，并别敕修撰、写经书官典及书手等官供食料者，宜并权停。其有职任者，各还本司，自余放归本贯。秋熟已后，更听进止。

又按：《册府元龟》：元年九月辛未，诏赞善大夫崔承福、通事舍人韦太真、司卫承钳耳知正等使往江西南运粮，以济贫乏。十月壬辰，诏雍、同、华等州百姓，有单贫孤苦不能得食，及于京城内流冗街衢乞丐廛肆者，宜令所司检括，具录名姓本贯属，于故城内屯监安置，量赐皮裘衣装及粮食，县官与屯监官相知检校。十一月乙卯，令运剑南义仓米万石，浮江西下，以救饥人。

咸亨三年，关中饥，增置渭桥仓。

按：《唐书·高宗本纪》不载。　按：《会要》：三年，关中饥，监察御史王师顺运晋绛之粟于河渭之间。增置渭桥仓，自师顺始也。

咸亨四年，婺州水，诏令赈给。

按：《唐书·高宗本纪》不载。　按：《旧唐书·本纪》：四年秋七月辛巳，婺州暴雨，水泛溢，漂溺居民六百家。诏令赈给。

上元二年，免旱涝虫霜诸州租；又以旱，避正殿，减膳，撤乐，求言。

按：《唐书·高宗本纪》：上元二年四月丙戌，以旱避正殿，减膳，撤乐，诏百官言事。

按：《册府元龟》：二年正月，敕雍、岐、同、华、陇等州，给复一年；自余诸州，咸亨年遭旱涝虫霜损免之家，虽经丰稔，家产未复，宜更免一年租。　又按：《册府元龟》：二年四月，久旱，避正殿，减膳，彻悬，兼令百官极言得失，勿有所隐。仍令礼部尚书杨思敬往中岳以申祈祷。

仪凤元年，青、齐水，遣使赈恤，停匠作，虑囚徒。

按：《唐书·高宗本纪》：仪凤元年八月，青州海溢。按：《旧唐书·本纪上元》：三年（是年改元仪凤）八月壬寅，青、齐等州海泛溢，又大雨，漂溺居人五千家，遣使赈恤之。

按：《册府元龟》：上元三年八月，青州大风，齐、淄等七州大水。诏停此中尚梨园等作坊；减少府监杂匠，放还本邑；两京及九成宫土木工作，亦罢之；天下囚徒，委诸州长官虑之。

仪凤二年夏四月，以河南、河北旱，遣使赈给。

按：《唐书·高宗本纪》不载。　按：《旧唐书·本纪》云云。

按：《荒政考略》：二年夏四月，江南旱，遣御史中丞崔谧等分道赈给。侍御史刘思立上疏曰：麦秀蚕老，农事方兴，聚集参迎，妨废不少。既缘赈给，须立簿书，远近共知。

仪凤三年，以旱饥，避正殿，虑囚，许民在宫苑樵渔。

按：《唐书·高宗本纪》：三年四月丁亥，以旱避正殿，虑囚。　按：《册府元龟》：三年四月，以同州饥，沙苑及长春宫并许百姓樵采渔猎。

仪凤四年二月乙丑，东都饥，官出糙米以救饥人。

按：《唐书·高宗本纪》不载。　按：《旧唐书·本纪》云云。

永隆元年九月，河南、河北诸州大水，遣使赈恤。十一月，洛州饥，减价官粜以救饥人。

按：《唐书·高宗本纪》不载。　按：《旧唐书·本纪》云云。

开耀元年，河南、河北水，遣使赈之。

按：《唐书·高宗本纪》：开耀元年八月丁卯，以河南、河北大水，遣使赈乏绝。室庐坏者，给复一年；溺死者赠物，人三段。

按：《旧唐书·本纪》：永隆二年（是年改元开耀）春正月己亥，诏雍、岐、华、同民户，宜免两年地税；河南、河北遭水处一年。八月丁卯朔，河南、河北大水。许遭水处往江淮已南就食。

永淳元年，以年饥谷贵，罢朝会，减扈从兵士。

按：《唐书·高宗本纪》：永淳元年六月，大蝗，人相食。

按：《旧唐书·本纪》：永淳元年正月乙未朔，以年饥，罢朝会。关内诸府兵，令于邓、绥等州就谷。是春关内旱，日色如赭。四月丙寅，上以谷贵，减扈从兵士。庶从者多殍踣于路。六月，关中初雨，麦苗涝损，后旱，京兆、岐、陇螟蝗食苗并尽，加以民多疫疠，死者枕籍于路。诏所在官司埋瘗。丁丑，京师人相食，寇盗纵横。秋，山东大水，民饥。

弘道元年，以岁饥，停封中岳。

按：《唐书·高宗本纪》不载。　按：《旧唐书·本纪》：永淳二年（是年改元弘道），天后自封岱之后，劝上封中岳。每下诏草仪注，以岁饥、边事警急而止。

中宗嗣圣五年（即武后垂拱四年），太后诏赈山东、河南饥。

按：《唐书·武后本纪》不载。　按：《旧唐书·本纪》：垂拱四年春二月，山东、河南甚饥乏，诏司属卿王及善、司府卿欧阳通、冬官侍郎狄仁杰巡抚赈给。

神龙元年，河南、河北水，遣使赈给。

按：《唐书·中宗本纪》不载。　按：《册府元龟》：神龙元年六月，河南、河北十七州大水，漂流居民，害苗稼。遣中郎一人巡行赈给。

神龙二年，以旱虑囚，祭祷，避正殿，减常膳；又以河北水大饥，遣使赈给。

按：《唐书·中宗本纪》：二年十二月丙戌，京师旱，河北水，减膳，罢土木工。苏瓌存抚河北。

按：《旧唐书·本纪》：二年十二月，京师亢旱，令减膳，彻乐。河北水，大饥，命侍中苏瓌存抚赈给。

按：《册府元龟》：二年正月，以旱，亲录囚徒，多所原宥；其东都及天下诸州，委所在长官详虑。又遣使祭五岳四渎并诸州名山大川能兴云雨者。五月，以旱避正殿，尚食减膳。

景龙元年，遣使赈山东、河北饥。

按：《唐书·中宗本纪》不载。　按：《旧唐书·本纪》：神龙三年（是年改元景龙）夏，山东、河北二十余州旱，饥馑疾疫死者数千计，遣使赈恤之。

按：《册府元龟》：神龙三年夏，命户部侍郎樊悦巡抚赈给。

景龙二年，以河朔诸州饥，遣使赈恤，又赈荆州水。

按：《唐书·中宗本纪》不载。　按：《册府元龟》：景龙二年二月，以河朔诸州多饥乏，命魏州刺史张知泰摄右御史台大夫巡问赈恤。七月，荆州水，制令赈恤。

景龙三年，发仓廪赈饥，又遣使赈关中水旱。

按：《唐书·中宗本纪》不载。　按：《册府元龟》：三年三月，制发仓廪赈饥人。十月，以关中旱及水，命大理少卿侯令德等分道抚问赈给。

睿宗景云二年，以河南、淮南诸州水旱，遣使巡抚赈恤。

按：《唐书·睿宗本纪》不载。　按：《册府元龟》：景云二年八月，河南、淮南诸州上言水旱为灾，出十道使巡抚，仍令所在赈恤。

先天元年春，旱。七月丙戌，以旱减膳。

按：《唐书·睿宗本纪》云云。

先天二年二月辛丑，以雨霖，避正殿，减膳。

按：《唐书·睿宗本纪》云云。

元宗开元二年，关内饥，遣使赈给，又诏天下行常平法，积贮备荒。

按：《唐书·元宗本纪》：开元二年正月壬午，以关内旱，求直谏，停不急之务，宽系囚，祠名山大川，葬暴骸。按：《张廷珪传》：廷珪再迁礼部侍郎。开元初，大旱，关中饥，诏求直言。廷珪上疏曰：古有多难兴国，殷忧启圣，盖事危则志锐，情苦则虑深，故能转祸为福也。景龙、先天间，凶党构乱，陛下神武，汛扫氛垢，日月所烛，无不濡泽，明明上帝，宜锡介福。而顷阴阳愆候，九谷失稔，关辅尤剧。臣思天意殆以陛下春秋鼎盛，不崇朝有大功，轻尧、舜而不法，思秦、汉以自高，故昭见咎异，欲日慎一日，永保太和，是皇天于陛下眷顾深矣。陛下得不奉若休旨而寅畏哉！诚愿约心削志，考前王之书，敦素朴之道，登端士，放佞人，屏后宫，减外厩，埸无蹴踘之玩，野绝从禽之乐，促远境，罢县戍，矜惠茕独，蠲薄徭赋，去淫巧，捐珠璧，不见可欲，使心不乱。或谓天戒不足畏，而上帝冯怒，风雨迷错，荒馑日甚，则无以济下矣。或谓人穷不足恤，而亿兆携离，愁苦昬垫，则无以奉上矣。斯安危所系，祸福之原，奈何不察？

按：《旧唐书·本纪》：二年春正月，关中自去秋至于是月不雨，人多饥乏。遣使赈给，制求直谏言弘益政理者，名山大川并令祈祭。

按：《册府元龟》：二年正月戊寅，敕曰：如闻三辅近地，幽陇之间，顷缘水旱，素不储蓄，嗷嗷百姓，已有饥者。方春阳和，物皆遂性，岂可为之？君上而令有穷愁，静言思之，遂忘寝食，宜令兵部员外郎李怀让、主爵员外郎慕容珣分道，即驰驿往岐、华、同、幽、陇等州指宣朕意。灼然乏绝者，速以当处义仓量事赈给；如不足，兼以正仓及永丰仓米充。仍令节减，务救悬绝者。还日奏闻。　又按：《册府元龟》：二年正月，关中饥，下诏曰：朕闻诸易曰：先天而天弗违，后天而奉天时。天且弗违，况于人乎！因斯而言，则君事于天，养于人，行月令，顺时物也。朕以不德，恭膺斯运，静言询政，每用忧劳，属献岁发春，东风解冻，土膏脉散，草树自荣。而天久不雨，元元何辜，孰可以授农事拯彼饥者？岂布德利施庆惠尚不及欤？岂掩骼埋胔无麛无卵尚不及欤？岂名山大川修祭命祀尚不及欤？钦若令典，惟增所惧，缅怀大猷，思补其阙，有司可稽春令以称朕心。其有直谏昌言弘益政理者，朕将亲览，罔或隐避。不急之务，一切停息；见禁囚徒，速令处置，宜从宽大，勿使称冤；本州本军刺史军将境内所有名山大川能兴云致雨者，并宜祈祭；其有僵尸暴骸无主收敛者，亦仰埋掩，量致祭讫，各具状奏闻。应须酒脯，宜用官物。古者雪冤妇于东海，问刑人于北寺，则以旱之故。应时如响，至于山不童、泽不竭，使霈然以降，兴而致之，复何远也？将达精诚，务修蠲洁，俾幽坎遂性，飞走从宜，则冀天之爱人，月离于毕，颙颙之望，感而遂通。布告遐迩，令知此意。二月，帝亲虑囚徒。宰臣等奏曰：陛下亢旱，亲降德音，减膳彻乐，朝野之人，无任欣感。然食粟之马在厩犹多，臣请马料日减其半，回给饥户，则人畜偕济，免供亿之乏。许之。四月壬子，以久雨，命有司禜京城门。　又按：《册府元龟》：二年闰二月十八日，敕年岁不稔，有无须通，所在州县不得闭籴，各令当处长吏简较。　又按：《册府元龟》：二年九月，诏曰：天下诸州，今年稍熟，谷价全贱，或虑伤农。常平之法，行自往古，苟绝欺隐，利益实多。宜令诸州加时价三两钱和籴，不得抑敛，仍交相付领，勿许悬欠。蚕麦时熟，谷米必贵，即令减价出粜。豆等堪贮者熟，亦宜准此，以时出入，务在利人。江、岭、淮、浙、剑南地皆下湿，不堪贮积，不在此例。其常平所须钱物，宜令所司支料奏闻，并委长官专知，改任日递相付受。且以天灾流行，国家代有，若无粮储之备，必致饥馑之忧。县令亲人，风俗所系，随当处丰约，劝课百姓，未办三载之粮，且贮一年之食，每家别为仓窖，非蚕忙农要之时，勿许破用。仍委刺史及按察使简较觉察，不得容其矫妄。

开元三年，以旱避正殿，减常膳，求直言，录囚，祷祀；又以河南北蝗水为灾，遣官宣抚赈贷。

按：《唐书·元宗本纪》：三年五月丁未，以旱录京师囚。戊申，避正殿，减膳。

按：《册府元龟》：三年五月戊申，以旱故下诏曰：司牧生人，爱之如子；眷兹灾旱，倍切忧勤。将理政不明邪？冤囚有滞邪？疵疠道长邪？阴阳气隔邪？何崇朝密云布未洽也。载加寅畏，弗敢荒宁，诚不动天，叹深罪己，思从避减，以塞愆尤，俾月离有期，星退何远？朕今避正殿，减常膳，仍令诸司长官各言时政得失，以辅朕之不逮；天下见禁囚徒中或以痛自诬者，各令长官审加详，覆疑有冤滥，随事案理，仍告于社稷，备展诚祈；诸州旱处有山川能兴云致雨者，亦委州县官长速加祷祀。　又按：《册府元龟》：三年七月，诏曰：古之为国者，藏之于人。百姓不足，君孰与足？比者山东邑郡历年不稔，朕为之父母，欲安黎庶，恤彼贫弊，拯其流亡，静而思之，非不勤矣。今者风雨咸若，京坻可望，若贷粮地税庸调正租，一时并征，必无办法。河北诸州，宜委州县长官勘责，灼然不能支济者，税租且于本州纳，不须征却，待至春中更别处分。有贷粮回溥等，亦量事减征。又按：《册府元龟》：三年十一月乙丑，诏曰：君以人为本，人以食为天，虽水旱虫螟，代则尝有，有一于此，胡宁不恤？间者河南、河北灾蝗水涝之处，其困弊未获安存，念之怃然，不忘寤寐。宜令礼部尚书郑惟忠持节河南宣抚百姓。工部尚书刘知柔持节河北道安抚百姓。其被蝗水之州，量事赈贷，务安其俗，称朕意焉。

开元四年，诏简较蝗虫；又诏州县义仓本备饥年赈给，不得回造。

按：《唐书·元宗本纪》不载。　按：《册府元龟》：四年五月甲辰，诏曰：今年蝗虫暴起，乃是孳生，所繇官司不早除遏，俾虫成长，侵食田苗，不恤人灾，自为身计。向若信其拘忌，不有指麾，则山东田苗扫地俱尽。使人等至彼催督，其中犹有推托，以此当委官员责实。若有勤劳用命，保护田苗，须有褒贬，以明得失前后。使人等审定功过，各具所繇州县长官等姓名。闻此虫若不尽除，今年还更生子，委使人分州县计会，勿使遗类。是时山东诸州蝗虫五月末在处生于陂泽，卤田尤甚。县官或随处掘阱埋瘗，放火焚灭，杀百万余石。余皆高飞凑海，蔽天掩野。会湖水至，尽漂死焉。蝗虫积成堆岸，及为鸱鸢、白鸥、练鹊所食，种类遂绝。八月，诏河南北简较蝗虫，使狄光嗣、康敬昭、高道昌、贾彦璿等，宜令待虫尽，看刈禾有次第，然后入京奏事。恐山泽之内或遗子息，岁隙已后，各令府州县长简较，仍告按察使。如来年巡察，更令虫出所繇，官量事贬降。

又按：《册府元龟》：四年五月，敕曰：天下百姓皆有正条正租，州县义仓本备饥年赈给，若缘官事便用，还以正仓却填。近年已来，每三年一度，以百姓义仓造米远送交纳，仍勒百姓私出脚钱即并正租，一年两度打脚，雇男鬻女，折舍卖田，力极计穷，遂即逃窜，势不获已，情实可矜。自今已后，更不得以义仓回造，已上道者不在停限以后。若不熟之少者，任所司临时具奏，听进止，其脚并以官物充。

开元五年二月甲戌，免河南、北蝗水州今岁租。

按：《唐书·元宗本纪》云云。

按：《旧唐书·本纪》：五年二月，河南、河北遭涝及蝗虫处，无出今年地租。

按：《册府元龟》：五年五月，诏曰：河南、河北去年不熟，今春亢旱，全无麦苗，虽令赈给，未能周赡，所在饥弊，特异寻常。如闻至今犹未得雨，事须存问，以慰其心。从此发使，又恐劳扰，宜降恩制令本道按察使安抚。其有不收麦处，更量赈恤，使及秋收；仍令劝课种黍稌及旱谷等，使得接粮应。有事急要者，宜委使人量停，事有不便于人，须有厘革者，准此。

开元六年，诏开义仓，贷给农民，以京坻转积，令所司变造，俾便公私。又以旱避正殿，虑囚。

按：《唐书·元宗本纪》：六年八月庚辰，以旱虑囚。

按：《册府元龟》：六年三月，诏曰：德惟善政，政在养人，必将厚生阜俗，利物弘义。朕奉若天命，嗣膺王业，思一物失所，以百姓为心。间者河北、河南颇非善熟，人间粮食固应乏少。顷虽分遣使臣，已令巡问，犹虑鳏独不能自存。凡立义仓，用为岁备。今旧谷向没，新谷未登，蚕月务殷，田家作苦，不有惠恤，其何以安？宜开彼用储，时令贷给。况京坻转积，岁月滋坏，因而变造为利弘，多将以散滞收赢，理财均施，所司合作条件，俾便公私。　又按：《册府元龟》：六年七月，帝以亢旱，不御正殿，于小殿视事。诏曰：皇天应人，必有所谓。此月少雨，盖非徒然，深虑系囚或有冤滞。京城内诸司见禁囚徒，并以来日过朕，将亲虑所司，量准旧典，其杖以下情不可恕者速决，自余即放却。

开元七年，以旱损苗，祈祷，虑囚，避正殿，彻乐，减膳。

按：《唐书·元宗本纪》：七年闰七月辛巳，以旱避正殿，彻乐，减膳。

按：《册府元龟》：七年七月，诏曰：今月之初，虽降时雨，自此之后，颇愆甘液。如闻侧近禾豆微致焦萎，深用忧劳，式资祈请，丘祷则久，常典宜遵。即令礼部侍郎王丘、太常少卿李暠分往华岳河渎祈求。甲申，亲虑囚于宣政殿，事非切害，悉原之。诏曰：朕以匪德，嗣膺不命。虽日慎为诫，政期以康，而天灾流行，诚或未敢。自孟秋在候，雨泽愆足，永念农亩，用怀宵旰。在予之责，万方何罪？视人如伤，一物增怵。且夫修政之要，恤刑之重，虽得情勿喜，宁僭无滥，将恐此辈犹有冤人，或伤于和，而作此厉法，惟明慎事，藉躬亲故，爰加案省，开其幽滞，虽士师不冤，时称阅实，而愚者自陷，朕甚愍焉。故屈常法，特申宽典。丙戌，诏曰：爰自春首，颇愆甘泽，眷兹近甸将损嘉苗，人天谓何？夙夜增怵，岂刑罚莫省，罪狱其纷，傥致吁嗟，是生炎亢。故京师囚系，亲虑原减，而郡县狴牢，将何慎恤平分之道，载轸于怀。天下诸州见系囚徒，宜令所繇长官便虑有司，即此类作条件处分。

开元八年，以诸州水旱，免逋赈给。

按：《唐书·元宗本纪》：八年三月甲子，免水旱州逋负。

按：《册府元龟》：八年二月，以河南、淮南、江南频遭水旱，遣吏部郎中张旭等分道赈恤。四月，华州刺史窦思仁奏乏绝户，请以永丰仓赈给。从之。　又按：《册府元龟》：八年二月，诏曰：朕临御寰极，永思政理，黄屋成屈己之劳，紫宸多在予之念。尝恐微物或失，大道未臻，私奉睿图，载深寅畏。去年诸处并多水旱，岁储不给，生业靡安，言念下人，用增忧旰。天下遭损州逋租悬调及勾征特宜放免。又按：《册府元龟》：八年六月，河南府谷、雒、淮三水泛涨，漂溺居人四百余家，坏田三百余顷。诸州当防丁、当番卫士、掌闲厩者千余人，遣使赈恤，及助修屋宇。其行客溺死者，委本贯存恤其家。

开元九年，以诸州水旱敕所司祭祷。

按：《唐书·元宗本纪》不载。　按：《册府元龟》：九年夏五月己未，敕诸州水旱时有，其五岳四渎，宜令所司差使致祭。自余名山大川及古帝王并名贤将相陵墓，并令所司州县长官致祭，仍各修饰洒扫。

开元十年，赈给澧水诸州。

按：《唐书·元宗本纪》：十年六月丁巳，河决博棣二州。七月庚辰，给复澧水州。

按：《册府元龟》：十年正月，命有司收内外官职田以给逃还贫下户，其职田以正仓粟亩二斗给之。四月，诏曰：朕闻怀州去年偏并不熟，宜令刺史崔子源察审，问贫下不支济者量加赈贷。八月，以东都大雨，伊汝等水泛涨，漂坏河南府及许、汝、仙、陈等州庐舍数千家，遣户部尚书陆象先存抚赈给。

开元十一年，诏更赈给河南府及怀州水旱。

按：《唐书·元宗本纪》不载。　按：《册府元龟》：十一年正月，诏河南府遭水百姓，前令量事赈济。如闻未能存活，春作将兴，恐乏粮用，宜令王怡简问。不支济者，更赈给，务使安存。又以怀州去岁旱，损命，有司量加赈给。

开元十二年，诏河南、北百姓农蚕辛苦，停纳贷粮。又以河东北蒲、同两州旱，遣使赈给，亲祷内坛，并出仓米减价贱粜。

按：《唐书·元宗本纪》不载。　按：《册府元龟》：十二年三月，诏曰：河南、河北去岁虽熟，百姓之间颇闻辛苦。今农事方起，蚕作就功，宜令御史分往巡行。其有贷粮未纳者，并停到秋收。　又按：《册府元龟》：十二年七月，河东、河北旱，命中书舍人寇泚宣慰河东道，给事中李升期宣慰河北道，百姓有匮乏者，量事赈给。帝亲祷于内坛场，三日曝立。　又按：《册府元龟》：十二年八月，诏曰：蒲、同两州自春偏旱，虑至来岁贫下少粮，宜令太原仓出十五万石米付蒲州，永丰仓出十五万石米付同州，减时价十钱，粜与百姓。

开元十三年，以百姓频年不稔，放免悬欠地税。

按：《唐书·元宗本纪》不载。　按：《册府元龟》：十三年正月，诏曰：元率地税以置义仓，本防俭年，赈给百姓。频年不稔，逋租颇多，言念贫人，将何以济？今献春布泽，务叶时和，自开元十二年闰十二月以前所有未纳悬欠地税，宜放免。

开元十四年，以旱分命六卿祭山川又遣使赈灾荒诸州。

按：《唐书·元宗本纪》不载。　按：《旧唐书·本纪》：十四年秋，十五州言旱及霜；五十州言水，河南、河北尤甚；苏、同、常福四州漂坏庐舍，遣御史中丞宇文融检覆赈给之。

按：《册府元龟》：十四年六月丁未，以久旱分命六卿祭山川，诏曰：五狱〔岳〕视三公之位，四渎当诸侯之秩，载于祀典，亦为国章。方属农功，颇增旱暵，虔诚徒积，神道未孚，用申靡爱之勤，冀通能润之感。宜令工部尚书卢从愿祭东岳，河南尹张敬忠祭中岳，御史中丞兼户部侍郎宇文融祭西岳及西海河渎，太常少卿张九龄祭南岳及南海，黄门侍郎李暠祭北岳，右庶子何鸾祭东海，宗正少卿郑繇祭淮渎，少詹事张晤祭江渎，河南少尹李晕祭北海及济渎。且润万物者莫先乎雨，动万物者莫先乎风，眷彼灵神，是称师伯，虽有常祀，今更陈祈。宜令光禄卿孟温祭风伯，左庶子吴兢祭雨师，各就坛壝，务加崇敬，但羞蘋藻，不假牲牢，应缘奠祭，尤宜精洁。壬戌，以旱及风灾，命官及州县长官上封事，指言时政得失，无有所隐。　又按：《册府元龟》：十四年七月，以怀、郑、许、滑、卫等州水潦，遣右监门卫将军知内侍省事黎敬仁宣慰，如有遭损之处，应须营助赈给，并委使与州县相知，量事处置。九月，命御史中丞兼户部侍郎宇文融往河南、河北道遭水州宣抚，若屋宇摧坏、牛畜俱尽，及征人之家不能自存立者，量事助其修葺。十一月，诏曰：近闻河南、宋、沛等州百姓多有沿流逐熟去者，须知所诣，有以安存。宜令本道劝农事，与州县检责其所去及所到户数奏闻。

开元十五年，遣使赈给贫乏，停放贷粮，又转江淮米赈水旱州。

按：《唐书·元宗本纪》不载。　按：《旧唐书·本纪》：十五年二月，遣左监门将军黎敬仁往河北赈给贫乏。秋，六十三州水，十七州霜旱，河北饥，转江淮之南租米百万石以赈给之。

按：《册府元龟》：十五年四月，诏曰：河南、河北诸州去年缘遭水涝，虽频加赈贷，而恐未小康。言念于兹，无忘鉴寐。爰自春夏雨泽以时，兼闻夏苗非常茂好，既即收获，不虑少粮。然以产业初营，储积未赡，若非宽惠，不免艰辛。其贷粮麦种谷子回转变造诸色欠负等，并放候丰年，以渐征纳。蚕麦事毕及至秋收后，并委刺史、县令专勾当，各令贮积，勿使妄有费用，明加晓谕，知朕意焉。　又按：《册府元龟》：十五年七月戊寅，冀州、幽州、莫州大水，河水泛溢，漂损居人室宇及稼穑，并以仓粮赈给之。丙辰，诏曰：同州、鄜州近属霖雨稍多，水潦为害，念彼黎人，载怀忧惕。宜令侍御史刘彦回乘传宣慰，其有百姓屋宇田苗被漂损者，量加赈给。八月，制曰：河北州县水灾尤甚，言念蒸人，何以自给？朕当宁兴想，有劳旰昃，在予之责，用轸于怀，宜令所司量支东都租米二十万石赈给。十二月，以河北饥甚，转江淮租米百万余石赈给之。

开元十六年，以久雨降罪，敕以常平本钱加价收籴备荒。又河南诸州旱损，遣使赈给。

按：《唐书·元宗本纪》：十六年九月丙午，以久雨降囚罪，徒以下原之。

按：《旧唐书·食货志》：十六年十月，敕：自今岁普熟，谷价至贱，必恐伤农。加钱收籴，以实仓廪，纵逢水旱，不虑阻饥，公私之间，或亦为便。宜令所在以常平本钱及当处物，各于时价上量加三钱，百姓有粜易者为收籴。事须两和，不得限数。配籴讫，具所用钱物及所籴物数申所司，仍令上佐一人专勾当。

按：《册府元龟》：十六年九月，以久雨，帝思宥罪缓刑，乃下制曰：古之善为邦者，重人之命，执法之中，所以和气洽嘉生茂。今秋京城连雨，隔月恐耗其膏粒而害于粢盛，抑朕之不明何政之阙也！永惟久雨者，阴气凌阳，冤塞不畅之所致也。持狱之吏，不有刑罚生于刻薄，轻重出于爱憎邪！《诗》曰：此宜无罪，汝反收之。刺坏法也。《书》曰：与其杀不辜，宁失不经。明慎刑也。好生之德，可不务乎！两京及诸州系囚，应推徒已下罪，并宜释放，死罪及流各减一等，庶得解吾人之愠结，迎上天之福祐。布告遐迩，知朕意焉。　又按：《册府元龟》：十六年十月，诏曰：河南道宋、亳、许、仙、徐、郓、濮、兖、州奏旱损，宜令右监门卫大将军黎敬仁往彼巡问。如有不支济户，朕须赈给，与州县长官相知，量事处置，讫回日具状奏闻。

汇　考　五

（食货典第七十二卷）

目　　录

唐　　二

开元二十年，诏州县审责贫户，贷以义仓；又赈河南水及河北饥。

按：《唐书·元宗本纪》不载。　按：《卢从愿传》：从愿开元十八年迁太子宾客。二十年，河北饥，诏为宣抚虚置使，发仓庢赈饥民。

按：《册府元龟》：二十年二月辛卯，制曰：用天之道，分地之利。此庶人之事也，非济育无以致其功。务在三时，遵其五教。此邦家之典也，非悦劝无以成其业。朕当夜分思理，明发听朝，惠绥群元，若保赤子。议狱以缓死，薄征以息人，年谷颇登，时政庶缉，而家给之长，仍或未均，蕴利之徒，犹闻赘聚，静言其事，应有厥繇。如闻贫下之人，农桑之际，多阙粮种，咸求倍息，致令贫者日削，富者岁滋，非所谓益寡哀多，务穑敦本之方也。思弘惠恤，以拯贫窭，且义仓元置，与众共之，将以克济斯人，岂徒蓄我王府？自今已后，天下诸州，每置农桑，令诸县审责贫户应粮及种子，据其口粮贷义仓，至秋熟后照数征纳，庶耕者成业，啬人知劝，生厚而德正，时顺而物成，国富家肥，于是乎在。凡厥主守，称朕意焉。三月，诏曰：天生蒸民，树之司牧，将兴化济俗，育物阜时。朕对越明灵，作人父母，因地利以观穑，乐岁成而报功，期于富庶，俾之宁缉，故尝纳隍夕惕，负扆晨兴，受一服则思纻绩之勤，务三时则忧畎亩之害。每因水潦方降，则使堤防必葺。去岁已来，频有处分，所繇简慢，或未躬勤。河南数州，致滋水损，州县牧宰，何以自安？被损之家，何以存济？宜令户部侍郎张敬舆宣慰简覆，如实有损贫下不支济百姓，量事赈给，务令忧恤，称朕意焉。是岁河北谷贵，遣太子宾客卢从愿为宣抚处置，使开仓以救饥馁。　又按：《册府元龟》：二十年九月戊辰，河南道宋、滑、兖、郓等州大水伤禾稼，特放今年地税。

开元二十一年，京师饥，诏出太仓米给之。

按：《唐书·元宗本纪》不载。　按：《裴耀卿传》：耀卿字焕之，开元二十年，迁京兆尹。明年秋，雨害稼，京师饥。帝将幸东都，召问所以救人者。耀卿曰：陛下既东巡，百司毕从，则太仓、三辅可遣重臣分道赈给，自东都益广漕运，以实关辅。关辅既实，则乘舆西还，事蔑不济。且国家大本在京师，但秦地狭，水旱易匮。往贞观、永徽时，禄禀者少，岁漕粟二十万略足；今用度浸广，运数倍且不支，故数东幸，以就敖粟。为国大计，臣愿广陕运道，使京师常有三年食，虽水旱不足忧。今天下输丁约四百万，使丁出百钱为陕、洛运费，又益半为管窖用，分纳司农、河南、陕州。又令租米悉输东都。从都至陕，河益湍沮，若广漕路，变陆为水，所支尚赢万计。且河南租船候水始进，吴工不便河漕，处处停留，易生隐盗。请置仓河口，以纳东租，然后官自顾载，分入河、洛。度三门东西，各筑敖仓。自东至者，东仓受之；三门迫险，则旁河凿山，以开车道，运数十里，西仓受之。度宜徐运抵太原仓，趋河入渭，更无留阻，可减费巨万。天子然其计，拜黄门侍郎、同中书门下平章事，充转运使。于是置河阴、集津、三门仓，引天下租繇盟津溯河而西。三年积七百万石，省运费三十万缗。或曰：以此缗纳于上，足以明功。答曰：是谓以国财求宠，其可乎？敕吏为和市费。迁侍中。

按：《旧唐书·本纪》：二十一年，关中久雨害稼，京师饥，诏出太仓米二百万石给之。

按：《册府元龟》二十一年四月，以久旱命太子少保陆象先、户部尚书杜暹等七人往诸道宣慰赈给，仍令黜陟官吏、疏决囚徒。

开元二十二年，遣使巡问乏粮诸州，量给种子；又以京畿关辅频年不稔，诏停一切徭役欠负，其今年租赋地税亦并放免。

按：《唐书·元宗本纪》不载。　按：《旧唐书·本纪》：二十二年春正月乙酉，怀、卫、邢、相等五州乏粮，遣中书舍人裴敦复巡问，量给种子。

按：《册府元龟》：二十二年十一月，敕曰：百姓屡空，朕孰与足？言念于此，良所疚怀。如闻京畿及关辅有损田百姓等属，频年不稔，久乏粮储，虽今岁薄收，未免辛苦，宜从蠲省，勿用虚弊。至如州县不急之务，差科徭役并积年欠负等，一切并停。其今年租入等已下，特宜放免。地税受田一顷已下者，亦宜放免。

按：《文献通考》：二十二年，敕应给贷粮，本州录奏。待敕到，三口以下给米一石，六口以下给米两石，七口以下给米三石。如给粟，准米计折。

开元二十三年，以百姓艰弊，停征公私旧债；又赈给江淮已南诸遭水处。

按：《唐书·元宗本纪》不载。　按：《旧唐·书本纪》：二十三年八月戊子，制江淮已南有遭水处，本道使赈给之。

按：《册府元龟》：二十三年五月，诏曰：如闻关辅蚕麦虽稍胜常年，百姓所收才得自给，若无优假，还虑艰弊。其先欠百司职田及诸色应合至蚕麦时征，已有处分讫。其公私旧债，亦宜停征。贫下百姓有佣力买卖与富儿及王公已下者，任依常式。

开元二十五年，以今岁丰熟，诏加价和籴，所在贮掌以备荒。

按：《唐书·元宗本纪》不载。　按：《册府元龟》：二十五年九月戊子，敕曰：适变从宜，有国常典；恤人济物，为政所先。今岁秋苗，远近丰熟，时谷既贱，则甚伤农，事资均籴以利百姓。宜令户部郎中郑昉、殿中侍御史郑章于都畿据时价外每斗加三两钱和籴粟三四百万石，所在贮掌。江淮漕运，固甚烦劳，务在安人，宜令休息。其江淮间今年所运租，停其关辅，委度支郎中兼侍御史王翼准此和籴粟三四百万石，应须船运等，即与所司审计料奏闻。

开元二十六年，以开决咸卤荒废地，散给贫户及逃还百姓；诏籴宁庆小麦，贮于朔方军城。

按：《唐书·元宗本纪》不载。　按：《册府元龟》：二十六年正月丁丑制：顷以栎阳等县地多咸卤，人力不及，便至荒废。近者开决，皆生稻苗，亦既成功，岂专其利！京兆府界内应杂开稻田，并宜散给贫者及逃还百姓，以为永业。又按：《册府元龟》：二十六年三月丙申，敕曰：朕闻宁、庆两州小麦甚贱，百姓出粜又无人籴，衣服之间或虑难得。宜令所司与本道支使计会，每㪷加于时价一两钱，籴取二万石，变造面饭，贮于朔方军城。

开元二十七年，诏以今岁丰稔，令天下诸州收籴入仓，以防水旱。

按：《唐书·元宗本纪》不载。　按：《册府元龟》：二十七年九月，敕曰：理国者在乎安人，安人者在乎足食，以古先哲后立法济时，使家有三载之储，国有九年之蓄，虽遇水旱，终保康宁，则尧汤之代，繇此道也。朕以薄德，丕承睿图，身虽在于九重，心每同于兆庶，而微诚克遂，上帝降祥。今岁物已秋成，农郊大稔，岂但京坻之积，有同水火之饶，宜因丰穰预为收贮，济人救乏，孰先于兹？宜令所司速计，料天下诸州仓有不充三年者，宜量取今年税钱，各委所繇长官及时每斗加于时价一两钱收籴。

开元二十八年，敕使赈给河北。

按：《唐书·元宗本纪》不载。　按：《册府元龟》：二十八年十月，河北十三州水，敕本道采访使量事赈给。

开元二十九年，遣使赈恤东都、河北，诏州县灾损处不待奏报，先行赈给。

按：《唐书·元宗本纪》不载。　按：《旧唐书·本纪》：二十九年九月，大雨雪，稻禾偃折，又霖雨月余，道途阻滞。是秋，河北博、洺等二十四州言雨水害稼，命御史中丞张倚往东都及河北赈恤之。

按：《册府元龟》：二十九年，制曰：本制仓储，用防水旱。朕每念黎庶，尝忧匮乏，承前有遭损之州，皆待奏报然后赈给。近年亦分命使臣，与州县相知处置，尚虑道路应远，往复淹滞，以此恤人，何救悬绝？自今已后，若有损处，应须赈给，宜令州县长官与采访使勘会量事，给讫奏闻。朕当重遣使臣宣慰按覆。

天宝四载，诏以常平钱收籴大麦，贮积备荒。

按：《唐书·元宗本纪》不载。　按：《册府元龟》：天宝四载五月，诏曰：如闻今载收麦倍胜常岁，稍至丰贱，即虑伤农。处置之间，事资通济。宜令河南、河北诸郡长官，取当处常平钱，于时价外，㪷别加三五钱，量事收籴大麦贮掌。其义仓亦宜准此。仍委采访使勾当，便勘覆具数，一时录奏。诸道有粮储少处，各随土宜。如堪贮积，亦准此处分。

天宝十二载，诏涝损州郡，令御史宣抚赈给；又以京城霖雨米贵。出太仓米，减价粜与贫入〔人〕。

按：《唐书·元宗本纪》不载。　按：《旧唐书·本纪》：十二载八月，京城霖雨米贵，令出太仓米十万石，减价粜与贫人。

按：《册府元龟》：十二载正月丁卯，诏曰：河东及河淮间诸郡去载微有涝损，至于乏绝，已令给粮。如闻郡县尚未赒恤，方春在候，农事将兴，或虑百姓艰难，未能存济。宜每道各令御史一人即往宣抚，应有不支持者，与所繇计会随事赈给。如当郡无食及不充，听取比郡者分付，务令胜致，以副朕怀。

天宝十三载，以京城霖雨乏食，出太仓米贱粜济贫民。

按：《唐书·元宗本纪》不载。　按：《旧唐书·本纪》：十三载秋，霖雨积六十余日，京城垣屋颓坏殆尽，物价暴贵，人多乏食。令出太仓米一百万石，开十场贱粜，以济贫民。

天宝十四载，以岁饥乏，减粜赈给，又以旱伤宿麦，遣官祭祷。

按：《唐书·元宗本纪》不载。　按：《册府元龟》：十四载正月，以岁饥乏，故下诏曰：嘉谷不登，古今荐有；劝分之义，皇王善经。且丰熟已来，岁时颇久，岂有余粮栖亩？诚恐极贱伤农，所以积之京坻，用防水旱。爰自二载，稍异有年，粟麦之间，或闻未赡，比开仓贱粜以济时须，虽且得支持，而价未全减，糇粮、种子尚虑不充，是用赒恤，俾之宽泰，在于处置，须均有无。今更出仓，务令家给，俾其乐业，式副朕心。宜于太仓出粜一百万石，分付京兆府与诸县粜，每升减于时价十文；河南府畿县出三十万石，太原府出三十万石，荥阳、临汝等郡各出粟二十万石，河内郡出米十万石，陕郡出米二万石，并每斗减时价十文，粜与当处百姓。应缘开场，差官分配，多少一时，各委府郡县长官处置。乃令采访使各自勾当。其太仓含嘉出粟，兼令监仓使与府县计会处分。其奉先、同官、华原等县，与中部郡地近，宜准诸县例数，便于中部请受。其余县有司者，仰准此。其天下府县百姓去载有损，交不支济者，仰所繇审勘责，除有仓粮之外，仍便据籍地顷亩，量与种子。京兆府及华阳、冯翊、扶风等郡，既是近辅，须别优矜，虽非损户，或有乏少种子者，亦仰每乡量宜准给，并委采访使与府郡长官计会，即与处置使及营农使。其种子既须好粟，仍取新地税分付京畿府郡。京草虽已加价，尚闻难办，宜委度支各与所繇计会支料得至今载终已来用足之外，应未送者，量事停减，赈给粜仓，矜贫济乏，务从抚实，无使隐欺。如官人及富有之家典正并撧揽诸色，辄私侵粜，兼有乞取，或虚著人名，诈来请受者，其自五品已上官荫人等录奏，当别有处分；六品已下并白身者便决一顿，仍准法科绳。所繇等官不能觉察及自抵犯者，亦与同罪。

又按：《册府元龟》：十四载三月，诏曰：近日以来，时雨未降，在于宿麦，虑有所伤。虽忧勤之心不忘于黎庶，而精诚之至冀展于灵祇。宜令太子太师陈希烈祭元冥，光禄卿李憕祭风伯，国子祭酒李麟祭雨师。仍取今年二十三日，各申诚请，务令蠲洁，如朕意焉。又诏曰：关辅郡邑，霈泽屡施，京城在近，时雨未降，是用轸虑，匪宁于怀。其诸郡坛虽已勤请攸资遍祭，庶达诚心，宜令吏部侍郎蒋烈今年二十五日祭天皇地祇，给事中王维等分祭于五星坛，务申虔洁，以副朕怀。

肃宗□（按：原空字）年，以百姓饥，诏能赈贫乏者，宠以爵秩。

按：《唐书·肃宗本纪》不载。　按：《荒政考略》：肃宗时，百姓残于兵盗，米斗至钱七千，鬻糠为粮，民行乞食者属路。乃诏能赈贫乏者，宠以爵秩。

乾元元年三月辛卯，以岁饥禁酤酒，麦依常式。

按：《唐书·肃宗本纪》不载。　按：《旧唐书·本纪》云云。

乾元三年，令中使煮粥饲饥。

按：《唐书·肃宗本纪》不载。　按：《册府元龟》：乾元三年二月，以米贵，斗至五百文，多饿死。令中使于西市煮粥，以饲饿者。

宝应元年，代宗即位，诏水旱州县勿科率。

按：《唐书·代宗本纪》：宝应元年四月己巳，即皇帝位。十月乙卯，诏浙江水旱，百姓重困，州县勿辄科率。民疫死不能葬者，为瘗之。

按：《册府元龟》：代宗宝应元年十月乙卯，敕曰：浙江东西去岁旱损，所出租赋颇甚艰辛。今秋已来复闻遭水，百姓重困，何以克堪！朕所以未明求衣，日旰忘食，思弘理道，良用疚怀。今所征收，唯正租庸而已。其余差役，咸使矜量，颇亦申明，冀稍安辑。如闻诸道节度使不承正敕，妄有征科，州县望风，便行文牒，务为逼迫，自应诛求，事且因循，转用生弊，不有惩革，何以息人！自今已后，宜令本道观察及租庸使严加访察，其州县除正敕支遣外，不得转承诸使文牒征率一物。已上如或有犯，便仰停务，具名弹奏。又闻杭越间疾疫颇甚，户有死绝，未削版图，至于税赋，或无旧业田宅，延及亲邻。言念疲人岂堪兼役，致令逃散，诚有哀矜。亦委租庸使与本州审细勘责，据实户差遣处置，讫具状闻奏。仍委刺史、县令设法招携，课最之间，褒贬斯在。其为死绝家，无人收葬，仍令州县埋瘗。朕临御寰瀛，为人父母，一物失所，每勤罪己之心，四方未宁，弥轸纳隍之虑。庶尹乡士、友邦冢君宜悉朕怀，其敷至理。

代宗大历四年，以京城连雨米贵，减粜官米以惠贫民，蠲放淮南租庸地税。

按：《唐书·代宗本纪》不载。　按：《旧唐书·本纪》：大历四年八月丙申朔，自夏四月连雨至此月，京城米斗八百文。官出米二万石减估而粜，以惠贫民。

按：《册府元龟》：四年十一月甲子，诏曰：比属秋霖颇伤苗稼，百姓种麦，其数非多，如闻村闾不免流散。其大历五年夏麦所税，特宜与减常年税。乙亥敕曰：王者以冢宰制国用，司会质岁成，必视丰荒之年，以均赋入之数。自近古以来，天下郡县或有水旱之处，则亦减其田赋，休其力役。不急之务，不便于时，亦皆节省，以惠穷乏。上天眷命，属朕黎元，敢不敬承，励于勤恤，躬自俭薄，刑于家邦，非上荐宗庙，下资军旅，未尝私于所奉，更有征求，藏之于人，孰谓不足！乃者属减邦赋以劝农耕，而四时罔借，九扈皆叙，近自关右，达于海隅，溥其百谷之穰，宁止三年之积，非朕寡德所能臻兹。盖祖宗景灵，被此嘉贶，仰荷殊庆，兢怀益深。而淮南数州独罹灾患，秋夏无雨，田莱卒荒，闾阎艰食，百价皆振，永念于此，良增怃然。我念忧伤，终夜不寐，且有蠲贷，安用流亡？其准上今年租庸地税旨支米等，宜三分，放二分。

大历八年，以京师岁稔谷贱，敕度支转运江淮米价，充关内和籴。

按：《唐书·代宗本纪》不载。　按：《册府元龟》：八年十一月癸未，敕度支江淮转运三十万石米价并脚价充关内和籴。时京师大稔，谷价骤贱，大麦斗至八钱，粟斗至二千钱。帝勤恤万姓，思以赡之，以每岁漕挽四十万石米至上郡，乃量远近费，减至十万石；三十万石米价，充关内近加价和籴，以利关中人权也。

大历十一年，遣使赈杭州水灾。

按：《唐书·代宗本纪》不载。　按：《册府元龟》：十一年三月，以杭州前岁水灾，命右散骑常侍萧昕使于杭州，宣慰赈给。

大历十二年，以渭南令刘藻、御史赵计奏损田不多，贬官；又蠲放巴南诸州租庸及诸色征科。

按：《唐书·代宗本纪》不载。　按：《旧唐书·本纪》：十二年冬十月乙巳，京兆尹黎幹奏水损田三万一千顷，度支使韩滉奏所损不多，兼渭南令刘藻曲附滉，亦云部内田不损。差御史赵计检渭南田，亦附滉云不损。上曰：水旱咸均不宜，渭南独免。复命御史朱敖检之，渭南损田三千顷。上叹息曰：县令职在字人，不损亦宜称损。损而不闻，岂有恤隐之意耶！刘藻、赵计皆贬官。　按：《册府元龟》：十二年十一月庚辰，诏曰：朕以黎元者，君之肢体，伤之则惨怛；赋税者，国之衣食，均之则赡济。然特图其本，先假贫人之获，安所谓富国？所以底慎财用，蠲省征徭，期致理于太宁，庶自迩而及远。如闻巴南诸州，自顷年以来，西有蕃夷之寇，南有羌戎之聚，岁会戎事，城出革车，子弟困于征徭，父兄疲于餽饷，赋益烦重，人转流亡，荒田既多，频岁仍俭，户口凋耗，居邑萧然，去桑梓之重迁，保山林以自活，念性命于俄顷，或逡巡于敚攘。《传》不云乎？穷斯滥矣。顾其闾井，夫岂不怀？哀我矜人，盖非获已。朕之不德，自咎良深。其邑蓬渠集壁克通开等州，宜放二年租庸，及诸色征科亦宜蠲免，仍委本道观察使及刺史县令切加招抚。

德宗建中元年，诏俭岁米价贵，时出官米付行人，下价粜货。

按：《唐书·德宗本纪》不载。　按：《旧唐书·食货志》：建中元年七月敕：夫常平者，常使谷价如一，大丰不为之减，大俭不为之加，虽遇灾荒，人无菜色。自今已后，忽米价贵时，宜量出官米十万石、麦十万石，每石量付两市行人下价粜货。

建中三年，赵赞言：自军兴，废常平仓，凶荒流散，请置常平轻重本钱。又于诸道津要税商货，以充常平之本。

按：《唐书·德宗本纪》不载。　按：《食货志》：自太宗时，置义仓及常平仓以备凶荒。高宗以后，稍假义仓以给他费，至神龙中略尽。元宗即位，复置之。其后第五琦请天下常平仓皆置库，以畜本钱。至是赵赞又言：自军兴，常平仓废垂三十年，凶荒溃散，馁死相食，不可胜纪。陛下即位，京城两市置常平官，虽频年少雨，米不腾贵。可推而广之，宜兼储布帛。请于两都、江陵、成都、扬、汴、苏、洪置常平轻重本钱，上至百万缗，下至十万，积米、粟、布、帛、丝、麻，贵则下价而出之，贱则加估而收之。诸道津会置吏，阅商贾钱，每缗税二十，竹、木、茶、漆税十之一，以赡常平本钱。德宗纳其策。属军用迫蹙，亦随而耗竭，不能备常平之积。

按：《旧唐书·本纪》：三年九月丁亥，判度支赵赞上言，请为两都、江陵、成都、扬、汴、苏、洪等州置常平，轻重本钱，上至百万贯，下至十万贯，收贮斛㪷匹段丝麻，候贵则下价出卖，贱则加估收籴，权轻重以利民。从之。赞乃于诸道津要置吏税商货，每贯税二十文，竹、木、茶、漆皆什一税一〔之〕，以充常平之本。　按：《食货志》：三年九月，户部侍郎赵赞上言曰：伏以旧制，置仓储粟，名曰常平。军兴已来，此事阙废，或因凶荒流散，饿死相食者，不可胜纪。古者平准之法，使万室之邑必有万钟之藏，千室之邑必有千钟之藏，春以奉耕，夏以奉耘，虽有大贾富家，不得豪夺吾人者，盖谓能行轻重之法也。自陛下登极以来，许京城两市置常平官籴盐米，虽经频年少雨，米价腾贵，此乃即日明验，实要推而广之。当兴军之时，与承平或异，事须兼储布帛，以备时须。臣今商量，请于两都并江陵、东都、扬、汴、苏、洪等州府各置常平，轻重本钱，上至百万贯，下至数十万贯，随其所宜，量定多少。惟置斛斗疋段丝麻等，候物贵则下价出卖，物贱则加价收籴。权其轻重，以利疲人。从之。赞于是条奏诸道要都会之所，皆置吏，阅商人财货，计钱每贯税二十；天下所出竹、木、茶、漆，皆十一税之，以充常平本。时国用稍广，常赋不足，所税亦随时而尽，终不能为常平本。

兴元元年，诏螟蝗为害饥馑处，各赐米石。

按：《唐书·德宗本纪》不载。　按：《旧唐书·本纪》：兴元元年冬十月乙亥，诏宋亳、淄青、泽潞、河东、恒冀、幽、易定、魏博等八节度，螟蝗为害，蒸民饥馑。每节度赐米五万石，河阳、东畿各赐三万石，所司搬运于楚州。

按：《册府元龟》：元年十月乙亥，诏曰：顷戎役繁兴，两河尤剧，农桑俱废，井邑为墟，丁壮服其干戈，疲羸委于沟壑。历河朔而至太原，自淮沂而被雒汭，虫螟为害，雨泽愆时。然犹征赋未息，征役未宁，冻馁流离，寄命无所。其宋亳、淄青、泽潞、河东、常冀、幽州、易定、魏博等八节度管内各赐米五万石，河阳、东都畿二节度管内各赐三万石，所司即搬运于楚州分付，各委本道领受，赈给将士百姓。江淮之间连岁丰稔，迫于供赋，颇亦伤农，收其有余，济彼不足。宜令度支于淮南浙江东西道加价和籴米三五十万石，差官搬运于诸道，减价出粜。贵从权便，以利于人。宜即遣使分道宣慰，劳勉将士，存问乡闾，有可以救岁凶灾、除人疾苦，各与长吏商量奏闻。

贞元□（按：原缺字）年，以江淮州县水菑，命度支增估籴粟。

按：《唐书·德宗本纪》不载。　按：《食货志》：贞元初，吐蕃劫盟，召诸道兵十七万戍边。关中为吐蕃蹂躏者二十年矣，北至河曲，人户无几。诸道戍兵，月给米十七万斛，皆籴于关中。宰相陆贽以关中谷贱，请和籴，可至百余万斛。计诸县船车至太仓，谷价四十有余，米价七十，则一年和籴之数当转运之二年，一斗转运之资当和籴之五斗。减转运以实边，存转运以备时要。江淮米至河阴者罢八十万斛，河阴米至太原仓者罢五十万，太原米至通渭桥者罢二十万。以所减米籴江淮水灾州县，斗减时五十以救之。京城东渭桥之籴，斗增时三十以利农。以江淮粜米及减运直市绢帛送上都。帝乃命度支增估籴粟三十三万斛，然不能尽用贽议。

贞元元年，关中蝗旱，大饥。诏出次贬食，节用缓刑，不急之务一切停罢。

按：《唐书·德宗本纪》：贞元元年春，旱。八月甲子，以旱避正殿，减膳。

按：《旧唐书·本纪》：元年正月戊戌，大风雪，寒。去秋螟蝗，冬旱，至是雪，寒甚，民饥冻死者踣于路。二月丙寅朔，遣工部尚书贾耽、侍郎刘太真分往东都、两河宣慰。河南、河北饥，米斗千钱。夏四月己卯，江陵度支院失火，烧租赋钱谷百余万。时关东大饥，赋调不入，由是国用益窘。关中饥民蒸蝗虫而食之。五月癸卯，分命朝臣祷群神以祈雨。蝗自海而至，飞蔽天，每下则草木及畜毛无复孑遗。谷价腾踊。秋七月庚申，关中蝗食草木都尽，旱甚，灞水将竭，井多无水。有司计度支钱谷才可支七旬。甲子，诏〈曰〉：夫人事失于下，则天变形于上，咎征之作，必有由然。自顷已来，灾沴仍集，雨泽不降，绵历三时，虫蝗继臻，弥亙千里。菽粟翔贵，稼穑枯瘁，嗷嗷蒸人，聚泣田亩。兴言及此，实切痛伤。遍祈百神，曾不获应。方悟祷祠非救灾之术，言词非谢谴之诚。忧心如焚，深自刻责，得非刑法舛缪，忠良郁湮，暴赋未蠲，劳师靡息，事或无益而重为烦费，任或非当而横肆侵蠹？有一于兹，足伤和气。本其所以，罪实在予，万姓何辜，重罹饥殍。所宜出次贬食，节用缓刑，侧身增修，以谨天戒。朕自今视朝不御正殿，有司供膳并宜减省，不急之务一切停罢。除诸军将士外，应食粮人诸色用度，本司本使长官商量减罢，以救凶荒。俟岁丰登，即令复旧。十一月丁丑，诏文武常参官，共赐钱七百万贯，以岁凶谷贵衣冠窘乏故也。

按：《册府元龟》：元年正月辛丑，赈贷诸道将士百姓。昭义、河东、成德、幽州、义武、魏博、奉诚、晋慈、隰、宣武、平卢、汴、滑、河阳、东都、畿、汝州诸军节度合赈米四十七万石。二月二日，诏曰：诸道节度观察使所进耕牛，委京兆府勘责有地无牛百姓，量其产业，以所进牛均平给赐。其有田五十亩已下，人不在给限。给事中袁高奏曰：圣慈所忧，切在贫下。百姓有田不满五十亩者，尤是贫人。请量三两户共给牛一头，以济农事。从之。是时，蝗旱之后，牛多疫死，诸道节度韦皋、李叔明等咸进耕牛，故有是命。又按：《册府元龟》：元年十二月丁亥，诏曰：朕以眇身，继明列圣，不能纂承先志，以洽升平，驯致寇戎，屡兴兵革。上元降警，蝗旱为灾，年不顺成，人方歉食。言念于此，实用伤怀。是以斋心别宫，与人祈谷，虽阳和在候，而黔首无聊，称庆于予，窃所不敢。其来年正月一日朝贺宜罢。

贞元二年，以岁饥，罢元会，减御膳。

按：《唐书·德宗本纪》：二年正月丙申，诏减御膳之半。　按：《旧唐书·本纪》：二年春正月壬辰朔，以岁饥，罢元会礼。丙申，诏以民饥，御膳之费减半，宫人月共粮米都一千五百石，飞龙马减半料。

按：《册府元龟》：二年正月，以关辅荒馑，停朝贺之礼。诏曰：朕以薄德，托于人上，励精思理，期致雍熙。而鉴之不明，百度多缺，伤痍未瘳而征役荐起，流亡既甚而赋敛弥繁，人怨上闻，天灾下降，连岁蝗旱，荡无农收，惟兹近郊，遭害尤甚，岂非昊穹作沴，深警予衷，跼蹐忧惭，罔知攸措。今谷价腾踊，人情震惊，乡闾不居，骨肉相弃，流离殒毙，所不忍闻，公私之间，廪食俱竭，既无赈恤，犹复征求，财殚力尽，捶楚仍及。弛征则军莫之赡，厚取则人何以堪？念兹困穷，痛切心骨，思所以济，浩无津涯。补过实在于增修，救患莫如于息费。致咎之本，既繇朕躬，谢谴之诚，当自朕始。尚食每日所进御膳，宜各减一半；应宫内人等，每月惟供给粮米一千五百石；其飞龙厩马，从今已后至四月三十日，并减半料。京兆尹应科征诸色名目，一切并停。如有能减有均无，赒救贫乏者，当授以官秩。

贞元四年，诏水旱诸州委长吏贷种。

按：《唐书·德宗本纪》不载。　按：《册府元龟》：四年正月，诏曰：诸州遭水旱，委长吏贷种。

贞元六年，以旱遣，使祭祷，又赐京兆府麦种。

按：《唐书·德宗本纪》：六年春，旱。

按：《册府元龟》：六年三月，以旱故，遣使分祷山川。是春，京畿、关辅、河南大无麦苗。　又按：《册府元龟》：六年七月，以麦不登，赐京兆府种五万石。

贞元八年，以天下水灾，遣使分道赈给，又敕诸军镇和籴。

按：《唐书·德宗本纪》不载。　按：《权德舆传》：德舆，字载之，为太常博士，改左补阙。贞元八年，关东、淮南、浙西州县大水坏庐舍，漂杀人。德舆建言：江淮田一善熟，则旁资数道，故天下大计，仰于东南。今霪雨二时，农田不开，逋亡日众。宜择群臣明识通方者，持节劳徕，问人所疾苦，蠲其租入，与连帅守长讲求所宜。赋取于人，不若藏于人之固也。帝乃遣奚陟等四人循行慰抚。

按：《旧唐书·本纪》：八年八月乙丑，以天下水灾，分命朝臣宣抚赈贷。丁未，诏以岁凶，罢九月赐宴。十二月庚寅，诏赐遭水县乏绝户米三十万石。

按：《文苑英华》：八年八月敕：王者钦若天道，惠绥下人，修己以道其和平，推心以恤乎灾患，康时济理，何莫由斯！朕以薄德，托于人上，励精庶政，思致雍熙，而诚不动天，政或多阙，阴气作沴，暴风荐臻，自江淮而及于荆襄，历陈宋而施于河朔，其间郡邑连有水灾，城郭多伤，公私为害，损害庐舍，浸败田苗，或亲戚漂沦，或资产沉溺，为之父母，所不忍闻，兴言疚怀，良深愧悯，夙夜祗畏，悼于厥心，用是寝不获安，食而忘味，特加赈恤，庶洽幽明。宜令中书舍人奚陟往江陵府及襄、郢、复、随、鄂、申、光、蔡等州，左庶子姚齐梧往陈、许、宋、亳、颍、徐、泗、濠等州，秘书少监常咸往恒、冀、德、棣、深、赵等州，京兆尹常武往扬、楚、庐、滁、润、苏、常等州宣慰。应诸州百姓因水漂荡、家业淹损、田苗交至乏绝不能自存者，委宣抚使量与赈给，沉溺死者各加赐物，仍并以所在官中两税钱物地税米充给。其溺死人，所在官为收敛埋瘗，用申恻隐，以慰幽魂。其田苗所损，亦与宣抚使与观察使、刺史约所损多少，速具闻奏。於戏！一夫不获，一物失所，刑罚不中，赋敛不均，皆可以损阴阳之和，致水旱之沴。其州县应有系囚及狱讼久未决者，委所在长吏即与疏理，务从宽简，使绝滞冤。贪官暴吏倚法害公，特加惩肃，用明典宪。灾伤之后，切在抚绥，咨尔方镇之臣，洎于州县守宰，咸知悉乃心力，设法救人，以恤凶灾，以补伤败，庶令安集，式副忧勤，宣布朕怀，使各知悉。 又按：《文苑英华》：八年十二月，敕：惠下恤人，先王之政典，视年制用，有国之恒规，故有出公粟以赈困穷，弛岁征以宽物力。救患之道，何莫由兹！顷以诸道水灾，遣使宣慰，中心是属，夕惕弥勤，省览条奏，载怀悯恻，用加救恤，以济吾人。应诸道遭水漂荡、家业淹损、田苗乏绝户，宜共赐米三十万石，所司各据州府乏绝户多少，速分配每道合给米数闻奏，并以度支见贮米充度支，即与本道节度、观察使计费，各随便近支付，委本使差清干官请受分送合赈给州县。仍令县令及本曹官同付人户，务从简便，无至重扰，速分给讫，具状闻奏。其州府水损田苗及五六分者，今年税米及诸色官田租子，并减放一半；损七分以上，一切全放。其所减放米如是支用数内，应令度支及本道以诸色钱物充填，并委度支条件闻奏。其两税钱，所司准旧例处分。朕抚临兆庶，思致和平，理化未臻，良增寅畏。方镇守宰，职在亲人，所宜分忧，以救艰食，必躬必信，副朕意焉。 按：《资治通鉴》：八年，陆贽上言：陛下顷设就军和籴之法，以省运制，与人加倍之价以劝农。此令初行，人皆悦慕，而有司竞为苟且，专事纤啬，岁稔则不时敛藏，艰食则抑使收籴，遂使豪家贪吏反操利权，贱取于人，以俟公私之乏。上既无信于下，下亦以伪应之，度支物估转高，军城谷价转贵，至有空申帐簿，伪指囷仓，计其数则亿万有余，考其实则百什不足。又曰：旧制以关中用度之多，岁运东方租米。今夏江淮水潦，米贵加倍。关辅以谷贱伤农，宜加价以籴而无钱；江淮以谷贵人困，宜减价以粜而无米。而又运彼所乏，益此所余，所谓习见闻而不达时宜者也。今江淮斗米直百五十钱，运至东渭桥僦直又约二百，据市司月估斗粜三十七钱，耗其九而存其一，馁彼人而伤此农，可谓深失。顷者每年自江、湖、淮、浙运米百一十万斛，至河阴留四十万斛，贮河阴仓。至陕州又留三十万斛，贮太原仓。余四十余万斛，输东渭桥。今河阴、太原仓见米犹有三百二十余万斛，京兆诸县斗米不过直钱七十。请令来年江淮止运三十万斛至河阴，而河阴、陕州以次运至东渭桥。其江淮所停运米八十万斛，委转运使每斗取八十钱，于水灾州县粜之，以救贫乏。计得钱六十四万缗。减僦直六十九万缗。请令户部先以二十万缗付京兆，令籴米以补渭桥仓之缺，数斗用百钱，以利农人。以一百二万六千缗付边镇，使籴十万人一年之粮。余十万四千缗，以充来年和籴之价。

贞元九年，税茶备水旱，诏州府不得闭籴。

按：《唐书·德宗本纪》不载。 按：《旧唐书·食货志》：九年正月初，税茶。先是，诸道盐铁使张滂奏曰：伏以去岁水灾，诏令减税。今乏国用，须有供储。伏请于出茶州县及茶山外商人要路，委所由定三等时估，每十税一，充所放两税。其明年以后所得税，外贮之。若诸州遭水旱，赋税不办，以此代之。诏可之，仍委滂具处置条奏。自此每税得钱四十万贯。然税无虚岁，遭水旱处亦未尝以钱拯赡。

按：《册府元龟》：九年正月，诏曰：分灾救患，法有常规；通商惠人，国之令典。自今宜令州府不得辄有闭籴，仍委盐铁使及观察使访察闻奏。

贞元十年，陆贽奏请以税茶钱置义仓，备水旱。

按：《唐书·德宗本纪》不载。　按：《资治通鉴》：十年，陆贽上言，请以税茶钱置义仓，以备水旱。其略曰：古称九年六年之蓄者，率土臣庶通为之计尔，固非独丰公庾，不及编氓也。近者有司奏请税茶，岁约得五十万贯。元敕令贮户部，用救百姓凶饥。今以蓄粮，适符前旨。

贞元十二年，以京畿旱，诏放租税。

按：《唐书·德宗本纪》不载。　按：《旧唐书·本纪》：十二年冬十月壬戌，诏以京畿旱，放租税。

按：《册府元龟》：十二年十月，诏：京兆府所奏奉先等八县旱损秋苗一万顷，计予三万六千二百石青苗钱一万八千二百贯。比缘春夏少雨，秋稼或伤，顷亩虽损非多，黎庶犹虑艰食，况畿甸之内，供应实烦，须有优矜，以宽疲瘵。其所奏损，特宜放免。先是，州府奏水旱损苗，别差官检覆，多有异同之议。又追集人户，颇扰州府。至是，帝知其弊，故特允其奏，朝野欢庆。

贞元十三年，河南府旱，借含嘉仓粟赈之。

按：《唐书·德宗本纪》不载。　按：《册府元龟》：十三年三月，河南府上言，当府旱损，请借含嘉仓粟五万石赈贷百姓。可之。

贞元十四年，诏免水旱州府逋欠。以岁凶谷贵，粜太仓粟以惠民。

按：《唐书·德宗本纪》：十四年冬，无雪，京师饥。

按：《旧唐书·本纪》：十四年六月乙巳，以旱俭出太仓粟赈贷。冬十月癸酉，以岁凶谷贵，出太仓粟三十万石，开场粜，以惠民。十二月癸酉，出东都含嘉仓粟七万石，开场粜，以惠河南饥民。　按：《食货志》：十四年六月，以米价稍贵，令度支出官米十万石，于两街贱粜。

按：《册府元龟》：十四年正月，诏曰：朕临御兆人，为之父母，思底于道，俾安其生。然则邦计不可不供，封陲且以集事，而累经水旱，或有流庸，积成逋悬，浸以凋瘵，每念于此，惕然疚怀，中宵已兴，思拯其弊。将以悯其疾苦，致于康宁，岂可更扰疲人，尚为征敛？宜弘善贷，以惠困穷，其诸道州府应欠负贞元八年九年十年两税及榷酒钱总五百六十万七千余贯，在百姓腹内一切并免，如已征得在官者，宜令所司具条疏闻奏。於戏！天生蒸人，君为司牧，百姓不足，过实在予。永思其艰，载用祗畏，宣示中外，令知朕怀。舆议以所欠钱物等，多是浮于编氓腹中，各已逃移，年月且久，纵令所司征纳，亦无从而致，虽有此诏，亦无益于百姓矣。　又按：《册府元龟》：十四年六月庚寅，诏曰：访闻蒸庶之间米价稍贵，念兹贫乏，每用忧怀，苟利于人，所宜通济。今令度支出官米十万石，于街东西各五万石，每斗贱较时价粜与百姓。七月，令赈给京兆府百姓麦种三万石。

按：《荒政考略》：十四年，旱民请蠲租，京兆尹韩皋虑府帑已空，不敢奏。其后事闻于上，贬抚州司马。

贞元十五年，以年饥，罢宴赏，出仓粟粜于京畿。

按：《唐书·德宗本纪》不载。　按：《旧唐书·本纪》：十五年二月，罢中和节宴会，年凶故也。癸卯，罢三月群臣宴赏，岁饥也。出太仓粟十八万石，粜京畿诸县。

贞元十八年，赐水旱诸州帛及米盐，又量放两税钱物。

按：《唐书·德宗本纪》不载。　按：《旧唐书·本纪》：十八年秋七月庚辰，蔡、申、光三州春水夏旱，赐帛五万段、米十万石、盐三千石。

按：《册府元龟》：十八年七月，蔡、申、光三州言春大水，夏大旱。诏其当道两税除当军将士春冬衣赐及支用外，各供上都钱物已征及在百姓腹内，量放二年。

又按：《册府元龟》：十八年七月，诏曰：朕获主兆人，以临方夏，忧勤于政，思底康宁。然而理化未孚，水旱为沴，或伤坏庐舍，漂损田畴。朕为人父母，用切于衷。其诸道应遭水损州县，令委本道观察使速具条疏闻奏，当有处分。又诏曰：政在养人，实为邦本。朕庶存节用，以拯凋残，咨尔长吏，宜加安抚，申明晓示，令悉朕怀。

贞元十九年，以旱饥，许孟容、权德舆上疏陈阙政，诏罢选举，贷麦种。

按：《唐书·德宗本纪》不载。　按：《许孟容传》：孟容累迁给事中。贞元十九年夏，大旱，上疏言：陛下斋居损膳，具牲玉，走群望，而天意未答，岂丰歉有定，阴阳适然乎？窃惟天人交感之际，系教令顺民与否。今户部钱非度支岁计，本备缓急，若取一百万缗代京兆一岁赋，则京圻无流亡，振灾为福。又应省察流移征防当还未还，役作禁锢当释未释，负逋馈送当免免之，沉滞郁抑当伸伸之，以顺人奉天。若是而神弗祐、岁弗稔，未之闻也。　按：《权德舆传》：德舆真拜侍郎。贞元十九年大旱，德舆因是上陈阙政曰：陛下斋心减膳，悯恻元元，告于宗庙，祷诸天地，一物可祈，必致其礼，一士有请，必听其言，忧人之心可谓至已。臣闻销天灾者修政术，感人心者流惠泽，和气洽则祥应至矣。畿甸之内，大率赤地而无所望，转徙之人毙踣道路，虑种麦时，种不得下。宜诏在所裁留经用，以种贷民。今兹租赋及宿逋远贷，一切蠲除。设不蠲除，亦无可敛之理，不如先事图之，则恩归于上矣。十四年夏旱，吏趣常赋，至县令为民殴辱者，不可不察。又言：漕运本济关中，若转东都以西缘道仓廪，悉入京师，督江、淮所输以备常数，然后约太仓一岁计，斥其余者以粜于民，则时价不踊而蓄藏者出矣。帝颇采用之。

按：《旧唐书·本纪》：十九年秋七月戊午，以关辅饥，罢吏部选、礼部贡举。乙亥，贷京畿民麦种。

贞元二十年，以岁俭，罢中和节宴，京畿诸县逋租宿贷并蠲除之。

按：《唐书·德宗本纪》不载。　按：《旧唐书·本纪》：二十年二月丙午朔，罢中和节宴，岁俭也。

按：《册府元龟》：二十年二月，诏曰：去夏迄秋，颇愆时雨，京畿诸县，稼穑不登。朕用轸虑，愧为其父母。今宿麦未收，其逋租宿贷六十五万贯石，宜蠲除之。礼化之本，系乎京师；副朕忧人，属于长吏。宜勉务农桑，各安生业，以谕朕怀。

贞元二十一年，顺宗即位，度支奏请和籴救农。

按：《唐书·顺宗本纪》不载。　按：《旧唐书·本纪》：二十一年正月丙申，即位于太极殿。七月甲子。度支使杜佑奏：太仓见米八十万石，贮来十五年，东渭桥米四十五万石，支诸军皆不悦。今岁丰阜，请权停北河转运，于滨河州府和籴二百万石，以救农伤之弊。乃下百寮议，议者同异，不决而止。

顺宗永贞元年，宪宗即位，敕赈申、光等州；又以久雨，出库盐惠饥民。

按：《唐书·宪宗本纪》不载。　按：《旧唐书·本纪》：顺宗即位之年八月，受内禅，即皇帝位。九月丙子，敕申光蔡、陈许两道比遭亢旱，宜加赈恤。申、光、蔡赈米十万石，陈、许五万石。

按：《册府元龟》：永贞元年十一月，以久雨，京师盐贵，出库盐一万石以惠饥民。

汇考六

（食货典第七十三卷）

目录

唐三

宪宗元和元年，以岁丰，畿内行和籴法；州府所税地丁，诏十分取二，充常平、义仓，以备水旱。又命官赈给浙东。

按：《唐书·宪宗本纪》不载。　按：《食货志》：宪宗即位之初，有司以岁丰熟，请畿内和籴。当时府、县配户，督限有稽，违则迫蹙鞭挞，甚于税赋，号为和籴，其实害民。

按：《旧唐书·食货志》：元和元年正月，制：岁时有丰歉，谷价有重轻，将备水旱之虞，在权聚敛之术。应天下州府每年所税地丁数内，宜十分取二分，均充常平仓及义仓，仍各逐稳便收贮，以时出粜，务在救人，赈贷所宜。速奏。

按：《册府元龟》：元年四月戊申，命礼部员外郎裴汶以米十万石赈给于浙东。

元和二年，蠲放水旱诸道租税及上供钱。

按：《唐书·宪宗本纪》不载。　按：《册府元龟》：二年正月辛卯，制：淮南、江南去年已来，水旱疾疫，其租税节级蠲放。二月壬申，制：以浙江西道水旱相乘，蠲放去年两税上供三十四万余贯。

元和四年，诏诸道遭水旱者，免其田租，振以公廪，又振贷旱歉诸州。

按：《唐书·宪宗本纪》不载。　按：《旧唐书·本纪》：四年十一月癸卯朔，浙西苏、润、常州旱俭，赈米二万石。

按：《册府元龟》：四年正月壬午，制曰：王者立国，本以安人。海隅苍生，不忘弘覆，天下至广，咸务和宁。其或郡国罹灾，存抚为重，发廪蠲赋，时惟旧章，献岁布和，前圣高躅。朕祗膺眷命，缵承洪绪，居兆人之上，五载于兹，推大信以抚万邦，体至仁以蕃庶类，夕惕惟厉，忧深纳隍，岂布理犹郁，上帝未感，精祲相荡，阴阳或愆。近者江淮之间，水旱作沴，绵亘郡邑，自夏徂秋，虽诚祷群神，无爱圭璧，而灾流下土，亏我生成，逋亡靡依，凋瘵斯甚，疲俗艰食。时予之辜！当宁疚怀。宵衣兴叹，悯兹求瘼，临遣使臣，分命巡行，将加存恤，往救灾患，冀安流庸，俾免其田租，赈以公廪，随便拯给，惠此困穷。其元和三年诸道应遭水旱所损，州府应合放两税钱米等，损四分已下，宜准式处分四分；已上者，并准元和元年六月十八日敕文放免。仍令中书门下即于朝班中择人分道存抚，其有单贫乏户，转徙未安，便以常平、义仓所贮斛㪷量事赈贷，务令存济，副朕忧轸。呜呼，方岳长吏，居职亲人，永言分忧，亦惟善政。敬哉有土，咸悉予怀。六月，渭南县暴水发溢，漂损庐舍二百一十三户，秋田十六顷，溺死者六人，命京兆府发义仓赈给。十一月，诏淮南扬、楚、滁三州，浙西润、苏、常三州，今年歉旱尤甚，米价殊高，言念困穷，岂忘存恤。宜以江西、湖南、鄂岳、荆南等使折籴米三十万石赈贷淮南道三州，三十万石贷浙西道三州。恐此米来迟，不救所切，宜委淮南、浙西观察使，且各以当道军粮米据数给旱损人户，节级作条件赈贷。淮南李吉甫、浙西韩皋躬亲部署，令刺史、县令切加勾当，使此米必及饥人，以副朕意。如赈贷三州之外，可及诸州，亦听量便宜处置，待江西等道折籴、和籴米到，各处依数收管。

元和六年，以常平、义仓粟贷借贫民。又以水旱，下诏矜贷。

按：《唐书·宪宗本纪》不载。　按：《旧唐书·本纪》：六年二月癸巳，以京畿民贫，贷常平、义仓粟二十四万石。诸道州府依此赈贷。八月癸亥朔，户部侍郎李绛奏：诸州阙官职田禄米及见任官，抽一分职田，请所在收贮，以备水旱赈贷。从之。

按：《册府元龟》：六年二月癸巳，制曰：王者本忧人之心，有顺时之令，故及发生之候，必弘利泽之规，以此惠人，期于阜俗。今三阳布和，万物遂性，惟人之穷乏者，或不能自存，朕所以悯然省忧，议所赈救。如闻京畿之内，缘旧谷已尽，粟麦未登，尚不足于食陈，岂有余于播种，劝其耕食，固在及时，念彼征求，尤资宽贷。京兆府宜以常平、义仓粟二十四万石贷借百姓。其诸道州府有乏少粮种处，亦委所在官长用常平、义仓粮借贷。淮南、浙西、宣歙等道元和四年赈贷，并且停征，容至丰年然后填纳。　又按：《册府元龟》：六年二月甲午，敕：泗州二年水旱，所损不虚。其欠元和五年钱四千六百四十贯、米三千一百石等，宜并放免。十月戊寅，制曰：朕闻王者之牧黎元也，爱之如子，视之如伤。苟或风雨不时，稼穑不稔，则必除烦就简，惜力重劳，以图便安，以阜生业。况邦畿之内，百役所丛，虽勤恤之令亟行，而供亿之制犹广，重以经夏炎暵，自秋霖霪，南亩亏播植之功，西成失丰登之望，内乏口食，外牵王徭，岂惟转徙之虞，虑有馁殍之患。斯盖理道犹郁，和气未通，永言于兹，良所咎叹！宜加惠贷，式示诚怀。比者每令折籴，本以便人为意，今田谷所收，其数既少，必恐征纳之后，种食不充。其京兆府宜放今年所配折籴粟二十五万石，如百姓有粟，情愿折纳，即于时价外特加优饶与纳，仍令当处收贮，委度支逐便支用。今春贷百姓义仓斛㪷，属岁旱歉，须议优矜，宜令所司容至丰收日征填。京兆府从元和五年已前诸县租税有逋悬钱在百姓腹内者，放免。其百姓职田数额甚广，近缘水潦，道路不通，计搬运脚价，所费犹倍，务令宽济，使其安存。其破损外职田粟，宜令逐近贮纳，仍委度支随便支用。其职田粟送城脚价，亦宜放免。百官今年本分职田粟，据损数外，宜令于太仓请受。其草及水田租，既缘城中无可迴给，即宜据损数外，准旧例，令今年畿内田苗应水旱损处无闻，至今检覆未定，又属霖雨，所损转多，有妨农收，应致劳扰，其诸县勘覆有未毕处，宜令所司据元诉状便与破损，不必更令检覆。其未经申诉者，亦宜与类例处分。朕以为理之本在乎安人，咨尔尹京宰邑之臣，实惟亲人阜俗之寄，必当询其疾苦，奉我诏条，恤隐为心，无怠于事，罔或徇利以剥下，吐刚而茹柔，使闾井咸安，茕嫠获济，各勉忠孝，宜悉朕怀。闰十二月乙巳，敕：畿内百姓顷以秋稼旱损，农收不登，言念疲黎，每务矜恤。乃者诏命既下，各已加恩，如闻村闾之间尚虑乏食，更宜优贷以惠吾人。其粟及大豆除已征纳外，见在百姓腹内者，宜令全放；青苗钱欠在百姓腹内者，量放一半。

元和七年，诏放免从前赈贷钱粟。又户部奏请和籴备荒，从之。

按：《唐书·宪宗本纪》不载。　按：《旧唐书·本纪》：七年二月庚寅朔。壬辰，诏以去秋旱歉，赈京畿粟三十万石。其元和六年春赈贷百姓粟二十四万石，并宜放免。

按：《册府元龟》：七年七月，户部侍郎判度支卢坦奏：今年冬，诸州和籴贮粟，泽、潞四十万石，郑、滑、易、定各一十五万石，夏州八万石，河阳一十万石，太原二十万石，灵武七万石，振武、丰州、盐州各五万石，凡一百六十万。以今秋丰稔，必资蓄备，其泽、潞、石、易、定、郑、滑、河阳委本道差判官和籴，各于时价每㪷加十文，所冀人知劝农，国有常备。从之。

按：《文苑英华》：七年，敕：王者布德行惠，必顺天时，发廪赈乏，盖循旧典。朕君临宇县，念切黎元，思欲咸致其安，各阜其业。事关恤下，政在便人，予无爱焉，斯为大本。而甸服之内，比年丰穰，一岁不登，遂至艰食，岂非毂下赋役经制犹繁，物力所资凋耗已甚！靖言于此，愧叹良深。今春阳发生，田事具饬，苟迫于歉乏，不能自存，而耕植损亏，秋成何望？所以特加恩赉，蠲彼征求，庶农桑之及时，俟麰麦之方稔。式当和煦之候，载示忧勤之心。我其永怀，俾厚生殖。京畿百姓，宜共赈给粟三十万石。内八万石以京兆府常平义仓粟充，其余以太仓粟充支给。比者田谷致损，刍藁随之，今已过时，益难济办。其并职田草共一百一十五万束，并宜放免。又有常赋钱谷，蠲放之余，贫弊者多，虑难输入，欲令宽恤，须有优矜。其京兆府欠去年两税青苗等钱二万一千八百贯，欠秋租杂斛斗及职田粟五万三千三百石，并宜放免。元和六年春赈贷京畿百姓义仓粟二十四万石，亦宜放免。朕诚意靡达，黎人未康，忧积于衷，鉴寐增惕。爰自去岁，以迄于今，存救之恩，屡降明诏，乃眷长吏，职惟亲人，尔其检虑抚绥，指陈利病，将我惠泽，被于鳏孤，叶于便宜，无使劳扰。故兹示谕，当悉朕怀。

按：《荒政考略》：七年，宪宗谓宰相曰：卿等屡言淮南水旱，近有御史自彼还，言不至为灾。李绛对曰：御史奸谀不足信。上曰：国以民为本，有灾当急救之，岂可复疑。命速蠲其租。

元和九年，诏出仓粟赈饥，又以旱免京畿夏税及青苗钱。

按：《唐书·宪宗本纪》：九年五月癸酉，以旱免京畿夏税。　按：《旧唐书·本纪》：九年二月丁未，诏以岁饥，放关内元和八年已前逋租钱粟，赈常平、义仓粟三十万石。五月旱，谷贵，出太仓粟七十万石，开六场粜，以惠饥民。乙丑，以旱免京畿夏税十三万石、青苗钱五万贯。

按：《食货志》：九年四月，诏出太仓粟七十万石，开六场粜之，并赈贷外县百姓。至秋熟征纳，便于外县收贮，以防水旱。

按：《册府元龟》：九年二月丁未，制曰：善为国者，务蓄于人。百姓未康，君孰与足？其或时逢水旱，念切茕嫠，于是有已责之恩，行散利之典，古今通范，何莫繇斯！朕恭己励精，以临兆庶，永言忧济，终食岂忘？思俾万邦，同臻富寿。而去岁甸服，气序愆和，夏属骄阳，秋多苦雨，三农爽候，五稼不滋，比及收藏，曾靡善熟。如闻闾井之内，储备罕充，产于地者既微，出于力者宜困，既牵公上之税，荐迫输送之期，循环岁时，固亦劳止。况群司具列，军卫实繁，供亿之名，制备存工役之科，条未艾四方桢干，属在京师，念兹矜人，良多愧叹。今土膏方动，东作其勤，逋赋未蠲，种饷何望？宜加惠渥，式俾厚生，趋泽务农，庶乎劝化。姑示纳隍之旨，伫宽艰食之虞，煦育顺时，义斯可取。应京畿百姓所欠元和八年税斛㪷青苗钱税草等，在百姓腹内者，并宜放免，仍以常平、义仓斛斗三十万石，委京兆府条疏赈给，务及贫人。如常平、义仓不足，即宜以元和七年诸县所贮折籴斛斗添给。应缘赈给百姓等，委京兆差择清干官，于每县界逐处给付，使无所弊，各得自资。近岁已来，屡弘德泽，邦畿千里，上号田腴，阜安疲黎，亦在循政。咨尔京邑长吏，洎于宰字之官，各宜叶心，将我诏意，戒之以扰，授之以仁，宣示朕怀，咸使知悉。时百姓以八年水害农功及春作告旱，于是畿辅间以征赋为忧，及此诏下，人情大悦。　又按：《册府元龟》：九年五月癸酉，以京畿旱，免今年夏税大麦杂菽合十三万石，并随地青苗钱五万贯。

元和十年，赈恤易、定等州。

按：《唐书・宪宗本纪》不载。　按：《册府元龟》：十年十二月，命度支郎中薛公幹赈恤易、定等州。

元和十一年，赈徐、宿饥，并蠲京畿逋负。

按：《唐书・宪宗本纪》不载。　按：《旧唐书・本纪》：十一年夏四月丁巳，以徐、宿饥，赈粟八万石。

按：《册府元龟》：十一年四月己未，制曰：疆理宇内，必先于京师；惠绥四方，亦始于中国。盖以千里之壤，百役是资，俾其不足，吾孰与足？顷自春及夏，时泽未降，恐失顺成之道，或生歉俭之灾，是以仰瞻昭回，俯察田亩，喜获朝阶之润，方宽夕惕之忧，思遂康宁，尽蠲逋负。其京畿百姓所有积欠元和九年、十年两税及青苗并折籴折纳斛㪷及税草等，除在官典所由腹内者，并宜放免。

元和十二年，粜太仓粟以惠饥民。定州饥，募人入粟受官。又诏以义仓斛斗赈给遭水州府。

按：《唐书・宪宗本纪》不载。　按：《旧唐书・本纪》：十二年夏四月己酉，出太仓粟二十五万石粜于西京，以惠饥民。秋七月壬辰，诏以定州饥，募人入粟受官及减选、超资。　按：《食货志》：十二年四月，诏出粟二十五万石，分两街降估出粜。

按：《册府元龟》：十二年正月，以京畿及陈、许饥，诏郑、滑观察使，以估粜官粟救之。九月辛卯，制曰：朕为人君，期致丰宁，夙夜永思，未尝怠息。而庶政犹阙，常雨为灾，至今远近，或有垫溺，浸败庐舍，漂没田苗。言念疲黎，重罹斯弊，览兹奏报，嗟悼良深。将俾获安，岂忘赈救！其诸道应遭水州府河南、泽、潞、河东、幽州、江陵府等管内及郑、滑、沧、景、易、定、陈、许、晋、隰、苏、襄、复、台、越、唐、随、邓等州人户，宜令本州厚加优恤，仍各以当处义仓斛㪷据所损多少量事赈给，讫具数奏闻。

元和十四年，诏贷河南府及汝州饥民。

按：《唐书・宪宗本纪》不载。　按：《册府元龟》：十四年七月，东都留守上言，河南府汝州百姓饥，诏贷河南府粟五万石、汝州二万石。

元和十五年，穆宗即位，免灾伤苗稼处租入。

按：《唐书·穆宗本纪》不载。　按：《册府元龟》：穆宗以元和十五年正月即位。六月，京兆府上言，兴平、醴泉县雹伤夏苗，请免其租入。九月，宋州奏雨水败田稼六千顷，请免今年租入。并从之。

穆宗长庆二年，赈陈、许水灾。诏水旱诸州贱粜仓粟，以惠贫民。又以灾旱虑囚。

按：《唐书·穆宗本纪》不载。　按：《旧唐书·本纪》：二年秋七月丁未，陈、许水灾，赈粟五万石。闰十月甲寅，诏：江淮诸州旱损颇多，所在米价不免踊贵，眷言疲困，须议优矜。宜委淮南、浙西东、宣歙、江西、福建等道观察使，各于当道有水旱处，取常平、义仓斛㪷，据时估减半价出粜，以惠贫民。十二月癸巳，淮南奏和州饥，乌江百姓杀县令以取官米。

按：《册府元龟》：二年十二月甲午，命以绢二百匹赈京师东市、西市穷乏者。又按：《册府元龟》：二年十二月己亥，诏曰：自冬以来，甚少雨雪，农耕方始，灾旱是虞，虑有冤滞，感伤和气。宜委御史台、大理寺及府县长吏，自录囚徒，仍速决遣，除身犯罪应支证追呼近系者，一切并令放出，须辨对者任其责保，冀得克消沴气，延致休祥。

长庆□（按：原缺字）年，赐米赈浙东饥。

按：《唐书·穆宗本纪》不载。　按：《白孔六帖》：长庆中，浙东灾疠。拜丁公著观察使，诏赐米七万斛，使赈饥用。

长庆四年，敬宗即位，诏出太仓粟贱粜惠民；以麦熟霖雨，令诸司疏决囚徒。又诏于关内、关东和籴，以备饥歉。

按：《唐书·敬宗本纪》不载。　按：《旧唐书·本纪》：四年二月癸酉即位。辛丑，以米贵，出太仓粟四十万石，于两市贱粜，以惠贫民。八月甲寅，诏于关内、关东折籴和籴粟一百五十万石。　按：《食货志》：四年二月，敕出太仓陈粟三十万石于两街出粜。其年三月，制曰：义仓之制，其来日久。近岁所在盗用没入，致使小有水旱，生人坐委沟壑。永言其弊，职此之由。宜令诸州录事参军，专主勾当。苟为长吏迫制，即许驿表上闻。考满之日，户部差官交割。如无欠负，与减一选；如欠少者，量加一选；欠数过多，户部奏闻，节级科处。

按：《册府元龟》：四年二月，诏：如闻京城米谷翔贵，百姓乏食者，多夏麦未登，须有救恤。宜出太仓陈粟四十万石，委度支京兆府类会减时价，于东西街置场出粜。其价钱仍司府收贮，至秋收籴。　又按：《册府元龟》：四年六月辛巳，诏曰：近者夏麦垂熟，霖雨稍多，虽不甚损伤，亦是阴阳小沴，必虑囚徒之中或有冤滥。宜令御史中丞、刑部侍郎、大理卿同疏理决，遣讫闻奏。其在内诸军使囚徒，亦委本司疏决闻奏。　又按：《册府元龟》：四年七月丁卯，敕：近日访闻京城米价稍贵，须有通变以便公私。宜令户部应给百官俸料，其中一半合给匹段者，回给官中所籴粟，每㪷折钱五十文。其匹段委别收贮，至冬籴粟填纳太仓。时人以为甚便。八月，诏于关内及关东折籴粟一百五十万石，用备饥歉。其和籴价以户部钱充，收贮毕日仍委户部管系，寻常不得支用。

敬宗宝历元年，敕度支于诸道和籴。又博籴于河东、振武市耕牛万头，分给畿内疲甿。

按：《唐书·敬宗本纪》不载。　按：《旧唐书·本纪》：宝历元年十二月戊辰，敕：

农功所切，实在耕牛。疲氓多乏，须议给赐。委度支往河东、振武、灵、夏等州市耕牛一万头，分给畿内贫下百姓。是岁，淮南、浙西、宣、襄、鄂潭、湖南等州言旱伤稼。

按：《册府元龟》：元年八月，敕度支于两畿及凤州、邠、泾、鄜、坊、同、华、河中、陕州、河阳等道，共和籴折籴聚二百万斛，命祠部郎中崔忠信等分道主之。以是岁大稔故也。十二月戊辰，敕：如闻河东、振武今年熟，令博籴米十万斛，搬送灵武收贮，其价以户部钱充。

文宗太和二年，诏发义仓粟赈给山东水灾。

按：《唐书·文宗本纪》不载。 按：《册府元龟》：太和二年七月，诏曰：朕抚有四方，子育兆庶，虔恭夕惕，罔敢自暇，庶乎天地交感，人神洽和。如闻山东降灾，淫雨泛滥，岂政理有所未明，人情有所未达邪？中宵待旦，惕然疚怀。应是诸州遭水损田苗坏庐舍处，宜委所在吏切加访恤。如不能自济者，宜发义仓赈给，普令均一，以副朕怀。

太和三年，以诸道水旱，下赈给、蠲免、通籴之诏。

按：《唐书·文宗本纪》不载。 按：《册府元龟》：三年五月，诏：去年已来，水损处郓曹濮、青淄、德齐等三道宜各赐米五万石，兖海三万石，并以入运米在侧近者逐便速与搬运。仍以右司员外郎刘茂复充曹濮等道赈恤使，户部员外郎严誉兖海等道赈恤使。七月，齐、德州奏：百姓自用兵已来，流移十分，只有二分，伏乞赐麦种、耕牛等。敕量赐麦三千石、牛五百头，共给绫一万匹充价值。仍各委本州自以侧近市籴分给。 又按：《册府元龟》：三年十一月庚子，京兆上言，奉先、富平、美原、云阳、华原、三原、同官、渭南等八县旱雹，损田稼二千三百四十顷，有诏蠲免。 又按：《册府元龟》：三年九月，诏以河南、河北诸道频年水旱，重以兵役，而徐、汴管内遭水潦。如闻江淮诸郡所在丰稔，困于甚贱，不免伤农，州县长吏苟思自便，条约不令出界，虽无严榜以避诏条，而商旅不通，米价悬异，致令水旱之处种食无资。昔春秋之时，列国异政，分灾救患，犹载册书，况今朝典大行，远近一统，禁钱闭籴，具在赦文。宜令御史台谏御史一人于河南巡检，但每道每州界首物价不等，米商不行，即时潜有约勒，不必更待文榜为验，便具事状，及本贯刺史、县令察判名闻。如河南通商旅之后，淮南诸郡米价渐起，展转连接之处，直至江西、湖南、荆、襄已来，并须约勒，依此举勘闻奏。仍各令观察使审详前后赦条，御史切加访察，不得容蔽。

太和四年，赈太原饥，敕于关内及凤翔府和籴以备荒。又赈给放免被水诸道。

按：《唐书·文宗本纪》不载。 按：《旧唐书·本纪》：四年秋七月乙酉，太原饥，赈粟三万石。九月戊寅，舒州太湖、宿松、望江三县水，溺民户六百八十，诏以义仓赈贷。己丑，淮南天长等七县水，害稼。十一月癸巳，淮南大水及虫霜，并伤稼。是岁，京畿、河南、江南、荆襄、鄂岳、湖南等道大水，害稼，出官米赈给。 按：《食货志》：四年八月，敕：今年秋稼似熟，宜于关内七州府及凤翔府和籴一百万石。

按：《册府元龟》：四年七月癸巳，许州上言：去年六月二十一日被水，有诏应遭水损百姓等，宜量放今年租子，委本道即具分析闻奏；仍令宣慰使李珝与本道勘会人户实水损，每人量给米一石；其当户人多，亦不得过五石。令度支以逐便支送，其人粟数分并以闻，并免本道合送上供钱二万。八月戊寅，舒州上言：当州太湖、宿松、望江等县，从今年四月已后，江水泛涨，没百姓产业，共计六百八十二户，并尽人皆就高避水，饥贫无食。有诏以义仓赈给。十月庚寅，诏曰：朕以寡德，临御万方，宵旰忧勤，匪敢自暇。然仁未及物，诚不动天，阴阳失和，水潦为败，顾兹灾沴，害及生灵。江淮之间，润、和两州应水损县数，据所申奏漂溺人户处，宜委本道观察使与本州刺史仔细检勘，全放今年秋税钱米，仍以义仓斛㪷逐便据户赈救。其浙西、浙东、宣歙、鄂岳、江西、鄜坊、山南东道，并委观察使与所在长吏，据淹损田苗、漂坏庐舍及虫螟所损，节级矜减，指实奏闻。如闻没溺甚处，亦以义仓量事赈赐。其京兆、河南府所损县，即据顷亩依常例检核分数蠲减。州县牧宰，各务抚安，必令均齐，用称朕意。

太和五年，太原、河东旱，赈粟十万石。又遣使赈给被水诸处，并蠲秋租。

按：《唐书·文宗本纪》不载。　按：《旧唐书·本纪》：五年春正月丁巳，太原旱，赈粟十万石。六月辛卯，苏、杭、湖南水害稼。秋七月甲辰，剑南东、西两川水，遣使宣抚赈给。是岁，淮南、浙江东西道、荆襄、鄂岳、南东川并水。害稼，请蠲秋租。

按：《册府元龟》：五年正月，诏：河东兵戈之后，亢旱逾年，仓廪空虚，黎元困乏，若无救恤，恐至流亡。宜借便粟十万石。　又按：《册府元龟》：五年十月丁卯，京兆府同官、奉先、渭南县今年夏风电暴雨，害田稼，至是请蠲免其租。可之。

太和六年，以常平、义仓赈京畿诸县。又赈诸道水旱疾疫。

按：《唐书·文宗本纪》：六年五月庚申，给民疫死者棺，十岁以下不能自存者二月粮。

按：《旧唐书·文宗本纪》：六年春正月壬子，诏：朕闻天听自我人听，天视自我人视。朕之菲德，涉道未明，不能调序四时，导迎和气。自去冬已来，逾月雨雪，寒风尤甚，颇伤于和。念兹庶甿，或罹冻馁，无所假贷，莫能自存。中宵载怀，旰食兴叹，怵惕若厉，时予之辜。思弘惠泽，以顺时令。天下死罪囚，除官典犯赃、故意杀人外，并降徒流，已下递降一等。应京畿诸县，宜令以常平、义仓斛斗赈恤。京城内鳏寡癃残无告不能自存者，委京兆尹量事济恤，具数以闻。言念赤子，视之如伤。天或警予，示此阴沴。抚躬夕惕，予甚悼焉。二月戊寅，苏、湖二州水，赈米二十二万石，以本州常平、义仓斛斗给。五月壬子，浙西丁公著奏杭州八县灾疫，赈米七万石。

按：《册府元龟》：六年二月，户部侍郎庾敬休奏：两州米价腾贵，百姓流亡至多，请粜两州阙官职田禄米以救贫人。从之。　又按：《册府元龟》：六年五月庚申，诏曰：朕闻王者之理天下，一物失所，兴纳隍之咎，一夫不获，叹时予之辜。虽饥疫凶荒，国家代有，而阴阳祲沴，儆戒朕躬。自诸道水旱害人，疫疾相继，宵旰罪己，兴寝疚怀，屡降诏书，俾副勤恤，发廪蠲赋，救患赈贫，亦谓至矣。今长吏申奏，札瘥犹甚。盖教化未感于蒸人，精诚未格于天地，法令之或爽，官吏之或非，百姓称冤，税役多弊，奸赃未去，农业失时。有一于兹，皆伤和气。并委内外文武常参官一一条疏，各具所见闻奏。必当亲览，无惮直言。其诸道应灾荒处疾疫之家，有一门尽殁者，官给凶具，其余据其人口遭疫多少与减税钱。疫疾未定处，官给医药。江南诸道既有凶荒，赋入上供悉多蠲减，国用常限或虑不充。宗庙切急所须外，所有旧例市买贮备杂物一事已上，并仰权停，待岁熟时和则举处分。於戏！朕自临御，于今七年，兢兢乾乾，不敢自逸，而冲昧寡德，未能燮调。艰旱水灾，或罹于藩郡；夭亡疾苦，或害于生人。悼于厥心，省己自责。其州府长吏，各奉诏条，勉加拯恤。

太和七年，诏赐仓粟赈救农民。以旱避殿，彻乐，减膳，省刑，祈祷。又诏及时填足借用义仓斛㪷，以备饥歉。

按：《唐书·文宗本纪》不载。　按：《旧唐书·本纪》：七年春正月壬子，诏：朕承上天之眷佑，荷列圣之丕图，宵旰忧劳，不敢暇逸，思致康乂，八年于兹。而水旱流行，疫疾作沴，兆庶艰食，札瘥相仍。盖德未动天，诚未感物，一类失所，其过在予。载怀罪己之心，深轸纳隍之叹。如闻关辅、河东去年亢旱，秋稼不登，今春作之时，农务又切，若不赈救，惧至流亡。京兆府赈粟十万石，河南府、河中府、绛州各赐七万石，同、华、陕、虢、晋等州各赐十万石，并以常平、义仓物充。

按：《册府元龟》：七年正月壬子，以旱，诏京兆府、河中等九州府，宜赐粟五十六万石，并以常平、义仓及所籴斛㪷充；无本色者，以运米折给。委本州府长吏明作等第，差官吏对面宣赐，先从贫下起给。　又按：《册府元龟》：七年七月己酉，敕曰：今缘稼穑方滋，旬月少雨，虑其冤滞，或有感伤。宜委左仆射李程及御史大夫郑覃同就尚书省疏理诸司囚徒，务从宽降，限五日内毕闻奏。其外州府为有稍旱处，委长吏速准此处分。壬子，以旱命吏部尚书令狐楚、御史大夫郑覃同疏决囚徒。甲寅，徙市。闰七月乙卯，诏曰：朕嗣纂圣图，覆育生类，兢业寅畏，上承天休。而阴阳失和，膏泽愆候，害我稼穑，灾于黔黎，有过在予，敢忘咎责。是用避殿彻乐减膳，省刑思惕，虑以覃思，庶荐诚而致雨。时泽未降已来，朕当避正殿，减供膳，太常教坊声乐权停，闲习飞龙厩马量减食粟，其百司官署厨馔亦且权减。阴阳郁堙，縶系伤害，有紊和气，是乖燮调。今放出宫人一千人。其诸道今年合进鹰犬，宜数内停减一百头，联；在五坊者，宜减放一百头联。京城囚徒，虑有冤滞，已委疏决，务从宽降。宜令郑覃、令狐楚速具条疏闻奏。内外诸司，先有修造，稍非急切者，并宜停省。公卿百寮及戚里旧将相之家，如有僭侈逾制，委御史台纠察闻奏。诸州府长吏及县令有贪纵苛暴者，委御史台访察闻奏。名山大川及能兴云致雨者，各委长吏精诚祈祷。於戏！朕受天眷佑，为人父母，暵旱作沴，焦劳匪宁，遍祀山川，靡爱珪璧，非食罪己，缓狱消灾，载深勤雨之心，冀警纳隍之戒。凡百士庶，宜谅予怀。时以久无雨，帝遍走群望，至是复有此诏。既而甘泽普沾，人心大悦。　又按：《册府元龟》：七年八月，诏曰：如闻今岁所在丰稔，其义仓斛㪷先有借用处，委户部勾当，并须及时填足。

太和八年，诏丰熟之处许商兴贩，不得遏籴。江淮、浙西仍岁水潦，以军州自贮官仓米及常平、义仓米减半价出粜，以济贫人，仍蠲放钱粮。

按：《唐书·文宗本纪》不载。　按：《册府元龟》：八年八月戊申，诏曰：岁有歉穰，谷有贵贱，权其轻重，须使通流，非止救灾，亦为利物。同州诸县至河中晋绛京西北丰熟之处，宜令近京诸道许商兴贩往来，不得止遏。

又按：《册府元龟》：八年九月，诏江淮、浙西等道仍岁水潦，遣殿中侍御史任畹驰往慰劳。以比年赈贷多为奸吏所欺，徒有其名，惠不及下，宜委所在长吏以军州自贮官仓米减一半价出粜，各给贫弱；如无贮蓄处，即以常平、义仓米出粜。又诏：诸道有饥疫处，军粮积蓄之外，其属度支户部杂谷，并令减价以出粜，济贫人。　又按：《册府元龟》：八年九月丁卯，诏：江淮、浙西等道仍岁水潦，其田苗全损处，全放其年青苗钱；余亦量议蠲减。

太和九年，以天下回残钱置常平、义仓本钱，诸道饥疫处各赐粟米有差。

按：《唐书·文宗本纪》不载。　按：《食货志》：九年，以天下回残钱置常平、义仓本钱，岁增市之。非遇水旱，不增者，判官罚俸，书下考；州县假借，以枉法论。文宗尝召监仓御史崔虞问太仓粟数，对曰：有粟二百五十万石。帝曰：今岁费广而所蓄寡，奈何？乃诏出使郎官、御史督察州县壅遏钱谷者。时豪民侵噬产业，不移户，州县不敢徭役，而征税皆出下贫，至于依富为奴客，役罚峻于州县。长吏岁辄遣吏巡覆田税，民苦其扰。

按：《旧唐书·本纪九年》：二月乙丑，以岁饥，河北尤甚，赐魏博六州粟五万石，陈许、郓曹濮三镇各赐糙米二万石。

按：《册府元龟》：九年二月，中书门下奏：常平、义仓本虞水旱，以时赈恤，州府不详文理，或申省取裁，或奏候进止。自今已后，应遭水旱之处，先据贫下户及鳏寡茕独不济者，便开仓，准元年敕，作等第赈贷，讫具数申报有司。如水旱尤甚，米麦翔贵，亦准元年敕，或减价出粜，熟时籴填。委诸道观察使各下诸州，重令知悉。三月，制曰：朕以寡德，托于兆人之上，虽兢兢业业，思理不怠，而政道多阙，和气用伤，仍岁水旱，黎人艰食，为之父母，斯心郁陶。如闻魏博六州阻饥尤甚，野无青草，道殣相望，及山南东道、陈许、郓曹濮、淮南、浙西等道，皆困于饥疫，虑乏种饷。其魏博宜赐粟五万石，山南东道、陈许、郓曹濮等三道各赐糙米二万石充赈给，委度支逐便支遣。淮南、浙西两道，委长吏以常平、义仓粟赈赐。应诸道有饥疫处，军粮积蓄之外，其属度支户部杂谷，并令减价出粜，以济贫人。其有宰牧非才，贪残为害，及承前积弊，须有条流，或冤狱留滞，速宜疏决者，并委观察使纠察详访，具状闻奏，用弭天眚，以副朕焦劳之虑。

开成□（按：原空字）年，诏以羡钱备水旱。

按：《唐书·文宗本纪》不载。　按：《玉海》：开成初，河南观察卢周仁进羡钱亿万，诏置钱河阴院以虞水旱。

开成元年，以岁歉放免青苗钱。又赐租和籴，添贮义仓，截留运米贱粜。

按：《唐书·文宗本纪》不载。　按：《会要》：开成元年十一月，忠武节度使杜悰、天平节度使王源中奏：当道常平、义仓，请别置十万石，以备凶年。从之。

按：《册府元龟》：开成元年正月，诏：同州赐谷六万石，河中府、绛州共赐十万石，委度支户部以见贮粟麦充赐。　又按：《册府元龟》：元年正月，诏：河中、同州、绛州去年旱歉，赋敛不登，宜特放免开成元年夏青苗钱。

又按：《册府元龟》：元年闰五月己卯，帝御紫宸殿，谓宰臣曰：京兆府请开场收麦，何如？李固言曰：但优饶百姓，则易籴。今年百姓虽放两税，亦须听其收贮，自为岁计，但情愿出粜，即加于时价收之。郑覃曰：不强其所不欲，加价收籴，人自乐输。十月，户部请和籴粟一百万石。　又按：《册府元龟》：元年八月，户部奏：应诸州府所置常平、义仓，伏请起今后通公私田亩别纳粟一升，逐年添贮义仓。敛之至轻，事必通济，岁月稍久，自致充盈。纵逢水旱之灾，永绝流亡之虑。敕从之。十一月，陈许观察使杜悰奏：陈、许、蔡三州常平、义仓斛㪷，除元数外，当使添置粟一十万石，分贮三州以备水旱。十二月，盐铁转运使奏：据江淮留后卢钢以江淮诸州人将阻饥，请于来年运米数内，量留收贮。至春夏百姓饥乏之际，减价出粜，收其直，待熟偿之。无损于官，有利于人。帝嘉之，诏留常运米三十万石。

开成二年，蠲水旱州租税。又以蝗旱，诏祷祈灵庙，疏决系囚。

按：《唐书·文宗本纪》不载。　按：《旧唐书·本纪》：二年三月壬申，诏诸州遭水旱处，并蠲租税。六月庚戌，魏、博、泽、潞、淄、青、沧、德、兖、海、河南府等州并奏蝗害稼。秋七月壬戌，朔。乙亥，以久旱徙市，闭坊门。乙酉，以蝗旱，诏诸司疏决系囚。己丑，遣使下诸道巡覆蝗虫。

按：《册府元龟》：二年三月壬申，诏：扬州、楚州、浙西管内诸郡，如闻去年稍旱，人罹其灾，岂可重困黎元，更加诛敛？爰布蠲除之，令用叶拯物之情宜。委本道观察使，于两税户内不支济者，量议矜减今年夏税钱，每贯作分数蠲放，分析速奏。仍于上供及留州使额内相均落下，务令苏息。十月，河南府上言：今秋诸县旱损，并雹降伤稼，请蠲赋税。从之。　又按：《册府元龟》：二年七月，诏以时旱，减入内水十分之九，赐百姓灌田。从京兆尹崔洪之请也。　又按：《册府元龟》：二年七月庚午，诏曰：农人遍野，甘泽稍愆，眷言时苗，未保收获，斋心恳祷，犹望有成。各宜差长吏所在灵庙祷祈。乙亥，以久旱移市，开坊市南门。乙酉，诏曰：秋旱未雨，虑有幽冤，缧禁多时，须议疏决。京师刑狱，宜令右仆射兼门下侍郎平章事郑覃亲往疏理。乃分命宰臣祈雨于太庙、太社、白帝坛。己丑，遣侍御史崔虞、孙范各往诸道巡覆蝗虫，并加宣慰。

开成三年，赈旱蝗等处；其公私债负，一切停放。水潦诸州，遣使宣慰。又诏诸道籴粟收贮，以备凶年。

按：《唐书·文宗本纪》不载。　按：《旧唐书·本纪》：三年春正月癸未，诏去秋蝗虫害稼处，放逋赋，仍以本处常平仓赈贷。八月丙戌，朔甲午，山南东道诸州大水，田稼漂尽。丁酉，诏大河而南，幅员千里，楚泽之北，连互数州，以水潦暴至，堤防溃溢，既坏庐舍，复损田苗。言念黎元，罹此灾沴，或生业荡尽，农功索然，困馁雕残，岂能自济？宜令给事中卢弘宣往陈许、郑、滑、曹、濮等道宣慰，刑部郎中崔瑨往山南东道鄂岳、蕲黄道宣慰。己亥，魏博六州蝗，食秋苗并尽。十一月壬戌，诏今年遭水蝗虫处，并宜存抚赈给。

按：《册府元龟》：三年九月丙辰，朔。中书门下奏：请配诸道收籴粟一百万石，以备凶年。甲申，诏令户部差官京西、东都、河中，共籴粟六十万石，各于当处收贮，以备水旱。　又按：《册府元龟》：三年十一月壬戌，诏诸道今年遭水及蝗虫州县人户等，宜委观察使与州县长吏计会，精加访察，勿惮奏论。诸道所有进献，时新委中书门下更点勘撙减，以称朕意。京畿之内，百役繁兴，欲其阜安，切在忧恤。其今年二月二十五日敕赈贷诸县百姓粮种粟八万四千九百七十八石，如闻数内半是义仓斛㪷。此乃救灾之备，丰年自合收填。其余有户部管系者，并宜停征，以俟来岁。畿内诸县应有开成元年已前诸色逋欠，仍委度支与府司同检勘闻奏。如是官吏破用，不在此限。

按：《文苑英华》：三年正月二十四日，诏〈曰〉：朕嗣守丕训，恭临大宝，兢兢业业，十有三年。何尝不惠下以爱人，克己以利物，外无畋游之乐，内绝土木之功，浣衣菲食，宵兴夕惕，厚于身者无不去，便于人者无不行，损群方之底贡，驱时风于朴素，将以弘祖宗法度，致夷夏雍熙，心虽劳于九垓，道未进于一取，顾惟不德，惭叹方深。今虽遐迩甫宁，忠良叶志，五兵戢其鋩刃，百姓绝其征行，勤求理道，日冀平泰。而去秋旱蝗所及，稼穑卒痒，哀此蒸人，惧罹艰食。是用顺时布令，助煦育之深仁，施惠覃恩，法雨露之殊泽。其淄、青、兖、海、郓、曹、濮去秋虫蝗，害物偏甚。其三道有去年上供钱及斛斗在百姓腹内者，并宜放免；今年夏税上供钱及斛斗，亦宜全放；仍以当处常平、义仓斛斗速加赈救。京兆府、诸州府应有蝗虫米谷贵处，亦宜以常平、义仓及侧近官中所贮斛斗量加赈赐。灾旱之余，抚养尤切，眷兹长吏，必在得人。应遭蝗虫处，刺史委中书门下精加访察，如有烦苛暴虐、贪浊懦弱者，即须与替。邦畿之内徭役殷繁，言念疲人，固资矜恤。京兆府今年夏青苗钱宜量放一半，应遭蝗虫及旱损州县乡村百姓公私债负一切停征，至麦熟即任依前征理，及准私约计会。其遭蝗虫及旱损处，准敕添贮义仓每亩九升斛斗，去秋合征在百姓腹内者，并宜放免。其天下州府贷种粮子在百姓腹内者，更不要征。闭籴禁钱，为时之蠹，方将革弊，尤藉通商。其见钱及斛斗所在方镇州府，辄不得擅有壅遏，任其交易，必使流行。仍委出使郎官、御史及所在度支、盐铁、巡院切加勾当，兼委转运使设法搬运江淮糙米，于河阴积贮，以备节给赈济。累时以来，水旱时有方隅，郡府杼轴屡空，厚下所以安人，哀多由其称物，至于征敛，亦在宽恤。应方镇州府借便度支盐铁户部钱物斛斗经五年以上者，并宜放免；天下百姓人吏欠太和九年以前官钱斛斗，家业荡尽，无可征纳，囚系囹圄，动经岁年者，亦宜放免。呜呼！唯此凶灾，是彰菲德，情敢忘于罪己，惠所贵于及人，施令布和，期于苏息。凡厥臣庶，宜体朕怀，主者施行。

开成四年，诏以义仓粟赈遭水百姓。

按：《唐书・文宗本纪》不载。　按：《册府元龟》：四年七月丙午，沧景节度使刘约奏请义仓粟，赈遭水百姓。诏曰：本置义仓，只防水旱，先给后奏，敕有明文。刘约所奏，已为迟晚，宜速赈恤。

武宗会昌六年，宣宗即位，以旱免夏税，又停征常平、义仓每亩率配之数。

按：《唐书・宣宗本纪》不载。　按：《册府元龟》：宣宗以会昌六年即位。五月，赦节文：常平、义仓斛斗，已出百姓，太和中又于常数外，每亩配率一升，称防灾沴。其所征常平、义仓正数，都无商量。如闻此色在诸州县皆两征。已困之人，何堪重敛！自今已后，宜停征太和中每亩率配之数，仍令所在长吏分明晓示，以绝奸欺。

按：《文献通考》：六年，以旱免今年夏税。

宣宗大中四年，诏水旱处多方优恤；又以雨霖，诏理囚蠲逋。

按：《唐书・宣宗本纪》：大中四年四月壬申，以雨霖，诏京师、关辅理囚，蠲度支、盐铁、户部逋负。

按：《册府元龟》：四年正月，诏有水旱处，宜令州县长吏多方优恤，务使安存。如有甚不支济，仰具事繇闻奏，别议处分。

大中六年，敕常平、义仓，勘遭灾贫户支给；禁断斛斗入京及以面造曲。

按：《唐书・宣宗本纪》不载。　按：《旧唐书・本纪》：大中六年四月丁酉，敕：常平、义仓斛㪷，每年检勘，实水旱灾沴处，录事参军先勘人户多少支给，先贫下户，富户不在支给之限。　按：《食货志》：六年四月，户部奏：诸州府常平、义仓斛斗，本防水旱，赈贷百姓。其有灾沴州府地远，申奏往复，已至流亡。自今已后，诸道遭灾旱，请委所在长吏，差清强官审勘。如实有水旱处，便任先从贫下不支济户给贷。从之。

按：《册府元龟》：六年四月，户部奏：天下州府收管常平、义仓斛㪷，今日已后，如诸道应遭灾荒水旱，便委长吏清强官审勘，如实是水旱处，便任开仓，先贫下不济户给贷，讫具数分析申奏，并报臣本司。切不得妄给与富豪人户。其所使斛斗，仍仰录事参军，至当年秋熟后专勾当，据数追收填纳，不令违欠。如州府无水旱，妄有给使，又不及时填贮，其录事参军、本判官，重加殿罚。其长吏具衔奏听进止。所冀得济疲民，兼免欠阙。从之。　又按：《册府元龟》：六年五月，敕：自收关陇，便讨党项，边境生人，皆失活业，连属艰食，遂不宁居。兼军储未得殷丰，切在多赡助。今年京畿及西北边稍似时熟，即京畿人家，竞搬运斛斗入城，收为蓄积，致使边塞粟麦依前踊贵，兼省司和籴亦颇艰难。其弊至深，须有厘革。其京西北今年夏秋斛斗，一切禁断，不得令入京畿两界。其年六月，敕近断京兆北斛斗入京。如闻百姓多端以面造曲，入城贸易，所费亦多，切宜所在严加觉察，不得容许。

大中九年七月，以旱，遣使巡抚淮南，减上供馈运，蠲逋租，发粟赈民。

按：《唐书·宣宗本纪》云云。

按：《文苑英华》：九年七月十三日，诏〈曰〉：朕以寡昧，嗣守睿图，奉列圣之丕训，抚宁四海，受上天之景命，司牧兆人。敢忘励志勤身，虔恭寅畏。虽动思罪己，而阴阳屡愆，每念惠人，而蒸黎尚困，是由政教无素，王泽不流。精诚未达于元穹，灾沴遂痡于下土。是用中宵辍寐，未明求衣，言念及此，良深愧惕。近者江淮数道因之以水旱，加之以疾疠，流亡转徙，十室九空。为人父母，宁不震悼！此乃天之垂诫，咎实在予。焚灼于怀，夙夜增惧，当宁兴叹。遂命使臣，乘驿抚巡，便宜救恤，减上供馈，运发诸道仓储，免积岁之逋租，蠲逐年之常贡。尚思灾疫之后，闾里未安，须更申明，用示忧轸。应、扬、润、庐、寿、滁、和、宣、楚、濠、泗、光、宿等州，其间或贞元以来旧欠逃移后阙额钱物，均摊见在人户，频年灾荒，无可征纳，宜特放三年，待稍完复，却即令依旧。或逋悬钱物斛斗数内，先已放免，度支却征收者，宜委本司细详元敕磨勘，如合放免，不得追征。或先因水旱赈贷，欠常平、义仓斛斗，若终不可征收，亦宜放免。或今年合征两税钱物，量百姓疾疫处，各委逐州准分数于上供留州留使三色钱内均摊放免。或收管诸色逋悬钱物等，年月深远，但挂簿书，空务追征，益生劳扰，宜委有司速勘会了绝蠲放，不得留为应在，以资奸蠹之徒。其濠、泗、宿三州大中六年以前所在逋悬，宜亦放免。或以常平、义仓斛斗赈恤者，宜委本司收放。其赈贷者，即待秋熟填纳。其所减上供运米及州县诸色斛斗等，已令减价粜贷，救接百姓，用止翔贵，以济周贫。或每年进奉茜草、药物、纻练、贡布等，亦已条流节级停减。已前诸色应蠲免节目等，或已行敕令，或见勒条流，并委中书门下各令本州及本司速准此处分，仍具各分析闻奏。所有诸道放免事例，宜委州县于乡村要路一一榜示，遍令闾里分明知悉。又以数道疾疫，百姓流亡，永言宵旰之勤，岂务珍华之贡？其淮南、宣歙、浙西三道今年贺冬及来年贺正所进奉金银钱帛，宜特放免均融，仍各委本道观察使据所放均融贷贫下户，填纳税租。其逃亡户如赈恤使有所不该者，亦以此更宜济助，务令休息。又江淮数州水旱相继，安南一境寇扰初宁，公用之间，必常虚竭，但缘及时锡赉，须遣使臣。其淮南、宣、闰、安南等四道，今年冬衣使本道合与常例人事物等，亦宜权停。於戏！天灾流行，自古未免，属在牧宰，为吾抚安，岂无惠育之方，以济凋残之弊！如或守法不谨，吏缘为奸，纪律乖讹，刑罚逾滥，重系者因循不省，逮捕者追扰滋多，或征赋不均，或征科无算，有一于此，重困吾人，即何以消弭灾谴，用康疲瘵？宜委所在长吏，慎恤刑狱，疏决囚徒，必务躬亲，俾无冤滞。检辖暴吏，惩殿慢官，宽常赋之征，罢不急之务，详求病利，悉以奏陈，颙伫良规，用副忧寄。苟不遵诏旨，尚务侵欺，必正刑书，义无容贷。宣示中外，宜谅予怀，主者施行。

懿宗咸通二年，蠲水灾郡县租赋。

按：《唐书·懿宗本纪》不载。 按：《旧唐书·本纪》：咸通二年春二月，郑滑节度使、检校工部尚书李福奏：属郡颍州去年夏大雨，沈丘、汝阴、颍上等县平地水深一丈，田稼、屋宇淹没皆尽，乞蠲租赋。从之。

咸通七年，诏和籴积弊多端，委户部择人。又御史台请禁闭籴，从之。

按：《唐书·懿宗本纪》不载。　按：《册府元龟》：七年八月，户部奏请开和籴。敕曰：自数年江淮颇为饥歉，今年稼穑稍似丰穰，国家比为伤农，是开和籴。如闻积弊，继有多端，善价不及乡闾，美利皆归司局，徒为名目，不益公私。委户部自此择人，深须峻法，稍循前弊，必罪所司。十月二十三日，御史台奏：今后如有所在闭籴者，长吏必加贬降，本判官、录事、参军并停，见任书下考。仍勒所在州县各于版牓写录此条，悬示百姓，每道委观察判官，每州府委录事参军勾当，逐月具不闭籴事繇申台。从之。

咸通十年六月戊戌，以蝗旱，理囚。

按：《唐书·懿宗本纪》云云。

按：《册府元龟》：十年六月戊戌，制曰：动天地者莫若精诚，致和平者莫若修政。朕顾惟庸昧，托于王公之上，于兹十一年矣。祗荷丕构，寅畏小心，慕唐尧之钦若昊天，遵周王之昭事上帝，念兹夙夜，靡替虔恭，同驭朽之忧勤，思纳隍之轸虑，内戒奢靡，外罢畋游，匪敢期于雍熙，祈自得于清净。上望寰区无事，稼穑有年，而烛理不明，涉道惟浅，气多堙郁，诚未感通，旱暵是虞，虫螟为害，蛮蜑未宾于遐裔，寇盗复蠹于中原，尚驾戎车，益调兵食，俾黎元之重困，每宵旰而忘安。今盛夏骄阳，时雨久旷，忧勤蒸庶，旦夕焦劳。内修香火以虔祈，外罄牲玉以精祷，仰俟元贶，必致甘滋。而油云未兴，秋稼阙望，睹兹愆亢，轸于诚怀。复虑暴政烦刑，强官酷吏，侵渔囊橐，陷害孤茕，致有冤抑之人，构成灾沴之气。主守长吏，无忘奉公，伐叛兴师，盖非获已，除奸讨逆，必使当辜。苟或陷及平人，自然风雨愆候。凡行营将帅，切在审详，昭示恻悯之心，敬听勤恤之旨。应京城天下诸州府见禁囚徒，除十恶五逆、官典犯赃、故意杀人、合造毒药、火光持杖、开劫坟墓及关连徐州逆党外，并宜量罪轻重，速令决遣，无久系留。雷雨不周，田畴方瘁，诚宜愍物，以示好生。其京城未降雨间，宜令坊市权断屠宰。昨陕虢中使回，方知蝗旱有损处，诸道长吏分忧共理。宜各推公，共思济物。界内有饥歉，切在慰安。哀此蒸人，无俾艰食。

咸通十四年七月辛巳，僖宗即位。十二月癸卯，免水旱州县租赋。

按：《唐书·僖宗本纪》云云。

昭宣帝天祐二年四月乙未，以旱避正殿，减膳。

按：《唐书·昭宣帝本纪》云云。

按：《册府元龟》：天祐二年三月，诏曰：朕以宿麦未登，时阳久亢，虑阙粢盛之备，轸予宵旰之忧，所宜避正位于宸居，减珍羞于常膳，谅惟眇质，深合罪躬。庶其昭感之祥，以致滂沱之泽。今月八日已后，不坐正殿，及减常膳。四月壬申，诏曰：朕以冲幼，克嗣丕基，业业兢兢，敬恭夕惕。今以彗星谪见，深宜罪躬，虽已降恩赦，更起今月二十四日避正殿，减常膳，明自思过咎也。己未，司天台奏：星文彗见，请于太清宫建黄箓道场。从之。

天祐三年，以久雨妨农，遣官禜门。

按：《唐书·昭宣帝本纪》不载。　按：《册府元龟》：三年九月，诏以久雨，恐妨农事，遣工部侍郎孔绩祟定鼎门。如不止，止于三日。

汇　考　七

（食货典第七十四卷）

目　　录

后　　梁

太祖开平四年，诏赈贷水涝诸州。

按：《五代史·太祖本纪》不载。　按：《册府元龟》：开平四年十二月己巳，诏曰：滑、宋、辉、亳等州水涝败伤，人户愁叹。为民父母，良用痛心。其令本州各等级赈贷，所在长吏监临周给，务令存济。壬辰，赈贷东都畿内如宋、滑制。

后　　唐

庄宗同光元年，诏雹旱所损田苗处，据亩蠲赋。

按：《五代史·庄宗本纪》不载。　按：《册府元龟》：同光元年十月，诏曰：理国之道，莫若安民，劝课之规，宜从薄赋，庶遂息肩之愿，冀谐鼓腹之谣。应天下诸道，其兵戈蹂躏之地，水旱灾沴之乡，苗稼不登，征赋宜减。应今年经雹旱所损田苗处，检覆不虚，据亩垄蠲免。

同光二年，以州郡雕残，特蠲租税。以霖雨伤稼，差官祈晴。诸道经雹水旱纳税悬欠处，并与蠲放。又祈时雪，以济农功。

按：《五代史·庄宗本纪》：二年八月，大雨霖，河溢。

按：《册府元龟》：二年二月，诏曰：水旱之乡，饥寒宜恤；兵戈之地，劳弊堪伤。邺都及河东久兴师旅，颇困生灵，其近中州县又辇运徭役，无时暂息。应北京以北诸州川界及至新州、幽州、镇定管界，契丹侵掠，井邑凋残。兼辽州、沁州南界及安义北界、泽州诸县，河阳向下至郓、濮、齐、棣以来边河州县，数年兵革，至甚凋残。自北并宜倍加抚安，召令复业。应人户所输税租，特与蠲减，已从别敕处分。兼诸道州县有经雹水旱之处，所损田苗纳税不迨悬欠处，仰仔细检详，如不虚妄，特与蠲放。十一月，中书奏：天下州府今秋多有水潦处，百姓所输秋税，请特减以慰贫民。敕俟来年蠲免。　又按：《册府元龟》：二年八月乙未，敕：旬日霖雨，恐伤秋稼，须命祈止，冀获开晴。可差官分祷祠庙。十二月戊寅，敕：节及杪冬，稍愆时雪，须命祈祷以济农功。宜令有司差官分命祈祭诸神庙。乙酉，舆驾幸广化寺祈雪。

同光三年，以亢旱妨农，遣官祈雨。又以久雨伤稼，遣官祈晴，并敕京东水潦人户收籴西京者，州府不得辄有税率。

按：《五代史·庄宗本纪》：三年夏四月，旱。九月，自六月雨至于是月。

按：《册府元龟》：三年四月丁卯，敕：时雨少愆，恐妨农事，须命祈祷，冀遂丰登。宜令差官分道祈祷百神。癸酉，租庸院奏：时雨少愆，恐伤宿麦，兼虑有妨耕稼，请诸道州府依法祈祷。从之。辛巳，敕：亢阳稍甚，祈祷未征，将致感通，难避劳扰。宜令河南府于府门造五方龙，集巫祷祭，徙市。九月辛卯朔，敕：霖雨未止，恐伤苗稼，及妨收获。宜令差官于诸寺观神祠虔心祈祷。仍令河南府差官应有灵迹处，精虔祈止。丙午，敕：霖雨未晴，宜令宰臣尚书丞郎分于寺观祈晴。　又按：《册府元龟》：三年闰十二月十九日，敕：今岁自京已东，水潦为患，物价腾踊，人户多于西京收籴斛㪷。近闻京西诸道州府逐㪷皆有税钱，遂不通行，乃同闭籴。宜令各下京西诸道州府，凡收籴斛㪷，不得辄有税率，及经过水陆关坊镇县妄有邀诘。

同光四年，以人户饥穷，借贷仓储，放免差税，广通和籴。

按：《五代史·庄宗本纪》不载。　按：《册府元龟》：四年正月己卯，明宗奏：深、冀诸州县流亡饥馑户一千四百，乞邺都仓储借贷以济穷民。　又按：《册府元龟》：四年正月壬戌，制：应同光三年经水灾处，有不迨及逃移人户差科夏秋两税及诸折配，委官吏切加点检，并与放免，仍一年内不得杂差遣。　又按：《册府元龟》：四年正月壬戌，诏曰：辇毂之中，郊甸之内，时物踊贵，人户饥穷。访闻自陕已西，逷及邠凤，积年时熟，百谷价和，纵未能别备于贡输，亦宜广通于和籴。近闻辄有税索，已曾降敕指挥，尚恐关镇阻滞行涂，增长物价。仰所在长吏切加检御，以济往来，推救灾恤患之心，明奉国忧人之道。又京圻之内，自张全义制置已数十年，每闻开垦荒芜，劝课稼穑，曾无歉岁，甚有余粮，公私贮蓄，及多收藏，未肯出粜，更俟厚价，颇失众情。宜令中书门下条疏应在京及诸县有贮斛㪷，并令减价出籴，以济公私。如不遵行，即仰闻奏，别具检括。仍委河南府切详敕命处分。

明宗天成元年，以雨旸不时，有伤农稼，敕祷祟理囚。

按：《五代史·明宗本纪》不载。　按：《册府元龟》：天成元年五月辛未，以时雨稍愆，分命朝臣祷祠岳渎。八月，敕：久雨不晴，虑伤农稼，可申命祷祟，仍晓谕天下州府疏理系囚，无令冤滞。十月丁酉，敕：自秋涉冬，稍愆雨雪，虑伤宿麦。宜令祷祠，分遣朝臣，告祠群望，宜付所司。

天成二年，复常平仓收籴熟处，以备歉岁；又蠲减旱损州税租。

按：《五代史·明宗本纪》不载。 按：《册府元龟》：二年六月，中书舍人张文宝请复常平仓。 又按：《册府元龟》：二年八月乙酉，中书舍人张文宝上言：今岁时雨不愆，秋苗倍熟。应大熟处，望下敕收籴，以备歉岁。 又按：《册府元龟》：二年十月辛丑，诏：天灾流行，时雨愆亢，既阙地分，宜减国税。今岁岐、华、登、莱自夏稍旱，须加轸念，以示优恩。四州所管百姓，宜令长吏切加安恤。其所旱损田苗，宜令简行，诣实申奏，与蠲减税租，仍不得辄有差徭科配。

天成四年，张昭远疏请于丰熟处折纳斛斗，依常平法出纳，以备凶年。不报。

按：《五代史·明宗本纪》不载。 按：《册府元龟》：四年九月，左补阙张昭远奏：切见今秋物价绝贱，百姓随地亩细配钱物，名目多般，皆贱粜供输，极伤农业。既未能减放贮，请加估折纳斛斗，稍便于民。又国朝已来，备凶年之法，州府置常平仓，饥岁以赈贫民。请于天下最丰熟处折纳斛斗，以仓贮之，依常平法出纳，则国家常有粟而民不匮也。疏奏不报。

长兴元年，诏赈恤水旱诸州。卢导请置常平、义仓，以备凶岁。

按：《五代史·明宗本纪》不载。 按：《册府元龟》：长兴元年正月，滑州上言，准诏赈贷贫民，以去年水灾故也。二月，郊禋礼毕，制曰：诸州府或经水旱灾沴，恐人户阙少糇粮，方值春时，诚宜赈恤。宜令逐处取去年纳到新好属省斛㪷，各加赈贷，候秋收日征纳。是月，宋州奏准，诏赈贷粟万石。三月，差中使三人往登莱赈济贫民。是月，陕州奏准，诏赈贷贫民。五月，青州奏准，诏赈贷贫民粮一万四百一十九石。 又按：《册府元龟》：元年五月，右司郎中卢导奏请置常平、义仓，以备凶岁。

长兴二年，以旱赦罪，赈汴州遭水贫民。

按：《五代史·明宗本纪》：二年夏四月乙卯，以旱赦流罪以下囚。

按：《册府元龟》：二年二月，汴州奏准，诏赈贷遭水处贫民。

长兴三年，以频雨祷祟理囚。又诏州府遭水潦处支借麦种，等第赈贷；户口流移者，切加招抚。

按：《五代史·明宗本纪》不载。 按：《册府元龟》：三年三月丙申，帝以春雨稍频，虑妨耕种，宜令河南府依古法祈晴。帝问翰林参谋赵延文：自春以来频雨，何故？奏曰：缘火犯井，所以频雨。兼雷声似夏，并不益时，乞宽刑狱。从之。壬寅，司天奏：以时雨过多，请差官祷禜。从之。六月辛酉，命文武百官应在京寺观神祠祈晴。又敕：霖雨积旬，尚未晴霁，眷言刑狱，虑在滞淹。京城诸司系囚，并宜疏理释放。 又按：《册府元龟》：三年七月丁未，内出御札示百僚，曰：朕以临御万邦，宠绥四海，务恤民以设教，期化俗以成风。昨自霖雨连绵，川渎泛溢，伤数州之苗稼，荡百姓之丘园。遘此征灾，惭亏至德，致农者失力田之望，念编甿有艰食之虞。每自责躬，更思求理，欲使人获其苏息，恨不家至而抚安。忧劳所深，鉴寐斯切，宜布维新之泽式，全可大之功。今年州府遭水潦处，已下三司，各指挥本州府支借麦种，及等第赈贷斛食，仰逐处长吏切加安存，不得辄有差使。如户口流移，其户下田园屋宅，仰村邻节级长须主管，不得信令残毁。候本户归日，具元本桑枣根数及什物数目交付，不得致有欠少；本户未归，即许邻保请佃供输。若入务时归，业准例收，秋后交付，贵示招携，永期康泰。速宜宣布，称朕意焉。是岁，宋、亳、颍三州水灾尤甚，枢密使范延光、赵延寿从容奏曰：今秋宋、亳、颍等州水灾甚，民户流亡，粟价暴贵。臣等量欲与本州官仓斛㪷，依如今时估出粜，以救贫民。兼大水之后，颇宜宿麦，穷民不便种子，亦望本州据民户等第支借麦种自十石至三石，候来年收麦，据原借数纳官。从之。乃下此诏。

长兴四年，诏灾旱损田诸州特与矜恤。

按：《五代史·明宗本纪》不载。　按：《册府元龟》：四年七月壬午，敕：时雨稍愆，虑伤时稼，分命朝臣祷禜诸神。

又按：《册府元龟》：四年九月，敕曰：朕自恭临万国，惠抚兆民，遵上古清净之规，削近代繁苛之政，两税之外，别无征敛之名；八年之间，继有丰穰之瑞。睹流亡之渐复，谓富庶之可期。爰自今秋，偶愆时雨，郡县累陈于灾沴，关梁亦奏于逃移，良由朕刑政或差，感通不至。责躬罪己，靡忘于怀，特议优矜，庶令安集。据河中、同、华、耀、陕、青、齐、淄、绛、莱等州各申灾旱损田处，已令本道判官检行，不取额定顷亩。如保内人户逃移，不得均摊抵纳本户租税。其税子如阙本色，许纳诸杂斛㪷䅳黍。元每㪷折粟八升，今许纳本色稗子，特与免税。前件遭旱州府，据检到见苗，仍恐输官不迨，今只征一半税物，仍许于便近州府送纳，其余一半放至来年。其逃移户田产，仰村邻看守，不得残毁。必在方、岳、群、后州县庶官，各体忧勤，共相勉励，明详狱讼，恭守诏条。上答天灾，必思于戒惧；下除民瘼，必务于抚绥。当共恤于疲羸，勿自安于逸乐。

末帝清泰元年，以连年灾沴，诏蠲逋欠。其逃移户口，令招抚归业。

按：《五代史·末帝本纪》不载。　按：《册府元龟》：清泰元年七月庚午，诏曰：朕尝领藩条，屡亲政事。每于求理，务在恤民。况今子育万方，君临四海，日慎一日，思渐致于小康，虽休勿休，冀终成于大化，得不察生灵之疾苦，知稼穑之艰难？俾蠲积弊之原，庶广惟新之泽。省三司使奏，自长兴元年至四年十二月已前，诸道及户部营田逋租三十八万八千六百七十二端匹束贯斤量，或频经水旱，或并值转输，悉至困穷，蹙成逋欠，加以连年灾沴，比户流亡，残租空系于簿书，计数莫资于经费，盖州县不公之吏，乡闾无识之夫，乘便欺官，多端隐税，三司使患其侥幸，便欲推寻。朕闵彼蒸黎，虑成淹滞，示体物忧民之旨，征涤瑕荡垢之文，特议含容，且期均济。应自长兴四年已前三京诸道及营田，委三司使各下诸州府县，除已纳外，并放应有逃户。除曾经厘革外，所有后来逃移者，委所在观察司使、刺史速下本部，遍令招抚归业，除放八月后至五年八月，并得归业。所有房亲邻近佃射桑田，不得辄有占据。如自越国程故，不收认其所征租税，却从清泰元年四月后，委三司重行厘革，别议施行。

又按：《册府元龟》：元年七月，诏凤州禁籴出外界。

清泰二年，以沧州旱，诏魏府于税率内蠲减。

按：《五代史·末帝本纪》不载。　按：《册府元龟》：二年七月，沧州言续逃亡户八百五十九。诏魏府于税率内蠲减，旱故也。

后　　晋

高祖天福二年，诏检覆虫食旱损处，量与蠲免租税，及减放苗子。路阮疏奏收籴，以备荒年。不纳。

按：《五代史·高祖本纪》不载。　按：《册府元龟》：天福二年四月丁亥，诏曰：凡关布泽，务在及民，宜加轸悯之恩，俾遂苏舒之望。天福元年以前诸道州府，或水旱为灾，虫螟作沴，傥无轸恤，何致阜丰？朕昨行至郑州、荥阳县界，路旁见有虫食及旱损桑麦处，委所司差人检覆，量与蠲免租税。五月，敕：应雒京及魏府管内所征今年夏苗税物等，朕自临御寰瀛，躬亲庶政，静惟师古，动欲便民。虽物力方虚，每牵经费，而田畴微损，亦欲矜蠲。朕见雒京内麦苗今春稍似旱损，寻睹魏府奏报，境内亦有微伤，须聊示于优饶，冀克谐于通济，比欲差官就检，又恐生事扰人。其雒京魏府管内所有旱损夏苗县分，特于五分中减放一分苗子，其余四分仍许将诸色斛㪷，依仓式例与折纳。所期渥泽，以及众多，报告人户，各令知悉。　又按：《册府元龟》：二年十一月，大理少卿路阮上言：臣闻却敌者兵，强兵者食，兵不强无以驱除祸乱，食不足无以赡济国家。方今海内未平，寰中多事，制叛则必攻必讨，壮国在足食足兵。臣伏见天下诸州府旧谷尚贱，新谷又登，既渐丰饶，例难粜货。臣请国家每隆大计，须作预防，时当小稔之年，可设无穷之备。伏请取天下州府钱帛数逐年支计外，委逐处长吏于津要处差清白官收籴粟一色，别厫积贮，以备荒年。若在丰穰之日，未见优长；如逢饥馑之时，方明利济。疏奏不纳，时辇下养兵数广于前，衣食又倍之，犹是合诸藩上供，不足以充费，间以亩税并折征缣帛，食廪曾无兼年之蓄。

天福三年，敕放水旱流移人户诸杂税物，仍令州县切加安抚。

按：《五代史·高祖本纪》：三年八月己丑，蠲水旱民税。

按：《册府元龟》：三年八月癸未，定州奏境内旱，民多流散。诏曰：朕自临寰宇，每念生民，务切抚绥，期于富庶。属干戈之未戢，虑徭役之或烦。以彼中山，偶经夏旱，因兹疾苦，遽至流移，达我听闻，深怀悯恻。应定州所奏，军前夫役逃户，夏税并放。己丑，户部奏河南同州、绛州等处相次上诉，为管界灾旱逃却人户。敕：朕奄有四方，尊为万乘，所务诞敷教化，普济黎元。盖全师致讨于妖狂，而比户未臻于富庶，仍闻关辅偏属旱灾，致使乡村多有逃窜。达我闻听，深用悯伤，宜加矜恤之恩，俾遂归还之计。应三处逃移人户下所欠累年残税，并今年夏税差科，及麦苗子沿征诸色钱物等，并放；其逃户下秋苗，据见检到数，不计是元额及出剩顷亩，并放一半。仰观察使散行晓谕，专切招携。应归业人户，仍指挥逐县切加安抚，勉施惠养，副我忧勤。十月戊戌，敕：天灾或降，地分所招，携老幼以流离，弃田园而芜没，深怀恻悯，宜示招安。蒲、同、晋、绛、滑、汉、魏府镇、定州等人户，或经亢旱，或属兵戈，逃移人户等应逐户所欠今年已前诸杂税物，并特除放。宜令州县晓示招携，如有复业者，仍放一年秋夏税、二年诸杂差徭。

天福四年十二月，帝以雨雪弥月，出金粟薪炭与犬羊皮，以赈穷乏。

按：《五代史·高祖本纪》不载。　按：《册府元龟》云云。

天福五年春正月丁卯朔，德音除民公私债。

按：《五代史·高祖本纪》云云。

按：《册府元龟》：五年正月丁卯朔，降制曰：朕自勉副群心，恭临大宝，承历代荒屯之后，属前朝丧乱之余，每务绥和，渐期富庶。寻以东迁梁苑，北定邺都，国力既虚，军资甚广，所司以供亿为念，督责是专。尝思凋弊之民，倍轸焦劳之意。今我事渐简，农时欲兴，将导达于休和，用颁宣于渥泽。宜蠲宿负，以惠黎元。应天福元年终已前公私债欠，一切除放。

天福六年，诏闵灾伤，除放租税；以齐鲁民饥，发仓赈贷。又以岁灾沴，蠲一切逋悬租课。

按：《五代史·高祖本纪》：六年三月，除民二年至四年以前税。

按：《册府元龟》：六年三月（按：原本系七年二月，今从《本纪》改系六年三月）癸酉，诏曰：朕自临天下，每念民艰。御一衣，思蚕绩之劳；对一食，想耕耘之苦。而况职官俸禄，师旅资粮，凡所赡供，悉因黔庶，得不救其疾苦，悯彼灾伤？征宿负，虑流离者不归；均残租，恐贫饥者渐困。今春膏雨继降，农作方兴，宜示渥恩，俾苏疲瘵。天福二年至四年夏秋租税，一切除放。八月己亥，制曰：岁因灾沴，民用艰辛，久系逋悬，宜示蠲免。应欠天福五年终已前夏秋租税，并沿征诸物及营田租课，并与除放。应沿路有傍道稍损却田苗处，其合纳苗子及沿征钱物等，据亩数并与除放。　又按：《册府元龟》：六年四月乙巳，以齐鲁民饥，诏兖、青、郓三州发管内仓粮赈贷。

天福七年，出帝即位，遣使赈贷贫民，诸道经虫伤处蠲放赋税。又赐襄州等处饥民粟豆。

按：《五代史·出帝本纪》：七年六月乙丑，皇帝即位。

按：《册府元龟》：七年七月壬戌，开封府奏准，宣给粮二万石，赈诸县贫民。是月戊辰，遣司农少卿李珧使宿州，鸿胪少卿庞令图使雒京、白波，赈贷贫民。　又按：《册府元龟》：少帝天福七年八月，诏：襄州城内百姓等久经围闭，例各饥贫，宜示颁宣，用明恩渥。大户各赐粟二石，小户各赐粟一石，宜令襄州以见在数充。十二月丁丑，诏遣供奉官马延翰雒京赈恤饥民，仍宣河南府差大将量将米豆往诸山谷俵散给人户。其诸县系欠秋税与限至来年夏麦征纳。　又按：《册府元龟》：少帝以天福七年七月即位，赦制：虫蝗作沴，苗稼重伤，特示矜蠲，俾令苏息。应诸道州府经蝗虫伤食苗稼者，并据所损顷亩，与蠲放赋税。

出帝天福八年，祷雨捕蝗，大赦，括借民粟；又以天下饥，敕诸州除放租税及逃户差徭。

按：《五代史·出帝本纪》：八年夏四月庚午，供奉官张福率威顺军捕蝗于陈州。五月，泰宁军节度使安审信捕蝗于中都。甲辰，以旱、蝗，大赦。六月庚戌，祭蝗于皋门。癸亥，供奉官七人帅奉国军捕蝗于京畿。辛未，括借民粟，杀藏粟者。秋七月甲辰，供奉官李汉超帅奉国军捕蝗于京畿。八月丁未朔，募民捕蝗，易以粟。冬十月庚午，括借民粟。

按：《册府元龟》：八年正月丁酉，敕河南怀、孟、郑等州管内百姓有积粟者，仰均分借便，以济贫下。又按：《册府元龟》：八年二月，河中府奏逃户七千七百五十九，敕诸州应欠天福七年夏税，并与除放；秋税一半，其余一半候到蚕麦纳；逃户与放一半差徭，却令归业。是岁天下饥，河南谷价暴加，人多饥殍，故有此除放。

又按：《册府元龟》：八年五月癸巳，敕以久愆时雨，遣宰臣冯道等诸寺观虔祈；其余祠庙，仍下开封府遍差官祷之。甲辰，敕以飞蝗作沴，膏雨久愆，应三京、邺都诸道州府见禁囚人，除十恶行劫诸杀人者及伪行印信、合造毒药、官与犯赃外，罪者减一等，余并放；内有欠官钱者，宜令三司酌量与限，监出征理。乙巳，幸相国寺祈雨。六月庚戌，宣差侍卫马军都指挥使李守贞，以蝗为害，往皋门村祭告。丁巳，宣遣供奉官卫延韬嵩山投龙祈雨。壬戌，宣供奉官朱彦威等七人，各部领奉国兵士，一指挥于封丘、长垣、阳武、浚仪、酸枣、中牟、开封等县捕蝗。又遣内班秦宗超亳州太清宫祈雨。

开运元年，以稼穑不登，禁止一切费用。

按：《五代史·出帝本纪》不载。 按：《册府元龟》：开运元年九月，诏曰：朕虔承顾命，获嗣丕基，常惧颠危，不克负荷，宵分日昃，罔敢怠荒，夕惕晨兴，每怀祗畏。但以恩信未著，德教未敷，理道不明，咎征斯至。向者频年灾沴，稼穑不登，万姓饥荒，道殣相望。上天垂谴，凉德所招。仍属干戈尚兴，边陲多事，仓廪不足，则辍人之糇食，帑藏不足，则率人之资财，兵士不足，则取人之中丁，战骑不足，则假人之乘马，虽事不获已，而理将若何？访闻差去使臣，殊乖体认，不能敦于勉谕，而乃临以威刑，自有所闻，益深愧悼。旋属守臣叛命，戎虏犯边，致使甲兵不暇休息，军旅有战征之苦，人民有飞挽之劳，疲瘵未苏，科敛尚急。言念于此，寝食何安？得不省过兴怀，侧身罪己，载深减损，思召和平，所宜去无用之资，罢不急之务，弃华取实，惜费省功，一则符先帝慈俭之规，一则慕前王朴素之德。向者造作军器，破用稍多，但取坚刚，不须华靡。今后作坊制造器械，不得更用金银装饰。比于游畋，素非所好，凡诸服御，尤欲去奢。应天下州府，不得以珍宝玩好及鹰犬为贡。在昔圣帝明君，无非恶衣菲食，况予薄德，所合恭行。今后太官常膳减去多品，衣服帷帐务去华饰，在御寒湿而已。峻宇雕墙，昔人攸诫，玉杯象箸，前代所非。今后凡有营缮之处，丹垩雕镂，不得过度。宫闱之内，有非理费用，一切禁止。於戏！继圣承祧，握枢临极，昧于至道，若履春冰。属以天灾流行，国步多梗，因时致惧，引咎推诚，期于将来，庶几有补。更赖王公将相、贵戚豪宗，各启乃心，率繇兹道，共臻富庶，以致康宁。凡百臣僚，宜体朕意。

开运三年，以久愆时雨，敕速断遣罪人。

按：《五代史·出帝本纪》不载。 按：《册府元龟》：三年二月壬戌，敕令以渐及春农，久愆时雨，深虑囹圄或有滞淹，宜恤刑章，甫召和气。其诸道州府见禁人等，并须据罪轻重，疾速断遣，仍限半月内有断遣。讫奏。

后汉

隐帝乾祐二年，曹允升请置常平仓贮积斛斗，出贷凶灾贫民。

按：《五代史·隐帝本纪》不载。 按：《册府元龟》：乾祐二年，太子詹事曹允升上言：国以民为本，民以食为天。时或水旱为灾，虫蝗害稼，既无九年之畜，宁救万姓之饥。天灾流行，古今代有，而前代纵逢灾歉，免至流亡，盖以分灾恤民，素有储备。臣请依古法置常平仓，请于天下京都州府租赋五斛斗上，每斗别纳一升，别仓贮积。若凶灾之处出贷贫民，丰年即纳本数，庶几生聚永洽绥怀。

后周

太祖广顺元年，禁闭籴以救灾。又诏边郡赈恤契丹饥民。

按：《五代史·太祖本纪》不载。 按：《册府元龟》：广顺元年四月，敕：天灾流行，分野代有，苟或闭籴，岂是爱人？宜令沿淮渡口镇铺，不得止淮南人籴易。 又按：《册府元龟》：元年八月，契丹瀛、莫、幽州界大水，饥馑流散，襁负而归者不可胜计，比界州县亦不禁止。太祖愍之，诏沿边州郡安恤流民，仍口给斗粟。前后继至数十万口。

广顺二年，禹城县饥，给仓粮赈贷。

按：《五代史·太祖本纪》不载。　按：《册府元龟》：二年二月庚申，齐州言禹城县二年水，民饥流亡。今年见固河仓有濮粮五万二千余斛，欲赈贷。敕诸邑留二三千斛给巡检职员，余并赈贷贫民。

广顺三年，赈彭城民饥；又以诸州饥，遣使开仓贱粜。

按：《五代史·太祖本纪》不载。　按：《册府元龟》：三年三月壬辰，徐州言：彭城县民饥乏，乞赈贷。从之。十一月辛卯，敕膳部员外郎刘表微往兖州开仓减价粜粟，以水害稼，救饥民也。丙午，单州刺史刘禧言：沧州充给岁余军粮外有大麦六万石，欲开仓官粜以济贫民。从之。十二月，以亳州、颍州大水民饥，所有仓储及永城仓，度支给军食一年外，遣使减价出粜。

世宗显德元年，分命朝臣开仓济饥，遣使按诸道水灾。

按：《五代史·世宗本纪》不载。　按：《册府元龟》：显德元年正月乙酉，分命朝臣杜曝等五人，往颍、亳、濮、永城固河口，开仓减价出粜，以济饥民。又按：《册府元龟》：元年十月癸亥，帝谓侍臣曰：昨诸道户民有诣阙诉水灾者。因遣使按之，令睹奏报。有此旧额出剩者，今岁丰熟，必可输纳。或他时小有不稔，便因编氓所捡出顷亩，宜令三司补旧额外，与减一半。

显德四年，遣使开仓赈寿州饥民，又命官煮粥以救之。

按：《五代史·世宗本纪》不载。　按：《册府元龟》：四年三月，命左谏议大夫尹日就于寿州开仓，赈其饥民；又命供奉官田处岩、梁希进等于寿州城内煮粥，以救饥民。

显德六年，分命诸州开仓煮粥，以救饥民。

按：《五代史·世宗本纪》不载。　按：《册府元龟》：六年正月，命庐州开仓，出陈麦以粜之。盖克复之后，民多阻饥，故廉其价以惠之也。二月壬午，濠州上言，准宣出粜省仓陈麦，以利饥民。三月壬戌，楚州上言，诏准煮粥以救饥民。丙戌，遣使往和州开仓以赈饥民。戊子，命寿州开仓以赈饥民。十二月，分命使臣赈给诸州遭水人户。

按：《文献通考》：六年，淮南饥，上命以米贷之。或曰：民贫，恐不能偿。上曰：民犹子也，安有子倒悬而父不为解者？安责其必偿也。

辽

穆宗应历三年十一月，以南京水，诏免今岁租。

按：《辽史·穆宗本纪》云云。

圣宗统和元年，赈东京、平州旱蝗，权停关税，通山西籴易。

按：《辽史·圣宗本纪》：统和元年九月癸丑朔，以东京、平州旱、蝗，诏赈之。丙辰，南京留守奏秋霖害稼，请权停关征，以通山西籴易。从之。　按：《食货志》：乾亨五年，诏曰：五稼不登，开帑藏而代民税；螟蝗为灾，罢徭役以恤饥贫。帝常过藁城，见乙室奥隗部下妇人迪辇等黍过熟未获，遣人助刈。太师韩德让言，兵后逋民弃业，禾稼栖亩，募人获之，以半给获者。政事令室昉亦言，山西诸州给军兴，民力凋敝，田谷多躏于边兵，请复今年租。　又按：《志》：乾亨间，燕京留守司言民艰食，请弛居庸关税，以通山西籴易。（按：《本纪》：统和元年六月改元，故《志》犹仍乾亨年号。）

统和四年，从司空奏，轻税赋以来西州流民。

按：《辽史·圣宗本纪》不载。　按：《耶律隆运传》：四年，隆运加守司空，上言西州数被兵，加以岁饥，宜轻税赋以来流民。从之。

统和六年，以霜旱民饥，诏增价折粟利民。

按：《辽史·圣宗本纪》：六年八月丁丑，大同军节度使耶律抹只奏：今岁霜旱乏食，乞增价折粟以利贫民。诏从之。按：《食货志》：六年，霜旱，灾民饥，诏三司，旧以税钱折粟，估价不实，其增以利民。又徙吉避寨居民三百户于檀、顺、蓟三州，择沃壤给牛、种谷。

统和八年，振诸部民饥。

按：《辽史·圣宗本纪》：八年夏四月庚午，以岁旱，诸部艰食，振之。十一月庚寅，以吐谷浑民饥，振之。

统和十年二月辛卯，给复云州流民。五月癸巳，朔州流民给复三年。

按：《辽史·圣宗本纪》云云。

统和十二年二月甲申，免南京被水户租赋。

按：《辽史·圣宗本纪》云云。

统和十三年冬十月乙亥，置义仓。

按：《辽史·圣宗本纪》云云。　按：《食货志》：十三年，诏诸道置义仓。岁秋，社民随所获，户出粟庤仓，社司籍其目。岁俭，发以振民。

统和十四年三月甲子，诏安集朔州流民。

按：《辽史·圣宗本纪》云云。

统和十五年，免流民税及南京旧欠义仓粟，并劝富民出钱赡贫民。

按：《辽史·圣宗本纪》：十五年春正月乙未，免流民税。二月戊戌，劝品部富民出钱以赡贫民。三月壬午，免南京逋税及义仓粟。夏四月壬寅，发义仓粟赈南京诸县民。按：《食货志》：十五年，诏免南京旧欠义仓粟，仍禁诸军官非时畋牧妨农。

统和十六年夏四月癸卯，振崇德宫所隶州县民之被水者。

按：《辽史·圣宗本纪》云云。

统和二十五年十二月己酉，振饶州饥民。

按：《辽史·圣宗本纪》云云。

统和二十八年八月戊申，振平州饥民。

按：《辽史·圣宗本纪》云云。

统和二十九年三月庚寅，南京、平州水，振之。

按：《辽史·圣宗本纪》云云。

开泰元年，赈给饥荒，诏水灾质男女者，计日折佣钱，尽听还。

按：《辽史·圣宗本纪》：开泰元年十二月壬申，振奉圣州饥民。甲申，诏诸道水灾，饥民质男女者，起来年正月，日计佣钱十文，价折佣尽，遣还其家。　按：《食货志》：元年，诏曰：朕惟百姓徭役烦重，则多给工价；年谷不登，发仓以贷；田园芜废者，则给牛、种以助之。

开泰六年六月，南京诸县蝗。冬十月丁卯，南京路饥，挽云、应、朔、弘等州粟振之。

按：《辽史·圣宗本纪》云云。

开泰七年夏四月丙寅，振川、饶二州饥。辛未，振中京贫乏。

按：《辽史·圣宗本纪》云云。

太平六年二月己巳，南京水，遣使振之。

按：《辽史·圣宗本纪》云云。

太平九年，燕地饥，户部副使王嘉请造船，漕粟以赈之。

按：《辽史·圣宗本纪》：九年八月，燕仍岁大饥。户部副使王嘉献计造船，使其民谙海事者，漕粟以振燕民。水路艰险，多至覆没。按：《食货志》：太平初，幸燕，燕民以年丰进土产珍异。上礼高年，惠鳏寡，赐酺连日。九年，燕地饥，户部副使王嘉请造船，募习海漕者，移辽东粟饷燕。议者称道险不便而寝。

兴宗景福元年，赈蓟州黄龙府饥，遣使阅诸道禾稼，通括户口，诏职官不得造酒糜谷。

按：《辽史·兴宗本纪》：景福元年秋七月庚戌，赈蓟州民饥。冬十月丁卯，赈黄龙府饥民。 按：《食货志》：兴宗即位，遣使阅诸道禾稼。是年通括户口，诏曰：朕于早岁习知稼穑，力办者广务耕耘，罕闻输纳；家食者全亏种植，多至流亡。宜通检括，普为均平。禁诸职官不得擅造酒糜谷；有婚祭者，有司给文字始听。

重熙十二年十一月丁亥，以上京岁俭，复其民租税。

按：《辽史·兴宗本纪》云云。

重熙十五年十一月乙巳，赈南京贫民。

按：《辽史·兴宗本纪》云云。

道宗清宁□（按：原缺字）年，命耶律唐古督耕稼以给西军。

按：《辽史·道宗本纪》不载。 按：《食货志》：道宗初年，西北雨谷三十里，春州斗粟六钱。时西蕃多叛，上欲为守御计。命耶律唐古督耕稼以给西军。唐古率众田胪朐河侧，岁登上熟。移屯镇州，凡十四稔，积粟数十万斛，每斗不过数钱。以马人望前为南京度支判官，公私兼裕，检括户口，用法平恕，乃迁中京度支使。视事半岁，积粟十五万斛，擢左散骑常侍。辽之农谷至是为盛。而东京如咸、信、苏、复、辰、海、同、银、乌、遂、春、泰等五十余城内，沿边诸州，各有和籴仓，依祖宗法，出陈易新，许民自愿假贷，收息二分。所在无虑二三十万石，虽累兵兴，未尝用乏。

清宁四年，耶律独攧为宁远军节度使。东路饥，奏振之。

按：《辽史·道宗本纪》不载。 按：《耶律独攧传》云云。

咸雍二年秋七月丁卯，以岁旱，遣使赈山后贫民。

按：《辽史·道宗本纪》云云。

咸雍四年，振西京及应州、朔州饥，诸县被水者复租一岁。

按：《辽史·道宗本纪》：四年春正月辛卯，遣使振西京饥民。三月甲申，振应州饥民。庚寅，振朔州饥民。冬十月辛亥，永清、武清、安次、固安、新城、归义、容城诸县水，复一岁租。

咸雍七年十一月戊子，免南京流民租。己丑，振饶州饥民。

按：《辽史·道宗本纪》云云。

咸雍八年，免武安州租税，振诸州饥。

按：《辽史·道宗本纪》：八年二月戊辰，岁饥，免武安州租税，振恩、蔚、顺、惠等州民。夏四月壬子，振义、饶二州民。六月甲寅，振易州贫民。己未，振中京。甲子，振中兴府。秋七月丙申，振饶州饥民。

太康元年，诏振诸州。南京饥，免租税，出钱粟振之。

按：《辽史·道宗本纪》：太康元年春正月壬寅，振云州饥。夏四月丙子，振平州饥。闰月丙午，振平、滦二州饥。秋七月丙寅，振南京贫民。九月己卯，以南京饥，免租税一年，仍出钱粟振之。

太康二年，振黄龙府、辽东饥，免南京路租税。

按：《辽史·道宗本纪》：二年二月戊子，振黄龙府饥。癸丑，南京路饥，免租税一年。九月戊午，以南京蝗，免明年租税。　按：《杨遵勖传》：遵勖迁东京户部使。太康二年，辽东饥，民多死，请赈恤。从之。

太康三年二月辛卯，中京饥，罢巡幸。

按：《辽史·道宗本纪》云云。

太康四年春正月甲午，振东京饥。

按：《辽史·道宗本纪》云云。

太康五年冬十月丁巳，振平州贫民。十一月癸未，复南京流民差役三年。

按：《辽史·道宗本纪》云云。

太康六年十二月庚午，免西京流民租赋一年。

按：《辽史·道宗本纪》云云。

大安二年，赐兴圣、积庆二宫贫民钱，发粟振诸路贫民。

按：《辽史·道宗本纪》：大安二年秋七月甲子，赐兴圣、积庆二宫贫民钱。乙酉，出粟振辽州贫民。九月壬申，发粟振上京、中京贫民。十一月癸未，出粟振乾、显、成、懿四州贫民。

大安三年，振诸路饥贫流民，蠲租，赐粟帛有差。

按：《辽史·道宗本纪》：三年春正月甲戌，出钱粟振南京贫民，仍复其租赋。二月丙戌，发粟振中京饥。甲辰，以民多流散，除安泊逃户征偿法。三月己未，免锦州贫民租一年。甲戌，免上京贫民租如锦州。夏四月戊子，赐中京贫民帛。丙申，赐隈乌古部贫民帛。乙巳，诏出户部司粟，振诸路流民及义州之饥。秋七月丁巳，出杂帛赐兴圣宫贫民。

大安四年，振诸路贫民。上京、南京饥，许良人自鬻。

按：《辽史·道宗本纪》：四年春正月庚午，免上京逋逃及贫户税赋。甲戌，以上京、南京饥，许良人自鬻。三月己巳，振上京及平、锦、来三州饥。夏四月己卯，振苏、吉、复、渌、铁五州贫民，并免其租税。甲申，振庆州贫民，五月乙卯，振祖州贫民。己未，振春州贫民。

大安八年，振西北路饥及通州水潦。

按：《辽史·道宗本纪》：八年冬十月丙辰，振西北路饥。十一月丁酉，以通州潦水害稼，遣使振之。

大安九年，振西北路贫民，并诏广积贮。

按：《辽史·道宗本纪》：九年九月癸卯，振西北路贫民。冬十月丁巳，振西北路贫民。己巳，诏广积贮，以备水旱。

寿隆六年春正月丙申，诏问民疾苦。二月癸丑，出绢赐五院贫民。冬十月甲寅，以平州饥，复其租赋一年。

按：《辽史·道宗本纪》云云。

天祚帝乾统三年二月庚午，以武清县大水，弛其陂泽之禁。

按：《辽史·天祚帝本纪》云云。

汇 考 八

（食货典第七十五卷）

目 录

宋 一

太祖建隆元年，赐京城饥民粥。以河北谷贱，命使市籴。

按：《宋史·太祖本纪》：建隆元年夏四月乙酉，遣使分诣京城门，赐饥民粥。　按：《食货志·和籴》：宋岁漕以广军储，实京邑。河北、河东、陕西三路及内郡，又自籴买，以息边民飞挽之劳，其名不一。建隆初，河北连岁大稔，命使置场，增价市籴。自是率以为常。

按：《玉海》：元年正月丁未，诏河北岁丰谷贱，命使置场，增价以籴。

建隆二年闰三月丁丑，金、商、房三州饥，振之。

按：《宋史·太祖本纪》云云。

按：《荒政考略》：二年，太祖因商州鼠食苗，诏免赋。谓宰臣曰：比命有司度田，多邀功害民，今当慎之。

建隆三年，从沈义伦奏，发军储贷饥民。

按：《宋史·太祖本纪》：三年春正月己巳，淮南饥，振之。十二月戊戌，蒲、晋、慈、隰、相、卫六州饥，振之。　按：《食货志·振恤》：水旱、蝗螟、饥疫之灾，治世所不能免，然必有以待之。《周官》以荒政十有二聚万民是也。宋之为治，一本于仁厚，凡振贫恤患之意，视前代尤为切至。诸州岁歉，必发常平、惠民诸仓粟，或平价以粜，或贷以种食，或直以振给之，无分于主客户。不足，则遣使驰传发省仓，或转漕粟于他路；或募富民出钱粟，酬以官爵，劝谕官吏，许书历为课；若举放以济贫乏者，秋成，官为理偿。又不足，则出内藏或奉宸库金帛，鬻祠部度僧牒；东南则留发运司岁漕米，或数十万石，或百万石济之。赋租之未入、入未备者，或纵不取，或寡取之，或倚阁以须丰年。宽逋负，休力役，赋入之有支移、折变者省之，应给蚕盐若和籴及科率追呼不急、妨农者罢之。薄关市之征，鬻牛者免算，运米舟车除沿路力胜钱。利有司与民共者不禁，水乡则蠲蒲鱼果蓏之税。选官分路巡抚，缓囚系，省刑罚。饥民劫囷窖者，薄其罪；民之流亡者，关津毋责渡钱；道京师者，诸城门振以米，所至舍以官第或寺观，为淖糜食之，或人日给粮。可归业者，计日并给遣归；无可归者，或赋以闲田，或听隶军籍，或募少壮兴修工役。老疾幼弱不能存者，听官司收养。水灾州县具船伐拯民，置之水不到之地，运薪粮给之。因饥役若厌溺死者，官为埋祭，厌溺死者加赐其家钱粟。京师苦寒，或物价翔踊，置场出米及薪炭，裁其价予民。前后率以为常。蝗为害，又募民扑捕，易以钱粟。蝗子一升，至易菽粟三升或五升。诏州郡长吏优恤其民，间遣内侍存问，戒监司俾察官吏之老疾罢懦不任职者。初，建隆三年，户部郎中沈义伦使吴越还，言：扬、泗饥民多死，郡中军储尚余万斛，宜以贷民。有司沮之曰：若岁未稔，谁任其咎？义伦曰：国家以廪粟济民，自当召和气、致丰年，宁忧水旱耶？太祖悦而从之。按：《沈伦传》：伦旧名义伦，为户部郎中。奉使吴越归，奏便宜十数事，皆从之。道出扬、泗，属岁饥，民多死。郡长吏白于伦曰：郡中军储尚余万斛，傥贷于民，至秋复收新粟，如此则公私俱利，非公言不可。还具以白。朝论沮之曰：今以军储振饥民，若荐饥无征，孰任其咎？太祖以问。伦曰：国家以廪粟济民，自当召和气、致丰稔，岂复有水旱耶？此当决于宸衷。太祖即命发廪贷民。

乾德元年，发廪振八州饥。

按：《宋史·太祖本纪》：乾德元年二月辛亥，澶、滑、卫、魏、晋、绛、蒲、孟八州饥，命发廪振之。

乾德二年，振诸州饥，免诸道夏税之无苗者。

按：《宋史·太祖本纪》：二年二月癸丑，遣使振陕州饥。夏四月戊申，振河中饥。己酉，免诸道今年夏税之无苗者。己巳，灵武饥，转泾粟以饟。

乾德三年三月癸酉，诏置义仓。

按：《宋史·太祖本纪》云云。　按：《食货志》：常平、义仓，汉、隋利民之良法，常平以平谷价，义仓以备凶灾。周显德中，又置惠民仓，以杂配钱分数折粟贮之，岁歉减价出以惠民。宋兼存其法焉。太祖承五季之乱，海内多事，义仓寖废。乾德初，诏诸州于各县置义仓，岁输二税，石别收一斗。民饥欲贷充种食者，县具籍申州，州长吏即计口贷讫，然后奏闻。

按：《文献通考》：乾德元年，诏曰：多事之后，义仓废寝，岁或小歉，失于豫备。宜令诸州于所属县各置义仓，自令官所收二税，石别税一斗，贮之，以备凶歉给与民。（按：置义仓，《本纪》系三年。此载在元年，疑讹。）

又按：《通考》：三年，诏：民有欲借义仓粟充种食者，令州县即计口给计以闻，勿俟报；义仓不足，当发公廪者，奏待报。

乾德四年三月癸酉，罢义仓。秋七月庚辰，华州旱，免今年租。

按：《宋史·太祖本纪》云云。

按：《玉海》：四年，诏以义仓百姓供输劳扰，俾从停废，以便物情。

按：《文献通考》：四年，诏曰：诸州义仓用振乏绝，颇闻重叠输送，未免劳烦，宜罢之。

按：《荒政考略》：四年，诏诸州长吏，视民田旱甚者蠲租，不俟报。

乾德五年七月己酉，免水旱灾户今年租。

按：《宋史·太祖本纪》云云。

开宝元年，振集津、垣曲、武陟饥，免被水民田夏税。

按：《宋史·太祖本纪》：开宝元年春正月甲午，陕之集津、绛之垣曲、怀之武陟饥，振之。六月癸丑朔，诏民田为霖雨、河水坏者，免今年夏税。

开宝四年，诏赈贷广南州县。

按：《宋史·太祖本纪》不载。 按：《文献通考》：四年，诏赈广南管内州县乡村不接济人户，委长吏于省仓内量行赈贷，候丰稔日，令只纳元数。

开宝五年，遣使检视水灾田，诏除田租。

按：《宋史·太祖本纪》：五年夏四月丙午，遣使检视水灾田。五月丁亥，河南、北淫雨，澶、滑、济、郓、曹、濮六州大水。六月己丑，河决阳武，汴决谷熟。丁酉，诏：淫雨河决，沿河民田有为水害者，有司具闻除租。是岁大饥。

开宝六年二月丙申，曹州饥，漕太仓米二万石振之。

按：《宋史·太祖本纪》云云。

开宝七年，振河中府饥，又以秦、晋旱，免逋赋。

按：《宋史·太祖本纪》：七年六月丙申，河中府饥，发粟三万石振之。十一月丁亥，秦、晋旱，免蒲、陕、晋、绛、同、解六州逋赋，关西诸州免其半。

开宝八年，诏赈江南饥。

按：《宋史·太祖本纪》不载。 按：《文献通考》：八年，平江南，诏出米十万石赈城中饥民。

太宗太平兴国八年，以粟四万石赈同州饥。

按：《宋史·太宗本纪》不载。 按：《文献通考》云云。

雍熙元年三月丁巳，蠲水所及州县今年租。

按：《宋史·太宗本纪》云云。

雍熙二年，遣使振江南饥，诏诸道储廪防水旱。

按：《宋史·太宗本纪》：二年三月己未，江南民饥，许渡江自占。夏四月乙亥朔，遣使行江南诸州，振饥民。秋七月庚申，诏诸道转运使及长吏，宜乘丰储廪，以防水旱。

雍熙三年八月丁未，剑州民饥，遣使振之。

按：《宋史·太宗本纪》云云。

端拱□年，诏贫民私逋出息不得逾倍，又诏益种诸谷防水旱。

按：《宋史·太宗本纪》不载。 按：《食货志》：端拱初，诏诸知州、通判，具如何均平赋税、招辑流亡、惠恤孤贫、窒塞奸幸，凡民间未便事，限一月附疾置以闻。而比年多稼不登，富者操奇赢之资，贫者取倍称之息，一或小稔，富家责偿愈急，税调未毕，资储罄然。遂令州县戒里胥、乡老察视，有取富民谷麦赀财，出息不得逾倍，未轮税毋得先偿私逋，违者罪之。言者谓江北之民杂种诸谷，江南专种粳稻，虽土风各有所宜，至于参植以防水旱，亦古之制。于是诏江南、两浙、荆湖、岭南、福建诸州长吏，劝民益种诸谷，民乏粟、麦、黍、豆种者，于淮北州郡给之；江北诸州，亦令就水广种粳稻，并免其租。

端拱二年，以太仓粟贷饥民，置折中仓；又以岁旱、彗见，下诏自责。

按：《宋史·太宗本纪》：二年，三月戊午，以太仓粟贷京畿饥民。冬十月辛未，以岁旱、彗星谪见，诏曰：朕以身为牺牲，焚于烈火，亦未足以答谢天谴。当与卿等审刑政之阙失、稼穑之艰难，恤物安人，以祈元祐。按：《王禹偁传》：二年，禹偁拜左司谏、知制诰。是冬，京城旱，禹偁疏云：一谷不收谓之馑，五谷不收谓之饥。馑则大夫以下皆损其禄；饥则尽无禄，廪食而已。今旱云水沾，宿麦未苗，既无积蓄，民饥可忧。望下诏直云：君臣之间，政教有阙，自乘舆服御，下至百官奉料，非宿卫军士、边庭将帅，悉第减之，上答天谴，下厌人心，俟雨足复故。臣朝行中家最贫，奉最薄，亦愿首减奉，以赎耗蠹之咎。外则停岁市之物，内则罢工巧之伎。近城掘土，侵冢墓者瘗之；外州配隶之众，非赃盗者释之。然后以古者猛虎渡河、飞蝗越境之事，戒敕州县官吏。其余军民刑政之弊，非臣所知者，望委宰臣裁议颁行，但感人心，必召和气。

按：《文献通考》：二年，置折中仓，许商人输粟，优其价。令执券抵江淮，给以茶盐，每一百万石为一界。禄仕之家及形势户，不得辄入粟。

淳化元年，蠲水旱州县租税。京师贵籴，开廪贱粜。

按：《宋史·太宗本纪》：淳化元年秋七月，吉、洪、江、蕲、河阳、陇城大水，开封、陈留、封丘、酸枣、鄢陵旱，赐今年田租之半，开封特给复一年。京师贵籴，遣使开廪减价分粜。八月，京兆长安八县旱，赐今年租十之六。冬十月，以乾郑二州、河南寿安等十四县旱，州蠲今年租十之四，县蠲其税。

淳化二年，诏陕西招诱流亡；饥民鬻男女者，官赎之。其旱损等州，贷以官粟。

按：《宋史·太宗本纪》：二年春正月己丑，诏陕西诸州长吏设法招诱流亡，复业者计口贷粟，仍给复二年。秋七月己亥，诏陕西缘边诸州饥民鬻男女入近界部落者，官赎之。

按：《文献通考》：二年，诏永兴、凤翔、同、华、陕等州岁旱，以官仓粟贷之，人五斗，仍给复二年。

按：《燕翼贻谋录》：民间诉水旱，旧无限制，或秋而诉夏旱，或冬而诉秋旱，往往于收割之后，欺罔官吏，无从核实。拒之则不可，听之则难信。故太宗淳化二年正月丁酉，诏荆湖、江淮、二浙、四川、岭南管内州县，诉水旱，夏以四月三十日、秋以八月三十日为限。自此遂为定制。

淳化三年六月辛卯，置常平仓。

按：《宋史·太宗本纪》云云。　按：《食货志》：三年，京畿大穰，分遣使臣于四城门置场，增价以籴，虚近仓贮之，命曰常平，岁饥即下其直予民。　又按：《志》：太宗恭俭仁爱，谆谆劝民务农重谷，毋或妄费。是时惠民所积，不为无备，又置常平仓，乘时增籴，唯恐其不足。

按：《玉海》：三年六月辛卯，诏置常平仓，命常参官领之，岁熟增价以籴，岁歉减价以粜，用赈贫民，复旧制也。淳化四年，以江、浙、淮、陕饥，遣使巡抚，又蠲被水田租。　按：《宋史·太宗本纪》：四年二月己卯，诏以江、浙、淮、陕饥，遣使巡抚。诏分遣近臣巡抚诸道，有可惠民者得便宜行事，吏罢软苛刻者上之，诏令有未便者附传以闻。冬十月辛巳，遣使按行畿县，民田被水者蠲其租。淳化五年，诏能出粟贷饥民者赐爵，遣使按行水灾，又令惠民仓减价出粜。

按：《宋史·太宗本纪》：五年春正月己巳，遣使振宋、亳、陈、颍州饥民，别遣决诸路刑狱。应因饥劫藏粟，诛为首者。余减死。甲戌，诏诸州能出粟贷饥民者赐爵。九月辛酉，遣使分行宋、亳、陈、颍、泗、寿、邓、蔡等州，按行民田。被水及种莳不及者，并蠲其租。

按：《会要》：五年十月，令诸州惠民仓故谷，遇籴稍贵，减价粜与贫民，人不过一斛。

按：《文献通考》：五年，命直史馆陈尧叟等，往宋、亳、陈、颍等州出粟，以贷饥民。每州五千石及万石，仍更不理纳。

按：《江南通志》：五年，诏西浙频年水灾，倍加安抚。

至道元年，以岁饥，振贷蠲租。

按：《宋史·太宗本纪》：至道元年二月丙午，振亳州、房州、光化军饥，遣使贷之。

按：《文献通考》：元年六月，诏曰：近岁以来，天灾相继，民多转徙，田卒污莱，招诱虽勤，逋逃未复。宜申劝课之旨，更示蠲复之恩。应州县旷土，并许民请佃为永业，仍蠲三岁租；三岁外，输二分之一。

至道二年八月，以岁丰，籴于江浙淮。

按：《宋史·太宗本纪》不载。按：《玉海》云云。

至道三年五月，诏三司市籴。

按：《宋史·太宗本纪》不载。　按：《玉海》云云。

真宗咸平元年，以旱免开封田租；又遣使振定州。

按：《宋史·真宗本纪》：咸平元年六月丙辰，以旱免开封二十五州军田租。是岁定州雹伤稼，遣使振恤，除是年租。

咸平二年，振江浙、广南等处饥，置福建惠民仓。

按：《宋史·真宗本纪》：二年三月丙辰，江浙发廪振饥。闰月丙午，诏江浙饥民入城池渔采勿禁。冬十月戊午，置福建路惠民仓。是岁，江浙广南、荆湖旱，岚州春霜害稼，分使发粟振之。　按：《食货志》：咸平中，库部员外郎成肃请福建增置惠民仓。因诏诸路申淳化惠民之制。

按：《实录》：先是，三司言福建不须置仓。肃以远俗尤宜存恤，故有是请。丙寅，诏令于诸路运司管内有惠民仓处，当熟则增价以籴，歉减价出之。

按：《文献通考》：二年，诏出米十万石赈两浙贫民。

咸平三年，振水旱诸州。

按：《宋史·真宗本纪》：三年八月辛亥，京东水灾，遣使安抚。是岁畿内、江南、荆湖旱，果、阆州水，并振之。

按：《会要》：三年，先诏所在缺食奏闻，差官往粜，深虑迟延，自今止委知州、通判、幕职互监。

咸平四年，除东川田租，又振河北梓州。

按：《宋史·真宗本纪》：四年六月丁巳，诏东川民田先为江水所害者，除其租。闰十二月庚寅，河北饥，蠲赋减役，发廪振之。是岁，梓州水，遣使振恤。

咸平五年，遣使为粥赈饥。两浙提刑奏请阙食处出米赈济，从之。

按：《宋史·真宗本纪》：五年，河北郑、曹、滑州饥，振之。

按：《文献通考》：五年，遣中使诣雄、霸、瀛、莫等州，为粥以赈饥民。两浙提刑锺离瑾言百姓阙食，官设糜粥，民竞赴之，有妨农事。请下转运司量出米赈济，家得一斗。从之。

咸平六年，遣使振恤水灾，出内府绫锦，籴粟实边。

按：《宋史·真宗本纪》：六年二月己卯，以京东西、淮南水灾，遣使振恤贫民。

按：《食货志》：咸平中，尝出内府绫罗锦绮，计直缗钱百八十万、银三十万两，付河北转运使籴粟实边。继而诏：凡边州积谷，可给三岁则止。

按：《玉海》：六年九月，出内府绫锦，籴于河北。

景德元年，命使振饥河北。输藁入官者，准便籴例，给以象牙、香药。

按：《宋史·真宗本纪》：景德元年，江南东、西路饥，陕、滨、棣州蝗害稼，命使振之。

按：《玉海》：元年九月，出内府银，籴于天雄。

按：《文献通考》：河北旧有便籴之法，听民输粟边州，而京师给以缗钱，钱不足即移文外州给之，又折以象牙、香药。景德元年，三司请令河北有输藁入官者，准便籴粟麦，例给八分缗钱，二分象牙、香药；其广信、安肃、北平粟麦，悉以香药博籴。从之。

景德二年，诏以上供军储振淮南饥。

按：《宋史·真宗本纪》：二年春正月乙卯，振河北饥。甲子，诏淮南以上供军储振饥民。是岁淮南、两浙、荆湖北路饥，遣使分振。

景德三年，置常平仓，振诸路饥。

按：《宋史·真宗本纪》：三年春正月辛未，置常平仓。二月乙亥，诏京东西、淮南、河北振乏食客户。六月丙申，遣使振应天府水灾。是岁京东西、河北、陕西饥，振之。

按：《食货志》：三年，言事者请于京东西、河北、河东、陕西、江南、淮南、两浙，皆立常平仓，计户口多寡，量留上供钱自二三千贯至一二万贯，令转运使每州择清干官主之，领于司农寺，三司无辄移用。岁夏秋，视市价量增以籴，粜减价亦如之，所减不得过本钱。而沿边州郡不置。诏三司集议，请如所奏。于是增置司农官吏，创廨舍，藏籍帐，度支别置常平案。大率万户岁籴万石，户虽多，止五万石。三年以上不粜，即回充粮廪，易以新粟。灾伤州郡籴粟，斗毋过百钱。后又诏：当职官于元约数外增籴及一倍已上者，并与理为劳绩。

又按：《志》：真宗益务行养民之政，于是推广淳化之制，而常平、惠民仓殆遍天下矣。

大中祥符元年春正月戊辰，幽州旱，求市麦种；夏州饥，请易粟。并许之。

按：《宋史·真宗本纪》云云。

大中祥符□年，以三路岁丰，增籴广蓄。

按：《宋史·真宗本纪》不载。　按：《食货志》：大中祥符初，三路岁丰，仍令增籴广蓄，靡限常数。后又时出内库缗钱，或数十万，或百万，别遣官经画市籴，中等户以下免之。初，河东既下，减其租赋。有司言其地沃民勤，颇多积谷，请每岁和市，随常赋输送，其直多折色给之。京东西、陕西、河北阙兵食，州县括民家所积粮市之，谓之推置；取上户版籍，酌所输租而均籴之，谓之对籴。皆非常制。麟、府州以转饷道远，遣常参官就置场和籴。河北又募商人输刍粟于边，以要券取盐及缗钱、香药、宝货于京师或东南州军，陕西则受盐于两池，谓之入中。陕西籴谷，又岁预给青苗钱，天圣以来，罢不复给，然发内藏金帛以助籴者，前后不可胜数。大中祥符二年，赈陕西饥，蠲赐水灾虫伤诸州。又遣使出常平仓粟麦，开场粜之，以平物价。

按：《宋史·真宗本纪》：二年春正月乙酉，以陕西民饥，遣使巡抚。夏四月丁未，振陕西民饥。秋七月乙亥，蠲京东徐、济七州水灾田租。九月戊午，赐秦州被水民粟，人一斛。丁丑，发官廪振凤州水灾。冬十月甲辰，兖州霖雨害稼，振恤其民。是岁，雄州虫食苗即死，遣使振恤。

按：《玉海》：二年二月辛丑，分遣使臣出常平仓粟麦于京城，开八场减价粜之，以平物价。六月丙申，内出司农寺上谷价以示宰臣。

大中祥符三年，振契丹饥，诏赎饥民鬻子，遣使存抚江南旱灾，又罢江淮和籴。

按：《宋史·真宗本纪》：三年六月庚戌，边臣言契丹饥，来市籴。诏雄州籴粟二万石振之。丙辰，诏前岁陕西民饥，有鬻子者，官为购赎，还其家。

按：《玉海》：三年九月，罢江淮和籴。

按：《江南通志》：三年八月辛亥，以江南旱，遣使存抚。大中祥符四年，振京兆旱，遣使安抚江、淮南水灾，又蠲滨、棣水灾田租有差。

按：《宋史·真宗本纪》：四年五月辛卯，京兆旱，诏振之。六月丙寅，遣使安抚江淮南水灾，许便宜从事。秋七月己丑，诏先蠲滨、棣州水灾田租十之三。今所输七分，更除其半。

大中祥符五年，振恤水旱饥民，以占城稻种教江淮、两浙民种之，出内帑钱博籴。

按：《宋史·真宗本纪》：五年二月丙寅，诏官吏安抚滨、棣被水农民。五月辛未，江淮、两浙旱，给占城稻种，教民种之。八月庚戌，淮南旱，减运河水灌民田，仍宽租限，州县不能存恤致民流亡者罪之。十二月乙酉，振泗州饥。是岁京城、河北、淮南饥，减直鬻谷，以济流民。

按：《食货志》：帝以江淮、两浙稍旱，即水田不登，遣使就福建取占城稻三万斛，分给三路为种，择民田高仰者莳之，盖旱稻也。内出种法，命转运使揭榜示民。

按：《玉海》：五年五月，出内帑缗钱，命三司博籴。

大中祥符六年，给饥民粥，并常平仓，又发廪贱粜以济饥民。

按：《宋史·真宗本纪》：六年夏四月庚辰，诏淮南给饥民粥，麦登乃止。

按：《玉海》：六年，并两赤县仓，入在京常平仓。

按：《杭州府志》：六年冬十月，杭州奉诏发廪贱粜以济饥民。

大中祥符七年，振仪州饥，给复棣州流民，又除被灾民租。

按：《宋史·真宗本纪》：七年三月辛丑，发粟振仪州饥。六月丙子，诏棣州经水，流民归业者给复三年。八月乙卯，除江淮、两浙被灾民租。是岁淮南、江浙饥，除其租。大中祥符九年，行陕西平粜，振诸州饥；又诏留上供米备饥年，民有出粟振饥者赐爵。

按：《宋史·真宗本纪》：九年二月甲午，延州蕃部饥，贷以边谷。夏四月丙申，振延州蕃族饥。八月丙子，令江淮发运司留上供米五十万以备饥年。戊子，以旱罢秋宴。九月庚戌，以不雨罢重阳宴。甲寅雨，督诸路捕蝗。丁巳，诏以旱蝗得雨，宜务稼省事及罢诸营造。己巳，诏民有出私廪振贫乏者，三千石至八千石，第授助教、文学、上佐之秩。是岁，诸州有陨霜害稼及水灾者，遣使振恤，除其租。

按：《玉海》：九年正月，行陕西平粜。

天禧□年，以覆检烦扰，止遣官就田所阅视灾伤，即定蠲数。

按：《宋史·真宗本纪》不载。 按：《食货志》：天禧初，诏诸路自今候登熟方奏丰稔，或已奏丰稔而非时灾沴者，即须上闻，违者重置其罪。先是，民诉水旱者，夏以四月，秋以七月，荆湖、淮南、江浙、川峡、广南水田不得过期，过期者吏勿受。令、佐受诉，即分行检视，白州遣官覆检。三司定分数蠲税。亦有朝旨特增免数及应输者，许其倚格。京畿则特遣官覆检。太祖时，亦或遣官往外州检视，不为常制；伤甚有免覆检者。至是又以覆检烦扰，止遣官就田所阅视，即定蠲数。

天禧元年，诏州郡发常平仓振灾。诸路饥，诏抚恤，平粜，发廪，蠲租，贷其种粮。

按：《宋史·真宗本纪》：天禧元年二月庚午，诏振灾，发州郡常平仓。三月辛酉，令作淖糜济怀、卫流民。五月戊戌，诏所在安恤流民。己未，诸路蝗食苗，诏遣内臣分捕，仍命使安抚。十一月乙卯，大雪，帝谓宰相曰：雪固丰稔之兆，第民力未充，虑失播种。卿等其务振劝，毋遗地利。十二月辛卯，诏陕西缘边鬻谷者勿算。是岁诸路蝗，民饥，镇戎军风雹害稼。诏发廪振之，蠲租赋，贷其种粮。

按：《玉海》：元年十一月，减河北便籴。　又按：《玉海》：元年，诏灾伤州以常平仓元籴价出粜。

按：《荒政考略》：元年，濮州侯日成上言，本州富民储蓄不少，近价值日增，乞差使臣与通判点检，量留一年支费，余悉令粜。真宗有旨，劝诱出粜，不得扰富民。

天禧二年，河北、京东西饥，振之。又命诸路振以淖糜粮种。

按：《宋史·真宗本纪》：二年春正月壬寅，振河北、京东饥。己未，遣使谕京东官吏安抚饥民，又命诸路振以淖糜。二月庚辰，振京西饥。三月丙辰，先贷贫民粮种，止勿收。是岁陕西旱，振之。

天禧三年八月庚戌，遣使抚恤京东西、河北水灾。是岁江浙及利州路饥，诏振之。

按：《宋史·真宗本纪》云云。

天禧四年，振诸路民饥，发粟，减租，贷牛、种；又诏诸路增置常平仓，劝收籴。

按：《宋史·真宗本纪》：四年二月癸未，遣使安抚淮南江浙利州饥民。辛丑，发唐、邓八州常平仓振贫民。三月戊午，以淄州民饥，贷牛、种。甲子，振蕃部粟。己亥，振益、梓民饥。五月丁巳，发粟振秦、陇。八月乙酉，诏利、夔路置常平仓。冬十月甲辰，减水灾州县秋租。闰十二月庚午，京城谷贵，减直发常平仓。　按：《食货志》：四年，荆湖、川峡、广南皆增置常平仓。

按：《玉海》：四年，诏益、梓、利、夔、荆、湖广南路并置常平仓。

按：《文献通考》：四年，诏诸州通河及大路人烟繁处多籴；其僻在山险之处，止约本处主客户收籴。

天禧五年，赐诸路被灾处民租有差。

按：《宋史·真宗本纪》：五年春正月乙未，遣使抚京东水灾。三月辛丑，京东、西水灾，赐民租十之五。冬十月癸卯，蠲京东西、淮、浙被灾民租。　按：《食货志·常平义仓》：五年，诸路总籴数十八万三千余斛，粜二十四万三千余斛。

乾兴元年，蠲水炎民租，振贷苏、湖、秀州及徐州民廪粟。

按：《宋史·真宗本纪》：乾兴元年春正月戊戌，蠲秀州水灾民租。二月癸卯，诏苏、湖、秀州民饥，贷以廪粟。庚戌，诏徐州振贫民。

仁宗天圣元年，安抚京东、淮南水灾，命朝臣往河北便籴。

按：《宋史·仁宗本纪》：天圣元年春正月戊子，以京东、淮南水灾，遣使安抚。秋七月壬申，诏职田遇水旱蠲租如例。

按：《玉海》：元年七月十七日，命朝臣往河北沿边提举便籴。

天圣三年，蠲水旱州租赋，饥者发粟振之。三司使奏请和买和籴，依时估趁买。从之。

按：《宋史·仁宗本纪》：三年八月辛未，蠲陕西州军旱灾租赋。十一月辛卯，以襄州水，蠲民租。晋、绛、陕、解州饥，发粟振之。

按：《文献通考》：三年，权三司使范雍言：天下和买和籴夏秋粮草，虽逐处开场，多被经贩行人小估价例，外面添钱收买，俟过时，乘官中急市，即添价，却将籴买者中卖，致粮草怯弱，枉费官钱不便。乞行下及早开场，依见卖时估趁时籴买，不得容信作弊。从之。

天圣四年，蠲被水田租，贷畿内饥。

按：《宋史·仁宗本纪》：四年夏四月壬子，诏京东西、河北、淮南平谷价。六月丁酉，畿内、京东西、淮南、河北被水民田，蠲其租。十二月丁丑，发米六十万斛，贷畿内饥。天圣五年，振京东流民及秦州水灾；又陕西旱蝗，减民租赋。

按：《宋史·仁宗本纪》：五年二月丙子，诏振京东流民。秋七月己亥朔，振秦州水灾，赐被溺家钱米。十一月丁酉朔，以陕西旱蝗，减其民租赋。

天圣六年，振恤河北民饥；又以京西谷贱，命三司市籴。

按：《宋史·仁宗本纪》：六年夏四月丁丑，贷河北流民复业者种食，复是年租赋。庚寅，振河北流民过京师者。八月乙丑，诏免河北水灾州军秋税。九月甲辰，诏河北灾伤，民质桑土与人者，悉归之，候岁丰偿所贷。 按：《鞠咏传》：咏为三司盐铁判官。天圣六年，河北京师旱饥，奏请出太仓米十万石振饥民。

按：《玉海》：六年十一月，京西谷斗十钱，命三司市籴。

天圣七年，河北水，振粟免赋，遣使给钱，并察官吏不恤民者。给契丹流民米，以闲田处之。

按：《宋史·仁宗本纪》：七年二月乙酉，以河北水灾，委转运使察官吏，不任职者易之。癸巳，募民入粟以振河北。三月辛巳，诏契丹饥民所过给米，分送唐、邓等州，以闲田处之。夏四月庚寅，免河北被水民租赋。是岁河北水，遣使决囚，振贫瘗溺死者，给其家缗钱，察官吏贪暴不恤民者。

按：《续文献通考》：七年闰二月，诏河北转运司，契丹流民，其令分送唐、邓、襄、汝州，以闲田处之，仍令所过人给米二升。初，河北转运司言契丹大饥，民流过界河上。谓辅臣曰：虽境外之民，皆朕赤子，可赈救之。

按：《荒政考略》：七年，诏曰：河北大水，坏澶州浮桥。其被灾之民见存三口者，给钱二千，不及者半之。溺死而不能收敛者，官为瘗埋。已检放税外，听近输官权停州县配率。其贮米仓库营壁，亟修完之。并究官吏贪暴不能存恤者，差去河北安抚使锺离瑾奏劾之。其民间疾苦，何由周知？须实心体访，或灾荒而有司莫告，或赈济而虚冒多端，或地之远近为阻，或时之后先未悉，各具实以闻。

天圣八年三月乙亥，诏河北被水州县毋税牛。

按：《宋史·仁宗本纪》云云。

明道元年冬十月丁巳，诏汉阳军发廪粟以振饥民。

按：《宋史·仁宗本纪》云云。

明道二年，发上供米振江淮饥，又出内藏绢代京东饥民岁输，并遣使安抚诸道，除民租。

按：《宋史·仁宗本纪》：二年春正月己卯，诏发运使以上供米百万斛振江淮饥民，遣使督视。二月庚子，诏江淮民饥死者，官为之葬祭。十二月甲辰，以京东饥，出内藏绢二十万代其民岁输。是岁，畿内、京东西、河北、河东、陕西蝗，淮南、江东、两川饥，遣使安抚，除民租。

景祐元年，振恤诸路灾伤州军民，诏举所部官专领常平仓粟。

按：《宋史·仁宗本纪》：景祐元年春正月甲子，发江淮漕米，振京东饥民。丙寅，诏开封府界诸县作糜粥以济饥民，诸灾伤州军亦如之。甲戌，诏募民掘蝗种，给菽米。甲申，淮南饥，出内藏绢二十万代其民岁输。二月戊申，诏麟府州振蕃汉饥民。三月壬午，免诸路灾伤州军今年夏税。六月庚子，免畿内被灾民税之半。秋七月壬子，诏转运使与长吏，举所部官专领常平仓粟。

按：《文献通考》：景祐初，畿内饥，诏出常平粟，贷中下户三斛。

按：《荒政考略》：元年，京东大旱，民多饥殍，有司以征赋不完，上其数于朝。仁宗谕曰：江南岁饥，贷民种粟数千万斛，且屡经停阁，而转运督责不已，民贫不能自偿。昨遣使安抚，始以事闻，不尔何由上达。其悉蠲之。又蠲三千三百一十六万。然有司或务聚敛，不即宽除，朝廷知其弊，下诏戒饬。

景祐二年，以粟麦贷镇戎军饥。

按：《宋史·仁宗本纪》：二年十二月丙子，诏长吏能导民修水利辟荒田者，赏之。是岁以镇戎军荐饥，贷弓箭手粟麦六万石。

景祐四年，赐越州被水民钱有差，诏常平钱谷毋得移借。

按：《宋史·仁宗本纪》：四年八月甲戌，越州水，赐被溺民家钱有差。甲午，诏三司转运司毋借常平钱谷。　按：《食货志》：景祐中，淮南转运副使吴遵路言：本路丁口百五十万，而常平钱粟才四十余万，岁饥不足以救恤，愿自经画增为二百万，他毋得移用。许之。后又诏：天下常平钱粟，三司转运司皆毋得移用。不数年间，常平积有余，而兵食不足，乃命司农寺出常平钱百万缗，助三司给军费。久之移用数多，而蓄藏无几矣。宝元二年，振恤益、梓、利、夔路及两川饥民，又出内库珠，易钱籴边储。

按：《宋史·仁宗本纪》：宝元二年九月乙卯，出内库银四万两易粟，振益、梓、利、夔路饥民。十月甲申，诏两川饥民出剑门关者勿禁。十一月戊子朔，出内库珠易缗钱三十万籴边储。　按：《食货志》：宝元中，出内库珠直缗钱三十万，付三司售之，取其直以助边费。欧阳修奉使河东还，言河东禁并边地不许人耕，而私籴北界粟麦为兵储，最为大患。遂诏岢岚、火山军闲田并边壕十里外者，听人耕。然竟无益边备，岁籴如故。大抵入中利厚而商贾趋之，罢三路入中，悉以见钱和籴，县官之费省矣。

按：《文献通考》：仁宗留意兵食，发内藏库金帛以助籴者，前后不可胜数。宝元中，出内库珠直缗钱三十万以赐三司，因谕辅臣曰：此无用之物，既不欲捐弃，不若散之民间，收其直助边，亦可纾吾民之敛。

庆历元年九月乙亥，复置义仓。十一月丙辰，发廪粟，减价以济京城民。

按：《宋史·仁宗本纪》云云。　按：《食货志》：明道二年，诏议复义仓，不果。景祐中，集贤校理王琪请复置，令五等已上户，随夏秋二税，二斗别输一升，水旱减税则免输。州县择便地置仓贮之，领于转运使。计以一中郡正税岁入十万石，则义仓可得五千石，推而广之，则利博矣。明道中，饥歉，国家欲尽贷饥民，则军食不足，故民有流转之患。是时，兼并之家出粟数千石则补吏，是岂以官爵为轻欤？特爱民济物，不获已为之尔。且兼并之家占田常广，则义仓所入常多；中下之家占田常狭，则义仓所入常少。及水旱振济，则兼并之家未必待此而济，中下之民实先受其赐矣。事下有司会议，议者异同而止。庆历初，琪复上其议，仁宗纳之，命天下立义仓，诏上三等户输粟，已而复罢。其后贾黯又言：今天下无事，年谷丰熟，民人安乐，父子相保。一遇水旱，则流离死亡，捐弃道路。发仓廪振之，则粮不给，课粟富人则力不赡，转输千里则不及事，移民就粟则远近交困。朝廷之臣，郡县之吏，仓卒不知所出，则民饥而死者过半矣！愿放隋制，立民社义仓，诏天下州军遇年谷丰登，立法劝课，蓄积以备凶灾。此所谓乐岁粒米狼戾，多取之而不为虐者也，况取之以为民耶！下其说诸路以度可否。以为可行才四路，余或谓赋税之外，两重供输，或谓恐招盗贼，或谓已有常平，足以振给，或谓置仓烦扰。于是黯复上奏曰：臣尝判尚书刑部，见天下岁断死刑多至四千余人，其间盗贼率十六七，盖愚民迫于饥寒，因之水旱，枉陷重辟。故臣请复民社义仓，以备凶岁。今诸路所陈，类皆妄议。若谓赋税之外两重供输，则义仓之意，乃教民储积以备水旱，官为立法，非以自利，行之既久，民必乐输。若谓恐招盗贼，盗贼利在轻货，不在粟麦。今乡村富室有贮粟数万石者，不闻有劫掠之虞。且盗贼之起，本由贫困。臣建此议，欲使民有贮积，虽遇水旱，不忧乏食，则人人自爱而重犯法，此正消除盗贼之原也。若谓有常平足以振给，则常平之设，盖以准平谷价，使无甚贵甚贱之伤。或遇凶饥，发以振救，既以失其本意，而费又出公帑，今国用颇乏，所蓄不厚。近岁非无常平，小有水旱，辄流离饿莩，起为盗贼，则是常平果不足仰以振给也。若谓置仓廪，敛材木，恐有烦扰，则今州县修治邮传驿舍，皆敛于民，岂于义仓独畏烦扰？人情可与乐成，不可与谋始，愿自朝廷断而行之。然当时牵于众论，终不果行。

庆历二年正月戊午，诏天下新立义仓，止令上等户输之。

按：《宋史·仁宗本纪》不载。　按：《玉海》云云。

庆历四年二月丙辰，出奉宸库银三万两，振陕西饥民。五月戊寅，诏募人纳粟，振淮南饥。

按：《宋史·仁宗本纪》云云。

庆历五年，诏罢义仓。

按：《宋史·仁宗本纪》不载。　按：《玉海》云云。

庆历八年，赎饥民鬻子；以河北水灾，令募饥民为军。又转江、淮漕米，出内库钱帛贸粟济之。

按：《宋史·仁宗本纪》：八年二月己卯，赐瀛、莫、恩、冀州缗钱二万，赎还饥民鬻子。秋七月戊戌，以河北水，令州县募饥民为军。八月己丑，以河北、京东西水灾，罢秋宴。九月戊午，诏三司以今年江淮漕米转给河北州军。冬十一月壬戌，出廪米，减价以济畿内贫民。十二月乙丑，出内藏钱帛赐三司，贸粟以济河北。流民所过，官为舍止之，所赍物毋收筭。

汇　考　九

（食货典第七十六卷）

目　　录

宋　　二

皇祐元年，以河北水灾，罢上元张灯作乐，并给谷种、蠲租赋，年老笃疾者赐米酒。

按：《宋史·仁宗本纪》：皇祐元年春正月甲戌，以河北水灾，罢上元张灯，停作乐。己未，诏以缗钱二十万市谷种，分给河北贫民。二月戊辰，以河北疫，遣使颁药。六月甲子，蠲河北复业民租赋。冬十一月丙申，诏河北被灾民八十以上及笃疾不能自存者，人赐米一石、酒一斗。

皇祐二年，以岁饥，罢上元观灯。河北水，蠲民租，出内藏措置刍粮。

按：《宋史·仁宗本纪》：二年春正月癸卯，以岁饥，罢上元观灯。三月己酉，诏两浙流民听人收养。闰十一月丁卯，河北水，诏蠲民租，出内藏钱四十万缗、绢四十万匹付本路，使措置是岁刍粮。

皇祐三年，遣使安抚饥民，罢灾伤州军贡物，其粜常平粟者毋得增元价。

按：《宋史·仁宗本纪》：三年夏四月癸未，诏河北流民相属，吏不加恤，而乃饰厨传，交赂使客，以取名誉。自今非犒设兵校，其一切禁之。八月丙戌，遣使安抚京东、淮南、两浙、荆湖、江南饥民。十二月甲辰，罢灾伤州军贡物。　按：《食货志》：自景祐初，畿内饥，诏出常平粟贷中下户，户一斛。庆历中，发京西常平粟振贫民，而聚敛者或增旧价粜粟，欲以市恩。皇祐三年，诏诫之。淮南、两浙体量安抚陈升之等言：灾伤州军乞粜常平仓粟，令于元价上量添十文、十五文，殊非恤民之意。乃诏止于元粜价出粜。

皇祐四年，以岁比不登，诏毋科率。又令亲民官条陈救恤之术。以河北、鄜州水，蠲民逋负、税役。

按：《宋史·仁宗本纪》：四年冬十月丁亥，以诸路饥疫并征徭科调之烦，令转运使、提点刑狱、亲民官条陈救恤之术以闻。是岁河北路及鄜州水，蠲河北民积年逋负，鄜州民税役。

按：《玉海》：四年二月戊寅，上谓辅臣曰：东南岁比不登，尝诏蠲岁漕百万石，今发运使施昌言、许元欲分往江浙调发军储，必谋诛剥求羡余以希进。因诏遵前诏，毋科率。

皇祐五年，赈贷贫民，免灾伤处所贷常平仓米。诏州县招辑饥民，上民间灾伤利害。

按：《宋史·仁宗本纪》：五年五月丁巳，诏转运司振邕州贫民，户贷米一石。六月乙未，诏河北荐饥，转运使察州县长吏能招辑劳来者，上其状；不称职者举劾之。秋七月乙巳，诏荆湖北路民因灾伤所贷常平仓米免偿。八月丁酉朔，诏民诉灾伤而监司不受者，听州军以状闻。冬十月丁巳，诏以蝗旱，令监司谕亲民官上民间利害。　按：《食货志》：五年，诏曰：比者湖北岁俭，发常平以济饥者，如闻司农寺复督取，岂朝廷振恤意哉？其悉除之。

皇祐□年，招辑被灾流民耕垦，并蠲复之。

按：《宋史・仁宗本纪》不载。　按：《食货志》：皇祐中，于苑中作宝岐殿，每岁召辅臣观刈谷麦。帝闻天下废田尚多，民罕土著，或弃田流徙为闲民。天圣初，诏民流积十年者，其田听人耕，三年而后收，减旧额之半。后又诏流民能自复者，赋亦如之。既而又与流民限，百日复业，蠲赋役，五年减旧赋十之八；期尽不至，听他人得耕。至是每下赦令，辄以招辑流亡、募人耕垦为言。民被灾而流者，又优其蠲复，缓其期招之。

皇祐□年，置发运司，权六路丰凶而行平籴之法。

按：《宋史・仁宗本纪》不载。　按：《玉海》：发运一司，其制始于淳化，而备于皇祐之后。权六路丰凶而行平籴之法，一员在真州，督江浙等路粮运；一员在泗州，趣自真州至京粮运。祖宗设制置发运司，盖始于王朴之议。朝廷捐数百万缗以为籴，本使总六路之计通融移用，与三司为表里，以给中都六路。丰凶不常，稔则增籴以充漕计，饥则罢籴使输折斛钱，上下俱宽，而京师不乏。

至和元年，诏振恤冻馁疫死民户；京西饥，劝富人纳粟振之；并遣使安抚河北流民。

按：《宋史・仁宗本纪》：至和元年春正月辛未，诏京师大寒，民多冻馁死者，有司其瘗埋之。壬申，碎通天犀，和药以疗民疫。二月庚子，诏民有疫死者，蠲户税一年；无户税者，给其家钱三千。四月乙酉，诏京西民饥，宜令所在劝富人纳粟以振之。五月戊寅，以河北流民稍复，遣使安抚。　按：《食货志》：先是，仁宗仕位，哀病者乏良药，为颁《庆历善救方》。知云安军王端请官为给钱和药予民，遂行于天下。尝因京师大疫，命太医和药，内出犀角二本，析而视之。其一通天犀，内侍李舜举请留供帝服御。帝曰：吾岂贵异物而贱百姓？竟碎之。又蠲公私僦舍钱十日，令太医择善察脉者，即县官授药，审处其疾状予之，无使贫民为庸医所误，夭阏其生。

至和二年，以畿内旱，除逋罢役；又出米济流民，诏提举便籴。

按：《宋史・仁宗本纪》：二年三月，以旱，除畿内民逋刍及去年秋逋税，罢营缮诸役。夏四月乙卯，出米京城门，下其价以济流民。十一月己未，行并边见钱和籴法。按：《玉海》：二年，薛向言：河北籴法之弊，岁费钱五百万，得百六十万斛，才直二百万缗。十一月己未，诏向提举便籴。

嘉祐元年，以诸路水灾，诏蠲租振贷。

按：《宋史・仁宗本纪》：嘉祐元年春正月甲子，赦天下，蠲被灾田租。夏四月，大雨水注安上门，门关折，坏官私庐舍数万区。诸路言江河决溢，河北尤甚。六月辛未，免畿内、京东西、河北被水民赋租。戊寅，遣使安抚河北。秋七月乙酉，命京东西、湖北监司分行水灾州军，振饥蠲租。丙戌，赐河北流民米；压溺死者，赐其家钱有差。己丑，出内藏银绢三十万，振贷河北。乙巳，贷被水灾民麦种。

嘉祐二年三月戊寅，振河北被灾民。八月丁卯，置广惠仓。

按：《宋史・仁宗本纪》云云。　按：《食货志》：仁宗、英宗一遇灾变，则避朝变服，损膳彻乐，恐惧修省见于颜色，恻怛哀矜形于诏旨。庆历初，诏天下复立义仓。嘉祐二年，又诏天下置广惠仓，使老幼贫疾者皆有所养。累朝相承，其虑于民也既周，其施于民也益厚。而又一时牧守，亦多得人。如张咏之治蜀，岁粜米六万石，著之皇祐甲令。富弼之移青州，择公私庐舍十余万区，散处流民以廪之，凡活五十余万人，募而为兵者又万余人，天下传以为法。知郓州刘夔发廪振饥，民赖全活者甚众，盗贼衰止，赐诏褒美。知越州赵抃揭牓于通衢，令民有米增价以粜，于是米商辐凑，越之米价顿减，民无饥死。若是之政，不可悉书，故于先王救荒之法为略具焉。　又按：《志》：二年，诏天下置广惠仓。初，天下没入户绝田，官自鬻之。枢密使韩琦请留勿鬻，募人耕，收其租，别为仓贮之，以给州县郭内之老幼贫疾不能自存者，领以提点刑狱，岁终具出纳之数上之三司。户不满万，留田租千石，万户倍之，户二万留三千石，三万留四千石，四万留五千石，五万留六千石，七万留八千石，十万留万石。田有余，则鬻如旧。

按：《玉海》：二年，诏天下置广惠仓，仍诏逐路提刑专领。时数未足而官有出卖者，侍御史陈经奏，自八月二十三日以后更展五周，不得出卖，庶几委积充峙。

按：《实录》：二年八月丁卯，诏天下置广惠仓，岁终具所支纳上三司。

嘉祐三年，遣使振抚水旱等州。

按：《宋史·仁宗本纪》：三年秋七月丙子，诏广济河溢、原武县河决，遣官行视民田，振恤被水害者。癸巳，以夔州路旱，遣使安抚。

嘉祐四年，为粥济畿县饥，以广惠仓隶司农寺，又禁闭籴。

按：《宋史·仁宗本纪》：四年春正月辛丑，遣官分行京城，赐孤穷老疾钱，畿县委令佐为糜粥济饥。二月乙亥，以广惠仓隶司农寺。六月丁丑，诏转运司，凡邻州饥而辄闭籴者，以违制论。　按：《食货志》：四年，诏改隶司农寺，州选官二人主出纳，岁十月遣官验视，应受米者书名于籍。自十一月始，三日一给。人米一升，幼者半之。次年二月止。有余乃及诸县，量大小均给之。其大略如此。　按：《吴及传》：四年，及管勾登闻检院，上书言：春秋有告籴，陛下恩施动植，视人如伤。然州郡官司各专其民，擅造闭籴之令，一路饥则邻路为之闭籴，一郡饥则邻郡为之闭籴。夫二千石以上，所宜同国休戚，而坐视流离，岂圣朝子育兆民之意哉！遂诏邻州、邻路灾伤而辄闭籴，论如违制律。

按：《玉海》：四年二月乙亥，诏三京诸州军，自今年终应户绝纳官田土未卖者，并拨隶广惠仓。诏三司以天下广惠仓隶司农寺，逐州幕职曹官各一员专监。每年十月分差官检视老幼贫疾不能自存之人，籍定姓名，自次月一日人给米一升，幼者半之。三日一给，至明年二月止。有余即量大小均给之。

嘉祐五年三月壬子，诏以蝗涝相仍，敕转运使、提点刑狱督州县振济，仍察不称职者。

按：《宋史·仁宗本纪》云云。

按：《荒政考略》：嘉祐中，河北蝗旱，时霸州文水县不依编敕告示灾伤，百姓状诉本州。上曰：朝廷之政，寄于守令，有灾伤而不为受理，岂恤民耶？主簿赵师锡罚铜九斤，司户晁舜之及冯有谧罚铜八斤，通判王嘉锡罚铜七斤。因谓左右曰：所以必行罚者，欲使天下官吏知朝廷恤民之意。

嘉祐六年秋七月丙戌，诏淮南、江浙水灾，差官体量蠲税。

按：《宋史·仁宗本纪》云云。

嘉祐七年，录被水州系囚，诏出内库及三司缗钱助籴常平仓。

按：《宋史·仁宗本纪》：七年二月癸未，命官录被水诸州系囚。冬十月丙申，诏内藏库三司共出缗钱一百万，助籴天下常平仓。

英宗治平元年，诸州水，振之。诏罢提举，便籴。

按：《宋史·英宗本纪》：治平元年八月丁巳，以上供米三万石振宿、亳二州水灾户。是岁，畿内宋、亳、陈、许、汝、蔡、唐、颍、曹、濮、济、单、濠、泗、庐、寿、楚、杭、宣、洪、鄂、施、渝州，光化、高邮军大水，遣使行视，疏治振恤，蠲其赋租。

按：《玉海》：元年八月十六日，罢提举，便籴，以属漕臣。

治平二年，京师水灾，分赐军民钱米。

按：《宋史·英宗本纪》：二年春正月甲戌，振蔡州。八月庚寅，京师大雨，水。癸巳，赐被水诸军米，遣官视军民水死者千五百八十人，赐其家缗钱，葬祭其无主者。

治平□年，增置南北福田院，以养老疾孤穷。

按：《宋史·英宗本纪》不载。　按：《食货志》：京师旧置东、西福田院，以廪老疾孤穷丐者，其后给钱粟者才二十四人。英宗命增置南、北福田院，并东、西各广官舍，日廪三百人。岁出内藏钱五百万给其费，后易以泗州施利钱，增为八百万。又诏州县长吏遇大雨雪，蠲僦舍钱三日，岁毋过九日，著为令。

治平四年，神宗即位，诏振河北流民，又振霜旱州县。

按：《宋史·神宗本纪》：四年正月丁巳，即皇帝位。六月己未，振河北流民。冬十月庚戌，给陕西转运司度僧牒，令籴谷振霜旱州县。

按：《文献通考》：四年，河北旱，民流入京师，待制陈荐请以籴便司陈粟贷民户二石。从之。御史中丞司马光上疏曰：圣王之政，使民安其土，乐其业，自生至死，莫有离散之心。为此之要，在于得人。以臣愚见，莫若谨择公正之人为河北监司，使之察灾伤州县守宰不胜者易之，然后多方那融斗斛，各使赈济本州县之民。若斗斛数少不能周遍者，且须救土著农民，各据版籍，先从下等，次第赈济，则所给有限，可以豫约矣。若富室有蓄积者，官给印历，听其举贷，量出利息，候丰熟日官为收索，示以必信，不可诳诱，则将来百姓争务蓄积矣。如此饥民知有可生之路，自然不弃旧业，浮游外乡。居者既安，则行者思反，若县县皆然，岂得复有流民哉？

神宗熙宁元年，募饥民补厢军，诸路灾伤处存恤赈贷，劫盗者减死刺配。

按：《宋史·神宗本纪》：熙宁元年二月壬戌，贷河东饥民粟。五月甲戌，募饥民补厢军。八月壬寅，诏京东西路存恤河北流民。

按：《文献通考》：元年，降空名度牒五百道付两浙运司，令分赐本路，召人纳米或钱赈济。帝以内侍有自淮南来者，言宿州民饥，多盗系囚众，本路不以闻。诏遣太常博士陈充等视宿、亳等州灾伤。河北灾伤州军劫盗罪死者，并减死刺配广南牢城，年丰如旧。

熙宁二年，王安石创制三司条例，立常平给敛法，差官提举。又行坐仓法，籴军人余粮储之。

按：《宋史·神宗本纪》：二年二月甲子，陈升之、王安石创置三司条例，议行新法。四月甲子，免河北归业流民夏税。秋七月壬午，振恤被水州军，仍蠲竹木税及酒课。九月丁卯，立常平给敛法。戊辰，出内库缗钱百万，籴河北常平粟。十一月乙丑，命韩绛制置三司条例。闰十一月，差官提举诸路常平、广惠仓。　按：《食货志》：二年，京师雪寒，诏老幼贫疾无依丐者，听于四福田院额外给钱，收养至春，稍暖则止。　又按：《志》：神宗即位以来，河北诸路水旱荐臻，兼发籴便司、广惠仓粟以振民。熙宁二年，赐判北京韩琦诏曰：河北岁比不登，水溢地震。方春东作，民携老幼，弃田庐，日流徙于道。中夜以兴，惨怛不安。其经制之方，听便宜从事，有可以左右吾民者，宜为朕抚辑而振全之，毋使后时，以重民困。而王安石秉政，改贷粮法而为借助，移常平、广惠仓钱斛而为青苗，皆令民出息，言不便者辄得罪，而民遂不聊生。又诏卖天下广惠仓田。自是先朝良法美意，所存无几。　又按：《志》：自熙宁以来，和籴、入中之外，又有坐仓、博籴、结籴、俵籴、兑籴、寄籴、括籴、劝籴、均籴等名。其曰坐仓：熙宁二年，令诸军余粮愿粜入官者，计价支钱，复储其米于仓。王珪奏曰：外郡用钱四十，可致斗米于京师。今京师乏钱，反用钱百。坐仓籴斗米，此极非计。司马光曰：坐仓之法，盖因小郡乏米而库有余钱，故反就军人籴米以给次月之粮，出于一时急计耳。今京师有七年之储，而府库无钱，更籴军人之米，使积久陈腐，其为利害，非臣所知。吕惠卿曰：今坐仓得米百万石，则减东南岁漕百万石，转易为钱以供京师，何患无钱？光曰：臣闻江淮之南民间乏钱，谓之钱荒。而土宜粳稻，彼人食之不尽。若官不籴取以供京师，则无所发泄，必甚贱伤农矣。且民有米而官不用米，民无钱而官必使之出钱，岂通财利民之道乎？不从。明年又虑元价贱，神龙卫及诸司每石等第增钱收籴，仍听行于河北、河东、陕西诸路。元符以后，有低价抑籴之弊，诏禁止之。　又按：《志》：治平三年，常平入五十万一千四十八石，出四十七万一千一百五十七石。熙宁二年，制置三司条例司言：诸路常平、广惠仓钱谷，略计贯石可及千五百万以上，敛散未得其宜，故为利未博。今欲以见在斛斗，遇贵量减市价粜，遇贱量增市价籴，可通融转运司苗税及钱斛就便转易者，亦许兑换。仍以见钱，依陕西青苗钱例，愿预借者给之。随税输纳斛斗，半为夏料，半为秋料。内有请本色或纳时价贵愿纳钱者，皆从其便。如遇灾伤，许展至次料丰熟日纳。非惟足以待凶荒之患，民既受贷，则兼并之家不得乘新陈不接以邀倍息。又常平、广惠之物，收藏积滞，必待年俭物贵然后出粜，所及者不过城市游手之人。今通一路有无，贵发贱敛，以广蓄积，平物价，使农人有以赴时趋事，而兼并不得乘其急。凡此皆以为民，而公家无所利其人，是亦先王散惠兴利、以为耕敛补助之意也。欲量诸路钱谷多寡，分遣官提举，每州选通判幕职官一员，典干转移出纳。仍先自河北、京东、淮南三路施行，俟有绪推之诸路。其广惠仓除量留给老疾贫穷人外，余并用常平仓转移法。诏可。既而条例司又言：常平、广惠仓条约，先行于河北、京东、淮南三路，访问民间多愿支贷，乞遍下诸路转运司施行，当议置提举官。时天下常平钱谷见在一千四百万贯石，诏诸路各置提举官二员，以朝官为之，管当一员，京官为之，或共置二员，开封府界一员，凡四十一人。　按：《李参传》：参历知兴元府，淮南、京西、陕西转运使。部多戍兵，苦食少。参审订其阙，令民自隐度麦粟之赢，先贷以钱，俟谷熟还之官，号“青苗钱”。经数年，廪有羡粮。熙宁青苗法盖萌于此矣。

按：《玉海》：二年，诏出内藏库百万缗，分赐河北诸州增籴常平仓及陕西路，遣官提举。　又按：《玉海》：二年七月己巳，神宗欲复义仓，会王安石主青苗，因言人有余粟，乃使之输官，非良法也。乃止。是岁，同州赵尚宽等条奏置义仓事。会知陈留县苏涓为天下倡，乃就陈留行之。

按：《通略》：二年正月初，知齐州王广渊、唐州赵尚宽、同州高赋奏置义仓，乃诏三司讲求修复社仓，且图经久之法，使民乐输而无扰。至是广渊以其法来上。会知陈留县苏涓亦言：臣领畿邑，谨为天下倡，劝百姓置义仓以备水旱。户口第一等出粟二石，二等一石，三等五斗，四等二斗，五等一斗。麦亦如之。村有社，社有仓，仓置守者，耆为输纳，县为籍记。岁丰则量数以输，岁凶则出。停藏既久，又为借贷之法，使新陈相登；多寡不一，又为通融之法，使彼相补。上曰：陈留辅邑听行之，徐访利害。

熙宁三年，诏诸路散青苗钱，禁抑配。诸臣言新法不便者，皆贬官。以韩琦奏止罢三司条例司，归中书。

按：《宋史·神宗本纪》：三年春正月乙卯，诏诸路散青苗钱，禁抑配。三月丙申，孙觉、吕公著、张戬、程颢、李常上疏极言新法。不听。戊申，李常言青苗敛散不实。有旨具析，翰林学士兼知通进、银台司范镇封还诏书，以为不当，坐罢职，守本官。丙辰，右正言孙觉以奉诏反覆，贬知广德军。夏四月戊辰，御史中丞吕公著贬知颍州。己卯，程颢罢为京西路同提点刑狱。壬午，右正言李常贬通判滑州，监察御史里行张戬贬知公安县，王子韶贬知上元县。五月癸巳，诏并边州郡毋给青苗钱。甲辰，诏罢制置三司条例，归中书。八月丙寅，以旱虑囚，死罪以下递减一等，杖笞者释之。以卫州旱，令转运司振恤，仍蠲租赋。九月癸丑，司马光罢知永兴军。十一月戊子，振河北饥民徙京西者。是岁，振河北、陕西旱饥，除民租。　按：《食货志》：三年，判大名府韩琦言：臣准散青苗诏书，务在惠小民，不使兼并乘急以要倍息，而公家无所利其人。今所立条约，乃自乡户一等而下，皆立借钱贯陌；三等以上更许增借；坊郭户有物业胜质当者，亦依乡户例支借。且乡村上等户并坊郭有物业者，乃从来兼并之家，今令多借之钱，一千令纳一千三百，则是官自放钱取息，与初诏绝相违戾。又条约虽禁抑勒，然须得上户为甲头以任之。民愚不虑久远，请时甚易，纳时甚难。故自制下以来，上下惶惑，皆谓若不抑散，则上户必不愿请；近下等第与无业客户虽或愿请，必难催纳。将来必有行刑督索，及勒干系书手、典押、耆户长同保均陪之患。去岁河朔丰稔，米斗不过七八十钱，若乘时多敛，俟贵而粜，不惟合古制，无失陷，兼民被实惠，亦足收其羡赢。今诸仓方籴而提举司已亟止之，意在移此籴本尽为青苗钱，则三分之息可为己功，岂暇更恤斯民久远之患？若谓陕西尝行其法，官有所得而民以为便，此乃转运司因军储有阙，适自冬及春雨雪及时，麦苗滋盛，定见成熟，行于一时可也。今乃建官置司，以为每岁常行之法，而取利三分，岂陕西权宜之比哉？兼初诏且于京东、淮南、河北三路试行，俟有绪方推之他路。今三路未集，而遽尽于诸路置使，非陛下忧民、祖宗惠下之意。乞尽罢提举官，第委提点刑狱官依常平旧法施行。帝袖出琦奏，示执政曰：琦真忠臣，朕始谓可以利民，不意乃害民如此。且坊郭安得青苗，而使者亦强与之？安石勃然进曰：苟从其所欲，虽坊郭何害？因难琦奏曰：陛下修常平法以助民，至于收息，亦周公遗法也。如桑弘羊笼天下货财以奉人主私用，乃可谓兴利之臣。今抑兼并，振贫弱，置官理财，非所以佐私欲，安可谓兴利之臣乎？曾公亮、陈升之皆言坊郭不当俵钱，与安石论难久之而罢。帝终以琦说为疑，安石遂称疾不出。帝谕执政罢青苗法，公亮、升之欲即奉诏，赵抃独欲俟安石出自罢之，连日不决。帝更以为疑，因令吕惠卿谕旨起安石，安石入谢。既视事，志气愈悍，面责公亮等，由是持新法益坚。诏以琦奏付制置条例司，条例司疏列琦奏而辨析其不然。琦复上疏曰：制置司多删去臣元奏要语，惟举大概，用偏辞曲难，及引《周礼》"国服为息"之说，文其谬妄，上以欺罔圣听，下以愚弄天下。臣窃以为周公立太平之法，必无剥民取利之理，但汉儒解释或有异同。《周礼》园廛二十而税一，惟漆林之征二十而五。郑康成乃约此法，谓从官贷钱，若受园廛之地，贷万钱者出息五百。贾公彦广其说，谓如此则近郊十一者，万钱期出息一千，远郊二十而三者，万钱期出息一千五百，甸、稍、县、都之民，万钱期出息二千。如此则须漆林之户取贷，方出息二千五百，当时未必如此。今放青苗钱，凡春贷十千，半年之内便令纳利二千，秋再放十千，至岁终又令纳利二千，则是贷万钱者，不问远近，岁令出息四千。《周礼》至远之地止出息二千，今青苗取息过《周礼》一倍。制置司言比《周礼》取息已不为多，是欺罔圣听，且谓天下之人不能辨也。且古今异宜，《周礼》所载有不可施于今者，其事非一。若谓泉府一职今可施行，则制置司何独举注疏贷钱取息一事，以诋天下之公言哉？康成又注云：王莽时贷以治产业者，但计所赢受息，无过岁什一。公彦疏云：莽时虽计本多少为定，及其催科，惟所赢多少。假令万钱，岁赢万钱催一千，赢五千催五百，余皆据利催什一。若赢钱更少，则纳息更薄，比今青苗取利尤为宽少。而王莽之外，上自两汉，下及有唐，更不闻有贷钱取利之法。今制置司遇尧舜之主，不以二帝三王之道上裨圣政，而贷钱取利更过莽时，此天下不得不指以为非，而老臣不可以不辨也。况今天下田税已重，固非《周礼》什一之法，更有农具、牛皮、盐麴鞋钱之类，凡十余目，谓之杂钱。每夏秋起纳，官中更以紬绢斛斗低估，令民以此杂钱折纳。又岁散官盐与民，谓之蚕盐，折纳绢帛。更有预买、和买紬绢，如此之类，不可悉举。皆《周礼》田税什一之外加敛之物，取利已厚，伤农已深，奈何又引《周礼》"国服为息"之说，谓放青苗钱取利乃周公太平已试之法？此则诬污圣典，蔽惑睿明，老臣得不太息而恸哭也！制置司又谓常平旧法，亦粜与坊郭之人。坊郭有物力户未尝零籴常平仓斛斗，此盖欲多借钱与坊郭有业之人，以望收利之多，妄称《周礼》以为无都邑鄙野之限，以文其曲说，惟陛下详之。枢密使文彦博亦数言不便。帝曰：吾遣二中使亲问民间，皆云甚便。彦博曰：韩琦三朝宰相，不信，而信二宦者乎？先是，王安石阴结入内副都知张若水、押班蓝元震，帝因使二人潜察府界俵钱事，还言民皆情愿，无抑配者，故帝益信之。初，群臣进读迩英毕，帝问：朝廷每更一事，举朝汹汹，何也？司马光曰：青苗出息，平民为之，尚能以蚕食下户至饥寒流离，况县官法度之威乎？吕惠卿曰：青苗法愿则取之，不愿不强也。光曰：愚民知取债之利，不知还债之害，非独县官不强，富民亦不强也。帝曰：陕西行之久，民不以为病。光曰：臣陕西人也，见其病不见其利。朝廷初不许，有司尚能以病民，况法许之乎！及拜官枢密副使，光上章力辞至六七，曰：帝诚能罢制置条例司，追还提举官，不行青苗、助役等法，虽不用臣，臣受赐多矣。不然，终不敢受命。竟出知永兴军。当是时，争青苗钱者甚众，翰林学士范镇言：陛下初诏云公家无所利其入，今提举司以户等给钱，皆令出三分之息，物议纷纭，皆云自古未有天子开课场者。民虽至愚，不可不畏。后以言不行致仕。台谏官吕公著、孙觉、李常、张戬、程颢等皆以论青苗罢黜。知亳州富弼、知青州欧阳修继韩琦论青苗之害，且持之不行，亦坐移镇。知陈留县姜潜之官才数月，青苗令下，潜即榜于县门，又移之乡村。各三日无人至，遂撤榜付吏曰：民不愿矣！府、寺疑潜壅令，使其属按验，无违令者。潜知不免，即移疾去。知山阴县陈舜俞不肯奉行，移状自劾曰：方今小民匮乏，愿贷之人往往有之。譬如孺子见饴蜜，孰不染指争食？然父母疾止之，恐其积甘足以生病。故耆老戒其乡党，父兄诲其子弟，未尝不以贷贳为不善治生。今乃官自出举，诱以便利，督以威刑，非王道之举也。况正月放夏料，五月放秋料，而所敛亦在当月，百姓得钱便出息输纳，实无所利。是使民一取青苗钱，终身以及世世，一岁尝两输息钱，乃别为一赋以弊生民也。坐谪南康军盐酒税。陕西转运副使陈绎止环、庆等六州毋散青苗钱，且留常平仓物以备用。条例司劾其罪，诏释之。五月，制置三司条例司罢归中书，以常平新法付司农寺，命集贤校理吕惠卿同判寺，兼领田役水利。　按：《李常传》：常，南康建昌人，以右正言知谏院。安石立新法，常预议，不欲青苗收息。至是疏言：条例司始建，已致中外之议。至于均输、青苗，敛散取息，傅会经义，人且大骇，何异王莽猥析《周官》片言，以流毒天下！安石见之，遣所亲密谕意，常不为止。又言：州县散常平钱，实不出本，勒民出息。神宗诘安石，安石请令常具官吏主名，常以非谏官体，落校理，通判滑州。

按：《陈舜俞传》：熙宁三年，以屯田员外郎知山阴县。青苗法行，舜俞不奉令，上疏自劾曰：民间出举财物，取息重止一倍，约偿缗钱，而谷粟、布缕、鱼盐、薪蔌、耰锄、釜锜之属，得杂取之。朝廷募民贷取，有司约中熟为价，而必偿缗钱，欲如私家杂偿他物不可得，故愚民多至卖田宅、质妻孥。有识耆老戒其乡党子弟，未尝不以贯贷为苦。祖宗著令，以财物相出举，任从书契，官不为理。其保全元元之意，深远如此。今诱之以便，道之所恶乎！吕惠卿在迩英言：今预买紬绢，亦青苗之比。镇曰：预买亦敝法也。若府库有余，当并去之，岂应援以为比？韩琦极论新法之害，送条例司疏驳。李常乞罢青苗钱，诏令分析，镇皆封还。诏五下，镇执如初。　按：《孙觉传》：觉知谏院时，青苗法行，首议者谓《周官》泉府，民之贷者，至输息二十而五，国事之财用取具焉。觉奏条其妄，曰：成周赊贷，特以备民之缓急，不可徒与也，故以国服为之息。然国服之息，说者不明。郑康成释经，乃引王莽计赢受息，无过岁什一为据，不应周公取息重于莽时。况载师所任地，漆林之征特重，所以抑末作也。今以农民乏绝，将补耕助敛，顾比末作而征之，可乎？国事取具，盖谓泉府所领，若市之不售，货之滞于民用，有买有予，并赊贷之法而举之。傥专取具于泉府，则冢宰九赋将安用邪？圣世宜讲求先王之法，不当取疑文虚说以图治。今老臣疏外而不见听，辅臣迁延而不就职，门下执正而不行，谏官请罪而求去，臣诚恐奸邪之人结党连伍，乘众情之汹汹，动摇朝廷，钓直干誉，非国家之福也。安石览之，怒。觉适以事诣中书，安石以语动之曰：不意学士亦如此！始有逐觉意。会曾公亮言畿县散常平钱，有追呼抑配之扰，安石因请遣觉行视虚实。觉既受命，复奏疏辞行，且言：如陈留一县，前后晓示，情愿请钱，卒无一人至者，故陈留不散一钱。以此见民实不愿与官中相交。所有体量，望赐寝罢。遂以觉为反覆，出知广德军。　按：《苏辙传》：王安石以执政与陈升之领三司条例，命辙为之属。吕惠卿附安石，辙与论多相牾。安石出青苗书，使辙熟议，曰：有不便，以告勿疑。辙曰：以钱贷民，使出息二分，本以救民，非为利也。然出纳之际，吏缘为奸，虽有法不能禁。钱入民手，虽良民不免妄用；及其纳钱，虽富民不免逾限。如此则恐鞭棰必用，州县之事不胜烦矣。唐刘晏掌国计，未尝有所假贷。有尤之者，晏曰：使民侥幸得钱，非国之福；使吏倚法督责，非民之便。吾虽未尝假贷，而四方丰凶贵贱，知之未尝逾时。有贱必籴，有贵必粜，以此四方无甚贵甚贱之病，安用贷为？晏之所言，则常平法耳。今此法见在而患不修，公诚能有意于民，举而行之，则晏之功可立俟也。安石曰：君言诚有理，当徐思之。自此逾月不言青苗。会河北转运判官王广廉奏乞度僧牒数千为本钱，于陕西漕司私行青苗法，春散秋敛，与安石意合，于是青苗法遂行。安石因遣八使之四方，访求遗利。中外知其必迎合生事，皆莫敢言。辙往见陈升之曰：昔嘉祐末遣使宽恤诸路，各务生事，还奏多不可行，为天下笑，今何以异此？又以书抵安石，力陈其不可。安石怒，将加以罪。升之止之，以为河南推官。　按：

《司马光传》：光字君实，翰林兼侍读学士。王安石得政，行新法，光逆疏其利害。迩英进读，至曹参代萧何事，帝曰：汉常守萧何之法不变，可乎？对曰：宁独汉也。使三代之君常守禹、汤、文、武之法，虽至今存可也。汉武取高帝约束纷更，盗贼半天下；元帝改孝宣之政，汉业遂衰。由此言之，祖宗之法不可变也。吕惠卿言：先王之法，有一年一变者，正月始和，布法象魏是也。有五年一变者，巡守考制度是也。有三十年一变者，刑罚世轻世重是也。光言非是，其意以风朝廷耳。帝问光，光曰：布法象魏，布旧法也。诸侯变礼易乐者，王巡守则诛之，不自变也。刑新国用轻典，乱国用重典，是为世轻世重，非变也。且治天下譬如居室，敝则修之，非大坏不更造也。公卿侍从皆在此，愿陛下问之。三司使掌天下财，不才而黜可也，不可使执政侵其事。今为制置三司条例司，何也？宰相以道佐人主，安用例？苟用例，则胥吏矣。今为看详中书条例司，何也？惠卿不能对，则以他语诋光。帝曰：相与论是非耳。何至是？光曰：平民举钱出息，尚能蚕食下户，况县官督责之威乎！惠卿曰：青苗法愿取则与之，不愿不强也。光曰：愚民知取债之利，不知还债之害，非独县官不强，富民亦不强也。昔太宗平河东，立籴法，时米斗十钱，民乐与官为市。其后物贵而和籴不解，遂为河东世世患。臣恐异日之青苗，亦犹是也。帝曰：坐仓籴米何如？坐者皆起，光曰：不便。惠卿曰：籴米百万斛，则省东南之漕，以其钱供京师。光曰：东南钱荒而粒米狼戾，今不籴米而漕钱，弃其有余，取其所无，农末皆病矣！侍讲吴申起曰：光言至论也。它日留对，帝曰：今天下汹汹者，孙叔敖所谓国之有是，众之所恶也。光曰：然陛下当论其是非。今条例司所为，独安石、韩绛、惠卿以为是耳。陛下岂能独与此三人共为天下邪？帝欲用光，访之安石。安石曰：光外托劘上之名，内怀附下之实，所言尽害政之事，所与尽害政之人，而欲置之左右，使与国论，此消长之大机也。光才岂能害政，但在高位，则异论之人倚以为重。韩信立汉赤帜，赵卒气夺。今用光，是与异论者立赤帜也。安石以韩琦上疏，卧家求退。帝乃拜光枢密副使，光辞之曰：陛下所以用臣，盖察其狂直，庶有补于国家。若徒以禄位荣之，而不取其言，是以天官私非其人也。臣徒以禄位自荣，而不能救生民之患，是盗窃名器以私其身也。陛下诚能罢制置条例司，追还提举官，不行青苗、助役等法，虽不用臣，臣受赐多矣。今言青苗之害者，不过谓使者骚动州县，为今日之患耳。而臣之所忧，乃在十年之外，非今日也。夫民之贫富，由勤惰不同，惰者常乏，故必资于人。今出钱贷民而敛其息，富者不愿取，使者以多散为功，一切抑配。恐其逋负，必令贫富相保，贫者无可偿，则散而之四方；富者不能去，必责使代偿数家之负。春算秋计，展转日滋，贫者既尽，富者亦贫。十年之外，百姓无复存者矣。又尽散常平钱谷，专行青苗，它日若思复之，将何所取？富室既尽，常平已废，加之以师旅，因之以饥馑，民之羸者必委死沟壑，壮者必聚而为盗贼，此事之必至者也。抗章至七八，帝使谓曰：枢密，兵事也。官各有职，不当以他事为辞。对曰：臣未受命，则犹侍从也，于事无不可言者。安石起视事，光乃得请，遂求去，以端明殿学士知永兴军。

按：《东轩笔录》：王荆公当国，始建常平钱之议，以谓百姓当五谷青黄未接之时，势多窘迫，贷钱于兼并之家，必有倍蓰之息。官于是结甲请钱，每千有二分之息，是亦济贫民而抑兼并之道，而民间呼为青苗钱。范镇时以翰林学士知通进银台司，误会此意，将谓如建中间税青苗于田中也。遽上疏略曰：常平仓始于汉之盛时，贵而散之，贱而敛之，虽尧舜无易也。青苗者，荒乱之世所请，青苗在田，贱估其直，敛收未毕而责其偿，此盗跖之法也。今以盗跖之法变唐虞不易之政，此人情所以不安而中外所以惊疑也。疏奏请，众谓不然，落翰林学士，守本官致仕。制有举直措枉，古之善政；服谗蒐慝，义所当诛，盖谓是也。常平法既行，而同知谏院孙觉上言：府界诸县百姓率不愿请，往往追呼抑配，深为民害。主上俾觉同府界提点往诸县体量有无追呼抑配之事。孙面奏曰：敢不虔奉诏旨，即日治行。既而又上疏曰：臣闻古者设官，有言之者，有行之者，故言者不责其必行，行者不责其能言。臣备员谏省，以言语为官矣，又能一一而行之乎？所有同体量指挥，望赐寝罢。主上怒其反覆，落同修起居注，知广德军。

按：《玉海》：三年五月，司农寺请用见管封桩易发运司新米，分贮诸仓，随时敛散，以平市价，如淳化旧法。

熙宁四年，充诸路常平籴本，治吏沮青苗法者，诸路灾伤处俱诏赈恤。

按：《宋史·神宗本纪》：四年春正月壬辰，王安石请鬻天下广惠仓田，为三路及京东常平仓本。从之。二月辛酉，诏治吏沮青苗法者。戊辰，诏振河北民乏食者。夏四月丙子，遣使按视宿、亳等州灾伤。五月壬子，诏恩、冀等州灾伤，遣使振恤，蠲其税。六月甲戌，富弼坐格青苗法，徙判汝州。秋七月甲午，振恤两浙水灾。丁未，诏唐、邓给流民田。

按：《玉海》：四年六月，王广廉请以钱斛入常平仓，从之。

又按：《玉海》：四年十月十六日，以帛七十万匹为陕西常平籴本。

熙宁五年，以银绢赐河东经略安抚司，封桩备边。从司农寺丞奏，并置常平仓。

按：《宋史·神宗本纪》：五年二月壬子，以两浙水，赐谷十万石振之。　按：《食货志》：五年，诏以银绢各二十万赐河东经略安抚司，听人赊买，收本息，封桩备边。自是三路封桩所给甚广，或取之三司，或取之市易务，或取之他路转运司，或赐常平钱，或鬻爵、给度牒而出，内藏钱帛不与焉。

按：《玉海》：五年四月，司农寺丞蔡天申请河东路诸经略安抚使司亦置常平仓，其条约并如陕西。诏以麟、府、丰三州尤为贫乏，亦如天申所请。

熙宁六年，置两浙和籴仓，立敛散法，发常平钱斛，募饥民修农田水利。

按：《宋史·神宗本纪》：六年，九月壬寅，置两浙和籴仓，立敛散法。冬十月丙戌，振两浙、江淮饥。

按：《文献通考》：六年，诏自今灾伤，用司农常法赈救。不足者，并预且当修农田水利工役，募夫数及其直上闻。乃发常平钱斛，募饥民兴修。不如法赈救者，委司农劾之。

熙宁七年，发米振诸路灾伤，诏于河北置场博籴。是岁旱，郑侠上流民图，王安石罢知江陵府。

按：《宋史·神宗本纪》：七年二月辛未，发常平米振河阳饥民。秋七月癸亥，诏河北两路捕蝗。又诏开封、淮南提点、提举司检覆蝗旱。以米十五万石振河北西路灾伤。八月丁丑，赐环庆安抚司度僧牒，以募粟振汉蕃饥民。癸巳，置场于南薰、安上门，给流民米。冬十月戊寅，诏浙西路提举司出米振常、润州饥。辛巳，以河北灾伤，减州军文武官员。癸巳，以常平米于淮南西路易饥民所掘蝗种，又振河北东路流民。　按：《食货志》：七年，以岷州入中者寡，令三司具东南及西盐钞法经久通行利病以闻。知熙州王韶建议，依沿边和籴例，以一分见缗、九分西钞，别约价募入中者。凡边部入中有阙，则多出京钞或饶益诱之，以纾用度。是岁，河东并边大稔，诏都转运使李师中与刘庠广籴，积五年之蓄。复命辅臣议，更与陕西并塞刍粮之法，令转运司增旧籴三分，以所籴亏羡为赏罚，仍遣吏按视。而陕西和籴，或以钱、茶、银、紬、绢籴于弓箭手。　　其曰博籴。熙宁七年，诏河北转运提举司置场，以常平及省仓岁用余粮减直，听民以丝、绵、绫、绢增价博买，俟秋成博籴。　又按：《志》：七年，帝患俵常平官吏多违法，王安石请县专置一主簿，主给纳役钱及常平，不过五百员，费钱三十万贯耳。从之。帝以久旱为忧，翰林学士承旨韩维言：畿县近督青苗甚急，往往鞭挞取足，民至伐桑为薪以易钱。旱灾之际，重罹此苦。帝颇感悟。太皇太后亦尝为帝言：闻民间甚苦青苗、助役钱，盍罢之！会百姓流离，帝忧见颜色，益疑新法不便，欲罢之。安石不悦，屡求去。四月，出知江陵府。然安石荐韩绛代相，仍以吕惠卿佐之，于安石所为遵守不变。　按：《郑侠传》：侠字介夫。王安石知其名，三往见之，问以所闻。对曰：青苗、免役、保甲、市易数事，与边鄙用兵，在侠心不能无区区也。安石不答。侠退不复见，但数以书言法之为民害者。是时，免役法出，民商或以为苦，虽负水、拾发、担粥、提茶之属，非纳钱者不得贩鬻。税务索市利钱，其末或重于本，商人至以死争，如是者不一。侠因列其事。未几，诏小夫裨贩者免征，商之重者十损其七，他皆无所行。是时，自熙宁六年七月不雨，至于七年之三月，人无生意。东北流民，每风沙霾曀，扶携塞道，羸瘠愁苦，身无完衣。并城民买麻糈麦麸，合米为糜，或茹木实草根。至身被锁械，而负瓦楬木，卖以偿官，累累不绝。侠知安石不可谏，悉绘所见为图，奏疏诣合门，不纳。乃假称密急，发马递上之银台司。其略云：去年大蝗，秋冬亢旱，麦苗焦枯，五种不入，群情惧死。方春斩伐，竭泽而渔，草木鱼鳖，亦莫生遂。灾患之来，莫之或御。愿陛下开仓廪，赈贫乏，取有司掊克不道之政，一切罢去。冀下召和气，上应天心，延万姓垂死之命。今台谏充位，左右辅弼又皆贪猥近利，使夫抱道怀识之士皆不欲与之言。陛下以爵禄名器，驾驭天下忠贤，而使人如此，甚非宗庙社稷之福也。窃闻南征北伐者，皆以其胜捷之势、山川之形，为图来献，料无一人以天下之民质妻鬻子，斩桑坏舍，流离逃散，遑遑不给之状上闻者。臣谨以逐日所见绘一图，但经眼目，已可涕泣，而况有甚于此者乎！如陛下行臣之言，十日不雨，即乞斩臣宣德门外，以正欺君之罪。疏奏，神宗反覆观图，长吁数四，袖以入。是夕，寝不能寐。翌日，命开封体放免行钱，三司察市易，司农发常平仓，三卫具熙河所用兵，诸路上民物流散之故。青苗、免役权息追呼，方田、保甲并罢。凡十有八事。民间欢叫相贺。又下责躬诏求言。越三日，大雨，远近沾洽。辅臣入贺，帝示以侠所进图状，且责之，皆再拜谢。安石上章求去，外间始知所行之由，群奸切齿，遂以侠付御史，治其擅发马递罪。吕惠卿、邓绾言于帝曰：陛下数年以来，忘寐与食，成此美政，天下方被其赐。一旦用狂夫之言，罢废殆尽，岂不惜哉？相与环泣于帝前。于是新法一切如故。

按：《王安石传》：安石拜同中书门下平章事。熙宁七年春，天下久旱，饥民流离，帝忧形于色，对朝嗟叹，欲尽罢法度之不善者。安石曰：水旱常数，尧汤所不免，此不足招圣虑，但当修人事以应之。帝曰：此岂细事！朕所以恐惧者，正为人事之未修尔。今取免行钱太重，人情咨怨，至出不逊语。自近臣以至后族，无不言其害。两宫泣下，忧京师乱起，以为天旱，更失人心。安石曰：近臣不知为谁。若两宫有言，乃向经、曹佾所为尔。冯京曰：臣亦闻之。安石曰：士大夫不逞者以京为归，故京独闻其言，臣未之闻也。监安上门郑侠上疏，绘所见流民扶老携幼困苦之状，为图以献，曰：旱由安石所致。去安石，天必雨。侠又坐窜岭南。慈圣、宣仁二太后流涕谓帝曰：安石乱天下。帝亦疑之，遂罢为观文殿大学士，知江陵府。

按：《文献通考》：七年七月，帝以诸路旱灾，常平司未能赈济，谕辅臣曰：天下常平仓，若以一半散钱取息，一半减价粜贵，使二者如权衡之相依，不得偏重，民必受赐。自是，诏诸路州县，据已支见在钱谷通数常留一半外，方得给散。

熙宁八年，行结籴、俵籴法，辍上供米，给灾伤州军，流民愿归业者赍遣之。又振诸州饥及捕蝗、复赋。

按：《宋史·神宗本纪》：八年春正月丙午，辍江南东路上供米，均给灾伤州军。戊午，诏所在流民愿归业者，州县赍遣之。己未，洮西安抚司以岁旱，请为粥以食羌户饥者。三月丁酉，振润州饥。癸丑，振常润饥民。五月己丑，遣使振鄜延、环庆饥。八月癸巳，募民捕蝗易粟，苗损者偿之，仍复其赋。按：《食货志》：其曰结籴：熙宁八年，刘佐体量川茶，因便结籴熙河路军储，得七万余石，诏运给焉。未几，商人王震言：结籴多散官或浮浪之人，有经年方输者。诏措置熙河财用孙迥究治以闻，迥奏总管王君万负熙河两川结籴钱十四万六百三十余缗、银三百余两。乃遣蔡确驰往本路劾之，君万及高遵裕皆坐借结籴违法市易，降黜有差。　其曰俵籴：熙宁八年，令中书计运米百万石，费约三十七万缗，帝怪其多。王安石因言：俵籴非特省六七十万缗岁漕之费，且河北入中之价，权之在我，遇斗斛贵住籴，即百姓米无所粜，自然价损，非惟实边，亦免伤农力。乃诏岁以末盐钱钞、在京粳米六十万贯石，付都提举市易司贸易。度民田入多寡，豫给钱物，秋成于澶州、北京及缘边入米麦粟封桩。即物价踊，权止入中，听籴便司兑用，须岁丰补偿。

熙宁九年，行兑籴法。以倚阁常平钱督索艰难，诏人户更不得支借。

按：《宋史·神宗本纪》不载。　按：《食货志》：其曰兑籴：熙宁九年，诏淮南常平司，于麦熟州郡及时兑籴。　又按：《志》：九年，知太原韩绛言：在法，诸老疾自十一月一日州给米豆，至次年三月终。河东地寒，乞自十月一日起支至次年二月终止；如有余，即至三月终。从之。凡鳏寡孤独癃老疾废贫乏不能自存应居养者，以户绝屋居之；无，则居以官屋，以户绝财产充其费，不限月。依乞丐法给米豆；不足，则给以常平息钱。　又按：《志》：诏诸路常平钱谷，常留一半外，方得给散。两经倚阁常平钱人户，不得支借。

按：《文献通考》：九年，诏司农寺自今两经倚阁常平钱人户，更不得支借钱斛。帝谓天下常平钱谷，十常七八散在民间，又连岁灾伤，倚阁迨半，止务多给计息，为功不计，督索艰难。岂惟亏失官物，兼百姓被鞭挞必众故也。

熙宁十年，诏捕蝗，并蠲振河决处；复立义仓，仍听就县仓输粟；又从提举常平言，立法宽恤灾伤逃绝户。

按：《宋史·神宗本纪》：十年二月丁酉，诏诸州岁以十一月给老疾贫乏者粟，尽三月乃止。三月壬申，诏州县捕蝗。九月庚戌，诏河决害民田，所属州县疏瀹，仍蠲其税，老幼疾病者振之。癸酉，立义仓。按：《食货志》：十年，诏开封府界，先自丰稔畿县立义仓法。

按：《玉海》：熙宁末，王古为司农簿，奏复行之，仍听就县仓输。自是义仓入县仓矣。

按：《文献通考》：十年，提举两浙路常平言：灾伤累年，丁口减耗，凡九年以前逃绝户已请青苗钱斛，见户有合摊填者，乞需丰熟日理纳外，更有全甲户绝输偿不足，或同甲内死绝止存一二贫户难以摊纳者，更乞立法。从之。

汇 考 十

(食货典第七十七卷)

目 录

宋 三

元丰元年，诏被水州郡蠲租贷粮，罢支粜钱，令并边州郡和市封桩。以义仓隶提举司，诏于丰稔路推行，如畿县不及斗者免输。又立常平钱粮输入及保贷之政。

按：《宋史·神宗本纪》：元丰元年秋七月己亥，诏齐州预备水灾。八月丁未，诏河北被水者蠲其租。己巳，诏滨、棣、沧三州被水民，以常平粮贷之。庚午，诏青、齐、淄三州给流民食。　按：《食货志》：熙宁八年，河东察访使李承之言：太原路二税外有和籴粮草，官虽量予钱布，而所得细微，民无所济，遇岁凶不蠲，最为弊法。继而知太原韩绛复请和籴，于元数省三分，罢支钱布，乞精选才臣讲求利害。诏委陈安石。元丰元年，安石奏：河东十三州一税，以石计凡三十九万二千有余，而和籴数八十三万四千有余。所以岁凶仍输者，以税轻，军储不可阙故也。旧支钱布相半，数既奇零，以钞贸易，略不收半，公家实费，百姓乃得虚名。欲自今罢支籴钱，岁以其钱令并边州郡和市封桩，即岁灾以填所蠲数，年丰则三岁一免其输。朝廷以为然，始诏河东岁给和籴钱八万余缗并罢，以其钱付漕司，如安石议。因用安石为河东转运使。其后经略使吕惠卿复请别议立法，除河外三州理为边郡宜免，余十一州可概均籴。下有司议，以岁和籴见数十分之，裁其二，用八分为额，随户色高下裁定，毋更给钱。岁灾同秋税蠲放，以转运司应给钱补之；灾不及五分，听以久例支移。遂易和籴之名为助军粮草。　又按：《志》：民间非时阙乏，许以物产为抵，依常平限输纳。当输钱而愿输谷若金帛者，官立中价示民。物不尽其钱，足以钱；钱不尽其物者，还其余直。又听民以金帛易谷，而有司少加金帛之直。　又按：《志》：是年，提点府界诸县镇公事蔡承禧言：义仓之法，以二石而输一斗，至为轻矣。乞今年夏税之始，悉令举行。诏可，仍以义仓隶提举司。京东西、淮南、河东、陕西路义仓，以今年秋料为始，民输税不及斗免输。颁其法于川峡四路。　按：《玉海》：元年，王古言：去岁诏复义仓，试于京畿，已不扰。请于丰稔路先推行。诏京东西、淮南、河东、陕西（阙三字）如畿县行之，不及斗者免。

按：《文献通考》：元年，诏常平仓钱谷当输钱而愿入谷若金帛者，官立中价示民。物不尽其钱者，足以钱；钱不尽其物者，还其余直。又听民以金帛易谷，而有司少加金帛之直。凡钱谷当给若粜，皆用九年诏书通取，留一半之余。　又按：《通考》：元年，诏以滨、棣、沧州被水灾，令民第四等以下立保贷请常平粮有差，仍免出息。帝曰：赈济之法，州县不能举行。夫以政杀人，与刃无异。今出入一死罪，有司未尝不力争，至于凶年饥岁，老幼转死沟壑，而在位者殊不恤。此出于政事不修而士大夫不知务也。

元丰二年，沧州饥，行寄籴法，诏威、茂、黎三州罢行义仓法。

按：《宋史·神宗本纪》：二年二月乙丑，沧州饥，发仓粟振之。　按：《食货志》：其曰寄籴：元丰二年，籴便粮草。王子渊论纲舟利害，因言商人入中，岁小不登，必邀厚价，故设内郡寄籴之法，以权轻重。　又按：《志》：二年，诏威、茂、黎三州罢行义仓法，以夷夏杂居，岁赋不多故也。

元丰四年，振河东被水民，命使督诸县捕蝗，诏蠲灾伤州军夏料役钱。

按：《宋史·神宗本纪》：四年五月丁酉，诏河东路提点刑狱刘定专振被水民。六月戊午，河北诸郡蝗生。癸未，命提点开封府界诸县公事杨景略、提举开封府界常平等事王得臣督诸县捕蝗。八月丙辰，诏蠲河北东路灾伤州军今年夏料役钱。

元丰五年九月壬辰，遣使行视畿县民被水患者。

按：《宋史·神宗本纪》云云。

元丰六年，以河朔丰成，命度支副使蹇周辅等广籴；又诏常平敛散，酌三年中数为格。

按：《宋史·神宗本纪》不载。　按：《食货志》：元丰四年，以度支副使蹇周辅兼措置河北籴便司。明年，诏以开封府界诸路阙额禁军及淮、浙、福建等路剩盐息钱，并输籴便司为本。令瀛、定、澶等州各置仓。凡封桩，三司毋关预，委周辅专其任，司农寺市易、淤田、水利等司所计置封桩粮草并归之。六年，诏提点河北西路王子渊兼同措置。未几，手诏周辅，今河朔丰成，宜广收籴。是岁，大名东西济、胜二仓，定州衍积、宝盈二仓与瀛之州仓皆成，周辅召拜户部侍郎，以左司郎中吴雍代之。　又按：《志》：六年，户部言准，诏诸路常平可酌三年敛散中数，取一年为格，岁终较其增亏。今以钱银谷帛贯、石、匹、两定年额，散一千一百三万七千七百七十二，敛一千三百九十六万五千四百五十九，比元丰三年散增二百一十四万八千三百四十二、敛增一百三万四千九百六十三，四年散增二百七十九万九千九百六十四、敛亏一百九十八万六千五百一十五。诏三年四年散多敛少及散敛俱少之处，户部下提举司具析以闻。

元丰七年，蠲河东、河北税。议罢寄籴，以李南公等言，仍旧给户部钱充陕西边粮。

按：《宋史·神宗本纪》：七年，河东饥；河北水，坏洺州庐舍。蠲其税。　按：《食货志》：七年，诏河北瀛、定二州所籴数以巨万，而散于诸郡寄籴，恐缓急不相及，不若致商人自运。李南公、王子渊俱言：寄籴法行已久，且近都仓，缓急运致非难。于是寄籴卒不罢。

按：《玉海》：七年八月十六日，给户部右曹钱六千万，充陕西边籴。

元丰八年，哲宗即位，罢义仓，散青苗。

按：《宋史·哲宗本纪》不载。　按：《食货志》：八年，罢诸路义仓。

按：《文献通考》：八年八月，哲宗诏给散青苗，不许抑配，仍不立定额。

哲宗元祐元年二月辛酉，以河决大名，坏民田，民艰食者众，诏安抚使韩绛振之。夏四月辛卯，诏诸路旱伤蠲其租。八月辛卯，诏常平依旧法，罢青苗钱。

按：《宋史·哲宗本纪》云云。

按：《文献通考》：元祐元年二月，诏提举官累年积蓄钱谷财物，尽桩作常平仓钱物，委提点刑狱交割主管，依旧常平仓法。左正言、朱光庭言：天下青苗钱除支俵外，见在钱数尚多，乞并用收籴，可存留斛斗。凡遇丰年则添价以籴，遇岁饥则减价以粜，大饥则贷之，候丰岁输还，更不出息。门下侍郎司马光劄子言：常平之法，公私两利，此乃三代之良法也。向者有因州县阙常平籴本钱，虽遇丰岁，无钱收籴；又有官吏怠慢，厌籴粜之烦，虽遇丰岁，不肯收籴；又有官吏不能察知在市斛斗实价，只信凭行人与蓄积之家，通同作弊，当收成之时，农人要钱急粜之时，故意小估价例。今官中收籴，不得尽入蓄积之家。直至过时，蓄积之家仓廪盈满，方始顿添价中粜入官，是以农夫粜谷止得贱价，官中籴谷常用贵价，厚利皆归蓄积之家；又有官吏虽欲趁时收籴，而县申州，州申提点刑狱，提点刑狱司申司农寺，取候指挥，比至回报，动涉累月，已至失时，谷价倍贵，是故州县常平仓斛斗，有经隔多年，在市价例终不及元籴之价，出粜不行，堆积腐烂者。此乃法因人坏，非法之不善也。四月，诏再立常平钱谷给敛出息之法，限二月或正月以散及一半为额。民间丝麦丰熟，随夏税先纳所输之半，愿并纳者止出息一分。左司谏王岩叟、中丞刘挚、右司谏苏辙等交章言其非。右仆射司马光劄子乞约束州县抑配青苗钱，曰：先朝初散青苗，本为利民，故当时指挥立取，人户情愿，不得抑配。自后因提举官速要近功，务求多散，讽胁州县废格诏书各为情愿，其实抑配，或举县勾集，或排门抄劄，亦有无赖子弟谩昧尊亲，钱不入家，亦有他人冒名诈请，莫知为谁，及至追催，皆归本户。朝廷深知其弊，故悉罢提举官，不复立额。考校访闻，人情安便。昨于四月二十六日有敕，令给常平钱斛限二月或正月，只为人户欲借者及时得用；又令半留仓库，半出给者，只为所给不得辄过此数；又令取人户情愿，亦不得抑配，一遵前朝本意。虑恐州县不晓朝旨本意，将谓朝廷复欲多散青苗钱谷，广收利息，勾集抑配，督责严急，一切如向日置提举官时。今欲续降指挥，令诸路提点刑狱司告示州县，并须候人户自执状纳保赴县乞请常平钱谷之时，方得勘会依条支给，不得依前勾集抄劄，强行抑配。仍仰提点刑狱常切觉察，如有官吏以此为法骚扰者，即时取勘施行。若提点刑狱不切觉察，委转运安抚司觉察闻奏。从之。录黄过中。中书舍人苏轼奏曰：臣伏见免役之法已尽革去，而青苗一事乃独因旧，少加损益。欲行紾臂，徐徐月攘一鸡之道。熙宁之法，本不许抑配，而其害至此；今虽复禁其抑配，其害犹在也。昔者州县并行仓法，而受纳之际十费二三；今既罢仓法，不免乞取，则十费五六，必然之势也。又官吏无状，于给散之际，必令酒，务设鼓乐倡优，或关扑卖酒牌，农民至有徒手而归者。但每散青苗即酒课暴增，此臣所亲见而为流涕者也。二十年间，因欠青苗，至卖田宅，顾妻女，溺水自缢者不可胜数。朝廷忍复行之欤？臣谓四月二十六日指挥，以散及一半为额，与熙宁之法初无小异，而今月二十日指挥犹许人户情愿，未免于设法罔民，便一时非理之私，而不虑后日催纳之患。三者皆非良法，相去无几也。今者已行常平粜籴之法，惠民之外，官亦稍利，如此足矣。何用二分之息以贾无穷之怨？臣虽至愚，深为朝廷惜之。欲乞特降指挥，青苗钱斛后更不给散；所有已请过者，候丰熟日，分作五年十料，随二税送纳；或乞圣慈，念其累岁出息已多，自第四等以下人户并与放免。庶使农民自此息肩，亦免后世有所讥议。兼近日谪降吕惠卿，告词云：首建青苗，次行助役，若不尽去，其法必致。奸臣有词，流传四方，所损不细。所有上件录黄，臣未敢书名行下。初同知枢密院范纯仁以国用不足，建请复青苗钱。四月二十六日指挥，尽纯仁意。时司马光方以疾在告，不与也。已而台谏共言其非，不报。光寻具劄子，乞约束抑配。苏轼又缴奏，乞尽罢之。光始大悟，遂力疾入对于帘前曰：近者不知是何奸邪，劝陛下复行此事。纯仁失色，却立不敢言。青苗钱遂罢，不复散。

元祐二年，遣使振河北被灾民，以冬夏旱暵，避殿减膳，责躬思过；诏以麦熟，下诸路广籴。

按：《宋史·哲宗本纪》：二年二月丁亥，遣左司谏朱光庭使河北，振民被灾者。夏四月辛卯，诏：冬夏旱暵，海内被灾者广，避殿减膳，责躬思过，以图消复。按：《食货志》：二年，尝以麦熟，下诸路广籴。诏后价若与本相当，即许变转兑籴。

元祐三年春正月庚戌，复广惠仓。二月乙酉，诏流民饥贫量与应副。

按：《宋史·哲宗本纪》云云。

按：《玉海》：三年正月二日，诏复置广惠仓，从侍讲范祖禹之言也。二月十二日，给广惠仓钱三万缗。

元祐六年，两浙水灾，振之，并振麟、府二州。

按：《宋史·哲宗本纪》：六年秋七月己卯，振两浙水灾。九月丁亥，夏人寇麟、府二州。壬辰，诏州民为寇所掠，庐舍焚荡者给钱帛，践稼者振之，失牛者官贷市之。 按：《文献通考》：六年，翰林学士承旨知杭州苏轼言：浙西二年诸郡灾伤，今岁大水，苏、湖、常三州水通为一，杭州民死者五十余万，苏州三十万，未数他郡。今既秋田不种，正使来岁丰稔，亦须七月方见新谷，变故未易度量。乞令转运司约度诸郡合粜米斛数目，下诸路封桩及年计上供，赴浙西诸郡粜卖。诏赐米百万、斛钱二十余万缗，赈济灾伤。

元祐八年，遣使按视水灾，振京城民饥；又出钱粟振流民。

按：《宋史·哲宗本纪》：八年八月壬戌，遣使按视京东西、河南北、淮南水灾。十一月乙未，以雪寒，振京城民饥。十二月丁巳，出钱粟十万振流民。

绍圣□年，诏河北镇、定、瀛州籴十年，余州七年。

按：《宋史·哲宗本纪》不载。 按：《食货志》：哲宗即位，诸老大臣维持初政，益务绥静，边郡类无调发，第令诸路广籴以备蓄积，及诏陕西麟、府州计五岁之粮而已。绍圣初，乃诏河北镇、定、瀛州籴十年之储，余州七年。其后陕西诸路又连岁兴师，及进筑鄯、湟等州，费资粮不可胜计。

绍圣元年，振河北饥，恤诸路流民。诏除广南东、西路外，复置义仓，纳米斗五合，专充赈济。

按：《宋史·哲宗本纪》：绍圣元年三月癸巳，诏振京东、河北流民，贷以谷麦种，谕使还业，蠲是年租税。闰四月丙戌，复义仓。九月癸卯，遣御史刘拯按河北水灾，振饥民。庚戌，罢广惠仓。丁卯，诏京东西、河北振恤流民。十一月丁巳，诏河北振饥，诸路恤流亡，官吏有善状、才能显著者以闻。是岁，京师疫，洛水溢，太原地震，河北水，发京都粟振之。 按：《食货志》：元年，诏除广南东、西路外，并复置义仓。自来岁始，放税二分已上免输，所贮专充振济，辄移用者论如法。 又按：《志》：哲宗虽诏复广惠仓，既而章惇用事，又罢之，卖其田如熙宁法。常平量留钱斛，不足以供振给，义仓不足，又令通一路兑拨。于是绍圣、大观之间，直给空名告敕、补牒赐诸路，政日以隳，民日以困，而宋业遂衰。

按：《玉海》：元年闰四月，复置义仓，纳米斗五合。

按：《文献通考》：元年，帝以京东、河北之民乏食，流移未归，诏给空名假承务郎敕十、太庙斋郎补牒十、州助教不理选限敕三十、度牒五百付河北东、西路提举司，召人入钱粟充赈济。

绍圣二年，出钱帛助振河北。群臣蔡京等请议行青苗法，诏并送详定。

按：《宋史·哲宗本纪》：二年二月辛巳，出内库钱帛二十万助河北振饥。 按：《食货志》：二年，户部尚书蔡京首言承诏措置财利，乞检会熙丰青苗条约，参酌增损，立为定制。淮南转运司副使庄公岳谓，自元祐罢提举官后，钱谷为他司侵借，所存无几。欲乞追还给散，随夏秋税偿纳，勿立定额，自无抑民失财之患。奉议郎郑僅、朝奉郎郭时亮、承议郎许几董遵等，皆言青苗最为便民，愿戒抑配，止收一分之息。诏并送详定重修敕令所。三年，旧欠常平钱斛人户，仍许请给。

绍圣三年，于陕西、河东籴边储，复元丰恤孤幼令；又令收养遗弃饥贫小儿及豫贷官钱。

按：《宋史·哲宗本纪》：三年二月癸亥，出元丰库缗钱四百万，于陕西、河东籴边储。辛未，复元丰恤孤幼令。十二月甲戌，敕令遗弃饥贫小儿，三岁以下，听收养为真子孙。 按：《食货志》：三年，以吕大忠之言，召农民相保，豫贷官钱之半，循税限催科，余钱至夏秋用时价随所输贴纳。

绍圣四年，出缗钱付陕西广籴；两浙饥，移粟振贷。

按：《宋史·哲宗本纪》：四年九月乙卯，出元丰库缗钱四百万，付陕西广籴。是岁两浙旱饥，诏行荒政，移粟振贷。

元符元年，行括籴法，振恤河北、京东被水者。

按：《宋史·哲宗本纪》：元符元年冬十月丁酉，以河北、京东河溢，遣官振恤。是岁澶州河溢，振恤河北、京东被水者。 按：《食货志》：其曰括籴：元符元年，泾原经略使章楶请并边籴买，豫榜谕民，毋得与公家争籴，即官储有之，括索赢粮之家，量存其所用，尽籴入官。

元符二年春正月丁卯，出内金帛二百万，备陕西边储。秋七月庚戌，河北河涨，没民田庐，遣官振之。

按：《宋史·哲宗本纪》云云。 按：《食货志》：二年，泾原经略使章楶谏曰：伏见兴师以来，陕西府库仓廪储蓄，内外一空，前后资贷内藏金帛，不知其几千万数。即今所在粮草尽乏，漕臣计无所出，文移指空而已。今者正休兵息民、清心省事之时，惟深察臣言，裁决斯事。若更询主议大臣，窃恐专务兴师，上误圣听。主议大臣，指章惇也。时内藏空乏，陕西诸路以军赏银绢数寡，请给于内藏库，诏以绢五十万匹予之。帝谓近臣曰：内库绢才百万，已辍其半矣。蔡京用事，复务拓土，劝徽宗招纳青唐，用王厚经置。费钱亿万，用大兵凡再，始克之，而湟州戍兵岁费钱一千二十四万九千余缗。

元符三年，徽宗即位，诏赈河北、河东、陕西，又出粟减价济民。

按：《宋史·徽宗本纪》：三年正月，即皇帝位。五月癸巳，河北、河东、陕西饥，诏帅臣计度振恤。十二月戊戌，出廪粟，减价以济民。

徽宗建中靖国元年二月乙巳，出内库及诸路常平钱各百万，备河北边储。

按：《宋史·徽宗本纪》云云。

崇宁元年，置安济坊、居养院。

按：《宋史·徽宗本纪》：崇宁元年八月辛未，置安济坊，养民之贫病者，仍令诸郡县并置。九月戊子，京师置居养院，以处鳏寡孤独，仍以户绝财产给养。十一月辛卯，置河北安济坊。 按：《食货志》：崇宁初，蔡京当国，置居养院、安济坊。给常平米，厚至数倍。差官卒充使令，置火头，具饮膳，给以衲衣絮被。州县奉行过当，或具帷帐，雇乳母、女使，縻费无艺，不免率敛，贫者乐而富者扰矣。

崇宁二年，行增价折纳之法。

按：《宋史·徽宗本纪》不载。 按：《食货志》：言者谓：欲民不流，不若多积谷；欲多积谷，不若推行折纳粜籴之法。今常平虽有折纳之法，止用中价，故民不乐输。若依和籴以实价折之，则无损于民。崇宁二年，诸路岁稔，遂行增价折纳之法。支移、折变、科率、配买，皆以熙宁法从事。民以谷菽、物帛输积负零税者听之。

崇宁三年二月丁未，置漏泽园。

按：《宋史·徽宗本纪》云云。 按：《食货志》：三年，置漏泽园。初，神宗诏：开封府界僧寺旅寄棺柩，贫不能葬，令畿县各度官不毛地三五顷，听人安厝，命僧主之。葬及三千人以上，度僧一人，三年与紫衣；有紫衣，与师号，更使领事三年，愿复领者听之。至是，蔡京推广为园，置籍，瘞人并深三尺，毋令暴露，监司巡历检察。安济坊亦募僧主之，三年医愈千人，赐紫衣、祠部牒各一道。医者人给手历，以书所治疗人，岁终考其数为殿最。诸城砦镇市户及千以上有知监者，依各县增置居养院、安济坊、漏泽园。道路遇寒僵仆之人及无衣丐者，许送近便居养院，给钱米救济。孤贫小儿可教者，令入小学听读，其衣襴于常平头子钱内给造，仍免入斋之用。遗弃小儿，雇人乳养，仍听宫观、寺院养为童行。

崇宁四年，苏、湖、秀三州水，赐乏食者粟。

按：《宋史·徽宗本纪》云云。

崇宁五年，于江、湖、淮、浙置常平都仓，诏陕西博籴以平物价，以星变罢陕西、河东结籴、对籴。

按：《宋史·徽宗本纪》：五年春正月庚子，复置江、湖、淮、浙常平都仓。 按：《食货志》：博籴：崇宁五年，诏陕西钱重物轻，委转运司措置，以银、绢、丝、绸之类博籴斛斗，以平物价。结籴：崇宁初，蔡京行于陕西，尽括民财以充数。五年，以星变讲修阙政，罢陕西、河东结籴、对籴。

崇宁□年，令坊村以等第给钱，俟收以时价入粟。

按：《宋史·徽宗本纪》不载。 按：《食货志》：崇宁中，蔡京令坊郭乡村以等第给钱，俟收以时价入粟，边郡弓箭手、青唐蕃部皆然。用俵多寡为官吏赏罚。

大观元年，以诸路水旱，振济贷租。又增义仓米以备荒。

按：《宋史·徽宗本纪》：大观元年，秦凤旱。京东水，河溢。遣官振济，贷被水户租。

按：《玉海》：元年三月戊子，增令义仓纳米斗一升，以备赈荒。

大观三年，江、淮、荆、浙、福建旱，秦、凤、阶、成饥，发粟振之，蠲其赋。

按：《宋史·徽宗本纪》云云。

大观四年三月庚子，募饥民补禁卒。甲寅，敕所在振恤流民。

按：《宋史·徽宗本纪》云云。

政和元年，行劝籴、均籴法。

按：《宋史·徽宗本纪》不载。 按：《食货志》：其曰劝籴、均籴：政和元年，童贯宣抚陕西，议行之。鄜延经略使钱即言：劝籴非可以久行。均籴先入其斛斗，乃给其直，于有斛斗之家未有害也。坊郭之人，素无斛斗，必须外籴，转有烦费。疏奏，坐贬。时又诏河北、河东仿陕西均籴，知定州王汉之坐沮格夺职罢。未几，遂立均籴法。

政和三年，以岁稔推行均籴，诏灾伤放税赈贷。

按：《宋史·徽宗本纪》不载。　按：《食货志》：三年，以岁稔，诸路推行均籴。

按：《江南通志》：三年，诏灾伤放税及七分以上常平赈贷。

政和五年，改均籴为和籴。

按：《宋史·徽宗本纪》不载。　按：《食货志》：五年言者谓：均籴法严，然已籴而不偿其直，或不度州县之力，敷数过多，有一户而籴数百石者。乃诏诸路毋辄均籴，既而州县以和籴为名，低裁其价，转运司程督愈峻，科率倍于均籴。诏约止之。

政和七年，诏禁遏籴。

按：《宋史·徽宗本纪》不载。　按：《荒政考略》：七年，诏曰：州县遏籴以私境内，殊失惠养元元之意。自今有犯，必罚无赦。

重和元年，东南水灾，遣使振济，并禁强籴、遏籴等事。又令常平司恪遵条令，敛散常平。

按：《宋史·徽宗本纪》：重和元年秋七月己酉，遣廉访使者六人振济东南诸路水灾。九月壬午，诏罢拘白地、禁榷货、增方田税、添酒价、取醋息、河北加折耗米、东南水灾强籴等事。壬辰，禁州郡遏籴。闰九月庚申，诏江淮荆浙闽广监司督责州县还集流民。

按：《文献通考》：八年，御笔：常平敛散法利天下甚博，而比年以来，诸路欠阙，至未及散而遽取之，甚失神考制法之意。令常平司恪遵条令，敛散必时，违者以大不恭论。（按：《本纪》：是年十一月己酉朔改元。）

宣和元年，诏振救东南水灾。淮甸、淮东旱，京西饥，遣官察访赈济。

按：《宋史·徽宗本纪》：宣和元年十一月甲子，诏东南诸路水灾，令监司、郡守悉心振救。戊辰，以淮甸旱，饥民失业，遣监察御史察访。是岁，京西饥，淮东大旱，遣官赈济。

宣和二年二月戊子，令所在赡给淮南流民，谕还之。六月癸酉，诏开封府赈济饥民。

按：《宋史·徽宗本纪》云云。　按：《食货志》：二年，诏：居养、安济、漏泽，可参考元丰旧法，裁立中制，应居养之日给税米或粟米一升、钱十文省，十一月至正月加柴炭五文省，小儿减半。安济坊钱米依居养法，医药如旧制。漏泽园除葬埋依见行条法外，应资给，若斋醮等事悉罢。

宣和三年，荆湖南北皆行均籴，新边鄯廓诸州皆行劝籴。

按：《宋史·徽宗本纪》不载。　按：《食货志》：三年，方腊平两浙，亦量官户轻重均籴。明年，荆湖南北均籴，以家业为差。劝籴之法，其后浸及于新边，鄯廓州、积石军蕃部患之。

宣和五年，振济诸路旱饥。又令州县杜伪冒请求钱谷之弊。

按：《宋史·徽宗本纪》：五年，秦凤旱，河北、京东、淮南饥，遣官赈济。

按：《文献通考》：五年，诏：州县每岁支俵常平钱谷，多是形势户请求及胥吏诈冒支请。令天下州县每岁散钱谷既毕，即揭示请人数目，逾月敛之，庶知为伪冒者，得以陈诉。

宣和六年，振恤诸路灾伤。

按：《宋史·徽宗本纪》：六年，京师、河东、陕西地大震，两河、京东西、浙西水，环庆、邠宁、泾原流徙，令所在振恤。　按：《食货志》：先是，诸路灾伤，截拨上供年额米斛数多，致阙中都岁计。令京东、江南、两浙、荆湖路义仓谷各留三分，余并起发赴京，补还截拨之数。六年，诏罢之。

宣和七年冬十月戊午，罢京畿和籴。

按：《宋史·徽宗本纪》云云。　按：《食货志》：吴雍言：河北仓廪皆充实，见储粮料总千一百七十六万石。诏赐同措置王子渊三品服。宣和中，罢畿内和籴。

高宗建炎元年，以诸路提举常平司并归提刑司。

按：《宋史·高宗本纪》：建炎元年六月丁卯，省诸路提举常平司。

按：《玉海》：常平之政有提举官，自熙宁始。建炎元年六月，并归提刑司。常平之财所存一二，犹以亿万计。

建炎二年，以岁凶，赈给流亡，诏求直言，州郡灾甚者蠲田赋，委官按视常平、和籴。

按：《宋史·高宗本纪》：二年春正月丁亥，录两河流亡吏士。沿河给流民官田、牛种。秋七月辛丑，以春霖、夏旱蝗，诏监司、郡守条上阙政，州郡灾甚者蠲田赋。冬十月壬戌，禁江浙闭籴。

按：《文献通考》：二年，臣僚言：常平、和籴，州县视为文具。以新易旧，法也，间有损失蠹腐而未尝问；不许借贷，法也，间有悉充他用而实无所储。诏委官遍行按视。

建炎三年，罢青苗市易法，追还籴本，出米贱粜，济东北流民。又蠲青苗积欠钱。

按：《宋史·徽宗本纪》：三年二月戊辰，出米十万斛，即杭、秀、常、湖州、平江府损直以粜，济东北流寓之人。九月丁巳，蠲诸路青苗积欠钱。

按：《玉海》：二年八月癸丑朔，复诸路常平官。十月壬戌，诏翰学叶梦得等讨论常平法条具。取旨：青苗敛散，永不施行。又命户书吕颐浩。十二月戊午，颐浩等言：此法不宜废，如免役坊场亦可行，惟青苗市易当罢。三年正月庚寅，追还籴本。

绍兴元年，禁遏籴，振流民，诏出粟济粜者，赏各有差。又以上供余米别贮以备荒岁。

按：《宋史·高宗本纪》：绍兴元年三月壬寅，禁诸路遏籴。乙丑，振淮南、京东西流民。　按：《食货志》：高宗南渡，民之从者如归市。既为之衣食以振其饥寒，又为之医药以救其疾病；其有陨于戈甲、毙于道路者，则给度牒瘗埋之。若丐者，育之于居养院；其病也，疗之于安济坊；其死也，葬之于漏泽园，岁以为常。绍兴以来，岁有水旱，发常平、义仓，或济或粜或贷，如恐不及。然当艰难之际，兵食方急，储蓄有限，而振给无穷，复以爵赏诱富人相与补助，亦权宜不得已之策也。元年，诏出粟济粜者赏各有差。粜及三千石以上，与守阙进义校尉；一万五千石以上，与进义校尉；二万石以上，取旨优赏。已有官荫不愿补授者，比类施行。

按：《荒政考略》：元年，户部尚书韩仲通乞以上供粟米所余之数，岁桩一百万石别廪贮之，遇水旱以给民。从之。

绍兴二年，诏存抚东北流民。福建饥，振之。复常平官，罢江淮发运使。

按：《宋史·高宗本纪》：二年六月甲寅，诏两浙、江淮守臣，令存抚东北流寓人。八月戊戌，振福建饥民。　按：《食货志》：是年，以臣僚言复常平官，讲补助之政，以广储蓄。

按：《玉海》：二年三月戊戌，罢江淮发运使，以其钱帛赴行在。祖宗时发运司岁漕江湖粟六百万斛，即真扬楚泗置转般仓，溯流折运以赡中都，且因丰凶而平其籴。至是省之。

绍兴三年，诏监司、郡守具奏水旱灾异，并令检视义仓，补还侵失。

按：《宋史・高宗本纪》：三年春正月丁巳，命诸路宪臣兼提举常平司。癸未，诏民复业者，视垦田多寡定租额赋役。夏四月己丑，诏江东西、湖北、浙西募民佃荒田，蠲三年租。五月庚午，以岳州数被兵，免今年税役。秋七月甲子，以久旱，偿州县和市民物之直。九月戊午，诏凡遇水旱灾异，监司、郡守即具奏毋隐。

按：《荒政考略》：三年，诏曰：义仓之设，所以备凶荒，最为良法。州县奉行不善，浸失祖宗本意，或遇水旱，何以赈济？可令监司检视，实数补还侵失。

绍兴五年，并提举常平司入茶盐司。以诸路旱，罢一切科率，蠲福建拨借常平钱米。

按：《宋史・高宗本纪》：五年闰二月丙辰，并诸路提举常平入茶盐司。五月丁亥，立残破州县守令劝民垦田及抛荒殿最格。六月癸丑，以久旱，减膳、祈祷。禁诸路科率，自租税、和市、军须外皆罢。庚申，以旱罢诸路检察财用官。八月癸丑，蠲福建州军借拨常平钱米。

绍兴六年，振诸路饥，命官检察灾伤州县钱帛租税，宽免有差。诸臣有救饥者，各转官升职。

按：《宋史・高宗本纪》：六年春正月甲午，振江、湖、福建、浙东饥民，命监司、帅臣分选僚属及提举常平官躬行检察。三月辛未，蠲旱伤州县民积欠钱帛租税。壬辰，宽四川灾伤州县户帖钱之半。八月庚戌，蠲虔州残破诸县逋负。　按：《食货志》：六年，湖广、江西旱，诏拨上供米振之。婺民有遏籴致盗者，诏闭粜者断遣。殿中侍御史周秘言：发廪劝分，古之道也。许以断遣，恐贪吏怀私，善良被害。望戒守令多方劝谕，务令乐从，或有扰害，提举司劾奏。从之。是岁，潼川守臣景兴宗、广安军守臣李瞻、果州守臣王鹭、汉州守臣王梅活饥民甚众，前吏部郎中冯檝亦出米以助振给。兴宗升一职，瞻、鹭、梅、檝各转一官。

绍兴七年，振京西、湖北饥，和籴者计剩科罪。

按：《宋史・高宗本纪》：七年秋七月己丑，诏诸路归业民垦田，及八年始输全税。闰十月乙丑，蠲江东路月桩钱万缗。发米二万石，振京西、湖北饥民。　按：《食货志》：七年，以饶州之籴石取耗四斗，罪其郡守。自是和籴者计剩科罪。

绍兴八年夏四月庚申，初置户部和籴场于临安。

按：《宋史・高宗本纪》云云。

按：《玉海》：八年四月丁丑，户侍李弥逊言：当于经费之外给籴本数百万缗，复置一司，广行储积。诏吏户部条具。六月乙卯朔，徽猷阁待制程迈为江淮荆浙闽广等路经制发运使，专掌籴事，降本钱四百万。十二月辛未，参政李光请罢发运司，令户部侍郎专领。

按：《文献通考》：八年，侍御史萧振言：经制司籴米一例，抛降数目，如此则诸州不免抛下诸县，科与百姓，年例又添一番科率。经制一司，张官置吏，止为收籴一事，如何抛与诸州？乞别选官置场收籴。从之。

绍兴九年，以常平钱悉数和籴，随时赈饥。

按：《宋史·高宗本纪》不载。　按：《食货志》：九年，用宗正丞郑鬲言，以常平钱于民输赋未毕之时，悉数和籴。

按：《玉海》：八年冬，李光言：常平法本于耿寿昌，岂可以安石而废？九年，复提举官，使掌其政。

按：《文献通考》：九年，上谕宰执曰：常平法不许他用，惟时赈饥，取于民者还以予民也。

绍兴十年，以通判婺州陈正同振济有方，下其法于诸路。

按：《宋史·高宗本纪》不载。　按：《食货志》：十年，通判婺州陈正同振济有方，穷谷深山之民，无不沾惠。以其法下诸路。

绍兴十三年，振淮南饥，禁遏籴，蠲逋负。又以荆湖岁稔，就籴以宽江浙之民。

按：《宋史·高宗本纪》：十三年三月丙午，振淮南饥民。仍禁遏籴。七月壬申，雨雹，蠲浙西贫民逋负丁盐钱。八月庚戌，诏监司、守臣讲求恤民事宜。　按：《食货志》：十三年，荆湖岁稔，米斗六七钱，乃就籴以宽江浙之民。绍兴十四年六月乙未，振江浙、福建被水之民。十二月己卯，命诸郡收养老疾贫乏之民，复置漏泽园。

按：《宋史·高宗本纪》云云。

绍兴十五年秋七月丁卯，免处州三县被水民家绸绢。八月己亥，改诸路提举茶盐官为提举常平。

按：《宋史·高宗本纪》云云。

绍兴十八年，招关陕流民补殿前军，免和籴，命三总领所籴米广储蓄，又振给蠲租。

按：《宋史·高宗本纪》：十八年三月丁丑，命杨政、吴璘招关陕流民补殿前军。闰八月庚申，免江浙湖南今岁和籴。甲子，命临安、平江二府，淮东西、湖北三总领所岁籴米百二十万石，以广储蓄。十一月辛亥，振绍兴府饥。十二月乙卯朔，振明、越、秀、润、徽、婺、饶、信诸州流民。丙寅，借给被灾农民春耕费。戊辰，蠲被灾下户积欠租税。按：《食货志》：十八年，免和籴，命三总领所置场籴之。旧制两浙江湖岁当发米四百六十九万斛，至是欠百万斛有奇。乃诏临安、平江府及淮东西、湖广三计司，岁籴米百二十万斛，淮西十六万五千，湖广、淮东皆十五万。

绍兴二十三年，蠲振被水府州县。

按：《宋史·高宗本纪》：二十三年秋七月壬辰，宽理平江府湖、秀二州被水民夏税。九月甲午，振潼川被水州县，仍蠲其赋。

绍兴二十四年冬十月壬午，蠲旱伤州县租赋。

按：《宋史·高宗本纪》云云。

绍兴二十七年冬十月辛酉，诏四川诸司察旱伤州县，蠲其税，振其饥民。

按：《宋史·高宗本纪》云云。

绍兴二十八年，蠲振被水灾伤州县，以赵令诜请，粜义仓米之陈腐者。

按：《宋史·高宗本纪》：二十八年八月己丑，检放风水灾伤州县苗税，仍振贷饥民。九月癸未，蠲平江、绍兴、湖州被水民逋赋。　按：《食货志》：二十八年夏，浙东西田损于风水。在法水旱及七分以上者振济，诏自今及五分处亦振之。　又按：《志》：二十八年，以赵令诜请，粜州县义仓米之陈腐者。

按：《玉海》：二十八年，户部赵令詪言，请岁以三之一出陈易新；又请水旱灾伤，检放不及七分，即许赈济。九月乙酉，从之。

按：《文献通考》：二十八年，沈该奏：在法义仓止许赈济，若出粜，恐失初意。乃令量粜三之一桩收价钱，次年收籴拨还。　又按：《通考》：二十八年，浙东西田苗损于风水，诏出常平米赈粜，更令以义仓赈济。　又按：《通考》：二十八年，三省言：平江、绍兴府，湖、秀州被水，欲除下户积欠，拟令户部开具有无侵损岁计。上曰：不须如此，止令具数，便于内库拨还。朕平时不妄费，内库所积，正欲备水旱。本是民间钱，却为民间用，何所惜？乃诏平江等处应日前积欠税赋并蠲之。

绍兴二十九年，蠲灾伤州郡租逋，命漕司籴米备振贷，立和籴募民运米赏格。

按：《宋史·高宗本纪》：二十九年正月庚午，振湖、秀诸州饥民。癸未，蠲沙田芦场为风水所侵者租之半。三月己卯，除湖州、平江、绍兴流民公私逋负。闰六月丁巳，命江湖、浙西五漕司增价籴米二百二十万石，赴沿江十郡，自荆至常州，以备振贷。九月丙申，蠲江浙蝗潦州县租。冬十月乙亥，立诸路和籴募民运米赏格。　按：《食货志》：二十九年，诏诸处守臣拨常平、义仓米二分振粜，临安府拨桩积之米。　又按：《志》：二十八年，除二浙以三十五万斛折钱、诸路纲米及籴场岁收四百五十二万斛。二十九年，籴二百三十万石以备振贷。石降钱二千，以关子、茶引及银充其数。　又按：《志》：二十九年，上谓辅臣曰：轻徭薄赋，所以息盗；岁之水旱，所不能免。傥不宽恤，而惟务科督，岂使民不为盗之意哉！于是诏诸路州县：绍兴二十七年以前积欠官钱三百九十七万余缗及四等以下官欠，悉除之。九月，诏两浙、江东西水，浙东、江东西螟，其租税尽蠲之。自是水旱经兵，时有蠲减，不尽书也。

绍兴三十一年，赈艰食士民。成都府旱，降僧牒，充籴本赈济。

按：《宋史·高宗本纪》：三十一年春正月丙申，大雨雪，给三衙卫士、行在贫民钱及薪炭，命常平振给辅郡细民。　按：《食货志》：三十一年正月，雪寒，民多艰食。诏临安府并属县以常平米减时之半，振粜十日。临安府城内外贫乏之家，人给钱二百、米一斗及柴炭钱，并于内藏给之。辅郡之民，令诸州以常平钱依临安府振之。凡遇寒、遇暑、遇雨、遇火、遇赦及祈祷、即位、生辰、上尊号、生皇太子、晏驾、大祥之类，临安之民暨三衙诸军时有振恤，及放商税、公私房赁。

按：《续文献通考》：三十一年，成都府路旱，诏降僧牒四百道充籴本，措置赈济。

绍兴三十二年二月庚子，振两淮饥民。五月壬戌，振东北流民。

按：《宋史·高宗本纪》云云。

绍兴□年，江浙、湖南行博籴法。

按：《宋史·高宗本纪》不载。　按：《食货志》：南渡，三边馈饷，籴事所不容已。绍兴间，于江浙、湖南博籴，多者给官告，少者给度牒，或以钞引，类多不售，而吏缘为奸，人情大扰。于是减其价以诱积粟之家，初不拘于官编之户。凡降金银钱帛而州县阻节不即还者，官吏并徒二年。广东转运判官周纲籴米十五万石，无扰及无陈腐，抚州守臣刘汝翼饷兵不匮，及劝诱赈粜流离，皆转一官。

孝宗隆兴元年，振两淮流民。以两浙、江东大水、旱蝗，蠲其租。诏逃户田土，五年归业者，即给还。

按：《宋史·孝宗本纪》：隆兴元年二月己卯，振两淮流民。三月庚申，以久雨，命有司振灾伤，察刑禁。是岁，以两浙大水、旱蝗，江东大水，悉蠲其租。

按：《文献通考》：元年，诏贫乏下户或因饥馑逃亡，官司即时籍其田土，致令不复归业。今州县申严赦文五年之限，应归业者即给还。

按：《续文献通考》：元年，诏福建提举司具到本路见在常平米九万九千二百余石、义仓米二十九万五千六百余石，令本司契勘，如无陈腐，不须更行收籴。从中书门下省请也。

隆兴二年，蠲赈诸路贫民，出帑银籴米赈粜，遣使点检浙东常平仓。

按：《宋史·孝宗本纪》：二年二月辛未，蠲秀州贫民逋租。六月丁丑，赈江东、两淮被水贫民。秋七月癸丑，以江东、浙西大水，诏侍从、台谏、卿监、郎官、馆职陈阙失及当今急务。八月辛巳，诏振淮东被水州县。九月辛丑，以久雨，出内库白金四十万两，籴米赈贫民。　按：《食货志》：二年秋，霖雨害稼，出内帑银四十万两，变籴以济民。　又按：《志》：二年，遣司农少卿陈良弼点检浙东常平等仓。

按：《文献通考》：是年，淮民流于江浙十数万，官司虽济而米斛有限。乃诏民间不曾经水灾处占田万亩者，粜二千石；万亩以下，粜一千石。

按：《续文献通考》：二年，诏司农少卿陈良弼往浙东点检常平等仓。良弼言：比点检七州常平仓，其间失陷借支、坏烂失收米麦共二十七万六千二十余石，并常平钱一万四千四十余贯。乞委提举官遍诣所属刬刷余省钱米偿纳，如所偿未足，俟收纳秋苗日尽偿。从之。户部言：诸路节次承降指挥和籴，先抛降下未籴见钱银，并两浙运司合桩今年岁额籴本移用钱，及诸路常平剩下籴本等钱，共二百万贯，令行在并隆兴、建康、镇江府、衡、鼎州置场收籴米斛共一百万石，依旧作常平桩管。缘逐路提举司循习住滞，不催督钱粮，因而过时有误收籴。欲将所科籴钱数劄下逐路提举常平官、两浙运司，日下计置，尽数赴逐处籴场交纳，仍各具已催起钱数申尚书省。从之。

汇 考 十 一

(食货典第七十八卷)

目　　录

宋　　四

乾道元年，蠲振灾伤诸路和籴处，诏漕臣提举往来巡按，务革诸弊。

按：《宋史·孝宗本纪》：乾道元年春正月壬申，诏两浙振流民。以绍兴流民多死，罢守臣徐嘉及两县令。二月乙酉，遣官检察两淮州县，振济饥民。甲辰，蠲两淮灾伤州县身丁钱绢六月。丙申，以两淮守令劳徕安集无效，下诏戒饬之，仍以诏置守令治所。壬寅，蠲广东残破郡县税赋。　按：《施师点传》：师点为临安府教授。乾道元年，陈康伯荐，赐对，言历年屡下诏恤民，而惠未加浃。陛下轸念，惟恐一夫失所，郡邑搜求，惟恐财赋不集。毋惑乎日降丝纶，恩不沾被。细民困于倍输，重以岁恶，室且垂磬，租不如期，积多逋负。今明堂肆赦，户自四等以下逋自四年以前，愿悉除免。上曰：非卿不闻此言。诏从之。

按：《玉海》：元年正月二十日，农少张宗元言辇下供馈，岁用粮一百五十余万石。二浙苗米不过八十余万，七十万皆仰收籴。

按：《续文献通考》：元年，臣寮言去岁江西、湖南和籴，其弊非一。不问家之有无，例以税钱均敷，此一弊也；州县各以水脚耗折为名，收耗米什之二三，此二弊也；公吏斛脚百方乞觅，量米则有使用，请钱则有縻费，此三弊也；以关引偿价许之，还以输官，然所在往往折价，至输官则不肯受，此四弊也。诏逐路委漕臣并提举往来巡按，务尽和籴之意，以革四弊。如安坐不恤，奉行简慢，必罚无赦。

按：《江南通志》：元年二月癸卯，以淫雨有伤蚕麦，诏浙东西路灾伤去处人户合纳丁钱绢，减放一半。

乾道二年二月丁丑，振两浙、江东饥。三月丁丑，罢和籴。五月丁卯，命监司守臣预备水旱。九月辛亥，遣官按视温州水灾，振贫民，决系囚。

按：《宋史·孝宗本纪》云云。　按：《周执羔传》：执羔，乾道二年复为礼部侍郎，拜尚书，升侍读。上问丰财之术，执羔以为和籴本以给军兴，豫凶灾，盖国家一切之政不得已而为之。若边境无事，妨于民食，而务为聚敛，可乎？旧籴有常数，比年每郡增至一二十万石。今诸路枯旱之余，虫螟大起，无以供常税，况数外取之乎？宜视一路一郡一县丰凶之数，轻重行之，灾甚者蠲之可也。上矍然曰：灾异如此，乃无一人为朕言者。即诏从之。

按：《续文献通考》：二年，王曮等言：和籴之弊，害及于民，为守令罪。朝廷抛降有定数，而州县额外倍科；朝廷降籴本于州县，而州县十不支一二。乞令州县各置场，申严条法。从之。

乾道三年，振诸路水旱灾伤。诏江浙淮闽坐仓收籴，毋得强配于民。富民放贷米谷，只还本色，取利不过五分。又嘉纳刘珙论和籴之弊。

按：《宋史·孝宗本纪》：三年六月辛卯，振泉州水灾。八月癸亥，四川旱，赐制置司度牒四百备振济。十二月乙巳，置丰储仓，增印会子。是岁，两浙水，四川旱，江东西、湖南北路蝗，振之。　按：《食货志》：三年秋，江浙淮闽淫雨，诏州县以本钱坐仓收籴，毋强配于民。

按：《文献通考》：三年，臣僚言日前富家放贷约米一斗，秋成还钱五百。其时米价既平，粜四斗始克偿之，农民岂不重困？诏应借贷米谷，只还本色，取利不过五分。

按：《续文献通考》：三年，刘珙自汝南召还，初入见，论和籴之弊，湖南、江西为尤甚。朝廷常下蠲免之令，远方之民举手相贺，曾未数月，又复分抛州县，既乏缗钱，将何置场收籴？民间关引无用，则与白著一同。倘能革纲运之，弊自可减。和籴之数，望诏止之。上嘉纳。

乾道四年，遣官赈抚荒乱饥民，并降僧牒及米付灾伤等处，选清强官尽行检放。

按：《宋史·孝宗本纪》：四年夏四月癸卯，遣使抚邛蜀二州饥民为乱者。是月，振绵汉等州饥。五月乙丑，以邛州安仁县荒旱失于蠲放，致饥民扰乱，守贰、县令降罢追停有差。丁亥，以饶信二州、建宁府饥民啸聚，遣官措置振济。秋七月丁亥，以经总制余剩钱二十一万缗，桩留邛蜀州，以备振济。

按：《文献通考》：四年，籴本不给度牒，关引只降会子，品搭钱粮，每石价钱二贯五百文。又令人户自行量，概凡江西、湖南民间不便于关子，令两路缴回。

按：《续文献通考》：四年，降僧牒一百道，付建宁府。户部降米五千石，赈衢州饥。荆南府僧牒二百道，衢州一百道，饶信米各三万石。雷州水，赐十道。诏诸路运司行下所属，将灾伤处各选清强官，遍诣地头，尽行检放，或不实不尽，有亏公私，被差官并所差不当官司并重作行遣。其被水甚处，令监司守臣条具，合措置存恤事件闻奏。知温州赵與可以支常平钱五百贯并系省钱五百贯赈给被灾人户自劾，上曰：国家积常平米，正为此也。可赦罪。

乾道五年，振恤灾伤诸州流移贫民。命饶信州留上供米备振粜。复置成都广惠仓。

按：《宋史·孝宗本纪》：五年夏四月辛亥，振恤衢、婺、饶、信四州流民。冬十月戊子，振温台二州被水贫民。以守臣监司失职，降责有差。己亥，命饶信二州岁各留上供米三万石，以备振粜。十二月乙巳，复置成都府广惠仓。

按：《续文献通考》：五年，诏去岁灾伤州郡流移人，令常平司所在收恤赈给。 又按：《续通考》：五年，臣寮言：陛下临御之初，约束州县受纳苗米，多收加耗。法禁甚严。而近年以来，所收增多。逮朝廷抛降和籴，却以出剩之数，虚作籴到，所得价钱尽资妄用。乞申严州县，杜绝弊幸，庶宽民力。从之。

按：《荒政考略》：五年，御批：今春闽中艰食，朕甚念之。向闻诸处赈济多止及于城郭，而不及乡县，甚为未均。卿等一一奏来。

乾道六年，赐发运使缗钱为均输和籴。浙西水，振之。以胡坚、沈枢奏，诏广籴常平，并于水旱州郡留和籴米，以续常平。

按：《宋史·孝宗本纪》：六年春正月己丑，增筑丰储仓。夏四月乙未，赐发运使史正志缗钱二百万，为均输和籴之用。闰五月壬寅，以江东漕臣黄石不亲按行水灾州郡，降二官。 按：《食货志》：六年夏，振浙西被水贫民。 又按：《志》：六年，知衢州胡坚奏广籴常平，福建转运副使沈枢奏水旱州郡请留转运司和籴米以续常平，上即为之施行。

按：《续文献通考》：六年，新权发遣衢州胡坚常进对，奏广籴常平。上曰：若一州得二十万石常平米，虽有水旱，不足忧矣。 又按：《续通考》：五年，诏江东运司将建康府太平州被水县分四等五等人户，今年身丁钱并与放免一年，不得巧作名色，依旧科取。如有违戾，令监司按劾，许人户越诉。权盱眙龚埏奏：本军去秋旱，申告朝廷，于高邮军拨米二千石赈贷。今二麦收成，见准总所牒催还，已一面告报人户，情愿具到收成熟田每亩送纳课子小麦三升补助支遣。诏特与除放。

乾道七年，振湖南、江东西旱，并立赏格，劝民出粟赈济。

按：《宋史·孝宗本纪》：七年九月壬申朔，以江西、湖南旱，命募民为兵。是岁湖南、江东西路旱，振之。 按：《食货志》：七年八月，湖南、江西旱，立赏格以劝积粟之家。无官人一千五百石补进义校尉，愿补不理选将仕郎者听；二千石，补进武校尉进士，与免文解一次；四千石，补承信郎进士与补上州文学；五千石，补承节郎进士、补迪功郎。文臣；一千石，减二年磨勘，选人转一官；二千石，减三年磨勘，选人循一资，各与占射差遣一次；二千石，转一官，选人循两资，各与占射差遣一次。武臣一千石，减二年磨勘，选人转一资；二千石，减三年磨勘，选人循一资，各与占射差遣一次；三千石，转一官，选人循两资，各与占射差遣一次。五千石以上文武臣并取旨，优与推恩。九月，臣僚言诸路旱伤，请以检放展阁责之运司，籴给借贷责之常平，觉察妄滥责之提刑，体量措置责之安抚。上谕宰执曰：转运司止令检放，恐他日振济不肯任责。虞允文奏曰：转运司主一路财赋，谓之省计。凡州郡有虞不足，通融相补，正其责也。

按：《荒政考略》：七年，饶州旱，措画义仓米八万石，又拨附近州县义仓五万石，并截留上供米二千石，并立赏格，劝谕出粟。

乾道八年，诏赈水旱处，稽诸州军擅用义仓米者，命以常平米贱粜，以义仓米赈济。

按：《宋史·孝宗本纪》：八年，隆兴府江筠州临江、兴国军大旱，四川水。　按：《食货志》：八年，户部侍郎杨倓奏：义仓，在法夏秋正税斗输五合，不及斗者免输。凡丰熟县九分以上，即输一升。令诸路州县岁收苗米六百余万石，其合收义仓米数不少，间有灾伤，支给不多。访闻诸州军皆擅用，请稽之。

按：《文献通考》：八年，知台州唐仲友言鳏寡孤独老幼疾病之人，乞依乾道元年，依例取拨常平义仓赈给。上命以常平米低价出粜，以义仓米赈济。

按：《续文献通考》：八年，四川水，命赈之。　又按：《续通考》：八年，户部杨倓奏：义仓在法惟充赈给，不许他用。今诸路常平、义仓米斛，访闻皆是擅行侵用，从来未曾稽考。乞下诸路常平官，限半月委逐州主管官取索五年的实放支数目，仍开说逐年有无灾伤检及取给过若干，并见在之数实计若干，目今在甚处桩管，结具保明文帐，稽考施行。从之。

乾道九年，江西旱伤，蠲逋负米，诏兴水利。臣僚上救荒条画。并诏从之。

按：《宋史·孝宗本纪》：九年二月壬申，蠲江西旱伤五州逋负米。　按：《食货志》：九年八月，臣僚言江西连年荒旱，不能预兴水利为之备。于是乃降诏曰：朕惟旱干水溢之灾，尧汤盛时有不能免，民未告病者，备先具也。豫章诸郡县，但阡陌近水者，苗秀而实。高仰之地，雨不时至，苗辄就槁。意水利不修，失所以为旱备乎？唐韦丹为江西观察使，治陂塘五百九十八所，灌田万二千顷。此特施之一道，其利如此！矧天下至广也，农为生之本也，泉流灌溉，所以毓五谷也。今诸道名山川原甚众，民未知其利，然则通沟渎，潴陂泽，监司守令顾非其职欤？其为朕相丘陵原隰之宜，勉农桑，尽地利，平繇行水，勿使失时，虽有丰凶而力田者不至拱手受弊，亦天人相因之理也。朕将即勤惰而寓赏罚焉。

按：《续文献通考》：九年，楚州饥，赐米五千石赈之。台州饥，命赈之。是年，赈饶州饥。上因览知州王秬赈济条画，言饥岁民多遗弃小儿，命付诸路收养。如钱物不足，可具奏来，于内藏支降。时臣寮言，访闻今岁旱伤，非特浙东被害，如江西诸州，例皆阙雨，禾稻不收，而赣吉二州尤甚，江东之太平、广德、淮西之无为军、和州，多是先被水患，继之以旱，自今民已艰食。其间州郡或有讳言境内灾伤，不即申陈，致失检放条限，或有虽曾申闻措置赈济事件，朝廷未与行下。切念救荒之政，譬如拯溺救焚，势不可缓。今欲从朝廷专委逐路官，疾速巡历灾伤去处，如委系失收，不曾检放，或检放不实者，仰将今年苗米依合减分数权行倚阁，令候来年秋熟带纳。其有和籴米斛、抛降马料及诸色科买，并权与住罢一年。应合赈粜赈济去处，许提举官将一路见管常平、义仓米通融拨借应副。其有诸州已条画到措置赈济事件，朝廷速降指挥，庶几官吏便可奉行，百姓早被实惠。诏从之。

淳熙元年，蠲灾伤路停阁税赋。诏江西、湖南路累经灾伤，所有第四、第五等人户合纳秋苗，蠲放一半。

按：《宋史·孝宗本纪》不载。　按：《续文献通考》：淳熙元年，宰执进呈检放过乾道九年灾伤停阁钱物，浙东路自淳熙元年为始，作三年带纳，江东路候丰熟，作两年带纳，江西路即不曾据州军报到灾伤数。上曰：既是灾伤，若与停阁，税赋亦无从出，可并与蠲免。如有已纳数目，与理充一年合输之数。是年，诏江西、湖南路累经灾伤，所有上供米斛逐年已行减放外，今年虽是丰熟，尚虑民力未苏，所有第四、第五等人户合纳淳熙元年秋苗，特与蠲放一半。如州县辄敢违戾拘催，许人户越诉，及不得纵容吏人作弊，将第三等以下人户减免，令监司觉察按劾闻奏。

淳熙二年，诏诸路合赈粜赈给去处，常平司预期审度，条具闻奏。江西、湖南所蠲秋苗，诏于上供数内除豁，仍禁不得敷扰。

按：《宋史·孝宗本纪》：二年六月戊辰，振济湖南、江西被寇州县。八月丁卯，蠲湖南、江西被寇州县租税。九月乙酉，振恤淮南水旱州县。

按：《续文献通考》：二年，诏诸路常平司，每岁于秋成之际，取见所部郡县丰歉各及几分，如有合赈粜赈给去处，即仰约度所用及见管米斛若干，或有阙少，合如何措置移运，并预期审度施行，仍须于九月初旬条具闻奏。　又按：《续通考》：二年，宰执进呈，江西、湖南昨得旨，以频年旱伤，第四等、第五等人户合纳秋苗特蠲一半。切恐诸郡支遣不足，缘此敷扰及民。上曰：此是特恩。又所争止七八十万斛，可并于上供数内除豁；仍禁戢不得辄有敷扰，许人户越诉，将违戾官吏重治施行。

按：《江南通志》：二年秋，宁国大旱，民饥，赈之粟。

淳熙三年，振水旱州府及淮东饥。从李蘩奏，免关外和籴。

按：《宋史·孝宗本纪》：三年春正月甲寅，以常州旱，宽其逋负之半。振淮东饥，仍命贷贫民种。冬十月庚辰，诏自今非歉岁不许鬻爵。是岁，京西、湖北诸州、兴元府、金洋州旱，绍兴府台婺州水，并振之。　按：《食货志》：三年，诏广西运司籴钱，以岁丰歉市直高下增减给之。　按：《李蘩传》：蘩徙仓部员外郎，总领四川财赋军马钱粮，升郎中。淳熙三年，廷臣上言，四川岁籴军粮，名为和籴，实科籴也。诏制置使范成大同蘩相度以闻。蘩奏诸州岁籴六十万石，若从官籴，岁约百万缗。如于经费之中斟酌损益，变科籴为官籴，贵贱眡时，不使亏毫忽之价，出纳眡量，勿务取圭撮之赢，则军不乏兴，民不加赋。乃书利民十一事上之。前后凡三年，蘩上奏疏者十有三，而天子降诏难问者凡八，讫如其议。民既乐与官为市，远迩欢趋，军饷坐给而田里免科籴，始知有生之乐。会岁大稔，米价顿贱，父老以为三十年所无，梁洋间绘蘩像祠之。擢蘩守太府少卿。

淳熙四年，振贷诸路饥，罢四川和籴，以信州常平义仓阙米，降官放罢有差。

按：《宋史·孝宗本纪》：四年三月壬子，贷随郢二州饥民米。五月庚子，朔，罢四川和籴。秋七月辛丑，振襄阳饥民。是岁福州建宁府雨，剑州水，并振之。

按：《文献通考》：四年，诏四川旱伤处免籴。上谕执政曰：闻总司籴米，皆散在诸处。万一军兴而屯驻处无米，临时岂不误事？大抵赈粜，未可岁循环以备凶荒，桩积米须留于要害屯军所在，庶几军民皆便。

按：《续文献通考》：四年，范成大奏关外麦熟，倍于常年。缘去岁朝廷免和籴一年，民力稍纾，得以从事于耕作，故其效如此。上曰：免和籴一年，民间便已如此，乃知民力不可以重困也。王淮奏：去年止免关外，今从李蘩之请，尽免蜀中和籴一年，为惠尤广。尚书省言：信州常平、义仓米，元申帐状管九万三千余石。今次提举司申有六万八千余石，及至盘粮，止得一万二千九百余石，皆是虚数。提举官李唐到任已及二年，并不检察，是致阙米，有误赈济。知州赵师严、通判李桐系乾道三年到任之人，所由帐状隐蔽虚妄。诏李唐特降两官放罢，赵师严、李桐各降两官，不得与堂。除诏平江、嘉兴府安吉州禁贩米下海，其贩至临安府者，毋得遏籴。寻诏赵与权提领其事。一应浙东州县，并许浦金山水军一体遵守，违者权听按察治罪。

淳熙五年秋七月丁亥，以岁丰，命沿江籴米百六十万石，以广边储。

按：《宋史·孝宗本纪》云云。

淳熙六年，振淮东饥，诏诸路以常平钱尽数籴米，以备水旱。

按：《宋史·孝宗本纪》：六年春正月戊辰，振淮东饥民。三月己巳，置广西义仓。辛未，再振淮东饥民。六月甲午，建丰储仓。

按：《续文献通考》：六年，进呈荆鄂副都统郭果奏，唐邓诸处自来积谷不多，襄阳府汉江以北四向美田，民间多有蓄积，欲密行措置，于秋收之际收储，以备缓急。上曰：于秋成之际广行收籴，合用仓廒及收贮去处，仰公共相度措置申奏。是年，上曰：义仓米专备水旱以济民。今连岁丰稔，常平米正当趁时收籴，可严行以先降指挥，催诸路以常平钱尽数籴米。时诸路未有申到处故也。

淳熙七年，以诸路水旱蠲减赈粜。

按：《宋史·孝宗本纪》：七年春正月庚辰，蠲淮东民，贷常平钱米。二月己亥，出湖南桩积米十万石，振粜永、邵、郴三州。五月戊辰，袁州分宜县大水，蠲其税。九月壬申，禁诸路遏籴。十一月癸丑，诏边吏存恤江西过淮饥民。壬申，南康军旱，诏出检放所余苗米万石充军粮。

按：《文献通考》：七年，池州言检放旱苗米四万五千余石，其经总制钱二万六千余贯，系于苗上收趁，无所从出。诏蠲之。浙东提举朱熹言：去年水旱相继，朝廷命检放秋苗，蠲阁夏税。缘起催在前，善良畏事者多已输纳，其得减放者皆顽猾人户，事件不均。望诏将去年剩纳数目理作八年蠲豁。诏户部详看。

按：《续文献通考》：七年，姚述尧进对：今岁旱伤，赈恤之政，当务宽大。上曰：国家储蓄，本备凶岁，捐以予民，朕所不惜。　又按：《续通考》：七年，三省奏去岁丰稔，今岁米贱，所在和籴告办，仓廪盈溢。其江东路诸郡上供米，初令就近赴金陵、镇江仓。今两处守臣皆云无可盛贮，乞依旧发赴行在丰储西仓。

淳熙八年，以水旱蠲减赈贷，并诏行朱熹社仓法。其旱伤处无钱收籴者，济以义仓米。

按：《宋史·孝宗本纪》：八年五月辛卯，以久雨，减京畿及两浙囚罪一等，释杖以下，贷贫民稻种钱。六月戊午，除淳熙七年诸路旱伤检放米一百三十七万石，钱二千六万缗。七月辛卯，赏监司守臣修举荒政者十六人。壬辰，绍兴大水，出秀婺州、平江府米振粜。丁酉，严州水，诏被灾之家蠲其和买，三等以上户减半。八月丙午，以旱罢招军。壬子，诏绍兴府诸县夏税和市折帛身丁钱绢之类，不以名色，截日并令住催。九月戊辰，言者请自今歉岁蠲减，经费有亏，令户部据实以闻，毋得督趣已蠲阁之数。从之。冬十月甲子，诏灾伤州县，谕民振粜。十一月甲戌，以旱伤，罢喜雪宴。己亥，振临安府及严州饥民。庚子，再诏临安府为粥食饥民。辛丑，以淳熙元年减半推赏法，募民振粜。十二月癸卯朔，以徽饶二州民流者众，罢守臣官，出南库钱三十万缗，付新浙东提举常平朱熹振粜。辛亥，蠲诸路旱伤州军明年身丁钱物。丙辰，诏县令有能举荒政者，监司郡守以名闻。甲子，下朱熹社仓法于诸路。是岁江浙、两淮、京西、湖北、潼川、夔州等路水旱，相继发廪蠲租，遣使按视。民有流入江北者，命所在振业之。　按：《食货志》：八年，诏去岁江浙、湖北、淮西旱伤处已行振粜，其鳏寡孤独、贫不自存、无钱收籴者，济以义米。是年，浙东提举朱熹言：乾道四年，民艰食，熹请于府，得常平米六百石振贷。夏受粟于仓，冬则加息计米以偿。自后随年敛散，歉蠲其息之半，大饥即尽蠲之。凡十有四年，得息米，造仓三间。及以元数六百石还府，见储米三千一百石，以为社仓，不复收息，每石只收耗米三升。以故一乡四五十里间，虽遇凶年，人不阙食。请以是行于仓司。时陆九渊在敕令局，见之叹曰：社仓几年矣，有司不复举行，所以远方无知者遂编入振恤。凡借贷者，十家为甲，甲推其人为之首，五十家则择一通晓者为社首。每年正月告示社首下都结甲，其有逃军及无行之人，与有税钱衣食不阙者，并不得入甲。其应入甲者，又问其愿与不愿，愿者开具一家大小口若干，大口一石，小口减半，五岁以下不预请。甲首加请一倍，社首审订虚实，取人人手书，持赴本仓，再审无弊，然后排定甲首，附都簿载某人借若干石，依正簿分两时给，初当下田时，次当耘耨时。秋成还谷不过八月三十日，足湿恶不实者罚。嘉定末，真德秀帅长沙，行之，凶年饥岁，人多赖之。然事久而弊，或移用而无可给，或拘催无异正赋，良法美意，胥此焉失。

按：《玉海》：乾道四年戊子，建人大饥。朱熹居崇安，请于郡，得粟六百万斛赈民。是冬有年，民愿以粟偿官，因留里中，而上其籍于府。明年夏，又请仿古法，为社仓以储之，岁一敛散，既以纾民之急，又得易新以藏。俾愿贷者出息什二，岁小饥则弛半息，大侵则尽蠲之。为仓三经，始于七年五月，而成于八月。既成，熹为之记。淳熙八年，熹将诣左浙，取崇安已行事宜抗奏于朝，乞推而颁之诸道。十一月二十八日，命户部看详。十二月二十二日，从其请。自是婺、越、镇江、建昌、袁潭诸邑多行之。

按：《续文献通考》：八年，赵雄奏：今虽米贱，犹虑其无钱可籴。欲行下去岁旱伤州县，于义仓米内支给，至三月终止。上曰：正合朕意。遂诏去岁江浙、湖北、淮西路郡县，间有旱伤去处，已令多出桩积等米，广行赈粜。今虽闻诸路米价低昂不平，其鳏寡孤独、贫乏不能自存之人无钱收籴，深可矜悯。令州县镇寨乡村抄籍姓名，将义仓米赈济，务要实惠及民。如州县奉行不虔，仰本路漕臣及提举常平官觉察以闻，重置宪典。　又按：《续通考》：八年，上宣谕辅臣曰：朕缘久旱不雨，晓夕思所以宽恤，无事不在念。今且将诸路节次泛抛招军，并与蠲免。

按：《杭州府志》：八年冬十一月，临安饥，浙东常平使者朱熹论荒政，请蠲田赋身丁钱。诏江浙等三十八郡并免之，仍蠲富阳、新城、钱塘夏税，赈临安府饥民。

淳熙九年，诏发钱米以备赈粜。诸路灾伤州县，赈贷蠲逋有差。

按：《宋史·孝宗本纪》：九年春正月庚寅，诏江浙、两淮旱伤州县贷民稻种；计度不足者，贷以桩积钱。三月辛未朔，诏振济忠、万、恭、涪四州。癸未，振济镇江。壬辰，遣使按视淮南、江浙振济。六月庚申，临安府蝗，诏守臣亟加焚瘗。秋七月甲戌，以江西常平、义仓及桩管米四十万石付诸司，预备振粜。辛巳，出南库钱三十万缗，付浙东提举朱熹，以备振粜。壬辰，诏发所储和籴米百四十万石，补淳熙八年振济之数，于沿江屯驻诸州桩管。八月庚子，淮东、浙西蝗。壬子，定诸州官捕蝗之罚。乙卯，复赏修举荒政监司守臣。九月乙酉，以钱引十万缗赐泸州，备振粜。辛卯，以旱减恭合、渠昌州今年酒课。十月甲子，蠲诸路旱伤州军淳熙七年八年逋赋。十一月庚午，振夔路饥。

按：《续文献通考》：九年，赈两浙饶州饥。

淳熙十年，以州县灾伤，免和籴欠税，并除诈称灾伤籍产法。江东宪臣奏请储蓄劝分，以防水旱。

按：《宋史·孝宗本纪》：十年春正月丁丑，命州县掘蝗。三月辛巳，免四川和籴。三年己丑，除诈称灾伤籍产法。秋七月丁丑，诏除灾伤州县淳熙八年欠税。

按：《文献通考》：十年，江东宪臣尢袤召入言：东南民力凋弊，中人之家，至无数月之储。前年旱伤，江东之南康、江西之兴国俱是小垒，南康饥民一十二万二千有奇。兴国饥民七万二千有奇，且祖宗盛时荒政著闻者，莫如富弼之在青州、赵抃之在会稽，在当时已是非常之灾。夷考其实，则青州一路饥民止十五万，几及南康一军之数。会稽大郡，饥民才二万二千而已，以兴国较之，已是三倍。至于赈赡之米，粥〔弼〕用十五万，抃用三万六千。今江东公私合力赈救，为米一百四十二万。去岁江西赈济兴国一军，除民间劝诱所得，出于官者自当七万。其视青州一路、会稽一郡，所费实相倍蓰。则知今日公私诚是困竭，不宜复有小歉。国家水旱之备，止有常平、义仓。频年旱暵，发之略尽。今所以为预备之计，惟有多出缗钱，广储米斛而已。又言救荒之政，莫急于劝分。昨者朝廷立赏格以募出粟，富家忻然输纳，故庚子之旱不费支吾者，用此策也。自后输纳既多，朝廷吝于推赏，多方沮抑，或恐富家以命令为不信，乞诏有司施行。　又按：《通考》：十年，先是户部尚书曾怀申请妄诉灾伤，侥幸减免税租，许人告，依条断罪，仍没其田一半充赏。至是，江东运副苏谔奏，诈称灾伤，止是规免本年一料税租，断罪给赏已是适中，难以拘没其田。从之。

按：《续文献通考》：十年，赈京师饥。

淳熙十一年，蠲旱伤诸郡税，并锡米振粜。以浙西、江东水，禁遏籴。又诏义仓不得侵隐他用。

按：《宋史·孝宗本纪》：十一年三月甲午，以上津潮阳旱，蠲其税。秋七月癸丑，以浙西、江东水，禁诸州遏籴。

按：《食货志》：十一年，福建诸郡旱，锡米二十五万石振粜，一万石振贫乏细民。

按：《玉海》：十一年九月，诏义仓不得侵隐他用。

按：《续文献通考》：十一年，勘会诸路州县义仓米斛，在法合随正苗交纳，惟乞赈粜。今收成在即，当议指挥诏诸路提举常平官各行下所部州军，仰随乡分丰歉依条收纳，不得侵隐他用。候岁终具旧管新收数目申尚书省。

淳熙十二年，诏诸路以封桩会子置场和籴；其旱伤州郡积欠官米钱物，并行蠲放。

按：《宋史·孝宗本纪》不载。　按：《续文献通考》：十二年，臣寮言：伏见淮上州军逐处皆有桩管米斛，建康、镇江大军屯驻，又有总司钱粮，惟太平府采石镇沿江要害去处，去岁民间艰食，州郡必无储备。闻淮上去秋成熟，淮人多有载米入浙中出粜不行。今秋成在近，望先次支降本钱，付总领所及时和籴。诏赵汝谊于建康务场，见桩管会子，先次取拨一十五万贯，委官就采石仓措置，依在市时值收籴桩管。是年，令提领封桩库所支降会子一十五万六千二百六十九贯付淮东总领所，三十二万六千三百一十二贯付淮西总领所，三十万贯付湖广总领所，并充今年和籴桩管米本钱支用。又诏封桩库支降会子五十万贯，委浙西提举罗点和籴米二十万石，淮东总领所取拨镇江府见桩管会子二十九万贯，湖广总领所取拨鄂州并大军库见桩管会子共三十万贯，并就丰熟去处置场，浙西提举就平江府置场招籴堪好米斛。仍一面取见实值，开具申尚书省，毋令稍有科抑。　又按：《续通考》：知婺州洪迈言：本州淳熙八年旱歉，支降丰储仓米五万石赈粜。内二千一百余石，系揽载船盘剥折欠，已纳到六千余贯，外净欠钱一千九百余贯，约米五百三十余石。乞照绍兴府体例蠲放。从之。诏浙东提举具到淳熙十年旱伤，绍兴府会稽县下户借贷官米四百三十余石，特蠲放。诏婺州兰溪第四、第五等人户淳熙八年内借过常平钱收买稻种，见欠四千九百六十余贯，可并蠲放。夔州运判杨想言：本路诸州，自淳熙元年至十年终，所欠转运司系省钱物，皆言旱荒之后催科不行，由是积欠。欲将所欠钱引一万一千五百七十五道、米麦三千二百四十九石、绢五百四十二匹并行放免。从之。淮西常平司言：濠州乞除豁收籴不敷折欠米一千五百五万石有奇，系救活饿莩。特诏与除放。

淳熙十三年，赈利州路饥，诏没官田产收租，课入常平。

按：《宋史·孝宗本纪》：十三年，利州路饥，江西诸州旱。

按：《续文献通考》：十三年，赈利州路饥。　又按：《续通考》：十三年，诏没官田产，合拘收租，课入常平，违者科罪。臣寮请约束诸路纳义仓米。上曰：亦不须得。若有违戾，自当行遣，今后更不降指挥。

淳熙十四年，赈诸路饥。以宋若水请，宽免江西旱伤州军积欠苗税钱米。

按：《宋史·孝宗本纪》：十四年春正月癸亥，出四川桩积米，贷济金洋州及关外四州饥民。秋七月丙辰，命临安府捕蝗，募民输米振济。辛酉，江西、湖南饥，给度僧牒，鬻以籴米备振粜。八月辛未，赐度牒一百道、米四万五千石，备振绍兴府饥。是岁两浙、江西、淮西、福建旱，振之。

按：《续文献通考》：十四年，江西运判宋若水言：照得本路旱伤，江州、兴国军为重，乞将第四、第五等人户淳熙十二年、十三年以前积欠苗税，并第五等淳熙十四年见欠夏税钱帛，权与停阁，候将来丰熟逐旋带纳，及将江州、兴国军、隆兴府吉赣州、临江、建昌、南安军、抚州安乐县未解本司十一年、十二年钱，共四万六千七百一十余贯、米三千六百余石，并与免解。从之。

淳熙十五年，赈临安饥与诸州水灾。司农奏广丰储仓积蓄，从之。

按：《宋史·孝宗本纪》不载。　按：《续文献通考》：十五年，赈临安府饥与诸州水灾。　又按：《续通考》：司农等言：臣寮劄子切见丰储仓初为额一百五十万石，不为不多，然积之既久，宁免朽腐，异时缓急，必失措拟。乞下户部司农等相度，以每岁诸州合解纳行在米数若干及诸处坐仓收籴若干，预行会计，以俟对兑不尽之数，如常平法，许其于陈新未接之时，择其积之久者尽数出粜，俟秋成日尽数补籴。则是五十万石之额永无销耗。此亦广储蓄之策也。从之。

光宗绍熙元年夏四月乙酉，诏两淮措置流民。

按：《宋史·光宗本纪》云云。

绍熙二年，命两淮行义仓法。诸路水旱州军，下诏抚谕并振之。

按：《宋史·光宗本纪》：二年春正月庚戌朔，命两淮行义仓法。冬十月庚子，下诏抚谕四川被水州军。是岁，建宁府汀州、水阶、成西、和凤四州及淮东旱，振之。

绍熙三年，振四川水旱郡县，蠲其租税。

按：《宋史·光宗本纪》：三年春正月丁巳，命夔路转运使通融漕计籴米，以备凶荒。夏四月甲寅，振四川旱伤郡县。五月己亥，蠲四川水旱郡县租赋。十一月壬申，振襄阳府被水贫民。　按：《食货志》：三年，蠲潼川府去年被水州县租税。又诏本路旱伤州县租税，官为代输；及民已输者，悉理今年之数。

绍熙四年，振诸路水旱饥民，并诏三省议行振恤。

按：《宋史·光宗本纪》：四年二月丙寅，出米七万石，振江陵饥民。六月丙申朔，振江浙、两淮、荆湖被水贫民。八月癸丑，诏三省议振恤郡县水旱。戊午，振江东、浙西、淮西旱伤贫民。十二月丁巳，振江浙流民。

绍熙五年，禁遏籴。宁宗即位，诏振诸路水旱郡县，仍蠲其赋。

按：《宋史·光宗本纪》：五年二月庚戌，禁湖南、江西遏籴。　按：《宁宗本纪》：五年七月，即皇帝位。八月丁未，命三省议振恤诸路郡县水旱。是岁两浙、淮南、江东西路水旱，振之，仍蠲其赋。　按：《食货志》：五年，蠲庐州旱伤百姓，贷稻种三万二千一百石。

宁宗庆元□年，以知当涂赵汝�赈恤有方，诏行其法于他郡。

按：《宋史·宁宗本纪》不载。　按：《续文献通考》：庆元初，赵汝�知当涂。时岁饥谷贵，乃开仓散米万斛，一邑获全。事闻，诏他郡依汝勳赈恤法。

庆元元年，以岁凶，诏收养遗孩，蠲振贫民，命使者守令措画荒政，并诏诸路置广惠仓，户部右曹专领义仓。

按：《宋史·宁宗本纪》：庆元元年春正月乙巳，诏两浙、淮南、江东路荒歉诸州收养遗弃小儿。辛亥，以久雨振给临安贫民。五月丙午，诏诸路提举司置广惠仓。九月壬午，朔，蠲临安府水灾贫民赋。己酉，蠲台、严、湖三州被灾民丁绢。按：《食货志》：元年，以两浙转运副使沈诜言米价翔踊，凡商贩之家，尽令出粜，而告藏之令设矣。　又按：《志》：元年二月，上以岁凶，百姓饥病，诏曰：朕德菲薄，饥馑荐臻，使民阽于死亡，夙夜惨怛，宁敢诿过于下耶？顾使者守令，所与朕分寄而共忧也。乃涉春以来，闻一二郡老稚乏食，去南亩，捐沟壑，咎安在耶？岂振给不尽及民欤？得粟者未必饥，饥者未必得欤？偏聚于所，近不能均济欤？官吏视成而自不省欤？其各恪意措画，务使实惠不壅，毋以虚文蒙上，则朕汝嘉。　又按：《志》：元年，诏户部右曹专领义仓。

庆元三年九月壬寅，以四川旱，诏蠲民赋。

按：《宋史·宁宗本纪》云云。

庆元四年，臣僚奏请诸路提举常平官讲求荒政，措置储蓄。

按：《宋史·宁宗本纪》：四年春正月丁卯，诏有司宽恤两浙、江淮、荆湖、四川流民。

按：《文献通考》：四年，臣僚言：州县受纳苗米，于法义仓米合于当日支拨，而因循于州用，不复拨还人户，纳苗稍及分数，例多折纳价钱，其带义仓钱并不许拨，此因纳苗而失陷义仓也。至如绍兴府人户就行在省仓送纳湖田米，其合纳义仓多不催理，此因湖田纳米而失陷也。如淮浙盐亭户纳盐以折二税，其合纳义仓多是不曾拘催，此因纳盐而失陷也。常平失于兑换，因致陈损，此仓庾陈腐之弊也。

常平米止许递留一年，以新纳秋苗换易支遣。

常平专法，主管官替移，无拖欠失陷，方与批书离任。今公然兑借，阳为自劾，更不补还，此州县兑移之弊也。常平和籴，合专置仓廒，今州县多因受纳，以收到出剩拨归常平仓赢落价钱，此收籴官吏之弊也。诸没官产业并户绝僧道田卖到钱数及亡僧衣钵钱，法当拘入常平，州县侵渔，鲜曾拨正，此出卖官产之弊也。若乃吏胥之禄，合于免役钱内支给，而所催役钱，在州则主管官应副人情，在县佐以为公用已催之数，既不以供支遣，又于坊场钱内拨支，未尝入以为出。如公吏差出，其本身初不请常平钱，乃诡名借请，或元非差出而妄作缘故。至于吏胥，自有定额，今守倅视常平钱米为他司钱物，吏额日增，请给日广，常平司委而不问。若夫借请，在法二分克纳，今或一例借欠，动至数百千，例不除克。此其弊不一也。倘不为之堤防惩革，则储蓄日寡，荒政无备。乞明诏诸路提举常平官，讲求措置，亟去前弊，责令逐州每季以本州及属县收支常平、义仓等钱米，逐项细数申常平司，不得泛言都数，然后参照条法逐一审订。稍有失收失支，勒令填纳，或有情弊，必置于法。

庆元五年，饶、信、江、抚、严、衢、台七州，建昌、兴国军、广东诸州皆水，振之。

按：《宋史·宁宗本纪》云云。

按：《续文献通考》：五年，以久雨，民多疾疫，命临安府赈恤之。

庆元六年，诏振水旱诸州。

按：《宋史·宁宗本纪》：六年，建宁府徽、严、衢、婺、饶、信、南剑七州水，建康府常、润、扬、楚、通、泰、和七州、江阴军旱，振之。

嘉泰元年，浙西、江东、两淮、利州路旱，振之。

按：《宋史·宁宗本纪》云云。

嘉泰二年，建宁府福、汀、南剑、泸四州水，邵州旱，振之。

按：《宋史·宁宗本纪》云云。

嘉泰三年十一月庚寅，复置福田居养院，命诸路提举常平司主之。

按：《宋史·宁宗本纪》云云。

嘉泰四年，蠲振水旱州县荒歉诸州；奏请不及者，听先发廪以闻。

按：《宋史·宁宗本纪》：四年夏四月甲辰，赈恤江西水旱州县。秋七月辛未，蠲两浙阙雨州县逋租。十一月己未朔，诏两淮荆襄诸州值荒歉奏请不及者，听先发廪以闻。

开禧元年，江浙、福建、二广诸州旱，两淮、京西、湖北诸州水，振之。

按：《宋史·宁宗本纪》云云。

开禧二年，罢旱伤州军租，赈发贫民米。

按：《宋史·宁宗本纪》：二年秋七月辛巳，罢旱伤州军比较租赋一年。

按：《续文献通考》：二年，发米赈济贫民。

开禧三年春正月癸巳，命两淮帅守监司招集流民。二月甲子，振给旱伤州县贫民。秋七月乙酉，以灾伤下诏罪己。

按：《宋史·宁宗本纪》云云。

嘉定元年，蠲振诸路饥贫流民。以蝗灾，诏三省疏奏宽恤未尽之事。

按：《宋史·宁宗本纪》：嘉定元年二月壬子，诏临安府振给流民。闰四月乙未，蠲两浙阙雨州县贫民逋赋。秋七月壬戌，以飞蝗为灾，诏三省疏奏宽恤未尽之事。八月戊辰朔，发米振贫民。甲午，发米三十万振粜江淮流民。九月壬子，出安边所钱一百万缗，命江淮制置大使司籴米振饥民。　按：《何异传》：嘉定元年，召异为刑部侍郎。五月，不雨。异上封事，言近日号令，或从中出，而执政不得与闻其事，台谏不得尽行其言。陛下闵念饥民药病殡死，遐荒僻峤，安得实惠？多方称提，不如缩造楮币；阜通商米，不如稍宽关市之征。

嘉定二年，蠲振诸路荒歉民；能振饥者，免役有差。并诏浙西监司，募饥民修水利。

按：《宋史·宁宗本纪》：二年三月庚申，命浙西及沿江诸州给流民病者药。壬戌，出内库钱十万缗，为临安贫民棺槥费。夏四月乙丑，诏诸路监司督州县捕蝗。五月辛丑，申命州县捕蝗。六月己丑，命江西、福建、二广丰稔诸州籴运，以给临安，仍偿其费。秋七月乙未，诏荒歉州县七岁以下男女，听异姓收养，著为令。壬寅，命两淮转运司给诸州民麦种。癸卯，募民以振饥免役。八月丙戌，发米十万石振两淮饥民。冬十月己丑，命两淮转运司给诸路民稻种，减公私房廊白地钱什之三。十一月甲午，诏浙西监司募饥民修水利。乙未，以岁饥罢雪宴。

按：《文献通考》：二年，起居郎贾从熟言：出粟赈济，赏有常典，多者至命以官，固足示劝，然应格沾赏者未有一二。偏方小郡号为上户者，不过常产耳。今不必尽责以赈济，但随力所及，或粜或贷，广而及于一乡，狭而及于一都。有司核实，量多寡与之免役一次，少者一年或半年，庶几官不失信，民必乐从。从之。

按：《续文献通考》：二年，蠲成都府荒歉诸州民间逋负。

嘉定三年，蠲振诸路荒歉。百官以旱蝗上封事，命择可行者以闻。

按：《宋史·宁宗本纪》：三年三月丁酉，蠲荒歉诸州民间逋负。夏四月丙寅，诏监司守臣安集泰、吉二州民经贼蹂践者。五月乙未，淮东贼悉平，诏宽恤残破州县。甲辰，以去岁旱蝗，百官应诏封事，命两省择可行者以闻。癸丑，以久雨，发米振贫民。十二月丙辰，诏江淮诸司严饬守令安集流民。是岁临安、绍兴二府，严衢二州大水，振之，仍蠲其赋。

嘉定四年夏四月己丑，以吴曦没官田租，代输关外四州旱伤秋税。

按：《宋史·宁宗本纪》云云。

嘉定六年，诏振湖北、两浙水旱。

按：《宋史·宁宗本纪》：六年闰九月己丑，诏湖北监司守令振恤旱伤。是岁两浙诸州大水，振之。

嘉定七年，发钱米振灾伤贫民。真德秀奏乞停阁夏税，蠲放秋苗。

按：《宋史·宁宗本纪》：七年，十一月丙戌，命浙东监司发常平米振灾伤州县。

按：《续文献通考》：七年，出内帑钱赈临安府贫民。　又按：《续通考》：七年，江东转运副使真德秀奏乞停阁夏税，蠲放秋苗。疏曰：臣闻乾德二年四月诏曰：自春徂夏，时雨尚愆，深恐黎民失于播殖，所宜优恤，俾获苏安。一应诸道所催今年夏租，委所在官吏检视民田无见苗者上闻，并与除放。绍兴二十八年八月二日，诏令诸路转运疾速行下州县，开具实被灾伤顷亩数目及合放分数以闻。仰惟太祖皇帝开造我朝配天之业，高宗皇帝中兴万世无疆之基，二圣一心，皆以保全民命为本，故于灾伤之岁切切如此。夫以四月而蠲夏税，以八月而检秋苗，自常情观之，毋乃太早。盖救灾恤患，当于民未甚病之时，若待其饥莩流离，然后加惠，则所全寡矣。为民父母，忍使至斯！两朝诏书，可为大法。今臣所陈二事，如蒙圣慈降出三省，早赐施行，其于公私皆有便利：一则征敛既宽，逃亡必少，所在田亩不至抛荒，公家租赋亦免失陷；二则农人肯行播种，自救其饥，不致大段缺食，全仰官司粜济；三则穷窭之民粗有生理，何苦轻捐其身而为盗贼，未萌之祸销弭尤多。臣蒙圣恩，畀以漕计，一路休戚之责，实在臣庸，敢斋沐投诚，仰干天听。

嘉定八年，蠲赈诸路灾伤。从左司谏奏，下两浙、两淮、江东西路，并令杂种。

按：《宋史·宁宗本纪》：八年五月乙酉，发米振粜临安府贫民。秋七月癸酉，蠲临安、绍兴二府贫民夏税。丙子，发米三十万石振粜江东饥民。八月丁未，权罢旱伤州县比较赏罚。己酉，禁州县遏籴。　按：《食货志》：八年，左司谏黄序奏雨泽愆期，地多荒白，知余杭县赵师恕请劝民杂种麻粟豆麦之属。盖种稻则费少利多，杂种则劳多获少，虑收成之日，田主欲分，官课责输，则非徒无益。若使之从便，杂种多寡皆为己有，则不劝而勤，民可无饥。望如所陈，下两浙、两淮、江东西等路，凡有耕种失时者，并令杂种，主毋分其地利，官无取其秋苗，庶几农民得以续食，官免振救之费。从之。　按：《续文献通考》：八年九月，诏江东监司核州县被水最甚者，蠲其租。

按：《江南通志》：八年春旱，首种不入，至八月乃雨。以江东提举李傅道督赈，行社仓法。

嘉定九年，罢诸路和籴、科籴。又诏被水州县宽免租税。

按：《宋史·宁宗本纪》：九年春正月辛巳，罢诸路旱蝗州县和籴及四川关外科籴。六月戊申，振恤浙西被水州县，宽其租税。九月甲申，诏两浙、江东监司核州县被水最甚者，蠲其租。

嘉定十年十一月甲申，诏浙东提举司发米十万石，振给贫民。

按：《宋史·宁宗本纪》云云。

嘉定十一年，赈被灾贫民。又从臣僚请，截留税米补县义仓，以备赈济。

按：《宋史·宁宗本纪》：十一年六月辛酉，诏湖州振恤被水贫民。

按：《文献通考》：十一年五月，臣僚言：顷岁议臣有请计义仓所入之数，除负郭县就州输纳外，余令逐县置数，自行收受，非惟革州郡侵移之弊，抑亦省凶年转般之劳。曩时州仓随苗带纳，同输一钞。今正苗输之州，义仓输之县，则输为两输，钞为二钞矣。曩时鼠雀之耗蠹、吏卒之须求，一切倚办于正税，而义仓不预焉。今付之于县，既无正税，独有此色，耗蠹须求又不能免矣。于是议臣有请令人户义仓仍旧随正税从便就州，作一钞输纳，而州县复有侵移之弊。臣闻绍兴初，台臣尝请通计一县之数，截留下户苗米于本县纳。开禧初，议臣之请亦如之。盖截留下户之税米以补一县之义仓，其余上户则随正税而输之州，州得以补偿；其截留下户之数，州不以为怨；县得此米，别项储之，以备赈济，使穷民不致于艰食，则县不以为挠。一举而三利得，此上策也。唯是负郭之义仓，则就州输送，自如旧制。至于属县之义仓，则令丞同主之。每岁之终，令丞合诸乡所入之数上之守贰，守贰合诸县所入之数上之提举常平，提举常平合一道之数上之朝廷。令丞替移，必批印纸，考其盈亏，以议殿最。从之。

按：《杭州府志》：十一年，出米五万石，赈临安贫民。

嘉定十四年，浙东、江西、福建诸路旱，沔、成、阶、利四州水，振之。

按：《宋史·宁宗本纪》云云。

嘉定十五年，诏振江西旱伤州县，又发米振临安贫民。

按：《宋史·宁宗本纪》：十五年三月丁巳，诏江西提举司振恤旱伤州县。十二月乙亥朔，发米振给临安府贫民。

嘉定十六年，发米振诸路饥。又被水处，诏振恤之。

按：《宋史·宁宗本纪》：十六年春正月辛酉，命淮东制置司振给山东流民。三月丁卯，以道州民饥，诏发米振之。九月乙巳，诏江淮诸司振恤被水贫民。十一月辛亥，以太平州大水，诏振恤之。 按：《食货志》：十六年，诏于楚州所储米拨二万石济山东西。

嘉定十七年，诏振诸路贫民。知广德军耿秉田矫制发仓赈饥，赐书褒异。

按：《宋史·宁宗本纪》：十七年二月甲午，命临安府振粜贫民。夏四月辛卯，诏庐州振粜饥民。秋七月丁酉，朔，命福建路监司振恤被水贫民。

按：《续文献通考》：十七年，知广德军耿秉田因岁歉，发仓赈济，活饥民万余，自劾矫制之罪。上闻之，赐玺书褒异。袁甫进区处流民故事曰：臣窃为区处流民之策，惟富弼之法最为简要。所谓简要之策，惟曰散处其民于下，而总提其纲于上而已。窃闻金陵诸邑，流民群聚，皆来自淮西，荷戈持刃，白昼肆掠，动辄杀伤，沿江出兵驱之。其在句容之境者，轶入金坛，若宣城，若池阳，若当涂，所在蚁聚，剽劫成风，逃亡之卒皆入其党，江南奸民率多附和。目前势已若此。冬杪春初，日月尚长，蔓延不已，各将溃裂四出，不可收拾。臣愚欲乞朝廷行下督府及诸阃与凡安抚总漕诸司作急措置，自一路而推之诸路，由诸路而推之诸郡，每处流民随所在分之。凡赡养之费，惟分则易供；居止之地，惟分则易足。此非臣之臆说也。弼择所部五州，劝民出粟，得十五万斛，益以官廪，随所在贮之，又择公私庐舍十余万区，散处其人，以便薪水。弼之所作可谓委曲详尽矣。今日果能推行此策，非但劝民出粟而已，或拨上供之数，或拨桩管之钱，或乞科降，则上下当相视如一家，或请团给，则彼此当联络为一体。而所谓团给者，又不止一途而已。能劳苦者庸其力，有伎艺者食其业，其间有为士者则散于庠序，为商者则使之贸迁，心有所系而奸无所萌。此皆分说也。分之愈多，则养之愈易，而其要在督府制阃以及总漕诸司为之领袖而已。是故民贵乎分，而权贵乎合。所谓散处其民而总提其纲者，正谓此也。臣愿朝廷使长吏任责，一如青州故事。流民幸甚！宗社幸甚。

汇考十二

（食货典第七十九卷）

目　录

宋 五

理宗宝庆元年秋七月丁丑，滁州大水，诏振恤之。

按：《宋史·理宗本纪》云云。

按：《续文献通考》：宝庆元年，滁州大水，诏拨会子三千缗、米千六百石，赈恤被灾之家。

宝庆三年，诏振赡蠲复水灾处。又诸臣各议收籴利弊，俱从之。

按：《宋史·理宗本纪》：三年秋七月丁酉，诏振赡被水郡县，其竹木等税勿复。按：《食货志》：三年，侍御史李知孝言：郡县素无蓄积，缓急止仰朝廷，非立法本意。曩淮东总领岳珂任江东转运判官，以所积经常钱籴米五万石，桩留江东九郡，以时济籴，诸郡皆蒙其利。其后史弥忠知饶州，赵彦馘知广德军，皆自积钱籴米五千石。以是推之，监司州郡苟能节用爱民，即有赢羡，若立之规绳，加以黜陟，所籴至万石者旌擢，其不收籴与扰民及不实者镌罚，庶几郡县趋事，蓄积岁增，实为经久之利。有旨从之。　又按：《志》：三年，监察御史汪刚中言：和籴之弊，其来非一日矣。欲得其要而革之，非禁科抑不可。夫禁科抑，莫如增米价，此已试而有验者。望饬所司奉行。有旨从之。　又按：《志》：三年，监察御史汪刚中言：丰穰之地，谷贱伤农；凶歉之地，济籴无策。惟以其所有余济其所不足，则饥者不至于贵籴，而农民亦可以得利。乞申严遏籴之禁。凡两浙东、江西、湖南北州县有米处，并听贩鬻流通。违，许被害者越诉，官按劾，吏决配。庶几令出惟行，不致文具。从之。

按：《续文献通考》：三年，浙东大水，汪纲发粟三万八千余、缗钱五万赈给之，又蠲租六万余石，疲瘠顿苏。越有经总制税名四十一万，其中二十五则绍兴以来虚额也。前后帅惧负殿，以修奉攒宫之资伪增。纲摭其实以闻，诏免九万五千缗，而宿弊因是著明。又按：《续通考》：三年，蠲绍兴府余杭、上虞二县民户折麦一年，以水灾故也。

绍定元年，锡银会度牒于湖广总所，令和籴米七十万石饷军。

按：《宋史·理宗本纪》不载。　按：《食货志》云云。

按：《续文献通考》：绍定元年，资政殿学士知潭州曾从龙奏：州县赈民之法有三：曰济，曰贷，曰粜。济不可常，惟贷与粜为利可久。今拨缗钱一千万有奇，分下潭州十县，委令佐籴米，置惠民仓，乞比附常平法。从之。十月，赵至道奏乞行下诸路漕司，严饬和籴官吏，毋得多取增量，庶民不惮与官为市。从之。

绍定二年，成都潼川路旱，诏振恤之。台州水，除民租税。

按：《宋史·理宗本纪》：二年五月，诏成都潼川路岁旱民歉，制司监司其亟振恤，仍察郡县奉令勤惰以闻。冬十月壬戌，诏台州水灾，除民田租及茶盐酒酤诸杂税；郡县抑纳者，监司察之。

按：《续文献通考》：二年，进知临安府官一等，以和籴有劳也。

绍定三年二月，蠲福建被灾州县税租一半。

按：《宋史·理宗本纪》不载。　按：《续文献通考》云云。

绍定四年，从臣寮奏，般运广米应济建剑市籴，并严饬科籴、投籴之弊。其州县折苗，以下户畸零减直折钱。

按：《宋史·理宗本纪》不载。　按：《续文献通考》：四年七月，臣寮奏，建剑之间，秋霜害稼，乞下诸司措置，般运广米，应济市籴。从之。臣寮奏，乞严饬州县科籴及人户投籴不即给钱、多取斛面之弊。其州县折苗，并依祖宗成法，止以下户畸零减直折钱，违者劾置典宪。从之。

绍定五年，从臣寮奏，行广籴之法。饬诸道常平使者核州县灾伤重处，即与赈恤，并将见桩管米沿边和籴。

按：《宋史·理宗本纪》不载。　按：《食货志》：五年，臣寮言，若将民间合输缗钱使输斛斗，免令贱粜输钱，在农人亦甚有利。此广籴之良法也。从之。

按：《续文献通考》：五年三月，以阴雨诏出丰储仓米五万石，以纾民食。是年，臣寮奏戒饬诸道常平使者遵用淳熙诏令，每岁核州县丰歉分数，或灾伤重处，即与赈恤，不许隐蔽不实，违者罪之。　又按：《续通考》：五年八月，臣寮奏乞行下两淮荆襄诸郡，将见桩管米各具实数，或有侵移，责令补足；沿边和籴，高价招诱，不可均敷民户。严立赏格，仍与定限，庶几及时办集，内外皆有预备。诏令户部详度，上于尚书省。

绍定六年，饬诸道不许遏籴，并禁义仓和籴之弊。

按：《宋史·理宗本纪》不载。　按：《续文献通考》：六年正月，监察御史何处久奏乞申饬诸道转运司，严饬所部州县，不许遏籴。如歉郡招诱客贩，委官告籴，仍具数上之朝廷；其阻籴苛税者，令御史台劾奏。从之。二月，郎官王定奏义仓为官吏蠹耗，上曰：此自是民户寄留于官，专为水旱之备，务令觉察。是年，赵立夫进对毕，上曰：目今和籴不可缓。立夫奏：臣昨尹京邑，蒙朝廷委以籴事，痛革吏奸，遂得不扰而办。上曰：奸弊多端，严与关防，庶几百姓乐与官为市。

端平元年，发米麦百万石，济河南新复州军。以建阳、邵武盗起，臣寮请发粟赈饥。

按：《宋史·理宗本纪》：端平元年八月癸酉，诏：河南新复郡县久废播种，民甚艰食，江淮制司其发米麦百万石，往济归附军民，仍榜谕开封、应天、河南三京。　按：《食货志》：元年六月，臣僚奏：建阳、邵武群盗啸聚，变起于上户闭籴。若专倚兵威，以图殄灭，固无不可，然振救之政，一切不讲，饥馑所迫，恐人怀等死之心，附之者日众。欲望朝廷厉兵选士，荡定已窃发之寇，发粟振饥，怀来未从贼者之心，庶人知避害，贼势自孤，可一举而灭矣。此成周荒政散利除害之说也。八月，以河南州军新复，令江淮制置大使司科降米麦一百万石振济。

端平三年，诏赈恤流民，并赈绍州英德府水灾。

按：《宋史·理宗本纪》不载。　按：《续文献通考》：三年，诏有司赈恤流民。是年，绍州英德府大水，诏令本司多方措置赈恤。

嘉熙元年，诏两淮荆襄流民计口给米，期十日竣事以闻。又诏出缗钱给被灾家。

按：《宋史·理宗本纪》：嘉熙元年春正月甲子，诏两淮荆襄之民避地江南，沿江州县间有招集振恤，尚虑恩惠不周，流离失所。江阴、镇江、建宁、太平、池江、兴国、鄂岳、江陵境内流民，其计口给米，期十日竣事以闻。

按：《续文献通考》：元年五月，诏出内库缗钱二十万给被灾之家。

嘉熙二年，诏招集四川流民。其真、滁、丰、濠四郡，籍强壮者为兵，复卖田赡之。又诏诸路和籴，并严收租苛取之禁。

按：《宋史·理宗本纪》：二年二月戊戌，诏：近览李㙔奏，知蜀渐次收复，然创残之余，绥抚为急，宜施荡宥之泽。淮西被兵，恩泽亦如之。其降德音，谕朕轸恤之意。三月乙亥，诏四川帅臣招集流民复业，给种与牛，优与振赡。冬十月丁卯，吴潜言：宗子赵时哽集真、滁、丰、濠四郡流民十余万，团结十七砦，其强壮二万可籍为兵，近调五百授合肥，宜补时哽官。又沙上芦场田可得二十余万亩卖之，以赡流民，以佐砦兵。从之。十二月戊辰，诏诸路和籴，给时直，平概量，毋科抑，申严收租苛取之禁。

嘉熙三年，饶、信、南康旱，出祠牒三百道赈之。又诏旱伤诸路，核仓储以备赈济。

按：《宋史·理宗本纪》不载。　按：《续文献通考》：三年，诏出封桩库祠牒三百道下江东宪司，赈饶、信、南康三郡旱伤之民。　又按：《续通考》：三年九月，以江湖、浙东建剑汀邵旱伤，诏诸路提举常平司核所部州县常平、义仓之储，以备赈济；仍饬制总司今后毋辄移用，违者坐之。从左司谏徐荣叟请也。

嘉熙四年，以旱蝗，诏有司振灾恤刑，临安、绍兴并行蠲赈。

按：《宋史·理宗本纪》：四年六月甲午朔，江浙、福建大旱蝗。秋七月乙丑，诏：今夏六月恒阳，飞蝗为孽，朕德未修，民瘼尤甚。中外臣僚，其直言阙失毋隐。又诏有司振灾恤刑。

按：《续文献通考》：四年，诏出封桩库缗钱三十万，赈临安府贫民。　又按：《续通考》：四年，以绍兴府洊饥，诏蠲今年夏税。

淳祐元年，诏提举司，毋得以常平侵移，其义仓另项桩收，仍措上于尚书省。

按：《宋史·理宗本纪》不载。　按：《续文献通考》云云。

淳祐二年，诏出封桩库十七界、楮币十万，赈赡绍兴处婺水涝之民。

按：《宋史·理宗本纪》不载。　按：《续文献通考》云云。

淳祐三年八月，诏申严郡国社仓科配之禁。

按：《宋史·理宗本纪》不载。　按：《续文献通考》云云。

淳祐五年秋七月辛丑，镇江、常州亢旱，诏监司守臣及沿江诸郡安集流民。

按：《宋史·理宗本纪》：云云。

淳祐六年，泉州民谢应瑞出私钞振饥，诏补校尉。

按：《宋史·理宗本纪》：六年秋七月壬戌，泉州岁饥。其民谢应瑞非因有司劝分，自出私钞四十余万籴米，以振乡井，所全活甚众。诏补进义校尉。

淳祐七年八月壬寅，诏监司守臣议荒政，以振乏绝；租税合蠲减者，具实来上。

按：《宋史·理宗本纪》云云。

按：《续文献通考》：初闽人生子，贫者多不举。绍兴中，朱文公请立举子仓。淳祐中，赵汝愚帅闽，推广其意，括绝没之田产，召佃输租，仍发籴本，建仓收储。遇受孕五月以上者，则书于籍。逮免乳日，人给米一石三斗。至是，诏赐常平钱米赈给之。是年，诏赏福建路监司州郡所上官民之家济籴者凡九人，补转官资有差。　又按：《续通考》：七年，镇江府旱，诏两浙转运司检覆，蠲七万四千石有奇。

淳祐九年，以陈礲奏，发帑代灾伤县输折丝绵钱。

按：《宋史·理宗本纪》不载。　按：《续文献通考》：九年，陈礲奏蠲江东诸郡灾伤，发帑代三县输折丝绵钱五十万九千三百六十余贯。　又按：《续通考》：九年九月，提领户部财用赵與筠创制新仓三百余间，贮米一百二十万石。欲以淳祐为名，及照丰储仓例，辟官四员。从之。

淳祐十年，振恤被水州郡，诏官司奉行和籴，无得扰民。

按：《宋史·理宗本纪》：十年九月戊寅，以严州水，复民田租。冬十月丁酉，诏郡邑间有水患，其被灾细民，随处发义仓振之。

按：《续文献通考》：十年七月，上谕辅臣曰：和籴本非朝廷之得已，若官司奉行无扰，则人户自乐与官为市。访闻近年所在和籴，未得朝廷抛降，预行多敷，富室大家临期卒以赂免，而中产下户反被均敷之害，以至散钱则吏胥减克，纳米则斛面取赢，专计诛求，费用尤夥。民间所得籴本，每石几耗其半。其何以堪？可申严约束。　又按：《续通考》：十年十二月，诏江浙沿江郡县刷其流民口数，于朝廷桩管钱米内赈济，仍许于寺观及空闲官舍居住。

淳祐十一年，诏诸路灾伤处，监司守臣多方救拯。

按：《宋史·理宗本纪》不载。　按：《续文献通考》：十一年十一月，诏江东西、湖南北、福建、二广有灾伤瘴疠去处，虽已赈恤，犹恐州县奉行不虔，可令监司守臣体认德意，多方救拯。

淳祐十二年，发米振被水诸郡，并遣使分行振恤。

按：《宋史·理宗本纪》：十二年六月癸亥，发米三万石振衢信饥。丙寅，严、衢、婺、台、处、上饶、建宁、南剑、邵武大水，遣使分行振恤存问，除今年田租。

按：《续文献通考》：十二年七月，上谕辅臣：严州水势可骇，移拨之米当赈济，不当赈粜。谢方叔奏，衢、婺、台亦多漂荡，宜一体救恤。是月，以诸路水灾遣使分郡赈恤。　又按：《续通考》：十二年，徐清叟奏：水退之后，贫民无以为生，亦有自经沟渎者。闻帅臣陈昉发楮三十万、漕臣饶虎臣发楮五十万、米五千石以赈之，乞与除豁，使知圣旨。上欣然从之。

宝祐元年，发仓廪振温台处水灾。

按：《宋史·理宗本纪》：宝祐元年秋七月庚寅，温、台、处三郡大水，诏发丰储仓米并各州义廪振之。

宝祐二年九月丙寅，诏山阴、萧山、诸暨、会稽四县水，其除今年田租。

按：《宋史·理宗本纪》云云。

宝祐五年，诏各路监司及宣制安抚，严督守臣主兵官轸恤军民务，使得蒙实惠。

按：《宋史·理宗本纪》不载。　按：《续文献通考》：五年，诏：朕轸念军民，无异一体，常令天下诸州建慈幼局、平籴仓、官药局矣，又给官钱，付诸营置库收息，济贫乏。奈何郡守奉行不谨，所惠失实，朕甚悯焉，更有毙于疫疠水灾与夫殁于阵者，遗体暴露，又不忍闻也。可行下各路清强监司，严督诸守臣宣制安抚，严督主兵官并要遵照元降指挥，如慈幼则必使道路无啼饥之童，平籴则必使小民无艰食之患，官药则剂料必真，修合必精，军库收息则以时支给，不许稽违，务要公平，不许偏徇，庶若民若军皆蒙实惠。

开庆元年，发义仓米，振河北诸郡及婺州水灾，并诏被兵百姓无以自存者，以财粟振之。又令诸路收籴供军。

按：《宋史·理宗本纪》：开庆元年五月丁巳，诏湖北诸郡去年旱潦饥疫，令江陵、常、沣、岳、寿诸州发义米振粜，仍严戢吏弊，务令惠及细民。辛未，婺州大水，发义仓米振之。冬十月庚辰，诏：比者蜀道稍宁，然干戈之余，疮痍未复，流离荡析，生聚何资？咨尔甸宣之寄、牧守之臣，轻徭薄赋，一意抚摩，恤军劳民，庶底兴复。其被兵百姓迁入城郭，无以自存者，三省下各郡以财粟振之。　按：《食货志》：元年，沿江制置司招籴米五十万石，湖南安抚司籴米五十万石，两浙转运司五十万石，淮浙发运司二百万石，江东提举司三十万石，江西转运司五十万石，湖南转运司二十万石，太平州一十万石，淮安州三十万石，高邮军五十万石，涟水军一十万石，庐州一十万石，并视时以一色会子发下收籴，以供军饷。

景定元年，诏收籴免陪纳钱，以封桩库会子充临安平籴仓本。

按：《宋史·理宗本纪》不载。　按：《食货志》：景定元年九月，赦曰：诸路已粜义米价钱，州郡以低价抑令上户补籴。正税逃阁，义米用亏，常平司责县道陪纳，县道遂敷吏贴保正长揽户等人均纳。自今视时收籴，见系吏贴等人陪纳之钱，并与除放。　又按：《志》：元年，临安府平籴仓旧贮米数十万石，粜补循环，其后用而不补，所存无几。有旨：令临安府收籴米四十万石，用平籴仓钱三百四万七千八百五十九贯，封桩库十七界，会子一千九十五万二千一百余贯，共辏十七界一千四百万贯，充籴本钱。

按：《续文献通考》：元年，上问近日京城米价。贾似道奏：见行赈济以平市价。此去秋成，籴价必减。

景定二年，以州郡水灾，诏行荒政，并诏立赏格，诱人入京贩粜；出楮币仓米，以赈军民。

按：《宋史·理宗本纪》：二年六月乙巳，诏：近畿水灾，安吉为甚，亟讲行荒政。九月辛酉，诏湖秀二郡水灾，守令其亟劝分，监司申严荒政。　按：《食货志》：二年，以都城全仰浙西米斛，诱人入京贩粜，赏格比乾道七年加优。

按：《续文献通考》：二年十月，诏物价未平，出封桩库楮币二十万，赈二卫诸军；出丰储仓米五万石，赈都民。　又按：《续通考》：二年，上曰：递年和籴止及民户。今岁水潦若此，凡御前庄米，亦照民间所科之数输之有司，以示上下一体之意。

景定四年，诏荆湖江西诸道仍旧和籴。

按：《宋史·理宗本纪》：四年六月庚申，诏平江、江阴、安吉、嘉兴、常州、镇江六郡已买公田三百五十余万亩，今秋成在迩，其荆湖、江西诸道仍旧和籴。

景定五年，罢一切带义之征。

按：《宋史·理宗本纪》不载。　按：《食货志》：五年，监察御史程元岳奏：随粳带义，法也。今粳糯带义之外，又有所谓外义焉者，绢紬豆也。岂有绢紬豆而可加之义乎？纵使违法加义，则绢加绢，紬加紬，豆加豆，犹可言也。州县一意椎剥，一切理苗而加一分之义，甚者赦恩已蠲二税，义米依旧追索，贫民下户所欠不过升合，星火追呼，费用不知几百倍，破家荡产，鬻妻子，怨嗟之声有不忍闻。望严督监司，止许以粳带义，其余尽罢。其有循习病民者，重其罚。从之。

度宗咸淳元年，以米贵发廪平粜。

按：《宋史·度宗本纪》：咸淳元年闰五月乙巳，久雨，京城减直粜米三万石。自是米价高，即发廪平粜以为常。丁未，发钱二十万赡在京小民，钱二十万赐殿步马司军人，钱二万三千赐宿卫。自是行庆恤灾，或遇霪雨雪寒，咸赐如上数。　按：《食货志》：元年，有旨：丰储仓拨公田米五十万石付平籴仓，遇米贵，平价出粜。

咸淳二年，命分助衢州饥，御史赵顺孙请平籴价。

按：《宋史·度宗本纪》：二年六月壬午，以衢州饥，命守令劝分诸藩邸，发廪助之。按：《食货志》：二年，监察御史赵顺孙言：今日急务，莫过于平籴。乾道间，郡有米斗直五六百钱者，孝宗闻之，即罢其守，更用贤守。此今日所当法者。今粒食翔踊，未知所由，市井之间，见楮而不见米。推原其由，实富家大姓所至闭廪，所以籴价愈高，而楮价阴减。陛下念小民之艰食，为之发常平、义仓，然为数有限，安得人人而济之？愿陛下课官吏，使之任牛羊刍牧之责；劝富民，使之无秦越肥瘠之视。籴价一平，则楮价不因之而轻，物价不因之而重矣。　又按：《志》：二年，以诸路景定三年以前常平、义仓米二百余万石，减时直粜之。

咸淳六年，诏发米振水灾州县，并免田租，议和籴。

按：《宋史·度宗本纪》：六年九月壬子，台州大水。冬十月己卯，诏台州发义仓米四千石，并发丰储仓米三万石，振遭水家。闰十月己酉，安吉州水，免公田租四万四千八十石。十一月丁丑，嘉兴、华亭两县水，免公田租五万一千石、民田租四千八百一十石。按：《食货志》：六年，都省言：咸淳五年和籴米，除浙西永远住籴及四川制司就籴二十万石桩充军饷外，京湖制司、湖南、江西、广西共籴一百四十八万石。凡遇和籴年分皆然。

按：《江南通志》：六年十一月，以苏松大水，诏免公田、民田租有差。

咸淳七年，发米振诸路饥。谷城县尉靳不发廪，诏削秩，正遏籴之罪。

按：《宋史·度宗本纪》：七年春正月辛未，绍兴府诸暨县湖田水，免租二千八百石有奇。三月戊寅，发屯田租谷十万石，振和州、无为、镇巢、安庆诸州饥。乙酉，平江府饥，发官仓米六万石；吉州饥，发和籴米十万石，皆减直振粜。戊子，发米一万石，往建德府济粜。五月壬辰，发米二万石，诣衢州振粜。六月丙申，诸暨县大雨，暴风雷电，发米振遭水家。瑞州民及流徙者饥乏食，发义仓米一万八千石，减直振粜。己酉，镇江府转输米十万石，于五河新城积贮。丙辰，抚州黄震言：本州振荒劝分，前谷城县尉饶立积米二百万，靳不发廪，虽尝监贷，宜正遏籴之罪。诏饶立削两秩、武冈军居住。戊午，绍兴府饥，振粮万石。　按：《食货志》：七年，以咸淳三年以前诸路义米一百一十二万九千余石，减价发粜。薄收郡县，听民不拘关会，见钱收粜。

咸淳八年，发米振遭水府县，并减田租有差。

按：《宋史·度宗本纪》：八年六月丁酉，以钱千万命京湖制司籴米百万石，转输襄阳府积贮。八月丁未，绍兴府六邑水，发米振遭水家。冬十月己亥，绍兴府言，八月一日，会稽、余姚、上虞、诸暨、萧山五县大水。诏减田租有差。庚戌，以秋雨水溢，诏减钱塘、仁和两县民田租什二，会稽湖田租什三，诸暨湖田租尽除之。

咸淳九年，免旱涝处屯田租，又选官互往邻郡，交纳和籴。

按：《宋史·度宗本纪》：九年十二月丁丑，沿江制置使所辖四郡夏秋旱涝，免屯田租二十五万石。

按：《续文献通考》：九年，臣寮言州县交量科籴之弊，乞行下江西、湖南运司，各仰遵守已降指挥，遴选诸郡清强正佐幕职等官，互往邻郡交纳和籴，不许差右选及权豪等贪谬之人充应，仍各遍牒本路州军守倅，毋使奸吏生事淹滞。所委之官如有违戾，从御史台觉察闻奏。

咸淳十年，免郡县侵负义仓米。瀛国公即位，发米振灾伤处，并蠲田租。

按：《宋史·度宗本纪》：十年春正月丙申，江东沙圩租米，以咸淳九年水灾，诏减什四。三月己卯，免郡县侵负义仓米七十四万八千余石。 按：《瀛国公本纪》：十年七月癸未，即皇帝位。九月戊寅，发米振余杭、临安两县水灾。余杭灾甚，再给米二千石。戊子，免被水州县今年田租。十二月甲辰，诏淮西四郡水旱，去年屯田未输之租，其勿征。

金 一

康宗七年己丑，岁不登，减盗贼征偿，振贫乏者。

按：《金史·世纪》云云。 按：《太祖本纪》：康宗七年，岁不登，民多流莩，强者转而为盗。欢都等欲重其法，为盗者皆杀之。太祖曰：以财杀人，不可。财者，人所致也。遂减盗贼。征偿法为征三倍，民间多逋负，卖妻子不能偿。康宗与官属会议。太祖在外庭，以帛系杖端麾其众，令曰：今贫者不能自活，卖妻子以偿债。骨肉之爱人，心所同自。今三年勿征，过三年徐图之。众皆听令，闻者感泣。自是远近归心焉。

太祖收国二年，诏民间没为奴者，并听以人对赎。

按：《金史·太祖本纪》：收国二年二月己巳，诏曰：比以岁凶，庶民艰食，多依附豪族，因为奴隶，及有犯法，征偿莫办，折身为奴者，或私约立限，以人对赎，过期则为奴者。并听以两人赎一为良；若元约以一人赎者，即从元约。

天辅二年，以诸谋克贫乏之民不知登耗，诏具数以闻。

按：《金史·太祖本纪》：天辅二年七月癸未，诏曰：匹里、水路、完颜、术里、古渤海、大家奴等六谋克贫乏之民，昔尝给以官粮，置之渔猎之地。今历日已久，不知登耗，可具其数以闻。

太宗天会元年，诏荒歉处免输军粮，并听以丁力等者赎鬻子。

按：《金史·太宗本纪》：天会元年十二月辛巳，诏以咸州以南、苏复州以北，年谷不登。其应输南京军粮，免之。甲午，诏曰：比闻民间乏食，至有鬻其子者。其听以丁力等者赎之。

天会二年，诏减东京田租、市租，民新附者赈之，并发粟赈泰州民。

按：《金史·太宗本纪》：二年春正月癸亥，以东京比岁不登，诏减田租、市租之半。二月庚寅，诏命给宗翰马七百匹、田种千石、米七千石，以赈新附之民。十月甲子，诏发宁江州粟，赈泰州民被秋潦者。

天会三年，诏广储蓄，以备饥馑。

按：《金史·太宗本纪》：三年十月壬戌，诏曰：今大有年，无储蓄则何以备饥馑？其令牛一具赋粟一石，每谋克为一廪贮之。

天会五年，诏内地诸路，赋粟备荒。

按：《金史·太宗本纪》：五年九月丁未，诏曰：内地诸路每耕牛一具赋粟五斗，以备歉岁。

天会十年，赈上京及泰州路戍边民。

按：《金史·太宗本纪》：十年二月庚午，赈上京路戍边猛安民。七月甲午，赈泰州路戍边户。

天会十一年十一月丙寅，赈移懒路。十二月癸未，赈曷懒路。

按：《金史·太宗本纪》云云。

熙宗皇统二年，诏赈熙河陕西，以诸路秋熟，命增价和籴。

按：《金史·熙宗本纪》：皇统二年二月甲戌，赈熙河路。八月辛未，赈陕西。　按：《食货志》：二年十月，燕西、东京、河东、河北、山东、汴京等路秋熟，命有司增价和籴。

皇统三年三月，陕西旱饥，诏许富民入粟补官。

按：《金史·熙宗本纪》不载。　按：《食货志》云云。

皇统四年，立借贷饥民酬赏格。流民为奴婢者，官赎还乡。

按：《金史·熙宗本纪》：四年十一月壬辰，立借贷饥民酬赏格。甲辰，陕西蒲解、汝蔡等处因岁饥，流民典顾为奴婢者，官给绢赎为良，放还其乡。

世宗大定元年，以兵兴岁歉，下令听民进纳补官；又募能济饥民者，视其人数为补官格。

按：《金史·世宗本纪》不载。　按：《食货志》云云。

大定二年，以仓廪久匮，遣官收籴军粮。

按：《金史·世宗本纪》不载。　按：《食货志》：二年，以正隆之后仓廪久匮，遣太子少师完颜守道等山东东西路收籴军粮。除户口岁食外，尽令纳官，给其直。

大定三年，诏移饥民逐食他所；饥荒地质卖妻子，官收赎之；并诏广蓄积，以备水旱。

按：《金史·世宗本纪》：三年二月庚午，上谓宰相曰：滦州饥民流散逐食，甚可矜恤，移于山西富民赡济，仍于道路计口给食。三月丙申，中都以南八路蝗，诏尚书省遣官捕之。壬寅，诏临潢汉民逐食于会宁府济信等州。四月乙酉，赈山西路猛安谋克贫民，给六十日粮。五月乙卯，中都蝗，诏参知政事完颜守道按问大兴府捕蝗官。十一月庚戌，诏中都平州及饥荒地，并经契丹剽掠有质卖妻子者，官为收赎。十二月丁丑，诏流民未复业，增限招诱。　按：《食货志》：三年，谓宰臣曰：国家经费甚大，向令山东和籴，止得四十五万余石，未足为备。自古有水旱，所以无患者，由蓄积多也。山东军屯处，须急为二年之储，若遇水旱，则用赈济自余。宿兵之郡，亦须籴以足之。京师之用甚大，所须之储，其敕户部宜急为计。　又按：《志》：三年，以岁歉，诏免二年租税。

大定四年，以北京粟贵，诏免课甲；饥民鬻为奴者，官赎之。

按：《金史·世宗本纪》：四年二月庚辰，以北京粟价踊贵，诏免今年课甲。九月己丑，上谓宰臣曰：北京懿州、临潢等路，尝经契丹寇掠，平、蓟二州近复蝗旱，百姓艰食，父母兄弟不能相保，多冒鬻为奴。朕甚悯之。可速遣使阅实其数，出内库物赎之。

大定五年，免旱蝗水溢处租赋，诏宰臣修仓廪以广和籴。

按：《金史·世宗本纪》：五年正月辛未，诏中外复命有司，旱蝗水溢之处，与免租赋。　按：《食货志》：五年，责宰臣曰：朕谓积贮为国本，当修仓廪以广和籴。今闻外路官文具而已。卿等不留心，甚不称委任之意。

大定六年，敕有司广籴以备水旱；又以河北、山东水，免其租。

按：《金史·世宗本纪》不载。　按：《食货志》：六年八月，敕有司秋成之后，可于诸路广籴，以备水旱。　又按：《志》：六年，以河北、山东水，免其租。

大定九年，诏和籴毋得抑配，灾伤艰食处免税给复，发廪振之，并诏河南广籴实仓廪。

按：《金史·世宗本纪》：九年正月庚午，诏诸州县和籴，毋得抑配百姓。二月庚子，以中都等路水，免税。诏中外，又以曹、单二州被水尤甚，给复一年。三月辛巳，以大名路诸猛安民户艰食，遣使发仓廪减价出之。十二月丙戌，诏赈临潢、泰州、山东东路、河北东路诸猛安民。　按：《食货志》：九年正月，谕宰臣曰：朕观宋人虚诞，恐不能久遵誓约。其令将臣谨饬边备，以戒不虞。去岁河南丰，宜令所在广籴，以实仓廪。

大定十年，以山东岁饥，罢开河工役。又诏随处起仓多籴，以备赈赡。

按：《金史·世宗本纪》不载。　按：《河渠志》：十年，议决卢沟，以通京师漕运。上命计之，当役千里内民夫。上命免被灾之地，以百官从人助役。已而敕宰臣曰：山东岁饥，工役兴则妨农作，能无怨乎？开河本欲利民，而反取怨，不可。其姑罢之。　按：《食货志》：十年十月，上责户部官曰：随处时有赈济，往往近地无粮，取于他处，往返既远，人愈难之。何为不随处起仓，年丰则多籴以备赈赡。设有缓急，亦岂不易办乎？而徒使钱充府库，将安用之？

大定十一年正月丙申，命赈南京屯田猛安被水灾者。

按：《金史·世宗本纪》云云。　按：《食货志》：十一年四月，以乌古里石垒民饥，罢其盐池税。

按：《续文献通考》：十一年九月，命赈山东路湖察温猛安饥。

大定十二年，以诸路水旱，免去年租税。赈山东等路民饥。又诏在都和籴；凡秋熟之郡，所在广籴。

按：《金史·世宗本纪》：十二年正月丙申，以水旱免中都、西京、南京、河北、河东、山西、陕西去年租税。五月甲戌，命赈山东东路胡剌温猛安民饥。　按：《食货志》：十二年十二月，诏在都和籴，以实仓廪，且使钱币通流。又诏凡秋熟之郡，广籴以备水旱。

大定十四年，免水旱租税，定常平仓制。

按：《金史·世宗本纪》：十四年二月戊寅，诏免去年被水旱百姓租税。

按：《续文献通考》：十四年，诏定常平仓制，中外行之。其法寻废。

大定十六年，免水旱路去年租税；诏西边和籴以备储蓄。

按：《金史·世宗本纪》：十六年正月甲寅，诏免去年被水旱路分租税。九月己酉，谕左丞相纥石烈良弼曰：西边自来不备储蓄，其令所在和籴，以为缓急之备。

大定十七年，免旱蝗诸路租税，以三路赈粟不给，诏广积储。

按：《金史·世宗本纪》：十七年三月辛亥，诏免河北、山东、陕西、河东、西京、辽东等十路去年被旱蝗租税，赈东京、婆速、曷速馆三路。乙丑，尚书省奏，三路之粟不能周给。上曰：朕尝语卿等，遇丰年即广籴以备凶歉，卿等皆言天下仓廪盈溢。今欲赈济，乃云不给。自古帝王皆以蓄积为国家长计，朕之积粟，岂欲独用之耶？今既不给，可于邻道取之以济。自今预备，当以为常。　按：《食货志》：十七年四月，尚书省奏，东京三路十二猛安尤阙食者，已赈之矣。尚有未赈者，诏遣官诣复州曷苏馆路，检视富家蓄积有余，增直以籴，令近地居民就往受粮。

大定十八年，免诸路前年被灾租税，饥者赈之，并命诸处和籴。

按：《金史·世宗本纪》：十八年正月庚申，免中都、河北、河东、山东、河南、陕西等路前年被灾租税。闰六月辛丑，命赈西南、西北两招讨司民及乌古里石垒部转户饥。按：《食货志》：十八年四月，命泰州所管诸猛安、西北路招讨司所管奚猛安、咸平府庆云县霿松河等处，遇丰年多和籴。

大定十九年二月乙卯，免去年被水旱民田租税。

按：《金史·世宗本纪》云云。　按：《食货志》：十九年秋，中都、西京、河北、山东、河东、陕西，以水旱伤民田十三万七千七百余顷，诏蠲其租。

按：《续文献通考》：十九年四月，赈西南路招讨司所部民。

大定二十年，以诸路前岁被灾，诏免租税。

按：《金史·世宗本纪》不载。　按：《续文献通考》：二十年三月，诏免中都、西京、河北、山东、河东、陕西路租税，以前岁被灾故也。

大定二十一年，以有司赈贷不实，论罪有差。灾伤等处，并命免租停税，减价粜籴。

按：《金史·世宗本纪》：二十一年三月丁未朔，上初闻蓟、平、滦等州民乏食，命有司发粟粜之，贫不能籴者贷之。有司以贷贫民恐不能偿，止贷有户籍者。上至长春宫闻之，更遣人阅实赈贷，以监察御史石抹元礼、郑大卿不纠举，各笞四十，前所遣官皆论罪。闰月辛卯，渔阳令夹谷移里罕、司候判官刘居渐以被命赈贷，止给富户，各削三官。通州刺史郭邦杰总其事，夺俸三月。　按：《食货志》：二十一年六月，上谓省臣曰：近者大兴府平、滦、蓟、通、顺等州经水灾之地，免今年租税；不罹水灾者，姑停夏税，俟稔岁征之。时中都大水，而滨棣等州及山后大熟，命修治怀来以南道路以来籴者，又命都城减价以粜。　又按：《志》：二十一年九月，以中都水灾免租。

大定二十三年，免水灾民租税，仍给佣值。

按：《金史·世宗本纪》不载。　按：《续文献通考》：二十三年正月春，大水。诏夹道三十里内被灾之民，与免今年租税，仍给佣值。

大定二十六年，免军民地水旱灾税；被河灾民户，诏禁推排。

按：《金史·世宗本纪》：二十六年四月壬戌，尚书省奏，年前以诸路水旱，于军民地土二十一万余顷内，拟免税四十九万余石。从之。诏曰：今之税考古行之，但遇灾伤，常加蠲免。十二月丙申，上谓宰臣曰：比闻河水泛溢，民罹其害者，赀产皆空。今复遣官于彼推排，何耶？右丞张汝霖曰：今推排皆非被灾之处。上曰：必邻道也。既邻水而居，岂无惊扰迁避者乎？计其赀产，岂有余哉？尚何推排为。　按：《食货志》：二十六年，军民地罹水旱灾者二十一万顷，免税凡四十九万余石。

大定二十七年，诏免水灾军民租税、农夫差税一年。　按：《金史·世宗本纪》：二十七年六月戊寅，免中都、河北等路尝被河决水灾军民租税。十一月甲寅，诏河水泛溢，农夫被灾者，与免差税一年。

大定二十八年，诏避水民不能复业者，与津济钱；仍量地给耕牛。

按：《金史·世宗本纪》：二十八年十一月庚子，诏南京大名府等处避水逃移不能复业者，官与津济钱；仍量地顷亩，给以耕牛。

大定二十九年，章宗即位。诏饥民卖身者，并听为良；饥馑处有司先赈后闻。从尚书省奏，令河南招集他路流民。

按：《金史·章宗本纪》：二十九年春正月癸巳，即皇帝位。闰五月辛酉，制：诸饥民卖身，已赎放为良，复与奴主〔生〕男女，并听为良。十一月辛巳，诏有司：今后诸处或有饥馑，令总管节度使或提刑司先行赈贷，或赈济，然后言上。十二月戊戌，以河东南北路提刑司言赈宁化、保德、岚州饥，其流移复业，给复一年。　按：《食货志》：二十九年八月，尚书省奏河东地狭，稍凶荒则流亡相继。窃谓河南地广人稀，若令招集他路流民，量给闲田，则河东饥民减少，河南且无旷地矣。上从所请。　又按：《志》：二十九年四月，上封事者乞薄民之租税，恐廪粟积久腐败。省臣奏曰：臣等议大定十八年户部尚书曹望之奏，河东及鄜延两路税颇重，遂减五十二万余石，去年赦十之一，而河东瘠地又减之。今以岁入度支所余无几，万一有水旱之灾，既蠲免其所入，复出粟以赈之，非有备不可。若复欲减，将何以待之？如虑腐败，令诸路以时曝晾，毋令致坏，违者问如律。制可。

章宗明昌元年，议行常平法，委官推排被水诸路。

按：《金史·章宗本纪》：明昌元年八月乙酉，诏设常平仓。　按：《食货志》：常平仓，世宗大定十四年尝定制，诏中外行之。其法寻废。章宗明昌元年八月，御史请复设，敕省臣详议以闻。省臣言：大定旧制，丰年则增市价十之二以籴，俭岁则减市价十之一以出，平岁则已。夫所以丰则增价以收者，恐物贱伤农，俭则减价以出者，恐物贵伤民。增之损之，以平粟价，故谓常平，非谓使天下之民专仰给于此也。今天下生齿至众，如欲计口，使余一年之储，则不惟数多难办，又虑出不以时，而致腐败也。况复有司抑配之弊，殊非经久之计。如计诸郡县验户口例，以月支三斗为率，每口但储三月，已及千万数，亦足以平物价，救荒凶矣。若令诸处自官兵三年食外可充三月之食者免籴，其不及者俟丰年籴之，庶可久行也。然立法之始，贵在必行。其令提刑司各路计司兼领之，郡县吏沮格者纠，能推行者加擢用。若中都路年谷不熟之所，则依常平法，减其价三之一以粜。诏从之。　又按：《志》：元年，尚书户部言中都等路被水，诏委官推排，比旧减钱五千六百余贯。

明昌二年，制：灾伤报不以实者，主司户长论罪有差。阙食等处，许纳粟补官。

按：《金史·章宗本纪》：二年四月戊子，制：诸部内灾伤，主司应言而不言及妄言者，杖七十；检视不以实者罪如之；因而有伤人命者，以违制论；致枉有征免者，坐赃论；妄告者，户长坐诈不以实罪，计赃重从诈匿不输法。八月己亥，敕山东、河北阙食等处，许纳粟补官。　按：《食货志》：二年二月，敕：自今民有诉水旱灾伤者，即委官按视其实，申所属州府移报提刑司，同所属检毕，始令翻耕。

明昌三年，赈诸路灾伤饥民，敕州县各置常平仓，有司官以所籴多寡为升降。

按：《金史·章宗本纪》：三年五月戊寅，尚书省奏：近以山东、河北之饥，已委宣差所至安抚赈济，复遣右三部司正范文渊往视之。六月乙丑，有司言河州灾伤，民乏食，而租税有未输，诏免之，谕户部：可预给百官冬季俸，令就仓以时直粜与贫民，秋成各以其赀籴之。其所得必多矣，而上下便之。其承应人不愿者听。秋七月戊寅，敕尚书省曰：饥民如至辽东，恐难遽得食，必有饥死者。其令散粮官问其所欲居止，给以文书，命随处官长计口分散，令富者出粟养之，限以两月，其粟充秋税之数。己卯，祁州刺史顿长寿、安武军节度副使胡刺坐赈济不及四县，各杖五十。九月庚午，谕尚书省：去岁山东、河北被灾伤处，所阁租税及借贷钱粟，若便征之，恐贫民未苏。俟丰收日，以分数察征可也。冬十月甲寅，敕置常平仓处，并令州府官以本职、提刑县官兼管勾其事，以所籴多寡约量升降，以为永制。十一月丙申，以有司言河州定羌民张显孝友力田，焚券已责，又献粟千石以赈饥，棣州民荣楫赈米七百石、钱三百贯，冬月散柴薪三千束，皆别无希觊，特各补两官，仍正班叙。十二月丁巳，敕华州下邽县置武定镇仓，京兆栎阳县置粟邑镇仓，许州舞阳县置北舞渡仓，各设仓草都监一人，县官兼领之。 按：《食货志》：三年八月，敕尚书省，百姓当丰稔之时，不务积贮，一遇凶俭，辄有阻饥，何法可使民重谷而多积也？宰臣对曰：二十九年，已诏农民能积粟，免充物力。明昌初，命民之物力与地土通推者，亦减十分之二。此固其术也。 又按：《志》：三年，西京饥，诏卖度牒以济之。 又按：《志》：三年八月，敕常平仓丰籴俭粜，有司奉行勤惰褒罚之制。其遍谕诸路，其奉行灭裂者，提刑司纠察以闻。又谓宰臣曰：随处常平仓往往有名无实，况远县人户，岂肯跋涉，直就州府粜籴？可各县置仓，命州府县官兼提控管勾。遂定制：县距州六十里内就州仓，六十里外则特置。旧拟备户口三月之粮，恐数多致损，改令户二万以上备三万石，一万以上备二万石，一万以下五千以上备万五千石，五千户以下备五千石。河南、陕西屯军贮粮之县，不在是数。州县有仓仍旧，否则创置。郡县吏受代所籴粟无坏，一月内交割给由；如无同管勾，亦准上交割，违限委州府并提刑司差官催督，监交本处。岁丰而收籴不及一分者，本等内降提刑司体察，直申尚书省，至日斟酌黜陟。九月，敕置常平仓之地，令州府官提举之县官兼董其事，以所籴多寡，约量升降，为永制。 按：《河渠志》：三年四月，尚书省奏，辽东、北京路米粟素饶，宜航海以达山东。昨以按视东京近海之地，自大务清口并咸平铜善馆，皆可置仓贮粟，以通漕运。若山东、河北荒歉，即可运以相济。制可。

明昌四年，以五谷不登，却上尊号。从有司奏，赈河北河州饥，停中都路官籴。又议止置上京路常平仓。

按：《金史·章宗本纪》：四年春正月辛卯，赈河北诸路被水灾者。三月戊辰朔，诸路提刑司入见，各问以职事。仍诫谕曰：朕特设提刑司，本欲安民，于今五年，效犹未著。盖多不识本职之体，而徒事细碎，以致州县例皆畏缩而不敢行事。乃者山东民艰于食，尝遣使赈济，盖卿等不职，故至于此。既往之失，其思悛改。夏四月癸卯，百官三表请上尊号。上曰：祖宗古先有受尊号者，盖有其德，故有其名。比年五谷不登，百姓流离，正当戒惧修省之日，岂得虚受荣名耶？不许，仍断来章。丁巳，赈河州饥。十二月甲午，谕大兴府，于暖汤院日给米五石，以赡贫者。 按：《食货志》：四年七月，谕旨户部官：闻通州米粟甚贱，若以平价官籴之，何如？于是，有司奏：中都路去岁不熟，今其价稍减者，以商旅运贩继至故也。若即差官争籴，切恐市价腾踊，贫民愈病。请俟秋收日，依常平仓条理收籴。诏从之。 又按：《志》：三年九月，谕尚书省曰：上京路诸县未有常平仓，如亦可置，定其当备粟数以闻。四年十月，尚书省奏：今上京、蒲与、速频、曷懒、胡里改等路猛安谋克民户，计一十七万六千有余，每岁收税粟二十万五千余石，所支者六万六千余石，总其见数二百四十七万六千余石。臣等以为此地收多支少，遇灾足以赈济，似不必置。遂止。

明昌五年，诏权罢中外常平仓和籴，赈被水灾户，并免秋税。

按：《金史·章宗本纪》：五年冬十月壬寅，遣户部员外郎何格赈河决被灾人户。十二月丁卯，免被黄河水灾今年秋税。 按：《食货志》：五年五月，上曰：闻米价腾踊，今官运至者有余，可减直以粜之。其明告民不须贵价私籴也。 又按：《志》：五年九月，尚书省奏，明昌三年始设常平仓，定其永制。天下常平仓总五百一十九处，见积粟三千七百八十六万三千余石，可备官兵五年之食：米八百一十余万石，可备四年之用。而见在钱总三千三百四十三万贯有奇，仅支二年以上。见钱既少，且比年稍丰，而米价犹贵。若复预籴，恐价腾踊，于民未便。遂诏权罢中外常平仓和籴，俟官钱羡余日举行。

明昌六年，从省臣议，命阙食州县量行赈贷赈济。

按：《金史·章宗本纪》不载。　按：《食货志》：六年七月，敕宰臣曰：诏制内饥馑之地，令减价粜之，而贫民无钱者，何以得食？其议赈济。省臣以为阙食州县，一年则当赈贷，二年然后赈济。如其民实无恒产者，虽应赈贷，亦请赈济。上遂命间隔饥荒之地可以办钱收籴者，减价粜之，贫乏无依者赈济。

汇考十三

（食货典第八十卷）

目　　录

金　　二

承安元年六月甲寅，上以百姓艰食，诏出仓粟十万石，减价以粜之。

按：《金史·章宗本纪》云云。

承安二年，发米为粥食贫民。以薪贵，无禁樵采，并命提刑司预画荒政。

按：《金史·章宗本纪》：二年冬十月甲午，大雪，以米千石赐普济院，令为粥，以食贫民。十一月乙巳，以薪贵，敕围场地内无禁樵采。十二月乙酉，谕宰臣：今后水潦旱蝗，盗贼窃发，命提刑司预为规画。

承安四年，免被旱州县夏税，敕京府州县设粥食贫民。

按：《金史·章宗本纪》：四年冬十月乙未，敕京府州县设普济院。每岁十月至明年四月，设粥以食贫民。

按：《续文献通考》：四年四月，免被旱州县夏税。

泰和四年，以久旱修举荒政；敕饥民所鬻男女，官赎之。

按：《金史·章宗本纪》：泰和四年夏四月甲寅，以久旱下诏责躬，求直言，避正殿，减膳撤乐，省御厩马，免旱灾州县徭役及今年夏税，遣使审系囚，理冤狱。十二月辛丑，敕陕西、河南饥民所鬻男女，官为赎之。

泰和五年，作糜粥，食贫民。山东阙食，赐钱赈之，并遣使推排兵荒边地。

按：《金史·章宗本纪》：五年三月甲戌，命给米诸寺，自十月十五日至次年正月十五日，作糜以食贫民。十一月癸巳，山东阙食，赐钱三万贯以赈之。　按：《食货志》：五年，以西京、北京边地常罹兵荒，遣使推排之。旧大定二十六年所定三十五万三千余贯，遂减为二十八万七千余贯。

按：《续文献通考》：五年十月，敕京府州县设普济院。每岁十月至明年四月，设粥以食贫民。

泰和六年，以蒲察五斤尝以赈饥冒专擅之罪，特迁其官。

按：《金史·章宗本纪》：六年三月甲午，尚书省奏：迁右振肃蒲察五斤官。从之。明昌初，五斤尝为奉御出使山东。至河间，以百姓饥，辄移提刑司开仓赈之，还具以闻。上初甚悦，太傅徒单克宁言：陛下始亲大政，不宜假近侍人，权乞正专擅之罪。诏杖之二十。克宁又以为言，乃罢之。后上思之，由秦州都军召为振肃。

卫绍王大安二年六月，大旱，下诏罪己，振贫民阙食者。是岁大饥。

按：《金史·卫绍王本纪》云云。

崇庆元年，赈诸路旱灾。

按：《金史·卫绍王本纪》：崇庆元年五月，河东、陕西大饥。斗米钱数千，流莩满野。十一月，赈河东南路、南京路、陕西东路、山东西路、卫州旱灾。

至宁元年正月，赈河东、陕西饥。

按：《金史·卫绍王本纪》云云。

宣宗贞祐二年，以贫民阙食，定鬻恩例格。又从高汝砺奏，平汴京谷价。

按：《金史·宣宗本纪》：不载。　按：《胥鼎传》：鼎知大兴府事兼中都路兵马都总管。贞祐二年正月，鼎以在京贫民阙食者众，宜立法振救，乃奏曰：京师官民有能赡给贫人者，宜计所赡，迁官升职，以劝奖之。遂定权宜鬻恩例格，如进官升职丁忧人，许应举求仕官监户从良之类，入粟草各有数。全活甚众。　按：《高汝砺传》：贞祐二年六月，宣宗南迁，次邯郸，拜汝砺为参知政事。次汤阴，上闻汴京谷价腾踊，虑扈从人至则愈贵，问宰臣何以处之。皆请命留守司约束。汝砺独曰：物价低昂，朝夕或异，然籴多粜少则贵。盖诸路之人辐辏河南，籴者既多，安得不贵？若禁止之，有物之家皆将闭而不出，商旅转贩亦不复入城，则籴者益急而贵益甚矣。事有难易，不可不知。今少而难得者谷也，多而易致者钞也，自当先其所难，后其所易，多方开诱，务使出粟更钞，例〔则〕谷价自平矣。上从之。

贞祐三年，增沿河阑籴法，抑贩粟之弊。京师谷贵，禁其出境。河东宣抚副使以比岁旱蝗，请罢邀籴。

按：《金史·宣宗本纪》：三年三月戊寅，谕尚书省：岁旱议弛诸处碾硙，以其水溉民田。夏四月丙申，河南路蝗，遣官分捕。上谕宰臣曰：朕在潜邸，闻捕蝗者止及道傍，使者不见处，即不加意。当以此意戒之。丙辰，谕田琢留山西流民少壮者充军，老幼者令就食于邢洺等州，欲趣河南者听。八月乙卯，增沿河阑籴之法，十取其八，以抑贩粟之弊。仍严禁私渡。　按：《食货志》：三年十月，命高汝砺籴于河南诸郡，令民输挽入京。复命在京诸仓籴民输之余粟。侍御史黄掴奴申言：汝砺所籴足给岁支。民既于租赋之外转挽而来，亦已劳矣，止将其余以为归资，而又强取之，可乎？且籴此有日矣，而止得三百余石，此何济也。诏罢之。十二月，附近郡县多籴于京师，谷价腾踊，遂禁其出境。　又按：《志》：三年十二月，上闻近京郡县多粜于京师，谷价翔踊，令尚书省集户部、讲议所、开封府、转运司，议所以制之者。户部及讲议所言，以五斗出城者，可阑粜其半。转运司谓宜悉禁其出。上从开封府议，谓：宝券初行时，民甚重之。但以河北、陕西诸路所支既多，人遂轻之。商贾争收入京，以市金银，银价昂，谷亦随之。若令宝券路各殊制，则不可复入河南，则河南金银贱而谷自轻。若直闭京城粟不出，则外亦自守，不复入京，谷当益贵。宜谕郡县小民，毋妄增价，官为定制，务从其便。　又按：《志》：三年十二月，河东南路权宣抚副使乌古论庆寿言：绛、解民多业贩盐，由大阳关以易陕、虢之粟，及还渡河，而官邀粜其八。其旅费之外，所存几何？而河南行部复自运以易粟于陕，以尽夺民利。比岁河东旱蝗，加以邀粜，物价踊贵，人民流亡，诚可悯也。乞罢邀粜，以纾其患。

按：《续文献通考》：三年十月，命有司葺闲舍，给薪米，以济贫民，期明年二月罢。俟时平则赡之以为常。

贞祐四年，罢河北遮粜令，停私贩之禁，并止搜括藏粟。

按：《金史·宣宗本纪》：四年夏四月丙申，河北行省侯挚言：比商贩粟渡河，官遮粜其什八，商遂不行，民饥益甚。请罢其令。从之。六月丁未，河南大蝗伤稼，遣官分道捕之。秋七月乙卯，以旱蝗诏中外。己未，敕减尚食数品及后宫岁给缣帛有差。　按：《食货志》：四年五月，山东行省仆散安贞言泗州被灾，道殣相望，所食者草根木皮而已，而邳州戍兵数万，急征重役，悉出三县，官吏酷暴，擅括宿藏，以应一切之命，民皆逋窜。又别遣进纳闲官以相迫督，皆怙势营私，实到官者才十之一，而徒使国家有厚敛之名。乞命信臣革此弊，以安百姓。诏从之。　又按：《志》：四年，河北行省侯挚言：河北人相食，观、沧等州斗米银十余两。伏见沿河诸津许贩粟北渡，然每石官粜其八，商人无利，谁肯为之？且河朔之民，皆陛下赤子，既罹兵革，又坐视其死，臣恐弄兵之徒，得以借口而起也。愿止其粜，纵民输贩为便。诏从之。又制：凡军民客旅粟，不于官粜处粜而私贩渡河者，杖百；沿河军及讥察权豪家犯者，徒年，杖数并酌决从重，以物没官。上以河北州府钱多，其散失民间颇广，命尚书省措画之。省臣奏已命山东、河北榷酤及滨沧盐司以分数带纳矣。今河北艰食，贩粟北渡者众，宜权立法以遮粜之。拟于诸渡口南岸选通练财货官，先以金银丝绢等博易商贩之粮，转之北岸，以回易粜本，兼收见钱，不惟杜奸弊，亦使钱入京师。从之。又上封事者言：比年以来屡艰食，虽由调度征敛之繁，亦兼并之家有以夺之也。收则乘贱多粜，困急则以贷人私立券质，名为无利而实数倍。饥民惟恐不得，莫敢较者。故场功甫毕，官租未了，而囤已空矣。此富者益富，而贫者益贫者也。国朝立法，举财物者，月利不过三分，积久至倍则止。今或不期月而息三倍。愿明敕有司举行旧法，丰熟之日增价和粜，则在公有益而私无损矣。诏宰臣行之。

按：《侯挚传》：四年正月，拜尚书右丞。是时，河北大饥。挚上言曰：今河朔饥甚，人至相食。观沧等州斗米银十余两，殍殣相属。伏见沿河上下，许贩粟北渡，然每石官粜其八，彼商人非有济物之心也，所以涉河往来者，特利其厚息而已。利既无有，谁复为之？是虽有济物之名，而实无所渡之物，其与不渡何异？昔春秋列国各列疆界，然晋饥，则秦输之粟，及秦饥，晋闭之粜，千古讥之。况今天下一家，河朔之民皆陛下赤子，而遭罹兵革，尤为可哀，其忍坐视其死而不救欤？人心惟危，臣恐弄兵之徒，得以借口而起也。愿止其粜，纵民输贩为便。诏尚书省行之。　按：《胥鼎传》：四年二月，拜枢密副使，权尚书左丞。时河南粟麦不令兴贩渡河，鼎上言曰：河东多山险，平时地利不遗，夏秋荐熟，犹常藉陕西、河南通贩物料，况今累值兵戎，农民浸少，且无雨雪，阙食为甚，又解州屯兵数多，粮储仅及一月。伏见陕州大阳渡、河中大庆渡皆邀阻粟麦，不令过河，臣恐军民不安，或生内患。伏望朝廷听其输贩，以纾解州之急。从之。又言：河东兵革之余，疲民稍复，然丁牛既少，莫能耕稼，重以亢旱蝗螟，而馈饷所须征科颇急，贫无依者，俱已乏食，富户宿藏，亦为盗发，盖绝无而仅有焉，其憔悴亦已甚矣。有司宜奉朝廷德意以谋安集，而潞州帅府遣官于辽沁诸郡搜括余粟，悬重赏诱人告讦，州县惮帅府，鞭棰械系，所在骚然，甚可怜悯。今大兵既去，惟宜汰冗兵，省浮费，招集流亡，劝督农事。彼不是务而使疮痍之民重罹兹苦，是兵未来而先自敝也。愿朝廷亟止之。如经费果阙，以恩例劝民入粟，不犹愈于强括乎？诏趋行之。　按：《陈规传》：规为监察御史。贞祐四年正月上言：伏见沿河悉禁物斛北渡，遂使河北艰食，人心不安。昔秦晋为雠，一遇年饥，则互输之粟。今圣主在上，一视同仁，岂可以一家之民自限南北，坐视困馁而不救哉？况军民效死御敌，使复乏食，生亦何聊，人心一摇，为害不细。臣谓宜于太阳、孟津等渡委官阅视，过河之物，每石官收不过其半，则富有之家利其厚息，辐辏而往，庶几公私俱足。宰执以河南军储为重，诏两渡委官取其八，二以与民。至春泽足，大兵北还，乃依规请。制可。

兴定元年，诏伤稼诸处给种改莳，听贩粮以宽民。又议除流亡户赋役及添征军须钱，立和籴赏格。

按：《金史・宣宗本纪》：兴定元年夏四月戊午，单州雨雹伤稼，诏遣官劝谕农民改莳秋田，官给其种。五月壬辰，延州原武县雨雹伤稼，诏官贷民种改莳。十月庚子，上谓宰臣曰：朕闻百姓流亡逋赋，皆配见户，人何以堪？又添征军须钱太多，亡者讵肯复业？其并议除之。宰臣请命行部官阅实蠲贷，已代纳者给以恩例，或除他役，或减本户杂征四之一。上曰：朕于此事未尝去怀。其亟行之。按：《食货志》：元年，上颇闻百姓以和籴太重，弃业者多，命宰臣加意焉。六月，以户部郎中杨贞权陕西，行六部尚书收给潼陕军马之用，奏籴贩粮济河者之半以宽民。从之。八月，立和籴赏格。

兴定二年，免水灾处租，治三司官不实报罪。又以侯挚请，命抚辑民饥。

按：《金史・宣宗本纪》：不载。　按：《食货志》：二年，御史中丞完颜伯嘉奏亳州大水，计当免租三十万石，而三司官不以实报，止免十万而已。诏命治三司官虚妄之罪。七月，以河南大水，下诏免租劝种，且命参知政事李复亨为宣慰使，中丞完颜伯嘉副之。按：《侯挚传》：兴定元年，冬挚升资德大夫兼三司使。二年二月，挚上言：山东、河北数罹兵乱，遗民嗷嗷，实可哀恤。近朝廷遣官分往抚辑，其惠大矣。然臣忝预执政，敢请继行，以宣布国家德信，使疲瘵者得以少苏，是亦图报之一也。宰臣难之。无何，诏遣挚行省于河北，兼行三司安抚事。既行，又上言曰：臣近历黄陵冈南岸，多有贫乏老幼，自陈本河北农民，因敌惊扰，故南迁以避。今欲复归本土，及春耕种，而河禁邀阻。臣谓河禁本以防闲自北来者耳。此乃由南而往，安所容奸？乞令有司验实放渡。诏付尚书省，宰臣奏宜令枢府讲究。上曰：民饥且死，而尚为次第，何耶？其令速放之。

兴定三年，尚书省请广营积贮，不许。逃户复业者，免一切苦役。

按：《金史・宣宗本纪》：三年九月丁酉，尚书省请申命侯挚广营积贮。上不许，曰：征敛已多，今更规画，不过复取于民尔。防秋稍缓，当量减戍兵用度，幸足何至是邪。

按：《食货志》：三年，令逃户复业者但输本租，余苦役一切皆免。能代耕者，免如复户。有司失信擅科者，以违制论。

兴定四年，以河南水灾，诏免杂征，并命有司招亡户复业，免租劝种。

按：《金史・宣宗本纪》：四年八月乙亥，上谕宰臣：河南水灾，唐、邓尤甚。其被灾州县已除其租，余顺成之方，止责正供，和籴杂征并免。仍自今岁九月始，停周岁桑皮故纸折输。流民佃荒田者，如上优免。十一月甲午，河南水，遣官劝课。　按：《食货志》：四年，省臣奏河南以岁饥而赋役不息，所亡户令有司招之，至明年三月不复业者，论如律。　又按：《志》：四年，河南水灾，逋户大半，田野荒芜。恐赋入少而国用乏，遂命唐、邓、裕、蔡、息、寿、颍、亳及归德府被水田已燥者、布种未渗者种稻复业之户，免本租及一切差发，能代耕者如之。有司擅科者，以违制论。

兴定五年，诏河北艰食，民南来者速令渡之。京东饥，遣使安抚，并发粟赈贫民。

按：《金史・宣宗本纪》：五年八月壬子朔，上谕枢密：河北艰食，民欲南来者日益多。速令渡之，毋致殍死。九月甲申，以京东岁饥多盗，遣御史大夫纥石烈胡失门为宣慰使，往抚安之。闰十二月壬寅，发上林署粟赈贫民。

哀宗正大八年夏四月丁巳朔，旱灾州县差税，从实减贷。

按：《金史・哀宗本纪》云云。

天兴元年，括京城粟。

按：《金史・哀宗本纪》：天兴元年八月戊午，括民间粟。丙子，诏罢括粟，复以进献取之。闰九月辛酉，再括京城粟，以御史大夫合周、点检徒单百家等主之。丙寅，括粟使者兵马都总领完颜九住以粟有蓬稗，杖杀孝妇于省门。十一月丁未朔，赐贫民粥。壬子，京城人相食。癸丑，诏曹门、宋门放士民出就食。　按：《斜卯爱实传》：爱实累官翰林直学士，兼左司郎中。天兴元年八月，括京城粟，以转运使完颜珠颗、张俊民、曳剌克忠等置局，以推举为名。珠颗谕民曰：汝等当从实推唱，果如一旦粮尽，令汝妻子作军食，复能吝否？既而罢括粟令，复以进献取之。前御史大夫内族合周复冀进用，建言京城括粟，可得百余万石。朝廷信之，命权参知政事。与左丞李蹊总其事。先令各家自实，壮者存石有三斗，幼者半之。仍书其数门首，敢有匿者，以升斗论罪。京城三十六坊，各选深刻者主之。内族完颜久住尤酷暴。有寡妇二口，实豆六斗，内有蓬子约三升。久住笑曰：吾得之矣。执而以令于众。妇泣诉曰：妾夫死于兵，姑老不能为养，故杂蓬秕以自食耳。非敢以为军储也。且三斗，六升之余。不从。竟死杖下。京师闻之股栗，尽投其余于粪溷中。或白于李蹊，蹊颦蹙曰：白之参政。其人即白合周。周曰：人云花又不损，蜜又得成。予谓花不损，何由成蜜？且京师危急，今欲存社稷耶？存百姓耶？当时皆莫敢言。爱实遂上奏，大概言罢括粟，则改虐政为仁政，散怨气为和气。不报。时所括不能三万斛，而京城益萧然矣。自是之后，死者相枕，贫富束手待毙而已。上闻之，命出太仓米，作粥以食饿者。爱实闻之叹曰：与其食之，宁如勿夺。为奉御把奴所告。

天兴二年，括蔡城粟，纵饥民出城采食菱芡水草。

按：《金史・哀宗本纪》：二年九月己未，括蔡城粟。十月辛巳，纵饥民老稚羸疾者出城。甲申，给饥民船，听采城壕菱芡水草以食。

按：《续文献通考》：二年八月，蔡州加设四隅和籴官。

元 一

太宗十年，以诸路旱蝗，诏停免田租。

按：《元史·太宗本纪》：十年秋八月，陈时可、高庆民等言诸路旱蝗，诏免今年田租；仍停旧未输纳者，俟丰岁议之。

十一年秋七月，以山东诸路灾，免其税粮。

按：《元史·太宗本纪》云云。

世祖中统元年，赈各处民饥，减免科差。

按：《元史·世祖本纪》：中统元年八月癸亥，泽州、潞州旱，民饥，敕赈之。十一月戊子，发常平仓，赈益都、济南、滨棣饥民。　按：《食货志》：元年，以各处被灾，验实减免科差。　又按：《志》：元年，平阳旱，遣使赈之。

中统二年，以诸路民饥，诏赈恤和籴，又迁贫民就食河南。

按：《元史·世祖本纪》：二年六月乙巳，赈火少里驿户之乏食者。辛亥，转懿州米万石，赈亲王塔察儿所部饥民。秋七月癸亥，赈和林饥民。八月甲寅，赈桓州饥民。九月辛未，置和籴所于开平，以户部郎中宋绍祖为提举和籴官。　按：《食货志》：二年，迁曳捏即地贫民就食河南、平阳、太原。

按：《续文献通考》：二年，始以钞一千二百锭，于上都、北京、西京等处籴三万石。

中统三年，赈甘州、沙肃二州饥，免济南民差税，并发粟赈之。

按：《元史·世祖本纪》：三年秋七月癸酉，甘州饥，给银以赈之。闰九月甲申朔，沙肃二州乏食，给米钞赈之。己丑，济南民饥，免其赋税。庚戌，发粟三十万赈济南饥民。　按：《食货志》：三年，济南饥，以粮三万石赈之。是年七月，以课银一百五十锭济甘州贫民。　又按：《志》：是年闰九月，以济南路遭李璮之乱，军民皆饥，尽除差发。　又按：《志》：三年，以蛮寇攻掠，免三义沽灶户一百六十五户其年丝料包银。

中统四年，遣使和籴东京，又灾伤等路减租赈复有差。

按：《元史·世祖本纪》：四年三月壬辰，遣扎马剌丁和籴东京。八月壬子，彰德路及洺磁二州旱，免彰德今岁田租之半、洺磁十之六。甲子，以西凉经兵，居民困弊，给钞赈之，仍免租赋三年。丙寅，以诸王只必帖木儿部民困乏，赐银二万两给之。壬申，滨棣二州蝗，真定路旱，诏西凉流民复业者复其家。三年十一月甲申，诏以岁不登，量减阿述怯烈各军行饷。东平、大名等路旱，量减今岁田租。　按：《食货志》：四年，以秋旱霜灾，减大名等路税粮，　又按：《志》：四年，以钱粮币帛赈东平、济河贫民，钞四千锭赈诸王只必帖木儿部贫民。　又按：《志》：四年，以西凉民户值浑都海阿蓝觧儿之乱，人民流散，免差税三年。

至元元年，敕诸路和籴。尹马钦出粟赈饥，诏加奖谕。又减免银税有差。

按：《元史·世祖本纪》：至元元年春正月癸卯，敕北京西京宣慰司隆兴总管府和籴，以备粮饷。五月己丑，以平阴县尹马钦发私粟六百石赡饥民，又给民粟种四百余石，诏奖谕，特赐西锦五端，以旌其义。丙申，赐诸王钦察银万两，济其所部贫乏者。　按：《食货志》：元年，诏减明年包银十分之三，全无业者十之七。是年四月，逃户复业者，免差税三年。

至元二年，以粟钞粮米赈给诸路饥贫。

按：《元史·世祖本纪》：二年三月乙未，辽东饥，发粟万石、钞百锭赈之。五月辛亥，检核诸王兀鲁带部民贫无孳畜者三万七百二十四人，人月给米二斗五升，四阅月而止。六月己卯，千户阔阔出部民乏食，赐钞赈之。秋七月辛酉，益都大蝗饥，命减价粜官粟以赈。

按：《食货志》：二年，以钞百锭赈阔阔出所部军。

按：《江南通志》：二年十一月，上海县饥，诏发义仓粮及募富人出粟赈之。

至元三年，赈饥和籴。

按：《元史·世祖本纪》：三年三月戊戌，赈水达达民户饥。　按：《食货志》：三年，以东平等处蚕灾，减其丝料。

按：《续文献通考》：三年，济南饥，以粮三千万石赈之。七月，以课银一百五十锭济甘州贫民。　又按：《续通考》：三年，南京等处和籴四十万石。

至元四年，免蚕灾民户丝料。诸路饥贫蝗旱处，以粮钞币帛赈之，并免其租。

按：《元史·世祖本纪》：四年六月壬戌，以中都、顺天、东平等处蚕灾，免民户丝料轻重有差。秋七月甲寅，诏亦即纳新附贫民从人借贷，困不能偿者，官为偿之，仍给牛具种实及粮食。十二月丙子，赈亲王移相哥所部饥民。是岁，山东、河南北诸路蝗，顺天束鹿县旱，免其租。

按：《续文献通考》：四年，以钱粮币帛赈东平、济南贫民，钞四千锭赈诸王只必帖木儿部贫民。

至元五年，蠲赈益都路饥、被水诸处，并免田租。

按：《元史·世祖本纪》：五年九月癸丑，中都路水，免今年田租。己丑，益都路饥，以米三十一万八千石赈之。十二月戊寅，以中都、济南、益都、淄莱、河间、东平、南京、顺天、顺德、真定、恩州、高唐、济州、北京等处大水，免今年田租。　按：《食货志》：五年，以益都等路禾损，蠲其差税。　又按：《志》：五年，益都民饥，验口赈之。

至元六年，始立常平、义仓。诸路水旱蝗饥处，赈米，免税赋有差。

按：《元史·世祖本纪》：六年春正月甲戌，益都、淄莱大水，恩州饥，命赈之。二月丁酉，赈欠州人匠贫乏者米五千九百九十九石。开元等路饥，减户赋布二匹，秋税减其半。水达达户减青鼠二，其租税被灾者免征。三月戊午，赈曹州饥。夏四月甲午，大名等路饥，赈米十万石。五月丙午，东平路饥，赈米四万一千三百余石。六月丁亥，河南、河北、山东诸郡蝗。癸巳，敕真定等路旱蝗，其代输筑城役夫户赋，悉免之。癸卯，东昌路饥，赈米二万七千五百九十石。九月壬戌，丰州云内东胜旱，免其租赋。冬十月丁亥，广平路旱，免租赋。十一月庚午，济南饥，以米十二万八千九百石赈之。十二月己丑，高唐、固安二州饥，以米二万六百石赈之。　按：《食货志》：六年，以济南益都、怀孟、德州、淄莱、博州、曹州、真定、顺德、河间、济州、东平、恩州、南京等处桑蚕灾伤，量免丝料。　又按：《志》：六年，东平、河间一十五处饥，验口赈之。　又按：《志》：常平起于汉之耿寿昌，义仓起于唐之戴胄，皆救荒之良法也。元立义仓于乡社，又置常平于路府，使饥不损民，丰不伤农，粟直不低昂而民无菜色，可谓善法汉唐者矣。今考其制，常平仓，世祖至元六年始立其法，丰年米贱，官为增价籴之，歉年米贵，官为减价粜之。义仓亦至元六年始立。其法社置一仓，以社长主之。丰年每亲丁纳粟五斗，驱丁二斗，无粟听纳杂色，歉年就给社民。

至元七年，以岁饥，罢宫城修筑役夫。诸路旱蝗饥歉处，减免银丝租赋。部曲告饥者，令就食他所。

按：《元史·世祖本纪》：七年二月丁丑，以岁饥，罢修筑宫城役夫。三月庚子朔，尚书省臣言河西和籴，应僧人豪官富民一例行之。制可。戊午，益都、登莱蝗旱，诏减其今年包银之半。五月丁未，东京路饥，免今年丝银十之三。壬戌，大名、东平等路桑蚕皆灾，南京、河南等路蝗，减今年银丝十之三。秋七月乙丑，山东诸路旱蝗，免军户田租，戍边者给粮。八月己巳，赈应昌府饥。诸王拜荅寒部曲告饥，命有车马者徙居黄忽儿玉良之地，计口给粮；无车马者就食肃沙甘州。九月丙寅，西京饥，敕诸王阿只吉所部就食太原。山东饥，敕益都、济南酒税以十之二收粮。冬十月丁亥，以南京、河南两路旱蝗，减今年差赋十之六。己丑，赈山东淄莱路饥。十一月丁巳，复赈淄莱路饥。

至元八年，赈诸路饥，并蠲前年灾伤丝料；又诏以和籴诸河仓粮贮常平仓。

按：《元史·世祖本纪》：八年春正月壬辰，赈北京益都饥。二月癸卯，四川行省也速带儿言：比因饥馑，盗贼滋多，宜加显戮。诏令群臣议。安童以为，强窃盗贼一皆处死，恐非所宜，罪至死者仍旧待命。辛酉，赈西京饥。三月己丑，赈益都等路饥。夏四月戊午，以至元七年诸路灾，蠲今岁丝料轻重有差。五月丁丑，赈蔚州饥。按：《食货志》：八年，以粮赈西京路急递铺兵卒。　又按：《志》：常平仓，至元八年以和籴粮及诸河仓所拨粮贮焉。

按：《续文献通考》：八年，验各路粮粟价直增十分之一，和籴三十九万四千六百六十石。

至元九年，免去岁灾伤处租赋，以籍田所储粮及官仓赈民不足。

按：《元史·世祖本纪》：九年二月戊戌，以去岁东平及西京等州县旱蝗水潦，免其租赋。三月甲戌，赈济南路饥。夏四月甲寅，赈大都路饥。五月乙酉，诏安集荅里伯所部流民。六月癸巳，敕以籍田所储粮赈民不足，又发近地官仓济之。甲午，高丽告饥，转东京米二万石赈之。秋七月丁巳，赈水达达部饥。八月癸丑，赈辽东等路饥。九月戊寅，赈益都路饥。

至元十年，发米赈诸路虫灾及霖雨害稼。高丽荒歉，诏生券军营北京界仍运米赈之，以没入赃赈贫乏不能自存者。

按：《元史·世祖本纪》：十年六月乙酉，赈诸王塔察儿部民饥。秋七月庚寅，河南水，发粟赈民饥，仍免今年田租。九月辛巳，辽东饥，弛猎禁。壬辰，中书省臣奏高丽王王植屡言，小国地狭，比岁荒歉，其生券军乞驻东京。诏令营北京界，仍敕东京路运米二万石，以赈高丽。是岁诸路虫蝻灾五分、霖雨害稼九分，赈米凡五十四万五千五百九十石。

按：《续文献通考》：十年，御史台臣言没入赃罚，为钞一千三百锭。诏有贫乏不能自存活者，以没入之赃赈之。

至元十一年，诸路虫灾凡九所，发粟米赈民饥。

按：《元史·世祖本纪》：十一年，诸路蚜蚄等虫灾凡九所，民饥。发米七万五千四百一十五石、粟四万五百九十九石以赈之。

至元十二年，赈吉里迷新附饥民；水旱饥歉等处，赈粟米贷粮有差。

按：《元史·世祖本纪》：十二年二月甲辰，命开元宣抚司赈吉里迷新附饥民。是岁卫辉、太原等路旱，河间霖雨伤稼，凡赈米三千七百四十八石粟二万四千二百六石。　按：《食货志》：十二年，濮州等处饥，贷粮五千石。

至元十三年，开元路饥，弛屠杀之禁。水旱缺食等处，以米粟及钞赈之，并免田租。

按：《元史·世祖本纪》：十三年夏四月戊辰，以河南兵事未息，开元路民饥，并弛正月五月屠杀之禁。是岁东平、济南、泰安、德州、涟海、清河、平滦、西京西三州以水旱缺食，赈军民站户米二十二万五千五百六十石、粟四万七千七百十二石、钞四千二百八十二锭有奇。平阳路旱，济宁路及高丽沈州水，并免今年田租。

至元十四年，除河南、山东河泊课。发官廪，赈大都贫民，并免被水县田租。

按：《元史·世祖本纪》：十四年五月辛亥，以河南、山东水旱，除河泊课，听民自渔。十二月丁卯，以大都物价翔踊，发官廪万石赈粜贫民。乙亥，冠州及永年县水，免今年田租。是岁，赈东平、济南等郡饥民米二万一千六百十七石、粟二万八千六百十二石、钞万一百十二锭。

至元十五年，蠲赈诸路水旱民饥，置甘州和籴提举司。

按：《元史·世祖本纪》：十五年春正月癸巳，西京饥，发粟一万石赈之；仍谕阿合马广贮积，以备阙乏。二月癸亥，咸淳府等郡及良平民户饥，以钞千锭赈之。三月壬寅，以诸路岁比不登，免今年田租丝银。夏四月戊午，以江南土寇窃发，人心未安，命行中书省左丞夏贵等分道抚治军民，检核钱谷，察郡县被旱灾甚者、吏廉能者举以闻。其贪残不胜任者，劾罢之。六月丁卯，置甘州和籴提举司，以备给军饷，赈贫民。冬十月辛酉，赈别十八里日忽思等饥民钞二千五百锭。十二月戊申，赣榆县雹伤稼，免今年田租。是岁西京奉圣州及彰德等处水旱民饥，赈米八万八百九十石、粟三万六千四十石、钞二万四千八百八十锭有奇。

至元十六年，以江南旧漕运米，赈军民饥，并减水旱处田租。驿路质卖子女，选官抚治之。

按：《元史·世祖本纪》：十六年二月壬午，以江南漕运旧米赈军民之饥者。三月甲戌，以保定路旱，减是岁租三千一百二十石。六月癸卯，以临洮、巩昌、通安等十驿岁饥，供役繁重，有质卖子女以供役者，命选官抚治之。秋七月丙寅，以赵州等处水旱，减今年租三千一百八十一石。冬十月辛卯，赈和州贫民钞。

按：《续文献通考》：十六年，以两淮盐引五万道募客旅中粮。

至元十七年，以广中民不聊生，遣使往抚，给粟钞赈贷。中外路民饥，仍免赋税徭役。

按：《元史·世祖本纪》：十七年春正月辛亥，磁州永平县水，给钞贷之。二月辛丑，以广中民不聊生，召右丞塔出、左丞吕师夔廷诘坏民之由，命也的迷失、贾居贞行宣慰司往抚之。三月癸亥，高邮等处饥，赈粟九千四百石。五月癸丑，高丽国王王睶以民饥，乞贷粮万石。从之。秋七月己酉，以秃古灭军劫食，火拙畏吾城禾民饥，命官给驿马之费，仍免其赋税。三年冬十月癸巳，诏谕和州诸城招集流移之民。十一月丁卯，诏以末甘孙民贫，除仓站税课外免其役。三年十二月丙申，赈巩昌、常德等路饥，民仍免其徭役。

至元十八年，以粟钞及金银币帛赈给诸路饥贫民，鬻妻子者官与赎还，旱灾虫伤处免今年租。

按：《元史·世祖本纪》：十八年春正月癸卯，发钞及金银付孛罗以给贫民。二月丙戌，浙东饥，发粟千二百七十余石赈之。丙申，以辽阳、懿盖、北京、大定诸州旱，免今年租税之半。夏四月辛巳，通泰二州饥，发粟二万一千六百石赈之。五月甲辰，遣使赈瓜沙州饥。庚申，严鬻人之禁，乏食者量加赈贷。六月丙寅，敕赛典赤火尼赤分管乌木拔都怯儿等八处民户、谦州织工百四十二户贫甚，以粟给之。其所鬻妻子，官与赎还。八月壬辰，以开元等路六驿饥，命给币帛万二千匹；民鬻妻子者，官为赎之。九月甲子，给钞赈上都饥民。十一月壬午，昌州及盖里泊民饥，给钞赈之。是岁，保定路清苑县、水平阳路松山县旱，高唐、夏津、武城等县蝥害稼，并免今年租，计三万六千八百四十石。

至元十九年，江南水，真定旱，发廪赈之。真定民流移江南者，给粮使还，并诏发钞和籴。

按：《元史·世祖本纪》：十九年秋七月乙酉，发米赈乞里吉思贫民。八月辛亥，江南水，民饥者众，真定以南旱，民多流移。和礼霍孙请所在官司发廪以赈。从之。九月丁巳朔，赈真定饥民。其流移江南者，官给之粮，使还乡里。辛巳，发钞三万锭，于隆兴、德兴府、宣德州和籴粮九万石。　按：《食货志》：十九年，减京师民户科差之半。　又按：《志》：十九年，真定饥，赈粮两月。

至元二十年，停去年旱灾郡税粮；诏有司，今后灾伤不即申奏行视者，罪之。

按：《元史·世祖本纪》：二十年春正月丙寅，以燕南、河北、山东诸郡去岁旱，税粮之在民者，权停勿征。仍谕自今管民官，凡有灾伤过时不申及按察司不即行视者，皆罪之。壬申，御史台言：燕南、山东、河北去年旱灾，按察司已尝阅视而中书不为奏免，民何以堪？请权停税粮。制曰：可。十二月甲午，给钞四万锭，和籴于上都。癸卯，发粟赈水达达四十九站。戊申，赈女直饥民一千户。　按：《食货志》二十年，以水旱相仍，免江南税粮十分之二。　又按：《志》二十年，以帛千匹、钞三百锭，赈水达达地贫民。

至元二十一年，诏发储粮赈告饥民户，又和籴于上都，立常平仓。

按：《元史·世祖本纪》：二十一年夏四月戊申，火儿忽等所部民户告饥。帝曰：饥民不救，储粮何为？发万石赈之。冬十月戊辰，立常平仓，以五十万石价钞给之。

按：《续文献通考》：二十一年，以河间、山东、两浙、两淮盐引募诸人市粮。九月，发盐引七万道、钞三万锭，于上都和籴。

至元二十二年，命招集流徙饥民。合剌禾州饥，户给牛种，并籴米赈之。又命海运及收籴粮，减价出粜。

按：《元史·世祖本纪》：二十二年五月庚寅，敕朵儿只招集甘沙速等州流徙饥民。秋七月己卯，以米千石廪瓮吉剌贫民。九月戊辰，汪惟正言：巩昌军民站户并诸人奴婢，因饥岁流入陕西、四川者，彼即括为军站。帝曰：信如所言，当鸠集与之。如非己有而强欲得之者，岂彼于法不知惧耶！冬十月己亥，以钞五千锭和籴于应昌府。戊午，都护府言：合剌禾州民饥，户给牛二头、种二石；更给钞一十一万六千四百锭，籴米六万四百石，为四月粮，赈之。　按：《食货志》：京师赈粜之制，至元二十二年始行其法。于京城南城设铺各三所，分遣官吏发海运之粮，减其市直以赈粜焉。凡白米每石减钞五两，南粳米减钞三两，岁以为常。

按：《续文献通考》：二十二年，诏江南民田秋成，官为定例收籴，次年减价出粜。

至元二十三年，以钞米赈诸路饥，并免租赋，赈粮减粜；又以铁课籴粮充常平仓。

按：《元史·世祖本纪》：二十三年二月辛丑，遣使以钞五千锭赈诸王小薛所部饥民。

秋七月壬申，平阳饥民就食邻郡者，所在发仓赈之。丁丑，斡脱吉思部民饥，遣就食北京，其不行者发米赈之。辛巳，八都儿饥民六百户驻八剌忽思之地，给米千石赈之。八月丙申，发钞二万九千锭、盐五万引市米，赈诸王阿只吉所部饥民。己亥，平阳路岁比不登，免贫民税赋。辛酉，甘州饥，禁酒。十一月丙子，以涿易二州、良乡、宝坻县饥，免今年租，给粮。三月，平滦、太原、汴梁水旱为灾，免民租二万五千六百石有奇。戊寅，遣使阅实宣宁县饥民，周给之。十二月乙未，辽东、开元饥，赈粮三月。乙卯，大都饥，发官米，低其价粜贫民。丙辰，遣蒲昌赤贫民垦甘肃闲田，官给牛种农具。　按：《食货志》：二十三年，大都属郡六处饥，赈粮三月。　又按：《志》：常平仓至元二十三年定铁法，以铁课籴粮充焉。

至元二十四年，诸路饥荒贫乏处，赈以粮钞绢米；其丝银赋税减免有差。

按：《元史・世祖本纪》：二十四年春正月戊辰，皇子奥鲁赤部曲饥，命大同路给六十日粮。戊子，以钞万锭赈斡端贫民。西边岁饥民困，赐绢万匹。二月癸巳，雍古部民饥，发米四千石赈之，不足复给六千石米价。乙未，真定路饥，发沿河仓粟减价粜之，以真定所牧官马四万余匹分牧他郡。闰二月癸亥，以女直水达达部连岁饥荒，移粟赈之，仍尽免今年公赋及减所输皮布之半。乙酉，大都饥，免今岁银俸钞，诸路半征之。三月乙卯，辽东饥，弛太子河捕鱼禁。六月壬申，北京饥，免丝银租税。八月丁亥，沈州饥，又经乃颜叛兵蹂践，免其今岁丝银租赋。九月庚子，给诸王八八所部穷乏者钞万一千锭。以西京平滦路饥，禁酒。戊申，咸平、懿州、北京以乃颜叛民废耕作，又霜雹为灾，告饥，诏以海运粮五万石赈之。十一月庚子，大都路水，赐今年田租十二万九千一百八十石。是岁浙西诸路水，免今年田租十之二。　按：《食货志》：二十四年，免北京饥民差税。是年扬州及浙西水，其地税在扬州者全免，浙西减二分。　又按：《志》：二十四年，斡端民饥，赈钞万锭。是年四月，以陈米给贫民。七月，以粮给诸王阿只吉部贫民，大口二斗，小口一斗。

至元二十五年，诸路饥，给米蠲租以赈之；复葺兴灵二州仓，输米以备赈给。

按：《元史・世祖本纪》：二十五年春正月乙巳，蛮洞十八族饥，饿死者二百余人。以钞千五百锭有奇市米赈之。丙午，杭苏二州连岁大水，赈其尤贫者。己酉，发海运米十万石，赈辽阳省军民之饥者。二月庚申，辽阳、武平等处饥，除今年租税及岁课貂皮。辛酉，忙兀带忽都忽言其军三年荐饥，赐米五百。石甲戌，盖州旱，民饥，蠲其租四千七百石。己卯，豪懿州饥，以米十五万石赈之。京师水，发官米下其价粜贫民。三月丙戌，诸王昌童部曲饥，给粮三月。夏四月丙辰，莱县蒲台旱饥，出米下其直赈之。癸酉，尚书省臣言：近以江淮饥，命行省赈之，吏与富民因缘为奸，多不及于贫者。今杭、苏、湖、秀四州复大水，民鬻妻女易食，请辍上供米二十万石，审其贫者赈之。帝是其言。五月丁酉，平江水，免所负酒课，减米价赈京师。壬寅，运米十五万石，诣懿州饷军及赈饥民。六月庚申，赈诸王荅儿伯部曲之饥者及桂阳路饥民。壬申，睢阳霖雨，河溢害稼，免其租千六十石有奇。乙亥，以考城、陈留、通许、杞、太康五县大水及河溢没民田，蠲其租万五千二百石。秋七月甲申，朔，复葺兴灵二州仓，始命昔宝赤、合剌赤、贵由赤、左右卫士转米输之，委省官督运以备赈给。丙戌，真定、汴梁路蝗，运大同、太原诸仓米至新城，为边地之储。以南安、瑞、赣三路连岁盗起，民多失业，免逋税万二千六百石有奇。发大同路粟赈流民。保定路霖雨害稼，蠲今岁田租。庚子，胶州连岁大水，民采橡而食，命减价粜米以赈之。霸漷二州霖雨害稼，免其今年田租。乙巳，诸王也真部曲饥，分五千户就食济南。八月癸丑，诸王也真言：臣近将济宁投下蒙古军东征，其家皆乏食，愿赐济南路岁赋银，使易米而食。诏辽阳省给米万石赈之。壬申，安西省管内大饥，蠲其田租二万一千五百石有奇，仍贷粟赈之。丙子，发米三千石赈灭吉儿带所部饥民。赵、晋、冀三州蝗。丁丑，嘉祥、鱼台、金乡三县霖雨害稼，蠲其租五千石。九月癸未，甘州旱饥，免逋税四千四百石。己丑，献莫二州霖雨害稼，免田租八百余石。十一月壬午，巩昌路荐饥，免田租之半，仍以钞三千锭赈其贫者。辛卯，兀良合饥民多殍死，给三月粮。丙申，合迷里民饥，种不入土，命爱牙赤以屯田余粮给之。十二月庚辰，六卫屯田饥，给更休三千人六十日粮。因雨雹河溢害稼，除民租二万二千八百石。 按：《食货志》：二十五年，南安等处被寇兵者，税粮免征。

按：《续文献通考》：二十五年，桑哥言，自至元丙子置应昌和籴所，其间必多盗诈，宜加鉤考。从之。

至元二十六年，命诸路灾伤处给米蠲租，减直赈粜，并移饥民就食他所。

按：《元史·世祖本纪》：二十六年春正月辛卯，拔都不伦言其民千一百五十八户贫乏，赐银十万五千一百五十两。二月己未，发和林粮千石，赈诸王火你赤部曲。壬戌，合木里饥，命甘肃省发米千石赈之。丁卯，绍兴大水，免未输田租。己巳，皇孙甘不剌所部军乏食，发大同路榷场粮赈之。三月庚辰，安西饥，减估粜米二万石。甘州饥，发钞万锭赈之。夏四月己酉，辽阳省管内饥，贷高丽米六万石以赈之。壬子，孛罗带上别十八里招集户数，令甘肃省赈之。癸丑，宝庆路饥，下其估粜米万一千石。丙辰，命甘肃行省给合的所部饥者粟。丁巳，遣官验视诸王按灰贫民，给以粮。五月癸未，移诸王小薛饥民就食汴梁。己亥，辽阳路饥，免往岁未输田租。辛丑，泰安寺屯田大水，免今岁租。六月辛亥，桂阳路寇乱水旱，下其估粜米八千七百二十石以赈之。辛巳，辽阳等路饥，免今岁差赋。移八八部曲饥者就食甘州。合剌赤饥，出粟四千三百二十八石有奇以赈之。丁丑，济宁、东平、汴梁、济南、棣州、顺德、平滦、真定、霖雨害稼，免田租十万五千七百四十九石。秋七月己卯，附马爪忽儿部曲饥，赈之。辛巳，两淮屯田雨雹害稼，蠲今岁田租。庚寅，黄兀儿月良等驿乏食，以钞赈之。八月壬子，霸州大水，民乏食下，其估粜直沽仓米五千石。辛酉，大都路霖雨害稼，免今岁租赋，仍减价粜诸路仓粮。壬戌，漷州饥，发河西务米二千石，减其价赈粜之。癸亥，诸王铁失孛罗带所部皆饥，敕上都留守司辽阳省发粟赈之。癸酉，台婺二州饥，免今岁田租。九月丙申，平滦、昌国等屯田霖雨害稼。甲辰，以保定、新城、定兴屯田粮赈其户饥贫者。冬十月癸酉，平滦水害稼。以平滦、河间、保定等路饥，弛河泊之禁。闰十月癸未，命辽阳行省给诸王乃蛮带民户乏食者。乙酉，通州河西务饥民有鬻子去之他州者，发米赈之。丁亥，左右卫屯田新附军，以大水伤稼乏食，发米万四百石赈之。丙申，河南宣慰司请给管内河间、真定等路流民六十日粮，遣还其土。从之。甲辰，武平路饥。发常平仓米万五千石。赈保定等屯田户饥，给九十日粮。檀州饥民刘德成犯猎禁，诏释之。十一月戊申，敕尚书省发仓，赈大都饥民。丁巳，平滦、昌国屯户饥，赈米千六百五十六石。丁卯，赈文安县饥民。己巳，发米千石，赈平滦饥民。武平路饥，免今岁田租。桓州等驿饥，以钞给之。十二月丁丑，蠡州饥，发义仓粮赈之。辛巳，平滦大水伤稼，免其租；徙瓮吉剌民户贫乏者就食六盘。丁亥，河间、保定二路饥，发义仓粮赈之，仍免今岁田租。木邻站经乱乏食，给九十日粮。庚寅，秃木合之地霜杀稼，秃鲁花之地饥，给九十日粮。乙未，命甘肃行省赈千户也先所部人户之饥者，给钞赈黄兀儿月良站人户。庚子，武平饥，以粮二万三千六百石赈之。伯颜遣使来言边民乏食，诏赐纲罟，使取鱼自给。拔都昔剌所部阿速户饥，出粟七千四百七十石赈之。癸卯，发麦赈广济署饥民。是岁免灾伤田租真定三万五千石，济宁二千一百五十四石，东平一百四十七石，大名九百二十五石，汴梁万三千九十七石，冠州二十七石。 按：《食货志》：二十六年，绍兴路水，免地税十之三。是年六月，以禾稼不收，免辽阳差税。又按：《志》：二十六年，京兆旱，以粮三万石赈之。是年，又赈左右翼屯田蛮军及月儿鲁部贫民粮各三月。

汇考十四

（食货典第八十一卷）

目 录

元 二

至元二十七年，以诸路饥，赈给粮米银钞，并免被灾田租。

按：《元史·世祖本纪》：二十七年春正月庚申，赈马站户饥。辛未，丰润署田户饥，给六十日粮；无为路大水，免今年田租。癸酉，忻都所部别笳儿田户饥，给九十日粮。二月丙子，新附屯田户饥，给六十日粮。顺州僧道士四百九十一人饥，给九十日粮。戊寅，开元路宁远等县饥民站户逃徙，发钞二千锭赈之。己卯，兴州兴安饥，给九十日粮。庚辰，伯荅罕民户饥，给六十日粮。己丑，浙东诸郡饥，给粮九十日。辛卯，河间路任丘饥，给九十日粮。癸巳，晋陵、无锡二县霖雨害稼，并免其田租。阔兀所部阑遗户饥，给六十日粮。己亥，保定路定兴饥，发粟五千二百六十四石赈之。辛丑，唆欢禾稼不登，给九十日粮。三月乙巳，中山畋户饥，给六十日粮。戊申，广济署饥，给粟二千二百五十石以为种。壬子，蓟州、渔阳等处稻户饥，给三十日粮。戊午，出忙安仓米，赈燕八撒儿所属四百二十人。己未，永昌站户饥，卖子及奴产者甚众。命甘肃省赎还，给米赈之。四月辛巳，命大都路以粟六万二千五百六十四石赈通州河西务等处流民。芍陂屯田以霖雨河溢，害稼二万二千四百八十亩有奇，免其租。癸未，诸王小薛部曲万二千六十一户饥，给六十日粮。甲申，以荐饥免今岁银俸钞。其在上都、大都、保定、河间、平滦者，万一百八十锭。在辽阳省者，千二百四十八锭有奇。癸巳，河北十七郡蝗，千户也先小阔阔所部民及喜鲁不别等民户并饥，敕河东诸郡量赈之。千户也不干所部乏食，敕发粟赈之。平山、真定、枣强三县旱，灵寿、元氏二县大雨雹，并免其租。丁酉，以钞二千五百锭赈昌平至上都站户贫乏者。定兴站户饥，给三十日粮。己亥，命考大都路贫病之民在籍者二千八百三十七人，发粟二百石赈之。五月庚戌，陕西南市屯田陨霜杀稼，免其租。戊午，出鲁等千一百十五户饥，给六十日粮。癸亥，平滦民万五千四百六十五户饥，赈粟五千石。己巳，江阴大水，免田租万七百九十石。庚午，尚珍署广备等屯大水，免其租。伯要民乏食，命撒的迷失以车五百两运米千石赈之。六月壬申，河溢太康，没民田三十一万九千八百余亩，免其租八千九百二十八石。纳邻等站户饥，给九十日粮。己亥，棣州、厌次、济阳大风雹害稼，免其租。辛丑，怀孟路武涉县、汴梁路祥符县皆大水，蠲田租八千八百二十八石。秋七月，终南等屯霖雨害稼万九千六百余亩，免其租。戊午，凤翔屯田霖雨害稼，免其租。丁卯，沧州乐陵旱，免田租三万三百五十六石。江夏水溢，害稼六千四百七十余亩，免其租。魏县御河溢，害稼五千八百余亩，免其租百七十五石。八月丁丑，广州清远大水，免其租。庚辰，免大都、平滦、河间、保定四路流民租赋及酒醋课。九月壬寅，河东山西道饥，敕宣慰使阿里火者炒米赈之。乙巳，敕河东山西道宣慰使阿里火者，发大同钞本二十万锭，籴米赈饥民。冬十月丁丑，尚书省臣言江阴宁国等路大水，民流移者四十五万八千四百七十八户。帝曰：此亦何待上闻！当速赈之。凡出粟五十八万二千八百八十九石。辛巳，只深所部八鲁剌思等饥，命宁夏路给米三千石赈之。十一月辛丑，广济署洪济屯大水，免租万三千一百四十一石。兴松二州陨霜杀禾，免其租。隆兴、苦盐、泺等驿饥，发钞七千锭赈之。乙卯，贵赤三百三十户乏食，发粟赈之。辛酉，隆兴路陨霜杀稼，免其田租五千七百二十三石。十二月乙未，大同路民多流移，免其田租二万一千五百八石。洪赞、滦阳驿饥，给六十日粮。不耳荅失所部灭乞里饥，给九十日粮。 按：《食货志》：二十七年，大都辽阳被灾，免其包银俸钞。是年六月，以霖雨免河间等路丝料之半。又按：《志》：二十七年，大都民饥，减直粜粮五万石。

按：《续文献通考》：二十七年，和籴西京粮。其价每一十两之上增一两。

至元二十八年，诸路军民饥，发粟米，免田租赈之，并弛湖泊捕猎之禁。

按：《元史·世祖本纪》：二十八年春正月壬戌，敕大同路发米赈瓮古饥民。二月丙子，上都、太原饥，免至元十二年至二十六年民间所逋田租三万八千五百余石。遣使同按察司赈大同太原饥民，口给粮两月或三月。遣官覆验水达达咸平贫民，赈之。癸巳，遣行省行台官发粟，赈徽之绩溪、杭之临安、余杭、於潜、昌化、新城等县饥民。三月己亥朔，真定、河间、保定、平滦饥，平阳、太原尤甚，民流移就食者六万七千户，饥而死者三百七十一人。太原饥，严酒禁。甲寅，常德路水，免田租二万三千九百石。辛酉，吕连站水赤五十户饥，赈三月粮。壬戌，杭州、平江等五路饥，发粟赈之，仍弛湖泊捕鱼之禁。溧阳、太平、徽州、广德、镇江五路亦饥，赈之如杭州。武平路饥，百姓困于盗贼军旅，免其去年田租。凡州郡田尝被灾者，悉免其租；不被灾者免十之五。赈辽阳、武平饥民，仍弛捕猎之禁。夏四月乙未，以沙不丁等米赈江南饥民。丙申，以米三千石赈阔里吉思饥民。五月辛亥，以太原及杭州饥，免今岁田租。甲寅，赈上都、桓州、榆林、昌平、武平、宽河、宣德、西站、女直等站饥民。六月丁卯，湖广饥，敕以剌里海牙米七万石赈之。秋七月乙巳，大都饥，出米二十五万四千八百石赈之。戊申，辽阳诸路连岁荒，加以军旅，民苦饥，发米二万石赈之。八月己巳，抚州路饥，免去岁未输田租四千五百石。丙子，河南乐诸县霖雨害稼，免田租万六千六百六十九石。戊子，婺州水，免田租四万一千六百五十石。九月乙巳，景州、河间等县霖雨害稼，免田租五万六千五百九十五石。乙卯，以岁荒免平滦屯田二十七年田租三万六千石有奇。辛酉，保定、河间、平滦三路大水，被灾者全免，收成者半之。冬十月乙丑朔，赐薛彻温都儿等九驿贫民三月粮。癸酉，遣使发仓，赈大同屯田兵及教化的所部军士之饥者。癸未，高丽国饥，给以米一十万斛。辛卯，诸王出伯部曲饥，给米赈之。癸巳，武平路饥，免今岁田租。十一月甲辰，塔叉儿塔带民饥，发米赈之。乙卯，武平、平滦诸州饥，弛猎禁，其孕字之时勿捕。十二月乙丑，女直部民饥，借高丽粟赈给之。丁卯，大都饥，下其价粜米二十万石赈之。庚辰，赈阔阔出饥民米。癸未，广济署大昌等屯水，免田租万九千五百石。平滦路及丰赡济民二署饥，出米万五千石赈之。　按：《食货志》：二十八年，辽阳被灾者，税粮皆免征，其余量征其半。是年五月，以太原去岁不登，杭州被水，其太原丁地税粮、杭州地税并除之。九月，又免州路所负岁粮。　又按：《志》：二十八年，以去岁陨霜害稼，赈宿卫士怯怜口粮。二月，以饥赈徽州、溧阳等路民粮三月。

至元二十九年，发粟米钱钞赈诸路民饥。其水灾霜雹等处，免田租有差。

按：《元史·世祖本纪》：二十九年春正月戊戌，清州饥，就陵州发粟四万七千八百石赈之。己酉，兴州之兴安、宜兴两县饥，赈米五千石。壬子，桓州至赤城站户告饥，给钞计口赈之。二月乙丑，给辉州、龙山里州和中等县饥民粮一月。己巳，发通州河西务粟，赈东安、固安、蓟州、宝坻县饥民。戊寅，发义仓、官仓粮，赈德州、齐河、清平、泰安州饥民。壬辰，山东廉访司申棣州境内春旱且霜，夏复霖涝，饥民啖藜藿木叶，乞赈恤。敕依东平例，发附近官廪，计口以给三月。丙午，中书省臣言：京畿荐饥，宜免今岁田租。从之。戊申，以威、宁、昌等州民饥，给钞二千锭赈之。壬戌，隆兴府路饥，给钞二千锭，复发粟以赈之。五月甲午，辽阳水达达女直饥，诏忽都不花趣海运给之。己未，龙兴路南昌、新建、进贤三县水，免田租四千四百六十八石。六月甲子，平江、湖州、常州、镇江、嘉兴、松江、绍兴等路水，免至元二十八年田租十八万四千九百二十八石。丙子，太宁路惠州连年旱涝，加以役繁，民饥死者五百人，诏给钞二千锭及粮一月赈之，仍遣使责辽阳省臣阿散。丁亥，湖州、平江、嘉兴、镇江、扬州、宁国、太平七路大水，免田租百二十五万七千八百八十三石。己丑，铁木塔儿薛阇秃、捏古带阔阔所部民饥，诏给米四千石，付铁木塔儿薛阇秃，一千石付捏古带阔阔，俾以赈之。闰六月丁酉，辽阳、沈州、广宁、开元等路雹害稼，免田租七万七千九百八十八石。岳州华容县水。免田租四万九百六十二石。辛亥，河西务水，给米赈饥民。太平、宁国、平江、饶、常、湖六路民艰食，发粟赈之。高丽饥，其王遣使来请粟，诏赐米十万石。八月丙午，以广济署屯田既蝗复水，免今年田租九千二百十八石。戊午，高丽女直界首双城告饥，敕高丽王于海运内以粟赈之。九月丁丑，以平滦路大水且霜，免田租二万四千四十一石。十一月庚申，岳州华容县水，发米二千一百二十五石赈饥民。十二月庚寅，敕应昌府给乞荅带粮五百石，以赈饥民。　按：《食货志》：二十九年，以北京地震，量减岁课。是年，以大都去岁不登，流移者众，免其税粮及包银俸钞。又按：《志》：二十一年，新城县水，二十九年，东平等处饥。皆发义仓赈之。

至元三十年，以义仓粮米赈蝗水州县。京师饥，减粜赈给，并免平滦、广济署水灾田租。

按：《元史·世祖本纪》：三十年五月甲申，真定路深州、静安县大水，民饥，发义仓粮二千五百七十四石赈之。九月辛巳，登州蝗，恩州水，百姓阙食，赈以义仓米五千九百余石。冬十月壬寅，敕减米直粜京师饥民；其鳏寡孤独不能自存者，给之。辛亥，平滦水，免田租万一千九百七十七石。广济署水损屯田百六十五顷，免田租六千二百一十三石。

至元三十一年，成宗即位，赐钞赈部曲户饥，被水州县诏免田租，并令江南佃民蠲租如田主数。

按：《元史·成宗本纪》：三十一年夏四月甲午，即皇帝位。六月壬辰，以甘肃等处米价踊贵，诏禁酿酒。秋七月乙卯，以诸王出伯所部四百余户乏食，徙其家属就食内郡，仍赐以奥鲁军年例钞三千锭。八月癸未，平滦路迁安等县水，蠲其田租。冬十月辛巳，江浙行省臣言：陛下即位之初，诏蠲今岁田租十分之三。然江南与江北异，贫者佃富人之田，岁输其租。今所蠲特及田主，其佃民输租如故，则是恩及富室，而不被于贫民也。宜令佃民当输田主者，亦如所蠲之数。从之。辽阳行省所属九处大水，民饥，或起为盗贼，命赈恤之。十二月乙未，以伯遥带忽剌出所隶一千户饥，赐钞万锭。是月，常德、岳、鄂、汉阳四州水，免其田租。　按：《食货志》：三十一年，复赈宿卫士怜怜口粮三月。

成宗元贞元年，以粮钞赈诸部及灾伤府郡饥。京师米贵，设肆粜粮。

按：《元史·成宗本纪》：元贞元年春正月癸亥，安西王阿难荅、宁远王阔阔出皆言所部贫乏，赐安西王钞二十万锭。宁远王六万锭。又以陨霜杀禾，复赈安西王山后民米一万石。六月壬子，以近边役烦及水灾，免咸平府民八百户今年赋税。乙卯，江西行省所辖郡大水无禾，民乏食，令有司与廉访司官赈之；仍弛江河湖泊之禁，听民采取。秋七月甲申，给塞下贫民钞二万四千锭。八月癸亥，赈辽阳民被水者粮两月。九月戊戌，宣德府大水，军民乏食，给粮两月。　按：《食货志》：元年，以供给繁重及水伤禾稼，免咸平府边民差税。　又按：《志》：元年，诸王阿难荅部民饥，赈粮二万石。是年六月，以粮一千三百石赈隆兴府饥民，二千石赈千户灭秃等军。七月，以辽阳民饥，赈粮二月。又按：《志》：元年以京师米贵，益广世祖之制，设肆三十所，发粮七万余石粜之。白粳米每石中统钞一十五两，白米每石一十二两，糙米每石六两五钱。

元贞二年，诸路饥歉灾伤处，给米免租有差，减米肆为一十所。

按：《元史·成宗本纪》：二年二月丙寅，赐安西王米三千石，以赈饥民。三月壬申，以怯鲁剌驻夏民饥，户给粮。六月癸巳，以合伯及塔塔剌所部民饥，赈米各千石。夏四月己亥，平阳之绛州、台州路之黄岩州饥，并赈之。六月，大都、真定、保定、太平、常州、镇江、绍兴、建康、澧州、岳州、庐州、汝宁、龙阳州、汉阳、济宁、东平、大名、滑州、德州蝗，大同、隆兴、顺德、太原雹，海南民饥，发粟赈之。秋七月辛未，甘肃两州驿户饥，给粮有差。是月，平阳、大名、归德、真定蝗，彰德、真定、曹州、滨州水，怀孟、大名、河间旱，太原、怀孟雹，福建、广西、两江道饥，赈粟有差。九月，常德之沅江县水，免其田租。十一月，象食屯水，免其田租。十二月，大都、保定、汴梁、江陵、沔阳、淮安水，金复州风损禾，太原、开元、河南芍陂旱，蠲其田租。

按：《食货志》：二年，减米肆为一十所。其每年所粜多至四十余万石，少亦不下二十余万石。

大德元年，以部站州郡水旱饥疫，并令赈恤。

按：《元史·成宗本纪》：大德元年春正月辛卯，汴梁、归德、水木邻等九站饥，以米六百余石赈之。三月庚寅，归德、徐、邳、汴梁诸县水，免其田租。道州旱，辽阳饥，并发粟赈之。岳木忽而及兀鲁思不花所部民饥，以乳牛牡马济之。五月庚寅，漳河溢，损民禾稼，饶州、鄱阳、乐平及隆兴路水，亦乞列等二站饥，赈米一百五十石。六月，以粮四千余石赈广平路饥民，万五千石赈江西被水之家，二百九十余石赈铁里干等四站饥户。秋七月丁亥，宁海州饥，以米九千四百余石赈之。九月丙寅，诏恤诸郡水旱疾疫之家。己丑，卫辉路旱疫，澧州、常德、饶州、临江等路，温之平阳、瑞安二州大水，镇江之丹阳、金坛旱，并以粮给之。冬十月戊午，扬州、淮安路饥，韶州、南雄、建德温州皆大水，并赈之。十一月戊子，常德路大水，常州路及宜兴州旱，并赈之。闰十二月己卯，淮东饥，遣参议中书省事于章发廪赈之，弛湖泊之禁，仍听正月捕猎。甲申，般阳路饥疫，给粮两月。按：《食货志》：元年，以饥赈辽阳水达达等户粮五千石，公主囊加真位粮二千石。是年，临江、扬州等路亦饥，赈粮有差。腹里并江南灾伤之地赈粮三月。

大德二年，以水旱减免郡县田租差税，并发粮米赈之。

按：《元史·成宗本纪》：二年春正月壬辰，诏以水旱减郡县田租十分之三，伤甚者尽免之，老病单弱者差税并免。三年乙巳，以粮十万石赈北边内附贫民。己酉，建康、龙兴、临江、宁国、太平、广德、饶池等处水，发临江路粮三万石以赈，仍弛泽梁之禁，听民渔采。二月丙子，浙西嘉兴、江阴、江东、建康、溧阳、池州水旱，并赈恤之。湖广省汉阳、汉川水，免其田租。三月壬子，御史台臣言：道州路达鲁花赤阿林不花总管周克敬虚申麦熟，不赈饥民，虽经赦宥，宜降职一等。从之。夏四月庚申，发庆元粮五万石，减其直以赈饥民。五月壬辰，淮西诸郡饥，漕江西米二十万石以备赈贷。壬寅，平滦路旱，发米五百石减其直赈之。己酉，南辉、顺德、旱，大风损麦，免其田租一年。秋七月癸巳，汴梁等处大雨，河决坏隄防，漂没归德数县禾稼庐舍，免其田租一年。壬寅，江西、江浙水，赈饥民二万四千九百有奇。十二月辛巳，扬州、淮安两路旱蝗，以粮十万石赈之。

按：《食货志》二年，赈隆兴、临江两路饥民，又赈金复州屯田军粮二月。

大德三年，以诸路旱蝗水灾，发粮粟赈之，量免田租课税。

按：《元史·成宗本纪》：三年夏四月辛亥朔，驸马蛮子台所部匮乏，以粮十三万石赈之。己卯，辽东开元、咸平蒙古女直等人乏食，以粮二万五百石，布三千九百匹赈之。五月，鄂岳、汉阳、兴国、常澧、潭衡、辰沅、宝庆、常宁、桂阳、茶陵旱，免其酒课夏税。江陵路旱蝗，弛其湖泊之禁，仍并以粮赈之。九月己亥，扬州、淮安旱，免其田租。冬十月丙子，以淮安、江陵、沔阳、扬庐、随黄旱，汴梁、归德水，陇陕蝗，并免其田租。十一月己亥，杭州火，江陵路蝗，并发粟赈之。十二月癸酉，淮安、扬州饥，甘肃亦集乃路屯田旱，并赈以粮。 按：《食货志》：三年，以旱蝗除扬州、淮安两路税粮。

按：《江南通志》：三年正月，量免江南等处夏税，以十分为率，量减三分。以水旱疾病，百姓多被其灾，又复赈贷。

按：《杭州府志》：三年秋七月，杭州饥，诏以粮万石减价粜之。

大德四年，发粮粟赈诸处饥贫乏食之民。

按：《元史·成宗本纪》：四年二月甲戌，发粟十万石赈湖北饥民，仍弛山泽之禁。三月乙未，宁国、太平两路旱，以粮二万石赈之。秋七月辛卯，杭州路贫民乏食，以粮万石减其直粜之。九月甲子，建康、常州、江陵饥民八十四万九千六十余人，给粮二十二万九千三百九十余石。十二月癸巳，赈建康、平江、浙东等处饥民粮二十二万九千三百余石。

按：《食货志》：四年，鄂州等处民饥，发湖广省粮十万石赈之。

大德五年，平江、辽阳等路水，赈粮有差。各路被灾处，免差税租课。以京畿饥，增明年海运，并设肆减直赈粜，始行红贴粮。

按：《元史·成宗本纪》：五年六月乙亥，平江等十有四路大水，以粮二十万石随各处时直赈粜。秋七月乙巳，辽阳省大宁路水，以粮千石赈之。八月庚辰，诏遣官分道赈恤各路被灾重者，免其差税一年。贫乏之家计口赈恤，尤甚者优给之。乙未，顺德路水，免其田租。九月丙辰，江陵、常德、澧州皆旱，并免其门摊酒醋课。冬十月丙辰朔，以畿内岁饥，增明年海运粮为百二十万石。丙戌，以岁饥，禁酿酒，弛山泽之禁，听民捕猎。十一月丁未，减直粜米，赈京师贫民，设肆三十六所；其老幼单弱不能自存者，廪给五月。按：《食货志》：五年，各路被灾重者，其差税并除之。又按：《志》：赈粜粮之外，复有红贴粮。红贴粮者，成宗大德五年始行；初赈粜粮多为豪强嗜利之徒用计巧取，弗能周及贫民，于是令有司籍两京贫乏户口之数，置半印号簿文贴，各书其姓名口数，逐月对贴以给，大口三斗，小口半之。其价视赈粜之直，三分常减其一，与赈粜并行。每年拨米总二十万四千九百余石，闰月不与焉。其爱民之仁，于此亦可见矣。

大德六年，诸路旱溢为灾，减免差税，并以仓粟粮钞赈给饥民。

按：《元史·成宗本纪》：六年春正月丙午，京畿二十一站阙食，命赐钞万二千七百余锭。陕西旱，禁民酿酒。以云南站户贫乏，增马及钞以优恤之。乙卯，以大都、平滦等路去年被水，其军应赴上都驻夏者，免其调遣一年。二月丙戌，以京师民乏食，命省台委官计口验实，以钞十一万七千一百余锭赈之。三月丁酉，以旱溢为灾，诏赦天下。大都、平滦被灾尤甚，免其差税三年；其余灾伤之地已经赈恤者，免一年。今年内郡包银俸钞，江淮已南夏税，诸路乡村人户散办门摊课程，并蠲免之。夏四月丁卯，发通州仓粟三百石赈贫民。庚辰，上都大水，民饥，减价粜粮万石赈之。五月丁巳，福州路饥，赈以粮一万四千七百石。六月甲申，湖州、嘉兴、杭州、广德、饶州、太平、婺州、庆元、绍兴、宁国等路饥，赈粮二十五万一千余石。大同路宁海州亦饥，以粮一万六千石赈之。秋七月辛酉，建康民饥，以米二万石赈之。冬十月壬午，济南、滨棣、泰安、高唐州霖雨，米价腾踊，民多流移，发粟赈之，并给钞三万锭。十二月辛酉，御史台臣言：自大德元年以来，数有星变及风水之灾，民间乏食。陛下敬天爱民之心，无所不尽，理宜转灾为福，而今春霜杀麦，秋雨伤稼，臣等思之，得非荷陛下重任者，不能奉行圣意，以致如此。若不更新，后难为力。乞令中书省与老臣识达治体者共图之。复请禁诸路酿酒，减免差税，赈济饥民。帝皆嘉纳，命中书郎议行之。癸未，保定等路饥，以钞万锭赈之。按：《食货志》：六年，免大都、平滦差税。

大德七年，诏诸路饥贫被灾处，多方赈恤。

按：《元史·成宗本纪》：七年春正月己酉，以岁不登，禁河北、甘肃、陕西等郡酿酒，弛饥荒所在山泽河泊之禁一年，赈那海贫乏户米八千石。二月己卯，尽除内郡饥荒所在差税，仍令河南省赈恤流民。太原、大同、平滦路饥，并减直粜粮以赈之。庚辰，命陕西、甘肃行省赈凤翔、秦巩、甘州合迷里贫乏户。壬午，真定路饥，赈钞五万锭；仍谕诸王小薛及鹰师等，毋于真定近地纵猎扰民。三月己丑朔，保定路饥，赈钞四万锭。壬辰，河间路禾稼不登，命罢修建僧寺工役。乙未，真定路饥，赈钞六百六十余锭。丙辰，辽阳等路饥，赈钞万锭。五月己丑，开上都、大都酒禁。其所隶两都州县及山后河东、山西、河南尝告饥者，仍悉禁之。乙卯，太原、龙兴、南康、袁瑞抚等路，高唐、南丰等州饥，减直粜粮五万五千石。闰五月丁卯，平江等十五路民饥，减直粜粮三十五万四千石。癸未，各道奉使宣抚言去岁被灾，人户未经赈济者，宜免其差役。从之。六月壬辰，武冈路饥，减价粜粮万石以赈之。乙巳，浙西淫雨，民饥者十四万。赈粮一月，仍免今年夏税并各户酒醋课。秋七月辛酉，常德路饥，减直粜粮万石以赈之。八月己丑，给安西王所部贫民米二万石。九月辛未，诏谕诸司赈恤平阳、太原。冬十月戊子，以浙江年谷不登，减海运粮四十万石。十二月甲申朔，诏内郡比岁不登，其民已免差者，并蠲免其田租。　按：《食货志》：七年，以内郡饥，荆、湖、川、蜀供给军饷，其差税减免各有差。

又按：《志》：七年，以钞万锭赈归德饥民。　按：《铁哥传》：铁哥授平章政事，大德七年，复拜中书平章政事。平滦大水，铁哥奏曰：散财聚民，古之道也。今平滦水灾，不加赈恤，民不聊生矣。从之。

按：《荒政考略》：七年，诏曰：比岁不登，赈恤饥乏，蠲免差税及贷积年逋欠钱粮，屡降诏旨，戒饬中外官吏。近闻百姓困乏者尚众，今遣官分道前去，宣布朕泽，抚安百姓，赈济饥贫。内郡大德六年被灾缺食曾经赈济人户，其大德七年差发税粮，尽行蠲免。饥民流移他所，多方存恤，从便居住。如贫乏不能自给者，量与赈给口粮，毋致失所。被灾去处有好义之家，能出己财周给贫乏者，具实以闻，量加旌用。

大德八年，以岁饥民困，蠲免诸路田租贷食，并行赈恤。

按：《元史·成宗本纪》：八年春正月辛巳，驸马也列干住所部民饥，以粮二千石赈之。夏四月庚子，以永平、清沧、柳林屯田被水，其逋租及民贷食者皆勿征。六月丁酉，益津蝗，汴梁、祥符、开封、陈州霖雨，蠲其田租。扶风、岐山、宝鸡诸县旱，乌撒乌蒙益州忙部东川等路饥疫，并赈恤之。秋七月癸亥，以顺德、恩州去岁霖雨，免其民租四千余石。八月，太原之交城、阳曲、管州、岚州，大同之怀仁，雨雹陨霜杀禾，杭州火，发粟赈之。以大名、高唐去岁霖雨，免其田租二万四千余石。九月癸酉，以冀、孟、辉、云内诸州去岁霖雨，免其田租二万二千一百石。　按：《食货志》：八年，以平阳、太原地震，免差税三年。

按：《荒政考略》：八年诏曰：弭灾之道，莫若修德，为政之善，贵在养民。比者地道失宁，岁饥民困，救荒拯艰，良切朕怀。平阳、太原两路灾重去处，系官投下一切差拨税粮，自大德八年为始，与免三年；隆兴、延安两路，与免二年；上都、大同、怀孟、卫辉、彰德、真定、河南、安西等路被灾人户，亦免二年。大都、保定、河间路分连年水灾，田禾不收，人民缺食，速委官设法赈济。保定、河间两路大德八年系官投下一切差拨税粮，并行蠲免。江南佃户承种诸人田土，私租太重，以致小民穷困。自大德八年以十分为率，普减二分，永为定例。比及收成，佃户不给，各主接济，毋致失所。借过贷粮，丰年之后归还，田主无以巧计多取租数，违者治罪。

大德九年，赈恤诸路被灾民饥。

按：《元史·成宗本纪》：九年二月丙午，以归德频岁被水民饥，给粮两月。三月戊午，以济宁去岁霖雨伤稼，常宁州饥，并赈恤之。夏四月壬辰，以汴梁、归德、安丰去岁被灾，潭州、郴州、桂阳、东平等路饥，并赈恤之。五月癸亥，以晋宁、冀宁累岁被灾，给钞三万五千锭。宝庆路饥，发粟五千石赈之。以陕西渭南、栎阳诸县去岁旱，蠲其田租。六月甲午，隆兴、抚州、临江等路水，汴梁霖雨为灾，并给粮一月。秋七月丁卯，峄州水，赈米四千石。扬州之泰兴、江都、淮安之山阳水，蠲其田租九千余石。潭、郴、衡、雷、峡、滕、沂、宁海诸郡饥，减直粜粮五万一千六百石。八月己卯，以冀宁岁复不登，弛山泽之禁，听民采捕。

大德十年，出粮钞赈给诸路贫乏灾伤之民，并蠲租平粜。

按：《元史·成宗本纪》：十年春正月丙寅，以沙都而所部贫乏，给粮两月。丁卯，以京畿雷家站户贫乏，给钞五百锭。奉圣州怀来县民饥，给钞九百锭。闰正月，以曹之禹城去岁霖雨害稼，民饥，发陵州粮二千余石赈之。二月壬寅，赈金兰站户不能自赡者粮两月，赈辽阳千户小薛干所部贫匮者粮。三月戊辰，镇西、武靖、王搠、思班所部民饥，发甘肃粮赈之。三月乙未，以济州任城县民饥，赈米万石；给千家木思苔伯部粮。三月，柳州民饥，给粮一月。夏四月，以广东诸郡、吉州、龙兴、道州、柳州、汉阳、淮安民饥，赣县暴雨水溢，赈粮有差。郑州暴风雨，雹大若鸡卵，麦及桑枣皆损，蠲今年田租。五月丁亥，辽阳益都民饥，赈贷有差。秋七月辛巳，宣德等处雨雹害稼，大同之浑源陨霜杀禾，平江大风，海溢漂民庐舍，道州之武昌、永州之兴国、黄州、沅州饥，减直赈粜米七万七千八百石。八月丁巳，成都等县饥，减直赈粜米七千余石。冬十月丁卯，吴江州大水，民乏食，发米万石赈之。十一月丙申，安西王阿难荅、西平王奥鲁赤所部皆乏食，给米有差。益都、扬州、辰州岁饥，减直赈粜米二万一千余石。十二月壬子，速哥察而等十三站乏食，给粮三月。

按：《山东通志》：十年冬十二月，山东饥，遣尚书武鼐赈之。

大德十一年，武宗即位，诏赈诸路饥，并停免课役。

按：《元史·武宗本纪》：十一年五月甲申，皇帝即位，诏被灾之处山场湖泊课程权且停罢，听贫民采取，站赤消乏者优之。秋七月癸酉，江浙水，民饥。诏赈粮三月，酒醋门摊课程悉免一年。闰七月丙戌，以内郡岁歉，令诸王卫士还大都者拣汰以入。江浙、湖广、江西属郡饥，诏行省发粟赈之。丁亥，山东、河北、蒙古军告饥，遣官赈之；赐晋王部贫民钞五万锭。己丑，安西等郡旱饥，以粮二万八千石赈之。是月，江浙、湖广、江西、河南、两淮属郡饥，于盐茶课钞内折粟遣官赈之；诏富家能以私粟赈贷者，量授以官。八月甲午，浙东、浙西、湖北、江东郡县饥，遣官赈之。甲辰，以纳兰不剌所储粮万石，赈其旁近饥民。丙午，江南饥，以十道廉访司所储赃罚钞赈之。戊午，东昌、汴梁、唐州、延安、潭沅、归沣、兴国诸郡饥，发粟赈之。九月丙子，江浙饥。中书省臣言：请令本省官租于九月先输三分之一，以备赈给。又两淮漕河淤涩，官议疏浚，盐一引带收钞二贯为佣费，计钞二万八千锭。今河流已通，宜移以赈饥民。杭州一郡，岁以酒糜米麦二十八万石，禁之便。河南益都诸郡，亦宜禁之。制可。是月襄阳霖雨民饥，敕河南省发粟赈之。十月，杭州、平江水，民饥，发粟赈之。十一月庚午，卢龙、滦河、迁安、昌黎、抚宁等县水，民饥，给钞千锭以赈之。乙亥，建康路属州县饥，诏免今年酒醋课。丁丑，中书省臣言：前为江南大水，以茶盐课折收米赈饥民。今商人输米中盐，以致米价腾涌，百姓虽获小利，终为无益。臣等议茶盐之课当如旧。从之。丁亥，杭州、平江等处大饥，发粮五十万一千二百石赈之。十二月庚戌，山东、河南、江浙饥，禁民酿酒。丁巳，以中书省言，国用浩穰，民贫岁歉，诏宣政院并省佛事。中书省臣言，各处民饥，除行宫外，工役请悉停罢。从之。　按：《食货志》：十一年，以饥赈安州、高阳等县粮五千石，潮州谷一万石，奉符等处钞二千锭，两浙、江东等处钞三万余锭，粮二十万余石，又劝率富户赈粜粮一百四十余万石。凡施米者，验其数之多寡，而授以院务等官。是年，又以钞一十四万七千余锭、盐引五千道、粮三十万石，赈绍兴、庆元、台州三路饥民。

武宗至大元年，以水旱相仍，饥民甚众，令各路举行荒政。

按：《元史·武宗本纪》：至大元年春正月己巳，绍兴、台州、庆元、广德、建康、镇江六路饥，死者甚众。饥户四十六万有奇、户月给米六斗。以没入朱清、张瑄物货隶徽政院者，鬻钞三十万锭赈之。二月癸巳，汝宁、归德二路旱蝗民饥，给钞万锭赈之。甲午，益都、济宁、般阳、济南、东平、泰安大饥，遣山东宣慰使王佐同廉访司核实赈济，为钞十万二千二百三十七锭有奇、粮万九千三百四十八石。丙申，淮安等处饥，从河南省言，以两浙盐引十万贸粟赈之。甲寅，和林贫民北来者众，以钞十万锭济之；仍于大同、隆兴等处籴粮以赈，就令屯田。以网罟给和林饥民。三月乙丑，以北来贫民八十六万八千户仰食于官，非久计，给钞百五十万锭、币帛准钞五十万锭，命太师月赤察儿、太傅哈剌哈孙分给之，罢其廪给。夏四月丙辰，高丽国王王眐言：陛下令臣还国，复设官行征东行省事。高丽岁数不登，百姓乏食，又数百人仰食其土，则民不胜其困，且非世祖旧制。帝曰：先请立者，以卿言；今请罢，亦以卿言。其准世祖旧制，速遣使往罢之。五月甲申，渭源县旱饥，给粮一月。六月戊戌，大都饥，发官廪减价粜贫民户，出印帖，委官监临，以防不均之弊。中书省臣言：江浙行省管内饥，赈米五十三万五千石、钞十五万四千锭、面四万斤。又流民户百三十三万九百五十有奇，赈米五十三万六千石、钞十九万七千锭、盐折直为引五千，令行省行台遣官临视。内郡、江淮大饥，免今年常赋及夏税。益都水，民饥，采草根树皮以食。免今岁差徭，仍以本路税课及发朱汪、利津两仓粟赈之。己酉，河南、山东大饥，有父食其子者。以两道没入赃钞赈之。秋七月辛卯，济宁大水入城。诏遣官以钞五千锭赈之。己巳，真定淫雨水溢，入自南门，下及槁城，溺死者百七十七人。发米万七百石赈之。是月，江南、江北水旱饥荒，已尝遣使赈恤者，至大元年差发官税并行除免。九月丙辰，以内郡岁不登，诸都人马之入都城者，减十之五。中书省臣言：夏秋之间，巩昌地震，归德暴风雨，泰安、济宁、真定大水，庐舍荡析，人畜俱被其灾。江浙饥荒之余，疫疠大作，死者相枕藉，父卖其子，夫鬻其妻，哭声震野，有不忍闻。臣等不才，猥当大任，虽欲竭尽心力，而闻见浅狭，思虑不广，以致政事多舛，有乖阴阳之和，百姓被其灾殃，愿退位以避贤路。帝曰：灾害事有由来，非尔所致。汝等但当慎其所行。庚辰，中书省臣言：奉旨连岁不登，从驾四卫，一卫约四百人，所给刍粟自如常例，给各部者减半。臣等议大都去岁饲马九万四千匹，今请减为五万匹；外路饲马十一万九千余匹，今请减为六万匹。自十月十五日为始。冬十月丁酉，以大都艰食，复粜米十万石，减其价以赈之。以其钞于江南和籴，罢大都榷酤。癸卯，中书省臣请以湖广米十万石，贮于扬州、江西、江浙海漕三十万石内，分五万石贮朱汪、利津二仓，以济山东饥民。从之。十一月庚申，诏免绍兴、庆元、台州、建康、广德田租。绍兴被灾尤甚，今岁又旱。凡佃户，止输田主十分之四；山场河泺商税，截日免之。诸路小稔，审被灾者免之。闰十一月己丑，以大都米贵，发廪十万石，减其价以粜赈贫民。北来饥民有鬻子者，命有司为赎之。丙申，止富民输粟赈饥补官。丁未，以杭州、绍兴、建康等路岁比饥馑，今年酒课免十分之三。　按：《食货志》：元年，以江南、江北水旱民饥，其科差夏税并免之。　又按：《志》：元年，增两城米肆为一十五所，每肆日粜米一百石。

按：《荒政考略》：元年，诏曰：近年以来，水旱相仍，缺食者众，诸禁捕野物地面，除上都、大同、隆兴三路外，大都周围各禁五百里。其余禁断处所及应有山场、河泊、芦场，诏书到日，并行开禁一年，听从民便采捕。诸投下及僧道权势之家占据抽分去处，亦仰革罢。汉土人等不得因而执把弓箭，聚众围猎。管民官用心钤束，廉访司常加体察。

至大二年，以各处人民饥荒转徙，令所在赈恤，其逋租差税并行蠲免。又诏府州县设立常平仓，以权物价。

按：《元史·武宗本纪》：二年春正月丙申，诏天下弛山泽之禁，恤流移，毋令见户包纳差税。被灾百姓，内郡免差税一年，江淮免夏税二月。戊午，赈真定路饥民粮万石、搭搭境六千石。夏四月壬午，诏中都创皇城角楼。中书省臣言：今农事正殷，蝗蝝遍野，百姓艰食，乞依前旨，罢其役。帝曰：皇城若无角楼，何以壮观？先毕其功，馀者缓之。六月癸亥，选官督捕蝗，禁诸赐田者驰驿征租扰民。九月庚辰，诏各处人民饥荒转徙复业者，一切逋欠并行蠲免，仍除差税三年。田野死亡，遗骸暴露，官为收拾。诏府州县设立常平仓，以权物价。丰年收籴粟麦米谷，值青黄不接之时，比附时估，减价出粜，以遏沸涌。丙申，御史台臣言：顷年岁凶民疫，陛下哀矜赈之，获济者众。今山东大饥，流民转徙，乞以本台没入赃钞万锭赈救之。制可。冬十月丙辰，乐实言：江南富室有岁收粮满五万石以上者，令石输二升于官，移其半入京师，以养御士，半留于彼，以备凶年。富国安民，无善于此。帝曰：如乐实言行之。戊寅，御史台臣言：常平仓本以益民，然岁不登，遽立之，必反害民，罢之便。又言岁凶乏食，不宜遽弛酒禁。有旨：其与省臣议之。十一月庚辰，以徐邳连年大水，百姓流离，悉免今岁差税。东平、济宁荐饥，免其民差税之半，下户悉免之。辛丑，尚书省臣言：臣等窃计国之粮储，岁费浸广，而所入不足。今岁江南颇熟，欲遣使和籴，恐米价暴增，请以至大钞二千锭分之江浙、河南、江西、湖广四省，于来岁诸色应支粮者，视时直予以钞，可得百万；不给则听以各省钱足之。制可。按：《食货志》：二年，以腹里江淮被灾，其科差夏税并免之。　按：《荒政考略》：二年，诏曰：爰念即位以来，恒以赈灾恤民为务，而恩泽犹未溥博，流离犹未安集，岂有司奉行弗至欤？今特命中书省遴选内外官僚，专以抚治为事，简汰冗员，撙节浮费，一新政理，期称朕意。被灾曾经赈济百姓至大三年腹里、江淮夏税，并行蠲免；至大二年正月以来民间逋欠差税课程，照勘并行蠲免。

至大三年，赈恤诸路民饥，其租赋差税蠲免有差。

按：《元史·武宗本纪》：三年二月丁卯，楚王牙忽都所隶户贫乏，以米万石、钞六千锭赈之。五月癸巳，东平人饥，赈米五千石。六月乙卯，和林省言：贫民自迤北来者，四年之间靡粟六十万石、钞四万余锭、鱼网三千、农具二万。诏尚书枢密差官与和林省臣核实，给赐农具田种，俾自耕食。其续至者，户以四口为率，给之粟。秋七月丁酉，汜水、长林、当阳、夷陵、宜城、远安诸县水，令尚书省赈恤之。九月己卯，内郡饥。诏尚书省如例赈恤。庚子，上都民饥，敕遣刑部尚书撒都丁发粟万石，下其价赈粜之。冬十月甲寅，山东徐邳等处水旱，以御史台没入赃钞四千余锭赈之。十一月戊寅，济宁、东平等路饥，免曾经赈恤诸户今岁差税。其未经赈恤者，量减其半。庚辰，河南水，死者给棺，漂庐舍者给钞，验口赈粮两月，免今年租赋，停逋责。戊子，以益都、宁海等处连岁饥，罢鹰坊纵猎。其余猎地，并令禁约，以俟秋成。

按：《续文献通考》：三年十一月，以东平、济宁洊饥，免其民差税之半，下户悉免之。是年，免大都、上都、中都至大三年秋税。其余各处今岁被灾人户曾经体覆，依上蠲免。至大二年，以前民间负欠差税课程，并行蠲免。

按：《荒政考略》：三年，诏曰：各处人民饥荒转徙，疾疫死亡，虽令有司赈恤，而实惠未遍。今岁收成，转徙复业者，有司用心存恤，元抛事产依数给还，在官一切逋欠并行蠲免，仍除差税三年。田野死亡，遗骸暴露，官为收拾，于系官地内埋瘗。

至大四年，仁宗即位，蠲赈州县灾伤，并敕京城增置米肆，平粜赈民。

按：《元史·仁宗本纪》：四年三月庚寅，即皇帝位。六月己巳，济宁、东平、归德、高唐、徐邳诸州水，给钞赈之。河间、陕西诸县水旱伤稼，命有司赈之，仍免其今年租。秋七月，江陵属县水，民死者众。太原、河间、真定、顺德、彰德、大名、广平等路，德濮、恩通等州霖雨伤稼，大宁等路陨霜，敕有司赈恤。闰七月壬戌，命赈恤岭北流民。八月己巳，楚王牙忽都所部乏食，给钞万锭，出粟五千石赈之。十一月甲子，敕增置京城米肆十所，日平粜八百石，以赈贫民。　按：《食货志》：四年，增所粜米价，为中统钞二十五贯。自是每年所粜，率五十余万石。　按：《杭州府志》：四年，浙西水灾，诏免江浙漕粮四分之一，存留赈济。

仁宗皇庆元年，出米钞赈诸路饥。巩昌、河州等路免赋二分。

按：《元史·仁宗本纪》：皇庆元年二月庚寅，敕岭北省赈给阙食流民。赈山东流民至河南境者。通漷州饥，赈粮两月。夏四月辛未，赵王汝安郡告饥，赈粮八百石。六月丁亥，巩昌、河州等路饥，免常赋二分。八月辛卯，滨州旱，民饥，出利津仓米二万石，减价赈粜。宁国路泾县水，赈粮二月。十二月壬申，晋王也孙铁木儿所部告饥，赈钞一万五千锭。　按：《食货志》：元年，宁国饥，赈粮两月。

皇庆二年，诸路饥，赈贷免租，禁酿酒，并弛山泽之禁，申义仓之令。

按：《元史·仁宗本纪》：二年二月己卯，免征益都饥民所贷官粮二十万石。庚辰，冀宁路饥，禁酿酒。庚子，以晋宁、大同、大宁、四川巩昌、甘肃饥，禁酒。夏四月乙酉，真定、保定、河间、大宁路饥贫，免今年田租十之三，仍禁酿酒。五月辛丑，顺德冀宁路饥，辰州水，赈以米钞，仍禁酿酒。六月甲申，上都民饥，出米五千石，减价赈粜。秋七月癸巳，保定、真定、河间民流不止，命所在有司给粮两月，仍悉免今年差税。诸被灾地并弛山泽之禁，猎者毋入其境。丁巳，云州蒙古军乏食，户给米一石，兴国属县蝻，发米赈之。十二月辛酉，发米五千石赈阿只吉部之贫乏者。甲申，以嘉定州德化县民灾，发粟赈之。　按：《食货志》：二年，复申义仓之令，然行之既久，名存而实废，岂非有司之过与？

延祐元年，以岁荒赈给粮米，禁酿酒，免差税，并令减粜；流民所至，有司存恤。

按：《元史·仁宗本纪》：延祐元年春正月丙申，兴元、凤翔、泾州、邠州岁荒，禁酒。丁未，免上都、大都差税。二年，其余被灾曾经赈济人户，免差税一年。三月戊戌，真定、保定、河间民饥，给粮两月。闰三月丁丑，畿内及诸卫屯军饥，赈钞七千五百锭。归州告饥，出粮减价赈粜。夏四月丁亥，敕储称海五河屯田粟以备赈济。己酉，武昌路饥，命发米减价赈粜。五月乙亥，赈怯鲁连地贫乏者米三千石。庚辰，武陵县霖雨水溢，溺死居民，漂没庐舍禾稼，澧州、汉阳、思州民饥，并发廪减价粜赈之。六月壬辰，诸王察八儿属户匮乏，给粮一岁，仍俾屯田以自赡。甲辰，衡州、郴州、兴国、永州路耒阳州饥，发廪减价赈粜。秋七月乙卯，荅即乃所部匮乏，户给粮二石。乙亥，沅陵、卢溪二县水，武清县浑河堤决，淹没民田，发廪赈之。八月丁未，台州、岳州、武冈、常德、道州等路水，发廪减价赈粜。九月己巳，肇庆、武昌、建德、建康、南康、江州、袁州、建昌、赣州、杭州、抚州、安丰等路水，发廪减价赈粜。十一月戊寅，静安路饥，发粮赈之。十二月壬午，汴梁、南阳、归德、汝宁、淮安水，敕禁酿酒，量加赈恤。乙巳，沔阳、归德、汝宁、安丰等处饥，发米赈之。

按：《荒政考略》：元年，诏曰：被灾去处皇庆二年曾经赈济人户延祐元年差发税粮，尽行蠲免。流民所至去处，有司常加存恤，毋致失所。愿务农者，验各家人力，官为给田耕种。不能自存者，接济口粮。如有复业，并免三年差役，元抛事产尽皆给付。

延祐二年，以诸路水旱民流，诏议行荒政。饥贫灾伤处，给米钞，并令减粜赈之。

按：《元史·仁宗本纪》：二年春正月戊午，怀孟、卫辉等处饥，发米赈之。戊辰，晋宁等处民饥，给钞赈之。庚午，敕以江南行台赃罚钞赈恤饥民。乙亥，御史台臣言：比年地震水旱，民流盗起，皆风宪顾忌，失于纠察，宰臣燮理，有所未至，或近侍蒙蔽，赏罚失当，或狱有冤滥，赋役繁重，以致乖和，宜与老成共议所由。诏明言其事当行者以闻。诸王脱列铁木儿部阙食，以钞七千五百锭给之。益都、般阳、晋宁民饥，给钞米赈之。二月，晋宁、宣德等处饥，给米钞赈之。夏四月丙午，潭州、江州、建昌、沅州饥，发廪赈粜。五月，发粟三百石，赈诸王按铁木儿等部贫民。奉元、龙兴、吉安、南康、临江、袁州、抚州、江州、建昌、赣州、南安、梅州、辰州、兴国、潭州、岳州、常德、武昌等路、南丰州、澧州等处饥，并发廪赈粜。六月辛巳，察罕脑儿诸驿乏食，给粮赈之。秋七月，畿内大雨，漷州、昌平、香河、宝坻等县水没民田庐，潭州、金州、永州路茶陵州霖雨，江涨没田稼，出米减价赈粜。延祐三年，发粮钞仓米赈诸路饥，被灾等处免田租税粮。

按：《元史·仁宗本纪》：三年春正月乙巳，汉阳路饥，出米赈之。丙午，以真定、保定荐饥，禁畋猎。二月戊寅，河间、济南、滨棣等处饥，给粮两月。夏四月癸酉，河南流民群聚渡江，所过扰害。命行台廉访司以见贮赃钞赈之。庚子，辽阳、盖州及南丰州饥，发仓赈之。五月庚午，潭、永、宝庆、桂阳、澧道袁等路饥，发米赈粜。六月戊寅，吴王朵列纳等部乏食，赈粮两月。丁酉，河决汴梁，没民居，辽阳之盖州饥，并发粮赈之。冬十月丁酉，甘州、肃州等路饥，免田租。　按：《食货志》：延祐二年，河南归德、南阳、徐、邳、陈、蔡、许州、荆门、襄阳等处水。三年，肃州等处连岁被灾。皆免其民户税粮。

延祐四年，以百姓饥，诏有司省刑薄赋，并敕郡县复置义仓，发廪赈恤。

按：《元史·仁宗本纪》：四年春正月庚子，帝谓左右曰：中书比奏，百姓乏食，宜加赈恤。朕默思之，民饥若此，岂政有过差，以致然欤？向诏百司务遵世祖成宪，宜勉力奉行，辅朕不逮。然尝思之，唯省刑薄赋，庶使百姓各遂其生也。闰月壬辰，汴梁、扬州、河南、淮安、重庆、顺庆、襄阳民皆饥，发廪赈之。二月甲辰，敕郡县各社复置义仓。丙寅，曹州水，免今年租。夏四月己亥，德安府旱，免屯田租。五月壬午，黄州、高邮、真州、建宁等处流民群聚，持兵抄掠。敕所在有司，其伤人及盗者罪之，余并给粮遣归。冬十月壬寅，赈恤秦州被灾之民。

延祐五年，赈诸部贫乏，给粮赐钞有差。

按：《元史·仁宗本纪》：五年春正月丁亥，赈晋王也孙铁木儿等部贫乏者。二月辛亥，诸王荅失蛮部乏食，敕甘肃行省给粮赈之。三月癸酉，晋王也孙铁木儿部贫乏，赈米四千一百五十石，仍赐钞二万锭买牛羊孳畜。癸未，赐钞万锭，命晋王也孙儿木儿赈济辽东贫民。己丑，敕以红城屯田米赈净州平地等处流民。夏四月丁酉，诸王雍吉剌部乏食，赈米三千石。庚戌，遣官分汰各部流民，给粮赈济。辽阳饥，海漕粮十万石于义、锦州，以赈贫民。五月戊辰，诸王按塔木儿不颜铁木儿部乏食，赈粮两月。十一月壬戌，山后民饥，增海漕四十万石。

延祐六年，诸路饥贫灾伤处，给粮钞粟麦赈之。

按：《元史·仁宗本纪》：六年春正月戊辰，赈晋王部贫民。夏四月丙辰，命京师诸司官吏运粮输上都、兴和，赈济蒙古饥民。壬子，伯颜铁木儿部贫乏，给钞赈之。六月癸巳，以米五千石赈大长公主所隶贫民。壬子，给钞四十万锭，赈合剌赤部贫民，三十万锭赈诸位怯怜口被灾者。丁丑，以济宁等路水，遣官阅视。其民乏食者赈之，仍禁酒，开河泊禁，听民采食。秋七月丙辰，诸王阔悭坚部贫乏，给粮赈之。九月辛卯，铁里干等二十八驿被灾，给钞赈之。癸卯，发粟赈济宁、东平、东昌、高唐、德州、济南、益都、般阳、扬州等路饥。十月乙卯，东平、济宁路水陆十五驿乏食户，给麦十石。癸亥，上都民饥，发官粟万石减价赈粜。己卯，济南滨、棣州，章丘等县水，免其田租。十一月庚子，河间民饥，发粟赈之。十二月癸酉，敕上都、大都冬夏设食于路，以食饥者。

廷祐七年，英宗即位，赈诸路军民饥，并命宣德、开平、和林诸仓储粮，以备赈贷。

按：《元史·英宗本纪》：六年十月，受玉册，委天下事。七年二月壬午，赈大同、丰州诸驿饥。己未，命储粮于宣德、开平、和林诸仓，以备赈贷供亿。三月壬午，赈陈州、嘉定州饥。庚寅，帝即位。壬辰，赈宁夏路军民饥。甲午，赈木怜浑都儿等十一驿饥。夏四月乙卯，那怀浑都儿驿户饥，赈之。己巳，河间、真定、济南等处蒙古军饥，赈之。赈大都、净州等处流民，给粮马遣还北边。五月辛巳，汝宁府霖雨伤麦禾，发粟五千石赈粜之。己丑，大同、云内、丰胜诸郡县饥，发粟万三千石贷之。甲午，沈阳军民饥，给钞万二千五百贯赈之。丙午，御史刘恒请兴义仓。六月乙卯，昌王阿失部饥，赐钞千万贯赈之。乙丑，赈北边饥民有妻子者钞千五百贯，孤独者七百五十贯。秋七月丁亥，晋王也孙铁木儿部饥，赈钞五千万贯。八月乙卯，诸王木南即部饥，兴圣宫牧驰户贫乏，并赈之。庚午，发米十万石赈粜京师贫民。甲戌，广东新州饥，赈之。九月甲申，给钞千万贯，括兴和马，以赡北部贫民。癸巳，沈阳水旱害稼，弛其山场河泊之禁。十一月戊寅，检勘沙净二州流民，勒还木部。己丑，宣德蒙古驿饥，命通政院赈之。 按：《食货志》：自延祐之后，腹里、江南饥民岁加赈恤。其所赈或以粮，或以盐引，或以钞。

汇考十五

(食货典第八十二卷)

目　　录

元 三

英宗至治元年，发粟赈诸路饥、灾伤州县，诏免田租，并减粜、罢役、禁酒。

按：《元史·英宗本纪》：至治元年春正月癸巳，诸王斡罗思部饥，发净州平地仓粮赈之。蕲州蕲水县饥，赈粮三月。奉元路饥，禁酒二月。汴梁、归德饥，发粟十万石赈粜。河南安丰饥，以钞二万五千贯、粟五万石赈之。三月庚子，赈宁国路饥。癸卯，益都、般阳饥，以粟赈之。夏四月庚戌，江州、赣州、临江霖雨，袁州、建昌旱，民皆告饥，发米四万八千石赈之。丁巳，广德路旱，发米九千石，减直赈粜。五月丙子，赈益都、胶州饥。庚辰，濮州大饥，命有司赈之。壬午，以兴国路去岁旱，免其田租。庚寅，女直蛮赤兴等十九驿饥，赈之。六月己未，滁州霖雨伤稼，蠲其租。己巳，临江路旱，免其租。秋七月乙亥，赈南恩新州饥。八月癸卯，赈胶州饥。甲辰，高邮、兴化县水，免其租。壬戌，淮安路盐城、山阳县水，免其租。雷州路海康、遂溪二县海水溢坏民田四千余顷，免其租。九月乙亥，京师饥，发粟十万石减价粜之。庚子，安陆府汉水溢坏民田，赈之。冬十月癸丑，以内郡水，罢不急工役。己未，肇庆路水，赈之。十一月戊戌，巩昌、成州饥，发义仓赈之。十二月癸卯，庆远路饥，真定路疫，并赈之。己未，真定、保定、大名、顺德等路水，民饥，禁酿酒。甲子，河间路饥，赈之。

至治二年，郡县灾伤，民饥者众，免租给米赈之。

按：《元史·英宗本纪》：二年春正月壬申，保定、雄州饥，赈之。己卯，山东、保定、河南、汴梁、归德、襄阳、汝宁等处饥，发米三十九万五千石赈之。辛巳，仪封县河溢伤稼，赈之。癸巳，潮州饥，粜米十万石赈之。二月戊申，顺德路九县水旱，赈之。壬子，河间路饥，禁酿酒。戊午，赈真定等路饥。癸亥，辽阳等路饥，免其租，仍赈粮一月。甲子，恩州水，民饥疫，赈之。三月壬申，临安路河西诸县饥，赈之。癸酉，河南两淮诸郡饥，禁酿酒。丙子，延安路饥，赈粮一月。河间、河南、陕西十二郡春旱秋霖，民饥，免其租之半。癸未，赈辽阳女直汉军等户饥。乙酉，赈濮州水灾。庚寅，曹州、滑州饥，赈之。甲午，辽阳哈里宾民饥，赈之。丁酉，赈奉元路饥。夏四月己亥，岭北蒙古军饥，给粮遣还所部。庚子，赈彰德路饥。壬寅，真州火，徽州饥，并赈之。辛亥，泾州雨雹，免被灾者租。甲寅，南阳府西穰等屯风雹，洪泽、芍陂屯田去年旱蝗，并免其租。丙辰，恩州饥，禁酿酒。丙寅，赈东昌、霸州饥民。五月己巳，免德安府被灾民租。彰德府饥，禁酿酒。庚午，睢许二州去年水旱，免其租。庚辰，赈固安州饥。甲申，赈夏津、永清二县饥。乙酉，京师饥，发粟二十万石赈粜。庚寅，河南、陕西、河间、保定、彰德等路饥，发粟赈之，仍免常赋之半。甲午，赈巩昌、阶州饥。闰月癸卯，睢阳县亳社屯大水，饥，赈之。戊申，奉元路郿县及成州饥，并赈之。乙卯，以淮安路去岁大水，辽阳路陨霜杀禾，南康路旱，并免其租。壬戌，安丰属县霖雨伤稼，免其租。兴元褒城县饥，赈之。甲子，真定、山东诸路饥，弛其河泊之禁。六月戊辰，扬州属县旱，免其租。己巳，广元路绵谷、昭化二县饥，官市米赈之。甲戌，新平、上蔡二县水，免其租。丁亥，奉元属县水，淮安属县旱，并免其租。庚寅，思州风雹，建德路水，皆赈之。秋七月戊戌，淮安路水，民饥，免其租。甲子，南康路大水。庐州六安县大雨，水暴至，平地深数尺，民饥。命有司赈粮一月。八月甲戌，给庐州流民复业者行粮。己卯，庐州路六安、舒城县水，赈之。甲午，瑞州高安县饥，命有司赈之。九月戊戌，大宁路水，达达等驿水伤禾，赈之。甲寅，赈淮东、泰兴等县饥。甲子，临安、河西县春夏不雨，种不入土，居民流散。命有司赈给，令复业。十一月己亥，流民复业者，免差税三年；站户贫乏，鬻卖妻子者，官赎还之。戊申，岷州旱疫，赈之。辛酉，平江路水损官民田四万九千六百三十顷，免其租。十二月甲子，朔，南康建昌州大水民饥，命赈之。辛卯，给蒙古流民粮钞，遣还本部。

至治三年，发粮粟赈中外路民饥。泰定帝即位，复以诸州饥赈之。

按：《元史·英宗本纪》：三年春正月癸巳，曹州禹城县去秋霖雨害稼，县人邢著、程进出粟以赈饥民，命有司旌其门。甲辰，镇西武宁王部饥，赈之。二月丙戌，京师饥，发粟二万石赈粜。三月丁酉，平江路嘉定州饥，发粟六万石赈之。戊戌，安丰芍陂屯田女直户饥，赈粮一月。庚子，崇明诸州饥，发米万八千三百石赈之。甲辰，台州路黄岩州饥，赈粮两月。丙辰，诸王火鲁灰部军驿户饥，赈之。夏四月丙寅，察罕脑儿蒙古军驿户饥，赈之。己卯，北边军饥，赈之。戊子，南丰州民及巩昌蒙古军饥，赈之。秋七月壬辰，真定路驿户饥，赈粮二千四百石。丙辰，东路蒙古万户府饥，赈粮两月。　按：《泰定帝本纪》：三年八月癸巳，即皇帝位。九月，南康、漳州二路水，淮安、扬州属县饥，赈之。十一月丁巳，袁州路宜春县、镇江路丹徒县饥，赈粜米四万九千石。沅州黔阳县饥，芍陂屯田旱，并赈之。十二月丁亥，平江嘉定州饥，赈之。澧州归州饥，赈粜米二万石。

泰定帝泰定元年，以粮钞赈给各路民饥。

按：《元史·泰定帝本纪》：泰定元年春正月甲寅，粜米二十万石，赈京师贫民。丙辰，广德、信州、岳州、惠州、南恩州民饥，发粟赈之。二月癸未，绍兴、庆元、延安、岳州、潮州五路及镇远府河州、集州饥，发粟赈之。三月乙未，给蒙古流民粮钞，遣还所部。癸丑，临洮、狄道县、冀宁、石州、离石、宁乡县旱饥，赈米两月。夏四月辛巳，木怜撒儿蛮部及北边蒙古户饥，赈粮钞有差。五月癸丑，龙庆、延安、吉安、杭州、大都诸路属县水，民饥赈粮有差。六月庚申，赈蒙古饥民，遣还所部。延安路饥，禁酒。己卯，大都、真定、晋州、深州、奉元诸路及甘肃河渠营田等处雨伤稼，赈粮二月。大司农屯田、诸卫屯田、彰德、汴梁等路雨伤稼，顺德、大名、河间、东平等二十一郡蝗，晋宁、巩昌、常德、龙兴等处饥，皆发粟赈之。秋七月己亥，赈蒙古流民，给钞二十九万锭遣还；仍禁毋擅离所部，违者斩。戊申，大都、巩昌、延安、冀宁、龙兴等处饥，赈粜有差。八月癸未，汴梁、济南属县雨水伤稼，赈之。延安、冀宁、杭州、潭州等十二郡及诸王哈伯等部饥，赈粮有差。九月癸丑，濮州、馆陶县及诸卫屯田水，建昌、绍兴二路饥，赈粮有差。冬十月壬午，延安路饥，发义仓粟赈之，仍给钞四千锭。广东道及武昌路江夏县饥，赈粜有差。庚戌，河间路饥，赈粮二月。汴梁、信州、泉州、南安、赣州等路饥，赈粜有差。嘉定路龙兴县饥，赈粮一月。大都、上都、兴和等路十三驿饥，赈钞八千五百锭。十二月乙亥，察罕脑儿千户部饥，赈粮一月。延安路雹灾，赈粮一月。温州路乐清县盐场水，民饥，发义仓粟赈之。

泰定二年，发粮钞赈郡县饥，并诏运粟贮仓，以备赈救；仍敕有司治义仓，令江浙补运及入粟以补官；又以《救荒书》颁州县。

按：《元史·泰定帝本纪》：二年春正月乙未，以畿甸不登，罢春畋。庚戌，肇庆、巩昌、延安、赣州、南安、英德、新州、梅州等处饥，赈粜有差。闰月己卯，河间、真定、保定、瑞州四路饥，禁酿酒。保定路饥，赈钞四万锭、粮万五千石。雄州、归信诸县大雨河溢，被灾者万一千六百五十户，赈钞三万锭。南宾州、棣州等处水，民饥，赈粮二万石。五花城宿灭秃、拙只干、麻兀三驿饥，赈粮二千石。衡州、衡阳县民饥，瑞州、蒙山银场丁饥，赈粟有差。二月庚戌，通漷二州饥，发粟赈粜。蓟州宝坻县、庆元路象山诸县饥，赈粮二月。甘州蒙古驿户饥，赈粮三月。大都、凤翔、宝庆、衡州、潭州、全州诸路饥，赈粜有差。三月乙亥，荆门州旱，漷州、蓟州、凤州、延安、归德等处民及山东蒙古军饥，赈粮钞有差。肇庆、富州、惠州、袁州、江州诸路及南恩州、梅州饥，赈粜有差。夏四月戊申，镇江、宁国、瑞州、桂州、南安、宁海、南丰、潭州、涿州等处饥，赈粮五万余石。陇西、汉中、秦州饥，赈钞三万锭。五月丙子，潭州、兴国属县旱，彰德路蝗，龙兴、平江等十二郡饥，赈粜米三十二万五千余石。巩昌路临洮府饥，赈钞五万五千锭。六月丁未，新州路旱，济南、河间、东昌等九郡蝗，奉元、卫辉路及永平屯田、丰赡、昌国、济民等署雨伤稼，蠲其租。济宁、兴元、宁夏、南康、归州等十二郡饥，赈粜米七万余石。镇西、武靖王部及辽阳水达达路饥，赈粮一月。秋七月壬申，庆远、溪洞民饥，发米二万五百石，平价粜之。敕山东州县收养流民遗弃子女。顺德、汴梁、德安、汝宁诸路旱，免其租。梅州、饶州、镇江、邠州诸路饥，赈粜米三万余石。八月辛丑，南恩州、琼州饥，赈粮一月。临江路归德府饥，赈粮二月。衡州、建昌、岳州饥，赈粜米一万三千石。九月戊申，以郡县饥，诏运粟十五万石，贮濒河诸仓，以备赈救；仍敕有司治义仓。甲寅，禁饥民结扁檐社，伤人者杖一百。著为令。丁丑，琼州、南安、德庆诸路饥，赈粮钞有差。冬十月丙辰，宁夏路曹州属县水，霸州、衢州路饥，赈粮二月。庚戌，旭迈杰以岁饥，请罢皇后上都营缮。从之。壬申，京师饥，赈粜米四十万石。内郡饥，赈钞十万锭、米五万石。河间诸郡流民就食通漷二州，命有司存恤之。杭州路火，赈贫民粮一月。常德路水，民饥，赈粮万一千六百石。十二月壬寅，大宁路凤翔府饥，禁酿酒，以宋董煟所编《救荒活民书》颁州县。济南、延州二路饥，赈钞三千五百锭。惠州、杭州等处饥，赈粜有差。

按：《杭州府志》：二年，中书省言：江浙民饥，今岁海运为米二百万石；其不足者，来岁补运。从之。秋七月，杭州水，诏江浙行省以入粟补官，后又劝率富人出粟赈之。九月，江浙行省言：今岁夏秋霖雨，大水没民田甚多，税粮不满旧额。明年海运，本省止可二百万石，余数令他省补运为便。从之。因罢入粟补官令。十二月，杭州饥，奉诏赈粜。

泰定三年，免被灾州郡租，并以粮钞赈给诸路饥民。又以水旱，罢来年元夕内廷构灯山。

按：《元史·泰定帝本纪》：三年春正月戊辰，大都路属县饥，赈粮六万石。恩州水，以粮赈之。二月甲辰，归德府属县河决民饥，赈粮五万六千石。河间、保定、真定三路饥，赈粮四月。建昌路饥，赈粜米三万石。三月辛未，永平、卫辉、中山、顺德诸路饥，赈钞六万六千余锭。宁夏、奉元、建昌诸路饥，赈粮二月。大都、河间、保定、永平、济南、常德诸路饥，免其田租之半。五月乙巳，泾州饥，禁酿酒。庚午，雄州饥，太平、兴化属县水，并赈之。庐州、郁林州及洪泽屯田旱，扬州路属县财赋官田水，并免其租。六月己亥，奉元、巩昌属县大雨雹，峡州旱，东平属县蝗，大同属县大水，莱芜等处冶户饥，赈钞三万锭。光州水，中山、安喜县雨雹伤稼，大昌屯河决，大宁、庐州、德安、梧州、中庆诸路属县水旱，并蠲其租。秋七月庚申，赈粜濠州饥民麦三万九千余石。八月甲戌，兀伯都剌许师敬并以灾变饥歉乞解政柄，不允。辛丑，真定、蠡州、奉元、蒲城等县及无为州诸处水，河中府、永平、建昌、印都、中庆、太平诸路及广西、两江饥，并发粟赈之。九月戊辰，扬州、宁国、建德诸属县水，南恩州旱，民饥，并赈之。冬十月癸酉，京师饥，发粟八十万石减价粜之。十一月庚子，沈阳、辽阳、大宁等路及金复州水，民饥，赈钞五万锭。怀庆、修武县旱，免其租。宁夏路万户府庆远安抚司饥，并赈之。己巳，广宁路属县霖雨伤稼，赈钞三万锭。沔阳府旱，免其税。永平路大水，免其租，仍赈粮四月。汴梁、建康、太平、池州诸路及甘肃亦集乃路饥，并赈之。壬午，敕以来年元夕，构灯山于内廷。御史赵思鲁以水旱请罢其事。从之。己亥，保定路饥，赈米八万一千五百石。怀庆路饥，赈钞四万锭。亳州河溢，漂民舍八百余家，坏田二千三百顷，免其租。广西静江、象州诸路及辽阳路饥，并赈之。大宁路大水，坏田五千五百顷，漂民舍八百余家。溺死者，人给钞一锭。　按：《张珪传》：珪封蔡国公，知经筵事。泰定二年夏，得旨暂归。三年春，上遣使召珪。珪至，帝曰：卿来时民间如何？对曰：臣老，少宾客，不能远知。真定、保定、河间，臣乡里也，民饥甚，朝廷虽赈以金帛，惠未及者十五六。惟陛下念之。帝恻然，敕有司毕赈之。

泰定四年，以粮钞赈给诸路民饥。江南内郡旱蝗，丞相等乞解职。有诏自儆，敕群臣各钦厥职。

按：《元史·泰定帝本纪》：四年春正月庚戌，御史辛钧言：西商鬻宝，动以数十万锭。今水旱民贫，请节其费。不报。丁卯，燕南廉访司请立真定常平仓，不报。辽阳行省诸郡饥，赈钞十八万锭。彰德、淮安、扬州诸路饥，并赈之。二月辛卯，奉元、庐州、淮安诸路及白登部饥，赈粮有差。永平路饥，赈钞三万锭、粮二月。三月丁卯，大宁、广平二路属县饥，赈钞二万八千锭。河南行省诸州县及建康属县饥，赈粮有差。夏四月乙未，河南奉元二路及通、顺、檀、蓟等州，渔阳、宝坻、香河等县饥，赈粮两月。河间、扬州、建康、太平、衢州、常州诸路属县及云南乌撒、武定二路饥，赈粮钞有差。永平路饥，免其租，仍赈粮两月。五月丁卯，河南江陵属县饥，赈粮有差。汴梁属县饥，免其租。六月乙未，发义仓粟赈盐官州民。庐州路饥，赈粮七万九千石。镇江、兴国二路饥，赈粜有差。秋七月己亥，御史台臣言：内郡、江南旱蝗荐至，非国细故。丞相塔失帖木儿倒剌沙、参知政事不花史惟良、参议买奴并乞解职。有旨：毋多辞。朕当自儆。卿等亦宜各钦厥职。是月，籍田蝗，云州黑河水溢，衢州大雨水，发廪赈饥者，给漂死者棺。延安属县旱，免其租税。辽阳辽河、老撒加河溢，右卫率部饥，并赈之。八月庚辰，运粟十万石，贮濒河诸仓，备内郡饥。是月，扬州路崇明州海门县海水溢，汴梁路扶沟、兰阳县河溢，没民田庐，并赈之。九月甲子，保定、真定二路饥，赈粮三万石、钞万五千锭。闰月甲午，建昌、赣州、惠州诸路饥，赈米四万四千石。土番、阶州饥，赈钞千五百锭。奉元、庆远、延安诸路饥，赈粜有差。冬十月壬戌，大都路诸州县霖雨水溢，坏民田庐，赈粮二十四万九千石。卫辉、获嘉等县饥，赈钞六千锭，仍蠲丁地税。龙兴路属县旱，免其租。大名、河间二路属县饥，并赈之。十一月庚午，减价粜京仓米十万石，以赈贫民。辛卯，以岁饥，开内郡山泽之禁，永平路水旱民饥，蠲其赋三年。诸王塔思不花部卫士饥，赈粮千石。十二月庚子，发米三十万石赈京师饥。己未，大都、保定、真定、东平、济南、怀庆诸路旱，免田租之半。河南、河间、延安、凤翔属县饥，并赈之。

致和元年，诸路饥，赈粮钞有差。被灾州郡免税粮一年，流民复业者差税三年。

按：《元史·泰定帝本纪》：致和元年春正月己卯，帝将畋，柳林御史王献等以岁饥谏。帝曰：其禁卫士毋扰民家。命御史二人巡察之。诸王星吉班部饥，赈钞万锭、米五千石。戊子，河间、真定、顺德诸路饥，赈钞万一千锭。大都路东安州、大名路白马县饥，并赈之。二月庚申，诏免被灾州郡税粮一年，流民复业者差税三年。癸亥，陕西诸路饥，赈钞五万锭。河间、汴梁二路属县及开城、乾州蒙古军饥，并赈之。三月壬辰，晋宁、卫辉二路及泰安州饥，赈钞四万八千三百锭。冀宁路平定州饥，赈粜米三万石。陕西、四川及河南府等处饥，并赈之。夏四月己酉，御史杨倬等以民饥，请分僧道储粟济之。不报。戊午，大都、东昌、大宁、汴梁、怀庆之属州县饥，发粟赈之。保定、冠州、德州、般阳、彰德、济南属州县饥，发钞赈之。五月甲子，遣官分护流民还乡，仍禁聚至千人者，杖一百。是月，燕南、山东东道及奉元、大同、河间、河南东平、濮州等处饥，赈钞十四万三千余锭。峡州属县饥，赈粜粮五千石。六月，奉元、延安二路饥，赈钞四千八百九十锭。　按：《食货志》：泰定二年，减米价为二十贯。致和元年，又减为一十五贯云。文宗天历元年，命郡县招集流亡，贫者赈之。灾伤等路禁酿酒，免科差粮税。

按：《元史·文宗本纪》：天历元年十一月己未，命郡县招集被兵流亡之民，贫者赈给之。庚午，汴梁、河南等路及南阳府频岁蝗旱，禁其境内酿酒。　按：《食货志》：元年，陕西霜旱，免其科差一年。盐官州海潮，免其秋粮夏税。十二月，诏经寇盗剽掠州县免差税一年。

按：《山东通志》：元年春三月，定陶饥，夏五月，沂州饥，赈米二万一千余石。

天历二年，以诸路饥，赈给粮钞，并弛山泽之禁，行入粟补官之令。明宗即位于和宁之北，敕赈粮节费。文宗复即位，命所在置常平仓备荒，又出粟赈粜。

按：《元史·明宗本纪》：二年正月乙丑，文宗遣中书左丞跃里帖木儿来迎。丙戌，帝即位于和宁之北。五月乙亥，西木邻等四十三驿旱灾，命中书以粮赈之，计八千二百石。己卯，赵王马札罕部落旱，民五万五千四百口不能自存，敕河东宣慰司赈粮两月。六月庚寅，陕西行省告饥，遣使还都，与诸老臣议赈救之。七月壬申，监察御史把的于思言：朝廷自去秋命将出师，戡定祸乱，其供给军需，赏赉将士，所费不可胜纪。若以岁入经赋较之，则其所出已过数倍。况今诸王朝会旧制，一切供亿俱尚未给，而陕西等处饥馑荐臻，饿殍枕藉，加以冬春之交，雪雨愆期，麦苗槁死，秋田未种，民庶遑遑流移者众。臣伏思之，此正国家节用之时也。如果有功，必当赏赉者，宜视其官之崇卑而轻重之，不惟省费，亦可示劝。其近侍诸臣奏请恩赐，宜悉停罢，以纾民力。台臣以闻。帝嘉纳之。
按：《文宗本纪》：二年春正月己巳，陕西告饥，赈以钞五万锭。丁丑，赈大都路涿州、房山、范阳等县饥民粮两月。丙戌，皇兄明宗即皇帝位于和宁之北。陕西大饥，行省乞粮三十万石、钞三十万锭、诏赐钞十四万锭，遣使往给之。大同路言去年旱且遭兵，民多流殍，命以本路及东胜州粮万三千石，减时直十之三赈粜之。二月丙辰，奉元临潼、咸阳二县及畏兀儿八百余户告饥，陕西行省以便宜发钞万三千锭赈咸阳，麦五千四百石赈临潼，麦百余石赈畏兀儿，遣使以闻。从之。永平、大同二路上都、云需两府、贵赤卫皆告饥，永平赈粮五万石，大同赈粜粮万三千石，云需府赈粮一月，贵赤卫赈粮二月。三月辛酉，遣燕铁木儿奉皇帝宝于明宗行在所。丙寅，蒙古饥民之聚京师者，遣往居庸关北，人给钞一锭、布一匹；仍令兴和路赈粮两月，还所部。夏四月癸卯，陕西诸路饥民百二十三万四千余口，诸县流民又数十万。先是尝赈之不足，行省复请令商贾入粟中盐，富家纳粟补官，及发孟津仓粮八万石，及河南汉中廉访司所贮官租以赈。从之。德安府屯田饥，赈粮千石。常德、澧州、慈利州饥，赈粜粮万石。赈卫辉路饥民万七千五百余户。丙辰，河南廉访司言：河南府路以兵旱，民饥食人肉，事觉者五十一人，饿死者千九百五十人，饥者二万七千四百余人。乞弛山林川泽之禁，听民采食，行入粟补官之令，及括江淮僧道余粮以赈。从之。江浙行省言：池州、广德、宁国、太平、建康、镇江、常州、湖州、庆元诸路及江阴州饥民六十余万户，当赈粮十四万三千余石。从之。诸王忽剌答儿言：黄河以西所部旱蝗，凡千五百户，命赈粮两月。大都、兴和、顺德、大名、彰德、怀庆、卫辉、汴梁、中兴诸路，泰安、高唐、曹、冠、徐、邳诸州饥民六十七万六千余户，赈以钞九万锭、粮万五千石。大都、宛平县、保定、遂州、易州赈粮一月。靖州赈粜粮九千八百石。五月庚辰，陕西行省言：凤翔府饥民十九万七千九百人，本省用便宜赈以官钞万五千锭。又丰乐八屯军士饥死者六百五十人，万户府军士饥者千三百人，赈以官钞百三十锭。从之。六月己亥，江浙行省言：绍兴、庆元、台州、婺州诸路饥民凡十一万八千九十户。是月，命中书集老臣议赈荒之策。时陕西、河东、燕南、河北、河南诸路流民十数万，自嵩汝至淮南，死亡相藉。命所在州县官以便宜赈之。益都、莒密二州春水夏旱蝗，饥民三万一千四百户，赈粮一月。陕西延安诸屯，以旱免征旧所逋粮千九百七十石。永平屯田府、昌国、济民、丰赡诸署以蝗及水灾，免今年租。秋七月辛巳，以淮安、海宁州盐城、山阳诸县去年水，免今年田租。八月庚寅，明宗崩。己亥，帝复即位于上都。丙子，出官米五万石赈粜京师贫民。己酉，冀宁之忻州兵后荐饥，赈钞千锭。甲寅，集庆、河南府路旱疫，又被兵，赈以本府屯田租及安丰务递运粮三月。莒、密、沂诸州饥，民采草木实，盗贼日滋。赈以米二万一千石，并赈晋宁路饥民钞万锭。九月乙亥，史惟良上疏言：今天下郡邑被灾者众，国家经费若此之繁，帑藏空虚，生民凋瘵，此正更新百废之时。宜遵世祖成宪，汰冗滥蚕食之人，罢土木不急之役，事有不便者，咸厘正之。如此则天灾可弭，祯祥可致，不然将恐因循苟且，其弊渐深。治乱之由，自此而分矣。帝嘉纳之。癸未，上都西按塔罕阔干忽剌秃之地以兵旱，民告饥，赈粮一月。冬十月丙申，给钞十五万锭赈陕西饥民。庚戌，命所在官司设置常平仓。湖广、常德、武昌、澧州诸路旱饥，出官粟赈粜之。陕西凤翔府饥民四万七千户，皆赈以钞。十一月甲子，庐州旱饥，发粮五千石赈之。十二月甲午，冀宁路旱饥，赈粮二千九百石。癸卯，蕲州路夏秋旱饥，赈米五千石。壬子，黄州路及恩州旱，并免其租。　按：《食货志》：二年，以关陕旱，免差税三年。　又按：《志》：入粟补官之制，元初未尝举行。天历二年，内外郡县亢旱为灾，于是用太师荅剌罕等言举而行之。凡江南、陕西、河南等处定为三等，令其富实民户依例出米，无米者折纳价钞。陕西每石八十两，河南并腹里每石六十两，江南三省每石四十两，实授茶盐流官。如不仕，让封父母者，听钱谷官考满，依例升转。夫入粟补官，虽非先王之政，然荒札之余，民赖其助者多矣。

按：《荒政考略》：二年，诏曰：今天下岁一不登，米价腾踊，民辄缺食。仰所在官设常平仓，谷贱则增价以籴，谷贵则贱价以粜，随宜以济其民，岁丰举行，毋为文具。至顺元年，赈诸路饥民粮钞各有差，又量免差税，补运粮额。

按：《元史·文宗本纪》：至顺元年春正月丙辰，怀庆路饥，赈钞四千锭。壬戌，中兴路饥，赈粜粮万石，贫者仍赒其家。庚午，芍陂屯及鹰坊军士饥，赈粮一月。乙亥，宁海州文登、牟平县饥，赈以粮三千石。丙子，衡州路饥，总管王伯恭以所受制命质官粮万石赈之。戊寅，命陕西行省以盐课钞十万锭赈流民之复业者。辛巳，濠州去年旱，赈粮一月。二月乙酉，扬州、安丰、庐州等路饥，以两淮盐课钞五万锭、粮五万石赈之。真定、蕲黄等路，汝宁府、郑州饥，各赈粮一月。辛卯，帖麦赤驿户及建康、广德、镇江诸路饥，赈粮一月。卫辉、江州二路饥，赈钞二万锭。宁国路饥，尝赈粮二万石；不足，复赈万五千石。乙未，中书省言：江浙民饥，今岁海运为米二百万石，其不足者来岁补运。从之。壬寅，土蕃等处民饥，命有司以粮赈之。乙巳，阿剌忒纳失里所部千六百余人饥，赈粮二月。淮安路民饥，以两淮盐课钞五万锭赈之。庚戌，茶陵州民饥，同知万家奴江存礼以所受敕质粮三千石赈之。辛亥，迤西蒙古驿户饥，给刍粟有差。赈河南流民复归者钞五千锭。泰安州饥民三千户，真定、南宫县饥民七千七百户，松江府饥民万八千二百户，及王蕃朵里只失监万户部内饥，命所在有司从宜赈之。济宁路饥民四万四千九百户，赈以山东盐课钞万锭。察罕脑儿宣慰司所部千户察剌等卫饥者万四千四百五十六人，人给钞一锭。三月甲寅，东平路须城县饥，赈以山东盐课钞。安庆、安丰、蕲、黄、庐五路饥，以淮西廉访司赃罚钞赈之。戊午，发米十万石赈粜京师贫民。丁卯，以山东盐课钞万锭赈东昌饥民三万三千六百户。壬申，濮州临清、馆陶二县饥，赈钞七千锭。光州光山县饥，出官粟万石，下其直赈粜。信阳息州及光之固始县饥，并以附近仓粮赈之。丙子，河南登封、偃师、孟津诸县饥，赈以两淮盐课钞三万锭。巩昌、临洮、兰州、定西州饥，赈钞三千五百锭。沂、莒、胶、密、宁、海五州饥，赈粮五千石。中兴、峡州、归州、安陆、沔阳饥户三十万有奇，赈粮四月。丁丑，广平路饥，以河间盐课钞万三千锭赈之。辛巳，广德、太平、集庆等路饥，凡数百万户。夏四月庚寅，中书省臣言：迩者诸处民饥，累常赈救。去岁赈钞百三十四万九千六百余锭、粮二十五万一千七百余石。今汴梁、怀庆、彰德、大名、兴和、卫辉、顺德、归德及高唐、泰安、徐、邳、曹、冠等州饥民六十七万六千户，一百一万二千余口，请以钞九万锭、米万五千石，命有司分赈。制曰：可。以陕西饥，敕有司作佛事七日。壬辰，沿边部落蒙古饥民八千二百人，给钞三锭、布二匹、粮二月，遣还其所部。庚子，天临之醴陵、湘阴等州，台州之临海等县饥，各赈粜米五千石。壬寅，晋宁、建昌二路民饥，赈粮五万五千石、钞二万三千锭。戊申，陕西行台言：奉元、巩昌、凤翔等路，以累岁饥，不能具五谷种。请给钞二万锭，俾分粜于他郡。从之。是月，芍陂屯饥，赈粮二月。土蕃等处脱思麻民饥，命有司赈之。赈怀庆、承恩、孟州等驿钞千锭。五月戊午，改元至顺。诏天下被灾路分人民已经赈济者腹里差发江淮夏税，亦免三分。癸亥，德州饥，赈以山东盐课钞三千锭。武昌路饥，赈以粮五万石、钞二千锭。戊辰，赈卫辉、大名、庐州饥民钞六千锭、粮五千石。开元路胡里该万户府、宁夏路哈赤千户所军士饥，各赈粮二月。乙亥，卫辉路之辉州以荒乏谷种，给钞三千锭，俾籴于他郡。六月壬辰，镇江饥，赈粮四万石。饶州饥，亦命有司赈之。丙午，朵思麻蒙古民饥，赈粮一月。是月，高唐、曹州及前后武卫屯田水灾，大都、益都、真定、河间诸路，献景、泰安诸州及左都威卫屯田蝗，迤北蒙古饥民三千四百人，人给粮二石、布二匹。秋七月丙寅，蒙古百姓以饥乏至上都者，阅口数给以行粮，俾各还所部。闰七月庚子，鲁王阿剌哥识里所部三万余人告饥，赈钞万锭、粮二万石。戊申，大都、太宁、保定、益都诸属县及京畿诸卫大司农诸屯水，没田八十余顷。杭州、常州、庆元、绍兴、镇江、宁国诸路及常德、安庆、池州、荆门诸属县皆水，没田一万三千五百八十余顷。松江、平江、嘉兴、湖州等路水，漂民庐没田三万六千六百余顷，饥民四十万五千五百七十余户。诏江浙行省以入粟补官钞三千锭，及劝率富人出粟十万石赈之。八月庚戌，河南府路新安、沔池等十五驿饥疫，人给粟，马给刍粟各一月。九月庚辰，江浙行省言：今岁夏秋霖雨，大水没民田甚多，税粮不满旧额。明年海运，本省止可二百万石，余数令他省补运为便。从之。丁未，铁里干木邻等三十二驿自夏秋不雨，牧畜多死，民大饥。命岭北行省人赈粮二石。十一月庚辰，命中书赈粜粮十万石，济京师贫民。辛卯，给山东盐课钞三千锭，赈曹州、济阴等县饥民。　按：《食货志》：元年，以河南怀庆旱，其门摊课程及逋欠差税皆免征。

至顺二年，以岁不登，诏各处灾伤饥民，给粮钞，蠲租赈之。十月，遣官优价和籴。

按：《元史·文宗本纪》：二年春正月辛巳，大名魏县民曹革输粟赈陕西饥，旌其门。戊子，给钞五千锭，赈宁海州饥民。乙巳，新添安抚司饔河寨主诉他部瑶僚蹂其禾，民饥。命湖广行省发钞二千锭，市米赈之。二月壬申，命辽阳行省发粟，赈国王朵儿只及纳忽荅儿等六部蒙古军民万五千户。甲戌，以山东盐课钞万锭赈胶州饥。三月壬午，以陕西盐课钞万锭赈察罕脑儿蒙古饥民。丙戌，中书省臣言：宣课提举司岁榷商税，为钞十万余锭。比岁数不登，乞凡僧道为商者仍征其税。有旨：诚为僧者，其仍免之。赵王不鲁纳食邑沙净德宁等处蒙古部民万六千余户饥，命河东宣慰发近仓粮万石赈之。又发山东盐课钞、朱王仓粟赈登莱饥民，兴和仓粟赈保昌饥民。戊子，浙西诸路比岁水旱，饥民八十五万余户。中书省臣请令官私儒学、寺观诸田佃民从其主假贷钱谷自赈，余则劝分富家及入粟补官，仍益以本省钞十万锭，并给僧道度牒一万道。从之。己丑，赈云内州饥民。癸巳，赈辽阳境内蒙古饥民万四千余户。癸卯，大同路累岁水旱，民大饥，裁节卫士马刍粟。自四月一日始，寿王脱里出、阳翟王帖木儿赤、西平王管不八、昌王八剌失里等七部之民居辽阳境者万四千五百余户告饥，命辽阳行省发近境仓粮赈两月。发通州官粮赈檀、顺、昌平等处饥民九万余户，以山东盐课钞三千五百锭赈益都三万余户。是月，陕西行省遣官分给复业饥民七万余口行粮，赈诸王伯颜也不干部内蒙古饥民千余口。夏四月丙午，以粮五万石赈粜京师贫民。辛酉，以山东盐课钞五千锭，赈博兴州饥民九千户。癸亥，诸王完者也不干所部蒙古民二百八十余户告饥，命河东宣慰司发官粟赈之。甲子，陕西行省言，终南屯田去年大水，损禾稼四十余顷。诏蠲其租。扬州泰兴县饥民万三千余户，河南行省先赈以粮一月，后以闻。许之。命辽阳行省发粟赈孛罗部内蒙古饥民。壬申，衡州路属县比岁旱蝗，仍大水，民食草木殆尽；又疫疠，死者十九。湖南道宣慰司请赈粮米万石。从之，五月己卯，安庆之望江县、淮安之山阳县去岁皆水灾，免其田租。丙戌，常德府桃源州去岁水灾，免其租。己丑，益都路宋德让、赵仁各输米三百石，赈胶州饥民九千户。中书省臣请依输粟补官例予官。从之。赈驻冬卫士二万一千五百户粮。四月戊戌，赈辽阳东路蒙古万户府饥民三千五百户粮两月。己亥，高邮、宝应等县去岁水，免其租。癸卯，以河间盐课钞四千锭赈河间属县饥民四千一百户。六月乙巳，发米五千石赈兴和属县饥民。壬戌，以钞万五千锭赈国王朵儿只等九部蒙古饥民三万三百六十二户。庚午，以扬州泰兴、江都二县去岁雨害稼，免今年租。秋七月甲戌，德安府去年水，免今年田租。癸巳，辰州、兴国二路虫伤稼，免今年租。甲午，归德府雨伤稼，免今年租。戊戌，高邮府去岁水灾，免今年租。湖州安吉县大水暴涨，漂死百九十人。人给钞二十贯瘗之，存者赈粮两月。是月，河南奉元属县蝗，大都河间汉阳属县水，冀宁属县雨雹伤稼，庐州去年水，宁夏霜为灾，并免今年田租。赈灵夏鸣沙、兰山二驿户二百九十，定州新军户千二百，应理州民户千三百粮各一月。又赈龙兴路饥民九百户粮一月。八月甲寅，斡儿朵思之地频年灾，畜牧多死，民户万七千一百六十。命内史府给钞二万锭赈之。己未，命赈粜米五万石济京城贫民。是月，江浙诸路水潦害稼，计田十八万八千七百三十八顷，景州自六月至是月不雨，澧州、泗州等县去年水，免今年租。沅州饥，赈粜米二千石。金州及西和州频年旱灾民饥，赈以陕西盐课钞五千锭。九月庚辰，赈兴和、宝昌州饥民米二千石。乙未，思州、镇远府饥，赈米五百石。冬十月丁巳，中书省臣言：江浙平江、湖州等路水伤稼，明年海漕米二百六十万石，恐不足。若令运百九十万，而命河南发三十万、江西发十万为宜。又遣官赍钞十万锭、盐引三万五千道，于通、漷、陵、沧、四州优价和籴米三十万石，又以钞二万五千锭、盐引万五千道，于通漷二州和籴粟豆十五万石，以钞三十万锭往辽阳懿绵二州和籴粟豆十万石。并从之。十一月庚辰，左右钦察卫军士千四百九十户饥，命上都留守司赈之。至顺三年，以粮钞粟米赈济诸路民饥。宁宗即位，缓江浙海运粮不及之数。

按：《元史·文宗本纪》：三年春正月丁丑，赈粜米五万石济京师贫民。癸未，给纳邻等十四驿粮及刍粟，赈永昌路流民。庆远南丹等处溪洞军民安抚司言，所属宜山县饥，疫死者众，乞以给军积谷二百八十石赈粜。从之。江西行省言，梅州频年水旱，民大饥，命发粟七百石以赈粜。己丑，赈肇庆路高要县饥民九千五百四十口。二月己酉，德宁路去年旱，复值霜雹，民饥。赈以粟三千石。夏四月戊辰，安州饥，给河间盐课钞万锭赈之。五月癸酉，云南大理、中庆等路大饥，赈钞十万锭。壬午，复赈粜米五万石济京城贫民。丁酉，常宁州饥，赈粜米二千四百石。秋七月丁丑，赈蒙古军流离至陕西者四百六十七户粮三月；遣复其居户，给钞五十锭。甲午，滕州民饥，赈粜米二万石。庆都县大饥，以河间盐课钞万锭赈之。八月辛丑，赈大都宝坻县饥民，以京畿运司粮万石。　按：《宁宗本纪》：十月庚子，帝即位。辛亥，以江浙岁比不登，其海运粮不及数，俟来岁补运。

顺帝元统元年，赈京畿水灾及宁夏、江浙旱饥。

按：《元史·顺帝本纪》：元统元年六月，大霖雨，京畿水平地丈余，饥民四十余万。诏以钞四万锭赈之。九月庚申，赈恤宁夏饥民五万三千人。十一月乙卯，江浙旱饥，发义仓粮，募富人入粟以赈之。

元统二年，以诸路水旱蝗饥，发粮钞粟米赈之。

按：《元史·顺帝本纪》：二年春正月辛卯，东平须城县，济宁济州、曹州、济阴县水灾民饥，诏以钞六万锭赈之。二月甲子，塞北东凉亭雹，民饥。诏上都留守发仓廪赈之。癸未，安丰路旱饥，敕有司赈粜麦万六千七百石。是月，滦河、漆河溢，永平诸县水灾，赈钞五千锭。瑞州路水，赈米一万石。三月庚子，杭州、镇江、嘉兴、常州、松江、江阴水旱疾疫，敕有司发义仓粮，赈饥民五十七万二千户。是月，山东霖雨，水涌民饥，赈粜米二万二千石。淮西饥，赈粜米二万石。夏四月，益都东平路水，设酒禁。大名路桑麦灾，成州旱饥，诏出库钞及发常平仓米赈之。五月，中书省臣言：江浙大饥，以户计者五十九万五百六十四，请发米六万七百石、钞二千八百锭，及募富人出粟，发常平、义仓赈之，并存海运粮七十八万三百七十石，以备不虞。从之。六月丁巳朔，中书省臣言：云南大理、中庆诸路曩因脱肩败狐反叛，民多失业，加以灾伤民饥，请发钞十万锭差官赈恤。从之。丙寅，宣德府水灾，出钞二千锭赈之。是月，大宁、广宁、辽阳、开元、沈阳、懿州水旱蝗，大饥。诏以钞二万锭遣官赈之。秋七月，池州、青阳、铜陵饥，发米一千石及募富民出粟赈之。八月，南康路诸县旱蝗民饥，以米十二万三千石赈粜之。九月壬子，吉安路水灾民饥，发粮二万石赈粜。十一月戊子，济南莱芜县饥，罢官冶铁一年。

至元元年，出粮米赈诸路民饥，更立常平仓。

按：《元史·顺帝本纪》：至元元年三月己亥，龙兴路饥，出粮九万九千八百石赈其民。是月，益都路沂水、日照、蒙阴、莒县旱饥，赈米一万石。夏四月，河南旱，赈恤芍陂屯军粮两月。五月壬辰，京畿民饥，诏有司议赈恤。是月，永新州饥，赈之。秋七月酉，和州、徽州雨雹民饥，发米赈贷之。八月戊寅，道州、永兴水灾，发米五千石及义仓粮赈之。是月，沅州等处民饥，赈米二万七千七百石。九月，耒阳、常宁、道州民饥，以米万六千石并常平米赈粜之。十一月辛丑，立常平仓。十二月，宝庆路饥，赈粜米三千石。是年，江西大水民饥，赈粜米七万七千石。

至元二年，以州县民饥，发米麦赈粜。台州及上海县发义仓粮，并募富人出粟赈之。

按：《元史·顺帝本纪》：二年三月壬戌，顺州民饥，以钞四千锭赈之。秋七月，黄州蝗，督民捕之，人日五斗。九月，台州路饥，发义仓，募富人出粟赈之。沅州路卢阳县饥，赈粜米六千石。冬十月，抚州、袁州、瑞州诸路饥，发米六万石赈粜之。十一月，松江府上海县饥，发义仓粮及募富人出粟赈之。安丰路饥，赈粜麦四万二千四百石，十二月。江州诸县饥。总管王大中贷富人粟以赈贫民，而免富人杂徭以为息，约年丰还之，民不病饥。庆元慈溪县饥，遣官赈之。

至元三年，发粮钞赈诸路民饥。大都南北两城，诏设赈粜米铺。

按：《元史·顺帝本纪》：三年春正月戊申，大都南北两城设赈粜米铺二十处。是月，临江路新淦州、新喻州、瑞州民饥，赈粜米二万石。二月辛卯，发钞四十万锭赈江浙等处饥民四十万户，开所在山场河泊之禁，听民樵采。是月，发义仓米赈蕲州及绍兴饥民。三月辛亥，发钞一万锭赈大都宝坻饥民。己未，大都饥，命于南北两城赈粜糙米。是月，发义仓粮，赈溧阳州饥民六万九千二百人。夏四月，以米八千石、钞二千八百锭赈哈剌奴儿饥民。龙兴路南昌、新建县饥，太皇太后发徽政院粮三万六千七百七十石赈粜之。五月乙巳，以兴州、松州民饥，禁上都兴和造酒。八月戊辰，遣使赈济南饥民九万户。九月丙寅，大都南北两城添设赈粜米铺五所。

至元四年，赈水灾等处，以江西海运粮赈南昌州饥，又于大都南城添设米铺。

按：《元史·顺帝本纪》：四年二月，赈京师河南北被水灾者。龙兴路南昌州饥，以江西海运粮赈粜之。五月，临沂、费县水，发米三万石赈粜之。十二月甲午，大都南城等处设米铺二十，每铺日粜米五十石，以济贫民。俟秋成乃罢。

至元五年，以中外路民饥，各赈粮钞有差。

按：《元史·顺帝本纪》：五年春正月乙亥，濮州、鄄城、范县饥，赈钞二千一百八十锭。冀宁路交城等县饥，赈米七千石。桓州饥，赈钞二千锭。云需府饥，赈钞五千锭。开平县饥，赈米两月。兴和、宝昌等处饥，赈钞万五千锭。三月辛酉，八鲁剌思千户所民被灾，遣太禧宗禋院断事官塔海发米赈之。戊辰，滦河住冬怯怜口民饥，每户赈粮一石、钞二十两。五月己未朔，晃火儿不剌、赛秃不剌、纽阿迭烈孙、三卜剌等处六爱马大风雪，民饥。发米赈之。六月乙卯，达达民饥，赈粮三月。是月沂莒二州民饥，发粮赈粜之。八月庚寅，宗王脱欢脱木尔各爱马人民饥，以钞三万四千九百锭赈之。宗王脱怜浑秃各爱马人民饥，以钞万一千三百五十七锭赈之。九月丁巳，沈阳饥，民食木皮，赈粜米一千石。冬十月，衡州饥，赈粜米五千石。辽阳饥，赈米五百石。文登、牟平二县饥，赈粜米一万石。十一月，八番、顺元等处饥，赈钞二万二十锭。是岁，袁州饥，赈粜米五千石。胶、密、莒、潍等州饥，赈钞二万锭。

至元六年，诏京城增设米铺，从便赈粜。各路饥处，赈钞给粮。

按：《元史·顺帝本纪》：六年春正月，邳州饥，赈米两月。二月己亥，增设京城米铺，从便赈粜。是月，京畿五州十一县水，每户赈米两月。三月乙卯，益都、般阳等处饥，赈之。癸亥，四怯薛役户饥，赈米一千石，钞二千锭。成宗潜邸四怯薛户饥，赈米二百石，钞二百锭。是月，淮安路山阳县饥，赈钞二千五百锭，给粮两月。顺德路邢台县饥，赈钞三千锭。五月，济南饥，赈钞万锭。六月，济南路历城县饥，赈钞二千五百锭。冬十月庚寅，奉符、长清、元城、清平四县饥，诏遣制国用司官验而赈之。十一月，处州、婺州饥，以常平义仓粮赈之。十二月，东平路民饥，赈之。

至正元年，给钞赈诸路饥。湖南及宝坻县赈米有差。以两浙水灾，免岁办余盐三万引。

按：《元史·顺帝本纪》：至正元年春正月，湖南诸路饥，赈粜米十八万九千七十六石。二月乙酉，济南滨州、沾化等县饥，以钞五万三千锭赈之。是月，大都宝坻县饥，赈米两月。河间、莫州、沧州等处饥，赈钞三万五千锭。晋州饶阳、阜平、安喜、灵寿四县饥，赈钞二万锭。三月己未，大都路涿州、范阳、房山饥，赈钞四千锭。是月，般阳路长山等县饥，赈钞万锭。彰德路安阳等县饥，赈钞万五千锭。夏四月丁酉，以两浙水灾，免岁办余盐三万引。庚子，河西务彰德饥，赈钞万五千锭。五月，赈阿剌忽等处被灾之民三千九百一十三户，给钞二万一千七百五锭。

至正二年，大同饥，运粮赈之。以钞赈诸路州县，冀宁路及归德府赈粜米有差，

按：《元史·顺帝本纪》：二年春正月，大同饥，人相食。运京师粮赈之。顺宁、保安饥，赈钞一万锭。广平磁威州饥，赈钞五万锭。二月，彰德路安阳、临彰等县饥，赈钞二万锭。大同路浑源州饥，以钞六万二千锭、粮二万石兼赈之。大名路饥，以钞万二千锭赈之。河间路饥，以钞五万锭赈之。三月辛巳，冀宁路饥，赈粜米三万石。是月，顺德路平乡县饥，赈钞万五千锭。卫辉路饥，赈钞万五千锭。八月，冀宁路饥赈粜米万五千石。九月，归德府睢阳县因黄河为患，民饥，赈粜米万三千五百石。

至正三年，宝庆路判官贷官粮赈饥。户部复言撙节钱粮。又诏赈粜，立常平仓。

按：《元史·顺帝本纪》：三年二月，宝庆路饥，判官文殊奴以所受敕牒贷官粮万石赈之。秋七月，兴国路大旱，河南自四月至是月霖雨不止。户部复言撙节钱粮。十二月，河南等处民饥，赈粜麦十万石。是岁诏立常平仓。

至正四年，赈郡县民饥，并诏不许抑配食盐，复令民入粟补官，以备赈济。

按：《元史·顺帝本纪》：四年闰二月辛酉，朔，永平、沣州等路饥，赈之。六月戊辰，巩昌陇西县饥，每户贷常平仓粟三斗，俟年丰还官。八月丁卯，山东霖雨，民饥相食。赈之。十一月丁亥，朔，以各郡县民饥，不许抑配食盐，复令民入粟补官，以备赈济。己亥，保定路饥，以钞八万锭，粮万石赈之。戊申，河南民饥，禁酒。十二月，赈东昌、济南、般阳、庆元、抚州饥民。

至正五年，赈各处民饥。大都流民，给粮遣还。富户出米赈饥者，诏旌之。

按：《元史·顺帝本纪》：五年三月，中书省陈思谦建言：所在盗起，盖由岁饥民贫。宜大发仓廪赈之，以收人心。不听。大都、永平、巩昌、兴国、安陆等处并桃温、万户府

各翼人民饥，赈之。夏四月丁卯，大都流民，官给路粮遣其还乡。是月，汴梁、济南、邠州、瑞州等处民饥，赈之。募富户出米五十石以上者，旌以义士之号。六月，庐州张顺兴出米五百余石赈饥。旌其门。

至正六年，发米赈粜贫民。陕西饥，禁酒。水旱之地全免差税。

按：《元史·顺帝本纪》：六年夏四月丁卯，发米二十万石赈粜贫民。五月壬午，陕西饥，禁酒。闰十月乙亥，诏赦天下免差税三分，水旱之地全免。

至正七年，赈各处饥民驿户。又以百姓水旱失业，选台阁名臣为郡守县令。仍许民间利害实封呈省。

按：《元史·顺帝本纪》：七年夏四月己丑，发米二十万石赈粜贫民。是月，河东大旱，民多饥死。遣使赈之。九月甲辰，辽阳霜旱伤禾，赈济驿户。十一月乙巳，中书户部言各处水旱，田禾不收。湖广、云南盗贼蜂起，兵费不给。而各位怯薛冗食甚多，乞赐分柬。帝牵于众请，令三年后减之。己未，迤北荒旱缺食，遣使赈济驿户。十二月丙子，以连年水旱，民多失业，选台阁名臣二十六人出为郡守县令，仍许民间利害实封呈省。壬午，晋宁、东昌、东平、恩州、高唐等处民饥，赈钞十四万、锭米六万石。

至正八年，诸路水旱民饥，赈之。

按：《元史·顺帝本纪》：八年二月，以前奉使宣抚贾惟贞称职，特授永平路总管。会岁饥，惟贞请降钞四万余锭赈之。夏四月乙亥，平江、松江水灾，给海运粮十万石赈之。五月丁巳，四川旱饥，禁酒。六月，山东大水，民饥，赈之。秋七月戊申，西北边军民饥，遣使赈之。

至正十二年，给钞赈大名路饥。又命和籴粟豆于辽阳。

按：《元史·顺帝本纪》：十二年六月丙午，中书省臣言：大名路开、滑、濬三州，元城十一县水旱虫蝗，饥民七十一万六千九百八十口。给钞十万锭赈之。冬十月癸丑，命和籴粟豆五十万石于辽阳。

至正十五年，粜米赈上都饥，并严酒禁。大同路饥，出粮减粜。

按：《元史·顺帝本纪》：十五年春正月丙子，上都饥，赈粜米二万石。丙戌，大同路饥，出粮一万石，减价粜之。闰月，上都路饥，诏严酒禁。

汇考十六

（食货典第八十三卷）

目　　录

明　一

太祖洪武元年，诏水旱去处踏勘实灾，税粮即与蠲免。令天下立预备仓，籴谷收贮，以备赈济。

按：《明会典》：凡蠲免折征。洪武元年，令水旱去处不拘时限，从实踏勘实灾，税粮即与蠲免。　又按：《会典》：祖宗设仓贮谷以备饥荒，其法甚详。凡民愿纳谷者，或赐奖敕为义民，或充吏，或给冠带、散官。令有司以官田地租税契引钱及无碍官银籴谷收贮，近时多取于罪犯抵赎，以所贮多少为考绩殿最。洪武初，令天下县分各立预备四仓，官为籴谷收贮，以备赈济。就择本地年高笃实民人管理。

按：《广治平略》：明太祖起自民间，历试艰难，尤轸念民瘼。洪武元年，令各处悉立预备仓，各为籴粜收贮，以备灾荒，择其地年高笃实者管理。已而命户部运钞二百万贯，往各府州县预备粮储。如一县则于境内定为四所，于居民丛集处置仓。民家有余粟、愿易钞者，许运赴仓交纳，依时价偿其直。官储粟而扃钥之，就令富民守视。若遇凶岁，则开仓赈给，庶几民无饥饿之患。已又令未备处皆举行，而召天下老人至京，随朝命择其可用者，使赍钞往各处，协同所在官司籴谷为备。

按：《杭州府志》：明预备仓始名老人仓。洪武初，令天下州县乡都各量置仓，择耆老一人主之，故名为老人仓。其法每遇岁丰，县官劝令诸乡足食家出米谷不等，储蓄之，官籍其数。凶年许其本乡下户借贷，秋成抵斗还官。著为令，有古义仓遗意。

洪武四年，以浙西去年水灾，诏免今岁田租。

按：《杭州府志》：四年九月，敕曰：去年浙西常被水灾，民人缺食，朕常遣官验户赈济。今虽时和岁丰，念去岁小民贷息必重，既偿之后，窘乏犹多。今赖上天之眷，田亩颇收，若不全免旧常被水之民今年田租，不足以苏其困苦。尔中书其奉行之。

洪武六年，手诏免苏州各县原借粮米。

按：《江南通志》：六年，手诏：今年三四月间，苏州各县小民缺食，曾教府县乡里接济。我想那小百姓好生生受，原借的粮米不须还官，都免了。

洪武七年，诏各处存恤流民。以苏、松、嘉兴百姓缺食，蠲免今年夏税。

按：《续文献通考》：七年，诏各处人民流移愿归，或身死抛下老幼还者，听从其便。鳏寡笃废之人，贫难存活者，有司勘实，官给衣粮养赡。

按：《江南通志》：七年，谕中书省：体知苏州、松江、嘉兴三府百姓们好生缺食生受，今岁夏税令纳的丝绵钱麦等物尽行蠲免。恁省家便出榜去教百姓知道，有司粮长毋得科扰。

洪武八年，杭州水灾，遣户部主事赵乾等赈之。

按：《杭州府志》云云。

洪武十年春三月，钱塘、仁和、余杭三县水灾。赈之，户给米一石。

按：《杭州府志》云云。

洪武十一年，以苏松水灾，诏免逋租，并遣使赐米赈饥。

按：《江南通志》：十一年五月，苏松水灾。免其历年逋租，遣使行赈饥民六万二千八百四十四户，户赐米一石。

洪武十八年，令灾伤去处，有司不奏，许本处耆宿申诉。又令有司凡遇岁饥，先赈后奏。

按：《明会典》：凡报勘灾伤。十八年，令灾伤去处，有司不奏，许本处耆宿连名申诉，有司极刑不饶。凡赈济。十八年，令天下有司凡遇岁饥，先发仓廪赈贷，然后具奏。

洪武十九年，诏恤鳏寡孤独。河南水，命赎民鬻子。

按：《荒政考略》：十九年，诏曰：所在鳏寡孤独，取勘明白，果有田粮有司未曾除去，设若无可自养者，官岁给米六石。其孤儿有田不能自为，既免差役，有亲戚者，有司责令亲戚收养，无亲戚者，邻里养之，毋致失所。其无田者，各一体给米六石，邻里亲戚收养。其孤儿名数，分豁有无恒产，以状来闻，候出幼同民立户。河南大水，命赎民鬻子。

洪武二十五年，令山东灾伤去处，每户给钞五锭。

按：《续文献通考》云云。

洪武二十六年，令各处灾伤官司踏勘明白，户部开写具奏。又诏户部，谕有司先发廪赈饥，然后奏闻。

按：《明会典》：二十六年，定凡各处田禾遇有水旱灾伤，所在官司踏勘明白，具实奏闻。仍申合干上司转达户部，立案具奏，差官前往灾所，覆踏是实，将被灾人户姓名、田地顷亩、该征税粮数目造册缴报本部立案，开写灾伤缘由具奏。

按：《广治平略》：二十六年，孝感民饥，有请发预备仓粮以贷之者。太祖谓户部曰：朕尝捐内帑之资，付天下耆民籴储，正欲备荒歉，以济民急也。若岁荒民饥，必候奏请，道途往返，民之饥死者多矣。尔户部即谕天下有司，自今凡遇岁饥，先发仓廪以贷民，然后奏闻。著为令。先是帝诏天下郡县立养济院，民不能自生，许入院赡养，月给米三斗、薪三十斤、冬夏布一匹，小口给三之二。已又念天下贫民以水火葬，伤风化，诏京师设漏泽园，天下府州县于近城宽闲地立义冢，凡民无以葬者，举葬之。俱著于律。

洪武二十七年，定灾伤处散粮则例。

按：《明会典》：二十七年，定灾伤去处散粮则例：大口六斗，小口三斗，五岁以下不与。

洪武□年，制四方水旱去处，验国之所积，优免租粮，丰稔之岁，择地瘠民贫处免之。

按：《荒政考略》：明洪武宝训云：凡四方有水旱等灾，验国之所积，于被灾去处优免租粮。若丰稔之岁，虽无灾伤，亦当验国之所积，稍有附余，择地瘠民贫优免之，特不为例。

成祖永乐元年，令有司设法捕蝗，布按二司督属巡捕。

按：《明会典》：永乐元年，令吏部行文各处有司，春初差人巡视境内，遇有蝗虫初生，设法扑捕，务要尽绝。如或坐视，致使滋蔓为患者，罪之。若布按二司官不行严督所属巡视打捕者，亦罪之。每年九月行文。至十一月再行军卫，令兵部行文，永为定例。

永乐二年，定苏松等府水淹处给米及代输税粮则例，又蠲免租粮。

按：《明会典》：二年，定苏松等府水淹去处给米则例：每大口米一斗，六岁至十四岁六升，五岁以下不与。每户有大口十口以上者，止与一石。其不系全灾，内有缺食者，原定借米则例一口借米一斗，二口至五口二斗，六口至八口三斗，九口至十口以上者四斗，候秋成抵斗还官。

按：《江南通志》：二年以苏松等府水灾，令低田税粮，以帛代输。从户部奏请。十一月蠲今年粮租有差。

按：《杭州府志》：二年十一月，杭州府水，免今年租。

永乐三年，杭州水灾，诏免租税。

按：《杭州府志》：三年秋八月，杭州府大水，淹民田七十四顷，漂庐舍千二百八十二间，溺死民男女计四百四十口。户部覆实，诏免今年租税。

永乐四年，给粟赈六府流徙复业民户。

按：《江南通志》：四年九月，赈苏、松、嘉、湖、杭、常六府流徙复业民户十二万二千九百，给粟十五万七千二百余石。

永乐五年，发粟赈河南饥。以有司不奏灾伤，悉置于法。

按：《广治平略》：五年，帝闻河南饥，而有司匿不以闻，又有言雨旸时若，禾稼茂实者。及遣人视之，民所收有十不及五者，有十不及一者，亦有掇草实为食者。乃亟命发粟赈之，逮其官，悉置于法。仍榜谕天下有司，自今民间水旱灾伤不以闻者，必罪不宥。

永乐六年，以瘟疫、水涝，令赈给停征。又诏切责蔽灾不以闻者。

按：《明会典》：六年，令福建瘟疫死绝人户，遗下老幼妇女儿男，有司验口给米，税盐粮米各项暂且停征。待成丁之日，自行立户当差。

按：《通纪会纂》：六年，福建奏柏生花为瑞。既而苏扬二府复言桧花为瑞。上曰：近苏松水涝为灾，蔽不以闻，乃喋喋以桧柏称瑞，诏切责之。

永乐七年，皇太子监国，命发廪赈颍州军民。

按：《通纪会纂》：七年，上巡幸北京，命皇太子监国。都御史虞谦巡视两淮颍州军民缺食，请发廪赈贷。皇太子遣人驰谕之曰：军民困乏，待哺嗷嗷，卿等尚从容启请，汲黯何如人也。即发廪赈之，勿缓。

永乐八年，散粮赈饥，又给钞赎还典卖子女。

按：《明会典》：八年，令被灾去处人民典卖子女者，官为给钞赎还。

按：《通纪会纂》：八年十月，户部言赈北京临城县饥民三百余户，给粮三千七百石有奇。上曰：国家储蓄，上以供国，下以济民。故丰年则敛，凶年则散。但有土有民，何忧不足？

永乐十二年，蠲苏、松五府及杭州水灾田租。

按：《江南通志》：十二年十一月，蠲苏松五府水灾田租。

按：《杭州府志》：十二年十二月，杭州水灾，奉诏蠲田租。初，有司议减半征之。上诏户部尚书夏原吉等曰：民田被水无收，未有以赈之，又有征税耶？于是悉蠲之。

永乐十八年，皇太子见山东饥，命布政司擅发官粟赈救，至京奏闻。上为嘉叹。

按：《通纪会纂》：十八年，皇太子赴北京，过邹县，岁荒民饥，竞拾菜实为食。皇太子见之恻然，乃下马入民舍，视男女皆衣百结不掩体，灶釜倾仆不治。叹曰：民隐不上闻若此乎！时山东布政石执中来迎，责之曰：为民牧而视民穷如此，亦动念否乎？执中言：凡被灾之处，皆已奏乞复今年秋粮。皇太子曰：民饥且死，尚及征税耶？汝往督郡县速取勘饥民口数，近地约三日，远地约五日，悉发官粟赈之，事不可缓。执中请人给三斗，曰：且与六斗。汝无惧擅发，予见上，当自奏也。皇太子至京，即奏之。上曰：昔范仲淹之子犹能举麦舟济其父之故旧，况百姓吾赤子乎？

永乐十九年，蠲免去年被水税粮，并诏水旱缺食处，有司取勘赈济。

按：《续文献通考》：十九年，诏自十七年以前，各处逋欠税粮、程课、盐课、马草等项及十八年被水地税粮，悉与蠲免。

按：《荒政考略》：十九年诏曰：有被水旱缺食贫民，有司取勘赈济。

永乐二十二年，令灾伤处按察司及巡按御史委官踏勘。

按：《明会典》：二十二年，令各处灾伤，有按察司处按察司委官，直隶处巡按御史委官，会同踏勘。

仁宗洪熙元年，以淮徐山东民乏食，诏免夏秋税粮，并命水旱伤灾处，有司从实奏报。

按：《通纪会纂》：洪熙元年四月，诏免山东及淮安、徐州夏税秋粮之半。时有至自南京者，上问所过地方何似。对曰：淮、徐、山东民多乏食，而有司征夏税方急。遂召杨士奇等，令草诏免之。士奇曰：斯事亦可令户部、工部与闻。上曰：救民之穷，当如救焚拯溺，不可迟疑。有司虑国用不足，必持不决之意。卿姑勿言。命书诏毕，遣使赍行。上顾士奇曰：汝今可语户部、工部，朕悉免之矣。左右咸言：地方千余里，其间未必尽无收，亦宜有分别，庶不滥恩。上曰：恤民宁过厚。为天下主，宁与民寸寸计较耶？

按：《荒政考略》：元年，诏曰：各处遇有水旱伤灾，所司即便从实奏报，以凭宽恤，毋得欺隐，坐视民患。

宣宗宣德□年，知县陶镕借驿粮赈饥，先给后闻。上褒美之。

按：《纪事本末》：宣德初，河南新安知县陶镕奏民饥，借驿粮千石赈救，秋成偿还。上谓夏原吉曰：有司拘文法，饥荒必申报赈济，民饥死久矣。陶镕先给后闻，能称任使，毋责其专擅也。

宣德元年，令州县修仓廒以备储积。以巡抚周忱奏，于苏松等府立济农仓。

按：《续文献通考》：宣德元年六月，巡按湖广御史朱鉴言：洪武间，各府州县皆置东西南北四仓，以贮官谷，多者万余石，少者四五千石。仓设富民守之，遇有水旱饥馑，以贷贫民。今各处有司以为不急之务，仓廒废弛，赎谷罚金，掩为已有，深负朝廷仁民之意。乞令府州县修仓廒，谨储积，给贷以时，仍令布按二司、巡按御史巡察，违者罪之。上谕户部曰：此祖宗良法美意，比由守令不得人，遂致废弛。尔户部亦岂能无过？其如御史言，违者从按察司监察御史劾奏。八月，巡抚侍郎周忱奏置苏松等府济农水次等仓，以备赈恤。（按：周忱奏疏其济农仓事，乃在宣德八年后。此系于元年八月，未详何据。疏载艺文。）

按：《广治平略》：南直巡抚周忱奏定济农仓之法。盖南畿苏州诸郡田税最重，贫民输官及耕作多举债于富家，而倍纳其息，至于倾家产，鬻子女，不足以偿。于是民益逃亡，而租税益亏。忱思所以济之。会朝廷许以官钞平籴，且劝借储积以待赈。忱与诸郡协谋而力行之，苏州得米三十万石，松江、常州有差，分贮于各县，名其仓曰济农。先是各府秋粮当输者，粮长里胥多厚取于民而不即输官，逃负者累岁。忱欲尽革其弊，乃立法于水次置场，择人总收而发运焉。细民径自送场，不入里胥之手，既免劳民，且省费六十万石，以入济农仓。于是苏州得米四十余万石，益以各场储积之赢，及前平籴所储，凡六十余万有奇。松常二郡次之。自是不独济农，凡运输有欠失者，亦于此给借部纳，秋成如数还官。若民夫修圩岸、浚河道，有乏食者，计口给之。贮择县官廉公有威与民之贤者掌其籍，司其出纳。每岁插莳之际，于中下二等户内验其种田多寡，齐分给之，秋成偿官。

按：《江南通志》：元年九月，命行在户部遣官覆视苏松诸府被春夏雨灾，蠲其税。

宣德二年，江南大旱，令诸郡大发济农米以赈贷，而民不知饥。

按：《广治平略》云云。

宣德三年，诏抚山西流民，发廪给之。杭州临安、新城县饥，以预备仓粮赈给。

按：《通纪会纂》：三年，山西民饥，流徙至南阳诸郡，不下十余万口。有司军卫各遣人捕逐，民死亡者多。上谕夏原吉曰：民饥流移，岂其得已？仁人君子所宜矜念。今乃驱逐，使之失所，不仁甚矣！其即遣官加意抚绥，发仓廪给之，随所至居住，有捕治者罪之。

按：《杭州府志》：三年冬十一月，临安、新城二县饥，奏发预备仓粮一千三百九十六石有奇，验口赈给。

宣德四年，发仓米赈临安、於潜县饥。

按：《杭州府志》：四年冬十一月，临安、於潜二县饥，奏发仓米一千五百九十石赈之。

宣德五年，诏饥民逃移者，行布按州郡招谕复业。以玺书旌赈饥义民。

按：《续文献通考》：五年，各处百姓因饥逃移者，行布按州郡招谕复业；仍善加抚恤，免其户下税粮杂差。

按：《纪事本末》：五年，江西淮安饥，吉水民胡有初、山阳民罗振出谷千余石赈济。命行人赍玺书旌为义民，复其家。

宣德七年，蠲苏松水灾田租。

按：《江南通志》：七年九月，命行在户部遣人覆视苏松水灾田亩，蠲其租税。从巡按御史王来奏报。

宣德八年，以南北直隶及河南、山东、山西灾伤，诏停征蠲，免诸项逋欠税粮。

按：《续文献通考》：八年，两直隶、河南、山东、山西凡被灾地方，自七年以前逋欠夏税秋粮、户口盐粮及官军屯粮子粒，诏皆停征。其逋欠各项及今夏税秋粮尽数蠲免。

按：《荒政考略》：八年，诏曰：朕以菲德，恭嗣天位，统御兆民，夙夜惓惓，图维安利。今畿内及河南、山东、山西并奏，自春及夏，雨泽不降，人民饥窘，朕甚恻焉。夫上天降灾，厥有所自，其政事之有阙欤？刑罚之失中欤？征敛之频繁欤？抚字之不得人欤？永念其疚，内咎于心。思惟感通之道，必广宽恤之仁，庶天鉴之，旋灾为福。所有合行事宜，特条开列，故兹昭示，咸使闻知。一、南北直隶府州县并河南、山东、山西三布政司，凡灾伤去处人户，自宣德七年十二月以前拖欠夏秋税粮、户口盐粮及官军屯种子粒，悉皆停征。其拖欠各色课程盐课，并各衙门见坐派买办采办诸色物料颜料等项，及亏欠孳牧马驴牛羊牲口，悉皆蠲免，仍免其今年夏税。军民乏食者，所在官司验口给粮赈济。如官无见粮，劝率有粮大户借贷接济，待丰熟时抵斗酬还。

宣德九年，诏水旱蝗灾处，停止工部派办物料，并令催办官员回京，不许在外扰民。

按：《荒政考略》：九年，敕曰：南京、直隶、应天、苏松等府州县，今水旱蝗蝻灾伤之处，民人缺食，好生艰辛。但是工部派办物料，即皆停止，待丰熟之时办纳。其不系灾伤之处所派办物料，亦令陆续办纳，不许逼迫。差去催办官员人等，除修造海船物料外，其余悉令回京，不许迁延在外扰民，违者论罪不恕。尔等其体朕恤民之心。钦哉！故谕。

宣德十年，诏水旱灾伤处，有司官毋得科敛小民。

按：《荒政考略》：十年，诏曰：水旱灾伤之处，并听府州县及巡抚官从实奏闻，朝廷遣官覆勘处置。并不许巧立名色，以折粮为由，擅自科敛小民金银段匹等物，那移作弊，侵欺入己，违者罪之。

英宗正统□年，改两浙老人仓为预备仓。慕义献米及劝施应命者，俱赐书褒美，官为旌表。

按：《杭州府志》：老人仓岁久，颇就溃圮。然每逢诏赦之颁，敕有司举行毋怠。往者人情敦厚，乡邑间有慕义献给者，有劝施而应命者。正统初，因人言户部奏遣郎中刘广衡巡行两浙，劝民预备，遂改老人仓为预备仓。仍籍自愿献官与乐输者多寡之数，上之户部，请旌异焉。自献米逾千石，特赐玺书褒美，官为旌表，复其家。劝而施者，亦赐书复其身，又准玺书，俱立石其家表之。

正统二年，令各处有司委官挨勘流民。

按：《明会典》：二年，令各处有司委官挨勘流民名籍、男妇、大小丁口，排门粉壁，十家编为一甲，互相保识，分属当地里长带管。若团住山林湖泺，或投托官豪势要之家，藏躲抗拒官司，不服招抚者，正犯处死，户下编发边卫充军。里老窝家，知而不首及占恡不发者，罪同。

正统三年，淮扬被灾，米贵盐贱。从周忱奏，拨米于各盐场收贮，令灶户纳盐易米。

按：《通纪会纂》：三年，淮扬被灾，盐课亏少。上命巡抚侍郎周忱往视。忱奏令苏州等府，将拨剩余米每月量拨一二万石，运扬州各盐场收贮，照数出给通关，准作下年豫纳秋粮。其米在场，听令灶户将盐于附近场分上纳，即照时价给还粮米食用。于时米贵盐贱，官得贷盐积聚，民得食粮安生，上下赖之。

正统四年，诏诸路添设佐贰官，抚治流民。大学士杨士奇上备荒之策，命户部急行之。又条示宽恤灾伤贫民事宜，及旌奖出谷赈济义民。

按：《明会典》：四年，添设山东、山西、河南、陕西、湖广布政司所属并顺天等府州佐贰官各一员，抚治流民；事简地方革罢。

按：《续文献通考》：四年十月，大学士杨士奇上言：尧汤之世，不免水旱，而尧汤之民，不闻困瘠者，有备故也。我太祖皇帝笃意养民，备荒有制。天下郡县悉出官钞，籴谷贮仓，以时散敛。又相其地开浚陂塘，修筑圩坝，以备水旱。小大之民各安其业。岁久弊滋，豪猾侵渔，谷尽仓毁，凡诸水利，亦多湮废，或被占夺。稍遇凶荒，民无所赖。风宪官不行举正，守令漫不究心。事虽若缓，所系甚切。请择遣京官廉干者，往督有司，凡丰稔州县，各出库银平籴储以备荒，陂塘圩坝，皆令修复，具实奏闻。郡县官以此举废为殿最，风宪官巡历各务稽考，仍有欺蔽怠废者，具奏罪之，庶几官有备荒之积，民无旱潦之虞。仁政所施，无切于此。上曰：此祖宗良法美意。命户部急行之。

按：《荒政考略》：四年，诏曰：朕以眇躬，嗣承大统。仰惟天眷之隆，祖宗创业之难，夙夜祗慎，用图治理，以宁万邦。一切不急之务，悉已停罢。尚念群生乐业，上协天心，切虑民情幽隐，庶职未尽得人，承流宣化有所未至，深歉于怀。兹当春和，万物发舒，吾民或有未得其所者，悉从宽恤，以遂其生。尔中外臣僚，其体朕心，尽乃职务，以求实效，勿事虚文。所有合行事宜条示于后：一、各处有被水旱灾伤缺食贫民，有司即为取勘赈济，切勿令失所。一、民间应有事故，人户抛荒，田地无人佃种，有司即为取勘除豁，仍仰召人承佃。中间有系官田地，即照民田例起科；若不系官民田地，许令诸人耕种，三年后听其报官起科。所种桑枣，有司时加提督，务求成效，不在起科之数。一、各处逃移人户悉宥其罪，许于所在官司附籍纳粮当差。其有愿回原籍复业者，免其粮差二年；递年拖欠税粮等项，悉皆蠲免。

按：《江南通志》四年，敕谕行在工部右侍郎周忱，总督南直隶应天、镇江、苏州、常州、松江、太平、安庆、池州、宁国、徽州十府及广德州预备饥荒之务。金坛民王夸、徐以文、邓茂等出谷赈济，降敕旌奖，免本户杂泛差役有差。

正统五年，令各卫所屯军，因水旱缺食者，照民人例赈济；各处预备仓，并令查勘处置。

按：《明会典》：五年，令各卫所屯军，有因水旱子粒无收缺食者，照缺食民人事例赈济，候秋成还官。　又按：《会典》：五年，奏准各处预备仓，凡侵盗私用、冒借亏欠等项，粮储查追完足，免治其罪。其侵盗证佐明白，不服赔偿者，准土豪及盗用官粮论罪。又议准，凡民人纳谷一千五百石，请敕奖为义民，仍免本户杂泛差役；三百石以上，立石题名，免本户杂泛差役二年。又敕广西布按二司并巡按等官查勘，预备仓粮内有借用未还并亏折等项，著落经手人户供报追赔。其犯在赦前者，定限完日，悉宥其罪。赦后犯者，追完照例纳米赎罪。若限外不完者，不论赦前后，连当房妻小，发辽东边卫充军。又令六部都察院推选属官，领敕分投总督、各布按二司并府州县官，处置预备仓粮，仍令巡抚侍郎并都御史等官兼总其事。又令军民人等各验丁田，自愿出粟备荒者，听从其便，官府不许逼抑科扰。又令各处预备仓，或为豪民占据，责令还官，或年深损坏，量加修葺，其倒塌不存者，官为照旧起盖。又令各处预备仓，凡民人自愿纳米麦细粮一千石之上、杂粮二千石之上，请敕奖谕。

按：《续文献通考》：五年正月，令六部都察院推选属官，领敕分诣两畿、各省府州县，立预备仓，发所在库银籴粮贮之。军民中有能出粟以佐官者，授其散官，旌其门。

按：《杭州府志》：五年冬十月，杭州府奏，五月至今，水旱伤稼，秋粮无征。上命行在户部覆实以闻。十一月，巡抚侍郎周忱奏以参议武达副使王豫惠理杭嘉湖预备之政。时三府水患未消，流移未复，综理庶务，必得专官，故有是命。

正统六年，以民饥窘，发廪赈粜。又旌奖赈饥义民。

按：《续文献通考》：六年，诏预备仓，民有饥窘，即时验实赈济。如遇丰年，仍依例支给官银，收籴备用。

按：《荒政考略》：六年，遣使旌奖吉安府义民周怡等，以其各出粟二千石，佐官以备赈饥民也。

按：《杭州府志》：六年春二月，巡按浙江监察御史康荣奏，杭州府地狭人稠，浮食者多仰给苏松诸府。今彼地水旱相仍，谷米不至，杭州遂困。又湖州府比因岁凶，米亦甚贵。窃计二府官廪尚有二十年之积，恐年久红腐，请发三十五万，粜于民间，令依时值偿纳，则朝廷不费，而民受其惠矣。从之。

正统七年，令各府州县变卖赃罚入官之物，籴粮备赈济；又定给借仓粮折纳还官之数。

按：《明会典》：七年，令各府州县一应赃罚入官之物，俱于年终变卖在官，候秋成籴粮，预备赈济。　又按：《会典》：七年，令福建布政司，凡预备仓粮，给借饥民，每米一石；候有收之年，折纳稻谷二石五斗还官。

正统十年，从周忱奏，蠲前年十四府水灾粮米。

按：《江南通志》：十年八月，命户部蠲苏、松、常、镇等十四府州县。正统九年，水灾无征粮米共四十万三千五百六十三石有奇，从巡抚工部左侍郎周忱奏。

代宗景泰二年，御史王竑擅开仓赈饥，上为嘉叹。

按：《通纪会纂》：景泰二年，命佥都御史王竑巡抚两淮诸郡。时徐淮大饥，民死者相枕藉。竑至，尽所以救荒之术。既而山东、河南流民猝至，竑不待奏报，大发广运官储赈之，全活数百万人。先是淮上大饥，帝阅疏惊曰：奈何百姓其饥死矣！后得竑奏，辄开仓赈济，大言曰：好御史！不然饥死我百姓矣。

景泰四年，令灾伤州县有力囚犯，于缺粮仓纳米赈济。

按：《明会典》：四年，奏准山东、河南、江北、直隶、徐州等处灾伤，令所在问刑衙门，责有力囚犯于缺粮州县仓纳米赈济。杂犯死罪六十石，流徒三年四十石，徒二年半三十五石，徒二年三十石，徒一年半二十五石，徒一年二十石，杖罪每一十一石，笞罪每一十五斗。

景泰五年，浙江巡按奏杭州荒歉，诏户部覆实，并劝民出粟赈济。以苏松等府灾伤，停免民运各项，俟遣官勘实处置。

按：《杭州府志》：五年夏五月，巡按浙江监察御史奏，杭州府正月中雨雪相继，二麦冻死。五月以来，骤雨大至，水漫圩岸，秧苗淹没，即今过时不能布种，税粮无征。诏户部覆实以闻。秋七月，浙江按察司副使罗篪奏劝民出粟赈济。篪因杭州荒歉，乞准照江西例，劝民出谷，一千六百石以上者给冠带，千石以上者旌异之，百石者免役。已冠带者，八品以上三百石，从七品以上至正六品六百石，俱升一级，不支俸等事。奏下户部，请如其言。从之。

按：《江南通志》：五年九月，停免苏松等府民运八十三万二千余石，并各项起运存留马草折银等。俱俟遣官勘实灾伤，奏请处置。是岁吴民侯瑞、张英等各输米八百斛助赈，并赐冠带旌之。

英宗天顺元年，山东大饥。从李贤奏，发太仓银四万两赈之。

按：《荒政考略》：李贤为相。天顺元年，山东民饥，发太仓银三万两赈之。有司奏请核减，英宗召李贤、徐有贞问曰：可从否？贤对曰：可。有贞怫然曰：不可。发银赈民，里胥滋弊，民无实惠。贤曰：虽有此弊，民方待哺，不可不救也。遂增银四万两。有贞退而不乐。英宗知之，谓贤曰：增银赈民，有贞不然卿言，其谬如此。

天顺八年，添设湖广布政司参议一员，于荆襄汉阳等府抚治流民。

按：《明会典》云云。

宪宗成化元年，添设按察副使，抚治汉中流民。杭州饥，从尚书马昂请，敕各官赈济及措备粮储。

按：《明会典》：成化元年，添设陕西按察司副使一员，于汉中府抚治流民。

按：《杭州府志》：元年秋七月，各司府州县奏久雨水潦，麦无收，稻苗腐，岁饥民贫。户部尚书马昂请敕各官赈济，及措备粮储以俟请给。从之。

成化二年，奏准今后若有侵欺赈济银粮，或将官银假以煎销均散为名，却乃插和铜铅，给与贫民者，一体解京发落。

按：《明会典》云云。

成化四年，以水旱免直隶高邮州上年秋粮马草。

按：《荒政考略》云云。

成化六年，遣官赈济京畿灾伤；以京城米贵，发仓粮减粜。又奏准预备仓纳米给赏格；诸路关钞并令折米收贮；流民愿归籍者，敕有司多方存恤。

按：《明会典》：六年，敕差堂上官二员，一员往顺天、河间、永平三府，一员往真定、保定二府灾伤地方，设法招抚赈济。如本处仓粮缺乏，许于附近通州、天津、涿州、保定等处仓分量给及搬运接济。其一应差徭，俱暂优免。又奏准将京通二仓粮米发粜五十万石，每秔米收银六钱，粟米五钱，以杀京城米价腾贵。再将文武官吏俸粮预支三个月。

又按：《会典》：六年，奏准预备救荒，凡一应听考吏典纳米五十石，免其考试，给与冠带。办事在外两考起送到部未拨办事吏典纳米一百石，在京各衙门见办事吏典一年以下纳米八十石，二年以下纳米六十石，三年以下纳米五十石，免其考试，就便实拨，当该满日俱冠带，办事各照资格，挨次选用。又令在外军民子弟，愿充吏者，纳米六十石，定拨原告衙门遇缺收参。又令凤阳、淮安、扬州三府军民舍余人等，纳米预备赈济者，二百石给与正九品散官，二百五十石正八品，三百石正七品。又令各处预备仓，州县掌印官亲管放支，不许转委作弊。又令顺天府河西务、山东临清、直隶、淮扬等关钞贯，暂且折收粳粟粮米，俱以十分为率，各存留三分，其余七分，河西务运至天津卫、沧州等处，临清运至东昌府德州等处，淮安运至济宁州、徐州等处，扬州运至邳州、桃源县等处，俱各收贮，预备官仓赈济。待明年丰稔，仍各收钞。　又按：《会典》：六年，奏准流民愿归原籍者，有司给与印信文凭，沿途军卫有司每口给口粮三升。其原籍无房者，有司设法起盖草房四间。仍不分男妇，每大口给与口粮三斗，小口一斗五升，每户给牛二只，量给种子，审验原业田地，给与耕种，优免粮差五年，仍给下帖执照。

按：《荒政考略》：六年，京畿大水，命右都御史项忠巡视顺天、河间、永平三府，多发官廪，又设分劝法，得米十六万石、银布牛俱各万余，所活二十七万八千余人。

又按：《荒政考略》：六年，以水灾免溧水、溧阳、句容、六合、江浦、当涂、芜湖七县粮税。

成化七年，敕流民团聚为非者，定罪有差。京畿饥发，仓粟减粜。从巡按王杲奏，免松江府灾伤税粮。

按：《明会典》：七年，令荆襄、南阳等处深山穷谷，系旧禁山场，若不附籍，流民潜住团聚为非者，许军卫有司、巡捕官兵、里老人等拘送，各该官司问刑衙门问发边远充军。窝藏之家罪同。若不系禁约山场，止于余外平地州县、军屯官庄藏住，不报籍者，递发原籍当差。逃囚军匠人等，不分山内山外，俱发边卫充军。

按：《荒政考略》：七年，京畿饥，敕户部发太仓粟一百万斛，减价粜以利民。凡粜惟以升斗计，满一石不与，饥者获济。

按：《江南通志》：七年，以松江府连岁灾伤，免今年税粮五分有奇。从巡按御史王杲奏报。

成化九年，定吏典纳米预备仓，给赏格。浙江巡抚条上灾伤分豁事宜。

按：《明会典》：九年，令直隶保定等府州县两考役满吏典，于预备仓纳米一百石，起送吏部，免其办事考试，就拨京考。二百五十石，免其京考，冠带办事。一百七十石，就于本府拨补，三考满日，送部免考，冠带办事，俱挨次选用。其一考三个月以里无缺者，纳米八十石，许于在外辏历两考。

按：《杭州府志》：九年秋八月，巡抚浙江右副都御史刘敷等条上灾伤分豁事宜。略曰：浙江连年灾伤，财力困竭，常赋尚逋，额外岂能赔纳。一、免海宁县赭山汤镇税课局巡拦赔纳税课。一、免本商北新关纳钞。

成化十年，水灾，免寿、泗、和三州，霍丘等八县上年秋粮及各卫屯粮。

按：《荒政考略》云云。

成化□年，敕藩宪核州县预备仓，广为储蓄，以备赈济。

按：《广治平略》：成化中，敕藩宪言：异时州县设预备四仓，所以广储蓄，备旱涝，为民赖也。比久废弛，宜核实见在储蓄有无多寡之数，仍尽各处在官赃赎，籴米为备。有不敷，听于存留粮内借拨，或于各里上中户劝助以充。其看守仓者，于附近里分佥殷实有行止者主之。至通司官吏实收虚放，为侵盗者论如律。卫所地亦如之。

成化十二年，令官司踏勘各处灾伤军民田。巡按御史上救荒事宜。

按：《明会典》：十二年，令各处巡按御史、按察司官踏勘灾伤。系民田者，会同布政司官；系军田者，会同都司官。

按：《杭州府志》：十二年冬十二月，巡按御史吕锺定拟救荒事宜。奏略曰：一、民间无碍子弟有愿纳米充吏者，都布按三司一百石，各府并运司七十石，司府经历、司理问所断事司、各县并有品级文职衙门五十石，杂职衙门三十石，俱先查勘考试，相应于缺粮仓分纳米，完日零次拨充，俟丰年有积则止。一、闽中、浙江见在不系存积盐课一十五万引，每引米三斗五升，于沿海缺粮仓分上纳。以是岁八月风潮雨水泛溢，故有是请。

成化十四年，以浙江岁饥民困，诏免收买花木。

按：《杭州府志》：十四年春三月，杭州等府县奉旨免收买花木。先是巡按浙江监察御史张锐等言，浙江东南大藩，朝廷供需较他处为繁剧。况连年水旱饥馑，乞暂停收买花木，以苏民困。故有是命。

成化十七年，添设四川按察司副使一员，于重、夔、保、顺四府抚治流民。

按：《明会典》云云。

成化十八年，命南京减粜常平仓粮；以江南被灾无收，敕行赈济。

按：《续文献通考》：十八年正月，命南京粜常平仓粮。时岁饥米贵，南京户部议减价粜以济民，候秋成平籴还仓。

按：《江南通志》：十八年三月，敕南直巡抚王恕：地方自去年以来，被灾无收，要行赈济，特命尔督委府州县巡历灾重去处，助勘饥民的数，即将预备仓照数给散。苏松常镇各有递年该收粮内拨剩余米，斟酌多寡，散与极贫军民。其年免夏麦秋粮十之九。

成化十九年，令凤阳等府被灾秋粮减免三分；其余起运者，征银送库，收贮备边。

按：《明会典》：十九年，奏准凤阳等府被灾秋田粮，以十分为率，减免三分；其余七分除存留外，起运者照江南折银则例，每石征银二钱五分，送太仓银库，另项收贮备边。以后事体相类者，俱照此例。

孝宗弘治二年，给米赈顺天等府水灾。

按：《明会典》：弘治二年，议准顺天、河间、永平等府水灾，淹死人口之家，量给米二石；漂流房屋头畜之家，给米一石。

弘治三年，定灾伤应免粮草事例：州县军卫并令积粮，官储不中程者，有司议罚有差。

按：《明会典》：三年，议准灾伤应免粮草事例：全灾者免七分，九分者免六分，八分者免五分，七分者免四分，六分者免三分，五分者免二分，四分者免一分。止于存留内除豁，不许将起运之数一概混免。若起运不足，通融拨补。 又按：《会典》：三年，定有司每十里以下，务要积粮一万五千石。军卫每一千户所积粮一万五千石，每一百户所三百石。每三年一次，查盘有司。少三分者，罚俸半年；少五分者，罚俸一年；少六分以上者，九年考满降用。军卫不及三百之数者，一体住俸。

按：《广治平略》：弘治中，蓄积寡而盗繁。诏州县所储粟，务三年足周一岁之余而后已。大都五十里积粟三万石，百里积粟五万石。官储中程为称职，不及三分而上罚有差，少六分课殿。

弘治五年二月，以水灾免苏松等府卫粮草籽粒有差。其非全灾者，自本年始，以三分为率。

按：《江南通志》云云。

弘治八年，设官抚治河南流民，并蠲免水灾等处。苏松常镇饥，以浒墅关课银赈之。

按：《明会典》：八年，添设河南布政司参政一员，于南阳府抚治流民。

按：《江南通志》：八年五月，以水灾免应天及苏松常镇等府弘治七年粮草籽粒有差，免本年夏麦十之三。十一月，以浒墅关今年秋冬二季并明年春夏二季课税银，留赈苏松常镇四府饥民。

弘治十年，令以无碍官钱籴米贮预备仓。

按：《明会典》：十年，奏准凡三年一次，查盘预备仓粮。除义民情愿纳粟，囚犯赎罪纳米外，但有空闲官地，佃收租米，及赃罚纸价引钱，不系起解支剩无碍官钱，尽数籴米。三年之内不足原数，别无设法者，俱免住俸参究。

弘治十一年，令灾伤处及时委官踏勘。

按：《明会典》：十一年，令灾伤处所，及时委官踏勘。夏灾不得过六月终，秋灾不得过九月终。若所司报不及时，风宪官徇情市恩，勘有不实者，听户部参究。

弘治十四年，令被灾处拨仓米赈济。又杭州府饥，诏赈之。

按：《明会典》：十四年，令徐淮二仓各拨米三万石，临清仓拨四万石，分派附近被灾处所赈济。

按：《杭州府志》：十四年冬十一月，杭州府饥，诏赈之。

弘治十五年，以苏松灾伤，改折起运粮米。

按：《江南通志》云云。

弘治十七年，以苏松灾伤，起运不前，令官员月俸及仓粮漕运暂行折银。辽东预备仓米谷陈腐，查勘支放，令照例召买；并敕抚按官严督所属清查流民。

按：《明会典》：十七年，议准苏松灾伤，起运不前，暂将一年在京各衙门官员月粮米每石折银八钱，该在南京本色禄俸每石照旧折银七钱，其南京各衙门官员俸粮，每月除米一石折银八钱，其余并南京各卫仓粮，俱每石折银七钱，漕运粮米折银二十万石，每石兑运七钱，改兑六钱，各解交纳。 又按：《会典》：十七年，议准辽东预备仓米谷陈腐，查勘堪用者抵石放支。各该卫所官军月粮，其米色颇陈，尚堪食用者，酌量折添斗头，与新粮间月支给；浥烂不堪者，著令经收人员领出，照依律例追赔，耗粮照例递减。支放尽绝，将廒座修理，照例召买上纳。 又按：《会典》：十七年，令抚按官严督所属清查地方流民。久住成家，不愿回还者，就令附籍，优免粮差三年。如只身无产，并新近逃来军匠等籍，递回原籍，仍从实具奏稽考。

按：《杭州府志》：十七年，以上年旱灾免征秋粮。

弘治十八年，令各府州县赃罚赎罪等物，折籴稻谷，上仓以备赈济。

按：《明会典》：十八年，议准在外司府州县问刑应该赎罪等项、赃罚等物，尽行折纳，籴买稻谷上仓，以备赈济，并不许折收银两及指称别项花销。

汇考十七

（食货典第八十四卷）

目　　录

明　　二

武宗正德元年十月，以苏松等府水灾，免存留粮草籽粒。

按：《江南通志》云云。

正德二年，广预备仓储积，以备赈济。

按：《明会典》：二年，令云南抚按同三司掌印等官查勘各库藏所积，除军前支用银物外，其余堪以变卖及官地湖池等项，可以召人佃种收租者，尽数设法籴买米谷上仓，专备赈济。又议准各司府州县卫所问刑衙门，凡有例该纳米者，每石折谷一石五斗，收贮各预备仓。

正德三年，以军米俸粮，补灾伤地方起运之数。

按：《江南通志》：三年十二月，以苏松等府旱灾，令无灾处所免军米及两京俸粮，共折五十万石，省其耗费，以补灾伤地方起运之数。从总督粮储都御史罗鉴奏请。

正德四年，议准湖广原留赈济支剩银两，著籴买米谷上仓，以备荒年。

按：《明会典》云云。

正德五年，各处预备仓，照旧令州县官收放。江南灾荒，诏停征蠲免。

按：《明会典》：五年，奏准司府州县卫所预备仓分添设土仓官，尽行革退，照旧令州县正官或管粮佐贰官收放。

按：《江南通志》：五年，诏停免钱粮籽粒、马匹绢盐课料物；其应完者，俟岁丰带征一分。十一月，以苏、松、常三府水灾，凡起运税粮、棉布、丝绢俱量改折色存留者，本色折色中半征收。各卫所屯田籽粒，并视灾之轻重蠲免。

正德七年，令人犯赎罪纸劄，许折谷米上仓。

按：《明会典》：七年，令在外问刑衙门，凡问拟囚犯，该纳纸劄者二分，纳纸八分，折米谷上仓，不许折收银两。又议准陕西所属问刑衙门，将一应该收人犯赎罪纸价，准其收纳粟米谷麦等项上仓。

按：《江南通志》：七年，以旱灾，免苏、松、常、镇四府秋粮有差。

正德八年，令辽东犯罪官员免其立功，准于预备仓纳谷收贮。

按：《明会典》：八年，议准辽东遇有本镇犯该立功官员，免其立功，纳谷一百石收贮预备仓。其别处发来立功者，照旧行。

正德十四年，令辽东存留赎罪银两，买粮赈济。

按：《明会典》：十四年，令辽东比照宣大事例，将巡按并大小衙门问过一应赎罪银两存留本处，以备买粮赈济。

按：《江南通志》：十四年八月，以水灾免苏、松、常镇等府夏税有差。

世宗嘉靖元年，陕西旱蝗，运太仓库见贮银支用。

按：《明会典》：嘉靖元年，令将太仓银库见贮银两，差官秤盘二十万两，运赴陕西蝗旱地方支用。

嘉靖二年，以各项银两赈济灾伤等处。

按：《明会典》：二年，令将浒墅钞关收贮嘉靖元年秋冬二季、二年春夏二季共四季银两，照数查取在官，类解南直隶巡抚衙门，相兼原查余盐等银，通融赈济灾伤地方。又令将湖广正德十四年起至嘉靖二年止解京银三万五千两，给发赈济荆州府荆门、石首等州县旱灾。又令将嘉靖三年分净乐宫库藏查盘节年所积香钱，暂支二千两，赈济湖广地方旱灾。

按：《续文献通考》：二年，南北二京及山东、河南、湖广、江西俱旱灾。户部孙交请留苏松折兑银、粳白米、两浙盐价、浒墅关钞课、应天缺官薪皂赎锾兼赈，又请发太仓银二十万、折漕米九十万往赈。从之。

嘉靖三年，令各处抚按官督该司处置预备仓，以积粮多少为考绩殿最。

按：《明会典》：三年，令各处抚按官督各该司府州县官，于岁收之时，多方处置，预备仓粮。其一应问完罪犯纳赎纳纸，俱令折收谷米，每季具数开报抚按衙门，以积粮多少为考绩殿最。如各官任内三年六年全无蓄积者，考满到京，户部参送法司问罪。

按：《通纪会纂》：三年，南畿都郡大饥。上命发帑藏、截漕粟赈之。

嘉靖四年，令抚按官翻刊积谷备荒过事，发所属检阅。收过谷石实数，并令于春季奏报。

按：《明会典》：四年，令各处抚按官通查积谷备荒前后议处过事宜，翻刊成册，分发所属，著落掌印等官时常检阅，永远遵守。抚按清军官每年春季各将所属上年收过谷石实数奏报户部，时常稽考，以凭赏罚。嘉靖五年，赈恤凤阳等处及湖广地灾伤。

按：《明会典》：五年，令凤阳等处被灾州县税粮，照例除免；应解物料，暂且停征；两广盐价，留四万两接济应用。　又按：《会典》：五年，奏准湖广地方灾伤，将合属各预备仓原积谷米杂粮八十二万石、银四万两，并太和山嘉靖四年五年分香钱银两见在实数十分内摘取六分，酌量轻重赈济。

嘉靖六年，贵州灾伤，令立功军犯纳米备赈。又令抚按官督有司仿常平法积谷救荒，并诏流民复业者，除免粮役。

按：《明会典》：六年，奏准贵州灾伤，凡遇军职犯该立功罪名者，每一年纳米十石省，令在卫闲住年限满日，方许带俸差操。纳过粮米存留备赈，丰年停止。　又按：《会典》：六年，令抚按二司督责有司设法多积米谷，以备救荒。仍仿古人平籴常平之法，春间放赈贫民，秋成抵斗还官，不取其息。如见在米谷数少，将贮库官钱并问过赎罪折纸银两，趁秋成时委贤能官一员籴买，比时估量添二三文，府以一万石，州以四五千石，县以二三千石为率，明立簿籍查考，岁荒减价粜与穷民。仍禁奸豪，不许隐情捏名，多买罔利，事发重治。　又按：《会典》：六年，诏今后流民有复业者，除免三年粮役，不许勾扰。其荒白田地，有司出给告示晓谕，许诸人告种，亦免粮役三年。三年后，如果成熟，量纳轻粮。如有不遵，官吏里甲人等一体治罪。各州县官有设法招抚流民复业，及招人开垦承种荒白田地数多者，俱作贤能官保荐擢用。

嘉靖七年，北直隶八府灾伤，蠲免秋粮夏税。河南苏松等处亦蠲赈有差。

按：《明会典》：七年，奏准北直隶八府灾伤，将本年分夏税，不分起运存留，尽数蠲免。其秋粮视被灾分数，仍照旧例行。　又按：《会典》：七年，奏准河南灾荒，将所属库贮各项钱粮动支，及准留改折兑军米十万石，赈济被灾府分饥民。又谕巡抚官督令司府州县等官，将极贫人户，先尽见在仓粮量为给赈。若有不敷，将各项官银给发灾轻去处，照例征免输纳。其兑军起运不可缺者，将两淮等运司盐价银两及各处先因别项征纳今未用者，酌量派补运纳。如有不敷，仍将太仓收贮官银动支百余万两，派发送去，以备代补起运及赈济二项支用。事完造册奏缴。

按：《江南通志》：七年，以苏松被灾，蠲免全税，发太仓库银一百万两，抵补起存钱粮，余行赈济。

嘉靖八年，令州县积谷备荒，行义仓法。

按：《明会典》：八年，令抚按官晓谕积粮之家，量其所积多寡，以礼劝借。若有仗义出谷二十石、银二十两者，给与冠带；三十石、三十两者，授正九品散官；四十石、四十两者，正八品；五十石、五十两者，正七品。俱免杂泛差役。出至五百石、五百两者，除给与冠带外，有司仍于本家竖立坊牌，以彰尚义。又题准灾伤地方军民人等，有能收养小儿者，每名日给米一升；埋尸一躯者，给银四分。邻近州县不得闭籴。又题准各灾伤地方，守巡官查审流民，大口给谷二三斗，小口一二斗，令各速还原籍。　又按：《会典》：八年，题准各处抚按官设立义仓，令本土人民每二三十家约为一会，每会共推家道殷实、素有德行一人为社首，处事公平一人为社正，会书算一人为社副。每朔望一会，分别等第，上等之家出米四斗，中等二斗，下等一斗，每斗加耗五合入仓。上等之家主之。但遇荒年，上户不足者量贷，丰年照数还仓；中下户酌量赈给，不复还仓。各府州县造册送抚按查考，一年查算仓米一次，若虚即罚会首出一年之米。又令各处抚按官督所属官，将赃罚税契引钱一应无碍官钱籴买稻谷，或从宜收受杂粮，以备荒歉。各该官员果能积谷及数，听抚按官核实旌异；若不用心举行，照例住俸。又奏准州县积粮之法。如十里以下积粮一万五千石，二十里以下二万石，三十里以下二万五千石，五十里以下三万石，百里以下五万石，二百里以下七万石，三百里以下九万石，四百里以下一十一万石，五百里以下一十三万石，六百里以下一十五万石，七百里以下一十八万石，八百里以下一十九万石。三年之内，务彀一年之用，如数为称职；过数或倍增，听抚按奏旌，不次升用；不及数者，以十分为率，少三分者罚俸半年，少五分者罚俸一年，少六分以上者为不职，送部降用。知府视所属州县积粮多寡，以为劝惩。其军卫三年之内，每一百户所各积谷三百数外，多积百石以上者，军政等官俱给花红羊酒激劝，不及数者住俸。

按：《通纪会纂》：八年，陕西佥事齐之鸾言：臣自七月中由舒霍逾汝宁，目击先息、蔡颍间蝗食禾穗殆尽。及经潼关，晚禾无遗，流民载道。偶见居民刈获，喜而问之。答曰：蓬也。有绵、刺二种，子可为面。饥民仰此而活者五年矣。臣见有食者，取啖之，螯口涩腹，呕逆移日。小民困苦可胜道哉？谨将蓬子封题赍献，乞颁臣工，使知民瘼。

按：《广治平略》：嘉靖中，侍郎王廷相言：备荒之政莫善于古之义仓。若立仓于州县，则穷乡就仓，旬日待毙。宜贮之里社，定为规式。一村之间约二三百家为一会，每月一举，第上中下户捐粟多寡，各贮于仓，而推有德者为社长，善处事能会计者副之。若遭凶岁，则计户而散，先中下者，后及上户。上户责之偿，中下者免之。凡给贷悉听于民，第令登记册籍，以备有司稽考，则既无官府编审之烦，亦无奔走道路之苦。从之。直隶巡按御史宋缥言：各州县岁派积谷之数，徒资贪吏掊克，无益实用。上策莫如罢之，不则稍减其数，庶官民两便。户部言积谷备荒，原非弊政，但系奉行者之贤不肖，不可轻议变法。上从部议。　又按：《广治平略》：八年，广东佥事林希元上《荒政丛言》，言救荒有二难，曰得人难，审户难。有三便，曰极贫民便赈米，次贫民便赈钱，稍贫民便赈货。有六急，曰垂死贫民急饭粥，疾病贫民急医药，起病贫民急汤水，既死贫民急墓瘗，遗弃小儿急收养，轻重系囚急宽恤。有三权，曰借官钱以粜籴兴，工作以助赈，贷牛种以通变。有六禁，曰禁侵渔，禁攘盗，禁遏粜，禁抑价，禁宰牛，禁度僧。有三戒，曰戒迟缓，戒拘文，戒遣使。上以其切于救民，皆从之。

嘉靖九年，令各处运司收买米谷，贮仓赈济饥贫灶户；府州县积久米谷，尽数平粜，收新谷贮之。

按：《明会典》：九年，令各处运司将在库无碍官银及赃罚银两趁时收买米谷，别仓收贮，委官守掌。如遇饥馑，运司将极贫灶丁查照有司赈济事例，呈巡盐御史动支；若有不敷，各该有司查明，与民一体赈济。

又按：《会典》：九年，令天下各府州县有积久米粟，尽数平粜，以济贫穷。候收成买贮新谷，务足前数。　又按：《会典》：九年，令各省乘大造之年，查勘各属流民置有产业，住种年久者，准令附籍当差；其余，各省俱令回籍生理。如或曾经为盗为非，事露改易姓名，越境潜住者，许地方里老举首拏问。若富豪大户容留及知而不举者，查照律例，从重问拟。又令抚按官招抚流民，令各还乡，查将本处仓库堪动钱粮并近开事例银两，量给牛具种子，使各安生业，毋致失所。

嘉靖十年，以陕西灾伤重大，支太仓银两赈之，并令州县官多方设法赈济。

按：《明会典》：十年，令支太仓银三十万两赈济陕西。又奏准陕西灾伤重大，令各州县官员戒谕富室，将所积粟麦先扣本家食用，其余照依时价粜与饥民。若每石减价一钱，至五百石以上者，给与冠带；一千石以上，表为义门。被灾人民逃出外境者，招集复业，倍与赈济银两，官给牛种。隆冬时月，饥民有年七十以上者，添给布一匹，动支官银收买。遗弃子女，州县官设法收养。若民家有能自收养至二十口以上者，给与冠带。州县官各于养济院支预备仓粮，设一粥厂，就食者朝暮各一次，至麦熟而止。

嘉靖十一年，令无粮饷军及父母妻子极贫者，与饥民一体赈济。

按：《明会典》：十一年，题准凡遇赈济，除各卫所上班官军自有应得月粮外，其原无粮饷军余或父母妻子极贫者，查审的当，与州县饥民一体给放。

嘉靖十二年，户部尚书许瓒言，郡县赎锾引税，多乾没无稽，宜令籴谷备赈。从之。

按：《续文献通考》云云。

嘉靖十四年，以太和山香钱并均州贮库银发湖广赈济，并令今后羡余香钱储积备荒。

按：《明会典》：十四年，令将太和山嘉靖十年以前香钱并均州贮库银二千六百余两，尽数发湖广布政司赈济，并补给禄粮月俸支用。今后香钱除正用外，果有羡余，岁岁储积，以备凶荒赈济。

嘉靖十六年，定被灾地方应免钱粮体例。

按：《明会典》：十六年，题准今后凡遇地方夏秋灾伤，遵照勘灾体例，定拟成灾应免分数，先尽存留，次及起运。其起运不敷之数，听抚按官将各司府州县官库银两钱帛等项通融处补及听折纳轻赍。存留不足之数，从宜区处，不许征迫小民，有孤实惠。

按：《续文献通考》：十六年，被灾地方应免钱粮已征者，准作本户下年该纳之数，未征者照例蠲免。

嘉靖二十二年，出预备仓赈浙中饥。

按：《杭州府志》：二十二年，浙中大饥，斗米二百钱。奉诏出预备仓赈之。

嘉靖二十三年，题准各处灾伤漕运粮米，以十分为率，七分照旧征运，三分折征价银。

按：《明会典》：二十三年，题准各处灾伤漕运正改兑粮米四百万石，除原额折银，并蓟州、天津仓本色照旧外，其余本色以十分为率，七分照旧征运粮米，三分折征价银。每正兑米一石，连席耗共征银七钱；改兑米一石，连席耗共征银六钱。

按：《江南通志》：二十三年，以苏松等府兵荒相继，尽蠲本年存留钱粮改折起运之半。从巡按御史周如斗等奏报。

嘉靖二十四年，令罪人有力者纳米入预备仓。

按：《明会典》：二十四年，议准徒杖笞罪审有力者，俱令照例纳米入预备仓，不许以稻黍杂粮准折上纳。

嘉靖二十九年，以席米给进京避难贫人。

按：《明会典》：二十九年，令进京避虏贫难人口，每名给席一领，按日给米一升。

嘉靖三十一年，以东安县河灾，移派改兑折银于别州县，并赈济大同全灾卫所。

按：《明会典》：三十一年，以黄河淹没东安县治，令该县应派改兑折银移派该府别州县，该县止派支运。

又按：《会典》：三十一年，令大同全灾卫所预放官军月粮两月，仍以该镇煤税盐税等银及预备仓粮米赈济。

嘉靖三十二年，赈济各处灾伤。以京城米贵，发太仓粮平粜赈给。

按：《明会典》：三十二年，奏准河南灾盗地方，量行折征兑改米五万石。内于临清仓支运三万石，德州仓支运二万石，以补漕运之数。　又按：《会典》：三十二年，议准徐淮水灾，减免有田有户之人应纳税粮五万石。其见在淮徐两仓米麦专给与无田无户之人，或不敷，将淮徐附近府州县该起运兑改及各处见运到淮漕粮内，照数截拨补给。又令发京通二仓挨陈粳粟米各一万五千石，赈济河间保定水灾。又以河南寖灾，令发预备仓粮及事例民兵等银给赈；仍从卫河赴临清仓，动支寄收漕运粮米三万石，装至卫辉府，酌发被灾各州县收顿，候明春青黄不接散赈。又令劝谕殷实铺行给领官银，或不敷，听于临清仓折粮银借支二万两，作为籴本，前往邻近有收地方收买粮米听赈；仍立为均籴之法，照依原买脚价，听从过得人户易买自济，或互为贸迁，相兼接粜。

按：《通纪会纂》：三十二年，上问严嵩：民多无食，何也？嵩曰：四远饥民，来京求食，一时米价腾贵。请以太仓米数万石平价发粜。上允之。复思民有身无一钱者，仍坐毙道路，令以六分出粜，四分给贫苦者。

嘉靖三十三年，题准淮凤灾伤，将未完改兑粮待麦熟后止征折色。

按：《明会典》云云。

嘉靖三十四年，岁侵，诏发内帑银三万两赈济饥民。

按：《续文献通考》云云。

嘉靖三十八年，以蓟辽饥荒，发运银米赈济。

按：《明会典》：三十八年，令发太仓银六万两，赈蓟辽饥荒。另发银五万两，以给牛种。又令将新运停泊天津应派通仓漕粮拨八万石运发蓟州，转运山海，令山海以东应赈人户自来搬运。其广宁、辽阳、金复海盖隔远处，于真保地方易买骡头，就令辽阳见调蓟州防秋步军回日顺带驮运备赈。

嘉靖四十年，赈恤苏松等府水灾。

按：《江南通志》：四十年，以苏松等府水灾，改折起运粮米，停征宗人府米折、京库折草布绢等银；仍留关税与各府引价事例银赈济。

嘉靖四十一年，遣归辽东流入他处饥民。

按：《明会典》：四十一年，令辽东饥民流入永平、河间、海傍住居及航海渡登莱者，给文遣归；势家占恡不发者，以隐匿逃军论。

嘉靖四十三年，淮、扬、徐州灾伤，令改折来岁运粮。

按：《明会典》：四十三年，议准淮、扬、徐州灾伤，改折嘉靖四十四年应运四十三年分兑运改兑秋粮。淮安所属邳州、海州、盐城、山阳、睢宁五州县，各准三分，安东、赣榆、沭阳、宿迁、桃源、清河六县及徐州所属萧县，各准五分，徐州并砀山、沛县、丰县及扬州府所属兴化县，各准六分，征银解部，备放官军折色支用。

嘉靖四十五年，赈畿内饥。杭、嘉、湖三府水灾，改折蠲免有差。穆宗即位，诏开穷困军民。

按：《续文献通考》：四十五年春正月，赈畿内饥。民在京者，出太仓粟，计口给济；在外行抚按就近给赈，无致饥死。　又按：《续通考》：四十五年十二月壬子，穆宗即位，诏开天下军民十分穷困，国用虽诎，岂忍照常征派。遂有明年蠲折之令。

按：《杭州府志》：四十五年，杭、嘉、湖三府水灾，钱塘改折漕粮三分。自嘉靖二十一年至四十三年逋欠者，悉蠲之。

穆宗隆庆□年，陕西巡按请宽积谷之例。从之。

按：《广治平略》：隆庆初，陕西巡按御史王君赏奏请宽积谷之例，言近时有司积谷之数，虽已半减，然州县大者数万石，小者数千石，即日入民于罪，不可得盈，宜再减其额。时知州尹际可等积谷不如数，例当降调。吏部言有司积谷备荒，虽亦急务，然较之正赋，轻重自是不同，况皆出赃罚纸赎及他设处，所入之数，视地方贫富、狱讼繁简为差，不可以预定也。若必欲所在取盈，是徒开有司作威生事之端，反失济民初意。制可。

隆庆元年，京城霖雨，以房号钱、赃罚银分赈贫民。从巡按王友贤奏，赈恤直隶被虏地方。

按：《文献通考》：隆庆元年六月，以霖雨坏民庐舍，令五城御史以房号钱、巡按御史以赃罚银分赈之，贫者每户给银五钱，次三钱。仍谕都察院左都御史王廷等督御史严加稽察，使贫民得沾实惠。直隶巡按王友贤奏被虏地方宜加赈恤，而昌黎、乐亭、抚宁、卢龙诸处，请特免粮差以苏之。报可。

隆庆二年，诏有司积谷备赈；灾伤等处，赈给蠲免有差。

按：《续文献通考》：二年七月，以河间、广平、保定、真定、顺德、大名等府灾伤，令有司查勘分数，赈给有差。户科刘继文言，有司卫所积谷备赈，今怠于奉行，而抚按疏于督责，灾伤日奏，无益贫民。乞敕抚按严核有司军卫奏报所积数目，以俟稽查，及将贮库赃罚无碍官银籴谷备赈。诏从之。壬辰，诏户部发太仓银二万两，遣于灾重处，亟行赈济，务使民沾实惠。其余被灾地方，行各该抚按官一体设法赈恤，仍查灾伤分数酌量蠲免，以副朕轸念元元之意。　又按：《续通考》：二年，以甘肃等处旱灾，命蠲屯粮并发银赈济有差。　按：《江南通志》：二年十一月，以苏、松、常三府水灾，诏改折额解禄米食粮一年。

隆庆三年，以诸路灾伤，诏发银米赈济，并改折蠲免有差。

按：《续文献通考》：三年八月，以北直隶、山西地方灾伤，诏留赃罚银两赈给。束鹿县大水，坏庐舍，溺死人民甚众。巡按房楠请发帑银赈恤，又乞将夏秋二税、食盐、丝绢及徭役等银悉行停免。上用户部议，许动支隆庆三年分应解赃罚银两。其蠲免钱粮，行抚按酌议。以苏、松二府水灾，给赈有差。丁卯，户科刘继文以浙、直、山东灾伤，请量发帑银，遣官分赈，仍留淮浙盐鱼及发临德二仓粟米，或令司府以开纳银两籴谷预备。其漕运等粮并备用马匹，各照被灾分数量准折征，俾小民得沾实惠。礼部黄才敏亦请发德州仓见积米二三万石以赈饥民，令抚按扣赃罚银两，抵补原额。其他被灾诸省如有仓储，皆如此例。户部覆奏，如原议。其起运存留等项钱粮应蠲免改折者，候抚按酌议以闻。报可。十月，两淮巡盐御史李学诗以盐场水灾，请扣留商人正盐纳银，每引一分，挑河银二万两，赈恤灶丁。从之。十二月，湖广抚按刘慤、雷稽古等奏，所属府县官积谷不如数者，各夺俸贬秩有差。诏留两淮盐课银二万两、淮扬船银三季以赈饥民。　又按：《续通考》：三年八月，以江南江北各府灾伤，命查芦洲课银，自嘉靖二十一年至四十三年逋负者，悉蠲之。又以杭、嘉、湖三府水灾，改折湖州漕粮六分，杭、嘉三分，南京各卫仓米一年每石六钱，并免三府额征本省兵饷及工部黄麻等料，又量留抚按赃罚以赈之。九月，以水灾，诏南直隶太仓州、崇明、靖江、嘉定、溧阳、吴江、高淳、六合、长洲、丹徒等县改折漕粮有差，无漕粮者停征一年半。十月，以雹灾，免宣府前等卫所城堡，延保定等州县屯粮有差。又以水灾免浙江临海、天台、黄岩、仙居、太平、宁海、上虞、余姚、诸暨、萧山、嵊县、山阴、会稽、鄞、慈溪、奉化、定海、蒙山、丽木、青田、龙泉、缙云、松阳、遂昌、云和等县存留钱粮，绍兴府南京仓粮俱改折六钱。又以水灾，免征凤阳、淮安、扬州三府及徐州铁麻料价银一年。又以水灾免山东沂、莒、胶、滨、武定、宁海、平度、济宁、东平、临清、曹、濮、德州、武城、馆陶、沾化、利津、费、郯城、益都、寿光、诸城、沂水、高密、昌邑、蒲台、海丰、安丘、临朐、蒙阴、博兴、高苑、即墨、福山、临菑、乐安、昌乐、日照、青城、鱼台、蓬莱、栖霞、招远、阳信、邹平、新城、淄川、济阳、峄、钜野、定陶、单、嘉祥、曲阜、汶上、阳谷、寿张、郓城、泗水、邹、范、德平、章丘、长清、肥城、齐河、商河、历城、长山、临邑、平原、滋阳、东河、曹、滕宁、阳金、乡城、武平、阴、夏津、观城、掖、莱阳、文登、黄县各存留粮，临清、济南、安东三卫、莒州所各屯粮。灾十分者，改漕粮十之五，减临德二仓米麦，每石银二钱。灾九分者，止减二仓米；无二仓米者，减边粮如其数。以水灾免河南开封等府所属州县及宣武等卫所屯粮，仍改折漕粮有差。十一月，以水灾免真定、保定、大名、顺德、广平六府州县并各卫所屯粮有差。束鹿、大名二县，停带征粮一年。户部覆御史王友贤奏，请减庐、凤、淮、扬四府，徐滁和三州军饷银三万一千二十八两，并免凤阳府民壮银八千六十两，以各卫所军地银五千一百二十二两，正阳关船料，盱眙、颍上磨税等银，足军饷十万两之数，淮扬商税羡余，寿州、芍堤塘租及他州县存留银，通行计算，倘有奇羡，足充军需，将四府三州带征积逋银钱俱行停免。从之。又诏免应天等府今年芦课之半。又以苏州、松江、常州三府水灾，诏改折额解禄米仓粮一年。又以水灾，免蓟州、霸州、涿州、昌平州、遵化、丰润、玉田、武清、东安、永清、保定、香河、大城、固安、房山、良乡、宛平、大兴、文安、漷、宝坻、怀柔等县，蓟州、镇朔、营州右屯、遵化中义中、东胜右、兴州前屯、兴州左屯、开平中屯、武清营州前屯、涿鹿中左、兴州中屯等卫、宽河所存留屯粮各有差。文安、保定、大城、永清四县灾重者，停带征粮一年。十二月，从户部覆御史傅宠奏，诏免南京水军左虎贲、左府军、鹰扬留守、中金吾、后虎贲、右直隶、建阳等卫坍江田粮三十五顷有奇，以南京、天策等卫所首报升科新田粮二百五十五顷补之。又以水灾，命湖广归州公安县等处、河南邓州泌阳县等处税粮，俱以分数改征折色有差。又以水灾，改折松江府华亭、上海二县漕粮十分之五，存留蠲免亦如之。又以水伤，诏免淮安府徐州、高邮州、宝应县岁征追捕民壮军饷银三万四千四百余两。

按：《通纪会纂》：三年，淮、扬、徐大水，奏闻劝借买谷十五万石、截漕三万石以赈之。

隆庆四年，以水旱蠲免诸路税粮。

按：《续文献通考》：四年二月，以水灾免直隶庐州府属霍山、舒城、六安三州县秋粮有差。以河南水灾，免开封、归德、彰德、卫辉四府春季解马每匹折银二十四两备赈。六月，以旱灾，免山西太原、平阳、潞安三府，泽、辽、沁三州嘉靖四十三四年未完京边税粮一半。七月，以旱灾，免四川龙安府及蓬、简、潼川、绵、汉、巴、剑等州，乐、罗江、资阳、金堂、德阳、漳明、中江、安岳、江油、奉节、巫山、云阳、内江、新都、新宁、建始、太平、通江、南充、西充、梓橦、仪陇、蓬溪、井研、仁寿、成都、华阳、阆中、广元、昭化、苍溪、南江、盐亭、射洪、南部、营山、资县、安县等处税粮有差。八月，辽东抚按官奏被灾屯田，乞视轻重，每亩蠲税五分，以示宽恤。报可。又以湖广黄州、德安、荆州、岳州、承天、武昌诸郡县旱灾，命蠲今年粮税有差。其黄陂、孝感、公安、石首、华容、景陵被灾最重者，令起运南粮改折其半，仍发赃罚银及仓粮赈之。又以水灾，免直隶保定、大名、广平、真定、河间秋粮有差。九月，以宣府雨雹及水灾，改折各卫屯粮有差。十一月，以水灾，诏免浙江湖州府武康、归安、乌程秋粮有差，起兑漕粮暂派成熟邻邑代运，仍发仓米赎银赈之。

隆庆五年，蠲免灾伤等处。山西巡抚请置常平仓，又修复社仓。

按：《续文献通考》：五年四月，以直隶淮安府所属州县灾伤，诏停征积逋马价。诏暂免平虏卫四年额征屯粮之半，三年以前积逋，俟丰年带征。以督抚诸臣王崇古等言其极边困敝也。五月，以霪雨免宣府镇南山一带卫所屯粮有差。七月，以冰雹免大同镇阳和、高山二卫屯粮有差。八月，以水灾免顺天、永平二府所属州县并营州、前屯、永清等卫屯粮有差。九月，以水灾免征湖广郧阳、襄阳属县、保康、房南、漳、谷城、襄阳、宜城秋粮有差。御史王廷瞻以雨灾，言三宫勋戚牧场籽粒新增银两及裕府庄田改乾清宫供用钱粮者，宜赐蠲恤。上命如诏旨免十之五。又以北直隶安州、新安等县，南直隶铜陵等县水灾，诏许改折起运漕粮及蠲免存留有差。又以水灾，诏许改折湖广武昌、汉阳、荆州等府漕粮之半。十月，以水灾命蠲南京锦衣等卫所及直隶、扬州等卫所屯粮有差。又以浙江安吉州、孝丰县、归安、武康等县水灾，命改折南京糙粮及蠲免存留粮有差。以徐淮等处灾伤，许改折蠲免各项钱粮有差，仍令有司赈济如例。十一月，以灾伤，免宝坻、文安等县，蓟州、营州等卫所存留粮有差。

按：《荒政考略》：五年，山西巡抚靳学颜请置常平仓，部覆请以防秋客兵银并盐课六万发各府县籴谷，又修复社仓。

神宗万历五年，令抚按酌定地方难易，为积谷等差，年终分别多寡，定有司赏罚。

按：《明会典》：万历五年，议准行各抚按详查地方难易，酌定上中下三等为积谷等差。如上州县，每岁以千石为准，多或至三二千石；下州县，以数百石为准，少或至百石。务求官民两便，经久可行。自本年为始，著为定额。每年终分别蓄积多寡为赏罚。其不及数者，查照近例，以十分为率，少三分者罚俸三个月，少五分者半年，六分者八个月，八分以上者一年，仍咨吏部劣处。全无者降俸二级，亦咨部停止行取推升。待有成效，抚按酌议题请复俸。若仍前怠玩，参究革职。

万历七年，题准各省州县积谷事例。从张居正请，蠲苏松水灾积逋。

按：《明会典》：七年，题准各省直抚按督各州县掌印官，将库贮自理纸赎并抚按等衙门所留二分赃罚尽数籴谷。其追赎事例，春夏折银，秋冬纳米。如年久谷多，酌量出陈易新，以免浥烂。又议准各省直抚按，酌量所属知府地方繁简贫富，定拟积谷分数。其积不及数者，与州县一体查参；其升迁离任者，照在任一体参究。

按：《通纪会纂》：七年，苏松大水，积逋七十余万。张居正请蠲之，以安民生。疏谓：百姓财力有限，即年岁丰收，一年之所入仅足以供当年之数。不幸荒歉，见年钱粮尚不能办，况累岁之积逋哉？故带征一法，名为完旧欠，实则减新收也。今岁之所减即为明岁之拖欠，见在之所欠又是将来之带征。况头绪繁多，年分混杂，里胥欺匿，官吏侵渔，与其敲扑穷民，实奸贪之囊橐，孰若蠲与小民，使其皆戴上之仁哉？上从之。

万历八年，令各抚按奏报积谷实数，并敕有司不许妄行科罚；其赈济灾伤谷数，即申报开销。

按：《明会典》：八年，题准各抚按官查盘积谷实数，分别府州县总撒填注主守职名，每年终奏报。其更代官，候交盘明白，方准离任。又题准各有司积谷，除遵照原议外，不许妄行科罚，剥民利己；果有水旱灾伤，具奏减免。其赈济谷数即申报开销，不必复令饥民抵还。

万历九年，题准报灾则例。江北淮、凤灾伤，命赈之。

按：《明会典》：九年，题准地方凡遇重大灾伤，州县官亲诣勘明，申呈抚按。巡抚不待勘报，速行奏闻；巡按不必等候部覆，即将勘实分数作速具奏，以凭覆请赈恤。至于报灾之期，在腹里地方仍照旧例，夏灾限五月，秋灾限七月内；沿边如延宁、甘固、宣大、山西、蓟密、永昌、辽东各地方，夏灾改限七月内，秋灾改限十月内，俱要依期从实奏报。如州县卫所官申报不实，听抚按参究；如巡抚报灾过期，或匿灾不报，巡按勘灾不实，或具奏迟延，并听该科指名参究。又或报时有灾，报后无灾，及报时灾重，报后灾轻，报时灾轻，报后灾重，巡按疏内明白从实具奏，不得执泥巡抚原疏，至灾民不沾实惠。

按：《通纪会纂》：九年，南给事傅作舟奏，江北淮凤连被灾伤，民多乏食，至以树皮充饥，或相聚为盗，大有可忧。上曰：淮凤频年告灾，何也？居正曰：此地从来多荒少熟，即元末之乱，亦起于此。当急赈济，以安之。上从之。

万历十一年，题准州县积谷有司参罚事例。以苏松等府水灾，改折蠲免，仍留关税赈之。

按：《明会典》：十一年，题准各省直抚按官会同司道各查所属，除富庶州县仍照原额积谷，其疲敝灾伤及里分虽多、词讼原少者，酌量裁减，以后照例查参。俱以三年为期，通融计算，分别蓄积实在之数，照例旌奖参罚。如三年之内，偶遇升迁事故，抚按官行该司道按年考核，积谷如数，方许离任。果有灾荒事故，委不能及原数者，明白具奏，方免参罚。其考满朝觐，俱照例行。

按：《江南通志》：十一年，以苏松等府水灾，改折本年漕粮及南京各卫食粮，蠲免宗人府米折、南京仓麦折银，仍留关税发赈饥民。

万历十二年，令灾伤地方，贫富民通行议恤。

按：《明会典》：十二年，议准以后地方灾伤，抚按从实勘奏，不论有田无田之民，通行议恤。如有田者，免其税粮，无粮免者，免其丁口盐钞，务使贫富一体，并蒙蠲恤。

按：《续文献通考》：十二年，陕西巡按奏义妇王氏输粟一千石赈饥，上命给银竖坊旌表。

按：《山东通志》：十二年，饥。籴于辽。

万历十五年，从申时行请，禁遏籴。

按：《通纪会纂》：十五年，申时行请禁遏籴。疏曰：治本在使民得食。顷者因荒大发帑银，遣使分赈，恩至渥矣。然赈银有限，而饥民无穷，惟是邻近协助市籴通行，乃可延旦夕之命。近访河南等处往往闭籴，彼固各爱其民，然自朝廷视之，莫非赤子，灾民既缺食于本土，又绝望于他方，是激之为变也。乞禁止遏籴之令，听商民籴买接济，则百姓不至嗷嗷待毙、汹汹思乱也。上从之。

万历十六年，浙直饥，命官赈济，并惩迫胁借贷事。

按：《江南通志》：十六年，吴中大荒。发太仆寺马价及南京户部银共三十万两，命户科杨文举赈济，有司各处设厂煮粥赈饥。

按：《杭州府志》：十六年四月，浙直饥民多迫胁借贷。事闻，命抚按严法惩警首恶，以靖地方。

万历十七年，因灾免本年起运淮、凤、扬各府仓麦米十之五；又南粮水兑免十之三，止征其七，而应征之数俱改折征解。

按：《江南通志》云云。

万历十八年，因灾改折漕粮五分，不分正改兑，俱每石折银五钱。又免十六年扣留漕折银三分。

按：《江南通志》云云。

万历十九年，因灾免南京户部马草银十之五；京库麦折见征其半，余则停征。

按：《江南通志》云云。

万历二十二年，给事中杨东明进饥民图，命发银米赈济。

按：《续文献通考》：二十二年，上览给事中杨东明饥民图，命部臣议可蠲可赈者以闻。户部条上，以银十五万赈河南，以漕粮十万赈粜汝宁等府，又以漕粮十五万平粜江北，以米豆三万六千赈济山东。上从之。福建道御史吴崇礼奏：去岁霪雨，山东、河南、徐、淮等处地方，数千里横罹水灾，夏麦秋谷均无收获。兖与河南、徐、淮接壤，故其被灾甚酷，与徐、淮、河南无异。徐、淮留米十五万，东兖留银米共约十余万，议者犹谓不足。乃山东四府止留漕折银二万、备倭米豆三万，东省之灾非减于徐、淮、河南也，而赈之多寡悬绝已甚。顷者皇上览流民图说，从科臣杨东明之请，特发户工二部钱粮，命寺臣锺化民领敕往河南赈济，中州数十万苍赤固有更生之望矣。然皇上大赉于中州，而泽尚靳于东土，岂谓东土之民流徙死亡，未至若中州甚欤？臣昨由山东入京时，目睹百姓流离载道，自南而北，络绎不绝，憔悴槁枯，不复似人形。沿途鬻妻卖子，壮年之妇，止易斗粟，十岁之男，仅易数钱。弃婴孩于沟渠，抛垂白于中路，饿莩枕借，盗贼公行，路人相食。一切不忍见之景象，大都与东明所陈者相同。自古祸乱之兴，未有不始于失民心。山东密迩畿甸，为第一藩屏，今虽饥饿切身，然犹朝夕延颈以觊恩泽，忍死而不敢为乱。万一人心涣散，奸雄之徒乘隙鼓煽，啸聚猖狂，窃弄锄梃于潢池中，彼时岂能为帑藏之乏置而不问乎？势必议抚议剿，无论所费不赀，然驱良民而为盗，陷赤子以入于刑，皇上爱民如子之本心，恐亦大有所弗忍者。可不急救而豫防之？乞亟发帑银十万，及时以赈山东，庶嗷嗷待哺者不尽为沟中之鬼，而汹汹不靖者亦可以消未萌之奸矣。兵科给事中张企程奏，中原饥馑异常，山东、淮扬有无碍官银解部者，乞令使臣便宜给发。章下户部，户部奏：民饥异常，乞就近开纳以佐赈惠。从之。三月，命遣使以两宫及中宫银五万五百两赈济河南、徐、淮、山东诸处。

按：《通纪会纂》：二十二年，河南大饥，人相食。给事杨东明进饥民图，说御史陈登云封进饥民所食雁粪，上览之恻然。时郑贵妃在侍，亦恻然，因出所私蓄五千金赈之。上称善，益以内帑五千发济，而河南赖之。

按：《荒政考略》：二十二年，谕曰：朕览饥民图说时，有皇贵妃在侍，自愿出累年所赐用外之积五千两助赈。朕意其少，欲待再有进助。今见卿等所奏，著发与该部差官解彼赈用。

万历二十四年，浙江水，诏改折漕粮。

按：《杭州府志》：二十四年，户部题浙江杭、嘉、湖水灾，照被灾分数全半改折有差。

万历二十六年，以山西太原灾伤，命籴谷备赈。浙江水灾，蠲免钱粮有差。

按：《续文献通考》：二十六年，魏允贞题山西太原府灾伤，乞赐赈恤，命加意籴谷备赈，毋得怠玩。　又按：《续通考》：二十六年九月，浙江水灾，户部覆巡按方元彦、巡抚刘元霖奏准，除天台、仙居、黄岩、太平各被灾三分不准免外，将被灾十分海宁、临安、遂安、桐乡、嘉善、崇德六县，准免七分；被灾九分安吉州、仁和、钱塘、富阳、新城、鄞县、慈溪、奉化、定海、武义、汤溪十县，准免六分；被灾八分余杭、於潜、昌化、秀水、海盐、平湖、归安、乌程、象山、金华、兰溪、东阳、建德、淳安、桐庐、分水十六县，准免五分；被灾七分长兴、德清、武康、孝丰、义乌、永康、浦江七县，准免四分；被灾六分嘉兴、寿昌、常山三县，准免三分；被灾五分龙游、江山、临海三县，准免二分；被灾四分宁海、西山、开化三县，准免一分。俱于本年存留粮内照数豁免。其免过银数，仍令各府州县议处无碍官银抵补。其严、衢二所屯粮，照灾重例，每石折银三钱。二十一年以前八府未完米折盐钞等银，悉准蠲免。十一月，户部覆直隶巡按安文璧题，萧县等县叠罹水旱灾伤，姑准停征本色。

万历二十七年，以抚按科臣奏，命赈恤各处灾伤。

按：《续文献通考》：二十七年四月，抚臣李颐奏宝坻、三河县灾荒，命支各仓粮分投赈救。十一月，巡按崔邦亮奏河南灾伤。上曰：中土洊罹灾沴可悯，免征改折等项，依拟分别；仍行该地方官多方赈救，不许怠缓坐视。户部覆奏，上曰：畿辅近地兵荒蝗涝相仍，饥民流离可悯，食粮即准给散，仍著有司加意拊循，多方救济。　又按：《续通考》：二十七年，户科李应策奏连年饥馑，民不堪命。上曰：今年各省屡报灾伤，朕心怜惕。留疏省览，见京师雨泽疏通，谓各处皆有收成。今览科疏，不觉恻然心动。便著该部据揭覆议应蠲应停应赈等项，行各该抚按著实举行，以示朝廷德意。

万历二十九年，苏松等府水灾，依部议改折粮米有差。

按：《续文献通考》：二十九年，户部奏：节序方严，茕独可悯，自十一月初一起，至次年正月终止，煮粥济贫民。十月二十八日，仓场总督赵世卿奏：山陕一带，夏旱秋霜，米粒无收，斗米价至三钱，军民久已枵腹。目下十月将尽，转盼隆寒，彼其冻馁而死者，宁有数计？伏乞清燕之间常留省览。　又按：《续通考》：二十九年十一月，户部覆直隶巡按何熊祥题，苏松水灾异常，乞将嘉定县永折漕粮姑准减折一年，毋分正改，每石折征银五钱，以后仍照原题起解。被灾十分江阴一县，被灾九分以上太仓州、吴江、昆山、武进、江阴、宜兴、金坛七县，本年漕粮俱准改折七分，仍征本色三分。被灾八分以上长洲、吴县、常熟、华亭、上海、青浦、无锡、丹徒、丹阳九县，俱准改折五分，仍征本色五分。其改折之数，不分正改，照例每石折银五钱，连席板耗脚轻赍在内，每同本色齐征。其改折项下运军月粮，亦准扣数免编。及查靖江县被灾虽止七分以上，姑念疲邑，准将该年应解南京光禄寺白粮每石折银八钱、四门仓糙米每石折银六钱，与别县本色一同征解南京户部。其正征带征金花银两等项，已经差官守催速令追完解进，及南京各卫仓米已经题准改折，毋容别议。奉旨：是。　又按：《续通考》：二十九年十二月，户部覆福建巡抚金学曾题，乡官陈长祚、林鸣盛倡义建常平仓，于官劝义仓，于民又有义廪以倡。缙绅之尚义者及知州车大任等官，俱行纪录，长祚等量加服色，以鼓尚义。上是之。

万历三十六年，诏留税银五万两，赈济苏、松、常、镇四府。又发盐课十五万两，赈济杭、嘉、湖三府。

按：《荒政考略》云云。

万历三十八年，以岁旱民饥，发银遣官赈济。

按：《荒政考略》：三十八年，谕曰：朕昨承圣母传谕，自春至今，雨泽稀少，旱魃为虐，小民饥馑。钦降银十万两，著给户部差官赈济，务使得沾实惠，以仰体圣母悯惜元元至意。特谕卿知。

万历三十九年，阁臣叶向高请留北直、山东、山西、河南税银一半，令地方官多方赈恤。从之。

按：《荒政考略》云云。

万历四十三年，以山东饥，遣官赈之。

按：《山东通志》：四十三年，三月大旱，七月雨，八月霜，晚禾尽伤，大饥，或父子相食，盗起。遣御史过庭训赈之。青州大饥，人相食。诸城举人陈其猷上流民图，遣官赈之。

熹宗天启□年，蔡懋德请通常平遗法，以广储蓄。

按：《广治平略》：万历以后，郡国之府库尽入内帑，常平之名遂废，不知郡国灾伤于何待命也。天启间，蔡懋德议通常平遗法以广储蓄，请发帑库余金为本，每岁于产米价贱时委廉干丞簿收积，至来岁照时价粜之，必有微息，逐岁渐增，以备荒歉。或嫌官与民为市，必当减价以粜，不知减价之名，徒致哄争，孰若稍收微息，多储新米，米多则价自减，粜平则人不争，为更便乎？盖贵设法使米有余，不在减省，锱铢见德也。而当事以帑金告乏，虽善其策而事不果行。

天启四年，杭州饥，出仓米平粜，并改折漕粮。

按：《杭州府志》：天启四年，饥。出仓米平粜，民赖以济。户部请改折漕粮，从之。

天启七年，苏、松、常大水，奏免本年起存额赋有差。

按：《江南通志》云云。

汇考十八

（食货典第八十五卷）

目　　录

皇　清　一

顺治元年

《大清会典·户部·田土荒政》：恤荒之政，诚为拯民急务。我朝深仁厚泽，立法补救。凡遇水旱虫雹，议报勘、议缓征、议蠲、议赈，规制具在。虽值岁荒，民不失所，法至善也。凡蠲免，有皇恩特行蠲恤者，有因水旱蝗蝻等灾者，有因冰雹、飓风、霜灾、地震者，膏泽屡沛，款目繁多，每条略举一二以著恤民之典。间有因浮粮加派、兵燹无征豁除者，亦附见焉。顺治元年，定京城迁徙之家，准免赋役。三年，房舍被分居者，准免一年。大兵经由地方田禾被践者，免本年租税之半。河北府州县卫租赋屯粮，免本年三分之一。　又题准明季加派三饷及召买津粮，概与豁除。　又题准宣镇寇乱，加以冰雹，应征额赋，被灾轻者半免，重者全豁。又定各旗壮丁差徭粮草布匹，永停输纳。

顺治二年

《大清会典·户部·田土荒政》：凡蠲免。顺治二年，定山西地方初复，免本年田租之半。又覆准江南丹徒、丹阳二县明末加派额马折银，悉与豁免。　凡赈济。顺治二年题准，八旗涝地，每晌给米一石。　又题准边外八旗蒙古地亩被灾，按饥民名口折给米银。许沿边籴米，毋令进边。　又题准游牧地方被灾人户，每名月给米一斗。在张家口者给米，古北口者折银。　又题准王贝勒贝子公等府内人役涝地赈米，照例支给。其投充带地，不准给。　又议准江西水旱灾荒，发仓米三千余石减价粜卖，以济饥民。

顺治三年

《大清会典·户部·田土荒政》：凡蠲免。顺治三年，覆准延镇所属冰雹、蝗蝻被灾田亩，免本年额赋之半。

又覆准直隶任丘县荒咸水占地，赋税无出，照数蠲豁。

顺治四年

《大清会典·户部·田土荒政》：凡蠲免。顺治四年，覆准淮徐荒地无主者，钱粮全蠲；有主者，量免额赋三年、漕米一年。

顺治五年

《大清会典·户部·田土荒政》：凡蠲免。顺治五年，覆准陕西临洮府属冰雹被灾重者，全蠲本年额赋；稍重者，蠲三分之二；稍轻者，蠲三分之一。　又覆准陕西水患、蝗虫、冰雹相继被灾，一等者，蠲一年额赋；二等者，免一年之半；三等者，免三分之一。　又覆准湖广岳州等处大兵经过，附郭钱粮免半，余免三分之一。衡永等处大兵驻札颇久，辰靖等处地方残破，附郭免十分之七，余免半。

凡赈济。顺治五年，题准直省驻防官应给涝地米，所留家口在京支给，随带家口在驻防所支给。

顺治六年

《大清会典·户部·田土荒政》：凡报勘。顺治六年，定地方被灾，督抚按即详查顷亩分数具奏，毋得先行泛报。

凡蠲免。顺治六年，覆准直省灾伤一经勘明，奉旨蠲免，户部即行文各地方，于起存项下均减。如存留无余，即于起运款内减除。若有司藉口无项可免，使小民不沾实惠者，该管上司及科道官指参。

凡赈济。顺治六年，定八旗每岁倚恃赈给，不务农桑，嗣后停其踏勘。如遇岁荒，王以下、有俸官员以上，每岁照俸米倍给。

顺治八年

《大清会典·户部·田土荒政》：凡蠲免。顺治八年，覆准直属荆隆河决，地亩男妇被渰者，准照丁地除免徭赋。　又覆准湖广火灾延烧，贮仓米豆准与开除。凡缓征。顺治八年，议准勘过被灾地方，暂停征比，以俟恩命。

凡赈济。顺治八年，覆准江南、浙江、山东水灾频仍，亟需赈济，以仓谷赈穷民，以学租赈贫士。

顺治九年

《大清会典·户部·田土荒政》：凡蠲免。顺治九年，覆准陕西庄浪、西宁肃州所属故绝抛荒并水淹砂压地亩额征粮草，悉与豁免。

凡赈济。顺治九年，题准京都贫民隆冬饥寒，五城每年自十一月起至次年三月止，每日每城发米二石煮粥，银一两以供煤薪。

顺治十年

《大清会典·户部·田土荒政》：凡报勘。顺治十年，谕京城内外，该部确查被灾户口，据实登报。直省督抚凡有灾伤，地方勘明分数，奏请轸恤。　又题准报灾之法，责令督抚速核分数驰奏。

凡蠲免。顺治十年，覆准江南、浙江各属旱灾，被灾八九十分者免十分之三，五六七分者免十分之二，四分者免十分之一。有漕粮州县卫所，准令改折。　又覆准地方灾伤题蠲后，各州县以应免数目刊刻免单颁发。有已征在官者，准抵本名次年正额。若官胥不给单票者，以悖旨计赃议罪。　又覆准江西九年分漕粮，俱照地方被灾轻重摊折，减免耗贴。

凡赈济。顺治十年，覆准五城煮赈，定例三月中止，恐青黄不接，民仍饥馁。著增赈一月，加倍给发，每日每城米四石、银二两。　又题准赈恤旱涝地亩，自诸王府佐领下以至小民，令旗员确查口数。七岁以上为一口，六岁以下、四岁以上为半口，不得以投充及佣雇人充数。　又题准八旗贫人，满洲蒙古每佐领下，给布六十匹、棉花六百斤、米一百石；汉军每佐领下，给布三十匹、棉花三百斤、米五十石。

凡劝输。顺治十年，覆准士民捐助赈米五十石或银一百两者，地方官给匾旌奖；捐米一百石或银二百两者，给九品顶带。捐多者递加职衔。

顺治十一年

《大清会典·户部·田土荒政》：凡蠲免。顺治十一年，诏顺治六七两年直省地丁本折钱粮拖欠在民者，悉与豁免。　又覆准减江西瑞、袁二府浮粮。瑞州府照元季例征收，袁州府照新喻县上则田征收。瑞州府明初田粮比元季多九万九千六百九石。袁州府元季每田一亩纳米三乡斗，止抵官斗九升。明初误以乡斗作官斗，后嫌过重，命减半，科每亩纳米一斗六升五勺，比元季每亩多七升五勺，较新喻上则田每亩仍多米六升七合二勺零。因系浮粮，议准减额。

凡赈济。顺治十一年，覆准八旗涝地，令即赈给到通漕米。满洲蒙古每佐领下给仓米二百石，汉军每佐领下给仓米一百石。不论有无俸粮，该旗员酌量散给。 又覆准看守南苑海户灾地，每晌给米一斛。又特命发户、礼、兵、工四部库贮银十六万两，并宫中节省银八万两，分给赈济直隶各府饥民。

凡劝输。顺治十一年，题准见任官员并乡绅，捐银一千两、米一千石以上者，加一级；银五百两，米五百石以上者，纪录二次；银一百两、米一百石以上者，纪录一次。生员捐米三百石，准贡。俊秀捐米二百石，准入监读书。

顺治十二年

《大清会典·户部·田土荒政》：凡蠲免。顺治十二年，覆准陕西地震，全家被灾者，尽豁历欠钱粮草束；余免本年地粮丁徭。

凡赈济。顺治十二年，诏八旗灾地，官员以上停其勘验，甲兵以下勘验得实，仍行赈赐。 又题准五城煮赈，再加一月，至五月十五日止。 又覆准，令各省地方官照京师例设厂煮赈，以救饥民。事竣仍将捐输官民姓名并银米数目汇册题报议叙。

顺治十三年

《大清会典·户部·田土荒政》：凡蠲免。顺治十三年，覆准上林苑监署丁银，因连岁灾荒，照直隶例蠲免。又覆准河南磁州蝗灾、汲县风灾、辉县水灾，各按分数蠲免。又诏顺治八九两年直省地丁本折钱粮拖欠在民者，悉与豁免。 又题准蠲荒流抵，恐民间不得实惠，令百姓登填布政司原簿，以禁滥征。

凡赈济。顺治十三年，题准满洲蒙古每佐领给米三百石，汉军每佐领给米一百石。著该佐领拨什库亲验贫户给发，其官员家人披甲者不准给。 又题准八旗被灾地亩，每晌给米一斛。 又谕发宫中节省银三万两，赈济畿辅饥民。

顺治十四年

《大清会典·户部·田土荒政》：凡赈济。顺治十四年，谕发内帑银十万两，分给八旗兵丁及赈济畿辅贫民。

顺治十五年

《大清会典·户部·田土荒政》：凡蠲免。顺治十五年，覆准浙江宁绍府属龙飓霪雨被灾田亩，按分数免本年正额钱粮。

都察院察荒。顺治十五年，谕慎选廉干御史二员，领敕前往河南、山东，清丈荒熟地亩。

顺治十六年

《大清会典·户部·田土荒政》：凡报勘。顺治十六年，覆准报灾地方，抚按遴选廉明道府厅官履亩踏勘，不得徒委州县。

顺治十七年

《大清会典·户部·田土荒政》：凡报勘。顺治十七年，覆准直省灾伤，先以情形入奏，夏灾限六月终旬，秋灾限九月终旬。州县官迟报，逾限一月以内者，罚俸六个月；逾限一月以外者，降一级调用；二月以外者，降二级调用；三月以外者，革职。抚按道府官以州县报到日为始，如有逾限者，照例一体处分。仍限一月内续将报灾分数查明，造册题报。各官如有违限者，亦照前定例议处。永著为例。

凡赈济。顺治十七年，覆准灾荒地方邻境丰稔，籴粜米粮各听民便，勿得禁止，亦不许囤谷射利。

顺治十八年

《大清会典·户部·田土荒政》：凡报勘。顺治十八年，覆准八旗旱涝地亩，遣各部侍郎以下、该旗副都统以上大臣，率户部司官笔帖式至被灾地方，该佐领拨什库指明勘验。若造册舛漏，责在部员、笔帖式；冒指地亩，责在拨什库；其灾伤轻重、地势高下，不详加踏勘，责在差往大臣，事发照例查议。

凡蠲免。顺治十八年，覆准江南扬属江、如、海三县修理烽墩马路，各免一年差徭。

凡劝输。顺治十八年，题准凡捐谷，每二石折米一石；豆照时价计银议叙。

康熙元年

《大清会典·户部·田土荒政》：凡蠲免。康熙元年，覆准江南海州近海居民迁移内地，所遗田粮准与豁免。

凡赈济。康熙元年，覆准八旗被水灾地，每晌给米二斛；蝗雹灾地，每晌一斛。

凡劝输。康熙元年，题准捐赈银米，不分本属隔属，如一年内捐及额者，题请议叙。

康熙二年

《大清会典·户部·田土荒政》：凡蠲免。康熙二年，覆准广东、福建迁移沿海田地无征银米，照数豁免。

康熙三年

《大清会典·户部·田土荒政》：凡报勘。康熙三年，覆准州县报灾，或离督抚驻扎地方窎远，定限一月内难以确查，嗣后限三月内查报，违限者仍照例议处。

凡蠲免。康熙三年，覆准贵州新添等卫所蛟行沙壅被灾田地，照例按分蠲本年额赋。又覆准江南凤、淮、扬属飓风大作，海潮冲决堤岸，异常水灾，照分数免本年正赋。又诏直省顺治十五年以前拖欠各项银米、药材、紬绢、布匹等项钱粮，概行蠲免。

凡赈济。康熙三年，覆准赈给八旗灾地米，京通各仓挨给；驻防在外者，行文该地方官支给。

康熙四年

《大清会典·户部·田土荒政》：凡报勘。康熙四年，题准州县以被灾情形申报布政司，如布政司违限，亦照道府州县官例处分。　又令八旗遇灾地亩，停令都统、副都统等率领具告，止令骁骑校拨什库等详勘保结，送部具题。

凡蠲免。康熙四年，特遣部员往勘山西灾荒旧欠并现年正赋，概行蠲免。　又诏直省顺治十六、十七、十八等年各项拖欠钱粮，俱令蠲除。　又覆准山东栖霞、宁海等州县卫遭寇乱、瘟疫荒地亡丁徭赋，概予蠲免。

凡缓征。康熙四年，题准遇灾地方，督抚一面题报，一面行令州县停征钱粮十分之三。如州县故将告示迟延，不即通行晓谕者，以违旨侵欺，从重议罪。道府降三级调用，抚司降一级调用。

康熙五年

《大清会典·户部·田土荒政》：凡蠲免。康熙五年，覆准蠲免陕西威武、清平二堡霜灾地亩钱粮。

康熙六年

《大清会典·户部·田土荒政》：凡报勘。康熙六年，题准各旗报灾，不得过七月二十日。

凡蠲免。康熙六年，题准奉蠲地方官员，将应免钱粮，取每图现年里长不扶结状，分送部科查核。如有已征在官、不行流抵次年者，有不扣除应蠲分数、一概混比侵吞者，或经题定蠲免分数，故将告示迟延，不即通行晓谕者，或称止蠲起运、不蠲存留者，或于由单内扣除不及蠲额者，州县卫所官俱以违旨侵欺论罪。上司不行详察，使灾民无告者，道府降三级调用，督抚布政都司降一级调用。　又题准蠲灾流抵，如本年蠲免者，填明次年由单之首；如流抵次年者，填明第三年由单之首。州县卫所不开载确数者，议处。

康熙七年

《大清会典·户部·田土荒政》：凡报勘。康熙七年，题准各旗灾地远近不一，难以遍验。准宽至八月初十日，逾期不准。　又诏直省凡有水旱、蝗蝻等灾，有司速申督抚，督抚减带人役，亲踏详看，确定分数，造册报部，酌令蠲免。　又覆准先定例，夏灾不出六月终旬，秋灾不出九月终旬题报情形；又限一月内题报分数。后宽至三月，则报夏灾分数直至九月，报秋灾分数直至十二月，苗根已尽，无凭踏勘，易致捏报。以后仍照先定例行。

凡蠲免。康熙七年，覆准淮扬二府属及真定府属各被重灾十分、九分者，本年正赋全免；八分、七分者，免十分之四。

凡劝输。康熙七年，覆准满洲蒙古汉军并现任汉文武官绅，捐输赈灾银一千两或米二千石，加一级；银五百两或米一千石，纪录二次；银二百五十两或米五百石，纪录一次。进士、举人、贡生捐银及额，出仕时照现任官例议叙。生员捐银二百两或米四百石，准入监读书。俊秀捐银三百两或米六百石，亦准送监读书。富民捐银三百两或米六百石，准给九品顶带；捐银四百两或米八百石，准给八品顶带。

康熙八年

《大清会典·户部·田土荒政》：凡报勘。康熙八年，题准被灾地方，停令督抚亲勘，专责有司核实具报，督抚即委廉干官减从踏勘奏免。

凡蠲免。康熙八年，题准直省州县灾伤，不得以阖境地亩总算分数，仍按区图村庄地亩被灾分数蠲免。　又恩诏蠲免江南等省康熙元二三年旧欠地丁等项钱粮。

凡劝输。康熙八年，题准停止督抚捐助议叙之例。

康熙九年

十月初十日，上谕户部：淮扬所属地方岁比不登，屡廑朕怀。今年又遭异常水灾，黄淮交涨，堤岸冲决，百姓室庐多被淹没，夏麦未获登场，秋禾布种水潦难施，民生失所。特差部臣速行踏勘，准动正项钱粮存积银米，将饥民详加赈济，但被灾之民既无耕获，何以输粮？如再加催科，愈不堪命。今年淮扬所属被灾地方应征钱粮共该若干，尔部速行酌议蠲免，以副朕恤灾爱民至意。特谕。

《大清会典·户部·田土荒政》：凡报勘。康熙九年，题准八旗灾地，各该佐领具结报都统，差旗员查勘，赴部呈告，部委官员验实具题。

凡蠲免。康熙九年，覆准灾伤蠲赋，或有穷民租种官绅富户地，其应纳租谷租银，亦令地主照分数免征。　又覆准江南淮属邳、宿、沭三州县，扬属通、泰、海三州坍塌地亩，令勘明永蠲。　又覆准织染局种蓝地，因旱涝虫蚀，免本年纳靛。又覆准桃源、高邮连年被灾，带征漕粮漕项俱行豁免。苏、松、常、嘉、湖被灾，漕白折征，其耗米及赠贴银粮俱免征。　又覆准湖广征收火米，照各省例免令蒸晒。又覆准苏、松、常属被灾，令以灿米兑运。

凡缓征。康熙九年，覆准江南淮安府属灾田，按分扣免；其蠲存钱粮，缓于十年、十一年，各带征一半。　又覆准淮扬带征漕粮漕项，改于明年麦熟时征解；其八年分漕粮漕项，于九、十、十一三年带征。　又覆准淮扬九年分漕粮漕项，宽于十年带征。　又覆准山东金乡等县九年分漕粮，于后三年带征。

凡赈济。康熙九年，特遣部院大臣往勘淮扬水灾，以凤阳仓米麦及捐输粮谷、罪囚口粮存剩银米扣存，截旷米稻采买存剩及纳赎稻米，尽数赈给。如不敷，即动正项钱粮凑济。

康熙十年

三月二十八日，上谕户部：顷因差往江南郎中禅塔海奏事来京，朕面询民生休戚，据奏称淮扬一带地方，水患未消，人民饥馑流亡。前虽行赈济，今无以糊口，困穷至极。闻此情形，深切悯恻。民为邦本，如斯困苦，岂可不速行拯救？今应即行差官前往赈济，或就近截留漕米，或动支何项银两，籴米给散饥民，尔部作速议奏。特谕。

《大清会典·户部·田土荒政》：凡蠲免。康熙十年，覆准河南陕州等处包荒银及江南临淮县古荒地、灵璧县包荒地，概准豁除。　又覆准湖南各官希图纪叙捏报垦荒包赔地丁钱粮，悉与豁免。又覆准高宝等十州县积淹，本年并带征旧欠漕粮漕项俱行蠲免。又覆准宿迁本年漕粮，以粟米代运。　又诏巡幸经历通州以东至山海关地丁钱粮，蠲免一年。又覆准河南省被灾分数未确驳查，恐致迟滞，准一面扣免，一面奏报。　又恩诏蠲免直省康熙四、五、六年旧欠地丁等项钱粮。

凡赈济。康熙十年，特遣部臣会同督抚截留漕米并凤徐各仓米，赈济淮扬灾民，每名给米五斗，六岁以上、十岁以下半给。各处约同日散票，以杜重冒之弊。两河岸乞食者酌量加给。又题准淮扬府州县分设米厂，散给饥民，每日人给米一升，三日一放。部差每府一员，协同地方官亲验给放。

康熙十一年

四月初四日，上谕户部：江南省连年水旱相仍，灾伤甚重，与别省不同。若将旧欠钱粮一并追征，民生愈致困苦，朕心不忍。其该省以前未完钱粮，察实系拖欠在民者，著暂行停征，俟民力稍苏之时再行具奏请旨。尔部即遵谕行。特谕。

《大清会典·户部·田土荒政》：凡蠲免。康熙十一年，覆准江南高宝等处被灾十分，本年额赋并漕粮漕项银全免。

凡赈济。康熙十一年，覆准八旗旱灾地，每晌给米二斛，本折各半；其折色照时价支给。

康熙十二年

四月十二日，上谕户部：江南苏、松、常、镇、淮、扬六府连年灾荒，民生困苦，与别处不同。朕心时切轸念。除今年钱粮已经派拨兵饷外，其六府康熙十三年地丁正项钱粮，特行蠲免一半，以昭朕存恤灾黎至意。尔部即将应蠲免数目察明，确议具奏。特谕。

《大清会典·户部·田土荒政》：凡蠲免。康熙十二年，诏江南苏、松、常、镇、淮、扬六府连年灾荒，免明年地丁钱粮之半。又覆准泰州等处未完凤淮二仓漕项银，俱蠲免。又覆准庐州府属，因红稻不宜旱地，改征白米。又覆准浙省被灾州县，许以灿米兑运。

康熙十三年

《大清会典·户部·田土荒政》：凡蠲免。康熙十三年，覆准淮扬新涸田亩，俟三年后起科。嗣后有涸出者，俱照此例。　又覆准江南丹徒、金坛二县田地，有坍入大江，形址无存者，准与永豁。

康熙十五年

《大清会典·户部·田土荒政》：凡报勘。康熙十五年，议准被灾地方抚司道府州县官迟报情形及迟报分数，逾限半月以内者，罚俸六个月；一月以内者，罚俸一年；一月以外者，仍照前定例议处。又官员勘灾不委厅员印官，乃委教官杂职查勘，或妄报饥荒，或地方有异灾不申报者，原委官罚俸一年。若止报巡抚，不报总督，及报灾时未缴印结，册内不分晰明白者，罚俸六个月。督抚亦照此例处分。

凡蠲免。康熙十五年，覆准蠲免银两增减造册者，州县卫所官降二级调用，该管司道府都司罚俸一年，督抚罚俸六个月。如被灾未经题免之先，报册内填入蠲免者，州县卫所官罚俸一年，该管上司俱罚俸六个月。

康熙十六年

《大清会典·户部·田土荒政》：凡蠲免。康熙十六年，覆准陕西叠遭荒乱，十五年正赋，泾州等处免九分，崇信等处并盐茶厅免八分，庄浪县免七分，宁远等县免六分，通惠县免五分，伏羌等县免四分，平属学租银亦照分数蠲免。

康熙十七年

《大清会典·户部·田土荒政》：凡蠲免。康熙十七年，覆准淮、凤、滁等属田地漕粮，被灾七分八分者，准免十分之二；九分十分者，准免十分之三。又覆准淮北各州县漕粮向征红米，若遇灾伤，准红白兼收。

康熙十八年

六月初八日，上谕户部：民生以食为天，必盖藏素裕而后水旱无虞。自古耕九余三，重农贵粟，所以藏富于民，经久不匮，洵国家之要务也。比以连年丰稔，粒米充盈，小民不知蓄积，恣其狼戾。故去年山东、河南一逢岁歉，即以饥馑流移见告，虽议蠲议赈，加意抚绥，而被灾之民生计难遂，良由地方有司各官平日不以民食为重、未行申明劝谕之故。近据四方奏报雨泽沾足，可望有年，恐丰熟之后，百姓仍前不加撙节，妄行耗费。著各该地方大吏督率有司晓谕小民，务令力田节用，多积米粮，庶俾俯仰有资，凶荒可备，以副朕爱养斯民至意。尔部即遵谕行。特谕。

《大清会典·户部·田土荒政》：凡报勘。康熙十八年，覆准直省灾伤，如地方官隐漏不报，许小民赴登闻鼓声明。凡蠲免。康熙十八年，覆准直属地震，通州、三河、平谷本年徭赋并拨补地亩钱粮尽行蠲免，香河、武清、永清、宝坻免十分之二，金吾等卫所照坐落州县例分别蠲免。又覆准流抵钱粮，民苦无据。凡应蠲已征者，给与红票，次年按数抵免。　又覆准苏、松、常、镇四府旱灾，令红白米兼收；如复不足，以灿米凑兑。　又覆准蠲免钱粮，州县官侵蚀肥己者，照贪官例革职提问；督抚司道府官不行稽察，令州县官任意侵蚀者，俱革职。凡赈济。康熙十八年，议准饥民愿赴河工者，该管官随到随收，照例支给夫役银两。　又覆准荒岁有富商大贾积贮谷粮者，地方官谕令及时发粜。　又议准赈济灾民钱粮，州县官侵蚀肥己，督抚司道府官不行稽察，俱照蠲免例处分。

康熙十九年

二月初七日，上谕户部：前因各省地方多有饥馑，已经遣官赈济。今见京师附近之地，四方饥民流移在道，朕心深为悯恻。若不急行安插，令其得所，将来必至鬻卖子女，难以生全。作何设法，令其各归原籍。著该地方官加意抚绥，安集复业，以免流离。著九卿詹事科道详议具奏。特谕。

二月二十六日，上谕户部尚书伊桑阿：朕闻宣府等处岁值大祲，吾民乏食，鬻卖妻子，以自求活。夫人孰不爱其室家哉？至欲延一朝夕之命，割其所亲，惨恻莫甚焉。其遣尔部郎中明格礼驰驿速往，会同地方官赈济，急拯艰厄，以纾朕怀。

四月初一日，上谕大学士索额图：五城赈济饥民，可各将姓名、籍贯问明造册，交与总理赈济佥都御史高尔位汇送户部。

四月初一日，上谕大学士索额图、勒德洪、明珠、李霨、杜立德、冯溥，学士噶尔图、希福、徐元文、李天馥：顷者年复不登，饥民就食，多聚京师，故令增设各厂煮糜救饥。今四方失业之民闻而来者愈众，反致流离道路，有转徙沟壑之虞，且天气渐向炎热，老幼羸弱聚之，蒸为疾疫，转益灾沴，朕甚忧焉。作何设法，令其各归原籍，不致失所。仍令各该地方官拊循周恤，毋致流移。饥民内有疾疫死亡者，令五城作何给以药饵，医治拯救。去岁三冬无雪，今春无雨，刑狱淹禁，恐有冤抑，应即行清理。乞食饥民向不许入里城，今应听其出入。用兵地方殉难诸臣恤典，原候事平定议，今应即与举行。阴阳不和，盖由人事失当。思欲感通，未得其方。以上数事，皆朕意念所及，尔等会同尚书、侍郎、左都御史、副都御史详议具奏。尔等国之大臣，所宜极虑深思，以答委任。应行应革关切时务者，其各抒所见，一并议闻。

《大清会典·户部·田土荒政》：凡蠲免。康熙十九年，覆准江南财赋繁多，旧欠无征，追比累民。康熙十二年以前钱粮，俱令蠲免。又覆准江宁等处被灾，十八年漕粮，许以麦代搭给运丁。

凡缓征。康熙十九年，覆准江南赋繁积欠，追比累民。其十三至十六年钱粮，自十九年始分年带征，以纾民力。

凡赈济。康熙十九年，覆准五城赈饥，令再展限三个月，至八月终止。

康熙二十年

五月初十日，上谕户部：比年以来宣府大同叠罹饥馑，而边外蒙古亦复凶荒，故发宣大存贮米石，尽用赈济。朕思边境粮储所关最要，古称九年六年之蓄，盖合侯甸藩畿通为之计，岂仅谓公廪之充盈已也。养人足食，道贵变通，可发京仓米二十万石前运宣大备用。其运送米石，用就近地方驿站，车夫不致糜费。尔部核议具奏。

五月二十七日，上谕户部：前因大同等处地方自去岁饥荒，百姓无食，流离失所，已经发银二十万两遣官赈济，又将应征房税悉与豁除，务期小民家室复完，不失故业。今复差官各处察看，闾阎尚多逃亡，田土仍然荒弃，耕种无资，衣食奚赖？朕心深为悯恻。所有本年应征地丁各项正赋并历年带征拖欠钱粮，尽行蠲免。但小民困苦已极，犹恐无济目前，此外有何应行事宜，可以速拯灾黎，俾得存活者，尔部即行详议具奏，以副朕轸恤百姓至意。特谕。

七月二十二日，上谕吏兵二部：大同地方连年旱荒，百姓困苦，以致流离失所，就食他方，因而田地荒芜，生计不遂。今已屡行赈济，蠲免各项钱粮。又闻雨泽沾足，秋成有望，但饥馑之后安养生全，必须廉能官吏方克加意招徕，留心抚字。见任府州县卫所等官贪劣不职者，照常参处外，其才具平常者，该抚酌量更调本省简僻之缺，仍于通省见任官员内，选择清廉爱民者，调补大同所属地方。若果抚循有能，户口充实，田地开垦，著有成效，该抚特行举荐，该部从优叙录，以副朕奖励循良，爱养百姓至意。尔等即遵谕行。特谕。

九月二十日，上谕户部：顷者朕巡行近畿，至霸州地方，见其田亩洼下，多遭水患，小民生计无资，何以供纳正赋？其该州见在被淹田地应征本年钱粮，著察明酌量蠲免，以示朕勤恤民隐至意。尔部即遵谕行。特谕。

《大清会典·户部·田土荒政》：凡蠲免。康熙二十年，恩诏蠲免直省康熙七年起至十七年止旧欠地丁等项钱粮。

康熙二十三年

十一月初四日，上谕吏部尚书伊桑阿：朕车驾南巡，省民疾苦，路经高邮、宝应等处，见民庐舍田畴被水淹没，朕心深为轸念。询问其故，具悉梗概。高宝等处湖水下流，原有海口，以年久沙淤，遂致壅塞。今将入海故道浚治疏通，可免水患。自是往还，每念及此，不忍于怀。此一方生灵，必图拯济安全，咸使得所，始称朕意。尔同工部尚书萨木哈往被水灾州县逐一详勘，期于旬日内覆奏，务期济民除患，总有经费，在所不惜。尔等体朕至意速行。

《大清会典·户部·田土荒政》：凡蠲免。康熙二十三年，诏东巡经行山东、江南各州县卫所丁粮，曲阜县地丁银，俱行蠲免。

凡赈济。康熙二十三年，谕巡城御史司坊官设厂煮赈，时亲视散给，毋得假手胥役侵渔虚冒，违者参究。

康熙二十四年

《大清会典·户部·田土荒政》：凡蠲免。康熙二十四年，谕河南、湖北康熙二十五年钱粮蠲免一半，其二十四年钱粮全免。直隶、江南被灾地方二十四年下半年，二十五年上半年钱粮，俱与豁免。

康熙二十五年

闰四月二十二日，上谕大学士勒德洪、明珠、王熙、吴正治、宋德宜，学士麻尔图、牛钮禅布、蔡必汉、噶思泰：朕闻凤阳、徐州等处地方亢旱，人民困苦。学士麻尔图率户部贤能司官一人驰驿速往，详明据实踢看。果民食维艰，窘于生计，速发凤阳仓银米，一面赈济，一面奏闻。其赈给事宜，麻尔图会同户部议以闻。

《大清会典·户部·田土荒政》：凡蠲免。康熙二十五年，谕直隶顺、永、保、河四府，四川、贵州两省，康熙二十六年地丁各项钱粮及二十五年未完钱粮，湖南、福建两省二十六年下半年、二十七年上半年地丁各项钱粮及二十五年未完钱粮，尽行蠲免。 又谕真、顺、广、大四府康熙二十六年地丁各项钱粮，一体蠲免。 又覆准蠲免鱼台、郯城二县康熙二十四年下半年、二十五年上半年地丁各项钱粮。

凡赈济。康熙二十五年，特遣大臣往凤阳、徐州等处，发凤阳仓银米，并动支附近州县正项钱粮赈济。

康熙二十八年

四月二十七日，上谕大学士伊桑阿：今岁旱已久，其传谕九卿詹事科道：朕与卿等静处以俟之耶？应行应革事有无耶？抑何以祷祀而求之耶？其会同详议以闻。

七月二十二日，上谕户部：朕前巡幸江南，凡所经历，于编氓疾苦必详加体察，如伤念切，每沛恩膏。朕过邳州，亲见彼处田地多为水淹没，耕耘既无所施，赋税如何取办？其现在被淹田亩应纳地丁及漕项钱粮俱行蠲免，历年逋欠亦尽与豁除。该督抚即行出示，遍晓穷乡；仍不时廉察，傥有不肖官员仍行私征者题参，从重治罪，以副朕爱惜民生至意。尔部即遵谕行。特谕。

七月二十二日，上谕户部：今岁天气亢旸，雨泽鲜少，畿辅地方虽不时间已得雨，然或甘澍未敷，或播种后时，收获失望。穷民阅历冬春，难保必无艰食。用是朕衷预念，轸恤加殷，著差尔部贤能司官会同该抚，于州县等处遍行亲历，详加察勘。其有果系被灾者，作何赡救，使不罹患害，著一并察议具奏。特谕。

九月十一日，上谕大学士伊桑阿、阿兰泰，学士凯音布、拜里、朱都纳迈图、西安博济、郭世隆、王国昌：今岁旱，禾稼未登，草豆价值势必翔贵。满兵马匹饲养为艰，可察八旗贫窘护军甲士，特给以养马钱粮，至来岁之秋。卿等会同满九卿具议以闻。

九月十八日，上谕大学士伊桑阿、阿兰泰，学士凯音布、朱都纳迈图、西安博济、郭世隆、王国昌：直隶所属被灾地方，其一岁钱粮为数若干，湖广之湖北所属被灾地方，其一岁钱粮为数若干，速察之。今日即以闻。

九月十八日，上谕户部：朕勤求治理，笃念民依，欲使妇子干宁，用是频蠲租赋。至于时值荒歉，倍切焦思，赈赡之恩，尤宜亟沛。今岁畿辅亢旸为虐，播种愆期，年谷不登，小民艰食。旱灾情形，朕所亲见，夙夜殷劳，轸念已久。顾此茕茕之民，糊口尚不能给，若更责以输赋，必致流移失业。直隶被灾州县卫所，所有本年地丁各项钱粮，除已征在官外，其余未经征收及康熙二十九年上半年钱粮，尽行蠲免。尔部速行该抚通行晓谕，务使均沾实惠，以副朕拯恤穷黎至意。如民人仍致流散，或不肖官役朦混侵蚀，及仍行私征者，将该抚一并严加处分。尔部即遵谕行。特谕。

九月二十八日，上谕户部：今岁畿内亢旸，田亩鲜获，朕所深悉，被灾人民已加恩蠲赈。八旗田庄俱在畿辅近地，同属灾伤，满洲蒙古汉军甲兵皆须养马，原资禾稼以供饲秣。今谷既不登，刍豆必致涌贵，虽给有月饷银米，可以赡育家口，贫乏兵丁经营草料，恐滋困累。朕殊用轸念，著详察实系穷兵无力养马者，开列名数送部。自本年十月起，至来年秋成时止，其马匹所需钱粮，应加给赐，以昭朕一体爱恤兵民之意。作何恩给，尔部确议具奏。特谕。

十一月初六日，上谕大学士伊桑阿、王熙、梁清标、徐元，文学士凯音布、朱都纳迈图、西安博济、郭世隆、王国昌、彭孙遹、顾汧：今岁京师附近地方遇旱，谷用勿登，小民资生无计，虽钱粮既已蠲免，加恩赈赉，给以帑金，而求籴米粟，亦觉维艰，依然无食，困于生计。朕念之每为悯然也。顷朕躬诣山陵，所过之地，咨问民间疾苦，阅视被灾情形，不仅艰难于米粟而已也。虽燔爇之薪蘽亦无之。饥寒交迫，曷以为生？若不及时善加赈恤，必致流移失所。朕日夜焦劳，不安于怀。今兹适遇饥馑，公家庄田及诸王以下大臣庶官殷实人等庄田积聚粮谷，可酌量助给。又直隶乡绅富民有积谷者，并令助给散赈。其散给帑金，务令实给小民，以为薪櫘之用。如此似于饥民方有裨益。汝等与九卿詹事科道官会同详议以闻。

十一月十八日，上谕户部：朕念小民衣食，惟田亩是赖，必年谷顺成，斯生计无乏，若遭罹荒歉，饘粥尚且艰难，正赋安能输办？今年湖北亢旱为灾，已遣官会同该督察勘。今据将武昌等府所属二十九州县、八卫所灾伤分数勘明具奏，朕心深用轸念。傥不亟加蠲恤，恐致流移失所。武昌等四府今年钱粮前已全蠲，其被灾二十州县、四卫所康熙二十九年上半年地丁钱粮，著与蠲免。荆州、安陆二府所属被灾九州县、四卫所本年地丁钱粮，除已征在官外，其未经征收及二十九年上半年钱粮，亦尽行蠲免。尔部速行该督抚通行晓谕，务使均沾实惠，以副朕拯济穷黎至意。如民人或致流散，不肖官役朦混侵蚀及仍行私征者，将该督抚一并严加处分。尔部即遵谕行。特谕。

十二月十八日，上谕内阁九卿詹事科道：今岁京畿遇旱，小民糊口维艰，数经蠲免钱粮，顷虽散给赈济，而雨雪尚未及时，朕心正尔未安。兹虽值新正上元令节，朕轸念小民生计，弥切忧勤。汝等亦宜体朕轸恤民生至意，共加惕励，时廑乃心。今当封印之时，慎勿各图逸乐。每日皆齐集午门前，于救灾恤民之道详悉计议。

汇考十九

（食货典第八十六卷）

目　录

皇　清　二

康熙二十九年

正月初十日，上谕户部：朕抚育黎元，早夜孜孜，惟厚生是亟。重念积贮民之大命，曾屡颁谕旨，令各地方大吏督率有司，于丰稔之年晓谕编氓，务令多积米粮，俾俯仰有资，凶荒可备。乃比年以来，未见实心奉行，闾阎盖藏，不能充裕，常平积谷，视等具文。即如畿辅近地，偶罹旱荒，民间蓄积鲜少，致为补苴之术。嗣后直省总督巡抚及司道府州县官员，于积谷事宜切实举行，务令户有余粮，仓庾充牣，纵遇俭岁，艰食无虞，以副朕爱养生民至意。如有仍前玩愒，苟图塞责，傥遇灾歉，漫无储备者，将该督抚及地方各官一并从重治罪。尔部即遵谕通行。特谕。

正月十一日，上谕户部：朕抚御区寓，夙夜孜孜，惟期厚民之生，使渐登殷阜。重念食为民天，必盖藏素裕而后水旱无虞。曾经特颁谕旨，著各地方大吏督率有司晓谕小民，务令多积米粮，庶俾俯仰有资，凶荒可备。已经通行其各省遍设常平及义仓、社仓，劝谕捐输米谷，亦有旨允行。后复有旨，常平等仓积谷，关系最为紧要。现今某省实心奉行，某省奉行不力，著再行各该督抚确察具奏。朕于积贮一事申饬不啻再三，藉令所在官司能具体朕心，实有储蓄，何至如直隶地方偶罹旱灾，辄为补苴之术。嗣后直省总督巡抚及司道府州县官员，务宜恪遵屡次谕旨，切实举行，俾家有余粮，仓庾充牣，以副朕爱养生民至意。如有仍前玩愒，苟图塞责，漫无积贮者，将该管官员及总督巡抚一并从重治罪。尔部即遵谕通行。特谕。

正月十二日，上谕户部：朕惟阜民之道，端在重农，必东作功勤，然后西成有赖。畿辅地方去岁遭罹荒歉，已经蠲免钱粮，特发帑金兼支仓粟赈济。虽小民糊口有资，其子粒牛具恐多匮乏。今时届首春，田功肇始，若弗经营措给，将误俶载之期。播种不齐，仓箱何望？直隶被灾州县卫所穷民有不能自备牛种等项者，该抚督率有司劝谕捐输，及时分行助给，务令田畴遍得耕易，毋致稍有荒芜。八旗官兵皆倚屯庄收获，用以资生。若有被灾贫乏、耕作无力者，该都统等通行各该佐领酌量佽助牛种，所有庄田勿致播种后时，以副朕敦本劝农、爱养兵民至意。尔部即遵谕行。特谕。

二月初三日，上谕内阁九卿詹事科道：昨岁畿辅荒歉，朕虑民食维艰，或至流离道路，既蠲除其田租矣，复特发帑金三十万两，并动支常平仓粟，令该抚遍行赈贷，盖期灾黎得所，毋使离散也。今闻通衢相近之民虽已获沾恩泽，而僻壤穷檐究不能以自存，致于越乡去土者甚众。夫小民流移若此，则司牧大吏所赈救者安在耶？前所发三十万帑金未审如何散给，所在人民有无转徙，应遣部院大臣往加详察。至于四方流民率多就食京师，今年五城粥厂虽经倍给银米，宽为其期，但恐饥氓渐集，无以遍赡，罔克均沾慈惠。宜增设粥厂，择各部满汉贤能司官俾亲赈焉。尔等其会议以闻。

四月十六日，上谕内阁：此时亢旱，米价翔贵，八旗官兵秋季应支米石，可预给其半。

四月十六日，上谕内阁：天时旱干，囹圄重罪已令清理。今所在祈祷，望雨甚殷。除死犯以外，凡拘禁枷号鞭责等罪，咸从宽释之。

四月十六日，上谕内阁：蒙古禀性怠惰，不能深计生业，往岁小旱即致饥窘。初意赈赡乏食之人所需有限，及观散给米谷之数至多，凡人生业，各自勤勉，必筹画终岁之计，撙节用度，方可不致穷困。若每求赈赡，终于生聚无日。今正当暄和之时，遣通晓蒙古事务重臣，会同外藩之诸王贝勒、贝子、台吉等，作何逐家教谕，令其各勤生业，旗内贫人作何养赡，俾安乐利。凡此数者，当令其规画久远，详细商酌。可下议政王贝勒大臣会同确议以闻。

七月初十日，上谕户部：朕抚育黎元，勤思治理。足民之道，宜裕盖藏。从来水旱靡常，必丰年恒有积贮，庶歉岁不忧饥馑。如康熙二十七年颇称丰稔，诚使民间经营撙节，早为储偫，何至二十八年偶遇旱祲，室皆悬磬？总因先时无备，遂致糊口维艰，比蠲除正赋，特发帑金分行赈济，所在官司悉仰体朕怀，竭力从事，被灾之众始获安全。傥非拯救多方，则茕黎必流移失所。今霖雨时降，黍苗被野，刈获在即，可望有秋，惟恐愚民不知爱惜物力，狼藉耗费，只为目前之计，罔图来岁之需。纵令年获屡丰，亦难渐臻殷阜。应行直省各督抚严饬地方官吏家喻户晓，务俾及时积贮，度终岁所食常有余储，用副朕轸念民依、绸缪区画至意。尔部即遵谕行。特谕。

九月初四日，上谕户部：盛京兵丁全恃南亩耕获，及月给粮饷以为资生之计。昨岁盛京禾稼不登，贫困兵丁艰于粒食，曾以所有屯粮颁发赈救。顷值军兴，遣一等侍卫齐兰布往调盛京兵丁，随发谕旨，令无马匹者给以官厂马匹，无行粮者给以庄屯粮米，而官兵因踊跃遄征，仓卒之际，置办一切军装，遂支领明年二月分应给俸饷，又预支五个月钱粮，刻期进发比厄鲁特，噶尔丹败遁。盛京官兵虽未经接战，而奋勇敌忾，深可嘉悦。今若将预支俸饷复行抵扣，则穷乏兵丁必致生计艰窘。朕心殊切悯恻。所预给明年二月分应支俸饷及增给五个月钱粮，著免抵扣，仍照常支给俸饷，以示朕爱养将士、轸恤疾苦至意。尔部即遵谕行。特谕。

康熙三十年

九月十八日，上谕户部：朕顷巡行边外，入喜峰口，见有民间田亩为蝗蝻所伤，又闻榛子镇及丰润等处地方被蝗灾者亦所在间有，秋成失望，则粮食维艰。朕心深切轸念。傥及今不为区画储蓄，恐至来岁不免饥馑之虞。著行该抚亲历直隶被灾各州县，通加察勘，悉心筹画，应作何积贮，该抚详议具奏。其被灾各地方明岁钱粮仍照例催科，小民必致苦累，著俟该抚察报分数到日，将康熙三十一年春夏二季应征钱粮缓至秋季征收，用称朕体恤民生、休息爱养至意。尔部即遵谕行。特谕。

九月十九日，上谕户部：朕孜孜图治，轸切民依，闾阎耕获，时勤谘访，其有以荒歉上闻者，或蠲或赈，旋即施行，务令得所。念河南一省连岁秋成未获丰稔，非沛特恩蠲恤，恐致生计艰难。康熙三十一年钱粮著通行蠲免，并漕粮亦著停征。至山西、陕西被灾州县钱粮，除照分数蠲免外，其康熙三十一年春夏二季应征钱粮，俱著缓至秋季征收，用称眷爱黎元、抚绥休养至意。尔部即遵谕行。特谕。

十一月十四日，上谕户部：朕前闻陕西西安、凤翔等处年岁不登，民艰粒食，特命学士布喀星驰前往，察勘赈济。顷来回奏称，西安府属咸宁等州县卫、凤翔府属郿县等三县，米价腾贵，百姓流移。朕心深切轸念，若不大沛恩施，无以遍苏疾苦。这被灾各地方康熙三十一年额征银米，著通行蠲免。又闻甘肃巡抚所属地方秋收丰稔，米价较平，著该督抚会同详议，作何购买转输，速行赈济，务俾比屋得沾实惠，不致仳离失所，以副朕抚恤灾黎至意。尔部即遵谕行。特谕。

康熙三十一年

正月初二日，上谕大学士伊桑阿、阿兰泰：去岁陕西西安等处年谷不收，罔有积贮，以致闾阎困苦至极，已遣使赈济之矣。直隶所辖地方素有储蓄，或州县稍有不登，即以所储米谷从均赡给，是以民生获济良多。今年丰歉尚未可知，陕西省府州县现存米谷之数应行察明，先时预备。至各省府州县，皆令积贮米谷数千石，则裨益黎庶者大矣。可下各该督抚等令各府州县积贮米谷，其所积谷数当逐一膳册详报户部。著九卿詹事科道等会议以闻。

二月初四日，上谕大学士伊桑阿、阿兰泰：陕西省西安、凤翔两府所属地方去岁遇灾，虽曾自京师颁发帑金，遣官赈济，然百姓仍有流移者，此皆无积贮预备之故也。今靳辅已简任河道总督矣。靳辅于河道情形熟练晓畅，可截今年漕米二十万石交与靳辅，作何酌量雇船，由黄河挽运，抵山西蒲州等处，预为积贮，即偶遇灾伤，既有所备，于军储民生咸获裨益矣。至由黄河逆流转运，势属艰险，若有米船损坏之事，免其议罪，则靳辅亦得殚心尽力，黾勉报称。可降旨九卿会议，尔等亦同靳辅议之。

二月初四日，上谕户部：朕勤求治理，念切民依。凡有往来人等，必以年岁之丰歉、雨泽之有无一切闾阎情形备悉谘访。前闻陕西西安、凤翔各属饥荒，已经特颁谕旨蠲免钱粮，并发帑金，专遣大臣赈济，仍拨给别省钱粮刻期运送，务使均沾实惠，人获更生。近又闻颁赈之前，尚有贫民散入四方，流离失业，势不能复还乡井，傥不曲加抚绥，必致转于沟壑，深为可悯。凡流民所至地方，应令该省督抚董率有司区画赈济，令各得所。其赈济过人口数目，著具册题报。有能酌量资给，俾回原籍者，一并造册具奏。至于湖广襄阳等处，距潼关相近，且道路平坦，易于转输。襄阳等处所有积贮米谷，应令该督抚运至潼关，陕西督抚接受转运，庶于散给兵饷，赈济饥民，均有裨益。应作何挽运，尔部作速详议具奏。特谕。

五月初二日，上谕大学士伊桑阿、阿兰泰、张玉书，学士傅继祖、温保、王国昌、王尹方、王掞、李柟：积谷者至要之务也。诚有所积贮，虽遇灾伤，断不致于饥馑。但小民不知储蓄，每值丰收之年，恣意糜费，及逢俭岁，遂底困穷。今时届麦秋，可敕各该地方官劝谕百姓，比户量力，共相乐输，委积储峙。州县官将捐助者姓名与米数注册，秋成之后亦仿此行焉。其春时乏食者贷与之，至秋照数收入以为积蓄。夫每年于麦谷告登之候，劝勉捐输，则数岁之间仓廪充裕，即罹灾祲，民食自可不虞匮乏矣。尔等会同九卿詹事科道议奏。

五月初九日，上谕大学士伊桑阿、阿兰泰：今年陕西、西安地方三春雨水愆期，秋收丰歉，未可预计。襄阳者，附近西安，形胜之地也。可将截留江宁、荆州粮各十万石交与该督抚，以官船运至襄阳，先时储蓄。其下九卿詹事科道即行会议以闻。

十月初六日，上谕户部：陕西西安等处地方连岁凶荒，继以疾疫，因而闾阎失业，洊致流移。朕轸恤民艰，焦劳宵旰，自去岁冬月以来，颁发帑金，蠲免正赋，挽输积谷，转运漕粮，屡次特遣大臣察勘，多方赈济。念国家所重，惟在养民，目今秦省虽薄有秋收，但民间匮乏已极，傥非格外加恩，无以使积困尽苏，转徙尽复。陕西巡抚所属府州县卫所康熙三十二年地丁银米，著通行免征；从前所有积欠未完钱粮，亦著通行蠲豁。务俾比屋同沾实惠，小民咸庆更生，用称朕子爱元元、抚育安全至意。尔部即遵谕行。特谕。

十月十二日，上谕刑部：朕保乂黎元，崇尚宽大，每于刑狱之事，辄廑矜恤之怀。秦省西安等处地方比岁荐饥，闾阎困苦，业已多方赈恤，屡谕蠲租，尤宜大沛仁恩，特加赦宥。凡陕西巡抚所属今年秋审情真缓决人犯，内除十恶及军机获罪官员犯罪不赦外，其余自谕旨到日，通省免死，照例减等发落。有见在审拟未经结案者，亦如之。嗣后务令革心向善，副朕法外生全至意。尔部即遵谕行。特谕。

康熙三十二年

九月十六日，上谕内阁：江浙二省今年夏旱，虽不成灾，秋收量必有限。若漕粮照常征收起运，恐民食将至匮乏。朕为此常切轸念。除浙江漕粮已经改于今年蠲免外，其江南漕粮今年或三分免一，或免一半，俟至该省应蠲年分，将今年所免米石照数补征起运，于漕粮既无缺少，官民大有裨益。著满汉大学士等会同户部堂官、仓场侍郎等作速确议具奏。

十月初十日，上谕内阁：闻山东今年田收之后，九月中蝗螟丛生，必已遗种于田矣。而今岁雨水连绵，来春少旱，蝗则复生未可知也。先事豫图，可不为之计欤？乘时竭力，尽耕其田，庶几蝗种瘗于土，而糜烂不复更生矣。若遗种即有未尽，来岁复萌，地方官即各于疆理区画逐捕，不使滋蔓，其亦大有益也。命户部速牒直隶、山东、河南、山西、陕西巡抚等示所领郡县，咸令悉知田则必于今岁来春皆勉力耕耨，蝗螟之灾，务令消灭。若郡县有不能尽耕耨其田者，蝗或更生，则必力为捕灭，毋使蝗灾为吾民患。

十月十二日，上谕户部：陕西西安、凤翔二府地方连被灾伤，朕多方赈救，转粟蠲租，又招集流移，散给牛种，然后四方仳离之民渐次复还乡井。今岁虽雨泽沾足，百谷阜成，而人民甫脱饥寒，未饶生计，若明岁应征钱粮即令输纳，诚恐闾阎储蓄终难充裕。西、凤二府属被灾州县卫所康熙三十三年粮米照旧征收外，其地丁银两著通与蠲免。尔部即行文该督抚，严敕各属遍加晓谕，务俾均沾实惠，以称朕爱养休息至意。如有不肖有司朦混私征者，该督抚指名劾奏，从重治罪。

十一月二十五日，上谕户部：朕念切民生，时廑宵旰，或在宫禁之中，或经巡省之地，务以编氓疾苦备悉咨询。其从各省来京陛见官员及往来奉使人等，亦无不以该省雨泽曾否应时、田亩有无收获并闾阎资生情形一一体访。比年以来，因国家经费尚充，遂将各省地丁额赋及旧欠钱粮节次蠲免，即从前未经停征之漕粮，亦逐年免征，总欲使海隅苍生培固元气，庶臻于家给人足之风。今岁畿辅地方虽禾稼未获稔收，初意小民糊口之需犹足资给，未必生计遂致艰难。顷者展谒山陵，沿途察访民隐，见今岁雨水过溢，田亩被淹没者甚多，谷耗不登，米价翔贵。又闻顺天、河间、保定、永平四府所属皆然。目前米价既贵，将来春夏之际时值益昂，小民必艰粒食。此朕目所亲睹。若来岁钱粮仍然征收，朕心实有未忍。顺天、河间、保定、永平四府康熙三十三年应征地丁银米，著通行蠲免；所有历年旧欠悉与豁除。行文该抚晓谕各属，务令人沾实惠，以副朕子育黎元至意。尔部即遵谕行。特谕。

康熙三十三年

三月初八日，上谕大学士伊桑阿、阿兰泰：直隶所属被灾之霸州、永清等州县，其发粟赈济及以仓米平价粜卖，彼地小民得沾实惠与否，可遣官察视之。尔等与九卿詹事科道会议以闻。

三月二十三日，上谕户部：山西平阳府泽州、沁州所属地方，前因蝗旱灾伤，民生困苦，已经蠲免额赋，并加赈济，而被荒失业之众犹未尽睹幹宁。其康熙三十年、三十一年未完地丁钱粮及借赈银米，若仍令带征，刻期完纳，诚恐闾阎力绌，益致艰难。著将所逋欠钱粮五十八万一千六百余两、米豆二万八千五百八十余石，通行蠲豁，用纾民力。尔部行文该抚严饬该府州县官悉心奉行，务俾人沾实惠。傥有已完在官、捏称民欠及已奉蠲免，仍复重征，官吏作奸，侵渔中饱，一有发觉，定以军法从事，遇赦不宥。尔部即遵谕行。特谕。

四月十三日，上谕内阁：朕处深宫之中，日以闾阎生计为念。每巡历郊甸，必循视农桑，周谘耕耨田间事宜，知之最悉，诚能豫筹稽事，广备灾祲，庶几大有裨益。昨岁因雨水过溢，即虑入春微旱，则蝗虫遗种，必致为害，随命传谕直隶、山东、河南等省地方官，令晓示百姓，即将田亩亟行耕耨，使覆土尽压蝗种，以除后患。今时已入夏，恐蝗有遗种在地，日渐蕃生，已播之谷难免损蚀。或有草野愚民，云蝗虫不可伤害，宜听其自去者。此等无知之言，切宜禁绝。捕蝗弭灾，全在人事。应差户部司官一员前往直隶、山东巡抚，令申饬各州县官亲履陇亩。如某处有蝗，即率小民设法耨土覆压，勿致成灾。其河南、山西、陕西等省，亦行文该抚一体晓谕钦依。尔等将此事交与户部遵行。

七月十六日，上谕户部：盛京等处去岁禾稼不登，粒食艰窘。闻今年收获亦未丰稔，米谷仍贵。傥价值日渐翔涌，则兵民生计恐致匮乏。盛京等处地方关系紧要，朕心时切轸念。宜豫加筹画，作何恩给，俾各资生。著遣部院堂上官一员前往，自甲兵以及匠役当差人等有力不能糊口者，将人户数目察明造册具奏。尔部即遵谕行。特谕。

九月十九日，上谕户部：朕惟黎元率育，全恃农桑，每遇岁时丰穰，比屋皆能自赡，傥一经旱潦，粒食无资，即有俯仰不给之虞，非相时缓急而先事图维，则补助之恩难以遍沛。顷巡历边外，道经密云等处地方，见田亩歉收，米谷价贵，闾阎匮乏，衣食不充。目前既已艰难，来岁何所倚赖？宜豫为筹画，用俾资生。著遣部院堂上官二员，会同直隶巡抚，亲诣年岁不登之各州县详察明白，应作何区处赒济，确议具奏。其八旗披甲当差及孤寡无依、年老有疾、中伤退闲人等，有实系贫窭、窘于谋生者，著各该都统详察姓名报部，应作何恩恤，尔部议奏。著即遵谕行。特谕。

康熙三十四年

正月二十六日，上谕内阁：去岁于直隶、山东、河南、山西、陕西、江南诸省下诏捕蝗，诸郡国尽皆捕灭，蝗不为灾，农田大获。惟凤阳一郡未能尽捕。去岁雨水连绵，今岁春时若或稍旱，蝗所遗种至复发生，遂成灾沴，以困吾民，未可知也。凡事必豫防而备之，斯克有济。其下户部速敕直隶、山东、河南、山西、陕西、江南诸巡抚，准前制，亟宜耕耨田亩，令土瘗蝗种，毋致成患。若或田亩有不能尽耕者，蝗始发生，即力为扑灭，毋使滋蔓为灾。

九月二十四日，上谕户部：直隶顺天、保定、河间、永平四府所属地方，今岁水潦伤稼，三农歉收。朕巡幸所至，遍加咨访，闻高阜之产尚有秋成，而卑下之田被潦者多，计所收获，不能相敌。虽经勘灾颁赈，不致仳㒧失所，而须办钱粮若仍行征取，则民力匮乏，难以输将。朕心深切不忍，著将四府康熙三十五年地丁银米全与蠲免，用示宽恤。其霸州、雄县、香河、宝坻四处，皆有水道可以转输。每处著发米一万石，各差司官一员赍往，照彼地时价减值发粜，以资民食。著行文该抚通行晓谕，俾均沾实惠，副朕轸念灾黎至意。尔部即遵谕行。特谕。

康熙三十六年

正月二十二日，上谕大学士伊桑阿等：扬州、淮安、徐州等处被灾钱粮，该总督巡抚奏请蠲免，疏至即与全蠲。

康熙三十七年

二月二十五日，上谕内阁：遣户部曾经保举司官二员，于被水灾沿河之保定、霸州、固安、文安、大城、永清、开州、新安等州县截留山东、河南漕粮，每处运致一万石以备积贮，米价腾贵时平值粜卖。敕户部速议具奏。

十一月二十五日，上谕户部：淮安、扬州、凤阳等处比年水患频仍，浸漫堤岸，田多淹没，耕获无从，百姓艰于粒食。经朕时加轸恤，屡赈屡蠲，被灾地方赖以安堵。但念久歉之余，恐致资生匮乏。朕廑恫殷切，未尝稍释于怀。前此虽频敷庥泽，至再至三，用裨群黎生计，犹恐开春东作，农事艰难，若不大沛恩施，安能令小民各得其所？著将海州、山阳、安东、盐城、高邮、泰州、江都、兴化、宝应、寿州、泗州、亳州、凤阳、临淮、怀远、五河、虹县、蒙城、盱眙、灵璧等州县并被灾各卫所，康熙三十八年一切地丁银米等项及漕粮，尽行蠲免，务使民间均沾实惠，以副朕体恤元元、生息爱养至意。尔部即遵谕行。特谕。

康熙三十八年

三月初七日，上谕户部：朕君临天下，期于黎民乐业，各获其所。凡兴利除害之事，靡不举行；蠲免赈济之恩，靡不下逮。比年以来，因淮扬所属地方叠罹水患，业已岁蠲额赋，赈恤频施，又动支数百万帑金，责令在河诸臣于应挑应筑之处酌量修理，务使泛滥之水汇归入海，被淹之庐舍田亩尽皆涸出，用底斡宁。乃钱粮竟尔虚费，卒不能使积淹有归，田庐未涸，民生未遂，朕闻之恻然轸怀。值兹四方无事之时，欲将一切修举事宜详阅指示，用是躬亲临幸，沿途审视黄河水势，咨访地方父老。比至归仁堤高家堰，量度地形高下，应挑应筑，一一明示河臣。惟是被淹地方米价腾涌，生计维艰，朕目击民依，深用廑念。著将漕粮截留十万石，于高邮、宝应、兴化、泰州、盐城、山阳、江都受灾七州县各留一万石，悉较时价减值发粜。余米三万石，著于邳州留八千石，宿迁、桃源、清河、安东四县各留五千五百石，亦较时价减粜。此各州县发粜之米，著就道交与漕运总督、河道总督，邳州著遣司官一员前往监视。再截留米十万石，于扬州、淮安各收贮五万石。这应留漕粮，不论何处米石，著就近截留。尔部即遵谕行。

三月十三日，上谕户部：东南为财赋重地，朕时加轸念。频岁以来，虽在边塞用兵之际，未尝不早夜殷殷，眷怀宽恤。兹以中外升平，特事巡省并阅河工。比至江南，亲察民间饶瘠之状，见淮南北地方叠罹水患，深用恻然，已经屡蠲屡赈，仍命截留漕粮，减价平粜。其余各州县，固市肆安辑，耕凿恬熙，而额赋浩繁，民生拮据，历年逋负积算日增。合行江苏巡抚、安徽巡抚，所属旧欠带征钱粮计及百万，念小民方供新税，复急旧逋，物力维艰，势难兼办，里井既多催科之扰，官吏复滋参罚之烦，应沛特恩，概行蠲豁。除康熙三十三年恩诏内已经赦免外，其三十四、五、六年奏销未完民欠、一应地丁钱粮、米豆麦杂税，尔部行文该督抚察明，俱著免征。务饬有司悉心奉行，俾使穷檐蔀屋均沾实惠。如有已征在官，诡称民欠，希图侵蚀肥己者，一经发觉，定从重治罪。朕身处宫禁，与巡历方隅，无非孳孳民事，但使闾阎丰足，则国家裨益良多，以此不惜蠲除，频敷德泽。凡厥官吏军民宜咸知朕意。尔部即遵谕行。特谕。

三月二十二日，上谕户部：朕因淮扬地方数被水患，躬临巡省，目击田庐淹没之苦，深加轸恤，既截留漕粮以济民生，仍蠲除积欠以纾民困。其昨岁淮扬两属被灾钱粮，曾经该督抚具题部议，照例减免三分。今念百姓糊口维艰，安能办赋？应破常格，用沛特恩。淮扬府属海州、山阳、安东、盐城，扬州府属高邮、泰州、江都、兴化、宝应九州县并淮安、大河二卫康熙三十七年未完地丁漕项等银一十九万有奇、米麦十一万石有奇，著全与蠲免。尔部行文该督抚，即饬各州县张示晓谕，务体朕悯恻群黎之至意，俾穷乡僻壤均沾实惠。如有不肖官吏私征侵蚀者，察出定治重罪。特谕。

四月十六日，上谕户部：朕巡幸江南，遍察地方疾苦，深知民间生计艰难，故将通省积欠钱粮尽行蠲免。所过州县有被灾甚重者，俱经拯济，务俾得所。兹闻凤阳府属去岁潦灾甚重，是用破格加恩，以示优恤。康熙三十七年该府属寿州、泗州、亳州、凤阳、临淮、怀远、五河、虹县、蒙城、盱眙、灵璧十一州县并泗州一卫未完地丁漕项等银米，著一概免征。尔部行文该督抚，即饬该地方有司张示晓谕，令穷乡僻壤咸悉朝廷曲轸灾黎之至意。如有不肖官吏悖旨私征，使百姓不沾实惠者，察出定治重罪。尔部即遵谕行。特谕。

五月初六日，上谕户部：朕巡省民生风俗，南至于江浙。兹以返跸，行经山东，缘途延见父老，咨询农事。幸今岁雨旸时若，二麦继登，小民可以无忧粒食。但前年被灾泰安等二十七州县生计尚未丰盈，宜更加恩休养。所有康熙三十六年未完地丁银米，俱著免征；其三十七年应征钱粮，原因灾伤，令于三十八年完纳。今念一岁之内并输二岁之租，恐物力艰难，未能兼办，著分作三年带征，以示宽恤。尔部移文该抚，转饬有司明白张示，务使穷乡僻壤均沾实惠，以无负朝廷曲轸民依至意。傥有不肖官吏私征侵蚀，致上泽不下及者，察出定治重罪。尔部即遵谕行。特谕。

十一月初五日，上谕户部：朕思小民生计，惟农亩是赖，必年谷收成，斯衣食无缺。淮扬所属海州等州县卫接年河流浸漫田庐，编氓艰于粒食，朕心深切轸念，已将康熙三十八年钱粮俱行蠲免。今春南巡，目睹民间疾苦，恐致失所，复将康熙三十七年未完钱粮尽与豁除，谕令所司将沿河堤岸坚固修筑。乃修防未竣，夏秋又致冲决田庐，尽没水中。特命该抚往驻被灾地方，动支积贮米谷，并将漕粮截留，亲行赈给。今念清口河流未通，民田仍遭淹没，耕获无从，百姓饘粥尚且艰难，来年租赋安能输办？著将这被灾海州、山阳、安东、盐城、大河卫、高邮、泰州、江都、兴化、宝应等州县卫康熙三十九年地丁银米等项及漕粮漕项银两，尽行蠲免。尔部速令该督抚通行晓谕，务俾均沾实惠，以副朕拯恤灾黎至意。如有不肖官役朦混侵冒，仍行私征者，该督抚严察指参，从重治罪。尔部即遵谕行。特谕。

康熙三十九年

三月初二日，上谕户部：淮扬等处百姓频年罹于水灾，未宁干止。朕心时切轸念。比岁以来多方优恤，蠲免赈给，靡不举行。去年春朕亲履河干，目击小民田庐皆被淹没，灾黎艰于粒食，益为悯恻于怀。爰命地方官按户赈济，又将截留漕粮发赈平粜，俾得赡养。上下两堤岸，前虽屡发帑金修筑，迄无裨益。去年二月面谕河工诸臣速行修治，至今尚无成效。复遴选廷臣同往经理，无非轸怀民瘼，欲令黄运两河堤岸速成，斯民早安生业耳。念水患一日不除，则百姓一日不得耕种，用是深以为虑。著将今年漕粮截留二十万石，存贮淮扬地方备用。尔部即遵谕行。特谕。

七月二十五日，上谕户部：国家要务莫如贵粟重农。朕宵旰图治，念切民生，惟期年谷顺成，积贮饶裕，于以休养黎元，咸登乐利。今闻直隶各省雨泽以时，秋成大熟。当此丰收之时，正当以饥馑为念，诚恐岁稔谷贱，小民罔知爱惜，粒米狼戾，以致家无储蓄，一遇岁歉，遂至仳离。著该督抚严饬地方有司，劝谕民间撙节烦费，加意积贮，务使盖藏有余，闾阎充裕，以副朕重农敦本、爱养元元至意。尔部即遵谕行。特谕。

康熙四十年

十月初六日，上谕户部：朕孜孜图治，宵旰靡宁，于民生疾苦时切轸念。甘肃等处地方切近边陲，土田瘠薄，今年雨泽愆期，田禾多有未获，闾阎饥困。朕心深用悯恻，已特敕该督抚等官将被灾之处亲行蠲赈，令其得所。更念来岁青黄不接，西土小民输纳维艰，著将甘肃巡抚所属州县卫所康熙四十一年分地丁钱粮，通行豁免。地方有司务期切实奉行，毋令官吏借端侵渔，俾小民得均沾实惠，以副朕轸恤灾黎之意。尔部即遵谕行。特谕。

康熙四十一年

十一月初九日，上谕户部：今岁山东、河南地方秋成俱报丰稔，惟被灾州县民多匮乏。顷朕巡幸至德州，见有一二灾民流移载涂者，询问疾苦，深为轸念。虽据山东巡抚称，被灾州县已行令地方官发粟散赈，但自冬徂夏青黄不接之际，颁赈不继，无以资生。应行山东、河南两省巡抚，凡属被灾地方，令有司加意赈济，至明岁麦收时方止。其灾伤田粮虽已照分数蠲免，犹恐被灾之后民力艰难，宜更沛特恩，用加休养。山东、莱芜、新泰、东平、沂州、蒙阴、沂水，河南永城、虞城、夏邑被灾州县康熙四十二年地丁钱粮，除漕项外，著察明通行蠲免。该地方官务悉心奉行，俾闾巷穷黎均沾实惠，以无负朕宵旰勤民、殷殷轸恤至意。尔部即遵谕行。特谕。

十一月初九日，上谕户部：朕抚御寰区四十余年，无一刻不以民生为念。天下至大，兆民至众，惟恐穷乡僻壤，百姓疾苦不能上达，所以孜孜勤求，未尝少懈。从来水旱自古有之，备荒之法全赖督抚得人，傥以讳灾为事，亏空塞责，一有歉薄，莫知所措，视民命如草芥，何以为民父母？况秦省不通水运，若不谨于盖藏，俭岁难于赈恤。河西一带地方素称贫瘠，虽免四十一年钱粮，民生未裕，再将四十二年地丁钱粮通行蠲免。该督抚遍示所属地方，务使闾阎均沾实惠，以副朕惠爱元元之至意。如有不肖有司违旨私征，希图侵蚀者，督抚察参从重治罪，或被旁人告发，或被科道纠劾，该督抚一并严议。特谕。

康熙四十二年

二月初一日，上谕山东巡抚王国昌：朕自泰安州，见新泰、蒙阴、沂州、郯城等处城郭乡村黎民被灾甚苦，虽将正赋蠲免，而方在乏食，尚属无益，徒有赈济之名，而仓粟谅已尽竭。又观黎民颜面衣服，深为可虑。朕怀不胜悯恻，更为尽心筹画。欲救民急，固属甚难。如以养济蒙古例施于山左，庶几青黄不接之际，犹可度日。命在京满汉大学士、九卿会议，无论官民，有情愿效力者，作速遣往山东，不拘银米，同地方官分界赈济，以及降级革职人等有情愿赎罪者，亦准其赎罪，俟秋成后视其果有裨益，酌量议叙。已有谕旨，该抚同尔属员善为抚绥，勿致流离失所，务期副朕视民如子之至意，即将告示刊刻遍行晓喻。特谕。

二月初二日，上谕户部：朕经过泰安州新泰县、蒙阴县，沂州郯城县等处，见民有饥色，应急行振救，所过地方虽经赈济蠲免钱粮，但州县仓谷年久朽烂，无裨于散赈。今著将总漕桑格漕米内二万石，交与总河张鹏翮，拣选贤能官员，运至济宁州、兖州府等处州县减价平粜，有应赈之处，即行赈济。亦交米二万石与桑格，于泰安州一路散给。又将收税有力之官七员，并发在京旗民赎罪人一百名，令伊等俱照养蒙古例，以所用之多寡分别议叙。

二月初七日，上谕河道总督张鹏翮：此间邵伯更楼地方旧日被灾形状，与山东饥民无异，岂朕今日观此地安居景象而忘山东之饥民乎？朕念运粮赈济，事不可缓，乘今日顺风，尔作速回清江料理转运截留漕粮，差官前往山东散赈。至距扬州十五里沙坝河桥道情形，朕自细阅，回銮时面谕尔知之。

七月二十七日，上谕大学士、九卿、詹事、掌印不掌印科道等官：六月内因有二王之事，朕心不胜悲恸，至今犹未释然。又兼灾祲频告，愈加忧郁，身体不安。顷往坐汤泉，始得稍解，仍未全愈。至于饥民救养之计，未尝时刻不廑于怀。近有李煦人来，询知郯城至泰安田谷稍有可望，由泰安至德州被灾甚重。今岁口外田谷大收，口内各处田禾俱属平常，合共计算，所粜之谷必不能多。今应将漕粮多行截留，于山东沿河州县村镇、有名马头俱各存贮。其捐纳事例虽广行，无济于事，且日后必至紊乱。东省人民现今乏食，总使行此数事，民有大半至于逃亡。朕意八旗满洲蒙古汉军佐领一千有余，每三佐领下共出一人，可得三百人，每三佐领借与银三千两，余外捐助车辆骆驼头口，分派各州县。仍照前去人员，养至来年七月。及今八月内可以到彼，况前往抚养地方，民人甚有裨益。今虽叠被灾伤，民人仍帖然未动，此即有益之效也。这事情尔等可确议。至东省今岁钱粮漕米，俱应速行停征。著议奏。为此手书。特谕。

八月初二日，上谕户部：赈济东省饥民，事关紧要。应差大臣分为三路，每路差大臣一员，将先派去人员一并往返巡察，于事有益。自泰安至郯城为中路，著穆和伦去；自济南至登州为东路，著辛保去；自德州至兖州、东昌、济宁为西路，著卞永誉去。截留漕粮，关系紧要。总漕桑格现今无事，令作速前来，亲看截留。其赈济饥民人员，所领虽系公物，而勉力自效，有济于民，事成回时著一并议叙。

八月初四日，上谕户部：邳州等处地方屡被灾伤，不减于东省，但尚有水路可通。著该督抚亲往察阅，应作何速行拯济，一面颁赈，一面奏闻。俟具题到日，将应蠲豁钱粮另议具奏。

八月十一日，上谕东省在京官员：朕四次经过山东，于民间生计无不深知。东省与他省不同，田间小民俱依有身家者为之耕种，丰年则有身家之人所得者多，而穷民所得之分甚少。一遇凶年，则己身并无田亩产业，有力者流移于四方，无力者即转死于沟壑。此等情状，尔东省大臣庶僚及有身家者亦当深加体念。似此荒歉之岁，虽不能大为拯济，若能轻减所入田租，以各赡养其佃户，不但深有益于穷民，即尔等田地日后亦不致荒芜。如果民受实惠，岂不胜谢恩千百倍耶？这奏谢已悉，所司知之。

九月十四日，上谕内阁部院等官：朕因山左灾荒，劳心殚思，屡行咨访。山左岁歉，非止今岁为然，地方官历年隐匿不报。今春朕因阅视河工，亲见灾黎情形，始行筹画赈济。今岁田禾虽云失望，尚有薄收之处。巡抚、布政使为伊等素有欠缺，欲巧图完补，故甚其词以奏报，又夤缘科道纷纷急奏，言盗贼蜂起，人民相食，私冀或开事例，或拨银两，因于其中侵蚀，托言赈济而实欲完补亏空，以施鬼蜮之谋也。朕几堕其术中。今京师遣往三路赈济人员，俱掣签派拨州县，并不分成灾与否，一概散赈。遣去人员未奉有稽察谕旨，惟视巡抚、布政使所指地方赈济，应将此事交与三路大臣加意稽察。至于条奏盗贼蜂起、人民相食之员，亦当明白询问。如盗贼蜂起，必有杀人放火、抢夺财物粮米之处与失事之人，如人民相食，亦必有被伤之人与食人之人。如有不实，即为巡抚、布政使急请设发银两而言也。大学士九卿诸臣会同议奏，言官并不实心为民，专为巡抚、布政起见，不诚可愧乎？

十月初十日，上谕户部：山东省去岁农收，各州县丰歉不一。今春朕南巡过山东时，已分别被灾轻重，蠲免钱粮，并遣效力人员星驰赈济。比及回銮，东省又告潦灾。朕宵旰轸怀，悉心筹画，截留漕粮，平价发粜，兼出帑金，遣八旗人员分道散赈，仍于三路各遣大臣经理所在饥民，庶得资以全活，不致仳离失所。犹念被灾之后民力未纾，宜更加德泽，以弘休养。康熙四十三年地丁银米著通行蠲免，有积年钱粮拖欠在民者，亦著察明免征。行文该抚率所属有司详慎奉行，务令人沾实惠。有违旨私征者，察出定从重治罪。仍令各州县遍示晓谕，俾穷乡僻壤咸悉朕惓惓惠爱灾黎至意。又朕南巡回时，原拟蠲浙省明岁钱粮，兹因东省灾伤，先行蠲免，其浙省钱粮俟至明岁另颁谕旨。尔部即遵谕行。特谕。

十月二十二日，上谕大学士马齐等：朕闻山东巡抚、布政使，将赈济饥民人员带去银两，俱收贮布政司库内，至今犹未散给。若此则赈济饥民之事不致迟误乎？此项银两俱系自京带往，并非伊等库内之银，且前往人员皆三牛录会同保出贤能有身家之人，伊等但当察所养饥民之优劣，至于耗费俭用银两之处，俱系派去人员之事，与伊等何涉？而将此银收贮，至今仍不散给，必待饥民逃散之后始行赈济耶？此系何心？朕不得知。是又刘恺之计也。况派去三百余人员，不作速分派地方，俱令久住济南，势必至于无所糊口。尔等交部作速移咨询问王国昌等。

十一月十七日，上谕川陕总督华显、陕西巡抚鄂海、甘肃巡抚齐世武：朕抚有区夏，思臻上理，期于举世乂安，宵旰勤劳，未尝少释。而秦省为天下要地，时廑朕怀。曩者连岁荒旱，所司未经奏报。朕访闻得实，即多方筹画，运米拯救，一由襄阳运至商州，一命河臣由黄河运至潼关，一由湖滩河朔运至渭河，一由甘肃运至西安，分行赈济蠲赋，已责安集流离，秦民始得少苏。自康熙三十二年遣皇长子致祭华山以来，雨旸时若，年谷丰登，闾阎微有起色。但秦省关系最重，且不通水运，抚绥尤宜加意。故不惮隆冬，跋履风霜，远临兹土，见百姓欢迎载道，且知今岁有秋，地方文武官吏能恪勤奉职，满汉军士亦皆训练有方，朕心甚慰。凡巡幸所至，必大沛恩膏。今将陕西巡抚及甘肃巡抚所属地方康熙四十二年以前各项积欠银米草豆钱粮尽行蠲免。俟四十三年直隶各省咸获丰稔，当将秦省四十四年正供亦行免征。该督抚即通行晓谕，俾穷乡僻壤小民均沾实惠。傥不肖有司希图侵蚀，以致泽不下究，该督抚严加访察，据实指参，以副朕爱养黎元之至意。尔等即遵谕行。特谕。

汇 考 二 十

(食货典第八十七卷)

目 录

皇 清 三

康熙四十三年

十月初七日，上谕户部：山东比年歉收，民生饥馑，朕焦劳宵旰，未尝晷刻少释于怀。四十一年钱粮既分别减免带征，又停四十二年征收，蠲四十三年额赋，截漕平粜，发帑赈施，遣用多员，分道赡养。有就食京城者，复分厂煮赈，命满汉官员资送回籍，并给以籽粒之需。然后民间渐有起色。今岁幸风雨和调，二麦毕登，秋禾稔获，流移者悉返里闾，复业者咸安耕凿。朕于往来山东人等备加询问，深用心慰。但念被灾之余，甫离重困，若非大敷恩泽，终不能遽底盈宁。著将山东省康熙四十四年应征地丁银米等项，除漕粮外，通行蠲免。从来水旱靡常，抚绥百姓之道，全视大小官吏实心讲求，庶几民有攸济。谕旨到日，该巡抚即饬有司张示晓谕，务俾通省均沾实惠，仍牖道小民撙节盖藏，期于比屋皆有余蓄，则于朕惓惓为民经画之意可以无负矣。尔部即遵谕行。特谕。

十月初七日，上谕户部：今岁直隶地方雨旸应候，禾稼有秋，各郡民生皆获安恒业。惟是去岁山东被灾之民，自冬月以迄春夏，流离转徙，入顺天、河间境内者甚多。于时设厂煮糜，所在赈救，因而米价至今未减。诚恐近畿一路闾井小民绌于生计，是宜加恩宽恤，用弘休养。顺天、河间二府属康熙四十四年应征地丁银米，著通行蠲免。该巡抚即饬府州县官张示遍谕，务俾穷乡僻壤均沾实惠，以副朝廷优轸畿辅黎氓至意。尔部即遵谕行。特谕。

十月十四日，上谕户部：朕宵旰孳孳，惟以康济民生为念。每岁四方水旱，皆谕令各督抚不时奏闻，仍间遣人员驰往各路咨询农事。有自外省来者，必详问所过地方雨旸耕作之状。凡以民生所重，无如粒食，不得不预为经画也。四十一年冬，朕巡幸至山东德州，闻知莱芜等六州县民被灾伤，即与蠲免四十二年钱粮。及四十二年春南巡视河，经行泰安一路，见其间阎生聚，远不逮于从前，随下谕详察被灾州县蠲除额赋，并动仓谷赈济。但赈蠲虽行，而人民甚属窘迫，非以赡养蒙古之法行之，不能立遂生计。再三筹策，乃命官民愿效力者百余人，星速前赴山东，计口授粮，给衣济用，兼量助牛种等物，贫窭之人皆赖以全活。比朕避暑口外，觉夏月雨水颇多，即命行文移问山东等省，而东省果告潦灾，秋禾少收，民滋困苦，而地方人情犹帖然安堵。此即遣官养民之实效也。因又下谕增益多员，并准运通仓米石以资急用。顾各州县地广人众，需费浩繁，尤必大加赈施，方能遍及。特命漕臣亲赴东省，截留漕粮五十万石，分贮沿河镇市冲要之地，散赈而外，即平价发粜。而又谕满洲蒙古汉军每三佐领合派一人，计得四百余人。此所派人员，每佐领领帑金一千两给之，并备车辆驼马等物，令分往山东各州县，照前遣人员赡养，以至来年七月为期。其登、青、莱三府，则截漕米，由天津海道运至其地，每府各三万石。又遣用大臣三员，分三路往来巡视，稽核散赈事宜，酌定平粜价值，而民间始尽沾实惠。至于未经散赈之际，饥民有流入京城者，老幼仳离，急于得食，爰于今岁春月命八旗王贝勒大臣、内务府官员并汉大臣官员，设厂数十处，煮赈一月有余。复念饥民抛弃乡土，久住京师，究非长策，于是遣官雇募船只，送还原籍，仍给以银两，为日用籽粒之资，而流移之人遂得复安本业。入夏以来，风雨和调，二麦稔登，秋田多稼。该省进呈谷穗，合之往来人等奏对之言，朕心始为大慰。夫水旱灾伤，事所时有，非恃庙堂之上多方赈救，则民将何依？朕为山左劳心筹画者两载，于兹乃幸奏有成效。今三路大臣及该抚俱奏年谷顺成，民生得所，赈事告竣。前后效力诸臣，宜加奖劝。去岁春秋二次遣往养民各员，著察明议叙，内有自出己力赡养者从优议奏。其在京捐银及资送回籍人员，亦著一并议叙。尔部即遵谕行。特谕。

康熙四十四年

五月初五日，上谕户部：闻广平县地亩被淹，百姓苦累，输纳额赋，甚属艰难。著该抚察明停征，俟田地涸出之日开垦起科，以纾民力。

八月初三日，上谕扈从大学士马齐等：四十二年春，朕往巡南省，见山东岁歉民饥之状，即截漕停征，蠲免钱粮，遣情愿效力官员前往赈济。迨至秋间，又拨八旗官员，令每佐领领银一千两分往颁赈，民乃得苏。是以效力人员皆令议叙。今各佐领借支未还银一千两，如仍向佐领按数扣除，则兵丁粮饷必致不敷。著将官库利银抵还此银之数，免于佐领扣除。

九月二十五日，上谕户部：凤阳府属州县及睢宁、沭阳二县被灾，应蠲数目俱依议速行。灾伤地方应征地丁漕项银米，著暂停征。俟明年秋收后，该抚以所收丰歉具题请旨。

康熙四十五年

十一月二十日，上谕户部：今岁汉江水大，南郑等县城垣田舍被水冲没，且米价腾贵，小民艰食。所有本年应征钱粮著豁免，明年以后地丁钱粮亦著暂行停征。俟应征收之年，该督抚察明，具奏起科。现在被灾人民，著该督抚速行赈济。

康熙四十六年

七月二十八日，上谕大学士马齐等：江浙被旱灾事，王然于六月二十八日具题，邵穆布于七月初十日具题。伊等题报之后，有雨无雨，著问江南、浙江九卿大小诸臣，或有伊等家信，或问之南方来人，著即陈奏。虽有错误，亦不较也。至江西、湖广两省雨水米谷何如，亦著问明，与九卿所议另具折来奏。江西、湖广雨水调和，米谷有收，尚无妨碍。傥雨水不调，关系甚大，不可不预为筹画也。

九月十九日，上谕大学士马齐等：近日于准以旱荒请行捐纳。若开捐纳之例，其中侥幸者不过数人而已，于贫民毫无益也。此中情事，朕知之甚晰。今急行拯救，始于地方有济；若待捐纳，则民皆流散矣。

十月初七日，上谕户部：江南地方频年雨旸时若，百谷顺成，闾井黎氓咸得遂生乐业。但民间夙鲜盖藏，御荒无术，一遇岁歉，即有匮乏之忧。朕屡次南巡，素所洞悉。今年自夏入秋，雨泽愆期，该督抚先后奏至。因念小民久未被灾，骤罹荒旱，所关甚钜，随命九卿等速同详议应行事宜。业经敕令停征，并发仓谷赈济。顾仓储数少，未足遍给，惟各州县截留漕米可以实惠及民。目下时已届冬，总漕桑格无事，著会同总督邵穆布、巡抚于准，亲历各州县被灾地方，备加察勘，将今年所征漕粮，每州县或留八九万石，或留十万石，酌量足支赈给之数，分别多寡，存留支散。及今漕米尚未开兑，截现收之粮以济待哺之众，实于民生大有裨益。此朕殷殷怀保赤子、轸念如伤之至意。尔部即移文该督等实心奉行，仍开具赈济实数奏闻。特谕。

十月初七日，上谕户部：从来漕粮关系仓储，最为重要。每岁刻期输挽，概不停征，即蠲除节年额赋，亦不及漕项。朕前以国家经费尚充，曾有酌免漕粮之事，系出特恩。去年颁发谕旨，已将江南省民欠地丁银米自康熙四十三年以前通行蠲豁，而漕项所欠，尚在征收。今念江南地方现被旱灾，除新征粮米另有谕旨酌量截留散赈外，其四十三年以前江宁巡抚所属各府州县未完民欠漕项银两六十八万七千两有奇、米麦三十一万一千八百石有奇，著该抚一一察明，悉与全免，用纾闾阎之余力，俾办额运之正供。事切利民，蠲逾常格。尔部移文该抚，令张示遍谕，务使均沾实泽，以称朕深轸民依之意。如有不肖有司朦混重征者，察出定从重治罪。尔部即遵谕行。特谕。

十一月初二日，上谕户部：江浙地方赋役殷繁，倍于他省。朕屡经巡历，时切轸怀。比年以来，业已节次敷恩，频行蠲贷。顷因两省偶被旱灾，随命按数减征，豁免漕欠，并分截本年漕粮，令该督抚亲往散赈。犹念民间素鲜储蓄，生计不充，非更加格外滋培，则荒歉之余未能骤臻康阜。兹特再施膏泽，用弘休养。康熙四十七年江南、浙江通省人丁共额征银六十九万七千七百余两，著悉与蠲免。其今年被灾安徽巡抚属七州县三卫、江宁巡抚属二十五州县三卫应征地亩银，共二百九十七万五千二百余两、粮三十九万二千余石，浙江二十州县一所应征地亩银九十六万一千五百余两、粮九万六千余石，四十七年亦俱著免征。所有旧欠带征银米，并暂停追取，俟开征时一并输纳。务使小民一岁之内绝迹公庭，安处陇亩，俾得优游作息，经理农桑，庶几闾阎气象可以日加丰豫。谕旨到日，该督抚体朕孳孳惠爱黎元至意，各饬有司实心奉行，仍张示通晓，令咸知悉。傥蠲除不实，致有侵冒，察出定治重罪。尔部即遵谕行。特谕。

十一月十一日，上谕内阁：福建内地之民住居台湾者甚多。比来洊罹灾祲，米谷不登，在土著之人犹可采捕为生，内地人民粮食匮乏，在彼地既难以自存，欲回故土，又远隔大洋，前来无力。如此情事，诚为可悯。著行文该地方官察明，情愿复归乡土者，或遇兵丁换班之船，或遇公务奉差之船，令其附载带回原籍。

十一月二十三日，上谕江浙在京官员、大学士张玉书、尚书王鸿绪等：朕在宫中，无刻不以民间疾苦为念，恐遇旱涝，必思豫防。至巡幸各省，于风俗民情无不咨访，即物性土宜，皆亲加详考。每至一方，必取一方之土，以验试其燥湿。今岁南巡江浙，见天气久晴，所经河渠港荡之水比旧较浅，即虑夏间或有亢旸之患。是时麦田虽甚丰稔，然南方二麦用为麴蘖者，多不似北方专资面食。南方惟赖稻米，北方则兼种黍稷粱粟。有携北方黍稷及蔬菜之类至南方种植者，多不收获。此水土异宜，不可强也。且江浙地势卑下，不雨则蒸湿，人不能堪；有雨则凉，人皆爽豁。虽地称水乡，而水溢易泄，涝岁之为患尚浅，旱岁则为患甚剧。北方经月不雨，亦尚无碍。南方夏秋间经旬缺雨，则田皆坼裂，禾苗渐槁矣。《喜雨亭记》云：十日不雨则无禾。盖谓此也。江浙农功全资灌溉，今河渠港荡比旧俱浅者，皆由素无潴蓄所致。雨泽偶愆，滨河低田犹可戽水济用，高仰之田力无所施，往往三农坐困。朕兹为民生再三筹画，经久之计，无如兴水利，建闸座，蓄水灌田之为善也。江南省之苏、松、常、镇及浙江省之杭、嘉、湖诸郡所属州县，或近太湖，或通潮汐，所有河渠水口宜酌建闸座，平时闭闸蓄水，遇旱则启闸放水。其支河港荡淤浅者，并宜疏浚，引水四达，仍酌量建闸，多蓄一二尺水，即可灌高一二尺之田，多蓄四五尺水，即可灌高四五尺之田。准此行之，可俾高下田亩永远无旱涝矣。尔等其以朕意，晓喻诸臣，详议以闻。

康熙四十七年

七月十五日，上谕工部：去岁杭州等处田亩被灾，民生疲敝。这支河港荡淤浅之处，若劝谕百姓开浚，恐地方官员借此私派害民，亦未可定。况需费无多，著动用正项钱粮，速行疏浚。

十月十六日，上谕户部：朕屡次南巡，见闾阎殷阜之象，远不逮于旧时，故于民生风俗无不一一咨访，虽不时蠲免额赋，停征积逋，仅可支吾卒岁，绝无余蓄。且今承平既久，生齿日蕃，食渐不充，用多不给，亦理势之所必致。朕每念及此，未尝不为恻然。去年江南、浙江二省俱被旱荒，多方轸恤，始苏民困。迨今岁复报潦伤，旋经照例蠲赈，并下诏书留漕资济。但岁再不登，生计益匮，欲令办赋，力必难供。朕于国家一切经费累年撙节，帑藏充裕，以此涣敷膏泽，藏富于民，俾得尽力农桑，衣食滋殖。百姓既足，国用何忧？康熙四十八年除漕粮外，江南通省地丁银四百七十五万四百两有奇、浙江通省地丁银二百五十七万七千两有奇，著全行蠲免；所有旧欠带征银米，仍暂停追取。此朕因江浙二省为东南重地，特于格外施仁，用弘休养之至意。该督抚各饬有司张示遍谕，务令穷乡蔀屋咸共知悉。傥或别借事端侵冒征派，事发定从重治罪。尔部即遵谕行。特谕。

康熙四十八年

十月二十五日，上谕户部：今岁入夏以后，朕因南方二麦不登，北地亦被微潦，宵旰轸虑，甚切焦劳。继而畿辅稔收，三吴秋熟，兼以四方奏报咸获有年，朕心始为稍慰。夫水旱灾伤，事所时有，而小民皆如赤子，一以疾苦见告，即不忍恝置于怀。今念江南淮安府、扬州府、徐州三属地卑积水，被灾独重，秋禾未播种者甚多，虽本年钱粮业经全免，又曾遣官分赈，而失业之民宜加格外之恩，以弘爱养。康熙四十九年淮、扬、徐三属、邳州等十九州县三卫额征地丁银五十九万三千八百两有奇，著通行蠲免。又河南省归德府属商丘等六县、山东省兖州府属济宁等四州县，或被夏灾，或被秋灾，虽已各依分数例免额赋，并宜更施膏泽，用厚民生。康熙四十九年商丘等县应征地丁银二十万二千四百两有奇、济宁等州县应征地丁银一十四万六千六百两有奇，俱著通行蠲免。其应蠲免州县有旧欠未完钱粮，亦著停征一年。谕旨到日，各该督抚严饬有司体朕殷殷轸恤灾氓至意，张示遍喻，悉心奉行，务俾穷乡僻壤均沾实惠。如有不肖官吏借端私征者，即行察参。尔部即遵谕行。特谕。

康熙四十九年

三月十七日，上谕户部：漕粮例不蠲免。念浙省被灾之后，民力艰难。这缓征漕米九万二千余石，著免征收，

八月二十日，上谕户部：这截留漕米监运至狼山、乍浦，著侍郎塔进泰、李旭升去，仍令福建地方提督总兵官前来接运。赈济灾黎，事关重大。塔进泰等著先驰驿速赴福建，将赈济事宜会同该督抚明白详议，并料理船只遣行，再回江浙，候领运提镇等到日，以所截留之米照数交给，事毕回京。

十月初九日，上谕户部：定海总兵官吴郡愿自备船只，亲送浙江漕粮五万石，乘顺风速达闽省，以济饥民。实心效力，有裨公务，深可嘉尚。著照所请速行。

康熙五十年

五月初七日，上谕大学士温达等：此间大学士等将朕口传旨意，令在京大学士齐集九卿、詹事科道、掌印未掌印官员通行晓谕，伊等有可言之事，在九卿前各亲书奏闻。朕自京偶尔违和，至今扶掖，未能行走，又兼天时亢旱，日夕忧虑，寝食靡宁。古来君臣之义最重，必明良合德，方能上格天心，感召和气，不在修饰虚名也。今亢旸不雨，君臣宜时相儆惕，以万民生计为忧。其间念切国家不乏其人，而玩泄性成者亦未必全无。凡尔臣工，理宜体朕孜孜忧民之念，竭诚祷祝，庶可望甘霖早沛耳。

五月初八日，上谕大学士温达等：现在此处大学士等将朕手书谕旨发往京城，会集满汉大学士、九卿、詹事、掌印不掌印科道官，详晰传谕，伊等有应陈奏之事，各自亲书奏折，即当九卿前交明具奏。朕自京师抱恙而出，今行步未健，尚需人扶掖，又兼天时亢旱，蚤夜焦劳，以致不安寝食。自古君臣之义甚重，必上下一德相成，然后能感上天之心，召致和气，不在徒饰虚文，务空名以从事也。今当此亢旱之际，我君臣应协同心力，夙夜靡宁，以为万民筹画生计。大抵诸臣内实心以国家为念者固自不少，而秉性奸恶亦不可谓无人。惟尔诸臣，宜仰体朕怀，日存忧惕，为群黎竭诚祈祷，庶几甘霖可冀幸早获也。特谕。

荒政部总论*

总 论 一

(食货典第八十七卷)

目 录

《礼 记》

王 制

国无九年之蓄，曰不足；无六年之蓄，曰急；无三年之蓄，曰国非其国也。三年耕必有一年之食，九年耕必有三年之食，以三十年之通，虽有凶旱水溢，民无菜色，然后天子食，日举以乐。

《穀 梁 传》

鲁大饥

五谷不升为大饥。一谷不升谓之嗛，二谷不升谓之饥，三谷不升谓之馑，四谷不升谓之康，五谷不升谓之大侵。大侵之礼，君食不兼味，台榭不涂，弛侯廷道不除，百官布而不制，鬼神祷而不祀。此大侵之礼也。

《汲冢周书》

籴匡解

成年，年谷足宾祭，祭以盛。大驯锺绝，服美义淫。皂畜约制，余子务艺。宫室城廓修为备，供有嘉莱，于是日满。年俭谷不足，宾祭以中盛。乐唯钟鼓，不服美。三牧五库补摄，凡美不修，余子务穑，于是紏秩。年饥则勤而不宾，举祭以薄。乐无钟鼓。凡美禁，书不早群，车不雕攻，兵备不制，民利不淫。征当商旅，以救穷乏。闻随卿，下翳塾，分助有匡，以绥无者，于是救困。大荒有祷无祭，国不称乐，企不满壑，刑罚不修，舍用振穹。君亲巡方，卿参告籴，余子倅运，开口同食，民不藏粮，曰有匡。禆民畜，唯牛羊，于民大疾惑，杀一人无赦。男守疆，戎禁不出，五库不膳，丧礼无度，察以薄资。礼无乐，宫不帏，嫁娶不以时，宾旅设位有赐。

大匡解

维周王宅程三年，遭天之大荒，作《大匡》以诏牧其方，三州之侯咸率。王乃召冢卿、三老、三吏、大夫、百执事之人，朝于大庭，问罢病之故、政事之失、刑罚之戾、哀乐之尤、宾客之盛、用度之费，及关市之征、山林之匮、田宅之荒、沟渠之害、怠惰之过、骄顽之虐、水旱之菑。曰不谷不德，政事不时。国家罢病，不能胥匡。二三子尚助不谷，官考厥职，乡问其人，因其耆老，及其总害，慎问其故，无隐乃情。及某日以告于庙，有不用命，有常不赦。王既发命，入食不举，百官质方，□不食饔。及期日质明，王麻衣以朝，朝中无采衣。官考其职，乡问其利，因谋其菑，旁匡于众，无敢有违。诘退骄顽，方收不服，慎惟怠惰，什伍相保，动劝游居，事节时茂。农夫任户，户尽夫出。农廪分乡，乡命受粮，程课物征，躬竞比藏。藏不粥籴，籴不加均。赋洒其币，乡正保贷。成年不偿，信诚匡助，以辅殖财。财殖足食，克赋为征，数口以食，食均有赋。外食不赡，开关通粮。粮穷不转，孤寡不废。滞不转留，戍城不留，□足以守，出旅分均，驰车送逝，旦夕运粮。于是告四方游旅，旁生忻通。津济道宿，所至如归。币租轻，乃作母以行其子，易资贵贱，以均游旅，使无滞。无粥熟，无室市，权内外以立均。无蚤暮，闾次均行，均行众从，积而勿□。以罚助均，无使之穷，平均无乏，利民不淫。无播蔬，无食种，以数度多少省用。祈而不宾祭，服漱不制。车不雕饰，人不食肉，畜不食谷，国不乡射，乐不墙合。墙屋有补无作，资农不败务。非公卿不宾，宾不过具，哭不留日，登降一等。庶人不独葬，伍有植，送往迎来亦如之。有不用命，有常不违。

《管　　子》

八　　观

行其田野，视其耕芸，计其农事，而饥饱之国可以知也。其耕之不深，芸之不谨，地宜不任，草田多秽，耕者不必肥，荒者不必垸，以人猥计其野，草田多而辟田少者，虽不水旱，饥国之野也。若是而民寡，则不足以守其地；若是而民众，则国贫民饥。以此遇水旱，则众散而不收。彼民不足以守者，其城不固，民饥者不可以使战，众散而不收，则国为丘墟。故曰：有地君国而不务耕芸，寄生之君也。

课凶饥，计师役，视台榭，量国费，而实虚之国可知也。凡田野万家之众，可食之地，方五十里可以为足矣。万家以下，则就山泽可矣；万家以上，则去山泽可矣。彼野悉辟而民无积者，国地小而食地浅也。田半垦而民有余食，而粟米多者，国地大而食地博也。国地大而野不辟者，君好货而臣好利者也。辟地广而民不足者，上赋重流其藏者也。故曰：粟行于三百里，则国毋一年之积；粟行于四百里，则国毋二年之积；粟行于五百里，则众有饥色。其稼亡三之一者，命曰小凶。小凶三年而大凶，大凶则众有大遗苞矣。什一之师，什三毋事，则稼亡三之一。稼亡三之一，而非有故盖积也，则道有损瘠矣。什一之师，三年不解，非有余食也，则民有鬻子矣。故曰：山林虽近，草木虽美，宫室必有度，禁发必有时，是何也？曰：大木不可独伐也，大木不可独举也，大木不可独运也，大木不可加之薄墙之上。故曰：山林虽广，草木虽美，禁发必有时；国虽充盈，金玉虽多，宫室必有度；江海虽广，池泽虽博，鱼鳖虽多，罔罟必有正，船网不可一财而成也。非私草木爱鱼鳖也，恶废民于生谷也。故曰：先王之禁山泽之作者，博民于生谷也。彼民非谷不食，谷非地不生，地非民不动，民非作力毋以致财。天下之所生，生于用力；用力之所生，生于劳身。是故主上用财毋已，是民用力毋休也。故曰：台榭相望者，其上下相怨也。民毋余积者，其禁不必止；众有遗苞者，其战不必胜；道有损瘠者，其守不必固。故令不必行，禁不必止，战不必胜，守不必固，则危亡随其后矣。故曰：课凶饥，计师役，观台榭，量国费，实虚之国可知也。

国　　蓄

岁适美，则市粜无予，而狗彘食人食。岁适凶，则市籴釜十繦，而道有饿民。然则岂壤力固不足，而食固不赡也哉？夫往岁之粜贱，狗彘食人食，故来岁之民不足也。物适贱则半力而无予，民事不偿其本。物适贵，则什倍而不可得，民失其用。然则岂财物固寡，而本委不足也哉？夫民利之时失而物利之不平也，故善者委施于民之所不足，操事于民之所有余。夫民有余则轻之，故人君敛之以轻；民不足则重之，故人君散之以重。敛积之以轻，散行之以重，故君必有什倍之利，而财之横可得而平也。

凡轻重之大利，以重射轻，以贱泄平。万物之满虚，随财准平而不变，衡绝则重见。人君知其然，故守之以准平。使万室之都必有万钟之藏，藏繦千万，使千室之都必有千钟之藏，藏繦百万，春以奉耕，夏以奉芸，耒耜械器，锺饟粮食，毕取赡于君，故大贾蓄家不得豪夺吾民矣。

山权数

桓公曰：何为失天之权，则人地之权亡？管子对曰：汤七年旱，禹五年水，民之无糟卖子者，汤以庄山之金铸币，而赎民之无糟卖子者，禹以历山之金铸币，而赎民之无糟卖子者。故天权失，人地之权皆失也。故王者岁守十分之参，三年与少半，成岁三十一年而藏，十一年与少半，藏参之一，不足以伤民，而农夫敬事力作。故天毁埊凶旱水泆，民无入于沟壑乞请者也。此守时以待天权之道也。

山至数

桓公问管子曰：终身有天下而勿失，为之有道乎？管子对曰：请勿施于天下，独施之于吾国。桓公曰：此若言何谓也？管子对曰：国之广狭、壤之肥墝有数，终岁食余有数，彼守国者守谷而已矣。曰某县之壤广若干，某县之壤狭若干，则必积委币，于是县州里受公钱。泰秋国谷去参之一，君下令谓郡县属大夫里邑皆籍粟入若干，谷重一也，以藏于上者，国谷参分，则二分在上矣。泰春国谷倍重，数也。泰夏赋谷以市横，民皆受上谷以治田土。泰秋，田谷之存予者若干。今上敛谷以币，民曰无币；以谷，则民之三有归于上矣。重之相因，时之化举，无不为国筴。君用大夫之委以流归于上，君用民以时归于君，藏轻出轻以重数也，则彼安有自还之大夫独委之。彼诸侯之谷十，使吾国谷二十，则诸侯谷归吾国矣。诸侯谷二十，吾国谷十，则吾国谷归于诸侯矣。故善为天下者，谨守重流，而天下不吾泄矣。彼重之相归，如水之就下。吾国岁非凶也，以币藏之，故国谷倍重，故诸侯之谷至也。是藏一分以致诸侯之一分，利不夺于天下，大夫不得以富侈以重藏轻国，常有十国之筴也。

揆 度

管子曰：上农挟五，中农挟四，下农挟三；上女衣五，中女衣四，下女衣三。农有常业，女有常事。一农不耕，民有为之饥者；一女不织，民有为之寒者。饥寒冻饿，必起于粪土。故先王谨于其始。事再其本，民无糟者卖其子；三其本，若为食；四其本，则乡里给；五其本，则远近通，然后死得葬矣。事不能再其本，而上之求焉无止，然则奸涂不可独遵，货财不安于拘，随之以法，则中内撕民也，轻重不调，无糟之民不可责理，鬻子不可得使，君失其民，父失其子，亡国之数也。

管子曰：神农之教曰：一谷不登，减一谷，谷之法什倍；二谷不登，减二谷，谷之法再什倍。夷疏满之，无食者予之陈，无种者贷之新，故无什倍之贾，无倍称之民。

菁茅谋

桓公曰：齐西水潦而民饥，齐东丰庸而粜贱，欲以东之贱被西之贵，为之有道乎？管子对曰：今齐西之粟釜百泉，则钣二十也。齐东之粟釜十泉，则钣二钱也。请以令籍人三十泉，得以五谷菽粟决其籍。若此，则齐西出三斗而决其籍，齐东出三釜而决其籍。然则釜十之粟，皆实于仓廪，西之民饥者得食，寒者得衣，无本者予之陈，无种者予之新。若此，则东西之相被，远近之准平矣。

《韩 非 子》

外储说

文公问箕郑曰：救饿奈何？对曰：信。公曰：安信？曰：信名。信名则群臣守职，善恶不逾，百事不怠。信事则不失天时，百姓不逾。信义则近亲劝勉，而远者归之矣。

《越 绝 书》

计倪内经

计倪曰：太阴三岁处金则穰，三岁处水则毁，三岁处木则康，三岁处火则旱，故散有时积，籴有时领，则决万物不过三岁而发矣。以智论之，以决断之，以道佐之，断长续短，一岁再倍，其次一倍，其次而反。水则资车，旱则资舟，物之理也。天下六岁一穰，六岁一康，凡十二岁一饥，是以民相离也。故圣人早知天地之反，为之预备。故汤之时，比七年旱，而民不饥；禹之时，比九年水，而民不流。

计倪曰：籴石二十则伤农，九十则病末。农伤则草木不辟，末病则货不出。故籴高不过八十，下不过三十，农末俱利矣。

《贾谊新书》

忧　民

王者之法，民三年耕而余一年之食，九年而余三年之食，三十岁而民有十年之蓄。故禹水八年，汤旱七年甚也。野无青草而民无饥色，道无乞人。岁复之后，犹禁陈耕。古之为天下，诚有具也。王者之法，国无九年之蓄，谓之不足；无六年之蓄，谓之急；无三年之蓄，曰国非其国也。今汉兴三十年矣，而天下愈屈，食至寡也。陛下不省邪，未获耳。富人不贷，贫民且饥，天时不收，请卖宅鬻子，既或闻耳，曩顷不雨，令人寒心。一雨尔虑，若更生天下无蓄，若此甚极也。其在王法谓之何？必须困至乃虑，穷至乃图，不亦晚乎？窃伏念之，愈使人悲，然则所谓国无人者，何谓也？有天下而欲其安者，岂欺陛下者哉！上弗自忧，将以谁偷？五岁小康，十岁一凶，三十岁而一大康，盖曰大数。自人人相食，至于今若干年矣。即不幸有方二三千里之旱，天下何以相救？卒然边境有数十万众聚，天下将何以馈之矣？兵旱相承，民填沟壑，剽盗攻击者，兴继而起，中国失救，外敌必骇，一日而及，此之必然。且用事之人，未必此省。为人上弗自省，忧然事困，乃惊而督下曰：此天也。可奈何？事既无如，忧之何及。方今始秋时，可善为。陛下少间，可使臣从丞相、御史计之。臣议诏所自用秩二千石上，虽幸使谊计，勿厚疏，殆无伤也有时矣。

《盐 铁 论》

力　耕

大夫曰：王者塞天财，禁关市，执准守时，以轻重御民。丰年岁登，则储积以备乏绝；凶年恶岁，则行币物，流有余而调不足也。昔禹水汤旱，百姓匮乏，或相假以接衣食。禹以历山之金，汤以严山之铜，铸币以赠其民，而天下称仁。往者财用不足，战士或不得禄，而山东被灾，齐赵大饥，赖均输之蓄、仓廪之积，战士以奉，饥民以赈。故均输之物、府库之财，非所以贾万民而专奉兵师之用，亦所以赈困乏而备水旱之灾也。

文学曰：古者什一而税，泽梁以时，入而无禁，黎民咸被南亩而不失其务。故三年耕而余一年之蓄，九年耕有三年之蓄。此禹汤所以备水旱而安百姓也。草莱不辟，田畴不治，虽擅山海之财，通百味之利，犹不能赡也。是以古者尚力务本而种树繁，躬耕趣时而衣食足，虽累凶年而人不病也。故衣食者民之本，稼穑者民之务也。二者修则国富而民安也。《诗》云百室盈止，妇子宁止也。

梁刘勰《新论》

贵　农

衣食者，民之本也。民者，国之本也。民恃衣食，犹鱼之须水；国之恃民，如人之倚足。鱼无水则不可以生，人失足必不可以步，国失民亦不可以治。先王知其如此，而给民衣食，故农祥旦正，晨集娵訾，阳气愤盈，土木脉发。天子亲耕于东郊，后妃躬桑于北郊。国非无良农也，而王者亲耕，世非无蚕妾也，而后妃躬桑，上可以供宗庙，下可以劝兆民。神农之法曰：丈夫丁壮而不耕，天下有受其饥者；妇人当年而不织，天下有受其寒者。故天子亲耕，后妃亲织，以为天下先。是以其耕不强者无以养其生，其织不力者无以盖其形。衣食饶足，奸邪不生，安乐无事，天下和平，智者无所施其策，勇者无以行其威。故衣食为民之本，而工巧为其末也。是以雕文刻镂，伤于农事，锦缋纂组，害于女工。农事伤则饥之本也，女工害则寒之源也。饥寒并至而欲禁人为盗，是扬火而欲无炎，挠水而望其静，不可得也。衣食足，知荣辱；仓廪实，知礼节。故建国者必务田蚕之实，弃美丽之华，以谷帛为珍宝，比珠玉于粪土。何者？珠玉止于虚玩，而谷帛有实用也。假使天下瓦砾悉化为和璞，砂石皆变为隋珠，如值水旱之岁、琼粒之年，则璧不可以御寒，珠未可以充饥也。虽有夺日之鉴、代月之光，终于无用也。何异画为西施，美而不可悦，刻作桃李，似而不可食也。衣之与食，唯生人之所由，其最急者，食为本也。霜雪岩岩，苫盖不可以代裘；室如悬磬，草木不可以当粮。故先王制国有九年之储，可以备非常，救灾厄也。尧汤之时有十年之蓄，及遭九年洪水、七载大旱，不闻饥馑相望、捐弃沟壑者，蓄积多故也。谷之所以不积者，在于游食者多而农人少故也。夫螟螣秋生而秋死，一时为灾而数年乏食。今一人耕而百人食之，其为螟螣亦以甚矣！是以先王敬授民时，劝课农桑，省游食之人，减徭役之费，则仓廪充实，颂声作矣。虽有戎马之兴、水旱之沴，国未尝有忧，民终为无害也。

杜佑《通典》

平 籴

李悝曰：籴甚贵伤人，甚贱伤农。人伤则离散，农伤则国贫。故甚贵与甚贱，其伤一也。善为国者，使人无伤而农益劝。今一夫挟五口，治田百亩，岁收亩一石半，为粟百五十石，除十一之税十五石，余百三十五石食。人月一石半，五人终岁为粟九十石，余有四十五石。石三十，为钱千三百五十。除社闾尝新、春秋之祠用钱三百，余千五十。衣人率用钱三百五文，终岁用千五百，不足四百五十。不幸疾病死丧之费及上赋敛，又未与此。此农夫所以常困，有不劝耕之心而令籴至于甚贵者也，是故善平籴者，必谨观岁有上中下熟。上熟其收自四，余四百石；中熟自三，余三百石；下熟自倍，余百石。小饥则收百石，中饥七十石，大饥三十石。故大熟则上籴三而舍一，中熟则籴二，下熟则籴一，使人适足，价平则止。小饥则发小熟之所敛，中饥则发中熟之所敛，大饥则发大熟之所敛而粜之。故虽遇饥馑水旱，籴不贵而人不散，取有余而补不足也。行之魏国，国以富强。

《册府元龟》

平 籴

孟子曰：犬彘食人食而不知捡，涂有饿莩而不知发，盖讥其不以法度简敛也。是知善为国者，当平丰之岁，为凶荒之储，所以顺天道、备寇贼而纾农人、务政本也。夫世有饥穰，天之行也。邦之经费，既不可阙，民之资奉，于是乎在。或上熟而不收，恶岁而亡备，乌谓夫能通其变者也。若乃权其轻重，制其物宜，则平籴之法存焉。所以上操其柄，下得其利，农夫不困，国用常足者，亦繇是焉。古之知治道者，尝从事于斯矣。历代而下，咸可述焉。

常 平

夫岁有凶穰，故谷有贵贱；令有缓急，则物有重轻。始自列国李悝起平籴之法，至于汉世寿昌建常平之制，裁之得宜，驭之有道，虽复天灾流行，水旱作沴，而谷有常价，民无饥色。其后迫于群议，乃从中辍。永平之岁，遵用旧典，市籴益贱，廪庾充积，既而罢焉。晋氏之后，南北更主，或建置有初，或评论靡决，名称之际，因革或殊，经制之方，损益小异。讫于隋室，复有义仓、社仓之名。唐祚延久，条式咸著。朱梁五代干戈未息，扬雄奏议亦颇及之。原其立法之意，诚以均节货币之高下，防虞稼穑之丰歉，调盈虚而御国用，谨聚散而济民命。管子所谓多则贱，寡则贵，散则轻，聚则重，真得治财之术哉！夫为邦者，不可以不务也。

惠　民

《礼》曰：行庆施惠，下及兆民。又曰：命有司发仓廪，赐贫穷，赈乏绝。《易》称：振民育德。仲尼云：博施于民，必也圣乎？皆惠爱之谓也。王者诞膺大命，司牧黎庶，如天之盖，如地之载，则必泽及四海，惠洽无垠。天灾流行，动必轸虑，人殃于疫，时予之辜。所以废苑囿，假池籞，贷种食以赐鳏寡，给公田而止流亡，以至减服御，损郎吏，罢鱼龙狗马之戏，开山泽陂湖之利，均输课役以勤劳来底慎，节减财赋以济困悯贫。逷尔卿士，矜恤是加，则太上所谓圣人无常心，以百姓心为心者，斯可见矣。

蠲　复

古者使民以时，赋调有数，盖以备国用，均民力也。其或天灾流行，水旱作沴，兵革之后，必有凶年，故哀其疾苦而有复除之制。《周礼·小司徒》：稽国中及四郊都鄙之夫家九比之数，以辨老幼贵贱废疾。凡政之施舍者，贤者能者豫之。《传》亦载：楚左司马沈尹戌师都，君子与王马之属以济师。此又在都邑之士有复除者也。其后或王者之里，行幸所过，给军之劳苦，疾疫之灾，及吏民之产子，孝弟力田者，有时蠲之。晁错所谓德泽加于万民，民愈勤农，民不困乏，天下安宁，岁熟且美，则民大富乐矣。爱人之道，斯为最焉！

《昼帘绪论》

赈恤篇

岁获大有，家用平康，不惟民之幸，实令之幸。一罹灾歉，何事不生？若流离，若剽夺，若死者相枕藉，啼饥连阡陌，岂非令之责哉？故不幸而疫疠倏兴，则当遣吏抄劄家数人口，命医给药，支钱付米。其全家在寝者，官为庸倩丐徒看值，每日两次点察。其因病不救者，官为办给函木，仍支钱与之津送。或不幸而盗贼窃发，则当下都申严保伍，每五家为一甲，五小甲为一大甲，保长统之，有警则鸣梆集众，协力剿捕，捕到则官支犒赏激厉。其余若乞兵防拓，若出榜抚谕，皆当随宜行之。其有水火挻灾、人民离散者，当禀白州郡借贷钱米，人各以若干米给之，若干钱贷之，使之整理室庐，兴复生业。不赡则咨目遍白不被害上户，量物力借贷，并与贷给齐民，许其一月之后日偿若干，官却以其所偿者偿之上户，偿之州家。此策不亏官而便民，最为尽善。若但知赈给，则恐如曾南丰所谓相率日待二升之廪于上，势不暇乎他为？吾恐官之所给无已时，而民之不复业如故也。其有旱涝伤稼、民食用艰者，当劝谕上户，各自贷给其农佃。直至秋成，计贷过若干，官为给文墨，仰作三年偿本主。其逃遁逋负者，官为追督惩治。盖田主资贷佃户，此理当然，不为科扰，且亦免费官司区处。官之所当处者，只市户耳。却以官钱贷米铺户，令其往外郡邑贩米出粜，但要有米可籴，却不可限其价直。米才辐辏，价自廉平，虽无待开广惠仓可也。若先君宰金溪两年，值歉只行此策，民用无饥，不可不知也。然此皆为灾歉设也，非令所愿闻也。平居无事，令所以恤民者，惟蠲放僦金耳。雨旸祈祷，大暑极寒，固所当行。甚而知县无以邀民之誉，或到官，或生辰，或转秩循资，或差除荐举，率放免若干日，至有一岁放及大半者。不知僦金既已折阅，谁肯以屋予人？积至塌坏倾摧，不复整葺，而民愈无屋可居矣。是盖不知贫富相资之义者也。令果能以恤民为心也，则政必简，刑必清，毋滥追，毋久系，不以科敷伤民力，不以土役妨民时，果何事而不可行吾恤之之心哉？

总 论 二

（食货典第八十八卷）

目 录

《大全集》一

乞蠲减星子县税钱第二状

臣误蒙圣恩，俟罪偏垒，自度庸愚，无以补报。到任以来，夙夜忧劳，惟思所以上布圣恩，下求民瘼，仰副使令之万一者。窃见本军诸县大抵荒凉，田野榛芜，人烟稀少，而星子一县为尤甚。因窃究其所以，乃知日前兵乱流移，民方复业，而官吏节次增起税额；及和买折帛，数目浩瀚，人户尽力供输，有所不给，则复转徙流亡，无复顾念乡井之意。其幸存者，亦皆苟且偷安，不为子孙长久之虑。一旦小有水旱，则复顾而之他。观其气象，如腐草浮苴，无有根蒂，愁叹亡聊，深可怜悯。是以去年六月，曾以此县税钱利害条具闻奏，乞赐蠲减。伏蒙圣恩，即日降出而户部下之本路漕司，漕司委官究实，复以申部取旨施行。百里疲羸，日夕仰望圣泽之下流，不啻饥渴。而户部乃以去岁议臣之请，复下漕司，责以对补。吏民相顾，悼心失图。臣愚惶惑，亦不知所以为计。然窃伏念陛下宽仁勤俭，恭已爱民，四方远近，凡以病告，无不恻然兴念，即赐复除。臣不敢广引前事，且如近者汀州所贡白金，岁数千两，一旦沛然出令，举以丐之，了无难色，此岂复责其有所取偿而后予之哉？惨怛之爱，发于诚心，而不可已也。而往者议臣不足以窥测天地含容施生之大德，辄为对补之说，以逆沮远近祈恩望幸之心。臣虽至愚，有以知其决非陛下之本心也。且州郡诚有余财，自当措置兑那，以纾民力，岂复敢以此等琐末上劳天听？正为公私匮乏，不能相救，是以冒昧有此陈请。今乃限以对补之说。不附其说，则远县穷民永无苏息之期；必从其说，则势无从出，不过剜肉补疮，以欺天罔人，不惟无益，而或反以为害，不惟仰失陛下爱民之本心，而臣之愚亦有所不忍为也。是以敢冒万死，复以奏闻，欲望圣慈特降睿旨，检会前奏，依汀州例，直赐蠲放施行。计其所捐除不碍上供数外，不过细绢一千五十余匹、钱二千九百余贯，比之汀州之数，未为甚费，而可以少宽斯人，使得安其生业。臣不任祈天沥恳，皇恐俟命之至。

奏南康军旱伤状

照会本军并管属星子、都昌、建昌县：自六月以来，天色亢阳，缺少雨泽，田禾干枯。本军恭依御笔处分，严禁屠宰，精意祈禳，及行下逐县精加祈祷。去后今据星子、都昌、建昌县申，依应遍诣寺观神祠及诸潭洞，建坛祭祀请水，精加祈祷雨泽，并无感应。今来诸乡早禾多有干损。及备据税户陈德祥等状披诉，所布田禾，缘雨水失时，早禾多有干槁，不通收刈，申乞委官检视。本军今检准淳熙令，诸官私田灾伤，秋田以七月听经县陈诉，至月终止。本军除已依条施行外，须至奏闻。

乞放免租税及拨钱米充军粮赈济状

臣伏睹本军今为久缺雨泽，早田旱损，已依准令式具状奏闻讫。照对本军地荒田瘠，税重民贫，昨于乾道七年曾遭大旱，伏蒙圣恩放免本年夏秋二税钱米䌷绢共八万六千三百二十贯石匹，及诏本路监司应副军粮米四千石，拨到粜军粮米钱九千余贯，并拨本军未起米一万一千七百余石，本军借兑过乳香度牒钱一万余贯，凑粜军粮，支遣官兵，及拨到赈济米五万石，又拖欠两年上供折帛月桩等钱共九万三千四百一十六贯石匹两，然后遗民复得存活，以至今日。今兹不幸，复罹枯旱之灾，又蒙陛下亲降御笔，深诏守臣精加祈祷，而臣奉职无状，无以感格幽明，祈祷两月，殊无应效。今则早田什损八九，晚田亦未可知，正得薄收，其数亦不能当早田之一二。访闻耆老云，乾道七年之旱，虽不止于如此，然当时承屡丰之后，富家犹有蓄积，人情未至惊忧。又以朝廷散利薄征，赈给之厚，而人民犹不免于流移殍死，闾井萧条，至今未复。况今民间蓄积不及往时，人情已甚忧惧；目下军粮便阙支遣，计料见管常平斛斗，亦恐将来不足赈济支用。若不沥恳先自奏闻，窃恐将来流殍之祸及他意外之忧，又有甚于前日。欲望圣慈早降睿旨，许依分处放免租税外，更令转运、常平两司多拨钱米应副军粮，准备赈济，则一郡军民庶几不致大段狼狈。冒犯天威，臣无任恐惧待罪之至。

再奏南康军旱伤状

照对本军管属星子、都昌、建昌三县管下诸乡，自春夏以来，雨泽少愆。寻行祈祷，于五月中旬已获感应，稍稍沾足，遂至高下之田皆已布种。至六月上旬以来，又阙雨泽，及遍诣管属灵迹寺观神祠诸处渊潭取水，建置坛场，依法册祭龙及修设醮筵，禁止屠宰，精加祈祷，自后未获感应。其管下民户陂塘所积水利，虽车戽注荫禾稻，缘干亢日久，兼又风色渗漏，是致民田多有干槁，不通收刈。见不住据人户投陈旱伤不绝。本军恭依御笔处分，严禁屠宰，精意祈禳，及行下逐县精加祈祷。去后据星子、都昌、建昌县申，依应遍诣寺观神祠及诸潭洞，建坛祭祀请水，精加祈祷雨泽，并无感应。今来诸乡早禾多有干损。及备据税户陈德祥等状披诉，所有田禾，缘雨水失时，早禾多有干槁，不通收刈，申乞委官检视。本军检准淳熙令，诸官私田灾伤，秋田以七月听经县陈诉，至月终止。具录奏闻。

乞截留米纲充军粮赈粜赈给状

臣熹昨以衰病无能，退居田野。陛下过听，不忍弃捐，超资越序，付以千里民社之寄，德至渥也。而臣亡状，不能悉心营职，宣布宽恩，驯致旱灾，害及民物。虽已尝奏闻，及申省部诸司乞行赈救。今来窃闻接济饥民事，常平司已行措置。唯有军粮一节，利害尤为不轻，而未闻诸司有所措置。切虑一旦事出意外，罪无所逃，须至昧死再有陈奏，伏望圣明俯垂临照。臣契勘南康军受纳人户苗米，计四万六千五百一十九石，递年科拨并充上供起发，而本军官吏军兵一岁粮廪，计当用米二万七千五百一十三石，并无科名支拨，从来只于人户输纳苗米多收加耗高量斛面及侵支漕司科拨未尽米斛，应副支遣。昨于淳熙五年内奉圣旨，令人户自行把概，见青交量，每斛已减斛面二斗。及臣到任，访闻民间，犹以所纳为重，又行措置减去加耗一斗，所入之数既已不多。然若无水旱灾伤，非泛支遣，更以别色官钱多方粜补，亦可仅免旷阙。今者不幸遭此旱伤，差官检放虽未见分数多寡，然以目所见，参之传闻，其势所收未必及三四分。窃虑将来减放之后，实纳苗米头数不多，当此凶年，所减加耗斛面又难以复行增起，即本军官兵所支粮廪，委是并无指拟。夫民饥犹能流移逐食，军兵既系尺籍，从来仰食于官，岂容一日有所欠阙？臣既浅短，无术可为，旬月以来，昼度夜思，以至成疾。虽已略控危衷，陈乞罢免，然念州郡事势日就危迫，又有万倍于一身者，若不力告朝廷早为之所，而但偷为一身之计，自求安便，则其上负陛下拔擢任使之恩，虽复万死，犹有余罪。故不自揆其疏贱，辄敢复具情实，冒昧奏闻。欲望圣慈哀怜远方军民遭此旱虐，凛然日有沟壑之忧，特降睿旨，许留淳熙六年残零未起米纲及七年合起米纲，并充本军军粮及赈粜赈给支用。其赈粜米钱候将来收到，别随纲运解发。庶几一郡生灵，若军若民，皆得以保其蝼蚁之微命，共感天地造化无穷之恩。更乞怜臣所患心疾，不堪思虑，又苦脚气，不任步履，早赐罢免，仍催已差下人石憝，不候般家接人，疾速前来之任，使臣得舆病还家，待尽余息，则臣之私计亦为幸甚。谨录奏闻，伏候敕旨。

贴　黄

照对本军淳熙六年米纲未起仅五千石，今年苗米且约减放七分，即所余合纳米不过一万三千九百五十五石。若蒙圣旨尽行拨赐，亦不为多。又况赈粜米钱，将来续次发纳，即其实支之数，愈更不多。此在朝廷至为微末，而可以救活一郡军民之命，诚非细事。伏乞圣照。

奏推广御笔指挥二事状

伏睹本路安抚使司牒备奉御笔指挥：颇闻雨泽愆期，有妨农务，仰本路帅守勤恤民隐，决遣滞狱，严禁屠宰，精加祈禳。若未感格，即具奏闻，当议降香前来，期于必应，俾雨泽沾足，宽朕忧轸。卿等各勉旃毋怠。臣伏读圣训，有以仰见陛下畏天之诚、爱民之切，虽成汤桑林之祷、宣王云汉之章，无以过此，甚盛德也。臣幸以愚贱获奉诏旨，谨以誊写播告，质之幽明，仰凭威灵，屡获感应。但其雨泽不至浃洽均匀，目今正是早禾吐穗结实之时，尚多阙水去处。又闻湖南、湖北、淮西等路例皆枯旱，将来不幸或至荒歉，即虽移民移粟之小惠，亦无所施。臣是以夙夜忧惕，不遑启居。窃以愚见，推广圣训，画为二策，具以奏闻。如有可采，乞赐施行，庶几有以导迎和气，销去旱灾，仰宽陛下宵旰之忧。惟是不量卑鄙，屡犯天威，无任震惧陨越之至。臣之所陈，谨具于后。

一、臣伏读圣诏有曰：勤恤民隐。臣谨已遵禀，施行讫然。臣窃闻陆贽有言：民者邦之本，财者民之心。其心伤则其本伤，其本伤则支干凋瘁，而根柢蹶拔矣。推此言之，则今日所以勤恤民隐，莫若宽其税赋，弛其逋负，然后可以慰悦其心，而感召和气也。臣自去年到任之初，即以本军星子县税赋偏重，尝具奏闻，乞赐蠲减。及续体访到三县夏料木炭钱科纽太重，亦尝具申省部及提点司。其木炭钱近得提点司保明条奏，已蒙圣恩蠲减二千贯讫。独星子减税一事，虽蒙圣恩施行，而户部行下漕司，漕司委官核实，近日方得回申户部。此事若格以有司之法，必是多方沮难，未容便得蠲减。所愿圣慈深赐矜怜，直降睿旨，特依所乞，则此县之民庶几复得乐生安土，永为王民，不胜幸甚。臣又窃见州县积欠官物，已准去年明堂赦书，自淳熙三年以前并行除放。而近者上司行下，依旧催督。至如本军虽小，而所催除虚额逃阁外，凡一十三项，计三万四千七百三十三贯石匹两。其他大郡抑又可知。其间所欠虽复名色多端，然而皆是赦恩已放之物，今日再行催理，不唯仰亏帝王大信，而其为害有不可胜言者。盖若勒令州县填补，则州县无所从出，必至额外巧作名色，取之于民。若但责之欠人，则其间多已贫乏狼狈，虽使卖妻鬻子，不足填纳，而监系在官，无复解脱之期。均之二者，皆不足以足用丰财，而适足以伤和致沴，为害不轻。臣愚欲望圣慈特推旷荡之恩，自淳熙三年以前但干欠负官物，不问是何名色，凡赦恩已放，若已放而未尽者，一切蠲除。如有违诏，辄行催理，仰被受官司缴连具奏，委自三省看详，将施行官司重作行遣。其被苦人户，亦许径赴登闻鼓院，进状陈理。依此施行，庶几圣恩下达，民情上通，可以感格和平，销去灾沴。惟圣明留意，则天下幸甚。

一、臣伏读坐诏有曰：决遣滞狱。臣谨已遵禀，施行讫然。臣窃闻之《易》曰：君子明谨用刑而不留狱。此圣人观象立教万世不易之法也。今州县之狱，勘结圆备、情法相当者，并皆即随时决遣。惟其刑名疑虑、情理可悯者，法当具案闻奏，下之刑寺审阅，轻重取自圣裁，而州县不敢以意决也。此深得古人明谨用刑之意矣。然奏案一上，动涉年岁。且如本军昨于淳熙四年十一月内申枢密院乞奏劫贼倪敏忠罪案，其罪状明白，初无可疑，而凡经二年有半，至今年三月内，方准敕断行下。其他似此，亦且非一。窃计他州繁剧去处，此类尤多。若使皆是行劫杀人之贼，偶有疑虑，使之久幽囹圄，亦何足恤。其间盖有法重情轻之人，本为有足悯怜，冀得蒙被恩贷，而反淹延禁系，不得早遂解释，则恐非圣人所谓不留狱之意也。臣愚欲望圣慈特诏大臣一员专督理官，严立程限，令将诸州奏案依此后资次排日结绝。其合贷命从轻之人，须当日便与行下；其情理深重不该减降者，即更宽与一限，责令审核，然后行下。庶几轻者早得决遣释放，重者不至仓卒枉滥，是亦导和弭灾之一术。惟圣明留意，则天下幸甚。

右谨件如前。谨录奏闻，伏候敕旨。

奏借兑上供官钱籴米并乞权行倚阁夏税钱帛状

臣昨为本军今年灾伤至重，奏乞截留两年上供米斛，内循狂妄，伏俟诛夷，不谓圣恩即垂开允，臣与合郡千里军民鼓舞相庆，仰戴天地父母再生之恩，虽复捐躯陨首，诚不足以仰报万分之一。今来检放旱伤秋苗，通计不止七分，除已一面攒具奏闻外，复有危迫之恳，须至冒昧以闻。窃见本军今年所理夏税，缘自省限起催以来，即苦旱干，人户车水救田，日不暇给，忧劳愁叹，实与常岁不同，遂不敢严责诸县依限催理，只令劝谕人户自行输纳。至今截日，方据纳到绢九千四百匹、钱一万六千七百二十五贯二百五十九文省。其绢一面支装起发。所有见钱，窃缘本军别无储积可备赈粜，不免擅行兑借，并未起淳熙六年折帛钱七千三百一十九贯二百九十六文省，通前两项，共钱二万四千五十二贯五百五十五文省。趁此米价未起之间，收籴米斛，计可得一万一千五百七十石赈粜饥民，却俟粜毕收簇元钱，节次起发。其余人户所欠钱绢数目尚多，而民间自今以往，饥寒冻馁之忧日甚一日，渐次无力可以供输。臣诚不忍更行催督，以速其流离转死之祸。敢冒万死，复以上闻，欲望圣慈更赐哀怜，许将本军今年人户未纳夏税钱帛权行倚阁，令候来年蚕麦成熟，却随新税带纳，庶几饥饿余民得保生业，不胜万幸。所有臣辄将上供官钱借兑籴米之罪，敢不俯伏恭俟朝典，伏乞圣慈并赐施行。臣无任瞻天望圣，皇惧恳切之至。

奉劝谕到赈济人户状

照对本军今岁旱伤，细民阙食，已行下管属星子、都昌、建昌县劝谕到上户张世亨等承认米谷赈粜，接济民间食用。已行下逐县告示上户，依所认数目桩管在家，伺候差官审实监粜。去后续准行在尚书户部符：九月十九日辰时，准淳熙七年九月十三日敕中书门下省检会，昨准乾道七年八月一日敕节文，访闻湖南、江西间有旱伤，州军窃虑米价踊贵，细民艰食，理合委州县守令劝谕有米斛富室上户。如有赈济饥民之人，许从州县审究，指实保明，申朝廷依今来立定格目，给降付身，补授名目。内无官人一千五百石，补进义校尉，愿补不理选限将仕郎听。二千石，补进武校尉。如系进士，与免文解一次；不系进士，候到部与免短使一次。四千石，补承信郎。如系进士，与补上州文学。五千石，补承节郎。如系进士，补迪功郎。

符本军疾速施行。本军遂恭禀行下星子、都昌、建昌县，劝谕承认赈粜米谷之人。如愿将来赈济，依今来所降指挥格法推赏。去后今据都昌、建昌县状申，劝谕到元认赈粜米谷税户张世亨、张邦献、刘师舆、黄澄四名，各情愿依格法将米谷赈济饥民，乞依今降指挥保奏推赏。本军已行下逐县告示张世亨等，依数桩管米斛，伺候本军给历付饥民。及差官前去监辖赈济，饥民请领食用。候见的实赈过米数，别行保奏推赏外，须至奏闻者。

缴纳南康任满合奏禀事件状

照会本军去岁旱伤至重，细民阙食，虽有桩管及拨到常平米斛，数目不多，深恐不行周给，遂行劝谕到管属上户承认米数赈粜，接济民间食用。续于去年十月十一日准行在尚书户部九月十六日辰时准，淳熙七年九月十三日敕，中书门下省检准乾道七年八月一日敕节文，访闻荆南、江西间有旱伤，州军窃虑米价踊贵，细民艰食，理合委州县守令劝谕有米斛富室上户。如有赈济饥民之人，许从州县审究，指实保明，申朝廷依今来立定格目，给降付身，补授名目。内无官人一千五百石，补进义校尉，愿补不理选限将仕郎听。二千石，补进武校尉。如系进士，与免文解一次；不系进士。候到部与免短使一次，四千石，补承信郎。如系进士，与补上州文学。五千石，补承节郎。如系进士，与补迪功郎。

符本军疾速施行。本军恭禀行下管属，再行劝谕承认赈粜米数之人，如愿将米赈济，切待审究保明，申朝廷依今来所降指挥格法推赏。去后据都昌、建昌县申数内劝谕到元认粜米税户张世亨、刘师舆、进士张邦献、黄澄四名，各情愿承认米，依格法赈济。内建昌县税户张世亨五千石，乞补承节郎；进士张邦献五千石，乞补迪功郎；税户刘师舆四千石，乞补承信郎；并都昌县待补太学生黄澄五千石，乞补迪功郎。各乞依今降指挥保奏施行。本军遂行下告示张世亨等，依数桩米伺候给历付饥民，差官监辖赈济。已于去年十二月二十八日先具奏闻，及申本路诸监司照会去讫。续管属星子、都昌、建昌三县，共开列缺食饥民二万九千五百七十八户，数内大人一十二万七千六百七口，小儿九万二百七十六口。本军各印给历头牌，面置簿历，发送逐县当职官，给散付人户。预于县市及诸乡均定去处，共置三十五场，分差见任寄居指挥使、添差、监押、酒务、监庙、大小使臣共三十五员，监辖赈粜赈济，及委县官分场巡察，严戢减克乞觅之弊。自淳熙八年正月初一日为始，令抄劄到缺食人户赴场赈粜。其鳏寡孤独之人，即以常平米斛依法赈济。至正月内，又缘雪寒，行下属县，将元系赈粜饥民用上件张世亨、黄澄等米及常平义仓米，一例赈济两日。至三月内，又虑饥民艰得钱收籴米斛，再自十一日为头，行下诸县，将已给历赈粜饥民一例普行赈济十三日，通作半月。及照得都昌县止有黄澄一名承认赈济米五千石，凑所管义仓米，会计赈济不周，本军遂于建昌县张世亨等赈济米内拨米四千石，本军措置官钱，和雇脚夫舟船，装载发送都昌县交管，分于置场去处，责令监辖赈济，至闰三月十五日终。节次据都昌县、建昌县申到张世亨、张邦献、刘师舆、黄澄赈济过米，撮算共计一万九千石。星子县元无劝谕到上户赈济米斛，即以常平、义仓米斛依例普行赈济外，本军节次行下都昌、建昌知县，逐旋审究的实赈济过张世亨、黄澄等米数，保明申军。去后据迪功郎监城下酒税权都昌县事孙侨、通直郎知建昌县事林叔坦状，保明到张世亨、张邦献、刘师舆、黄澄赈济过米一万九千石，委是节次赈饥民食用之数，即无冒滥。本军一面差委从政郎本军司法参军陈祖永前去都昌、建昌县，核实到张世亨、张邦献、刘师舆、黄澄赈济米一万九千石，委是赈济过的实之数。本军再行稽考，别无冒滥，保明是实。本军勘会得张世亨、刘师舆各系税户，张邦献系应举习诗赋终场士人，并黄澄系于淳熙四年秋试应举，习诗赋，取中待补太学生第十五名是实。其税户张世亨赈济过米五千石，合补承节郎；刘师舆赈济过米四千石，合补承信郎；进士张邦献赈济过米五千石，合补迪功郎；待补太学生黄澄赈济过米五千石，合补迪功郎。除已具申本路安抚司、转运司、提举司、提刑司照会依条保奏推赏外，欲望圣慈下所属给降合得付身发下，以凭给付张世亨、张邦献、刘师舆、黄澄祗受。须至奏闻者。

贴　黄

臣契勘本军管下去秋种麦甚广，春初亦极茂盛。续次访闻，近缘雨水颇多，大段伤损，民间养蚕亦缘雨湿，桑柘不至十分成熟。伏乞圣照。

臣契勘除上项张世亨等四家米数已行支散了毕外，续次访闻都昌县下尚有漏落人户未曾赈济，除已帖本县知佐实审，用义仓米支散去讫。伏乞圣照。

贴　黄

奏为乞特诏有司不候诸司保明，将本军所奏黄澄等赈济早赐依格推赏奏闻事：

右臣昨奉淳熙七年九月十三日圣旨，劝谕到本军人户黄澄等出备米一万九千石，赈济饥民，已曾累具画一奏闻去讫。近缘春初风雪寒冻，及三月以来，农功将起，已帖诸县将上件米普行赈济管内饥民，两次通计二万九千五百七十八户，数内大人一十二万七千六百七口，小儿九万二百七十六口，大人一斗五升，小儿七升五合，足为半月之粮，今已了毕。千里之民，既免于饥饿流离殍死之忧，无不叹呼鼓舞，感戴圣恩。臣亦多方体察询究，委无欺隐漏落，诳妄不实之弊。已因近降指挥，具事状申本路监司乞行保奏外，窃缘当来劝谕，并是臣亲书榜帖，分遣官属再三往复，示以朝廷命令官赏之信，其人乃肯欣然听命。今臣秩满，非久解罢，若不力为奏陈，早乞推赏，万一他日有司视同常事，巧为沮却，则不惟使臣得罪于民，亦恐朝廷异时命令，无以取信于下。本军不免别具状奏，欲望圣慈特诏有司，不候诸司保明，将本军所奏黄澄、张世亨、张邦献、刘师舆早赐处分，依格推赏，庶几民间早获为善之利。日后或有灾伤，富民易以劝率，贫民不至狼狈，实为永久之利。臣不胜大愿。其本军奏状缴连在前，谨录奏闻，伏候敕旨。

又

右臣辄有愚见上渎圣聪。臣窃见本军去年大旱，田亩不收，幸蒙圣恩减放秋苗，倚阁夏税，而又申诏有司发廪劝分，前后丁宁，勤勤恳恳，凡所以加惠于无告之穷民者，至深至厚。以故今岁开春以来，及今已是七十余日，而闾里细民幸不至于大段阙食。目今雨泽以时，原野渐润，料不过四五十日，则二麦可收，又四五十日则早稻相继，决不至于复有流离捐瘠之祸，以勤陛下宵旰之忧矣。然臣窃以为救荒之政，蠲除赈贷固当汲汲于其始，而抚存休养尤在谨之于其终。譬如伤寒大病之人，方其病时，汤剂砭灸固不可以少缓，而其既愈之后，饮食起居之间，所以将护节宣，小失其宜，则劳复之证，百死一生，尤不可以不深畏也。今者饥饿之民虽得蒙被圣恩，以幸免于死亡，然亦类皆鸠形鹄面，苶然无异于大病之新起。若有司加意抚绥，宽其财力，则一二年间筋骸气血庶几可复其旧；若遂以为既愈而不复致其调摄之功，但见其尚能耕垦田畴，撑拄门户，而遽欲责以累年之逋负，与夫去岁倚阁之官物，则是人者其必无全理矣。切闻乾道七年之旱，夏税秋苗亦皆尝蒙圣恩矣，而流殍甚众，迄今不复者，正以次年带纳前料税物者迫之也。然考其实，所谓带纳者，初未尝大段有人纳到，以佐有司用度之阙，而奸胥猾吏得以并缘骚扰，则其害有不可胜言者。其后淳熙元年九月四日，乃以荐饥，始蒙蠲放，则三年之间所失已多而无及于事矣。今旧逋未除，新税将起，斯人尽力懔懔，已有狼顾之忧。臣愚欲望陛下赦臣之罪，察臣之言，亟诏有司，凡去年被灾之郡，尽今年毋得催理积年旧欠，及将去年倚阁夏税悉与蠲放。其上二等人户，当此凶年，细民所从仰食其间，亦有出粟减价赈粜而不及赏格者。欲望圣慈普加恩施，许将去年残欠夏税多作料数，逐年带纳，则覆载之间，幅员之内，当此灾旱之余，无有一夫一妇不被尧舜之泽矣。臣愚贱疏远，不当妄有陈奏，实以误膺委寄，职在牧民，切于诏令之间，有以仰窥陛下子爱黎元之心有加无已，大惧无以仰称万分，是以不敢不尽其愚，冒渎天威，臣无任恐惧颠越之至。谨录奏闻，伏候敕旨。

奏绍兴府都监贾祐之不抄劄饥民状

照对绍兴府诸县今岁灾伤，饥民流移阙食甚众。恭禀圣训，寅夕究心奉行。缘本府山阴、会稽县人户不住遮道告诉，抄劄不尽，漏落不实，臣即已措置专设一局，见今呼集耆保乡司，专委本府当职官，敦请乡官重行隔别审实。其在城五厢阙食细民及流移到府之人，本府虽委逐厢官沿门抄劄访闻，多是止凭厢典合干人，多有不实不尽，亦行前来陈诉。臣又已送下厢官审实抄劄。所有他处流移到府，臣亦已行下本府与县令佐约束停房店舍，不得多所赁资，并津渡邀滞。仍遍行收拾病患饥困及遗弃小儿，就宽阔寺院安著，支拨常平官钱，收买柴薪藁荐，给衣袄之类，修合药饵医治，煮造三两等稀稠粥，次第救助，仍委诸慈悲僧道主管看养。所行非不告戒。臣今月十九日据马林等投状，称是嵊县人事（人事疑当作人民）移在本府第一厢居住，阙食饥饿。内有马百四一名，扶到臣治所，已是饥饿日久，十分羸困，才到不久即便倒死。臣即令医人用药灌救，移时方得苏醒。遂行呼到本厢官武翼郎绍兴府兵马都监贾祐之取问，元不抄劄供报，因依本官应对不行及先来承受本府牒委，及承臣送下陈状，并无抄劄。事因报应，本官委是不职，难以存留在任。臣除已先将贾祐之牒绍兴府对移本府指使差遣外，欲望圣慈特降睿旨，重赐黜责，以为官吏奉行赈济不虔之戒。

乞借拨官会给降度牒及推赏献助人状

臣昨被临遣备使浙东，又蒙圣慈，赐以钱会三十万贯，以给一路赈粜赈济。自谓遭值圣恩隆厚，至于如此，其势必可以救活此道之人。伏自入境以来，日据绍兴府会稽、山阴两县人户投诉抄劄漏落，遂将诸县悉行根括。先据两县申到，比旧计增二十五万六千一百九十二口。其余诸县尚未申到，计其县分地里之大小，户口决当数倍于此。盖缘当来诸县抄劄不甚子细，而又涉日既久，向之粗能自给者，今皆阙食，所以饥民之数日有增加。因以此数考按本府昨来均定所得钱米拨下诸县之数，其为欠阙数目尚多，遂将昨来所蒙给降会子等钱，除五万贯诸州申到已无见在，更留五万准备诸州取拨外，即计逐县大小及已得钱米多寡等第均给，计已支费十八万余贯，而会稽、山阴两县自占九万余贯，其余准拟诸县申到再劄人数别行均给者，共不过一万余贯，计可得米三四千石而已。事势危迫，不免逐急，于盐司钱内借拨九万余贯，牒绍兴府措置运籴，然亦仅可得米二万余石而已。以两县再劄所添计之，则此二万二三千石之米，其势岂足以均及诸县之人？然而两县所得，一家不过日得一二升，一口不过日得一二合而已。此皆仅足以苟延喘息，而不足以救其死命。窃料更加旬月，未论不得食者必致殍死而已，得食之人亦有羸困不能自存者矣。又况当来计料粜济，止到三月十五日便行住罢，已不能给，而麦熟犹在四月。麦之熟否，姑置未论，止计住罢至麦熟，犹有半月余日，无以接济。夫以绍兴一郡之饥，自臣未到，已蒙拨赐米十四万石、钱九万贯。至臣有请，又蒙圣恩如此其厚，而臣智术浅短，不能变通，其所施为止于如此。切恐考之于今，则徒有赈救之名而无赈救之实。要之于后，则既已养之数月之久，而不免弃之旬日之间，徒费陛下军国之储数十大万，而不足以称陛下救民水火之心。固臣之无状，死不偿责。至于减米增赏，虽已得旨通行，而去年献助之人至今未蒙推赏。度牒换米，虽已得旨给降，而米数太多，度牒一道计当钱千五百缗，以此至今皆未闻有应募者，则此切恐陛下忧劳恻怛、博施济众、广大无穷之心，或格于有司等挛纤啬之议而不得以下究也。臣已与帅臣王希吕同状奏闻，欲望圣慈更赐怜悯，再行借拨会子三十万贯及今籴米五六万石，通融接续，措画粜济，而复于此详具，其所以然者以闻。其去年本路所奏合推赏人，则乞特诏有司直与推赏，给降告命，付之本州，令守臣唤上当厅祗受，不须更令官司保明，徒为文具。其度牒亦乞裁减半价，只作百五十石，仍再给降三百本付绍兴府，令臣与王希吕同共掌管，交到米斛，即与书填，则人必乐从，应募者众。凡此三者，倘蒙施行，庶几此郡饥民逐家一日各添得米一二升，逐口一日各添得米二三合，而逐县续有劄到漏落户口及流移归业之人，亦得以渐次收拾，不至饥死，既有以卒究陛下忧劳恻怛、博施济众、广大无穷之心，而草野愚臣亦得以凭藉威灵，不负饥民之命，千万幸甚。如其不然，则臣计已穷，终必仰孤任使。伏自到任以来，朝夕忧惧，精神耗竭，四肢缓弱，时复麻痹。切恐一旦溘然，无以见百万馁鬼于地下。欲望圣慈赦其罪戾，许臣罢免，使得脱此冤债，归骨故山，亦千万幸甚。披心沥血，干冒宸严，臣无任恐惧战栗之至。

奏救荒事宜状

臣蒙恩将命浙东奉行救恤，到官日夕考究，求所以上副焦劳之意。窃见浙东诸州例皆荒歉，台、明号为最熟，亦不能无少损，而绍兴府之饥荒，昔所未有。臣以目所睹，回思去岁南康之歉，犹谓之乐岁可也。赈救既在所急，事体宜先奏闻。今绍兴八邑，余姚、上虞号为稍熟，然亦不及半收，新昌、山阴、会稽所损皆七八分，嵊县旱及九分，萧山诸暨水旱相仍，几全无收。今除余姚、上虞稍似可缓外，且论萧山等六县，约其所收，不过十一。先次朝廷拨米一十四万七千石、钱九万贯，并本司前官申朝廷于衢婺州通融拨到义仓钱三万八千七十五贯一百文，明州义仓米五千石，数目非不多。州郡日夕惟赈济是务，官吏稍解事者，皆奔走不暇，虽寄居士大夫亦不敢宁处，不可谓不留意。然终未有能救饥莩之实，民情嗷嗷，日甚一日，不独下户乏食，而士子宦族、第三等人户有自陈愿预乞丐之列者，验其形骸，诚非得已。兼自秋来卖田拆屋，斫伐桑柘，鬻妻子，货耕牛，无所不至，不较价之甚贱，而以得售为幸。典质则库户无钱，举贷则上户无力，艺业者技无所用，营运者货无所售，鱼虾螺蚌久已竭泽，野菜草根取掘又尽，百里生齿，饥困支离，朝不谋夕。其尤甚者，衣不盖形，面无人色，扶老携幼，号呼宛转，所在成群，见之使人酸辛怵惕，不忍正视，其死亡者盖亦不少。臣深究其所以然，正缘绍兴地狭人稠，所产不足充用，稔岁亦资邻郡，非若浙西米斛之多。又以和买偏重，无巨富之家，连遭水旱，兼失蚕麦，些小积谷，春首劝粜，无有存者，上户先已匮乏，是以细民无所仰给，狼狈急迫，至于如此。大抵荒歉自五分以下犹可措置，盖以五分之粟给十分之人，稍行劝分便可苟活。今以空虚之郡而荒及九分，则一分之粟既不能给十倍之人，而户口甚多，所阙浩瀚，亦有非移民移粟所能补助者。臣所目见心思，兼询访士夫父老者既如此，复约垦田收租之数以证之，除余姚、上虞外，今将田亩计其岁入，六县为田度二百万亩，每亩出米二石，计岁收四百余万。又将今再抄劄山阴、会稽两县口数，以约六县之数，则山阴、会稽丁口半于诸暨、嵊县，而比新昌、萧山相去不远，绝长补短，两县当六县四分之一。今抄劄山阴、会稽四等五等贫乏之户，计三十四万口，四等之稍自给及上三等者不预焉。则统计六县之贫民，约须一百三十万口，并上户当不下百四十万，计稔岁所敛四百万石米，除上供及州用外，养百四十万之生齿，日计犹不能及二升之数，则所谓乐岁无余者，既信而有证矣。又约六县所蠲放分数以计，今岁民间所收不过十分之一，则所不收之米约计三百六十万石，而所收止四十万石，阙乏数目如此浩瀚，则所谓补助无策者，又信而有证矣。今将绍兴府先所得钱一十二万八千七十五贯一百文并臣所得三十万贯，除五万贯诸州申到已无见在，又措留五万贯均给诸州外，不过共折米八万二千余石，并前项米一十四万石总而计之，不及其田租所阙十分之一。今来措置，除萧山仅能口给半月外，其余五县以户计之，日之所得，固已不过一二升。若以口计之，则日之所得，又不过一二合，是仅足以使之皆知圣主忧劳悯恤、不忍坐视之意而已。若谓如此而便足以救其必死之命，则固难指准，然遂欲以百三十万之贫民尽仰官司，口以升计，麦秋之前九十余日，当为粟百万石，则亦非朝廷今日事力之所及也。然臣窃谓有司之力诚有限量，而圣主天地父母覆载生育之心，则无终穷。以有限之力言之，则救护之切、拨赐之多，诚若不可以有加之今日；然以陛下无穷之心论之，则岂不欲使此邦更得数十万石之粟，以必救数十万人之命，其忍直以无可奈何处之，而熟视其饥饿颠仆于前乎？故臣辄敢历叙其所见闻考验之实，本末如此，而别具施行事目，以干圣听，惟陛下哀怜幸甚！意迫情切，言无伦次，臣无任皇恐俟罪之至。

奏绍兴府指挥使密克勤偷盗官米状

照对绍兴府诸县去岁旱伤饥困及流移之民见今阙食。昨蒙圣恩，拨下米斛赈济。绍兴府遂差指挥使保义郎密克勤往平江府请取米一万三千石，分下上虞、新昌、嵊县交卸赈济。今月初七日，臣巡历到嵊县点检。据嵊县主簿迪功郎叶梓申承本县差往三界镇交量，密克勤请到赈济米一万石，依应躬亲将本府通判承议郎吴津较量斛斗交量，每斛比少米一升五合。又令亲随斗子叶吉等径自用斛行概，意在亏减升合，兼其米尽用糠泥拌和，却乃倚恃本府指挥使对众抑捺，意欲庇护船梢合干人作弊。缘此未敢交量乞施行。及据本县土豪黄彦等陈诉，密克勤押到米，蒙告示前去搬担，并系湿恶夹杂糠泥，及每斗不应本场斛斗，去后折欠负累不便。臣寻取到米样看视，其米多系糠土拌和，遂唤到斗子康胜，对众用斛量计，每石少欠九升。于内量出一斗筛簸，内有泥土碎米一升二合，并糠一升一合。通约所押一万三千石，内折欠拌和之数，计米四千一百六十石。臣窃惟陛下圣慈天覆，矜悯饥民，给赐米斛，德意至为深厚。然以臣所见，嵊县一带饥饿之民羸困瘦瘠，宛转道路，呼号之声，所不忍闻，其不免于死亡者，已不胜计。其密克勤乃敢辄将官米如此偷盗作贱，使饥饿之民不得沾被实惠，情理重害，不可容恕。除已牒本府通判承议郎吴津逐急用嵊县斛斗交量，发下本县赈济，仍拘管密克勤听候施行，及牒绍兴府送狱根勘，取见著实，依法施行外，欲望圣慈先将本人重作施行，仍令绍兴府疾速根勘监追所盗米斛，送纳入官，庶副赈济。

奏巡历合奏闻陈乞事件状

臣自正月四日起奏绍兴府迤逦巡历，有合奏闻陈乞事件。今具下项，欲望圣慈检会臣前两状所奏及今所陈事理，再赐官会三十万贯，速行旧岁之赏，痛减度牒之价，庶几储备稍丰，官吏更敢放手救活饥民。其修捺湖埂，亦系一县新年农事利害之大者，并乞特依所乞，早赐给降，不胜幸甚。

一、臣初六日到三界镇，见有饿损人口颇多，其死亡者亦已不少。七日至嵊县，八日至本县清化、孝节乡，饥羸尤甚。据其称说，皆自八九月来阙食至今，其死亡者不可胜数，道殉殣相望，深可怜悯。臣谨以再于昨蒙给赐钱内取拨五千贯，付绍兴府通判吴津，令收拾赈给嵊县、新昌及三界镇一带病困之人，庶几稍获安存，未至一向死损。但恐钱少不足支用，伏乞睿照早赐接济。

一、臣初九日入诸暨界，所有县之东南一带，山乡所见，病损人数绝少。问之乡人，云是去年稍得收成去处。却见令佐乡官称说，县北湖乡一带接连萧山，病死人多，不减嵊县。臣亦再拨给赐钱五千贯，付绍兴府通判刘俣，令收拾诸暨、萧山病困之人，及根刷到劝谕上户赈粜米未曾出粜之数尚有四千余石，已牒通判刘俣及本县催促赴场，增添人户，每户除单丁外，更与一口收籴。及有人户陈诉，乞借官钱，及早修捺湖埂。缘臣曾与帅臣王希吕连状奏乞给降米斛，未蒙应副。今恐失时，浸损二麦，兼废农工，已逐急于给赐钱内借拨三千贯应副。所有三项钱米虽已支拨，尚恐数少，未足支用，伏乞睿照早赐拯济。

一、臣十三日入婺州界，以后事体，续具奏闻。大抵婺州灾伤比之绍兴府分数颇轻，州县措置亦似稍有伦理，伏乞睿照。

奏上户朱熙绩不伏赈粜状

臣巡历到婺州界，一路饥民颇少。本州见将元拨赐米及劝谕到上户米斛置场粜济，逐日煮粥，以给城市乡村艰食之人，亦已颇有伦绪。臣自入境以来，每过米场，必亲临视阅其文，历校其升斗，小有欺弊，即行惩戒。至十四日到金华县孝顺乡第十二都，地名十里牌，有朱二十一米场本场，即无人在彼粜米。据贫乏人户俞九等列状哀诉，本乡田产尽卖与豪户朱县尉。去年荒旱，本县给历，令就本都朱二十一米场籴朱县尉米养济，且九等每日往来，并不曾般米到来，致一村人民饥饿。其朱县尉为见行司到来，却于沿路散榜，诈称粜米施粥。及据金二等陈诉，朱县尉虽在十四都粜米，即与朱二十一场隔远二十余里，本人令干人许浩用使私升及湿润粞碎糙米，及将人户官给历头擅自批凿，每七升减作五升，五升减作四升，又有收下历头，不肯付还，百端抑遏，无处告诉。又据人户周杨、朱子智等众状告诉，朱县尉典买产业，累年白收花利，不肯批割物力，皆系出产之家抱空代为送纳。臣寻令人暂唤朱县尉，取问本人，倚恃豪强，不伏前来。遂委金华县尉迪功郎陆适申依应追唤，朱县尉系极等上户，居屋三百余间，倚恃豪势，藏隐在家，不伏前来。窃缘本人家仆丛众，全无忌惮。臣又已行下本州追发，亦复不到。臣照得朱县尉系修职郎，朱熙绩元因进纳补受官资，田亩物力雄于一郡，结托权贵，凌蔑州县，豪横纵恣，靡所不为。本县昨为第十二都无上户米斛可粜，就近分拨本人在第十二都朱二十一家置场粜米，其朱熙绩辄敢欺凌县道，不复发米前去。洎至臣巡历到彼，又乃诈出文榜，称就十四都出粜，致得一场籴米人户无从得食。其在家所粜，又皆减克升斗，虚批历头，奸弊非一所称，散粥亦是虚文，日以一二斗米，多用水浆煮成粥饮，来就食者反为所误，狼狈而归。凡其所为，无非奸狡切害之事。及至官司呼唤，又敢公然抵拒，首尾三日不肯前来。若使人皆如此，荒政何由可办？欲望圣慈特降睿旨，将朱熙绩重赐黜责，以为豪右奸猾不恤乡邻之戒。

奏巡历婺衢救荒事件状

臣昨按视绍兴府嵊县、诸暨县已具事目奏闻讫。续于正月十一日入婺州浦江县界，历义乌、金华、武义县，由兰溪县界入衢州龙游、西安、常山、开化、江山县。今有合奏闻事，谨具下项：

一、婺州诸邑，兰溪水旱相仍，被灾最甚。金华次之，而境内马海、白沙一带为尤甚。其他又次之，唯永康一县为稍轻。大概通计，比之绍兴府诸邑，事体殊不侔然，诸县措置不无乖谬。以臣所见，武义坊郭已有饥民，而访闻兰溪、金华山谷之间流殍已众。幸今守臣钱佃颇能究心料理，专委通判一员往来检察，请到乡官五员，日夕商议，计当不至大段阙败。臣尚恐其所有钱米不足支用，已于昨蒙圣恩所赐钱内，取拨台州、处州义仓米钱五万贯，应副本州籴米粜济。伏乞睿照。

一、衢州常山、开化水旱最甚，江山次之，西安、龙游又次之。通计其实，不减婺州。但缘当时州郡吝于检放，常山、开化系灾伤极重去处，而常山所放仅及一分六厘有奇，开化又止一厘一毫而已，故文案之间，但觉灾伤轻可，而两邑之民阴受其害，不可胜言。闻得岁前死亡已多，今之所见，羸饿之民亦有甚于婺州诸邑者。西安虽轻于两邑，而闻芝溪一源向来俞七、俞八作过去处，人民已极困悴。加之守倅皆已逼替，吏民懈弛，无复条贯。臣窃忧之，已辄行下本州所得朝廷许拨义仓米五万石内，将一万石专充赈济，专委曹官两员、乡官三员，分县措置，收拾饥饿羸困之人，貌验支给。伏乞睿旨。

一、婺州诸邑有灾伤稍重而巡历未到处，回程当一一点检，别具奏闻。伏乞睿照。

奏衢州守臣李峄不留意荒政状

臣昨蒙赐对，辄论州县检放灾伤不实之弊，伏蒙圣慈开纳，即降睿旨，令臣询访不实最多去处，按劾施行。臣恭禀圣训，伏自到任即行询访。大抵本路被灾诸郡，检放分数，多不尽实，而衢州尤甚。盖自去岁大水之后，知州事朝散郎李峄专务掩蔽，不以实闻。及转运司访闻差官，验问既得其实，反为李峄执称无水，而其亲戚方在政路，曲为主张，遂再下提刑司体究，欲以遂其奸诈。幸所差官不肯曲从，方欲具以实闻，又为李峄生事把持，至今未竟。及既遭旱，峄又妄申诸司，称民不阙食，未至流移，从来甚不得已。然后差官检视，所差之官受其风旨，早田之旱例不为检，晚田又不尽实。如常山一县被灾最甚，通计无虑七八分，而峄乃只作一分六厘减放。至开化县被灾不减常山，而其所放则又仅及一厘一毫而已。臣今行视两县之境，水痕尚存，高岸民居皆至半壁，山谷之人采取蕨根以充饥肠，羸瘦萎黄，非复人貌。岁前雨寒，死亡已多，而李峄恬然略不加恤，对臣依旧隐讳，坚执旧说。其于荒政全不留意，但知一味差人下县，督责财赋，急如星火。所蒙圣恩拨赐米斛共六万石，不为不多，而至今日久，并不科拨下县，亦不晓谕民间。诸县官吏尚有初不闻者，况于穷民，何缘得知圣主天地涵育之恩？加以病昏不能视履，百度废弛，不成州郡，不但检放不实，荒政不修而已也。臣既奉圣训询访，见得上件事理，不敢缄默，以负委寄，敢昧万死，按劾以闻。伏惟圣慈早赐处分，

奏请画一事件状

臣今有合具奏请事件，谨具下项：

一、臣昨为绍兴府米斛有限，饥民日众，向后日月尚远，窃恐无以接续粜济，仰贻宵旰之忧。会具奏闻，乞再给会子三十万贯，及尽推去年赏典，半减度牒米数。至今日久，未奉进止。今到衢、婺，见得两州元系灾伤稍轻去处，而粜济之备可接初秋。绍兴系灾伤最重去处，而粜济之备反不能尽春月，将来青黄未接，必致狼狈，无可疑者。欲望圣慈检臣前奏，早赐处分，庶几有以接续粜济，不弃前功。不胜幸甚。

一、臣昨到婺州，为见豪户修职郎朱熙绩不伏粜米，抵拒官司，曾具奏闻，乞赐行遣。今据婺州申到本人居乡豪横，不法事件，条目猥多，不敢复具奏闻，已条具申尚书省去讫。其人多赀力，能使鬼伏，乞睿断早赐施行。不胜幸甚。

一、臣昨准尚书省劄子勘会，已降指挥行下江浙、两淮旱伤州县，将第四、第五等户今年以前应于残欠苗税丁钱并特住催，及将官私债负权免理还。其流移人拖欠官物，亦与除豁，不得令保正长代纳，并支拨米斛，通行赈济。谨已即时行下州县遵守施行去讫。续据绍兴府新昌县申，今年以前未委是淳熙七年官物，或是淳熙八年二税，臣亦已申省，欲乞明降指挥，未奉回降。今来巡历，见得州县奉行果是互有不同，盖有以今年以前为七年者，则八年四等、五等夏秋残欠依旧催理；有以今年以前为八年者，则八年四等、五等夏秋残欠悉已住催。盖缘本文未明，致此差误。臣亦未能别其是非，然窃以谓治财思予，宁过于厚；涣汗之号，有出无反。欲望圣慈明降指挥，将八年四等、五等残欠并行住催，仍乞令臣督其奉行不如法者，庶几雨露之泽，均一沾被。不胜幸甚。

一、衢州守倅并各任满在即，欲乞特降指挥催促，已差下人前来赴任。

奏张大声孙孜检放旱伤不实状

臣昨蒙赐对，奏论州县检放不实，令臣询访最多处按劾。臣询访得本路州县检放，类多不实，而衢州为甚。衢州检放既多不实，而开化一县，又为尤甚。已节次奏闻外，今取会到本州元差监户部赡军酒库成忠郎张大声前去检视，及差龙游县丞从政郎孙孜核实，逐官自当从实检视减放。却乃观望本州守臣意指，不以恤民为念，不曾逐一亲诣田头检视，辄敢欺罔灭裂，将七八分以上灾伤作一厘一毫八丝六忽检放，是致被灾人户困于输纳追呼、监系决罚之苦，流移四出，而贫下之民无从得食，岁前寒雨，死亡甚众，有伤圣朝子育黎元、救恤灾患之意。逐人委是难以存留在任，欲望圣慈特降睿旨，将张大声、孙孜并行重赐黜责，以为日后附下罔上、慢法害民之戒。

乞赐镌削状

臣昨以职事横被中伤，伏蒙圣明特赐临照，谨已遵禀复还绍兴府界。窃见诸暨县灾伤至重，疾疫大作，民之羸瘠死亡者已不胜数。由臣前日闻命之际，震恐猝迫，轻去职守，有失照管。目今虽已一面多方措置，收拾救济，然前日之罪已在不赦之域，加以踪迹孤危，风采销夺，窃恐无以号令州县卒副使令。顾独惟念饥民生死之命在此数日之间，恐勤宸虑，未敢再乞赐罢。只乞圣慈且将臣见在官职先次镌削，候救荒结局日别行窜责，庶允公议。

乞给降官会等事仍将山阴等县下户夏税秋苗丁钱并行住催状

臣恭被圣恩，复抵官次，今有职事须至奏闻。谨具下项：

一、臣自衢、婺州复回绍兴府界，窃见衢婺灾伤，比之绍兴分数殊少，而两州公私本皆富实，赈恤之备足至秋成。惟绍兴府灾伤极重，所费不赀，目今已是非常狼狈；而考其后日之备，乃不能尽三月而止。窃恐新麦未登之际，尚有阙乏之患，而下田之麦亦有遭雨浸损，去处又已无复食新之望。其丰熟处常岁所收，亦不过可为两月之计。五六月间青黄未接之际，此必复有以劳圣虑者。若至其时方作处置，窃恐复有缓不及事之叹。如欲及今讲究，早为措画，则臣昨累具奏所乞数事，今皆尚可行也。其一，乞推去年献助之赏者，已蒙节次施行。近日遂有婺州进士陈夔诣臣投状，陈乞献助二千五百石。访闻浦江等县更有一二家亦欲陈献。此亦可见不吝恩赏之效。今若更赐指挥催促省部尽行推赏，使无一户之遗，然后镂版开具，颁下诸州，广行晓谕，则其慕而效之者当不止此而已也。其二，乞减度牒米数，亦已蒙减五十石。此则恐所减太少，未足多致米斛。盖度牒本价止四百贯，适今之宜，更合少损以济饥民，乃为得策。不当反高，其直使旷日持久，卒无所售，以误指准也。其三，则臣尝与帅臣王希吕同奏，再乞拨赐钱会三十万贯，而未蒙开允也。此固无厌之请，宜不足听。然绍兴之民不幸罹此非常之灾，父老相传以为数十百年所未尝有，而陛下所以扶持救恤、恩勤备至，亦数十百年所未尝有。今其不能免于死亡，捐弃者已无可言，其幸得延残息以至今日者，岂可不为终惠之计，而使之旬月之间顿至缺绝，以弃前日之功哉？抑官会出于印造，非有鼓铸之劳，见今通行轻重之权与见钱等，虽使更散三数十万，亦未遽有害于流通也。况以陛下之至仁至圣，夫岂有爱于此而轻百万人之命哉？且又绍兴累年荒歉，常平钱米目下支散，无复一文一粒可为将来久远之备。今此所乞，若蒙圣慈依数拨赐，则亦非惟可救目前之急，万一支遣不尽，又足以接续收籴，更为后日之储，其利尤不细也。凡此三者，乞留圣念，早赐施行，庶几缓急不至误事。然臣尚虑麦前急阙，收籴未办，献助不多，有失赒救。窃见本路诸州常平、义仓米斛尚有余剩未支遣处，欲乞特降指挥，许臣照应移用，条法量行，取拨尤为利便。

一、臣昨具奏，乞照应元降指挥，明降睿旨，住催淳熙八年四等、五等残欠官物，未蒙施行。而后来户部勘当，止将淳熙七年终残欠住催。于是州县日前虽已将八年秋米住催者，皆复追催；其未放者，则其催督愈益严峻。臣于此时适以俟罪，不敢复有陈论，然窃独病其深失朝廷命令之体。其后乃闻军器监主簿李嘉言请以临安、余杭两县四五等户八年苗税，比附徽饶州例，亦行住催，而陛下可之，则又有以知凡此户部之所行者，皆非陛下之本心也。盖所谓四等五等户者，非他也，乃今日蒙被粜济之饥民。陛下所为焦心劳思，倾囷倒廪，而拯之于沟壑之中者也。夫以救之如此其悉，而犹常虑其有所未至，其肯使州县之吏追呼禁系，加以棰挞而速其死亡也哉？况今本路灾伤，绍兴为甚，比之徽、饶两州，临安、余杭两县事体有甚不侔者。若蒙矜怜，出自圣意，特降指挥，将绍兴府山阴、会稽、嵊县、诸暨、萧山五县四等五等户夏税秋苗丁钱并与住催，其余诸州县逐都检放旱伤，及五分以上者五等户亦与住催，七分以上者并四等户并与住催，候秋成日，并行带纳，则初不失县官之入，而足以少宽饥民目下之迫，免致流移死损。不胜幸甚。

总 论 三

(食货典第八十九卷)

目 录

《大全集》二

乞将山阴等县下户夏税和买役钱展限起催状

照对绍兴府诸县去岁水旱相仍，田禾损伤，人民饥饿，幸蒙圣恩给赐钱米，广行赈救，以至今日二麦既已成熟，民之幸免于死亡者，亦稍苏息，全借官司存恤休养，方可安业。今不住据属县第四、第五等人户列状陈称，灾伤之余，生理未复。窃恐和买役钱、夏税绵绢，准例起催，乞特与具奏放免一年。臣照得人户夏税绵绢系是朝廷常赋，难以放免外，惟是起催省限在五月十五日。窃见下户今春乏食，养蚕甚少，二麦虽熟，亦只得仅给口食，尚虑将来青黄未接，更有缺食之患。所有稻田，又方蒙圣恩借给秧本，始得布种，向去早禾成熟尚远。若或依限便行起催，窃虑细民未有可以送纳，不免追呼之扰，却致逃移。欲望圣慈特降睿旨，将绍兴府最荒萧山、诸暨、嵊县、会稽、山阴五县第四、第五等户合纳今年夏税、和买役钱，与展限两月起催，庶几新谷成熟之时，可以送纳。所有上三等人户，自从常年条限催理。如蒙开允，从臣所乞，则上既不亏县官经常之费，下可少安饥饿羸困之人，诚为两便。

乞住催被灾州县积年旧欠状

臣伏睹四月二十二日圣旨指挥，绍兴府萧山、诸暨、会稽、山阴、嵊县五县并严州诸县，各为去年水旱最甚，可将第四、第五等人户合纳今年夏税、和买役钱，并特与展限两月起催。内有愿依条限送纳之人，听从其便。仰见陛下爱育黎元、天地父母之意。臣窃虑州县奉行不虔，仰稽睿泽，即已镂版多印小榜，散下绍兴府五县晓示去讫。臣访闻本路被灾州县知通令佐，多有只见蚕麦稍熟，便谓民力已苏，遽于此时催理积年旧欠，上下相乘，转相督促，使斯民方幸脱于沟壑之忧，而一旦便罹追呼决挞囚系之苦，甚可哀痛。况今疫气盛行，十室九病，呻吟哭泣之声所不忍闻，岂堪官吏更加残扰？臣虽已行下诸州及通判约束外，尚虑未能禁戢，欲望圣慈特降指挥，令被灾最重州县，如绍兴府衢、婺州，且据今年合纳官物，照应三限条法，劝谕人户及时送纳；其积年旧欠，直候秋冬收成之后，逐料带催，庶几饥饿余民得以存活。其温、台等州去年灾伤虽不至甚，然亦不为乐岁，并乞同此指挥，戒饬官吏不得意外生事，妄有骚扰，则一路生民蒙被德泽，不胜幸甚。臣以狂妄，曲荷优容，偶有所闻，不敢不奏。累渎天威，臣无任战栗俟罪之至。须至奏闻者。

乞推赏献助人状

臣昨具奏乞依前点检台州措置赈济官耿延年所奏，将本路献助粜济米人户，比乾道七年粜济赏格，特减米数之半，优与推赏。已蒙圣恩开允，特降指挥，依臣所乞，将诸路州县人户愿出米谷自行般运，前来绍兴府粜济，减半推赏。臣当即恭禀施行，节次劝谕到婺州进士陈夔等各赴本司及绍兴府入状，情愿献助米斛，本司与绍兴府各已差官交量，或已就行散给去讫。臣已与安抚转运司连名具状，申尚书省及户部，乞依乾道七年及淳熙八年十二月十三日指挥推赏外，今来窃恐有司将同常事，未即推恩，致使失信本人，无以激劝来者。欲望圣慈特降睿旨，依已降指挥，将陈夔等特补合得官资，庶几有以取信于民，将来或有灾伤，易为劝谕，实为利便。开具逐人所献米数、合补官资画一下项：

婺州金华县进士陈夔献米二千五百石，准淳熙八年十二月十三日指挥，合补迪功郎。

婺州浦江县进士郑良裔献米二千石，准淳熙八年十二月十三日指挥，合补上州文学。

婺州东阳县进士贾大圭献米二千石，准淳熙八年十二月十三日指挥，合补上州文学。

处州缙云县进士詹玠献米二千五百石，准淳熙八年十二月十三日指挥，合补迪功郎。

奏衢州官吏擅支常平义仓米状

照对臣昨据衢州知州朝奉大夫沈诏一申，今年二月二十一日到任，适当荒歉之后，财计匮乏，别无可以措置，已申明朝廷，乞于丰储仓内更给助米二万石，以济支遣。本州四月合散官兵米四千余石，未有指拟，遂急于常平、义仓米内权行借兑，合有擅支之罪。除已具奏乞赐处分施行外，申本司照会。本司契勘衢州见管常平、义仓米数不多，其灾伤之余，尚虑新陈未接之际，细民缺食，准拟接续济粜，设欲借兑，自合申闻朝廷，听候回降。又不闻本司知觉，辄行擅借四千余石支散官兵，有违条法，遂申尚书省，乞劄下根究监勒本州擅支借官吏照数补还元旧窠名桩管。去后又据衢州申再行借兑义仓米，支散五月分官兵粮米。本司契勘衢州设有欠缺，即合措置于别色米斛应副。今来本路州军见管常平米数不多，本司尚且申奏朝廷，乞给降钱会收籴，若或容令州县违法侵拨，万一不测，有误指拟，再具申尚书省，乞赐敷奏，依法施行。如是本州军粮委实欠缺，即乞别行应副。去后未蒙劄下。近睹已降指挥衢州守臣已行放罪。臣伏缘在法义仓谷惟充赈给，不得他用，即擅支借移用，以违制论。臣窃惟常平之法，所以准备灾伤，广行赈给。民命所系，利害非轻，所以祖宗以来，立法之严，至于如此。而议者不以为过，以为久长缓急之计，非苟徇目前姑息之私者所能知也。今衢州当职官不能计度军储，应副支遣，而坐指常平储蓄之备，以为一时之用，虽原其情实，未必有他情弊，而隳废法度，耗散储蓄，渐不可长。故臣昨来不欲便具奏劾，只具状申尚书省，乞与敷奏，依法施行。意谓朝廷必须薄行责罚，以戒后来。今乃一无所问，亦不略行戒约，即在本司何以约束诸郡？况今来旱势已成，衢州尤甚，昨日有转运司差出官员自彼回来，说城中米价已是七十文足一升，兼本州水路浅涩，卒难般运他处米斛，将来粜济，全仰见管常平、义仓，米斛尤宜爱惜，不可违法，妄有侵耗。欲望将本州当职官吏略加责罚，或念其委实欠缺军粮，即乞朝廷别行应副，严行约束，今后不得辄将常平官物妄有侵支，实为久远之利。伏候敕旨。

奏蝗虫伤稼状

臣昨于今月初四日闻得绍兴府会稽县蝗虫颇多，即遣人走探。昨已据所差人孙胜回报，会稽县白塔寺相对东山下有蝗虫数多，收拾得大者一篮，小者一袋，其地头村人皆称蝗虫遇夜食稻。臣已具事状并大小蝗虫二色申尚书省，乞赐敷奏去讫。臣遂即时乘船出门，向晓至蝗虫地头广孝乡第十都、第十七都，同会稽令尉步行亲到田间看视。其虫大者不多，小者无数，集于稻苗之上。其未结实者，茎叶皆为咬伤；其已结实者，谷苗皆为咬落。委是为灾，有害苗稼。绍兴府先已支钱一百贯文，付会稽县募人打扑，赴官埋瘗。本司亦已支钱一百贯文付县添贴收买。据本县申，两日内已买到七石三斗八升五合。臣亦与帅臣王希吕一面询究祈祷、打扑、焚瘗外，须至奏闻者。

御笔回奏状

臣昨具奏绍兴府会稽县广孝乡蝗虫，臣已同本府发钱，专令本县令尉亲在地头召人捕获，收买焚埋，每得大者一升给钱一百文，小者每升给钱五十文。续奉御劄，令臣分诣祈祷，更行支赏，召人收捕，务速殄灭。臣恭禀圣训，夙夜不遑，即同帅臣王希吕就府治设醮祈禳，又发钱出榜晓谕，于先支赏钱之外，更行倍加增贴，召人收捕，仍差茶盐司干办公事沈大雅前去监视督责，及敦请乡官二员同县官分头给赏收捕。今据申到截今月十三日，通计收到大虫一石五斗三升六合，小虫二十五石九斗三升九合，并已埋瘗。目今尚有一分以上未至尽绝。臣续又见诸暨县寄居与投词人称，紫岩乡亦有飞虫在境。臣即已专委本县令佐亲临田陌，子细从实相视，如委的实，即从会稽县所行，召人支赏收捕焚埋去外。臣伏为本路所管衢婺等六州今岁旱损，比之绍兴，其灾尤甚，本欲取本月十旬起离，前往亲行检视，预备赈恤，正缘收捕蝗虫未尽，未得起发。今不住据逐州县接续申到事理，委是大段紧急，不免定取十五日起发前去，经由蝗虫地头，更行督责，取见殄灭次第，然后取道嵊县山间，望婺州界迤逦前去。前路有合奏闻事件，续次申发。所有上项事理，须至先具奏闻者。

乞修德政以弭天变状

臣昨为本路旱伤祈祷不应，累曾具奏及申尚书省乞为敷奏，早作防备。近准省劄，已蒙圣慈特从所请支钱，于明州置场籴米，而又伏睹陛下发自宸衷，特遣中使降香祈祷。臣有以见陛下畏天恤民之心，至深至切，不胜感激，愿效愚忠。顾恨官有常守，无由瞻望清光，罄竭血诚，庶裨万一，不胜犬马蝼蚁区区之情。窃谓累年之旱，谴告已深，今日之灾，地分尤广，非惟官府民间储备已竭，而大农之积亦已无余。又当大礼年分，户部催督州县积年欠负官物，其势不容少缓。凡所以为施舍赈恤之恩者，窃恐又必不能如去年之厚。臣窃不胜大惧，以为此实安危治乱之机，非寻常小小灾伤之比也。为今之计，独有断自圣心，沛然发号，深以侧身悔过之诚，解谢高穹，又以责躬求言之意，敷告下土，然后君臣相戒，痛自省改，以承皇天仁爱之心，庶几精神感通，转祸为福。其次则唯有尽出内库之钱，以供大礼之费，为收籴之本，而诏户部无得催理旧欠，诏诸路漕臣遵依条限检放税租，诏宰臣沙汰被灾路分州军监司守臣之无状者，遴选贤能，责以荒政，庶几犹足以下结民心，消其乘时作乱之意。如其不然，臣恐所当忧者，不止于饿殍而在于盗贼，蒙其害者，不止于官吏而上及于国家也。臣蒙恩至深，不知死所，敢冒铁钺，为陛下言之，触犯天威，恭俟夷灭。谨录奏闻，伏候敕旨。（地分一作地里。）

再奏衢州官吏擅借支常平、义仓米状

臣照对本路诸州，今岁旱伤，比之他郡，衢州尤甚，将来细民必至艰食，全藉本州所管常平、义仓米斛赈济赈粜，以救民命。臣近点检衢州沈密一违法擅行借兑过常平、义仓米八千石，充四月五月官兵俸料。臣已一面行下衢州催督补还元旧窠名，及具录奏闻，乞将本州当职官略行责罚，以戒后来，未得回降。今来再据衢州沈密一申，又于常平米内借支三千五百石，充六月分军粮三个月。共擅借过一万一千五百石，并本州申先借支过常平米一万九千五百八十一石五斗六升四合，亦系充官兵俸料，未曾拨还。及称目下盘量，折欠米一万七千七百一十五石五斗一升三合三勺。三项共计四万八千七百九十七石七升七合三勺，更有衢州济粜未尽米一万八千一百九十九石一斗九升。本州所申，不曾声说此项米着落，必是亦有互用。臣照对在法义仓谷唯充赈给，不得他用擅支，用者以违制论。况本路诸州所管常平、义仓米斛，唯衢州万数稍多，辄皆擅行支用。目今见管止有三千一百六十五石三斗八升，委是大失指准，而本州略无忌惮，甚非朝廷置立常平之意。窃虑必有情弊，臣除已一面牒邻近州追衢州合干人收索赤历干照逐一根勘，从法施行外，欲望圣慈先将衢州违法擅支常平、义仓米当职官吏，特行责罚，以警诸郡，为擅用常平义仓米者之戒。须至奏闻者。

奏救荒画一事件状

臣窃见本路诸郡频年灾伤，蒙被圣恩，仅获全济。今又亢旱，周遍七州，其幸免者不过三五县。比之去年，被灾地分大段阔远。至于公私积蓄，则连年饥歉，支移发散，略已无余，其于措置尤为费力。臣本欲此月上旬巡历诸郡，计度合用钱米，询访合行事务，回日类聚奏闻，庶免频烦天听。今为绍兴府会稽县界蝗虫害稼，见行监督，掩捕埋瘗，已是累日，未见衰减，未敢起发前去。窃虑合奏请事，渐致后冒有失，及早措画。今略条具一二，冒昧以闻，伏望圣慈闵此一方重罹灾数，特垂矜恤，早赐施行。不胜幸甚。

一、臣昨曾具奏，乞诏州县照应省限理纳夏税，不得促限追呼，已蒙圣慈颁下施行。今闻诸州间有不遵禀者，公行文移，必要七月上旬取足，显属违戾。兼昨具奏乞将绍兴府去年住催夏税人户纳过之数，依仿秋苗所放分数，特与比折今秋合纳之数，亦蒙圣慈行下，又为户部巧为沮难，行下本府，催督愈峻。今来既是复有灾伤，岂是追呼棰挞、催督税赋之时？欲望圣慈特降指挥，令被灾州郡将所管县分被灾重处特与宽限，劝谕送纳；其不系被灾县分内有被灾乡分，亦各较量轻重，依此施行。其绍兴府理折夏税，亦乞直降指挥，依臣所乞施行，庶几遭难遗民稍获安业。

一、臣昨具奏诸州雨旸次第，曾有贴黄奏禀，乞诏州郡依条受理旱帐，及早差官检放事。盖为田稻既是干损，及其未获之际，便行检踏，即荒熟之状明白易知，非惟官司不得病民，亦使奸民无由侥幸。所以著令诉旱自有三限，夏田四月，秋田七月，水田八月，盖欲公私两便。近来官吏不曾考究今文，但据传闻，云诉旱至八月三十日断限，遂至九月方检旱田，则非惟田中无稼之可观，至于根查亦不复可得而见矣。于是将旱损旱田一切不复检踏蠲放，穷民受苦，无所告诉；而其狡猾有钱赂吏者，则乘此暗昧，以熟为荒，瞒官作弊，皆不可得而稽考。去岁本路诸州大率皆然。欲乞降指挥劄下转运司及本司，遍牒诸州县，疾速受理旱状。目下差官检踏旱田荒熟分数，其中晚稻田却候八月受状，节次检踏，如有奉行违慢，后时失实之处，许两司按劾以闻，庶几穷民将来获沾实惠。目下闻此德音，便知朝廷存恤之意，不至猖狂别生妄念，仰劳宵旰之忧，实为利便。

一、赈恤之备，去年诸郡公私犹有蓄积，缘今春支用数多，悉已无余。今被灾之民，既是不可不加接济，则其费皆当出于朝廷。臣本欲遍询诸郡，约见合用实数，然后奏请。今恐因循后时，失于措置，兼闻衢、婺、明州守臣皆欲丐祠而去，台州亦申本司，乞拨钱籴米，数目甚多，又见臣寮劄子论衢州等处见已乏食，及有指挥行下闽广，劝谕客米前来温州接济，可见一路州军，荒歉匮乏，事势已急。臣今且约一路之数，权以一百万贯为率，欲望圣慈特赐开许印给度牒官会，早赐给降。其度牒欲乞就十分钱数之内且给三分，依近降指挥，每道且卖五百贯文省，或依元价作四百贯文省，容臣约度分俵诸州守臣，令其多方措置，变转收籴，庶几迩此早谷成熟之际，便于左近有米去处、价直尚平之时，节次收拾，免致临时仓卒，贵价收籴，缓不及事。

一、访闻诸州府村落已有强借劫夺之患，此在官司固当禁约，然亦须先示存恤之意，然后禁其为非，庶几人心怀德畏威，易以弹戢。若慢不加省，待其生事，然后诛钽，则所伤已多，所费又广，况其不胜，何患不生。乞降指挥早拨上项钱数，使如臣者得以奉承宣布，遍行晓谕，即德意所孚，固有以销厌祸乱之萌矣。然后明诏安抚提刑两司，察其敢有作过唱乱之人，及早擒捕，致之典宪，庶几奸民知畏，不至生事。

一、去岁献纳粜济之人，近已各蒙圣恩补授官资，无不感戴。然去岁所降减半指挥，止于绍兴一府施行，今则一路皆荒，事体不同。乞降指挥检会当来耿延年所乞事理，许于浙东一路通行。

一、检准常平免役，令诸兴修农田水利，而募被灾饥流民充役者，其工直粮食，以常平钱谷给。臣契勘本路水利，极有废坏去处，亦有全未兴创去处。欲俟将来给到钱物，即令逐州计度，合兴修处，顾募作役，既济饥民，又成永久之利，实为两便。

一、伏见州县之吏不为不多，而其间才能忠信可倚仗者，极不易得。将来七州粜济，往来督察，用人必广。乞降指挥特许将得替代阙丁忧致仕及在法不应差出之官权行差使，候结局日如旧，庶可集事。

右谨录奏闻谨奏。

签　黄

臣所乞钱数虽多，然以今日明州中色米价计之，方籴得二十四五万石，散之七州，不为甚多，而盘运水脚靡费又在其外。伏乞圣照。

臣所乞绍兴府理折夏税事理极为分明，然在中夏以前未经再旱之时，行之固若有过优者，在今日再旱之后，人物煎熬，朝不谋夕之际，沛然行之，以纾民力，则恐未为甚过。况今据大数，通府所放秋苗不过六分三厘，以此计之，所减夏税亦不甚多。若以去年比例言之，今年夏税亦合住催，况此是补还去年之数，直行放免，不为过当。重念臣自论此事，上为省部所嫉，下为州郡所仇，藉躏形迹，无所不至。原其本心，只为陛下爱养疲民，护惜根本，诚亦何罪而至于此？切望圣明哀怜照察。

臣窃详在法检视蠲阁，隶转运司，臣今敢以为请者，盖缘蠲阁赈恤本是一事，首尾相须，若蠲放后时失实，使饥民已被输纳追呼之扰，然后复加赈恤，则与割肉啗口无异。故臣妄意欲得参与其事，庶几血脉通贯，使圣朝赈恤之恩不为虚枉。伏乞圣照。

臣所奏请固皆今日所当施行，而此项最为急切。窃恐大臣进呈之际，谩将一二项不甚紧要事节量行应副，却将此项沉溺，不为施行，俟臣再请，则又费日月，致失机会。且如明州籴米一事，臣本是四月二十三日以后节次申奏。是时明州米船辐凑，正好收籴，乃不施行。及至六月十一日方得指挥，则所有船米已为上户收籴殆尽矣。今朝廷施行事体缓慢，奸弊百端，不称陛下救焚拯溺之意，大率类此。臣不敢越职奏闻，惟是此事切，乞断自圣志，力赐主张，盖不惟一路民命所系，实亦国家休戚所关。愿陛下独留圣虑。

臣曾摹得苏轼与林希书说熙宁中荒政之弊，费多而无益，以救之迟故也。其言深切，可为后来之龟鉴。近已刻石本司，缘是臣下私书，不敢容易缴进。今有一本急于申奏，不及如法标背，已申纳尚书省。或蒙宣索，一赐览观，仍诏大臣常体此意，不胜幸甚。

此项以后系是次紧，内推赏、差官两条，亦乞早留圣意。

乞留婺州通判赵善坚措置赈济状

臣据知婺州钱佃申，备据国学进士唐季渊等状，本州去岁遭旱特甚，通判朝奉郎赵善坚协力措置灾伤，广求利害，籍贫乏家七十万口，置济粜场五百余所，劝谕上户粜米借贷，排日煮粥以食民之不给，津遣邻郡流移，收养小儿遗弃，病者医药以疗之，无流移冻馁之人，存活者几百万口，实迹可考。今岁阖郡干旱，祈祷尚未感通，饥饿狼狈，指日可待。赵善坚前来赈济有方，况今岁之旱甚于去岁，善坚解罢在即，不惟邦民失所依赖，而州郡亦大失裨助。乞特敷奏，权留在州，同共措置赈济。佃契勘去岁旱歉，通判赵善坚专一措置赈济，遍历诸邑山谷，点检粜场，委是宣劳，实惠及民。今年霉雨愆期，旱歉至甚，照得通判赵善坚今年七月十八日任满，本州委是阙官措置，乞移牒赵善坚权留在任，同共措置赈济，候来年细民接食，却行解罢。臣照对婺州去岁灾伤，本州通判赵善坚措置济粜，存恤饥民，委有劳效。本官虽将任满，本州今岁又遭旱伤，比之去年尤甚紧要，知得措置首尾官员差委干办。欲望圣慈特赐睿旨，许从本州守臣钱佃备到士民连状所请，令善坚在任，同钱佃协力措置灾伤，庶免误事。须至奏闻者。

乞将合该蠲阁夏税人户前期输纳者理折今年新税状

臣昨备据绍兴府士民魏必大等状陈诉，具状申奏朝廷，乞行下绍兴府，将灾伤诸县自第一等至第五等人户，照应淳熙八年已纳夏税、和买役钱等，依秋苗检放分数除豁外，有余剩纳过分数，与理折今年合纳夏税事。续承降五月三十日省劄户部勘当，即不委本府去年受纳到人户钱物，自第一等至第五等各等各户纳到若干分数，比秋苗有无多纳过钱绢䌷绵数目，获奉圣旨，指挥劄下开具保明供申。臣已恭禀施行，及照得取会各等逐户数目。缘诸县户名万数浩瀚，窃虑迟延，有妨催科。继已具申尚书省，今一面取会到诸县去年总计管纳夏税官物，除山园、陆地、浮财、屋产外，其湖籍田共计合纳二十八万六千三十七屯匹三丈六尺七寸五分，折帛役钱等二十万三千四百九十六贯七百五十文。除被水淹浸、倚阁蠲免及人户纳到钱帛外，有未纳共五万三千五百七十六屯匹一丈五尺一寸六分、钱四万一千四百六十一贯二百六十八文。若以检放秋苗分数，合计七万一千三百七十八屯匹一丈七尺八寸，钱一十万九千五百一十六贯二百八十二文外，诸县止有剩纳三万七千八百九屯匹三丈九尺八寸六分、钱七万七千二百三贯九百二十六文，在官乞理作今年合纳之数。臣照对绍兴府诸县所管湖籍田亩出纳夏秋二税官物，去年缘为灾伤，其秋苗系随田内禾稻轻重检放，其所输夏税虽因水灾得蒙蠲阁，后来继即遭旱，水不及处，亦无所收，缘系未收成以前起催，所以人户多不沾被减放之恩。又八月内降到蠲阁指挥之时，人户之善良畏事者皆已输纳，其得被圣恩者实皆顽猾之户，事体轻重，甚不均一。臣又窃睹去岁灾伤，饥民猥众，尚蒙圣慈拨赐钱米救济，岂有田内夏税已蒙蠲阁人户前期误行输纳者，却不与理折今年新税，甚非朝廷矜恤之意。况今夏以来，诸邑又多亢旱，斯民接连饥荒，方苦艰食，当此催科之时，委实无可输纳，若不蒙朝廷特加优恤，必见失所。况以诸县数百万户口今来所乞通理剩纳之数，其为物帛止三万七千八百九十七屯匹三丈九尺八寸六分、钱止七万七千二百三贯九百二十六文，数目既少，于朝廷所损不多，而民户可沾实惠。欲望圣慈俯赐，允从特降指挥，将人户去年剩纳前项数目，与理作今年之数蠲豁，庶几嗷嗷之民得以安业。须至奏闻者。

奏巡历沿路灾伤事理状

具位臣朱熹今具沿路灾伤事理下项，须至奏闻者。

一、臣七月十六日再到田间，看视蝗虫，大者绝少，而小者尚多。当处多是旱中，禾稻皆已成熟，多被吃损。人户皆称检官未到，见分数不敢收割。臣已牒本府催促所差下官，日下出门前来检视去讫。又支钱付曹娥监盐官收买十四、十五都蝗虫，并行埋瘗。续据上虞、余姚县申到本县蝗虫颇多，亦已行下催促支钱，收捕埋瘗。今来频得雨泽，远近沾足。窃意其虫必当殄灭，已牒本府一面审实具奏，伏乞圣照。

一、臣十七日经历上虞县界，田皆遭旱，弥望焦赤，间有近水去处，尚有些小可望收成。观其灾伤，委是至重。而本县不受人户投诉，反将投诉人户刷具旧欠，监系门头，及出招子催督税赋，无问贫富大小人户，五日一限，逐限输官之外，人吏定要乞钱一百文省。其不到者，即差公人下乡追捉，骚扰尤甚，乞觅尤多，人户不胜其苦。一日之间遮臣泣訢〔诉〕者至五七百状。臣已送本府存恤究治施行去讫。更乞圣慈特赐指挥，庶几州县有所惩戒，免致重困饥民，不胜幸甚。

一、臣十八日到嵊县，其旱势尤甚于上虞。盖绍兴诸县之旱，嵊为最而上虞次之，余姚又次之。然上虞、余姚去年犹得薄收，独嵊县一连三年遭此极重之灾，虽上户中家已觉艰窘，鳏寡细民则已有掇稗子而食者。臣曾支钱三十文，买到所采稗子一升，今申纳尚书省，欲乞宣索，一赐观览，早降指挥，令绍兴府将此三县新旧税租特与倚阁，俟见秋苗合放分数，断自宸衷，别赐处分。不胜幸甚。

一、臣十九日至新昌县，是日午后连得大雨，几至通夕。本县先来亦苦干旱，早稻皆已失收，中晚之田亦已龟拆。方自中旬以来连日得雨，田中遂皆有水，中晚之禾间有可望去处，可胜上虞等县。但诸县大抵旱干日久，得雨后时，秋序已深，气候寒冷，其间稻苗虽尚青活，而不复能结实者亦多有之。荒熟之形，尤难分别。臣已遍牒检视官员，切宜子细，不可差误。伏乞圣照。

一、沿路人户已损田段不堪收割，皆欲及早耕犁，布种荞麦二麦之属，接续吃用。但以检放未定，不敢施工。欲望圣慈特降指挥，催促检放，庶几不妨民间及早耕种。其有阙少种粮之人，更令官司量行应副，尤为厚幸。

一、臣二十一日入台州天台县界。以后事理，寻别具奏闻，伏乞圣照。

右谨录奏闻，伏候敕旨。

奏知宁海县王辟纲不职状

臣昨为亲见台州宁海县人户流移，已曾具奏。窃虑深轸圣怀，自到本州，即行询究，见得本县流移人户已是千有余口，其知县宣教郎王辟纲恬然不恤，亦无申报，委是不职。窃恐将来粜济事务繁夥，必是不能了办。欲望圣慈特赐罢黜，或依已得指挥，与监庙一次，仍特不理作自陈。须至奏闻者。

奏救荒事宜画一状

贴　黄

奏为本路灾伤，已蒙圣慈支降钱三十万贯，更乞揍作二百万贯，及别有画一奏闻等事，伏候敕旨。

具位臣朱熹。

臣昨以本路荐被灾伤，辄以赈恤事宜一二条奏，伏蒙圣慈曲赐俞允，仍赐钱三十万贯，以充七郡粜济之用，德意甚厚。臣谨已奉宣诏旨颁布远近，饥馑余民感激受赐，欢声如雷。此固足以见陛下天地父母生成覆育之恩矣。然臣愚暗，不知分量，辄敢更有无厌之请，触冒万死，复以奏闻。伏惟陛下少留圣听，臣不胜幸甚。今具下项：

一、臣昨奏请给降钱一百万贯，为一路救荒之备，已蒙圣慈开允应副三十万贯，不胜幸甚。然臣自昨者具奏之后，续据诸州申到所乞钱数，明州一百万贯，婺州六十万贯，处州十万贯，台州十万贯，而绍兴府衢、温州尚未申到，计其所须，当亦不下三二十万。大抵通以一路计之，约二百余万贯，始可足用。而臣向来所请不及其半，致陛下未知合用实数，其所予者又不及所请之半，臣之罪大，无所逃刑。唯有及今据实披露，尚冀可补万一。臣窃计本路四十一县，除得熟县分不过十数，其余大抵皆荒。且以三十县计之，若得二百万贯，则一路可得米五十万石，而一县当得一万六千余石。若止得一百万贯，则一县但可得米八千余石。今乃仅得三十万贯，则是一路得米不过七万余石，而一县为二千余石而已。其逐县合粜给户口虽已立式行下，取会未到，然以去年绍兴诸邑之费推之，则一县用米有至四五万石者。况今岁之荒甚于去岁，一县饥民之众，其非八千二百石之所能济，亦不待算计而可知矣。今欲少俟取见户数而后计所不足，续有陈请，则恐地分阔远，取会未能，遽集之间而已后籴米之期矣。冬春之间，籴者日众，米价日高，臣恐用钱愈多，得米愈少，而民之饥者愈失望也。臣愚欲望圣慈深察前项事理，特降睿旨，更拨钱一百七十万，揍前所给，通作二百万贯，令臣及早分给诸州，广行运籴，俟见粜给户口实数却行计度支用，不尽之数先次拘收回纳，亦未为晚。伏候圣旨。

签　黄

窃恐度牒官会发出太多，难以发泄，今减半赏格，已蒙施行，欲乞指挥纽计米数，量给空名告身五七十道，并度牒官会，揍成二百万贯，付臣收掌，则富民闻之，愿献助者必多。如有应格之人，即乞许令提举官与安抚使照应见行减半赏格，聚厅书填，当面给付，亦足以关防私曲情弊。伏乞圣照。

一、臣昨奏乞依耿延年所奏，浙东一路献助米斛人户，并与减半推赏，已蒙圣慈开允施行，不胜幸甚。但指挥内却有将来检踏见得灾伤最重处，方得保明取旨之文，则臣恐听者不能无疑，而未有应募之意也。臣虽已行下州县，令人户愿献助者先经本司自陈，待与摽拨赴灾伤最重州县送纳支散，然人户未知省部人吏将来的将是何州县作灾伤最重去处，则终不能无疑。且天下一家，初无彼此，而本路灾伤重处殆计八九，但令在在处处米谷堆积，而徐视饥民缺食尤甚处般运以往，则亦无处不可入纳，又何必逆为此不可取旨之端，以疑群听而误饥民之命哉？臣愚欲望圣慈深察上件事理，特降睿旨，一依乾道七年耿延年所请，已得指挥施行，而删去今来所增委曲关防之语，使大哉之言、一哉之心，有以宣著暴白于天下，则有余粟者争先应募，而所赐之钱又可会计余数，拘收回纳，是亦所谓惠而不费者。伏候圣旨。

一、臣昨具奏乞诏州县宽限催税，已蒙圣慈，特诏本路州县将合纳税赋并照省限催促，不得非理骚扰，不胜幸甚。但今年旱伤实非去年之比，若据事理，所有夏税自合依去年例特与住催。窃缘节次蠲放，蒙恩已多，不敢便为陈乞。但今八月十五日省限已满，州县自此必是公肆追呼，无所忌惮，使被灾余民无所告诉，驯致死徙，仰贻宵旰之忧。臣愚欲望圣慈深察上件事理，特诏有司将本路被灾县分人户夏税权行住催，却俟检放秋苗分数定日，却将夏税亦依分数蠲减，一并催理，庶几饥民均被实惠。伏候圣旨。

签　黄

臣契勘绍兴府今年人户丁钱已蒙圣慈尽数蠲放，今者本路诸州例遭灾旱，而台州丁钱最重，下户尤以为苦。欲望圣慈许将台州五县第五等人户今年丁绢特与蠲放，庶几千里饥民得免追呼决挞之扰，不胜幸甚。伏取圣旨。

一、臣昨所奏逐项事理，并蒙开允，独有依准旧制，募饥民修水利一事，未蒙施行。臣窃见连年灾旱，国家不忍坐视夫民之死，大发仓廪以拯救之，其费以巨亿计，盖其赈给者固不复收，其赈粜者虽曰得钱，而所折阅亦不胜计。仁圣之心于此固无所吝，然饥民百万，安坐饱食，而于公私无毫发之补，则议者亦深惜之。故臣尝窃仰稽令甲，私计以为若微于数外有所增加，以为募民兴役之资，则救灾兴利，一举而两得之。其与见行粜给之法，利害之算相去甚远。故不自揆，既以奏闻而辄下诸州，委是通判询究水利合兴复处，以俟报可。至于近日巡历又得亲见，所至原野极目萧条，唯是有陂塘处，则其苗之蔚茂秀实，无以异于丰岁。于是窃叹，益知水利之不可不修。自谓若得奉承明诏，悉力经营，令逐村逐保各有陂塘之利，如此则民间永无流离饿莩之患，而国家亦永无蠲减粜济之费矣。不谓言语疏略，未蒙鉴照，敢竭其愚重以为请。伏望圣慈深察上件事理，许臣前项所请百七十万贯者，而令于内量拨什三，候诸州通判申到合兴修水利去处，即与审实应副。其合粜给人有应募者，即令缴纳粜给由历，就顾入役，俟毕工日粜给如旧，则所损不至甚多，而可以成永久之利，绝凶年之忧。费短利长，未为失策。伏候圣旨。

签　黄

臣又窃恐兴修水利，所费太多，难以支给，即乞且令贷与食利人户，顾工兴役，却候将来丰熟年分，纽计米数，量分料次，赴官送纳，桩管在官，尤为利便。伏候圣旨。

一、臣昨尝面奏乞令被灾州县人户苗米五斗以下不候检踏，先次蠲放，以绝下户细民奔走供亿、计嘱陪费之扰。误蒙圣慈曲赐开纳。今者本路复遭旱虐，窃欲取旨依此施行，但今检官已在田野，如蒙开允，即乞圣慈特降指挥，令转运司疾速施行。若俟命下，到臣巡历去处，然后施行，却恐缓不及事。伏候圣旨。

一、臣伏睹岁既不登，所在艰食，全赖商贾阜通之利，所宜存恤，不可骚扰。今米谷不得收税，虽有成法，而州县场务多不遵守。至于往粜而有所挟之资，既粜而有所贸之货，则往来之间经由去处，尤以邀阻抽税为苦，是致客人惮于兴贩。欲望圣慈特降睿旨，申严旧法，仍诏有司，诸被灾州县人户欲兴贩物货，往外州府收籴米谷，就阙米处出粜者，各经所在，或县或州或监司，自陈所带货物判执前去；其粜米讫所买回货，亦各经所在，自陈判执回归。往回所过，并不得辄收分文税钱，违者并依税米谷法，必行无赦。如蒙开允，即乞径下转运司约束沿江濒海所过场务遵禀施行，庶几商贩流通，民食不匮。伏候圣旨。

右谨录奏闻，伏乞敕旨。

奏明州乞给降官会及本司乞再给官会度牒状

臣据明州申契勘本州今岁缺雨，管下六县皆有旱伤去处。窃虑细民阙食，本州虽有常平钱米，所管不多，今来事势不可少缓，本州遂于七月十八日具奏，乞支降官会一百万贯，下本州循环充本，雇备人船出海，往潮广丰熟州军收籴米斛，准备赈粜赈济。或朝廷不欲支动经常之费，即乞支降空名度牒一千道、官告三十道，下本州转变粜米。未蒙回降，申本司乞更赐敷奏。臣照对本路诸州今岁皆有旱伤，比去年大段不同，虽荷圣恩给降官会度牒共三十万，不足支遣。臣已具奏乞再给一百七十万贯，揍前作二百万贯。如蒙朝廷应副，便可均给诸州。今又据明州所申，合行备录奏闻，伏望圣慈照臣前奏事理，早赐依数给降，仍乞就拨绍兴府先蒙降到度牒一百道所换米二万石，及明州先蒙降到二十万贯粜到米，并付本司，均拨应副绍兴府明州粜济及贷与食利人户兴修水利，却于二百万贯内除豁其水利贷钱，向后丰年却令逐旋回纳，实为利便。须至奏闻者。

奏台州免纳丁绢状

臣巡历至台州，据属县人户陈状称，逐年身丁，每丁合纳本色绢三尺五寸，并钱七十一文，被州县登承抑纳绢七尺。其实本州每丁只发纳上供三尺五寸，却将钱七十一文令人户倍输，折纳本色。窃念本州县人户连遭荒旱，细民艰食，见蒙追催紧急，无所从出，乞将递年多纳理作今年合纳，其今年倍纳在官乞理为来年合纳之数。臣唤到台州典级杨松年、陆迅等供，拖照案例，临海五县人户合纳丁绢，除第一等，止第四等，系将丁产税钱并纽科纳绢帛外，所有第五等丁绢，检准建炎三年十一月三日德音节文，两浙人户岁出丁盐钱，每丁纳钱二百二十七文，并令纳绢一丈、绵一两，已是太重。自今第五等以下人户，一半依旧折纳外，余一半折纳见钱。台州人户身丁每丁供盐税钱一百四十一文，足折纳绢七尺。自绍兴三年首正将第五等人户丁盐钱，除一半折纳绢三尺五寸外，有一半折纳见钱七十文足五分。计减退本色绢数，是致阙少绢帛支遣，本州于绍兴四年相度贴支官钱揍纳。具申朝廷，获奉圣旨，令台州桩管见钱与人户纳到数目依市价卖发，不得科敷骚扰。本州自绍兴四年以后，却将第五等人户合纳一半丁钱七十文五分足，纽纳绢三尺五寸。照得第五等人户计一十九万九千八十四丁，合纳丁盐钱二万八千七百贯八百四十四文。除一半纳本色外，有一半止合纳丁钱一万四千三十五贯四百二十二文足。本州却将上件丁钱纽作本色绢三尺五寸催纳，计绢一万六千五百九十匹一丈二尺，以致人户陈理。今来若放免一半丁绢，却合催纳一半丁钱一万四千三十五贯四百二十二文足。其所免上件丁绢，本州逐年自有支用趱剩䌷绢一万六千二百余匹，可以通那，充官兵等支遣，不碍起发上供纲运之数。臣照对台州诸县连年灾伤，细民重困，若不优加存恤，必见流移。其第五等人户所纳丁税，既有元降建炎三年指挥许纳一半见钱，自不应并纳本色。今来台州若免纳一半丁绢，本州自有趱剩䌷绢可以通那支遣，不碍起发上供之数，委无相妨。臣已行下台州及临海等县，遵照建炎三年获降圣旨，令人户逐年每丁送纳绢三尺五寸，并一半见钱七十文五分足，免致重困贫民下户，不得仍前违戾科抑外，须至奏闻者。

再奏乞给降钱物及减放住催水利等状

具位臣朱熹。臣于今月初一日及六日两次具奏，乞给降钱物，应副本路诸州粜济支用等事。至今半月，未奉进止。窃缘自今已向深秋，欲得上项钱物，给付逐州，及早运籴，其余事件亦合早作措置，庶几将来饥民得沾实惠，不至复似去年措置后时，追悔无及。但缘臣近日不合按劾知台州唐仲友不公不法事件，违忤贵臣，不敢更以私书手劄陈恳庙堂，催促敷奏。窃虑进呈淹缓，有误一道饥民性命之计，今不免再具画一事目奏闻。欲望圣慈鉴兹愚悃，发自宸衷，斟酌事宜，特降处分，先将愚臣重赐行遣，别选肤使，锡以缗钱，使布宽大之恩。其减放、住催、水利、募籴等事，亦系本路救荒紧要节目，若俟新官奏请，然后施行，必是迟缓误事。欲乞权依臣奏，且与施行，不胜幸甚。须至奏闻者。

一、奏乞特降睿旨，支拨钱一百七十万贯，揍前所给，通作二百万贯，令臣及早分给诸州，广行运籴，俟见粜给户口实数，却行计度支用。不尽之数，先次拘收回纳。仍乞于内纽计米数，量给空名告身五七十道，并度牒官会，揍成二百万贯，付臣收掌。如有献助及格之人，令臣与安抚使书填给付。

一、奏乞特降睿旨，于今来所降减半指挥内，删去将来检踏，见得灾伤最重处，方得保明取旨之文，只依乾道七年耿延年所请已得指挥施行。

一、奏乞特降睿旨，将本路灾伤县分人户夏税权行住催，少俟检放秋米分数定日，却将夏税亦依分数蠲减。

一、奏乞特降睿旨，许臣前项所请百七十万贯，却于数内量拨什三，候诸州通判申到合兴修水利去处，即与审实应副。其合粜给人有应募者，即令缴纳粜给由历，就顾入役，俟毕工日粜给如旧。

一、奏乞特降睿旨，许令被灾州县人户苗米五斗以下，不候检踏，先次蠲放，令转运司疾速施行。

一、奏乞特降睿旨，申严米谷不得收税旧法，仍诏有司，诸被灾州县人户欲兴贩货物，往外州府收籴米谷，就阙米处出粜者，各经所在，或县或州或监司，自陈所带货物，判执前去。其粜米讫所买回货，亦各从所在，自陈判执回归。往回所过，并不得辄收分文税钱，违者并依税米谷法，必行无赦。径下转运司约速施行。

一、奏乞特降睿旨，就拨绍兴府先给到度牒一百道换到米，及明州先蒙降到二十万贯籴到米，并付本司，均拨应副绍兴府明州粜济及贷与食利人户兴修水利，却于二百万贯内除豁其水利贷钱，向后丰年却令逐旋回纳。

右谨录奏闻，伏候敕旨。

乞降旨令婺州拨还所借常平米状

臣伏准尚书省劄子，备据知婺州钱佃奏乞于本州见管常平、义仓米内支借二万石，支遣军粮。八月三日，三省同奉圣旨，许支借二万石，限至岁终拨还。臣除已恭禀施行外，臣窃见义仓米在法唯充赈给，不许他用。今岁婺州诸县例皆旱伤，将来细民必致阙食。本司尚自申奏朝廷支降官会度牒，应副本州籴米，而义仓窠名正系赈给之数，先来本州已曾借过一万七千石，元降指挥候秋成先次拨还，尚未还到颗粒。今来再借二万斛，止存七千余石，已是不足支遣，而所借之米又蒙许令岁终拨还，深恐后时，有误粜济。欲望圣慈特降指挥，今婺州将两次借过米三万七千石，趁此秋成尽数先行拨还，庶几可以添助粜济。须至奏闻者。

奏巡历至台州奉行事件状

具位臣朱熹。臣照得本路州县今岁旱伤，臣自七月十五日出巡，取道嵊县，迤逦入台州按视，及预行措置赈恤事件，节次具奏外，臣已于八月十八日起离台州，取处州前去。所有台州奉行事件，须至奏闻者。

一、臣七月二十三日到台州，二十五日准尚书省劄子，恭奉圣旨，给降度牒三百道、官会一十五万缗。臣即时分拨应副诸州外，仍于台州刷到常平司及诸州库银有管窠名钱八万贯，及于降到钱会内拨钱二万贯，共揍〔凑〕一十万贯，量逐县灾伤轻重、地里阔狭，均拨应副。仍询访到土居官员士人、诚实练事、为众所服者，一县数人，以礼敦请，令与州县当职官公共措置，差募人船，前往得熟去处收籴米斛，循环赈粜。仍多方敦请上户，说谕或出米谷，或出钱物，并行运籴，添助赈粜。仍据本州申到见管常平、义仓米五万二千余石，已令桩管，准备赈济。及一面立式，选差都正乡官等家至户到，从实抄劄法应粜济大小户口，取见的确数目，各随比近置场，以俟将来阙食，就行粜济，仍立罪赏约束，不得泛滥抄劄，枉费官廪外，伏乞圣照。

一、臣所经历去处，得雨之后，晚稻之未全损者，并皆长茂，可望收成。但民间所种不多，仅当早稻十之一二。其早稻未全损者，亦皆抽茎结实。土人谓之二稻，或谓之传稻，或谓之孕稻，其名不一。目今有已黄熟处，亦有尚带青色处。村民得此接济，所益非细。但其稻茎稀疏，秕多谷少，其色青者已逼霜露，恐难指拟。至于粟豆、油麻、荞麦之类，却并有收，次第今冬未至乏绝。只为荐饥，民无盖藏，窃恐来春必至艰食。臣已面谕州县官吏常切体访，不拘早晚，但觉民间阙食，便行赈粜，收钱运籴，循环接济，无损于官，有益于民，实为利便。伏乞圣照。

一、臣体访到本州黄岩县界分阔远，近来出谷最多，一州四县皆所仰给，其余波尚能陆运以济新昌、嵊县之缺。然其田皆系边山濒海，旧有河泾堰闸，以时启闭，方得灌溉，收成无所损失。近年以来，多有废坏去处，虽累曾开淘修筑，又缘所费浩瀚，不能周遍。臣窃惟水利修则黄岩可无水旱之灾，黄岩熟则台州可无饥馑之苦。其为利害，委的非轻。遂于降到钱内支一万贯，付本县及土居官宣教郎林鼒、承节郎蔡镐，公共措置，给贷食利人户，相度急切要害去处，先次兴工，俟向后丰熟年分却行拘纳。其林鼒曾任明州定海县丞，敦笃晓练，为众所称。蔡镐曾任武学谕，沈审果决，可以集事。但本县知县范直兴不甚晓事，恐难倚仗，欲乞依本司已获降到指挥，特与岳庙理作自陈，别选清强官权摄县事，庶几兴役救荒，不至阙误。伏候敕旨。臣前项所奏给降到钱三十万贯，臣已分拨婺州八万贯，衢州六万贯，处州五万贯，台州二万贯，黄岩兴修水利一万贯，及明州定海县亦乞兴修水利，已拨一万贯，共已拨二十三万贯外，尚剩七万贯。初欲分拨应副明州、绍兴府，而明州申到已奏乞拨钱一百万贯，臣遂不敢拈出；兼婺衢两州连年荒歉，并无蓄积可以那兑运籴，窃恐将来更有欠缺，欲且留此钱数，更俟圣慈添拨到钱，即并诸州再行均给。所有添拨之数，已两次具奏，今更于后项开说。伏乞圣照。

一、臣于八月初三日及十二日两次具奏，更乞圣慈添拨钱物，及绍兴府、明州元降度牒官会所籴米斛，通揍作二百万贯文，乞不候检踏，先放五斗以下苗米，又乞权住催夏税零欠，俟检放秋苗分数定日，并行除豁理纳，又乞申严米谷免税旧法，仍乞特降指挥与免往回物货及搭带税物，亦已日久，未奉进止。欲乞圣慈详臣两状，早赐指挥。伏候敕旨。

右谨录奏闻，伏候敕旨。

总论四

（食货典第九十卷）

目录

《大全集》三

按知台州唐仲友第一状

外封　奏为本路诸州人户间有流移去处奏闻事

内封　奏为台州催税紧急，户口流移，知台州唐仲友别有不公不法事件，臣一面前去审究虚实奏闻事

具位臣朱熹

臣今月十六日起离绍兴府白塔院，道间遇有台州流民，两辈通计四十七人，扶老携幼，狼狈道途。臣问其故，皆云本州旱伤至重，官司催税紧急，不免抛离乡里，前去逐食。臣即量给钱物，喻令复业，竟不能回，各已迤逦西去。臣因询究得本州日前似此流移户口已多，目今方是初秋，已致如此，窃恐向后愈见数多。除已行下本州约束，令其存抚见在人户，毋致复有流移外，臣续访闻知台州唐仲友催督税租，委是刻急，多差官吏在县追呼，属邑奉承，转相促迫，急于星火，民不聊生。又闻本官在任多有不公不法事件，众口哗哗，殊骇闻听。臣今一面躬亲前去，审究虚实，别具闻奏，乞赐究治外，所有上项事理，须至先次奏闻者。

右谨录奏闻，伏候敕旨。

按唐仲友第二状

贴　黄

奏为知台州唐仲友违法促限催税骚扰饥民事，伏候敕旨

具位臣朱熹

臣昨访闻知台州唐仲友催税急迫，致使民户流移等事，即具大略奏闻。今巡历到本州天台县，据人户遮道陈诉，本县夏税绢一万二千余匹、钱三万六千余贯，缘本州催促严峻，六月下旬已纳及绢五千五百余匹、钱二万四千余贯，而守臣唐仲友嗔怪知县赵公植催理迟缓，差人下县追请赴州。县人闻之，相与号泣，遮拦公植回县，情愿各催户下所欠零税绢二千五百匹，限十日内赴州送纳，方得免放。仲友遂专牒县尉康及祖催纳零令，更不照应三限条法及近日累降指挥，牒内明言要在六月终以前一切数足。又牒县尉催淳熙七年八年残欠官物，专差人吏牟颖在县监督，及节次差下承局禁子等人络绎在道，乞觅骚扰，无所不至。又据宁海人户论诉，本州专差天台主簿张伯温及州吏郑椿、姜允在县催督去年残米、下户丁税，百端骚扰。本司见行追问未到，而闻张伯温在宁海县追呼急迫，本县人户不堪其扰，相与群聚喧噪，欲行欧击，伯温知之，仅得走免。臣窃惟台州频年灾伤，民力凋弊，仲友儒臣幸得蒙恩典郡，专以布宣德泽，摩抚疲瘵为职，而乃舞智循私，动乖仁恕。在法夏税省限，至八月三十日下限方满。近来户部擅行指挥，必要七月尽数到库，已是违法。而仲友乃于户部所促之限又促一月，公行文移，督迫属县顿辱良吏，苦虐饥民，使千里之人，愁怨叹息，无所告诉，甚失圣朝所以选用贤良、惠恤鳏寡之本意。又况方此饥馑，人心易摇，万一果然生事，不知何以弹压。臣虽疏贱，误蒙任使，职在刺举，不敢不言。欲望圣慈先将仲友亟赐罢黜，以慰邦人之望。其不公不法事件，臣当一面审实以闻。须至奏闻者。

右谨录奏闻，伏候敕旨。

申南康旱伤乞放租税及应副军粮状

伏睹本军今为久阙雨泽，早田旱损，已依准令式，具状奏闻讫。照对本军地荒田瘠，税重民贫，昨于乾道七年曾遭大旱，伏蒙圣恩放免本年夏秋二税钱米紬绢，共八万六千三百二十贯石匹，及诏本路监司应副军粮米四千石，拨到籴军粮米钱九千余贯，并拨本军未起米一万一千七百余石，本军借兑过乳香度牒钱一万余贯，凑籴军粮，支遣官兵，及拨到赈粜米五万石，又拖欠两年上供折帛月桩等钱共九万三千四百一十六贯石匹两，然后遗民复得存活，以至今日。今兹不幸，复罹枯旱之灾，又蒙御笔深诏守臣精加祈祷。而熹奉职无状，无以感格幽明，祈祷两月，殊无应效。今则早田十损七八，晚田亦未可知，正使幸得薄收，其数亦不能当早田之一二。访问耆老，皆云乾道七年之旱，虽不止于如此，然当时承屡丰之后，富家犹有蓄积，人情未至惊忧，又以朝廷散利薄征赈给之后，而人民犹不免于流移殍死，闾井萧条，至今未复。况今民间蓄积不及往时，人情已甚忧惧，目下军粮便缺支遣，计料见管常平米斛斗，亦恐将来不足赈济支用。若不沥恳，先事奏闻，窃恐将来流殍之祸及它意外之忧，又有甚于前日。除已具录奏闻，许依分数放免租税，更令转运、常平两司多拨钱米，应副军粮，准备赈济外云云。

申南康旱伤乞倚阁夏税状

熹昨为本军今年灾伤至重，奏截留两年上供米斛，已蒙支拨淳熙六年未起米五千石，充军粮及赈粜等支用，本军除已恭禀施行讫，今来检放旱伤秋苗，通计不止七分，除已一面攒具奏闻外，窃见本军今年所理夏税，缘自省限起催以来，即若旱干，人户车水救田，日不暇给，忧劳愁叹，实与常岁不同，遂不敢严督诸县依限催理，只令劝谕人户自行输纳。至今截日，方据纳到绢九千四百匹、钱一万六千七百三十五贯二百五十九文省。其绢一面支装起发。所有见钱，窃缘本军别无储积，可备赈粜，不免擅行兑借，并未起淳熙六年折帛钱七千三百一十九贯二百九十六文省，通前两项，共钱二万四千五十二贯五百五十文省。趁此米价未起之间，收籴米斛，约计可得一万一千五百七十余石，赈粜饥民，却俟粜毕收簇元钱，节次起发。其余人户所欠钱绢数目尚多，而民间自今以往，饥饿寒冻之忧日甚一日，渐次无力可以供输。熹诚不忍更行催督，以速其流离转死之祸。除已具录奏闻，乞赐许将本军今年人户未纳夏税钱帛权行倚阁，令候来年蚕麦成熟却随新税带纳，庶几饥馑余民得保生业，不胜万幸所有。熹辄将上供官钱兑借籴米之罪，亦已具奏，恭候朝典，并乞施行。

乞除豁经总制钱及月桩钱状

熹照对本军去岁旱伤至重，检放秋苗八分以上，及蒙朝省行下将第三等以下人户夏税畸零倚阁，是致经总制钱收趁不及，合行除豁，及月桩钱无从桩办，不能如额，已尝具申总领转运提刑司，照会乞行除豁。无收经总制钱，及乞据实桩到月桩钱数起发。除别具状供申尚书省乞赐敷奏外，今具事节合行申禀者。

一、经总制钱年额系于夏秋二税内收趁，缘本军去年分检放过苗米三万七千四百五十石一斗二升三合一勺，纽计无收经总制勘合头子钱六千三百七十二贯一百一十七文省。及依准淳熙七年十月二十六日圣旨指挥，依阁本年第三等以下人户未纳畸零夏税折帛钱二万三千三百一十五贯四百六十五文、本色绢三千八百一十六匹九尺六寸，纽计无收经总制勘合头子钱二千九百二十五贯八百四十七文。二项共合除放经总制钱九千二百九十七贯九百六十四文。其苗米上所收经总制头子勘合等钱，遵从淳熙四年户部韩尚书申明已得指挥，并合随苗除放。其夏税畸零钱帛，既已倚阁，亦无合收，经总制勘合头子钱数目合依例除豁。方欲具申乞下总所并宪司照会，今会得池州近以旱伤申请，已奉圣旨除豁检放苗米上无收经总制钱，况本军旱伤尤甚，既检放秋苗外，又蒙倚阁第三等以下畸零夏税，所有上项经总制钱委实无所从出，欲望钧慈矜察，特赐敷奏，于本军淳熙七年分合发经总制钱内，除豁前项放免无收钱九千二百九十七贯九百六十四文，仍乞行下宪司总所及本军照会。

一、本军月桩钱，系于夏秋二税并场务出纳钱物收到头子经总制无额钱及酒税课利，分隶桩办。缘去岁旱伤之故，苗米放及八分，三等夏税亦复倚阁，自九月、十二月终月，额共合桩办一万四千五百三十三贯九百一十二文。除已据实收桩到钱，将新补旧，递互攒那，共计一万三千九百一十三贯五百四十七文，节次起发外，尚有六百二十贯三百六十五文。及今年正月以后合发钱数目，今空竭无可桩办，欲望钧慈特赐敷奏，将淳熙七年九月至十二月终收趁不足月桩钱六百二十贯三百六十五文特赐蠲免外，所有淳熙八年正月以后合发月桩钱数，亦乞行下淮东总领所照会，据本军每月实桩到钱数起发，候向去年岁丰熟，民力稍苏，即依旧数发纳。

乞行遣拦米官吏劄子

熹已具申禀，未行之间，复有危恳，重浼钧听。熹昨尝妄以邻路遏籴利害申闻，已蒙圣旨特赐指挥。近得彼路诸司文移，始许通放，而属县下吏乃敢蔑视朝廷号令，带领吏卒，公肆拘拦，至于越境钉断陂口，以绝往来之路。正复战国相倾之世，不至于此。虽已移书彼郡及诸监司，请照条令按劾，尚恐未以为意，不免具状申省，乞赐约束。欲望钧慈矜怜，早赐行遣，不胜幸甚。熹干冒非一，罪无所逃，伏纸不胜战栗俟罪之至。

乞申明闭籴指挥劄子

熹辄有迫切之恳，仰干钧听。本军地瘠民贫，米谷不多，递年虽是丰熟，亦仰上流州军客船贩米粜籴食用。今年遭此大旱，检放七分以上，而上流尽有得熟去处，顾乃循习旧弊，公然遏籴，以致米船不通，细民阙食。本军窃虑无以赈粜支遣，遂逐急那兑诸色官钱，差人前去收籴米斛。今据差去人申，已籴到米，而诸处官司出榜禁约，不许放行。窃虑客贩不通，官籴又阻，境内饥民日就狼狈，除已移文诸处官司，请照累降指挥，疾速放行，及不许阻节客旅外，更欲具奏及申尚书省，又虑遽失邻援之叹，向后别致邀阻，反为深害。谨密具此申禀，欲望钧慈特赐矜察，早为敷奏，特降睿旨，检举旧法，遍下诸路，严行约束，但使公私米谷远近通行，则沿流荒旱州军自当不至阙食，非独此邦之幸而已。干冒威尊，伏增震悚。

乞拨两年苗税劄子

熹昨曾具奏及申尚书省，约计本军今秋放旱外三分苗米一万三千九百五十五石，及去年零欠纲运米五千余石，乞赐截拨下本军充军粮支遣。今续据管内三县申到检放实数，多是全户干死，所伤不啻八九分，若依元数必取三分苗米，即恐人户无从输纳，必致逃移。其去年残欠，初意亦候今冬催理填纳，今既灾伤如此，亦非并督旧逋之时。以此计之，即熹前奏所乞两项米数，正使便蒙圣恩，许赐截拨，然皆已难作十分指准，未蒙哀怜，则其狼狈又将有不可胜言者。盖尝窃谓有军则粮决不可以不足，既旱则税决不可以不放。此二者皆必然之理也。但在今日，欲取足军粮，则民已无食，更责其税，必有逃移死亡之忧；欲尽放民税，则有军而无粮，民亦将有不能保其安者。二者之为利害，其交相代又如此。

然就其一端而论之，则阙军食之祸浅而易见，不放税之祸深而难知。故今州县之吏，不过且救目前，为应文逃责之计，掩蔽灾伤，阻遏披诉，务以饷军不阙为先务。至于民不堪命，而流殍死亡，皆不暇恤。殊不知民既死徙，闾井萧条，田园芜没，或数十年而户口赋税无以复于其旧。积其所失，比之全放一年之税，何止倍蓰？且如本军乾道七年岁尝大侵，流殍满道，至今十年而流庸尚有未安集者，田土尚有未开垦者。今者不幸复遭此旱，计其分数，乃或甚于彼时。民尚无以为食，若复责以输纳租税，将来之患必当有甚于前。不知更费几年功夫，可得复似今日。此尤不可不深虑者也。然非朝廷察此利害之几，有以给其军食，使之得以尽实检放，而无乏供之患，则难知之。深害未弭，而目前立至之祸已不可免，此熹之所以不敢避僭渎之罪，复论前奏之未审者。仰冀钧慈深加怜察，特赐敷奏，且依所乞截留两项米斛外，更令帅漕两司同共相度，别行应副，则阖郡军民死生而骨肉矣。如蒙留念，更望早赐行下，以安其心。熹无任惶恐俟命之至。

乞禁止遏籴状

契勘绍兴府婺衢州诸县皆有灾伤，见行赈济合用米斛，已承降圣旨指挥，给降到本钱三十万贯，接续济粜。缘本路两年荐遭水旱，无处收籴，熹今体访得浙西州军极有丰稔去处，与本路水路相通，最为近便，已行差官雇船，前去收籴，及印造〔榜〕遣人散于浙西、福建、广东沿海去处，招邀客贩。窃虑逐州县不体邻路饥荒之急，故行遏籴，及客人应募船贩，亦恐逐州县税务循习邀阻，妄作名色，辄收杂税力胜买醋钱之类，使本路饥民日就狼狈，虚被圣主拨赐赈恤之恩。事属不便。今检准淳熙令，诸谷遇灾伤，官司不得禁止般贩。及今年八月三日圣旨勘会淳熙七年九月二十四日敕，两浙、江东、湖北旱伤，全藉邻路丰熟去处通放客米，访闻得熟州郡，辄将客贩米斛邀阻禁遏，奉圣旨劄付诸路帅漕各检坐指挥条法，遍下州军，不得遏籴，如敢违戾，仰逐司觉察按劾。及今年十一月二十九日本路获降指挥，本路州县税场邀阻妄收税钱力胜之类，将官吏并于见行条法各加一等坐罪，至来年六月，却依旧法。欲望朝廷特赐敷奏，早降指挥，将见行遏籴条法劄下两浙转运司，令行下浙西得熟州县约束。其沿路税务邀阻收钱，亦乞依本路已获降前件指挥，加等坐罪施行，庶几公私般运免致艰阻，一路饥民得沾实惠。

乞赈粜赈济合行五事状

照对自到任以来，奉行赈粜赈济，有合行五事，已具申朝廷，未蒙回降。开具下项：

一件：熹体访得浙西州军极有丰稔去处，与本路水路相通，最为近便，已差官雇船前去收籴，及印榜招邀客贩。窃虑逐州县故行遏籴，亦恐州县税务邀阻，妄作名色，辄收杂税力胜买醋钱之类，乞敷奏将见行遏籴条法劄下两浙转运司行下浙西得熟州县约束。其沿路税务邀阻，亦乞依本路已获降指挥，加等坐罪施行。

一件：熹照得本路今岁灾伤，唯绍兴府最甚，虽蒙朝廷给降钱米济粜，犹恐不能周给。其劝谕上户献助，至今未有劝到数目。臣僚奏请特依淳熙元年耿延年获降指挥，减半推赏。熹询访得绍兴府田土瘠薄，连年灾伤，上户纵有储蓄，所出之米及格必少，乞敷奏如诸路州县人户者，愿出米谷，自行般运，前来绍兴府赈粜赈济，亦乞与依上项指挥减半米数推赏。

一件：熹契勘人户身丁每年合纳本色折帛丁盐绢绵丁钱等，系随夏料送纳，依准省限，合至五月十五日方行起催。熹访闻绍兴府诸县日前年分，多是正月初间便行催督，已是违法，况今旱荒，人民饥饿，不容官吏更有侵扰。熹除已行下绍兴府及属县照应条法，不得促限追扰外，乞指挥更赐劄下绍兴府钤束诸县遵守条法，不得前期追扰施行。

一件：熹照对本司去年劝谕到上户陈之奇等出助米谷，赈济赈粜，合行该赏。本司先已保明具申尚书省，未蒙朝廷推恩，以致人户无以激劝。已具录奏闻及申尚书省，乞速赐推恩施行。

一件：照对昨准省劄，熹所奏检放不实之弊，奉圣旨令熹询访不实最多处，按劾施行，及续准省劄，绍兴府山阴、会稽等县人户余宗荣等状诉检放秋苗，不尽不实，劄下检实。熹询访见得本府诸县检放委有不实去处，但今田土多是已种二麦及为饥民采取凫茈，锄掘殆遍，无复禾稻根查，可见荒熟分数。乞且将下户等第住催，上户宽限劝谕。其新林一带，亦许熹差官检定潮泥不堪耕种之处，等第蠲阁租税。其衢婺州及本路应有诉旱去处，亦乞依此委官约度分数，住催官物。乞敷奏特降指挥施行。

右窃缘绍兴府今年饥荒极重，官司虽已不住措置粜济，窃缘钱米不多，终是不能均济，惟有蠲除税租，禁止苛扰，激劝上户，最为急务。譬如救焚拯溺，不可迟缓。于淳熙八年十二月十七日具申尚书省，乞照前状，速赐指挥施行。其检计户口、分拨钱米，见已一面施行，候见欠阙定数，别具供申，听候指挥。

申审住催官物指挥状

近准尚书省劄子勘会已降指挥，行下江浙两淮旱伤州县，将第四、第五等户今年以前应干残欠苗税丁钱并特住催，及将官私债负权免理还；其流移人拖欠官物，亦与除豁，不得令保正长代纳，并支拨米斛，通行赈济。十二月四日，三省同奉圣旨，令江浙两淮帅漕提举司各行下所部州县，将流移到人户，遵依已降指挥，多方存恤，毋致失所。来春如愿归业，趁时耕种，即量支钱米，给据津遣，与免夏料催科，仍仰所在州军出榜晓谕。劄付本司，已即时恭禀，遍行下诸县施行。今据绍兴府新昌县申，照对今年以前，未委是淳熙七年官物，或是淳熙八年二税。若是淳熙七年二税，并无合催之数；淳熙八年夏税丁钱，今年八月二十二日已承本府帖行下备降指挥住催讫。所有今年秋苗人户，为见前项指挥旱伤州县，将第四、第五等下户今年应干残欠苗税丁钱并特住催，因此不肯送纳。有此疑惑，申乞行下。

右所据前项申述，本司照对所降指挥，所谓今年以前应干残欠苗税丁钱并特住催，即未审今年以前是淳熙七年终，唯复淳熙八年见催之数，具申尚书省及户部，伏乞明降指挥行下，以凭遵守施行。

乞将衢州义仓米粜济状

照对衢州管下属县去岁旱伤，细民阙食，本州申朝廷，乞从条于有管常平、义仓米取拨五万石出粜。去年十二月十六日，劄下本司照条施行。今据本州申，淳熙七年旱伤，检放苗米四千余石，遂取拨义仓米，及劝谕上户出助，并措置和籴，计五十余万石，赈济赈粜，幸无流徙。后为去年秋旱，放苗米九千余石，比之七年一倍以上。兼以邻郡严婺徽饶，类皆旱歉，本州地居其中，大略相似，以此愈见艰得米谷，细民阙食。虽已劝谕，及申尚书省，乞先拨义仓米五万石，仍一面开场，每升量减作二十文足赈粜。去后但缘连遭荒旱，民情嗷嗷，艰得钱物，深山穷谷僻远小民，委是无钱籴米，乞行下于所申取拨义仓米五万石内支拨二万石，应副赈济，免有流移饿殍之患。熹寻躬亲巡历到衢州点检，见得本州逐县委是灾伤，多有饥民饿损，羸困阙食，合行救助赈济。及检准条令，义仓米专充赈给，不得它用，自合拨充赈济。熹除已逐急一面下本州，于申请取拨出粜常平、义仓米五万石数内取拨一万石，委官措置，收拾赈济，其余四万石仍旧出粜外，欲望朝廷特赐劄下衢州施行。已具申尚书省，乞指挥施行。

救荒事宜画一状

今有职事已具状奏闻外，再申尚书省，如熹所奏得蒙降出，欲乞敷奏，早赐施行。

一、为绍兴府救荒之备，不尽三月，窃恐麦熟之前，麦尽之后，尚须接济，欲乞尽推去年赏典，痛减度牒米数，再拨官会三十万贯，庶几赈给之余，更可作将来储备。又乞照应见行移用条法，支拨诸州常平、义仓米斛，应副绍兴府麦前急阙。

一、为伏睹近降指挥，将临安、余杭两县四等、五等人户淳熙八年秋苗夏税，依徽饶州例，并与住催，欲乞出自圣意，特降指挥，将绍兴府山阴、会稽、嵊县、诸暨、萧山五县四等、五等户夏税秋苗丁钱，并与住催；其余诸州县逐都检放，旱伤及五分以上者，五等户亦与住催，七分以上者，并四等户并与住催，候秋成日并行带纳。

论督责税赋状

承尚书省劄子，勘会江浙两淮州郡去岁委实旱伤去处，其合纳苗税，已降指挥检放倚阁。近来州郡以宽恤为名，将不系检放倚阁之数故作稽滞，不行起发。劄下本司将管下州郡年额合起纲运，除检放倚阁数外，严行督责须管日下起发。如仍前违慢，仰开具守倅令佐及当职官职位姓名，申尚书省。所准前项省劄，熹恭惟国家张官置吏，本以为民，所以平时但闻朝廷戒敕州郡奉行宽恤，惟恐有所不至。至于督责二字，考之前史，则韩非、李斯惨刻无恩、诖误人主之术，非仁人之所忍言也。今来旱伤检放倚阁，民间固已蒙被宽恩，然其不系放阁之数，亦止合且令劝谕宽限拘催，难以严行督责。所有前项朝旨若便推行，窃虑有伤治体。熹虽愚陋，委实不敢奉行。

乞给借稻种状

本司准淳熙九年正月二十日尚书省劄子勘会春耕，是时深虑江浙两淮州县去岁旱伤之后，贫民下户并流移归业之人艰得稻种，却致妨废农务，理宜措置。正月十九日，三省同奉圣旨，令逐路转运提举司疾速行下去岁旱伤州县，多方措置稻种，勘量给借，务令及时布种，候丰熟却行拘还，具已借支数目闻奏，仍多出文榜晓谕。本司照对绍兴府去岁旱伤为甚，衢婺州为次，遂那拨钱发下绍兴府及下衢婺两州诸县，恭禀圣旨指挥，措置给借，并镂版晓谕人户，通知先据婺州申本州乡俗体例，并是田主之家给借。今措置欲依乡俗体例，各请田主，每一石地借与租户种谷三升，应副及时布种，候收成日带还，不得因而收息。如有少欠，官司专与催理，不同寻常债负。已下诸县从此施行。及绍兴府申支拨官钱，委官同与县官措置给借，五县共给借过第五等下户并流移归业人五万七千八百户，计钱一万七千四贯五十四文省，并衢州申管下属县那借官钱五百贯文，及劝谕上户，将收到稻种共二万一千六百二十二石四斗二升二合，斟量分借乡民布种去讫。

乞许令佐自陈岳庙状

契勘今来诸州连岁灾伤，将来艰食，又非去年之比，全藉知县佐官协力措置，以救民命。窃虑其间或有老病庸懦不能任事之人，欲加按劾，则无显过，欲置不问，则为民害。欲望朝廷敷奏，特降指挥，如有似此之人，许令自陈岳庙，差遣一次，仍严责已差下人除程半月，疾速赴上，不得少有违滞。其未到间，即乞不以县之大小，委自本司差人权摄，许于得替待阙不应差出人内选差，俟荒政结局，即行住罢。庶几数月之间，逐县得人，不至误事。须至供申者。

右谨具申尚书省，伏候指挥。

申知江山县王执中不职状

熹今月初七日承进奏官传到报状云云。浙东久阙雨泽，近自衢州江山来者，本县被旱最甚，苗已就槁，民尤乏食。邻邑有米可籴，禁遏不令出境。江山之民为饥所迫，已有夺粮之意。似闻衢信间更有如此等处。若不预行措置，窃恐小民无知，易致生事。迄今有司检举闭籴，指挥申严行下，已奉圣旨，依熹照对。昨巡历至江山县，见得知县宣教郎王执中庸谬山野，不堪治剧。及据士民词诉，称其多将不应禁人非法收禁，人数极多。尽是公吏画策，务要科罚钱物，后来疫气大作，入者辄病，反以此势吓胁平民，科罚取钱等事。熹以所论不系本司职事，兼本官只是庸谬，别无显然赃私罪犯，遂只行下本县禁约去外。熹近又闻衢州诸县新谷未登，街市全无客贩，及上户闭籴，绝少米斛出粜，数内江山一县尤甚。遂即行下本县，将去年已拨下官米及上户未粜米斛接续出粜，如有贫病无钱收籴之人，即行赈济，及煮粥存养。其知县王执中一向坐视，并无一字报应。却据衢州缴到诸县所申米价，每升皆四十文上下。其江山县状内，独称大禾米每省升止粜一十八文，小禾米一十七文足。比之诸县，米价大段辽远，与所访闻事体不同，方于六月二十九日行下追本州县人吏赴司根究。今者伏睹前件臣僚所奏本县饥民夺粮事理，上勤圣虑，特降指挥，而熹备员一路，曾不闻知，其本州县全无申报，在熹无所逃罪。其知县王执中委是弛慢不职之甚，难以容令在任。除已行下衢州先将本官对移闲慢职事外，须至供申者。

右谨具申尚书省，伏乞敷奏，将王执中特赐罢黜。所有本司失察之罪，亦乞并赐责罚施行，并牒衢州诸评此先将本官对移闲慢职事，听候朝廷指挥。

自劾不合致人户逃移状

熹昨蒙圣恩，畀以郡绂，恳辞不获，冒昧而来。到官未几，不胜吏职，疾病交作，殆不自支。即具劄子申乞改差宫观，差遣侧听，累月未蒙敷奏施行。熹诚愚昧，夙夜靡宁，亦欲勉悉疲驽，以酬恩遇。顾以山野不娴吏道，重以凋郡财匮民贫。去年上供纲运起发，至今粗及其半。官吏相承，但知竭力催科，以给公上，庶逃罪责。不意属县今秋有旱伤处，不惟失于检放，加以程督过严，遂致人户流移，怨谤蜂起。虽已遣官慰喻，尚恐未能安帖。熹窃自惟平生章句腐儒之学，虽不适于世用，然区区之志，亦未尝不以爱人利物为功。今乃以是上负使令，下负所学，积此惭惧，疾病侵加，诚无心颜可食俸禄。欲望钧慈特与敷奏，早赐罢免，以为远近牧守不勤抚字之戒，而熹亦得以杜门省身，益求其学之所未至，庶几后效以赎前愆，不胜幸甚。谨具状申尚书省，伏候钧旨。

辞免进职奏状

臣九月四日到处州遂昌县，准尚书省劄子，奉圣旨，淳熙八年旱伤去处，监司守臣赈济有劳，令臣进职二等者。闻命震惊，不知所措，谨以即时望阙谢恩讫，伏念臣昨以孤愚，误叨临遣，仰瞻玉色，既闵然有畏天恤民之诚，而圣训丁宁，又无非恻怛焦劳之实。退惟疵贱，遭遇如此，诚不敢爱其夙夜之勤，冀以仰称万一。而疾病之余，精力浅短，徒费大农数十万缗之积，而无以全活一道饥馑流殍之民。盖尝一再自劾，恭俟严科。陛下赦而不诛，已为宽典，至于过恩假宠，躐等疏荣，则惧非所以示劝惩，惜名器，而谨驭臣之柄也。况臣昨以按劾知台州唐仲友，反被论诉，见蒙送浙西提刑司，差官体究，近日虽蒙圣断，已罢本人新任，所有体究指挥尚未结绝。臣方当罪服，籍藁以俟斧诛，岂宜遽窃恩荣，以紊赏刑之典？所有前件恩命，臣实不敢祗受。欲望圣慈特许辞免，臣不胜幸甚。

辞免直秘阁状一

熹准七月十八日尚书省劄子，七月十三日三省同奉圣旨，以熹昨任南康军，日修举荒政，民无流殍，可除直秘阁者。熹闻命震惊，受恩感激，有不知所以言者。然窃伏念熹昨以非才，误蒙任使，不能布宣德意，以惠远民，乃以刑政失中，招致殃咎，赤地千里，民不聊生，据罪论刑，岂能幸免。政使粗能措画，不致大段狼狈，亦是职守之常，何足补塞愆负？而况蠲阁租税，拨赐钱米，许借上供钱物籴米赈粜，皆是圣主天地贶施非常之恩，官吏于此岂有丝毫之力？至于劝谕富民发廪赈济，亦是圣朝不爱官爵，以救民命，颁下赏格，极于淳厚，以故富民观感视效，始肯竭其囷仓累岁之积，以应公上一旦之须，亦非官吏之力所能及也。然其赈济人户，初无致旱之罪，今又不取一文，而捐米四五千石，方得一官，自私家言之，其数亦已多矣。此则在所当赏而不可缓者，非一时官吏有罪无功之可比也。今熹幸际隆宽，曲加容贷，更蒙除用，已极叨逾，今者又被圣恩，复有上件除命。而熹前所奏闻，南康军赈济人户张世亨等四名，合依元降赏格补授文武官资者，有司顾以微文沮却其事，至今未见报行推赏指挥。是乃圣主过恩，既赏于其所当罪，而有司失信，反吝于其所当赏。熹虽至愚，于此窃有所不安者。所有降到省劄，不敢祗受，已送建宁府寄纳军资库。谨具状申尚书省，欲望朝廷洞照诚悃，特为敷奏，许赐收回；仍检会今年闰三月内南康军奏及熹独衔奏状，详酌所陈事理。如是节次官司果是固为邀阻，至今不为保明推赏，即将张世亨等并为敷奏，依熹所乞，不候诸司保明，特与先次依格等第推赏，直降付身，令本军日下当官给赐。是则不惟熹之私义得以自安，亦庶几自今以来，州郡长吏奉法遵职，务格和平，不致幸民之灾，自图自利，不唯此四人者早蒙圣恩，免有邀阻乞觅之扰，父子兄弟感戴无穷，而万一不幸四方复有水旱饥馑之灾，亦使其他富民知所激厉，易为劝诱，贫者有所恃赖，不复流移，其利非止一端而已也。狂妄僭率，干冒朝听，祈恩俟罪，无任恳切恐惧之至。谨状。

小帖子

税户张世亨赈济五千石，依格乞补承节郎；税户刘师舆赈济四千石，依格乞补承信郎；进士张邦献赈济五千石，依格乞补迪功郎；待补太学生黄澄赈济五千石，依格应补迪功郎。

辞免直秘阁状三

熹准九月五日尚书省劄子，备坐熹前状所乞寝罢新降直秘阁恩命，事奉圣旨，不许辞免者，熹仰戴圣恩，不胜感激，虽未敢即日祗受，谨已望阙称谢讫。但熹状内所称，熹虽至愚，于此有不能自安者，正为南康军保明劝谕到税户张世亨献米五千石赈济，依格合补承节郎，进士张邦献献米五千石赈济，依格合补迪功郎，待补国学生黄澄献米五千石赈济，依格合补迪功郎，税户刘师舆献米四千石赈济，依格合补承信郎一节，未蒙户部依格放行恩赏，乞赐敷奏施行。今来所准省劄内却删去此项事理。熹窃恐区区愚昧迫切之诚，未得仰关天听，其合推赏人依旧未得沾被圣恩，则熹于义亦难祗受。又况目今诸路水旱广阔，公家所积已经发散，所余无几，全赖富民献米赈恤，若见朝廷施行如此，谁肯应募，助国救民？兼熹见蒙改除提举浙东常平公事，当此凶岁，专以救荒为职，若此所乞依格推赏，不蒙施行，不唯失信于南康旧治，亦无面目可见浙东之民，将来必致误事，上贻仁圣宵旰之忧。熹虽万死，不足塞责。欲望朝廷详酌，特赐敷奏，详熹前状所陈，将南康军所奏税户张世亨、刘师舆、黄澄、张邦献，各与照应元格，早赐补授文武官资，则上件恩命不必加于熹身，而圣朝综核之政修于上，远近观听有所激劝于下矣。谨再具状申尚书省，伏候指挥。

除浙东提举乞奏事状

熹今月二十二日准尚书省劄子，奉圣旨改除前件差遣。熹以衰病之余，心力凋耗，目昏耳重，不堪繁剧，拟具情悬，干告庙堂，乞与敷奏，听容辞免。而闻之道路，本路今年灾伤至重，民已艰食，若更迁延，有失措置。窃恐向后饥民愈见狼狈，重贻圣主宵旰之忧，谨已于当日望阙谢恩祗受讫，所有合赴行在奏事，未奉指挥。伏念熹自违陛戟一十九年，诚不胜臣子惓惓愿得一瞻天日之光。况今救荒合行奏禀，事件非一，又熹前任南康亦有合奏闻事理，谨具状申尚书省，欲望钧慈特赐敷奏施行。谨状。

与宰执劄子

熹昨具劄子奏闻，乞拨米三十万石，添贴绍兴府粜济，未蒙指挥支拨。窃缘熹所乞上件米数内十四万三千余石，系取到本府见行措约间日粜济数目，别作逐日粜济会计合用之数。其余亦系虑恐日后更有增添，约度大数。若不得此，则不唯使熹今日空手渡江，无以布宣圣主忧劳悯恻之意，实恐将来饥民日食半升之米，不足充虚接力，不能行业营生，必致殍死流离，上贻当宁宵旰之忧。或恐丰储见在米数不多，难以尽行支拨，即乞且拨十四万三千石先付熹前去，将绍兴府诸县一例作逐日粜济外，所乞余数，却乞纽计价钱付熹前去，与知明州谢直阁同共措置，顾募海船，收籴广米，接续粜济，仍须管除赈济外，所有赈粜到钱，令项桩管，申取朝廷指挥，实为利便。伏望钧慈，早赐敷奏，应副施行。

与建宁诸司论赈济劄子

一、安抚司赈济米，合于冬前差船般运，免至冬后与民间般载租米，互有相妨，或致延滞。

一、广南最系米多去处，常岁商贾转贩，舶在海中。今欲招邀，合从两司多印文榜，发下福州沿海诸县，优立价直，委官收籴，自然辐凑。然后却用溪船，节次津般，前来建宁府交卸。

一、般运广米须得十余万石，方可济用。合从使府两司及早拨定本钱，选差官员使臣或募土豪，给与在路钱粮，令及冬前速到地头，趁熟收籴。潮惠州与本路界相近，往回别无疏虞。即与支赏，约运到米一千石，支钱三十贯充赏。其籴到米数最多之人，仍与别议保奏推赏施行。

一、上件福广米既到府城，即城下居人自无阙食之理，不须过有招邀上溪船米，反致乡村匮乏，将来却烦官司般米赈济，劳费百端。今合先次出榜晓谕，诸县产户寺院，除日逐出粜，不得闭籴外，每产钱一贯，桩米三十石省，禾亦依此纪数，两贯以下不桩。委社首遍行劝谕，亲自封桩，开具本都桩管米数及所桩去处，限十一月内申县祗备覆实，不得辄徇颜情，虚申数目，及妄挟怨仇，生事骚扰。其社首家禾，即委隅官封桩。

一、乡下有外里产户等寄庄，即仰社首及本处居人指定经官陈说，封桩十分之七。

一、乡下有产钱低小而停积禾米之家，仰邻保重立罪赏陈告，亦与量数封桩十分之五，并依前法。

一、上户有愿于合桩数外别行桩粜之人，许具实数，经县自陈收附出粜，量行旌赏。

一、所桩禾米更不预定价直，将来随乡原高下量估，平价出粜，不使太贵以病细民，亦不使太贱以亏上户。

一、所桩禾米自来年正月为始，以十分为率，至每月终，即给一分，还元桩产户自行出粜。直至稍觉民饥，即据见数，五日一次，差隅官监粜，大人一斗，妇人七升，小儿四升。如至六月中旬，民间不甚告饥，即尽数给还产户自行出粜。

一、府城县郭及乡村居民合籴禾米之家，合预行括责，取见户口实数，即见合用米数及将来分定坊保，给关收籴，庶免欺弊。大人、妇人、小儿，逐户分作三项。

一、上户自有蓄积，军人自有衣粮，公吏自有廪禄，市户自有经纪，工匠自有手作，僧道自有常住，并不在收籴之限。

一、鳏寡孤独老病无钱籴米之人，候三四月间别议措置。如是饥荒，须令得所。

右谨具呈第一项至第三项，乞使府两司早赐详度定议。第四项以后，乞使府出榜通衢。恐有未尽未便之处，令诸色人详其利害，疾速具状陈述，广询审议，然后施行，庶使大户细民两得安便。伏候台旨。

此米须留以待来岁之用。目今秋成在迩，般运到人已食新，切乞存留，无为虚费。桩米多则上户不易，少又储蓄不足。此数更乞裁酌，更以户口之数计之，方见实用米数。

与建宁傅守劄子

熹窃以秋冬之交，寒气未应，恭惟某官台候起居万福。熹北津、建阳凡两拜问，必皆已呈彻矣。拜远诲益，忽已累日，追思馆遇劳觋之宠，已剧愧荷。至于连榻奉教，又皆润泽忠厚老成人之言，感发多矣。幸甚。熹昨日已至山间，弛担两日，又当南下，然旱久水涩，更须数日，乃可抵城下也。归途访问田亩，丰俭相补，计已未至甚亏常数。但备御之策，不可不讲。而知旧往往见尤，不能深陈縻谷之害，且云未论酝酿，所耗只今造麴。崇安郭内度费万斛，黄亭小市亦当半之，而乡村所损又未在数。与其运于他州，有风波之虞、舟楫之费，曷若坐完此谷，了无事而百全也。万斛之麴，将来所縻秫米又当以数万计。若能果如前日收籴秫米之说，所完亦岂及此？闻邵武已行此令，彼以蕞尔小邦，尚能行之，岂堂堂使台大府之力而反不能乎？到家得浦城知友书，亦颇及此。今谨纳呈，愿高明更与杨丈熟计之也，但恐已缓不及事耳。此人姓张名体仁，好学有志，佳士也。似亦与景仁昆弟同年。前此因垂问人物，亦尝及之矣。又闻杨丈已行下主簿籴米，而未及粳秫之别，不知果何如？籴粳之害，前已陈之，然千里之内，户口不知其几，若必人籴米而食之，恐无以济其势。须令上户桩留禾米，如前日之说，储备乃广。但所遇县道官吏之说，皆惮于此计，盖恐上户见怨，又虑见欺。殊不知救灾之政，与常日不同，决无静拱而可以获禽之理。夫富人之多粟者，非能独炊而自食之，其势必粜而取钱，以给家之用。今但使之存留分数，以俟来岁听官司之命，以恤邻里之阙，何所不可？正使其间不无冥顽难喻之人，然喻之以仁恩，责之以大义，其不从者俟之以刑，其乐从者报之以赏，何至惮其怨怒，且虑其欺己而不敢为哉？似闻建阳之西，已有自言于官，愿以家赀二百万籴米，以俟来岁之荒，而以本价出之。若果如此，则人亦岂为鬼为魅，全不可化者？但患上之人先以无状期之，故强者视以为深仇而肆其凌暴，弱者畏之如大敌而不复能以仁义相裁。二者其失均也。尝读苏明允书，以为权衡之论，为仁义之穷而作。窃以为此乃不知仁义之言。夫舒而为阳，惨而为阴，孰非天地生物之心哉？仁义之于人，亦犹是已。若仁义而有穷，则是天道之阴阳亦有穷也而可乎？故凡此所论，虽若柱后惠文一切之说，其实趋时救弊，不得不然。盖其心主于救人，而所及者博。故虽有人所不欲而强之者，初亦不出乎仁术之外也。夜不能寐，起坐作此信，意直书，无复伦次，不审高明以为然否。正使未必可行，亦足以当一剧论也。

与陈帅画一劄子

一、本路诸郡旱损处多，窃料将来赈济用米不少。然今来旱势甚广，近郡之谷不复可仰，须广为规画，多致米斛，乃可接济。至于乾道七年，本军得米凡五万石，然流殍之民不可胜数，田里空虚，至今未复。此不可不早为之虑也。似闻总所积谷颇多，日就陈腐，更久亦不堪用，若得商量措置，且就支此米饷给诸军，而计诸路纲运除检放外，更许截留，分与诸州，般运赈粜，收簇价钱，所管或候丰年补前本色斛斗，亦为利便。

一、目今旱势如此，而漕司差人在此催发旧欠。夫催欠之与救灾事体各别，不可双行。欲乞一言，且与追回，其他州郡想亦有此，并得一例施行，尤为幸甚。若是户部指挥漕司自合申请停缓，或不敢言，则丞相自当言之，亦致和消沴之一术，而救急安民之切务也。

一、去年赦恩所放官物，诸司依旧理催。欲乞帅司因此旱伤，作访闻检举，行下诸州，令逐一具申，特与蠲放。

一、旱灾如此，良田赋敛苛急，民气不和所致。欲乞丞相建言，乞将赦恩所放之后一年官物并行除放。

一、本军建昌县去年放旱米三千余石，总所漕司累次行下，令于上供军用数内分豁，此甚允当。今漕司忽变其说，令本军全于军用数内除豁，不得减上供数。熹有劄子，恳两漕别本具呈，乞赐钧念，一言及之，是亦救荒之助也。

一、本军申漕仓两司，乞拨钱米修结石寨状，别本具呈，并乞钧念，或蒙应副，亦可并下诸州放此施行。募民充役，可以集官事，济饥民，消盗贼。伏乞钧照。

熹复有愚恳，欲从漕司借留六年上供零米五千余石，约今冬或来春可还。有状申漕司，今亦录呈，乞赐宛转及之。幸甚。适又检得乾道七年省劄，亦录梗概上呈，恐今岁事体不减此也。提举递铺司牒有近日雨水日多之说，恐江东已沾足矣。此独无有，奈何！

与陈帅书

前此屡以上流遏籴利害申禀，未蒙施行。今本军籴米人船已为隆兴邀截，不许解离。又凡客贩，皆为阻绝。江西颇有得熟州郡，本自不须如此，又况著令及累降指挥，皆有明文，已作尽力恳之，恐其未必经意。盖自初籴，已节次恳之，今乃约束愈峻，其意亦可见矣。切乞早赐移文，仍申朝省，或具奏闻，乞遍下诸路约束，不独此邦蒙大赐也。顷时刘枢遭旱，首奏此事，其后客船辐凑，米价自减，此最为救荒之急务。向蒙赐教，乃谓上流皆旱，无所告籴，但拟拨桩积米，此但为建康州郡计耳。然赣吉鼎澧湖南诸郡皆熟，若用刘枢旧例请奏，此米皆可致而一路受赐矣。不然则桩积之米得赐取拨，使诸郡各得三五万石，亦为幸甚。漕使本别具禀，熹偶足疾大作，疼痛亡憀，不敢多作字，只乞钧念，为达此恳，同赐区处，以速为上。移文至江西，附递恐迟，得为专人径往。千万之幸。

与江东王漕劄子

熹久不拜起居之问，日有瞻仰，人还被教，感慰亡穷。蒙喻置寨事，极荷台念。但事已差池，今又方有救灾之急，未暇再请，若稍定未去，终当料理耳。减税事尤感垂意之勤，初谓必可遂请，适有牙吏还自临安，云省吏果以使司未保明为言，势须再下，此终有望于维持也。白鹿官书拜赐甚宠，谨已别具谢劄矣。但今岁旱势甚盛，此自五月半间得雨之后，枯旱至今，虽有得少雨处，殊不沾洽，早稻已无可言，晚禾亦未可保。民情皇皇，未知所以慰安之者。而使司差人在郡，追人吏催官物者，凡三四辈。熹虽不敢拒违台命，然当此之时，督责县道追扰农民，则实有所不忍。得赐追还，令得一意讲求备御赈恤之政，以救遗民于沟壑之中，不胜幸甚。其可办者，熹固自不敢缓也。又建昌去岁检放，总所已行下，今均在上供州用数中，而反未蒙使司除豁上供之数，尤非所望于仁人君子者。熹窃惑之，更乞深赐省察。狂妄冒渎，惶恐死罪。

熹前幅所禀之外，更有石堤一事，已具公状申闻，不审台慈赐念否？若今之君子，则固不敢以此望之，惟执事者傥以禹稷之心为心，则此一役也，而可以两济。得蒙垂意，不胜幸甚。此或有委，并乞垂示。

熹前幅所禀去冬放旱事，初已得使帖，如总司之云矣。既而中改，一予一夺，殊不可晓。今别具公状及劄子，乞赐台览，若决不可行，则熹于此不容宿留，便当自劾去官，虽重得罪，不敢辞矣。本欲初秋即申祠请，又遭旱虐，自以为义不当求自逸，故勉强于此。若不获已，则亦不免冒此嫌耳。一生忍穷，不敢求仕，正为如此，且未来此时，知友皆以为于公之仁，必能庸崔君。今乃反为所误，而姚提点平生不相识，乃能俯听愚言一奏，减本军木炭钱二千贯，不审亦尝闻之否？熹老矣，已无意于人间，不堪久此郁郁也。

总　论　五

（食货典第九十一卷）

目　　录

《大全集》四

与漕司画一劄子

一、本军昨具奏乞依乾道七年例，支拨钱米应副。后来照得元数颇多，恐难应副，遂再具实欠军粮米，奏乞截留六年残欠五千石及今年拟放七分外三分米一万余石，庶几数少易拨。今续契勘诸县检放分处大段干损处多，恐不能及三分之数，即虽蒙朝廷许截上件米，亦恐不足支遣，更俟取到实放数外合纳之数，却行纽计欠数申禀，或别具奏乞送使司，预乞台照。

一、本军常平米通两县计五万石，见行取会下户仰食之人数目未到，候将来冬后阙食，即将上件米斛分等第粜给，别具措画，详细申闻。或恐米数不足，即乞支拨应副。熹已兑那诸色官钱，往邻近收籴，约可得万余石，但苦钱少而近地米价已高难运耳。

一、石堤已差官计料，以俟徐催之来。此举本不敢容易，盖欲因此赡给饥民，一举两利，切乞留念。

一、去秋建昌检放米，当依台喻，申省部乞下使司，乞赐保明除豁。然此又是一重往复，不知径自使司申请如何？此已一面申部矣。

一、星子减税省部对补之说，乃以肉糜之论，可付一笑。若本军本县自有名色可补，即何用更乞减放耶？近世议论，大抵如此，令人气塞。见已别具公状申闻，仍申朝省极论其谬。预乞台悉。

一、闻得赣吉诸州及湖北鼎澧诸州皆熟，得湖南詹宪书云，湖北米船填街塞巷，增价招邀，气象甚可喜。欲乞更与帅相商度，乞奏指挥两路不得阻节客贩，许下流被害州军径具奏闻，重作行遣。此一项早乞留念。

与王运使劄子

熹复有少禀，近准使牒奉行诏书，取会本军金谷出纳大数。初欲一一从实供申，偶会得池州式样，官吏皆以为当效其所为，可无后悔。遂止。据有正当窠名合收之数，以为收支之数，而凡州郡多方措画，以添助支遣者，皆不敢载，大约所供才十之二三，而米犹不在数中也。见欲一面如此攒写供申，然在鄙意终有未安。盖圣诏所为丁宁，使台所为取索，凡以欲知州县有无之实而均给之，以宽民力耳。今乃如此，在熹素心则为上欺使台以及君父，在州郡利害则恐今既自谓有余，后日将不得蒙均给之惠，以病其民也。是以深窃疑之，未敢不以实对。然官吏之说，则又有二端焉。其一以为州郡措置，所收窠名多不正当，恐有诘责，莫任其咎。此则便文自营之计，熹所不敢避也。其一以为若尽实供具出数，今日固未必实有均给之惠，而尽实供具入数，异时上官所见不同，或将按籍而取之，则州郡必致重困。此则其说不为无理，而熹有所不敢违也。是以尤窃疑之，又未敢遽以实对。伏念旬日不能自定，敢以此私于下执事，伏惟台慈开示所向，使得奉以从事，不胜幸甚。

与江西张帅劄子一

熹比数以短劄承候起居，计悉已尘几下。今者复有少恳，辄敢以冒闻听。熹以不德，招殃致凶，又无术略，以济饥馑，已屡申告籴之请。然小郡贫薄，不能多致储积，远近军民，惟仰客贩沿流而下，得以糊口。其引领南望朝夕之勤，盖不啻农夫之望岁也。今乃窃闻督府所临，南自赣吉，西极袁筠，东被南城，地方数千里，幸蒙德政之余休，皆有秋成之庆，而任事者私忧过计，未撤津梁之禁。熹愚窃以高明方以天下之重自任，其视邻道，何以异于吾民？愿赐一言，俾除其禁，则不惟蕞尔小邦歌舞大赐，抑自是以东列城数十实均赖之。率尔干冒，始犹自疑。及念前日荔子分甘之意，然后有以决知执事之不弃此土之人也。是以敢卒言之，伏惟台慈俯赐矜照。

与江西张帅劄子二

咫尺门牙，无缘进谒，第切倾向之私，比以告籴，仰干台听，窃意必蒙矜念。今闻收籴牙吏未及解发，而使府约束愈峻，遂不能归，且鄙郡荒凉，旧虽丰岁，亦不免仰食船粟之来自封境者。况今旱歉，沟壑在前，其所望于余波之惠者，又非他日之比。前记之恳，虽出僭易，然亦仁人君子所宜动心也。今再具禀及以公文为请，伏惟高明扩一视同仁之心，敦救灾恤邻之义，俯赐矜允。千万幸甚！千万幸甚！

与江西钱漕劄子

比以民饥告籴隆兴，已具曲折恳张帅，意必蒙其怜悯，推所余以并活此邦之人。乃今闻其约束愈峻，所遣牙吏得米而不能归，至于客贩，亦复断绝。若上流果亦荒旱，则不敢请。传闻赣、吉、临川诸郡及隆兴属邑自有丰熟去处，则江西当自不至阙食，而其余波因可以及乡境，恐不必过计为此，以伤一视同仁之心，害救灾恤邻之意。熹已手书，复致此恳于张帅，更望台慈赐以一言之重，使得早遂见听，则此邦之人仰戴仁人之施，其可量哉！

与江西张漕劄子

熹未见颜色，辄有祈恳。比以民饥告籴隆兴，已具曲折恳禀张帅。阁学意必蒙其怜悯，拯此困急。今乃闻其约束愈峻，所遣牙吏得米而不能归，至于客贩，亦复断绝。窃缘本军地瘠民贫，虽号熟年，不免仰食上流诸郡，况今凶俭，事势可知。然若上流果亦荒旱，则亦不敢固请。今赣、吉、临川诸郡及隆兴属邑皆有丰熟去处，则使节所临江西一路，决当不至阙食，而其余波自可惠及邻境。是以敢布其私，欲望台慈一言于张帅，早得放行本军所籴，及弛客贩之禁，则台座活人之恩被于邻道，此邦之人所以感激归戴者，为如何哉！

与江西张帅劄子三

熹累具恳禀，告籴米船，乞赐照应条法及近降指挥，特与通放，亦已累蒙公移回报开许，良感仁庇之及。但奉新令尉乃敢公然违戾，百端拦遏，其意必使敝邑饥民束手受毙而后已。设若使境之旱与敝军等，则熹不敢有请。今使境诸邑粒米狼戾，发泄不行，而敝军诸县放皆及八分，山谷之民已苦艰食，所遣籴米本钱又皆兑借上供钱物。方此自劾，罪无所逃。窃意穷苦之状，必蒙矜怜，不谓此辈乃尔不仁，既格诏旨，又违使台约束，而所以贻患于邻邑者，尤为无状。熹已具公文上之幕府，欲望台慈详酌，将本县官吏重作行遣，将本军米船早赐通放，上以体圣朝一视同仁之恩，下以见盛府救灾恤邻之义，不胜幸甚！

与星子诸县议荒政书

熹为政不德，致此旱灾。虽已究心多方措置，庶几吾民得以保其生业，而免于饥饿流离之苦。然窃自念智力浅短，不惟精神思虑多所不周，而事体次第亦须由军而县，方能推以及民。若非二县同官各存至公至诚之心，深念邦本民命之重，相与协力，岂能有济。今有愚见，恳切布闻，条具如后：

一、逐县知佐既是同在一县协力公家，当以至诚之心相与。凡百事务，切要通情仔细商量，从长措置，自然政修事举，民受其赐。苟或上忽其下，唯务私己吝权，下慢其上，但知偷安避事，则公家之务何由可济？况今灾数非常，民情危迫，经营措置当如拯溺救焚之急，不可小有迟缓龃龉，有误民间性命之计。切告深体此意，尽革前弊，庶几事有成功，民受实惠。

一、检放之恩，著在令甲，谨已遵奉施行。今请同官当其任者少带人从，严切戒约，给与粮米钱物，不得纵容需索骚扰，又须不惮劳苦，逐一亲到地头，不可端坐宽凉去处，止凭乡保撰成文字，又须依公检定分数，切不可将荒作熟，亦不可将熟作荒。其间或有疑似去处，或有用力勤苦之人，宁可分明，过加优恤，不可纵令随行胥吏受其计嘱，别作情弊。

一、劝谕上户，请详本军立去帐式，令乡众依公推举，约定所荫客户，所粜米谷数目，县司略备酒果，延请劝谕，厚其礼意，谕以利害，不可纵令胥吏非理骚扰。上户既是富足之家，必能体悉此意。其间恐有未能致悉之人，亦当再三劝谕，审其虚实，量与增减。如更诈欺抵拒，即具姓名申军，切待别作施行。

一、根括贫民，请详本军所立帐式，行下诸都隅官保正，仔细抄劄，著实开排。再三叮咛说谕，不得容情作弊，妄供足食之家，漏落无告之人。将来供到，更于本都唤集父老贫民，逐一读示，公共审实，众议平允，即与保明。如有未当，就令改正，将根括隅官保正重行责罚。

一、将来粜米，亦请一面早与上户及籴米人户公共商议置场去处，务令公私贫富远近之人各得其便。大抵官米只于县市出粜，上户米谷即与近便乡村置场出粜，不须般载往来，徒有劳费。如有大段有余不足去处，及将来发粜常平米斛，即具因依申来，切待别行措置。

一、凡郡中行下宽恤事件，各请诚心，公共推行。如有未当或未尽事宜，更望仔细示谕，当行改正。

右件如前各请痛察。如或未蒙听从，尚仍前弊，致此饥民一有狼狈，即当直以公法从事，不容更奉周旋矣。千万至恳！至恳！

与执政劄子

熹辄有危迫之恳，已具公劄申陈，然其曲折有不敢尽言于君父之前者。复此干冒钧听，得赐宛转陶铸，不胜幸甚。熹昨缘疾病不堪，吏役累具劄目，乞备祠官。至五月间，伏准尚书省劄子奉圣旨不允。自惟卑贱，不敢频有祈扣，触犯天威，欲俟新秋，乃伸前请。而德薄政荒，招致灾旱，深念千里民命之重，不忍当此艰难穷困之秋，辄求自便。于是屈心抑志，黾俯服官，祈祷百方，卒无所效。又虑将来军民必致阙食，不免行下属县，劝谕富民，根括下户，那兑官钱，于邻近州县米价稍平去处收籴米斛，准备赈给。又已申奏朝廷及申转运常平两司，乞行救助，更欲勉悉疲驽，讲求荒政，以副圣主子爱黎元之意，而力小任重，日夕惊忧，遂致心疾大段发动。上灾下潦，势甚危急。在熹一身死生，夜旦所不足言。实惧失于备御，有误一方饥民，横致流殍，则熹为上负朝廷，死有余憾。于是不复敢顾辞难避事之嫌，有此申禀。欲望钧慈怜察，特赐敷奏，与熹宫庙差遣，使得归死故山，仍催已差下人石𡼖疾速前来，料理荒政，救济饥民。不胜幸甚。

与周参政劄子

近得尤仓书，已具道钧意矣。固知远方下邑，朝廷不当偏有应副，然灾伤如此，窃意似当随其重轻，普加恩意也。昨日省符行下议臣奏请检放之弊，所谓但忧郡计之不支，不虑民力之愈困者，真可谓仁人之言矣。三复叹息！不意议者犹能及此，方之对补之论，盖不啻九牛毛也。然郡计之不支，亦非细事，熹尝论之矣。切望垂意朝廷之体，固不当私一郡，尤不可弃诸郡也，不审钧意以为如何？未能自脱而欲为左右言，可谓僭妄。然区区之心，有不能已者，其所以望于参政者，盖非特今人之事也。伏惟恕而察之。幸甚。本路尤仓甚留意，然常平之积，恐不足以周今岁之用。闻建康桩积甚富，而漕司亦有余财，但相去之远，呼叫不闻，未知所以为计耳。前此减税及乞放去年建昌三千余石，犹不任责，况有大于此者，尚可望哉！观此事势，上下决不相应。熹性狷狭，进则有搪突之伤，退则迫切无憀，疾病侵加，恐徒死而无益。参政傥哀怜之，不若投畀闲散，以安全之，乃为大幸。然其所请截拨应副，乃一郡之计，初不系于熹之去留也。遏籴之请尤急，闻其用法甚峻，犯者或乃没入其家。此望早赐约束，少迟则早谷向尽，晚米价高，虽通无益矣。熹又思之，恐得祠去此见在同僚未有能亢此难者，已与尤仓密计更调守者，然朝廷亦当一面催促代者，彼至则足以苏此人，但道里辽远，未能猝至耳。凡此皆望深赐留念。幸甚！幸甚！又蒙垂喻，所以晓子澄者，莫非至当之言，不胜叹服。但未知子澄之意果如何。若熹则方与邦人厄于陈蔡之间，不暇起而争救之矣。匆匆亟遣此人，未及究鄙怀之一二，然其僭易烦渎之罪，已不胜悚仄矣。并乞钧察，千万之幸。

与周参政劄子

熹复有愚见，怀不能已，敢以私于下执事。今岁之旱，其势甚广。比见连日降旨，所以为祈祷宽恤之计者，足以知圣主之忧劳矣。然所谓禁屠宰、决杖罪、放房缗及茶盐赏钱者，恐未足以为应天之实，而今日又报蠲放纲运欠米十石以下者，此尤近于儿戏。欲以此消已成之灾，息未形之患，吁亦难矣！成汤桑林之祷，宣王侧身修行之意，其反求诸己者，为何如哉？熹窃思之，今日之事，应天之实有四：曰求直言，曰修阙政，曰黜邪佞，曰举正直。恤民之大者有六：曰重放租税，曰通放米般，曰劝分赈乏，曰截留纲运，曰严禁盗贼，曰纠劾贪懦。区区念此，至熟悉矣。欲仰首信眉一言于上，又虑出位干时，未必取信，故敢以告于执事。伏惟都俞之暇，从容造膝一为明主极言之，则天下幸甚。

与周参政别纸

窃闻参政间以隔井之灾过自引咎，顾留行之诏既下，则明公不得终遂其高矣。然天戒昭昭，圣心警惧惕然，有意于讲阙政以召和气。此实尽忠补过，转祸为福，不可失之几。愿明公深以为意，则天下幸甚。熹前日所陈应天恤民之目，皆今日之急务，而求言之诏，尤四方所渴闻者，不识明公亦有意乎？若复推迁，失此大会，则自今以往，熹之言不复能出诸口矣。引领东阁，不胜拳拳。

与福建颜漕劄子

前日已被改除信劄，传闻会稽斗米八百钱，其势不容辞避，已申乞奏事矣。邵武势须四五日间方得归，即治装以俟命，万一成行，恐不复得请教，不胜引领之怀。凡所以居官治民及救荒方略，有可见教者，尚冀不鄙。幸甚！幸甚！

道间询问收成次第，云仅可得六七分。今又遭雨，若未遽止，即不得及此数矣。恐欲闻其实，故敢及之。

与颜漕劄子

熹衰病之余，强颜一出。适此大侵，费县官数十万，而越人之殍，犹不可以数计。俯仰幽明，跼蹐忧愧，殆未易以言喻也。加以伉拙，不堪世俗之迫隘，中间求去不得，复此宿留。今幸二麦登场，赈救讫事，见攒帐目申发，即寻前请，庶几观变玩占可以无大过耳。浙东山佳处都未得放怀登览，剡中虽两到，然忧累方深，无复佳兴也。若便得报罢，当取道石桥龙湫以归，庶不负此行耳。前承枉书，窃审轺车一出，周遍八郡，狂寇束手，奸民屏息，山谷困穷，受赐多矣。他可以为一方久远计者，尚冀高明虑之。千万幸甚！

上宰相书

六月八日具位，谨奉书再拜，献于某官。熹尝谓天下之事，有缓急之势；朝廷之政，有缓急之宜。当缓而急，则繁细苛察，无以存大体，而朝廷之气为之不舒；当急而缓，则怠慢废弛，无以赴事几，而天下之事日入于坏。均之，二者皆失也。然愚以为当缓而急者，其害固不为小，若当急而反缓，则其害有不可胜言者，不可以不察也。窃观今日之势，可谓当急而不可缓者矣。然今日之政则反是，愚不知其何以然也。去岁诸路之饥，浙东为甚，浙东之饥，绍兴为甚。圣天子闵念元元之无辜，倾囷倒廪以救之，而甚者至出内帑之藏，以补其不足，德意之厚，与天同功。熹于是时奄卧田野，而明公实推挽之，使得与被使令趋走之末。仰惟知遇，抚己惭怍。然自受任以来，夙夜忧叹，恐无以仰承圣天子之明命，而辱明公之知于此时也。是以不惮奔走之劳，不厌奏请之烦，以尽其职之当为者，求以报塞万一。而乃奏请诸事，多见抑却，幸而从者，又率稽缓后时，无益于事。而其甚者，则又漠然无所可否，若堕深井之中。至其又甚者，则遂至于按劾不行，反遭中伤。而明公意所左右，又自晓然，使人愤惫，自悔其来而求去不得，遂使因仍，以至于今。比日以来，神明消耗，思虑恍惚，两目昏涩，省阅艰辛，方欲少俟旬日，别上封章，冀蒙哀怜，得就闲佚。又以连日不雨，旱势复作，绍兴诸邑仰水高田已尽龟拆，而山乡更有种不及入土之处。明、婺、台州皆来告旱，势甚可忧。虽已一面多方祈祷，必冀感通，然天道高远，事有不可期者。万一更加旬日，未遂所求，则去年境界又在目前，而上自大农，下及闾巷，公私蓄积，频年发散，亦自无余后日之忧，必有万倍于前日者。熹之迂愚，固不知所以为计，诚恐虽以圣主之聪明睿智，明公之深谋远虑，亦未必有断然不可易之长策，真可以惠活饥民，弹压奸盗，而保其必无意外之患也。熹是以彷徨怵迫，未敢遽请，而复冒昧一罄其愚，惟明公试幸听之。窃惟朝廷今日之政，无大无小，一归弛缓。今亦未暇一一条数，以混崇听。且以荒政论之，则于天下之事，最为当急而不可缓者，而荒政之中，有两事焉，又其甚急而不可少缓者也。一曰给降缗钱，广籴米斛。今二广之米，舳舻相接，于四明之境乘时收籴，不至甚贵，而又颗粒匀净，不杂糠秕，干燥坚硕，可以久藏。欲望明公察此事理，特与敷奏，降给缗钱三二百万，付熹收籴，则百万之粟旬日可办。储蓄既多，缓急足用，政使朝廷别有支拨，一纸朝驰而米夕发矣。且往时不免转大农之粟，发内帑之币，以应四方之求矣。积之于此，与彼何异？而又乘贱广籴，利重费轻，殆与临期支拨、籴贵伤财者不可同日而语。且今米船已集，求售无所，停住日久，坐失本利，后者惩创，因不复来，无穷之害实自今始。此一事也。二曰速行赏典，激励富室。盖此一策，本以诱民，事急则籍之以为一时之用，事定则酬之以为后日之劝。旋观今日失信已多，别有缓急，何以使众？欲望明公察此事理，特与敷奏，照会元降，即与推恩，使已输者无怨恨不满之意，未输者有歆艳慕用之心。信令既行，愿应者众，则缓急之间，虽百万之粟可指挥而办。况是此策不关经费，揆时度事，最为利宜。而乃迁延岁月，沮抑百端，使去岁者至今未及沾赏，而今岁者方且反覆却难，未见涯际，是失信天下，固足以为今日之所甚忧而自坏其权宜济事之策者，亦今日之所可惜也。谋国之计，乖戾若此，临事而悔，其可及哉？此二事也。然或者之论，则以为朝廷一节财用，重惜名器，以为国之大政，将在于此二者之请，恐难必济。愚窃以为不然也。夫撙节财用，在于塞侵欺渗漏之弊；爱惜名器，在于抑无功幸得之赏。今将预储积蓄，以大为一方之备，则非所谓侵欺渗漏之弊也。推行恩赏，以昭示国家之信，则非所谓无功幸得之赏也。且国家经费用度至广，而耗于养兵者十而八九。至于将帅之臣，则以军籍之虚数而济其侵欺之奸、馈饵之臣，则以簿籍之虚文而行其盗窃之计，苞苴辇载，争多斗巧，以归于权幸之门者，岁不知其几巨万。明公不此之正顾，乃规规焉较计毫末于饥民口吻之中，以是为撙节财用之计，愚不知其何说也。国家官爵，布满天下，而所以予之者，非可以限数也。今上自执政，下及庶僚，内而侍从之华，外而牧守之重，皆可以交结托附而得。而比来归正之人，近习戚里之辈，大者荷旄仗节，小者正任横行，又不知其几何人。明公不此之爱，而顾爱此迪功、文学、承信校尉十数人之赏，以为重惜名器之计，愚亦不知其何说也。然熹亦尝窃思其故，而得其说矣。大抵朝廷爱民之心，不如惜费之甚，是以不肯为极力救民之事。明公忧国之念，不如爱身之切，是以但务为阿谀顺指之计。此其自谋可谓尽矣。然自旁观者论之，则亦可谓不思之甚者也。盖民之与财，孰轻孰重？身之与国，孰大孰小？财散则可复聚，民心一失则不可以复收；身危犹可复安，国势一莽则不可以复正。至于民散国危，而措身无所，则其所聚有不为大盗积者耶？明公试观自古国家倾覆之由，何尝不起于盗贼？盗贼窃发之端，何尝不生于饥饿？赤眉、黄巾、葛荣、黄巢之徒，其已事可见也。数公当此无事之时，处置一二小事，尚且瞻前顾后，逾时越月，而不能有所定。万一荐饥之余，事果有不可知者，不审明公何以处之？明公自度果有以处之，则熹不敢言。若果无以处之，则与其拱手熟视而俟其祸败之必至，孰若图难于易，图大于细，有以消弭其端，而使之不至于此也。古之人固有雍容深密，不可窥测，平居默然，若无所营，而临大事，决大策，不动声气，而措天下于泰山之安者。然从今观之，自其平日无事之时而规模指画，固已先定于胸中，是以应变之际，敏妙神速，决不若是其泄泄而沓沓也。况今祖宗之雠耻未报，文武之境土未复，主上忧劳惕厉，未尝一日忘北向之志。而民贫兵怨，中外空虚，纲纪陵夷，风俗败坏，政使风调雨节，时和岁丰，尚不可谓之无事，况其饥馑狼狈至于如此。为大臣者，乃不爱惜分阴，勤劳庶务，如周公之坐以待旦，如武侯之经事综物，以成上意之所欲为者。顾欲从容偃仰，玩岁愒日，以侥幸目前之无事，殊不知如此不已，祸本日深。熹恐所忧者，当不在于流殍，而在于盗贼；受其害者，当不止于官吏，而及于邦家。窃不自胜漆室嫠妇之忧，一念至此，心胆堕地，念不可不一为明主言之，而犹未敢率然以进，敢先以告于下执事。惟明公深察其言，以前日迟顿宽缓之咎，自列于明主之前，君臣相誓，务以尽变前规，共趋时务之急。而于熹所陈荒政一二事者，少加意焉，则熹虽衰病不堪，吏役尚可勉悉疲驽，以备鞭策。至其必不可支吾而去，后来之人亦得以因其已成之绪，葺理整顿，仰分顾忧。如其不然，则熹之狂妄将有不能忍于明主之前者。明公不如早罢其官守，解其印绶，使毋得以其狂瞽之言上渎圣聪，则熹也谨当缄口结舌，归卧田间，养鸡种黍，以俟明公功业之成而羞愧以死。是亦明公始终之厚赐也。情迫意切，矢口尽言，伏惟明公之留意焉。

与赵帅子直书

窃见使司行下委两邻附籍事，官司尝已施行。但此事初议，只委乡官劝谕人户自来附籍，盖不欲使吏与其间，恐有烦扰。虽有不愿请米者，亦不之强，但欲请米者，非已附籍不给，即其人利害切已，附与不附，皆须自任其责。行之既久，人渐相信。今忽有此指挥，即自此之后，生子得米之人可以安坐不问，而归其责于邻人，邻人不得米者，顾乃代之任责，而又无罪赏以督其后。又况一甲之内，除怀孕家外，尚有四家，今却只取两家为邻。若在街市人家齐整去处，犹可责之两畔切邻，不容推托；若在乡村人烟星散去处，即或前或后，或左或右，或疏或密，必是互相推托，不肯为任此责。其生子得米之人，既不干预，却使无利害之人任无罪赏之事，而四家之中又无正定主名，万一无人及时申附，直至生子之后，其家或欲杀弃，即通同盖庇，不复申举，或欲请米，即须论诉邻人以为不申附之罪。乡官既难受理根究，其势必烦有司追证骚扰，其害不细，不知及今尚可回否？若得且令乡官依旧劝谕人户自行附籍，而委措置官者察附籍者之殿最，取其尤怠慢者，申县改差而稍加沮辱，以警其余，亦足以革旧弊，广恩意。如其不然，即须严立罪赏而使甲内四家同任其责。如有怀孕五月之家，即四邻先取本家申乞附籍文状，仍说愿与不愿请米，四邻连名签押状内，公共指定，专委两邻某人某人传送，取附籍乡官批回，付本家收照。候生子讫，再取四邻保明，缴连元批，赴收支乡官请米。其不愿请米人，亦须四邻具状，缴连元批，保明不曾杀弃，关报注籍。如此乃可关防推托遗滞、词诉骚扰之弊。然既如此，即事体规模顿异前日，而将来亦恐终不免于烦扰，更乞详酌其宜，计其利害之实而行之也。大抵此事从初商量，非不知如此措置，决是不能周遍，然所恃者既无烦扰之弊，而劝谕恩意有以感动之，则赈给之惠，虽不能周，而阴受生活之赐者，自将不胜其众耳。若以此为不广，而欲其速得周遍，则决非劝谕之所可及，势须一切以文法禁令驱迫，然后可成。如此非不美观，然恐官司徒有文移而无事实，民间徒被骚扰而无恩惠，非前日所为思虑措画之本意也。不审高明以为如何？熹上覆。

近日仓司所行，全是文具，委官散榜，编排甲户，置立粉壁，处处纷然，而实无一文一粒及于生子之家。愚意此可以为戒，而不可学也。

与林择之书

彼中旱势如何？得雨莫已沾足否？槁苗尚可救否？此中燥湿不均，山间有频得雨处，有极枯槁处，度其势短长相补，亦足以相救。所患者人心喜乱，不待饥饿，而已生狂妄之意，又患些小米谷为他处般贩，则亦无以为继，而实有饥饿之忧，以速变乱耳。已累书白帅，宜亟籴广米及台州米。近闻永嘉亦有米可来，此皆不可不早为之计。近观其所处置，却只是禁上流拦米及遣人来收籴。此二策者，不过取之吾之境内，譬如一家之中，二子皆饥，乃夺甲以哺乙耳。亦已极论其非，是不知以为然否。幸以累年以来见闻之，验告之，此非细事也。唯壬午、癸未陈应之守建时禁港甚严，而汪丈在福州一无所问，此最为得。其后赵清卿、任元受在福州，则陈邦彦在建与之争；王瞻叔在福州，则任希纯在建与之争。二公虽悍，然卒不能夺建人之守，然后无事。今上流诸州，其小者不敢抗大府之命，其大者又未必有意于民，而亦不知其利害之若此也。帅府又快于吾令之得行，吾民之可以无饥，而未及虑夫建剑之俗，一有纷纭，则将为吾之忧有大于此者而不及救也。只如建宁向来屡饥，亦不免用诸县自给之说，不得般米下船，然后村落获济，城中又溯流发米，以助诸县，然亦不闻城中之饥。今任事者曾不察此，诸县以旧事告，皆不之信。此必不能有说以告帅司，全在帅司自为一路之计，算其长者而为之耳。闻延平积粟皆已匮竭，此可深忧，宜檄诸州照例禁港，无致将来阙食生事。此于帅府事体盖所当然，而一面多方招邀，运致外道米斛入界，乃为上策。广中虽云不熟，然亦当胜本路，如温台则粒米狼戾，今正及时可招可籴，不可失也。如本路籴米则非计之得，又非其时，枉费多钱，反得少米，不若且看将来。如他处米来多，即不须籴，若不得已，亦且俟十月以后间晚禾成熟后方可籴。此理的然，前日书中亦说不尽，更烦子细为陈之，不可有一字之遗也。

与赵帅书

熹窃闻究心荒政，以为来岁之备者，甚至甚善。但上流籴米之数似亦太多，盖虽未即津发，然收之官，民间便阙此数，又且处处置场收籴，冬间米价便须增长，来春籴贵亡疑。今业已施行，不敢便乞住罢，若但得少损其数，亦不为无补也。又闻浙米来者颇多，市价顿减，邦人甚喜，而识远者虑其将不复来。此一道安危之大机也。谓宜多方招致，稍增市价，官为收籴，以劝来者，比之溪船海道，官自搬运，糜费损失，所争决不至多。此等事一是要早商量，二是要审计度，三是断置果决，不可因循。去冬见议开湖事，熹谓须先计所废田若干，所溉田若干，所用工料若干，灼见利多害少，然后为之。后来但见匆匆兴役，至今议者犹以费多利少为疑。浮说万端，虽不足听，然恐亦初计之未审也。大抵集众思者易为力，专己智者难为功。此等事，但呼官吏之可与谋者条画而算计之，其赢缩利害，可以一日而决，不必闭阁深念，徒敝精神而又未必尽乎利病之实也。庸暗疏阔，智不谋身而过计多言，喜与人事，深自觉其可厌而未能遽已，不审高明以为如何？狂妄之罪，亦惟并宽之也。官自运米，弊病百端。顷时会稽有一斛而亏两斗者，不免奏劾坐押使臣，而王仲衡力庇之，反欲捃拾发举官吏，乃剡县叶簿即黄丞之表弟，问之可知也。或谓当募出等商贾，使之抱认津致，虽或优其佣费，亦未敌官运折欠之多也。此事前日陈教授归，尝嘱以禀闻，似亦可采用也。

与王漕齐贤书

熹伏辱赐教，并审即日秋阳尚骄，台府清暇，台候万福，不胜感感。熹前日伏蒙垂问，率尔具报。既而思之，其所论者，乃经理州县财赋源流之术。若以今日救荒恤民之事言之，则未为要切之务也。虑之不精，发之不当，方以自愧，亦意高明见其迂阔，不过付之一笑而已。以故因循，未暇以书自解，不谓乃蒙专人再枉谦诲，俾尽其说。此事既非今日之急，而其条目猥多，亦有非熹之所能尽知者。然其大要，不过欲得使司于见行盐法之中，择其不可行之甚处小变其法，而损其岁入之数，使官享其利，而民不以为病，州县可以立脚，而漕司不失岁输之实而已。然此事乃在使司审熟讨论百全而后可发，非一旦猝然之所可言也。若夫今日救荒恤民之急，则不过视部内被灾之郡，使之实检放。

福建惟下四州水旱，时有检放。若上四州，则民间全不知有此条法恩意，但知田无所收，则杀人放火耳。今示之以此，亦所以息其作乱之心。

捐逋租

近日州县无他事可以扰民，唯有催理白税，不问已纳未纳，一切禁系决挞，责令重纳。此为大害。

宽今年夏秋二税省限，各展一月，具以条目言之于朝，而其可直行者，一面行下，然后谨察州县奉行之勤惰得失而诛赏之，使愁叹亡聊之民犹复有所顾藉，而不忍肆其猖狂悖乱之心，以全其首领，保其家族，靖其乡闾，此则今日救荒恤民之急务也。此外则视荒损尤甚之乡，使之禾米得入而不得出。有余之处，则许其通融籴贩，稍劝富民平价出粜，劝民广种大小荞麦、卜芋、蔬菜之属，以相接续。其贫甚者，使更互相保，而别召税户保之，借以官本，收成之后只纳元钱，亦一助也。此等为灾伤甚处乃行之，想亦不至甚多也。又此事虽属常平司，然或彼司无钱而漕司有钱，则借而为之，亦不为侵官也。鄙见如此，未知当否？姑以仰塞下问之勤，伏望裁择其可。幸甚！幸甚！山间之旱，日甚一日，祈祷经月，略不见效。连日随众登山祈神，周视一村大半焦赤。居此四十余年，未尝有今日之旱，令人忧惧，殆无措身之所。奈何！奈何！使还具禀，臂病犹未能多作字，伏乞台察。

与江东尤提举劄子

此间籴米者五辈，其一已还，余尚未有端倪。然四近米价皆高，恐不及元科之数。而诸县下户口数万，建昌四乡申到，计一月已当米四千石余，虽见催未到，然以乡计之，尚当七倍于此，则一月已用三万余石。今计常平之积及本军所余，仅可给两月，劝输上户所得可给一月，即开春便无以继。欲以粜到钱再籴，则诸处米向后必愈难得，又恐未可指准。不知使司番阳之米，将来可拨几何？若得五万余石，即所欠尚有月余，多方那攒，或可接得大麦。都昌小户尤多，恐用米谷不止此。若不及此数，即尤狼狈矣。欲乞早示一公牒，拨定米数，此当一面差人般运，庶以慰安善良，弹压奸盗。非细事也。

答赵帅论举子仓事

次月初十日，请米不得，折支价钱　元立约束，逐月三次支米，使生子之家，不过一旬便得接济，极为利便。但支米官独员自支，或不得人，则徇私作过，无所不有，至有将私家所收轻禾泛谷重行估折者，亦有将所支官米准还本家私债者。似此之弊，不一而足，不但折支价钱而已。故中间甚不得已，而改为三月一支之法，虽期日稍远，然却得关会诸都附籍乡官同在一处，不容大段作弊。乡人虽是得米稍迟，却无邀阻乞觅之患，亦颇安之。今欲一月一支，诚为中制。然若不关集，诸附籍乡官则独支之弊，复如前日。若欲尽行关集，则一月一来，其稍远者不无厌倦，支米官又利其不来，决不便行申举，因循视效，必致无肯来者，而独支之弊又如故矣。反覆思之，只有一说，虽或未能尽革旧弊，然亦胜于不行。欲乞更于所示事目本文"次月初十日请米一石之下"，注云仍旧关集，诸附籍乡官各将本籍前来参验，方得支给，仍于后项立法支米，以恤其私，则或可以责其必来，而免致复有独支之弊。如其不然，虽欲多设关防，曲行小惠，徒为文具，终有损而无益也。

佃户人户欠米未有约束　举子根本全仰诸庄佃户送纳租课，诸郡人户回纳息米。今佃户多有豪猾士人仕宦子弟力能把持公私，往往拖延不纳，至有及来年夏秋而无敢催督之者。请米人户间有形势之家诡名冒请，一家止有百十石。乡官明知其然，而牵于人情，不能峻拒，亦有慕其权势而因以为纳交求媚之计者，亦有畏其把持嘲诮而姑为避祸苟免之计者。及至冬月回纳之时，又皆公然拖欠，乡官无如之何，县官亦复畏惮，不肯留意催促，遂有经隔年岁，终不送纳者。麻沙常平、社仓曾被一新登第人诡名借去一百余石，次年适值大赦，遂计会仓司人吏直行蠲放。缘此乡俗视效全无忌惮，视此官米便同己物，岁久月深，其弊愈甚。若不早加觉察，将欠多人追赴使司勘断，监纳佃户，即令召人划佃，则数年之后，根本蹶拔，乡官徒守空仓，举子之家无复得米之望矣。

诸县措置官下书手月支米五斗　如此则措置官似亦当有月给，兼第一项所陈利害，欲乞并就此条立法，若云诸县措置官月支供给钱若干（折米若干），逐官下置书手一名，月支米五斗，支米附籍乡官，逐月每人支米若干，以充茶汤饮食童仆往来之费。此数未敢拟定，更乞详酌稍优为善。

与李彦中张干论赈济劄子

示喻劝分之说，足见仁人之心，区区所虑，盖亦如此。但闲中不敢数与外事，前日但以船粟尽输城中，乡落细民无所得食，恐有他患，不免以书扣府公，久未得报，未知竟如何。但此说又与来喻浦城发米之说正相戾，恐不容自有异同。窃意莫若邀率乡里诸长，上先次相与合议可行之策，使城郭乡村、富民贫民皆无不便，然后共以白于当路而施行之。盖此事利害稍广，非一夫之智所能独决，又笔劄敷陈，未必尽意，不若面言之可究底蕴也。但此事之行于富民，必不能无所不利，但以救民之急，不得不小有所忍，权以济事。若为富民计较太深，则恐终无可行之策也。告急朝廷，丐籴邻部，恐亦不能有补。吾乡在重山复岭之中，朝廷纵有应副，不识何路可以运致。邻部唯有广东船米可到泉福，然彼中今年亦旱。近得福州知识书，言之甚详。此固无可指准。就使有之，亦如何运得到此。浦城之米，想亦不能甚多，发之无节，恐山谷间细民饥饿，将复有贻州郡诸司之忧者，尤不可不深虑也。度今城下，惟有两县劝分之说，须作措置，然亦且令爱惜撙节，接续长远，乃为至策。若乘快督迫，数日之间散尽所蓄，则无以为后日之计矣。但上户有米无米之实，最为难知，若一概用产钱高下为数，此最不便。顾恐今势已迫，不暇详细，不免只用此法耳。若说不拘多少，劝谕任其自粜，则万无是理也。要须别有一法，以核其实，乃佳耳。浦城之米，必不得已，可就籴而不可通贩，盖就籴犹为有限，而通贩则其出无穷，必倾此县而后已。凡此数端，恐可以裨商论之末。故略陈之，不识高明以为何如也。

《礼经会元》

荒 政

大司徒之于民，既庶而又富之，可谓得地利也；既富而又教之，可谓得人和矣。然而天时不常，水旱为沴，则地利有所不能殖，人和有所不足恃。圣人有忧之，是故为之荒政以聚万民，所以救天时之不常，而济地利人和之不及也。散利贷种食也，薄征轻税赋也，缓刑宽刑罚也，弛力息繇役也，舍禁山泽无禁也，去几关市无几也，眚礼杀吉礼也，杀哀节凶礼也，蕃乐彻乐而弛县也，多昏杀礼而多昏也，索鬼神而为凶年祷也，除盗贼而使良民安也。盖天灾国家代有，岁凶年谷不登，上之人苟不有以赈救之，不有以存恤之，则老弱转乎沟壑，壮者散而之四方矣。民安得而聚哉？周人以荒政十有二聚万民，又曰大荒大札，则令邦国移民通财，舍禁弛力，薄征缓刑，其拳拳于聚民可谓至矣。而其存恤赈救之意，又散见于六属之中。乡师，以岁时赒万民之艰厄，以王命施惠。司救，凡岁时有天患民病，则以王命施惠。司稼，则均万民之食而赒其急，而平其兴，即荒政之散利也。司市：凶荒，则市无征。司关，国凶荒则无关门之征，即荒政之去几也。司徒救荒，故言去几；司关御暴，故言犹几。均人，凶札则无力征，无财赋，即荒政之弛力也。廪人，若食不能人二鬴，则令移民就谷，诏王杀邦用。膳夫，大荒则不举掌客，凶荒则杀礼。司服，大荒则素服，即荒政之眚礼也。大司乐：大荒大灾，令弛县，即荒政之蕃乐也。士师，若邦凶荒，则令移民通财，纠守缓刑。朝士：若邦凶荒，则令邦国都县虑刑贬，即荒政之缓刑也。小宗伯，大灾，及执事祷祠于上下神示。太祝：天灾，弥祀社稷，祷祠。家宗人，以至日致天神、人鬼、地示、物彪，以禬国之凶荒，即荒政之索鬼神也。六官之属，苟可以为荒政之助者，无不致其详焉。成周聚民之意，可谓仁之至，义之尽矣。然此十有二政；曰弛力，曰薄征，曰会禁，曰去几，固皆有以利民矣。一以散利为先，则其关系民命尤急也。利不散则民不聚，虽有眚礼、蕃乐、杀哀、多昏之政，未必有实惠及民。先王荒政，以散利为急。盖古者三年耕必余一年之食，九年耕必余三年之食，预为先备，以为散利之地。故尧有九年之水，汤有七年之旱，民无菜色者，备先具也。是以周人有仓人掌粟人之藏，有余则藏之以待凶而颁之，旅师则聚野粟，平颁其兴积，施其惠，遗人掌县都之委积以待凶荒，皆先为之条也。后世如梁之移民河东，汉人之就食蜀汉，亦得周人移民就谷之意；发仓廪以振贫民，遣使以振贷无种食者，亦得周人赒民施惠之意，然皆可暂而不可常也。独一常平、义仓之法，有仓人藏粟、旅师聚粟、遗人委积之政，诚可以为荒政散利之助。而后人不能遵守其法，而推广其意，常平、义仓之名存而实废，卒有水旱之变，国胡以相恤哉？上无以散其利，下无以聚其民，则有去而为盗贼者矣。盗贼方兴，乃相与讲求其弭盗之策，甚者必重法立威以求胜之，不思礼义生于富足，盗贼起于贫穷，周人荒政以除盗贼居其末，盖亦甚不得已也。郑氏谓急其刑而除之，则失之矣。且周人非不除盗贼也，在司稽则执市之盗贼以徇且刑之，在士师则掌邦贼邦盗之成，在朝士则凡盗贼杀之无罪，在司厉则掌贼盗之任器货贿，在掌囚则守盗贼，在掌戮则搏盗贼，在司隶则帅其民而搏盗贼，在环人则谍贼。然此非凶荒之时，其除之必急，固宜也。凶年盗贼，盖亦饥寒所迫耳，何后世不求所以救凶荒之政，而徒求其所以胜盗贼之术欤？然则欲除盗贼者当如何？曰自散利始。

《文献通考》

平　籴

籴者民庶之事。古之帝王，其米粟取之什一，所赋而有余，未有国家而籴粟者也。而籴之说，则仿于齐桓公、魏文侯之平籴，后世因之曰常平，曰义仓，曰和籴，皆以平籴藉口者也。然平籴之立法也，所以便民。方其滞于民用也，则官籴之；及其适于民用也，则官粜之。盖懋迁有无，曲为贫民之地，沿袭既久，古意浸失。其籴粟也，诿曰救贫民谷贱钱荒之弊。及其久也，则官未尝有及民之惠，而徒利积粟之入矣。至其极弊，则名曰和籴，而强配数目，不给价值，鞭笞取足，视同常赋。

论青苗法

宋元祐初，温公入相，诸贤并进，用革新法之病民者如救头，然青苗助役其尤也。然既曰罢青苗钱，复行常平仓法矣。未几而复有再给散出息之令，而其建请乃出于范忠宣。虽曰温公仕告不预知，然公其时有奏乞禁抑配，奏中且明及四月二十六日敕令给钱斛之说，则非全不预知也。后以台谏交章论列，舍人不肯书黄，遂大悟而不复再行耳。至于役法，则诸贤之是熙宁而主顾募者居其半，故差顾二者之法杂然并行，免役六色之钱仍复征取。然则诸贤虽号为革新法，而青苗助役之是非可否，胸中盖未尝有一定之见，宜熙丰之党后来得以为辞也。然熙宁之行青苗也，既有二分之息，提举司复以多散为功，遂立各郡定额，而有抑配之弊。其行助役也，既取一分之宽剩而复征头子钱，民间输钱日多，而顾人给直日损，遂至宽剩积压，此皆其极弊处。至绍圣国论一变，群奸唾掌而起，于绍述故事，宜不遗余力。然考其施行之条画，则青苗取息止于一分，且不立定额，抑配人户，助役钱宽剩亦不得过一分，而蠲减先于下五等人户，则聚敛之意，反不如熙宁之甚矣。观元祐之再行青苗，复征六色役钱，则知兴利之途，虽君子不能尽窒之。观绍圣之青苗，取息役钱，宽剩皆止于一分，则知言利之名，虽小人亦欲少避之。要之，以常平之储贵发贱，敛以赈凶饥，广蓄储，其出入以粟而不以金，且不取息，亦可以惩常平积滞不散、侵移他用之弊，则青苗未尝不可行；以坊场扑买之利及量征六色助役之钱，以资顾役，所征不及下户，不取宽剩，亦可以免当役者费用破家之苦，则助役未尝不可行。介甫狠愎不能熟议缓行，而当时诸贤又以决不可行之说，激之群憸，因得以行其附会谋进之计，推波助澜，无所不至。故其征利毒民，反出后来章蔡诸人之上矣。绍圣绍述之事，章惇为之宗主，然惇元祐时尝言保甲保马一日不罢，则有一日害如役法。熙宁初，以顾代差，行之太速，故有今弊。今复以差代顾，当详议熟讲，庶几可行，而限止五日，其弊将益甚矣。其说不惟切中元祐之病，亦且深知熙丰之非，然则后来之所以攘臂称首者，正张商英所谓热荒要做官，而民间之利病，法度之是非，未尝不了然胸中也。其奸人之雄欤！

《性理会通》

赈 恤

元城刘氏曰：昔尧有九年之水，汤遇七年之旱，而国无捐瘠之民者，盖备之有素而已。

圣王为国必有九年之畜，故虽遇旱干水溢之灾，民无菜色。今岁一不登，人且狼狈，若有司不度事势，拘执故常，必俟春夏之交方行祈祷之礼，民已艰食，旋为赈贷之计，所谓大寒而后索衣裘，亦无及矣。

龟山杨氏曰：先王之时，三年耕有一年之积，故凶年饥岁，民免于死亡，以其豫备故也。不知为政乃欲髡其人而取其资，以为赈饥之术，正孟子所谓虽得禽兽，若丘陵勿为也。

朱子曰：夫先王之世，使民三年耕者必有一年之蓄，故积之三十年，则有十年之蓄，而民不病于凶饥。此可谓万世之良法矣。其次则汉之所谓常平者，其法亦未尝不善也。

救荒之政，蠲除赈贷固当汲汲于其始，而抚存休养尤在谨之于其终。譬如伤寒大病之人，方其病时，汤剂砭灸，固不可以少缓，而其既愈之后，饮食起居之间，所以将护节宣，少失其宜，则劳复之证，百死一生，尤不可以不深畏也。

自古救荒自有两说。第一是感召和气，以致丰穰；其次只有储蓄之计，若待他饿时理会，更有何策。

或说救荒赈济之意固善，而取出之数不节不可。黄直卿云：制度虽只是这个制度，用之亦在其人。如籴米赈饥，此固是，但非其人，则做这事亦将有不及事之患。曰然。

尝谓为政者当顺五行、修五事，以安百姓。若曰赈济于凶荒之余，纵饶措置得善，所惠者浅，终不济事。

赈饥无奇策，不如讲求水利，到赈济时成甚事。

象山陆氏曰：社仓固为农之利，然年常丰，田常熟，则其利可久。苟非常熟之田，一遇歉岁，则有散而无敛。来岁阙种粮时，乃无以赈之。莫若兼置平籴一仓，丰时籴之使无价贱伤农之患，阙时粜之以摧富民闭籴昂价之计。折所籴为二，每存其一，以备歉岁，代社仓之匮，实为长利也。

总 论 六

（食货典第九十二卷）

目 录

《大学衍义补》

恤民之患

《书·说命》：惟事事乃其有备，有备无患。

臣按：先儒谓简稼器、修稼政，事乎农事，则农有其备，故水旱不能为之害。是则水旱之备，莫先于事农之事可见矣。

《诗·云汉》：倬彼云汉，昭回于天。王曰：於乎！何辜今之人！天降丧乱，饥馑荐臻。靡神不举，靡爱斯牲。圭璧既卒，宁莫我听。

臣按：朝廷政治之最急者，莫急于民莫得食。天旱则五谷不成，五谷不成则民无由得食，民无由得食则将趁食于四方。苟处处皆然，则民不几于尽瘁乎？是故有志于为民之君，见天下之亢旱，则豫忧之，凡可以感天而致雨者，无所不用其情。是以《云汉》之诗，既告于上天，又告于祖宗父母，又告于百官。索祭之礼，既无所遗，礼神之物，或至于尽。无所归咎，宁以己身而当其灾；无所控告，惟仰昊天而诉其忧。非徒自贬，责于一己，而又求助于群臣。宣王之忧民之忧如此。此其所以遇灾不灾，而卒成中兴之业也欤！

《周礼·大司徒》：以荒政十有二聚万民，一曰散利，二曰薄征，三曰缓刑，四曰弛役，五曰舍禁，六曰去几，七曰眚礼，八曰杀哀，九曰蕃乐，十曰多昏，十一曰索鬼神，十二曰除盗贼。

臣按：《易》曰：何以聚人，曰财。《大学》曰：财散则民聚。盖天立君以治民，君必得民然后得以为君。是君不可一日无民也。然民必有安居托处之地，日用饮食之具，而后能聚焉。人君为治，所以使一世之民恒有聚处之乐，而无分散之忧者，果用何物哉？财而已矣。然是财也，所以耗而费之者，固由乎人力，然尤莫甚于天灾焉。是以人君当夫丰穰无事之时，而恒为天灾流行之思，斯民乏绝之虑，豫有以蓄积之，以为一旦凶荒之备焉。此无他，恐吾民之散而不可复聚也。是以《周礼》十二荒政而以散利为首。郑氏谓散利者，贷种食也。盖予之食，以济一时之饥；予之种，以为嗣岁之计。圣人忧民之心，至矣远矣。既散所有之利，而又行薄征以下十一事以济之。此治古之世，所以时有丰凶，而民无忧患，民生所以长聚而君位所以永安者，其以此欤！

遗人掌邦之委积，以待施惠；乡里之委积，以恤民之艰厄；门关之委积，以养老孤；郊里之委积，以待宾客；野鄙之委积，以待羁旅；县都之委积，以待凶荒。

廪人掌九谷之数，以待国之匪颁，赒赐稍食。以岁之上下数邦用，以知足否，以诏谷用，以治年之凶丰。凡万民之食食者，人四鬴，上也；人三鬴，中也；人二鬴，下也。若食不能人二鬴，则令邦移民就谷，诏王杀邦用。

臣按：《周礼》十二荒政，是国家遇凶荒之时救济之法也；遗人所掌，是国家常时收诸委积以待凶荒施惠之法也；廪人所掌，是国家每岁计其丰凶以为嗣岁移就之法也。观此可以见先王之时，所以为生灵虑灾防患之良法深意矣。盖其未荒也，预有以待之；将荒也，先有以计之；既荒也，大有以救之。此三代之民，所以遇灾而无患也欤？今其遗法故在，后世人主诚能师其意而立为三者之法，则民之遇凶荒也，无饥饿之患，流移之苦矣。

司救：凡岁时有天患民病，则以节巡国中及郊野，而以王命施惠。

臣按：疾疫之灾，多生于凶荒之岁。凡遇荒年，宜豫为之防，使之不至于饥饿，而内伤劳苦，而外感积聚而旁染，是亦救荒之一助也。

《春秋》：襄公二十有四年，大饥。

臣按：胡氏之言，救灾之政备矣。举而行之，则虽灾勿灾焉。惟民灾而上弗恤，此民之所以灾欤？为人上者，其尚体圣人春秋之书法，毋坐视民之灾而不为先事之防，临事之恤哉！

縠梁赤曰：五谷不升为大饥，一谷不升谓之嗛，二谷不升谓之饥，三谷不升谓之馑，四谷不升谓之康，五谷不升谓之大侵。大侵之礼，君食不兼味，台榭不涂，弛侯廷道不除，百官布而不制，鬼神祷而不祀。此大侵之礼也。

臣按：君食不兼味，以下即《周礼·膳夫》所谓大荒则不举者也。譬诸父母焉，其子不哺而已乃日余膏粱，于心安乎？

王制：三年耕必有一年之食，九年耕必有三年之食，以三十年之通，虽有凶旱水溢，民无菜色。然后天子食，日举以乐。

臣按：国之所以为国者，以有民也。民之所以为民者，以有食也。耕虽出于民，而食则聚于国。方无事之时，丰稔之岁，民自食其食，固无赖于国也。不幸而有水旱之灾、凶荒之岁，民之日食不继，所以继之者，国也。国又无蓄焉，民将何赖哉？民之饥饿至于死且散，则国空虚矣。其何以为国哉？是以国无六年九年之蓄，虽非完国，然犹足以为国也。至于无三年之蓄，则国非其国矣。国非其国，非谓无土地也，无食以聚民云尔。是以三年耕必余一年食，九年耕必余三年食，以至三十年之久。其余至于十年之多，则国无不足之患，民有有余之食，一遇凶荒，民有所恃而不散，有所食而不死，而国本安固矣。虽然为治者非不欲蓄积以备凶歉也，然而一岁之所出，仅足以给一岁之所费，奈何？曰：数口之家，十金之产，苟有智虑者，尚能营为以度日，积聚以备患，况有天下之大、四海之富者哉？

《玉藻》：年不顺成，则天子素服，乘素车，食无乐。又曰：年不顺成，君衣布搢本，关梁不租，山泽列而不赋，土功不兴，大夫不得造车马。

臣按：古昔帝王遇灾必惧，凡事皆加减节贬损，非独以忧民之忧，盖亦以畏天之灾也。故《周礼》大荒则不举，大札则不举，天地大灾则不举，举者杀牲盛馔也。岂但饮食为然，则凡所服之衣，所乘之车，凡百兴作，举皆休息。此无他，君民之分虽悬绝而实相资以相成也。当此凶荒之时，吾民嗷嗷然以待哺，睊睊然以相视，艺业者技无所用，营运者货无所售，典质则富户无钱，举贷则上户无力，鱼虾螺蚌采取已竭，木皮草根剥掘又尽，面无人色，形如鬼魅，扶老携幼，宛转以号呼，力疾曳衰，枵腹以呻吟，气息奄奄，朝不保暮，其垂于阽危，濒于死亡也如此，为人上者，何忍独享其奉哉？虽欲享之，亦且食不下咽也。虽然与其贬损于既荒之余，孰若保养于未荒之先，非独下民不罹其苦，而上之人亦无俟于降杀也。

孟子对邹穆公曰：凶年饥岁，君之民老弱转乎沟壑，壮者散而之四方者几千人矣。而君之仓廪实，府库充，有司莫以告，是上慢而残下也。君行仁政，斯民亲其上，死其长矣。

臣按：人君之为治，所以延国祚，安君位者，莫急于为民。故凡国家之所以修营积贮者，何者而非为民哉？是故丰年则敛之，非敛之以为己利也，收民之有余以备他日之不足；凶年则散之，非散之以为己惠也，济民之不足，而发前日之有余。吁！民有患，君则恤之，则夫他日君不幸而有患焉，则民将救之唯恐后矣。

荀卿曰：田野县鄙者，财之本也；垣窌仓廪者，财之末也。百姓时和，事业得叙者，货之源也；等赋府库者，货之流也。故明主必谨养其和，节其流，开其源，而时斟酌焉。

潢然使天下必有余而上不忧不足，如是则上下俱富，交无所藏之，是知国计之极也。故禹十年水，汤七年旱，而天下无菜色者，十年之后，年谷复熟而陈积有余。是无他故焉，知本末源流之谓也。

臣按：荀卿本末源流之说，有国家者，不可以不知也。诚知本之所在则厚之，源之所自则开之，谨守其末，节制其流，量入以为出，挹彼以注，此使下常有余，上无不足。禹汤所以遇灾而不为患者，知此故也。

魏李悝平籴法：中饥则发中熟之所敛，大饥则发大熟之所敛而粜之。故虽遇饥馑，籴不贵而民不散。汉耿寿昌请令边郡筑仓，以谷贱时则增价而籴以利农，谷贵时则减价而粜以利民，名曰常平仓。

臣按：耿寿昌常平之法，因谷贵贱而增减其价以粜籴之，其法非不善也。然年之丰歉不常，谷之种类不一，或连岁皆歉，或此种熟而彼种不收，苟其敛散之际，非斟酌而上下之，其法将有时而不平者矣。惟今江北之地，地可窖藏，杂种五谷，宜仿此法，于要害处立常平司，专差户部属官往莅其事，随其熟而收其物，不必专其地，因其时而予之价，不必定于官，视年丰歉，随时粜籴。立仓用寿昌之名，敛散行李悝之法，庶乎其可也。

晁错言于汉文帝曰：圣王在上而民不冻饥者，非能耕而食之，织而衣之也，为开其资财之道也。故尧禹有九年之水，汤有七年之旱，而国亡捐瘠者，以畜积多而备先具也。今海内为一土地，人民之众不减汤禹，加以亡天灾数年之水旱，而畜积未及者，何也？地有遗利，民有余力，生谷之土未尽垦，山泽之利未尽出，游食之民未尽归农也。

臣按：安养斯民之政，在开其资财之道。开资财有道，在垦土田、通山泽，使地无遗利；禁游民、兴农业，使民无余力。如此则畜积多矣。虽有天灾数年之水旱，而吾所以为之备者，具之有素，安能为吾民患哉？是以古之善为治者，恒备于未荒之先，救之已患之后者，策斯下矣。

隋开皇五年，度支尚书长孙平奏令民间每秋家出粟麦一石以下，贫富无差，输之当社，委社司检校，以备凶年。名曰义仓。

臣按：义仓之法，其名虽美，其实于民无益。储之于当社，亦与储之州郡无以异也。何也？年之丰歉无常，地之燥湿各异，官吏之任用不久，人品之邪正不同。由是观之，所谓义者，乃所以为不义；本以利民，反有以害之也。但见其事烦扰，长吏奸而已。其于赈恤之实，诚无益焉。然则如之何而可？臣愚窃有一见，请将义仓见储之米，归并于有司之仓，俾将所储者与在仓之米挨陈以支，遇有荒年，照数量支以出，计其道里之费，运之当社之间，以给散之。任其事者不必以见任之官，散之民者不必以在官之属，所司择官以委，必责以大义，委官择人以用，必加以殊礼，不必拘拘于所辖，沾沾于所属，如此则庶几民受其惠乎？

唐贞观二年，遣使赈恤饥民，鬻子者出金帛赎还之。

臣按：饥馑之年，民多卖子，天下皆然，而淮以北、山之东尤甚。呜呼！人之所至爱者，子也。时日不相见则思之，梃刃有所伤则戚之。当时和岁丰之时，虽以千金易其一稚，彼有延颈受刃而不肯与者。一遇凶荒，口腹不继，惟恐鬻之而人不售，故虽十余岁之儿，仅易三五日之食，亦与之矣。此无他，知其偕亡而无益也。然当此困饿之余，疫疠易至相染，过者或不之顾；纵有售者，亦以饮食失调，往往致死。是以荒歉之年，饿莩盈途，死尸塞路，有不忍言者矣。臣愚窃以为唐太宗赎饥民所卖之子，固仁者之心也。然待其卖之而后赎，彼不售而死者亦多矣。莫若遇饥歉之年，民有鬻子者，官为买之，每一男一女，费以五缗以上为率，量与所卖之人以为养赡之计，用其所余之赀，以为调养之费，因其旧姓，赐以新名，传送边郡，编为队伍，给以粮赏，配之军士之家，俾其养育。如此既得以全其性命，又得以济其父母。内郡不耗，边城充实，是于救荒之中而有实边之效。或者若谓国家府库有限，费无所出，惟今江南之人有谪戍西北二边者，句丁补伍，有如弃市，及至戍所，多不得用。今后遇有荒岁，预借官钱买之，待后于江南民户有隶戎伍于极边者，愿出五百缗以上者，除其尺籍；出二百缗以上者，改隶近卫。如此则除一军得百军，移一军得四十军。随以所得抵数还官，数十年之后，边境之军日增，而南方之伍亦不缺矣。或曰：因饥募兵，古有其事欤？曰：富弼在青州，因济饥民，募军万计，史可考也。

代宗时刘晏掌财赋，以为户口滋多，则赋税自广，故其理财以爱民为先。诸道各置知院官，每旬月具州县丰歉之状白使司，丰则贵籴，歉则贱粜，或以谷易杂货供官用，及于丰处卖之。知院官始见不稔之端，先申至某月须如干蠲免，某月须如干救助，及期晏不俟州县申请，即奏行之。应民之急，未尝失时，不待其困弊流亡饿殍，然后赈之也。由是民得安其居业，户口蕃息。晏始为转运使。时天下见户不过二百万，其季年乃三百余万。在晏所统则增，非所统则不增也。其初财赋岁入不过四百万缗，季年乃千余万缗。

臣按：刘晏谓户口滋多，则赋税自广，故其理财以爱民为先。上之人诚爱乎民，轻徭而薄赋，省刑而息兵，则民不销耗而户口多矣。然户口消耗之由，固由乎人，亦出乎天，而凶荒之岁为尤甚。能如晏使有司每旬月具州县丰歉之状，贵籴贱粜，始见不稔之端，先行蠲免救助，应民之急，不待其困弊流亡饿殍然后赈之，如此则人既不为之害，天亦不能为之灾，户口滋多，赋税日广矣。由是观之，则国家所以行备荒之政，非但为民计，盖为国计也。

五代周显德六年，淮南饥，世宗令以米贷之。或曰：民贫恐不能偿。世宗曰：民犹子也。安有子倒悬而父不为解者，安责其必偿也？

臣按：朝廷设立义仓，本以为荒歉之备，使吾民不至于捐瘠。而有司奉行不至，方其收也，急于取足，不复计其美恶；及其储也，恐其浥烂，不暇待其荒歉。所予者不必所食之人，所征者非所受之辈。胡氏所谓其责偿也，或严其期，或征其耗，或取其息，或予之以米而使之归钱，或贫无可偿而督之不置，或胥吏以诡贷而征诸编民。此数言者，切中今日有司义仓之弊。呜呼！官仓之储，本为军国也。因饥岁以称贷于民，偏方之君，犹不责偿，况以圣明之世，储粟以备荒，而谓之义仓者乎？

宋真宗大中祥符八年，岁歉民流，命侍御史乘传安抚，发仓廪，出粟及赈贷。

神宗熙宁二年，判汝州富弼言：襄、邓、汝地旷不耕，河北流民至者日众。臣遣官察其无业可复者，尽给以田；羸疾老弱，不任农事者，始以粟给之。

司马光因遣使赈济河北流民，上言京师之米有限，河北之流民无穷，莫若择公正之人为监司，使察灾伤州县守宰不胜任者易之，各使赈济本州县之民，则饥民有可生之路，岂得复有流移？

臣按：人生莫不恋土，非甚不得已，不肯舍而之他也。苟有可以延性命、度朝夕，孰肯捐家业、弃坟墓，扶老携幼，而为流浪之人哉？人而至此，无聊也甚矣。夫有土此有民，徒有土而无民，亦恶用是土为哉。是以知治本者，恒于斯民平居完聚之时，豫为一旦流离之虑，必择守令，必宽赋役，必课农桑，汲汲然惟民食之为急，先水旱而为水旱之备，未饥馑而为饥馑之储。此无他，恐吾民一旦不幸无食而至于流离也。夫蓄积多而备先具，则固无患矣。若夫不幸蓄积无素，虽有蓄积而连岁荒歉，请之官无可发，劝之民无可贷，乞诸邻无可应，将视其民坐守枵腹以待毙乎？无亦听其随处趁食以求生也。然是时也，赤地千里，青草不生，市肆无可籴之米，旅店无充饥之食，民之流者未必至所底止，而为涂中之殍多矣。然则如之何而可？曰：国家设若不幸而有连年之水旱，量其势必至饥馑，则必豫为之计，通行郡县，查考有无蓄积。于是量其远近多寡，或移民以就粟，或转粟以就民，或高时估以招商，或发官钱以市籴。不幸公私乏绝，计无所出，知民不免于必流，则亟达朝廷，豫申于会府，多遣官属分送流甿，纵其所如，随处安插。所至之处，请官庾之见储，官为给散，不责其偿，借富民之余积，官为立券，估以时直，此处不足，又听之他。既有底止之所，苟足以自存，然后校其老壮强弱，老而弱者留于所止之处，壮而强者量给口粮，俾归故乡，官与之牛具种子，趁时耕作，以为嗣岁之计。待岁时可望，然后般挈以归。如此则民之流移者有以护送之，使不至于溃散而失所；有以节制之，使不至于劫夺以生乱；又有以还定安集之，使彼之室家已破而复完，我之人民已散而复集。是虽所以恤民灾患，亦所以弭国祸乱也。臣尝因是而论之，周宣王所以中兴者，以万民离散，不安其居，而能劳来还定，安集之也。晋惠帝所以分崩离析者，以六郡荐饥，流民入于汉川者数万家，不能抚恤之而有李特之首乱也。然则流民之关系亦不小哉？今天下大势，南北异域，江以南地多山泽，所生之物无间冬夏，且多通舟楫，纵有荒歉，山泽所生，可食者众，而商贾通舟，贩易为易。其大江以北，若两淮，若山东，若河南，亦可通运。惟山西、陕右之地，皆是平原，古时饵道，今皆堙塞，虽有河山，地气高寒，物生不多，一遇荒岁，所资者草叶木皮而已。所以其民尤易为流徙。为今之计，莫若设常平仓，当丰收之年，以官价杂收诸谷，各贮一仓，岁出其易烂者以给官军月粮，估以时价，折算与之，而留其见储米之耐久者以为蓄积之备。又特遣臣僚寻商于入关之旧路，按河船入渭之故道，若岁运常数有余，分江南漕运之余以助之，一遇荒歉，舟漕陆辇以往，是皆先事之备，有备则无患矣。盖此二藩，非他处比是，乃近边之地，所谓保障茧丝，二者皆有赖焉者也，尤不可不尽其心。

仁宗一遇灾变，则避正殿、变服、损膳、彻乐，恐惧修省，见于颜色，恻怛哀矜，形于诏命。灾所被之处，必发仓廪赈贷，或平价以粜，不足则转漕他路粟以给，又不足则诱富人入粟，秩以官爵。灾甚则出内帑金帛，或鬻僧牒，或留岁漕，或免租税，宽逋负，休力役，罢科率，薄关市之征，弛山泽之禁。不能自存者，官为收养；不得其死者，官为瘗埋。

臣按：宋仁宗之遇灾而恤民也，不徒有恻恻然哀矜之心，而实有凿凿乎赈恤之政。视彼之徒为虚文，付之有司以应故事者，异矣。万岁之后，庙号曰仁，不亦宜乎？

庆历八年，河朔大水，民流就食京东者，不可胜数。知青州富弼劝所部民出粟，益以官廪，择公私庐舍十万余区，散处其人，以便薪水。官吏自前资待缺寄居者，皆赋以禄，使即民所聚，选老弱病瘠者廪之。仍书其劳，约他日为奏请受赏，率五日辄遣人持酒肉饭糗慰藉。出于至诚，人人为尽力。山林陂泽之利可资以生者，听流民擅取。死者为大冢葬之。明年麦大熟，民各以远近受粮归，凡活五十余万人，募为兵者万计。

臣按：古人言，救荒无善政，非谓蓄积之不先具，劝借之无其方也。盖以地有远近，数有多寡，人有老幼强弱，聚为一处，则蒸为疾疫；散之各所，则难为管理。不置簿书，则无所稽考，不依次序，则无以遍及。置之则动经旬月，序之则缓不及救，有会集之扰，有辨察之烦，措置一差，皆足致弊。此所以无善政也。富弼以一青州之守而活河朔五十万之人，非徒活民，而又因之得军，由其立法之简便周尽也。所以简便周尽者，岂弼一手一足之劳哉？其法之最善者，官吏自前资待缺寄居者，皆赋以禄，使即民所聚，选老弱病瘠者廪之也。今世州郡无所谓待缺寄居之官吏。臣向于义仓条下云：任其事者不必见任之官，散之民者不必在官之属是也。臣愚欲望朝廷折衷富弼之法，立为救荒法式，颁布天下州县。凡遇凶荒，或散粟，或给粥，所在官司即行下所属，凡所部之中有致仕闲住及待选依亲等项官吏、监生与夫僧道、耆老、医卜人等，凡平日为乡人所信服者，官司皆以名起之，待以士大夫之礼，喻以朝廷仁民之意，给以印信文凭，加以公直等名，俾其量领官粟，各就所在，因人散给，官不遥制。事完之日，具数来上。其中得宜者量为奖勉，作弊者加以官法。如此则吏胥不乘几而恣其侵克，饥民得实惠而免于死亡矣。

熙宁八年夏，吴越大旱。赵抃知越州，前民之未饥，为书问属县，灾所被者几，乡民能自食者有几，当廪于官者几人，沟防构筑可僦民使治之者几所，库钱仓粟可发者几何，富人可募出粟者几家，僧道士食之羡粟书于籍者其几具存，使各书以对而谨其备。

臣按：曾巩有言，灾沴之行，治世不能使之无，而能为之备。民病而后图之，与夫先事而为计者则有间矣；不习而有为，与夫素得之者则有间矣。赵汴在越州备荒之政，为世所称见。旱势之方炽，知岁事之必歉，前民未饥，已为济饥之备。观其为书以访问于其属者甚详，且悉后世有志于民者，诚能以之为法，按其条件，先事访问，一一知其所以然之故，而委曲周尽，纤悉无遗，必得其实，当其宜，无其弊而后可。如此，则灾沴之来，有其备而无患矣。不然，待其狼狈溃烂之余，然后救之，安能有济乎？

曾巩救灾议曰：有司建言，请发仓廪，与之粟，壮者人日二升，幼者人日一升。今百姓暴露乏食，已废其业矣，使之相率日待二升之廪于上，则其势必不暇乎他为。一切弃百事而专意于待升合之食，是直以饿殍之养养之而已，非深思远虑为百姓长计也。以中户计之，户为十人，壮者六人，月当受粟三石六斗；幼者四人，月当受粟一石二斗。率一户，月当受粟五石。自今至于麦熟，凡十月，一户当受粟五十石。今被灾州郡民户不下二十万，内除有不被灾及不仰食于官者去其半，犹有十万户。计十万户十阅月之食，当用粟五百万石而足，何以办此？况给受之际，有淹速，有均否，有真伪，有会集之扰，有辨察之烦。凡此又不过使之得旦暮之食耳，其于屋庐构筑之费将安取哉？为今之策，下方纸之诏，赐之以钱五十万贯，贷之以粟一百万石，而事足矣。何则？今被灾州郡为十万户，如一户得粟十石、得钱五千，下户常产之赀平日未有及此者也。彼得钱以完其居，得粟以给其食，则农得修其畎亩，商得治其货贿，一切得复其业而不失其常生之计，与专意以待二升之廪于上而势不暇乎他为，岂不远哉？由有司之说，则用十月之费，为粟五百万石；由今之说，则用两月之费，为粟一百万石。况贷之于今而收之于后，足以振其艰乏而终无损于储蓄之实，所实费者钱五钜万贯而已。

臣按：曾巩此议，所谓赐之钱，贷之粟，比之有司日逐给粟之说，其为利病相去甚远。所谓深思远虑，以为百姓长计者，真诚有之。但饥民一户，贷之米十石，一旦责其如数，偿之难矣。不若因时量力，稍有力者偿其半，无力者并与之，或立为次第之限可也。

孝宗时，下朱熹社仓法于诸路。初建之崇安县开耀乡有社仓一所，熹请于府，得常平米六百石赈贷，夏受粟于仓，冬则加息，计米以偿。自后随年敛散，小歉则蠲其息之半，大饥则尽蠲之。凡十有四年，得息米造仓三间，及以元数六百石还府，以见储米三千一百石以为社仓，不复收息，每石止收耗米三升。以是一乡之间虽遇凶年，人不缺食。后请以其法行之他处。

臣按：朱熹社仓之法固善矣，然里社不能皆得人如熹者以主之，又不能皆得如刘如愚父子者以为之助。熹固自言其数年之间，左提右挈，上说下教，为乡闾立此无穷之计，然则其成此仓也，盖亦不易矣！然则其法不可行欤？曰：熹固言里社不能皆有可任之人，欲一听其所为，则惧其计私以害公；欲谨其出入，则钩校靡密，上下相遁，其害又有甚于官府者矣。

熹又尝言于其君曰：臣曾摹得苏轼与林希书，说熙宁中荒政之弊，费多而无益，以救之迟故也。其言深切，可为后来之鉴。

臣按：苏轼书云：朝廷厚设储备，熙宁中本路截发及别路般来钱米，并因大荒放税及亏却课利，盖累百钜万，然于救荒初无丝毫之益者，救之迟故也。呜呼！救之迟之一言，岂但熙宁一时救荒之失哉？自古及今，莫不然也。臣常见州郡每有凶荒，朝廷未尝不发仓廪之粟，赐内帑之钱，以为赈恤之策，然往往行之后时，缓不及事。朝廷有钜万之费，而饥民无分毫之益，其故何哉？迟而已矣。所以迟者，其故何在？盖以有司官吏惟以簿书为急，不以生灵为念。遇有水旱灾伤，非甚不得已，不肯申达，县上之郡，郡上之藩府，动经旬月，始达朝廷。及至行下，遣官检勘，动以文法为拘，后患为虑，因一之诈，疑众皆然，惟己之便，不人之恤，非民阽于死亡，狼戾惨切，朝廷无由得知。及至发廪之令行，赍银之敕至，已无及矣。虽或有沾惠者，亦无几尔。臣愿圣明行下有司，俾定奏灾限期则例，颁行天下。灾及八分以上者驰传，五分以上者差人，二三分以上入递，随其远近，以为期限。缓不及期，以致误事者，定其罪名，秩满之日，降等叙用。如此则藩服监司、郡县守令咸以救济为念，庶几无迟缓之失乎！

隆兴中，中书门下省言：湖南、江西旱伤，立赏格以劝积粟之家。凡出米赈济，系崇尚义风，不与进纳同。

臣按：鬻爵非国家美事也，然用之他则不可，用之于救荒则是。国家为民，无所利之也。宋人所谓崇尚义风，不与进纳同是也。臣愿遇岁凶荒，民间有积粟者，输以赈济，则定为等第，授以官秩。自远而来者，并计其路费。授官之后，给与玺书，俾有司加礼优待，与见任同。虽有过犯，亦不追夺。如此则平宁之时人争积粟，荒歉之岁民争输粟矣。是亦救荒之一策也。

辛弃疾帅湖南，赈济榜文只用八字，曰：劫禾者斩，闭粜者配。

臣按：朱熹谓弃疾做两榜便乱道，盖欲其兼禁之也。盖荒歉之年，民间闭粜，固是不仁。然当此际米价翔踊，正小人射利之时也，而必闭之者，盖彼亦自量其家口之众多，恐嗣岁之不继耳。彼有何罪而配之耶？若夫劫禾之举，此盗贼之端，祸乱之萌也。周人荒政，除盗贼正以此耳。小人乏食，计出无聊，谓饥死与杀死，等死耳。与其饥而死，不若杀而死，况又未必杀耶？闻粟所在，群趋而赴之，哀告求贷，苟有不从，即肆劫夺，自诿曰我非盗也，迫于饥饿，不得已耳。呜呼！白昼攫人所有，谓之非盗可乎？渐不可长。彼知其负罪于官，因之鸟骇鼠窜，窃弄锄梃，以捍游徼之吏。不幸而伤一人焉，势不容已，遂至变乱，亦或有之。臣愿明敕有司，遇有旱灾之岁，势必至饥窘，必先榜示禁其劫夺，谕之不从，痛惩首恶，以警余众，决不可行姑息之政。此非但救饥荒，乃弭祸乱之先务也。然则富民闭籴，何以处之？曰：必先谕之以惠邻，次开之以积福，许其随时取直，禁人侵其所有，民之无力者官予之券，许其取息，待熟之后，官为追偿。苟积粟之家丁口颇众，亦必为之计算，推其赢余以济匮乏。若彼仅仅自足，亦不可强也。然亦严为之限，凡有所积，不肯发者，非至丰穰，禁不许出粜，彼见得利，恐其后时自计有余，亦不能以不发矣。

吕祖谦曰：大抵荒政，统而论之，先王有预备之政，上也；修李悝之政，次也；所在蓄积，有可均处，使之流通，移民移粟，又次也；咸无焉，设糜粥，最下也。

臣按：朱熹有言，自古国家倾覆之由，何尝不起于盗贼？盗贼窃发之患，何尝不起于饥饿？吁！天灾流行，国家代有，是以先王于民也，备之于未荒之前，救之于方荒之际，而又养之于已荒之余。诚以礼义生于富足，一旦饥饿切身，吾民无所倚赖，或遂至于犯礼越分，非独虑其身之不能存，亦虑其心之或以荡也。是以太平无事之时，恒为乱离反侧之虑；丰登有余之日，恒为荒歉不给之忧。此无他，天生人君，以为生民之主，必体天心以安民生，然后有以保其位也。不然方其无事之时，吾则资之以为用，及其有患之际，吾乃弃之而不顾，是岂天之意哉？亦岂君之道哉？是以古昔盛时三年耕余一年食，九年耕余三年食，以三十年通计之，则余十年之食矣。今不能尽如古制，臣请以在仓之米，尖入平出之余，递年所得之米，皆用以为备豫之数，岁杪计用之时，量入为出之际，不在数中，仍留在仓，存其名数，以待荒年之用。又立为定制，凡藩臬州县，民间词讼，属户律者如户婚田土、坊场、津渡、墟市之类，讼而得理者，俾量力而出粟，其无理者亦罚米以赎罪，皆贮之仓，以备荒政。及前此敛民以为赈济者，皆通归官廪，常年则依例挨陈以支，荒岁则别行关给以散。积之岁月，必有赢余。其或不足，又须多方设法以措置之，随处通融以补益之，必使足而后已。一旦遇灾，有备无患矣。大抵备荒之政，不过二端，曰敛、曰散而已。有以敛之而积久不散，则米粒浥腐而不可食，有以散之而一切不敛，则仓廪空虚而无以继。守者有破产之患，贫者无偿官之资，有司苟且具文逭责，往往未荒而先散，及有荒歉，所储已空。饥民有虑后患者，宁流移死亡而不敢领受，甚至官吏凭为奸利，给散之际，饥者不必予，予者不必饥，收敛之时，偿者非所受，受者不必偿，其弊非止一端。必欲有利而无弊，莫若尽捐予民，不责其偿之为善。然又虑夫气运不常，丰凶莫测，徒有散而无敛，后将无以为继。宜计所积之多少，料民产之有无，积苟有余，不责其偿可也。若或土地之偏隘，人民之众多，遇有凶灾，难于取具，赈饥之后，丰年取偿，可分民为三等，上户偿如其数，中户取其半，下户尽予之。又于户部十三司之外，依工部缮工司例，别立一司，添设官吏，专以备荒。每年夏六月麦熟，秋九月以后，百谷收成之候，藩府州县将民间所种有无成熟分数逐件申达，十月以后通申一年之数，兼计明年食足与否，有收者几乡，无收者几乡，乡凡几户，得过者几家，必须赈给者几家，官廪之储多少，富家之积有无，近邑何仓有米，近乡谁家有积，或借官帑以为备，或招商贾以通市，或请于朝廷，有所蠲贷，或申于上司，有所干请。凡百可以为赈济之备者，皆于未荒之先而为先事之虑。岁岁而袭其常，事事而为之制，人人而用其心，虽有荒旱水溢，民无菜色矣。若夫临事而救之之术者，臣已于各条之下委曲而各为之措置矣。虽然，此皆其末也。若夫本之所当先者，则朱熹所谓为政者当顺五行，修五事，以安百姓。若曰赈饥于凶荒之余，纵饶措置得善，所惠者鲜，终不济事。伏惟仁圣体上天付托之重，广上帝好生之仁，常存哀矜恻隐之心，弘布蠲贷赈恤之政，非独以恤民患，盖所以固邦本也。天下生灵不胜大幸。

市籴之令

齐管仲相桓公，通轻重之权曰：岁有凶穰，故谷有贵贱；令有缓急，故物有轻重。人君不理，则畜贾游于市，乘民之不给，百倍其本矣。民有余则轻之，故人君敛之以轻；民不足则重之，故人君散之以重。凡轻重敛散之以时，即准平。守准平，使万室之邑，必有万钟之藏，藏镪千万；千室之邑，必有千钟之藏，藏镪百万。春以奉耕，夏以奉耘，耒耜器械，钟饷粮食，必取赡焉。故大贾畜家，不得豪夺吾民矣。又曰：国之广狭，壤之肥墝有数，终岁食余有数，彼守国者，守谷而已矣。曰：某县之壤广若干，某县之壤狭若干，则必积委币，于是县州里受公钱，君下令谓郡县属大夫里邑皆籍谷入若干。

臣按：管仲，伯者之相也。其辅桓公，以兵车伯天下。而其治国，犹知以守谷为急务，而通轻重之权，为敛散之法。岁穰民有余则轻谷，因其轻之之时，官为敛籴，则轻者重；岁凶民不足则重谷，因其重之之时，官为散粜，则重者轻。上之人制其轻重之权，而因时以敛散，使米价常平以便人。是虽伯者之政，而王道亦在所取也。

魏文侯相李悝曰：粜甚贵伤人，甚贱伤农。人伤则离散，农伤则国贫，故甚贵与甚贱，其伤一也。善为国者，使人无伤而农益劝。是故善平籴者，必谨观岁有上中下三熟，大熟则上籴三而舍一，中熟则籴二，下熟籴一，使人适足，价平则止。

臣按：天生万物，惟谷于人为最急之物而不可一日无者，有之则生，无之则死。是以自古善为治者，莫不重谷。三代以前，世无不耕之民，人无不给之家。后世田不井授，人不皆农，耕者少而食者多。天下之人，食力者什三四，而资籴以食者什七八矣。农民无远虑，一有收熟，视米谷如粪土，变谷以为钱，又变钱以为服食日用之需，曾未几时，随即罄尽。不幸而有荒年，则伐桑枣，卖子女，流离失所，草芽木皮无不食者。天下之人莫不皆然，而淮北、山东为甚。臣愿朝廷举李悝平籴之法，于此二处各立一常平司，每司注户部属官三员，量地大小，借与官钱为本。每岁亲临所分属县，验其所种之谷，麦熟几分，粟熟几分，与夫大小豆之类，皆定分数，申达户部，因种类之丰荒，随时价之多少，收籴在官。其所收者，不分是何米谷，逐月验其地之所收、市之所售，粟少则发粟，麦少则发麦，诸谷俱不收，然后尽发之，随处立仓通融，搬运分散，量时取直。凡货物可用者皆售之，不必专取银与钱也。其所得货物可资国用者，其数送官，其余听从随时变卖以为籴本。臣言傥有可采，乞下有司计议，先行此二处，试其可否，由是推之天下州郡可行之处，仍乞敕谕奉行之。臣俾其体李悝立法之心，必使农与人两不伤，丰与歉两俱足。其法虽不尽合于古人，是亦足以为今日养民足食之一助也。

汉宣帝时，大司农中丞耿寿昌奏言：故事岁漕关东谷四百万斛，以给京师。宜籴三辅、弘农、河东、上党、太原等郡谷，足供京师，可以省关中漕卒过半。又令边郡皆筑仓，以谷贱时增其价而籴，贵时减价而粜，名曰常平仓。

臣按：寿昌于宣帝时上言，欲籴三辅及弘农等四郡谷以足京师，可省关中漕卒。至明帝时，刘般已谓常平外有利民之名，而内实侵刻百姓，豪右因缘为奸，小民不得其平，置之不便。考寿昌初立法时，兼请立于边郡。臣愚亦窃以为内地行之，不能无弊，惟用之边郡为宜，非独可以为丰荒敛散之法，亦因之以足边郡之食，宽内郡之民焉。请于辽东、宣府、大同极边之处各立一常平司，不必专设官。惟于户部属遣官一二员，岁往其处莅其事。每岁于收成之候，不问是何种谷，遇其收获之时，即发官钱收籴，贮之于仓。谷不必一种，惟其贱而收之；官不必定价，随其时而予之。其可久留者，储之以实边城；其不可久者，随时以给廪食之人。凡诸谷一以粟为则，如粟直八百，豆直四百，则支一石者，以二石与之，他皆准此。然后计边仓之所有，豫行应运边储州县，俾其依价收钱，以输于边。如此不独可以足边郡，而亦可以宽内郡矣。由是推之，则虽开中盐粮之法，亦可以是而渐有更革焉。

唐都关中土地所入，不足以供军国之用。岁不登，天子常幸东都以就食。元宗时有彭果者献策，请行和籴于关中。自是京师粮廪溢羡，元宗不复幸东都。

德宗时，宰相陆贽以关中谷贱，请和籴，可至百余万斛。一年和籴之数，当转运之二年，一斗转运之资，当和籴之五斗，减转运以实边，存转运以备时。

贞元四年，诏京兆府于时价外加估和籴，差清强官先给价直，然后收纳。续令所司自般运载至太原。先是京畿和籴，多被抑配，或物估逾于时价，或先敛而后给直，追集停拥，百姓苦之。及闻是诏，皆忻便乐输。宪宗即位之初，有司以岁丰熟，请畿内和籴。当时府县配户督限有稽，违则迫蹙鞭挞甚于税赋，号为和籴，其实害民。

臣按：和籴之法始于唐，今若效其法，遇米谷狼戾之秋，遣官赍钱，于丰熟之处开场设法自籴，比时价稍有优饶，如白居易之言，是亦足国之一助也。但恐任之不得其人，一切委之吏胥，配户督限，蹙迫鞭挞，则利未必得于国，而害已先及于民，又不若不籴之为愈也。

宋太宗淳化三年，京畿大穰，物价甚贱。分遣使臣于京城四门，置场增价以籴，俟岁饥即减价粜与贫民。真宗景德元年，内出银三十万付河北经度贸易军粮。自兵罢后，凡边州积谷可给三岁，即止市籴。其后连岁登稔，乃令河北、河东、陕西增籴。

臣按：唐以前所谓籴者，聚米以赈民；宋以后所谓籴者，聚米以养兵。所以为民者，今日宜行之内郡。臣向谓置常平司于辽以东、淮以北是也。所以为兵者，今日宜行之边郡。臣向谓置常平司于辽东、大同等处是也。伏惟尧舜在上，不弃刍荛之言。下有司究竟其可否以闻，其于国家储蓄之计，未必无助云。

神宗用王安石，立制置三司条例司。言诸路常平、广惠仓，敛散未得其宜。以见在斛斗，遇贵量减市价粜，遇贱量增市价籴。以见钱，依陕西青苗钱例，取民情愿豫给，令随税纳斛斗。内有愿请本色，或纳时价，价贵愿纳钱者，皆许从便。其青苗法，以钱贷民，春散秋敛，取二分息。

臣按：青苗之法，谓苗青在田，则贷民以钱，使之出息也。贷与一百文，使出息二十文，夏料于正月俵散，秋料于五月俵散。盖假《周礼》泉府国服为息之说。虽曰不使富民取民倍息，其实欲专其利也。昔人谓其所以为民害者三，曰征钱也，取息也，抑配也。条例司初请之时，曰随租纳斗斛，如以价贵，愿纳钱者听，则是未尝征钱；曰凡以为民，公家无利其入，则是未尝取息；曰愿给者听，则是未尝抑配。及其施行之际，实则不然者。建请之初，姑为此美言以惑上听而厌众论耳。夫奄有四海之大，亿兆之众，所以富国之术，义无不可，而取举贷出息之利，则是万乘而为匹夫之事也。假令不征钱，不抑配，有利而无害，尚且不可，况无利而有害哉？神宗用王安石而行此法，其流祸至于民离散而国破败。后世英君硕辅宜鉴宋人覆辙，尚其以义为利，而毋专利以贻害哉！

总　论　七

（食货典第九十三卷）

目　　录

《群书备考》

救　　荒

夫君出禄以待臣，臣宜代君以养民。民出赋以给官，官宜竭力以为民。时值凶荒，民当急难，坐视莫救，独何忍哉？然爱民足食，救之于未荒之先者，上也；随时措置，救之于既荒之后者，次也。今各州县预备仓之设，当申明旧制，如罪人罚谷者，不许折色，一县每年可增谷若干，自足为赈济之用。但州县之于积贮，又不知变通之方。是以积者多陈腐而难食，主者因亏折而破家，不见其利，而徒见其害。民视之为厉阶也久矣。今当以所积之谷，如朱子社仓之例，每县编贫民几万口，造成图册，逮夏则计口给散，至秋成收之，每石止取耗几升。每年轮拨大户十名或二十名分掌其事。如此则粟不腐于仓，民不饥于野，虽遇凶年，亦不至于大困矣。

天灾流行，国家代有。炽云汉之旱，飞正观之蝗，人固无如天何；蠲逋周急，减赋纾贫，已司徒之征，发廪人之粟，天亦无如人何。历观古今，细阅变故，大抵三代而上，时则有荒年而无荒民；三代而下，时则有荒民而无荒政。春颁秋敛，国富公储，比栉崇墉，民多私积，不曰旱乎而以无瘠告，不曰饥乎而以不害闻。是故怀山襄陵，天自水耳，而鼓腹含哺，尧民不知有水；桑林不雨，天自旱耳，而兆民允殖，汤民不知有旱。愚故曰：时则有荒年而无荒民者，此也。敛穷盖藏，万室垂罄，剥尽机杼，一孔不遗，丰年且有啼饥号寒之苦，况凶年乎？乐岁且有政烦赋重之忧，况歉岁乎？是故关中告歉，则漕江淮之粟以济之，然能行于此而不能行于彼；河内被灾，则矫使者之节以赈之，然可用于暂而不可用于久。愚故曰：时则有荒民而无荒政者，此也。夫救荒无奇策，但去人之所以为灾，而天灾自息矣。今日人之为灾者，未易更仆数也。釜分玉粒，衣窃尚方，则食已荒于貂珰；

攘鸡不足，硕鼠无厌，则食又荒于贪吏；魏戍未敛，孙灶方增，则食已荒于冗兵；轩鹤赘负，烂羊窃禄，则食又荒于冗官。是必先有以去之，而后荒政可图也。图之何如，亦必责之仁贤守令而已。

夫岁灾而民病者，无备故也。酌泉府而寡储蓄者，无政故也。古者人尽授田，耕二余一，遗人掌委积以待施惠，廪人诏国用以治年之丰凶，卒有方千里之水旱，民不捐瘠。今官无储积，野鲜盖藏，无论三年九年，即一岁饔飧，小民能不假贷以足乎？户口繁盛之地即大有秋，能不转他郡邑谷粟以饷乎？岁一不登而更何以支？故曰无备也。义社预备等仓棋布境内，乃折乾以备上官迎送之费，而猾胥复阴阳乾没之谷，化为金钱而耗托于雀鼠。按而诘者谁？故汲黯、郭仲默之开仓，人虽慕效，每咋舌而沮，故曰无政也。上官报灾，必须检覆，文移往复，每致后时，幸不后时，而课额难亏，调停曲处，惟存留改折。存留之法无异养狙，朝三暮四，沾惠无几；改折又非旧额，每加价以敛。夫折纳充数，民已不堪，准估加银，因灾角利，所得甚少，其伤实多。散帑赈饥，九重厚德，然饥民散处郊坰，报名于闾右之豪，出入于奸胥之手，旷日持久，得失不雠。窃谓四民之苦，惟农称最。丰仅半菽，凶先沟瘠。岁苟饥馑，当先应农。若将赈银计亩均给，实授秉耒者，而田主冒领必罚，或以赈银抵充赋额，停粮不征，而责田主出粟转贷佃户，小民庶沾实惠耳。盖三老冻馁而公聚朽蠹，婴以知齐之衰；道殣相望而女富溢尤，肸以卜晋之败。荒贬之条，始于天子宗庙，鬼神祷而不祀，平决狱囚，停止造作，节浮靡之费，放无用之兽。此救荒常法，奈何不一举行以见忧于百姓乎？救寒者虽有榾柮累千，不如洪钧一转，庙堂略加撙节，胜有司补苴多矣。储畜之法，不必如贾谊募民屯种，也不必如晁错募民入爵免罪也。但就今之赎锾责其实，而郡邑令监司岁可积千石以上。鹾使者布臬所积，尤多行之，十年足备一年之赈矣。夫民饥，得粟数斗即活，今以供馈遗，是馈者以数百人生命结人一朝之欢，而受者囊数百人之命以去，奈何不思之泣下也。人以行政，政以修备，其在亲民贤令乎？

《续文献通考》

赈贷群议

一、议储蓄。自《大学》生财有道之外，惟积谷可以备凶荒，赈饥愍而民不至于流移。今有司宜仿朱子社仓法，遇年丰时，查各集镇乡村大处，置一社仓，劝谕本处得过乡民输借，或三五石、十石、二十石，不拘多少，俱听其愿，不许逼迫。每仓以百为率，不及则以官钱买补之。遇春间民缺食，听本处民借用登簿，秋偿每石加息谷三斗。放收委之乡约、保正，看守责之甲长、乡夫。待三四年后，所积息谷过其本者，仍将原劝借谷石照数退还各主。如不愿领者，以出谷多寡行赏，或以尚义扁其门。此正所谓以取于民者还以予民，不费之惠，莫过于此。

二、议停蠲。盖岁值大侵，公私俱病，惟停蠲则民虽厄于无所入，犹幸于无所出。何者？民间殷实户间有积聚，尚堪补一家食指并宗族亲邻枵腹称贷者。惟常税不蠲，其素藏遗粒悉供输纳，冀免鞭敲，而贫民既称贷无窦，又征求不已，富者不至于贫，贫者不至于流亡不已也。惟急议停蠲，则为仁政所当先者。奈何二三有司或拘泥常限，预期征之，或恐完数不及，碍其迁转，停蠲之旨方下，而税粮数计已完，贤者则议抵补下年，不肖者扣入私囊，竟使朝廷恩泽徒为纸上虚文，民转展沟壑，哨聚为盗，咎将谁执？凡遇水旱灾伤，有司速行踏勘，申请奏闻，速议停蠲，庶圣泽不孤，民沾实惠矣。

三、议赈济。盖赈济所以赒穷民无告者。若稍得过之家，虽过大侵无收，犹能称贷富室，或百计求活，不至流亡。惟无告穷民生借无路，坐以待毙。赒之期宜急，赒之法宜均，必须藉仁明掌印官亲自临地，清查临仓，调停给散，不使有遣吏胥，不致渔猎，定期赴领随给，不得担延等候。万一荒村远域，用舟车载至其地散之，庶枵腹之民不致毙之仓下，仆之中途矣。不然，虽空竭仓廪，而嗷嗷者卒未免为沟中之瘠也。恶在其为民父母乎？

四、议抚恤。盖民以水旱灾伤，生活无计，差税无办。傥遇贤有司多方赒济，设法抚绥，缓其赋役，宽其逋负，贷其种子，靖其寇盗，葺其室庐，尚堪存活，不至流窜。万一他邑流移至我疆界，须念呻吟愁怨，上干天和，驱逼啸聚，类致揭木，要必撼摇观望，禁谕有术，号呼逃窜，招抚有方，侨寓寄食，馆谷有备，仆惫骼骴，瘗葬有道，掷妻捐子，录育有宜，不愿复业，许令附籍，思返故乡，资给路费。此皆仁人君子忠厚存心，亦弭盗睦邻之大义也。

五、议平籴。古称商贾之事，可通于官府。盖握权奇时通塞，铢较而寸权之，亦救荒权宜之一策也。大都年凶谷贵，小民病之，若发官廪减价出粜，而四方巨侩贩运谷米，一时辏集，其价自平矣。昔耿寿昌谷贱增价而籴，谷贵减价而粜，法之最善者也。但减不可太减，增不可过增，使不越原值，庶官廪不竭而惠可继矣。然所以佐平籴者，又在无遏籴，俾商贩谅我之公，凡道经我境者，俱运米而来，又在无抑价，俾商贩闻风，价直倍常，自将辐辏而至。慎斯术也，复何患米价不渐平，而嗷嗷者不苏之生哉？

六、议发仓。夫近来令甲有司，殿最在积谷多寡。要知所积之谷，虽民所输而非民之藏，虽君所储而非君之利，盖专为备荒计耳。若岁荒，谷价腾踊，民嗷嗷待哺，命在旦夕，司民牧者更不必拘泥待报之常期，即宜发粟救济，年终类报。以朝廷所蓄，活朝廷赤子，谁曰不可？倘虑其散之易，敛之难，必待报闻而后发，则枵腹之民不为沟中瘠者鲜矣。

七、议倡义。盖富民国之卫也，民之依也。所谓藏富于民者，藏之此矣。《记》曰：富则仁义附焉。夫好义之心，人孰无之？要在上之人阳激而阴率之，则倜傥之士将浮慕焉，而虽啬夫亦捐千金如敝屣矣。以百姓之财，救百姓之死，倡道鼓舞之机，惟豪杰默运之已耳。

八、议煮粥。盖凶荒时人民流徙，饥馁疾病，扶老挈幼，驱之不前，缓之则毙，资之钱币，则价踊而难籴，散之菽粟，则廪歉人众而难遍。惟煮粥庶可救燃眉。宋程颐谓救饥者，使之免死而已，非欲其丰肥也。当择宽广之处宿戒，使辰入，至巳则阖门不纳，午而后与之食，申而出之，日得一食则不死矣。其力自能营一食者，皆不来矣。比之不择而与者，当活数倍之多也。凡济饥当分两处，择羸弱者作稀粥，早晚两给，勿使至饱，俟气稍完，然后一给。第一先营宽广居处，切不得令相枕籍。作粥须官自尝，恐生及入石灰也。大都煮粥，虽救荒下策，然举行固自有法。盖处之宜广不宜隘，举之宜同不宜异，令行宜严不宜宽，食之口宜散不宜聚，授之餐宜遍不宜频。是在贤守令善行之而已。

九、议给粟。盖凶年行赈，给之钱类费而鲜实，铺之粥或聚而难散。惟出公廪之余，藉富室之蓄，计口给粟，人不过升合，家不过斗釜，庶几乎拯溺救焚之一策也。举而行之，存乎其人而已。

十、议权宜。盖饥民嗷嗷待哺，命在旦夕，救荒如救焚，非大豪杰权宜从事，曷克有济哉？昔汲黯奉命按河内，矫诏发仓；范仲淹守杭，值岁祲纵民竞渡。是皆以权宜从事，救一时之急。有地方之责者，仿其意而行之，则苍生幸甚。

《古今治平略》一

历代赈恤

天灾流行，国家代有。岁凶年谷不登，上之人苟不有以赈救之、存恤之，则民安得而聚哉？《周礼·大司徒》以荒政十有二聚万民，一曰散财，二曰薄征，三曰缓刑，四曰弛役，五曰舍禁，六曰去几，七曰眚礼，八曰杀哀，九曰蕃乐，十曰多昏，十一曰索鬼神，十二曰除盗贼。可谓仁之至，义之尽矣。然以治荒，非待荒也。古称荒政贵不治之治，而治荒尚无功之功。周先王肃乂时若，弭之密矣；二沟浚浍，御之周矣；婴芽代牺，鉴之素矣。此皆未灾而兢兢，非必十二政而后为救也。必待政而救，则司徒氏之聚万民，其法亦甚疏矣。故《周礼·春官》岁献民谷之数，冢宰以三十年之通制国用至余十年之食。此量出入也，常法也。遗人掌乡关之委积，以恤艰厄，养孤老。此待施惠也，常法也。廪人数邦用，稽民食，食不能人二鬴，则令邦移民就谷。此待匪颁也，常法也。旅师、泉府积三粟与敛不售者，平颁而贷之。此贵国服也，常法也。周惟先时而待，法如此其详且豫，是以岁连丰穰，旱潦无侵，即旱潦不为灾，即为灾不病民也。未尝不旱而以不瘠告，未尝不饥而以不害闻。《语》曰：三代而上者，有荒岁无荒民。夫无荒民矣，安所事荒政哉？不特此也。《玉藻》：年不顺成，则天子素服，乘素车，食无乐。又曰：年不顺成，君衣布搢本，关梁不租，山泽列而不赋，土功不兴，大夫不得造车马。穀梁赤曰：五谷不升为大饥。一谷不升谓之嗛，二谷不升谓之饥，三谷不升谓之馑，四谷不升谓之康，五谷不升谓之大侵。大侵之礼，君食不兼味，台榭不涂，弛候廷道不除，百官布而不制，鬼神祷而不祀。此大侵之礼也。《王制》：三年耕必有一年之食，九年耕必有三年之食。以三十年之通，虽有凶旱水溢，民无菜色，然后天子食，日举以乐。古昔帝王遇灾必惧，凡事皆加减节贬损，非独以忧民之忧，盖亦以畏天之灾。故《周礼》大荒则不举，大札则不举，天地大裁则不举。举者杀牲盛馔也。岂但饮食为然？则凡所服之衣，所乘之车，凡百兴作，皆为休息。此无他，君民之分虽悬绝，而实相资以相成也。当此凶荒之时，吾民嗷嗷然以待哺，垂于阽危，濒于死亡，为人上者何忍独享其奉哉？至其丧荒之式，见于小行人之官，札丧、凶荒、厄穷为一书。当时天下各自有廪藏之，所遇凶荒，则赈发济民而已。故敛散轻重之式未尝讲，而侯甸采卫皆有馈遗，不至谷价翔踊。此弛张敛散之权，所以不复究也。至王政既衰，秦饥乞籴于晋，鲁饥乞籴于齐，岁一不登，则乞籴于邻国。所谓九年之制，已自败坏。而《管子》轻重诸篇，不过君民互相攘夺，收其权于上而已。举周官荒政一变为敛散轻重之权，又岂复有及民之意哉？至汉文帝元年，诏曰：方春时和，草木群生之物皆有以自乐，而吾百姓鳏寡孤独穷困之人，或危于死而莫之省忧，为民父母将何如？其议所振贷之。于是赐帛粟有差。武帝元光四年，山东被水灾，民多饥乏，于是天子遣使，虚郡国仓廪以振贫民。犹不足，又募豪富人假贷。尚不能救，乃徙贫民于关以西及充朔方以南。新秦中七十余万口，衣食皆仰给于县官数岁，贷与产业，使者分部，冠盖相望，费以亿计。元鼎二年三月大雨雪，夏大水，关东饥，死者以千数。秋九月，诏曰：仁不异远，义不辞难。今京师虽未为丰年，山林池泽之饶，与民共之。今水潦移于江南，迫隆冬至，惧其饥寒不活。江南之地，火耕水耨，方下巴蜀之粟，致之江陵。遣博士中等分循行谕，告所抵无令重困。吏民有振救饥民免其厄者，具举以闻。已而河内贫民伤水旱，汲黯以便宜持节发河内仓粟以振贫民。及还，请归节伏矫制罪。上贤而释之。昭帝始元二年，遣使者振贷贫民毋种食者。宣帝本始四年，诏曰：盖闻农者兴德之本也。今岁不登，已遣使者振贷困乏。其令大官损膳省宰，乐府减乐人，使归就农业，承租谷。入关者得毋用传。元帝初元元年，诏令郡国被灾害甚者毋出租赋。江海、陂湖、园池属少府者，以假贫民，勿租赋。九月，关东郡国十一大水，饥，人相食，转旁郡钱谷以相救。诏曰：间者阴阳不调，黎民饥寒，无以保治。惟德浅薄，不足以充入旧贯之居。其令诸宫馆希御幸者勿缮治，太仆减谷食马，水衡省肉食兽。二年，诏罢黄门乘舆狗马，水衡禁囿，宜春下苑少府佽飞外池严御池田，假与贫民。成帝河平四年，遣光禄大夫博士嘉等十一人行，举濒河之郡水所毁伤，困乏不能自存者振贷之。其为水所流压死不能自葬，令郡国给槥椟葬埋；已葬者，与钱人二千。避水它郡国，在所冗食之，谨遇以理，无令失职。鸿嘉四年，诏曰：数敕有司务行宽大而禁苛暴，讫今不改。一人有辜，举宗拘系，农民失业，怨恨者众，伤害和气，水旱为灾，关东流冗者众，青幽冀部尤剧。朕甚痛焉。未闻在位有恻然者，孰当助朕忧之？已遣使者循行郡国，被灾害什四以上，民资不满三万，勿出租赋；逋贷未入，皆勿收。流民欲入关，辄籍内，所之郡国，谨遇以理，务有以全活之，思称朕意。又曰：关东比岁不登，吏民以义收食贫民，入谷物助县官振赡者，已赐直。其百万以上，加赐爵右；更欲为吏，补三百石；其吏也迁二等。三十万以上，赐爵五大夫，吏亦迁二等，民补郎。十万以上，家无出租赋三岁；万钱以上一年。平帝元始二年，郡国大旱蝗，青州尤甚，民流亡。安汉公、四辅、三公、卿大夫、吏民，为百姓困乏，献其田宅者二百三十人，以赋贫民。遣使者捕蝗，民捕蝗诣吏，以石斟受钱。天下民赀不满二万及被灾之郡不满十万，勿租税。民疾疫者，舍空邸第为置医药，赐死者葬钱。罢安定呼池苑以为安民，县起官寺市里，募徙贫民，县次给食，至徙所赐田宅什器，假与犁牛种食。又起五里于长安城中，宅二百区，以居贫民。王莽时，常苦枯旱，亡有平岁，谷价翔贵。末年盗贼群起，将吏放纵于外，北边及青徐地人相食，雒阳以东米石二千。莽遣三公、将军开东方诸仓，振贷穷乏。又分遣大夫谒者教民煮木为酪，酪不可食，重为烦扰。流民入关者数十万人，置养赡官以禀之。吏盗其禀，饥死者十七八。莽耻为政所致，乃下诏曰：予遭阳九之厄、百六之会，枯旱霜蝗，饥馑荐臻，蛮夷猾夏，寇贼奸轨，百姓流离，予甚悼之，害气将究矣。岁为此言，以至于亡。后汉世祖建武六年诏曰：往岁水旱蝗虫为灾，谷价腾跃，人用困乏。朕惟百姓无以自赡，恻然愍之。其命郡国有谷者给禀高年鳏寡孤独及笃癃无家属贫不能自存者，如律禀给之。二千石勉加循抚，无令失职。明帝永平中，诏鳏寡孤独笃癃贫不能自存者，粟人三斛。二千石分祷五岳四渎。郡界有名山大川能兴云致雨者，长吏各洁斋祷请，冀蒙喜澍。章帝元和三年，诏曰：盖君人者，视民如父母，有憯怛之忧，有忠和之教、匍匐之救。其婴儿无父母亲属及有子不能养食者，禀给如律。和帝永元五年，诏有司省减内外厩及凉州诸苑马，自京师离宫、果园、上林、广成囿，悉以假贫民恣得采捕，不收其税。往者都国上贫民以衣履釜鬵为赀，而豪右得其饶利，诏书实核，欲有以益之，而长吏不能躬亲，反更征召会聚，令失农作，愁扰百姓。至是诏复有犯者，二千石先坐。已又遣使循行郡国，禀贷被灾害不能自存者，令得渔采山林池泽，不收假税。又诏贷被灾诸郡民种粮，赐下贫鳏寡孤独不能自存者，及郡国流民听入陂池渔采，以助蔬食。然是时令有司务择良吏，而有司不改，竞为苛暴，侵愁小民，以求虚名，委任下吏，假执行邪，是以令下而奸生，禁至而诈起，巧法析律，饰文增辞，货行于言，罪成乎手。又郡国欲获丰穰虚饰之誉，遂覆蔽灾害，多张垦田，不揣流亡，矜增户口，掩匿盗贼，令奸恶无惩，署用非次，选举乖宜，贪苛惨毒，延及平民。刺史垂头塞耳，阿私下比，因屡申饬之。安帝永初之初，连年水旱灾异，郡国多被饥困。樊准上疏曰：臣闻《传》曰：饥而不损，兹曰大，厥灾水。《春秋穀梁传》曰：五谷不登谓之大侵。大侵之礼，百官备而不制，群神集而不祠。繇是言之，调和阴阳，实在俭节，朝廷虽劳心元元，事从省约，而在职之吏尚未奉承。夫建化致理，繇近及远，故《诗》曰：京师翼翼，四方是则。今可先令太官、尚方、考功、上林、池御诸官实减无事之物，五府调省中都官吏京师作者，如此则化及四方，人劳省息。伏见被灾之郡，百姓凋残，恐非赈给所能胜赡。虽有其名，终无其实。可依正和元年故事，遣使持节慰安。尤困乏者，徙置荆扬熟郡，既省转运之费，且令百姓各安其所。今虽有西屯之役，宜先东州之急，如遣使者与二千石，随事消息，悉留富人守其旧土，转尤贫者过所衣食，诚父母之计也。愿以臣言下公卿平议。太后从之。悉以公田赋与贫人，即擢准与议郎吕仓并守光禄大夫。准使冀州仓，使兖州，准到部开仓廪给之，慰安生业，流人咸得苏息。还拜钜鹿太守。时饥荒之余，人庶流迸，家户且尽，准课督农桑，广施方略，期年间谷粟丰贱数十倍。而赵魏之郊数为羌所钞暴，准外御寇虏，内抚百姓，郡境以安。嗣是桓灵朝政浊于奄竖，黎氓残于盗贼，虽有水旱，未遑恤也。献帝兴平元年，三辅大旱，帝出太仓米豆，作糜食饥人。时谷一斛五十万，豆麦一斛二十万，人相食啖，白骨委积。帝使侍御史侯汶出太仓米豆，为饥人作糜粥，经日而死者如故。帝疑抚恤有虚，乃亲于御坐前量试作糜，乃知非实，使侍中刘艾出责有司，收侯汶考实，杖五十。自是之后，多得全济。魏文帝欲徙冀州士家十万户实河南，时连蝗民饥，群司以为不可，而帝欲甚盛。侍中辛毗与朝臣俱求见帝，知其欲谏，作色以见之，皆莫敢言。毗曰：陛下欲徙士家，其计安出？帝曰：卿谓我徙之非耶？毗曰：诚以为非也。帝曰：吾不与卿共议也。毗曰：陛下不以臣不肖，置之左右，厕之谋议之官，安得不与臣议耶？臣所言非私也，乃社稷之虑也，安得怒臣？帝不答，起入内。毗随牵其裾，帝遂奋衣不还，良久乃出，曰：佐治卿持我何太急耶？毗曰：今徙既失民心，又无以食也。帝遂徙其半。晋惠帝后，政教陵夷。至于永嘉，丧乱弥甚。雍州以东，人多饥乏，更相鬻卖，奔迸窜徙不可胜数。又大疾疫，兼以饥馑，百姓又为寇所杀，流尸满河，白骨蔽野。刘曜之逼朝廷议欲迁都，仓垣毁颓，人多相食，饥疫总至，百官流亡者十八九焉。盖厄极矣。北魏太宗永兴中，频有水旱，诏简宫人非所当御及非执作伎巧，自余出赐鳏民。神瑞二年，又不熟，京畿之内路有行殣，帝以饥将迁都于邺。用博士崔浩计，乃止。于是令分简尤贫者就食于山东。文帝太和十一年，大旱，京都民饥，加以牛疫，公私阙乏，时有以马驴及橐驼供驾挽耕载。诏听民就丰，行者十五六，道路给粮廪，至所在三长赡养之。遣使者时省察焉，留业者皆令主司审核，开仓赈贷。其有特不自存者，悉简集，为粥于街衢，以救其困。然主者不明收察，郊甸间甚多馁死者。时承平日久，府藏盈积，诏尽出御府衣服珍宝、大官杂器、太仆乘具、内库弓矢刀锋十分之八，外府衣物、缯布、丝纩诸所用国者，以其大半班赍百司，下至工商皂隶，逮于六镇边戍畿内鳏寡孤独贫癃者，皆有差。时韩麒麟陈曰：古先哲王经国立治，积储九稔，谓之太平。故躬籍千亩以励百姓，用能衣食滋茂，礼教兴行。逮于中代，亦崇斯业，入粟者与斩敌同爵，力田者与孝悌均赏，实百王之常轨，为治之所先。今京师民庶不田者多，游食之口三分居二。盖一夫不耕，或受其饥，况今动以万计。故顷年山东遭水，而民有馁冻。今秋京都遇旱，谷价踊贵，实繇农人不劝，素无储积故也。自承平日久，丰穰积年，竞相矜夸，遂成侈俗。贵富之家，童妾袨服，工商之族，玉食锦衣，农夫餔糟糠，蚕妇乏裋褐，故令耕者日少，田有荒芜。谷帛罄于府库，宝货盈于市里，衣食匮于室，丽服溢于路，饥寒之本，实在于斯。愚谓凡珍玩之物皆宜禁断，吉凶之礼备为格式，令贵贱有别，民归朴素，制天下男女计口受田，宰司四时巡行，台使岁一按简，勤相劝课，严加赏赐，数年之中，必有盈赡。虽遇灾凶，免于流亡矣。十三年春夏少雨，下诏群臣极陈损益。高闾上疏曰：常士困则滥窃生，匹妇馁则慈心薄。凶俭之年，民轻违犯，可缓其使役，急其禁令，宜于未然之前申敕外牧。又一夫幽枉，王道为亏。京师之狱，或恐未尽，可因见囚于都曹，使明折庶狱者重加究察，轻者即可决遣，重者定状以闻。罢非急之作，放无用之兽，此乃救凶之常法，且以见忧于百姓。《论语》曰：不患贫而患不安。苟安而乐生，虽遭凶年，何伤于民庶也？诏施行之。隋文帝开皇时，关中连年大旱，而青、兖、汴、许、曹、亳、陈、仁、醮、豫、郑、洛、伊、颍、邳等州大水，百姓饥馑。高祖乃命苏威等分道开仓振给，又命司农丞王亶发广东粟三百余万石以拯关中，又发故城中周代旧粟贱粜与人，买牛驴六千余头分给，尤贫者令往关东就食。其连水旱之州，皆免其年租赋。十四年，关中大旱民饥，上遣左右视民食，得豆屑杂糠以献，为之流涕，不御酒，殆将一期。乃帅民就食于洛阳，敕斥候不得辄有驱逼男女参厕于杖卫之间，遇扶老携幼，辄引马避之，慰勉而去。至难险之处，见负担者，令左右扶助之。从官并准见口赈给，不以官位为限。其后山东频年霖雨，皆困水灾，所在沈溺。天子遣使将水工巡行川源，相视高下，发随近丁以疏导之。困乏者开仓赈给，前后用谷五百余石。遭水之处，租调皆免。自是频有年矣。炀帝嗣年，巡幸无度，百姓废业，屯集城堡，无以自给，然所在仓库犹大充牣，吏皆惧法，莫肯振救，繇是益困。初皆剥树皮以食之，渐及于叶；皮叶皆尽，乃煮土或捣蒿为末而食之，其后乃相食。十二年，帝幸江都。是时李密据洛口仓，聚众百万。越王侗与段达等守东都。东都城内粮尽，布帛山积，乃以绢为绠，然布以爨。代王侑与卫元守京师，百姓饥馑，亦不能救。义师入长安，发永丰仓以振之，百姓方苏息矣。唐太宗贞观初，畿内蝗。上入苑中见蝗，掇数枚祝之曰：民以谷为命，而汝食之，宁食吾之肺肠。欲吞之。左右谏曰：恶物，或恐成疾。上曰：朕为民受灾，何疾之避？遂吞之。是岁蝗不为灾。元年，山东旱，遣使赈恤，蠲其租赋。二年，关内旱饥，民多卖子。诏出御府金宝赎还之，赦天下。上曰：使年丰稔，天下乂安，移灾朕身，是所愿也。自是所在有雨，民大悦。高宗仪凤二年夏四月，江南旱，遣御史中丞崔谧等分道赈给。侍御史刘思立上疏曰：麦秀蚕老，农事方殷，聚集参迎，妨废不少。既缘赈给，须立簿书，本欲安存，更成烦扰。伏望且委州县赈给。疏奏，谧等遂不行。中宗景云三年，关中大饥，米斗百钱。诏运山东、江淮谷输京师，牛死者什八九。群臣多请幸东都以便籴。韦后家本杜陵，不乐东迁，使巫觋以东行不利说上。后有言者，上怒曰：岂有逐粮天子耶？乃止。元宗开元二十九年，立赈饥法。制曰：承前饥馑，皆待奏报，然后开仓，道路悠远，何救悬绝？自今委州县及采访使给讫奏闻。代宗时，关辅旱。河东租庸盐铁使裴谞入计，帝召至便殿，问榷酤利岁入几何？谞久不对。帝复问，谞曰：臣有所思。帝曰：何邪？谞曰：臣自河东来，涉三百里，而民人愁叹，谷菽未种。臣谓陛下轸念元元，先访疾苦，而乃责臣以利。孟子曰：治国者义而已，何以利为？故未敢即对。帝曰：微公言，朕不闻此。拜左司郎中。德宗贞元时，比岁饥馑，兵民率皆瘦黑。及麦熟，市有醉者，人以为瑞，然人乍饱食，死者甚众。数月人肤色乃复故。八年，天下四十余州大水，陆贽请遣使赈抚。上曰：闻所损殊少，即议优恤，恐生奸欺。贽奏曰：流俗之弊，多徇谄谀，揣所悦意则侈其言，度所恶闻则小其事。今遣使巡抚，所费者财用，所收者人心。苟不失人，何忧之有？上曰：淮西贡赋既阙，不必遣也。贽退而奏曰：圣王之于天下也，人有不得其所者，若已纳之于隍，故夏禹泣辜，殷汤引罪。盖以率土之内，莫非王臣，或有昏迷不共，是繇教化未至，常以善救，则无弃人。自希烈乱常，污染淮甸，职贡废阙，责当有归，在于编甿，岂任其咎？陛下息师含垢，宥彼渠魁，惟兹下人久罹胁制，想其翘望圣化，诚亦有足哀伤，倘弘善救之心，当轸纳隍之虑。今者遣使宣命，本缘恤患吊灾，诸道灾患既同，朝廷吊恤或异，是使慕声教者绝望，怀反侧者得词，弃人而固其寇雠，恐非所以为计也。夫悍兽之情，穷则攫搏；暴人之态，急则猖狂。当其迫厄之时，尤资抚驭，苟得招携以礼，便可底宁；备虑乖方，亦人负我，我无负人。故能使亿兆归心，远迩从化，犹有凶迷不复，必当人鬼同诛。此其自取覆亡，尚亦不足含怒。今因供税有阙，遂令施惠不均，责帅及人，恐未为允。十九年大旱，权德舆上陈缺政曰：陛下斋心减膳，闵恻元元，告于宗庙，祷诸天地，一物可祈，必致其礼，一士有请，必听其言，忧人之心，可谓至矣。臣闻销天灾者修政术，感人心者流惠泽，和气成则祥瑞至矣。畿甸之内，大率赤地而无所望，转徙之人，毙踣道路。虑种麦时种不得下，宜诏在所裁留经用，以种贷民。今兹租赋及众逋远贷一切蠲除。设不蠲除，亦无可领之理。不如先事图之，则恩归于上矣。十四年夏旱，吏趣常赋，至县令为民殴夺者，不可不察。僖宗乾符元年，关东旱饥。翰林学士卢携上书曰：国家之有百姓，如草之有根柢，若秋冬培溉则春夏滋荣。今关东旱灾，所至皆饥，人无依投，待尽沟壑。其蠲免除税，实无可征，而州县督趣甚急，动加捶挞，虽撤屋伐木，雇妻鬻子，止可供所繇酒食之费，未得至于府库也。朝廷倘不抚存，百姓实无生计。乞敕州县一切停征，仍发义仓，亟加赈给。敕从其言，而有司竟不能行。周显德六年，淮南饥，上命以米贷之。或曰：民贫，恐不能偿。上曰：民犹子也。安有子倒悬而父不为解者？宁责其必偿也。大概汉以来，始有蠲贷之事。其所蠲贷者有二，田赋一也，逋债二也。何三代之时，独不离乎什一，然往往随时随地为之权衡，未尝立为一定不易之制。故《禹贡》：九州之地，如人功多则田下而赋上；人功少，则田上而赋下。兖州之地，盖十有三载，而后可同于他州。又有杂出于数等之间，如下上上错、下中三错之类，可见其未尝立为定法。孟子曰：治地莫不善于贡，亦病其较数岁之中以为常。然则数岁之外，亦未尝不变易，亦如后世立经常之定额。其登于赋额者，遂升合不可悬欠也。盖其所谓田赋者，既随时斟酌而取之，则自不令其输纳不敷，而至于逋悬。既无逋悬，则何有于蠲贷？而当时之民，亦乘义以急其上，所谓雨我公田，遂及我私。私田稼不善则非吏，公田稼不善则非农，则又不至如后世徇私忘公，而徼幸其我蠲。至于田赋之外，则又未尝他取于民。虽有春省耕补不足、秋省敛助不给之制，然未闻责其偿也。春秋时始有施舍已责之说、家量贷而公量收之说。秦汉而下，赋税之额始定，而民不敢逋额内之租；征敛之名始多，而官复有税外之取。夫如是，故上之人不容不视时之丰敛、民之贫富，而时有蠲贷之令，亦其势然也。繇唐以来，取民之制愈重，其法愈繁，故蠲贷之令愈多，或以水旱，或以乱离。改易朝代，则有所蠲，恢拓土宇，则有所蠲，甚至三岁郊祀之赦亦必有所蠲，以为常典。盖征敛之法本苛，逋欠之数日多，故蠲贷之令不容不密，而桀黠顽犷之徒，至有故逋常赋以待蠲而以为得策，则上下胥失之矣。自唐宣宗而后，政不及民，而置诸汤火之中者。将百年而后，世宗有人君之德，行不忍人之政，又命刻木为耕夫织女置诸庭。留心邦本如此，宜其赫然南面指麾而四方宾服也。宋之为治，一本于仁厚。凡赈贫恤患之意，视前代尤为切。至诸州岁歉，必发常平惠民诸仓粟，或平价以粜，或贷以种食，或直以赈给之，无分于主客户。不足则遣使驰传发省仓，或转漕粟于他路，或募富民出钱粟，酬以官爵。劝谕官吏，许书历为课。若举放以济贫乏者，秋成官为理偿。又不足，则出内藏，或奉宸库金帛。鬻祠部，度僧牒。东南则留发运司岁漕米，或数十万石，或百万石济之。赋租之未入、入未备者，或纵不取，或寡取之，或倚阁以须丰年。宽逋负，休力役，赋入之有支移折变者省之。应给蚕盐，若和籴及科率追呼不急妨农者罢之。薄关市之征，鬻牛者免算。运米舟车，除沿路力胜钱。利有可与民共者不禁。水乡则蠲蒲鱼果蔬之税。选官分路巡抚，缓囚系，省刑罚。饥民劫囷窖者，薄其罪。民之流亡者，关津毋责渡钱。道京师者，诸城门赈以米。所至舍以官第或寺观，为淖糜食之，或人日给粮。可归业者，计日并给遣归；无可归者，或赋以闲田，或听隶军籍，或募少壮，兴修工役。老疾幼弱不能存者，听官司收养。水灾州县具船栰拯民，置之水不到之地，运薪粮给之。因饥役若压溺死者，官为埋祭；压溺死者，加赐其家钱粟。京师苦寒，或物价翔踊，置场出米及薪炭，裁其价予民，前后率以为常。蝗为害，又募兵扑捕，易以钱粟，蝗子一升至易菽粟三升或五升。诏州郡长吏优恤其民间，遣内侍存问。戒监司，俾察官吏之老疾、罢懦不任职者。初，建隆三年，户部郎中沈义伦使吴越，还言扬泗饥民多死，郡中军储尚余万，宜以贷民。有司沮之曰：若岁未稔，谁任其咎？义伦曰：国家以廪粟济民，自当召和气，致丰年，宁忧水旱耶？太祖悦而从之。四年，诏州县兴复义仓，岁收二税，石别收一斗，贮以备凶歉。平广南、江南，辄诏振其饥。其勤恤远人，德意深厚矣。太宗恭俭仁爱，谆谆劝民务农重谷，毋或妄费。是时惠民所积，不为无备。又置常平仓，乘时增籴，唯恐其不足。真宗继之，益务行养民之政，于是推广淳化之制，而常平、惠民仓殆遍天下矣。仁宗、英宗一遇灾变，则避朝变服，损膳彻乐，恐惧修省，见于颜色，恻怛哀矜，形于诏旨。庆历初，诏天下复立义仓。嘉祐二年，又诏天下置广惠仓，使老幼贫疾者皆有所养。累朝相承，其虑于民也既周，其施于民也益厚，而又一时牧守亦多得人。皇祐间，吴中大饥，范仲淹领浙西，乃纵民竞渡，与僚佐日出燕湖上。谕诸守者以荒岁价廉，可大兴土木，于是诸寺工作鼎新。又新仓廒吏舍，日夜千夫。监司劾奏杭州不恤荒政，游宴兴作，伤财劳民。公乃条奏所以如此，正欲废有余之财，以惠贫者，使工技佣力之人，皆得仰食于公私，不至转徙填壑。荒政之施，莫此为大。是岁，惟杭饥而不害。富弼自郓移青，会河朔大水，民流京东。公以为从来拯救当聚之州县，人既猥多，仓廪不能供，散以粥饭，欺弊百端。繇此人多饥死，死者气薰蒸，疾疫随起，居人亦致病弊。是时方春，野有青菜，公出榜要路，令饥民散入村落。择所部丰稔者三州劝民出粟，得十五万斛，益以官廪，随所在贮之。各因坊村择寺庙及公私空屋，又因山岩为窟室，以处流民。富民不得擅陂泽之利。分遣寄居闲官往主其事。间有健吏，募流民中有曾为吏胥走隶者，皆给其食，令供簿书给纳守御之役。借民仓以贮，择地为场，掘沟为限，与流民约三日一支。出纳之详，一如官府。公推其法于境内，吏之所至，手书酒炙之馈日至。人人感激，为之尽力。比麦熟，人给路粮遣归。饿死者无几，为大冢葬之，谓之丛冢。其间强壮堪为禁卒者，募得数千人，奏乞拨充诸军。自是天下流民处，多以青州为法。滕甫知郓州，淮南、京东皆大饥。公独有积米为备，召城中富民与约曰：流民且至，无以处之，则疾疫起，并及汝矣。吾得城外废营地，欲为席屋以待之。民曰：诺。为屋二千五百间，一夕而成。流民至，以次授地，井灶器用皆具。以兵法部勒，少者炊，壮者樵，妇女汲，老者休。民至如归。上遣工部郎中王古按视之，庐舍道巷，引绳棋布，肃然如营阵。古大惊，图上其事，有诏褒美，盖活五万人云。文彦博知益州，时米价腾贵。彦博因就计城门一十八院，减价粜卖与贫民，不限以数，张榜通衢，米价遂减。前此粜限升斗或抑价，适足以增其气焰，米卒不可得而平。凡知临事当有术也。赵抃知越州，值吴越大旱，抃前期为修，令州县吏录民之孤老病弱不能自食者二万一千一百余人以告。故事岁廪穷人，当给粟三千人而止。公敛富人所输及僧道士食之羡者粟四万八千余石佐其费。使自十月朔，人受粟日一升，幼小半之。忧其众相蹂也，使受粟者男女异日，而人受二日之食；忧其且流亡也，于城市郊野为给之所，凡五十有七，使各以便受之，而告以去其家者勿给；计官为不足用也，取吏之不在职而寓于境者，给其食而任以事。不能自食者，有是其具也；能自食者，为之告富人无得闭籴。时诸州皆榜衢路，禁增米价。抃独揭榜于通衢，令民有米增价以粜。于是米商辐凑，价顿减。又为之出官粟，得五万二千余石，平其价于民。为粜粟之所凡十有八，使籴者自便如受粟。又僦民完城四千一百丈，为工三万八千。计其佣，与粟再倍之。民取息钱者，告富人纵予之，而待熟官为责其偿。凡弃男女者，使人得收养之。明年春大疫，为病坊处疾病之无归者。募僧二人，属以视医药饮食，令无失所。时凡死者，使在处随收瘗之。法廪穷人，尽三月当止。是岁尽五月而止。事有非便宜者，公一以自任，不以累其属。有上请者，或便宜多辄行。公于此时蚤夜惫心，力不少懈，事细钜必躬亲。给病者药食，多出私钱。民不幸罹旱疫，得免于转死，虽死得无失敛埋，皆公力。他如张咏之治蜀，岁籴米六万石，著之皇祐甲令。知郓州刘夔发廪振饥民，赖全活者甚众。盗贼衰止，赐诏褒美。若是之政，不可悉书，故于先王救荒之法为略具焉。神宗即位以来，河北诸路水旱荐臻，兼发粜便民广惠仓粟以振民。熙宁二年，诏河北岁比不登，水溢地震，方春东作，民携老幼，弃田庐，日流徙于道。中夜以兴，惨怛不安。其经制之方，听便宜从事。有可以左右吾民者，宜为朕抚辑而振全之，毋使后时以重民困。时差官支拨粳米于永泰等门，遇有河北路流民逐熟经过，即大人每人支与米一斗，小者支与米五升。仍谕在京难以住泊，令速往近便丰熟州军存活。司马光以为有损无益，上疏曰：民之本性，怀土重迁，岂乐去乡里，舍其亲戚，弃其丘垄，流离道路，乞丐于人哉？以丰稔之岁，粒食狼戾，公家既不肯收籴，私家又不敢积蓄，所收之谷随手靡散。春指夏熟，夏望秋成，上下偷安，姑为苟计。是以稍遇水旱蝱螟，则糇粮已绝，公私索然，无以相救，仰食县官，既不能周，假贷富室，又无所得。此乃失在于无事之时，不在于凶荒之年也。加之监司守宰多不得人，视民之穷曾无矜悯，增无名之赋，兴不急之役，吏缘为奸，蠹弊百出，民拤手计穷，无以为生，则不免四方之志。大意谓他处必有饶乐之乡，仁惠之政，可以安居，遂伐其桑枣，撤其庐舍，杀其耕牛，委其良田，累世之业，一朝破之，相携就道。若所诣之处复无所依，使之进退失望，彼老弱不转死沟壑，壮者不起为盗贼，将安归乎？是以圣王之政，使民安其土，乐其业，自生至死，莫有离散之心。为此之要，在于得人。莫若谨择公正之人为河北监司，使之察灾伤州县守宰不胜任者易之，然后多方那融斛斗，合使赈济本州县之民。若斗数少不能周遍者，须救土著。农民各据版籍，先从下等次第赈济，则所给有限，可以预为矣。若富室有蓄积者，官给印历，听其举贷，候丰熟官为收索，示以必信，不可诳诱，则将来百姓争务蓄积。夫如此，饥民知有可生之路，自不弃旧业，浮游外乡。居者既安，则行者思返，若县县皆然，岂得复有流民哉？时曾巩建议言：百姓暴露，乏食废业矣。又使相率而日待二升之廪于上，其势必不暇乎他。是直以饿殍之养养之，非有深思远虑，为百姓长计者也。以中户计之，壮者六人，幼者四人，受粟一石二斗，率一户月当受粟五石。自今至于来岁麦熟，凡十月，一户当受粟五十石。今被灾十余州，州以一万户计之，中户以上及灾害所被者半，仰食者万户，食之不遍为不均，食之遍则当用粟五百万石而足。国何以办此？又非深思远虑，为公家长计者也。至于给授，有淹速，有均否，有真伪，有会集之扰，有辨察之烦，措置一差，皆足致弊。又况群聚而处，气久蒸薄，必生疾疠。且此不过能使之得旦暮之食耳。其于屋庐构筑之费，将安取哉？今秋气已半，霜露方始，而民野处无蔽盖，流亡者必众，是将空近塞之地，而失吾战斗耕桑之民也。战斗之民失，异时有警，边戍不可以不增；耕桑之民失，异时无事，边籴不能以不贵。是二者皆可深念也。为今之策，下方尺之诏，赐之以钱五十万贯，贷之以粟一百万石，而事足。令被灾之州为十万户，如一户得粟十石，得钱五千，下户常产之赀平日未有及于此者也。彼得钱以完其居，得粟以给其食，则农得修其畎亩，商得通其货贿，工得利其器用，闲民转移执事者，一切得复其常生之业，是为农民之虑者长也。仅用两月之费，为粟一百万石而止，而又无给授之弊，无疾疠之忧。民苟有颓墙坏屋之尚可完，故材旧瓦之尚可因，什器众物、畜产之尚可赖者，皆全而不害。虽寒气方始，而人皆安居食足，有乐生自重之心。且今河北州军三十七，灾害所被十余州而已。他州秋稼足望。今籴粟视常价每斗增一二十钱以利农，则粟易以足。惟在吾有司者越拘挛之见，破常行之法，兴否而已。既而王安石秉政，改贷粮法而为借助，移常平广惠仓钱斛而为青苗，皆令民出息，言不便者辄得罪，而民遂不聊生。又诏卖天下广惠仓田。自是先朝良法美意，所存无几。哲宗虽诏复广惠仓，既而章惇用事，又罢之，卖其田如熙宁法。常平量留钱斛，不足以供振给；义仓不足，又令通一路兑拨。于是崇宁大观之间，直给空名告敕补牒赐诸路，政日以隳，民日以困，而宋业遂衰。先是仁宗在位，衰病者乏良药，为颁庆历善救方。知云安军王端请官为给钱，和药予民，遂行于天下。尝因京师大疫，命太医和药。内出犀角二本，析而视之，其一通天犀也。内侍请留供帝服御。帝曰：吾岂贵异物而贱百姓？竟碎之。又蠲公私僦舍钱十日，令太医择善察脉者即县官授药，审处其疾疫状予之，无使贫民为庸医所误，夭阏其生。天禧中，于京畿近郊佛寺买地，以瘗死之无主者。京师旧置东西福田院，以廪老疾孤穷丐者。其后给钱粟者才二十四人。英宗命增置南北福田院并东西各广官舍，日廪三百人，岁出内藏钱五百万给其费。后易以泗州施利钱，增为八百万。崇宁初，蔡京当国，置居养院、安济坊，给常平米厚至数倍，差官卒充使令，置火头，具饮膳，给以衲衣絮被。州县奉行过当，或具帷帐，顾乳母女使，靡费无艺，不免率敛，贫者乐而富者扰矣。高宗南渡，民之从者如归市。既为之衣食，以振其饥寒；又为之医药，以救其疾病。其有殒于戈甲、毙于道路者，则给度牒瘗埋之。绍兴以来，岁有水旱，发常平、义仓，或济或粜或贷，如恐不及。然当艰难之际，兵食方急，储蓄有限而振给无穷，复以爵赏诱富人相与补助，亦权宜不得已之策也。元年，诏出粟济粜者，赏各有差。六年，湖广、江西旱，诏拨上供米振之。婺民有遏粜致盗者，诏闭粜者断遣。殿中侍御史周秘言：发廪劝分，古之道也。许以断遣，恐贪吏怀私，善良被害。戒守令多方劝谕，务令乐从。或有扰害，提举司劾奏。从之。是岁，潼川守臣景兴宗、广安军守臣李瞻、果州守臣王鹭、汉州守臣王梅活饥民甚多，前吏部郎中冯檝亦出米以助振，给兴宗升一职，瞻、鹭、梅、檝各转一官。十年，通判婺州陈正同振济有方，穷谷深山之民无不沾惠，以其法下诸路。孝宗隆兴二年秋，霖雨害稼，出内帑银四十万两，变籴以济民。乾道六年夏，振浙西被水贫民。七年八月，湖广、江西旱，立赏格以劝积粟之家。九月，臣僚言：诸路旱伤，请以简放展阁，责之运司，籴给借贷，责之常平，觉察妄滥，责之提刑，体量措置，责之安抚。上谕宰执曰：转运司止令简放，恐他日振济不肯任责。虞允文奏曰：转运司主一路财赋，谓之省计。凡州郡有余不足，通融相补，正其责也。淳熙八年，计去岁江西、湖北、淮西旱伤处已行振籴，其鳏寡孤独、贫不自存、无钱收者，济以义米。宁宗庆元元年，两浙转运副使沈诜言：米价翔踊，凡商贩之家尽令出，而告藏之令设矣。度宗咸淳元年，有旨：丰储仓拨公田米五十万石付平籴仓，遇米贵减价出粜。二年，监察御史赵顺孙上言曰：今日急务，莫如平籴。乾道间，郡有米直五六百钱者。孝宗闻之，即罢其守，更用贤守。此今日所当法。今粒食翔踊，未知所届，市井之间，见楮而不见米。推原其繇，实富家大姓所至闭廪，所以籴价愈高，而楮价阴减。陛下念小民之艰食，为之发常平、义仓，然为数有限，安得人人而济之？愿课官吏使之任牛羊刍牧之责，劝富民使之无秦越肥瘠之视，籴价一平，则楮价不因之而轻，物价不因之而重矣。大抵至后世，敛散轻重之权又不能操，所以启奸民谋祸害。急迫之政，一切举行。五代至括民粟，不出粟者死，与敛散轻重之法又殆数等矣。盖其法愈坏，则其术愈粗。如移民易粟，孟子特指为苟且之政，非王道也。秦汉以下，即以为善政。汉武帝诏令水潦移于江南，方下巴蜀之粟致之江陵。唐西都至岁不登，关中之粟不足以供万乘，荒年则幸陈都。自高祖至明皇，不特移民就粟，且有逐粮天子之语。后至元宗，溺于宴安，不出长安。以此论之，时会不同，孟子所谓苟且之政，即后世所谓善政也。后世有志之士，如李悝之平籴法，虽先王之政，然丰年收之甚贱，凶年出之振饥，此思其次之良规也。使平籴之法常行，则谷价不贵，四民自各安其居而无流散之患。至于移民移粟，不过以饥殍之养养之而已。若设糜粥，策又其下者。统而论之，先王有预备之政，上也；使李悝之政修，次也；所在蓄积有可均处，使之流通归移，又其次也；咸无焉，设糜粥，最下者也。虽然，有志之士随时理会，以便其民，虽不及先王，而措置有法，亦无不可。且如汉载粟入关中，使无传，后来贩粟者免税；如后世劝民出粟，散在乡里，以田里之民令豪户各出谷散而与之；又如富郑公在青州处流民于城外，所谓室庐措置，种种有法，而委当时寄居游士分掌其事，而不以吏胥与于其间；又如赵清献公在会稽，不减谷贵，四方商贾辐辏。此皆近时可举而行者。大抵天下可行之法，古人皆已施用，今但举而措之而已。如平籴之政，条目尤须讲求。自李悝平籴至汉耿寿昌为常平仓，元帝以后，或废或罢。仁宗之世，韩魏公请罢鬻，没官之田募人承佃，为广惠仓，散与鳏寡孤独。庆历嘉祐间，既有常平仓，又有广惠、广济仓，以备赈恤。所以仁宗德泽洽于民，三仓盖有力也。至王荆公用事常平、广惠，量可以支给尽粜转以为钱，变而为青苗，取三分之息，百姓遂不聊生。广惠之田卖一时之利，要之竟无根底。元祐虽复，章惇继之，三仓又坏。论荒政者，不得不详考焉。

总论八

（食货典第九十四卷）

目录

《古今治平略》二

明朝赈恤

明朝凡遇水旱灾，则蠲免租税，或遣官赈济；遇蝗蝻生发，则委官打捕，皆随时与地而异其法。凡各处田禾，遇有水旱灾伤，所在官司踏勘明白，具实奏闻。太祖祖训，天下承平，四方有水旱等灾，验国之所积，于被灾去处优免税粮。若丰稔之岁，虽无灾伤，亦当验国之所积，稍有附余，择地瘦民贫优免之，特不为常例。洪武三年，西安、凤翔二府饥，户部奏须运粟以济。上曰：然民旦暮待食，若须运粟，死者多矣。况今东作方兴，民无食而废耕，其患益甚。令户部主事李亨驰驿往赈之，户给粟一石，计三万六千八百八十九石。十年，荆蕲灾，命户部主事赵初乾往赈之。期后，上怒曰：民饥而上不恤，其咎在上。吏受命，不能宣上德，坐视民死而不救，则吏之罪也。其斩之以戒不恤吾民者。三十年，青州旱蝗民饥。有司不以闻，有使者奏之。上谓户部曰：代天理民者，君也；代君养民者，守令也。今使者言青州民饥，而守臣不以闻，是岂有爱民之心哉？其亟遣人往赈之，就逮治其官吏。二十六年，孝感县言民饥，有请发预备仓粮以贷之者。太祖谓户部曰：朕常捐内帑之资，付天下耆民籴储，正欲备荒歉，以济民急也。若岁荒民饥，必候奏请，道途往返，民之饥死者多矣。尔户部即谕天下有司，自今凡遇岁饥，先发仓廪以贷民，然后奏闻。著为令。洪武初，诏鳏寡孤独废疾民不能自养者，官为存恤。年七十以上，许一丁侍养，免科繇。五年，诏天下郡县立孤老院。民不能自生，许入院赡养，月给米三斗、薪三十斤、冬夏布一匹。小口给三之二。已改孤老院为养济院，著令若律，而宪纲申敕为拳拳。先是上念天下贫民以水火葬，伤风化，诏京师设漏泽园，天下府州县于近城宽闲地立义冢。凡民无以葬者，举葬之。著于律。永乐元年，上御右顺门，与侍臣论政曰：朕即位未久，常恐民有失所。每宫中秉烛夜坐，披阅州郡图籍，静思熟计，何郡近罹饥寒，当加优恤，何郡地迫边鄙，当严整备，旦则出与群臣详议行之。近河南数处旱蝗，朕心弗宁，遣使省视，不绝于道。如得斯民小康，朕之愿也。二年，命姚广孝等往苏湖赈济，谕之曰：人君一衣一食，皆小民所供。君父也，民子也，为子当孝，为父当慈，务各尽其道。尔卿往体此心，不可为国惜费。盖财散得民，仁者之政。三年，苏湖被水，民饥求食他郡，命所在官司善加抚绥。候水退，令复业，无粮食种子者并官给之。已命户部尚书夏元吉等曰：四郡之民，频年厄于水患，老稚嗷嗷，饥馁无告，朕与卿等能独饱乎？其往督郡县发仓廪赈之。一切民间利害，有当建革者速以闻。元吉奏发仓郡三十余万石，民赖以济。五年，上闻河南饥而有司匿不以闻，又有言雨旸时若，禾稼茂实者。及遣人视之，民所收有十不及五者，有十不及一者，亦有掇草实为食者。乃亟命发粟赈之。逮其官，悉置于法。仍榜谕天下有司，自今民间水旱灾伤不以闻者，必罪不宥。八年，皇太子监国，以去年江北水患，遣副都御史虞谦、给事中杜钦视军民疾苦赈恤。谦等寻告请发廪赈贷。皇太子驰谕之曰：军民困乏，待哺嗷嗷，卿等尚从容启请待报，汲黯何如人也。亟发仓赈之勿缓。十年，山东稷山等县耆老言，岁歉民饥，采蒺藜，掘蒲根以食，乞寡贷征赋。命户部遣官赈济。其布政司及所属郡县官蔽不以闻者，悉械送京师论罪。四月，山西平阳、翼城等郡县民饥，遣户部员外孙恪赈之，凡十六万九千六百余人，给粟三十一万四千石有奇。十一年，以徐州水灾乏食，有鬻男女以图活者。遣人驰驿发廪赈之。所鬻男女，官为赎还。已而叹曰：君以民立国，古人所以致雍熙之世者，其道始于民足衣食。虽有水旱灾伤，而民不至于饥窘者，则蓄积有素，但如汉文景之世，太仓之粟陈陈相因，太宗时民间斗米三钱，行旅不赍粮，亦何忧水旱？皇考置预备仓，出内帑易粟储之，以赈饥荒，此诚良法。然有司必至饥民嗷嗷，始达于朝，又必待命下乃赈之，其馁死者已不逮矣。其令有司今后遇饥荒急迫，即验实发仓赈之，而后奏闻可也。令各处所奏民饥，宜急遣官赈之。先是，成祖知京师有不能医药者，叹曰：内府贮药甚广而不能济人于阙门之外，徒贮何为？命太医院如方制药，于京城内外散施。复曰：朕一衣一食，不忘下人之艰，犹于咫尺不能有济，何况达外？仁宗初为皇太子时，赴召北京，过邹县。见民男女有持筐盈路，拾草实者，驻马问所用。对曰：岁荒以为食。因为之恻然，稍前下马，入民舍，视民男女鹑衣百结不掩体，灶釜倾仆不治，叹曰：民隐不上闻若此乎？顾中官赐之钞。召乡之耆老，问所苦，具以实对。辍所食赐之。时山东布政使石执中来迎，责之曰：为民牧而视民穷若此，亦动念否乎？执中言：凡被灾处，皆已奏乞停今年秋税。曰：民饥且死，尚及征税耶？汝往督郡县速勘饥民口数，近约三日，远约五日，悉发官粟赈之。执中请人给三斗。曰：且与六斗。汝勿惧擅发。吾见上，当自奏也。及即位，洪熙元年，谕户部臣曰：田土，小民所恃以衣食者。今所在州县奏除荒田租，得非百姓苦于征徭，相率转徙欤？抑年饥衣食不给，或加以疫疠而死亡欤？自今一切科徭，务加撙节。仍令有司，凡政令不便于民者，条具以闻。被灾之处水旱，奏赈恤，有稽违者，守令处重罪。宣德元年，青州府言民艰食，请借官粮赈济。户部言未见开报多寡之数，请覆勘然后给。上曰：民饥无食，赈之当如拯溺救焚，若待覆勘，必有馁死者。宜遣人驰驿，令布政司与府官就便民分给，庶几有济。六月，河南布政司奏安阳、临漳二县蝗。上命分督有司巡视，若遇蝗生，须早扑灭，毋贻民患。先是，河南新安知县陶镕奏，县在山谷，土瘠民贫，从来薄收，去年尤甚。今民食最艰，采拾不给，公私无措，独函驿颇有储粮，欲申明待报，而民命危在旦夕，先借粮一千七百二十八石给之，候秋成还官。上谓夏原吉曰：知县所行良是，毋拘文法，责成专擅。三年，解州、潞州奏天旱民饥，多流移他境。上览奏恻然，即遣赈济，且谕户部曰：闻旱灾之地颇宽，弭灾之要，修省在朕，卿亦当敬慎，勉尽乃职。尝谕顺天府尹骥等曰：古之仁政，必先鳏寡孤独，朝廷设养济院，意政如此。近闻京师颇有残疾饥寒无衣食之人行乞，尔为亲民之官，何得漫不加省？其率取入养济院，毋令失所。方洪熙、宣德、天顺时，三圣恭仁，体贤重相，宽恤之令数下。民新脱锋镝汤火之苦，守令尚保举而久任，肃法字下，役简赋薄，开荒田，不责赋，尽心农穑之事。老幼厌粱肉，茕独余粮粟，安堵蕃阜，号称治平。景泰中，淮徐饥死者相枕藉。山东、河北流民猝至，都御史王竑不待报，亟发广运仓赈之。近者饲以粥，远者给之米，力能他就食者为装遣，鬻孥者为赎还其人。即空庾六十楹，处流民之病者，择医四十人分治之。死给棺，为丛冢瘗焉。穷昼夜精虑，事皆曲当所任，使委曲戒谕，出至诚，人人为尽力，所全活数十万人。具疏闻，且待罪。初，民流奏至，上于樱轿上读之，大惊曰：饥死我百姓矣。其奈何？已得竑发廪奏，乃大喜，大言曰：好都御史！不然我百姓饥死矣。时周忱巡抚直隶，初至苏松，属大饥，谷贵。忱廉得江浙、湖广大稔，令人橐金至其地，故抑其直勿籴，且给言吴中米价高甚，用是三省大贾载米数百艘来集。忱乃下令尽发官廪贷民，半收其直。城中米价骤减。各贾怀观望，只得贱粜。忱复椎牛酾酒谢之，各贾悉大欢而去。米价既平，乃复官籴，以实廪。此巧行其平籴者也。成化中，陕西荆、襄、唐、邓间川谷绵千里，饥民逋聚者无虑百万人。锦衣卫千户杨英使河南，见之，以为不早辑必乱，疏请选良吏赈恤之，以渐散遣，愿占籍者听。不报。而刘千斤之乱旋起。其后李胡子复乱。都御史下有司捕逐颠越，死者甚众。祭酒周洪谟悯之，著《流民说》，以为东晋时庐松滋之民流至荆州，乃侨置滋县于荆江之南，陕西雍州之民流聚襄阳，乃侨置南雍州于襄水之侧，时以宁谧。诚令诸流民于附近州县听令著籍，远者设治所抚之，置官吏，编里甲，宽繇役，使安生理，则流民皆齐民，而又何逐焉？成化中，流民复集汹汹，欲行剽为乱。右都御史李宾援洪谟说具疏，上诏右副都史原杰莅其事。杰驰诣镇，遍历诸郡县深山穷谷，延问诸流民父老，宣上德意。父老皆叩头受命，愿著籍为编民。杰于是大会湖、陕、河南三省藩臬，简才分综，籍流民，得十二万三千余户，皆给以闲旷田，令开垦供赋，而建郡县以统治之。割竹山郧津地，置竹溪、郧西县；割中洵阳地，置白河县；升西安之商县为州，而析为商阳、山阳；即唐县、南阳、汝州之地，而析为桐柏、南召、伊阳。皆侨寓土著参错以居。又即郧阳城，置郧阳府，统郧县、竹山、竹溪、郧西、上泽、房六县之地，而置行都司及郧阳卫。其综画既定，乃疏言：民犹水也，水性就下，犹民秉彝好德也。曩刘千斤胁从之伦，岂必皆盗？设其时建置州县，简贤能以抚字之，庸讵有今日哉？兹幸皇上盛德覃被，臣奉命究宣，一旦流民翕然归化，今诚建官设师以抚绥之，轻徭薄赋以慰藉其心，佩犊带牛以化成其俗，则荆榛疆土入贡于版图，反侧苍生安枕于田亩，策莫良于此。因荐知邓州吴远为郧阳知府，诸州县毕选才以充，且举御史吴道宏以自代。上悉报如章，擢道宏为大理少卿，抚三省八郡民，进杰右都御史。寻陟南本兵，未几卒。汉南新民闻之，为罢市流涕祠祀焉。嗣是仁政代兴，一遇灾祲岁俭，奏闻必议赈恤。即常行弛征免逋外，有可以周一时之急者，或诱民纳米两雍，或僧寺给鬻度牒，或算盐课馀引，或移钞关料课，或拨附近京粮，或折本处兑运，或出太仓内帑，或清缺官皂薪锾赎，不可殚述。至嘉靖元年，有南京兵部侍郎席书言：南畿民饥殊甚，考古荒政，可行于今日者，惟作粥一法，不烦审户，不待防奸，至简至要，可以举行。而世俗咸谓不便，盖缘曾有举于一城，不知散布诸县，以致四远饥民闻风并集，主者势不能给，致民相聚而死，遂谓此法难行。臣今总计南畿作粥，江南北可四十二州县，大都大县设粥十二所，中县减三之一，小减十之五。诸所设粥处，约日并举。凡以饥来者，无论本处邻境军民男女老幼户口多寡，均粥给济。起今十一月半，抵麦熟止，计用米不过十六万石，可活人二十余万。取用有数，未至太靡，赈恤有等，不至虚费。此法一行，垂死之人晨得而暮起，其效甚速，其功甚大。户部覆，此法不特宜于南畿，宜通行天下灾荒处所，一体施行。八年，广东佥事林希元上《荒政丛言》，言救荒有二难，曰得人难，审户难；有三便，曰极贫民便赈米，次贫民便赈钱，稍贫民便赈贷；有六急，曰垂死贫民急饘粥，疾病贫民急医药，起病贫民急汤水，既死贫民急埋瘗，遗弃小儿急收养，轻重系囚急宽恤；有三权，曰借官钱以粜籴，兴工作以助赈，贷牛种以通变；有六禁，曰禁侵渔，禁攘盗，禁遏籴，禁抑价，禁宰牛，禁度僧；有三戒，曰戒迟缓，戒拘文，戒遣使。上以其切于救民，皆从之。四月，上梦黄衣者数人，陛辞南行，其势甚速。次日，语阁臣杨一清，对曰：黄者，蝗也。南方其有蝗乎？是秋蝗果大至，在在皆满，数日为大雨，飘入海尽死。是时上方励精图治，故见梦且能消弭云。十年九月，上幸西苑仁寿宫，召大学士翟銮、李时，左都御史王竑、夏言等入见。上曰：陕西饥荒，已遣户部侍郎叶相赈济。今相病，宜何处？銮等请就用陕西巡抚刘天和或河南巡抚徐赞，因言陕西初灾伤重大，后闻亦颇纾。上曰：百姓艰难，岂可不救？又问吏部侍郎唐龙如何？众皆称其有才，遂升龙兵部尚书兼右都御史，总制陕西三边，管理赈济。上复曰：朕念陕西灾伤重大，民多死亡流徙，故发银三十万两，遣官赈之，欲令小民速沾实恩。龙宜亟赴任，相病得无规避否？吏部勘闻，有朋比者治其罪。龙疏辞。上手诏答以亟往视事，展布方猷，副朕奉天忧民之意。十八年，河南巡抚王果言：救荒如当救焚。今河南灾甚，待其查勘，请发文移，往返动淹累旬。乞先发内帑银十万两遣官赈济。诏发临清仓粮价银五万两，命主事王继芳赍往，并令王杲查盘回奏。杲至河南，复奏言：河南民饥甚，所在仓库钱谷及赍去银仅可支两月之用。来春青黄未接，势难坐视，必复得银十五万两有奇乃可。户部议发德州仓银五万二千七百余两，及河南布政司贮库解京富户银并开封府河道赃罚银八万两与之。诏如议。上幸承天，至荥泽，发行帑银二万两，赈郑、钧二州，且曰：能活万人否？赏辽东巡抚刘璋、山东巡按乔佑各银帑，仍令以礼奖劳山东参议高登、佥事张九叙、辽东苑马寺李珣，以其赈济有方，全活者众也。三十二年，徐、邳诸州县连被水患，饥民聚劫，吏不能禁。廷臣请给余盐银两及徐淮等仓存留粮米，选差大臣出赈。于是命刑部侍郎吴鹏往赈之。冬，直隶、河南、山东大水，吏部侍郎程文德言：水灾异常，言官屡奏持议，未见归一。臣以今日内帑不必发，大臣不必往。夫救荒莫便乎近，莫不便乎拘。宜各遣行人，赍诏谕州县自为赈给，听其便宜。凡内帑公廪，赎纳劝借，苟可济民，一不限制。又申明开纳事例，即于本地凡粟麦黍菽可以救饥者，得输官计直，请劄授官，仍登计全活之数，定为等则，以凭黜陟。即抚按守巡贤否，以是稽之。报可。万历九年，御文华殿讲训录毕，辅臣张居正以南科给事中傅作舟疏进览。上曰：淮凤频年告灾，何也？居正奏曰：此地从事少熟，即如训录中所载，元末之乱亦起于此。今当大破常格，急赈济以安之。宜令户部支该处库银仓谷，不足则以南京见贮银米之羸余者协济之。制可。十四年，时水旱异常，灾伤叠见，在北直则真、顺、广、大，在河南则卫、辉、彰德、怀庆，在山西则太原、平阳，在山东则东昌、青州，在陕西则延安、临洮、庆阳、平凉、巩昌、西安，俱以暵告。在江西则吉安、赣州，在福建则汀州，在江南则应天、宁国、苏松，江北则淮安，俱以涝告。阁臣请急安抚流移，禁戢攘夺。寻复疏曰：顷皇上大发帑银，遣使分赈，恩至渥矣。然赈银有限而饥民无穷，惟是邻近协助市籴通行，米谷灌输，不致乏绝，乃可延旦夕之命。近闻所在往往闭籴，彼固各保其境，各爱其民，然天下一家，自朝廷视之，莫非赤子，灾民既缺食于本土，又绝望于他乡，是激之为变也。宜禁止遏籴之令，讲求平籴之法，听商民从宜籴买。江南则籴于江淮，山陕则籴于河南，各抚按互相关白，接递转运，不许闭遏。其籴本或于各布政司，或于南京户部权宜措处。河南直隶四府县，以临德二仓之米平价发粜。则各处皆有接济，百姓或不至嗷嗷待毙。时给事中吴之鹏请于西北多方赈济，于东南大加蠲免，略曰：景泰四年，山东、河南、江北等处灾伤，令所在问刑衙门责有力囚犯，于缺粮州县仓纳米赈济，杂犯死六十石，流徒三年四十石，以渐而杀。考之汉武太始秋旱，募死罪人赎钱五十万，减死罪一等，以故国不费而民自济。读之犹可想见其雄才大略之无穷。是达权济变之法，前代已有行之者。至若江南，天下财赋半给于斯，霪雨不绝，田圩尽没，禾苗淹烂，庐舍漂流，若不大施蠲免不可。然臣之所谓蠲者，不在积逋而在新逋，不在存留而在起运。何也？盖积逋之蠲，奸顽侵欠者获厚惠，而善良供赋者不沾恩，则何以示劝？且以凶岁议蠲，而乃免乐岁逋负之虚数，民危在眉睫，而乃议往年可缓之征输，则何以周急？乃若存留，不过国课十分之一二耳。官俸军需之类，讵可一日无哉？故非蠲起运，民未有能获苏者也。袁伯修策曰：日者天灾频仍，万口嗷嗷，东南苦于水，西北困于旱，山陕之间食石以延须臾之命，何论悬磬哉？天子旰食，公卿拊髀，可苏元元者，不难胼手濡足图之，而二三台谏皂囊屡上，即不能外蠲赈二议者。以愚读《周礼·荒政》，可济今缓急，莫如散利，莫如薄征。散利即令之赈，薄征即令之蠲。故今蠲赈二议，即管晏持算，贾晁握筹，计必出此，然竟未济元元之急者。何也？持其足迹而拘挛弗变，猎其名而奉行鲜实也。拘挛弗变，奉行鲜实，虽恩纶时下，出累岁少府金而驰之郊，何益乎？故愚窃计蠲之策一，善行其蠲之策三；赈之策一，善行其赈之策六。今海内重灾，郡邑其税应存留者业已免征，而起运者尚未全豁也。枵腹孑遗，救死不暇，而胡力办此，故起运之课宜省也。又闻州邑不肖之吏，黄封虽下，白纸犹催，畸羸之夫，腹无半粟，而手足犹挚于桁杨，借当宁之旷恩为润篋之便计，乃其姓名犹有不入抚巡之白简者，何其贪而不黜乎？故苛征之察宜密也。民草食不充而大吏犹华轩輶使，至馈送充斥，供张丰腆，此非民膏，何以给之？故官守之自奉宜薄也。兹善行其蠲之三策也。以幽遐蔀屋，悉仰内帑，其势易穷，而悉举州邑之库藏赎锾，急给州邑之窭者，鲜不济矣。故从朝廷赈之则难，从州邑赈之则易也。一邑之内，一郡之中，岂无豪赀财好施与者？故令上赈之则难，令下民自相赈则易也。里之厚赀者，所捐若而百，则赐绰楔旌之，若而千则爵之，若而万则厚爵之。富民有不竭蹶以趋者乎？故绳之使赈则难，劝之使赈则易也。幽远小民，去城邑百里，晨起裹粮蹩躠趋城，胥吏犹持其短长，非少赂之，弗得径受赈，得不偿失，奈何？宜令耆民廉平者偕里之富好施者，临其聚落招给焉。平有赏，私有罚，蔑不暨矣。故移民就食则难，移食就民则易也。夫珠不可衣，玉不可食，有米粟乏绝之处，人至抱璧以殒者，即得州邑及赀户之赈，而操金贸易，转移尚艰，故使下民贷粟则难，官司转贷而给之犹易也。凡此皆善行其赈之策者。《语》云：中流失船，一瓠千金，小补罅隙之计，大都若此。岂能奇乎？善哉乎？先儒言之也，有治人无治法。今法非不犁然具，而州邑之吏故纸尺一以壅涉泽，何济乎？故在天子清心节用，凡内府供应，一准祖制，毫无所增，上绝冗费，则公府有余金而赈之易，私家不必滥取而蠲又易，抚巡诸臣又窥见意旨，不堕羔羊之节，以玷官箴，一二奉行，不谨之吏且解组去，不为蠹矣。不然吾未知果有奇策之可以救民否也。

《学庵类稿》

明食货志·荒政

明政恤灾救荒，旷古所未有。太祖训：凡天下承平，四方有水旱等灾，验国之所积，于被灾处优免税粮。若丰稔之岁，虽无灾伤，亦当验国所积，稍有附余，择地瘦民贫者优免之。故太祖凡岁灾尽蠲二税，甚者贷以米，又甚者赐之米，若布若钞。又命各州县设预备仓四所，于境内东西南北居民丛集之处，遣老人运钞，分行各路，贸米储备，遇荒歉赈给，即令富民守视。用钞不下千万，所在乡村储积充牣。荆、蕲水，命赵乾往赈，乾迁延半载，民多饥死。帝怒斩之。青州旱蝗民饥，有司不以闻。使者奏之，遣人往赈，就逮治其官吏。令灾伤州县，有司不奏，许耆民申诉，有司处以极刑。孝感县言民饥，官有预备仓粮，请以贷。上可之，谕户部曰：朕常捐帑，耆民籴粟以储之，正欲备荒歉、济饥民也。若岁荒民饥，必候奏请，道途往返，动经岁月，民饥死者多矣。自今令天下有司，岁饥先发，然后奏闻。太祖在位三十余年，所赐予布钞数百万、米百余万，所蠲租税无万数，后世率由之，不胜书也。成祖闻河南饥，有司匿不以闻，逮治之。因谓都御史陈瑛曰：国之本在民，民无食是伤其本。朕每岁春初及农隙之时，敕郡县浚河渠，修筑圩岸、陂池，捕蝗蝝。遇有饥荒，即加赈济。比者河南郡县洊罹旱涝，有司匿不以闻，又有言雨旸时若禾稼茂实者。及遣人视之，民所收十不及四五，有十不及一者，有掇草实为食者。闻之恻然。亟赈之，已有饥死者矣。此亦朕任用匪人之过也。已悉置于法。其榜谕天下有司，自今民间水旱灾伤不以闻者，必罪不宥。又敕朝廷岁遣巡视官，自今目击民艰不言者，悉逮下狱。仁宗自监国时，有以发赈请者，遣人驰谕之，以为军民困乏，待哺嗷嗷，尚从容启请待报，汲黯何如人也！宣宗时，户部奏请核勘青州饥民数。上曰：民饥无食，济之当如拯溺救焚，不可少缓，何待勘？自二祖、仁、宣笃念民困，仁政亟行。预备仓之外，截起运，赐内帑。其荒处无储粟者，发旁郡。有蝗蝻，必遣人捕瘗。鬻子女者，官为赎之。并令富人蠲佃户租，大户闭籴，令贷粟贫民，免其杂役为息，年丰偿之。弛皇庄、湖泊厉禁，听民采取，给口粮，送饥民还籍。平粜京通仓米，预放俸粮以杀米直。又建府以处流民，给官粮以收弃婴，养济院穷民各注籍，其无籍者收养蜡烛、旛竿二寺。预备仓，州县每十里以上积粮一万五千石，有司考满以多少为殿最。乃至赎囚，输马直，给冠带，旌门，褒玺书，鬻僧牒，开事例，弛茶禁，捐香银，赃罚入官之物，皆用以备赈。国初，赈米大口六斗，小口三斗，五岁以下不与。永乐时，大口一斗，十四岁至六岁口六升。户有大口十口以上者，止与一石。其非全灾，贷米一口一斗，二口至五口二斗，六口至八口三斗，九口至十口以上四斗。秋成抵斗还官。水灾淹死人口者，家二石，漂流房屋畜产者半之。冬月，年七十以上者给布一匹，纳米赈济。赎罪者，景帝时令杂犯死罪纳六十石，三流若徒三年减三之一，徒五等又以五石递减，杖每一十一石，笞半之。宪宗令生员纳米入国子监，廪膳生八十石，增广生一百石。纳军职百户者二百石，副千户、正千户、指挥各以五十石递加。武宗时，富民纳粟赈济至千石以上者，表其门；九百至二三百者，授散官，自从六品至从九品凡四等，刻石旌名。世宗令义民出赈谷二十石、银二十两者，给与冠带，各以十递加，授正九品、正八品、正七品；至五百石两者，有司为之立坊。又令富民出所积粟麦与民，石减一钱，至五百石以上，给冠带；千石以上，表为义门。收养弃孩至二十口，给冠带。赈粥之法，世宗初，席书请行之。令大县设粥十二所，中减三之一，小减十之五。诸所设粥处，约日并举，无分本境邻封皆赈。后令州县各于养济院支预备仓粮，设粥厂，日二次。林希元《荒政丛言》：救荒有二难：曰得人，曰审户；有三便：极贫便赈米，次贫便赈钱，稍贫便赈贷；有六急：曰垂死急饘粥，疾病急医药，病起急汤水，既死急埋瘗，弃孩急收养，囚系急宽恤；有三权，借官粮以平粜，兴工作以助赈，贷牛种以通变；有六禁，曰侵渔，曰攘盗，曰遏籴，曰抑价，曰宰牛，曰度僧；有三戒，曰迟缓，曰拘文，曰遣使。为纲六，为目二十有三。上之。魏元吉《救荒四策》：一、补积欠。请令通仓收粟以给蓟镇，蓟镇发银以给辽东，彼此曲补，水陆各从其便。

一、革滥税。请疏通山海关往来商税，罢勿复征。一、开矿禁。请召集各处矿夫听采，以四分输官，以备赈济之用。一、议引银。请引减旧直，止税银二万，补给军士草价。当是时，湖广巡按张禄缯饥民图，陕西佥事齐之鸾进民食蓬子绵刺二种，君臣切究救荒之策。于是世宗梦黄衣数人辞上南行，势甚速。次日，语阁臣杨一清。对曰：黄者蝗也，南方其有蝗乎？是秋，蝗果大至，随为风雨所摧。世宗名为不惜民力，其勤于恤灾犹如此。神宗命被灾民有田者免其税粮，无田者免丁口盐钞。上览给事中杨东明饥民图，发银米赈河南、山东诸处。上倦于听政，惟灾荒疏奏，必赐蠲赈。太祖时，报灾不拘时限。弘治始限夏灾不得过五月终，秋灾不得过九月终。万历又分近地五月、七月，边地七月、九月。太祖勘实灾，尽与蠲免。弘治始定为全灾免七分，九分灾以下，免数以一分递减，又止免存留不及起运。成化时，被灾田粮改折者，石止征二钱五分。弘治亦增为兑运七钱，改兑六钱。孝宗有贤主名而实之不存，祖宗之德意微矣。然赖太祖立法之善，十六朝二百七十七年之中，水旱灾沴，无在不闻，蠲赈免折，无岁不有，虽至末造，兵革扰攘，不废斯政。所以厚敛而民力犹可支，重役而民心犹未去，延祚永世，盖有由然矣。

荒政部艺文*

艺 文 一

(食货典第九十四卷)

目 录

臧孙辰告籴于齐传 穀梁赤

国无三年之畜，曰国非其国也。一年不升，告籴诸侯。告，请也；籴，籴也。不正，故举臧孙辰以为私行也。国无九年之畜，曰不足。无六年之畜，曰急。无三年之畜，曰国非其国也。诸侯无粟，诸侯相归粟，正也。臧孙辰告籴于齐，告然后与之。言内之无我交也。古者税什一，丰年补败，不外求而上下皆足也。虽累凶年，民弗病也。一年不艾而百姓饥，君子非之。不言如，为内讳也。

臧孙辰告籴于齐传 公羊高

告籴者何？请籴也。何以不称使？以为臧孙辰之私行也。曷为以臧孙辰之私行？君子之为国也，必有三年之委。一年不熟告籴，讥也。

免孔光册 汉·哀帝

丞相者，朕之股肱，所与共承宗庙，统理海内，辅朕之不逮，以治天下也。朕既不明，灾异重仍，日月无光，山崩河决，五星失行，是章朕之不德而股肱之不良也。君前为御史大夫，辅翼先帝，出入八年，卒无忠言嘉谋。今相朕出入三年，忧国之风，复无闻焉。阴阳错谬，岁比不登，天下空虚，百姓饥馑，父子分散，流离道路以十万数。而百官群职旷废，奸轨放纵，盗贼并起，或攻官寺，杀长吏。数以问君，君无怵惕忧惧之意，对毋能为，是以群卿大夫咸惰哉？莫以为意，咎由君焉。君秉社稷之重，总百僚之任，上无以匡朕之阙，下不能绥安百姓。《书》不云乎，毋旷庶官，天工人其代之。於虖！君其上丞相、博山侯印绶，罢归。

论积贮疏 贾谊

管子曰：仓廪实而知礼节。民不足而可治者，自古及今，未之尝闻。古之人曰：一夫不耕或受之饥，一女不织或受之寒。生之有时而用之亡度，则物力必屈。古之治天下，至纤至悉，故其畜积足恃。今背本而趋末，食之者甚众，是天下之大残也。淫侈之俗，日月以长，是天下之大贼也。残贼公行，莫之或止，大命将泛，莫之振救。生之者甚少，而靡之者甚多，天下财产，何得不蹶？汉之为汉，几四十年矣，公私之积，犹可哀痛，失时不雨，民且狼顾，岁恶不入，请卖爵子，既闻尔矣，安有为天下阽危者若是而上不惊者？世之有饥穰，天之行也，禹汤被之矣。即不幸有方二三千里之旱，国胡以相恤？卒然边境有急，数十百万之众，国胡以馈之？兵旱相乘，天下大屈，有勇力者聚徒而衡击，罢夫羸老易子而咬其骨，政治未毕通也。远方之能疑者，并举而争起矣。乃骇而图之，岂将有及乎？夫积贮者，天下之大命也。苟粟多而财有余，何为而不成？以攻则取，以守则固，以战则胜，怀敌附远，何招而不至？今殴民而归之农，皆著于本，使天下各食其力，末技游食之民，转而缘南畮，则畜积足而人乐其所矣，可以为富安天下而直为此廪廪也。

贵粟论 晁错

圣王在上而民不冻饥者，非能耕而食之、织而衣之也，为开其资财之道也。故尧禹有九年之水，汤有七年之旱，而国亡捐瘠者，以畜积多而备先具也。今海内为一土地，人民之众，不避汤禹，加以亡天灾，数年之水旱，而畜积未及者，何也？地有遗利，民有余力，生谷之土未尽垦，山泽之利未尽出也，游食之民未尽归农也。民贫则奸邪生，贫生于不足，不足生于不农，不农则不地著。不地著则离乡轻家，民如鸟兽，虽有高城深池，严法重刑，犹不能禁也。夫寒之于衣不待轻暖，饥之于食不待甘旨，饥寒至身，不顾廉耻。人情一日不再食则饥，终岁不制衣则寒。夫腹饥不得食，肤寒不得衣，虽慈母不能保其子，君安能以有其民哉！明主知其然也，故务民于农桑，薄赋敛，广畜积，以实仓廪，备水旱，故民可得而有也。民者，在上所以牧之趋利，如水走下，四方亡择也。夫珠玉金银，饥不可食，寒不可衣，然而众贵之者，以上用之故也。其为物轻微易臧，在于把握，可以周海内而亡饥寒之患。此令臣轻背其主，而民易去其乡，盗贼有所劝亡，逃者得轻资也。粟米布帛，生于地，长于时，聚于力，非可一日成也。数石之重，中人弗胜，不为奸邪所利，一日弗得而饥寒至，是故明君贵五谷而贱金玉。今农夫五口之家，其服役者不下二人，其能耕者不过百畮，百畮之收不过百石。春耕夏耘，秋获冬藏，伐薪樵治，官府给繇役，春不得避风尘，夏不得避暑热，秋不得避阴雨，冬不得避寒冻，四时之间，亡日休息。又私自送往迎来，吊死问疾，养孤长幼在其中，勤苦如此。尚复被水旱之灾，急政暴虐，赋敛不时，朝令而暮改，当其有者半贾而卖，亡者取倍称之息，于是有卖田宅、鬻子孙以偿责者矣。而商贾大者积贮倍息，小者坐列贩卖，操其奇赢，日游都市，乘上之急，所卖必倍。故其男不耕耘，女不蚕织，衣必文采，食必粱肉，亡农夫之苦，有阡陌之得，因其富厚，交通王侯，力过吏执，以利相倾，千里游敖，冠盖相望，乘坚策肥，履丝曳缟。此商人所以兼并农人，农人所以流亡者也。今法律贱商人，商人已富贵矣；尊农夫，农夫已贫贱矣。故俗之所贵，主之所贱也；吏之所卑，法之所尊也。上下相反，好恶乖迕，而欲国富法立，不可得也。方今之务，莫若使民务农而已矣。欲民务农，在于贵粟，贵粟之道，在于使民以粟为赏罚。今募天下入粟县官，得以拜爵，得以除罪，如此富人有爵，农民有钱，粟有所渫。夫能入粟以受爵，皆有余者也。取于有余以供上用，则贫民之赋可损，所谓损有余补不足，令出而民利者也。顺于民心，所补者三。一曰主用足，二曰民赋少，三曰劝农功。今令民有车骑马一匹者，复卒三人。车骑者，天下武备也，故为复卒。神农之教曰，有石城十仞，汤池百步，带甲百万而亡粟，弗能守也。以是观之，粟者，王者大用、政之本务。令民入粟受爵，至五大夫以上，乃复一人耳。此其与骑马之功相去远矣。爵者，上之所擅，出于口而亡穷；粟者，民之所种，生于地而不乏。夫得高爵与免罪人之所甚欲也，使天下人入粟于边，以受爵免罪，不过三岁，塞下之粟必多矣。

弭灾奏议　　　　魏　相

臣闻明主在上，贤辅在下，则君安虞而民和睦。臣相幸得备位，不能奉明法，广教化，理四方，以宣圣德，民多背本趋末，或有饥寒之色，为陛下之忧。臣相罪当万死。臣相知能浅薄，不明国家大体、时用之宜，惟民终始，未得所繇。窃伏观先帝圣德仁恩之厚，勤劳天下，垂意黎庶，忧水旱之灾，为民贫穷，发仓廪，振乏馁，遣谏大夫博士巡行天下，察风俗，举贤良，平冤狱，冠盖交道，省诸用，宽租赋，弛山泽波池，禁秫马酤酒，贮积所以周急继困，慰安元元，便利百姓之道甚备。臣相不能悉陈，昧死奏故事诏书凡二十三事。臣谨案：王法必本于农而务积聚，量入制用以备凶灾，亡六年之畜尚谓之急。元鼎二年，平原、渤海、太山、东郡溥被灾害，民饿死于道路。二千石不豫虑其难，使至于此。赖明诏振救，乃得蒙更生。今岁不登，谷暴腾踊，临秋收敛，犹有乏者，至春恐甚亡以相恤。西羌未平，师旅在外，兵革相乘。臣窃寒心，宜蚤图其备。唯陛下留神元元，帅繇先帝盛德以抚海内。上施行其策。又数表采易阴阳及明堂月令奏之曰：臣相幸得备员，奉职不修，不能宣广教化，阴阳未和，灾害未息，咎在臣等。臣闻《易》曰：天地以顺动，故日月不过，四时不忒；圣王以顺动，故刑罚清而民服。天地变化必繇阴阳，阴阳之分以日为纪，曰冬夏至则八风之序立，万物之性成，各有常职，不得相干。东方之神太昊乘震执规司春，南方之神炎帝乘离执衡司夏，西方之神少昊乘兑执矩司秋，北方之神颛顼乘坎执权司冬，中央之神黄帝乘坤艮执绳司下土。兹五帝所司，各有时也。东方之卦，不可以治西方；南方之卦，不可以治北方。春兴兑治则饥，秋兴震治则华，冬兴离治则泄，夏兴坎治则雹。明王谨于尊天，慎于养人，故立羲和之官，以乘四时，节授民事。

君动静以道，奉顺阴阳，则日月光明，风雨时节，寒暑调和，三者得叙，则灾害不生，五谷熟，丝麻遂，草木茂，鸟兽蕃，民不夭疾，衣食有余。若是则君尊民说，上下亡怨，政教不违，礼让可兴。夫风雨不时，则伤农桑，农桑伤则民饥寒，饥寒在身则亡廉耻，寇贼奸宄所繇生也。臣愚以为阴阳者，王事之本，群生之命。自古贤圣未有不繇者也。天子之义，必纯取法天地而观于先圣。高皇帝所述《书天子所服》第八曰：大谒者臣章受诏长乐宫，曰：令群臣议天子所服，以安治天下。相国臣何、御史大夫臣昌谨与将军臣陵、太子太傅臣通等议，春夏秋冬，天子所服，当法天地之数，中得人和。故自天子王侯、有土之君，下及兆民，能法天地、顺四时，以治国家，身亡祸殃，年寿永究。是奉宗庙、安天下之大礼也。臣请法之中。谒者赵尧举春，李舜举夏，兒汤举秋，贡禹举冬，四人各职一时。大谒者襄章奏。制曰可。孝文皇帝时，以二月施恩惠于天下，赐孝弟力田，及罢军卒，祠死事者，颇非时节。御史大夫晁错时为太子家令，奏言其状：臣相伏念陛下恩泽甚厚，然而灾气未息，窃恐诏令有未合当时者也。愿陛下选明经通、知阴阳者四人各主一时。时至，明言所职以和阴阳。天下幸甚。

灾异对　　谷永

王者以民为基，民以财为本。财竭则下畔，下畔则上亡。是以明王爱养基本，不敢穷极，使民如承大祭。今陛下轻夺民财，不爱民力，发徒起邑，并治宫馆，大兴繇役，重增赋敛，征法如雨，役百乾溪，费疑骊山，靡敝天下，百姓财竭力尽，愁恨感天，灾异娄降，饥馑仍臻。流散冗食，餧死于道，以百万数。公家无一年之畜，百姓无旬日之储，上下俱匮，无以相救。《诗》云：殷监不远，在夏后之世。愿陛下追观夏、商、周、秦所以失之，以镜考已行，厉精致政，专心反道，绝群小之私客，免不正之诏除，悉罢北宫私奴车马媠出之具，止诸缮治宫室，阙更减赋，尽休力役，存恤振救困乏之人，以弭远方，厉崇忠直，放退残贼，无使素餐之吏久尸厚禄，以次贯行，固执无违，夙夜孳孳，娄省无怠，旧愆毕改，新德既章，纤介之邪不复载心，则赫赫大异庶几可销，天命去就庶几可复。唯陛下留神，反覆熟省。臣言诸夏举兵，萌在民饥馑而吏不恤，兴于百姓困而赋敛重，发于下怨离而上不知。《易》曰：屯其膏，小贞吉，大贞凶。《传》曰：饥而不损，兹谓泰。厥灾水，厥咎亡。《訞辞》曰：关动牡飞，辟为无道。臣为非，厥咎乱臣谋篡。王者遭衰难之世，有饥馑之灾，不损用而大自润，故凶。百姓困贫，无以共求，愁悲怨恨，故水；城关守国之固，固将去焉，故牡飞。往年郡国二十一伤于水灾，禾黍不入。今年蚕麦咸恶，百川沸腾，江河溢决，大水泛滥郡国十五有余。比年丧稼，时过无宿麦。百姓失业流散，群辈守关。大异较炳如彼，水灾浩浩，黎庶穷困如此，宜损常税小自润之时，而有司奏请加赋，甚缪经义，逆于民心，布怨趋祸之道也。牡飞之状，殆为此发。古者谷不登亏膳，灾娄至损服。凶年不塈涂，明王之制也。《诗》云：凡民有丧，扶服救之。《论语》曰：百姓不足，君孰与足？臣愿陛下勿许加赋之奏，益减大官、导官、中御府、均官、掌畜、廪牺用度，止尚方、织室、京师郡国工服官发输造作，以助大司农。流恩广施，振赡困乏，开关梁，内流民，恣所欲之，以救其急。立春，遣使者循行风俗，宣布圣德，存恤孤寡，问民所苦，劳二千石，敕劝耕桑，毋夺农时，以慰绥元元之心，防塞大奸之隙。诸夏之乱，庶几可息。

言时事议 刘 陶

当今之忧，不在于货，在乎民饥。窃见比年已来，良苗尽于蝗螟之口，杼柚空于公私之求，所急朝夕之餐，所患靡盬之事，岂谓钱货之厚薄、铢两之轻重哉？就使当今沙砾化为南金，瓦石变为和玉，使百姓渴无所饮，饥无所食，虽皇羲之纯德，唐虞之文明，犹不能以保萧墙之内也。盖民可百年无货，不可一朝有饥，故食为至急也。议者不达农殖之本，多言铸冶之便。盖万人铸之，一人夺之，犹不能给，况今一人铸之，则万人夺之乎？虽以阴阳为炭，万物为铜，役不食之民，使不饥之士，犹不能足无厌之求也。

上便宜事 郎 顗

臣闻天道不远，三五复反。今年少阳之岁，法当乘起，恐后年已往，将遂惊动，涉历天门，灾成戊己。今春当旱，夏必有水，臣以六日七分候之可知。夫灾眚之来，缘类而应行，有玷缺则气逆于天，精感变出，以戒人君王者之义。时有不登，则损滋彻膳。数年以来，谷收稍减，家贫户馑，岁不如昔。百姓不足，君谁与足？水旱之灾，虽尚未至，然君子远览，防微虑萌。《老子》曰：人之饥也，以其上食税之多也。故孝文皇帝绨袍革舄，木器无文，约身薄赋，时致升平。今陛下圣德中兴，宜遵前典，惟节惟约，天下幸甚。《易》曰：天道无亲，常与善人。是故高宗以享福，宋景以延年。《易传》曰：阳无德则旱，阴僭阳亦旱。阳无德者，人君恩泽不施于人也；阴僭阳者，禄去公室，臣下专权也。自冬涉春，讫无嘉泽，数有西风反逆时节，朝廷劳心，广为祷祈，荐祭山川，暴龙移市。臣闻皇天感物，不为伪动；灾变应人，要在责已。若令雨可请，降水可禳止，则岁无隔并，太平可待。然而灾害不息者，患不在此也。立春以来，未见朝廷赏录有功，表显有德，存问孤寡，赈恤贫弱，而但见洛阳都官奔车东西，收系纤介，牢狱充盈。臣闻恭陵火处，比有光曜明。此天灾，非人之咎。丁丑大风，掩蔽天地。风者号令，天之威怒，皆所以感悟人君忠厚之戒。又连月无雨，将害粟麦，若一谷不登，则饥者十三四矣。陛下诚宜广被恩泽，贷赡元元。昔尧遭九年之水，人有十载之蓄者，简税防灾为其方也。愿陛下早宣德泽，以应天功。若臣言不用，朝政不改者，立夏之后，乃有澍雨，于今之际，未可望也。若政变于朝而天不雨，则臣为诬上。愚不知量，分当鼎镬。

与西阳令孔德琰书 魏应璩

嘉麦祯祥，惟日未久，不图飞蝗，一旦至止。知恤蒸庶，念存良苗，亲发赫斯，爰整其旅。鲐背之叟，皓首之嫠，莫不负戈奔走于道路。旌表曜于白日，鼋鼍震于雷动。以此扫敌，必将席卷，况于微虫，能无惊骇？卓茂治密，恭在中牟。时虽有灾，未若斯勤。亦犹子贱鸣琴，巫马出入，劳逸有殊，立功惟一。重云北兴，不降灵雨，丽此二灾，忧心忡惙。逐蝗之道，谨闻教矣，不审致禳将以何物？文王修德，以厌地震；汤祷桑林，致克丰雨。宜修善政，以慰民望。

谏孙皓疏 陆 凯

臣闻国无三年之储，谓之非国，而今无一年之畜，此臣下之责也。而诸公卿位处人上，禄延子孙，曾无致命之节、匡救之术，苟进小利于君，以求容媚，荼毒百姓，不为君计也。自从孙弘造义兵以来，耕种既废，所在无复输入，而分一家，父子异役，廪食日张，畜积日耗，民有离散之怨，国有露根之渐，而莫之恤也。民力困穷，鬻卖儿子，调赋相仍，日以疲极，所在长吏不加隐括，加有监官既不爱民，务行威势，所在骚扰更为烦苛。民苦二端，财力再耗，此为无益而有损也。愿陛下一息此辈，矜哀孤弱，以镇抚百姓之心。此犹鱼鳖得免毒螫之渊，鸟兽得离罗网之纲，四方之民襁负而至矣。如此，民可得保，先王之国存焉。

节省奏议　　晋齐献王攸

诏以比年饥馑，议所节省。攸奏议曰：臣闻先王之教，莫不先正其本。务农重本，国之大纲。当今方隅清穆，武夫释甲，广分休假，以就农业，然守相不能勤心恤公，以尽地利。昔汉宣叹曰：与朕理天下者，惟良二千石乎？勤加赏罚，黜陟幽明，于时翕然，用多名守。计今地有余羡而不农者众，加附业之人复有虚假，通天下之谋，则饥者必不少矣。今宜严敕州郡检诸虚诈害农之事，督实南亩，上下同奉所务，则天下之谷可复古政。岂患于暂一水旱，便忧饥馁哉？考绩黜陟，毕使严明，畏威怀惠，莫不自厉。又都邑之内，游食滋多，巧伎末业，服饰奢丽，富人兼美，犹有魏之遗弊，染化日浅，靡财害谷，动复万计。宜申明旧法，必禁绝之，使去奢节俭，不夺农时，毕力稼穑，以实仓廪，则荣辱礼节由之而生，兴化反本于兹为盛。

水灾疏　　杜预

诏曰：今年霖雨过差，又有虫灾。颍川、襄城自春以来，略不下种，深以为虑。主者何以为百姓计，促处当之。杜预上疏曰：臣辄思惟今者水灾，东南特剧，非但五稼不收，居业并损，下田所在停污，高地皆多硗塉，此即百姓困穷，方在来年。虽诏书切告长吏二千石为之设计，而不廓开大制，定其趣舍之宜，恐徒文具，所益盖薄。当今秋夏蔬食之时，而百姓已有不赡，前至冬春，野无青草，则必指仰官谷，以为生命。此乃一方之大事，不可不豫为思虑者也。臣愚谓既以水为困，当恃鱼菜螺蚌，而洪波泛滥，贫弱者终不能得。今者宜大坏兖、豫州东界诸陂，随其所归而宣导之，庶令饥者尽得水产之饶，百姓不出境界之内，旦暮野食。此目下日给之益也。水去之后，填淤之田亩收数钟，至春大种五谷，五谷必丰。此又明年之益也。臣前启典牧种牛，不供耕驾，至于老不穿鼻者，无益于用，而徒有吏士谷草之费，岁送任驾者甚少，尚复不调习，宜大出卖以易谷及为赏直。诏曰：孳育之物，不宜减散，事遂停寝问。主者今典虞右典牧种产牛，大小相通，有四万五千余头，苟不益世用，头数虽多，其费日广。古者匹马丘牛，居则以耕，出则以战，非如猪羊类也。今徒养宜用之牛，终为无用之费，甚失事宜。东南以水田为业，人无牛犊，今既坏陂，可分种牛三万五千头，以付二州将吏士庶，使及春耕谷登之后，头责三百斛。是为化无用之费，得运水次，成谷七百万斛。此又数年后之益也。加以百姓降丘宅土，将来公私之饶，乃不可计。其所留好种万头，可即令右典牧都尉官属养之。人多畜少，可并佃牧地，明其考课。此又三魏近甸岁当复入数千万斛谷，牛又皆当调习，动可驾用，皆今日之可全者也。

弭灾对　　阮种

臣闻天生蒸庶，树君以司牧之。人君道洽，则彝伦攸叙，五福来备。若政有愆失，刑理颇僻，则庶征不应，而淫亢为灾。此则天人之理，而兴废之由也。昔之圣王，政道备而制先具，轨人以务，致之于本，是以虽有水旱之眚，而无饥馑之患也。自顷阴阳隔并，水旱为灾，亦犹期运之致，不然则亦有司之不帅，不能宣承圣德，以赞扬大化，故和气未降，而人事未叙也。方今百姓凋弊，公私无储，诚在于休役静人，劝啬务分，此其救也。人之所患，由于役烦网密而信道未孚也。役烦则百姓失业，网密则下背其诚，信道未孚，则人无固志。此则损益之至务，安危之大端也。

谏慕容皝赋牛田　　封裕

臣闻圣王之宰国也，薄赋而藏于百姓，分之以三等之田，十一而税之。寒者衣之，饥者食之，使家给人足，虽水旱而不为灾者。何也？高选农官，务尽劝课，人治周田百亩，亦不假牛力，力田者受旌显之赏，惰农者有不齿之罚。又量事置官，量官置人，使官必称须，人不虚位，度岁入多少，裁而禄之。供百寮之外，藏之太仓，三年之耕，余一年之粟，以斯而积公用，于何不足？水旱其如百姓何？虽务农之令屡发，二千石令长莫有志勤在公，锐尽地利者。故汉祖知其如此，以垦田不实，征杀二千石以十数，是以明章之际，号次升平。自永嘉丧乱，百姓流亡，中原萧条，千里无烟，饥寒流殒，相继沟壑。先王以神武圣略保全一方，威以殄奸，德以怀远，故九州之人塞表殊类，襁负万里，若赤子之归慈父。流人之多旧土，十倍有余，人殷地狭，故无田者十有四焉。殿下以英圣之资，克广先业，南摧强赵，东灭句丽，开境三千，户增十万，继武阐广之功，有高西伯。宜省罢诸苑，以业流人。人至而无资产者，赐之以牧牛。人既殿下之人，牛岂失乎？善藏者藏于百姓，若斯而已矣。迩者深副乐土之望，中国之人皆将壶飧奉迎，石季龙谁与居乎？且魏晋虽道消之世，犹削百姓不至于七人，特官牛田者，官得六分，百姓得四分，私牛而官田者，与官中分。百姓安之，人皆悦乐。臣犹曰：非明王之道而况增乎？且水旱之厄，尧汤所不免。王者宜浚治沟浍，循郑白、西门、史起灌溉之法，旱则决沟为雨，水则入于沟渎，上无云汉之忧，下无昏垫之患。句丽、百济及宇文段部之人，皆兵势所徙，非如中国慕义而至，咸有思归之心。今户垂十万，狭凑都城，恐方将为国家深害，宜分其兄弟宗属，徙于西境诸城，抚之以恩，检之以法，使不得散在居人，知国之虚实。今中原未平，资畜宜广，官司猥多，游食不少，一夫不耕，岁受其饥，必取于耕者而食之一人。食一人之力，游食数万，损亦如之，安可以家给人足，治致升平？殿下降览古今之事多矣，政之巨患莫甚于斯。其有经略出世，才称时求者，自可随须置之列位。非此已往，其耕而食，蚕而衣，亦天之道也。

孔季恭羊元保沈昙庆传后论　　《宋书》

史臣曰：江南之为国，盛矣。虽南包象浦，西括邛山，至于外奉贡赋，内充府实，止于荆扬二州。自汉氏以来，民户雕耗，荆楚四战之地、五达之郊，井邑残亡，万不余一也。自元熙十一年马休之外奔，至于元嘉末，三十有九载，兵车勿用，民不外劳，役宽务简，氓庶繁息，至余粮栖亩，户不夜扃，盖东西之极盛也。既扬部分析，境极江南，考之汉域，惟丹阳、会稽而已。自晋氏迁流，迄于太元之世，百许年中，无风尘之警，区域之内晏如也。及孙恩寇乱歼亡，事极自此，以至大明之季，年逾六纪，民户繁育，将曩时一矣。地广野丰，民勤本业，一岁或稔，则数郡忘饥。会土带海傍湖，良畴亦数十万顷，膏腴上地，亩直一金，鄠杜之间，不能比也。荆城跨南楚之富，扬部有全吴之沃，鱼盐杞梓之利，充牣八方；丝绵布帛之饶，覆衣天下。而田家作苦，役难利薄，亘岁从务，无或一日非农，而经税横赋之资，养生送死之具，莫不咸出于此。穰岁粜贱，粜贱则稼苦；饥年籴贵，籴贵则商倍。常平之议，行于汉世。元嘉十三年，东土潦浸，民命棘矣。太祖省费减用，开仓廪以振之。病而不凶，盖此力也。大明之末，积旱成灾，虽敝同往困，而救非昔主，所以病未半古，死已倍之，并命比室口减过半。若常平之计，兴于中年，遂切扶患，或不至是。若笼以平价，则官〈苦〉民优，议屈当时，盖由于此。

曲赦丹阳等四郡诏　梁江淹

门下朕兴言民瘼，昧旦求政，所以庶存简惠，缉兹治道，而玉烛未调，祥风尚郁。京辅及三吴昔岁水灾，秋登既罕。今兹厉疾，罹患者多纳隍之叹，为矜良深。可曲赦扬州所统丹阳、吴兴，南徐州所统义、兴等四郡，其遭水尤剧之县，自今年以前三调未充而虚例已毕，官长局吏应共备偿者，虽即事为愆，情在可亮，外详所除，以弘优泽。

水灾疏　北魏·崔楷

臣闻有国有家者，莫不以万姓为心，故矜伤轸于造次，求瘼结于寝兴。黎民阻饥，唐尧致叹，众庶斯馑，帝乙罚己，良以为政与农，实系民命，水旱缘兹以得济，夷险用此而获安。顷东北数州，频年淫雨，长河激浪，洪波汩流，川陆连涛，原隰通望，弥漫不已，泛滥为灾。户无担石之储，家有藜藿之色。华壤膏腴，变为舄卤，菽麦禾黍，化作萑蒲。斯用痛心徘徊，潸然伫立也。昔洪水为害四载，流于夏《书》，九土既平攸同，纪自《虞诰》。亮由君之勤恤，臣用劬劳，日昃忘餐，宵分废寝。伏惟皇魏握图临宇，惣契裁极，道敷九有，德被八荒，槐阶棘路，实维英哲，虎门麟阁，实曰贤明，天地函和，日月光曜。自比定冀水潦，无岁不饥，幽瀛川河频年泛溢，岂是阳九厄会，百六锺期？故以人事而然，非为运极。昔魏国咸舄，史起哂之；兹地荒芜，臣实为耻。不揆愚瞽，辄敢陈之计。水之凑下，浸润无间，九河通塞，屡有变改，不可一准古法，皆循旧堤。何者？河决瓠子，梁楚几危，宣防既建，水还旧迹，十数年间，户口丰衍。又决屯氏，两川分流，东北数郡之地仅得支存。及下通灵鸣，水田一路，往昔膏腴，十分病九，邑居凋离，坟井毁灭，良由水大渠狭，更不开泻众流，壅塞曲直，乘之所致也。至若量其逶迤，穿凿涓浍，分立堤竭，所在疏通，预决其路，令无停蹙，随其高下，必得地形，土木参功，务从便省，使地有金堤之坚，水有非常之备。钩连相注，多置水口，从河入海，远尔径过，泻其潟泻，泄此陂泽。九月农罢，量役计功。十月昏正，立匠表度。县遣能工，麾画形势。郡发明使，筹察可否。审地推岸，辨其脉流。树板分崖，练厥从往。别使案检，分部是非。瞰睇川原，明审通塞。当境修治，不劳役远。终春自罢，未须久功。即以高下营田，因于水陆，水种粳稻，陆艺桑麻，必使室有久储，门丰余积。其实上叶御灾之方，亦为中古井田之利。即之近事，有可比伦。江淮之南，地势洿下。云雨阴霖，动弥旬月。遥途远运，惟用舟舻。南亩畬灾，微事耒耜，而众庶未为馑色，黔首罕有饥颜。岂天德不均，致地偏罚？故是地势异图，有兹丰馁。臣既乡居水际，目睹荒残，每思郑白，屡想王李，夙宵不寐，言念皇家。愚诚丹款，实希效力。有心萤爝，乞暂施行，使数州士女，无废耕桑之业，圣世洪恩，有赈饥荒之士。郧宰深笑，息自一朝。臣之至诚，申于今日。

诏曰：频年水旱为患，黎民阻饥，静言念之，昃不违食。鉴此事条，深协在虑。但计画功广，非朝夕可。合宜付外量闻，事遂施行。

艺 文 二

（食货典第九十五卷）

目 录

免民租疏（并序）　唐・狄仁杰

唐武后天授二年九月，梁公狄怀英为地官侍郎同凤阁鸾台平章事。明年，改长寿元年。正月，被左台中丞来俊臣所诬，贬为彭泽令。七月至县，值年大旱，民罹饥馑，即抗疏乞免民租。武后嘉公忧民，特降制江州，蠲免本县民间租税。

疏曰：彭泽九县，百姓齐营水田。臣方到县，已是秋月。百姓嚣嚣，群然告歉。询其所自，皆云春夏以来，并无霖雨，救死不苏，营佃失时。今已不可改种。见在黄老，草菜度日，旦暮之间，全无米粒。切见彭泽地狭，山峻无田，百姓所营之田，一户不过十亩五亩。准例常年纵得全熟，纳官之外，半载无粮。今总不收，将何活路？自春徂夏，多莩亡者，检有籍历，大半除名，里里乡乡，班班户绝。如此深弊，官吏不敢自裁，谨以奏闻。

论关中饥疏　张廷珪

臣闻古有艰难兴王、殷忧启圣者，皆以事危则志远，情迫则思深，故能自下登高，转祸为福者也。伏见景龙之末，中宗遇祸，先天之际，凶党构谋，社稷有危于倒悬，国朝殆均于绝纽。陛下神武超代，精诚动天，再扫氛沴，六合清朗。而后上顺皇旨，俯念黔黎，高运璿衡，光膺宝箓，日月所烛之地，书轨未通之乡，无不沾濡渥恩，被服元化，十尧九舜，未足称也。明明上帝，照临下土，宜锡介祉，以答鸿休。然属顷岁以来，阴阳愆候，九谷失稔，万姓阻饥。关辅之间，更为尤剧，至有樵苏莫爨，糠麧靡资，不暇聊生，方忧转死，偶会昌运，遘兹艰否者。臣窃思之，皇天之意，将恐陛下春秋鼎盛，神圣在躬，不崇朝而建大功，自藩邸而陟元后，或简下济之道，独满雄图之志，轻虞舜而不法，思汉武以自高，是故昭见咎征，载加善诱，将欲大君日慎一日，虽休勿休，永保太和，以固邦本也。斯则皇天之于陛下睠顾深矣。陛下焉可不奉若休旨而寅畏哉？臣愚诚愿陛下约心削志，澄思励精，考羲农之书，敦朴素之道，登庸端士，放黜佞人，屏退后宫，减彻外厩，场无蹴鞠之玩，野绝纵禽之赏，促石田之远境，罢金甲之悬军，惠恤茕嫠，蠲薄徭赋，去奇伎淫巧，损和璧随珠，不见可欲，使心不乱，自然波清四海，尘销九域，农夫乐其业，余粮栖于亩。则和气上通于天，虽五星连珠，两曜合璧，未足多也。珍祥下降于地，虽凤凰巢阁，麒麟在郊，未足奇也。或谓天之鉴戒不足畏者，则将上帝凭怒，风雨迷错，荒馑日甚，无以济下矣。或谓人之穷乏不足恤者，则将齐甿沮志，亿兆携离，愁苦怨极，无以奉上矣。斯盖安危所系，祸福之源，奈何朝廷曾不是察，况今陛下受命伊始，敷政惟新，卿士百寮，华夷万族，莫不清耳以听，刮目而视，延颈企踵，冀有所闻。颙颙如也，何可怠弃典则，坐孤其望哉？

水 灾 疏 宋务光

臣闻三五之君，不能免淫亢，顾备御存乎人耳。灾兴细微，安之不怪，及祸变已成，骇而图之，犹水决治防，病困求药，虽复黾俯，尚何救哉？夫塞变应天，实系人事。今霖雨即闭坊门，岂一坊一市能感发天道哉？必不然矣。故里人呼坊门为宰相，谓能节宣风雨，天工人代，乃为虚设。又数年以来，公私要竭，户口减耗，家无接新之储，国乏俟荒之蓄。陛下近观朝市，则以为既庶且富，试践闾陌，则百姓衣马牛之衣，食犬彘之食，十室而九空，丁壮尽于边塞，孀孤转于沟壑，猛吏奋毒，急政破资，马困斯佚，人穷斯诈，起为奸盗，从而刑之，良可叹也。今人贫而奢不息，法设而伪不止，长吏贪冒，选举以私，稼穑之人少，商贾之人众。愿坦然更化，以身先之。凋残之后，缓其力役；久弊之极，训以敦庞。十年之外，生聚可足。

上中丞严公 杜 甫

《周礼·司巫》：若国大旱，则率巫而舞雩。《传》曰：龙见而雩。谓建巳之月，苍龙宿之体，昏见东方，万物待雨盛大，故祭天远为百谷祈膏雨也。今蜀自十月不雨，月旅建卯，非雩之时，奈久旱何？得非狱吏只知禁系，不知疏决，怨气积，冤气盛，亦能致旱？是何川泽之干也，尘雾之塞也，行路皆菜色也，田家其愁痛也。自中丞下车之初，军郡之政，罢弊之俗，已下手开济矣，百事冗长者又以革削矣。独狱囚未闻处分，岂次第未到，为狱无滥系者乎？谷者，百姓之本，百役是出。况冬麦黄枯，春种不入，公诚能暂辍诸务，亲问囚徒，除合死者之外，下笔尽放，使囹圄一空，必甘雨大降，但怨气消则和气应矣。躬自疏决，请以两县及府系为始，管内东西两川各遣一使，兼委刺史，县令对巡使同疏决，如两县及府等囚例处分，众人之望也，随时之义也。昔贞观中岁大旱，文皇帝亲临长安、万年二赤县决狱，膏雨滂足，即岳镇方面岁荒札，皆连帅大臣之务也，不可忽。凡今征求无名数又耆老合侍者，两川侍丁得异常丁乎？不殊常丁赋敛，是老男老女，死日短促也。国有养老，公遽遣吏存问其疾苦，亦和气合应之义也，时雨可降之征也。愚以为至仁之人，常以正道应物。天道远去，人不远。

优恤畿内百姓并除十县令诏 陆 贽

朕以薄德，托于人上。励精思理，期致雍熙。鉴之不明，事或乖当。百度多阙，四方靡宁。伤痍未瘳而征役荐起，流亡既甚而赋敛弥繁。人怨上闻，天灾下降，连岁蝗旱，荡无农收，惟兹近郊遭害尤甚。岂非昊穹作沴，深儆予衷，跼蹐忧惭，罔知攸措。今谷价腾踊，人情震惊，乡闾不居，骨肉相弃，流离殒毙，所不忍闻。公私之间，廪食俱竭，既无赈恤，犹复征求。财殚力疲，继以鞭棰。弛征则军莫之赡，厚敛则人何以堪。念兹困穷，痛切心骨。思所以济，浩无津涯。补过实在于增修，救患莫如于息费。致咎之本，既由朕躬；谢谴之诚，当自朕始。宜令尚食每日所进膳各减一半。宫人等每月惟供给粮米一千五百石，其余悉皆停，省年食，支酒料，宜减五百石。飞龙厩马，从今已后至四月三十日已前，并减半料。京兆府百姓应差科征配及和市和籴等诸色名目，事无大小，一切并停。公私债负，容待蚕麦熟后征收。百司非至切之务，如追扰百姓及追勘征收等色，府县并不须承受。其寻常诉讼，非交相侵夺者，亦不得为理。百姓及诸色人等如能力行仁义，均减有无，赒贷贫人，全活数众者，府司具事迹闻奏。朕当授以官秩，蠲其征徭。如县令劝导有方，流庸克济，至夏初以来，类例勘会。但户口无减，田畴不荒，亦以状闻，量加优奖。百姓有迫于荒馑，全家逐食者，其田宅、家具、树木、麦苗等，县司并明立簿书印记，令所由及近邻人同检校，勿容辄有毁损，及典卖、填纳差科，本户却归，使令复业。夫致理之本，必在于亲人，亲人之任，莫切于令长。导王者之泽以被于下，求庶人之瘼以闻于朝。得失之间，所系甚大。且一夫不获，辜实在予。况百里之安危，万人之性命，付以长吏，岂容易哉？今甸内凋残，亦已太甚，每一兴想，恻然伤怀，非慈惠不能恤疲甿，非才术无以赈艰食。台郎御史，选重当时，得不分朕之忧，救人之弊？昨者详延群彦，亲访嘉猷，尚书、司勋员外郎窦申等十人咸以器能，理道精心，究烝黎之疾苦，知教化之宗源，辍于周行，往莅通邑。窦申可长安县令，郑珦瑜可检校吏部员外郎兼奉先县令，韦武可检校礼部员外郎兼昭应县令，贾全可咸阳县令兼监察御史，霍琮可华原县令，李会可盩厔县令兼监察御史，荀会可三原县令兼侍御史，李绲可富平县令兼殿中侍御史。其有散官封赐者，并如故。应畿内县令俸料，宜准常参官例，均融加给。泾阳县令韦涤洁己贞明，处事通敏，有御灾之术，有字物之方，人不流亡，事皆办集。惟是一邑之内，独无愁怨之声，古之循良，何以过此？就加宠秩，允叶前规，可检校工部员外郎兼本官，仍赐绯鱼袋，并赐衣一袭、绢百匹、马一匹。呜呼！积行在躬，虽微必著。咨乃庶尹，其惟钦哉！朕闻为君者必择人而官，为臣者罔择官而处。弛张系于理，不系于时，升降在乎人，不在乎位。朕方抑浮华以敦教，稽言行以进人，非次之恩，以待能者，彰善黜恶，期于必行。凡百君子，各宜自勉。

赐京畿及同华等州百姓种子赈给贫人诏　　前　人

春阳布和，万物畅茂，实兆庶乐生之日，农夫致力之时。今兹吾人则异于是，迫以荒馑，愁怨无憀，有离去井疆，业于庸保，有乞丐途路，困于死亡，乡闾依然，烟火断绝，种饷既乏，农耕不兴。若东作傥时，西成何望？为人父母，得不省忧？虽国计犹虚，公储未赡，济人之急，宁俟盈丰，罄其有无，庶拯艰厄。京兆府百姓并宜赐种子二万石，同华州各赐三千石，陕、虢两州赐四千石。委州长吏即与度支计会请受，差公清仁恤之吏与县令亲至村闾，随便给付，仍加劝课，勿失农时。应诸仓所有远年粟麦，宜令节度，更分二万石，京兆尹即差官逐便般载，赈赐贫人，先尽鳏寡孤茕目下不济者，务令均给，全活流庸。呜呼！朕德之不敷，诚之不感。上帝降格，丁宁厥躬。元元何辜，罹此灾患？思欲拯救，未知其方。长人之官，寄任斯重。所宜极虑，与我同忧。勉敷惠和，以育疲瘵。伫闻良术，称朕意焉。

答宰臣请复御膳表　　前　人

尝览典谟，每嘉俭德，爱人惜费，是朕素怀。况大兵之余，继以饥馑，军储国计，资用皆空，凋户疲甿，膏泽已竭，致人于此，过实在予。内怀忧惭，躬自损贬。今凶渠残灭，粟麦丰成，皆祖宗垂休，非寡薄所致。矧乎邦畿之内，馁殍犹多，役戍之徒，伤痍未复。孜孜训戒，克己增修，犹惧辱守宝图，罔荅元祐，岂宜暇逸，以厚厥躬？卿等诚在致君，将顺其美，顾惟虚缺，非所宜然。

荅百寮请复御膳表　　　　前 人

顷者大劳不息，至化未孚，雨泽愆期，虫蝗为害。朕以销灾谢谴，莫大于修诚节用。爱人必先于克己，顾惭愆咎躬，贬膳羞，下以均众庶之忧，上以荅昊穹之儆。至诚或感，嘉应遂臻，宿麦方成，元凶已殄，庆深德薄，惕厉弥加。忽览表章，过为称述，虽将顺其意，则曰乃诚，而戒慎不忘，谅惟朕志未喻，来请深体此怀。

平 籴 疏　　　　前 人

顷师旅亟兴，官司所储，唯给军食，凶荒不遑救赈。人小乏则取息利，大乏则鬻田庐，敛获始毕，执契行贷。饥岁室家相弃，乞为奴仆，犹莫之售，或缢死道途。天灾流行，四方代有。税茶钱积户部者，宜计诸道户口均之。谷麦熟则平籴，亦以义仓为名，主以巡院。时稔伤农则优价广籴，谷贵而止，小歉则借贷，循环敛散，使聚谷幸灾者无以牟大利。

请以税茶钱置义仓以备水旱　　　　前 人

臣闻仁君在上，则海内无馁殍之人，岂必耕而饷之，爨而食之哉？盖以虑得其宜，制得其道，致人于歉乏之外，设备于灾沴之前，是以年虽大杀，众不恇惧。夫水旱为败，尧汤被之矣。阴阳相寇，圣何御哉？所贵尧汤之盛者，在于遭患能济耳。凡厥哲后，皆谨循之故。《王制》记虞夏殷周四代之法，乃云国无九年之蓄曰不足，无六年之蓄曰急，无三年之蓄曰国非其国也。《周官·司徒》之属亦云，掌邻里之委积以恤艰厄，县鄙之委积以待凶荒。王制既衰，杂以权术。魏用平籴之法，汉置常平之仓，利兼公私，颇亦为便。隋氏立制，始创社仓，终于开皇，人不饥馑。贞观初，戴胄建积谷备灾之议，太宗悦焉，因命有司详立条制，所在贮粟，号为义仓，丰则敛藏，歉则散给。历高宗之代五六十载，人赖其资。国步中艰，斯制亦弛。开元之际，渐复修崇，是知储积备灾，圣王之急务也。《语》曰：百姓足，君孰与不足？百姓不足，君孰与足？此言君养人以成国，人戴君以成生。上下相成，事如一体。然则古称九年六年之蓄者，盖率土臣庶通为之计耳，固非独丰公庾，不及编甿。《记》所谓虽有凶旱水溢，人无菜色，良以此也。后代失典籍备虑之旨，忘先王子爱之心，所蓄粮储，唯计廪庾，犬彘厌人之食而不知检，沟壑委人之骨而不能恤。乱兴于下，祸延于上，虽有公粟，岂得而食诸？故立国而不先养人，国固不立矣；养人而不先足食，人固不养矣；足食而不先备灾，食固不足矣。为官而备者，人必不赡；为人而备者，官必不穷。是故论德昏明，在乎所务本末。务本则其末自遂，务末则其本兼亡。国本于人，安得不务？顷以寇戎为梗，师旅亟兴，惠恤之方，多所未暇。每遇阴阳愆候，年不顺成，官司所储，只给军食，支计苟有所阙，犹须更取于人。人之凶荒，岂遑赈救？人小乏则求取息利，人大乏则卖鬻田庐。幸逢有年，才偿逋债，敛获始毕，糇粮已空，执契担囊，行复贷假，重重计息，食每不充。傥遇荐饥，遂至颠沛，室家相弃，骨肉分离，乞为奴仆，犹莫之售，或行丐鄽里，或缢死道途。天灾流行，四方代有。率计被其害者，每岁常不下一二十州。以陛下为人父母之心，若垂省忧，固足伤恻，幸有可救乏之道焉，可舍而不念哉？今赋役已繁，人力已竭，穷岁汲汲，永无赢余，课之聚粮，终不能致，将树储蓄根本，必藉官司助成。陛下诚为人备灾，过听愚计，不害经费，可垂永图。

近者有司奏请税茶，岁约得五十万贯。元敕令储户部，用救百姓凶饥。今以蓄粮，适副前旨。望令转运使总计诸道户口多少、每年所得税茶钱，使均融分配，各令当道巡院主掌，每至谷麦熟时，即与观察使计会，散就管内州县和籴，便于当处置仓收纳。每州令录事参军专知，仍定观察判官一人，与和籴巡院官同勾当，亦以义仓为名，除赈给百姓以外，一切不得贷便支用。如时当大稔，事至伤农，则优与价钱，广其籴数，谷若稍贵，籴亦便停，所籴少多，与年上下，准平谷价，恒使得中。每遇灾荒，即以赈给，小歉则随事借贷，大饥则录奏分颁，许从便宜，务使周济，循环敛散，遂以为常。如此则蓄财息债者不能耗吾人，聚谷幸灾者无以牟大利，富不至侈，贫不至饥，农不至伤，籴不至贵。一举事而众美具，可不务乎？俟人小休，渐劝私积。平籴之法斯在，社仓之制兼行，不出十年之中，必盈三岁之蓄，弘长不已，升平可期，使一代黎人永无馁乏。此尧汤所以见称于千古也。愿陛下遵之慕之，继之齐之。苟能存诚，蔑有不至。

请遣使臣宣抚诸道遭水州县状　　前　人

右频得盐铁转运及州县申报，霖雨为灾，弥月不止，或川渎泛涨，或溪谷奔流，淹没田苗，损坏庐舍，又有漂溺不救，转徙乏粮，丧亡流离，数亦非少。臣等任处台辅，职调阴阳，一物失宜，尸旷斯在，五行愆度，黜责何逃。陛下德迈禹汤，恕人咎己。臣等每奉慈旨，倍益惭惶，所以黾勉在公，不敢频烦请罪。前者面陈事体，须遣使抚绥，陛下尚谓询问来人，所损殊少，即议优恤，恐长奸欺。臣等旬日以来，更审借访类会行旅，所说悉与申报符同。但恐所闻圣听，或未尽陈事实。夫流俗之弊，多徇谄谀，揣所悦意者则侈其言，度所恶闻者则小其事，制备失所，恒病于斯。初闻诸道水灾，臣等屡访朝列，多云无害于物，以为不足致怀。退省其私，言则顿异。霖潦非可讳之事，缙绅皆有识之人，与臣比肩，尚且相媚，况乎事或暧昧，人或琐微，以利己之心，希至尊之旨，其于情实固不易知，如斯之流足误视听。所愿事皆覆验，则冀言无诈欺，大明照临，天下之幸也。昔子夏问于孔子曰：何如斯可谓人之父母？孔子对曰：四方有败，必先知之，斯可谓人之父母矣。盖以君人之道，子育为心，虽深居九重，而虑周四表；虽恒处安乐，而忧及困穷。近取诸身，如一体之于四肢，其疾病无不恤也；远取诸物，如两曜之于万类，其鉴照无不均也。故时有凶害，而人无流亡。恃天听之必闻，知上泽之必至。是以有母之爱，有父之尊。古之圣王能以天下为一家，中国为一人，用此术也。今水潦为败，绵数十州，奔告于朝，日月相继。若哀其疾苦，固宜降旨优矜。倘疑其诈欺，亦当遣使巡视。安可徇往来之浮说，忘惠恤之大猷，失人得财，是将焉用？况灾害已甚，申奏亦频，纵不蒙恩复除，自当准式蠲免，徒失事体，无资国储。恐须速降德音，深示忧悯，分道命使，明敕吊灾，宽息征徭，省察冤滥。应家有溺死及漂没，居产都尽，父子不存济者，各量赐粟帛，便委使臣与州府，据以当处官物给付。其损坏庐舍田苗者，亦委使臣与州府据所损作分数等第闻奏，量与蠲减租税。如此则殁者蒙瘗酹之惠，存者沾煦妪之恩，霈泽下施，孰不欣戴？所费者财用，所收者人心，若不失人，何忧乏用？臣等已约支计，所费亦不甚多，倘蒙圣恩允从，即具条件续进。臣又闻圣人作则，皆以天地为本，阴阳为端。庆赏者顺阳之功，故行于春夏；刑罚者法阴之气，故用之秋冬。事或愆时，人必罹咎。是以《月令》所载，夏行秋令，则苦雨数来，丘隰水潦；夏行冬令，则后乃大水，败其城郭。典籍垂诫，言固不诬。天人同符，理当必应。既有系于舒惨，是能致于灾祥。顷自夏初，大臣得罪，亲党坐累，其徒实繁。邦宪已行，宸严未解，畏天之怒，中外竦然。若以《月令》推之，水潦或是其应。虽天所降沴不在郊畿，然海内为家，无论遐迩。伏愿涤瑕以德，消沴以和，威惠之相济合宜，阴阳之运行自序。臣等不胜睹灾惭负之至，谨奉状陈请，以闻谨奏。

论淮西管内水损处请同诸道遣宣慰使状　　前　人

右奉进止。淮西管内贡赋既阙，所缘水损，简择宣慰使，此道亦不要遣去者。臣闻圣王之于天下也，人有不得其所者，若已纳之于隍，故夏禹泣辜，殷汤引罪，盖以率土之内，莫非王臣，或有昏迷不恭，是由教化未至，常以善救，则无弃人。自希烈乱常，污染淮甸，职贡废阙，责当有归，在于编甿，岂任其咎？陛下息师含垢，宥彼渠魁，惟兹下人久罹胁制，想其翘望圣化，诚亦有足哀伤。倘弘善救之心，当轸纳隍之虑。今者遣使宣命，本缘恤患吊灾。诸道灾患既同，朝廷吊恤或异，是使慕声教者绝望，怀反侧者得词，弃而固其寇雠，恐非所以为计也。昔晋饥乞籴于秦，大夫百里奚曰：天灾流行，国家代有。救灾恤邻道也。行道有福。丕豹则请因而伐之。穆公用百里奚之言，拒丕豹之请，且曰：其君是恶，其人何罪？遂输粟以救之。其后秦饥，乞籴于晋，大夫虢射曰：无损于怨而益于寇，不如勿与。庆郑曰：背施无亲，幸灾不仁，贪爱不祥，怒邻不义。不如与之。惠公信虢射之谋，违庆郑之议，遂闭籴以绝焉。是岁晋国复饥，秦伯又馈之粟，曰：吾怨其君而矜其人。终于秦缪霸强，晋惠擒辱。是知弃怨而施惠者可以怀敌，计利而忘义者罔不失人。此乃列国诸侯，犹务恤邻救灾，矧君临天下，而可使德泽不均被者乎？议者多谓淮右荐饥，国家之利。臣等愚见以为不然。必若兴有征之师，问不庭之罪，因灾幸济，已爽德政，倘又难于用兵，望其艰窘自弊，利害之势，或未可知。夫悍兽之情穷则攫搏，暴人之态急则猖狂。当其迫厄之时，尤资抚驭，苟得招携以礼，便可底宁，备虑乖方，亦足生患。窃以帝王之道，颇与敌国不同。怀柔万邦，唯德与义。宁人负我，无我负人，故能使亿兆归心，远迩从化，犹有凶迷不复，必当人鬼同诛。此其自取覆亡，尚亦不足含怒。今因供输有阙，遂令施惠不均，责帅及人，恐未为允。伏惟圣鉴更审细裁，量其所择，诸道使并未敢宣行，伏候进止。

请依京兆所请折纳事状　　前　人

京兆府先奏当管虫食豌豆，全然不收，请据数折纳大豆，奉敕宜依度支。续奏称据时估，豌豆每斗七十价已上，大豆每斗三十价已下。京兆府所请将大豆替豌豆，望令各据估计钱数折纳，则冀免损官司者。求瘼救灾，国之令典。求瘼在知其所患，救灾在恤其所无。只如螟蟠为殃，豌豆全损，检覆若非虚谬，地税固合免征。直道而行，大体斯在。司府折纳充数，已为克下；从权度支，准估计钱，乃是幸灾规利，所得无几，其伤实多。伤风得财，非谓理道。且豌豆为物，人用甚微。旧例所支，唯充畜料，准数回给大豆，诸司谁曰不然？计价剩征，义将安在？理无所据，事不可从。望依前敕处分，未审可否？

谢潘侍郎到宣慰表　　杨于陵

臣伏奉八月二十四日敕，陛下以江淮旱歉，轸虑蒸黎，命度支盐铁转运使户部侍郎兼御史中丞潘孟阳宣谕慰安，蠲除疾苦。以今月二十九日到臣本州，颁锡诏书，以示恩化。臣及官吏百姓等咸蒙圣慈特加存问，爰自城邑，达于里闾，喜气浮川，欢声被野。臣忝守藩服，恭承德音，荷戴宠光，局蹐无地。臣闻天覆无私，虽幽必烛，人心有系，惟圣能通。伏惟皇帝陛下德冠君临，泽均子爱，一物失所，如轸于纳隍，一人不获，载怀于驭朽。敷求至理，懋建大和，明命施行，率土欣戴。臣实庸琐，叨领方隅，奉陛下亭育之仁，当海滨旱歉之后，人多迁徙，赋亦逋悬，夙夜忧兢，冰炭交战。忽承慈旨，特降使臣，优贷俯及于藩条，勤恤遍加于凋瘵。以制国用，思致于均平，以勖庶官，俾甄其课效。发号而生灵交畅，先春而和气导迎。宇虽广而煦妪必周，天虽高而感通宁远。臣幸逢昌运，荐沐殊私，誓将罄竭驽骀，上裨万一，无任激励踊跃感恩之至。谨遣讨击副使曹序奉表陈谢以闻。

凶荒判　　贾登

则以三壤，均乎九赋。或愆岁计之期，必降时宜之典。荆河惟豫，芋区在蜀，往有菜蔬之色，获充藜藿之资，采葑以菲，且存下体，如葵非智，斯无卫足。既而吏作轻税，人困薄言，虽称汉代有文，颇异尧年作法，且所缘岁损，合豫申陈。六条初不上言，百姓无从下免，任从收税，将谓合宜。

凶荒判　　前人

食以为天，农固其本。几缺有秋之稔，徒有望岁之忧。睇彼荆河，实惟菜色，丰祥不闻于鸣雀，徇急颇见于蹲鸱。地虽化于岐山，岂臻丰富？人已歌于翟氏，讵得征收？百姓有词，理固难夺。

论天旱人饥状　　韩愈

伏以今年以来，京畿诸县夏逢亢旱，秋又早霜，田种所收，十不存一。陛下恩逾慈母，仁过阳春，租赋之间，例皆蠲免，所征至少，所放至多。上恩虽弘，下困犹甚。至闻有弃子逐妻，以求口食，拆屋伐树，以纳税钱，寒馁道涂，毙踣沟壑。有者皆以输纳，无者徒被追征。臣愚以为此皆群臣之所未言，陛下之所未知者也。臣窃见陛下怜念黎元，同于赤子，至或犯法当戮，犹且宽而宥之，况此无辜之人，岂有知而不救？又京师者，四方之腹心，国家之根本，其百姓实宜倍加忧恤。今瑞雪频降，来年必丰，急之则得少而人伤，缓之则事存而利远。伏乞特敕京兆府，应今年税钱及草粟等在百姓腹内征未得者，并且停征，容至来年蚕麦，庶得少有存立。臣至陋至愚，无所知识，受恩思效，有见辄言，无任恳款惭惧之至。

送水陆运使韩侍御归所治序　　前人

六年冬，振武军吏走驿马，诣阙告饥。公卿廷议以转运使不得其人，宜选才干之士往换之。吾族子重华适当其任，至则出赃罪吏九百余人，脱其桎梏，给耒耜与牛，使耕其傍便近地，以偿所负。释其粟之在吏者四十万斛不征，吏得去罪死，假种粮，齿平人有以自效，莫不涕泣感奋，相率尽力，以奉其令。而又为之奔走经营，相原隰之宜，指授方法。故连二岁大熟，吏得尽偿其所亡失四十万斛者，而私其赢余，得以苏息，军不复饥。君曰：此未足为天子言。请益募人为十五屯，屯置百三十人而种百顷，令各就高为堡，东起振武，转而西过云州界，极于中受降城，出入河山之际六百余里，屯堡相望，寇来不能为暴，人得肆耕其中，少可以罢漕挽之费。朝廷从其议。秋果倍收，岁省度支钱千三百万。八年，诏拜殿中侍御史，锡服朱，金银绯。其冬来朝，奏曰：得益开田四千顷，则尽可以给塞下五城矣。田五千顷，法当用人七千。臣令吏于无事时督习弓矢，为战守备，因可以制敌，庶几所谓兵农兼事，务一而两得者也。大臣方持其议，吾以为边军皆不知耕作，开口望哺，有司常僦人以车船，自他郡往输，乘沙逆河，远者数千里，人畜死，蹄踵交道，费不可胜计，中国坐耗而边吏恒苦食不继。今君所请田，皆故秦汉时郡县地，其课绩又已验白，若从其言，其利未可遽以一二数也。今天子方举群策以收太平之功，宁使士有不尽用之叹，怀奇见而不得施设也，君又何忧？而中台士大夫亦同言侍御韩君前领三县，纪纲二州，奏课常为天下第一。行其计于边，其功烈又赫赫如此，使尽用其策，西北边故所没地，可指期而有也。闻其归，皆相勉为诗，以推大之，而属予为序。

救　饥　　　　柳宗元

晋饥，公问于箕郑曰：救饥何以？对曰：信。公曰：安信？对曰：信于君心，信于名，信于令，信于事。

非曰：信政之常，不可须臾去之也。奚独救饥邪？其言则远矣。夫人之困在朝夕之内，而信之行在岁月之外。是道之常，非知变之权也。其曰：藏出如入则可矣，而致之言若是远焉，何哉？或曰：时之信未洽，故云以激之也。信之速于置邮，子何远之邪？曰：夫大信去令，故曰信如四时恒也。恒固在久，若为一切之信，则所谓未孚者也。彼有激乎则可也，而以为救饥之道，则未尽乎术。

平 籴 论　　　　杜　佑

农者有国之本也。先使各安其业，是以随其受田，税其所殖焉，岂可征求货物，舍其所有而责其所无者哉？天下农人，皆当粜鬻，豪商富室，乘急贱收。至于罄竭，更仍贵籴，往复受弊，无有已时。欲其安业，不可得也。故晁错曰：欲人务农，在于贵粟。贵粟之道，在于使人以粟为赏罚。如此农人有利，粟有所泄，谓官以法取收之也。诚如是，而天下之田尽辟，天下之仓尽盈。

授仓部郎中制　　　　刘禹锡

敕：周制仓人以待邦用，廪人以待匪颁。后代或均输，或平籴，皆周官仓廪之职也。於戏！王者藏于天下，吾何私焉？收敛以时，储蓄必谨，俾夫凶荒无患，贫富克均。宜咏京坻之诗，勿守豆区之限可。

谢恩赐粟表　　　　前　人

臣某言：伏奉今月一日制书，以臣当州连年歉旱，特放开成元年夏青苗钱，并赐斛㪷六万硕，仰长吏逐急济用，不得非时，量有抽敛百姓者。恩降九天，泽周万姓，优诏才下，群情顿安。某诚欢诚喜，顿首顿首。伏以灾沴流行，阴阳常数，物力既竭，人心匪遑，辄敢奏闻。本求赈贷，皇恩广被，元造曲成，既免在田之征，仍颁发廪之赐。臣谨宣敕文节目，彰示兆人，鼓舞欢谣，自中徂外。臣初到所部，便遇俭时，今蒙圣慈，特有赈恤。主恩及物，已为寿域之人；众意感天，必有丰年之应。臣恪居官业，不获拜舞阙庭。

臣无任云云。

谢恩放免贷斛斗表　　　　前　人

臣某言：臣奉五月二十九日敕牒，据度支所奏，诸道节度观察使及州府借便省司钱物斛斗等数内，当州欠三万六千二十三贯石，并放免者。殊私忽降，逋债涤除，藩方永安，遐迩咸悦。臣某诚欢诚喜，顿首顿首。伏以关辅之间，频年歉旱，田租既须矜放，公用交不支持。承前长吏例有借便，以救一时之急，皆成积欠之名，既未支填，常怀忧惧。圣恩周洽，洞见物情，爰命有司使之条奏，去其旧弊，众已获安，严立新规，人知所措。臣恪居官次，不获拜舞阙庭。臣无任忭跃屏营之至。

苏州谢赈赐表　　　　前　人

臣某言：伏奉去年二月十五日敕，苏州宜赐米一十二万硕，委刺史据户均给者。恩降九天，泽流万姓。伏以臣当州去年灾沴尤甚，水潦虽退，流庸尚多。臣前月到任，奉宣圣旨，阖境老幼，无不涕零。询访里闾，备知雕瘵。方具事实，便欲奏论。圣慈忧人，照烛幽远，特有赈恤，救其灾荒。苍生荷再造之恩，俭岁同有年之庆。臣忝为长吏，倍万恒情。谨奉表谢以闻。

请宽征税疏　　　　白居易

伏以圣心忧轸，重降德音，欲令实惠及人，无如减放租税。昨正月中所降德音，量放去年钱米。伏闻所放数内已有纳者，纵未纳者，多是逃亡，假令不放，亦征不得。而旱损州县至多，所放钱米至少。百姓未经丰熟，又纳今年税租，疲乏之中，重此征迫，人力困苦，莫甚于斯。却是今年，伏望圣恩，更与宰臣及有司商量江淮旱损州县分数，更量放今年租税。当疲困之际，降恻隐之恩，感动人情，无出于此。敢竭愚见，以副圣心。

和　籴　疏　　　　前　人

臣伏见有司以今年丰熟，请令畿内及诸州和籴，将收贱谷，当利农夫。以臣所观，有害无利。何者？凡曰和籴，是官出钱，人出谷，两和商量，然后交易也。比来和籴事殊不然，但令府县之官散配人户，促力程限，严加征催，苟有稽迟，即被捉搦，迫蹙鞭挞，甚于赋税。和籴之名，乃为虚设，故曰有害无利也。今若有司出钱开场自籴，比于时价稍较，饶利诱人，人若见利，自然远近争来。利害之间，可以比辨。苟除前之弊，行此之宜，是真得和籴利人之道也。二端取舍，伏惟圣旨裁之。必不得已，即不如折籴者。折青苗税钱，使直纳斛㪷，免令贱籴别纳见钱，在农人亦甚为利。况度支和籴，多是杂色匹帛，百姓多须转卖，然将纳税钱至于给付，不免侵牟，贸易不免损折，所失过半，其弊可知。今若量折税钱，纳斛㪷，既无贱籴粟米之费，又无转卖匹段之劳，利归于人，美归于上，则折籴之便，岂不昭然。繇是而论，则配户不如开场，和籴不如折籴，亦甚明矣。臣久处村闾，曾为和籴之户，亲被蹙迫，实不堪命。臣近为畿尉，曾领和籴之司，亲自鞭挞，所不忍睹。臣顷者尝疏，此人病闻于天聪，疏远贱微，无因上达。今幸居禁职，列在谏官，苟有他闻，犹合谏献，况备谙此事，深知此弊。臣若缄默，隐而不言，不惟上辜圣恩，实亦下负夙愿。犹虑愚诚不至，圣鉴未回，即望令左右可亲信者一人，潜问乡远百姓，和籴之与折籴，孰利而孰害乎？则知臣言不敢苟耳。或陛下以敕命已行，难于移改。以臣愚恳，则又不然。夫圣人之举事也，惟务便人，惟求利物。若损益相半，则不必迁移；若利害相悬，则事须追改。不独于此，其他亦然。

农夫祷文　　刘 轲

丙戌岁大饥，楚之南江黄为甚。明年，予将之舒途，出东山，见老农辈纠其族，为祷于伍君祠。其意诚而词俚，因得其文以润色之，亦以儆予百执事者云。农夫某谨达精诚于明神：吁嗟！我耕食之人，谁非土之人？人之有求，神得不以聪明正直听之耶？曩者仍岁荐饥，人为鳏嫠，田无耕夫，桑无蚕姬，疠疫疮痍，一方尤危。踵以吴蜀弄兵，吏呼其门，殴荒余之人，挟弓持戟，女子生别，行啼走哭。王师有征，群盗继诛，乃归其居，乃复室庐。庐坏田芜，亦莫蠲其租。今之收合余烬，人百其力，幸大成于秋，诚虑旱而不雨。既雨而潦，必不为潦，又虑其不苗不秀。秀而不实，又虑为螟蝗，又虑夫厩马之夺其食，赃吏之厚其敛焉。呜呼！必马无厌粟者，妾无厌罗纨者，吾敛其薄矣，亦如何厚其所薄耶？伏希神明无有所忽。祷曰：无瘠农人，以肥厩马。无寒蚕妇，以暖妓妾。无销耒耜，以滋兵刃。农人不饥而天下肥，蚕妇不寒而天下安，耒耜不销而天下饶，妾暖而娇，兵滋而残，马肥而豪，不迹不驼，足食足衣。皇天皇天，胡忍是为？苟不此为，民其嘻嘻，神其怡怡。尚飨。

预备仓储议　　李 许

去岁京师不稔，移民就丰，既废营生，困而后达，又于国体实有虚损。曷若预储仓粟，安而给之？岂不愈于驱督老弱糊口千里之外哉？宜敕州郡常调九分之二，京师度支岁用之余，各立官司，年丰籴粟，积之于仓，俭则加私之二，粜之于人。如此民必力田以取官绢，积财以取官粟，年登则常积，岁凶则直给，数年之中，谷积而人足，虽灾不为害矣。

劝耕荒田疏　　宋·陈靖

古者强干弱枝之法，必先富实于内。今京畿周环三二十州，幅员数千里，地之垦者十才一二，税之入者又十无五六，复有匿里舍而称逃亡，弃耕农而事游惰。逃亡既众，则赋税岁减，而国用不充，敛收科率，无所不行矣。游惰既众，则地利岁削，而民食不足，寇盗杀伤，无所不至矣。臣望择大臣一人有深识远略者，兼领大司农事，典领于中，又于郎官中选才智通明、能抚字役众者为副，执事于外，皆自京东京西，择其膏腴未耕之处，申以劝课。臣又尝奉使四方，深见民田之利害，污莱极目，膏腴坐废，亦加询问，颇得其由。皆诏书累下，许民复业，蠲其租调，宽以岁时，然乡县之间，扰之尤甚。每一户归业，则刺报所由，朝耕尺寸之田，暮入差徭之籍，追胥责问，继踵而来，虽蒙蠲其常租，实无补于损益。况民之流徙始由贫困，或避私债，或逃公税，亦既亡遁，则乡里舍其资财，至于室庐什器，桑枣材木，咸计其直，或乡官用以输税，或债主取以偿逋，生计荡然，还无所诣，以兹浮荡，绝意归耕。如授臣斯任，则望备以闲旷之田，广募游惰之辈，诱之耕垦，未计赋税，许令别置版图，便宜从事。耕桑之外，更课令益种杂木、蔬果，孳畜羊犬鸡豚，给授桑土，潜拟井田，营造室居，使立保伍，逮于养生送死之具，庆吊问馈之资，咸俾经营，并令条制，俟至三五年间，生计成立，恋家怀土，即计户定征，量田输税，以司农新附之名籍，合计州府旧收之簿书，斯实敦本化人之宏量也。若民力有不足，官借缗钱，或以市餱粮，或以营耕具，凡此给受，委于司农。比及秋成，乃令偿直，依时折估，纳之于仓，以成数开白户部。逃民复业及浮客请佃者，委农官勘验，以给授田土，收附版籍，州县未得议其差役。其乏粮种耕牛者，令司农以官钱给借。其田验肥瘠为三品，上田人授百亩，中田百五十亩，下田二百亩，并五年后收其租，亦只计百亩，十收其二。其室庐蔬韭及桑枣榆柳种艺之地，每户及十丁者给百五十亩，七丁者百亩，五丁七十亩，三丁五十亩，二丁三十亩。除桑功五年后计其租，余悉蠲。令常参官于幕职州县中各举所知一人，堪任司农丞者，分授诸州通判，即领农田之务。又虑司农官属分下诸州，或张皇纷扰，其事难成，望许臣领三五官吏，于近甸宽乡设法招携。俟规画既定，四方游民必尽麇至，乃可推而行之。

救荒疏　　田锡

臣今月二十五日所进，实封为霸州、乾宁军死伤人户等。自二十六日至今，又据莫州奏饥死一十六口，沧州奏全家饥死一十七户。虽有指挥下转运司相度及减斗斛价赈粜，即未见别行指挥。若有司只如此行遣，实未称陛下忧劳之心也。陛下为民父母，使百姓饥死，乃是陛下孤负百姓也。宰臣调燮阴阳，启道圣德，而惠泽不下流，王道未融明，是宰相孤负陛下也。今陛下何不引咎，如禹汤罪己，略降德音，下饥饿杀人处州府，民心知陛下忧恤，然后赈廪给贷，以救其死。若仓廪虚而馈运边备未足，即日无可给贷，则是执政素不用心所致。昔伊尹作相，耻一夫不获。今饿杀人如此，所谓焉用彼相？今陛下可将此事以理道略，面责宰臣以下，观其何辞以对，视其有无怍色，有无忧色。待三日而后，或浃旬以来，不上表待罪，不拜章求退，是忍人也，何良相之为乎？既非良相而犹用之，则是陛下不以百姓之心为心也。若不别进用贤臣，恐危乱之萌，将来滋蔓难图也。《语》曰：十室之邑，必有忠信。况今皇家富有万国，岂无人焉？可于常参官自来五日一转对中，观其所上之言，有远大谋略，经纶才业者，可非次擢用。若有其言而无其实，退之以礼，亦合理体。不然，则臣恐国家未能早致太平也。岂唯太平之未能致，其忧患不独在边防，而叛乱在内地也。此是陛下缵嗣先帝万世基业之急务也。所急之务，莫先于此。惟圣聪睿鉴，详微臣之言。陆贽云：贪因循者，终有大患。今若因循，不早为谋，则虑大患至矣。今臣所奏，且可先降德音，以禹汤责躬之意以谢天，以尧舜至仁之心以待下，使饥饿地分知陛下忧恤之心也。臣职在深严，日有闻见，不敢不奏。

输粟便民疏　　宋祁

去年江淮二浙稻收七八，而淮南饥疫之后，户口寖衰，县无完村，村无全户，才足自赡，罔能及它。惟有江浙二方，天下仰给。臣以为京师禁旅近数十万，三年之蓄不可不备。去年国家垂悯南土遘兹荐饥，减漕粟之常科，轸斯人之艰食，上恩虽美，邦计未充。且足食足兵，乃可治国，我仓我庾，所以为人。夫江淮漕运之司输米上供，已有定数。若更多取，则官司不供。故臣愿陛下明下诏书，募民能入米京师者，倍价而籴，三分其价，一分给钱，二分则以方权茶准其直，而与之商旅，利于化居，吏卒缓于程督，如此则仓廪实，京师盛，郡国安矣。如允所请，乞付详议。

豫减秋夏二税疏　　前 人

窃闻山东、关中、京西、河北去冬无雪，宿麦稀种，居者愁困，去者流离，绵春跨夏，搏手相望。朝廷虽切敕长吏漕运籴粟，然而财用久屈，仓廪半空，仅能济军，何暇及物？今州县惟中户以上尚且怀土以待有秋，而繇役百端，科率千计，必不可损，须出于人。以臣料之，私蓄有涯，官用无际，岁既未足，民胡得安？陛下若不旷然垂恩，有以大慰其意，则蚩蚩之众，饥弱者就死，强恶者为盗。盗贼既广，讨捕必严。兵盗相拿，邦国深患。臣愚以为方今艰食之际，其灾伤州县且诏豫减今年秋夏二税，安集居民，无令力农更失生业。推主上之惠，慰黎人之心，群心苟和，不遑自息。权救时急，深适事宜。

详定常平制度疏　　杜 衍

臣闻农者国之本，不可不劝其业；谷者民之命，不可不为之储。盖岁有丰凶，谷有贵贱，计本量委，欲及其时，散滞取赢，宜究其术。前志曰：欲人务农，人有所利，粟有所归，谓官以法收之也。今豪民富家乘时贱收，拙业之人旋致罄竭，及穑事不兴，小有水旱，则稽货不出，须其翔踊，以谋厚利。农民贵籴，才充口腹，往复受弊，无复穷已。虽劝课之官家至日见，亦奚益于事哉？管子曰：令有缓急，物有轻重。人君不治，则蓄贾游市，乘人不给，百倍其利矣。又曰：万室之邑，必有万钟之藏，藏镪千万；千室之邑，必有千钟之藏，藏镪百万。由此言之，则平籴常平之制，其来久矣。非始于汉宣之世也。国家列郡置常平仓，所以利农民，备饥岁也。然而有名无实者，制度不立耳。臣以谓立制度在乎量州郡之远迩，计户口之众寡，取贱出贵，差别其饥熟，信赏必罚，责课于官吏，出纳无壅，增减有制，本息之数，勿假以供军，敛导之时，禁其争利。六斛四㪷曰钟，万室之邑万钟，则今万户郡常平仓可收六万四千斛已上也。俟本息增赢，即如其原额。岁有大中小饥，亦有大中小熟，常谨察以出入之节。今欲立制度而无赏罚，则法不得行。以其外计，诸州县官吏宜立功过之差，以示必行，每趋时收籴，应急出粜，无令所司壅遏，则利可及人也。岁丰则增市价而籴，所增钱每㪷不得过一十文，饥则减市价而粜，到数三分，支一分与告首人，籴毕则不禁。至于蜀汉狭境，交广宽乡，或通川易地之殊，或边郡岩邑之异，各立条教，以节盈虚。限回易之岁时，虞其损败，制立典之侵刻，督以严科，则瘠瘦可充，饥馑有备也。今则不然，九谷散于穰岁，而不能储峙，兆民困于凶年，而无以振业。饶赡之道，固若斯乎？诚严敕州郡，据本处有无见管常平仓钱斛，今后渐令随户口迩额收籴，转运司等不得以运军输为名，奏乞假借。其逐处合备贯石数目，若有缺少，令多方计度供给。倘有全然少本，无可圆融之处，伏乞霈然下诏，出府库乳香、犀象、真珠之类，相度随处减价出卖，添备仓本。凡此珍异之物，饥不可食，寒不可衣，常时则旷日可以渐次出卖，速卖则虽减价数倍，人亦不可取也。宜及平岁鬻之，以为丰国惠下之本。上以章去奢崇俭之仁，下以成敦本惠民之道。俟州郡有本息增羡之处，令外计远近均融，各足其额。除边远之郡及山险之地，籴贮不得过定额外，沿路州府亦许就贱多籴。仍先乞指挥有司，将见行常平仓条贯，并臣此劄子重列详定，具为条件。务令精密，经久为例，并立定逐州军合籴额数，画一开坐，奏闻朝廷，更为裁酌颁行。此法之设，盖以抑兼并，惠贫弱，可行之必信，守之必坚，本息渐增，则公私获利矣。比夫义社之制，别生赋敛，官吏侵削，急速假借，害大利小。创于隋时，而唐戴胄者犹请复之，颇得其利，矧兼惠农末，振塞利孔之术，可忽其名而不务乎？议者若云圣朝不当以出息为名，此又不稽其实者也。周公制民贷者，以国服为之息，又贷万泉者，入息五百，亦取之以其道耳。必也仓储充羡，国用富强，虽有凶荒，不至捐瘠，则仁圣育民之道，莫大于此也。

救灾疏　　谢绛

去年京师大水，败民庐舍，河渠暴溢，几冒城郭。今年苦旱，百姓疫死，田谷焦槁，秋成绝望。此皆大异也。按《洪范》、《京房易传》皆以为简祭祀，逆天时，则水不顺下，政令逆行；水失其性，则坏国邑，伤稼穑。颛事者知诛罚绝理，则大水杀人。欲德不用，兹谓张厥灾荒；上下皆蔽，兹谓隔其咎旱。天道指类示戒，大要如此。陛下夙夜勤苦，思有以上塞时变，固宜策告殃咎，变更理化，下罪己之诏，修顺时之令，宣群言以导壅，斥近幸以损阴。而圣心优柔，重在改作，号令所发，未闻有以当天心者。夫风雨寒暑之于天时，为大信也。信不及于物，泽不究于下，则水旱为沴。近日制命有信宿辄改，适行遽止，而欲风雨以信，其可得乎？天下之广，万机之众，不出房闼，岂能尽知？在廷之臣，未闻被数刻之召，吐片言之善；朝夕左右，非恩泽即佞幸。上下皆蔽，其听不虚。昔两汉日食地震，水旱之变，则策免三公，以示戒惧。陛下进用丞弼，极一时之选，而政道未茂，天时未顺，岂大臣辅佐不明耶？陛下信任不笃耶？必若使之，宜推心责成，以极其效。谓之不然，则更选贤者。比来奸邪者易进，守道者数穷，政出多门，俗喜由径，圣心固欲尽得天下之贤能，分职受业，而宰相方考贤进吏，无敢建白，欲德不用之应，又可验矣。今阳骄莫解，虫孽渐炽，河水妄行，循故道之迹，行寻常之政，臣恐不足回灵意，塞至戒。古者谷不登则亏堕，灾屡至则降服，凶年不涂塈。愿下诏引咎，损大官之膳，避路寝之朝，使士大夫斥讳上闻，讥切时病，罢不急之役，省无名之敛，勿崇私恩，更进直道，宣德流化，以休息天下，至诚动乎上，大惠浃于下，岂有时泽之艰哉？

艺文三

（食货典第九十六卷）

目　录

请备荒疏

宋·文彦博

臣于四月二十九日至西京，见本京进奏官申状录报皇帝、太皇太后诏书，以历时灾旱，宿麦几尽，秋稼未立，上渎圣念，引咎归己，特减常膳，有以见圣心焦劳，得尧汤罪己应天之义。然臣向在都下，每见西来使命，询其雨泽稼穑次第，多云近已得雨，苗稼滋茂。臣既出京到洛，见缘洛民田宿麦秋稼，悉如圣诏所及。深虑向来小民艰食，即聚为寇盗，伏望严敕监司觉察，守令勤恤民隐，勿致烦扰，及督责巡检县尉屏除盗贼，令境内清肃，人户安居。救荒之政，各在疚心；诸事预防，庶无后患。

言灾异疏

田 况

臣窃见比年灾咎频仍，蝗潦继作，陛下责躬引咎，不遑宁处，以至躬祈道佛，并走群望，薰祓之意，可谓至矣。求当世之弊，验致灾之由，其实役敛重而民愁，和气伤而为沴。役敛之重，由国计之日窘；国计之日窘，由冗兵之日蕃。今天下兵已逾百万，比先朝几三倍矣。自古以来，坐费衣食，养兵之冗，未有如今日者。虽欲敛不重，民不愁，和气不伤，灾沴不作，不可得也。昔董仲舒、刘向以谓春秋所书，螽螟之灾，皆政贪赋重之所致。今陕西、河北、河东三路，民力凋弊，人其知之，臣不复言矣。且以江淮之间言之。今江淮菽麦已登矣，而责民输钱，数㪷之费，不供一㪷之价，物遂大贱而农伤。绢已输矣，民间贸易无余，而暴令复下，又配市之织纴之家，寒不庇体，而利尽归于富贾。累年已来，刻剥不已，民间泉货已匮竭。其凡百科调，峻法争利，不可胜计。更闻东南之民，大率中产已下，往往绝食。民之愁窘，致伤和气如此，而未闻陛下与两府大臣议所以救之之术，乃欲以一炉香、数祝版上塞谴咎，此臣所以不得已而言也。夫国之所养之兵，其上者战，其下者役。苟不能堪此，则为冗食。今诸路宣义、广捷等军，其间孱弱者甚众，大不堪战，小不堪役，逐处唯欲广募，邀其赏格，岂复顾国家之利害哉？宜分遣干臣，选拣诸路，宣义、广捷等军其不堪战者，并降为厢军，厢军之不堪役者并放停。议者必曰：兵骄日久，一旦遽加澄汰，则恐立致乱。此虑事者之疏也。且孱弱之兵既不堪战，则勇强者耻与为伍。去年韩琦汰边兵万余人，岂闻有为乱者？今天下财用不足以赡冗食之兵，尚或顾惜细故，而不思救弊之原，臣切忧之，惟陛下裁择。

论借支常平本钱疏

余 靖

臣闻天下无常安之势，无常胜之兵，无常足之民，无常丰之岁。由是古之圣王守之有道，制之有术，倘有缓急，不可无备。伏睹真宗皇帝景德中诏天下，以逐州户口多少，量留上供钱，起置常平仓，付司农寺系帐，三司不问出入。每年夏秋两熟，准市价加钱收籴。其出息本利钱，只委司农寺主掌，三司、转运司不得支拨。自后每遇灾伤赈贷，使国有储蓄，民免流散者，用此术也。前三司使姚仲孙今春以来，于京东等处借支司农常平钱，以给和买，虽然借支官钱以充官用，寻常视之，似无妨碍，若于经远之谋，深所未便。臣切惟真宗皇帝圣虑深远，臣敢梗概言之。当今天下金谷之数，诸路州军年支之外，悉充上供及别路经费。见在仓库更无余羡，所留常平本钱及斛㪷等，若以赈济饥荒，此固常虑所及矣。万一不幸方隅小有缓急，赏给资粮，仓卒可备，岂非先皇暗以数百万之资，蓄于四方者乎？今若先为三司所支，则天下储蓄尽矣。伏乞特降指挥，三司先借支常平本钱去处，并仰疾速拨还；今后不得更有支拨，并依景德元降敕命施行。

乞宽租赋防盗疏　　前　人

臣伏睹春夏以来，旱势之广，陛下忧劳勤恤，躬行祈祷，虽获嘉应，而夏田先已损矣。臣以古者三年耕必有一年之蓄，九年耕必有三年之蓄，故虽尧水汤旱，民无菜色者，有备灾之术也。方今官多冗费，既无私蓄，一岁不登，逃亡满道，盖上下皆无储积故也。臣切谓今备灾之术，最急者宽租赋，防盗贼而已。诚知国家边甲未解，经费日广，不宜更减民赋，自窘财用。其如农收有限，当量民力而取之，虽或差减，尚有数分之入。今若同取，一旦不堪其求，必致流亡之患，则永失常赋矣。今天府之民，九重不远，其诉旱者，尚或半得申明，半遭抑退。况远方之人，其无告必矣。陕关已西，尤须抚之。伏望朝廷特降诏命，应遭旱州军，委清强官体量实旱损夏苗去处，特与量减夏税分数，不得容有侥幸。此乃惠民之实效也。若待有逃亡然后赈救，将无及矣。臣又闻衣食不足，虽尧舜在上，不能使民不为盗贼。若水旱之后，盗贼滋长，势之常也。近闻解州、邓州群贼入城，劫掠人户，此乃都监押巡检不得其人之所致也。似此阶渐，不宜滋蔓。伏乞朝廷申明捕捉之科，严赏罚之典。其不获强盗贼人，不得将窃盗比折，特行勒停替降之法，庶几戮力同心，以折盗贼之势。

仓　廪　论　　张方平

臣闻古者民三年耕则余一年之食，九年耕则有三年之畜，通三十年而有九年之积，丰年补败，虽累凶年，民弗之病，然后德化流洽，礼乐兴焉。此三代之盛平土分民，富庶而教之本也。周衰，经界失聚，生业不平，则有权谋之臣，通变之士，调盈虚之数，修轻重之术，以制国用，均民财。若夷吾之准平，李悝之平粜，桑弘羊之均输，耿寿昌之常平，下至隋氏义租，唐人社仓之制，是皆便物利民，济时合道，安人之仁政，为国之善经也。《孟子》曰：犬彘食人之食而不知检，野有饿殍而不知发。人死则曰：非我也，岁也。是何异于刺人而杀之，曰：非我也，兵也。是知蓄委者，国之大本；敛发者，政之大平；饥穰者，天之常行；预备者，人之所及者也。故万室之邑必有万钟之藏，千室之邑必有千钟之藏，而人君御之以准，然后民有所恃也。国家之承平六十年矣，漕引东南之粟以输太仓，卷地无余，常若不逮，而仅充兵食。边塞之积，鲜及兼年，强家之藏，旧不接新，军士之饷，朝不继暮。不幸而有凶旱水溢之灾，民立匮竭，国无以振救，老弱转死，相枕沟壑，方骇而图之，强发私廪，千里转馈，重为劳费，官民皆扰，不亦谋之末乎？比者赦书有谕州县使立义仓之言，徒有空文而无画一之制，于兹三年，天下皆无立者。凡今之俗，苟且因循，严令坚约，犹复违慢，为民兴利，岂易其人，有位者无心，有心者无位，在上可行者务暇逸而从苟且，在下乐行者或牵束而不得专，以故民间利不克时兴，害不得时去，积成弊蠹，以及丧败。大凡事体兴立实艰，隳坏孔易，或谋以为利而转以为害。彼义租社仓者，齐隋唐氏既尝为之矣，始为百姓储备之道，终为僻君淫侈之费，是于籍外更生一调也。诚国家规前代之善策，为齐人之大计，明立条式，权其敛出，令天下之县各于逐乡筑为囷廪，于中户已上为之等级，课入谷麦，其输入之数，视岁薄厚为之三品。县掌其籍，乡吏守之，遇岁之饥，发以赈给，小饥则约小熟之所敛，中饥则约中熟之所敛，大饥则约大熟之所敛，专自县乡检校之，无使州郡计司侵取杂用焉。此则收自优户穰岁之有余，散于贫人凶年之不足，不使兼并贾人挟轻资、蕴重积、管其利以豪夺于吾人，此其协于《大易》裒多益寡、称物平施之义，符于周官党使相救、州使相赒之法，契诗人京坻之颂，应时令振乏之理，使民足而知顺让，益归于本业，诚为国之大事也。谨论。

乞分给河北流民田土劄子　　富　弼

臣昨在汝州，窃闻河北流民来许、汝、唐、邓州界逐熟者甚多。臣以朝廷前许请射系官田土，后却不令请射，尽须发遣归还本贯。臣访闻流民必难发遣得回，既已流移至此，又却不得田土，徒令狼狈道路，转见失所。遂专牒本州通判张恂，立便往州界诸县流民聚处一一相度，或发遣情愿人归还本贯，或放令前去别州，或相度口数，给与民田土，或自令樵渔采捕，或计口支散官粟。诸般救济，庶几稍可存活。内只有给田一项，违著朝廷后来指挥，比欲奏候朝旨，又为流民来者日益多，深恐救恤稍迟，转有死损，遂且用上项条件施行。去后方具奏闻，寻准中书劄子，奉圣旨：一依奏陈事理，其后来者即教不得给田，候春暖劝谕，令归上路。后方知其余州军所到流民，不拘新旧，并只用元降朝旨，尽不许给与田土。臣其时以急于赴召，不及再有奏陈。自襄城县至南薰门，共六程。臣见缘路流民，大小车乘及驴马驮载，以至担仗等，相继不绝。臣每逢见逐队老小，一一问当，及令逐旋抄劄子。只路上所逢者约共六百余户，四千余口。其逐州县镇以至道店中已安下，臣不见者，并臣于许州驿中住却一日路上之人，臣亦不见者，比臣曾见之数，恐又不下一二百户，三二千口。都计约及八九百户，七八千口。其前后已过，并今未来，及有往唐、邓、莱州等处臣所不见者，又不知其数多少。扶老携幼，累累满道，寒饿之色，所不忍见。亦有病而死者，随即埋于道傍，骨肉相聚，号泣而去。臣亲见而问得者，多是镇、赵、邢、洺磁、相等州下等人户，以十分为率，约四五分并是镇人，其余五六分即共是赵州与邢、洺、磁、相之人。又十中约六七分是第五等人，三四分是第四等人，及不济户与无土浮客，即绝无第三等已上之家。臣逐队遍问，因甚如此离乡土远来它州。其间甚有垂泣告者曰：本不忍抛离坟墓骨肉及破坏家产，只为灾伤物贵，存济不得，忧虑饿杀老小，所以须至迩斛㪷贱处逃命。又问得有全家起离来，更不归者，亦有减人口暂来逐熟，候彼中无灾伤，斛㪷稍贱，即却归者。亦有去年先令人来请射，或买置田土，稍有准备者，亦有无准备望空来者。大约稍有准备来无一二，余皆茫然，并未有所归。只是路上逐旋问人斛㪷贱处便去。臣窃闻有人闻于朝廷云，流民皆有车仗驴马，盖是上等人户，不是贫民，致朝廷须令发遣却归本贯。此说盖是其人只以传闻为词，不曾亲见亲问。但知却有车乘行李，次第颇多，便称是上等之人。臣每亲见有七八辆大车者，约及四五十家、二百余口，四五辆大车者，约及三四千家、一百余口，一两辆大车者，约及五七家、五七十口。其小车子及驴马担仗之类，大抵皆似大车，并是彼中乡村相近邻里，或出车乘，或出驴牛，或出绳索，或出掩盖之物，递相并合，各作一队起来，所以行李次第，如上等人户也。今既是贫穷之家，决意离去乡土，逃命逐熟，而朝廷须令发遣却回，必恐有伤和气。臣亦曾子细说谕，云朝廷恐你抛离乡井，欲拟发遣，却归河北，不知如何？其丈夫妇人皆向前对曰：便是死在此处，必更难归，兼一路盘缠已有次第，如何归得？除是将来彼中有可看望，方有归者也。此已上事，并是臣亲见亲问，所得最为详悉，与夫外面所差体究之人不同。簿尉幕职官畏惧州府，州府畏惧提转，提转畏惧朝省，而不敢尽理而陈述，或心存谄佞，不肯说尽灾患之事，或不切用心，自作卤莽，申陈不实者，万不侔也。伏望圣慈早赐指挥，京西一路如流民到处，且将系官荒闲田土，及见佃人占剩无税地土，差有心力廉公官员四散分俵，各令住佃，更不得逼逐发遣，却归河北。其余或与人家作客，或自能樵渔采捕，或支官粟，计口养饲之类，更令中书检详前后条约，疾速严行，指挥约束。所贵趁此日月尚浅，未有大段死损之人，可以救恤得及。

支散流民斛斗画一指挥行移　　前　人

当司昨为河北遭水，失业流民拥并过河南，于京东青、淄、潍、登、莱五州丰熟处，逐处散在城郭乡村不少。当司虽已诸般擘画，采取事件，指挥逐州官吏多方安泊存恤，救济施行，本使体量尚恐流民失所，寻出给告谕文字，送逐州给散与诸县，令逐耆长将告谕指挥乡村等第人户并客户，依所定石斗出办米豆数，内近州县镇，只于城郭内送纳，其去州县镇城远处，只于逐耆令耆长置历受纳，于逐耆第一等人户处图那房屋盛贮，收附封锁，施行去讫。自后据逐州申报已告谕到斛米数目，受纳各有次第。今体量得饥饿死损，须至令上项五州，一例于正月一日委官分头支散上件劝谕到斛斗，救济饥民者。

一、请本州才候牒到，立便酌量逐县耆分多少差官，每一官令专十耆或五七耆。据耆分合用员数，除逐县正官外，请于见任并前资、寄居及文学、助教、长史等官员内，须是拣择有行止清廉、干当得事、不作过犯官员，仍勘会所差官员本贯，将县分交互差委支散，免致所居县分亲故颜情，不肯尽公。及将封去帖牒书填定官员职位、姓名、所管耆分去处，给与逐官收执，火急发遣。往差定县分，计会县司，画时将在县收到赃罚钱或头子钱，并检取远年不用故纸卖钱，收买小纸，依封去式样，字号空歇，雕造印板，酌量流民多少宽剩，出给印押历子头，各于历子后粘连空纸三两张。便令差定官员，令本县约度逐耆流民家数，分擘历子与所差官员，便令亲自收执，分头下乡，勒耆壮引领，排门点检抄劄流民。每见流民，逐家尽底唤出本家骨肉数目，当面审问的实人口，填定姓名、口数，逐家便各给历子一道收执，照证准备，请领米豆。即不差委公人耆壮抄劄，别致作弊虚伪，重叠请却历子。

一、指挥差委官抄劄给历子时，仔细点检逐处流民，如内有虽是流民见今已与人家作客锄田养种，及有钱本机织贩舂诸般买卖图运过日，不致失所人，更不得一例劄姓名，给与历子，请领米豆。

一、应系流民，虽有屋舍权时居住，只是旋打刈柴草，日逐求口食人等，并尽底抄劄，给与历子，令请领米豆。

一、应有流民老小羸疲、全然单寒，及孤独之人，只是寻讨乞丐，安泊居止不然等人，委所差官员擘画，归著耆分或神庙寺院安泊。亦便出给历子，令请米豆。不得谓见难为拘管，辄敢遗弃，却致抛掷死损。请提举官常切觉察。

一、应系土官贫穷、年老、残患、孤独、见求乞贫子等，仰抄劄流民官员躬亲检点。如别不是虚伪，亦各依历子，令依此请领米豆。

一、指挥差委官员，须是于十二月二十五日已前抄劄集定流民家口数，给散历子。

一、流民所支米豆，十五岁已上，每人日支一升；十五岁已下，每日给五合；五岁已下男女，不在支给。仍历子头上，分明细算，定一家口数合请米豆都数，逐旋依都数支给。所贵更不临时旋计者。

一、缘已就门抄劄见流民逐家口数及岁数，则支散日更不令全家到来，只每家一名，亲执历子请领。

一、逐官如管十耆，即每日支两耆，逐耆并支五日口食。候五日支遍十耆，即却从头支散。所贵逐耆每日有官员躬亲支散。如管五、七耆者，即将耆分大者，每日散支一耆；耆分小者，每日支散两耆。亦须每日一次支遍，逐次并支五日口食。仍预先有村庄剩出晓示，及令本耆壮丁四散各报流民指定支散日分、去处，分明开说甚字号耆分。仍仰差去官员，须是及早亲自先到所支斛斗去处，等候流民到来，逐旋支散。才候支绝一耆，速往下次合支耆分。不得自作违慢，拖延过时，别至流民归家迟晚，道途冻露。

一、指挥差管官员相度逐处受纳下米豆，如内有在耆分遥远第一等户人家收附，恐流民所去请领遥远，即勒耆壮量事图那车乘，般赴本耆地分中心稳便人家房屋室内收附，就彼便行支散。贵要一耆之内，流民尽得就近请领。

一、指挥所差官员，除抄劄籍定、给散流民外，如有逐旋新到流民，并须官员亲到审问，仔细点检本家的实口数，安泊去处。如委不是重叠虚伪，立便给与历子，据所到口分起请。如有已得历子流民起移，仰居停主人画时令流民将元给历子于监散官员毁抹。若是不来申报及称带却历子，并仰量行科决，不得卤莽重叠给印历子，亦不得阻滞流民。

一、逐耆尽各均匀纳下斛斗，切虑流民于逐耆安泊不均，仰县司勘会据流民多处耆分，酌量人数发遣，趱并于少处耆分安泊，令逐耆均匀支散救济。若是流民安泊处稳便，不愿起移，即趱并别耆斛㪷，就便支俵。不得抑勒流民，须令起移。

一、州县镇城郭内流民，若差委本处见任官员，亦先且躬亲排门抄劄逐户家口数，依此给与历子。每一度并支五日米豆，候食尽，挨排日分，接续支给米豆，一般施行。

一、逐州除逐处监散官员，仍请委通判或选差清干职官一员住本州界内，往来都大提举诸县支散米豆官吏，仍点检逐耆元纳并逐官支散文历，一依逐件钤束指挥施行；仍亲到所支散米豆处，仔细体问流民所请米豆，委的均济，别无漏落。如有官员弛慢，不切用心，信纵手下公人作弊，减克流民合请米豆，不得均济，即密具事由，申报本州别选差官充替，讫申当司，不得盖庇。

一、所支斛斗，如州县内支绝已纳到告谕斛㪷外，有未催到数目，便宜于省仓斛㪷内权时借支。据见欠斛㪷，〈立便催纳，依数拨填。其乡村所纳斛㪷〉，如未足处，亦逐旋请紧切催促，不得阙绝支散，闪误流民。

一、每官一员，在县摘道手分、斗子各一名随行干当，仍给升斗各一只；乃差本县公人三两人当直。如在县公人数少，即权差壮丁，亦不得过三人。

一、所差官员，除见任官外，应系权差请官。如手下干当人并耆壮等，及流民内有作过者，本官不得一面区分，具事由押送本县，勘断施行。

一、权差官每月于前项赃罚钱内，支给食直钱五贯文。现任官不得一例支给。

一、权差官已有当司封去帖牒。若差见任官员，即请本州出给文示干当。其赏罚一依当司封去权差官帖牒内事理施行。

一、才候起支，当司必然别州差官，遍诣逐州逐县逐耆点检。如有一事一件违慢，本州承牒手分并县司官吏必然勘罪严断，的不虚行指挥。

一、逐州县镇候差定官员，将印行指挥画一抄劄一本，付逐官收执，照会施行。

一、勘会二麦将熟，诸处流民尽欲归乡，寻指挥逐州并监散官员，将见今籍定流民，据每人合请米豆数目，自五月初一日算至五月终，一并支与流民充路粮，令各任便归乡。

一、指挥出榜青、淄等州河口晓示，与免流民税渡钱，仍不得邀难住滞。

一、指挥青、淄等州晓示各道店，不得要流民房宿钱。

右具如前事，须各牒青、淄、潍、登、莱五州候到，各请一依前项，逐件指挥施行。讫报所有当司封去帖牒如右，剩数却请封送当司，不得有违。

救济流民劄子　　前　人

臣复奉圣旨，取索擘画救济过流民事件。今节略编纂，作四册，具状缴奏去讫。臣部下九州军，其间近河五州颇熟，遂醵于民，得粟十五万斛。只今人户就本村耆随处散纳，贵不伤土民。又先时已于州县城镇及乡村抄下舍宇十余万间，流民来者，随其意散处民舍中。逐家给一历，历各有号，使不相侵欺。仍历前计定逐家口数及合给物数，令官员诣逐厢逐耆就流人所居处，每人日给生豆米各半升。流民至者安居，而日享食物。又以其散在村野，薪水之利甚不难致。以此直养活至去年五月终麦熟，仍各给与一去路粮而遣归。而按籍总三十余万人。此是以必死之中救得活者也。与夫只于城中煮粥，使四远饥羸老弱每日奔走，屯聚城下，终日等候，或得或不得，闪误死者，大不侔也。其余未至羸病老弱、稍营运自给者，不预此籍。然亦遍晓示五州人民，应是山林河泊有利可取者，其地主不得占吝，一任流民采掇。如此救活者甚多。即不见数目，山林河泊地主宁非所损？然损者无大害，而流民获利者便活性命，其利害皎然也。又减利物，广招兵从一万余。人有四五口，及四五万人，大约通计不下四五十万人生全。传云：百万者妄也。谨具劄子奏闻。

捕　蝗　疏　　何　郯

近日累差内臣往诸路监督州郡官吏捕蝗，缘内臣是出入宫掖亲信之人，以事势量之，州县必过有迎奉，往来行李亦须要人。州郡犹有兵士给使，至于县邑，即须差贫下人户。虫蝗未能除去，人民被此劳役，已先起一害矣。如去岁遣内臣入蜀祈雨，所至差百姓五七十人担擎行李。盖外方不知朝廷恤民本意，苟见贵近之臣，即向风承迎，不顾劳扰，非必使人自要如此也。况捕蝗除害，本系民事，乃郡县守宰之职，今舍守宰不任，而朝廷为之遣人监捕，即是容官司之慢而不责其职业也。伏乞特降敕命，应有蝗虫生长处，专责知州、通判督促属县官吏速行打捕，委本路转运司严切提举部内州郡，候屏除尽日，具实以闻。如经奏报后，却致滋长为害，其知州、通判、知县、主簿并行停殿，转运使黜降差遣。如此严行督责，官司必自能究心除害，圣意何如？即乞速降指挥，其见在逐处内臣仍乞抽回。

备　灾　疏　　　　苏　绅

国家承平，天下无事，将八十载。民食宜足而不足，国用宜丰而未丰，甚可怪也。往者明道初，虫螟水旱，几遍天下，始之以饥馑，继之以疾疫，民之转流死亡，不可胜数。幸而比年稍稔，流亡稍复，而在位未尝留意。於！备预之道，莫若安民而厚利，富国而足食。欲民之安，则为之择守宰，明教化，欲民之利，则必去兼并，禁游末，恤其疾苦，宽其徭役，则民安而利矣。欲国之富，则必崇节俭，敦质素，蠲游费，欲食之足，则省官吏之冗，去兵释之蠹，绝奢靡之弊，塞凋伪之原，则国富食足矣。民足于下，国富于上，虽有灾沴，不足忧也。

再论水灾状　　　　欧阳修

嘉祐元年，修又上奏曰：臣伏睹近降手诏，以水灾为变，上轸圣忧，既一人形罪己之言，宜百辟无遑安之意。而应诏言事者犹少，亦未闻有所施行，岂言者不足采欤？将遂无人言也，岂有言不能用欤？然则上有诏而下不言，下有言而上不用，皆空言也。臣闻语曰：应天以实不以文，动民以行不以言。臣近有实封应诏，窃谓水入国门，大臣奔走，淹浸社稷，破坏都城，此天地之大变也，恐非小有所为可以消弭。因为陛下陈一二大计，而言狂计愚，不足以感动听览。臣日夜思惟，方今之弊，纪纲之坏非一己，政事之失非一端。水灾至大，天谴至深，亦非一事之所致；灾谴如此，而祸患所应于后者，又非一言而可测。是则已往而当救之弊甚众，未来而可忧之患无涯，亦非独责二三大臣所能取济。况自古天下之治，必与众贤共之也。《诗》曰：济济多士，文王以宁。《书》载尧舜之朝，一时同列者，夔、龙、稷、契之徒二十余人。此特其大者耳。其百工在位，莫不皆贤也。今欲救大弊，弭大患，如臣前所陈一二大计既未果为，而又不思众贤以济庶务，则天变何以塞，人事何以修？故臣复敢进用贤之说也。臣材识愚暗，不能知人，然众人所知者，臣亦知之。伏见龙图阁直学士知池州包拯清节美行，著自贫贱，谠言正论，闻于朝廷。自列侍从，良多补益。方今天灾人事非贤罔乂之时，拯以小故，弃之遐远，此议者之所惜也。祠部员外郎直史馆知襄州张瓌静默端直，外柔内刚，学问通达，似不能言者，至其见义必为，可谓仁者之勇。此朝廷之臣，非州郡之才也。祠部员外郎崇正院检讨吕公著，故相夷简之子，清静寡欲，生长富贵，而淡于荣利，识虑深远，文学优长，皆可过人，而喜自晦默。此左右顾问之臣也。太常博士群牧判官王安石学问文章知名当世，守道不苟，自重其身，论议通明，兼时才之用，所谓无施不可者。凡此四臣，皆难得之士也。拯以小过弃之，其三人者进退与众人无异，此皆为世所知者犹如此。臣故知天下之广，贤才沦没于无闻者不少也。此四臣者名迹已著，伏乞更广询采，亟加进擢，置之左右，必有裨补。凡臣所言者，乃愿陛下听其言，用其才，以济时艰尔，非为其人私计也。若量霈恩泽，稍升差遣之类，适足以为其人累耳，亦非臣荐贤报国之本心也。臣伏见近年变异，非止水灾，谴告丁宁，无所不有。董仲舒曰：国家将有失道之败，而天乃先出灾害以谴告之。不知自省，又出怪异以警惧之。尚不知变而伤败乃至。斯言极矣。伏惟陛下切诏大臣，深图治乱，广引贤俊，与共谋议，未有众贤并进而天下不治者。此亦救灾弭患一端之大者。臣又窃见京东、京西皆有大水，并当存恤，而独河北遣使安抚，两路遂不差人，或云就委转运使，此则但虚为行遣尔。两路运司只见河北遣使，便认朝廷之意有所轻重，以谓不遣使路分非朝廷忧恤之急者，兼又放税赈救，皆耗运司钱物，于彼不便，兼又运司未必皆得其人，其才未必能救灾恤患，又其一司自有常行职事，亦岂能专意抚绥？故臣以为虚作行遣尔。伏乞各差一使，于此两路安抚，虽未能大段有物赈济，至于兴利除害，临时措置，更易官吏，询求疾苦，事既专一，必有所得，与就委运司其利百倍也。又闻两浙大旱，赤地千里，国家运米，仰在东南。今年灾伤，若不赈济，则来年不惟民饥，国家之物亦自阙供。此不可不留心也。窃闻三司今岁京师粮米，已有二年准备外，犹有三百五十万余石未漕之物。今年东南既旱，则来年少纳上供，此未漕之米，诚不可不惜，然少辍以济急，时亦未有所阙。欲下三司勘会，若实如臣所闻，则乞量辍五七十万石给与两浙一路，令及时赈救一十三州，只作借贷，他时岁熟，不妨还官，然所利甚博也。此非弭灾之术，亦救灾之一端也。

论救赈江淮饥民劄子　　前　人

臣伏见近出内库金帛，赐陕西以救饥民。风闻江淮以南，今春大旱，至有井泉枯竭，牛畜瘴死，鸡犬不存之处，九农失业，民庶嗷嗷，然未闻朝廷有所存恤。陛下至仁至圣，忧民爱物之心，无所不至，但患远方疾苦，未达天聪，苟有所闻，必须留意下民疾苦。臣职当言，昨江淮之间，去年王伦蹂践之后，人户不安生业。伦贼才灭，疮痍未复，而继以飞蝗，自秋至春，三时亢旱，今东作已动，而雨泽未沾。此月不雨，则终年无望。加又近年已来，省司屡于南方敛率钱货，而转运使等多方刻剥，以贡羡余。江淮之民，上被天灾，下苦盗贼，内应省司之重敛，外遭运使之诛求，比于它方，被苦尤甚。今若不加存恤，将来继以凶荒，则饥民之与疲怨者相呼而起，其患不比王伦等偶然狂叛之贼也。臣以为民怨已久，民疲可哀，因其甚困，宜速赐惠，不惟消弭盗贼之患，兼可以悦其疲怨之心。伏望圣慈特遣一二使臣，分诣江淮名山，祈祷雨泽，仍下转运并州县各令具逐处亢旱次第奏闻，及一面多方擘画，赈济穷民，无至失时，以生后患。

论乞赈救饥民劄子　　前　人

臣伏见近降大雪，虽是将来丰熟之兆，然即日陕西饥民流亡者众，同华河中尤甚，往往道路遗弃小儿不少。只闻朝旨令那移近边兵马及于有官米处出粜，此外未闻别行赈救。此急在旦夕，不可迟回。其遗弃小儿，亦乞早降指挥，令长吏收恤。仍闻京西东大雪不止，毁折桑柘不少，切虑向去丝蚕税赋无所出，致贫民起为盗贼，亦乞特降指挥体量。臣窃见国史书祖宗朝每奏一两州军小有灾伤，亦有多少赈恤，或蠲免租税，盖以所放者少，不损国用，又察民疾苦，微细不遗，所以国恩流布，民不怨嗟，不必须待灾伤广阔，方行赈救也。方今人贫下怨之际，不厌频推恩惠。伏望圣慈特赐矜悯。

救赈雪后饥民劄子　　前　人

臣风闻京城大雪之后，民间饥寒之人甚多，至有子母数口，一时冻死者。虽豪贵之家，往往亦无薪炭，则贫弱之人可知矣。盖京师小民例无蓄积，只朝夕旋营口食，一日不营求，则至乏绝。今大雪已及十日，使市井之民十日不营求，虽中人亦乏绝矣，况小民哉？雪于农民虽为利泽，然农亩之利远及春夏，细民所苦急在目前。日夕已来，民冻死者渐多，未闻官司有所赈救。欲乞特降圣旨下开封府，或分遣使臣，遍录民间贫冻不能自存者，量散口食，并各于有官场柴炭草处就近支散，救其将死之命。至于诸营出军家口，亦宜量加存恤，以示圣恩，所散不多，所利者众。仍令两府条件应有军士在外辛苦，及民人支移税赋残零，输送艰辛等处，并与擘画，早加存恤。若使戍兵愁苦，道路怨嗟，饥冻之尸列于京邑，则大雪之泽，其利未见，而数事之失，所捐已多。伏乞圣慈特赐留意。

请赈济疏　　刘敞

臣常奉敕知永兴兼一路安抚使。窃闻关中今岁颇旱，百姓艰食，已有流移入汝邓诸州者，若不多方赈恤，恐成凋瘵。欲乞契会诸州仓廪，量留三年军储外，贷与贫下百姓，命逐县结保，等第支借，候岁熟日准数还官。一则接济困乏，免令逃散，二则以新换陈，不乏军储，三则流布恩惠，固结民心。又闻同华诸州向来虽旱，近稍得雨，所种宿麦皆已在地，但比至麦熟，日月尚远，恐百姓阙乏，不能待之，所以急须赈济，救其性命。伏乞断自圣衷，行之不疑。其已流散入汝邓诸州者，亦乞下所属州县特加存恤，或简别护送，令各还乡里，则贫下无失业之恨。缘臣赴任在近，若蒙开允，乞降指挥，付臣施行。

救灾条议劄子　　前人

臣伏见城中近日流民众多，皆扶老携幼，无复生意。问其所从来，或云久旱，耕种失业，或云河溢，田庐荡尽。窃闻圣慈悯其如此，多方救济，此诚陛下为民父母之意，足以感动群心。臣犹谓但可宽眼前之急，而已非救本之术也。譬如良医疗病，必先审其源，病源不除，强食无益。今百姓之病已可见矣。父子兄弟不能相保，鳏寡孤独不能自存，强者流转，弱者死亡。所以致此者，其源在水旱也；所以致水旱者，其本在阴阳不和也；所以致阴阳不和者，其端在人事不修也。然则三公之职主和阴阳，而议臣之任主明天人，陛下何不责三公以其职，使之陈阴阳不和之理，询议臣以其学，使述天人相与之际，参之圣心，以观今日政事。若陛下所委任皆已得人，所施为皆已应天，则水旱者盖无妄之灾，不足忧矣。若天人之际少有不合，岂得安然坐视其病，心知其源，不思救之哉？臣言似迂，其理实切。今群臣为陛下谋者，不过煮粥粜米，名为查济，其实亦欲欺聪明，自解免而已，非谋国之体也。又今天气当暑反寒，率多烈风，雨泽愆候，秋成不可。必愿陛下速思所以救其本者，召致和气，无令圣心重增焦劳，则天下幸甚。

救灾议　　曾巩

河北地震水灾，隳城郭，坏庐舍，百姓暴露乏食。主上忧悯，下缓刑之令，遣拊循之使，恩甚厚也。然百姓患于暴露，非钱不可以立屋庐；患于乏食，非粟不可以饱。二者不易之理也。非得此二者，虽主上忧劳于上，使者旁午于下，无以救其患，塞其求也。有司建言，请发仓廪，与之粟，壮者人日二升，幼者人日一升，主上不旋日而许之赐之，可谓大矣。然有司之所言，特常行之法，非审计终始，见于众人之所未见也。今河北地震水灾，所毁败者甚众，可谓非常之变也。遭非常之变者，亦必有非常之恩，然后可以振之。今百姓暴露乏食，已废其业矣，使之相率日待二升之廪于上，则其势必不暇乎他焉。是农不复得修其畎亩，商不复得治其货贿，工不复得利其器用，闲民不复得转移执事，一切弃百事而专意于待升合之食，以偷为性命之计，是直以饿殍之养养之而已，非深思远虑为百姓长计也。以中户计之，户为十人，壮者六人，月当受粟三石六斗，幼者四人，月当受粟一石二斗，率一户月当受粟五石，难可以久行也，则百姓何以赡其后？久行之，则被水之地，既无秋成之望，非至来岁麦熟赈之，未可以罢。自今至于来岁麦熟，凡十月，一户当受粟五十石，今被灾者十余州，州以二万户计之，中户以上及非灾害所被、不仰食县官者去其半，则仰食县官者为十万户。食之不遍，则为施不均，而户犹有无告者也，食之遍则当用粟五百万石而足，何以办此？又非深思远虑为公家长计也。至于给授之际，有淹速，有均否，有真伪，有会集之扰，有辩察之烦，厝置一差，皆足致弊。又群而处之，气久蒸薄，必生疾疠，此皆必至之害也。且此不过能使之得旦暮之食耳。其于屋庐构筑之费，将安取哉？屋庐构筑之费，既无所取，而就食于州县，必相率而去其故居，虽有颓墙坏屋之尚可完者，故材旧瓦之尚可因者，什器众物之尚可赖者，必弃之而不暇顾甚，则杀马牛而去者有之，伐桑枣而去者有之，其害又可谓甚也。今秋气已半，霜露方始，而民露处，不知所蔽，盖流亡者亦已众矣。如是不可止，则将空近塞之地。空近塞之地，则失战斗之民，此众士大夫之所虑而犹可谓无患者也；空近塞之地，则失耕桑之民，此众士大夫所未虑而患之尤甚者也。何则？失战斗之民，异时有警，边戍犹可以增尔；失耕桑之民，异时无事，边籴不可以不贵矣。二者皆可不深念欤？万一或出于无聊之计，有窜仓库盗一囊之粟、一束之帛者，彼知已负有司之禁，则必鸟骇鼠窜，窃弄锄梃于草茅之中，以捍游徼之吏。强者既嚣而动，则弱者必随而聚矣。不幸或连一二城之地，有桴鼓之警，国家胡能宴然而已乎？况夫外有夷狄之可虑，内有郊社之将行，安得不防之于未然、销之于未萌也？然则为今之策，下方纸之诏，赐之以钱五十万贯，贷之以粟一百万石，而事足矣。何则？令被灾之州为十万户，如一户得粟十石、得钱五千，下户常产之赀平日未有及此者也。彼得钱以完其居，得粟以给其食，则农得修其畎亩，商得治其货贿，工得利其器用，闲民得转移执事，一切得复其业而不失其常生之计，与专意以待二升之廪于上而势不暇乎他为，岂不远哉？此可谓深思远虑，为百姓长计者也。由有司之说，则用十月之费，为粟五百万石；由今之说，则用两月之费，为粟一百万石。况贷之于今而收之于后，足以振其艰乏而终无损于储积之实，所实费者钱五钜万贯而已。此可谓深思远虑，为公家长计者也。又无给授之弊，疾疠之忧，民不必去其故居，苟有颓墙坏屋之尚可完者，故材旧瓦之尚可因者，什器众物之尚可赖者，皆得而不失，况于全牛马、保桑枣，其利又可谓甚也。虽寒气方始，而无暴露之患；民安居足食，则有乐生自重之心。各复其业，则势不暇乎他为，虽驱之不去，诱之不为盗矣。夫饥岁聚饿殍之民而与之升合之食，无益于救灾补败之数，此常行之弊法也。今破去常行之弊法，以钱与粟一举而赈之，足以救其患、复其业。河北之民，闻诏令之出，必皆喜上之足赖而自安于畎亩之中，负钱与粟而归，与父母妻子脱于流亡转死之祸，则戴上之施而怀欲报之心，岂有已哉！天下之民，闻国家厝置如此，恩泽之厚，其孰不震动感激，叹主上之义于无穷乎？如是而人和不可致、天意不可悦者，未之有也。人和洽于下，天意悦于上，然后玉辂徐动，就阳而郊，荒服殊陬，奉币来享，疆内安辑，里无嚣声，岂不适变于可为之时，消患于无形之内乎？此所谓审计终始，见于众人之所未见也。不早出此，或至于一有桴鼓之警，则虽欲为之，将不及矣。或谓方今钱粟，恐不足以办此。夫王者之富，藏之于民。有余则取，不足则与。此理之不易者也。故曰百姓足，君孰与不足；百姓不足，君孰与足？盖百姓富实而国独贫，与百姓饿殍而上独能保其富者，自古及今未之有也。故又曰不患贫而患不安，此古今之至戒也。是故古者二十七年耕，有九年之畜，足以备水旱之灾，然后谓之王政之成。唐水汤旱而民无捐瘠者，以是故也。今国家仓库之积，固不独为公家之费而已。凡以为民也，虽仓无余粟，库无余财，至于救灾补败，尚不可缓已。况今仓库之积，尚可以用，独安可以过忧将来之不足而立视夫民之死乎？古人有曰：剪爪宜及肤，割发宜及体。先王之于救灾，发肤尚无所爱，况于物乎？且今河北州军凡三十七，灾害所被十余州军而已。他州之田，秋稼足望。今有司于籴粟常价斗增一二十钱，非独足以利农，其于增籴一百万石，易矣！斗增一二十钱，吾权一时之事有以为之耳。以实钱给其常价，以茶荈香药之类佐其虚估，不过捐茶荈香药之类，为钱数钜万贯，而其费已足。茶荈香药之类与百姓之命孰为可惜，不待议而可知者也。夫费钱五钜万贯，又捐茶荈香药之类为钱数钜万贯，而足以救一时之患，为天下之计，利害轻重，又非难明者。顾吾之有司能越拘挛之见、破常行之法与否而已。此时事之急也。故述斯议焉。

泰山祈雨文　　前　人

维神含德体仁，镇兹东夏，兴云致雨，泽施八纮。今此齐邦，近在山趾，方夏久旱，麦苗将萎。吏思其繇，奔走群望。而人微言贱，不能上动。频阴复散，忽已兼旬。念此疲民，弊于征敛，方岁之富，食常不足，一遇灾害，必捐沟壑。惟神威烈，覆被群生，顾此比州，宜先蒙赐，岂伊灵眷，独忍遗之？是用饬遣士民，布诚祠下，情穷词急，冀获哀矜，使一雨霈然，则倒悬可解。尚其隆鉴，无作神羞。

越州赵公救灾记　　前　人

熙宁八年夏，吴越大旱。九月，资政殿大学士右谏议大夫知越州赵公，前民之未饥，为书问属县，灾所被者几，乡民能自食者有几，当廪于官者几人，沟防构筑可僦民使治之者几所，库钱仓粟可发者几何，富人可募出粟者几家，僧道士食之羡粟书于籍者其几具存，使各书以对而谨其备。州县吏录民之孤老疾弱不能自食者二万一千九百余人以告。故事，岁廪穷人，当给粟三千石而止。公敛富人所输及僧道士食之羡者，得粟四万八千余石，佐其费。使自十月朔，人受粟日一升，幼小半之。忧其众相噪也，使受粟者男女异日，而人受二日之食；忧其且流亡也，于城市郊野为给粟之所凡五十有七，使各以便受之，而告以去其家者勿给；计官为不足用也，取吏之不在职而寓于境者，给其食而任以事。不能自食者，有是具也；能自食者，为之告富人无得闭籴。又为之出官粟，得五万二千余石，平其价予民，为粜粟之所凡十有八，使籴者自便如受粟。又僦民完城四千一百丈，为工三万八千，计其佣与钱，又与粟再倍之。民取息钱者，告富人纵予之，而待熟官为责其偿。弃男女者，使人得收养之。明年春，大疫，为病坊处疾病之无归者，募僧二人，属以视医药饮食，令无失所。时凡死者，使在处随收瘗之。法廪穷人，尽三月当止。是岁尽五月止。而事有非便文者，公一以自任，不以烦其属。有上请者，或便宜多辄行。公于此时，蚤夜惫心，力不少懈，事钜细必躬亲。给病者药食，多出私钱。民不幸罹旱疫，得免于转死，虽死得无失敛埋，皆公力也。是时旱疫被于吴越，民饥馑疾疠，死者殆半，灾未有钜于此也。天子东向忧劳，州县推布上恩，人人尽其力。公所拊循，民尤以为得其依归，所以经营绥辑、先后始终之际，委曲纤悉，无不备者。其施虽在越，其仁足以示天下；其事虽行于一时，其法足以传后。盖灾沴之行，治世不能使之无，而能为之备。民病而后图之，与夫先事而为计者，则有间矣；不习而有为，与夫素得之者，则有间矣。

予故采于越，得公所推行，乐为之识其详。岂独以慰越人之思，将使吏之有志于民者，不幸而遇岁之灾，推公之所已试其科条，可不待顷而具，则公之泽岂小且近乎？公元丰二年以大学士加太子少保致仕，家于衢。其直道正行，在于朝廷，岂弟之实在于身者，此不著。著其荒政可师者，以为越州赵公救灾记云。

艺 文 四

（食货典第九十七卷）

目 录

救 荒 疏

宋·司马光

臣窃惟淮南、两浙，今岁水灾，民多乏食，往往群辈相聚，操执兵仗，贩鬻私盐，以救朝夕。至有与官军拒斗相杀伤者，若浸淫不止，将成大盗。朝廷不可不深以为忧。盖由所司权之太急，故抵冒为奸臣。闻《周礼》以荒政十有二聚民，近者朝廷略以施行。惟舍禁、除盗贼二者似未留意。今赤子冻馁，滨于沟壑，奈何尚与之争锱铢之利，岂为民父母之意哉？臣谓陛下宜宣谕职司，使明体朝意，稍弛盐禁而严督盗贼，宽课利不充之罚，急群行剽劫之诛，废告捕私盐之赏，旌讨擒强暴之功，弃聚敛之小，得保安全之大福。除恶于纤介，弭乱于未形，治之最善也。

乞访四方雨水疏 前 人

臣窃见陛下近以久旱为灾，分命使者遍祈岳渎，靡神不举，精诚感通，甘雨降集，诚中外之大庆。然暑月暴雨，多不广远。臣窃虑四方州县，尚有未沾足之处。王者以天下为家，无有远迩，当视之如一，不可使恻隐之心，止于目前而已。今者京城虽已得雨，伏望陛下不可遽以为秋成可望，怠于忧民。凡内外臣寮有新自四方来者，进对之际，皆乞访以彼中雨水多少、苗稼如何、谷价贵贱、闾阎忧乐，互相参考，以验虚实。既可以开益陛下聪明，日新盛德；又使远方百姓皆知陛下烛见幽远，无所遗忽，衔戴上德，倾心归附；又使州县之吏皆知陛下悯恤黎元，留心稼穑，不敢自恃僻远，残民害物。诚一发惠音而收此三善，非独可以行之今日，亦愿陛下永远行之，天下幸甚。

乞访四方雨水疏 前 人

臣窃见朝廷差官支拨粳米于永泰等门，遇有河北路流民逐熟经过者，大人每人支与米一斗，小人支与米五升，仰子细告谕：在京难以住泊，命速往近便丰熟州军存活者。臣切思之，如此处置，欲以为恤民之名，掩人耳目，则仅可矣，其实恐有损无益。何以言之？向者或闻河北有人讹传京师散米者，民遂襁负南来。今若实差官散米，恐河北饥民闻之，未流移者因兹诱引，皆来入京。京师之米有限，而河北流民无穷，既而无米可给，则不免聚而饿死。如前年许、颍二州是也。今麦苗既伤于旱，蝗日益滋生，秋田丰歉，殊未可知。一斗五升之米，止可延数日之命，岂能济饥馑之厄哉？凡民之情，见利则趋之，见害则避之。若京师可以住泊，虽驱之亦不肯去，若外州不可以存活，虽留之亦不肯止，固非数人口舌所能告谕，故臣以为有损无益也。臣闻民之本性，怀土重迁，岂乐去乡里，舍其亲戚，弃其丘垅，流离道路，乞丐于人哉？但以丰稔之岁，粒食狼戾，公家既不肯收籴，私家又不敢积蓄，所收之谷，随手糜散，春指夏熟，夏望秋成，上下偷安，姑为苟计。是以稍遇水旱螽螟，则糇粮已绝，公私索然无以相救，仰食县官既不能周，假贷富室又无所得，此乃失在于无事之时，不在于凶荒之年也。加之监司守宰多不得人，视民之穷，曾无矜悯，增无名之赋，兴不急之役，吏缘为奸，蠹弊百出。民拤手计穷，无以为生，则不免有四方之志。大意谓它处必有饶乐之乡，仁惠之政，可以安居，遂伐其桑枣，撤其庐舍，杀其耕牛，委其良田，累世之业一朝破之，相携就道。若所诣之处，复无所依，使之进退失望，彼老弱不转死沟壑，壮者不起为盗贼，将安归乎？是以圣王之政，使民安其土，乐其业，自生至死，莫有离散之心。为此之要，在于得人。以臣愚见，莫若谨择公正之人为河北监司，使之察灾伤州县守宰不胜任者易之，然后多方那融斛㪷，合使赈济本州县之民。若斛㪷数少，不能周遍者，且须救土著农民，各据版籍，先从下等次第赈济，则所给有限，可以预约矣。若富室有蓄积者，官给印历，听其举贷，候丰熟日，官为收索，示以必信，不可诳诱，则将来百姓争务蓄积。夫如此，饥民知有可生之路，自然不弃旧业，浮游外乡，居者既安，则行者思返。若县县皆然，岂得复有流民哉？臣曾上言王者以天下为家，不可使恻隐之心止于目前而已。此特河北流民路过京师者耳。切闻其他灾伤之处，流民亦为不少。若臣言可采，伏望圣慈依此行之。

言钱粮劄子　　前　人

臣近蒙恩给假，至陕州焚黄。窃见缘路诸州仓库钱粮，例皆阙绝。其官吏军人料钱月粮，并须逐旋收拾，方能支给。窃料其余诸州臣不到处，亦多如此。臣闻国无三年之蓄，曰国非其国。今窘竭如此，而朝廷曾不以为忧。若不幸有水旱蝗螣，方数千里，如明道康定之时，加之边鄙有急，兴兵动众，不知朝廷何以待之？臣伏见陈、许、颍、亳等州，止因去秋一次水灾，遂致骨肉相食，积尸满野。此非今日官吏之罪，乃向时官吏之罪也。何则？向时丰稔之岁，其人但务偷安，不为远虑，粟麦至贱，不能储蓄，及至凶荒之际，官私俱竭，上下狼狈，何由相救？虽使桑羊、刘晏复生，亦无如之何也。今春幸而得雨，麦田有望，朝廷已置饥馑之事于度外，不复以储蓄为意矣。万一天下州县复有灾伤，则何以益于陈、许、颍、亳之民也。若饥馑相继，盗贼必兴，此岂可不早为之深虑乎？臣愚伏望陛下于天下钱谷常留圣心，特降诏书，明谕中外，凡文武臣寮，有熟知天下钱谷利害，能使仓库充实，又不残民害物者，并许上书自言。陛下勿以其人官职之疏贱，文辞之鄙恶，一一略加省览，择其理道稍长者，皆赐召对，从实访问，以方今食货俱乏，公私皆困，何故而然，如何擘画，可使上下丰足。若其言无可取者，则罢遣而已；有可取者，即为之施行，仍记录其姓名，置于左右，然后选其材干出群者，以为转运使副判官，及三司使副判官。仍每至年终，命三司撮计在京府界及十八路钱帛粮草见在都数闻奏，以之比较去年终见在都数。若增羡稍多，即命勘会，如别无奸巧欺谩，及非理赋敛而致增羡，其当职之人宜量行褒赏。累经褒赏者，即别加进用。若减耗稍多，即命诘问。如别无大故灾伤及添屯军马而致减耗，其当职之人宜量行责罚。累经责罚者，即永从黜废。诚能如此行之不懈，数年之后，可使天下仓皆有余粟，库皆有余财，虽有水旱蝗螣之灾及边鄙有急，皆不足忧也。

言蓄积劄子　　前　人

臣闻国以民为本，民以食为天。国家近岁以来，官中及民间皆不务积贮，官中仓廪大率无三年之储，乡村农民少有半年之食，是以少有水旱，则公私穷匮，无以相救，流移转徙，盗贼并兴。当是之时，朝廷非不以为忧，及年谷稍丰，则上下之人皆忘之矣。此最当今之深弊也。先帝时，臣曾上言，乞将诸路转运使及诸州军长吏官满之日仓廪之实，比于始至增减多少，以为黜陟。又命民能力田积谷者，皆不以为家资之数，欲为国家力救此弊。自后不闻朝廷施行。今岁开封府界南京、宿、亳、陈、蔡、曹、濮、济、单等州霖雨为灾，稼穑之田，悉为洪荒。百姓羸弱者流转它方，饥死沟壑；强壮者起为盗贼，吏不能禁。朝廷欲开仓赈贷，则军储尚犹不足，何以赈民？欲取于蓄积之家，则贫者未能赈济，富者亦将乏食。又使今后民间不敢蓄积，不幸复有凶年，则国家更于何处取之？此所以朝廷虽寒心销志，亦坐而视之，无如之何者也。臣窃思之，盖非今日有司之罪，乃向时有司之罪也。往者不可及，来者犹可追。陛下不于今日特留圣心，速救此弊，丰凶之期，不可豫保，若向去复有水旱螟蝗之灾，饥馑相仍，甚于今年，则国家之忧何所不至乎？臣又闻平籴之法，必谨视年之上下，故大熟则上籴三而舍一，中熟则籴二，下熟则籴一，使民适足，价平则止。小饥则发小熟之所敛，中饥则发中熟之所敛，大饥则发大熟之所敛而粜之，所以取有余而补不足也。今开封府及京东、京西水灾之处，放税多及十分，是大饥之岁也。官吏往往更行收籴，所给官钱既少，百姓不肯自来，中粜则遣人遍拦搜括，无以异于寇盗之钞劫，是使有谷之家愈更闭塞，不敢入市，谷价益贵，人不聊生。如此非独天灾，亦由吏治颠错之所致也。臣愚欲望朝廷检会臣前次及近来所奏事理，更加详酌，择其可者少赐施行，指挥开封府界及京东、京西灾伤州军，见今官中收籴者，一切止住。其有常平、广惠仓斛斗之处，按籍置贾出粜赈贷，先救农民。告谕蓄积之家，许行出利借贷与人，候丰熟之日，官中特为理索，不令逋欠。其河北、陕西、河东及诸路应丰稔之处，委转运司相度谷价，贱者广谋收籴，价平即止。如本路阙少钱物，即委三司于定处擘画，那移应付。仍自今以后，乞朝廷每年谨察诸路丰凶之处，依此施行。臣窃料有司必言官无闲钱，可以趁时收籴。臣伏见国家每遇凶荒之岁，缘边屯军多处，常用数百钱籴米一斗，若用此于丰稔之岁，可籴一石，不知有司何故于凶荒之岁则有钱供亿，至丰稔之岁则无钱也。此无它故，患在有司偷安目前，以俟迁移进用，不为国家思久远之计而已。故臣惟愿陛下深留意焉。

趁时收籴常平劄子　　前　人

臣勘会旧常平仓法，以丰岁谷贱伤农，故官中比在市添价收籴，使蓄积之家无由抑塞农夫，须令贱粜。凶岁谷贵伤民，官中比在市减价出粜，使蓄积之家无由邀勒贫民，须令贵籴。物价常平，公私两利。此乃三代之良法也。向者有因州县阙常平籴本钱，虽遇丰岁，无钱收籴。又有官吏怠慢，厌籴粜之烦，虽遇丰岁，不肯收籴。又有官吏不能察知在市斛斗实价，只信凭行人与蓄积之家通同作弊。当收成之初，农夫要钱急粜之时，故意小估价例，令官中收籴，不得尽入蓄积之家，直至过时，蓄积之家仓廪盈满，方始顿添价例，中粜入官，是以农夫粜谷止得贱价，官中籴谷常用贵价，厚利皆归蓄积之家。又有官吏虽欲趁时收籴，而县申州，州申提点刑狱，提点刑狱申司农寺，取候指挥，及至回报，动涉累月，已是失时，谷价倍贵。是致州县常平仓斛斗有经隔多年，在市价例终不及元籴之价，出粜不行，堆积腐烂者。此乃法因人坏，非法之不善也。熙宁之初，执政以旧常平法为不善，更将籴本作青苗钱，散与人户，令出息二分，置提举官以督之。丰岁则农夫粜谷，十不得四五之价，凶年则屠牛卖肉，伐桑卖薪，以输钱于官。钱货愈重，谷直愈轻。朝廷深知其弊，故罢提举官，令将累年蓄积钱谷财物尽改作常平仓钱物，委提点刑狱交割主管，依旧常平仓法施行。今岁诸路除有水灾州军外，其余丰熟处多。今欲特降指挥，下诸路提点刑狱司，乘有此籴本之时，委丰熟州县官，各体察在市斛斗实价，多添钱数，广行收籴。如阙少仓廒之处，以常平仓钱添盖，仍令少籴麦豆，多籴谷米。其南方及州界卑湿之地，有斛斗难以久贮者，即委提点刑狱相度逐州县合销数目抛降收籴，统候将来在市物货价比元籴价稍增，即行出粜，不得令积压损坏。仍令州县各勒行人，将十年以来在市斛斗价例比较，立定贵贱，酌中价例，然后将逐色价分为三等，自几钱至几钱为中等价，几钱以上为上等价，几钱以下为下等价，令逐处临时斟酌加减，务在合宜。既约定三等价，仰自今后州县每遇丰岁斛斗价贱至下等之时，即比市价相度添钱，开场收籴；凶年斛斗价贵至上等之时，即比市价相度减钱，开场出粜。若在市见价只在中等之内，即不籴粜，更不申取本州及上司指挥，免稽滞失时之患。仍委提点刑狱、常平提举觉察。若州县斛斗价及下等而不收籴，价及上等而不出粜，及收贮不如法，变转不以时，致有损坏，并监官不逐日入场，致壅滞籴粜人户，并取勘施行。若州县长吏及监官能用心及时籴粜，至得替时酌中价钱，与斛斗通行比折，与初到任时增剩及十分中一分以上，许批书上历子，候到吏部日，与升半年名次；及二分以上，许听从其便，差遣一次。所贵官吏各各用心，州县皆有储蓄，虽遇荐饥，民无菜色，又得官中所积之钱，稍稍散在民间，可使物货流通。其河北州县有便籴司斛斗，见多近边州县，转运司见籴军粮处更不籴常平仓斛斗。若今来指挥内有未尽未便事件，委提点刑狱司逐旋擘画，申奏施行。

论赈济劄子　　前　人

臣窃惟乡村人户，播植百谷，种艺桑麻，乃天下衣食之原也。比于余民，尤宜存恤。凡人情恋土，各愿安居，苟非无以自存，岂愿流移他境？国家若于未流移之前早行赈济，使粮食相接，不至失业，则比屋安堵，官中所费少而民间实受赐。若于既流移之后，方散米煮粥，以有限之储蓄，待无穷之流民，徒更聚而饿死，官中所费多，而民实无所济。伏睹近降朝旨，令户部指挥府界诸路提点刑狱司，体量州县人户，如委是阙食，据见在义仓及常平米谷速行赈济，仍丁宁指挥州县多方存恤，无致流移失所。此诚得安民之要道。然所以能使民不流移者，全在本县令佐得人。欲使更令提点刑狱司指挥逐县令佐，专切体量乡村人户有阙食者，一面申知上司及本州，更不候回报，即将本县义仓及常平仓米谷直行赈贷。仍据乡村三等人户，逐户计口，出给历头。大人日给二升，小儿日给一升。令各从民便，或五日，或十日，或半月一次，赍历头诣县请领，县司亦置簿照会。若本县米谷数少，则先从下户出给，历头有余则并及上户。其不愿请领者，亦听候将来夏秋成熟，粮食相接日，即据簿历上所贷过粮，令随税送纳一斗，只纳一斗，更无利息。其令佐若别有良法，简易便民，胜于此法者，亦听从便。要在民不乏食，不至流移而已。仍令提点刑狱司常切体量逐县令佐，有能用心存恤阙食人户，虽系灾伤，并不流移者，保明闻奏，优与酬奖。其全不用心赈贷，致户口多流移者，取勘闻奏，乞行停替，庶使吏有所劝沮，百姓实沾圣泽。

岁旱荒政宜讲疏　　刘安世

臣伏见去年经冬，时雪愆候，今春涉夏，益苦亢旱，二麦将槁，秋种未布，民已艰食，岁事可忧。虽两宫焦劳，祠祷备至，应祈之泽终未沾足。臣常观国朝故事，太祖建隆元年，以扬、泗民多饥死，郡中军储尚百余万斛，即命发廪赈贷。乾德二年，尝诏诸州长吏，视民田旱甚者，即蠲其租，不必俟报。太宗或遇旱岁，必蔬食，减食品三之二，得雨乃复常膳。真宗祥符八年，以京东物价稍贵，令有司出常平粟，减价粜，用济贫民。九年，诏江淮发运司岁留上供米五十万，以备赈济。今来旱势阔远，事宜前虑。至于散利、缓刑、弛力、蕃乐、索鬼神、除盗贼，皆圣人救荒之政，亦宜先事而讲。伏望圣慈上法三圣之意，下考成周之典，凡以救灾恤民者，次第施行。

更张常平之弊疏　　前　人

臣等闻国无九年之蓄，曰不足；无六年之蓄，曰急；无三年之蓄，曰国非其国。盖先王之制，三年耕必有一年之食，以三十年通之，则可以有十年之备。故尧汤之水旱至于累岁，而无捐瘠之民者，用此道也。三代而下，井田废缺，利民之法无善于常平。由汉迄今，莫能变易。惟自近世，有名无实。凡所以养民之具，月计不足，何暇议三年之蓄哉？

是以岁或不登，民辄菜色，强者转而为盗贼，弱者不免于饿殍。保民之术如此，亦以疏矣。臣等窃谓自罢青苗钱，后来天下州县皆有积镪，朝廷虽更立常平之制，条目甚详，而上下因循，未尝留意。既无统属以纠其乖谬，又无赏罚以为之劝沮，加之转运司苟纾目前之急，多端借贷，日朘月削，无偿足之期，非有惩革，将不胜弊。臣伏望圣慈，特降睿旨，取今日以前应于常平敕令，严责近限，专委臣部删为一书，付之有司，悉俾遵守。仍先行指挥，将天下见在常平钱乘今秋丰稔之时，命五路籴粟一色，其余路分并相度逐处可以久留斛㪷，广行收籴，仍以本司钱修盖合用仓廪，将一路所有钱会同应副，一路之中不得偏聚一州，一州之境不得偏聚一县，各逐户口之多寡，以置籴人之大数。每遇凶歉，依法出粜。籴粜之法，常以市价增减。如此则官本常存而物价不能翔踊，或遇旱干水溢之灾，则民有所济，不至流散。朝廷之惠泽可继而无乏绝之患，相因日久，渐至九年之蓄。太平之策，莫大于此。惟陛下推至诚恻怛之意，明诏执政，协力施行。所有官吏殿最，亦乞参酌修定。将来颁降之后，或有违犯，州县委监司，监司令户部御史台觉察奏劾，庶使二圣恤民之仁心，不为徒善之政。传之万世，天下幸甚。

奏乞赈贷凤翔府界饥民疏　　前　人

臣伏闻京西关陕去岁时谷不登，农民艰食，两路郡邑已行赈贷。而凤翔、永兴实为接境，旱灾分数大概略同，物价翔踊，民多菜色。臣闻秦凤路诸郡各收五分，惟是岐下实所不及，然而转运司牵于邻州之例，放税止于五分，拘碍常法，不该赈济。今方中春，民以穷困，若候夏麦，必致饿殍。比闻崔谋镇白昼惊劫，愚民急迫，岂有常心？与其委于沟壑，不若亡命为盗，以幸万一之免。窃恐因此饥馑，寇贼充斥，使关中之民不得安堵，非细故也。臣愚欲乞朝廷专委秦凤路提刑司疾速体量，若凤翔境内委实荒歉，则一面命本司依永兴军路灾伤州县特行赈贷，更不奏候朝旨。如此则非仅千里之人得免转死之患，至于寇盗亦当衰息。伏望圣慈详酌，早赐指挥。

民力困敝劄子　　范　镇

陛下每遇水旱，或时变灾，必露立向天，痛自刻责，尽精竭虑，无所不至。尧舜用心，亦不过是。然愿陛下稍推广之。推广之术，在于使官吏称职，民力优裕而已。今民力困甚，而朝廷取之不已，是官吏不称职，使陛下忧勤于上，而人民愁苦于下也。伏见国家用调，责之三司，三司责之转运使，转运使责之州，州责之县，县责之民，至民而止。民竭其力以佐公上而自用不得足，则怨嗟之气干戾天地，此水旱变灾所以作也。愿陛下推前忧勤之心，明诏中书枢密大臣，使考求祖宗朝及天圣中兵数，与官吏之数，与天下赋入之数，斟酌损益，立为条章，上下遵守，则国用有常。国用有常则民力有余，陛下虽高拱深居无所事，而天地之和至矣。又何忧水旱灾变之患，而躬自刻责，如此其劳乎？臣居尝念此至熟，今蒙陛下选任，不敢不自竭尽，然亦不敢远引前古难行之事，所陈惟祖宗时及天圣中陛下躬亲之政。伏惟留神采择。

奏流民乞立经制状　　前　人

臣伏见今岁无麦苗，朝廷为放税免役，及以常平仓、军储仓拯贷存恤之恩，不为不至矣。然而人民流离，父母妻子不能相保者，平居无事时不少宽其力役，轻其租赋，岁虽大熟，使民不得终岁之饱，及一小歉收，虽加重施，固已不及事矣。此无它，重敛之政在前也。今特一谷不熟尔，而流民如此，就使九谷皆不熟，朝廷将如之何？臣窃以水旱之作，由民之不足而怨；民之不足而怨，由有司之重敛；有司之重敛，由官冗兵多与土木之费广，而经制不立也。又闻许、汝、郑等处，蝗蝻复生。蝗蝻之生，亦由贪政之所感也。天意以为贪政之取民，犹蝗蝻之食苗，故频年生蝗蝻以觉悟陛下也。《春秋》鲁宣公十五年，秋初履亩，冬蝝生。说者以为蝝履亩而生，此所谓贪政之感也。国家自陕西用兵增兵以来，赋役烦重，及近年不惜高爵重禄，假借匪人，转运使复于常赋外进羡钱以助南郊，其余无名敛率不可胜计，此皆贪政也。贪政之发，发于掊克暴虐，此民所以怨也，所以干天地之和也，水旱之所以作也。臣前此言官冗兵多民困者屡矣，未蒙报下。伏乞陛下敕大臣检臣前所上章，考今官数、兵数与赋入之数，立为经制，又罢土木之费，使民得足食而少休息，则天地之和至矣。古人言：太平者止于民之足食也。今诚能立经制，省官与兵，节土木之费，使民足食，陛下高拱深居而太平可坐致，顾陛下责任大臣何如耳！

救济江淮饥民疏　　包　拯

臣闻天以五星为府，人以九谷为命。五星紊于上则灾异起于下，九谷绝于野则盗贼兴于外。天之于人，上下相应。故天变于其上，则人乱于其下，是天人相与之际，甚可畏也。若变异上著，则恐惧修省以谢于下，年谷不登，则赈贷已责而恤其困。盖不使天有大变而民有饥色，则人获富寿而国享安宁矣。方今灾异之变尤甚，臣近已论列详矣。惟江淮六路连岁亢旱，民食艰阻，流亡者比比皆是。朝廷昨遣使命安抚赈贷以救其弊。而东南岁运上供米六百万石，近虽减一百万石，缘逐路租税尽已蠲复，则粮斛从何而出？未免州县配籴以充其数，由是民间所出悉输入官，民储已竭，配者未已，纵有米价，率无可籴，父子皇皇，相顾不救，老弱者死于沟壑，少壮者聚为盗贼，不幸奸雄乘间而起，则不可制矣。当以何道而卒安之哉？且国家之患，未有不缘此而致，可不熟虑乎？欲望圣慈特降指挥，应江浙六路灾伤州县，凡是配籴及诸般科率，一切止绝，如敢故犯，并坐违制，庶几少释疲民倒垂之急。其上供米数若不敷元额，即候向去丰熟补填。仍令州县官吏多方擘画，救济饥民，不得失所，兼委逐路提转专切提举，如不用心救济，以致流亡，及结成群党，即乞一例重行降黜。

请免江浙折变疏　　前　人

臣切见淮南、江浙、荆湖等州军数年以来，例皆薄熟。去秋亢旱尤甚，可熟三二分。当年夏税见钱一例科折，内第一等折纳小绫每匹一贯六百六十文省；官絁每匹二贯八百五十文省，其第二等已下至客户，并折纳小麦，每斗三十四文省。续据发运司准中书劄子，据三司奏乞，将庆历三年上供额斛斗六百万石内，将小麦一百万石、大豆十五万石折纳见钱。发运司遂相度小麦每斗并添估九十四文省，大豆每斗并耗八十八文省，比逐处见粜价例两倍已上，应该小麦一石，纳见钱九百四十文省。寻又准五月九日中书劄子，据发运司奏，切虑豆麦价高，人户难得见钱，奉圣旨，宜令本司疾速指挥逐路州军，据合折夏税豆麦，令人户如愿纳见钱者，即仰逐处依起纳日在市价例钱数送纳。如只愿纳本色斛斗，亦听从便。虽有前件圣旨指挥，本处官吏并不遵禀，但一面抑令人户纳元估价钱，不许纳本色斛斗，以致豆麦益贱，钱货难得，下等人户尤更不易。发运司但务岁计充盈，不虑民力困竭，上下相蒙，无所诉告，为国敛怨，莫甚于此。且民者国之本，财用所出，安危所系，而横赋暴取，不知纪极，若因此流亡相应而起，涂炭郡邑，则将何道可以卒安之？况已萌之兆，不可不深虑耳。兼自淮以南及两浙、荆湖从去秋至今春，并未得雨，二麦不秀，耕种失时，民心嗷嗷，日怀忧惧，欲望圣慈特降诏敕，委逐路转运提刑不住巡历体量，应是诸杂科率权且停罢，若向去蚕麦稍熟，今年夏税诸色钱等，除第一、第二等户各令依旧折纳外，其第三等已下并客户，特与免诸般支移折变，只令各纳本色，庶使重困之民稍获苏息。

亲谕使人救济饥民状　　韩　维

臣窃闻去年开封府界并、陈、蔡、许、颍等州例各不熟，入春以来，民困万甚。朝廷虽发仓廪、转米谷以加赈赡，而死者不可胜数，甚者至于遗弃幼稚，号哭道路，骨肉之间，自相噉食，殭尸暴骸，所在狼藉，闻之可为伤痛。臣日夜思念，盖赈救之道，有所未尽，以及于此。州县米欲之不积，一也；官吏无恤民之心，二也；饲养失处置之宜，三也；朝廷虽发仓廪而陛下未尝亲谕恻怛之意，遣使临视，四也。群议籍籍，窃怪陛下勤政爱民，日不昃不倦，至于细务，莫不曲加处分，而于此事未闻德音，有所矜恤，意者陛下未知其详欤？臣闻群议且久，每欲上闻，以越职为惧而止。今前去二麦尚有数月，而死者日广，臣不诚不忍陛下赤子遭遇仁圣之君，不得蒙被其泽而无告以死。臣虽越职得罪，犹不敢避也。伏望慈特诏执政，择爱民干事之吏十数辈召见便殿，喻以忧劳愍伤之意，命分使州县，察视流民，先具见存及死亡之数与即今救济之状以闻，然后与转运、提刑、知州、通判等同共疾速商量如何处置救养，可以全活民命，比至麦熟，合用米粮几何，如何营救，不至乏绝，不幸死者，所在官为掩瘗，毋得暴露。凡此诸事，皆许入马铺驰奏陛下，与二府大臣朝夕图议，苟国家之力可及之者，无不为也。如此则庶几斯民渐有生路，不然三四十万之众，至四五月之间皆填沟壑矣。臣闻天之所以佑命人君者，将以牧民也。君之所以享尊极者，以有民为之下也。民之所以欣戴其上者，以能保安已有。陛下即位之初，宜有以固结天下之心而副天之所以佑命者，无急于此也。

救济饥民劄子　　前　人

臣窃闻今春畿甸及京西州郡百姓饥死者甚众，访闻盖是州县官不早为体察存养，致百姓流去本土，转更失所。所至州县既无储蓄之备，比至劝诱人户，及春天闻朝廷得物救济，流民已是饥困。又处置散给饭粥，或失所宜，致使枉害人命。近闻河北、京东、两浙诸郡被水灾者不少，若止因循旧体，必定百姓復罹此祸。伏望圣慈特降诏书，丁宁戒劝诸路转运、提刑及州县官吏，上下公共询问饥困之人，早为赈济，毋令流散，不幸转徙者，转运、提刑为差官引导，命就州军多方救养，仍具施行次第闻奏。朝廷至时遣使察视，其当职官吏有善设术略，使居者不至于流徙，流者不至于殍亡，仍议以户口人数量立赏格，不如诏者罚亦准之。所冀劝督官吏，宣力为民，拯其艰危，以副陛下好生之意。

河北流民劄子　　郑　獬

臣切见河北之民，自去秋以来，相携老幼，皆徙于南方，累累道途，迄今不绝，不知几万户，兹非细事也。臣询得其繇，或云以岁饥无食，或云地震，不得宁居，或云河决失耕业，或云以避塞河之役。臣参考以计之，若以岁饥，则百十年来丰凶常事，何昔之凶年犹得安居，而今遽为去计乎？若以地震，则震有时而必止，虽暂有不宁，犹宜未至弃本土而去。若以河决，则恩、冀、博罹害者宜迁，而镇之邢、赵，非河所累，则又何为而辄去？若以河役，则朝廷已有诏罢，而迁者至今不已。由是言之，盖其原起于唐州之开旷土，而成于河北之伪言。何者？唐州官吏冒赏贪功，遣牙校赍牓于三边，招诱户民十有馀年，于是三边始有边民。及去秋地震，其父老皆言真庙时地震，遂有澶渊之役，今地复震，北兵又将扰边矣。如何不为引避？加以岁凶河决，于是相牵扯而大去之。夫民故愚而无知，一人摇之，百人酬之。一乡之间，但见南徙者众，故相随而亦迁，即询究其所以迁之理，则不出夫前之所言。是彼亦未能熟较利害，但云南方谷贱，有旷土可为生耳。若然者岂得纵其流亡而不为禁止乎？河朔去岁虽被灾而诸郡亦有秋获处，民间未至横衢路而饿死，易婴儿以食，借使今之有寒饿不能自活者，虽纵而之南，无害也。至于中户以下，乃连车牛，负囊箧，驱仆跃马，其资足以为养者，又何为而不禁止，端使流离而南徙乎？属者朝廷虽屡敕本道安集，而至今去者如故。此盖刺史、县令有不能者，无方略以安之耳。朝廷诚能深责刺史、县令，俾之从便宜务令安集，勿令中户以上随众而迁，刺史、县令有不能者，则亟令监司举劾，别选有能者代之。刺史、县令知惧则庶乎有为，可以禁止矣。或云迁者不可止，止则饿死，或急而为盗，为患浸深。臣以为寒饿者听之去，可以自资者留之。今河北亦有常平粟未曾赈发，宜举以贷民。今冬宿麦得雪，向去收成，则民复安堵矣。兼闻河北便籴，官价殊高，豪民亦有藏粟邀价者，及官配籴甚急，而粟价愈贵，若俵籴配籴，宜一切罢之，如又贷以常平粟，则民间得钱粟可以自存矣。或者又谓河北之民久离兵战，生息既繁，遂不能丰养。譬之旧为家十口，有田二顷，今田不加多，而增口为二十，还值凶年，故析其食口，就粟南方，适得其宜矣。此又非通论。二十口之息，岂能一日而具？何前日犹能相养而今日遂不能乎？夫民者重迁，如刺史、县令有安集之术，则孰肯弃坟墓、去亲戚乡井而轻为流民乎？以此又知刺史、县令不为朝廷养民也。北方之人乍入南地，不习水土，向春必生疫疾。伏愿陛下严立科罪，下提刑、转运使，责在刺史、县令，随宜处画，必令存留，无得纵令流移，庶几河朔不为墟矣。幸冀陛下留神，特赐裁察。

进流民图状　　　　郑　侠

臣伏睹去冬亢旱，迄今不雨，麦苗焦枯，黍粟麻豆皆不及种。旬日以来，米价暴贵，群情忧惶，十九惧死。方春斩伐，竭泽而渔，大营官钱，小求升米，草木鱼鳖，亦莫生遂，蛮夷轻肆，敢侮君国，皆由中外之臣辅相陛下不以道，以至于此。臣窃惟灾患有可致之道，无可试之形。其致之有渐，而其来也如疾风暴雨，不可复御。流血藉尸，方知丧败。此愚夫庸人之见，古今有之。所贵于圣神者，为其能图患于未然，而转祸为福也。当今之世犹可救，愿陛下开仓廪，赈贫乏，诸有司敛掠不道之政一切罢去，庶几早召和气，上应天心，调阴阳，降雨露，以延万姓垂死之命，而固宗社亿万年无疆之祉。夫君臣际遇，贵乎知心。以臣之愚，深知陛下爱养黎庶，甚于赤子。故自即位以来，有一利民便物之政，靡不毅然主张而行。陛下之心，亦欲人人寿富而跻之尧舜三代之盛耳。夫岂区区充满府库，盈溢仓廪，终以富衍强大夸天下哉？而外之臣略不推明陛下此心，而乃肆其饕餮，劓割生民，侵肌及骨，使大困苦而不聊生，坐视其死而不恤。夫陛下所存如彼，群臣所为如此，不知君臣际遇，欲作何事，徒只日超百资，意指气使而已乎？臣又惟何世而无忠义，何代而无贤德，亦在乎人君所以驾驭之如何耳。古之人在山林畎亩，不忘其君。刍荛负贩，匹夫匹妇，咸欲自尽以报其上。今陛下之朝，台谏默默，具位而不敢言事，至有规避百为不肯居是职者，而左右辅弼之臣，又皆贪猥近利，使夫抱道怀识之士，皆不欲与之言。不知时然耶？陛下有以使之然耶？以为时然，则尧舜在上，便有禹稷，汤文在上，便有伊吕，以至汉唐之明君，我祖宗之圣朝，皆有忠义贤德之臣，布在中外，君臣之际，若腹心手足。然君倡于上，臣和于下，主发于内，臣应于外，而休嘉之惠下浸于昆虫草木，千百世之下莫不慕之。独陛下以仁圣当御，抚养为心，而群臣所以和之者如此，夫非时然？抑陛下所以驾驭之道未审尔？陛下以爵禄名器驾驭天下忠良，而使之如此，甚非宗庙社稷之福也。夫得一饭于道傍，则皇皇图报，而终身餍饱，于其父则不知惠，此庸人之常情也。今之食禄，往往如此。若臣所闻则不然。君臣之义，父子之道也。故食其禄则忧其事，凡以移事父之孝而从事于此也。若乃思虑不出，其位尸祝，不代庖人，各以其职不相侵越，至于邦国善否，知而不言，岂有君忧国危，群臣乃饱食厌观，若视路人之事而不救，曰：吾各有守，天下之事非我忧哉！故知朝廷设官，位有高下，臣子事君，忠无两心，与其得罪于有司，孰与不忠于君父？与其苟容于当世，孰与得罪于皇天？臣所以不避万死，深冒天阍，以告诉于陛下者，凡以上畏天命，中忧君国，而下念生民耳。若臣之身，使其粉碎，如一蝼蚁，无足顾爱。臣窃闻南征西伐者，皆以其胜捷之势、山川之形为图而来献，料无一人以天下之民质妻卖儿，流离逃散，斩桑伐枣，拆坏庐舍而卖于城市，就官假粟，遑遑不给之状，为图而献。前者臣不敢以所闻，谨以安上门逐日所见，绘成一图，百不及一。但经圣明眼目，已可咨嗟涕泣，而况数千里之外甚于此者哉？如陛下观图，行臣之言，十日不雨，即乞斩臣宣德门外，以正欺君谩天之罪。如稍有济，亦乞正臣越分言事之刑。

赈　济　论　　　　程　颐

不制民之产，无储蓄之备，饥而后发廪以食之，廪有竭而饥者不可胜济也。今不暇论其本，且救目前之死亡，惟有节则所及者广。常见今时州县济饥之法，或给之米豆，或食之粥饭，来者与之，不复有辨；中虽欲辨之，亦不能也。谷贵之时，何人不愿得食？仓廪既竭，则殍死者在前，无以救之矣。数年前一亲戚为郡守，爱恤之心可谓至矣。鸡鸣而起，亲视俵散官吏，后至者必责怒之，于是流民歌咏至者日众。未几谷尽，殍者满道。愚尝怜其用心，而嗤其不善处事。救饥者，使之免死而已，非欲其丰肥也。当择宽广之处宿戒，使晨入，至巳则阖门不纳，午而后与之食，申而出之。给米者午即出，日得一食，则不死矣。其力自能营一食者，皆不来矣。比之不择而与者，当活数倍之多也。凡济饥，当分两处，择羸弱者作稀粥，早晚两给，勿使至饱，俟气稍完，然后一给。第一先营广居处，切不得令相枕藉。如作粥，须官员亲尝，恐生及入石灰。不给浮浪，无此理也。平日当禁游惰，至其饥饿，哀矜之一也。

论河北京东盗贼状　　　　苏　轼

熙宁七年疏奏：臣伏见河北京东，比年以来，蝗旱相仍，盗贼渐炽。今又不雨，自秋至冬，方数千里，麦不入土。窃料明年春夏之际，寇攘为患，甚于今日。是以辄陈狂瞽，庶补万一。谨按：山东自上世以来，为腹心根本之地，其与中原离合，常系社稷安危。昔秦并天下，首收三晋，则其余强敌相继灭亡。汉高祖杀陈余，走田横，则项氏不支。光武亦自渔阳上谷发突骑，席卷以并天下。魏武帝破杀袁氏父子，守冀州，然后四方莫敢敌。宋武帝以英雄绝人之资，用武历年，而不能并中原者，以不得河北也。隋文帝以庸夫穿窬之智，窃位数年而一海内者，以得河北也。故杜牧之论，以为山东之地，王者得之以为王，霸者得之以为霸，猾贼得之以为乱天下。自唐天宝以后，奸臣僭峙于山东，更十一世，竭天下之力，终不能取，以至于亡。近世贺得伦挈魏博降后唐而梁亡，周高祖自邺都至京都而汉亡。由此观之，天下存亡之权在河北无疑也。陛下即位以来，北方之民流移相属，天灾谴告亦甚于四方。至于京东虽号无事，亦当常使其民安逸富强，缓急足以灌输河北。瓶竭则罍耻，唇亡则齿寒。而近年以来，公私匮乏，民不堪命。今流离饥馑，议者不过欲散卖常平之粟，劝诱蓄积之家；盗贼纵横，议者不过欲增开告赏之门，申严缉捕之法，皆未见其益也。常平之粟，累经振发，所存无几矣，而饥寒之民，所在皆是，人得升合，官费丘山，蓄积之家，例皆困乏，贫者未蒙其利，富者先被其灾。昔季康子患盗，问于孔子，对曰：苟子之不欲，虽赏之不窃。乃知上不尽利，则民有以为生，苟有以为生，亦何苦而为盗？其间凶残之党，乐祸不悛，则须敕法以峻刑，诛一以警百。今中民以下，举皆缺食，冒法而为盗则死，畏法而不盗则饥。饥寒之与弃市，均是死亡，而赊死之与忍饥，祸有迟速，相率为盗，正理之常。虽日杀百人，势必不止。苟非陛下至明至圣，至仁至慈，较得丧之孰多，权祸福之孰重，特于财利少有所捐，衣食之门一开，骨髓之恩皆遍，然后信赏必罚，以威充恩，不以侥幸废刑，不以灾伤挠法，如此而人心不革，盗贼不衰者，未之有也。

奏浙西灾伤第一状　　前　人

元祐五年七月十五日奏：臣闻事豫则立，不豫则废。此古今不刊之语也。至于救灾恤患，尤当在早。若灾伤之民，救之于未饥，则用物约而所及广，不过宽减上供，粜卖常平，官无大失而人人受赐。今岁之事是也。若救之于已饥，则用物博而所及微，至于耗散省仓，亏损课利，官为一困，而已饥之民终于死亡。熙宁之事是也。熙宁之灾伤，本缘天旱米贵，而沈起、张靓之流不先事奏闻，但务立赏闭粜，富民皆争藏谷，小民无所得食，流殍既作。然后朝廷知之，始敕运江西，及截本路上供米一百二十三万石济之，巡门俵米，拦街散粥，终不能救。饥馑既成，继之以疾疫，本路死者五十余万人。城郭萧条，田野丘墟，两税课利皆失其旧。勘会熙宁八年本路放税米一百三十万石，酒课亏减六十七万余贯，略计所失，共计三百二十余万贯石。其余耗散，不可悉数。至今转运司贫乏，不能举手。此无它，不先事处置之祸也。去年浙西数郡先水后旱，灾伤不减熙宁。然二圣仁智聪明，于去年十一月中首发德音，截拨本路上供斛㪷二十万石赈济，又于十二月中宽减转运司元祐四年上供额斛三分之一，为米五十余万斛，尽用其钱买银绢上供，了无一毫亏损县官。而命下之日，所在欢呼，官既住籴，米价自落。又自正月开仓粜常平米，仍免数路税务所收五谷力胜钱，且赐度牒三百道以助赈济，本路帖然，遂无一人饥殍者。此无它，先事处置之力也。由此观之，事豫则立，不豫则废，其祸福相绝如此。恭惟二圣天地父母之心，见民疾苦，匍匐救之，本不计较费用多少。而臣愚鲁无识，但知权利害之轻重，计得丧之大小，以谓譬如民庶之家，置庄田，招佃客，本望租课，非行仁义，然犹至水旱之岁，必须放免欠负，借贷种粮者，其心诚恐客散而田荒，后日之失必倍于今故也。而况有天下、子万姓而不计其后乎？臣自去岁以来，区区献言，屡渎天听者，实恐陛下客散而田荒也。去岁杭州米价每斗至八九十，自今岁正月以来，日渐减落。至五六月间，浙西数郡大雨不止，太湖泛溢，所在害稼。六月初间，米价复长，至七月初，斗及百钱足。陌见今新米已出，而常平官米不敢住粜，灾伤之势，恐甚于去年。何者？去年之灾如人初病，今岁之灾如病再发，病状虽同，气力衰耗，恐难支持。又缘春夏之交，雨水调匀，浙人喜于丰岁，家家典卖，举债出息以事田，作车水筑圩，高下殆遍，计本已重，指日待熟，而淫雨风涛，一举害之，民之穷困，实倍去岁。近者将官刘季孙往苏州按教，臣密令季孙沿路体访。季孙还为臣言，此数州不独淫雨为害，又多大风，驾起潮浪，堤堰圩埠率皆破损。湖州水入城中，民家皆尺余。此去岁所无有也。而转运判官张璹自常润还，所言略同，云亲见吴江平望八尺，间有举家田苗没在深水底，父子聚哭，以船栰捞摝，云半米犹堪炒吃，青檖且以喂牛。正使自今雨止，已非丰岁，而况止不止，又未可知，则来岁之忧，非复今年之比矣。何以言之？去年杭州管常平米二十三万石，今年已粜米十五万石，虽余八万石，而粜卖未已。又缘去年灾伤放税及和籴不行，省仓阙数，所有上件常平米八万石，只了兑拨充军粮，更无见在，惟有籴常平米钱近八万贯，而钱非救饥之物，若来年米益贵，钱益轻，虽积钱如山，终无所用。熙宁中，两浙市易出钱百万缗，民无贫富，皆得取用，而米不可得，故曳罗纨、带金玉、横尸道上者不可胜计。今来浙东西大抵皆粜过常平米，见在数绝少。熙宁之忧，凛凛在人眼中矣。臣材力短浅，加之衰病，而一路生齿忧责，在臣受恩既深，不敢别乞闲郡，日夜思虑，求来年救饥之术，别无长策，惟有秋冬之间，不惜高价，多籴常平米，以备来年出粜。今浙西数州，米既不熟，而转运司又管上供年额斛斗一百五十余万石，若两司争籴，米必大贵，饥馑愈迫，和籴不行。来年青黄不交之际，常平有钱无米，官吏拱手坐视人死，而山海之间，接连瓯闽，盗贼结集，或生意外之患，则虽诛殛臣等，何补于败？以此须至具实闻奏，伏望圣慈备录臣奏，行下户部及本路转运、提刑两路钤辖司，疾早相度来年合与不合，准备常平斛斗，出粜救饥。如合准备，即具逐州合用数目。臣已约度杭州，合用二十万石，仍委逐司擘画，合如何措置，令米价不至大段翔踊，收籴得足。如逐司以谓不须准备出粜救济，即令各具保明，来年委得不至饥殍流亡结罪闻奏。缘今来已是入秋，去和籴月日无几，比及相度，往复取旨，深虑不及于事。伏乞详察，速赐指挥。

乞减价粜常平米赈济状　　前　人

绍圣元年正月日状奏：勘会元祐八年河北诸路并系灾伤，内定州一路，虽只是雨水为害，然其实亦及五分以上。只缘有司出纳之吝，不与尽实检放秋税，内定州只放二分。自臣到任后，累有人户披诉乞倚阁，又缘已过条限，致难施行。今体问得春夏之交，人户委是阙食，既非河水灾伤，即每事只依编敕指挥，欲坐观不救，恐非朝廷仁圣本意。臣欲便将常平斛斗借贷，虽已有成法，不烦奏请。又体问得河北沿边人户为见朝廷昔年遣使赈济，不问人户高下，愿与不愿借，请一例散贷，后来节次倚阁放免。以此愚民生心侥幸，每有借贷，例不肯及时还纳，多是拖欠，指望倚阁放免，既烦鞭挞追呼，使吏卒因缘为奸，毕竟不免失陷官物。兼约度得本州自第四等以下每户贷两石，官破十万石，不过济得五万户人户，请纳耗费，房店宿食，不过得一石五斗入口，未必能济活一家。而五万户之外人户，更不沾惠。鞭挞驱催，若得健吏，亦不过收得十七，其失陷三万石可必也。又欲抄劄饥贫，奏乞法外赈济，不惟所费浩大，有出无收，而此声一布，饥贫云集，盗贼疾疫，客主俱毙，又况准条边郡不得聚集饥民？以上二事既皆不便，只有依条将常平斛斗依价出粜，即官司简便，不劳抄劄勘会、给纳烦费，但得数万石斛㪷在市，自然压下物价，境内百姓人人受赐。古今之法，莫良于此。但以本州见管常平米二十七万余石，每㪷衮纽到元本一百四文，比在市实直尚多二十二文，以此无人收籴。若不别作奏请，专守本条，不与减价出粜，深恐今年春夏新陈不接之际，必致大段流殍。伏望圣慈愍念。比之本州，将十万石常平米依条借贷，必须陷失三万余石，非惟所给不广，而给纳驱催之弊亦多。特许将本路诸州军见管常平米，契勘在市实直，如委是价高，出粜不行，即许每㪷于衮纽价钱上减钱出粜，不得减过十分之二，仍给与贫民历头，令每日零买，不得令近上人户顿买兴贩，仍限不得粜过本州县见管常平数目三分之一。约度定州合粜得九万石，若每㪷各减钱十分之二，即本州纽计亏元本官钱一万八千七十二贯文，比之借贷失陷，犹为省费。而本州里外出九万石米在市，则一境生灵，皆荷圣恩全活，又却得钱准备将来丰熟物贱，却行收籴，兼利农末，为惠不小者。右伏乞朝廷详酌，早赐施行。如以为便，即乞行下本司约束觉察辖下官吏，所贵人沾实惠。谨录奏闻，伏候敕旨。

贴黄：契勘在市米价日长，正是二月间合行出粜，伏乞速赐指挥，入急递行下。

艺　文　五

（食货典第九十八卷）

目　　录

乞将损弱米贷与上户令赈济佃客状　　宋·苏轼

绍圣元年二月日状奏：臣契勘本路州军灾伤阙食人户，虽已奏准朝旨，于法外减价出粜常平白米赈济，访闻民间阙乏少得见钱籴买，尚有饥困之人。今点检得定州省仓有专副杲荣、赵升界熙宁八年籴到军粮白米，及专副梁俭、刘受界元丰三年米，皆为年深夹杂，损弱不堪，就整充厢军人粮支遣，每月只充厢军次米带支。今契勘得逐次止带支五百石，比至支绝，更须三五年间，显见转至陈恶。兼闻本州管下村坊客户，见今实阙糇粮。其上等人户虽各有田业，缘值灾伤，亦甚阙食，难以赈济。况客户乃主户之本，若客户阙食流散，主户亦须荒废田土矣。今相度欲望朝廷详酌特降指挥下定州，将两界见在陈损白米二万余石，分给借贷与乡村第一等、第二等主户吃用，令上件两等人户据客户人数，不限石斗，依此保借，候向去丰熟日，依元籴例，并令送纳十分好白米入官。不惟乘此饥年，人户阙食，优加赈济，又使损坏尽为土壤。如以为便，即乞速赐指挥行下。谨录奏闻，伏候敕旨。

贴黄：今来已是春深，正当春夏青黄不交之际，可以发脱上件陈米斛㪷，公私俱便。若失此时，则人户必不愿请，不免守支积年，化为粪壤。乞断自朝廷，早赐指挥，入急递行下，更不下有司往复勘会。今来所乞借贷，皆是臣与官吏体问上户愿得此米，以济佃户，将来必无失陷，与寻常赈贷一例支与贫下户人，催纳费力，事体不同。乞早赐行下。

乞免五谷力胜税钱劄子　　前　人

元祐七年十一月初七日奏：臣闻谷太贱则伤农，太贵则伤末。是以法不税五谷，使丰熟之乡，商贾争籴，以起太贱之价，灾伤之地，舟车辐辏，以压太贵之直。自先王以来，未之有改也。而近岁法令始有五谷力胜税钱，使商贾不行，农末皆病，废百王不刊之令典，而行自古所无之弊法，使百世之下，书之青史，曰“收五谷力胜税钱，自皇宋某年始”，臣窃为圣世病之。臣顷在黄州，亲见累岁谷熟，农夫连车载米入市，不了盐茶之费，而蓄积之家，日夜祷祠，愿逢饥荒。又在浙西亲见累岁水灾，中民之家有钱无谷，被服金珠，饿死于市。此皆官收五谷力胜税钱，致商贾不行之咎也。臣闻以物与人，物尽而止；以法活人，法行无穷。今陛下每遇灾伤，捐金帛，散仓廪，自元祐以来，盖所费数千万贯石，而饿殍流亡不为少衰。只如去年浙西水灾，陛下使江西、湖北雇船运米，以救苏湖之民，盖百余万石，又计籴本水脚官钱不赀，而客船被差雇者皆失业破产，无所告诉。与其官司费耗其实如此，何似削去近日所立五谷力胜税钱一条，只行天圣附令免税指挥，则丰凶相济，农末皆利，纵有水旱，无大饥荒。虽目下稍失课利，而灾伤之地，不必尽烦陛下出捐钱谷如近岁之多也。今元祐编敕，虽云灾伤地分虽有例亦免，而谷所从来，必自丰熟地分，所过不免收税，则商贾亦自不行。议者或欲立法，如一路灾伤，则邻路免税，一州灾伤，则邻州亦然。虽比今之法小为通流，而隔一州一路之外，丰凶不能相救，未为良法。须是尽削近日弊法，专用天圣附令指挥，乃为通济。

右臣窃谓若行臣言，税钱必不至大段失陷，何也？五谷无税，商贾必大通流，不载见钱，必有回货。见钱回货自皆有税，所得未必减于力胜。而灾伤之地有无相通，易为振救，官司省费，其利不可胜计。今肆赦甚近，若得于赦书带下，益见圣德收结民心，实无穷之利。取进止。

常山祈雨文　　前　人

洪维上帝，以斯民属于山川群望；亦如天子，以斯民属于守土之臣。惟吏与神，其职惟通。殄民废职，其咎惟均。哀我邦人，遭此凶旱，流殍之余，其命如发，而飞蝗流毒，遗种布野，使其变跃飞腾，则桑柘麦禾举罹其灾，民其罔有孑遗，吏将获罪，神且乏祀。兹用栗栗危惧，谨以四月初吉斋居蔬食，至于闰月辛丑。若时雨沾洽，蝗不能生，当与吏民躬执牲币，以答神休。呜呼！我州之望，不在神乎？父老谓神求无不获，克有常德，以名兹山。其可不答以愧此名？若曰：岁之丰凶在天，非神之所得专。吏将亦曰：民之休戚在朝廷，我何知焉？则谁任其责矣？上帝与吾君，爱民之心一也。凡吏之可以请于朝者，既不敢不尽，则神之可以谒于帝者，宜无所不为。

又

比年以来，蝗旱相属。中民以上，举无岁蓄。量日计口，敛不待熟。秋田未终，引领新谷。如行远道，百里一宿。苟无舍馆，行旅夜哭。自秋不雨，霜露杀菽。黄糜黑黍，不满困簏。麦田未耕，狼顾相目。道之云远，饥肠谁续。五日不雨，民在坑谷。猗嗟我侯，灵应何速。帝用嘉之，惟新命服。祈而不获，厥愆在仆。洗心祇载，敢辞屡渎。庶哀斯民，朝夕濡足。

得雨祭常山文　　前　人

熙宁九年岁次丙辰七月某日，诏封常山为润民侯。十月某日，具位刺史苏轼以清酌少牢之奠昭告于侯之庙曰：旱蝗为虐也，三年于兹矣。东南至于江海，西北被于河汉，饥馑疾疫，靡有遗矣。我瞻四方大川乔岳之祐斯民者甚众，而受宠于吾君，可谓巍巍矣。诉之而必闻，求之而必获，惠我农而殄其灾沴，不为倏云骤雨。苟以应祷之虚名而有膏泽积润，可以及民之实效，卓然似侯，几希矣。凡天子之爵命，有德而致之则为荣，无功而享之则为辱。今侯泽此一郡而施及于四邻，其受五等之爵而被七命之服也，可谓无愧而有光辉矣。愿侯益修其德以克其名，上以副天子之意，下以塞吏民之望。民其举祀有进而无衰矣。

上吕仆射论浙西灾伤书　　前　人

轼近上章论浙西淫雨飓风之灾，无策救御，蒙恩旨使与监司诸人议所以为来岁之备者，谨已条上二事。轼才术浅短，御灾无策，但知叫号朝廷，乞宽减额米，裁赐上供，言狂计拙，死罪死罪。然三吴风俗，自古浮薄，而钱塘为甚。虽室宇华好，被服粲然，而家无宿舂之储者，盖十室而九。自经熙宁饥疫之灾与新法聚敛之害，平时富民，残破略尽，家家有市易之欠，人人有盐酒之债。田宅在官，房廊倾倒，商贾不行，市井萧然。譬如衰羸久病之人，平时仅自支持，更遭风寒暑湿之变，便自委顿。仁人君子，当意外持护，未可以壮夫常理期也。今年钱塘卖常平米十八万石，得米者皆叩头诵佛，云官家将十八万石米于乌鸢狐狸口中夺出数十万人，此恩不可忘也。夫以区区战国公子，尚能焚券市义，今以十八万石米易钱九万九千缗，而能活数十万人，此岂下策也哉？窃惟仁圣在上，辅以贤哲，一闻此言，理无不可。但恐世俗谄薄成风，揣所乐闻，与所忌讳，不以仁人君子期左右，争言无灾，或言有灾而不甚，积众口之验以惑聪明，此轼之所私忧过虑也。八月之末，秀州数千人诉风灾。吏以为法有诉水旱而无诉风灾，拒闭不纳。老幼相腾，践死者十一人。方按其事，由此言之，吏不喜言灾者，盖十人而九，不可不察也。轼既条上二事，且以关白漕宪两司官吏，皆来见轼曰：此固当今之至计也。然恐朝廷疑公为漕司地，奈何？轼曰：吾为数十万人性命言也，岂惜此小小悔吝哉？去年秋冬，诸郡闭籴，商贾不行，轼既劾奏通之，又举行灾伤法约束本路，不得收五谷力胜钱，三郡米大至，施及浙东。而漕司官吏缘此愠怒，几不见容，文符往来，僚吏恐栗。以轼之私意，其不为漕司地也，审矣。力胜之免，去年已有成法，然今岁未敢举行者，实恐再忤漕司，怨咎愈深。此则轼之疲懦畏人，不免小有回屈之罪也。伏望相公一言检举成法，自朝廷行下，使五谷流通，公私皆济，上以明君相之恩，下以安孤危之迹，不胜幸甚。去岁朝旨免力胜钱止于四月，浙中无麦，须七月初间见新谷，故自五月以来，米价复增。轼亦曾奏乞展限至六月，终不报。今者若蒙施行，则乞以六月为限。去岁恩旨宽减上供额米三分之一，而户部必欲得见钱，浙中遂有钱荒之忧。轼奏乞以钱和买银绢上供，三请而后可。今者若蒙施行，即乞一时行下。轼窃度事势，若不且用愚计，来岁恐有流殍盗贼之忧，或以其狂浅过计，事难施用。即乞别除一小郡，仍选才术有余、可以坐消灾沴者使任一路之责。幸甚，幸甚！干冒台重，伏纸战栗不宣。

淮南水潦状　　苏　辙

臣窃见淮南春夏大旱，民间乏食，流徙道路。朝廷哀愍饥馑，发常平、义仓及上供米以济其急。淮南之民，上赖圣泽，不至饥殍。然自六月大雨，淮水泛滥，泗、宿、亳三州大水，夏田既已不收，秋田亦复荡尽。前望来年夏麦，日月尚远，势不相接，深可忧虑。访闻见今官卖米犹有未尽，然必不能支持久远。臣欲乞朝廷及今未至阙绝之际，速行取问本路提刑、转运司，令具诸州灾伤轻重次第，见今逐州各有多少粮食可以赈济，得多少月日，如将来乏绝，合如何擘画施行，立限供报。所贵朝廷得以预先处置，小民不至失所。谨录奏闻。

贮谷救荒疏　　钱　颢

臣闻国之所以为国者，以有民也。民之所以为民者，以有谷也。国无九年之储，不谓之有备。家无三年之蓄，必谓之不给。有国有家者，未始不先于储蓄也。故管子曰：仓廪实知礼节，衣食足知荣辱。此之谓矣。臣窃见诸处农民虽力田畴，不务蓄积，一有水旱，遂至狼狈，深可悯恻。臣谨按：隋文帝开皇中，曾命天下之人节俭输粟，名为社仓，行于当时，民无饥馑。此实济众之良策也。以臣愚欲乞于天下州县，逐乡村各令依旧置社仓，当丰年秋成之时，只于上三等有田人户量出斛㪷，以备赈济。第一等不过三石，第二等不过二石，第三等不过一石，或以乡，或以村为额。仍命众人选择有物力一户，充社仓甲头，一年一替，以所聚斛㪷藏置其家，即具众户实数，申报所属官司，判押为据。或有损失，亦仰甲头陪填，责免侵欺之弊。若遇荒歉，即尽数俵借于下等贫民，听将来岁稔日，官为索还，依前入社仓收贮候聚。及三年或无水旱，即具存留。所贵常有三年之备，或无水旱一方之民。且谷有贵贱，岁有凶丰，所敛至轻，所济至博。岁月稍久，蓄积亦多，纵值水旱之灾，免致流亡之患。伏乞指挥下诸路转运详酌施行。

言灾伤宜恤疏　　梁　焘

臣伏见去冬苦寒，今秋大旱，被灾之民，如卧焦灼，日望睿泽湔濯疮痛。陛下恐惧天戒，恻怛民隐，诚意内修政事，外饬未损静治，愿宽圣忧，但当采用公言，讲求仁术，坐致明恩，实惠遍及四海，则降监昭昭，还受嘉福矣。臣以谓人已久困，岁复洊饥，今来冻馁已足，深忧向去流离，尤为大患。正在朝廷衣食拊循，固结其意，以父母妻子为爱，以坟墓闾井为恋，相扶而不贰，相死而不去。不贰则盗贼不起，不去则田野不旷，固本宁邦，其要在此。臣闻天下倚阁税赋编敕，以限年催理，虽催理之令行于丰年，而多值灾伤，间获小稔，官曹执法督迫期会，纵得十分丰熟，亦随百色分张。故民间愁怨纷纭，常以欠负为苦。官中所入，既有限数之内，往往不足。至有严刑峻令，仅获无遗。官帑一补，而民室大空矣。三年一遇大礼，竟用赦恩蠲免，在公徒有理欠之名，在私乃有刻剥之弊。是存虚名于公家，而行实弊于私门也。为害如此，何益治体？臣欲乞圣慈特降指挥，勘会灾伤路分，自元祐二年以前，有见在倚阁税赋，一切除放，以救百姓今日目前之急。如此则明恩实惠，下及幽远，感激欢欣，咸归圣惠。若郡县得人，钦体诏旨，更求劳徕安集之方，免冻馁流离之苦，前接麦熟，终保安全，和气既充，阴阳自顺，四时协序，百谷用成。数年之间，税赋之入可以加倍倚阁之数矣。陛下必欲救全百姓，此事最为切当。伏望断自宸衷，无容回护，使中外明知非常之恩出自两宫，则天下幸甚。

乞抛降和籴小麦价钱状　　陈　襄

臣伏为本县民田瘠薄，屡经灾旱。今年夏秋阙雨，五谷不收。虽已依条检覆，减放税租，然中产之民，已阙岁计，待籴而食，十有八九。例以小麦青苗生举钱物，一㪷之直只得三十余文，兼并之家，已获倍利。尚被艰难，举贷不得，深虑来年起发春天之际，谷价腾踊，贫窘之民，转见不易。臣窃见本州每岁抛降和籴小麦万数，多是过时收籴，每一㪷官支价钱不下九十文，以上至一百二十文，比之民间麦熟之时所直市价，常多三四十文。且以一州言之，每岁所籴小麦以万余石，即大例价钱三千余贯。若京西一路，枉费官钱亦为不少，率无拯救之利，只益商贩之民。臣今擘画，欲乞转运司，先于隔年抛降和籴小麦价钱数目下本州县，依诸路放买紬绢条例，于来年正月半已前预支与五等人户，每小麦一㪷，依麦熟时民间价例放六十文，仍命十户结为一保，各以上等人户充作保头，连名具状，递相保委，请领官钱。至时只命户长依夏税期限催纳。如此则不惟拯济贫匮之民，兼亦有得和籴官钱不少。臣所启请，委是官民两利，别无妨碍。如允臣所奏乞，下本路州军合系和籴斛㪷去处一例施行。谨具状奏闻。

常平仓疏　　吴大忠

臣伏见朝廷比修常平之法，将以抑兼并，赈乏绝，可使民富而无离散失所之忧。然行之累年，虽蒙贷助之惠，犹粒米狼戾，而无岁月之储。一有凶灾，散亡道路。臣尝究其然矣。时平日久，文法阔疏，小民不知谨身节用之道，以惰为乐，以侈相骄。膳饮必精，有一人而兼数人之食；服御必华，有一日而用数日之费。况饮酒般乐，游荡无度，略无法禁，安得不贫？臣闻古者大夫无故不杀牲，年七十者始食鸡豚狗彘之肉。今则庶人日以宰羊豕为食，不缘宾祭，不为养老，安得刍豢而共之？古者庶人五十可以衣帛，黼黻绣绘，以章有德。今则朱紫之饰，不问府史，美锦文绮，逮于臧获，安得女工而共之？至于宫室舆马器皿之奉，率皆称是，而又释老之徒，斋荐、塔庙、神祠、巫祀、鼓舞、祈赛，所费益以不赀。故田野之民，不安其业，灭裂卤莽，从事于农，所获既以不足，则不免贷于私家，私贷不足，又以贷于公府。常平之息诚薄，民贷于公者诚愿，然一入其手，侈费者十有六七。若博奕饮酒，又不止此。此殆法禁有所未具也。臣愚伏愿陛下深诏有司，申明法令，略立制度，禁侈费以为用财之法，民间无职者皆书于籍，任之以九职之事，不能任则转移执事，又不能则给以常饩，以共公上之役。如是则游手有归，财不妄费，富足之道，足以驯致助成良法。其防禁条目，已具别奏。伏望诏下有司，详择立法，推行天下。

乞粜官米济民疏　　苏　颂

臣窃闻近日甚有近北灾伤人民流移往邻路州军逐熟，寻有旨下诸路，令州县常切存恤。恭惟圣恩溥施，靡所不逮。然恐州县虚文，不能上副仁悯之意。何则？其流民所之，惟是岁丰物贱，便为安居之地。今并淮诸郡虽稍登稔，若食口既多，必是物价腾踊。万一将来秋成失望，漂泊之民未有归业之期，坐食贵谷，便见失所。彼时须烦县官赈救，为惠差迟，则其无益甚矣。臣以谓存恤之法，莫先于平物价。欲物货之平，则莫若官为粜给，使之常食贱价之物，则不觉转移流徙之为患也。臣欲望特降朝旨，应有流民所聚州县，权将上供或军粮米斛比见今在市实直，量减分数，估定价例，将来更不得添长，专差强干官一员，置场出粜，直候流民归业日，即罢其约束事件，并依昨来在京粜场施行，收到价钱，却委转运司和籴斛㪷充数。如此擘画，比之出粟赈济，所费寡而所惠博，惟朝廷垂意。幸甚！

请依旧法赈济免河北贷粮出息疏　　王岩叟

微臣伏以救灾恤患，惟恐有所不至，以伤其仁。先王之用心也，随施以有求，乘危以论利，盖不忍焉。臣按祖宗赈济旧法，灾伤无分数之限，人户无等第之差，皆得借贷，但令随税纳元数而已，未尝有息也。故四方之人，沾惠者溥，衔恩者深，郡县仓庾以陈易新者多。其后刻薄之吏，阴改旧法，必待灾伤放税七分以上，方许贷借，而第四等以下方免出息，殊非朝廷本意。缘灾伤放税，多是监司以聚敛为急，威胁州县，州县又承望风旨，不复体心朝廷以灾伤的实分数除放。若放及七分者，灾伤已是十分，况少肯放及七分，又六分之与七分相去几何，毫厘之间，何以辨别？幸而得为七分，别有借贷，不幸而为六分，则无借贷，但系检灾官吏一言之高下，而被灾百姓幸不幸相远如此，不可不察也。三等而上，均为赤子，均遇天灾，岂容因灾偏令出息，计其所得则甚少，论其所损则实多，乖陛下平一之心，亏朝廷光大之施。臣乞复如旧法，不限灾伤之分数，并容借贷，不拘民户之等第，均令免息，庶几圣泽无间，感人心于至和，天下幸甚。如允臣所奏，其河北、京西、淮南等路昨来水灾州县，乞先次指挥施行。

复义仓疏　　上官均

臣闻贼盗之多，常起于凶岁；凶岁不足，常生于无备；备灾恤患，常平、义仓之设，最为良法。熙宁十年始讲隋唐之旧，兴置义仓，令人户于正税斛㪷一石，别纳五升，准备灾伤赈济，不得移用，法颇周密。盖所敛至少，所聚至多，蓄之郡县而散之于民。敛之少则民易以输，聚之多则上足以施予，蓄之郡县则凶岁有备，散之于民则人情无怨。此隋文皇、唐太宗尝行于治平之世已试之效也。元丰八年，指挥诸路义仓一切废罢，议者至今惜之。若以为扰民，则所出才二十分之一；若患他用，则当时已有著令。又况水旱不常，饥馑间有，发仓廪则每若不足，行劝诱则不免强取，与其施之于仓卒，不若备之于无事。今平籴之法既已修复，唯义仓之制尚未兴举。臣以为义仓贮积，在近民则饥岁赈济，无道路奔驰之劳费而人受实惠。隋开皇中就社置仓，盖以此也。臣欲乞兴复义仓之法，令于村镇有巡检廨舍处建立仓廪，以便敛散。其余例命有司更加修整，以备饥岁，诚非小补。

救　荒　疏　　彭汝砺

臣闻天地万物之数，皆丽于五行。故旱荒凶札，饥馑疾疫，虽盛世或有焉，而人君者仰有以相之，俯有以安之。故民虽不幸，犹亦不至于捐瘠也。古者有乡里之委积以恤民之艰厄，门关之委积以养老孤，县都之委积以待凶荒。夫能食之已足矣，又各有所积焉。盖如此所以为仁政之周也。今虽有常平广惠之制，而所有不能供岁月之不足，平时未尝为计，至于已迫而后为之，其计不过强富人出粟而已。富人之粟未集，而饥馑之气已聚而为疾疫，怨呼疾痛之声也复感而为旱气矣。人皆曰尧有水，汤有旱，此不足为陛下忧也。为此言者，非忠臣也。尧汤积蓄先具，故水旱虽久而民不散。今一方不稔而民之骨肉至于相残，而强者白昼杀人于市以食，今曰此无害，此所谓罪岁也。以臣所闻，比年东南疫病，浙东西旱荒为甚，苏州又其甚者也。陛下以张谔安抚，以陈恺赈济，以沈绅知州。谔乖谬，取笑于人多矣。恺以违法不廉闻，绅以疲软罢。以一事推之，则知陛下虽有不忍人之心，安能及民也？夫人劳苦倦极，未尝不呼天，疾痛惨怛，未尝不呼父母。今天下之民戴陛下如天，爱陛下如亲，及不得则亦望于陛下而已。臣闻大兵之后，必有凶年。盖其杀伤愁怨，有以感之也。今江淮虽薄，稔然久饥，已困之民种艺不及者众，濒江之田又苦水潦，米价益贵矣。秋不雨，冬少雪，以时料之，春夏之交，将复有饥疫之忧。愿陛下申饬有司，使早为之计也。今官卖户绝田产，所得者至薄，而所失者甚厚，以数百石之田而所得不过千缗，冀再岁之收，则已足当千缗矣。此非有难见也。臣欲乞罢卖官田，尽收以待赈济，以户绝田产，振民之老孤凶札，亦理之所宜也。隋唐之制，虽不足语，如义仓法，非可废也。臣愿取广惠米散蓄于里社，而民助之。其所敛以户之上中下与岁之丰耗为差，大饥则发大熟之所敛，小饥则发小熟之所敛而赈之，取于彼，散于彼，于我无与也，民亦无辞矣。较之于已迫而后图之者，其利岂止于倍蓰哉？惟陛下裁察。

封还臣寮论浙西赈济事状　　范祖禹

准中书省录黄臣寮上言：窃闻浙西州军近以灾伤，朝廷选差转运副使岑象求、运判杨环宝仍赐米百万斛、钱二十万缗，俾救其患，州县自亦依条发仓廪作粥饭救济，行将少苏矣。细民习为骄虚，以少为多，其弊已久。欲乞明诏本路监司并州县详具灾伤分数、赈贷行遣次第，各行申奏，徐考其虚实而惩责其尤甚者。候敕旨。又臣寮上言：访闻两浙水灾，惟苏、湖、秀三州为甚外，常、杭二郡绝为轻小，其三州之地亦有高下不等。今传言者或谓水灾至大，无可种之田，或谓高田无水，下田水退，有可种之处，以谓本因风驾海水，江湖壅遏，加之雨多，遂有涨涌之患。风退水落，此患自弭，可以种作。人言异同如此，诚不可以不察。乞下本路钤辖转运、提刑及苏湖等五州，令各开具逐州水灾所及凡几县几村，有无漂荡庐舍，溺死人口，及高田无水与水退可耕之地各约若干，并令指实申奏，不得相关，稍涉谬妄，即乞重行降黜。兼朝廷近日别遣使者支拨斛㪷一百万，见钱度牒约计二十万贯，不为不多。若见今未种，今秋无获，则向去乏食，赈济之期甚为长远。所差去官当相度事体措置，凡此皆系官吏能否，而一有失当，其害非轻。乞令赈济官司，凡措置稍大事件，并申取朝廷指挥。其急切不可待报者，虽许一面施行，亦须便具画一奏知。所贵朝廷察其中平，缓急未便，可以救止。候敕旨。七月二十二日，三省同奉圣旨，并依奏者。右臣谨按：唐代宗大历中，霖雨损稼，渭南县令独称县境不损。遣御史按，实损三十余顷。帝三思久之，曰：县令字人之官，不损犹应言损，何不仁如是乎？贬渭南令为南浦尉。德宗正元中，江淮大水，宰相陆贽请遣使赈恤。帝曰：闻所损殊少，即议优恤，恐生奸欺。贽上奏曰：流俗之弊，多徇谄谀。揣所悦意，即侈其言，度所恶闻，则小其事。制备失所，常病于斯。又曰：所费者财用，所收者人心，苟不失人心，何忧乏用？乃遣使宣抚水灾。宪宗元和间，南方旱饥，遣使赈恤。将行，帝戒之曰：朕宫中用帛一匹，皆籍其数，唯赒救百姓则不计费。卿辈当体此意。七年，又谓宰相曰：邻辈屡言淮浙去岁水旱，近有御史自彼还言，不至为灾。事竟如何？李绛对曰：臣按淮南、浙东奏状，皆云水旱，人多流亡，求设法招抚。其意似恐朝廷罪之者，岂肯无灾而妄言有灾耶？此盖御史欲为奸谀以悦上意耳。愿得其主名，按致于法。帝曰：卿言是也。国以人为本，闻其有灾，当急救之，岂可尚复疑之耶？朕适者不思而言耳。命速蠲其租赋。古之人君，闻有灾害，唯责人不言其救灾，唯恐人惜费，又恐不及于事。陆贽、李绛贤相也，亦专信守臣奏报，恐言者之小其事以缓君心之忧也。今国家建都于汴，实就漕挽东南之利。京师亿万之口所食，奉君养民，皆出于一浙。此乃国之根本，岂可不思其所从来？今陛下二方之赤子嗷嗷，然有倒垂之急，如婴儿之绝乳，其死可立而待也。方呼天赴诉，开口待哺，以延朝夕之命，为之父母者，忍惜力而不救乎？臣窃详臣寮所言，朝廷已赐米百万、钱二十余万，州县亦自依条，发仓廪，作粥饭，救济人，行将少苏矣。臣窃以作粥救饥，最出下策。夫民相聚食粥，则疾疫将起，饥困已甚，死者必众。此乃灾伤之极，正当忧虑，岂得便为少苏？又言细民习为骄虚，以少为多，其弊已久。臣窃谓常年小有旱涝，被诉灾伤，侥幸之民，或容有此。今浙西灾害甚大，民已流散乞食，迫于死亡，方且疑其习为骄虚，而不加信，何其忍哉？又言乞诏监司州县详具灾伤分数、赈贷行遣次第，各行申奏，而惩责其尤甚者。臣窃谓朝廷以侍从之臣为一路钤辖，又选差监司以往，行未及境，未及设施，朝廷既不凭信钤辖司之言，又约监司州县如此，臣恐官吏束手不能有所施为，上下观望，各求苟免。夫奏灾伤分数，过实赈济，用物稍广，此乃过之小者，正当阔略不问，以救人命。若因此惩责一人，则自今官司必将坐视百姓之死而不救矣。又臣寮言：人言异同，不可不察，乞下钤辖提转及苏、湖等五州，各令开具逐州水灾所及凡几县几村，有无漂荡庐舍，溺死人口，及高田无水与水退可耕之地，各约若干，并令诣实申奏，不得相关稍涉谬妄，乞重行降黜。臣伏见近日浙西申奏，自今年正月大雨，至六月太湖泛溢，苏、湖、秀等州城市并遭水浸，田不布种，庐舍漂荡，民弃田卖牛，散走乞食。臣谓朝廷闻此，当令官司如救焚拯溺，犹恐不及。今若降此指挥，逐县逐村，须遣人抄劄庐舍人口、田土数目。饥荒之际，此等行遣，必为烦扰，一事不实，即忧及罚，阖境皆死，未必获罪，如此则赈济却为闲慢，百姓愈无救矣。又言近日别遣使者支拨斛斗百万、见钱度牒约二十万，不为不多。若见今未种，今秋无获，则向去赈济之期甚远，所差去官当相度事体措置，一有失当，其害非轻。今所差去官与时暂遣使不同，若向去赈济，期日长远，此乃本司职事，在彼自当责任，当且委以措置，不须约束，免有疑惑观望。臣窃以今水潦方降，秋田殊未有望，审如臣寮所言，今秋无获，本路必更奏请朝廷，亦当接续应副，则前日所赐未足为多。常平仓本无给散之法，唯广惠仓许赈济不足，方许通支常平，放税及五分处，仍不得过所限之数两倍。浙西钤辖司近方奏乞不限石斗，尚未降朝旨，又奏夏田元未放税。以此观之，官司守法，止有赈救不及之事，必无过当之理。臣寮又言：乞令赈济官司措置稍大事件，并申取朝廷指挥。其急切不可待报者，虽一面施行，亦须便具画一奏知。所贵朝廷察其中平缓急，未便可以救止。臣伏见英宗时，臣叔祖镇出知陈州，辞日，英宗宣谕：陈州累年灾伤，卿到彼悉心赈抚。臣镇至州，方值春种，即发常平仓贷民种粮。提刑司奏劾官吏，诏释不问。陈州至京不数日可以往返，然犹不先奏而行，恐不及于事也。神宗时，西京大水，遣郎官一人、御药院内侍一人赈恤，多方救济。北京亦然。朝廷未尝先为条约以防之也。今两浙在二千里外，事稍大者，若须申奏，比及得报，即已后时。虽急切许一面施行，若官司畏避，事无大小，一皆奏请，不敢专行，则此法岂不为害？臣伏睹浙西钤辖、转运司前后申奏，累年灾伤，今岁大水，以至结罪保明，奏乞斛斗度牒。又云父老言四十年无此水灾，近奏苏州饥民死者日有五七百人，饥疫更甚于熙宁时。又湖州奏贫人入城，死者相继，遗弃男女，官为收养。据此则灾伤轻重，亦可知矣。今详臣寮所言，大意唯以朝廷所赐钱斛不少，恐灾伤不至如所奏，故欲考察虚实，惩责谬妄。然臣之愚虑，窃谓朝廷已赐钱斛百二十万，德深泽厚，又选监司以往，免更临遣专使。今监司方出国门，钱斛才至本路，即降此指挥，约束百姓，必谓朝廷重惜钱斛，轻弃人命，百二十万已厌其多，将来乏食日远，复何所望？所吝者财物，所失者人心。况本路有钤辖司、转运、提刑司、发运司互相监临，而转运司主财不欲多费，故祖宗以来，赈济委提刑司，盖恐转运司惜物也。监司州县有凶年饥馑，皆不得已而上闻，亦岂肯于无灾之地赈不饥之民，耗散仓廪，坐失租税，以取不办之责哉？今唯当戒饬官司，多为方略，存活人命，宽其约束，责其成效，庶几余民早获安堵。唯是给散无法，枉耗官廪，赈救不及，贫弱出粜，反利并兼，措置乖方，所宜约束，然此乃监司使者之事，朝廷亦难遥为处画也。若监司得人，此弊自少；诚使有之，则人言相传，亦岂可掩？台谏足以风闻弹奏，朝廷足以考察案核，未为晚也。今先降此指挥，徒能牵制挠乱其所为耳。伏望圣慈以远方生灵性命为念，无以官司赈济过甚为忧。其臣寮所言，伏乞更不施行。所有录黄，谨具封还。

常平劄子　　前　人

臣窃以为国之本在于务农，务农之本在于贵谷。舜咨十二牧曰：食哉惟时。《洪范》八政以食货为首。孔子曰：所重民食蓄积者，邦国之大本，生民之大命也。臣伏见累年以来，天灾流行，年谷不熟。昨春夏之交，天久不雨，陛下忧劳宵旰于上，大臣惶恐请罪于下。岂非以仓廪空虚，民无所食，盗贼并起，将有不可知之变哉？一朝得雨，报赛神祇，则君臣释然相庆，不复以民艰为念矣。夫岁之丰凶，天之常也。丰年常少，凶年常多。水旱之灾，尧汤所不能免。然而国不困，民不亡者，蓄积以为之备也。昨春夏未雨之时，民已无复生理，幸而得麦，出于望外，岂可常思侥幸天灾之不成也。臣访闻诸路今秋可望大熟，民间唯思速欲得钱，必至甚贱，又小民不为远虑，一熟则轻贱五谷，粒米狼戾。古之圣王知其如此，是故操敛散之术以权之。管子曰：民有余则轻之，故人君敛之以轻；民不足则重之，故人君散之以重。轻重之权在上，则其利不入于兼并之家，而农民常得其平。此所以家给人足也。至于衰世，丰不知敛，凶不知散，故其政荒，其民流。孟子曰：狗彘食人食而不知检，涂有饿莩而不知发。如此者，其国几何而不亡也？今天下背本趋末，民惟视上之所好。若朝廷以农为急，乃可使民务本。黄金珠玉，饥不可食，寒不可衣，然而人贵之者，好之者众也。诚使贵五谷而贱金玉，则民岂有不以谷为重者哉？布帛不可一日而阙，亦皆人力所为。至于五谷，天不生，地不长，则非人力所能致也。昔梁武帝享国几五十年，江南久安，风俗奢侈，不务积蓄。侯景之乱，连年旱蝗，富民皆怀金玉、衣锦绮，相枕藉而死。唐末高骈乱，淮南扬州米斗至直钱五十千，皆史册所载。古有此事，安知来世之必无也？今夫夏则蓄炭，冬则藏冰，凡民皆能知之。至于丰年，则不知为凶岁之备，盖以五谷为常有而轻之耳。古人旱则备水，水则备旱，丰登则备凶歉，知天时之有必至也。惟陛下留意于务农贵谷，修常平之政，以厚天下。

收养贫民劄子　　　　前　人

臣伏见陛下以今冬大寒异于常年，圣心忧轸，救恤小民，无所不至。近又出禁中钱十万贯以赐贫民，此诚博施济众，尧舜之仁也。《礼记》曰：财聚则人散，财散则人聚。臣知此财一散而人心皆聚于朝廷也。古之圣人未有不矜恤孤穷者，尧命舜，舜命禹，皆以四海困穷为说，《书》称不虐无告，不废困穷，惟帝尧能之。盖置而不恤，则是虐之矣；弃而不养，则是废之矣。伊尹成汤曰：先王子惠困穷。周公曰：文王怀保，小民惠鲜鳏寡。孟子曰：文王发政施仁，必先鳏寡孤独。夫圣人养天下之民，使贫者不至失所，则不贫者自安。是故古者为政，必先恤困穷之民。国朝祖宗以来，惠恤孤贫，仁政非一。每遇大雨雪，则放公私房钱，以至粜米卖炭散钱，死者则赐钱瘗埋，惠及存没。近日朝廷无不举行，而又发内帑之钱，降非常之恩，惠泽之厚，无以加矣。陛下勤恤小民如此，而臣忝在左右，窃思有可以少补圣政之万一者，忍默而不言哉？古者鳏寡孤独废疾皆有养，既养之，则不至于冻馁而死。朝廷自嘉祐已前，诸路有广惠仓以救恤孤贫，京师有东西福田院以收养老幼废疾。至嘉祐八年十二月，又增置城南北福田，共为四院，此乃古之遗法也。然每院止以三百人为额，臣窃以为京师之众，孤穷者不止千二百人。又朝廷每遇大冬盛寒，则临时降旨救恤。虽仁恩溥博，然民已冻馁，死损者众。夫救饥于未饥之时，先为之法，则人不至于饥死；救寒于未寒之时，预为之备，则人不至于冻死。今每岁收养与临时救济，二者等为费用，不若多养之为善也。臣愚以为宜于四福田院增盖官屋，以处贫民，不限人数，并依旧法收养，委左右厢提举使臣每至冬月，多设方略救济，或给米豆，设糜粥，不必专散见钱。其使臣存活到人数，书为课绩，量与酬奖，死损多者，亦立贬罚。如四厢使臣提举难遍，即委吏部临时更选，差使臣四员相兼提举，量与添给；仍严加稽核所部存活死损，殿最亦依四厢使臣，法其天下。广惠仓窃虑州县不以为急，乞更申明成法，每岁以时举行，委逐路监司丁宁行下所属州县，及因巡历按视，或于逐州别差官点检，使知朝廷挂意，令官吏用心赈恤，须要实惠及贫民，不得轻易，以为末事。畿内诸县亦乞令擘画官屋，依京师收养，无令远者聚于都下，重立条禁，以绝主掌支散之人减刻之弊。如此则物不虚费，而所活益多矣。国家富有四海，每岁用系省钱一二万缗，于租赋之入无异海水之一勺，而饥穷之人日得十钱之资、升合之米，则不死矣。此乃为国者所当用，王政之所先也。况朝廷幸不惜费，唯更增修旧法，推广祖宗仁政，以副陛下惨怛爱民之意，夫何难哉？臣窃惟陛下近日所行，万万于此，而臣之所陈，事乃至微。然古之圣人，莫不以此为先务，所以拯民生之性命，其法不可不备也。如臣言稍有可采，伏乞详酌施行。

乞稍贵常平米价疏　　王　觌

臣伏见在京诸仓粜常平米，每斗六十文至六十五文，固有以见朝廷不惜亏损官本，而惟以利民为务也。然臣窃虑贱粜如此，于小民足为一时之利，于国计乃非长久之策。何以言之？夫京师者，众大之居也。生齿之繁，何可胜计。民所食者，军粮之外，则皆商贾所运，自外而至也。今官粜甚贱，非所以致商贾也。彼商贾所贩虽新米，其价乃与陈米相视而低昂者也。京师之民，旧多食麦，而今多食米，以米贱故也。使旁郡之米麦入京师者浸少，岂长久之策哉？常平米固有限，不常粜也，虽有时而不粜，商贾亦必以为疑而不肯多致，恐一旦常平害之也。夫物价不独甚贵之为害，而甚贱之亦所以为害，故所谓常平者，不欲其甚贵甚贱而已。今贱常平之米，为小民一时之利，以疑商贾，使民间无高廪陈粟，以为长久之备，孰为得计哉？臣愚以谓不若稍贵常平之米，使无定价，著以为令，而示信于商贾也。假如著令曰：京师常平米一斗，其价以百钱为定，毋辄增损，籴者若干斗以下勿拒也。行之既久，商贾信之，则稔岁必厚蓄以待价，使旁郡之米麦入于京师者浸多，而京师可实也。

论赈济劄子　　前　人

臣昨者入觐，伏蒙圣慈宣谕江西旱灾，饥民阙食，使之推行赈济。及至境上，又奉亲笔诏书，令劝诱积米之家，以其食用之余，尽数出粜，以济流殍之苦。臣仰体天意，敢不夙夜自竭以奉诏旨。自到本路，与监司协力行移州县，凡有流徙阙食之民，通融斛斗，尽令给米收养，共赈济五万九十二人。又给历州县遣官简察，令劝诱积米之家减价出粜米麦谷二十一万八千一百二十四石五斗。其间亦有愿入米麦以助官中赈济者。臣已各项开具数目，别状奏闻。讫复勘本路连年旱歉，去岁尤甚。臣到任之初，米一升价钱至一百三十四文。近来雨泽沾足，早禾已熟，米价顿减，新米一升止四五十文。将来秋成，决有可望之理。此盖陛下勤恤民隐，至诚恻怛，圣德感召和气之所致。然今春小民乏本，田亩有不曾种莳者甚多，人情方苏，未宜重取，更望朝廷宽假有以涵养之，乃为得计。昔周宣遇灾而惧，侧身修行，而王化复行。前日旱暵，安知不为中兴之资？在陛下特加圣意而已。干冒天威，不胜战越。

复常平疏　　孙　觌

伏见神宗修讲常平之政，置提举官，行其法于天下。尔时钱谷充斥府县，大县至百万，小县犹六七十万贯。朽粟陈腐，不可胜校。臣又闻役法初行，取宽剩钱不得过二分，以备水旱。至元丰八年，计所积有三千余万贯石。元祐二年，京东转运使范纯粹欲以此钱米买田，举行熙宁给田募役，如边郡招弓箭手之法。是时宽剩钱米尚有此数，则常平之积，在天下不可胜校可见矣。崇宁中，始取充学校养士居养安济漏泽园等费。政和以来，又取以供花石应奉之资。横费三十年，所丧十八。迩者议臣追咎熙丰改作，遽罢提举官，而常平之财所存十二，犹以亿万计。一旦斥罢委弃，他司争取妄用，遂至扫地，甚可惜也。然而转运使漕挽军储上供之外，趣了目前，已号称职，无一金之藏，他日朝廷有大水旱，招集流亡，有大举措，缮治宫阙，经画残破，召募军马，以备不时缓急之须，则非转运使之所能办也。时方多事，财用为急，比见朝廷遣诸路抚谕添置发运副使，措置递马，催发纲运，不免差官，夫岂得已？所谓常平提举官，尤不可已也。伏望圣慈明诏三省，选用老成之士，追复常平提举官，申讲补助之政，增广蓄积之备，使三司不得侵，而异日有所恃，以为万世无穷之基。

石公赈荒录　　　　龚维蕃

绍熙五年，岁在甲寅，淮右大旱，滁为甚。时会稽石公宗昭初自校书郎出典州事，预谋荒政，前期檄属县校公私之储积，令存私家合用之数，而以其赢籍于官。度犹不给，亟请于朝乞发常平粟，并拨桩积钱籴米麦。乃以合郡上下分为九等。凡有储蓄，若营运者与为二等客者，皆勿给；其有田而无收，及有业而不能营者，则录其户口而给之。其余工术技艺，往来负戴，与夫民田租户，官田佃客，凡有所依而不自赡者，则计口给券，日籴于官。鳏寡孤独、癃老废疾者济之。人受粟二升，幼者减半。量地远近与民之众寡，置给粟之所，凡八十四。富人之羡粟其籍于官者，则计其几何，劝以就粜。凡粜若籴，各书于历，时取而稽考之。视民食之缓急而先后其出给之期，选上户信实者掌出纳，委学职往来督察之，丰其资给，校其折耗，下至搬运脚乘、纸劄贯索，皆优给其直。凡贷若济者，则并给，虑其往来之冗费也。凡粜者皆日给，惧其冒请而滥给也。检柅欺弊，奖劝劳能，郡士之被选委者，手书酒炙之馈日至。其主籴上户，预给照据，量免差役。民以公事至庭，必宛转谘诹诸场之孰整孰惰，动息必知之。取其尤者各一人，加赏罚而示劝惩焉。谕以祸福，感以信义，功过毕知，大小竞劝。民有冒宪，非故犯，愿出粟自赎者，令各县拘籍，候粜毕照免。又择吏胥之勤干者，发舟运镪，告籴于他郡。其民居僻阻，馈给劳费，则募土豪借籴本，令便宜贸易，以赒给之期，偿于来岁。凡道途邸舍，皆贮粟以备商旅之需。弃男女者，人得收养。仁声旁洽，流民辐辏。郡治荐罹俶扰，厅事未建，乃鸠工度材，僦民就役，计日酬佣，视常时加厚。凡木石、竹苇、土瓦之求鬻者，虽至微，必优其价，众争趋之。由是服役于官者皆仰以赡给，而负贩者因得以求售，欢呼力作，民忘其劳。阅两月讫事，榱题雄峙，冠于淮右。上闻公治行，以度支郎召。民闻命，蹙额曰：公去，吾属填沟壑矣。乃相率号呼请留，壮者走告诸台，乞寝召命，老稚填塞衢巷，昼夜守之，固遣弗肯去。郡僚之白事者伺其出，必攀舆谛视，夜则燃烛以辨。如是者阅再旬，通守以事申诸司，次第剡闻。朝旨令需代，民始服。故公以活民为己责，夙夜调度，至废寝食，居处于外。士民之入见者，不以时所言，当于理立罢，行不淹刻。所收米直，复籴于他，有所循环无度。故出给虽多，而流通不匮。又劝民杂莳菽粟，以为后继。其癃老羸弱者，处于僧庐，为糜以食之，令无失时。疾病者济以医药，时躬造焉，察其寒饥。公智虑精详，局量宽和，而待人一以诚实，举措不计小费，而亦未尝妄施。合饥民及流徙而至者，凡数万辈。冬涉春，无一人冻馁者。明年三月后，太守朱公皆至。公又条其纲目，与夫合蠲合拘之数，面授而叮咛之。诏趋见，公乃行。民知其不可留，扶携祖送，攀辕涕泣，出疆犹不已。绘其像，欲立祠。公弗许，且属后政力止之。朝廷第荒政，滁为最。至今居民道其事，则举首加额曰：更生之赐也。天灾流行，世所不免。长民者克尽其心，则拯饥济厄，于是乎在。然世固有心虽切于爱民，而才不足以集事，事虽行于一时，而法不足以传后，则移民移粟，徒为纷扰。惟公心乎为民，因事立法，纤悉委曲，无一不尽，成效大验，可诵而传。视富、赵、清、越之功绩，与齐而力倍之。维蕃昔寓濡须，凡人士经从，具道公美政，吃吃不去口，以为古之传循吏者。疑所言或过实。今视公所为，与民爱慕，益信不虚。其后公乘淮传，维蕃以属吏赘幕，下睹公之设施益详。越三年而公即世。又逾年，维蕃来为滁掾，流风遗爱，谈者籍籍，感其惠至有泣下者。既又考之故牍，备究本末，以为事虽既往，而科条节目皆可垂之永久。异时承流宣化者不幸而遇岁之歉，采其已试而施行之，其为力岂不易，而其惠不亦久且大乎？故备述之，不侈词以没其实。质之邦人，可无愧焉。

艺 文 六

（食货典第九十九卷）

目 录

蝗　旱　疏　　　　宋·朱熹

时蝗旱相仍，不胜忧愤。熹复奏言，为今之计，独有断自圣心，沛然发号，责躬求言，然后君臣相戒，痛自省改。其次惟有尽出内库之钱，以供大礼之费，为收籴之本。诏户部免征旧负，诏漕臣依条检放租税，诏宰臣沙汰被灾路分州军、监司、守臣之无状者，遴选贤能，责以荒政，庶几犹足下结人心，消其乘时作乱之意。不然臣恐所忧者不止于饿殍，而将在于盗贼，蒙其害者不止于官吏，而上及于国家也。

辛丑延和第三奏劄　　　　前　人

救荒之务，检放为先。行之及早，则民知有所恃赖，未便逃移；放之稍宽，则民间留得禾米，未便阙乏。然州郡多是吝惜财计，不以爱民为念，故所差官承望风旨，已是不敢从实检定分数，及至申到帐状，州县又加裁减，不肯依数分明除放。又旱田收割日久，检踏后时，致有无根查者，乃是州郡差官迟缓之罪，而检官反谓人户违法，不为检定。其有检定申到者，州郡亦不为蠲放。就中下户所放不多，尤被其害。访闻本路州县亦有似此去处，欲乞候臣将来到任，广行询究，更与从实蠲减。伏睹近降指挥，旱伤州县，上户赈粜，止令劝谕，毋得科抑，仰见圣明深察物情，恤贫安富，两得其所。然窃恐官吏被此指挥之后，其间或有便文自营之人，必将泛然不以劝谕为意，而上户亦有词说，难以劝谕。官司米斛不多，将来无以接续，其害又有不可胜言者。欲乞且令州县，将未劝谕者权以去年认数为约，已劝谕者权据见认之数为准，多方询访，加意考核，不得比同寻常报应空文，须管究心体访，得其实数。其实不能及数者，更与量减；实可更多出者，则与量添。其有卤莽灭裂，徒为烦扰去处，将来本司觉察得知，具名闻奏，庶几所认之数必得其平而无科抑之患矣。今年旱地广阔，只有湖南、二广及浙西两三郡丰熟，而广东海路至浙东为近。臣昨受命之初，访闻彼处米价大段低平，即尝印榜遣人散于福建、广东西路沿海去处，招邀米客，许其约束税务，不得妄收力胜杂物税钱，到日只依市价出粜，更不裁减。如有不售者，官为依价收籴。自此向后，必当有人兴贩前来。但臣元榜约束本路州县税场，不得妄有邀阻。收税及力胜一节，更乞圣慈申严行下。有违戾者，官吏并比见行条法，各加一等坐罪。至来年六月，却依旧法。其收籴本钱，乞许行下本路沿海州军，将今年籴过米钱及兑那诸色窠名支拨充应，庶几不失信于客人，向后易为招诱。如或更蒙朝廷量立赏格，召人兴贩，行下诸路晓示劝诱，仍先降空名付身数十道付本司，俟有上件贩到米斛之人，即与书填给付。盖缘客人粜货了毕，便欲归回元处，不能等候，即与土居上户不同。又救荒之政著于令甲，及近年节次指挥，虽已详悉，然全在官吏遵奉推行，然后民被实惠。况今年洊饥，公私匮竭，比之常岁，事体不同，欲乞圣慈特降指挥，戒敕本路守令以下，令其究心奉行，悉意推广。其故有违慢不虔之人，俾臣奏劾一二，重作施行，以警其余。其有老病昏愚，不堪驱策者，亦许具名闻奏，别与差遣，却选本路官吏恻怛爱民，才力可仗者，特许不拘文法，时暂权差；仍依富弼、赵抃例，选差得替待阙宫庙持报官员，时暂管干。事毕具名申奏，量与推赏，如减磨勘升名次之类，庶几官吏向前，人蒙实利。

请雨谒北山神文　　前　人

乃者邑民以岁事有谒于君侯，君侯过恩，赐之吉卜，而许以来是，盖将有以镇抚绥宁之也。民其敢不欢欣歌舞以乐神赐，吏其敢不斋洁芬苾以拜神休。惟风雨水旱，疠疫之不时，以君侯之不显威神，是震是袚，俾无灾害，则岂惟斯人专美其赐，吏亦与免于旷弛之忧。惟君侯之留意焉。

春祈谒庙文　　前　人

间者岁比不登，民填沟壑。今幸改岁，人得以修其畎亩农桑之务。惟是雨旸以时，俾无水旱螟螣之灾，则非人力之所能及，惟君侯加惠之则幸矣。某祗承祀典，敢不斋肃明荐，以献以祈。

秋赛谒庙文　　前　人

今兹荐罹水旱之数，宜不得下熟，然颇有所收，足以慰夫三农之心，而供有司之赋者，实神有以佑之也。不然，民饥而死，吏之忧岂有所极哉？仲冬之月，祗循故事以告谢神，不敢爱其洁牲醴酒，惟不足以答神之赐，而岂敢有所祈？

祈　晴　文　　前　人

东土之民，荐罹水旱，其幸免于沟壑者，指二麦以救朝夕之急，而又相戮力事农，以冀有秋。其得失之筭，死生系之，非常岁比也。乃今天雨不休，湖水泛滥，小麦之未收者亦既折腐，不得以食，而新苗未立，水没其巅，又将无复西成之望。吏民忧惧，术无所施。惟神威灵，作镇兹土，其必以顾而哀之，迅扫浮阴，锡以晴霁，则神之惠也，民之幸也。熹等滥将使指，实分顾忧，敢不斋袚，再拜以请。惟神鉴之。谨告。

谢　晴　文　　前　人

乃者以水潦之灾，有祷于神。蒙神之休，开廓氛翳，使麦收稻植，人得逭其沟壑之忧，既有日矣。熹等敢不躬拜祠下，跪荐牲醴，以答灵贶。惟神歆顾，终此大恩，赍以丰年，驱其厉鬼，俾我民复得以遂其有生之乐，则神之赐于兹土为无穷，其食于兹土为无愧。

祈　雨　文　　前　人

吏既不德，无以媚于上下，以召和气而福斯人。其所以布主恩、救民命者，罔不惟神之依。故熹往者尝辄有请于神，而亦既受其赐矣。然方是时，霖潦之灾，独环越百里之间为然。若今之旱，则自浙河以东，为州者七，无不告病，捐瘠之民，凛然日有狼顾之忧。乃不斋袚以告于神，其将安所归命？敢叩祠庭，顿颡屏息以俟嘉应。惟神幸哀怜之。谨告。

婺州金华县社仓记　　前　人

淳熙二年，东莱吕伯恭父自婺州来，访余于屏山之下，观于社仓发敛之政，喟然叹曰：此周官委积之法、隋唐义廪之制也。然予之谷取之有司，而诸公之贤不易遭也。吾将归而属诸乡人、士友相与纠合而经营之，使闾里有赈恤之储，而公家无龠合之费，不又愈乎？然伯恭父既归，即登朝廷，与病还家，又不三年而卒，遂不果为。其卒之年，浙东果大饥。予因得备数推择，奉行荒政。按行至婺，则婺之人狼狈转死者已籍籍矣。予因窃叹，以为向使伯恭父之志得行，必无今日之患。既而尚书下予所奏社仓事，于诸道募民有欲为者听之。民盖多慕从者，而未几予亦罢归，又不果有所为也。是时伯恭父之门人潘君叔度感其事而深有意焉，且念其家自先大夫时已务赈恤、乐施予，岁捐金帛不胜计矣，而独不及闻于此也。于是慨然白其大人，出家谷五百斛者，为之于金华县婺女乡安期里之四十有一都，敛散以时，规画详备，一都之人赖之，而其积之厚而施之广，盖未已也。一日以书来曰：此吾父师之志，母兄之惠，而吾子之所建，虽予幸克成之，然世俗不能不以为疑也。子其可不为我一言以解之乎？予惟有生之类，莫非同体，惟君子为无有我之私以害之，故其爱人利物之心为无穷。特穷而在下，则禹稷之事有非其分之所得为者，然苟其家之有余而推之以予邻里乡党，则固吾圣人之所许，而未有害于不出其位之戒也。况叔度之为此，特因其坟庐之所在而近及乎十保之间，以承先志，以悦亲心，以顺师指，且前乎此者又已尝有天子之命于四方矣，而何不可之有哉？抑凡世俗之所以病乎此者，不过以王氏之青苗为说耳。以予观于前贤之论，而以今日之事验之，则青苗者，其立法之本意固未为不善也。但其给之也以金而不以谷，其处之也以县而不以乡，其职之也以官吏而不以乡人士君子，其行之也以聚敛亟疾之意而不以惨怛惠利之心，是以王氏能以行于一邑而不能以行于天下。子程子尝极论之，而卒不免于悔其已甚而有激也。予既得辞于叔度之请，是以详著其本末，而又附以此意。婺人盖多叔度同门之士，必有能观于叔度所为之善，而无疑于青苗之说者焉。则庶几乎其有以广夫君师之泽，而使环地千里永无捐瘠之民矣。岂不又甚美哉！叔度名景宪，与伯恭父同年进士，年又长而屈首受学无难色。师殁，守其说不懈益虔，于书无不读，盖深有志于当世。然以资峭直，自度不能随世俯仰，故自中年不复求仕，而独于此为拳拳也。十二年岁乙巳冬十月庚戌朔。

建宁府建阳县长滩社仓记　　前　人

建阳之南里曰招贤者，三地接顺昌、瓯宁之境，其陘多阻而俗尤劲悍。往岁兵乱之余，莨莠不尽去，小遇饥馑，辄复相挻，群起肆暴，率不数岁一发。虽寻即夷灭无噍类，然愿民良族晷刻之间已不胜其惊扰矣。绍兴某年，岁适大祲，奸民处处群聚，饮博啸呼，若将以踵前事者，里中大怖。里之名士魏君元履为言于常平仓使者袁侯复一，得米若干斛以贷，于是物情大安，奸计自折。及秋将敛，元履又为请得筑仓长滩，厩置之旁，以便输者，且为后日凶荒之备，毋数以烦有司。自是岁小不登，即以告而发之。如是数年，三里之人始得饱食安居，以免于震扰夷灭之祸，而公私远近无不阴受其赐。盖元履少好学，有大志，自为布衣，而其所以及人者已如此。蒙其惠者，虽知其然，而未必知其所以然也。其后元履既没，官吏之职其事者不能勤劳恭恪如元履之为，于是粟腐于仓，而民饥于室，或将发之，则上下请赇，为费已不赀矣。官吏来往，又不以时，而出纳之际，阴欺显夺，无弊不有。大抵人之所得秕糠居半而偿以精凿，计其候伺亡失诸费，往往有过倍者，是以贷者病焉，而良民凛凛于凶岁犹前日也。淳熙十一年，使者宋侯若水闻其事，且知邑人宣教郎周君明仲之贤，即以元履之事移书属之，且下本台所被某年某月某日制书，使得奉以从事。盖岁以夏贷而冬敛之，且收其息什之二焉。行之三年，而三里之间人情复安，如元履无恙时。什二之收，岁以益广。周君既已增葺其栋宇，又将稍振其余，以渐及于傍近，盖其惠之所及，且将日增月衍而未知其所极也。周君以予尝有力于此者，来请文以为记。予与元履早同师门，游好甚笃，既追感其陈迹，又嘉周君之能继其事而终有成也，乃不辞而为之说。如此则又念昔元履既为是役，而予亦为之于崇安，其规模大略仿元履，独岁贷收息为小异。元履常病予不当祖荆舒聚敛之余谋，而予亦每忧元履之粟久储速腐，惠既狭而将不久也。讲论余日，杯酒从容，时以相訾謷，而讫不能以相诎。听者从旁抵掌观笑，而亦不能决其孰为是非也。及是宋侯周君乃卒用予所请事，以成元履之志，而其效果如此，于是论者遂以予言为得。然不知元履之言虽疏，而其忠厚恳恻之意，蔼然有三代王政之余风，岂予一时苟以便事之说所能及哉？当时之争，盖予之所以为戏，而后日之请，所以必曰息有年数以免者，则犹以不忘吾友之遗教也。因并书之，以示后人，使于元履当日之心有以得之，则于宋侯、周君今日之法有以守而不坏矣。元履名揆之，尝以布衣召见。天子悦其对，即日除太学录。寻以数论事，不得久居中。既而天子思复召用之，则元履既卒矣。上为怅然久之，诏有司特赠直秘阁云。

邵武军光泽县社仓记　　　前　人

光泽县社仓者，县大夫毗陵张侯䜣之所为也。光泽于邵武诸邑最小而僻，自张侯之始至，则已病夫市里之间民无盖藏，每及春夏之交，则常籴贵而食艰也。又病夫中下之家当产子者，力不能举，而至或弃杀之也。又病夫行旅之涉吾境者，一有疾病，则无所于归，而或死于道路也。方以其事就邑之隐君子李君吕而谋焉。适会连帅赵公亦下崇安、建阳社仓之法于属县，于是张侯乃与李君议，略仿其意，作为此仓，而节缩经营，得他用之余，则市米千二百斛以充入之。夏则捐价而粜，以平市估，冬则增价而籴，以备来岁。又买民田若干亩，籍僧田、民田当没入者若干亩，岁收米合三百斛，并入于仓，以助民之举子者，如帅司法。既又附仓列屋四楹，以待道涂之疾病者，使皆有以栖托食饮而无暴露迫逐之苦。盖其创立规模、提挈纲领，皆张侯之功，而其条画精明、综理纤密者，则李君之力也。邑人既蒙其利而歌舞之，部使者亦闻其事而加劝奖焉。于是张侯乐其志之有成而思有以告来者，使勿坏则，以书来请记。予读古人之书，观古人之政，其所以施于鳏寡孤独困穷无告之人者至详悉矣。去古既远，法令徒设而莫与行之，则为吏者赋敛诛求之外，亦饱食而嬉耳，何暇此之问哉？若张侯者，自其先君子而学于安定先生之门，则已悼古道之不行，而抱遗经以痛哭矣。及其闻孙，遂传素业，以施有政，宜其志虑之及此而能委心求助，以底于有成也。李君于予盖有讲学之旧，予每窃叹其负经事综物之才以老而无所遇也。今乃特因张侯之举而得以粗见其毫末，是不亦有感夫？故予既书张侯之事，而又附以予之所感于李君者，来者尚有考云。

建宁府建阳县大阐社仓记　　　前　人

招贤里大阐罗汉院之社仓，新侯官大夫周君某之所为而长滩之别贮也。始秘阁魏君之筑仓于长滩，非择其地而处之也，因其船粟之委，于是藏焉耳。故仓之所在，极里之东北，而距西南之境，远或若干里，贷者多不便之。而是时率常数岁乃一往来，则犹未甚以为苦也。淳熙甲辰，周君始以常平使者宋公之檄，司其发敛之政，而以岁贷收息之令从事，既为之更定要束，搜剔蠹弊，而以时颁焉，民已悦于受赐矣。周君因益问以因革之宜，而有以道里不均之说告者，且曰自今以往，一岁而往来者再，则其劳佚之相绝，又非前日比矣。周君于是白之宋公，而更为此仓，以适远近之中，且令西南境之受粟者即而输焉。来岁遂以远近分土，使各集于其所以待命。民既岁得饱食，而又无独远甚劳之患，于是咸德周君，而相率来请文以记其成。昔予读《周礼》旅师、遗人之官，观其颁敛之疏数，委积之远迩，所以为之制数者，甚详且密，未尝不叹古之圣人既竭心思而继之以不忍人之政，其不可及乃如此。及今而以是仓之役观之，则彼其详且密者，亦安知其不有待于历时之久，得人之多而后乃至于此耶？因为之记其本末，以为后之君子或将有考于斯焉。周君字居晦，好读书，有志当世之务，吏事亦精敏绝人，不但此为可书也。仓凡二间，高若干尺，广若干尺，深若干尺，始作以某年某月某日，越某月某日成，用工若干钱若干。佐之者，里之某人也。

浦城县永利仓记　　前　人

浦城县迁阳镇永利仓者，故提举常平公事黄侯某之所为也。闻之故老，某年中，黄侯以乡人奉使本道，奏立是仓。其里中岁时敛散以赈贫乏，且使镇官兼董其事。行之累年，近村之民颇赖其利。后以兵乱，废熄无余，岁或不收，民辄告病。于今若干余年，而吏部之调镇官犹袭故号也。中间知县丞王君铅视邑之仁风，诸里社仓颇有成效，欲取其法以复此仓之旧，而议不克。合今知县事括苍鲍君恭叔之来，乃复有请，而使者吴兴李侯沐深然之，于是鲍君得致其役，营度故壤，筑仓若干楹，不日告成，略如旧制。遂移县庾之粟若干斛以贮焉，夏发以贷，冬敛以藏，一以淳熙某年社仓制敕从事。盖凡贷之所及者，某里某都之人，固皆有以望于其后而无复凶年之虑矣。其所未及，则亦欣然相告曰：是仓息滋而藏羡，其肯卒遗我哉？鲍君闻之，以书来告曰：邑人之情，如此不忍，以无记也。予观黄侯当日之权足以制一道，而其后为此，乃仅足以恤其乡邻，盖未尝不叹其心之仁，而病其不广。以今推之，则未必其势之有不能也，是安得以今日社仓之法告之哉？若李侯、鲍君之是役，则既足以使黄侯之心愈久而不泯，而又能承天子之诏，以广其惠于无穷，是皆可书也已。独后之人能推所余以遍乎其所未及，则有未可必者。故特为之书其本末而并以告焉，庶乎有所考而不忘也。绍兴五年夏四月己酉，朝散郎秘阁修撰新权发遣潭州主管荆湖南路安抚司朱熹记。

常州宜兴县社仓记　　前　人

始予居建之崇安，尝以民饥请于郡守徐公嘉，得米六百斛以贷，而因以为社仓。今几三十年矣。其积至五千斛而岁敛散之，里中遂无凶年。中间蒙恩召对，辄以上闻，诏施行之而诸道莫有应者。独闽帅赵公汝愚、使者宋公若水为能广其法于数县，然亦不能远也。绍熙五年春，常州宜兴大夫高君商老实始为之于其县善拳、开宝诸乡，凡为仓者十一，合之为米二千五百有余斛，择邑人之贤者承议郎赵君善石、周君林、承直郎周君世德以下二十有余人，以典司之，而以书来属予记。予心许之，而未及为也。会是岁浙西水旱，常州民饥尤剧，流殍满道，顾宜兴独得下熟而贷之，所及者尤有赖焉。然予犹虑夫贷者之不能偿，而高君之惠将有所穷也。明年春，高君将受代以去，乃复与赵周诸君皆以书来趣予文，且言去岁之冬，民负米以输者襁属争先，视贷籍无龠合之不入。予于是益喜高君之惠将得以久于其民，又喜其民之信爱其上而不忍欺也，则为之记其所以然者。抑又虑其久而不能无弊于其间也，则又因而告之曰：有治人无治法，此虽老生之常谈，然其实不可易之至论也。夫先王之世，使民三年耕者必有一年之蓄，故积之三十年，则有十年之蓄，而民不病于凶饥。此可谓万世之良法矣。其次则汉之所谓常平者，今固行之，其法亦未尝不善也。然考之于古，则三登太平之世盖不常有，而验之于今，则常平者独其法令、簿书、管钥之仅存耳。是何也？盖无人以守之，则法为徒法而不能以自行也。而况于所谓社仓者，聚可食之物于乡井荒闲之处，而主之不以任职之吏，驭之不以流徙之刑，苟非常得聪明仁爱之令如高君，又得忠信明察之士如今日之数公者，相与并心一力，以谨其出纳而杜其奸欺，则其法之难守不待他日而见之矣。此又予之所身试者，故并书之以告后之君子云。

建昌军南城县吴氏社仓记　　前　人

乾道四年，建人大饥，熹请于官，始作社仓于崇安县之开耀乡，使贫民岁以中夏受粟于仓，冬则加息什二以偿。岁小不收，则弛其息之半；大侵，则尽弛之。期以数年子什其母，则惠足以广而息可遂捐以予民矣。行之累年，人以为便。淳熙辛丑，熹以使事入奏，因得条上其说，而孝宗皇帝幸不以为不可。即颁其法于四方，且诏民有慕从者听，而官府毋或与焉。德意甚厚，而吏惰不恭，不能奉承，以布于下。是以至今几二十年，而江浙近郡田野之民犹有不与知者。其能慕而从者，仅可以一二数也。是时南城贡士包扬方客里中，适得尚书所下报可之符以归，而其学徒同县吴伸与其弟伦见之，独有感焉，经度久之，乃克有就。遂以绍熙甲寅之岁，发其始谷四千斛者以应诏旨，而大为屋以储之，涖事有堂，燕息有斋，前引两廊对列六庾，外为重门以严出纳。其为条约，盖因崇安之旧而加详密焉。即以其年散敛如法，乡之隐民有所仰食，无复死徙变乱之虞。咸以德于吴氏，而伸与伦不敢当也，则谨谢曰：是仓之立，君师之教，祖考之泽，而乡邻之助也。吾何力之有哉？且今虽幸及于有成，而吾子孙之贤否不可知，异时脱有不能如今日之志，以失信于乡人者，则愿一二父兄为我教之；教之一再而不能从，则已非复吾子孙矣。盍亦相与言之有司，请正其罪，庶其惧而有改，其亦可也。于是众益咨嗟叹息其贤，以为不可及。而包君以书来道其语，且遣伦及伸之子振来请记。熹病力不能文，然嘉其意，不忍拒也。乃为之书其本末，既以警夫吴氏之子孙，使其数世之后犹有以知其前人之意如此而不忍坏，抑使世之力能为而不肯为者有所羞愧勉慕而兴起焉，则亦所以广先帝之盛德于无穷，而又以少致孤臣泣血号弓之慕也。

建宁府崇安县五夫社仓记　　前　人

乾道戊子春夏之交，建人大饥，予居崇安之开耀乡，知县事诸葛侯廷瑞以书来属予及其乡之耆艾左朝奉郎刘侯如愚，曰：民饥矣，盍为劝豪民发藏粟下其直以振之？刘侯与予奉书从事，里人方幸以不饥饿，而盗发浦城，距境不二十里，人情大震，藏粟亦且竭。刘侯与予忧之，不知所出，则以书请于县、于府。时敷文阁待制信安徐公嘉知沂事，即日命有司以船粟六百斛溯溪以来。刘侯与予率乡人行四十里受之黄亭步下，归籍民口大小仰食者若干人，以率受粟，民得遂无饥乱以死，无不悦喜欢呼，声动旁邑。于是浦城之盗无复随和，而束手就擒矣。及秋，徐公奉祠以去，而直敷文阁东阳王公淮继之。是冬有年，民愿以粟偿官贮。里中民家将辇载以归有司，而王公曰：岁有凶穰，不可前料，后或艰食，得无复有前日之劳。其留里中上其籍于府。刘侯与予既奉教，及明年夏，又请于府曰：山谷细民无盖藏之积，新陈未接，虽乐岁不免出倍称之息贷食豪右，而官粟积于无用之地，后将红腐不复可食。愿自今以来，岁一敛散，既以纾民之急，又得易新以藏，俾愿贷者出息什二又可以抑侥幸，广储蓄，即不欲者，勿强。岁或不幸小饥，则弛半息；大饥则尽蠲之。于以惠活鳏寡，塞祸乱原，甚大惠也。请著为例。王公报，皆施行如章。既而王公又去，直龙图阁仪真沈公度继之。刘侯与予又请曰：粟分贮民家，于守视出纳不便。请放古法，为社仓以储之。不过出捐一岁之息，宜可办。沈公从之，且命以钱六万助其役。于是得籍坂黄氏废地而鸠工度材焉，经始于七年五月，而成于八月，为仓三、亭一，门墙守舍无一不具。司会计、董工役者，贡士刘复、刘得舆，里人刘瑞也。既成而刘侯之官江西幕府。予又请曰：复与得舆皆有力于是仓，而刘侯之子将仕郎琦尝佐其父于此，其族子右修职郎玶亦廉平有谋，请得与并力。府以予言，悉用书礼请焉。四人者遂就事，方且相与讲求仓之利病，具为条约。会丞相清源公出镇兹土，入境问俗，予与诸君因得具以所为条约者就正于公。公以为便，则为出教，俾归揭之楣间，以示来者。于是仓之庶事，细大有程，可久而不坏矣。予惟成周之制，县都皆有委积以待凶荒，而隋唐所谓社仓者，亦近古之良法也。今皆废矣。独常平、义仓尚有古法之遗意，然皆藏于州县，所恩不过市井惰游辈，至于深山长谷力穑远输之民，则虽饥饿濒死而不能及也。又其为法太密，使吏之避事畏法者视民之殍而不肯发，往往全其封𫔎，递相付授，至或累数十年不一訾省，一旦甚不获已，然后发之，则已化为浮埃聚壤而不可食矣。夫以国家爱民之深，其虑岂不及此？然而未之有改者，岂不以里社不能皆有可任之人？欲一听其所为，则惧其计私以害公，欲谨其出入，同于官府，则钩校弥密，上下相遁，其害又必有甚于前所云者，是以难之而有弗暇耳。今幸数公相继，其爱民虑远之心，皆出乎法令之外，又皆不鄙吾人以为不足任，故吾人得以及是。数年之间，左提右挈，上说下教，遂能为乡闾立此无穷之计，是岂吾力之独能哉？惟后之君子，视其所遭之不易者如此，无计私害公，以取疑于上，而上之人亦毋以小文拘之，如数公之心焉，则是仓之利，夫岂止于一时？其视而效之者，亦将不止于一乡而已也。因书其本末如此，刻之，石以告后之君子云。

和　籴　疏

彭龟年

去年朝廷以淮浙并饥，江湖小熟，遂下和籴之令，严遏籴之禁，惠甚渥也。然州县亟欲集事，未免敷籴于民，商贾竞起趋利，又复争籴于下。江淮、两浙司仓以至总司戎帅皆散遣官吏，多赍钱物，四处收籴，其所差人争先趋办，迭增价直，以相倾夺。米价既长，害及细民。细民日要添钱籴米，富豪愈见闭籴自丰，遂使江湖小熟之地，反有饥饿不给之民。臣自江西以入湖南，所到去处，皆病于此。及入湖北，愈觉益甚。去岁江陵虽止蒙朝廷抛降和籴十万石，缘湖北地广人稀，耕耨灭裂，种而不时，俗名漫撒，纵使收成，亦甚微薄。每到丰稔之年，仅足赡其境内。万一发泄出外，必至价直翔踊。常年米价每石若及两贯，已为极贵，今米直陡添数贯，犹未已。方此耕布之时，使百姓困于贵籴，无以自给，甚可怜也。况本府既有补籴，又有和籴，数目既多，深恐置场不能顿足，不免均之诸邑，诸邑复不免敷之百姓，上下相乘，其势有甚不得已者。其初定价正当秋成米贱之际，只据一时市直，每石作一贯五百具申，及到后来，诸处官司商贩竞来争籴，米直陡贵。官司但以事干朝廷，只执原价，不敢增添，驯至今日输犹未足。乃是百姓受钱于米贱之初，而输米于增价之后，甚者家无见储，不免转籴以偿于官，焦熬如此，可不速为之计哉？臣契勘本府合籴米十万，据诸处申到，已籴及七万，尚有三万未籴，而见在之米，已承朝廷指挥，未令起发。以此见得，淮浙亦不待此米之来，所有未籴三万，若得少缓收籴，却得苏此一方之民。缘今已是五月，若俟朝廷行下然后住籴，恐不及事。臣已令本府将籴未足米数且权住籴，以待回降，庶使青黄不接之交，留得此米，接济百姓，以了农事。不胜幸甚。

和籴疏　　陈耆卿

臣闻丰歉在天，而制其丰歉者在人。制歉之法莫如和籴，和籴将以利民也，而民或以为害，其故何哉？夫有粟者之欲钱，犹有钱者之欲粟也。彼既欲之，则惟恐和籴之不行尔，而乃以为害者，非其懵于事情，盖由民与民为市，此其所乐也，民与官为市，此其所畏也。畏官而复虐于官，故宁闭户以失利，毋倾囷以贾害。市之价增，官之价减，一害也；市无斛面，而官有斛面，二害也；市以一人操概量无他费焉，而官之监临者多，诛求者无厌，三害也；市先得钱而官先概粟，有候伺之苦，有钱陌不足之弊，四害也。四害不去，故凶年未有其利，而丰年已罹其扰，名虽为和，实则强之也。比岁郡国间若水潦而亦多以稔告，民得粟即饱，未暇为饥馑谋也。朝廷降度牒以收籴，此意甚溥，第恐所在州县未能痛戢吏奸，万一如前四害之陈，则其关系邦本不轻，而况边备方殷，积粟实塞之策，尤今所急。诚宜播告有司，每遇收籴则必增其价而先予之钱，蠲其斛面，而俾自操其概量，吏有骚动取赢者，必置之于罚。如是则虽一日万斛，彼将乐趋之不暇。裕民实边，二责并塞。失今不图，后将愈难。惟陛下裁择。

论荒政　　吕祖谦

荒政条目始于黎民阻饥，舜命弃为后稷播时百谷，其详见于生民之诗。到得后来，如所谓禹之水，汤之旱，民无菜色，其荒政制度不可考。及至成周，自大司徒以荒政十有二聚万民，其详又始错见于六官之书。然古者之所谓荒政，以三十年之通制国用，则有九年之蓄。遇岁有不登，为人主者则贬损减省。丧荒之式，见于小行人之官，札丧、凶、荒、厄、穷为一书。当时天下，各自有廪藏。所遇凶荒，则赈发济民而已。当时措置与后世不同，所谓移民平籴，皆后世措置，且自周论之，太宰以九式均节财用，三曰丧荒之式，又遗人掌县鄙之委积以待凶荒，而大司徒又以薄征散利，凡诸侯莫不有委积以待凶荒。凶荒之岁，为符信发粟赈饥而已。当时敛散轻重之式，未尝讲侯甸采卫皆有馈遗，不至于谷价翔踊，如弛张敛散之权，亦不曾讲惟到春秋战国，王政既衰，秦饥乞籴于晋，鲁饥乞籴于齐，岁一不登，则乞籴于邻国，所谓九年之制度已自败坏。见《管子·轻重》一篇，无虑百千言，不过君民互相攘夺，收其权于君上，已非君道。所谓荒政一变为敛散轻重，先王之制因坏。到后来，敛散轻重之权又不能操，所以启奸民幸凶年以谋祸，害民转死于沟壑。至此一切急迫之政，五代括民粟，不出粟者死，与敛散轻重之法又殆数等。大抵其法愈坏，则其术愈粗。论荒政古今不同，且如移民易粟，孟子特指为苟且之政，已非所以为王道。秦汉以下，却谓之善政。汉武帝诏令水潦移于江南，方下巴蜀之粟致之江陵。唐西都至岁不登，关中之粟不足以供万乘，荒年则幸东都，自高祖至明皇，不特移民就粟，其在高宗时且有逐粮天子之语。后来元宗溺于可安，不出长安。以此论之，时节不同，孟子所谓苟且之政，乃后世所谓善政，且三十年之通制国用，须必世百年而可行，亦未易及。此后之有志之士，如李悝之平籴法，非先王之政。丰年收之甚贱，凶年出之赈饥，此又思其次之良规，到得平籴之政不讲，一切趣办之政，君子不幸遇凶荒之年，不得已而讲，要之非常行。使平籴之法常行，则谷价不贵，四民各安其居，不至于流散，各有以自生养至于移民移粟，不过以饥殍之养养之而已。若设糜粥，其策又其下者。大抵荒政统而论之，先王有预备之政，上也使李悝之政修，次也；所在蓄积有可均处使之流通，移民移粟，又次也；咸无焉，设糜粥，最下也。虽然如此，各有差等。有志之士随时理会便其民。战国之时，要论三十年之通计，此亦虚谈，则可以行平籴之法。如汉唐坐视无策，则移民通财，虽不及先王，亦不得不论。又不得已而为糜粥之养，随所寓之时，就上面措置，得有法亦可。大抵论荒政统体如此。今则所论可行者甚多，试举六七条。且如汉载粟入关中，无用传。后来贩粟者免税。此亦可行之法。此法一行，米粟流通。如后世劝民出粟，散在乡里，以田里之民，令豪户各出谷散而与之。此一条亦可行。又如富郑公在青州处流民于城外，所谓室庐措置，种种有法。当时寄居游士分掌其事，不以吏胥与于其间，又如赵清献公在会稽，不减谷价，四方商贾辐辏。此一条亦是可行之法。凡六七条，皆近时可举而行者。自此推之，不止六七条。亦见历世大纲，须要参酌其宜于今者。大抵天下事虽古今不同，可行之法，古人皆施用得遍了，今则但举而措之而已。今所论荒政，如平籴之政，条目尤须讲求。自李悝平籴，至汉耿寿昌为常平仓，元帝以后或废或罢，到宋朝遂为定制。仁宗之世，韩魏公请罢鬻没官之田，募人承佃，为广惠仓，散与鳏寡孤独。庆历嘉祐间，既有常平仓，又有广惠、广济仓赈恤，所以仁宗德泽洽于民，三仓盖有力。至王荆公用事，常平、广惠量可以支给尽粜，转以为钱，变而为青苗，取三分之息，百姓遂不聊生。广惠之田卖尽，虽得一时之利，要之竟无根底。元祐间虽复，章惇又继之，三仓又坏。论荒政者不得不详考。

宋常平义仓　　林　駉

古今救荒之策多矣。成周都鄙委积之政，上也；汉唐常平、义仓之法，次也；外此临期趣办，移民移粟，最下也。噫！激西江之水，不足救涸辙之鱼，则舍一时济用之谋，以图三十年制用之法，君子以为迂。求三年之艾以攻其疾，苟为不蓄，终身不得，则苟简应变，仓卒就食，君子以为疏远。则行济时之策而为经久之图者，其惟常平、义仓欤？且常平之法何始乎？自李悝已有平籴之说，至寿昌始定常平之策，此其始也。厥后罢于元帝，复于显宗，随罢随复，无有定制。至于我朝淳化二年，京师置场，有其法也。景德三年，诸路置仓，有所积也。然增价以籴，分命使臣，减价以粜，专命司农，随时遣用，未有定职。至熙宁以来，提举常平之官始定焉。夫祖宗之始置常平也，出内库之储以为籴本，颁三司之钱以济常平。粒米狼戾之时，民艰于钱，官则增价以入之；菜色隐雷之日，民乏于食，官则减价以出之。夫何举籴本而为青苗之钱，鬻广仓以求二分之息，伐桑易镪，官帑厚矣，如民贫何？鬻田输官，公家利矣，如私害何？此常平救荒之实政坏矣。义仓之法何始乎？自隋始置于乡社，至唐改置于州县，此其始也。厥后弛于永徽，坏于神龙，随罢随复，亦无定制。至于我朝乾德创之，未几而罢；元丰复之，未几亦罢。迨绍圣复以石输五升，大观又以石输一斗，至于今日而义仓输官之法始定焉。夫古人始置义仓也，自民而出，自民而入，丰凶有济，缓急有权。名之以义，则寓至公之用；置之于社，则有自便之利。夫何社仓转而县仓，民始不与，而为官吏之移用；县仓转而郡仓，民益相远，而为军国之资。官知其敛，民知其散，民见其入，未见其出，此义仓之实政废矣。中兴以来，讲明荒政，常平钱谷，专委一司，而无陷失之弊。建民骚绎，置仓长滩，已有社仓之遗意。天下岂有难革之弊？今日常平、义仓之储，虽有美名，本无实惠，惟州县有侵借之患，而支拨至有淹延之忧。城邑近郊尚可少济，乡落小民瘇身从事，彼知官长皂吏为何人？一旦藜藿不继，又安能扶持百里，取籴于场，以活其饥饿之莩哉？是有之与无，其理一也。呜呼！孰知有甚者焉？常平出于官，义仓出于民。出于官者，官自敛之，官自出之，其弊虽不足以利民，亦不至于病民。出于民者，民实出之，官实敛之，其弊不但民无给，而官且病之。文移星火，指为常赋，箩头斛面，重敛取赢。噫！可叹也。愚谓民不必甚予，特无取之足矣；民不必甚利，特无害之足矣。平时夺其衣食之资，一旦徒啖以濡沫之利，乐岁不为盖藏之地，凶年始思啼饥之民，何益哉？宁愿为不取茧丝之尹铎，毋愿为矫制擅发之汲黯，宁愿为催科政拙之阳城，不愿为发粟赈饥之韩韶，则裕民实政，隐于常平、义仓之外。昔邵先生有言，诸贤能宽之一分，则民受一分之赐。有官守者其勉之。

申尚书省乞再拨太平广德济粜米状五首　　真德秀

第一状

照得昨蒙朝廷支拨米三十万石，专委江淮制置司查勘本路所部州县灾伤轻重，将所拨米并提举司所管常平义仓米及用度牒收籴并制置司所籴米并为总数，斟酌分拨，赴各州军应副济粜使用，仍行下分管监司将拨定米斛督责州县措置赈恤，且许其向后缺少，续具申请。所有建康府、太平州、广德军三郡系准朝旨，令安抚转运司分管措置，内建康府承制置司拨到米一十三万石，并义仓米三万七千九百七石四斗有奇。本府见行委官抄劄户口，候新制置李殿撰到日，区处施行外，太平州拨到米一万五千，并义仓米二万三千八百五石六斗有奇，广德军拨到米三万五千石，并义仓一万三千六石八斗有奇。近据两郡申到抄劄户口帐目，及自日下至来年春夏之交，合用济粜米数。太平府三县丙户一万七千九百九十有五，丁户四万七千七百有九，戊户一千八百，通计四十一万五千七十一石。除已行拨到米数，尚欠米四十二万一千六百余石。广德军二县丙户一万九千七百四十有一，丁户三万二千八百二十有四，戊户一千五百有八，通计二十三万九千三百二十一石。除已拨到米数外，尚欠米三万三千一百八十余石。若非再渎公朝，仰蕲终惠，则将赈恤必至不继。�等实有辜刍牧之责，今照两郡虽均系灾伤地分，然广德被旱尤重，兼本军地素硗瘠，民生孔艰，丰年乐岁不免贫悴。一遇水旱，坐待流殍，而乡村之民，尤无聊赖。自八九月间，已有饥馁至甚者，非有司极力拯恤，未易全活。自丙户以下，皆当给济。惟城市则济戊户而粜丙丁，所以粜户至少，而合济人户居十之八。至如太平为郡，虽颇称繁庶，然年来已非昔比。当此歉岁，民间亦甚艰食，但狼狈之状，未如广德之极。故惟戊户则全济，丙丁户则粜，内乡村丁户亦量行给济，所以济户差少，而合粜人户不啻倍蓰。两郡事体既稍不同，其粜济迟速亦不容不少异。广德已自十月十二日为始，太平则以十一月十一日为始，所据两郡申到欠米数并是的实。太平所欠，虽止是粜米，然为数不赀，不敢上累朝廷，除已从转运司那拨米斛，并督责本州守令多方措置劝分，招粜贴助赈粜外，今来止敢以五分之一控告朝公，特赐劄下建康府转仓支拨米八万四千石，应副太平州赈粜。其粜到钱价，槻等专一任责，拘还朝廷，不敢分文违欠。所有广德军尚欠米三万三千一百，系指定合用之数，委是无从措画，并乞劄下平江府百万仓照数全赐支拨，以充接续赈济，庶使两郡饥民获脱沟壑，实始终生成之赐。伏乞指挥。

第二状

臣德秀等照对江东今岁旱蝗为诸路之最，广德两县灾伤又为本路之最。盖本军田土瘠薄，虽当上熟之年，犹有艰食之虑，况自春徂秋，种不得下，其为狼狈，不言可知。仰赖圣朝哀愍元元，赐谷米三万五千石，及就拨义仓米一万二千余石，酞恩博施，自昔所无，德秀等与两县十四乡之人同深感戴。第此邦民贫特甚，昨本路诸州抄劄户口皆以五等为别，其他州县惟丁戊始济，独广德两县所谓丙者，殆不及他郡之下，饥寒穷窭，往往相似。故自丙至戊，无非当济之家，总而计之，仰哺于官者凡二十三万九千三百余口，其流移新到旋次抄入者，又不在此数。臣德秀自九月间已闻两县管下乡村有饥饿垂尽之人，亟出义仓米赈给一次，计一千六百余石，又于十月十二日以后，将丙丁戊户普行赈济，计用米一万七千余石。及德秀巡历到军，经行田野，访问父老，皆言自赈济之后，又阅两月余，贫民下户复已阙食。遂与邻同共商议，以今月十八日为始，再将丙丁戊普行赈济，计用米一万七千三百余石，通将三项共计支过米三万六千余石。德秀等亦窃自念今岁饥荒，非止一州一路，朝廷至仁遍覆，有请辄应，为力甚艰。德秀等忝在臣子，当尽心体国，故于拨赐之米爱惜唯谨，专留以充赈济。其军城附郭合用赈粜米九千余石，皆从转运司拨官钱收籴，而戊户计口给济，为费尤多，不敢悉用官廪。以一月为率，两旬以米，一旬以钱，米出于官而钱则出于德秀之私帑。区区之意，本欲存留斗斛以接续赈济，庶免数慁朝廷。其户口至多三次给济，计支过米三万六千余石，所余亦已不多。自开春以后，至于四月，尚须三次给济，用米至多。近者安抚转运司尝具申请，乞于平江府百万仓支拨米三万三千一百石，委系指定之数，日夕俟命，未准回降。今来事势迫切，德秀等职任赈恤，实不遑安，用敢合辞控告造化，伏望朝廷检照安抚转运司已申事理，早赐劄下平江百万仓照数拨降施行。德秀等实与斯民同沾大赐。须至申闻者。

第三状

照对臣德秀近申朝廷，乞赐指挥，将所拨平江府百万仓米三万石付广德军专充赈济，免令拘收价钱。续准省劄，未赐允俞。德秀恭承朝廷之严，即当禀听，岂应再三烦渎，自速斧钺之诛？窃念广德岁灾，伤害是为酷烈，环地千里，粒米不收，人情忧摇，皆谓必填沟壑。德秀自去秋被命措置，即行下本军，差官抄劄其间。所委或非其人，不无泛滥，而合济之家却多遗落。德秀亟遴选强敏爱民之官，精加核实，厘正甚多，又于给散之日，令民户结申，互相保委，其有冒滥，许人告陈。缘此有已抄劄而不敢请由，有已得由而不敢请米，有以三口为五口而自行首实，有以一家得二由而复行缴还。冒滥之弊，悉已尽革。其贫乏者却与抄入，凡今所济，尽是阙食之民，即不敢分毫泛滥，有失圣朝慈惠困穷之意。兼德秀区区愚鄙，尝窃有见，以为当天患民病之时，必须上下同心，竭力以图拯救，乃克有济。故凡朝廷所赐，一勺一合，尽以充赈济之用。其军城并属县自冬至夏，合用赈粜米斛，皆从本司措置应副，不敢于济米内分拨。又赈济钱米或有不给，亦不敢一切倚办公上，前后出备添贴，其数甚多。盖职所当为，自当罄竭，岂敢数慁朝廷？今来所乞将百万仓米二万石专充赈济，实缘事不获已，方有此请。盖上项米斛原系陈乞为赈济之用，若以其半留充出粜，则三月间一济，欠米万石，本军既无事力，本司帑廪又空，四顾彷徨，实无从出。阖郡数十万生灵之命，已蒙全活。至今农事方兴，仰食尤急，若赈恤不继，则前功尽捐，一篑有亏，诚为可惜。伏望钧慈俯察诚悃，特从前请将所拨百万仓二万石付广德军，尽数给济，免令出粜收钱。德秀与斯民均被隆天厚地之赐，伏候指挥。

第四状

照对臣德秀近者再申尚书省，乞将平江府百万仓拨到米二万石付广德军，并充赈济，免令出粜，拘收价钱。俯听兼旬，未拜俞旨。伏缘本军已择定四月一日给济，除上件米斛外，别无指拟，只得再殚愚悃，上冒崇威。窃见广德去岁灾伤，荷朝廷恩恤备至。昨者制司分拨米斛，本军所得凡五万五千余石，以每石三贯为率，计钱十六万贯有奇。尚蒙尽数与民，未尝责令出粜。今百万仓所拨凡二万石，若以其半出粜，止计钱三万缗，以圣君贤相切于爱民之心，既尝捐十六七万贯救之于前，岂复惜此三万缗，不以济之于后？况某原为本军再乞济米三万石，继蒙指挥，止与二万，不敢数渎朝听，已于本司经常支遣米内拨五十石，添贴支散。若使止须赈粜，则本司所出之米，岂不欲拘回价钱以助漕计之乏？实以本军民贫，非他处比，惟城市人户粗有生业，可以赈济少缓，至于乡村之民，狼狈殊甚，非济不可。本司事力至狭，亦未免径行给与，不复出粜收钱，况于朝廷仁同天覆，苟可保全民命，必不计惜毫厘。今雨旸以时，二麦甚茂，田野父老皆言只待麦熟，便可无忧。但今岁气候稍迟，熟麦须至五月，自今一济，正是紧切之时。伏望钧慈俯垂矜察，许将上件米斛尽行给与贫民，则天地生成之恩，何以逾此。须至申闻者。

第五状

照对臣德秀昨尝累申朝省，乞将平江府百万仓拨到米二万石，付广德专充赈济，免行出粜。朝夕延颈，未拜俞音。钦惟圣君贤相勤求民瘼，由己隐忧。自旱蝗以来，赈廪捐帑不可胜计，而广德一郡，得米凡数万石，并系拨充赈济，仰见清朝以民命为重，虽丘山之费无所爱惜，何独于此万石必欲令其出粜收钱？德秀虽至愚，亦知非出君相之意。日者侧闻士大夫有好为议论者，以为此郡灾伤，本不至甚，官司赈恤，失之太优。斯言流闻，遂致上误朝听。德秀窃谓欲知灾伤之重轻，当观检放之多寡；欲知民食之艰否，当观米价之低昂。本郡秋苗已蒙诏旨尽放，则灾伤之重，固不待言。今去麦熟无几，而城市米价每一升为钱四十，则民食之艰，又可概见。或者徒见境无流离，野无饿莩，遂以灾伤为本轻，赈恤为太厚。殊不知去岁秋冬之间，人情皇皇，朝不保夕，若非至仁，亟加拯救，则沟中之瘠已不胜其众矣。况自冬及春，虽屡行给济，计其所与，实亦无几。盖本郡当济之家，为口几二十万，而前后散米不过六万石有奇。民间所得虽微，然不劳经营，坐获升斗，和以菜茹，杂以糟糠，一日之粮，衍为数日，故能保全性命，以至于今。然其困穷憔悴之状，见于面目者，在在皆是。盖官司给济，仅能免其馁死，而生生之业，固已赤立无余。且城市居民粗有营运，本司出米赈粜，其价又为甚轻，尚有自旦至暮，无钱可籴者。德秀巡历来此，目击斯事，遂将军城县市仰籴之户普济一次，而痛减官籴之价，每升为钱一十八文。况于四野乡村，尤为岑寂，若改济为粜，其间无钱可籴者，十室而九，未免却以由历转售于有力之家，饥肠弗充，坐以待毙。是朝廷不惜屡济，以生全之，而顾惜一济，以弃绝之也。况今大麦已穗而未黄，小麦方秀而未实，民食之乏，正在斯时，给济之期，不容少缓。查勘百万仓米，除前一济用过八千石外，目今所存一万二千石，见今拨军城并四安仓桩顿，今此一济，系是结局，视前当稍加厚会，约用米二万余石。本司事力虽微，亦已那拨米六千余石，钱二千余贯添犊外，须至尽将百万仓米充数，方了给散一次。窃见汉之汲黯，事武帝雄猜之主，其奉使以出，又缘他故，犹能便宜发廪，以赈饥民，然后归节以请矫制之辜。今德秀幸遇神明宽大之朝，且尝承诏措置荒政，亲见民穷如此，顾乃龌龊自营，苟逃谴责，非惟有愧昔人，岂不仰辜朝寄耶？用不避诛斥，谨同知军魏承议以此月十日为始，一面开仓赈给外，伏望钧慈检照德秀累申事理，速赐指挥行下。所有德秀不俟回降，专辄给散之辜，并乞重赐镌表施行。须至申闻者。

诸庙禳蝗祝文 前 人

在《诗》有云：去其螟螣，及其蟊贼，害我田穉，此人事也。乃以属诸田祖之神，何哉？盖御灾弭患，在神为之则易，而在人为之则难。日者本道郡邑以蝝生，闻天子有诏，俾长吏祷于山川百神，是亦周先王意也。惟诸王庙食岁久，阴威赫然，霆奔风驰，山岳可撼。况区区虫蝗之孽乎？驱之攘之，以畀炎火，是直噫欠间耳。虔共致祈，立俟嘉应。

跋江西赵漕救荒录 前 人

嘉定七年，予自殿坳出漕江左，赵侯彦覃为主管帐司。明年，诸郡大旱蝗，予被朝命，推行荒政，侯悉心佽助无遗力。桐川地素瘠，至是艰险尤甚。予属侯先往视，凡所措画，具有条理。予至发廪赈给而已。忆初至见侯迎劳曰：昔吾见子之面，今吾见子之心矣。自是深敬其为人。是岁朝家捐钱粟以惠一道者，亡虑百万。计予与诸台奉行惟谨，而以幕属宣力者，侯为最多。讫事民得无殍死沟壑，侯由是声称籍甚。不数载入官于朝，出守庐陵郡，未几，持本道漕节。军旅之余，继以饥馑。侯又推前日所以佐予者，施之江右。其所全活，不减金陵。时书来告曰：昔者江东救荒之事，某幸与闻。其所记本末具在，诚不自意复得推行于此，始知前日之纂录不为无益，既锓诸木，其盍为我序之？惟赵侯昔者尽心荒政，非有所为而为之也。然去幕府才十四五年，遂为使者，任荒政之大，岂非心乎？爱人者固天意所属，而为善之报，亦昭昭甚明乎。有位之士，视此宜知勉矣。序非予所敢为，姑叙其略，题于卷之末。

灾 旱 疏 杜 范

天灾旱暵昔，固有之，而仓廪匮竭，月支不继。升粟一千，其增未已。富户沦落，十室九空。此又昔之所无也。甚而阖门饥死，相率投江，里巷聚首，以议执政，军伍谇语，所不忍闻。此何等气象，而见于京城众大之区。浙西稻米所聚而赤地千里，淮民流离，襁负相属，欲归无所，奄奄待尽。使边尘不起，尚可相依苟活，万一敌骑冲突，彼必奔迸南来，或相携从敌，因为之乡导，巴蜀之覆辙可鉴也。窃意陛下宵旰忧惧，宁处弗遑。然宫中宴赐未闻有所贬损，左右嬖嬖未闻有所放遣，貂珰近习未闻有所斥远，女冠请谒未闻有所屏绝，朝廷政事未闻有所修饬，庶府积蠹未闻有所搜革。秉国钧者，惟私情之徇，主道揆者，惟法守之侵。国家大政，则相持而不决，司存细务，则出意而辄行。命令朝更而夕变，纪纲荡废而不存，无一事之不弊，无一弊之不极。陛下盍亦震惧自省，诏中外臣庶思当今急务；如河道未通，军饷若何而可运？浙右旱歉，荒政若何而可行，财计空匮，籴本若何而可足？流徙失所，遣使若何而可定？敌情叵测，边圉若何而可固？各务悉力尽思，以陈持危制变之策。

艺 文 七

《食货典第一百卷》

目 录

澧州社仓规约序

宋·万镇

尝谓《周礼》一书，为民虑深矣。其比闾族党，必使相救相赒；六行教民，任恤继于睦姻之后。古之圣人既爱其民，又欲使其民之交相为爱，故法立而俗厚，有繇也。吾乡自罹兵革之余，故老凋零，习俗颓弊，富家巨室溺于商功课利之习，又无君子长者之论以激奋之，故举事而有益于己则为，举事而稍损于己则弗为，甚至积粟红腐以俟饥歉，穹其价以厚其售，曾未闻有倡于义举者。吁！何薄也。间有稍异流俗、能好义者，不过曰甃道路之崎岖，矼溪涧之弥漫，以为往来称便而已。夫道路未甃，止险行，溪涧未矼，止病涉，此一夫之任尔。假令民日乏食，久之弱者转沟壑，强者奋臂大呼，相率而为盗，事势至此，以富自足者可保乎？余生平念之久矣。因观先儒文公朱先生在建，遇大饥，请于官，作社仓，建甚德之。其事有慨于予心，欲率乡中富而有德者法而行之。凡与盟者，谷以十斛为率，十人所聚，谷百斛，择里之贤有才者司出纳焉。其法则仿文公规模，使贫民以中夏受粟于仓，冬则加息什二以偿。岁小不收，则弛其息之半；大侵则尽弛之。期以数年，子什其母，则惠逾广而息遂捐之于民，不惟民有所给食，无复变乱之虞，而古人相救相赒任恤之法所以使人之交相爱者，庶几复见于今之俗矣。顾不伟欤？因书此以为同志告，幸相与勉而行之。

社仓记　　黄震

咸淳七年，余承乏抚州，适岁大饥。赖抚之贤士大夫，相与讲求赈贷，因多有以社仓事来论。临川县李君德杰首以书来曰：乡有李令君捐粟六百石为倡，将成社仓。幸因以风厉其余。余报曰：社仓之法，之良，之可慕也，亦甚矣。社仓之弊，之苦，之可虑也。余前岁负丞广德，见社仓元息二分，而仓官至取倍称之息。州县辗转侵渔，而社仓或无甔石之储。其法以十户为率，一户逃亡，九户赔补。逃者愈众，赔者愈苦。久则防其逃也，或坐仓展息而竟不贷本，或临秋贷钱而白取其息，民不堪命，或至自经。佥谓此文公法也，无敢议变。余谓非变其法也，救其弊耳。乃为之请于朝曰：法出于黄帝，尧舜尚变通；法立于三代，盛王须损益。安有法本先儒而不可为之救弊？使法本于先儒，坐视其弊而不救，岂先儒所望于后之人哉？朝廷可之。既又念临以官司之烦，不若听从民间之便也，又为之请于朝曰：朱文公社仓法主于减息以济民，王荆公青苗法亦主于减息以济民，而利害相反者，青苗行之以官司，社仓主之以乡曲耳。故我孝宗皇帝颁文公法于天下，令民间愿从者听，官司不得与。广德社仓创于官，故其弊不一，请照本法，一切归之民。朝廷又可之。余遂得穷年余之力，经理更革，以其收息买田六百亩，承代人户认息，且使常年不贷，惟荒年则贷之而不复收息，凡费皆取办于六百亩官田之租。事甫集而余去官，未知近何如。至今犹念念不能忘此。余亲历于广德者如此。若凡他州各县之有社仓者，闻其弊往往而然，殆不胜述。及来抚州社仓，幸皆乡曲之自置，有如文公初立之本法，然倚美名以侔厚利者，亦已不少。余方为之悚然以惧，何敢更以官司预社仓之事哉？大抵小民假贷皆起于贫，贷时则易，还时则难；贷时虽以为恩，索时或以为怨。倘稍从而变通之，鸠钱买田，丰年聚租，荒年赈散，不惟不取其息，并亦不取其本，庶乎有利而无害。凡皆余答李君之说如此，而未敢以为信也。未几，金溪李君沂复以社仓法来，俾余为记。及阅实其始未〔末〕，尽一家自为之计，而依法惟取二分之息，不借势于官，不鸠粟于众，故能至今无弊，利民为溥。置仓如此，信能以文公之济人者济人矣。然有治人无治法，良法易泯，流弊难防。君能如文公，更望君之子孙世世如君也。因录所报李君之说以遗之。先是，郡之新丰饶君景渊亦尝以社仓求余为记。其法取息视文公尤轻，贷而负者去其籍而不责其偿，事益省而民益安，并书以遗之。

复置义仓策　　元·赵天麟

隋开皇五年，长孙平奏令军民当社共立义仓。收获之日，随其所得，各出粟麦，储之当社。社司检校，勿使损坏。当社饥馑，即用赈给。至于隋末，公私廪积可供五十年，长孙平之力也。迨至元六年，有旨每社立一义仓，社长主之。每遇年熟，每亲丁纳粟五斗，驱丁二斗，无粟听纳杂色。官司并不得拘检、借贷、勒支。后遇歉岁，就给社民食用。社长明置收支文历，无致损耗。自是以来二十余年于今矣，然而社仓多有空乏之处。顷来水旱相仍，蝗螟蔽天，饥馑荐臻，四方迭苦，转互就食，老弱不能远移，而殍者众矣。彼隋立义仓而富，今立义仓而贫，岂今民之不及隋民哉？臣试陈之：今条款使义仓计丁纳粟，意以饥馑之时计丁出之，以取均也。又条款使驱丁半之，彼驱丁亦人也。尊卑虽异，口腹无殊，至俭之日，驱丁岂可独半食哉？又计丁出纳，则妇人不纳，岂不食哉？又同社村居无田者，岂可坐视而独不获哉？乐岁粒米狼戾，乞丐者踵门，犹且与之，况一社之人，而至俭岁，岂宜分彼此哉？是盖当时大臣议法者有乖陛下之本心也。伏望陛下普颁明诏，详谕农民：凡一社，立社长、社司各一人，社下诸家共穿筑仓窖一所为义仓。凡子粒成熟之时纳，则计田产顷亩之多寡而聚之。凡纳例，常年每亩粟率一升，稻率二升。凡大有年，听自相劝督而增数纳之。凡水旱螟蝗，听自相免。凡同社丰歉不均，宜免其歉者所当纳之数。凡饥馑不得已之时出，则计口数之多寡而散之。凡出例，每口日一升，储多每口日二升，勒为定体。凡社长、社司掌管义仓，不得私用。凡官司不得拘检、借贷及许纳杂色，皆有前诏在焉。如是则非惟共相赈救，而义风亦行矣。

论蓄积　　王祯

盖闻天灾流行，国代有者。尧有九年之水，汤有七年之旱，虽二圣人亦不能逃其适至之数也。春秋二百四十二年，书大有年仅二，而水旱螽蝗屡书不绝，然则年谷之丰，盖亦罕见。为民父母者，当为思患预防之计。故古者三年耕必有一年之食，九年耕必有三年之食。以三十年之通制国用，虽有旱干水溢，而民无菜色者，蓄积多而备先具也。

备荒法　　前人

北方高亢多粟，宜用窦窖，可以久藏。南方垫湿多稻，宜用仓廪，亦可历远年。其备旱荒之法，则莫如区田。区田者，起于汤旱时伊尹所制。斸地为区，布种而灌溉之。救水荒之法，莫如柜田。柜田者，于下泽沮洳之地，四围筑土，形高如柜，种蓺其中。水多浸淫，则用水车出之，可种黄穋稻，地形高处亦可陆种诸物。此皆救水旱永远之计也。备虫荒之法，惟捕之乃不为之灾。然蝗之所至，凡草木叶，靡有遗者，独不食芋桑与水中菱芡，亦不食豌豆，宜广种此。其余则果食之脯，米豆之面，栖于山者，有粉、葛、蕨萁、蒟蒻、橡栗之例，濒于水者，有鱼鳖虾蟹，皆可救饥也。

《救荒本草》序　　明·卞同

植物之生于天地间，莫不各有所用。苟不见诸载籍，虽老农老圃，亦不能尽识，而可亨可芼者，皆躏藉于牛羊鹿豕而已。自神农氏品尝草木，辨其寒温甘苦之性，作为医药，以济人之夭札，后世赖以延生。而本草书中所载多伐病之物，而于可茹以充腹者，则未之及也。敬惟周王殿下体仁遵义，孳孳为善，凡可以济人利物之事，无不留意。尝读《孟子》书，至于五谷不熟，不如荑稗。因念林林总总之民，不幸罹于旱涝，五谷不熟，则可以疗饥者恐不止荑稗而已也。苟能知悉而载诸方册，俾不得已而求食者不惑甘苦，于荼荠取昌阳，弃乌喙，因得以裨五谷之缺，则岂不为救荒之一助哉？于是购田夫野老，得甲坼勾萌者四百余种，植于一圃，躬自阅视。俟其滋长成熟，乃召画工绘之为图，仍疏其花实根干皮叶之可食者，汇次为书一帙，名曰《救荒本草》，命臣同为之序。臣惟人情于饱食暖衣之际，多不以冻馁为虞。一旦遇患难，则莫知所措，惟付之于无可奈何，故治己治人，鲜不失所。今殿下处富贵之尊、保有邦域，于无可虞度之时，乃能念生民万一或有之患，深得古圣贤安不忘危之旨，不亦善乎？神农品尝草木以疗斯民之疾，殿下区别草木欲济斯民之饥，同一仁心之用也。虽然今天下方乐雍熙泰和之治，禾麦产瑞，家给人足，不必论及于荒政，而殿下亦岂忍睹斯民仰食于草木哉？是编之作，盖欲辨载嘉植，不没其用，期与图经本草并传于后世，庶几萍实有征而凡可以亨芼者，得不躏藉于牛羊鹿豕。苟或见用于荒岁，其及人之功利又非药石所可拟也。尚虑四方所产之多，不能尽录，补其未备，则有俟于后日云。

预备仓奏　　杨溥

伏闻尧汤之世不免水旱之患，而不闻尧汤之民至于甚艰难者，盖预有备也。凡古圣贤之君，皆有预备之政。太祖惓惓以生民为心，凡于预备，皆有定制。洪武年间，每县于四境设立四仓，用官钞籴谷储贮其中。又于近仓之处佥点大户看守，以备荒年赈贷，官籍其数，敛散皆有定规。又于县之各乡，相地所宜，开浚陂塘及修籍滨江近河损坏堤岸，以备水旱。耕农甚便，皆万世之利。自洪武以后，有司杂务日繁，前项便民之事率无暇及。该部虽有行移，亦皆视为具文。是以一遇水旱饥荒，民无所赖，官无所措，公私交窘。只如去冬今春，畿内郡县艰难可见，况闻今南方官仓储谷，十处九空，甚者谷既全无，仓亦无存，皆乡之土豪大户侵盗私用，却妄捏作死绝及逃亡人户借用，虚立簿籍，欺瞒官府。其原开陂塘，亦多被土豪大户侵占，以为私己；池塘养鱼者，有陻塞为私田耕种者。盖今此弊，南方为甚，虽闻间有完处，亦是十中之一，其实废弛者多。其滨江近河圩田堤岸，岁久坍塌，一遇水涨，淹没田禾。及闸坝蓄泄水利去处，或有损坏，皆为农患。大抵亲民之官，得人则百废举，不得人则百弊兴。此固守令之责。若养民之务，风宪之臣，皆所当问。年来因循，亦不及之。此事虽若缓，其实关系甚切。伏望圣仁特命该部行移各布政司、按察司及直隶府州县，除近有灾伤去处，暂且停止，候后来丰熟举行。其见今丰熟去处，悉令有司遵依洪武旧制，凡仓谷、陂塘、堤岸，并要如旧整理。仓有损坏者，即于农闲时月用人修理；谷有亏欠者，除赦前外，赦后有侵欺者，根究明白，悉令赔偿完足，亦免其罪，不许妄指无干之人搪塞。若有侵盗，证佐明白而不服赔偿者，准土豪及盗用官粮论罪，仍将旧有赔偿实数开奏。其陂塘、堤岸，亦令郡县，凡有损坏，悉于农闲用人修理。有强占陂塘私用者，犯在赦前，亦免其罪，即令退还。不退还者，亦准土豪及盗官物论罪。其退还陂塘及圩岸闸坝应修去处，亦令有司开奏，以次用工，完日具实奏闻。仍乞令户部行各布政司府州县，除灾伤附近去处外，凡秋成丰稔之处府州县官，于见有官钞、官物照依时价两平支籴谷粟，储以备荒，免致临急仓皇失措，年终将所籴实数奏闻。郡县官考满给由，令开报境内四仓储粟及任内修筑陂塘堤岸实数，吏部仍行该部查理，计其治绩，以定殿最。各按察司、分巡官及直隶巡按御史所历州县，并要取勘四仓实储谷数及陂塘堤岸有无损坏修理实迹，岁终奏闻，以凭查考。如有仍前欺弊怠事者，亦具奏罪之。若所巡历之处，仍前不问不理，或所奏扶同不实，从本衙门堂上正官纠劾奏闻。庶几官有实迹，荒岁人民不致狼狈，耕农无旱潦之虞，祖宗恤民良法不为小人所坏。臣等愚见如此，未敢擅便，乞命六部都察院大臣会议可否施行。

请设济农仓奏疏　　周　忱

窃见苏松常三府所属田地虽饶，农民甚苦。观其春耕夏耘，修筑圩岸，疏浚河道，车水救苗之际，类皆乏食。又其秋粮起运远仓，经涉江湖风浪之险，中途常有遭风失盗，纳欠数多。凡若此者，皆须倍出利息，借债于富豪之家。迨至秋成，所耕米稻偿债之后，仅足输税。或有敛获才毕，全为债主所攘，未及输税而糇粮已空者有之。兼并之家日盛，农作之民日耗，不得已而弃其本业，去为游手末作，以致膏腴之壤渐至荒莱，地利削而国赋亏矣。比岁以来，累蒙朝廷行移，劝籴粮米以备赈济。缘因旱涝相仍，谷价翔贵，难于劝籴。臣昨于宣德八年征收秋粮之际，照依敕书事理，从长设法区画，将各府秋粮置立水次仓囤，各连加耗船脚，一总征收发运。查得数内有北京军职俸粮米一百万石，该运南京各卫上仓，听候支给。计其船脚耗费，每石该用六斗，方得一石到仓。臣尝奏乞将前项俸米一百万石于各府存收，著令北京军职家属就来关支，可省船脚耗米六十万石，又免小民船运之劳。荷蒙圣恩准行，遂得省剩耗米六十万石，见在各处水次囤贮。今欲于三府所属县分，各设济农仓贮前项耗米。遇后青黄不接、车水救苗之时，人民缺食者，支给赈济食用；或有起运远仓粮储，中途遭风失盗、纳欠回还者，亦于此米内给借赔纳，秋成各令抵斗还官；若修筑圩岸，疏浚河道人夫乏食者，验口支给食用，免致加倍举债，以为兼并之利。如此则农民有所存济，田野可辟，官粮易完矣。

济农仓记　　王　直

君子之为政也，既有以养其民矣，则必思建长久之利，使得其养于无穷。盖仁之所施，不可以有间也。苏州济农仓，所谓建长久之利而思养其民于无穷者也。苏之田赋，视天下诸郡为最重，而松江、常州次焉。然岂独地之腴哉？要皆以农力致之。其赋既重，而又困于有力之豪，于是农始弊矣。盖其用力劳而家则贫，耕耘之际，非有养不能也。故必举债于富家而倍纳其息，幸而有收，私债先迫取之，而后及官租。农之得食者盖鲜，则人假贷以为生，卒至于倾产业，鬻男女，由是往往弃耒耜为游手末作，田利减，租赋亏矣。宣德五年，太守况侯始至，问民疾苦，而深以为忧。会行在工部侍郎周公奉命巡抚至苏州，况侯白其事。周公恻然，思有以济之，而公廪无厚储，志弗克就。七年秋，苏及松江、常州皆稔，周公方谋预备。适朝廷命下，许以官钞平籴及劝借储备以待赈恤，乃与况侯及松江太守赵侯豫、常州太守莫侯愚协谋而力行之。苏州得米二十九万石，分贮于六县，名其仓曰济农仓。盖曰农者，天下之本，是仓专为赈农设也。明年，江南夏旱，米价翔贵，有诏令赈恤。而苏州饥民四十余万户，凡一百三十余万口，尽发所储不足赡，田里多馁殍者。周公复思广为之备。先是，各府秋粮当输者，粮长里胥皆厚取于民而不即输之官，逋负者累岁，公欲尽革其弊以惠民。是年立法，于水次置场，择人总收而发运焉。细民径自送场，不入里胥之手，视旧所纳减三之一。而三府当运粮一百万石贮南京仓，以为北京军职月俸，计其耗费每用六斗致一石。公曰：彼能于南京受俸，独不可于此受乎？若请于此给之，既免劳民，省耗费米六十万石以入济农仓，民无患矣。众皆难之，而况侯以为善，力赞其决。请于朝，从之。而苏州省米四十余万石，益以各场积贮之羸及前所储，凡六十九万石有奇。公曰：是不独济农饥。凡粮之远运有所失及欠负者，亦于此取借赔纳，秋成止如数还官。若民夫修圩岸、浚河道有乏食者，皆计口给之。如是则免举债以利兼并之家，农民无失所者，田亩治，赋税足矣。是冬朝京师，以其事咨户部，具以闻。上然其计。于是下苏州充广六县之仓以贮焉，择县官之廉公有威与民之贤者掌其帐籍，司其出纳。每以春夏之交散之，先下户，次中户，敛则必于冬而足。凡其条约，皆公所画定，俾之遵守。又令各仓皆置城隍神祠，以儆其人之怠惰而萌盗心者。宣德九年，江南又大旱。苏州大发济农之米以赈贷，而民不知饥。皆大喜，相率诣况侯。请曰：朝廷矜念吾民，辍左右大臣以抚我，思凡所以安养之术，盖用心至矣。而又得我公协比以成之。往者岁丰，民犹有窘于衣食，迫于债负，不能保其妻子者。今遇凶歉，乃得安生业，完骨肉。此天子之仁，巡抚大臣之惠，我公赞相之力也。今济农仓诚善矣，然巡抚大臣有时而还朝，我公亦有时而去，良法美意，惧其久而坏也，则民何赖焉？愿刻石以示后人，俾善继之，永勿坏。况侯然之，属前史官郡人张洪疏其始末，因医学官盛文刚来北京，以书请余记。予观成周之制，县都皆有委积，以备凶年。隋唐社仓，盖本诸此。太祖尝出楮币，属天下耆老俾积谷以济民，亦成周圣人之意也。历岁浸久，其弊滋甚，至于无所质究，有司亦不之问。而豪右兼并之家，盖无处无之，则天下之民受其弊也多矣，岂独苏州哉？今苏人得吾周公，以沈毅闳达之资推行天子恤民之仁；况侯以闿敏勤慎佐之，收其往费，以施实惠，而民免于馁殍之患，岂非幸哉！后之君子，因其旧而维持之，使上之仁被于无穷，而是邦永有赖焉，则岂特其民之幸，乃二君子之欲也。故为之记，使刻，置六县之仓，以告来者。若其为屋若干楹，所储米若干石，典守者之名氏与其条约之详，则列之碑阴，而诸县皆载焉，使互有考也。独崇明县在海中，未及建置，遇歉岁，则于长洲县仓发米一万往赈焉。其为惠亦遍矣。周公名忱，字恂如，吉安吉水人；况侯名钟，字伯律，南昌靖安人。其历官行事之善，当别有纪载之者，此不著。

预备仓记

秦　夔

上即位之二十年，海内无事，民物丰炽，天道恶盈，咎征系之。是年夏秋，陕右、山西、河南北皆大旱，种不入土，环数千里内，饥民相食，壮者流徙，毙踣道路，不可殚数。守臣走驿马告饥，圣心靡宁，遣使赍御府金帛及割东南上供米，动数十万往赈恤之。冠盖相望，间又咨询在廷，求所以御灾之术。于是一二大臣交章言：汉用耿寿昌议置常平、义仓，敛之于丰稔之秋，散之于荒歉之日，此万世不易良法。我国家尤重此举，而冗官惰吏，顽弗事事，蔑下罔上，苟具文书，甚非所以御灾患、重民命之意。请下有司督察，循名责实，庶臻实效。制曰：可遂下御史台督畿内并在外藩臬，及州若府，大小诸臣，罔不栗栗奉行。而建昌实隶江右，统邑有四，惟南城为最钜，生寡食众，而备荒之策尚有愧焉。矧兹城旧无仓基，率寄囷于府军储仓之左，卑陋狭隘，非久计。夔以成化壬寅待罪是邦，尝有志兴创，未果。至是惧无以称上德意，则谋于同官西蜀曹君文瑞、河间傅君廷用、姑苏陈君一元暨邑令余濬，又上其事于巡守、藩臬，重臣咸是其议，乃悉出库藏现货，易谷于民之巨室，得谷之以石计者余三万，视旧储在仓者加三之一焉。复卜地于城东学宫之旁，宅高面阳，于仓之址为宜，遂立方位，集材鸠工，帑出于官，一不烦民，惧骚扰也。又择才干大姓若雷昱辈董其事，晨作暮辍，不亟不徐，经始于夏四月己巳，越八月戊申讫工。凡为屋总若干楹，高墉巍峨，邃宇靓深，既坚固以克永年，而南城之仓遂甲于他处。落成之日，米谷云集，千夫荷担，我仓斯盈。于是乡民老弱纵观，咸咨嗟太息，感皇上所以安养元元之意，且请为文勒石，以示久远。夔惟天灾流行，古所不免。惟上知之君能消变于未萌，图患于将然，广储蓄，节财用，以备不时之需。故虽不幸而有水旱之灾，而民皆含哺自若，如尧舜之世是已。后世之君不知务此，惟厉民自养，至有赋间架陌钱，入于琼林大盈，而视民间之有无，漫不加意，卒之变起肘腋，为天下笑。今皇仁如天，因一方之虞，遂忧及天下，惴惴焉惟民食是虑是图，若救溺救焚之急，实宗社无疆之福。祈天永命，端在于兹。而斯仓之建乃其兆欤。虽然天下之事久则玩，玩则弛，然则继此而往，所以时察屡省而务臻养民实效者，又在吾侪之所当共勉。不然苟具文书以为塞责计，则岂惟有负于今日圣天子之休命，抑亦贻旷官之羞。

请复常平疏　　林　俊

为备籴本以复常平事。臣闻古无常丰之岁而民不患于不给，无他，积之有豫也。夫民，司命者官，而恃以为命者谷。谷不积，民有衣宝玉而死者矣。故预备之计，于民最急。今江西所属预备仓谷，积蓄俱少，臣切忧之。宋仁宗时，常出内库百万缗以助籴本。今日内库，臣未敢知，若承差吏典纳银之例，又妨政体。彼善之法，冠带尚义犹可行耳。伏望特敕该部计议，奏行布政司，招纳义民官一千名，除问革官吏外，不拘本省别省客商、军民、舍余、老疾、监生、廪增、附学、吏典及子孙追荣父祖，各听出银，七十两者授正七品，五十两者正八品，四十两者正九品各散官，二十两冠带荣身，监生减十之三，廪膳减十之二，陆续填给，收完银两，分俵各县以资籴本。各该冠带，虽不免其差徭，亦用加之礼貌，毋妄黜罚，毋轻差遣，使绝陵轹，乐于顺从。其不愿冠带，愿立表义牌坊者，各出谷二百石，亦容盖竖，不限不停，以补官乏。臣又见，凡问口外为民、边远充军罪囚，或逃而不去，或去而即逃，徒名治奸，无益事实。乞敕法司计议，除情重外，如扛帮诬告、强盗人命、不实诬告十人以上，因事忿争执操凶器误伤傍人，势豪不纳钱粮，原情稍轻，不系巨恶，参审得过之家，愿纳谷一千石或七八百、五六百石，容其自赎，免拟发遣。其诬告负累平人致死，律虽不摘，情实犹重，并窝藏强盗、资引逃走，抗拒不服拘捕，本罪之外，量其家道，罚谷自五百石至一百石，以警刁豪。俱由巡抚参详，无容司属专滥。臣仍与巡按督并二司，专责守令，于囚犯纸米并应追赃罚工价逐旋存积，务取数足为期，不容分外科罚。如县一十里则积一万石，二十里则积二万石籴本。精选该县行检富户，量力领买，上上六百石，次四百石，次三百，不许市民公役冒领侵费，专廒收受，名曰常平。如秋成谷贱，六石籴入，春夏谷贵，五石四斗粜出；秋成五石籴入，春夏四石五斗粜出，每石明扣一斗，以备折耗存积。俱令社长、社正开报贫民，每丁止买二钱，以杜兼利。前项银两，当令前该富户给领，秋成照价籴入，谷贵依前粜出，循环如常，若谷贱年分不必发粜。所贵上下相资，人法并任，同心远大之图，用复常平之政。臣再劝社民各立义仓，与义学、义冢例，置名曰“阜俗三义”。尽一义者，书“一义之门”，二义、三义称是。义仓之略，社中富民任其出谷六百石或四百石，别处一仓。极贫利一分，次贫利二分，春借秋还，转相赒助。民乐表异，似亦可从。若常平既复，社仓又行，则饥馑有备，而地方可保无虞。此预备至计，子民至急，而江西今日尤为急者。伏惟圣慈留意。

旱　灾　疏　　王守仁

据吉安等一十三府所属庐陵等县各申称，本年自三月至于秋七月不雨，禾苗未及生发，尽行枯死，夏税秋粮无从办纳，人民愁叹，将及流离。理合申乞转达宽免等因到臣。节差官吏老人踏勘，委自三月以来，雨泽不降，禾苗枯死，续该宁王谋反，乘衅鼓乱，传布伪命，优免租税，小人惟利是趋，汹汹思乱。臣因通行告示，许以奏闻优免税粮，谕以臣子大义，申祖宗休养之德泽，暴宁王诛求无厌之恶，由是人心稍稍安集，背逆趋顺，老弱居守，丁壮出征，团保馈饷，邑无遗户，家无遗夫。就使雨旸时若，江西之民亦已废畊耘之业，事征战之苦。况军旅旱干，一时并作，虽富室大户不免饥馑，下户小民得无转死沟壑，流散四方乎？设或饥寒所迫，征输所苦，人自为乱，将若之何？如蒙乞敕该部暂将江西正德十四年分税粮通行优免，以救残伤之民，以防变乱之阶。伏望皇上罢冗员之俸，损不急之赏，止无名之征，节用省费，以足军国之需。天下幸甚。

水灾自劾疏　　　　前　人

臣惟有官守者不得其职则去，受人之牛羊而为之牧者，求牧与刍而不得，则反诸其人。臣以匪才，缪膺江西巡抚之寄，今且数月，曾未能有分毫及民之政。而地方日以多故，民日益困，财日益匮，灾变日兴，祸患日促。自春入夏，雨水连绵，江湖涨溢，经月不退。自赣吉、临瑞、广抚、南昌、九江、南康，沿江诸郡无不被害，黍苗沦没，室庐漂荡，鱼鳖之民聚栖于木杪，商旅之舟经行于闾巷，溃城决堤，千里为壑，烟火断绝，惟闻哭声。询诸父老，皆谓数十年来所未有也。除行各该司府州县修省踏勘具奏外，夫变不虚生，缘政而起，政不自弊，因官而作，官之失职，臣实其端，何所逃罪？夫以江西之民遭历宸濠之乱，脂膏已竭，而又困之以旱荒，继之以师旅，遂使丰稔连年，曲加赈恤，尚恐生理未易完复。今又重以非常之灾，危亟若此。当是之时，虽使稷契为牧，周召作监，亦恐计未有措，况病废昏劣如臣之尤者，而畀之依然坐尸其间，譬使盲夫驾败舟于颠风巨海中，而责之以济险，不待智者知其覆溺无所矣。又况部使之催征益急，意外之诛求未已。在昔一方被灾，邻省尚有接济之望。今湖湘连岁兵荒，闽浙频年旱潦，两广之征剿未息，南畿之供馈日穷，淮徐以北、山东、河南之间，闻亦饥馑相属。由此言之，自全之策，既无所施，而四邻之济又已绝望。悠悠苍天，谁任其咎？静言思究，臣罪实多。何者？宸濠之变，臣在接境，不能图于未形，致令猖突，震惊远迩，乃劳圣驾亲征，师徒暴于原野，百姓殆于道路，朝廷之政令因而阏隔，四方之困惫由是日深。臣之大罪一也。徒避形迹之嫌，苟为自全之计，隐忍观望，幸而脱祸，不能直言极谏，以悟主听。臣之大罪二也。徒以逢迎附和为忠，而不知日陷于有过，徒以变更迁就为权，而不知日紊于旧章，徒以掇拾罗织为能，而不知日离天下之心，徒以聚敛征索为计，而不知日积小民之怨。此臣之大罪三也。上不能有裨于国，下不能有济于民，坐视困穷沦胥以溺。臣之大罪四也。且臣忧悸之余，百病交作，尫羸衰眊，视息仅存。以前四者之罪，人臣有一于此，亦足以召灾而致变，况备而有之。其所以速天神之怒，深下民之愤，而致灾沴之集，又何疑乎？伏惟皇上轸灾恤变，别选贤能，代臣巡抚，即以臣为显戮，彰大罚于天下，臣虽陨首，亦云幸也。即不以之为显戮，削其禄秩，黜还田里，以为人臣不职之戒，庶亦有位知警，民困可息，人怒可泄，天变可弭，而臣亦死无所憾。

新建预备仓记　　　　前　人

仓廪以储国用，而民之不给，亦于是乎取。故三代之时，上之人不必其尽输之官府，下之人不必其尽藏于私室。后世若常平、义仓，盖犹有所以为民者，而先王之意亦既衰矣。及其大弊，而仓廪之蓄遂邈然与民无复相关。其遇凶荒水旱，民虽莩相枕藉，苟上无赈贷之令，虽良有司亦坐守键闭，不敢发升合以拯。其下民之视其官廪，如仇人之垒，无以事其刃为也。呜呼！仓廪之设，岂固如是也哉？绍兴之仓，自如坻大有之属，凡三四区中，所积亦不下数十万。然而民之饥馁，稍不稔即无免焉。岁癸亥春，融风日作，星火宵陨。太守佟公曰：是旱征也，不可以无备。既命民间积谷谨藏，则复鸠工度地，得旧太积库地于郡治之东，而建以为预备仓。于是四月不雨，至于八月，农工大坏，比室磬悬，民陆走数百里，转嘉湖之粟以自疗。市火间作，贸迁无所居。公帅僚吏遍祷于山川社稷，乃八月己酉，大雨洽旬，禾槁复颖，民始有十一之望，渐用苏息。公曰：呜呼！予所建，今兹之旱虽诚无补，于后患其将有裨。乃益遂厥营。九月丁卯工毕。凡为廪三面，二十有六楹，约受谷十万几千斛。前为厅事以司出纳，而以其无事时，则凡宾客部使之往来而无所寓者，又皆可以馆之于是。极南阻民居，限以高垣。东折为门，出之大衢，并门为屋二十有八楹。自南亘北，以居商旅之贸迁者，而月取其值，以实廪粟。又于其间区画而综理之，盖积三岁而可以有一年之备矣。二守钱君谓其僚曰：公之是举，其惠于民，岂有穷乎？夫后之民食公之德，而弗知其所自。是吾侪无以赞公于今日，而又以泯其绩于后也。于是相率来属，某以记某曰：唯唯。夫悯灾而恤患，庇民之仁也；未患而预防，先事之知也；已患而不怠，临事之勇也；创今以图后，敷德之诚也。行一事而四善备焉，是而可以无纪也乎。某虽不文也，愿与执笔而从事。

救荒议　　何景明

救荒之策，窃为民计，大率利一而其害有三。征求之扰，工役之勤，寇盗之忧，此为三害。而所利于民者，独发仓廪一事耳。夫发仓廪本以利民，而其弊反甚。仓舍一启，豪强骈集，里胥乡老匿贫佑富，公家之积只以饱市井游食之徒，而野处之民曾不得见糠秕，富者连车方舆，而贫者曾不获斗升。乡民有入城待给者，资粮已尽，日贷饼饵自啖，而卒不得与此。其少得不足偿贷，反因是等死。耳闻目睹，可为痛扼。夫欲有所与，必先为去其所夺。养驯兔者不蓄猎犬，植茂树者不伐斧柯，以其近言也。故止沸不换其薪，徒酌水浥之，沸不见止；养人饱其口腹，而割其股肉，终不得活。今三害未去，而欲兴一利以救民之凶也，何以异此也。

翁源预备仓记　　湛若水

预备仓者，翁源县尹之所创建。翁源为韶属邑尹，能遵行积谷之令，且至万石焉。谓谷必有贮，贮谷必有仓，乃度府馆废址及阴阳学地，横纵若干丈，创为是仓。其中仍为府馆，为厅事，为厢房，为庖湢，凡若干楹，而府馆不失其旧。其中为仓之廒者三间，间深二丈二尺，广称之。东西为廒者二十八间，深若广亦如之。前为门楼三间，而翼以二廒于其傍，一以贮纸价之来，一以贮官吏之俸。经始于嘉靖乙未十一月，落成于丙申正月。曾县尹极莅焉，黄主簿瓒赞之。于是邑士夫钟尹韵吴、耆民琼等咸请扬县官之功，以上播郡侯之美，极曰：非县官能致然也，乃我郡侯之功之德也。侯起江山，繇进士秋官来守于韶，辟明经馆，修古小学，使属邑六各为预备仓以积谷，而教养兼备焉。是乃郡侯之德之功也。令官何有焉？郑太守曰：非官府能致然也，乃我圣天子之德也。凡播告之修行，于天下州郡谨奉承之，以致于邑，俾置囷仓预储，积惟多寡，以为贤否。凡以救民荒，重民教也。是乃圣明之德也。守臣何有焉？曾尹极旧从甘泉子游走，书以告甘泉子曰：不亦善乎？夫政匪弊于时，弊于人。故君明其义，臣能其事，则政举矣。令匪齐于人，齐于政，故上宣其意，下播其实，则令行矣。嗟夫！井田废而天下无善法，富者益骄以淫，贫者益滥以乱，而天下无善治。故井田不复，王道之疚也。维其疚以图其善，因其时以救其弊，修其法不诡于俗，齐其政不易其宜，此常平预备之设，其王道之遗意乎！老有所终，幼有所长，矜寡孤独废疾者有所养，则政行而化举焉。富民将曰：彼皆天下之民也。困穷乃尔，吾何可独富？而仁之心油然生矣。贫民将曰：公府之给农氓之力也，吾何可以徒餔？而义之心油然生矣。仁义兴而道德一，风俗同而善教达焉。公不知惠，民不知病，相忘于怨庸而善治臻焉，故行一物而四善，皆得预备仓之谓也。今郑侯能祗承圣天子之德意，而曾尹又能奉行郑侯之善政而致之民。四方有贤能之吏，必来取法，是为守令师也。若从钟尹、耆民之请，以记一邑之善，以风四方焉，夫岂不可？于是乎书。

答李献忠救荒书

王廷相

某顿首。尧汤水旱，民无菜色，由备预有素，荒无事于救也。成周大司徒以荒政十二聚民，其次矣。以后世苟且之政，视之亦邈乎不可及者，故曰救荒无善政。盖民之食至于荒歉，势危迫矣，安得从容和平之意行之？伏承执事以救荒事宜下询，敬疏其古今所可通行者数条，用备采择，惟教之当。夫荒歉之时，百姓乏食，自活不暇矣。而官司不省事者，遇灾不行申达，既灾之后，犹照旧贯追征税粮。是已病羸之人而服劳苦，安得不毙？故流殍载涂，闾井萧然，祸民深矣。停免赋税，宜为先计。一也。荒年不足者多系贫下之户，豪族大家必有蓄藏，若劝谕之法不行，使官司米斛不多，虽有银钱，无所籴买，亦将无以受实惠矣。故立劝赏约束，如冠带义民之类，令之输谷助荒，以续官司不及。二也。谷少则价贵，商贾细民贪利，必辇贱处之谷以售于荒歉之乡。若官司恶其贵而减其值，则商贾闻风不来，谷无由至，为害大矣。当出榜禁谕，宁许有增，不许有减，则诸处商谷必为辐辏，价不减而自平矣。三也。民既流聚他所，若无处置之法，则止栖无依，必至困极为盗，丰荒之民俱毙矣。富郑公在青州，河朔之民流来日众，公乃使之散入林落、坊村、释寺及公私室屋，各随所宜居之。得公私粟二十余万斛，计以簿书，约以日期，出纳之详，一如官府。比麦熟遣归，得活者数百万口。此处置流民于丰稔之州。四也。细民丰收之年，公私尚多逋欠，况此饥惫，焉能还偿，可逐处出榜禁革，但系公私一切逋债俱为停止，无得催逼，以致流亡。五也。赈济之法，贵在贫者蒙惠，使主者不得其人，则吏胥作弊，户籍无实，富者有盈釜之资，而贫者有赤手之嗟矣。故当选委才能之官以主其事，使在籍皆贫下之人，而在官吏胥之徒不得以肆其奸，则济荒虽无善政，而亦稍为得法。六也。荒岁已矣，及今田禾有望，亦可安集，但百姓业已缺食，焉得种子？可于口食之外，再有牛具谷种之给，使本乡有所顾恋，不至尽为沟壑之瘠。七也。大抵救荒之策，先王三年九年，农有余积，上也；平籴、常平、义仓、社仓预备之政，次也；移民就食，煮哺糜粥，下也。今所请教虽非预备之善，亦随事措处之法。救荒之论，不可不讲者。但即今三月将届，田野之外，菜芽木叶皆可采食，若银米散赈得宜，再有牛具种子之给，未流者必不轻离乡土，而已流亡者亦闻风而归矣。其余后时缓不及事者，不必讲可也。执事忧恤民隐，必有高见，以为何如？

重刻《救荒本草》序

李 濂

《淮南子》曰：神农尝百草之滋味，一日而七十毒。由是本草兴焉。陶隐居、徐之才、陈藏器、日华子、唐慎微之徒代有演述，皆为疗病也。嗣后，孟诜有《食疗本草》、陈士良有《食性本草》，皆因饮馔以调摄人，非为救荒也。《救荒本草》二卷，乃永乐间周藩集录而刻之者，今亡其板。濂家食时访求善本，自汴携来，晋台按察使石冈蔡公见而嘉之，以告于巡抚都御史蒙斋毕公。公曰：是有裨荒政者。乃下令刊布，命濂序之。按《周礼·大司徒》以荒政十二聚万民，五曰舍禁。夫舍禁者，谓舍其虞泽之厉禁，纵民采取，以济饥也。若沿江濒湖诸郡邑皆有鱼虾螺蚬、菱芡茭藻之饶，饥者犹有赖焉。齐梁秦晋之墟，平原坦野，弥望千里，一遇大侵，而鹄形鸟面之殍枕藉于道路，吁可悲已。后汉永兴二年，诏令郡国种芜菁以助食。然五方之风气异宜，而物产之形质异状，名汇既繁，真赝难别，使不图列而详说之，鲜有不以蛇床当蘼芜，荠苨乱人参者，其弊至于杀人。此《救荒本草》之所以作也。是书有图有说，图以肖其形，说以著其用。首言产生之壤、同异之名，次言寒热之性、甘苦之味，终言淘浸烹煮、蒸晒调和之法。草木野菜，凡四百一十四种，见旧本草者一百三十八种，新增者二百七十六种。云或遇荒岁，按图而求之，随地皆有，无艰得者。苟如法采食，可以活命。是书也，有功于生民大矣。昔李文靖为相，每奏对，常以四方水旱为言。范文正为江淮宣抚使，见民以野草煮食，即奏而献之。毕、蔡二公刊布之盛心，其类是夫！

补遗策疏

田 秋

臣见得巡按四川监察御史戴金奏内开称：川东饥民流移满道，布政使凌相奏称，四川各处盗贼渐起。臣原籍贵州思南府，与川东重庆、播州、酉阳等处接界，中间山溪平壤，连延千里，每遇荒年，川民流入境内就食。正德六年，流民入境数多，贼首方四乘时啸聚，起于地名任仙峰，攻劫本府婺川县、石阡府、龙泉司。地方官司不早扑灭，遂至拥众数万，长驱入蜀。勤三省之兵，延数年之久，仅能除之。传闻今年流民入境者络绎道途，布满村落，已不下数万，较之正德六年尤多。本处灾旱与蜀无异，去年虽有薄收，人多食少，势难周给。其间乘时抢掠者已渐有之。本府僻在省城东北，三省之交，守巡官或因带管别道，或因山路崎岖，往往岁不一至。今又进征镇雄府，抚按镇守诸臣并力西向，势必忽此两府。守臣当衅孽未启之时，必互相推调，莫肯先事堤防。今冬明春，兵变必起。臣请于邻近知府或本处两司，推举素有才望官员，量升副使职衔，授以抚民之任，驻扎思南府，整饬堤备，抚绥安插。边郡储蓄素少，原无军卫城池，乞于太仓之银量运二三万两，前去赈济备警，精选民兵听用。若有不逞之徒乘机骚动者，即行剪扑土流。巡捕官下乡扰害者，严行禁治。一应保障抚处事宜，听其斟酌修举，庶患可禁于未萌，事得立于豫定，而不蹈往年之覆辙矣。臣待罪言官，有此一得之愚。伏候睿鉴，采择施行。

艺文八

（食货典第一百一卷）

目录

贮粜论

明·唐顺之

凡长吏有司遇有旱灾之岁，势必至饥穷，必先榜示禁其劫夺。谕之不从，痛惩首恶，以警余众，决不可行姑息之政。此非但救饥荒，乃弭祸乱之先务也。然则富民闭粜，何以处之？曰：必先谕之以惠邻，次开之以积福，许其随时取值，禁人侵其所有。民之无力者，官予之券，许其取息，待熟之后，官为追偿。苟积粟之家，丁口颇众，亦必为之计算，推其赢余，以济匮乏。若彼仅仅自足，亦不可强也。愿请以在仓之米，尖入平出之余，递年所得之米，皆用以为豫备之数。岁杪计用之时，量入为出之际，不在数中，仍留在仓，存其名数，以待荒年之用。又立为定制，凡藩臬州县民间词讼属户律者，如户婚、田土、坊场、津渡、墟市之类，讼而得理者，俾量力而出粟。争田者，上田每亩或三斗，或二斗，或一斗；争婚者，各量罚石数，其无理者亦罚米以赎罪。皆贮之仓，以备荒政。及前此敛民以为赈济者，皆通归官廪，常年则依例挨陈以支，荒岁则别行关给以散。积之岁月，必有赢余。其或不足，又须多方设法以措置之，随处通融以补益之，使必足而后已。一旦遇灾，有备无患矣。可分民为三等，上户偿如其数，中户取其半，下户尽予之。

又于户部十三司之外，依工部缮工司例，别立一司，添设官吏，专以备荒。每年夏六月麦熟，秋九月以后，百谷收成之候，藩府州县将民间所积有无、成熟分数，逐件申达。十月以后，通申一年之数，兼计明年食足与否，有收者几乡，无收者几乡，乡凡几户，得过者几家，必须赈给者几家，官廪之储多少，富家之积有无，近邑何仓有米，近乡谁家有积，或借官帑以为备，或招商贾以通市，或请于朝廷，有所蠲贷，或申于上司，有所干请。凡百可以为赈济之备者，皆于未荒之先而为先事之虑。岁岁而袭其常，事事而为之制，人人而用其心，虽有荒旱水溢，民无菜色矣。

耿寿昌常平仓法论　　　　前　人

臣按：寿昌初立法时，兼请立于边郡。窃以为内地行之，不能无弊，惟用之边郡为宜，非独可以为丰荒敛散之法，亦因之以足边郡之食，宽内郡之民焉。请于辽东宣府、大同极边之处各立一常平司，不必专设官，惟于户部属遣官一二员，岁往其处，涖其事。每岁于收成之候，不问是何种谷，遇其收获之时，即发官钱收籴，贮之于仓。谷不必一种，惟其贱而收之，官不必定价，随其时而予之。其可久留者，储之以实边城；其不可久者，随时以给廪食之人。凡诸谷一以粟为则，如粟直八百，豆直四百，则支一石者，以二石与之，他皆准此。然后计边仓之所有，豫行应运边储州县，俾其依价收钱，以输于边。如此不独可以足边郡，而亦可以宽内郡矣。由是推之，则虽关中盐粮之法，亦可渐有更革焉。

与吕沃洲巡按　　　　前　人

别久瞻望甚劳，每苦俗套拘人，不能一棹于娄江虎丘之间，与兄相倾倒也，怅怅！东南州郡，连岁旱灾，即今苗未尽槁，遇雨之吉，尚有可望。倘三数日不雨，则数十万生灵未知死所，山人亦不免于焦枯是惧，不知天心仁爱竟何如也？前年大祲，尚赖沧源公与吾兄勤恤民隐，不遗余力，而有司务于仰承两公德意，蠲租赈粟，是以百姓幸有孑遗焉。然殍死疫死，亦既不忍言矣。惟今年事势又异往时，何者？闾阎积连岁之饥，则一岁艰于一岁矣；官廪捐连岁之赈，则一岁空于一岁矣。盖承两年大饥之后，而又饥焉。故据今年分数，虽止是一年之饥，其实一年并受三年之饥也。其为事势，难易可知。况两公一时代去，又若故夺所恃赖然者。夫粟不必其盈于仓，而有所可转，钱不必其盈于帑，而有所可通。此其便宜之权，惟抚按则然，亦惟抚按有真实为民之心者，乃能操其便宜之权，以御其变，而使不至于穷。若夫有司则虽悯雨恤灾，尽力周旋，顾其力能行于法守之所及，而不能行于法守之所不及，能为于官民之藏之所有余，而不能为于官民之藏之所不足。若使官民尽匮，固亦无如之何？所谓好媳妇做不得没米炊也。虽然官民之匮忧之诚是也，至于忧两公之将代，则窃自笑以为过矣。两公者一日居乎其位，一日心爱乎其民者也，去之日如始至者也。计两公代期，尚旬月有余，以旬月尽瘁之精力而全活东南数十万沟壑之命，两公岂惮为之？自古救荒无奇策，亦无多说，只是措钱米一法耳。诚得两公以旬月尽瘁之精力，从事其间，隐度于公私之用，而均平其敛散之宜。至于粟不必〈盈〉于仓而有所可转，钱不必〈盈〉于帑而有所可通，诸如此类，可专行也，速行之，不可专行也，速请之，则前之所忧官民尽匮者，亦可以化而为丰也，不难矣。曩时所奉救荒条例并东湖抚公奏疏中间区处钱米事颇具，当时以麦熟无所用之，不知今有可采而行者否，有可采而陈请者否，或可因兄以达于沧源公采而行之，与采而陈请之否？闻南都仓粟，其羡至四百万以上，可勾十年之支而有余。沧源公去岁所奏平籴一法，此军民公私凶丰兼利之术，奈何当事者议论不同，遂使沧源公美意不竟。然此法终不可罢也，不知沧源公再能以此意陈请否？继沧源公抚巡者又能以此意陈请否？愿兄力赞之。近闻之一户部长官言此法有三利云云，其说可谓曲尽。纵使诸郡尽荒，但得京仓粜粟数十万石，分散诸郡，诸郡每发官帑银万两为籴本，输之京仓，则可得米二万石，平岁人食米一升，凶岁则减之，是二万石者二三万人百日之命也。是官帑不过出银万两，而续二三万人百日之命，以待来岁之熟也。数十万石者，五六十万人百日之命也。京仓粜粟三十万石，而得银十五万两，是国家不过钱米互换之间，实未尝费斗粮，损一钱，而赐五六十余万人百日之命，以待来岁之熟也。其为利害，较然可知。其议论不同者，不过以苟有缓急，京储缺乏为说耳。夫粜数十万石之米，于四百余万石羡余之中，特十余分之一耳。且今江东虽灾，而江西、湖广颇闻丰熟，则京仓岁额本色之入固将源源而来矣，岂预忧十年之后之不足，而辍旦夕之所必救哉？故愿兄之力赞其说而佐为之请也。至于有司所请速籴一节，盖虑异日谷既不登而远商又不来，则虽积钱盈箧，坐而待毙矣。故救荒惟是预处钱粟，而变钱为粟，尤是先事预处之善者也。计吾兄亦已闻而可之矣。虽然，此皆人力之可为者也。若使皇天果无悔祸之期，雨泽终不可冀，则人力必有所不及，而他方意外之变，亦不可不先图。愿兄更以旬月尽瘁之精力，且遍巡诸郡间，延见吏民，身亲其利害而曲为之处，且使车一临视，数十纸文书督促，为益多矣。兄其图之。

答曹巡盐　　前　人

仆迂疏固陋之士也，惟山泽屏迹，则其所宜不谓过辱，左右之知未及倾盖，而先惠以教音，勤之以下问，此古者观风之使不惮身先，施之岩壑自养之士则可矣。顾仆岂其人哉？虽然由是足以知左右之急于奖善，不暇择乎其人，切于好问，故不暇择乎其言也。窃奉下风，感慰感慰。今吴粤荐馑，村墟之间鸡狗无声，草根树皮亦忧其不继矣。流莩露胔，所在如积，天心仁爱，不知竟何以善其后。伏惟左右虽不在抚巡之责，而同于观风之任者也。君子一体万物，固不论于职守之所及与所不及也，而况在观风之任哉？幸而今之司国计者，督率守令，力举荒政，以全活沟中之瘠，盖不徒阜财足课，通惠恤灶，为于职守之所及，而孜孜体绥瘦人，深计国家根本之虑，以为职守之所不及，以尽吾一体之心。固知左右之有意久矣。辱厚意之殷，敢布愚悃。

与李龙冈邑令　　前　人

岁凶民莩，贤侯为之心恻而百方图之者深矣。轻赍一说，向已面白，兹复具之于书，以为可以佐百姓之急，而裨万一于贤侯百方之图，则不敢以出位为嫌也。窃惟国家之赋，其水旱可得而减免者，兑运以外之数也。虽水旱必不可得而减免者，兑运以内之数也。水旱不可以不恤，而兑运又必不可减免，于是有轻赍之法。盖米自江南而输于京师，率二三石而致一石，则是国有一石之入，而民有二三石之输。若是以银折米，则是民止须一石之输，而国已不失一石之入。其在国也，以米而易银，一石犹一石也，于故额一无所损；其在民也，以轻而易重，今之输一石者，昔之输二三石者也，于故额则大有所减矣。国家立为此法，盖于不可减免之中而寓可以通融之意，不必制其正赋之盈缩，而但制其脚价之有无，不必裁之以丰凶之敛散，而但裁之以本折之低昂，一无损于国，而万有利于民，此其法之尽善而可久者也。以武进一县言之，岁该攒运米五万四千五百八十一石三斗四合，此其入于国之正额也。本色正耗水脚平米七万九千六百八十三石七斗三合八勺四抄，折色银九千一百五十一两四钱六分五厘五毫二丝，此其费于民之羡数也。若以银而权米石，以直五钱为率，米七万九千六百八十三石有奇，为银四万九千八百四十两有奇，与折色银共五万八千九百两有奇。若得从轻赍之例，石折银五钱，计银二万七千二百两有奇而足，纵使加折至于六钱七钱，计三万七千八百两有奇而足，则是民每岁出五万八千九百两有奇之中，而今出其三万七千余两之数，以不失国家之定额，而实私其二万余之羡以自润也。夫五钱者，江南之平价也；七钱者，折色之极则也。若使江南米贵自五钱以上而蒙恩折色，或减至七钱以下，则其所私之羡固当倍蓰矣。倍之为四万，则是十万人凶年一月之食也。则是国家不出一粟，不费一钱而为凶年十万人续一月之命也。为民父母者，何惮而不以告乎？司国计者，亦何靳而不为乎？且夫国家漕运四百万石之中，固尝定有轻赍四十万石，以待四方水旱来告者矣。盖其岁之凶与否，与岁凶所在之地不可知，而所谓轻赍岁四十万之额，以待四方之以水旱来告者，将安用之？况自古经费，其本折之权，率视缓急而为之操纵。今国家所以远输于江南，不惮二三石而致一石者，正以江南米贱而京师米贵耳。近闻京师之米直，自七钱而减至四钱，而江南米直自七钱而增至九钱，其为贵贱，特异常时，则是江南以二三石致一石，而又不当一石之用也。今若取银于江南，而用银以给京军之当给米者，江南无远输之费，京军无贱粜之困，此正今日之便宜耳。然则非唯无损于国，盖深有利于国，而得乎操纵缓急之权者也。夫损国以益民，犹且为之，国家发内帑以赈灾者，往往有之矣。又况无损于国而有利于民，而又况国与民并受其利者乎？此事在不疑而必可行者也。为民父母者，何惮而不以告乎？司国计者，何所靳而不为乎？嘉靖十数年间，江南屡告灾，国家亦屡尝以轻赍与之，此其近例。试求之故籍，可覆案也。查得嘉靖十四年，苏松等处灾伤，巡抚侯都御史等奏户部覆准除蠲免外，兑运四百万石，内准折银粮一百五十万石，兑运米每石折银七钱，改兑米每石折银六钱。其被灾尤重者，量准十万石于临德二仓支运，每石止征脚价银一钱五分。自此而上，嘉靖十二年折兑一百万石，十年折兑二百一十万石，八年折兑一百七十万八千石。无岁不有灾伤，则无岁不有折兑。此其因灾伤而折兑者常例也。又伏读嘉靖九年诏书，兑运米以十分为率，量准五分。是时常州一府，该得折兑八万一千石，此其不因灾伤而折兑者，例外之恩也。由此言之，盖有因灾伤而行支运，以大宽民力者矣，未有灾伤而不行折兑，以重困吾民者也。盖有不因灾伤而折兑，以广例外之恩者矣，未有灾伤而不行折兑，以啬于例外之恩者也。此祖宗之良法美政，圣天子之深恩厚泽，于丰时足国之中而寓救灾恤患之至意。虽旱干水溢，而民免为沟中瘠者，诚戴圣泽之厚于无穷也。

与徐养斋　　　　前　人

向承教以所不及，深感道义之爱，皦皦峣峣，昔人有明戒矣。敢不奉教，以求进于若虚若愚之学也。伏闻位晋司徒足占泰道之亨矣，周时敷五典，扰兆民，故事可复见于今乎？斯民无禄，连岁凶饥，自冬徂春，沟中之瘠，在在有之。每一郊行，露骴满目，为之不能下食。幸赖抚巡诸公、郡县有司薄征散积，悉力其间，不然民其无孑遗矣乎？今幸及麦秋，可以续食，然连朝雾雨，二麦之腐坏者又几半矣。去岁缓征之额，若欲于麦内取盈，则恐民不堪命，奈何？且二麦无收之处，虽征之亦何所出？而其薄有所收之处，彼方图救目前之饥，犹且不足，而尚有余粒能补其去年之逋？窃恐鞭笞日用，而故额未必能足，则是昔日缓征之惠，乃为今日急征之困也。非不知上供之定数必不可缺，但得稍迟数月，并于秋粮内带征，则有司省却一番催科，闾阎省却一番烦扰，在国计一无所损，在民力亦无不堪，而巡公孜孜爱养，救灾恤患之盛心，于是为有始有终矣。此其事只在数月早晚之间耳，非有损上益下之难也。仆僻处山林，未尝获奉教于抚公，是以不敢径以书达而以闻于执事，且此固百姓之公言也，惟明公亮之。

与人论旱荒　　前　人

苏松常镇并为邻郡，而地利之高下，水势之浅深，迥然不同。或遇水荒，则苏松特甚，而常镇尚可，或遇旱荒，则常镇为剧，而苏松得利。试以运河测之，则常州水止尺许，而苏松尚有至于丈余者。此其地利水势，显然可见。恐明公以为苏松未尝告荒，而常州独若哓哓然者，不以民之侥幸于免税，则以为有司之私于其民，而其实旱与不旱，有不同也。是以苏松荒而得常州以相补，常州荒而得苏松以相补。民实国税，两相消息，造化者亦有裁成之意云耳。

救荒淹记　　前　人

嘉靖癸卯至乙巳，东南洊饥。溧阳史君恭甫既三捐谷七千五百石，以助公家之赈，而饥者犹不给也。邑故多淹以汇水，其沙涨淹在邑，西北十余里潦溢旱缩，不障不陂，弃为旷土，久不可艾。君既隐民之饥，则计之曰：古盖有兴役以救饥者，吾试行之。且夫岁凶土荒，民不足于食，而有余于力，以力易食，是民以不足为有余也。吾今日出粟于廪，而异日取粟于淹，是吾以故粟为新粟也。人力、地利两易而各得，不亦可乎？乃度淹之东南隅，广长各三百五十丈，可潴可防，测水以准而疆焉。遂请于官，募民兴工。民携老弱就役者踵至，君环堤而茇焉以居之。每役一人，日给米二升、银一分、薪一束。时米贵甚，民以半米易粺菽而杂食之。计一夫赴役自食，可兼食其老弱瘠病之不能役者二人。于是民之栖于堤者，爨烟饭饱，列舍相接，翁然如处村落之间。日出则畚者、锸者、筑者、救者、汲者、爨者蚁旋于堤上；夜则妇子饱哺，嬉嬉而卧，又晏然如在乐土，而忘其为流徙饥馑之时也。其始因淹之底，深之为中池以蓄水，出池之土环之为堤。堤之外，又环之为外堤以捍水。外堤之北，更深之为北池，而窦其东西陲，以通中池之水。半北池之土，更筑北堤。又于外堤之外，并淹三面而沟之。出其土，更筑小堤，以捍淹之暴水。内堤之内三面为池，出其土高筑之，以为架屋之所。自乙巳八月至明年四月毕工，而麦适登，民欢然散归曰：史君活我矣。其费为银若干两、米若干石，大率日役若干人，计所全活若干人。共垦田四百余亩，为圩者三。潦则水碍堤不得坏田，旱则引堤内之水灌田，可四千余亩并淹，而田之家多赖以济。自是百年沮洳，郁为沃壤，水降土升，不相溷渎，各效其职，以宜地产。萑藋既去，生我稻粱，堤之隙地，亦树蔬豆，缘堤荫池，夹植榆柳，池中畜鱼虾蟹鼃蠃，生生不淰。于是即其地，立为义庄，岁计田与堤之入与池之鱼利，易谷可得千石，岁储之以待荒岁之赈，一不以给家用。君又时将筑书舍其间，以待乡之来学者而未及也。因更名其淹曰“救荒淹”。以其邑人进士缪君所为纪实来请记。盖《周礼》上有荒政以聚民，而下复有闾相受、党相收、州相恤以通其羸乏；犹惧其未也，则又使世禄地主之有力者，与其广潴钜野之可以利民者，曰主以利得民，曰薮以富得民，以是弥缝上下之所不及。其民遇凶札，或不见聚于上，必见收恤于闾里，不见收恤于闾里，必见得于地主广潴钜野之间，其生路为甚多，而天灾地沴，欲死之而不能也。民生其时，岂不幸欤？后世有司救荒之法，既疏阔不讲，又无古邻保之义以鸠民。民有饥馑疾疫，日夜祈死而已。余亲见乙巳之灾，流莩满野，民之不忍为盗贼而自经死，与縻其子而食者，日几何人。余思欲上下强聒而不能，而又无力可以及人也，徒恻然伤之而已。今之世无《周礼》所谓主者，然贵家大族之有力而望于乡者，则亦有主之谊，而潴野闲田则往往有之，然非有力不能兴，是以主与薮相联而成功。今观史君所为，而益信古之所谓利与富得民者，其不为迂阔也。然古之所谓主者，皆与有长人之责而世其禄，食其责，既无所诿，而禄又有可藉，故其行之则易。君既居闲，无所责于世，而纤毫皆割己之有，乃殚力经营，若家人之饥然者，以是知君之为尤难也。嗟乎！使有力者皆如君，其所以兴起礼俗而有裨于国家休息生养之效岂小也哉？余既自以无力而有感于史君，乃乐为之记。史君名际，嘉靖壬辰进士。磊落多才，略尝为吏部主事，不究其用而去。故其施诸家者若此云。

请行各省积谷疏　　靳学颜

衣食者，百姓之根本也。阎闾细民有终世无银而不能终岁无衣，宁终岁无衣而不能终日无食。今百司宰执夙夜不遑者，乃在银而不在谷，即有水旱，何所赖焉？即有师旅之兴，何所给焉？自古中原空虚，未有如今日者也。汉以前有敖仓，隋以前有洛口仓，唐有义仓，宋有常平仓，皆随在而贮，不专在京师。今所谓官仓者，盖发官钱以籴，此必甚丰，乃可以举。所谓社仓者，盖收民谷以充，此虽终岁，皆可以行。夫社仓即义仓。盖始于汉耿寿昌，而盛于隋长孙平、唐戴胄之徒，唐又最盛。宋制准各民正税之数于二十分而取其一，以为社。盖富者必田多，田多则税多，税多则社入多，亦唐意也。要之，其出也，则中歉赈极贫，大歉赈中户，又大歉焉，乃沾及于富室。所谓恩泽之加，自无告始也。夫民之饥也，必至转徙，转徙不已，必至于为盗，可不虑哉？臣请下之各省，以唐宋敛谷之法为则，而就土俗，合人情，占岁候，以通其变。限明春以里尽报各府，以前见贮之数，以品其虚盈，于明年冬末通计一岁二仓新收之谷，验其功能，著而为令。在官仓者，时其丰歉而敛散之，民有大饥，则以赈之；在民仓者，时其丰歉而敛散之，虽官有大役，亦不许借。此藏富于民，即藏富于官。皇上所谓南面而恃以无恐者，其根本在此。今之言计者不忧谷之不足，而忧银之不足。夫银实生乱，谷实弭乱。银不足而泉货代之，五谷不足则孰可以代者哉？故曰仁君不宝金玉而宝五谷。

上徐少湖翁师救荒愚见　　杨继盛

某既以言得罪，宜绝口不言天下事。但闻穷民病苦之状，若割心肺，日夜忧思，至废寝食，故有欲默而不容忍者。而夫子抱能受言之量，居能行言之位，而某极荷相知，又有可言之机，宁容隐乎？谨陈救荒愚见，伏请尊裁。城中饿殍，死亡满道，人人惊惶，似非太平景象。夫京师之民，各有身役常业，何以顿至于死，而所死者皆外郡就食之人也。盖缘各处司民牧者，无救荒之策之心，而京师有舍米舍饭、减价卖米之惠，故皆闻风而来。当其事者，又不肯尽心，鲜有实惠，故每冻饿，以至于死。是以京师为沟壑，诱外郡之民而填之也。救荒自有均平普遍之政，何必煦煦然为此小惠诱民，以至于死乎？莫若行令各处抚按有司作急赈济，然后出给告示，谕以本处赈济之故，使各归乡里，又将所舍之米预支二三十日，以为回家盘费之资，则穷民有乡井饱食之乐，京师无死亡道路之惨矣。连年丰稔，止有此岁之饥，一郡之粟，自足以供一郡之食，特在上者区处之无其道耳。官仓之粟可赈济也，亦可价卖也。富室之粟可劝借也，亦可责令减价粜也。盖官仓除备边急紧，不可动支外，其余有积至数十年将腐者，合暂变卖收价，到秋易新，似为两便。富室有积粟至千万石者，皆坐索高价，以邀重利，故米价至于腾踊。合依少定价裁抑之，又当以礼奖劝借，官给以帖，到秋偿还，则米价自可日减，穷民自返故乡矣。穷民既无处办米，或卖产佣工，止可得钱，今乃分为等类，定为价数，则钱法纷乱，而民益告病矣。夫钱法之行也，或朝贵而暮贱，或此处用而彼处不用。若有神以使之，虽市人亦不知其所以然也。其可以官法定之乎？为今之计，当为权宜之术，不分等类，不问大小，但责令折算通行其价，数之多寡，任从民便，官府不得而与焉，则钱法可通，而商民俱便矣。米价腾踊，日甚一日，今定为官价，似为裁抑之术，然在京师则有所不能行者。盖各铺户之米俱贵价籴买，非若外郡富家田内自获，然今定为轻价，彼岂肯折本粜卖？且各处贩米者一闻价轻，孰肯再来？外米不肯来，内米不肯粜，不知其将来至于何如也。如定米价，亦俟春间贩米至者多，然后议之。北地既荒，全赖南米之来，使河道阻滞，则来者延迟，恐缓不济事。贼盗甚多，或抢掠一船，则后者闻风，孰肯再来？今宜行令各河道官，使开河之时，先放米船行，一遇壅塞，则遣官夫拽运，一若转运官粮，然则米正月终可到矣。又行令各处地方官，使严加巡捕，防守护送，则贩者无失米之忧，所来者必多矣。南米来者既多，又忧米价之不减乎？盗生于贫，虽势所必至，然荒年而至于盗起，斯亦可忧矣。闻各处抚按分付各属官，今且暂宽治盗之法，其意惧生变也。以故各官于贼盗之获，俱姑息宽纵之。此端一开，为盗者众，贫者日至放肆，富者日不安生。是民之为盗虽起于年凶，亦上之人有以教之耳。夫济荒自有长策，未闻教民为盗以救之也。况渐不可长，民不可逞，恐堤防一彻，纪纲遂坏，其变有不可胜言者。宜行令各处抚按有司，使遇贼盗，仍治之如法，则禁盗乃所以止盗，而止盗正乃所以救荒也。

前丹徒令鹿门茅公荒政记　　　　姜　宝

嘉靖岁甲辰，鹿门茅公自青阳服除来视丹徒县事。是年，适江南旱为灾，他令长讲荒政而莫知所从事也。公以江淮吴越间数千里虽饥甚，而徐沛以北岁颇登，既尝移檄诸司，请开闭籴禁通商矣。又闻京师因徐沛以北岁颇登也，而米价不甚踊，于是议请蠲之外，又议请折。折于岁额不为损，而每石省耗费且三之二，其为民赐盖大略与蠲等。巡抚丁公是其议，而疏行之。时江南岁漕，以请得蠲者四十万而折倍于蠲，其以本色挽输仅十之三四而已。公为丹徒请，而兼及于江南如此。又以丹徒之民枕江山而田者殆相半，山田旱而赤地矣，犹幸洲于江者因潮以济溉矣，而稍稍收，于是为通融酌处之法，以请而得蠲者与其不尽蠲而折者皆归山田，而山田之民得无税。又于里甲、均徭、夫差三者，皆援弛力薄征故事，请于院司府减免其半，以归于山田，而山田之民得无办里甲均徭，即夫差亦不以及也。由是江田不加赋，而山田之民因宽税役也，人得以谋生而自食其力。公又以此但施及有田者尔。若其无田者，与有田而田少，称下下户者，未遍也。于是乃议赈。先是公以徐沛间岁颇登而请开闭籴禁也，括库金五千余，充官籴之本，而民有厚于赀者，恣令自往籴，官不禁，亦若不与也，但令棋置所籴于各乡以待行事。既而又虞里胥者籍饥户往往欺也，则悉召长乡赋者予以实征之册，令检下下户以闻，阳示检有漏则责令代之输。彼方以代输为病已，故悉检以闻，而不知公以此核饥户也。比饥户之籍于官也，既得矣，公又以故无籍于官而流且佣于山谷闾里间者未遍也，于是又议为沿乡审放之法，以单骑遍行县。每至一乡，则故尝籍于官与未及籍而来告者并听核。核而信，乃皆粥食而予之印符，令饥者执符以受粟，而主赈者按户收符为券。前此厚赀者之家，其所贮私籴，但令饥下户转相籴，或贷以取偿而已。公盖以此为佐赈之一策，亦未尝夺其有以尽予饥下户也。计通邑受赈者万八千户，赈而得全活者数万人。盖前此饥下户以听审而守支城市中，其为劳且费，与聚而为疫疠之患，既因公以免，而里胥者又无缘得售其奸欺，贫者蒙惠，而厚赀者之家亦不至失其利。又如山田被施而江田亦未尝有加赋也，皆亦他令长凡救荒者之所无也。於乎！可谓有造于丹徒矣。故公去丹徒二十有六年，而士民思之如一日。凡来属予为记者，玉山严公等数十人。其言亦如出一口也。於乎！难矣！予尝谓救荒如医病，然医者意也，意有所独到，斯神有所独通。卢扁视病人，能尽见五藏症结，人谓卢扁非常人，能通神如此，不知其能通神如此也，意到故也。公于丹徒荒政，岂亦所谓意独到能通神者欤？不然事至难处，至难济，何其善处能兼济如此也。史迁云人之所病，病疾多；医之所病，病道少。今年适大水为灾，正疾多而病道少之时，丹徒士民安得不思公，予亦安得不为公记其事欤？虽然予为公记其事，乃为卢扁者传写其方书也。而水灾与旱灾异，江田漂没与山田赤地同，又在后之长民者按方书而善用其意，民病庶有瘳，于公通神之治庶亦得其心传矣。公名坤，字顺甫，湖之归安人，嘉靖戊戌进士。所可见于世不止此，而予所记荒政也。故荒政外不及云。

救荒疏　　周斯盛

臣照得辽东地方三面距边，一面濒海，商贾舟楫未通。往岁秋成，粒米丰稔，既无外省之移，足充本镇之用。故地方号为富庶，而人家不事储蓄，间有一二灾伤，尚可自活。自嘉靖三十六年大水以后，一望成湖，子粒未获，远近居民家家缺食，鬻妻弃子，流离载道。入冬以来，日甚一日，斗米值银五钱，且数日市无贩籴，民愈窘迫。始则掘食土面，继而遂至相食，壮者肆行劫掠，无所顾忌，法禁不能止，积孳狼藉，不忍见闻。臣叨巡兹土，寝食靡遑，尽括公储，平籴谷粟，煮粥施赈，但边方库藏素无蓄积，所济不足以当百分之一。今东作之时，阡陌萧然，既鲜牛力，又乏子种，生全之望，已属无期。况屯粮力役之征，帮军买马之费，追并严急，竟使枵腹待毙，情甚可怜。本镇兵马素称可用，近因粮赏久欠，调征频烦，已有积弱之渐。加以岁之饥馑，供应不敷，死亡逃窜，无日无之。计一营不及原额之半，而马更少，沿边戍守，十存一二，使之奔走服役，亦不能前，而况资之以为战守哉？昨该臣等题请加添月粮折色，荷蒙皇上俯赐允给，全辽军民不胜感戴。但饥馁至极，给发未多，一军所领，不足以为旬日之资，嗷嗷之众，日见仓皇，号令为之不行。夫军所恃以为生者，应得之粮赏，户丁之供帮耳。今上不能仰给于公，下无所资助于户，相继逃亡，势所必至。屯妨畊种之期，路有劫夺之梗，缓急之际，谁复为用？况此地寒不生麦，夏初始种，秋半始获，若谷则更晚矣。计其糊口之日尚远，若非破格拯救，恐未能有济也。且天下之事图之于未形，则力易而费省；救之于已著，则费滋而力难。以是孤绝无援之地，释今不为之处，使饥馁填乎沟壑，逃亡尽乎什伍，乃从而招募，为费何如？收之于既涣，扶之于既颓，为力何如？矧外患炽于凭陵，内祸起于急迫，尤有不可言者，则将何以处之？臣极知帑藏空虚，委难处办，但前项重情，势在燃眉，诚有不能已者。伏望皇上轸念全辽为畿甸左翊，关系甚重，边方赤子，困苦已极，时日难待，敕下该部从长计议，速发帑银五六万两，星夜差官解运前来，听臣等酌量分发赈济，以救倒悬之急。仍将军士历过粮赏查数给发，庶几生全有望，战守有资，人心恃以相安，重镇赖以永固矣。

祈　雨　文　　　　王　诤

上天以爱民为心，百司以牧民为职，而诸神者又周旋其间，察其善恶，以告于天，以佑乎民者也。苟百司不得其人，牧民不得其职，滥刑黩货，反道背德，则鬼神悔怒，水旱示警，此天道之常乎？夫百司滥刑黩货，民既困矣，又降以水旱之灾，民当益困。下民愚惑，乃谓上天纵百司为虐，而又以水旱助其虐也。天必不然，而其迹则近似矣。岂诸神不能察其善恶，以告于天耶？抑上帝荡荡，下土茫茫，神虽以告有不暇及耶？夫仁覆悯下者，天也。聪明正直者，神也。有不告告，斯悯之矣。御史诤巡盐于此，一岁已周，而荒旱以来，今日为甚，恒旸三年，赤地千里，水不润下，盐不成花，五谷不生，生者复槁，民无以为食，而国无以为课，依依乎莫知所之，皇皇乎莫知其所终。虽昊天广大，偶遗乎此地此民。若诸神则岁时受斯民之享祀，朔望受斯民之瞻拜，坐视其颠连而莫之省，则非情矣。百司中有滥刑黩货之人，神以告于天，疠之可也，诛之可也，民则何辜耶？御史有滥刑黩货之事，神以告于天，疠之可也，诛之可也，民则何辜耶？御史为百司之首，罪责更重，既听命于天与神，而无所悔矣。诸神血食于此，独无其责乎？御史请与诸神，约自五月初二日为始，神能格天，速以升闻，使甘霖霶沾于四野，使斯民得延其残喘，则将新神之宇，以彰神之赐，丰神之享，以延神之祀，即神人咸休矣。倘三日不雨，以至于五日，以至于八日，是神无知也，是神有知而不以告也，奚以神为？则将掩神之象，锁神之宫，撤神之豆，绝神之通，无乃重为神羞耶？然御史之所愿欲者，则在于神人咸休，而不在于重为神羞也。诸神其谅之。

常平仓议　　　　何东序

议照平籴备荒一件，在汉五凤间，岁数丰穰，石谷五钱。耿寿昌请籴三辅、弘农诸郡谷供京师，又令边郡筑仓增价而籴以利农，曰常平仓。此盖为京师边郡而设，未尝通行天下也。当时廷臣已有议其不便，外有利民之名，内实侵牟百姓，豪占因缘为奸，小民不得其平。其后或作或止，法不常行。唐贞元初，吐蕃劫盟，蹂躏关中者二十年，人户无几。岁值谷贱，陆贽请和籴一年当转运之二年，盖为漕运而设，四方诸道未尝尽用贽议也。当时外臣有谓和籴之事，有害无利，稍有稽迟，鞭挞甚于赋税。至言和籴不如折籴，准以青苗税钱量折使纳，其后或举或罢，法不常行。今海内多故，公私俱竭，法如密网，事甚奕碁。至救灾拯溺，先事预防，欲于丰收去处支借官银，随市低昂，量增籴买，以备凶荒。科臣建议极详且善，有司受有求牧之责，亟宜奉行。卑县反覆筹虑，即以本境言之，事在今日，其大者有五难：一籴本之难，二谷贵之难，三典守之难，四查盘之难，五弊孔之难。本县钱粮自起解存留二项之外，别无堪动银两，欲籴无本，何从得谷？一难也。前代和籴，值其极贱之候。本县土瘠民贫，见不足用，曾无再岁之积，一遇官买，市价腾踊。救荒何时，民先受困。二难也。岁佥预备仓斗级经手出纳，浥折赔补，大率倾家什九。复立社仓，必增前役，一之为甚，再其何堪？三难也。上司专官查盘，本为考核虚实，文具相袭，卒成锢蔽，上下名实之殊，有未易以控陈者。四难也。库藏仓廪，代有成法，县官新故交代，犹不能无事后之议。此法新创，讵无弊生？百孔千疮，孰能预知而尽掩之？即如近岁粮多，纳谷行者未必利，利者未必行，文网所格，空谈纸上，民间讫不知其德意谓何。五难也。查得本县先于嘉靖二十年后遵奉明文，于张岳下任杜村镇建立社仓三所，籴谷备赈。行之数年，本息俱罄，而社仓之名地仅存。嗣是院道间有按成事而督修废者，亦竟罢弛不常。窃谓年岁之有凶丰，百姓之有贫富，何代无之？富者忧深思远，恶衣菲食，终不肯取债于人，故其家常赢。贫者呲窳偷生，一醉日富，急则取债于人，冻馁填壑而不悔。一遇凶年，假贷百出，县官倒廪不返者无论，或假息钱，春秋贷济，官吏恐以逋欠为负，必令贫富相兼。小有不登，官督之急，则负而逃之，致令富者独偿，久则展转皆贫矣。出陈之法既不能以无弊，于是庙堂始议社仓之举。卑县博采民情，斟酌时事，合候申请通详之日，本县多方设处，先将原立社仓修盖仓房，听候本府借发何项无碍官银若干，趁今秋收，依时籴谷纳仓，佥报附近殷实人丁二名看守。每年二月，量减时值，粜与贫民，养赡力农。至秋成之日，仍复籴买，约以三年一次，尽其赢溢之数，还官转府。通计九年为限，三次偿足原本。以后岁籴岁溢，不复仰贷于公。倘遇凶年，申请上司先尽预备仓给赈，不足再借社仓谷石，待后丰稔，抵斗还仓，务使岁愈久而谷愈多，勿致贷出而不返。官吏总其成，上司不预其事，庶法立而弊不生，下便而上不扰，或可仰裨德意于万一矣。盖宋儒所谓赈饥莫要于近人，置仓必须于当社，又谓天下常平义仓，但以谷奏申，有司更不收管，此古今不易之格言。上下一心，文网尽脱，此海宇苍生延颈拭目，日夜仰流于上者也。管见卑卑无奇，伏乞钧裁。

请禁遏籴疏

申时行

臣等见山东巡抚李戴报称东昌府有贼一伙，期以旧岁迎春日据城举事。幸有伙贼一人出首，当即擒拿首恶六七名，其余随发随捕，未至猖獗。此诚国家之福，地方之幸也。但今年岁荒歉，人民流离，饥饿切身，起为盗贼，乃理势之必然者，不独东昌一处为然。前敕旨申严保甲，缉捕盗贼，非不严切，然捕盗者治之标也，治本之道，在使民得食。顷者皇上大发帑银，遣使分赈，恩至渥矣。然赈银有限，而饥民无穷，即如山西饥民在册者六十余万人，以六万赈银分散，人得一钱，止三四日之食耳。过此则空手枵腹如故，朝廷焉得人人而济之？惟是邻近协助，市籴通行，米谷灌输，不至乏绝，乃可延旦夕之命。近访河南等处往往闭籴，彼固各保其境，各爱其民，然天下一家，自朝廷视之，莫非赤子。灾民既缺食于本土，又绝望于他方，是激之为变也。臣等以为宜禁止遏籴之令，讲求平籴之法，各该地方听商民从宜籴买，则各处皆有接济，百姓或不至嗷嗷待毙，汹汹思乱也。

《周礼》荒政十有二解

叶向高

昔三代盛时，宇内殷洽，蒸庶阜康，卒有凶荒之虞，而国无匮忧，民不称病。迨至后世，三时稍害，而嗷嗷之声四起而莫之救也。此其故可异焉。盖尝读《周礼》一书，乃知先王所以为御荒计者，绸缪恳至，而后世失之也。姑即荒政十二论之，其得失之故，利病之由，亦大较有足睹者。如荒政首散利矣，后乃有公庾坻京，而不闻有赈贷之诏者，如此则民病。次薄征，次缓刑，次弛力矣，后乃有半粟不登，而督租之吏相望于道，民困于狴犴，而土木兴作，杂遝不得休者，如此则民病。次舍禁，次去讥矣，后乃有山林川泽之饶，禁不得采，民饥殍载道，而圉吏且奉三尺绳其出入者，如此则民病。次眚礼，次杀哀，次藩乐，次多昏矣，后乃有举赢滥耗，周不急之务，民富者设财役贫，日费以数千缗，而上不为禁者，如此则民病。次索鬼神，次除盗贼矣，后乃有德馨不彰，匮神乏祀，用降之罚，年谷不蕃，小民夤缘为奸利而不能止者，如此则民病。夫三代以前，其封域之产，户口之数，皆杀于今。九年水，七年旱，又后世之所希觏也。然三代以经制得而无虞，后世以经制失而卒至于告病也。兹亦足以明人事之当修已。乃先王之心虽十二者弗恃矣，世方顺成而恒虑阻饥，民无札瘥凶荒之害，而不敢一日忘储胥，以戒不虞。千耦畛隰之劳，良耜甫田之咏，非不勤也。然而遂师巡稼，大夫简器，县正趣事，不为厉民也。燕享有需，嘉乐有侑，五礼咸秩，匪颁无阙，何甚费也。然而遗人掌积，廪人掌谷，二鬴四鬴，食乃有程，又何俭也。万邦错列，九贡灌输，羽毛齿革，辇入于尚方，用非不足也。然而躬献鞠衣，亲服黛耜，为天下倡，三年耕余一年之食，九年耕余三年之食，县野都鄙皆有盖藏，是何其勤劳以养万民也。盖三代圣王焦思极虑，豫为之防，不待事至而后图之，是以天不能灾，地不能贫，方内之众莫不逢休乐业，无有失所，以干天和。故其《诗》曰：粒我蒸民，莫非尔极。此三代之所以称隆也。岂徒如十二政所云之为兢兢哉？夫惟世主乏长世字甿之远虑，不能豫于未然，迨天灾流行，一切权宜之术，尚未及讲，斯民已为沟中瘠矣。彼盖恃荒政为足救，需善救以见奇，而周官之旨失也。然则荒政不可恃欤？曰：未荒而恃以忘备不可。既荒不及备而坐视无救亦不可，备荒上策也，无备而救，犹得中策。以余所闻，若李悝之平粜，汉文之蠲租，令民输粟入关者无用传，斯亦十二政之遗意欤？无已则如富郑公之赈青州，范文正之赈浙西，虽非经久之算，然皆庶几失之备而收之救者，未可谓其策之尽无奇也。若所云备于未然，以不待救为奇，则周官大司徒之政具在。是在豫计哉？是在豫计哉！

论本邑禁籴仓粮书　　前人

福清僻在海隅，户口最繁，食土之毛十才给二三，故其民半逐工商为生。南资粟于惠潮，北仰哺于温宁，此其常也。往者岁登，谷价不腾，南北舟航，来往如流，稍称苏息。自十六年秋，晚稻绝粒，民已告饥，犹赖遏籴之令未行，搬运救赡，民情恃以无恐。至十七年春，乃有奸民倡为搬运接济之说，耸惑动摇，严令禁绝，困游鱼于釜中，饥婴儿于掌上。十万生灵，置之死地，乱盟已生，识者骇叹。幸天不鞠凶，春麦颇熟，禁网微宽，物情乃定。而夏秋田禾一粒不登，民遂大困，告凶请恤，汹汹不宁。盖往岁以来，此邦荒歉最于八闽矣。间有轩车使节往来地方，辄言福清田土，尚尔薄收，未至大歉。不知下邑之地十一依山，十九滨海，邮道经过，皆依山处所，泉源溪流，桔槔灌注，亩之所入，高可一石，下犹数斗。至于滨海，极目弥望，寸苗不青，非但田涸，兼之井枯，取水饔飧，远资数里，下邑数十年来，未有如是困苦而危急者也。而遏籴之令，各处增严，束手穷途，伤心骇目。向非泉漳之人贪于厚利，转粟高潮，犯禁浮海，阖邑之民，久为涸辙，然而搬运既少，价直日高，富者尚可，贫何以支，尽室啼饥，携累乞丐，道途之间，饿莩相望。仁人见之，可为涕零。夫闽中之粟，本未大乏。福宁、罗源、莆田诸处，囷仓露积，在在皆有。向使通融匀济，无大隔绝。效秦穆之三施，明齐桓之五禁，亦何至一隅之人，偏困若此哉？而当途不察其弊，反使奸民得售其欺，良可叹也。乃以福清为接济，则又大枉矣。夫接济者，以为济外夷欤？则海上高牙大舶，纵横出没，勾引为奸，利果何郡何邑之人？福清无通夷之舟，安能神输而致之以为济他处欤？则闽中诸处之粟，无贵于福清者，转贵粟而就贱直，计必不为之也。又接济之说，谓接此有余，济彼不足。今下邑之人，父兄枵腹，妻子啼饥，但闻谷至，欢声如雷。彼其身家饥饿之不恤而为他人资，计又不为之也。下民之情，隔阂莫通，不肖念及此，惟有仰屋叹耳。然此犹天祸，下邑未敢尽咎人也。乃编氓怨嗟，众口嗷嗷，则以旧岁大歉，翘首蠲免。蠲既不得，赋且益增，每石米加银至于四钱。询其故，为往者行条鞭之法，输纳称便，即仓粮每石折价六钱，军民两利，近乃被揽纳，刁户欲侵渔，妄诉上官，勒民上米。夫君民一体，义无异视。米贱则折银以便军，米贵则索米而虐民，肥瘠不均，法令莫一。此其不便一矣。况倡为此说者，亦只揽纳斗级奸猾之雄者耳。军人支米，既忧浥烂，复苦侵克，不如得银反为实落。借名便军，实则害军。此其不便二矣。输米上仓，舟车转运，费既不赀，衙门之常例，收纳之折耗，率一石而致五斗。此其不便三矣。穷乡下户，不能自致，率归之大户。大户归之，揽纳多科名色，广张骗局，穷民扼腕，靡究其说。今担米上仓科银一两八钱，三倍于往年，无敢谁何？此其不便四矣。省下常丰仓犹转输辐辏，官府稽核，收支虽费，积贮尚存。至于福清之万安仓，则虽云上米，徒有空名。揽纳之囊橐既充，粮官之谿壑亦满，但怀私计，宁补公储？此其不便五矣。往者岁稔，既莫折银，陡遇荒凶，便令纳米。尪羸之人而压以千钧，颠蹶可虞，号呼难忍。此其不便六矣。夫军人即欲得米，不过以米贵耳。今诚征价于民，倍往之十五，民犹称便也，而必强民所难，剜饥寒之肉，以实奸猾之腹，此其不便七矣。民既安于折银，而卒更其法，必不乐从，拘呼之扰，四及于穷乡，鞭扑之威，日逞于贱隶。官民俱困，上下相雠。此其不便八矣。即此一事，其利害难以具陈，大略如斯，已自可见。而上人必欲行之，或自有说，非草野之所能窥。但鄙见愚衷，窃意为政之道，惟求利民，民利为兴，民害为除。即有害于民而事不得已，亦当委曲调剂，求公私两利之策。矧凶荒之后，人情大扰，祸乱之生，多在乎此。为民上者，欲设法拯济，势诚未易，惟当日夜抚循，除烦去苛，使下民晓然知上人所以爱我之心，而无可奈何，即至死亡，不忍为乱。此弭灾安民之至急者也。今仓粮一事，诚未知当道之意何如，但下民无知，怨声载道，咸谓君门万里，民隐莫通，即使积贮难废，仓廪当实，然何不先征于粒米狼戾之秋，而骤赋于半粟不登之日？又何不少需于来岁丰稔之后，而遽责于今年凶歉之时？揆之事情，诚有难解。今常丰仓业已起解，而万安仓犹可调停。下邑民情，诚在倒悬，不胜祈祷。去此意外之征，便是法中之仁。仁人君子能无动念？即如常丰仓果不可已，亦当通融斟酌，令有米之处输米，而无米之处纳银，补偏救弊，安民止怨，或在乎此。惟览察而裁施之，穷民幸甚。

永昌里社义仓记　　邹光祚

永昌古哀牢国，视今寓内则西南之穷壤矣。汉彝杂耕，田无则赋，而又兼并于有力者之家，是以丰者余糜肉，而约者或不厌糠秕，且不谋朝夕，无畜藏，徒以其土之所产、力之所攻者相与贸迁。平旦侧肩杂粜于市，乃可给晨炊。每时未及麦，豪户辄囤贮以延厚值，而不轨牟利之人愈益腾粜焉。里巷狼顾，则叫嚣踯躅，鸣于官，官使吏治之，亦莫人人罪也。先是两台闻而悯之，檄有司发帑征粟，以备出贷，惠甚渥也。而转相徙鬻，不免骚动，利未必佐急于民而先售之灾矣。讵不公私俱罢哉？岁嘉靖甲子，泉州堣斋王公春复以兵符驻扎其地，阅兹弊而忧之，乃取长孙平所论义仓法与朱子社仓之制，询谋于时有司及其父老子弟，而质成于乡大夫定泉吴君崧。乃籍民可出粟者，以户计得若干人，不旬月，募粟六千石有奇，又廉得废仓基为庾廪贮之，而一时之民命胥赖焉。比年岁告歉，即发粜而贱其值。然值虽入而后策之议犹复哗然，或云姑生息以衍之，或云贮必注，又云颁则民且负若贷，而守者为尤难。计人人殊，莫知筮决。而予始握监司之命来，则与郡守张君元谕谋，张议买田以长其惠，事半复迁去，而予因以其值之半易粟于仓田，收腴者而定其租额。适巡台见嵩刘公按其地，复为议敛散之法而授成焉。吾知时散则无浥矣，善敛则无负矣，官治之，无出纳之奸矣，然则仓其永惠矣哉？虽然，有说焉。夫仓必曰义仓，田必曰义田，何哉？独不可以绎思乎？盖义即孟子所谓命者是焉。先王思以此养人之欲而制其求者也。使人惟利之为见而罔识有义与命，则约者侥非分之获而苛望于人，丰者必淫佚其心而不穷其欲不厌，只见贪与吝之为交而渐渍以入于竞也。虽有粟畴，得而食哉？今吾欲人之约者，约其心于分义之正，但思所以自获而无畔义之心；丰者丰于义，丰于施，而不罔市于时以阶厉，心安于彼此之分定，而行履其素位之常，则比屋皆义人，人具足而谷不可胜食矣。奚仓与田之弗久也。管子谓仓廪实而后礼节兴。予则谓礼节兴而后仓廪实。此正抚台见吾陈公侩储乡约并行之意，真惠之博大而悠久者也。复就正于藩臬诸公，佥以为是。遂书以登于石。是役也，始赞谋集事者，先太守杨君朗今升楚守，张君泽与已升臬佥，赵君龙、署事提举杨振宇、通判蒋三近也。继经理成事者，今太守阚君继禹、同知孙辅、知县罗廷贤也。谋虑周远，以相其成者，则乡大夫郁君惟中、霍君薰、胡君昶与石君雷、李君鼎、都阃赵明臣也。其输粟之乡耆义士与指挥之有劳绩者不胜载，载之碑阴。

赈 济 说　　　　唐鹤征

《传》云：救荒无奇策。无奇策尔，非尽无策也。天灾流行，国家代有，诿云无策，将立视民之毙而莫救与？必不然矣。谚曰：巧媳妇不能为无米饭，言贮积之为急也。故使民自有一年三年之蓄，又有相恤相收之义，善之善也。公廪有余积，有司有实心，抑亦次也。急而请赈，请蠲，请折，不其末乎？说者谓《周礼》荒政，首曰散利，赈之谓也；次曰薄征，蠲之谓也。不知井田之法行所以制之未灾之先者，不啻详已。自余鹤徵入仕以来，仰睹朝廷轸念民艰，旷荡之恩屡下，积贮之令甚严，赈之备非不具也，而赈固难也。二十年间，三出内帑遣赈矣。其在关陇远而莫详，亦闻无大补益。钟光禄化民赈中州，差有条理，民以为惠。杨给事时举赍银二十万赈东南诸郡，惟日置酒高会，靡费不赀，有司馈贻，争为丰腆，计其赍其费，恐不给也。即有所赈，里胥递为侵克，其余半入市井奸猾，半入豪右之门，乡民曾未及知也。即有知者，抑勤守候，得不偿失，枵腹奔走，踣毙满道，嗟嗟丰蔀之下何所不至哉？良可痛已。大都官赈官粜，不得其方，比比然也。然以赈蠲、折三者较其利下，则赈宜及民，特行之未善耳。蠲、折利有田者，而无田者不沾其滴沥也；利在征输时，而灾伤时无益其庚癸也。权其利国，则帑藏之出，不可屡侥，京边之储，不蒙轻贷。惟折则在司农不失故额之用，在灾民得免浮耗之征。若折轻而减于买价，谷留而供于时哺，则又法外之仁也。然迩者太仓积贮渐虚，已讳言折，惟原定轻赍数万石以待四方之以水旱告者，或可得也。其详见先君子与邑令李公书中。夫赈之难，在开报之不公也，里胥之侵克也，守宰之烦苦也。信矣！予尝谓惟业主之各赈其佃仆，则无是也。四郊之民除稍有已业者，原不在赈例，其余畴不以佃种为业者乎？故举佃仆赈之，尽民矣。亩贷米一斗，佃田十亩之家，得米一石，不独救死两月，可为作息之资矣。业主常靳焉，夫亦未之思乎？夫佃人终岁耰锄，手足涂地，幸而丰熟，半入业主，稍不顺成，则入者居七八，存者一二矣。是其尽筋力之勤，忍啼号之痛，以奉业主，其常也。即云彼资我田，以生我田，独不资彼以艺乎？则贷之云者，非直谋彼之生也，亦为我田之利，且非直令其与之也，犹令估值而偿。在佃仆也，若或贮之，可以有求即得而无恐；在业主也，虽或与之，实则以故易新而无失。藉令他有举要，势必倍称，终无所给，田必污莱，我亦何利焉？予家岁间行之，颇无大费。予故曰：未之思也。往者有司不尝责民之劝借乎？与其借之无交之人，孰若借之佃仆之有恩义也？不得已而为有司之赈，莫若按里甲而赈之。里举其殷实忠直者一人，督同里长报其里之贫者，计户而与之。即有相欺，不至相远。且彼殷厚者未必以此微利而以身试法也。至于急而煮粥，则无策之策矣。江南之人，非必不谋生，安忍乞食，非其本业，必无可为安，忍弃而就食，故仰粥以生，诚危迫之甚矣。饥饱不时，宿歇无地，聚集饥众则秽气薰蒸，疾疫易作，自古凶荒瘵疠，势必兼行，正以是也。是欲以生之而反杀之也。必也洁其爨燎，时其饥饱，方一二里间即择一地，俾之列坐，与之传餐，庶聚不至众，贫不至伤，去家不至远，可无露处烟火相望，同时给食，可无他顾。日起就食，皆其熟识，可无剃眉矣。其要又在有司单车轻骑，不时巡行，以警其不恪不洁者，庶几有疗乎？常平社仓古人有之，法非不善，名非不美，得其人为利诚多，非其人害亦不少，未当轻议也。若将姑务其名以涂塞当道者耳目，吾弗知之矣。

艺文九

（食货典第一百二卷）

目录

除蝗疏　　明·元扈先生

国家不务蓄积，不备凶饥，人事之失也。凶饥之因有三：曰水，曰旱，曰蝗。地有高卑，雨泽有偏被，水旱为灾，尚多幸免之处。惟旱极而蝗，数千里间草木皆尽，或牛马毛幡帜皆尽，其害尤惨过于水旱也。虽然水旱二灾，有重有轻，欲求恒稔，虽唐尧之世，犹不可得。此殆由天之所设。惟蝗不然，先事修备，既事修救，人力苟尽，固可殄灭之无遗育。此其与水旱异者也。虽然水而得一丘一垤，旱而得一井一池，即单寒孤子，聊足自救。惟蝗又不然，必藉国家之功令，必须百郡邑之协心，必赖千万人之同力，一身一家，无戮力自免之理。此又与水旱异者也。总而论之，蝗灾甚重，而除之则易，必合众力共除之然后易。此其大指矣。谨条例如左：

一、蝗灾之时。谨案：春秋至于胜国，其蝗灾书月者一百一十有一，书二月者二，书三月者三，书四月者十九，书五月者二十，书六月者三十一，书七月者二十，书八月者十二，书九月者一，书十二月者三。是最盛于夏秋之间，与百谷长养成熟之时，正相值也。故为害最广。小民遇此，乏绝最苦。若二三月蝗者，按《宋史》言：二月开封府等百三十州蝗蝻复生，多去岁蛰者。《汉书》安帝永和四年、五年，比岁书夏蝗。而六年三月，书去岁蝗处，复蝗子生，曰蝗蝻。蝗子则是去岁之种，蝗非蛰蝗也。闻之老农，言蝗初生如粟米，数日旋大如蝇，能跳跃群行，是名为蝻。又数日即群飞，是名为蝗。所止之处，喙不停啮，故《易林》名为饥虫也。又数日孕子于地矣。地下之子，十八日复为蝻，蝻复为蝗，如是传生，害之所以广也。秋月下子者，则依附草木，枵然枯朽，非能蛰藏过冬也。然秋月下子者，十有八九，而灾于冬春者，百止一二，则三冬之候，雨雪所摧陨，灭者多矣。其自四月以后而书灾者，皆本岁之初蝗，非遗种也。故详其所自生，与其所自灭，可得殄绝之法矣。

一、蝗生之地。谨案：蝗之所生，必于大泽之涯。然而洞庭彭蠡具区之旁，终古无蝗也。必也骤盈骤涸之处，如幽涿以南，长淮以北，青兖以西，梁宋以东，诸郡之地，湖漅广衍，暵溢无常，谓之涸泽，蝗则生之。历稽前代及耳目所睹记，大都若此。若他方被灾，皆所延及，与其传生者耳。略摭往牍，如《元史》百年之间所载，灾伤路郡州县，几及四百，而西至秦晋，称平阳、解州、华州各二；称陇陕、河中，称绛、耀、同、陕、凤翔、岐山、武功、灵宝者各一；大江以南，称江浙龙兴、南康、镇江、丹徒各一。合之二十有二，于四百为二十之一耳。自万历三十三年北上，至天启元年南还，七年之间，见蝗灾者六，而莫盛于丁巳。是秋奉使夏州，则关陕邠岐之间遍地皆蝗，而土人云百年来所无也。江南人不识蝗为何物，而是年亦南至常州，有司士民尽力扑灭乃尽。故涸泽者，蝗之原本也。欲除蝗，图之此其地矣。

一、蝗生之缘，必于大泽之旁者。职所见万历庚戌滕邹之间，皆言起于昭阳、吕孟湖。任丘之人言蝗起于赵堡口，或言来从苇地。苇之所生，亦水涯也，则蝗为水种，无足疑矣。或言是鱼子所化，而职独断以为虾子。何也？凡倮虫、介虫与羽虫则能相变，如螟蛉为果蠃，蛣蜣为蝉，水蛆为蚊是也。若鳞虫能变为异类，未之闻矣。此一证也。《尔雅·翼》言：虾善游而好跃，蝻亦善跃。此二证也。物虽相变，大都蜕壳即成，故多相肖。若蝗之形，酷类虾，其首其身、其纹脉肉味、其子之形味，无非虾者。此三证也。又蚕变为蛾，蛾之子复为蚕。《太平御览》言丰年则蝗变为虾，知虾之亦变为蝗也。此四证也。虾有诸种。白色而壳柔者散子于夏初，赤色而壳坚者散子于夏末，故蝗蝻之生，亦早晚不一也。江以南多大水而无蝗，盖湖漅积潴，水草生之。南方水草，农家多取以壅田，就不其然，而湖水常盈，草恒在水，虾子附之，则复为虾而已。北方之湖盈则四溢，草随水上，迨其既涸，草留涯际，虾子附于草间，既不得水，春夏郁蒸，乘湿热之气，变为蝗蝻，其势然也。故知蝗生于虾，虾子之为蝗，则因于水草之积也。

一、考昔人治蝗之法，载籍所记颇多。其最著者，则唐之姚崇；最严者，则宋之淳熙敕也。崇传曰：开元三年，山东大蝗，民祭且拜，坐视食苗不敢捕。崇奏：《诗》云：秉彼蟊贼，付畀炎火。汉光武诏曰：勉顺时政，劝督农桑；去彼螟蜮，以及蟊贼。此除蝗证也。且蝗畏人易驱，又田皆有主，使自救其地，必不惮勤。请夜设火，坎其旁，且焚且瘗，乃可尽。古有讨除不胜者，特人不用命耳。乃出御史为捕蝗使，分道杀蝗。汴州刺史倪若水上言：除天灾者，当以德。昔刘聪除蝗不克而害愈甚。拒御史，不应命。崇移书谓之曰：刘聪伪主德不胜妖，今妖不胜德。古者良守，蝗避其境，谓修德可免。彼将无德致然乎？今坐视食苗，忍而不救，因以无年，刺史其谓何？若水惧，乃纵捕，得蝗四十万石。时议者喧哗。帝疑，复以问。崇对曰：庸儒泥文不知变，事固有违经而合道、反道而适权者。昔魏世山东蝗，小忍不除，至人相食。后秦有蝗，草木皆尽，牛马至相啖毛。今飞蝗所在充满，加复蕃息，且河南、河北家无宿藏，一不获则流离安危系之。且讨蝗纵不能尽，不愈于养以遗患乎？帝然之。黄门监卢怀慎曰：凡天灾，安可以人力制也？且杀蝗多，必戾和气。愿公思之。崇曰：昔楚王吞蛭而厥疾瘳，叔敖断蛇福乃降。今蝗幸可驱，若纵之，谷且尽，如百姓何？杀虫救人，祸归于崇，不以累公也。蝗害讫息。宋淳熙敕：诸虫蝗初生若飞落，地主邻人隐蔽不言，耆保不即时申举扑除者，各杖一百。许人告报。当职官承报不受理，不即亲临扑除或扑除未尽而妄申尽净者，各加二等。诸官司荒田牧地经飞蝗住落处，令佐应差募人取掘虫子，而取不尽因致次年生发者，杖一百。诸蝗虫生发飞落及遗子而扑除不尽至再生发者，地主、耆保各杖一百。又因穿掘打扑损苗种者，除其税，仍计价，官给地主钱数，毋过一顷。此外复有二法：一曰以粟易蝗。晋天福七年，命百姓捕蝗一斗，以粟一斗偿之。此类是也。一曰食蝗。唐贞元元年夏蝗，民蒸蝗曝，扬去翅足而食之。臣谨案：蝗虫之灾，不捕不止。倪若水、卢怀慎之说谬也。不忍于蝗而忍于民之饥而死乎？为民御灾捍患，正应经义，亦何违经反道之有？修德修刑，理无相左。夷狄盗贼，比于蝗灾，总为民害，宁云修德可弭，一切攘却捕治之法废而不为也？淳熙之敕，初生飞落，咸应申报，扑除取掘，悉有条章，今之官民所未闻见。似应依仿申严定为公罪，著之絜令也。食蝗之事，载籍所书不过二三。唐太宗吞蝗以为代民受患，传述千古矣。乃今东省畿南用为常食，登之盘飧。臣常治田天津，适遇此灾。田间小民不论蝗蝻，悉将煮食。城市之内，用相馈遗。亦有熟而干之粥于市者，则数文钱可易一斗。啖食之余，家户囷积，以为冬贮，质味与干虾无异。其朝晡不充，恒食此者，亦至今无恙也。而同时所见山陕之民，犹惑于祭拜，以伤触为戒。谓为可食，即复骇然。盖妄信流传，谓戾气所化，是以疑神疑鬼，甘受戕害。东省畿南既明知虾子一物，在水为虾，在陆为蝗，即终岁食蝗，与食虾无异，不复疑虑矣。

一、今拟先事消弭之法。臣窃谓既知蝗生之缘，即当于本原处计画。宜令山东、河南、南北直隶有司衙门，凡地方有湖荡淀洼积水之处，遇霜降水落之后，即亲临勘视，本年潦水所至，到今水涯有水草存积，即多集夫众侵水芟刈，敛置高处，风戾日曝，待其干燥，以供薪燎。如不堪用，就地焚烧，务求净尽。此须抚按道府实心主持，令州县官各各同心协力，方为有益。若一方怠事，就此生发，蔓及他方矣。姚崇所谓“讨除不尽者，人不用命”，此之谓也。若春夏之月，居民于湖淀中捕得子虾一石，减蝗百石；干虾一石，减蝗千石。但令民通知此理，当自为之，不烦告戒矣。

一、水草既去，虾子之附草者可无生发矣。若虾子在地，明年春夏得水土之气，未免复生。则须临时捕治。其法有三：其一，臣见傍湖官民，言蝗初生时，最易扑治。宿昔变异，便成蝻子，散漫跳跃，势不可遏矣。法当令居民里老时加察视，但见土脉坟起，即便报官，集众扑灭。此时措手，力省功倍。其二，已成蝻子，跳跃行动，便须开沟捕打。其法视蝻将到处，预掘长沟，深广各二尺，沟中相去丈许，即作一坑，以便埋掩。多集人众，不论老弱，悉要趋赴，沿沟摆列，或持帚，或持扑打器具，或持锹锸，每五十人，用一人鸣锣其后。蝻闻金声，努力跳跃，或作或止，渐令近沟。临沟即大击不止，蝻虫惊入沟中，势如注水。众各致力，扫者自扫，扑者自扑，埋者自埋，至沟俱满而止。前村如此，后村复然，一邑如此，他邑复然，当净尽矣。若蝻如豆大，尚未可食。长寸以上，即燕齐之民畚盛囊括负戴而归，烹煮暴干以供食也。其三，振羽能飞，飞即蔽天，又复能渡水，扑治不及。则视其落处，纠集人众，各用绳兜兜取，布囊盛贮，官司以粟易之。大都粟一石易蝗一石，杀而埋之。然论粟易，则有一说。先儒有言救荒莫要乎近其人，假令乡民去邑数十里，负蝗易粟，一往一返，即二日矣。臣所见蝗盛时，幕天匝地，一落田间，广数里，厚数尺，行二三日乃尽。此时蝗极易得，官粟有几，乃令人往返道路乎？若以金钱近其人而易之，随收随给，即以数文钱易蝗一石，民犹劝为之矣。或言差官下乡，一行人从未免蚕食里正民户，不可不戒。臣以为不然也。此时为民除患，肤发可捐，更率人蚕食，尚可谓官乎？佐贰为此，正官安在？正官为此，院道安在？不于此辈创一警百而惩噎废食，亦复何官不可废，何事不可已耶？且一郡一邑，岂乏义士？若绅若弁，青衿义民，择其善者，无不可使，亦且有自愿捐赀者，何必官也？其给粟则以得蝗之难易为差，无须预定矣。

一、后事剪除之法，则淳熙令之取掘虫子是也。《元史·食货志》亦云：每年十月，令州县正官一员巡视境内有虫蝗遗子之地，多方设法除之。臣案：蝗虫下子，必择坚垎黑土高亢之处，用尾栽入土中下子。深不及一寸，仍留孔窍；且同生而群飞群食，其下子必同时同地，势如蜂窠，易寻觅也。一蝗所下十余，形如豆粒，中止白汁，渐次充实，因而分颗一粒，中即有细子百余。或云一生九十九子，不然也。夏月之子易成，八日内遇雨则烂坏，否则至十八日生蝻矣。冬月之子难成，至春而后生蝻，故遇腊雪春雨则烂坏不成，亦非能入地千尺也。此种传生，一石可至千石。故冬月掘除，尤为急务，且农力方闲，可以从容搜索。官司即以数石粟易一石子，犹不足惜。第得子有难易，受粟宜有等差，且念其冲冒严寒，尤应厚给，使民乐趋其事可矣。臣案：已上诸事，皆须集合众力，无论一身一家、一邑一郡，不能独成其功。即百举一隳，犹足偾事。唐开元四年夏五月，敕委使者详察州县勤惰者，各以名闻。繇是连岁蝗灾，不至大饥。盖以此也。臣故谓主持在各抚按，勤事在各郡邑，尽力在各郡邑之民。所惜者北土旷闲之地，土广人稀，每遇灾时，蝗阵如云，荒田如海，集合佃众，犹如晨星，毕力讨除，百不及一，徒有伤心惨目而已。昔年蝗至常州，数日而尽，虽缘官勤，亦因民众。以此思之，乃愈见均民之不可已也。

一、备蝗杂法有五：

一、王祯《农书》言：蝗不食芋桑与水中菱芡。或言不食绿豆、豌豆、豇豆、大麻、苘麻、芝麻、薯蓣。凡此诸种，农家宜兼种，以备不虞。

一、飞蝗见树木成行，多翔而不下，见旌旗森列，亦翔而不下。农家多用长竿，挂衣裙之红白色，光彩映日者，群逐之，亦不下也。又畏金声炮声，闻之远举。总不如鸟铳入铁砂或稻米，击其前行，前行惊奋，后者随之去矣。

一、除蝗方用稈草灰、石灰等分为细末，筛罗禾谷之上，蝗即不食。

一、傅子曰：陆田命悬于天，人力虽修，苟水旱不时，一年之功弃矣。水田之制由人力，人力苟修，则地利可尽也。且虫灾之害，又少于陆。水田既熟，其利兼倍，与陆田不侔矣。

一、元仁宗皇庆二年，复申秋耕之令。盖秋耕之利，掩阳气于地中，蝗蝻遗种翻覆坏尽。次年所种必盛于常禾也。

辟谷法　　前人

荒饥之极，则辟谷之法亦可用。为辟谷方者，出于晋惠帝时黄门侍郎刘景先，遇太白山隐士，所传曾见石本，后人用之多验。今录于此。昔晋惠帝时永宁二年，黄门侍郎刘景先表奏：臣遇太白山隐士，传济饥辟谷仙方。上进言：臣家大小七十余口，更不食别物，惟水一色。若不如斯，臣一家甘受刑戮。今将真方镂板，广传天下。大豆五斗，净淘洗蒸三遍，去皮。又用大麻子三斗，浸一宿，漉出蒸三遍，令口闭。右件二味，豆黄捣为末，麻仁亦细捣，渐下黄豆同捣，令匀作团子，如拳大，入甑内蒸，从初更进火，蒸至夜半子时住火，直至寅时出甑，午时晒干，捣为末。干服之，以饱为度，不得食一切物。第一顿得七日不饥，第二顿得四十九日不饥，第三顿得三百日不饥，第四顿得二千四百日不饥，更不服永不饥也。不问老少，但依法服食，令人强壮，容貌红白，永不憔悴。渴即研大麻子汤饮之，转更滋润脏肺。若要重吃物，用葵子三合许，水煎冷服，取下其药如金色，任吃诸物；并无所损。前知随州朱贡教民用之有验，序其首尾，勒石于汉阳军大列山太平兴国寺。又传写方，用黑豆五斗，淘净蒸三遍，晒干去皮，细末。秋麻子三升，温浸一宿，去皮晒干，为细末。细糯米三升，做粥熟，和捣前二味为剂。右件三味合捣，为如拳大，入甑中蒸一宿，从一更发火，蒸至子时，日出方才取出甑，晒至日午令干，再捣为末。用小枣五斗，煮去皮核，同前三味为剂，如拳头大，再入甑中蒸一夜，服之以饱为度。如渴者，淘麻子水饮之，便更滋润脏腑。芝麻汁无白汤，亦得少饮，不得别食一切之物。又许真君方，武当山李道人传，累试有验。避难歇食方：用白面六两、黄蜡三两、白胶香五两，右拌将前面冷水冻冷，熟如打面一同，然后为圆如黑豆大，日晒干，再将蜡溶成汁了，将圆子投入内，打令匀，候冷，单纸裹，安在净处。如服时，每日早晨空心可服至三五十丸，冷水咽下，不得热食。如要吃时，任意不妨。又服苍术方：用苍术一斤，好白芝麻香油半斤，右件将术用白米泔浸一宿取出，切成片子，前香油炒令熟，用瓶盛取。每日空心服一撮，用冷水汤咽下，大能壮气驻颜色辟邪，又能行履。饥即服之。详此数方，其间所用品味不出乎谷，民间亦难卒得。若官中预蓄品味，饥岁荒年给赐饥民，无资粮赈济之劳，而可延饥莩时月之命。实益世之方，安可秘而不流传哉?

建议常平仓廒　　张朝端

伏睹《大明会典》：洪武初，令天下县分各立预备四仓，官为籴谷收贮，以备赈济，就责本地年高笃实人民管理。盖次灾则赈粜，其费小；极灾则赈济，其费大。曰赈济，则赈粜在其中矣。赈粜即常平法也。奈何岁久法湮，各州县仅存城内预备一仓，其余乡社仓尽亡之矣。看得天灾流行，国家代有，则救荒之政，诚当亟讲。顾既荒而赈救之也难，未荒而预备之也易。今之谈荒政者，不越二端：曰义仓，曰社仓，此预备而敛散者也；曰平粜，曰常平，此预备而粜籴者也。昔魏李悝平粜法，中饥则发中熟之所敛，大饥则发大熟之所敛而粜之。汉耿寿昌请令边郡筑仓，以谷贱时则增价而籴以利农，谷贵时则减价而粜以利民，名曰常平仓。英雄豪杰先后所见略同，万世理荒之上策在是矣。今欲为生民长久之计，则常平仓断乎当复者。兹欲令各属县备查四乡，有仓者因之，有而废者修之。无者，各于东西南北适中、水陆通达、人烟辏集高阜去处，官为各立宽大坚固常平仓一所。仓基约四亩，合用工料，本道查发赃罚，并该府县查处无碍官银辏合，陆续备办建造。每岁将守巡道及府县所理罪犯纸赎，实将一半籴谷入仓，或查有废寺田产及无碍官银，听其随宜籴买。又或民愿纳谷者，一如祖宗已行之法，一千五百石，请敕奖为义民；三百石以上，勒石题名。或如近日救荒之令，二百石以上给与冠带，五十石以上给与旌扁。大约每乡一仓，上县籴谷五千石，中县籴谷四千石，下县籴谷三千石，各实之。但不许逼抑科扰平民。各择近仓殷富笃实居民二名掌管，免其杂差，准其开耗。每收谷一百石，待后发粜之时，每名准与平粜三石，二名共粜六石，以酬其劳。粜完，即换掌管，勿使重役。城中预备仓，照常造送查盘。四乡常平仓，免送查盘。止于年终，各仓经管居民，将旧管新收开除实在总撒数目，用竹纸小册开报该县，县将四仓类册申送各院并布政司及道府查考。凡收粜，俱该县掌印官或委贤能佐贰官监督，不许滥委滋弊。谷到，用该县原发较勘平准斛斗收量明白，暂贮别所。积至百石以上，方许禀官一收。如有临收留难及未收虚出仓收、既收侵盗私用、冒借亏欠等弊，查追完足，各县径自从轻发落。其有侵冒至百石者，通详定夺。每岁秋冬之交，本道或该府掌印管粮官单车间一巡视，以防掌印官之治名而不治实者。每除无饥、小饥之年不粜外，或值中饥、大饥，四乡管仓人役禀官监粜，另委富民数名，用官较平等收银。其出粜一节，当与四邻保甲之法并行。如该乡谷多，即粜谷一禀，保甲一周；谷少，则粜谷分为二三日或四五日，保甲一周。务使该乡积贮之谷数，可待饥民冬春之籴数方善。四乡不能尽同，各宜审量行之。大率赈粜与赈济不同，不必每甲寻贫民而审别之，以多寡其谷数。如一甲应籴五斗，或一石或二石，则甲甲皆同。惟以谷摊人，不以人增谷。籴银每甲一封亦可，庶乎易简不扰。或甲中十家轮籴，则每日每甲籴不过二人，每人籴不过二斗。此荒年赈粜之大较也。每乡除无灾都保不开外，先期将有灾保甲，派定次序，分定月日，某日粜某保某甲，某日粜某保某甲，明白出令保正副公举贫民，至期令其持价籴买。如富者混买，连坐保甲，仍行宋张咏赈蜀之法，一家犯罪，十家皆坐不得粜。中饥粜仓谷之半，大饥粜仓谷之全，俱照原籴价银出粜，不可加增。宁减之，大约减荒年市价三分之一，方可压下谷价，不至腾踊。或仓谷粜尽而民饥未已，则慎选员役持所粜之谷本，赴有收去处，循环籴粜，源源而来，民自无饥。救荒有功员役，分别奖赏。此盖储用社仓之法，而粜用常平之意者也。四乡粜完，即将谷价送官，听掌印官于秋成之日，就近各选殷实人户领银，尽数照时价籴谷，虽牙脚等费、晒扬等耗与造册纸张工食等项，俱准开销。其谷晒扬干洁，官监上仓，如法安置。仍总计籴谷正银并牙脚折耗等费，每石约共银若干，报官贮册，以为日后出粜张本。官不得将银贮库过冬，致高杀价难买。如谷贱不籴，责有所归。是仓不设于空僻去处，恐荒年盗起，是赍之粮也。谷不隶于台使查盘者，恐委盘问罪，是遗之害也。行平粜之政，而不用称贷取息之法者，恐出纳追呼，蹈青苗法之扰民也。盖社仓之法立，则以时敛散，富者不得取重息，而贫民沾惠于一岁之中。常平之法立，则减价粜卖，富者不得腾高价，而贫民受赐于数十年后大饥之日。昔苏文忠公自谓在浙中二年，亲行荒政，只用出粜常平米一事，更不施行余策。若欲抄劄饥贫，不惟所费浩大，有出无收，而此声一布，饥民云集，盗贼疾疫，主客俱敝。惟有依条将常平斛斗出粜，即官司简便，不劳抄劄、勘会、给纳烦费，但将数万石斛斗在市，自然压下物价。境内百姓，人人受赐。此前贤已试之法，信不我欺。故曰：常平法断当复也。就经金衢二府勘议申呈，随该本道看得城内之预备仓以待赈济，然有出无收，其费甚钜。四乡之社仓以待敛散，然易散难敛，其弊颇多。惟常平仓，胡端敏公所谓不必更为立仓，就当藏谷于四乡仓之侧者，其法专主粜籴，而籴本常存，盖不费之惠，其惠易遍，弗损之益，其益无方，诚救荒之良策矣。矧今节奉明文，建仓积谷，以备凶荒，此正兴复常平仓之大机也。但积谷固难，建仓尤难；建一时美观之仓非难，建百年永赖之仓为难。欲如法建仓，非多方处费不可。今据二府属县查勘，四乡仓基虽各就绪，而营造之费则未备也。本道随查将守巡二道项下纸赎，每县先坐发银四十两，各为买基造仓之费。余少工料合听陆续议处外，惟事当经始，若非仰藉各院明示允赐遵行，曷克有济？合无候详允日，备行各府，定委管粮通判专董其事，仍严督各县掌印官，先将查出各乡仓基旧址及空闲官地并尚义捐助者，听从建仓外，若系凑买民地，即以所发纸赎，照时值给买，不得亏损于民。其仓务要宏敞坚固，可垂百年盖藏之计，宁广毋狭，宁质毋文，毋惜小费，毋急近功。见在兴工匠役食费，应照府议，行令各县酌量动支预备仓谷给用，仓簿内按季开报。欠少工料价值，悉听本道陆续查发赃罚，或该府县查处无碍官银，请详动支，辏合建造，并不许分毫科扰里甲。如公费一时不能接济，许于四仓之中择近便，或一仓，或二仓，先行起建，余听渐举。至于各仓谷本，以后许将守巡道并府县所理罪犯纸赎，实将一半籴谷入仓，仍听查处别项无碍官银，随宜籴买，陆续积贮，不急取盈。如民间有义助建仓及输粟备赈者，照依前例，呈请分别奖劝，但不许坐派大户，科罚扰民。其余籴买、安置、掌管、稽查、粜放等项事宜，悉照前议举行。工完之日，听道府亲行查阅有功员役，甄别奖赏。年久仓有损坏，如无官银，准及时支谷修理，但不许贱算谷价。仍令该府县掌印官遵照新颁保民实政簿式，将创修过仓廒、积贮过谷数等项逐款填造，遇蒙各院巡历复命及本官考满，一体申送稽核。中间未尽事宜，俟本道博采舆论，随时斟酌举行。

一、定仓基。凡仓基俱南向，以四亩为率；或地不足四亩者，听其随地建造。前后左右段落，务要酌量停匀，毋使偏邪。甚有基地不足三亩者，听其将社学及看仓耳房从便另造于别地，不造入仓内亦可。然地基窄狭者，正厅房门可小，而两仓房间架断不可小。以其每间盛谷，原约四百石有余，小则难容也。各仓基址必择高阜之处，以避水湿浸谷。若地有不平者，须填补方正平坦，方可兴工。四面水道，必开浚归一，不得听其二三漫流。各县先将四仓四至丈尺亩数、坐落地名与应建仓廒厅舍间数，每仓画图一张，贴说明白，并应给买民基价数，一一勘处停妥，径送二道及该府厅查核。

一、定仓式。保民实政簿开各县立四乡仓，每县积谷务期万石为率，州县大者倍之，则大县当储二万石，中县一万五千石，小县一万石矣。今议颁仓式，该府厅督令各县相度地基，依式建造。每县各分四乡，每乡建仓一所，头门一座，约高一丈三尺八寸，中阔一丈，入深连檐一丈七尺六寸。两傍耳房每间阔八尺，以便住看仓人役。顶上用大竹篌覆之。盖瓦大门二扇，每扇阔三尺。东西廒房，大县共该贮谷五千石，每边应造廒房七间，中县约共四千石，每边应造廒房五间；小县约共二千五百石，每边应造廒房三间。每廒房一间，约贮谷四百石以上，约高一丈三尺六寸，阔一丈一尺二寸，入深一丈六尺。廒内先用地工将廒深筑坚实，外檐用石板镶砌，内用厚砖砌底，仍用条石垫阁楞木，从宜铺钉松木、杉木厚板，方铺簟席。其仓顶上方木为椽，椽上用板幔，板上用大毛竹打笆覆之。笆上用土，土上盖瓦，其瓦须密。各周围廒墙角阔二尺八寸，先行筑实，方用条石砌脚三层，上用地伏砖扁砌，纯灰抿缝，中用稍碎砖瓦，少以泥和填实，仍用铁牵铃钉。如地势高燥者，四面俱用砖墙，廒后及两侧墙俱包檐。廒前墙上檐阔二尺四寸，不拘七间、五间、三间，中俱隔为三段。七间者中三间，两傍各二间；五间者中三间，两傍各一间；三间者亦隔三段，各开三门。气楼亦如之。其廒内贴墙处，用木栅，钉相思缝厚板，使谷不着墙，以防浥烂。廒口亦用相思厚板横闸。如地势卑湿者，廒前一面不用砖墙，廒板外用圆木栅栏一带。上面建廊，阔五尺六寸。厅前及两仓外明堂空地，俱用石板铺平，以便晒谷。正厅三间，中间止作一天花板，悬圣谕六条，以便朔望讲习乡约，约高一丈九尺六寸，中间阔一丈四尺八寸。两傍每间阔一丈四寸，入深除檐二丈四寸，中间照壁，门六扇。厅前两傍用栏杆，外檐三尺，顶上用便砖，砖上用瓦。内地用方砖砌，檐下石板幔。三面墙垣，墙脚阔二尺，先用地工筑实，方用大石板砌脚三层，上用地伏砖扁砌，亦用铁牵钤钉牢固。后社学三间，或买旧砖建造，约高一丈七尺二寸，中间阔一丈一尺二寸，两傍每间阔一丈，深一丈六尺四寸。顶上用幔板铺完盖瓦，内地用方砖砌，两傍用砖砌，腰墙上用窗，每边四扇，中间用槅门四扇。三面墙垣，墙脚阔二尺，先用地工筑实脚，用石砌二层，高二尺，上用砖砌本仓外。周围墙垣墙脚阔三尺五寸，约高一丈一尺，上用墙梯瓦盖，先用地工深筑坚实。墙脚用大石块砌，高三尺，方用土筑，务离仓墙一二丈，内可容人行，其土不可贴近本墙掘取。以上各项仓房厅舍，务期坚固经久，不在华美。其丈量地基、起造房屋，并量木植砖石，俱用大官钞尺为准，其木匠小尺不用。须使画一，毋致参差。

一、办仓料。仓廒每边七间，合用柱木每根径六寸，矮柱每根径六寸，桁条每根径五寸五分，抽楣每根径四寸，椽木每根径三寸，穿栅木每根径四寸，地板楞木每根径五寸，地板壁板每块厚八分。正厅三间合用中柱木每根径一尺一寸，用实木边柱每根径九寸，大梁每根长二丈、径一尺四寸，二梁每块长一丈、径一尺一寸，步梁每块长八尺、径一尺，抽楣木每根径四寸五分，桁条每根径六寸，椽木每根径三寸。门房三间，合用柱木每根径五寸，桁条每根径四寸，抽楣木每根径三寸。大门二扇，每扇阔三尺。后社学三间，合用柱木每根径六寸，桁条每根径五寸五分，抽楣木每根径三寸五分，大梁每根径九寸、长一丈八尺，二梁每块径八寸五分、长一丈，椽木每根径二寸五分。顶上用幔板铺完，盖瓦。其余帮机、连檐、门窗等项开载不尽者，俱要随宜酌量，采买制作，务使与各项材木大小规式相称。凡砖瓦，就于近仓之地，立窑一二座，令窑户自烧造石灰见买。地伏砖，每块长一尺二寸，阔七寸，厚三寸，秤重一十八斤，上烧“常平”二字。开砖每块长一尺一寸，阔五寸，厚一寸，上烧“常平”二字。方砖每块长一尺，阔一尺。便砖每块长七寸，阔六寸三分。瓦每块长九寸，阔七寸，重一斤半。凡采买木植，俱要选择圆长、首尾相应、干燥老黄色者，毋将背山白色嫩木搪塞虚应。石板采买上好青白坚细者，黄色疏烂者不用。其砖瓦须择青色者，如黄色者不用。以上各项物料，各县掌印官亲将每仓应造廒房厅舍逐一亲自从实勘估，酌量某项应用若干，该价若干，某项应用若干，该价若干，估定照数给银，责令原定各役采买木石等料搬运一到，即具数报掌印官，并佐贰委官及总管各查验，拣选堪用者收之，不堪者即时退换，不得虚冒混收。烧造砖瓦，不如式者不许混用。仍置簿送县印钤，日逐登填收发数目明白，委官不时稽查。各县仍将查估过工料价银总撒数目逐一造册，报道查核。东西两边仓廒与正厅一应木石砖瓦，皆用新料。其门房、社学材植等料，倘有见成民房愿卖，可以改用者，一照时价给与，见银平买，庶工省费廉，建造尤速，惟不亏其价，而人自乐从矣。

一、督保甲。凡保甲之法，先行府督令各县举行。当趁冬月农隙之时，上紧督催，各查照原行审编。其四乡保甲，以在城保甲分东西南北各统之。凡各乡仓工，如有迟误，即以在城保甲各催在乡保甲，以在乡保甲各催管工人役，不得用公差下乡，恐滋烦扰。

积贮条件 吕 坤

谷积在仓，第一怕地湿房漏，第二怕雀入鼠穿。此其防御不在人力乎？大凡建仓，择于城中最高处所，院中地基务须鳌背，院墙水道务须多留。凡邻仓廒居民，不许挑坑聚水，违者罚修仓廒。一、仓屋根基，须掘地实筑。有石者，石为根脚；无石者，用熟透大砖磨边对缝，务极严匝。厚须三尺，丁横俱用交砖，做成一家，以防地震。房须宽，宽则积谷石于其中，不至郁蒸；须高，高则气得泄。仰覆瓦须用白矾水浸，虽连阴弥月，亦不渗漏。梁栋椽柱务极粗大，应费十金者，费十五、二十金。一时无处，固利于苟完；数年即更，实贻之倍费。故善事者一劳永逸，一费永省，究意较多寡一费之所省为多也。以室家视仓廒者，当细思之。一、风窗本为积热坏谷，而不知雀之为害也。既耗我谷，而又贻之粪，食者甚不宜人。今拟风窗之内，障以竹篾，编孔仅可容指，则雀不能入仓。墙成后洞开风窗，过秋始得干透。其地先铺煤灰五寸，加铺麦糠五寸，上墁大砖一重。糯米杂信浸和石灰，稠黏对合砖缝。如木有余，再加木板一周；缺木处所，钉席一周可也。一、假如仓廒五间，东西稍间，各用板隔断，与门楣齐。谷止积于四间，留板隔东一间，如常闲空。值六七月久阴气湿，或新收谷石生性未除，倘不发泄，必生内热。州县官责令管仓人役，将谷自东第三间起倒入东一间闲空之处，一间倒一间，是满仓翻转一遍，热气自泄，本味自全，何红腐之有？一、太仓禁用灯火。今积柴安灶，全无禁约，万一火起，何以救之？以后不许仍用。官吏饭食，外面吃来，不得已者送饭。冬月但用汤壶，如违重治。一、仓斛有洪武年间铁样，用木，边角以铁叶固之，以防开缝。仍用印烙其四里，以防剜空。但有不系官烙，自作矮身阔口及小出大入者，坐赃重究。

乐昌义仓记 杨起元

乐昌县之有义仓，县大尹龙泉张祖炳创也。仓以义名何居？一曰别乎预备也，一曰宜也。尹以爱民之心而倡之乎上，民各以自爱而应之于下，其于事也，不亦宜乎？故曰义仓。尹属其耆老而询之曰：百姓丰歉皆不足，为何？耆老对曰：民等寡生聚，恃谷以活。岁歉则田者之所入尽输于有田者，比其欲食也，富家得以腾其粜。岁丰则田者之所入悉迁诸贾人，比其欲食也，富家又得而腾其粜。故丰歉皆不足也。尹于时属其富民而告之曰：恃汝之有余而操人之不足也，义乎？皆应曰：否。尹曰：有道于此，一推汝之有余而不足者永赖焉，则汝愿之乎？皆应曰：愿之。尹曰：然则为义仓。于是上富者出粟百石以上，中富者五十石以上，下者十石以上。不旬月而邑之致粟者七十余家，为义仓焉。义仓之法，立保正一人，主其籍，保副一人，司其钥，择子弟之精敏有行者二三人，视收放焉。每岁季春朔发仓听贷，秋大熟，征息二，小饥息一，大饥免。及本息之相权也，停其息，唯石五升之耗。谷入，辨美恶，收无滥，滥收者坐之偿。谷出，审斛秤衡，私者有罪。所以为之可继而勿坏也。贷每十人连结，中推二人保。比其收也，征诸保则民不扰。凡贷有三：无恒产而有恒心者贷，力农者贷，有恒产者贷。不贷者有三：游手游食者不贷，素无信义而人未之结者不贷，一次负欠者不贷。所以寓旌别也。谷本四千五百石有奇，数岁息倍之，以其半贷，以其半平籴。贷以三月，籴以五月。毋先时而罄，所以待不虞也；小歉不赈，所以励民事也；稽而不盘，所以宽文法也。建仓五：城内一，城南、郭东、郭西、河南、柏沙五都之谷贮之。土头都一，土头、辛田二都之谷贮之。安口都一，荣村里、田安口、曲、碣四都之谷贮之。罗家渡一，皈上、皈下二都之谷贮之。所以度地之远近，以便兴发也。是举也，可以广王制之所未周，可以辅气化之所不及，可以使富者得义而益荣，可以使贫者有所恃而不恐。尹之用心于民亦勤矣。天下有治人，无治法，后之继尹兹邑者而加之意焉，则此法可以常行，而兹邑之幸厚矣。此邑之父兄子弟所为汲汲而求记于史氏意也。

赈粥十事

王士性

一曰示审法。夫赈恤所以不沾实惠者，止因官照里甲排年编造，而里甲细户散住各乡，不在一处，故里老得任意诡造花名，借甲当乙，无由查核。既住居不一，则其势不得不裹粮入城，赴县候审，喧集耽延。今约报饥民不照里排，止照保甲。州县官先画分界，小县分为十四五方，大县二三十方。大约每方二十里，每方内一义官、一殷实户领之。如此方内若干村，某村若干保，某保灾民若干名，先令保正副造册，义官殷实户核完送县，仍依册用一小票粘各人自己门首，县官亲到，逐保令饥民跪伏门首，按册核查，排门沿户，举目了然。贫者既无遗漏，富者又难诡名，且不致聚集概县之民赴县淹待。他日散粟散粥，亦俱照方举号，挈领提纲，官民两便。

二曰别等第。夫赈多诡冒，良不如散粥便。第生儒之辈，门楣之家，有宁饿死不食嗟来者，则赈尤不可后也。所虑赈粟、散粥两相影射，重支则仓粟不及。各保正副报册之时，即确查次贫愿领赈灾民某人，极贫愿食粥灾民某人。其次贫愿赈者又分为二等，某系正次，量赈若干，某系极次，应多赈若干，庶无冒破。

三曰定赈期。赈之不沾实惠者，非独诡名冒领。即赈矣，里甲一召，四乡云集，由其居错犬牙，一动百动故也。及至城市，动淹旬日，得不偿失，遂弃而归，此谷皆为里长歇家有耳。今既照保甲，可以随方定期，如初三日开仓，则初一日出示：初三日赈东方灾民，仰天字号、地字号若干方保甲带领应赈人赴县，余方不许预动。初四日赈西方，亦如之。南北亦然。如东方至者，亦视其远近以为次第，庶无积日空回之弊。

四曰分食界。今煮粥者多止于城内，则仍为强棍所得啜，而远者、病者、残躯体者，犹然沟中瘠也。故莫若分界而多置爨所。今既每方二十里，则以当中一村为爨所，州县出示，此方东至某村，西至某村，南至某村，北至某村，但在此方之内居住饥民已报名者，方得每日至村就食，令保甲察之；不在此方内者，令还本方，不得预此方之食。庶乎方内之民，极远者不过行十里而返，近者或一二里，人纵饥饿，然午得一饱，缓步而归，明日早至，决不致损命。

五曰立食法。夫煮粥之难，难在分散。待哺既众，彼我相挤，随手授之，不得人人均其多寡。当令饥民至者随其先后，来一人则坐一人，后至者坐先至肩下，但坐下者即不许起。一行坐尽，又坐一行，以面相对，以背相倚。空其中街，可用走动。坐者令直其双足，不许蹲踞盘辟，转身附耳，人头一乱，查数为难。有起便手者，毕则仍回本处。坐至正午，官击梆一声，唱给一次食，即令两人抬粥桶，两人执瓢勺，令饥民各持碗坐给之。其有速食先毕者，或不得再与，再与则乱生。须将头碗散遍，然后击二梆，高唱给二次食，从头又散，亦如之。又遍，然后击三梆，高唱给三次食，从头分散亦如之。三食已毕，纵头食者不得过多，但求免死而已。然后再查簿中谁系有父母妻子、饥病在家、不能自行者，以其所执瓶罐，再给一人之食，与之携归。如是处分俱讫，方令饥民起行。其有流民欲去东西南北，从此方过者，亦照此坐食。但食毕即分派保甲数人，欲东者押过东方，欲西者押过西方，送此境讫，明日不得再预此方之食，恐其聚为乱阶也。

六曰立赈法。临赈无法，则强壮先得，孱弱空手，甚至病瘠者且践踏而死矣。当令各村保饥民随地远近，各定立某处聚集，弗混先后。每一村保用蓝旗一竿先引，次用大牌一面，即照册书各姓名于上，要以军法巡行。保正副领各细户执门首原票，鱼贯从左而入，交票于官。官验毕，钤二斗、三斗字样于票，执之向廒口领谷。一村保毕，堂上鸣锣一声，仍执旗牌，从右引出。听锣声则左者复入，庶无混乱。出者仍令原人押送关外，贫民不许在街停留，富民不许邀截讨债。再差探马于近城一二十里外不时查访，违者即枷号游示，以警其余。

七曰备爨具。煮粥之谷，必发于官仓，不劝借富民，但必须殷实户领之。所领之谷，亦不必定将原谷以夫车络绎于道，但令伊将己谷舂用，不失官数则已。其所领仓谷，任从殷实户附城自粜，在官胥徒不得指以粜官谷勒揹之。至于领谷之后，殷实户与保甲择中村宽阔处所，置灶十余座，或公馆，或寺院，无则空地搭盖篱箔，须可隐风，毋令饥者冻死。又当多置缸桶瓢勺，其碗箸则饥民自备，柴亦取给于官谷。若取于保甲，又必指此以科派细户矣。水则令保甲编户挑之。煮粥之人借用殷实户家丁，庶官与结算谷石之时，不得指他人影射为奸。人饥必成疫，须多置苍术、醋碗熏烧，以逐瘟气。其粥成之后，又须严禁将生水搀稀，致久饥者食后暴死。

八曰登日历。监爨官署一历簿，送州县钤印。如今日初一日起分为二大款：一、本处饥民照其坐位，从头登写花名，赵天钱地，孙元李黄。有父母妻子病在家下、不能来者，公同保甲查的，即注于本人下，父系何名，妻系何姓，不得冒支。前件以上若干人。二、外处流民又分作东西南北四小款：一、某处人某人，某人系欲过东者；一、某系欲走西、走南、走北者。其下即注本日保甲某人送出境讫，违者连坐保甲。前件亦结，以上共若干人。至初二日又分作三大款：一、本处旧管饥民。即昨日给过粥者，官则先照昨日旧名尽数填此项下，来者分付先尽旧人，照昨日坐定点名，如有不到者，大红笔抹去。前件总结共若干人。二、本处新救饥民。其有新来者，令坐旧人之下，以便查点，亦结共若干人。三、外处流移。若流民则每日皆新来者。其昨日给过旧人，除病老不能动移外，再与给食，余者不得存留。照前记共若干人。至初三日以后，即与初二日同，但初二新收者亦作初三旧管登。如初三无新收，即于本款下注无字。如此，不惟人数有所稽查，有一人即有一人之食，合勺米谷，无由冒破。

九曰禁乱民。如此赈粟，如此煮粥，则邑无不遍之村，人无不得之食，病而死者有，饿而死者无矣。各灾民但当安心守法，听候赈期。本州县穷民不许三三五五，强行勒借富户，噪呼嚷乱，致生事端。其外州县流民，亦当散处乞食，不许百十为群，抢夺市集，惊动乡村。违者以乱民论，先打一百棍，绑缚游示三日，处以强盗之律。各州县将本地方饥民有无勒借，流民有无啸聚，盗贼有无生发，五日马上一报，见形察影，预为扑灭。

十曰省冗费。此行审饥，必以官就民。本道单车就道，止用蓝旗四竿，执板皂隶四名，行李一扛，差遣舍快马匹，称是到处，中火止蔬肉三器，诸长吏亦宜如是。如州县正官遍历不完，分遣佐贰或教官，阴医、巡驿等官亦无不可，但须单骑耦役，自赍饮食可也。

买官田议　　　　袁崇友

古者民生则计口授田，其仰事俯畜，皆取足于上之经画，而其人不过优游耕凿，共竭力以治公田，输其什一，罔有所缺。而自天子诸侯、王之卿士，以至于侯国之大夫、庶士，食租衣税，有籍与圭，供给神祇而已。无他也，当此之时，其民率宽然自足，而制国用者亦每酌盈虚，较出入而为之量，使可备缓急。故曰三年耕必余一年之食，九年耕必余三年之食。虽有旱干水溢，民无菜色。何者？其法具也。季世坏井田，开阡陌，民之贫富始不制于上。上之人不过听其民自生、自利、自为，趋避纷然，皆出于苟且，攘夺之行，而不可禁御，富则鼎食餍余，贫则糟糠不给。卒有饥年，而死徙流亡相望于道，亟则化而为盗贼，而上之人乃又从而诛斩之。其平居则征役百兴，攘肌及骨，然则天下之民，亦何所赖于上？上下相离，而无绾结胶漆之意，故往往至于大乱。唐虞三代，斯为邈也。后之贤者，慨然欲起而为之所，而其势终不可以复古。于是乎无以养之平时，而姑欲救之凶岁，虽有良法美意，而皆不过补偏救弊之术。人非其时，辄成刍狗，势则使然，无足怪者。在汉为常平，其法以丰凶收敛出粜取平，而无甚贱甚贵之患。今有司仓谷备赈，出入新陈，即其说也。至隋为社仓，劝民出粟，委之于社，而官无所与，于时为绝美。今义仓实祖其遗。而其弊皆有名无实，惠施不博，无益于事，而其甚则窟穴经营，干没指射，鼠雀有余而黔庶未之一饱。此其故何也？夫治法不如治人，所从来远矣。然其法亦似与今不为便，请具论之。今预留仓所置城市耳，出之而远乡不及也。大抵衙役市人，利官价之平，或反以居积，远乡贫民欲买升斗，率浮于市价矣。然此犹可责之能吏，能吏剔摘抉伏，可无此矣。其远而不能至者，与畏而不愿买者，则无以处也。其既出而复入，必假之里排大户，多为累而不可已者，又无以处也。近始为官买官卖，多幕职佐领，其人皆假贷自悉而供馈运，或赔蚀失耗，皆吞声饮泣矣。如此则何以为常平？而今世义仓，仓与粟皆不知其处，而空取之里排乡约之结报，至劝输大户，虽累千金，不能捐一石，又乌言义也。夫耿寿昌、长孙平远矣！朱元晦尝为义仓长，而其弟子刘愚等二三人为之佐，行之十四年，而法始大备。今四贤不可得，则两者必穷之法也。愚以为不如买官田。今民贫辄鬻田，无岁不有，而各府州县岁皆当有积谷赎锾，当悉以为买本，并取累所积充之田，坐某乡为仓，而选乡之人稍诚实有家者为长，使之望守。至时收成，诸佃以额输其仓，取成数以闻官而已。无他也，则人必不惧为。而其谷旋即以出粜，粜之入复为买本，子母相生，终无已时。行之十年，则田必多，入必厚，但岁得数千石粟散卖民间，其势足以衡国家之藏粟，而不至于闭藏以涌价。价平而不苦籴，虽有水旱，而其民生死之命，在上犹得随方而为之救，不至于弃。宜可为也。难者曰：民情惮与官市，今虽欲买田，而贫多之，富室则田无几索入矣。曰：此在官也。贫人不得已而鬻田，顾利耳。虽有锱铢，终不让力矣。今诚能少宽其估以来之，或因事两争，如虞芮者，以官直入之，或告价未敷，而富室不愿再贴者，官为偿而少优之，或绝官田、寺田，不以馈贵人，取籍置之，田将安往？昔韩魏公请罢卖没官田，募人佃种为广惠仓，以赈贫民，而大有利。至王安石始变广惠钱为青苗钱本，而其法遂坏。若贾似道之买公田，则又不然。其法使豪民自占所买田为之限，而其余充官买，故东南大室始不乐闻，闾阎骚然耳。似道盖有志于井田，而不识时务者也。今但措置买田而不为估占之生事，又何不可？夫民致于无以养之，又坐视其饥而不为之念，受常平社仓之穷而又不为之变，则愚恐夫天下之不安于此也，而况夫其不止此也。

救荒议 徐三重

为守令者，积谷备荒是第一务。不入私室，不为馈遗，买谷入仓，择部民有行父老主之。仓须完缮高燥，用柴盖护，待主仓者如家之主计，优以礼遇，免其杂役，不使左右群小有所需求。每廒有定数折耗，有余粮，时加简问，察其盈缩。一遇凶歉，发而平粜。豫访耆德，散布各乡。夫预备则有待无弊，久而益饶，散粜则民便利均，不至群聚，而又身劳诚感，不废稽防，庶几民有实惠。昔广东佥事林希元上《荒政丛书》，内列纲六，目二十有三。曰有二难：得人难，审户难；有三便：极贫之民便赈米，次贫之民便赈钱，稍贫之民便赈贷；有六急：垂死贫民急饘粥，疾病贫民急医药，病起贫民急汤水，既死贫民急埋瘗，遗弃小儿急收养，轻重囚系急宽恤；有三权：借官钱以粜籴，兴工作以助赈，贷牛种以通变，有五禁：禁侵渔，禁攘盗，禁遏籴，禁宰牛，禁度僧；有三戒：戒迟缓，戒拘文，戒遣使。其审势立款，推情设策，可谓几尽。若斟酌事宜，务令实惠及民，则在仁人君子自尽厥心焉。窃思遣使之戒，厥有前征。往年江南被灾发帑，命官赈济无益，而更滋骚扰。昔司马文正公谓不如专任监司、守宰，但监司、守宰身任其事，又以得人为急。苟一人失用，即一处一事为其所误，而僵死不知几何人矣。大要就一方人情酌其才品委任，如丘文庄议于所部缙绅、监生与夫耆老人等，凡平日为乡人所信服者，俾各就所在，因人给散为得。

艺文十

（食货典第一百三卷）

目录

与秦舜峰开府救荒书　　明·梅国祯

季冬寓会城，初不敢以贱名姓唐突阍人，乃台下以属吏之旧，隆礼先之，言及地方旱伤，真若痌瘝在身，虚怀下问。彼时以台下持在大体，不宜以琐屑闻也。及返敝庐，时值元日，墟里无烟，行路稀少。自是以来，城市之间，道殣相望，附郭之近，公行剽劫，则僻远之地，又不待言。不图全盛之时见此萧条之状。自古救荒，惟蠲与赈。今经费有定数，帑藏无积贮，缓且不可，谁能议蠲？若赈则欲取之本县，而仓库空矣；欲申请转发，而司府空矣；欲劝借富室，而闾阎空矣。更两月始及麦秋，枵腹之人朝不及夕，其何能待？耕牛尽归屠肆，谷种望之远方，而春来无雨，池堰俱涸，即力能办者，亦不敢议及牛种，恐如往年以重价弃之无用之地也。将来之事，又不可知。为今之计，必不能出一奇以利民，惟去其所以害之者，使自为计而已。如通道路以便灌输，安商贾以通泉货，截渠魁以息盗贼，宽胁从以省骚扰，皆去其害民者，而民自利也。本地既无储蓄，则输助全赖他方，而道路之间，劫夺为患，虽粟如丘山，不敢望也。捕盗员役有能设保甲严缉捕而不时以身察之，则道路通而粮自集矣。然粮虽集而无所取价也，势必货之当铺，而时事之为当铺害者，非一事也。宴会则取什物，馈送则取金币，即酬其直，不过十之二三，而弃之不理者固多也。每获盗贼，则驾言起赃，应捕人役混将他人当票一概混取，则凌轹骗害，无所不至，利小害大，彼何乐而为此乎？唯禁所以害当铺者，则泉货通而小民有赖矣。至于凶荒之时，盗贼易起，或以为迫于饥寒，曲为宽纵，或以为渐不可长，一概诛锄，是二者过也。取一真盗者枭示，则法严而人不敢犯；余党不问，俟其再犯，则情通而人不见扰。凡此数者，皆老生常谈，人所厌闻，然谋及老成，询之父老，皆以为救时之急，无要于此矣。或以为此有司之事，不宜闻之上台，然各有分地，则兼制之为难，未奉明文，则专擅之为虑。台下酌其可否，明布教令，则虚文塞责，所从来久矣。向承虚问，敢布其愚。

蠲赈二事策　　袁宗道

今日蠲、赈二议，即管晏持算，贾晁握筹，计必出此，然竟未济元元之急者。何也？窃计蠲之策一，善行其蠲之策三，赈之策一，善行其赈之策六。今海内重灾郡邑，其税应存留者，业已免征，而起运者尚未全豁也。枵腹孑遗，救死不暇，而胡力办此？故起运之课宜省也。又闻州邑不肖之吏，黄封虽下，白纸犹催，畸羸之夫，腹无半粟，而手足犹縶于桁杨，籍当宁之旷恩为润橐之便计，何姓名犹不入之白简乎？故苛征之察宜密也。民草食不充，而大吏犹馈送充斥，供张丰腆，此非民膏，何以给之？故官守之自奉宜薄也。兹善行其蠲之三策也。以幽遐蔀屋，悉仰内帑，其势易穷，而悉举州邑之库藏赎锾，急给州邑之窭者，鲜不济矣。故从朝廷赈之则难，从州邑赈之则易也。一邑之内，一郡之中，岂无豪赀财好施与者，故令上赈之则难，令下民自相赈则易也。里之厚赀者所捐，若而百则旌之，若而千则爵之，若而万则厚爵之，富民有不竭蹶以趋者乎？故绳之使赈则难，劝之使赈则易也。幽远小民，去城邑百里，晨起裹粮，蹩躠趋城，胥吏犹持其短长，非少赂之，弗得受赈，得不偿失。奈何？宜令耆民廉平者偕里之富好施者，临其聚落招给焉，蔑不暨矣。故移民就食则难，移食就民则易也。夫珠不可衣，玉不可食，有米粟乏绝之处，人至抱璧以殒者，即得州邑及赀户之赈，而操金货易，转移尚艰，故使下民贷粟则难，官司转贷而给之尤易也。凡此皆善行其赈之策者也。

备荒弭盗议 焦 竑

天下事有见以为缓，而其实不可不蚤为之计者。此狃自前者之所狎视，而深识广览之士之所蒿目而忧也，则今之备荒弭盗是已。尝观《周礼》以荒政十二聚万民，诸散利、薄征、缓刑、弛役，纤悉备具，而除盗贼即具于中。何者？国富民殷，善良自众，民穷财尽，奸宄易生，盖天下大势往往如此。昔人谓圣王之民不馁，治平之世无盗，此笃论也。朝廷统驭方内，义震仁怀，靡所不至，宜粟陈贯朽，民生阜康，氛祲廓清，暴民不作矣。乃吴楚之东西，大江之左右，近而宛洛，远而闽蜀，饥馑频仍，赤地万里，山岨水涯，群不逞之徒，钩连盘结，时戢而时动，此非盛世所宜有也。愚以为备荒弭盗，皆今急务，而备荒为尤急。古今备荒之说不可缕数。总之，修先王储偫之政，上也；综中世敛散之规，次也；在所蓄积，均布流通，移粟移民，裒盈益缩，下也；咸无焉，而孳孳糜粥之设，是激西江之水苏涸辙之鱼，蔑有及矣。试详论之。《周官》既有荒政为遇凶救济之法矣，而又遗人所掌收诸委积，为待凶施惠之法，廪人所掌岁计丰凶，为嗣岁移就之法，未荒也预有以待之，将荒也先有以计之，既荒也大有以救之，故上古之民灾而不害。说者谓此非一时所能猝举，而中世敛散之规皆师其遗意，可见施行者。如李悝之平籴，中饥则发中熟之所敛，大饥则发大熟之所敛，说一；耿寿昌之常平，谷贱则增价以籴，谷贵则减价以粜，说二；隋长孙平令民家出石粟，输之当社以备凶年，说三。此所谓中世敛散之规，今之所当亟于修举者也。若旬月责州郡丰歉之数而移就之，如刘晏之为转运；劝民出粟，兼以官廪，如富弼之在青州。此临事权宜之术，非国家经远之道也。或曰：今之进说者，有欲立格劝输，别于进纳优隆，兴崇义之奖者。赈任公正，不必在官，主先臣丘浚之说者；明禁翔踊，闭籴者配，如辛弃疾之榜湖南者。子皆略之。何也？愚应之曰：凡此所以救荒而非所为备也。《语》曰：御隆寒者，春煦而制罽毡；蔽淫霖者，晴旱而理襏襫。苟平日无以待之，而取办于一时之权变，其济几何？况饥者嗷嗷以待哺，主者泄泄而听议，迨及廪予，已半为沟中之瘠矣。彼羸罢者能甘心以就毙，其强有力者以为等死耳，与其死于饥寒，孰若乘时窃发，少延旦夕之为愈也？于是揭竿斩木，一唱百和者，棼棼不可遏矣。夫无其备，既可驱农而为盗；有其备，自可转盗而归农。此在良有司一加之意耳。倘备御悉举，而犹有萑苻之警出于叵测，吾以义仓、保甲相辅而行，将德惠翔洽，威棱震举，夫孰有以不赀之驱试必死之法者乎？抑愚犹有慨焉。夫民不必甚予，第无取之足矣；民不必甚利，第无害之足矣。平居尽其衣食之资，迨其死且畔也，屑屑焉啖以濡沫之利，此所谓晚也。故必当事者仰体天子德意，奉法顺流，与之更始。宁为不事茧丝之尹铎，无为矫诏擅发之汲黯，宁为催科政拙之阳城，无为赈饥发粟之韩韶，虽比迹成周，可渐致也，何忧荒与盗哉？若曰此业已耳熟之，而必更求新奇之说，则非愚之所知也。

《救荒事宜》序 曹于汴

余治农渠阳之坞，赵仲一氏以《救荒事宜》四卷观余。盖其二十年前尹滕时起沟中瘠而生全之，既试之猷也。久而未尝示人，顾乌可不传之宇内，俾司牧者有所型范而安养元元之众乎？余受而卒业，则见其规画详尽，构思肫恳，于神于人，于上于下，凡可为民请命，靡不举也；以粟以粥，以金钱，以蔬果，以药饵，凡可拯民于厄，靡不备也。远近有程，给散有法，普遍而不淆，综核而不漏，委任而无宄，拮据巡省而忘瘁，直令饿者餐，惫者起，卖者赎，流去者归，流来者如家，病死者有葬，嗷嗷者宁，汹汹者戢，而又制器垦芜，兴农积粟，已往为鉴，将来有储。想其据堂皇，抚黔赤，轸饥困，切痌瘝，寸心欲呕，双鬓欲皓，潸泪不知几挥。盖其视民生若鹄，而精神毕注于斯也。洵民之父母哉！是以滕民颂之，久而不忘，朝论韪之，晋陟铨部。夫公之殚其职也如是，则必以是望人矣。顾簿书习炽，爱养意疏，人未必如是之殚职，则未免直口绳之，而怨谤乃至，然公则无愧于职矣。且士人春秋二闱，艺文各十九首，而国家赍弓旌之典，锡青紫之荣，何爱此十九首者而隆重若此？为其绩学已素，必能代主养民也。而民之隶其下者，未至而望焉，既至而迓焉，稽首阶墀，莫敢仰视，鞭扑诟谇，无敢反唇。出入乘于民之肩，竭蹶供养，无敢违者。虽耄儒妇女，闻宰官之过其里，企足引领，冀一窥见颜色焉。又何爱于异乡之书生而尊荣若此？为其必能养我也。顾或秦越相视，痛苦不相关，平时既不为之备，荒年坐视其死亡，岂非负民并负国也哉？若公者可谓两无负矣。忆曩岁宦于淮北，有语余者曰：经游滕县，相隔半尺许，便自迥异。余心识之。继被征北上，入其疆，田头皆树，树外为墙，墙外又树，树外为坦道，出境而止。其田无不垦，谷无不硕，无草莠之杂，楚楚若一姓者，然不觉心折公之孳孳民事，盖不遗余力也。无何公亦离任，越数年，东省告荒，或谓余曰：滕县以树木之利，民得济于饥。此则公救荒于行后，而公亦不知。兹卷亦所不载。余记所睹闻，乃尔遂题于简端。

放粜仓谷法　　冯应京

各仓钱粮出入之地，奸伪易生，若不立法稽核，恐民不沾平粜惠。各县凡遇放粜，先宜当官较准斗斛等秤，务与时势相合，印单钉号，给各领用，仍存一副在官备照。次置官单，照式刊刻，听各收银富民刷印填给，交银已完之人，执凭支谷。每仓置木筹三十根，每根长三尺，方一寸二分，以天、地、人三字编号。自天一号历至天十号止，地、人俱照编号，并发委官收候给籴谷人，执照出入。各富民于仓外择一近便空处，专收价银，经收守仓居民在仓发谷。该县选发谨慎吏役四名，赴粜谷仓听用。一名掌筹传送，一名在东边门外查验单票号筹，放人入仓。二名在西边门内，一收单验谷，一收筹放谷出门。仓内用大铜锣一面，东边门外置鼓一面。凡有保甲人民持银赴籴，富民即时将银秤收明白，备将保甲人名银数并应与谷数登记号簿及填单付籴谷人执候。类有十人，先将天字号筹十根散，各执单持筹从东边听吏查明，击鼓三声放入。如籴谷二石或一石五斗者，必数人支领，单上明注几人进仓、领筹几根。即一人止籴谷五斗，亦准领筹一根，盖有一人即执一筹也。量谷牙斗，用荡平斛，不许用手平斛，致有高下。十人量完，发谷之人将单即注“发讫”二字，鸣锣一声，十人负谷齐行，然后门外击鼓，放人入庶仓内，不致壅杂。若散天字号筹已尽，即散地字号筹，地字号筹已尽，即散人字号筹。计散人字号筹之时，而送天字号筹之吏已至矣，相继轮转，周流不穷。如东无单筹执照而入者，与西无单筹负谷而出者，及有单无筹、有筹无单并谷比单数多者，许各吏一体拿送究治。委官选差皂隶四名守门，捕役四名内外巡绰，以防奸弊。至晚收单，吏将单类送委官查销，委官将银封贮县库，仍听道府并府管粮官、该县正官不时亲临仓所查验。或曰：限以五斗，恐贫民银少，听其升籴，恐众人拥挤，富民收银不及。宜另择空处，每晨领谷数石，或以升粜，或以斗粜。此不论保甲，不用单筹，不拘银钱，听其便宜，令粜至晚，交价还官。此亦一法也。

条议荒年煮粥　　耿　橘

荒年煮粥，全在官司处置有法，就村落散设粥厂。若尽聚之城郭，少壮弃家就食，老弱道路难堪，一不便也。竟日伺候二飧，遇夜投宿无地，二不便也。秽杂易染疾疫，给散难免挤踏，三不便也。非上人亲尝严察，人众虞粥缺少，增入生水，食之往往致疾，且有插和杂物于米麦中，甚至有插入白土石灰者，立见毙亡。以上诸弊，一一讲防，穷民庶可藉延喘息。有谓煮粥不若分米，盖目击其艰苦也。若城郭中官司加意经理，各处村落属慕义者主之，画地分煮，泽易遍而取效速，亦荒政之不可废者。

城四门择空旷处为粥场，绳列数十行。每行两头竖木橛，系绳作界。饥民至，令入行中，挨次坐定，男女异行。有病者另入一行，乞丐者另入一行。预谕饥民各携一器，粥熟鸣锣，行中不得动移。每粥一桶，两人舁之而行，见人一口，分粥一勺贮器中，须臾而尽。分毕再鸣锣一声，听民自便。分者不患杂蹂，食者不苦见遗。上午限定辰时，下午限定申时，亦无守候之劳，庶法便而泽周也。

张氏赈饥记　　刘觐文

今上御极之十六年，江南守臣以奇荒告，江湖水溢，千里洪流，而高岸赤壤，三时失雨，寸草不茁，斗米一鐶，男妇僵仆者日以数百计。天子恻然下诏，蠲本年本折色钱粮若干，特遣省垣臣赍帑金散赈。又允计臣议开事例，以劝好义。出粟至三千石者予两殿中书，千石者予署丞及两司幕官，仍令有司旌其门。吾邑则绍南张公首应诏，为厂于城西之四区。其地距城百里许，近三茅之峰，素称山瘠，人尪旷野，易为非。公请于令曰：不亟赈，且为盗。幸有余粒，当倾庋以安此一方，不烦公虑也。时值仲冬，陆运米千石以往，费倍于他地，而一切薪火、工役、钟釜、勺箸之需，又皆手自区画，朝夕拮据，如经家事。妇女孩稚，别置一厂，先于男子。疾病为具医药，无衣者为制絮棉。凡五阅月，至庚寅之夏麦登场而后告止。公之仓廪如洗矣。计所出不下三千缗。公默默不以告人。郡邑核赈数，公逊谢曰：吾侪自为桑梓谋耳，敢言功乎？令廉知其事，叹息曰：君自为德于冥冥，不必章服相报也。然子路拯溺而不受报，夫子曰：自此鲁无拯溺者矣。亟以千石闻抚按汇题，遥授公布政司经历。凡诸知交，为诗以咏歌其盛。余窃惟《周礼》遗人之职，自邦国以及乡里、门关、郊里、野鄙、县都，皆岁有委积以待用。后世遗人失职，而岁多荐饥，至虚郡国仓廪以赈赡，贫困犹且不给。汉武时，因下令募豪富人相假贷。永始中，又令吏民以义收食贫民，视所给多寡为赐爵差等。于是劝民输粟之事，沿为令甲矣。夫不悬爵赏以鼓舞，天下虽有义举，莫为之倡。今张公罄家赀以存活千百人，而有德不市，辞荣如遗，其植善向义，岂区区鬻名利者所可同日语乎？公名柏，字汝宪。万历庚寅六月记。

捕　蝗　论　　俞汝为

昔唐太宗吞蝗，姚崇捕蝗，或者讥其以人胜天，予窃以为不然。夫天灾非一，有可以用力者，有不可以用力者。凡水与霜，非人力所能为，姑得任之。至于旱伤则有车戽之利，蝗蝻则有捕瘗之法，凡可以用力者，岂可坐视而不救耶？为守宰者，当激劝斯民，使自为方略以御之可也。吴遵路知蝗不食豆苗，且虑其遗种为患，故广收豌豆，教民种植。非惟蝗虫不食，次年三四月间，民大获其利。古人处事，其周悉如此。夫宋朝捕蝗之法甚严，然蝗虫初生，最易捕打，往往村落之民惑于祭拜，不敢打扑，以故遗患，未知姚崇、倪若水、卢慎之辩论也。

拯穷疏　　伍惟善

臣闻人臣之事君也，问官之崇卑，位之高下，求尽其职而已。大臣有总理之职，则天下之利病，大臣得而言之；小臣有分理之职，则一邑之利病，小臣得而言之。臣小臣也，五河小邑也。臣初入境，见城市荒寂，居民寥落，心窃异之。已登城望，环城者皆水。爰考舆图，按其地南有漴河、淮河，西有潼河，西北有沱河，东南有浍河。沱河之侧有天井王家庄湖，浍河之旁有南湖、蔡家、欧家与香涧等湖，淮河之内有三冲湖及临涧、砦家沟与磨刀、出龙等涧。五湖周回，不过六七十里，而其什五已半为鱼鳖之场矣。复检阅成规书册，查原额税银二千六百五十余两，人丁五千九十九丁耳。五河之土地，曾不当他州县之一壤；五河之人民，曾不当他州县之一村；五河一岁之市贩生殖，曾不当他州县之一巨贾。而其丁差之重，至于如此。伊尹曰：一夫不获，时予之辜。臣仅司数十里之地而不获其所者数千人，臣义何颜一日立于民上哉？臣目击是邑每岁秋水发，麦苗尽淹，民刈草以食。今春二月来，连旬霪雨，巨浸稽天，四望如海，淹死居民李芝等十有余户。老幼男女措身无所，有穴高土而居者，有依深林而栖者，有架蓬芦于城垣者，有寄寝息于渔舟者，悲啼载道，怨呼闻天。臣心羸智绌，据实申报院臣，蒙皇上俯从下请，赐诏蠲恤，诚浩荡之鸿恩矣。第今所蠲者十八年以前之存留，而百姓所急者二十一年见征之起运。查本县原设安淮驿，驿中支应夫马银两，原系各州县协济。近因嘉靖年间奉例裁驿，免各州县协济，乃反以五河派银六百余两，协济他驿。原额军饷，已派银五百余两。顷因军需不给，新增饷银一百八十余两。夫此两项，虽皆已经奉旨著为成额，然其初实出一时权宜之计，非如则壤之赋，一成而不可变者。今五河水道既冲，则各驿之协济宜减，外患消息，则新增之饷银宜停。臣窃以为国额诚难议减，邦本岂容缓图。且此两项额银共计不过七百两有奇，其于国家亦不过一毛之损，而可以活百千垂尽之命，杜根本无形之虞。长利便计，不啻什百。辄敢冒昧绘穷民待救图，具疏以闻。伏乞皇上俯念重地贫民，敕下部议，俯从所请，减除协济、新饷银，庶可以苏民困于万一矣。

救荒说　　朱惟吉

人主救荒所当行，一曰恐惧修省，二曰减膳彻乐，三曰降诏求言，四曰遣使发廪，五曰省奏章而从谏诤，六曰散积藏以厚黎元。宰执救荒所当行，一曰以燮调为己责，二曰以饥溺为己任，三曰启人主警畏之心，四曰虑社稷倾危之渐，五曰进宽征固本之言，六曰建散财发粟之策，七曰择监司以察守令，八曰开言路以通下情。监司救荒所当行，一曰察邻路丰熟上下以为告籴之备，二曰视部内旱伤小大而行赈救之策，三曰通融有无，四曰纠察官吏，五曰宽州县之财赋，六曰发常平之滞积，七曰毋崇遏籴，八曰毋启抑价，九曰毋厌奏请，十曰毋拘文法。太守救荒所当行，一曰稽考常平以赈粜，二曰准备义仓以赈济，三曰视州县三等之饥而为之计，四曰视邻郡三等之熟而为之籴，五曰申明遏籴之禁，六曰宽弛抑价之令，七曰计州用之虚盈，八曰察县吏之能否，九曰委诸县各条赈济之方，十曰因民情各施赈救之术，十有一曰差官祈祷，十有二曰存恤流民，十有三曰早检放以安人情，十有四曰预措备以宽州用，十有五曰因所利以济民饥，十有六曰散药饵以救民疾。县令救荒所当行，一曰闻旱则诚心祈祷，二曰已旱则一面申州，三曰告县不可邀阻，四曰检旱不可后时，五曰申上司乞常平以赈粜，六曰申上司觅义仓以赈济，七曰劝巨室之发廪，八曰诱富民之兴贩，九曰防渗漏之奸，十曰戢虚文之弊，十有一曰听客人之籴粜，十有二曰任米价之低昂，十有三曰请提督，十有四曰择监视，十有五曰参考是非，十有六曰激劝功劳，十有七曰旌赏孝弟以励俗，十有八曰散施药饵以救民，十有九曰宽征催，二十曰除盗贼。救荒之法不一，而大致有五：常平以赈粜，义仓以赈济，不足则劝分于有力之家，又遏籴有禁，抑价有禁。能行五者，则亦庶乎其可矣。至于检旱也，减租也，贷种也，遣使也，弛禁也，鬻爵也，度僧也，优农也，治盗也，捕蝗也，和籴也，存恤流民，劝种二麦，通融有无，借贷内库之类，又在随宜而施行焉。盖有大饥，有中饥，有小饥，饥荒有三等之不同，所以救之之策亦异，临政者能辨别而行之，然后为当耳。

与邑令黄公书　　李中行

乐安一邑，僻处海滨，自小济河以北，弥望皆斥卤不毛之地。其可堪耕种者，仅附城一带，东西南北不过三四十里。其土之肥硗，获之多寡，皆与邻近州邑相等，而徭粮不啻远过。不知作俑何日，沿袭至今，而苦累不堪。兼之连年水旱频仍，蜚蝗蔽野，军国多故，加役加饷，敝邑正供竟至六万二千矣。以此流亡大半，就食他方，其依恋田园，奄奄待尽，十无一二家。虽台台亟为优恤，开常平之庾，捐退食之俸，非不急切民瘼，嘉惠敝邑，正如杯水车薪，岂能有济？即令广台台之惠，推台台之心，令敝邑岁稔时丰，家给人足，而困终不能舒，患终不能除。何者？履亩科民，皆关千百世之利害。所谓其始不慎，其卒不救，不敝于岁，不敝于兵，不敝于水火疾疫，而敝于经常不变之例。如敝邑今日是也。乞台台勿图目前之计，当为永久之图，力为申改。台台甘棠之泽，与天无极，阖邑幸甚！前辈云退壬人不若更弊政。熙丰之法，卒至病宋，繇固而不知变也。

与诸有司书　　傅　国

青州一府，中间派收之费，运解之费，上纳之费，守支之费，一豚百狼，十羊九牧，每本数一石，不啻赔费十石之多。世变时更一年，一方之民已皮毛尽落，肌骨层剥。向所以忍死，无他者，以农作方兴，禾苗在野，不能遽舍所天，辍耕陇亩也。今又蒙派本府米四万五千石、豆三万石，已经苦心酌量，所以不能不派若干本色者，势也。西三府之去莱登地里更远，若均之西三府，则西三府之累费更不能三十钟致一石，益为不便，所以不能不就近颛派青州者，亦势也。但上年秋霖，三月麦未入种，今年麦收，不能当往年十分之二，是夏已无麦。今年自五月初二日霖雨，至八月二十五日止，禾苗日浸水中，不结实，拖泥带水，间收残粒，亦不能当往年十分之三。是秋又无谷豆。各县有报水灾者，有不报水灾者，自有司事一青州，岂有两天或水或不水耶？其穷困不生，逃命无地，朝餐草根，暮食木皮，鬻妻易子，骨立鬼行之状，有元道州之所不能尽者。闻自经者、挈家逃者已相踵矣。但军需万分难减。目今米价二钱有余，豆价一钱有余。过此九月，西成之望已绝，四面之荒交急，不知腾贵又当何如。乃有司不敢时价报直，所定直率不能半价，累民苦赔。一切输挽诸费，十倍本价者，又皆累民苦赔，民何以堪？恐万分不便于民，亦万分不便于地方矣。合无悬海口召买之令，令济南、青州、莱州三府，如滨州、蒲台、利津、乐安、寿光、诸城、日照、胶州、高密等处，各以见在海船备运，令各属所派米豆官，自差人就所近海口籴买上船，沿海顺运，直抵莱登，既省民间运解，自省一切诸费，亦使济南近海诸县得与青州分力。其至便者一。即不然，恐海运风波，籴易有弊，第令各属照本地时价并算道里输挽之费，稍昂其直，令民宽裕，听民自往应上纳去处，取彼处实收小票一本，本里缴收计数，既民有利，又省诸费。其至便者二。如是则便水者方舟，便陆者褪属，折解本色，四面而至。兵唯有欲，欲银即银，欲粟即粟，兵既皆便民，利于昂价，则争粜输，又利于省费，则不惊不怨。岁荒不能病民，昂价反易集粟，兵多不至病民，贸粟反可营生，亦皆便民。官于地方无意外不然之忧，万万也。刍荛之愚如是，唯神明裁酌施行，则东民幸甚！军国幸甚！

拯援水灾疏　　　欧阳东凤

惟君之有民，犹父之有子，相依为命；犹元首之有四肢，相待以存。故一指痛则元首岑岑若弊，一子病则父母遑遑靡宁。况痛多于一指，病濒于死亡，其委顿仓皇之状，不知又当何如也。兴化一邑，僻在海隅，视万重之天阍，邈然不相及，而以当于一指一子之义，谅亦皇上所甚隐也。顷者大水困城，闾阎骚然，十九惧死，赖皇上从诸臣请，霈然下蠲赈之诏，视他处有加，德泽诚渥。然蠲旧逋矣，而新租未除；宽存留矣，而起运如故。臣亦知秋灾现在勘议，皇上非常之恩，或有所待，顾小民身处汤火，以日为岁，望皇上拯援，如望上天之膏泽，日复一日，恨不旦暮遇之。此何等情状，而尚可以揖让雍容处之也。臣又知江北州邑，被水者众，何独喋喋以自干斧钺。顾他邑或有丰年，而兴化则永为歉岁；他邑犹存高原，而兴化则尽为洿池；他邑仅淹阡陌，而兴化则殃及庐舍；他邑之水旬日可消，而兴化则汇为巨浸。即今受水已三月余矣，遍观乡村，周遭二百余里，竟成湖海，而横目之民悉为鱼鳖。即有仅存孑遗，或移居城头，或借栖佛舍，或结葑水面而叫号波涛之中，或系舟树杪而薰蒸风日之下，欲刈草而无草可刈，欲罟鱼而无鱼可罟，欲卖儿而谁买其儿，欲鬻田而谁受其田？有屋者拆屋卖其薪，有牛者杀牛卖其骨，医疮剜肉，苟延旦夕，今日如此，明日何以为策？今月如此，来月何以为生？妇子相泣，莫非其命。此何等光景，尚可以他邑例之也。臣即不肖，奉皇上德意、院司檄文，非不孜孜矻矻，救死扶伤，然平籴而所籴者几何，劝借而所借者几何，发稻而所发者几何，赈粥而所赈者几何？疮痍何时可复，沮洳何时可远，耕艺何时可兴？蚤夜思惟，黔驴之技已竭，而雕瘵无补。臣愚以为当此之时，惟有官民相安无事，则现在遗黎或可须臾勿致流徙。若复追并钱粮，则输纳后期不足为异，逃亡接踵不足为忧。臣所大恐者，绿林、赤眉、黄巾、黑山之徒自何而有，皆此频遭饥馑、疾疫、税敛，穷困无聊之众耳。万一东啸西聚，日滋月蔓，乃始劳心安集，不亦难哉？虽圣明在上，万万无此，然亦不可不虑也。臣十九年至二十一年止，拖欠漕折、凤阳军饷、马草、四司等银凡一万五千余两，以丰年所不能供之全税，而取盈于大侵之凶岁，臣知其必不能也。即今漕粮三万二千八百石有奇，无论本色，亦无论改折七钱，即以五钱计之，便要征银一万六千两余，以大州邑所不能当之重赋而求于弹丸之穷邑，臣又知其必不能也。昔尧舜之世，洪水已平，而兖赋犹宽以十有三载。文景之朝，方成殷富，而屡诏除田租之半。我皇上仁圣当御，节爱为心，高欲慕尧舜之隆，下不屑文景之盛，而今天下之有一兴化，即唐虞之时之有一兖也。臣以为运饷马草四司凤阳等银，无论旧逋新租，存留起运，凡未完者，似当尽行蠲免。其漕折银两虽不可尽蠲，亦当宽假三五年之后，俟疮痍已起，或值丰收，始尽力带征。不然则有隆庆二三年抵借事例可援，是在司国计者一查议之耳。或谓蠲停过侈，恐他州邑援例以请，不知乾坤之间，四海之内，水患连仍如兴化者，宁有几处？而孰敢妄意援请也。且兴化非独苦水也，又苦粮重。夫扬州一府为州县者十，而兴化特居其一，是疆域之大小不侔也；一府凡七百余里，而兴化仅六十二里，是户口之殷耗不侔也；一府共田一十三万三千三百余顷，而兴化仅二万余顷，是田地之多寡不侔也；九州县俱处上游，而兴化独居釜底，是等则之上下不侔也。使则壤而赋，则民犹可支，乃概府升科每顷不过六斗，而兴化独至二石二斗；县府额粮不过二十万六千石有零，而兴化则五万二千石有余；概府漕米不过九万七千石有零，而兴化则三万二千有余。是总论额税，则居一府四之一，专论漕粮，则居一府三之一矣。巨屦与小屦同价，麻缕与丝絮共论。然且不可，今反倒行而倍取之，欲民勿困，得乎？先是今督抚李尹兴化时目击民艰，具奏均摊，并请抵换，不意牵于成法，竟尔寝阁。斯民阳九百六之运，抑何厄也？臣今就中酌量，议均摊，则开纷扰之门，议抵换则滋聚讼之端，不得已而求黄叶止啼之一术，则惟有归复协济而已。盖兴化僻处一隅，虽免迎送夫马之苦，然而钱粮偏重，则其苦已十倍于江仪、高宝等处，不翅相当而已。乃复派协济各驿馆水夫等银一千四百余两，是本县无冲要之名，而有冲要之实，然则本县偏重之粮，其谁协济之？臣愚以为协济各驿银两宜尽免派，协济江仪者即派于江仪，协济高宝者即派于高宝，以各州县应征之银还之各州县。此盖欲与各州县求其平，非欲兴化独享其逸，于理甚顺，于情甚安，固今日所当急议者也。至于宣泄水势，则礶石口为趋海之间，而旁邑不无复阻之计。稻河为入江之路，亦有成议，而当事难为无米之炊。阖邑士民引领兹举，有如饥渴，何可不速为议处，而使斯民纷纷嗷嗷，竟无虚日，急急遑遑，终无生望。此臣所为痛心疾首，欲默不能者也。夫臣贱有司也，越分妄言，自知无所逃刑。顾抚任一方之寄，为一方请命于皇上，臣受一邑之寄，为一邑请命于皇上，位有高下，忠无两心。伏乞皇上俯念垂亡赤子，敕下该部破格勘议，仍乞正臣位卑言事之罪，即加诛戮，如一蝼蚁，无足顾惜。若弃忽臣言，而不一省忧，则亦民之命也，臣又何言，而民又将谁望耶？臣冒干天威，不胜望阙叩祷，战栗悚惶之至。（按：《兴化县志》：疏上，以越奏罚俸。然遂得蠲积逋及改浮粮二万石、永折银一万两，如所请。）

灾变疏　　马懋才

臣陕西安塞县人也，中天启五年进士，备员行人，初差关外解赏，再差贵州典试，三差湖广颁诏，奔驰四载，往还数万余里。其间如关门当柳河之败，黔南当围困之余，人民奔窜，景象雕残，皆臣所经见，然未有极苦楚、极惨伤，如臣所见臣乡之灾异者。臣接邸报，见诸臣具疏有言父弃其子，夫鬻其妻者，有言掘草根以饲马，采白石以充饥者，犹未详言其甚也。而今且何如，臣请得详悉为皇上言之。臣奉差事竣，道径臣乡延安府，自去岁一年无雨，草木枯焦，八九月间民争采山间蓬草而食，其粒类糠秕，其味苦而涩，食之仅可以延不死。至十月以后，而蓬尽矣，则剥树皮而食。诸树惟榆树差善，杂他树皮以为食，亦可稍缓其死。殆年终而树皮又尽矣，则又掘山中石块而食。其石名青叶，味腥而腻，少食辄饱，不数日则腹胀坠下而死。民有不甘于食石以死者，始相聚为盗，而一二稍有积贮之民，遂为所劫，而抢掠无遗矣。有司亦不能禁治，间有获者，亦恬不畏死，且曰：死于饥与死于盗，等耳。与其坐而饥死，何若为盗而死？犹为得饱死鬼也。最可悯者，如安塞城西有粪场一处，每晨必弃二三婴儿于其中，有涕泣者，有叫号者，有呼其父母者，有食其粪土者。至次晨则所弃之子已无一，而又有弃之者矣。更可异者，童稚辈及独行者一出城外，更无踪影，后见门外之人炊人骨以为薪，煮人肉以为食，始知前之人皆为其所食。而食人之人亦不数日面目赤肿，内发燥热而死矣。于是死者枕藉，臭气薰天。县城外掘数坑，每坑可容数百人，用以掩其遗骸。臣来之时，已满三坑有余，而数里以外不及掩者，又不知其几矣。小县如此，大县可知，一处如此，他处可知。幸有抚臣岳和声拮据独苦，以弭盗而兼之拯救，捐俸煮粥以为之率，而道府州县各有所施以拯济。然粥有限而饥者无穷，杯水车薪，其何能济乎？臣仰窥皇上宵衣旰食，无念不为民生虑，无刻不为安民计。若不急救此一方遗黎，恐死者死矣，为盗者为盗矣，见有之民旦夕莫必其命，西北疆域几成无人之区矣。伏祈敕下该部，从长议计，或发赈济，或蠲加派，或姑减其分数，或缓待之秋成，惟在皇上急为涣汗耳。然臣犹有说焉。国初每十户编为一甲，十甲编为一里，今之里甲寥落，户口萧条，已不复如其初矣。况当九死一生之际，即不蠲不减，民亦有呼之而不应者。官司束于功令之严，不得不严为催科，如一户止有一二人，势必令此一二人而赔一户之钱粮，一甲止有一二户，势必令此一二户而赔一甲之钱粮。等而上之，一里一县，无不皆然，则见在之民止有抱恨而逃，飘流异地，栖泊无依，恒产既亡，怀赀易尽，梦断乡关之路，魂消沟壑之填，又安得不相率而为盗者乎？此处逃之于彼，彼处复逃之于此，转相逃则转相为盗，此盗之所以遍秦中也。臣目睹此光景，心几痛裂，知皇上亦必恻然动念，当事诸臣自有筹画。然早一日则救数千万之生灵，迟一日则毙数千万之性命，惟皇上速加之意也。大抵总秦地而言，庆阳、延安以北，饥荒至十分之极，而盗贼则稍次之。西安、汉中以下，盗贼至十分之极，而饥荒则稍次之。缘系异常灾变，从来所未经见者，不敢不据实以闻。伏乞皇上睿鉴施行。

请禁遏籴疏　　汪　伟

翰林院等衙门检讨等官臣汪伟等谨奏，为遏籴屡奏明纶，徽民独受邻害，一夫作梗，万姓阻饥，蹐地有怀，号天无路，仰祈皇上垂慈，亟拯以续万命，以消盗萌事。臣等籍在徽州，介万山之中，地狭人稠，耕获三不赡一，即丰年亦仰食江楚，十居六七，勿论岁饥也。天下之民寄命于农，徽民寄命于商。而商之通于徽者，取道有二，一从饶州鄱、浮，一从浙省杭严。皆壤地相邻，溪流一线，小舟如叶，鱼贯尾衔，昼夜不息。一日米船不至，民有饥色；三日不至，有饿莩；五日不至，有昼夺。今连年饥馑，待哺于籴，如溺待援，奈何邻邦肆毒，截河劫商，断绝生路，饿死万计。臣等不得不合词仰吁皇仁，以急救倒悬也。初闻米船过浙，钱塘县遏阻，商人苦累，已深讶之。乃饶州浮梁县殆有甚焉。先是应天按臣徐之垣察灾伤疏内备述其苦，禁米劫商掠货情形。臣等不胜骇异，犹意秋成后当不复尔。近接合郡公书，截掠视前更甚。鄱阳地方以篾绳栏河，五日一开，婪胥吻满，乃放舟子。方鼓楫而进，而浮梁县地方两岸林莽张梃掷石以待矣。嵎虎撑牙，将敢谁何？名为抢米，并货物攫去，稍与争抗，立死梃下，舟亦椎碎。商人赴诉于浮梁，知县反听胥吏拨置，言贫民无活计，暂借尔商救度。此言一出，恶胆愈壮，劫杀遍野，渠魁为之煽聚，大猾为之窝匿，什百成群，打庐劫舍，不可缉御，总以徽民为壑。江右抚臣闻之，调兵往缉。然不弛禁米之令，严匿商之法，盗终不可熄也。我皇上轸念民饥，遏籴严纶，申饬再三，而浮梁敢为厉禁，且米不籴于浮梁，不过商船取道，而肆虐至此，总由胥猾豁壑，县官猫鼠，悖旨不顾，诲盗不顾。此其吏治亦所罕见，臣等特不欲深言耳。伏乞圣慈矜悯一郡生灵，敕下江浙二省抚按，严饬有司有遏籴截商者，即时擒获，庶几待哺饥民犹有起色也。抑臣更有请焉。域分则令难行，统隔则民不畏。前应天抚臣张同按臣徐各先后疏请，以徽宁道兼制饶州，弭盗通商，计无善于此者。察九江道兼制南直池州，有例可援，不过敕书增数字，而小民蒙福，不知几千万云。统祈敕部速议具覆，下令早申遏籴之禁，严堵截之条，清囤害之路，俾上而浙省杭严津途无梗，饶州浮梁等界即与疏通，庶一叶安流，万艘毕集徽州，亿兆生灵同荷光天之覆帱矣。倘释此不图，不惟攘夺风起，滋蔓难图，且恐青矛白梃之奸乘间而起，则履霜之渐也。惟皇上赐俞，一方幸甚。臣等曷胜悚息待命之至。奉圣旨：据奏钱塘、浮梁、鄱阳等县抗旨遏籴，诲奸厉商，殊可痛恨。各有司官好生玩肆者，两省抚按官严行申饬，务令通商惠民。如敢再蹈前辙，即从重参来处治。

条奏被灾疏　　徐宪卿

东南之赋甲于天下，而苏松常镇四郡之赋复甲于东南，非其地广利厚足以倍他省也。计东西横直，幅员不过六百余里，而粮辖五百万六千，如一亩之所入宁几，而漕米连耗二斗，丁白银连加派一钱一分，以时价斗米一钱算之，每亩共输正赋三钱余银矣。而运粮收摅解布等之飞差足以倾家荡产者，不与焉。然屡派屡加，民之皮骨虽尽，犹忍死急公者，只以年来稍稔，尚可罄所入以供岁额，孰意昊天不吊，洪水洋洋，将我税重终事之民，沦胥于溺也哉。请先以其被灾之惨者言之。臣乡四五月，麦收成时也。自今四月二十二日至五月二十四日，雨点如拳，势如倾跌，凡三十余昼夜不休，而麦浥烂无颗粒矣。五六月，禾插莳时也。洼者多雇人工车救，高者又贷金钱播种艺，冀失之于麦，得之于禾耳。乃六月朔后之雨势比前更狂更骤，于是圩岸圮崩，田禾混合，而苗不能插寸茎，实架室于鸠鹊之巢，系舟于庭楹之上。云水连天，阡陌如江长海阔；烟火断绝，村落皆蛟穴龙宫。假使前此之雨稍后，民犹得留二麦以糊口于青黄不接之时；后此之雨稍前，民犹得留工本，不空挂于澎湃稽天之日。今既腐春麦而绝之，又诱民赀而竭之，正抚臣所谓灾甚于戊申，而臣在南中，此等情形皆得之目击者也。至近日景象更有可异者。戊申之水，易盈亦易涸。兹去大水之期几三月矣，海潮以骤涨不容，湖水又暴溢难泄，迄今高低之乡，犹一望无涯，三家之都，尚乘船入市。此一异也。万历戊申之水，民虽艰于食，而鱼虾所产最多，故小民皆得网罟之利以自给，若不知有荒者。今以如此之巨浸，独不产鳞受害，而受害中之利偏与戊申异。此又一异也。鲜食与粒食俱难，恒心安得不同？恒产俱尽，彼八口嗷嗷思珠桂从何来，惟抢掠可苟活，于是结聚勾连，以假借为名，欲强开富舍之廒，廑抚臣之严令者，欲强抢贩夫之米，廑按臣之移驻者。此抚臣所谓不敢言、不得不言，而臣在南中，又近日渝乱之景，得之确闻者也。然使止于鼠窃，犹之可耳，独苏郡之民，游手游食者多，即有业不过碾玉点翠、织造机绣等役，一遇凶荒，此伎皆无所用，而立就于沦丧，故奸民往往乘而乱。臣犹记先朝葛贤以监税藉口，偏袒一呼，千人立聚，白昼将丁乡宦家抄抢一空。万历庚申，因遏籴米腾，一二饥民强借徽商之米，有司稍绳以法，而随有万人屯聚府门，毁牌毁役，几致大变。况今日闾阎之消耗益甚于昔，人心之思乱益甚于昔。如淮扬妖党、长兴逆徒，所供强半吴民，真可寒心。奈何不预为消弭而堪令心腹之地再有割裂，财赋之区堪经蹂践也乎？然其故不过米贵为之祟也。臣以为欲地之安靖，必先定米价之平；而欲米价之平，必须早下改折之令。若亟发德音明告，以天启四年分之漕粮，四郡尽行部折，每石五钱，则人皆知江南余百万之米，而富者不必留以射利，贩者不必席以争赢，米不期平而自平，衅不期消而自消矣。且以今岁漕事度之，亦有不容不折者。漕艘自山东妖变，回空已阻，渐积愈迟，驯至六月未齐，烦督漕使者竭尽心力而莫可挽，势必将压下一年。而折之既可正漕规，又可苏民命，无损于上而有益于下，想庙堂之上，计无出此者。臣非不知漕储为军国大计，司农窘迫无策，闻之择害莫若轻，而用财太啬者究之太费，尝惊心于齐属已往之变，宁独不能食土之毛，又倍加削平之费？臣是以权于缓急轻重，而愿暂捐一年之入，长责四郡以万年之供者也。

条鞭疏　　丁允元

题为敬因抚臣之控，特申瘠邑之苦，伏乞圣鉴垂恩一隅，用固邦本。臣办事垣中，接得山东抚臣颜继祖一本，为地方疲苦、户口流亡等事，盖为日照县特疏具题也。奉圣旨：该部看议速奏。钦此。是已在皇上洞鉴轸恤之中矣。臣复何言？独是臣照人也，知照之苦者莫若臣，能悉照之苦者莫若臣。顾臣初入计垣，恐不谅臣者谓臣不为朝廷急公，而为地方树德，用是彷徨，踌躇再四而未果。今抚臣既已为国恤民，为民请命，不难单词上吁，臣若犹是坐视桑梓小民之困苦而不一言，则臣不义，且以困苦不堪，而致逃亡，甚致走险走乱，而言已无及，则臣不忠。不忠不义，中主且不以为臣，而何以事我尧舜之主？敢沥血为一申明之可乎？夫照虽蕞尔弹丸，然而西北丛山，东南濒海，而北则可扬帆而登海岛，而南则径可飞渡淮扬。虽僻邑，实岩邑也。向来登莱用兵，水陆输供，茕茕赤子，既已皮尽毛存，十室九空。近年来又复无岁不旱，无岁不蝗，即如旧年九月以至今年闰四月，四时亢旸，二麦失种，极苦之野菜无所不食，极粗之树皮无所不剞。穷乡下邑，已岌岌乎有群起而抢夺者。此不独本县知之，司府咸知之矣。幸赖皇上洪庇，秋霖少收，兼之新任知县刘明遇单骑慰劳，百方招抚，民之逃者始稍稍集，嚣者始渐渐息，而独至输将一节，照民亦有血气，岂其甘于无良？此其中盖有说焉。照钱粮止二万有奇，而今七八九年之欠者，不下二万，是合计三年之欠，已足当一年之全矣。盖缘向来连岁不稔，旧官催科无法，以致日积月累，愈欠愈多，负逋者裹足而不敢来，复业者惊呼而尚思去。此民之难也。欲带征则守催如雨，欲并征则疲民之呼应不前。此官之难也。而究之缓征尚可留为异日之地，急征恐并失今日之输。此又钱粮之难也。故抚臣谓见征以十分为率，而带征以一二分为率，此盖仰体时艰，俯轸民隐，酌于欲蠲不得，欲征不能，而曲曲为此以缓为急之术耳。不然，山左州县一百而多，区区远邑，何以独邀上司之庇？前而抚按合疏，则被灾七分以上者首日照；今而抚臣单疏，则苏民困便催科者又只日照。故臣谓日照一县，纵不得援他处残破之例以求蠲，而亦不得不援十分兵荒之例以求缓也。此在朝廷自有烛照，但恐计臣首重国课，难议缓催。臣故实指情形，代图监门，用备版部之酌定耳。抑臣因是而更有请焉。照民之逃于赋者十之四五，逃于役者亦复十之三四。盖条鞭一法，原合仓库、马夫、收头诸役公费工食俱在其中，而迩来州县官应查盘则以条鞭册，应其实则一年一编佥也。夫编佥之害，在民间则佥一以扳十，在衙蠹则诬贫而卖富，究不至富者贫，贫者徙而转沟壑，其势不已。向臣奉差过里，会合一邑士绅公控，县官极力调停，若条鞭原额稍有不给，则士绅一体津贴劳民，乃始稍稍息肩。虽因地制宜，各地方情形剂量不同，而照之为照，实是如此。所虑不经天语申饬，则有司之奉行不力，而豪猾之沮持有权，为此不避聒渎，沥血并陈。倘蒙鉴其愚忠，一无所为，敕下该部转行该抚，按旧逋从缓条鞭善行，使天下知山陬海澨之区得沐浩荡之恩，而鼓舞终事，相率不倦，则岂独齐民安，天下之民举安。穷邑辛甚，微臣幸甚！臣不胜激切祈望之至。崇祯十年八月二十日具题。二十三日奉圣旨：该部一并看议具奏。

积谷疏

王道纯

臣惟今天下民已穷矣，财已竭矣，催科日为纷扰，而骨髓不胜敲吸矣。当事者捉衿露肘，不得已而议搜括，又议设处，只凑一时之急，罔顾永久之图。如疗病者不察病源虚实，妄加针砭，虽能支撑一时，而元气消耗，所不计也。至于支撑不得，遂曰时事难为也。不知天下无不可为之事，特患无真心任事之人耳。有其任之，自有明明白白、堂堂正正之法，不损下而益上，实足国而足民，则搜括设处，皆可置而勿问矣。何也？搜括者犹自本有而搜之针头之铁、鹤胫之肉，铢积而寸累，所济几何，此可暂而不可久也。若设处则从原未有者，而设法以处之，巧者剜肉医疮，拙者叶外生枝，浸假而那移，浸假而私派，浸假而侵欺帮贴，设之中又有设，处之外又有处焉。上未收锱铢之益，下先恣谿壑之厌，而民生愈不可问矣。臣以为此可一而不可再者也。进而求之，惟有积谷之法。在诸臣条议积谷众且详矣，臣又何赘？然非身当其事，终为局外之谈；非立有成规，何异道旁之筑？今据各条议皆严于下而宽于上，重折色而轻本色，臣犹以为未尽善也。何以谓严下而宽上也？守令积谷，人皆知责成矣。层而上之，有司道焉，积谷者有几？即积矣，而及额者有几？有抚按焉，真能积谷者有几？即报积矣，而仓收者有几？徒工纸上之铺张，不究廒中之积蓄，毋怪日绳州县，而州县不受也。何以谓重折色而轻本色也？秋冬收谷，春夏折银，行之已久矣。时既因循，闻秋冬而改折者有之，春夏而入仓者几何？奸弊百出，闻截银收籴多有虚数，而折半平粜半归乌有，充贪吏之囊橐，供猾胥之渔猎，毋怪日议积谷而所积无几也。臣以积之之法，须自抚按始；行之之实，须从本色始。臣自入境来，见抚臣余大成首倡积谷，迄各司道府俱有积贮，臣甚慕之。遂檄各属，凡臣一应抵赎，不拘春夏秋冬，先尽折色充饷外，即收本色，另立一仓，名曰按院积谷仓，即时值谷贵，亦照市价征收，不必拘定斗数。如春夏无谷之时，二麦菿豆皆可收之为用。又委廉明推官不时稽查外，凡臣按历经过，亲自点查，自八月初一日起，计岁终十二月止，半年间约得谷二万石，则一年内约得四万余石，可类推也。人之好义，皆有同心，递及各司道运府，皆有赎锾。如依此法行之，酌其词状之烦简，立以成规，务期及额，溢额者荐，缩额者参，至各州县自有观感，必无呼之不应者。已然紧关，必须各立一廒。凡院司道府州县，不得混置一处，庶查者一寓目而了然。即有不肖有司，决不能装载而去也。满盘打算，每年约得数十万石，行之三年，无虞饥馑；行之五年，无虞师旅；行之十年，约有数百万石渐积渐充，如不涸之泉，不竭之府，一切加派辽粮之名，俱可不设矣。如能著著实行，节节清楚，合州县积之而一府富，合各府院司道积之而一省富，合各省积之而天下富，于民无丝毫之扰，于国有富庶之益。廉者得以自见，贪者无所庸奸，一举而众善备焉。臣所谓藏富于国，可收实用者，此也。抑臣又有说焉。天下良吏固多，墨吏亦复不少，乃希图溢额之名，以博一时之誉，不以赎谷入仓，设计滥罚，致百姓吞声饮恨者，自有臣不时之纠参，以破不肖有司之隐情也。此臣一得之愚，行之颇效，伏乞圣明采纳，敕下该部议覆，立为成规，入之考成，于国计民生，未必无小补矣。

艺文十一（诗）

（食货典第一百四卷）

目 录

小雅·鸿雁三章

（朱注）旧说周室中衰，万民离散，而宣王能劳来还定安集之，故流民喜之而作此诗。

鸿雁于飞，肃肃其羽。之子于征，劬劳于野。爰及矜人，哀此鳏寡。

鸿雁于飞，集于中泽。之子于垣，百堵皆作。虽则劬劳，其究安宅。

鸿雁于飞，哀鸣嗷嗷。维此哲人，谓我劬劳。维彼愚人，谓我宣骄。

关 中 诗　　晋·潘 岳

斯民如何，荼毒于秦。师旅既加，饥馑是因。疫疠淫行，荆棘成榛。绛阳之粟，浮于渭滨。

晚秋喜雨（并序） 唐·李峤

咸亨元年，自四月不雨，至于九月。王畿之内，嘉谷不滋。君子小人，惶惶如也。天子虑深求瘼，念在责躬，避寝损膳，录冤弛役，牲币之礼，遍于神祇，钟庾之贷，周于穷乏。至诚斯感，灵眷有融，爰降甘泽，大拯炎亢。朝廷公卿，相趋动色，里闬甿庶，讴吟成响，年和俗阜，于焉可致。抚事形言，孰云能已。乃诗曰：

积阳躔首夏，隆旱届徂秋。炎威振皇服，歊景暴神州。气涤朝川朗，光澄夕照浮。草木委林甸，禾黍悴原畴。国惧流金眚，人深悬磬忧。紫宸兢履薄，丹扆念推沟。望肃坛场祀，冤申囹圄囚。御车迁玉殿，荐菲撤琼羞。济窘邦储发，蠲穷并赋优。服闲云骥屏，冗术土龙修。睿感通三极，天诚贯六幽。夏祈良未拟，商祷讵为俦。穴蚁祯符应，山蛇毒影收。腾云八际满，飞雨四溟周。聚霭笼仙阙，连霏绕画楼。旱陂仍积水，涸沼更通流。晚穗萎还结，寒苗瘁复抽。九农欢岁阜，万寓庆时休。野洽如坻咏，途喧击壤讴。幸闻东道李，欣奉北场游。

送任御史江南发粮以赈河北百姓 张说

河朔人无岁，荆南义廪开。将兴泛舟役，必仗济川才。夜月临江浦，春云历楚台。调饥坐相望，绣服几时回。

东平路中遇大水 高适

天灾自古有，昏垫弥今秋。霖霪溢川原，澒洞涵田畴。指途适汶阳，挂席经芦洲。永望齐鲁郊，白云何悠悠。傍沿钜野泽，大水纵横流。虫蛇拥独树，麋鹿奔行舟。稼穑随波澜，西成不可求。室居相枕藉，蛙龟声啾啾。仍怜穴蚁漂，益羡云禽游。农夫无倚著，野老生殷忧。圣主当深仁，庙堂运良筹。仓廪终尔给，田租应罢收。我心胡郁陶，征旅亦悲愁。纵怀济时策，谁肯论吾谋？

旱灾自咎贻七县宰 元稹

吾闻上帝心，降命明且仁。臣稹苟有罪，胡不灾我身？胡为旱一州，祸此千万人？一旱犹可忍，其旱亦已频。腊雪不满地，膏雨不降春。恻恻诏书下，半减麦与緍〔缗〕。半租岂不薄，尚竭力与筋。竭力不敢惮，惭戴天子恩。累累妇拜姑，呐呐翁语孙。禾黍日夜长，足得盈我囷。还填折粟税，酬偿贳麦邻。苟无公私责，饮水不为贫。欢言未盈口，旱气已再振。六月天不雨，秋孟亦既旬。区区昧陋积，祷祝非不勤。日驰衰白颜，再拜泥甲鳞。归来重思忖，愿告诸邑君。以彼天道远，岂如人事亲。团团囹圄中，无乃冤不申。扰扰食廪内，无乃奸有因。轧轧输送车，无乃使不伦。遥遥负担卒，无乃役不均。今年无大麦，计与珠玉滨。村胥与里吏，无乃求取繁。符下敛钱急，值官因酒嗔。诛求与挞罚，无乃不逡巡。生小下里住，不曾州县门。诉词千万恨，无乃不得闻。强豪富酒肉，穷独无刍薪。俱由案牍吏，无乃移祸屯。官分市井户，迭配水陆珍。未蒙所偿直，无乃不敢言。有一于此事，安可尤苍旻。借使漏刑宪，得不虞鬼神。自顾顽滞牧，坐贻灾沴臻。上羞朝廷寄，下愧闾里民。岂无神明宰，为我同苦辛。共布慈惠语，慰此衢客尘。

贺 雨 白居易

皇帝嗣宝历，元和三年冬。自冬及春暮，不雨旱爞爞。上心念下民，惧岁成灾凶。遂下罪己诏，殷勤告万邦。帝曰予一人，继天承祖宗。忧勤不遑宁，夙夜心忡忡。元年诛刘辟，一举靖巴卬。二年戮李锜，不战安江东。顾惟眇眇德，遽有巍巍功。或者天降沴，无乃儆予躬。上思答天戒，下思致时邕。莫如率其身，慈和与俭恭。乃命罢进献，乃命赈饥穷。宥死降五刑，责己宽三农。宫女出宣徽，厩马减飞龙。庶政无不举，皆出自宸衷。奔腾道路人，伛偻田野翁。欢呼相告报，感泣涕沾胸。顺人人心悦，先天天意从。诏下才七日，和气生冲融。凝为油油云，散作习习风。昼夜三日雨，凄凄复蒙蒙。万心春熙熙，百谷秋芃芃。人变愁为喜，岁易俭为丰。乃知王者心，忧乐与众同。皇天与后土，所感无不通。冠佩何锵锵，将相及王公。蹈舞呼万岁，列贺明庭中。小臣诚愚陋，职忝金銮宫。稽首再三拜，一言献天聪。君以明为圣，臣以直为忠。敢贺有其始，亦愿有其终。

刈 获 行 陆龟蒙

自春徂秋天弗雨，廉廉早稻才遮亩。芒粒稀疏熟更轻，地与禾头不相拄。我来愁筑心如堵，更听农夫夜深语。凶年是物即为灾，百阵野凫千穴鼠。平明抱杖入田中，十穗萧条九穗空。敢言一岁囷仓实，不了如今朝暮春。天职谁司下民籍，苟有区区宜㭊㭊。本作耕耘意若何，虫豸兼教食人食。古者为邦须蓄积，鲁饥尚责如齐籴。今之为政异当时，一任流离恣征索。平生幸遇华阳客，向日餐霞转肥白。欲卖耕牛弃水田，移家且傍三茅宅。

送孟仲习知济阴 宋·司马光

圣主焦劳意，谁云百里轻。东州比灾害，剧令选精明。水去良田阔，人归旅谷生。闾阎连旧观，鸡犬变新声。盗散疲民活，奸穷老吏惊。政成知不日，双耳为君倾。

籴官粟诗 张 耒

持钱籴官粟，日夕拥公门。官价虽不高，官仓常苦贫。兼并闭囷廪，一粒不肯分。伺待官粟空，腾价邀我民。坐视既不可，禁之亦纷纭。扰扰田亩中，果腹才几人。我欲究其原，宏阔未易陈。哀哉天地间，生民常苦辛。

千乘县独无旱蝗 林 磐

赈济饥荒尚未苏，旱蝗何幸我疆无。悲愁远宦天应悯，不复乡村闹鼓桴。

遣刑部尚书李质赈饥山东 明太祖

遣卿持檄按齐东，念尔贤劳苦厥功。经国老臣勤抚恤，行天使者起疲癃。官储有粟宜从赈，囊橐无私任至公。七十二城皆历遍，马蹄无处不春风。

书愧诗示户部尚书夏原吉 宣 宗

关中岁屡歉，民食无所资。郡县既上言，能不轸恤之。《周礼》十二政，散货首所宜。给帛遣使者，发廪饬有司。临轩戒将命，遄往毋迟迟。命下苟或后，施济安所期。吾闻有道世，民免寒与饥。循已不遑宁，因情书愧辞。

观郑侠流民图　　鲁　铎

平生看画殊草草，漫若行云度飞鸟。近来偶得流民图，宝爱矜怜看未了。旱风吹沙天地昏，扶携塞道离乡村。身无完衣腹无食，疾羸愁苦难具论。老人状何似？头先于步无生气，手中杖与臂相如，同行半作沟中弃。小儿何忍看？肩挑襁负啼声干，父怜母惜留不得，持标自售双眉攒。试看担头何所有，麻秕麦麸不盈缶。道旁采掇力无任，草根木实连尘土。于中况复婴锁械，负瓦揭木行且卖。形容已槁臂负疮，还应未了征输债。千愁万恨具物色，不待有言皆暴白。熙宁何缘一至斯？主行新法王安石。当年此图谁所为？监门郑侠心忧时。疏奏阁下不肯纳，马递迳上银台司。疏言大略经圣眼，四方此类知何限。但除弊政行臣言，十日不雨臣当斩。熙宁天子寝不寐，罢除新法伺天意。谁知护法有善神，帝前环泣奸仍遂。同时有图尝献捷，赢输事往随图灭。此图世远迹逾新，长使忠良肝胆热。我因披图闲比量，唐宗王会空夸张。愿将此图继无逸，重模国本陈吾皇。

田　父　叹　　王崇古

驱车历夏郊，秋阳正皜皜。遵彼汉唐渠，流泽何浩渺。高卑相原隰，沟浍互环绕。闸坝时启闭，壅泄功施巧。河决堤湃倾，禁弛滋贪狡。乘春成修防，灌溉及秋杪。时和霜落迟，九月熟晚稻。方忻岁事丰，悠悠感穹昊。日暮济河梁，夹河泣父老。指顾沿河屯，一望涨行潦。河西田埂没，青苗变水藻。河东垦沙田，夏旱麦半槁。二麦幸登场，秋淫闻伤涝。隔陇异丰歉，比乡共忧悄。公家急刍饷，输积戒不早。有子三四人，诸孙咸少小。长男戍蓟门，二子守边堡。戎骑时凭陵，生死安自保。幼男方长成，屯田共兄嫂。老夫挽粮车，诸妇刈秋草。不愿衣食饶，惟愿免苦拷。俗忌多生男，男多生烦恼。堂下千里隔，民瘼难具道。予志在安攘，听之伤怀抱。丰年已百艰，凶年转饿殍。抚边无良策，仁民古所宝。草奏乞皇仁，宽徭勤恤犒。坐令四国相，列镇谢征讨。再颂浊河清，穷边歌熙皞。

招抚流民辞　　李延寿

吾民昔逃，今胡不归？食不充腹，身无完衣，为人奴使，饮泣食悲。吾民昔逃，今胡不归？

吾民昔逃，今胡不来？断还尔田，宽蠲尔差，遂尔生养，禁彼科催。吾民昔逃，今胡不来？

吾民昔逃，胡不还乡？鳏为尔妻，饥赈尔粮，给尔鸡豚，理尔田桑。吾民昔逃，胡不还乡？

洛川忧旱诗　　赵家相

造化何茫茫，天人真悬隔。休咎随所直，应感不可测。忆昔甲申岁，大侵困白翟。四郊无青草，沟中多饿瘠。流移犹未复，室家尚啧啧。此时春三月，农工正所迫。时雨胡不降，太阳日焰赫。二麦已就枯，嘉禾种未掷。吾为民父母，怀抱徒嗌嗌。为思春不耕，衣食无所获。衣食既不赡，民将为游魄。哿矣惟富人，橐囊尚有积。嗟嗟独穷民，流离在咫尺。悠悠我之忧，坐卧不安席。日夕叩苍冥，渺渺竟无益。仰瞻星斗明，燥心浑如炙。俯见黄尘起，愁肠伤如刺。岂是天道远，下情终难白。亦果人事乖，天故降兹厄。尚愿我元穹，为我念苍赤。勿使往年灾，再为烝民癖。大降三日霖，滂沱满阡陌。庶见仁爱心，免使众疾额。

荒政部纪事*

纪　事　一

（食货典第一百四卷）

《国语》：晋国饥，公问于箕郑曰：救饥何以？对曰：信。公曰：安信？对曰：信于君心，信于名，信于令，信于事。公曰：然则若何？对曰：信于君心则美恶不逾，信于名则上下不干，信于令则时无废功，信于事则民从事有业。于是乎民知君心，贫而不惧，藏出如入，何匮之有？公使为箕及清原之蒐使，佐新上军。

《左传·哀公元年》：楚大夫子西曰：昔阖庐在国，天有灾疠，亲巡孤寡而共其乏困。

《韩非子·外储说》：秦大饥，应侯请曰：五苑之草著、蔬菜、橡果、枣栗，足以活民，请发之。昭襄王曰：吾秦法，使民有功而受赏，有罪而受诛。今发五苑之蔬果者，使民有功与无功俱赏也。夫使民有功与无功俱赏者，此乱之道也。夫发五苑而乱，不如弃枣蔬而治。

《说苑·权谋篇》：越饥，句践惧。四水进谏曰：夫饥，越之福也，而吴之祸也。夫吴国甚富而财有余，其君好名而不思后患。若我卑辞重币以请籴于吴，吴必与我，与我则吴可取也。越王从之。吴将与之，子胥谏曰：不可。夫吴越接壤，境道易通，仇雠敌战之国也。非吴有越，越必有吴矣。夫齐晋不能越三江五湖以亡吴，越不如因而攻之，是吾先王阖庐之所以霸也。且夫饥何哉？亦犹渊也。败伐之事，谁国无有。君若不攻而输之籴，则利去而凶至，财匮而民怨，悔无及也。吴王曰：吾闻义兵不服，仁人不以饿饥而攻之。虽得十越，吾不为也。遂与籴。三年，吴亦饥，请籴于越。越王不与而攻之，遂破吴。

《臣术篇·王制》曰：假于鬼神，时日卜筮以疑于众者，杀也。子路为蒲令。备水灾，与民春修沟渎。为人烦苦，故予人一箪食，一壶浆。孔子闻之，使子贡复之。子路忿然不悦，往见夫子曰：由也以暴雨将至，恐有水灾，故与人修沟渎以备之。而民多匮于食，故与人一箪食，一壶浆，而夫子使赐止之。何也？夫子止由之行仁也。夫子以仁教而禁其行仁也，由也不受。子曰：尔以民为饿，何不告于君，发仓廪以给食之，而以尔私馈之，是汝不明君之惠，见汝之德义也。速已则可矣，否则尔之受罪不久矣。子路心服而退也。

《史记·汲黯传》：黯为谒者，河内失火，延烧千余家，上使黯往视之，还报曰：家人失火，屋比延烧，不足忧也。臣过河南，河南贫人伤水旱万余家，或父子相食。臣谨以便宜持节发河南仓粟以振贫民。臣请归节，伏矫制之罪。上贤而释之，迁为荥阳令。

《汉书·严助传》：助为中大夫。建元三年，闽越举兵围东瓯，东瓯告急于汉。时武帝遣助发兵诛闽越，淮南王安上书谏曰：间者数年岁比不登，民待卖爵赘子以接衣食，赖陛下德泽振救之，得毋转死沟壑。四年不登，五年复蝗，民生未复。今发兵行数千里，死伤必众矣。

《杜周传》：周子延年封建平侯，见国家承武帝奢侈师旅之后，数为大将军光言：年岁比不登，流民未尽，还宜修孝文时政，示以俭约，宽和顺天，心说民意，年岁宜应。光纳其言。举贤良，议罢酒榷盐铁，皆自延年发之。

《萧望之传》：望之为左冯翊。西羌反汉，遣后将军征之。京兆尹张敞上书言：国兵在外，军以夏发陇西以北、安定以西，吏民并给转输，田事颇废。素无余积，虽羌虏以破，来春民食必乏，穷辟之处，买亡所得，县官谷度不足以振之。愿令诸有罪非盗受财杀人，及犯法不得赦者，皆得以差入谷，此八郡赎罪，务益致谷，以豫备百姓之急事。下有司。望之与少府李彊议，以为开利路，伤教化。敞曰：窃怜凉州被寇，方秋饶时，民尚有饥乏病死于道路，况至来春将大困乎？不早虑所以振救之策，而引常经以难，恐后为重责。常人可与守经，未可与权也。

《王莽传》：天凤五年正月，以大司马司允费兴为荆州牧。见问到部方略，兴对曰：荆扬之民，率依阻山泽，以渔采为业。间者，国张六筦，税山泽，妨夺民之利。连年久旱，百姓饥穷，故为盗贼。兴到部，欲令明晓告盗贼归田里，假贷犁牛种食，阔其租赋，几可以解释安集。莽怒，免兴官。

地皇元年七月，大风，毁王路。堂下书曰：惟即位以来，阴阳未和，风雨不时，数遇枯旱，蝗螟为灾，谷稼鲜耗。百姓苦饥，寇贼奸宄，人民正营，无所措手足。深惟厥咎，在名不正焉。其立安为新迁王，临为统义阳王。

二年秋，陨霜杀菽，关东大饥。民犯铸钱，伍人相坐，没入为官奴婢。其男子槛车，儿女子步，以铁锁琅当其颈，传诣钟官，以十万数。到者易其夫妇，愁苦死者什六七。

三年二月，赤眉杀太师牺仲景尚。关东人相食。四月，遣太师王匡、更始将军廉丹东，祖都门外，天大雨，沾衣止。长老叹曰：是为泣军！莽曰：惟阳九之阸，与害气会，究于去年。枯旱霜蝗，饥馑荐臻，百姓困乏，流离道路，于春尤甚，予甚悼之。今使东岳太师特进褒新侯开东方诸仓，赈贷穷乏。太师公所不过道，分遣大夫谒者并开诸仓，以全元元。太师公因与廉丹太使五威司命位右大司马更始将军平均侯之兖州，填抚所掌，及青、徐故不轨盗贼未尽解散，后复屯聚者，皆清洁之，期于安兆黎矣。太师、更始合将锐士十余万人，所过放纵。东方为之语曰：宁逢赤眉，不逢太师。太师尚可，更始杀我！卒如田况之言。莽又多遣大夫谒者分教民煮草木为酪，酪不可食，重为烦费。莽下书曰：惟民困乏，虽溥开诸仓以赈赡之，犹恐未足。其且开天下山泽之防，诸能采取山泽之物而顺月令者，其恣听之，勿令出税。至地皇三十年如故，是王光上戊之六年也。如令豪吏猾民辜而擢之，小民弗蒙，非予意也。《易》不云乎？损上益下，民说无疆。《书》云：言之不从，是谓不艾。咨虖群公，可不忧哉！是夏，蝗从东方来，蜚蔽天，至长安，入未央宫，缘殿阁。莽发吏民设购赏捕击。莽以天下谷贵，欲厌之，为大仓，置卫交戟，名曰政始掖门。流民入关者数十万人，乃置养赡官禀食之。使者监领，与小吏共盗其禀，饥死者十七八。先是，莽使中黄门王业领长安市买，贱取于民，民甚患之。业以省费为功，赐爵附城。莽闻城中饥馑，以问业，业曰：皆流民也。乃市所卖粱饭肉羹，持入视莽，曰：居民食咸如此。莽信之。

《后汉书·伏湛传》：湛王莽时为绣衣执法，更始立以为平原太守。时谓妻子曰：夫一谷不登，国君彻膳。今民皆饥，奈何独饱？乃共食粗粝。

《窦融传》：融行河西五郡大将军事，安定北地。上郡流人避凶饥者，归之不绝。

《汝南先贤传》：袁安为阴平长。时年饥荒，民皆菜食，租入不毕，使民输芋。

《刘平传》：王望字慈卿，客授会稽，自议郎迁青州刺史，甚有威名。是时州郡灾旱，百姓穷荒。望行部道，见饥者裸行草食五百余人，愍然哀之。因以便宜出所在布粟，给其廪粮，为作褐衣。事毕上言。帝以望不先表请章，示百官详议其罪。时公卿皆以为望之专命，法有常条。钟离意独曰：昔华元子反楚，宋之良臣不禀君命，擅平二国，春秋之义以为美谈。今望怀义忘罪，当仁不让，若绳之以法，忽其本情，将乖圣朝爱育之旨。帝嘉意议，赦而不罪。

《郑弘传》：弘建初八年，代郑众为大司农。在职二年，所息省三亿万计。时岁天下遭旱，边方有警，人食不足，而帑藏殷积。弘奏宜省贡献，减徭费，以利饥人。帝顺其议。

《马援传》：援族孙稜拜谒者，章和元年迁广陵太守。时谷贵民饥，奏罢盐官以利百姓，赈贫羸，薄赋税，兴复陂湖，溉田二万余顷。吏民刻石颂之。

《张纯传》：纯子奋永元六年代刘方为司空。时岁灾旱，祈雨不应，乃上表曰：比年不登，人用饥匮。今复久旱，秋稼未立。阳气垂尽，岁月迫促。夫国以民为本，民以谷为命。政之急务，忧之重者也。臣蒙恩尤深，受职过任，夙夜忧惧，章奏不能叙心愿，对中常侍疏奏，即时引见，复口陈时政之宜。明日，和帝召太尉司徒幸洛阳，录囚徒，收洛阳令陈歆，即大雨三日。

《邓皇后纪》：后为皇太后，临朝水旱十载。每闻人饥，或达旦不寐，而躬自减彻，以救灾厄。故天下复平，岁还丰穰。刘毅以太后多德政，上书曰：元兴延平之际遭水潦，东州饥荒，垂恩元元，冠盖交路，菲薄衣食，躬率群下，损膳解骖，以赡黎苗。恻隐之恩，犹视赤子。

《邓禹传》：禹孙骘为大将军，时遭元二之灾，人士荒饥，死者相望，盗贼群起。骘崇节俭，罢力役，推进天下贤士。

《苏章传》：章为武原令，岁饥，辄开仓廪，活三千余户。

《虞诩传》：诩为武都太守，始到郡，户裁盈万。及绥聚荒余，招还流散，二三年间，遂增至四万余户，盐米丰贱十倍于前。

《张禹传》：禹永初元年拜太尉。后连岁灾荒，府藏虚空。禹上疏求入三岁租税，以助郡国禀假。诏许之。

《文苑传》：黄香为魏郡太守，郡旧有内外园田，常与人分种，收谷岁数千斛。香曰：田令商者不农，王制仕者不耕。伐冰食禄之人，不与百姓争利。乃悉以赋人，课令耕种。时被水年饥，乃分奉禄及所得赏赐班赡贫者。于是丰富之家各出义谷，助官廪贷荒，民获全。

《循吏传》：镡显，安帝时为豫州刺史。时天下饥荒，竞为盗贼，州界收捕，且万余人。显愍其困穷，自陷刑辟，辄擅赦之。因自劾奏，有诏勿理。

《梁统传》：统曾孙商以戚属居大位。每有饥馑，辄载租谷于城门，赈与贫贱，不宣己惠。

《浙江通志》：马臻永和中为会稽守，创立镜湖。在会稽、山阴县两界，筑塘蓄水，水高丈余，田又高海丈余。若水少则泄湖灌田，水多则闭湖，泄田中水入海。塘成，郡无凶年。

《后汉书·循吏传》：第五访字仲谋，京兆长陵人，仕郡为功曹，察孝廉，补新都令。政平化行，三年之间，邻县归之，户口十倍。迁张掖太守。岁饥，粟石数千。访乃开仓赈给，以救其敝。吏惧谴争，欲上言。访曰：若上须报，是弃民也。太守乐以一身救百姓，遂出谷赋人。顺帝玺书嘉之。由是一郡得全。岁余，官民并丰，界无奸盗。迁南阳太守。

《度尚传》：尚为文安令，遇时疾疫，谷贵人饥，尚开仓廪给，营救疾者，百姓蒙其济。

《盖勋传》：勋领汉阳太守，时人饥相渔食。勋调谷廪之，先出家粮以率众，存活者千余人。

《韩韶传》：韶为嬴长，余县多被寇盗，废耕桑，其流入县界求索衣粮者甚众。韶愍其饥困，乃开仓赈之，所廪赡万余户。主者争谓不可。韶曰：长活沟壑之人，而以此伏罪，含笑入地矣。太守素知韶名德，竟无所坐。

《窦武传》：武长女，桓帝立为皇后，武拜城门校尉。时岁俭民饥，武得两宫赏赐，悉散与太学诸生。及载肴粮于路旁，施贫民。

《皇甫嵩传》：嵩为左车骑将军，领冀州牧。嵩奏请冀州一年田租以赡饥民。帝从之。百姓歌曰：天下大乱兮市为墟，母不保子兮妻失夫，赖得皇甫兮复安居。

《袁术传》：术僭号自称仲家，曹操征之。术兵弱，大将死，众情离叛，加天旱岁荒，士民冻馁，江淮间相食殆尽。时舒仲应为术沛相，术以米十万斛与为军粮，仲应悉散以给饥民。术闻怒陈兵，将斩之。仲应曰：知当必死，故为之耳。宁可以一人之命，救百姓于涂炭。术下马牵之曰：仲应足下独欲享天下重名，不与吾共之邪？

《陈敬王羡传》：羡曾孙宠。献帝初，义兵起，宠自称辅汉大将军。国相会稽骆俊素有威恩。时天下饥荒，邻郡人多归就之。俊倾资赈赡，并得全活。

《党锢传》：张俭拜少府，不就。献帝初，百姓饥荒，而俭资计差温，乃倾竭财产与邑里共之，赖其存者以百数。建安初征为卫尉。

《江南通志》：何敞，钱塘人，汉末隐居五湖。时大蝗旱，太守请为无锡令。敞慨然叹曰：民苦旱灾如此，安得不救之？往修六事，行弭灾之术。未几，雨蝗尽死，敞乃遁去。

《三国魏志·太祖纪》注：《魏书》曰：袁绍之在河北，军人仰给桑椹。袁术在江淮，取给蒲蠃，民人相食，州里萧条。公曰：夫定国之术，在于强兵足食。秦人以急农兼天下，孝武以屯田定西域，此先代之良式也。是岁乃募民屯田许下，得谷百万斛。于是州郡例置田官，所在积谷。

《傅子》曰：魏太祖以天下凶荒，资财乏匮，拟古皮弁，裁缣帛，以为恰合于简易随时之义，以色别其贵贱。

《魏略列传》：杨沛，字孔渠，冯翊万年人也。初平中为公府令史，以牒除为新郑长。兴平末，人多饥穷。沛课民益畜干椹，收䝁豆，阅其有余以补不足。如此积得千余斛，藏在小仓。会太祖为兖州刺史，西迎天子，所将千余人皆无粮，过新郑，沛谒见，乃皆进干椹。太祖甚喜。及太祖辅政，迁沛为长社令。

《三国魏志·夏侯惇传》：惇为济阴太守。时大旱，蝗虫起，惇乃断太寿水作陂，身自负土，率将士，劝种稻。民赖其利。

《吴志·朱恒〔桓〕传》：孙权为将军，恒〔桓〕给事幕府，除余姚长。往遇疫疠，谷食荒贵，恒〔桓〕分部良吏，隐亲医药，飧粥相继。士民感戴之。

《陆逊传》：逊年二十一始仕幕府，历东西曹令史，出为海昌屯田都尉，并领县事。县连年亢旱，逊开仓谷以赈贫民，劝督农桑，百姓蒙赖。

《魏志·何夔传》：夔为长广太守，时太祖始制新科下州郡，又收租税绵绢。夔上言曰：自丧乱已来，民人失所，今虽小安，然服教日浅。所下新科，皆以明罚敕法，齐一大化也。所领六县疆域初定，加以饥馑，若一切齐以科禁，恐或有不从教者。有不从教者不得不诛，则非观民设教随时之意也。

《钟繇传》：繇子毓为黄门侍郎。时大兴洛阳宫室，车驾便幸许昌。许昌偪狭，于城南以毡为殿，备设鱼龙蔓延，民罢劳役。毓谏，以为水旱不时，帑藏空虚，凡此之类，可须丰年。又上宜复关内开荒地，使民肆力于农。事遂施行。

《苏则传》：则为金城太守，是时丧乱之后，吏民流散饥穷，户口损耗，则抚循之甚谨。外招怀羌胡，得其牛羊，以养贫老。与民分粮而食。旬月之间，流民皆归，得数千家。乃明为禁令，有干犯者辄戮，其从教者必赏。亲自教民耕种，其岁大丰收。由是归附者日多。

《册府元龟》：魏文帝初嗣位，以汉延康元年二月下令曰：池苑所以御灾荒也，设禁非所以便民。除其池御之禁。

《晋书·食货志》：郑浑为沛郡太守，郡居下湿，水涝为患，百姓饥乏。浑于萧相二县兴陂堨，开稻田，郡人皆不以为便。浑以为终有经久之利，遂躬帅百姓兴功，一冬皆成。比年大收顷亩，岁增租入倍常。郡中赖其利，刻石颂之，号曰郑陂。

《刘颂传》：颂，文帝辟为相府掾，奉使于蜀。时蜀新平，人饥土荒。颂表求振贷，不待报而行，由是除名。

《三国魏志·卫觊传》：觊为尚书，封阳吉亭侯。明帝即位，进封閺乡侯。上疏曰：当今千里无烟，遗民困苦，陛下不善留意，将遂雕弊，难可复振。礼，天子之器必有金玉之饰，饮食之肴必有八珍之味，至于凶荒，则彻膳降服。然则奢俭之节，必视世之丰约也。

《晋书·食货志》：建安初，关中百姓流入荆州者十余万家，及闻本土安宁，皆企望思归，而无以自业。于是卫觊议为盐者国之大宝，自丧乱以来放散。今宜如旧，置使者监卖，以其直益市犁牛。百姓归者，以供给之，勤耕积粟，以丰殖关中。远者闻之，必多竞还。于是魏武遣谒者仆射监盐官，移司隶校尉居弘农。流人果还，关中丰实。

魏明帝世徐邈为凉州，土地少雨，常苦乏谷。邈上修武威、酒泉盐池以收虏谷，又广开水田，募贫民佃之。家家丰足，仓库盈溢。

《浙江通志》：车浚，天玺元年为会稽太守。值岁荒旱，民无资粮，表求赈贷。孙皓谓浚欲树私恩，遣使枭首。

《晋书·王浑传》：浑为徐州刺史。时年荒岁饥，浑开仓赈赡，百姓赖之。

《郑袤传》：袤子默为东郡太守。值岁荒人饥，默辄开仓振给，乃舍都亭自表待罪。朝廷嘉默忧国，诏书褒叹，比之汲黯；班告天下，若郡县有此比者，皆听出给。

《惠帝纪》：天下荒乱，百姓饿死。帝曰：何不食肉糜？

《良吏传》：范晷为凉州刺史，转雍州，于时西土荒毁，氐羌蹈藉，田桑失收，百姓困弊。晷倾心化导，劝以农桑，所部甚赖之。元康中，加左将军，卒于官。子广为堂邑令，大旱，米贵，广散私谷振饥人，至数千斛。远近流寓归投之，户口十倍。

《李特载记》：元康中，氐齐万年反，关西扰乱，频岁大饥，百姓乃流移就谷，相与入汉川者数万家。初流人既至，汉中上书求寄食巴蜀朝议不许，遣侍御史李苾持节慰劳，且监察之，不令入剑阁。苾至汉中，受流人货赂，反为表曰：流人十万余口，非汉中一郡所能振赡。东下荆州，水湍迅险，又无舟船。蜀有仓储，人复丰稔，宜令就食。朝廷从之。由是散在益梁，不可禁止。永康元年，诏征益州刺史赵廞为大长秋，以成都内史耿滕代廞。廞遂谋叛，潜有刘氏割据之志，乃倾仓廪振施流人，以收众心。

《华谭传》：谭为尚书郎，永宁初，出为郏令。于时兵乱之后，境内饥馑，谭倾心抚恤。司徒王戎闻而善之，出谷三百斛以助之。

《慕容廆载记》：廆遣使来降，拜为鲜卑都督。永宁中，燕垂大水，廆开仓振给，幽方获济。

《食货志》：惠帝之后，政教陵夷，至于永嘉，丧乱弥甚。雍州以东，人多饥乏，更相鬻卖，奔迸流移不可胜数。幽、并、司、冀、秦、雍六州大蝗，草木及牛马毛皆尽。又大疾疫，兼以饥馑，百姓又为寇贼所杀，流尸满河，白骨蔽野。刘曜之逼朝廷议欲迁都仓垣，人多相食，饥疫总至，百官流亡者十八九。元帝为晋王，课督农功，诏二千石，长吏以入谷多少为殿最，其非宿卫要任，皆宜赴农，使军各自佃作，即以为廪。

《宗室传》：南阳王模永嘉初代河间王镇关中。时饥荒，百姓相噉，加以疾疠，盗贼公行。模力不能制，乃铸铜人钟鼎为釜器，以易谷。议者非之。

《刘琨传》：琨永嘉元年为并州刺史，加振威将军，领匈奴中郎将。琨在路上表曰：臣以顽蔽，志望有限，因缘际会，遂忝过任。九月末得发，道险山峻，胡寇塞路，辄以少击众，冒险而进，顿伏艰危，辛苦备尝。即日达壶口关。臣自涉州疆，目睹困乏，流移四散，十不存二，携老扶弱，不绝于路。及其在者，鬻卖妻子，生相捐弃，死亡委厄，白骨横野，哀呼之声，感伤和气。群胡数万，周匝四山，动足遇掠，开目睹寇。惟有壶关可得告籴，而此二道九州之险，数人当路则百夫不敢进，公私往反，没丧者多，婴守穷城，不得薪采，耕牛既尽，又乏田器。以臣愚短，当此至难，忧如循环，不遑寝食。臣伏思此州虽云边朔，实迩皇畿，南通河内，东连司冀，北捍殊俗，西御强虏，是劲弓良马，勇士精骑之所出也。当须委输，乃全其命。今上尚书，请此州谷五百万斛、绢五百万匹、绵五百万斤，愿陛下时出臣表，速见听处。朝廷许之。时东嬴公腾自晋阳镇邺，并土饥荒，百姓随腾南下，余户不满二万。寇贼纵横，道路断塞。琨募得千余人，转斗至晋阳。府寺焚毁，僵尸蔽地，其有存者，饥羸无复人色，荆棘成林，豺狼满道。琨翦除荆棘，收葬枯骸，造府朝，建市狱。寇盗互来掩袭，恒以城门为战场。百姓负楯以耕，属鞬而耨，琨抚循劳来，甚得物情。

《李矩传》：矩为汝阴太守。永嘉初，使矩与汝南太守袁孚率众修洛阳千金堨以利运漕。及洛阳不守，太尉荀藩奔阳城卫，将军华荟奔成皋。时大饥，贼帅侯都等每略人而食之藩、荟部曲多为所啖。矩讨都等，灭之，乃营护藩、荟，各为立屋宇，输谷以给之。及藩承制建行台，假矩荥阳太守。矩招怀离散，远近多附之。藩表元帝，加矩冠军将军，领河东平阳太守。时饥馑相仍，又多疫疠，矩垂心抚恤，百姓赖焉。

《郗鉴传》：鉴，高平金乡人，少孤贫，以儒雅著名。于时所在饥荒，州中之士素有感其恩义者，相与资赡。鉴复分所得，以恤宗族及乡曲孤老，赖而全济者甚多。元帝初，镇江左承制假鉴龙骧将军，兖州刺史，镇邹山。时徐龛、石勒左右交侵，日寻干戈，外无救援，百姓饥馑，或掘野鼠蛰燕而食之，终无叛者。

《良吏传》：邓攸为石勒参军，后至江东。元帝以攸为太子中庶子。时吴郡阙守，帝以授攸。郡中大饥，攸表振贷未报，乃辄开仓救之。台遣散骑常侍桓彝、虞騑慰劳饥人，观听善不，乃劾攸以擅出谷。俄而有诏原之。攸在郡，刑政清明，百姓欢悦。

《外戚传》：王蕴补吴兴太守，甚有德政。属郡荒，人饥，辄开仓赡恤。主簿执谏，请先列表上待报。蕴曰：今百姓嗷然，路有饥馑。若表上须报，何以救将死之命乎？专辄之愆，罪在太守，且行仁义而败，无所恨也。于是大振贷之，赖蕴全者十七八焉。朝廷以违科免蕴官，士庶诣阙讼之。

《王导传》：导子荟，少历清官，除吏部郎侍中、建威将军、吴国内史。时年饥粟贵，人多饿死，荟以私米作饘粥，以饴饿者，所济活甚众。

《虞潭传》：潭为镇军将军、吴国内史。时军荒之后，百姓饥馑，死亡涂地。潭乃表出仓米振救之，又修沪渎垒以防海沙。百姓赖之。

《孔愉传》：愉从子坦为吴兴内史，以岁饥运家米以赈穷乏。百姓赖之。

《桓宣传》：宣族子伊都督江州、荆州十郡，豫州四郡军事。江州刺史将军如故上疏，以江州虚耗，加连岁不登，今余户有五万六千，宜并合小县，除诸郡逋米，移州还镇豫章。诏令移州寻阳，其余皆听之。伊随宜极抚，百姓赖焉。

《张轨传》：轨子实，实子骏拜凉州牧。境内尝大饥，谷价踊贵。市长谭详请出仓谷与百姓，秋收三倍征之。从事阴据谏曰：昔西门豹宰邺，积之于人，解扁莅东封之邑，计入三倍。文侯以豹有罪而可赏，扁有功而可罚。今详欲因人之饥，以要三倍，反裘伤皮，未足喻之。骏纳之。

《会稽典录》：夏香，字曼卿，永兴人也。年十五，县长葛君出临虚星会客饮宴。时郡遭大旱，香进谏曰：昔殷汤遭旱，以六事自责，而雨泽应澍。成王悔过，偃禾复起。自古先圣畏惧天异，必思变复以济民命。今始罹天灾，县界独甚，未闻明达崇殷周之德，临祭独欢百姓枯瘁，神祇有灵，必不享也。百姓不足，君孰与足？宜当还寺。长即罢会，身捐俸禄，以赡饥民。

《晋书·石季龙载记》：季龙称居摄赵天王，率众南寇，以租入殷，广转输劳，烦令中仓，岁入百万斛，余皆储之水次。季龙下书令刑赎之家得以钱代财帛，无钱听以谷麦，皆随时价输水次仓。冀州八郡雨雹，大伤秋稼，下书深自咎责，遣御史所在发水次仓麦以给秋种。尤甚之处，差复一年。及入邺，众役烦兴，军旅不息，加之久旱谷贵，金一斤直米二斗，百姓嗷然，无生赖矣。又纳解飞之说，于邺正南投石于河，以起飞桥，功费数千亿万，桥竟不成，役夫饥甚，乃止。使令长率丁壮，随山泽采橡捕鱼，以济老弱，而复为权豪所夺，人无所得焉。又料殷富之家配饥人以食之，公卿以下出谷以助振给，奸吏因之侵割无已。虽有贷赡之名，而无其实。

《苻健载记》：健僭即皇帝位，蝗虫大起，自华泽至陇山，食百草无遗，牛马相啖毛，猛兽及狼食人，行路断绝。健自蠲百姓租税，减膳彻，悬素服，避正殿。

《苻坚载记》：坚僭称大秦天王，以境内旱，课百姓区种；惧岁不登，省节谷帛之费。大官、后宫，减常度二等，百寮之秩以次降之。

《王羲之传》：羲之为会稽内史。时东土饥荒，羲之辄开仓赈贷。然朝廷赋役繁重，吴、会尤甚。羲之每上疏争之，事多见从。

《宋书·顾琛传》：琛母孔氏。晋安帝隆安初，瑯邪王廞于吴中为乱，以女为贞烈将军，悉以女人为官，属以孔氏为司马。及孙恩乱后，东土饥荒，人相食，孔氏散家粮以赈邑里，得活者甚众。

《晋书·桓元传》：元自署太尉，领平西将军、豫州刺史。时会稽饥荒，元令赈贷之。百姓散在江湖采梠，内史王愉悉召之还，请米。米既不多，吏不时给，顿仆道路，死者十八九焉。

《册府元龟》：孔沮为吴兴内史，以岁饥，运家米以赈穷乏。百姓赖之。

《宋书·良吏传》：王镇之，字伯重。桓元辅晋，以为大将军、录事参军。时三吴饥荒，遣镇之御〔衔〕命赈恤。

杜慧度为交州刺史，岁荒民饥，则以私禄赈给。

《自序》：沈亮为西曹主簿。时三吴水淹，谷贵民饥，刺史彭城王义康使立议以救民急。亮议以东土灾荒，民凋谷踊，富民蓄米，日成其价。宜班下所在，隐其虚实，今积蓄之家，听留一年储，余皆勒使粜贷，为制平价。此所谓常道行于百世，权宜用于一时也。又缘淮岁丰，邑富地穰，麦既已登，黍粟行就，可析其估赋，仍就交市。三吴饥民，即以贷给，使强壮转运，以赡老弱。且酒有喉唇之利，而非食饵所资，尤宜禁断以息游费。即并施行。

《隐逸传》：刘凝之，元嘉初征为秘书郎，不就。衡阳王义季镇江陵，遣使存问荆州年饥。义季虑凝之馁毙，饷钱十万。凝之大喜，将钱至市门，观有饥色者悉分与之，俄顷立尽。

《良吏传》：徐豁元嘉初为始兴太守，在郡著绩。太祖嘉之，下诏曰：始兴太守豁洁己退食，恪居在官，政事修理，惠泽沾被。近岭南荒弊，郡境尤甚。拯恤有方，济厥饥馑。虽古之良守，蔑以尚焉。宜蒙褒赏，以旌清绩。可赐绢二百匹，谷千斛。

《宗室传》：长沙景王道怜子义欣为豫州刺史，镇寿阳。于时土境荒毁，人民雕散，城郭颓败，盗贼公行。义欣纲维补缉，随宜经理，劫盗所经，立讨诛之制。境内畏服，道不拾遗，城府库藏，并皆完实，遂为盛藩强镇。时淮西、江北长吏悉叙劳人武夫，多无政术。义欣陈之曰：江淮左右，土塉民疏，顷年以来，荐饥相袭，百城雕弊，于今为甚。绥牧之宜，必俟良吏。劳人武夫，不经政术，统内官长，多非才授。东南殷实，犹或简能，况宾接荒垂，而可辑粲顿阙。愿敕选部，必使任得其人，庶得不劳而治。

《沈昙庆传》：昙庆为余杭令，迁司徒主簿、江夏王义恭太尉录事参军、尚书右丞。时岁有水旱，昙庆议立常平仓以救民急。太祖纳其言而事不行。

《沈演之传》：演之除司徒左司掾州治中从事史。元嘉十二年，东诸郡大水，民人饥馑，以演之巡行拯恤，许以便宜从事。演之乃开仓廪以赈饥民。民有生子者，口赐米一斗。刑狱有疑枉，悉制遣之。百姓蒙赖。

《宗室传》：遵考，高祖族弟也，领南梁郡太守。坐统内旱，百姓饥，诏加赈给，而遵考不奉符旨，免官。

《浙江通志》：刘损为吴郡太守。元嘉中，东土残饥。太祖遣扬州治中沈演之东行赈恤，以损绥抚有方，称为良守。

《南齐书·刘善明传》：善明父怀民，宋世为齐北海二郡太守。元嘉末，青州饥荒，人相食。善明家有积粟，躬食饘粥，开仓以救乡里，多获全济。百姓呼其家田为续命田。

《宋书·颜竣传》：竣自散骑常侍、丹阳尹，加中书令、丹阳尹如故。表让中书令，见许。时岁旱民饥，竣上言禁饧一月，息米近万斛。

《王元谟传》：元谟迁平北将军、徐州刺史，加都督。时北土饥馑，乃散私谷十万斛、牛千头以振之。

《南齐书·张敬儿传》：敬儿隶太祖，封襄阳县侯。元徽末，襄阳大水，平地数丈，百姓资财皆漂没，襄阳虚耗。太祖与攸之书，令振贷之，攸之竟不历意。

《豫章文献·王嶷传》：嶷，建元元年封豫章郡王，邑三千户。仆射王俭笺曰：旧楚萧条，仍岁多故，荒民散亡，实须缉理。公临莅甫尔，英风惟穆，江汉来苏，八州慕义。自庾亮以来，荆楚无复如此美政。古人期月有成，而公旬日致治，岂不休哉？

《陆慧晓传》：慧晓同郡顾宪之，永明六年，为随王东中郎长史，行会稽郡事。时西陵戍主杜元懿启：吴兴无秋，会稽丰登，商旅往来，倍多常岁。西陵牛埭税，官格日三千五百。元懿如即所见，日可一倍，盈缩相兼，略计年长百万。浦阳南北津及柳浦四埭，乞为官，领摄一年，格外长四百许万。西陵戍前检税，无妨戍事，余三埭自举腹心。世祖敕示会稽郡：此讵是事宜？可访察即启。宪之议曰：寻始立牛埭之意，非苟逼僦以纳税也。当以风涛迅险，人力不捷，屡致胶溺，济急利物耳。既公私是乐，所以输直无怨。京师航渡，即其例也。而后之监领者不达其本，各务己功，互生理外，或禁遏别道，或空税江行，或朴船倍价，或力周而犹责，凡如此类，不经埭烦牛者上详，被报格外十条，并蒙停寝。从来喧诉，始得暂弭。案吴兴频岁失稔，今兹尤馑，去乏从丰，良由饥棘。或征货贸粒，还拯亲累；或提携老弱，陈力糊口。埭司责税，依格弗降。旧格新减，尚未议登，格外加倍，将以何术？皇慈恤隐，振廪蠲调，而元懿幸灾榷利，重增困瘼。人而不仁，古今共疾。且比见加格置市者前后相属，非惟新加无赢，并皆旧格犹阙。愚恐元懿今启，亦当不殊。若事不副言，惧贻谴诘，便百方侵苦，为公贾怨。《书》云：与其有聚敛之臣，宁有盗臣。此言盗公为损盖微，敛民所害乃大也。今雍熙在运，草木含泽，其非事宜，仰如圣旨。然掌斯任者，应简廉平，廉则不窃于公，平则无害于民矣。愚又以便宜者，盖谓便于公，宜于民也。窃见顷之言便宜者，非能于民力之外用天分地也，率皆即日不宜于民，方来不便于公。名与实反，有乖政体。凡如此等，诚宜深察。

《梁书·王珍国传》：珍国累迁南谯太守，治有能名。时郡境苦饥，乃发米散财，以拯穷乏。齐高帝手敕云：卿爱人治国，甚副吾意也。

《册府元龟》：崔元祖为东海太守，时青州刺史张冲启：淮北频岁不熟，今秋始稔，北境邻接戎寇，弥须沃实，乞权断谷过淮南。而徐、兖、豫、司诸州又各私断谷米，不听出境。自是江北荒俭，有流亡之弊。元祖乃上书，谓宜丰俭均之。书奏见从。

《浙江通志》：萧子良为会稽太守。建元二年，去官。永明九年，都下大水，吴兴偏剧。子良开仓振救，贫病不能立者收养，给衣及药。

《梁书·良吏传》：庾荜为辅国长史、会稽郡丞，行郡府事。时承凋弊之后，百姓凶荒，所在谷贵，米至数千，民多流散。荜抚循甚有治理。

《萧景传》：景为南兖州刺史，年荒计口赈恤，为稃粥，于路以赋之，死者给棺具。人甚赖焉。

《王志传》：志为丹阳尹，时年饥，每旦为粥，于郡门以赋百姓。民称之，不容口。

《任中丞集·本传》：武帝践祚，昉出为义兴太守。岁荒民散，以私奉米豆为粥，活三千余人。

《梁书·安成康王秀传》：高祖以秀为冠军长史、南东海太守，镇京口。京口自崔慧景作乱，累被兵革，民户流散。秀招怀抚纳，惠爱大行。仍值年饥，以私财赡百姓，所济活甚多。寻迁都督荆、湘、雍、益、宁、南、北梁、秦州九州诸军事，平西将军，荆州刺史。沮水暴长，颇败民田，秀以谷二万斛赡之。百姓甚悦。

《夏侯亶传》：亶为豫、南豫二州刺史。寿春久离兵荒，百姓多流散。亶轻刑薄赋，务农省役，顷之民户充复。

《昭明太子统传》：普通中，大军北讨，京师谷贵。太子因命菲衣减膳，改常馔为小食。每霖雨积雪，遣腹心左右周行闾巷，视贫困家，有流离道路，密加振赐。又出主衣绵帛，多作襦袴，冬月以施贫冻。若死亡无可以敛者，为备棺槥。每闻远近百姓赋役勤苦，辄敛容色，尝以户口未实，重于劳扰。吴兴郡屡以水灾失收，有上言当漕大渎以泻浙江中。大通二年春，诏遣前交州刺史王弁假节，发吴郡、吴兴、义兴三郡民丁就役。太子上疏曰：伏闻当发王弁等上东三郡民丁，开漕沟渠，导泄震泽，使吴兴一境，无复水灾，诚矜恤之至仁，经略之远旨。暂劳永逸，必获后利。未萌难睹，窃有愚怀。所闻吴兴累年失收，民颇流移。吴郡十城，亦不全熟。唯义兴去秋有稔，复非常役之民。即日东境谷价犹贵，劫盗屡起，在所有司不皆闻奏。今征戍未归，强丁疏少，此虽小举，窃恐难合。吏一呼门，动为民蠹。又出丁之处，远近不一，比得齐集，已妨蚕农。去年称为丰岁，公私未能足食；如复今兹失业，虑恐为弊更深。具〔且〕草窃多伺候民间虚实，若善人从役，则抄盗弥增，吴兴未受其益，内地已罹其弊。不审可得权停此功，待优实以行不？圣心垂矜黎庶，神量久已有在。臣意见庸浅，不识事宜，苟有愚心，愿得上启。高祖优诏喻焉。

《陈庆之传》：庆之除都督南、北、司、西豫、豫四州诸军事。大同二年，豫州饥。庆之开仓赈给，多所全济。州民李升等八百人表请树碑颂德，诏许焉。

《陈书·荀朗传》：侯景之乱，简文帝诏授朗云麾将军、豫州刺史，令与外藩讨景。朗据山立砦自守。时京师大饥，百姓皆于江外就食。朗更招致部曲，解衣推食，以相赈赡。

《殷不害传》：不害弟不佞为武陵王谘议参军。承圣初，迁武康令。时兵荒饥馑，百姓流移，不佞巡抚招集，襁负而至者以千数。

《鲁悉达传》：悉达为梁南平嗣王中兵参军。侯景之乱，悉达纠合乡人保新蔡，力田蓄谷。时兵荒饥馑，京师及上川饿死者十八九，有得存者皆携老幼以归焉。悉达分给粮廪，其所济活者甚众，仍于新蔡置顿以居之。

《魏书·张蒲传》：蒲子昭为幽州刺史，时幽州年谷不登，州廪虚罄，民多菜色。昭谓民吏曰：何我之不德，而遇其时乎？乃使富人通济贫乏，车马之家籴运外境，贫弱者劝以农桑，岁乃大熟。士女称颂之。

《南安王桢传》：桢为长安镇都大将、雍州刺史，征赴讲武。高祖引见于皇信堂，戒之曰：长安镇年饥民俭，理须绥抚，不容久留。翁今还州，其勤隐恤，无令境内有饥馁之民。

《高祐传》：祐拜秘书令，高祖从容问祐曰：比水旱不调，五谷不熟，何以止灾而致丰稔？祐对曰：昔尧汤之运不能去阳九之会。陛下道同前圣，其如小旱何？但当旌贤佐政，敬授民时，则灾消穰至矣。

《薛野睹传》：野睹子虎子为徐州刺史。州内遭水，二麦不收，上表请贷民粟，民有车牛者求诣东兖给之。并如所奏，民得安堵。

《李元护传》：元护为齐州刺史，值州内饥俭，民人困敝，志存隐恤，表请赈贷，蠲其赋役。

《山西通志》：李安世仕孝文帝，为给事中。上言岁饥民流，田业多为豪右所占夺，虽桑井难复，宜更均量，使力业相称。又所争之田宜限年断，事久难明，悉归今主以绝诈妄。帝善之。

《魏书·河南王曜传》：曜子提，提子平原拜齐州刺史，善于怀抚。时岁谷不登，齐民饥馑，平原以私米三千余斛为粥，以全民命。百姓咸称咏之。

平原弟鉴，袭爵拜冠军将军，世宗初转徐州刺史。属徐兖大水，民多饥馑。鉴表加赈恤，民赖以济。

《薛安都传》：安都从祖弟真度为豫州刺史。景明初，豫州大饥，真度表曰：去岁不收，饥馑十五，今又灾雪三尺，民人萎馁，无以济之。臣辄日别出州仓米五十斛为粥，救其甚者。诏曰：真度所表，甚有忧济百姓之意，宜在拯恤。陈郡储粟，虽复不多，亦可分赡，尚书量赈以闻。

《郭祚传》：祚为青州刺史，值岁不稔，阖境饥敝，矜伤爱下，多所赈恤。

纪事二

（食货典第一百五卷）

《魏书·源贺传》：贺子怀为使持节加侍中行台，巡行北边。自京师迁洛，边朔遥远，加连年旱俭，百姓困敝。怀御〔衔〕命巡抚，存恤有方，便宜运转，有无通济。又表曰：景明以来，北蕃连年灾旱，高原陆野不任营殖，唯有水田少可菑亩，然主将参僚专擅腴美，瘠土荒畴给百姓，因此困敝，日月滋甚。诸镇水田，请依地令分给细民，先贫后富。

《良吏传》：路邕，阳平清渊人，世宗时积功劳，除齐州东魏郡太守，有惠政。灵太后诏曰：邕莅政清勤，善绥民俗。比经年俭，郡内饥馑，群庶嗷嗷，将就沟壑，而邕自出家粟，赈赐贫窘，民以获济。虽古之良守，何以尚兹？宜见沾锡，以垂奖劝。可赐龙厩马一匹、衣一袭、被褥一具，班宣州镇，咸使闻知。邕以善治民，稍迁至南青州刺史而卒。

阎庆引为东秦州敷城太守，在政五年，清勤厉俗。频年饥馑，庆引岁常以家粟千石赈恤贫穷，民赖以济。其部民杨宝龙等一千余人申讼美政。有司奏曰：案庆引自莅此郡，惠政有闻，又能自以己粟赡恤饥馑，乃有子爱百姓之义。如不少加优赉，无以厉彼贪残。又案齐州东魏郡太守路邕在郡治能与之相埒，语其分赡，又亦不殊。而圣旨优隆，赐以衣马，求情即理，谓合同赏。灵太后卒无褒赏焉。

《李平传》：平拜尚书加散骑常侍。武川镇民饥，镇将任款请贷未许，擅开仓赈恤。有司绳以费散之条免其官爵。平奏款意在济人，心无不善。世宗原之。

《临淮王谭传》：谭子提，提子昌，昌弟孚，累迁兼尚书右丞，迁左丞。蠕蠕王阿那环既得返国，其人大饥，相率入塞。阿那环上表请台赈给，诏孚为北道行台，诣彼赈恤。孚陈便宜表曰：皮服之人，未尝粒食，宜从俗因利，拯其所无。昔汉建武中，单于款塞，时转河东米糒二万五千斛、牛羊三万六千头以给之，斯即前代和戎、抚新柔远之长策也。乞以牸牛、产羊糊其口，命且畜牧繁息，是其所便毛血之利，惠兼衣食。

《裴延儁传》：延儁，肃宗初除廷尉卿，转平北将军、幽州刺史。范阳郡有旧督亢渠，径五十里。渔阳燕郡有故戾陵诸堰，广袤三十里。皆废毁多时，莫能修复。时水旱不调，民多饥馁。延儁谓疏通旧迹，势必可成，乃表求营造，遂躬自履行，相度水形，随力分督，未几而就。溉田百万余亩，为利十倍。百姓至今赖之。

《封懿传》：懿子元之，元之弟子磨奴，磨奴族子回授平北将军、瀛州刺史。时大乘寇乱之后，加以水潦，百姓困乏。回表求赈恤，免其兵调，州内甚赖之。

《城阳王长寿传》：长寿子鸾，鸾子徽除后将军、并州刺史。先是州界夏霜，禾稼不熟，民庶逃散，安业者少。徽辄开仓赈之。文武咸共谏止，徽曰：昔汲长孺郡守耳，尚辄开仓救民灾敝。况我皇家亲近，受委大藩，岂可拘法而不救民困也？先给后表，肃宗嘉之。

《裴延儁传》：延儁从祖弟良，良从父兄子庆孙为邵郡太守。在郡之日，值岁饥凶，四方游客尝有百余，庆孙自以家粮赡之。

《杨播传》：播弟津，津子逸除光州刺史。时灾俭连岁，人多饿死。逸欲以仓粟赈给，而所司惧罪不敢。逸曰：国以人为本，人以食为命。百姓不足，君孰与足？假令以此获戾，吾所甘心。遂出粟，然后申表。右仆射元罗以下谓公储难阙，并执不许。尚书令临淮王彧以为宜贷二万，诏听二万。逸既出粟之后，其老小残疾不能自存活者，又于州门煮粥饭之，将死而得济者以万数。帝闻而善之。

《樊子鹄传》：子鹄除殷州刺史。属岁旱俭，子鹄恐民流亡，乃勒有粟之家分贷贫者，并遣人牛易力，多种二麦。州内以此获安。

《北齐书·李元忠传》：元忠，天平四年除使持节光州刺史。时州境灾俭，人皆菜色。元忠表求振贷，俟秋征收被报，听用万石。元忠以为万石给人，计一家不过升斗而已，徒有虚名，不救其弊。遂出十五万石以振之，事讫表陈。朝廷嘉而不责。

《循吏传》：苏琼累迁南清河太守。天保中，郡界大水人灾，绝食者千余家。琼普集部中有粟家，自从贷粟，以给付饥者。州计户征租，复欲推其贷粟。纲纪谓琼曰：虽矜饥馁，恐罪累府君。琼曰：一身获罪，且活千室，何所怨乎？遂上表陈状，使捡皆免，人户保安。后迁左丞，行徐州事。旧制以淮禁，不听商贩。辄度淮南岁俭，启听淮北取籴。后淮北人饥，复请通籴，淮南遂得商估往还。彼此兼济，水陆之利通于河北。

《陕西通志》：后周宇文椿，建德初除岐州刺史。关中民饥，椿表陈其状，玺书劳慰，因令所在开仓赈恤。

《隋书·郭衍传》：衍，开皇五年授瀛州刺史。遇秋霖大水，其属县多漂没，民皆上高树，依大冢。衍亲备船筏，并赍粮拯救之，民多获济。衍先开仓赈恤，后始闻奏。上大善之。

《张须陁传》：须陁，大业中为齐郡丞。属岁饥，谷米踊贵，须陁将开仓赈给。官属咸曰：须待诏敕，不可擅与。须陁曰：今帝在远，遣使往来，必淹岁序。百姓有倒悬之急，如待报至，当委沟壑矣。吾若以此获罪，死无所恨。先开仓而后上状。帝知之而不责也。

《食货志》：炀皇嗣守鸿基，国家殷富，雅爱宏玩，肆情方骋。初造东都，穷诸巨丽。帝昔居藩翰，亲平江左，兼以梁、陈曲折，以就规摹。曾雉逾芒，浮桥跨洛，金门象阙，咸竦飞观，颓岩塞川，构成云绮，移岭树以为林薮，包芒山以为苑囿。长城御河，不计于人力；运驴武马，指期于百姓。天下死于役而家伤于财。既而一讨浑庭，三驾辽泽，天子亲伐，师兵大举，飞粮挽秣，水陆交至。疆场之所倾败，劳弊之所殂殒，虽复太半不归，而每年兴发，比屋良家之子，多赴于边陲，分离哭泣之声，连响于州县。老弱耕稼，不足以充饥馁，妇工纺绩，不足以赡资装。九区之内，鸾和岁动，从行宫掖，常十万人，所有供须，皆仰州县。租赋之外，一切征敛，趣以周备，不顾元元，吏因割剥，盗其太半。遐方珍膳，必登庖厨，翔禽毛羽，用为玩饰，买以供官，千倍其价。人愁不堪，离弃室宇，长吏扣扉而达曙，猛犬迎吠而终夕。自燕赵跨于齐韩，江淮入于襄邓，东周洛邑之地，西秦陇山之右，僭伪交侵，盗贼充斥。宫观鞠为茂草，乡亭绝其烟火，人相啖食，十而四五。关中疠疫，炎旱伤稼，代王开永丰之粟，以振饥人，去仓数百里，老幼云集。吏在贪残，官无攸次，咸资镪货，动移旬月，顿卧墟野，欲返不能，死人如积，不可胜计。虽复皇王抚运，天禄有终，而隋氏之亡，亦由于此。

炀帝幸太原，为突厥围于雁门。突厥寻散，遽还洛阳。是时百姓废业，屯集城堡无以自给。然所在仓库犹大充牣，吏皆惧法，莫肯振救，由是益困。初皆剥树皮以食之，渐及于叶，皮叶皆尽，乃煮土或捣藁为末而食之，其后人乃相食。十二年，帝幸江都。是时李密据洛口仓，聚众百万。越王侗与段达等守东都。东都城内粮尽，布帛山积，乃以绢为汲绠，然布以爨。代王侑与卫元守京师，百姓饥馑，亦不能救。义师入长安，发永丰仓以振之，百姓方苏息矣。

《王仁恭传》：仁恭领马邑太守，于时天下大乱，百姓饥馁，道路隔绝。仁恭颇改旧节，受纳贷贿，又不敢辄开仓廪，赈恤百姓。其麾下校尉刘武周与仁恭侍婢奸通，恐事泄，将为乱，每宣言郡中曰：父老妻子冻馁，填委沟壑，而王府君闭仓不救百姓，是何理也？以此激怒众吏，民颇怨之。其后仁恭正坐厅事，武周率其徒数十人大呼而入，因害之。时年六十。武周于是开仓赈给，郡内皆从之。

《唐书·李勣传》：勣，曹州离狐人。隋大业末，李密亡命雍丘。勣说密以奇计破王世充。密署勣东海郡公。是时河南、山东大水，隋帝令饥人就食黎阳仓。吏不时发，死者日数万。

《张俭传》：俭，高祖从外孙也，以功除右卫郎将，迁朔州刺史，大教民营田，岁收谷数十万斛。虽霜旱，劝百姓相赈赡，免饥殍，州以完安。

《循吏传》：陈君宾为邢州刺史。贞观初，徙邓州。州承丧乱后，百姓流冗，君宾加意劳徕，不期月皆还自业。明年四方霜潦，独君宾所治有年，储仓充羡，蒲虞二州民就食其境。太宗下诏劳之曰：去年关内六州谷不登，糇粮少，令析民房逐食，闻刺史与百姓识朕此怀，务相安养，还有赢粮，出布帛赠遗行者。此知水旱常数，更相拯赡，礼让兴行，海内之人皆为兄弟，变浇薄之风，朕顾何忧？已命有司录刺史以下功最，百姓养户免今年调物。是岁，入为太府少卿。

《白孔六帖》：帝幸东都，诏孝敬皇帝监国。时关中饥，孝敬皇帝视庑下兵食有榆皮蓬食者。帝悄然命家令寺给米。

《唐书·员半千传》：半千为武陟尉。岁旱，劝令殷子良发粟赈民，不从。及子良谒州，半千悉发之，下赖以济。刺史大怒，囚半千于狱。会薛元超持节度河，让太守曰：君有民，不能恤。使惠出一尉，尚可罪邪？释之。

《太宗诸子传》：曹王明子皋贬温州长史，俄摄州事。州大饥，发官廪数十万石赈饿者。僚吏叩庭，请先以闻。皋曰：人日不再食且死，何俟命后发哉？苟杀我而活众，其利大矣。既贷乃自劾，优诏开许。

《王方翼传》：方翼再迁肃州刺史。仪凤间，河西蝗，独不至方翼境。而它郡民或馁死，皆重茧走方翼治下。乃出私钱作水硙，簿其赢以济饥瘵，构舍数十百楹居之，全活甚众，芝产其地。

《文艺传》：刘宪父思立在高宗时为名御史。于时河南北大旱，诏遣御史中丞崔谧等分道赈赡。思立建言，蚕务未毕，而遣使抚巡，所至不能无劳饯，又赈给须立簿，最稽出入，往返停滞，妨废且广。若无驿处，马须豫集，以一马劳数家。今农事待雨兴作，辍日役，破岁计，本欲安存，更烦扰之。望且责州县给贷，须秋遣使便。诏听，罢谧等行。

《循吏传》：韦景骏，神龙中历肥乡令。河北饥，身巡闾里，劝人通有无，教导抚循，县民独免流散。及去，人立石著其功。

《韩思复传》：思复为梁府仓曹参军，会大旱，辄开仓赈民。州劾责，对曰：人穷则滥，不如因而活之，无趣为盗贼。州不能诎。

《宋璟传》：璟检校贝州刺史。时河北水，岁大饥，武三思使敛封植。璟拒不与，故为所挤。

《薛仁贵传》：仁贵子讷，起家城门郎，迁蓝田令。富人倪氏讼息钱于肃政台，中丞来俊臣受赇，发义仓粟数千斛偿之。讷曰：义仓本备水旱，安可绝众人之仰私一家？报上，不与。

《韦维传》：维擢武功主簿，督役乾陵。会岁饥，均力劝功，人不知劳。

《张廷珪传》：廷珪为沔州刺史，频徙苏、宋、魏三州。初，景龙中，宗楚客、纪处讷、武延秀、韦温等封户多在河南、河北，讽朝廷诏两道蚕产所宜，虽水旱得以蚕折租。廷珪谓两道倚大河，地雄奥，股肱走集，宜得其欢心，安可不恤其患而殚其力？若以桑蚕所宜而加别税，则陇右羊马、山南椒漆、山之铜锡鈆错、海之蜃蛤鱼盐，水旱皆免，宁独河南北外于王度哉！愿依贞观、永徽故事，准令折免。诏可。

《王丘传》：丘为黄门侍郎，会山东旱饥，议以中朝臣为刺史，制诏皋陶，称在知人，在安民，皆念存邦本，乾乾夕惕，无忘一日。今长吏或未称，苍生谓何？深思循良，以革颓敝。宜重刺史之选，自朝廷始，乃以丘与中书侍郎崔沔等并为山东刺史。

《卓行传》：元德秀门弟子李萼擢制科，迁南华令。大水，他县饥，人至相属。萼为具餐粥。及去，糗粮送之。吏为立碑。

《册府元龟》：李裕，天宝中为义阳郡守。上言所部遭损户一万八百三户，请给两月粮充种子。许之。

《唐书·赵憬传》：憬字退翁。宝应中，方营泰建二陵，用度广，又吐蕃盗边，天下荐饥。憬褐衣上疏，请杀礼从俭。士林叹美。

《段秀实传》：秀实为营田官。泾大将焦令谌取人田自占，给与农，约熟归其半。是岁大旱，农告无入，令谌曰：我知入，不知旱也。责之急，农无以偿，往诉秀实。秀实署牒免之，因使人逊谕令谌。令谌怒，召农责曰：我畏段秀实邪？以牒置背上，大杖击二十，舆致廷中。秀实泣曰：乃我困汝。即自裂裳裹疮注药，卖己马以代偿。淮西将尹少荣颇刚鲠，入骂令谌曰：汝诚人乎！泾州野如赭，人饥死，而尔必得谷，击无罪者。段公，仁信大人。惟一马卖而市谷入汝，汝取之不耻？凡为人傲天灾，犯大人、击无罪者，尚不愧奴隶邪！令谌闻，大愧流汗，曰：吾终不可以见段公。一夕，自恨死。

《张嘉贞传》：嘉贞子延赏为淮南节度使。岁旱，民他迁，吏禁之。延赏曰：食者，人恃以活。拘此而毙，不如适彼而生。苟存吾人，何限为？乃具舟遣之，敕吏为修室庐，已逋债，而归者更增于旧。

《萧瑀传》：瑀从子钧，钧子瑀，璀子嵩，嵩子衡，衡子复为同州刺史。岁歉，州有京畿观察使储粟，复辄发以贷人。有司劾治，诏削阶停刺史。或吊之，复曰：苟利于人，胡责之辞？

《文艺传》：孙逖子成为信州刺史，岁大旱，发仓以贱直售民，故饥而不亡。

《裴漼传》：漼从祖弟宽，宽子谞拜河东租庸盐铁使。时关辅旱，谞入计，帝召至便殿问：榷酤利岁出内几何？谞久不对，帝复问，曰：臣有所思。帝曰：何邪？谞曰：臣自河东来，涉三百里，而农人愁叹，谷菽未种。诚谓陛下轸念元元，先访疾苦，而乃责臣以利。孟子曰：治国者仁义而已，何以利为？故未敢即对。帝曰：微公言，朕不闻此。拜左司郎中。

《韦伦传》：伦为太子少师、郢国公，致仕时请为义仓，以捍无年。

《韩休传》：休子洄擢户部侍郎，判度支积米长安、万年二县各数十万石，视年丰耗而发敛，故人不艰食。

《刘晏传》：晏为转运盐铁使。杨炎执政，衔宿怨，妄言晏罪，赐死。晏既被诬，而旧史推明其功，陈谏以为管萧之亚，著论纪其详。大略以开元、天宝间，天下户千万。至德后，残于大兵，饥疫相仍，十耗其九。至晏充使，户不二百万。晏通计天下经费，谨察州县灾害，蠲除振救，不使流离死亡。起广德二年，尽建中元年，黜陟使实天下户，收三百余万。王者爱人，不在赐与，当使之耕耘织纴，常岁平敛之，荒年蠲救之，大率岁增十之一。而晏尤能时其缓急而先后之。每州县荒歉有端，则计官所赢，先令曰：蠲某物，贷某户。民未及困而奏报已行矣。议者或讥晏不直赈救，而多贱出以济民者，则又不然。善治病者，不使至危惫；善救灾者，勿使至赈给。故赈给少则不足活人，活人多则阙国用，国用阙则复重敛矣。又赈给近侥幸，吏下为奸，强得之多，弱得之少，虽刀锯在前不可禁。以为二害。灾沴之乡，所乏粮耳！他产尚在，贱以出之，易其杂货，因人之力，转于丰处，或官自用，则国计不乏；多出菽粟，恣之粜运，散入村闾，下户力农，不能诣市，转相沾逮，自免阻饥，不待令驱。以为二胜。晏又以常平法，丰则贵取，饥则贱与，率诸州米尝储三百万斛。岂所谓有功于国者耶！

《李实传》：实拜京兆尹。贞元二十年旱，关辅饥，实方务聚敛以结恩。民诉府上，一不问。德宗访外疾苦，实诡曰：岁虽旱，不害有秋。乃峻责租调，人穷无告，至撤舍鬻苗输于官。优人成辅端为俳语讽帝，实怒，奏贱工谤国，帝为杀之。或言古者瞽诵箴谏，虽诙谐托谕，何诛焉？帝悔，然不罪实。

《王播传》：播为工部郎中，知御史杂事。关中饥，诸镇或闭籴，播以为言。三辅不乏。

《崔衍传》：衍为清源令，历苏、虢二州，奏州部多岩田，又邮传剧道，属岁无秋，民举流亡，不蠲减租额，人无生理。臣见长吏之患在因循不以闻，不患陛下不忧恤也；患申请不实，不患朝廷不矜贷也。陛下拔臣大州，宁欲视民困而顾望不言哉？德宗公其言，为诏度支减赋。

《杨於陵传》：於陵为浙东观察使，越人饥，请出米三十万石赡贫民。

《册府元龟》：穆赞代崔衍为宣歙池观察使。宣州岁馑，赞遂以钱四十二万贯代百姓之税。故宣州人不流散。

《唐书·白居易传》：居易，元和元年召入翰林，为学士，迁左拾遗。四年天子以旱甚，下诏有所蠲贷，振除灾沴。居易见诏节未详，即建言乞尽免江淮两赋以救流瘠。

《李绛传》：绛繇司勋郎中，进中书舍人。江淮大旱，帝下赦令，有所蠲弛。绛言江淮流亡，所贷未广，而宫人猥积，有怨鬲之思。当大出之以省经费。帝顺纳。

《李栖筠传》：栖筠子吉甫为淮南节度使。江淮旱，浙东西尤甚，有司不为请。吉甫白以时救恤，帝惊，驰道使分遣赈贷。

《卢坦传》：坦拜宣歙池观察使，时江淮旱，谷踊贵，或请抑其价。坦曰：所部地狭，谷来他州，若直贱谷，不至矣。不如任之。既而商以米坌至，乃多贷兵食出诸市，估遂平。

《旧唐书·宪宗纪》：元和七年夏，上谓宰臣曰：卿等累言吴越去年水旱，昨有御史自江淮回，言不至为灾，人非甚困。李绛对曰：臣得两浙、淮南状，继言歉旱。方隅授任，皆朝廷信重之臣。御史非良，或容希媚，此正当奸佞之臣。况推诚之道，君人大本，任大臣以事，不可以小臣言间之。伏望明示御史姓名，正之典刑。上曰：卿言是也。朝廷大体，以恤人为本。一方不稔，即宜赈救，济其饥寒，况可疑之也。向者不思而有此问，朕言过矣。绛等拜贺。

《唐书·文艺传》：吴武陵，元和初擢进士第。长庆初，置和籴贮备使，择郎中为之。武陵谏曰：今缘边膏壤鞠为榛杞，父母妻子不相活。前在朔方，度支米价四十，而无逾月积，皆先取商人，而后求牒还都受钱。脱有寇薄城，不三旬便当饿死，何所取材而云和籴哉？

《李渤传》：渤为江州刺史，度支使张平叔敛天下逋租。渤上言：度支所收，贞元二年流户赋钱四百四十万。臣州治田二千顷，今旱死者千九百顷，若徇度支所敛，臣惧天下谓陛下当大旱责民三十年逋赋。臣刺史，上不能奉诏，下不忍民穷，无所逃死，请放归田里。有诏蠲责。

《荒政考略》：白居易出刺杭州，开西河以通漕，民无旱潦之患。

《唐书·崔祐甫传》：祐甫从子倰以苏州刺史奏课第一，迁湖南观察使。湖南旧法，虽丰年贸易不出境，邻部灾荒不恤也。倰至谓属吏曰：此岂人情乎？无闭籴以重困民，削其禁。自是商贾流通，赀物益饶。

《王播传》：播弟起历河中节度使，方蝗旱，粟价腾踊。起下令家得储三十斛，斥其余以市，否者死。繇是廥积咸出，民赖以生。

《循吏传》：卢弘宣累迁给事中。开成中，山南、江西大水，诏弘宣与吏部郎中崔瑨分道赈恤，使有指还，迁京兆尹、刑部侍郎，拜剑南东川节度使。时岁饥，盗赘结，酋豪自王，伪署官吏，发敖廥，招亡命。弘宣下檄胁谕，贼党稍降，其黠强者署军中，孱无能还之农。魁长逃入峡中，吏捕诛之。徙义武节度使。初诏赐其军粟三十万斛，贮飞狐。弘宣计挽费不能满直，敕吏守之。明年春，大旱，教民随力往取。时幽、魏饥甚，独易、定自如。至秋悉收所贷，军食以饶。

《薛仁贵传》：仁贵子讷，讷子嵩，嵩子平，平子从累迁汾州刺史，徙濮州，储粟二万斛，以备凶灾。于是山东大水，诏右司郎中赵櫟为赈恤使。櫟表其才，擢将作监，终左领军卫上将军。

《狄仁杰传》：仁杰族孙兼谟，历刑部郎中，蕲、邓、郑三州刺史。岁旱饥，发粟赈济，民人不流徙。

《循吏传》：韦丹子宙为永州刺史，州方灾歉，乃斥官下什用所以供刺史者，得九十余万钱，为市粮饷。俗不知法，多触罪，宙为书制律，并种植为生之宜，户给之。州负岭，转饷艰险，每饥人辄莩死。宙始筑常平仓，收谷羡余以待之。

《群书备考》：唐天复甲子岁，自陇西亢阳，民多流散。山中竹皆放花结子，饥民采之，舂米而食，珍于粳糯。其子粒颜色红纤，与今红粳不殊其味，尤更馨香。数州之民皆挈家入山就食之，可谓百万元元活于贞筠之下。

《册府元龟》：袁象先初仕梁，为天平军两使留后。时郓境再饥，户民流散，象先即开仓赈恤。蒙赖者甚众。

《五代史·唐臣传》：豆卢革拜同中书门下平章事，荐韦说为相。时大水，四方地连震，流民殍死者数万人，军士妻子皆采稆以食。庄宗日以责三司使孔谦，谦不知所为。枢密小吏段徊曰：臣尝见前朝故事，国有大故，则天子以朱书御札问宰相。水旱，宰相职也。庄宗乃命学士草诏，手自书之，以问革、说。革、说不能对，第曰：陛下威德著于四海。今西兵破蜀，所得珍宝亿万，可以给军。水旱，天之常道，不足忧也。

《十国春秋·南唐齐昭孝王景达传》：景达，烈祖第四子，生于吴顺义四年。是岁大旱，烈祖方辅政，极于焦劳。七月既望，雩祀得雨。景达以是日生，烈祖喜，因小名雨师。

《吴越武肃王世家》：宝正三年夏，大旱，有蝗蔽日而飞，昼为之黑，庭户衣帐悉充塞。王亲祀于都会堂。是夕大风，蝗堕浙江而死。

《文穆王世家》：王名元瓘，初名传瓘，武肃王第七子。唐长兴三年夏，改名嗣立，除民田荒绝者租税。

《五代史杂传》：安彦威为西京留守。遭岁大饥，彦威赈抚饥民，民有犯法皆宽贷之。饥民爱之，不忍流去。

《册府元龟》：赵莹为晋昌军节度使，时天下大蝗，境内捕蝗者获蝗一斗，给禄粟一斗，使饥者获济。远近嘉之。

《十国春秋·南唐烈祖纪》：升元五年秋，遣使振贷黄州旱伤户口。是岁吴越水，民就食境内，遣使振恤安集之。

《五代史杂传》：杨彦询拜安国军节度使，徙镇。镇国遭岁大饥，为政有惠爱。

《册府元龟》：晋杨彦询为华州节度使，在任二年，属部内蝗旱，道殣相望。彦询以官粟假贷州民，赖之存济者甚众。

《十国春秋·南唐元宗纪》：保大四年秋，淮南虫食稼，除民田税。

《边镐传》：保大七年，楚马氏兄弟相攻。镐为信州刺史，领屯营兵，兼湖南安抚使，自萍乡帅师入潭州，迁马氏之族及文武将吏于金陵。时湖南饥馑，镐大发廪赈之。楚人大悦。

《吴越忠懿王世家》：广顺三年，境内大旱。边民有鬻男女者，出粟帛赎之，归其父母，仍令所在开仓赈恤。

《册府元龟》：周张昭瑀为博州刺史，上言民饥，欲赈贷，诏从之。

《十国春秋·南唐元宗纪》：保大十二年春，大饥疫，命州县鬻糜食饿者。

《辽史·韩延徽传》：延徽子德枢守左羽林大将军，迁特进太尉。时汉人降与转徙者多寓东平。丁岁灾，饥馑疾疠。德枢请往抚字之，授辽兴军节度使。下车整纷剔蠹，恩煦信孚，劝农桑，兴教化，期月民获苏息。

《杨佶传》：佶累迁翰林学士。燕地饥疫，民多流殍，以佶同知南京留守事，发仓廪，振乏绝，贫民鬻子者，计佣而出之。

《刘伸传》：伸以崇义军节度使致仕。适燕蓟民饥，伸与致仕赵徽、韩造日济以糜粥，所活不胜算。

《宋史·贾黄中传》：黄中知宣州，岁饥，民多为盗。黄中出己奉造糜粥，赖全活者以千数。仍设法弭盗，因悉解去。

《史珪传》：珪为光州刺史，会岁饥，淮蔡民流入州境。珪不待闻，即开仓减价以粜，所全活甚众。吏民诣阙，请植碑颂德者数百人。

《李允则传》：允则知潭州。湖南饥，欲发官廪，先赈而后奏。转运使执不可。允则曰：须报逾月，则饥者无及矣。明年荐饥，复欲先赈，转运使又执不可。允则请以家赀为质，乃得发廪贱粜。因募饥民堪役者，隶军籍，得万人。转运使请发所募兵御邵州蛮。允则曰：今蛮不搅，无名益戍，是长边患也。且兵皆新募饥瘠，未任出戍，乃奏罢之。

《江南通志》：王禹偁知长洲县，自叙云，去年多稼不登，编户艰食，赋敛之入有乘其期，而民部督成于郡，郡候归罪于县，鞭笞之人，日不下百数辈，菜色在面而血流于肤。读书为儒，胡宁忍此？因出吏部考课历纳，质于巨商，得钱一万七千，市白粲代输之。明春，民尽归其直。

《宋史·郑文宝传》：文宝授陕西转运副使，许便宜从事。会岁歉，诱豪民出粟三万斛，活饥民八万六千口。

《任中正传》：中正为秘书丞、江南转运副使。至部，岁大稔，民出租赋平籴，皆盈羡。发运使王子舆欲悉调饷京师。中正曰：东南岁输五百余万，而江南所出过半，今岁有余，或岁少歉，则数不登，患及吾民矣。乃止。擢监察御史、两浙转运使。民饥，中正不俟诏，发官廪振之。

《李防传》：防通判潞州，迁秘书丞，体量二浙民饥，建言逃户田宜即召人耕种，使人不敢轻去畎亩。而官赋常在，又请京师置折中仓，听人入粟，以江浙荆湖物偿之。

《张咏传》：咏知杭州，岁歉，民多私鬻盐以自给，捕获犯者数百人。咏悉宽其罚而遣之。官属请曰不痛绳之，恐无以禁。咏曰：钱唐十万家，饥者八九，苟不以盐自活，一旦蜂聚为盗，则为患深。以俟秋成，当仍旧法。

《李行简传》：行简为侍御史，陕西旱蝗，命往安抚，发仓粟，救乏绝，又蠲耀州积年逋租。

《循吏传》：崔立知兖州，岁大饥，募富人出谷十万余石振饥者，所全活者甚众。

鲁有开知卫州，水灾，人乏食。擅贷常平钱粟与之，且奏乞蠲其息。

《陈尧佐传》：尧佐知寿州，岁大饥，出奉米为糜粥食饿者。吏人悉献米，至振数万人。

《李宥传》：宥知蕲州，岁凶，人散委婴孩而去者相属于道。宥令吏收取，计口给谷，俾营妇均养之。每旬阅视，所活甚众。

《陈思让传》：思让孙若拙知永兴军府，时邻郡岁饥，前政拒其市籴。若拙至，则许贸易，民赖以济。又移知凤翔府，入拜给事中，知澶州，蝗旱之余，勤于政治，郡民列状乞留。

《查道传》：道知虢州，秋蝗灾，民歉，道不候报，出官廪米赈之。又设粥糜以救饥者，给州麦四千斛，为种于民。民赖以济，所全活万余人。

《李昉传》：昉孙昭述为真定府路安抚使，知成德军，大水，民多流亡，籍僧舍积粟为粥糜，活饥民数万计。

《马亮传》：亮知潭州，徙升州，行次江州。属岁旱民饥，湖湘漕米数十舟适至。亮移文守将，发以振贫民。因奏濒江诸郡皆大歉，而吏不之救，愿罢官籴，令民转粟以相赒。

《江南通志》：许元知丹阳县，县有练湖，法盗决湖者罪死。会岁大旱，元请借湖水溉民田，不待报，决之。州遣吏按问，元曰：便民，罪令可也。竟不能诘。由是溉民田万余顷，岁乃大丰。

《宋史·程琳传》：琳知制诰、判吏部流内铨。权三司使范雍使契丹，命琳发遣三司使大仓赡军，粟陈腐不可食。岁且饥，琳尽发以贷民，凡六十万斛。饥民赖以全活，而军得善粟。

《姚仲孙传》：仲孙通判睦州，徙滁州。岁旱饥，有诏发官粟以赈民，而主吏不时给。仲孙既至州，立劾主吏，夜索丁籍，尽给之。

《张傅传》：傅知楚州，会岁饥，贻书发运使，求贷粮不报。因叹曰：民转死沟壑矣，报可待邪？乃发上供仓粟赈贷，所活以万计。因拜章待罪。诏奖之。

《杨亿传》：亿从子纮提点江东刑狱，除转运按察使。江东饥，纮开义仓赈之，吏持不可。纮曰：义仓为民也，稍稽人将殍矣。

《赵安仁传》：安仁子良规为秘书监知同、陕、相三州。陕岁饥，百姓请阁残税二分，为官伐芟，以给河埽。或以为须报乃可行。良规曰：若尔，无及矣。檄县遂行，而以擅命自劾。

《王随传》：随知江宁府，岁大饥，转运使移府发常平仓米，计口日给一升。随置不听，曰民所以饥者，由兼并闭籴以邀高价也。乃大出官粟，平其价。

《儒林公议》：明道中，江淮荐饥，乃命王随为安抚使。随素无才术，不能拯伤救敝，以活流殍，但令人负缗以散丐者。每出则前后拥塞，趋导者不能呵。随方切切矜问，示为恩惠。识者无不嗤之。

《宋史·杨仲元传》：仲元第进士，调宛丘主簿。民诉旱，守拒之曰：邑未尝旱，校吏导民而然。仲元白之曰：野无青草，公日宴黄堂，宜不能知，但一出郊，可见矣。校吏非他，实仲元也，竟免其税。

《夏竦传》：竦知河州，徙襄州。属岁饥，大发公廪。不足，竦又劝率州大姓使出粟，得二万斛，用全活者四十余万人。竦子安期知渭州，籍塞下闲田募人耕种，岁得谷数万斛以备振发，名曰贷仓。

《韩亿传》：亿知相州。河北旱，转运使不以实闻，亿独言岁饥，愿贷民租。后知益州。故事益州岁出官粟六万石振粜贫民。是岁大旱，亿倍数出粟，先期予民。民坐是不饥。

《王沿传》：沿为开封府推官，又体量河朔饥民所至，不俟诏，发官廪济之。

沿子鼎知深州，河北大饥，人相食，鼎经营振救，颇尽力。

《张旨传》：旨知遂城县，迁著作佐郎。明道中，淮南饥，自诣宰相，陈救荒之策。命知安丰县，大募富民输粟，以给饿者。既而浚淠河三十里，疏泄支流注芍陂，为斗门，溉田数万顷，外筑堤以备水患。

《范仲淹传》：仲淹为右司谏，岁大蝗旱，江淮、京东滋甚。仲淹请遣使循行，未报，乃请间曰：宫掖中半日不食，当何如？帝恻然，乃命仲淹安抚江淮。所至开仓振之，且条上救敝十事。

《渑水燕谈录》：明道末，天下蝗旱。知通州吴遵路，乘民未饥，募富者得钱万贯，分遣衙役航海籴米于苏秀，使物价不增。又使民采薪，官为收买，以其直籴官米。未至冬，大雪，即以元价易薪刍与民，官不伤财，民且蒙利。又建茅屋百间，以处流民，捐俸钱置办盐蔬，日与茶饭参俵；有疾者，给药以理；其愿归者，具舟续食，还之本土。是岁，诸郡率多转死，惟通安堵，不知凶岁。故民爱之若父母。明年，范文正按抚淮浙，上公绩状，颁下诸郡。熙宁中，予官于通，继公之治逾四十年，犹咏诵未已。

《宋史·儒林传》：林概知长兴县，岁大饥，富人闭籴以邀价。概出奉粟庭下，诱土豪输数千石以饲饥者。知连州康定，初言蜀饥，愿罢川峡漕，发常平粟，贷民租募。富人轻粟价，除商旅之禁，使通货相资。

《郑骧传》：骧为三司度支判官，建言蜀人引江水溉田。率有禁岁旱利不均，宜弛其禁。又言京西旱，旧禁粟无出国门，可且勿禁。

《杨告传》：告除京西转运副使，属部岁饥，所至发公廪，又募富室出粟赈之。民伐桑易粟，不能售。告命高其估以给酒，官民获济者甚众。

《韩琦传》：琦权知制诰。益、利岁饥，为体量安抚使。异时郡县督赋调繁，急市上供绮绣诸物，不予直。琦为缓调蠲给之。逐贪残不职吏，汰冗役数百，活饥民百九十万。

《荒政考略》：韩琦于庆历八年遇大水年饥，流民满道，琦大发仓廪，并募人入粟，分命官吏设粥食之，日往按视。远近归之，不可胜数。明年皆给路粮，遣各还业，所活甚多。下诏嘉奖。

《宋史·沈立传》：立为两浙转运使，苏湖水，民艰食。县戒强豪民发粟以振，立亟命还之，而劝使自称贷，须岁稔官为责偿。

《龙川别志》：富公知青州，岁穰，而河朔大饥，民东流。公以为从来拯饥多聚之州县，人既猥多，仓廪不能供；散以粥饭，欺弊百端。由此人多饥死，死气熏蒸，疫疾随起，居人亦致病毙。是时方春，野有青菜。公出榜要路，令饥民散入村落，使富民不得因陂泽之利而等级出米以待之。民重公令，米谷大积，分遣寄居闲官往主其事。问有健吏，募民中有曾为吏胥走隶者，皆倍给其食，令供簿书给纳守御之役。借民仓以贮，择地为场，掘沟为限，与流民约三日一支。出纳之详，一如官府。公推其法于境内。吏胥所在，手书酒炙之馈日至。人人忻戴，为之尽力。比麦熟，人给路粮遣归。饿死者无几，作丛冢葬之。其间强壮堪为禁卒者，募得数千人，刺指挥二字，奏乞拨充诸军。时中有与公不相能者，持之不报，人为公忧之。公连上章恳请，且待罪，乃得报。自是天下流民处多以青州为法。

《宋史·梅挚传》：挚知昭州通判，苏州、二浙饥，官贷种食，已而督偿颇急。挚言借贷本以行惠，乃重困民，诏缓输期。后为度支副使。初，河北岁饥，三司益漕江淮米饷河北。后江淮饥，有司尚责其数。挚奏减之。

《湘山野录》：范文正公镇青社，会河朔艰食，青之赋舆移博州置纳。青民大患挈置之苦，而河朔斛价不甚翔踊。公止戒民本州纳价，每斗三镊，给钞与之，俾签募者挽金往干曰：博守席君夷亮，余尝荐论，又足下之妇翁也。携书就彼坐仓，以倍价招之，事必可集。赍巨榜数十道，介其境则张之。设郡中不肯假廪，寄僧舍可也。签禀教行焉，至则皆如公料。村斛时为厚价所诱，贸者山积，不五日遂足。而博斛亦衍，斛金尚余数千缗，随等差给还。青民因立像祠焉。

《甲申杂记》：庚寅岁，湖州孔目官朱氏以米八百石作粥散贫。是岁生服，服为从官。

《梦溪笔谈》：皇祐二年，吴中大饥，殍殣枕路。是时，范文正领浙西发粟，及募民存饷，为术甚备。吴人喜竞渡，好为佛事。希文乃纵民竞渡，太守日出宴于湖上，自春至夏，居民空巷出游。又召诸佛寺主首谕之曰：饥岁，工价至贱，可以大兴土木之役。于是诸寺工作鼎兴。又新敖仓吏舍，日役千夫。监司奏劾杭州不恤荒政，嬉游不节，及公私兴造，伤耗民力。文正乃自条叙，所以宴游及兴造，皆欲以发有余之财，以惠贫者，贸易饮食、工技服力之人仰食于公私者，日无虑数万人。荒政之施，莫此为大。是岁两浙唯杭州晏然，民不流徙，皆文正之惠也。岁饥，发司农之粟，募民兴利，近岁遂著为令。既已恤饥，因之以成就民利，此先王之美泽也。

《宋史·钟离瑾传》：瑾以殿中丞通判益州，建言州郡既上雨后，虽凶旱，多隐之以成前奏，请令监司劾其不实者。擢开封府推官，出提点两浙刑狱。衢润州饥，聚饿者食之，颇废农作。请发米二万斛赈给，家毋过一斛。

《李参传》：参以荫知盐山县。岁饥，谕富室出粟，平其直予民，不能籴者给以糟糠。所活数万。

《徐起传》：起知徐州，就为转运使，募富室，得米十七万斛，赈饿殍。又移粟以赡河北京西者凡三百万。

《李若拙传》：若拙子绎权知贝州，岁旱，绎为酒务，市民薪草溢常数。饿者皆以樵采自给，得不死，官入亦数倍。

《续文献通考》：宋程珦知沛县，会久雨，平原出水，谷既不登，晚种不入。珦计可耕而种时已过矣，乃募富室，得豆数千石以贷民，使布之，水未尽涸而甲已露矣。是年遂不艰食。

《宋史·循吏传》：张逸知益州，会岁旱，逸使作堰壅江水溉民田，自出公租，减价以振民。初，民饥多杀耕牛食之，犯者皆配关中。逸奏民杀牛以活将死之命，与盗杀者异，若不禁之，又将废穑事。今岁少稔，请一切放还，复其业。报可。

吴遵路知常州，尝预市米吴中，以备岁俭。已而果大乏食，民赖以济。自他州流至者，亦全十八九。累迁淮南转运副使兼发运司，事广属郡，常平仓储畜至二百万以待凶岁。

《荒政考略》：扈称于仁宗时为梓州路转运使，属岁饥，道殍相望。称先出禄米赈民，富家大族皆愿以米输入官，全活者数万人。降敕褒奖。

《宋史·王珪传》：珪从兄琪通判舒州，岁饥，奏发廪救民未报，先振以公租。守以下皆不听，琪挺身任之。

《燕翼诒谋录》：今州县义仓米始于仁宗时，始集贤校理王琪尝于景祐中陈请，乞每正税二斗别输一升，领于转运使，遇水旱振给。有司会议不同而止。庆历元年九月，琪申前议，上特诏行之。至新法行，又增作每一斗收一升，然水旱振给，所赖为多。行之日久，官吏视为公家之物，遇振给靳惜特甚，殊失元立法之意。

《浙江通志》：李惟几，嘉祐中知海盐。岁荐饥，数上书请官钱贷民，浚沟洫，树木闸，置乡底堰，民获岁稔。

《宋史·陈希亮传》：淮南饥，安抚转运使皆言寿春守王正民不任职，正民坐免，诏希亮乘传代之。转运使调里胥米而蠲其役，凡十三万石，谓之折役米。米翔贵，民益饥。希亮至，除之，且表其事，旁郡皆得除。移知凤翔，仓粟支十二年，主者以腐败为忧。岁饥，希亮发十二万石贷民。有司惧为擅发，希亮身任之。是秋大熟，以新易旧，官民皆便。

《司马池传》：池子旦，历郑县主簿。吏捕蝗，因缘骚民。旦言：蝗民之仇，宜听自捕，输之官。后著为令。丁艰服除，知祁县，天大旱，人乏食，群盗剽敓，富家巨室至以兵自备。且召富者，开以祸福，于是争出粟减直以粜，犹不失其赢。饥者获济，盗患亦弭。

《燕肃传》：肃子度知陈留县，京东蝗，年饥，盗发。度劝邑豪出粟六万以济民，又行保伍法以察盗。

《朱景传》：景知寿州，亟发廪振给，以劝富者出积谷，所活数万。

《范纯仁传》：纯仁知襄邑县。时旱，久不雨，纯仁籍境内贾舟谕之曰：民将无食尔。所贩五谷，贮之佛寺，候食阙时，吾为籴之。众贾从命，所蓄十数万斛。至春诸县皆饥，独境内民不知也。

《东轩笔录》：治平间，河北凶荒，继以地震，民无粒食，往往贱卖耕牛，以延岁月。是时，刘涣知澶州，尽发公帑之钱以买牛。明年，逋民归，无牛可以耕凿，而其价腾踊十倍。涣复以所买牛依元直卖与。是故河北一路唯澶州民不失所，由涣权宜之术也。

《曾巩传》：巩为实录检讨官，出通判越州。岁饥，度常平不足赡，而田野之民不能皆至城邑，谕告属县讽富人自实粟，总十五万石，视常平价稍增以予民。民得从便受粟，不出田里而食有余。又贷之种粮，使随秋赋以偿，农事不乏。

《马仲甫传》：仲甫为夔路转运使，岁饥，盗粟者当论死。仲甫请罪减一等，诏须奏裁。复言饥羸拘囚，比得报死矣，请决而后奏。徙使淮南，真、扬诸州地狭，出米少，官籴之多，价常踊登，滨江米狼戾而农无所售。仲甫请移籴以舒其患，两益于民。从之。

《范镇传》：镇知陈州。陈方饥，视事三日，擅发钱粟以贷。监司绳之急，即自劾。诏原之。是岁大熟，所贷悉还。

《窦卞传》：卞知深州。熙宁初，河决滹沱，水及郡城；地大震，流民自恩冀来，踵相接。卞发常平粟食之。吏白擅发，且获罪。卞曰：俟请而得报，民死矣。吾宁以一身活数万人。寻以请，诏许之。

《黄廉传》：廉第进士，熙宁初，或荐之王安石。安石白神宗，召访时务，对曰：陛下意在便民，法非不良也，而吏非其人。朝廷立法之意则一，而四方推奉，纷然不同，所以法行而民病，陛下不尽察也。河朔被水，河南、齐、晋旱，淮浙飞蝗，江南疫疠，陛下不尽知也。帝即命廉体量振济东道，为监察御史。里行又言：比年水旱，民蒙支贷倚阁之恩。今幸岁丰，有司悉当举催。久饥初稔，累给并偿，是使民遇丰年而思歉岁也。请令诸道以渐督取之。河决曹村，坏田三十万顷、民庐舍三十八万家。受诏安抚京东，发廪振饥。远不能至者，分遣吏移给择高地，作舍以居民。流民过所，毋征算，转行者赋粮质私牛而与之钱。养男女弃于道者，丁壮则役其力。凡所活二十五万。

《渑水燕谈录》：熙宁八年，淮西大饥，人相食。朝廷遣近臣安抚，同监司赈济，而措置乖戾，不能副朝廷爱养元元之意。安抚先檄郡县，以厚朴烧豆腐，开饥民胃口，提刑司督诸郡多造纸袄为衣，而又得稻田居之，安抚可无虑矣。闻者大惭。朝廷知之，重行降黜。

熙宁中，淮西连岁蝗旱，居民艰食。通泰农田中生菌，被野饥民得以采食。元丰中，青淄荐饥，山中及平地皆生白面、白石，如灰而腻。民有得数十斛，以少面同和，为汤饼可食，大济乏绝。二事颇异，皆所目见。

《甲申杂记》：润州金坛县陈亢，熙宁八年饿莩无数，作万人坑，每一尸设饭一瓯、席一领、纸四贴，藏尸不可纪。是岁生廓，又生度，皆为监司，孙登仕者相继。

《浙江通志》：孙载任德清县。熙宁八年，杭、秀、湖三郡饥，载谕富室倍籴，至明年平其价出粜。一邑之民赖以全活。

纪　事　三

（食货典第一百六卷）

《宋史·蒲宗孟传》：宗孟为提举帐司官，察访荆湖两路。吕惠卿制手实法，然犹许灾伤五分以上不预。宗孟言：民以手实上其家之物产，而官为注籍，以正百年无用不明之版图，而均齐其力役，天下良法也。然灾伤五分不预焉，臣以为使民自供，初无所扰，何待丰岁？愿诏有司，勿以丰凶弛张其法。从之。民于是益病矣。

《王觌传》：觌为润州推官，二浙旱，郡遣吏视苗伤，承监司风旨，不敢多除税。觌受檄覆按叹曰：旱势如是，民食已绝，倒廪赡之，犹惧不克济，尚可责以赋邪？行数日，尽除之。监司怒，捃摭百出。会朝廷遣使振贷，觌请见，为言民间利病。使者喜归，荐之，除司农寺主簿。

《东轩笔录》：刘彝所至多善政。其知处州也，会江西饥歉，民多弃子于道上。彝揭榜通衢，召人收养，日给广惠仓米二升，每月一次抱至官中看视。又推行于县镇。细民利二升之给，皆为子养。故一境阑子无夭阏者。

《宋史·张景宪传》：景宪知瀛州，上言比岁多不登，民积逋欠。今方小稔，而官督使并偿，道路流言，其祸乃甚于凶岁。愿以宽假。帝从之。

《朱服传》：服知润州，徙泉、婺、宁、庐、寿五州。庐人饥，守便宜振护，全活十余万口。明年大疫，又课医持善药分拯之。赖以安者甚众。

《杜纯传》：纯弟纮起进士，为永年令。岁荒，民将他往。召谕父老曰：令不能使汝必无行。若留，能使汝无饥。皆喜听命。乃官给印券，使称贷于大家，约岁丰为督偿。于是咸得食，无徙者。明年稔，偿不愆素。神宗闻其材用，为大理评断官。

《李中师》：传中师擢度支判官，为淮南转运使。两浙饥，移淮粟振赡，僚属议勿与。中师曰：朝廷视民，淮浙等尔。卒与之。

《沈遘传》：遘从弟括为太子中允，加史馆检讨。淮南饥，遣括察访，发常平钱粟，疏沟渎，治废田，以救水患。

《循吏传》：程师孟知南康军、楚州提点、夔路刑狱。部无常平粟，建请置仓。适凶岁，振民不足，即矫发他储，不俟报。吏惧曰：不可。师孟曰：必俟报，饥者尽死矣。竟发之。

《卢革传》：革子秉提点两浙淮东刑狱，进制置发运副使。东南饥，诏捐上供米价以粜。秉言价虽贱，贫者终艰得钱，请但偿粜本，而以其余振赡。是岁上计，神宗问曰：闻滁和民捕蝗充食，有诸？对曰：有之。民饥甚殍，死相枕籍。帝恻然曰：前此独赵抃为朕言之耳。

《滕元发传》：元发知郓州。时淮南、京东饥，元发虑流民且至，将蒸为疠疫，先度城外废营地，召谕富室，使出力为席屋，一夕成二千五百间，井灶器用皆具。民至如归，所全活五万。

《李周传》：周登进士第，调长安尉。岁饥，官为粥以食饿者，民坌集不可禁。县以属周，周设梐枑，间老少男女，无一乱者。

《和斌传》：斌擢文思副使，权广西，钤辖累岁，徙泾原。渭部饥，帅王广渊命吏赈给。斌曰：救之无术，是杀之耳。广渊以委斌，斌择地营居，养视有法，所活以万数。

《外戚传》：向传范从侄经知河阳，会旱蝗，民乏食，经度官廪，岁用无余，乃先以圭田租入振救之。富人争出粟，多所济活。

《续文献通考》：范尧夫知庆州，饥莩满路，官廪尽空，公议发常平封桩粟麦济之。州邑欲俟奏请后发。公曰：人七日不食死，可待报乎？吾宁独坐罪，不累若等。遂发粟。

《宋史·孙永传》：永知瀛州，河决于贝，瀛冀尤甚。民租以灾免者，州县惧常平法，征催如故。永连章论止。神宗从之，仍命发廪粟以振。

《孙觉传》：觉登进士第，调合肥主簿。岁旱，州课民捕蝗，输之官。觉言：民方艰食，若以米易之，必尽力，是为除害而享利也。守悦推其说，下之他县。

《王化基传》：化基孙诏知博州。元祐初，朝廷起回河之议未决，而开河之役遽兴。诏言：河朔秋潦，水淫为灾，民人流徙，赖发廪振赡，思稍苏其生，谓宜安之，未可以力役伤也。从之。

《荒政考略》：吕公著为相。元祐三年频雪，民苦寒，多有冻死者。公著日与同列议所以救御之术，乃发官米炭，遣官数十分置场，于京师贱鬻以惠贫民。又出内库钱十万缗，委开封府官吏遍走闾阎，周视而赈之。又遣官按视四福田院，存抚丐者，给以日廪，须春暮而止。农民贷种粮。流移在道者，所过州县存恤，寓以官舍，续其食。流配罪人，随所在寄禁，亦委官吏安存之，或为饘粥汤药以救疾，或为茇屋纸衣以御寒。民有弃老稚于路者，皆设法收养之。

《宋史·苏轼传》：轼知杭州，大旱，饥疫并作。轼请于朝，免本路上供米三之一。复得赐度僧牒，易米以救饥者。明年春，又减价粜常平米，多作饘粥药剂，遣使挟医，分坊治病，活者甚众。轼曰：杭水陆之会，疫死比他处常多。乃裒羡缗，得二千，复发橐中黄金五十两以作病坊，稍畜钱粮待之。

《梁焘传》：焘知潞州，值岁饥，不待命，发常平粟振民。流人闻之，来者不绝。焘处之有条，人不告病。

《王岩叟传》：岩叟为侍御史，诸路水灾，朝廷行振贷。户部限以灾伤过七分、民户降四等，始许之。岩叟言：中户以上盖亦艰食，乞毋问分数等级皆得贷，庶几王泽无间，以召至和矣。

《避暑录话》：叔祖度支讳温叟，与子瞻同年，议论每不相下。元祐末，子瞻守杭州，公为转运使。浙西适大水灾伤，子瞻锐于赈济。而告之者或施予不能无滥，且以杭人乐其政，阴欲厚之。公每持之不下，即亲行部，一皆阅实，更为条画上闻。朝廷主公议。会出度牒数百，付转运司易米给民，杭州遂欲取其半。公曰：使者与郡守职不同，公有志天下，何用私其州而使我不得行其职？卒视它州灾伤重轻分与之。子瞻怒甚，上章诋公甚力。廷议不以为直，乃召公还，为主客郎中。子瞻之志固美，虽伤于滥，不害为仁，而公之守不苟其官，亦人所难见。前辈居官，无不欲自行其志也。

《江西通志》：郑民瞻，绍圣三年以朝请大夫，为袁州刺史。连岁不登，乃量地里夫家众寡，豪民积谷几何，均数约直，给告籴者。阖四境为一图，张之便坐，而间遣使按视，民免流亡之忧。

《宋史·张康国传》：康国第进士，知雍丘县。绍圣中，户部尚书蔡京整治役法，荐以参详利害，使提举两浙常平推行之。豪猾望风敛服，发仓救荒，江南就食者活数万口。

《忠义传》：郑骧知溧阳县，岁饥，民多逃亡。漕司按籍督逋赋不少贷，骧患之，尽去其籍。使者欲绳以法。骧曰：著令约二税为定数，今不除，则逋愈多，民愈贫，赋愈不办。使者不能屈。

《朱景传》：景子光庭为左司谏，河北饥，遣持节行视，即发廪振民，而议者以耗先帝积年兵食之蓄，改左司员外郎。后守潞州，邻境旱饥，流民入境者踵接。光庭日为食以食之，常至暮，自不暇食。遂感疾，犹自力视事。出祷雨，拜不能兴，再宿而卒。

《毕士安传》：士安子仲游知耀州。岁大旱，仲游先民之未饥，揭喻境内曰：郡振施，与平籴若干万硕。实虚张其数。富室知有备，亦相劝发廪。凡民就食者十七万九千口，无一人去其乡。

《范镇传》：镇从孙祖禹拜右谏议大夫，迁给事中。吴中大水，诏出米百万斛、缗钱二十万振救。谏官谓诉灾者为妄，乞加验考。祖禹封还其章云：国家根本，仰给东南，今一方赤子呼天赴诉，开口仰哺，以脱朝夕之急。奏灾虽小过，实正当略而不问。若稍施惩谴，恐后无复敢言者矣。

《郑雍传》：雍为起居郎，进中书舍人。吴中大饥，方议振恤，以民习欺诞，敕本部料检，家至户到。雍言此令一布，吏专料民而不救灾，民皆死于饥。今富有四海，奈何谨圭撮之滥而轻比屋之死乎？哲宗悟，追止之。

《荒政考略》：晁补之知齐州，岁饥，河北流民道齐境不绝。补之请粟于朝，得万斛，乃为流者治舍次，具器用。人既集，则又旦日给糜粥药物。补之皆躬临治之，凡活数千人。择高原以葬死者，男女异墟。使者颇媢其功，欲有以挠之，既至境按事，乃更叹服。

《江西通志》：苏缄为南城令，岁凶，里中藏粟者固闭以待价。缄籍得其数，先发常平谷以定中价，粜于民，揭榜于道，曰：某家有粟几何，令民用价籴，有劝不出及出不如数者，挞于市。以是民无艰食。

《宋史·洪皓传》：皓宣和中为秀州司录，大水，民多失业。皓白郡守，以拯荒自任，发廪损直以粜。民坌集，皓恐其纷竞，乃别以青白帜涅其手以识之，令严而惠遍。浙东纲米过城下，皓白守邀留之。守不可。皓曰：愿以一身易十万人命。人感之切骨，号洪佛子。其后秀军叛，纵掠郡民，无一得脱，惟过皓门，曰：此洪佛子家也。不敢犯。

《避暑录话》：余在许昌，岁适大水灾伤，京西尤甚。流殍自邓、唐入吾境，不可胜计。余发买常平所储，奏乞越常制赈之，几十余万人稍能全活。惟遗弃小儿，无由皆得之。一日，询左右曰：人之无子者，何不收以自畜乎？曰：人固愿得之，但患既长，或来岁稔，父母来识认尔。余为阅法则，凡因灾伤弃遗小儿，父母不得复取，乃知为此法者，亦仁人也。夫彼既弃而不育，则父母之恩已绝，若人不收之，其谁与活乎？遂作空券数千，具载本法，即给内外厢界保伍，凡得儿者，使自言所从来，明书于券付之，略为籍记，使以时上其数。给多者赏，且常平分余粟，贫者量授以为资。事定，按籍给券，凡三千八百人，皆夺之沟壑，置之襁褓。此虽细事不足道，然每以告临民者，恐缓急不知有此法，或不能出此术也。

《宋史·薛弼传》：弼为湖南运判，时道殣相望，弼以闻。帝恻然，命给钱六万缗、广西常平米六万斛、鄂州米二十万斛振之，且使讲求富弼青州荒政，民赖以苏。

《江西通志》：夏颖达知吉州龙泉县，岁大饥，郡守希转运使意，不听民诉灾，民遮颖达马，号泣以请。诣府陈之不许，因趋出，悉取民所诉状，属吏按行阡陌，尤捐其租。自诣转运使，得捐恤。属邑效之。

《浙江通志》：刘愚为安乡县令，会岁歉，出常平米振贷。邑佐持不可。愚曰：有罪不以相累。出缗钱数千万，召商籴他郡，而收元直，米价顿平。

《宋史·薛徽言传》：徽言为枢密院计议官。绍兴二年，遣使分行诸路，徽言在选中，以权监察御史宣谕湖南。时郴、道、桂阳旱饥，徽言请于朝，不待报即谕漕臣发衡、永米以振，而以经制银市米偿之。所刺举二十人，使还。他使皆进擢宰相，吕颐浩以徽言擅易守臣，而移用经制银，出知兴国军。

《湖广通志》：吕颐浩知潭州。岁旱，浩究心荒政，奏拨上供米三万，令广西帅漕两司备五万石充赈，乞降助教，敕度僧牒，诱上户籴米，全活者众。

《宋史·章谊传》：谊知温州，适岁大旱，米斗千钱。谊用刘晏招商之法，置场增直以籴米。商辐辏，其价自平。部使者以状闻，诏迁官一等。

《叶衡传》：衡知临安府，於潜县岁灾，蝗不入境，治为诸邑最。擢知常州。时水潦为灾，衡发仓为糜，以食饥者。或言常平不可轻发，衡曰：储蓄正备缓急，可视民饥而不救耶？疫大作，衡单骑命医药自随，遍问疾苦，活者甚众。

《宗室传》：不悫为成都路转运判官。适岁饥，不悫行抵泸南，贷官钱五万缗，遣吏分籴。比至，下令曰：米至矣。富民争发粟，米价遂平。双流朱氏独闭籴，邑民群聚，发其廪。不悫抵朱氏，法籍其米，黥盗米者，民遂定。永康军岁治都江堰，笼石蛇绝江，遏水以灌数郡田。吏盗金，减役夫，堰不固而圯田失水，故岁屡饥。不悫躬视操板筑，绳吏以法，乃出令民业耕者田主贷之，事末作者富民振之，老幼疾患者官为粥视。全活数百万。

善俊知庐州，会岁旱，江浙饥民麇至。善俊括境内官田均给之，贷牛种，僦屋以居，死者为给槽，人至如归。再知建州，岁饥，民群趋富家发其廪，监司议调兵掩捕。善俊曰：是趋乱也。谕许自新，平米价，民乃定。

《洪皓传》：皓子遵试吏部侍郎，平江、湖、秀三州水，无以输秋苗，有司抑令输麦。遵言麦价殊不在米下，民困如是，奈何指夏以为秋，衍一以为二，使挤沟壑乎？愿量取其半，而被水害者悉免之。

《尤袤传》：袤除淮东提举常平，改江东。江东旱，单车行部，核一路常平米，通融有无，以之振贷。朱熹知南康，讲荒政，下五等户租五斗以下悉蠲之。袤推行于诸郡，民无流殍。上召，对言：水旱之备，惟常平、义仓。愿预饬有司随市价，禁科抑，则人自乐输，必易集事。除吏部郎，官迁枢密院正兼左谕德。夏旱，诏求阙失，衮上封事，大略言救荒之策，莫急于劝分，输纳既多，朝廷吝于推赏，乞诏有司检举行之。

《颜师鲁传》：师鲁知莆田福清县，岁大侵，发廪劝分有方而不遏籴价，船粟毕凑，市籴更平。

《续文献通考》：曾用虎知兴化军事，立平籴仓，捐楮币万六千缗为籴本，益以废寺之谷。岁歉价高，则发仓以粜之；岁丰价平，则散诸寺，易新谷为藏焉。

《八闽通志》：黄公度，绍兴间签书平海军判官。有流民数百自汀虔下，守将疑其变，尽絷之，行旅骚然。公度力争，以为此皆平人饥饿流徙，出于下计，奈何又急之使聚而为盗？如其言纵去，数百人得全性命，而军亦赖以安。

《宋史·儒林传》：刘清之登进士第，调万安县丞。时江右大侵，郡檄视旱，徒步阡陌，亲与民接，凡所蠲除，具得其实。州议减常平米直，清之曰：此惠不过三十里内耳。外乡远民，势岂能来？老幼疾患之人必有馁死者。今有粟之家闭不肯粜，实窥伺攘夺者众也。在我有政，则大家得钱，细民得米，两适其便。乃请均境内之地为八，俾有粟者分振其乡，官为主之。规画防闲，民甚赖之。帅龚茂良以救荒实迹闻于朝。

《汪应辰传》：应辰为四川制置使，蜀大旱，诏问救荒之策。应辰奏利阆棉梓军马粮料，随民力均敷，官虽支籴钱，民不得半价。若选官就岁熟处籴之，可以宽民力，第无钱束手，乞给度牒。上曰：汪应辰治蜀甚有声，且留意民事如此。给度牒四百，永为籴本振济。遂移书诸路漕臣亟救荒，且以棉剑和籴告之，而全蜀蒙惠。

《荒政考略》：赵令詪隆兴二年帅绍兴，是时流民聚城郭，待赈济，饿而死者不可胜计。通判王恬间、丘宁孙建策云：今尽常平、义仓之米赈给之，至来年麦熟止，恐无以为继。况旬给斗升之米，官不胜其劳，民不胜其病。莫若计其地里之远近，口数之多寡，人给两月之粮，令归治本业，不犹愈于聚集城郭，待斗升之给，困饿而死乎？赵行其言，委官抄劄，给粮以遣之。

《浙江通志》：唐阅，山阴人，举进士。两浙岁饥，诏以阅为浙东检察使。时州县赈济，劝民减价而粜，豪右往往闭籴。阅奏储粟之家，宜勿限以价，勿计以数，则趋利之徒将倾困竞售，不待低昂而价自平。民饥不相保，小儿遗弃衢路。国法三岁以下，许异姓收育。阅请虽及十岁，权听民鞠养，以为己子。孝宗可之。于是全活甚众。

刘铨，隆兴中知海盐，大水害稼，被檄检伤放秋苗数万斛。贫不能输者，请于朝，得停阁。劝富人发廪赈饥。民无畊资，贷于郡。给之。

《宋史·龚茂良传》：茂良除江西运判兼知隆兴府。上以江西连岁大旱，知茂良精忠，以一路荒政付之。茂良戒郡县免积税，上户止索逋，发廪振赡。以右文殿修撰再任，疫疠大作，命医治疗，全活数百万。进待制敷文阁，赏其救荒之功，除礼部侍郎，明日即拜参知政事。淮南旱，茂良奏取封桩米十四万，委漕帅振济。或谓救荒常平事，今遽取封桩米，毋乃不可。茂良以为淮南只尺敌境，民久未复业，饥寒所逼，万一啸聚，患害立见，宁能计此米乎？他日，上奖谕曰：淮南旱荒，民无饥色，卿之力也。

《荒政考略》：汉州长者李发遇岁不登，辄为食以食饥者，自春徂冬，日以千数。乾道戊子，民饥甚，官为发廪劝分，而就食李家者日至三四万人。明年流民未复，而荒政已罢，民愈困弊，数百里间扶老携幼，挈釜束薪，而以李为归者，其众又倍于前。自绍兴之丙辰，至此三十余年，岁以为常，所出捐不知其若干斛，所全活不知其几千人。州郡及诸使者始上其事。孝宗嘉之，授初品官。

《宋史·洪皓传》：皓子遵乾道六年起知信州，徙知太平州运使。张松治溧水永丰圩，来调丁米木数甚广。遵曰：郡当岁俭，方振恤流移，劝分乞籴，如自刲其股以充，喉不暇食，况能饱他人腹哉？执不从。楚地旱，旁县振赡者虑不早施，置失后先，或得米而亡以炊，或阖户莩藉而廪不至。遵简宾佐，随远近壮老以差赋给，蠲租至十九，又告籴于江西，得活者不啻万计。戍兵乘时盗利，曹伍剽于野，尽执拘以归其军。故当大札瘥，而邑落晏然。

皓子迈乾道六年知赣州。辛卯岁饥，赣适中熟，迈移粟济邻郡。僚属有谏止者。迈笑曰：秦越瘠肥，臣子义耶？

《李焘传》：焘除湖北转运副使，总饷吕游问入奏焘摄其事。岁饥，发鄂州大军仓振之。僚属争执不可。焘曰：吾自任，不以累诸君。寻如数偿之。游问返，果劾焘专。上止令具析，不之罪也。

《八闽通志》：潘畤，乾道中知兴化军事。适岁荐饥，募客舟，与钱博籴而宽其限。人始莫谕其意，既而籴者得以其间往还一再，然后及期，则籴价久已自平矣。人服其有谋。

《宋史·孝蘩传》：蘩第进士，为隆州判官，摄绵州。岁侵，出义仓谷贱粜之，而以钱货下户，又听民以茅秸易米，作粥及楮衣，亲衣食之，活十万人。明年又饥，邛、蜀、彭、汉、成都盗贼蜂起，绵独按堵。知永康军，移利州提点成都路刑狱兼提举常平。岁凶，先事发廪蠲租，所活百七十万人。知兴元府，安抚利州东路。汉中久饥，剑外和籴在州者独多。蘩尝匹马行阡陌间，访求民瘼。有老妪进曰：民所以饥者，和籴病之也。泣数行下。蘩感其言，奏免之。民大悦。

《刘珙传》：珙知潭州湖南安抚使，淳熙二年，移知建康府江东安抚使，行宫留守。会水且旱，首奏蠲夏税钱六十万缗、秋苗米十六万六千斛。禁止上流税米遏籴，得商人米三百万斛。贷诸司钱合三万，遣官籴米上江，得十四万九千斛。籍主客户，高下给米有差。又运米村落，置场平价振粜，贷者不敢偿。起是年九月，尽明年四月，阖境数十万人，无一人捐瘠流徙者。

《萧燧传》：燧知严州，移知婺州。婺与严邻，岁旱，浙西常平司请移粟于严。燧谓东西异路，不当与，然安忍于旧治坐视？为请诸朝，发太仓米振之。召还，言江浙再岁水旱，愿下诏求言，仍令诸司通融，郡县财赋毋得督迫。

《道学传》：朱熹提举江西常平茶盐公事。会浙东大饥，宰相王淮奏改熹提举浙东常平茶盐公事，即日单车就道。熹始拜命，即移书他郡，募米商，蠲其征。及至，则客舟之米已辐辏。熹日钩访民隐，按行境内，单车屏徒从，所至人不及知。郡县官吏惮其风采，至自引去，所部肃然。凡丁钱、和买、役法、榷酤之政，有不便于民者，悉厘而革之。于救荒之余，随事处画，必为经久之计。

《谢谔传》：谔为吉州录事参军。岁大侵，饥民万余求廪，官吏罔措。谔植五色旗，分部给粜，顷刻而定。

《李椿传》：椿为广西提点刑狱，移湖北漕。适岁大侵，官强民振粜，且下其价，米不至，益艰食。椿损所强粜数而不遏其直，未几米舟凑集，价减十三。知潭州湖南安抚使，岁旱，发廪劝分，蠲租十一万，粜常平米二万，活数万人。

《黄黼传》：黼除两浙路转运判官。浙东频海之田以旱涝告，常平储蓄不足，黼捐漕计贷之。毗陵饥民取糠秕杂草根以充食，郡县不以闻。黼取民食以进，乞捐僧牒缗钱振济，所全活甚众。

《谢深甫传》：深甫为大理丞。江东大旱，擢为提举常平，讲行救荒条目，所全活一百六十余万人。

《辛弃疾》：传弃疾知隆兴府兼江西安抚，时江右大饥，诏任责荒政。始至，榜通衢曰：闭籴者配，强籴者斩。次令尽出公家官钱银器，召官吏、儒生、商贾、市民各举有干实者，量借钱物，逮其责领运籴，不取子钱，期终月至城下发粜。于是连樯而至，其直自减，民赖以济。时信守谢源明乞米救助，幕属不从。弃疾曰：均为赤子，皆王民也。即以米舟十之三予信。帝嘉之。

《陈居仁传》：居仁知建宁府，岁饥，出储粟平其价，弛逋负，以巨万计。镇江大旱，又移居仁守镇江，请以缗钱十四万给兵食，不报。为书以义撼丞相，然后许发。时密往觇之，间遣籴运于荆楚商人。商人曰：是陈待制耶？争以粟就籴。居仁区画有方，所存活数万计。因饥民，治古海鲜界港，为石磴丹徒境上，蓄泄以时，以通漕运。

《儒林传》：程迥知隆兴府进贤县，民饥，府檄有诉闭籴及粜与商贾者。迥即论报之曰：力田之人，细米每斗才九十五文，逼于税赋，是以出粜，非上户也。县境不出货宝，苟不与外人交易，输官之钱何由而得？今强者群聚，胁持取钱，殴伤人者甚众，吾民不敢入市，坐致缺食。申谕再三，见从乃已。县大水，亡稻麦，郡蠲租税至薄。迥白于府，曰：是驱民流徙耳。赋不可得，徒存欠籍。乃悉蠲之。郡僚犹曰：度江后来未尝全放，恐户部不从。迥力论之曰：唐人损七则租庸调俱免。今损十矣，夏税役钱不免，是犹用其二也，不可谓宽。议乃息。

《湖广通志》：陈傅良知桂阳军事，岁荒谷贵，赈饥如常平仓故事，听民以薪易官米。连帅潘畤以缗钱五千助籴，傅良益以郡钱捐贷，民无流亡。

《江南通志》：吴格提举浙西常平茶盐。岁旱蝗，有欲令民杂艺不种之田以自食，官不收苗，主不收租。格奏行之。

《浙江通志》：赵潗淳熙间为长兴令，邑蝗，潗募民搜捕，至三千余石。又大旱河竭，谷价腾踊，潗出官钱增直籴粟，粟商辐辏，人皆得济。

《燕翼贻谋录》：纳粟补官，国初无。天禧元年四月，登州年平县学究郑巽出粟五千六百石振饥，乞补第，巽不从。晁迥、李维上言，乞特从之，以劝来者，丰稔即止。诏补三班借职。自后援巽例，以请者皆从之。淳熙间，以旱故，募出粟拯民二千石补初品官，而龙舒一郡应格者数人。郡以姓名来上，孝宗皇帝疑而不与。仲父轩山先生力谏，以为失信于人，恐自后歉岁无应募者。孝宗亟从之，已而应募者众。

《浙江通志》：田渭缙云人，淳熙丁未除浙东提举常平。值岁大歉，渭究心荒政，罢苛敛，除民瘼。台、婺、处三州户科茶税及五等差夫送迎之扰，渭并奏罢之。民赖以安。

《荒政考略》：余童在蕲州，括户口之数，第为三等，孤独不能自存者专赈济，下户乏食者赈粜，有田无力耕者与赈贷。阖境五邑以乡村远近均粟置场，每场以一总首主出纳，十场以一官吏专伺察。蕲人至今称之。

《宋史·李大性传》：大性知江陵，充荆湖制置使。江陵当用兵后，残毁饥馑，继以疾疫。大性首议振贷，凡三十八万缗有奇。前官虚羡凡十有四万五千缗，率蠲放不督。民流移新复业者，皆奏免征榷。

《袁燮传》：燮登进士第，调江阴尉。浙西大饥，常平使罗点属任振恤。燮命每保画一图，田畴、山水、道路悉载之，而以居民分布其间。凡名数治业，悉书之。合保为都，合都为乡，合乡为县，征发、争讼、追胥，披图可立决，以此为荒政首。

《道学传》：黄灏知德化县，岁馑行振给有方，知常州提举本路常平。秀州海盐民伐桑柘，毁庐屋，莩殣盈野，或食其子，持一臂行乞，而州县方督促逋欠。灏见之蹙然。时有旨倚阁夏税，遂奏乞并阁秋苗，不俟报行之。言者罪其专，移居筠州，已而寝谪命，止削两秩，而从其蠲阁之请。

《江南通志》：高商老知宜兴，建社仓十一区。是岁浙西饥，流殍满路，宜兴民独有赖焉。

《宋史·安丙传》：丙通判隆庆府。嘉泰三年，郡大水。丙白守张鼎发常平粟振之，寻又凿石徙溪，自是无水患。知大安军，岁旱，民艰食，丙以家财即下流籴米数万石以振，事闻。诏加一秩。

《詹体仁传》：体仁总湖广饷事，时岁凶艰食，即以便宜发廪振救而后以闻。

《陈咸传》：咸知果州南充县转运司，辟主管文字。岁旱，税司免下户两税，转运使安节以为亏漕计，咸白安节曰：苟利于民，违之不可。因言今楮币行于四川者，几亏三百万。苟增印百万，足以补放免之数。安节从之。擢知资州，时久旱，咸被命，即请帅臣发粟二千余石以振。明年东西川皆旱，总制二司议蠲民赋而虑亏国课，咸请增印未补发引百有九万，以偿所蠲。议遂决。

《吴猎传》：猎除秘书少监，江陵告饥，除秘阁修撰，主管荆湖北路安抚司公事，知江陵府。陛辞，请出大农十万缗以振饥者。道武昌，遣人招商分籴，至郡减价发粜，米价为平。

《宗室传》：彦倓知绍兴府，会旱饥，民聚陂湖中。彦倓取死囚，幕首刖足，徇于众曰：此劫菱藕者也。遂散其众。乃第民高下，捐其税有差，免输湖籍田米，举缗钱四十万以助荒政。民赖以济。

《张忠恕传》：忠恕知宁国府，夏旱，请于朝，得赐僧牒五十、米十万七千余石。常平使者欲均齐而勿劝粜。忠恕虑后无以济，遂核户口，计岁月，严戒诸邑，谕大家发盖藏。

《儒林传》：李道传提举江东路常平茶盐公事，夏大旱，道传应诏，言楮币之换，官民如仇，钞法之行，商贾疑怨，赋敛增加，军将推剥，皆切中时病。遂条上荒政，朝廷多从之。与漕臣真德秀振饥，道传分池、宣、徽三州，穷冬行风雪中，虽深村穷谷必至，赖以全活者甚众。摄宣州守，行朱熹社仓法，上饶、新安、南康诸郡翕然应命，人蒙其利。

真德秀为江东转运副使，江东旱蝗，广德、太平为甚。德秀遂与留守宪司分所部九郡，大讲荒政，而自领广德、太平，亲至广德，与太守魏岘同以便宜发廪，使教授林庠振给。竣事而还，百姓数千人送之郊外，指道傍丛冢泣曰：此皆往岁饿死者。微公，我辈已相随入此矣。索毁太平州私创之大斛。宁国守张忠恕规匿振济米，劾之。后以宝谟阁待制湖南安抚使，知潭州，罢榷酤，除斛面米，申免和籴，以苏其民。民艰食，既极力振赡之，复立惠民仓五万石，使岁出粜。又易谷九万五千石，分十二县，置社仓以遍及乡落。别立慈幼仓，立义阡，惠政毕举。

《吴昌裔传》：昌裔举进士，调闽中尉、利路转运使。曹彦约闻其贤，俾司籴场。时岁饥，议籴上流。昌裔请发本仓所储数万而徐籴以偿。从之。

《陈宓传》：宓知南康军，至官，岁大侵，奏蠲其赋十之九。会流民群集，宓就役之筑江堤而给其食。改知南剑州，时大旱疫，蠲逋赋十数万，且弛新输三之一。躬率僚吏，持钱粟药饵，户给之。

《高定子传》：定子知夹江县，会水潦洊饥，贫民竞诉，无所于籴。定子曰：女毋忧，女第持钱往常所籴家以俟。乃发县廪给诸富家，俾以时价籴，至秋而偿。须臾米溢于市。

《黄畴若传》：畴若为殿中侍御史兼侍讲。都城谷踊贵，诏减价粜桩管米十万石。于是淮浙流民交集临安府，按籍振济，仅不满五千人。以三月后麦熟，罢振济，各给粮遣归。畴若谓，此实驱之使去耳。遂奏乞令核实近甸之人，愿归就田者，勿问其有未能归者，更振济两月。淮民见在都城者，其家既破，又无赢资，必难遽去，仍与振恤，俟早熟乃罢。于是诏振济，至六月乃止。

《崔與之传》：與之知建昌之新城，岁适大歉，有强发民廪者，执其首，折手足以徇，盗为止。劝分有法，贫富安之。和籴令下，與之独以时贾籴，令民自概。及主管淮东安抚司公事，浙东饥，流民渡江，與之开门抚纳，所活万余。

《汪纲传》：纲中铨试调桂阳军平阳县令，岁饥，旁邑有曹伍者群聚恶少，入境强贷发廪，众至千余，挟界头牛桥二砦兵为援。地盘踞万山间，前后令未尝一涉，其境不虞。纲之至也，相率出迎。纲已夙具酒食，令之曰：汝何敢乱？顺者得食，乱者就诛。夜宿砦中，呼砦官，诘责不能防守，状皆皇恐，伏地请死。杖其首恶者八人，发粟振粜，民赖以安。知兰溪县，岁旱，郡倚办劝分。纲谓劝分所以助义仓，一切行之，非所谓安富恤贫也。愿假常平钱为籴本，使得循环迭济。又躬劝富民浚筑塘堰，大兴水利，饿者得食其力，全活甚众。郡守张抑及部使者列纲为一道荒政之冠。

《陈仲微传》：仲微举进士，调莆田尉。会守令阙，台阃委以县事。时岁凶，部卒并饥民作乱。仲微立召首乱者戮之，籍闭粜，抑强籴，一境以肃。

《道学传》：黄榦知汉阳军，值岁饥，籴客米，发常平以振。制置司下令，欲移本军之粟而禁其籴，榦报以乞候榦罢然后施行。及援鄂州例，十之一告籴于制司。荒政具举。旁郡饥民辐辏，惠抚均一。春暖，愿归者给之粮，不愿者结庐居之。民大感悦。

李燔差江西运司干办公事，念社仓之置仅贷有田之家，而力田之农不得沾惠，遂倡议裒谷，创社仓，以贷佃人。

《袁甫传》：甫通判湖州，考常平敝原，以增积贮。寻迁著作佐郎，知徽州，豫蓄常平义仓备荒。丁父忧，服除，知衢州，移提举江东常平。适岁旱，亟发库庾之积。凡州县窠名隶仓司者，无新旧皆住催，为钱六万一千缗、米十有三万七千、麦五千八百石。遣官分行振济。饥者予粟，病者予药，尺籍之单弱者、市民之失业者，皆曲轸之。又告于朝曰：江东或水而旱，或旱而水，重以雨雪，连月道殣相望，至有举家枕藉而死者。此去麦熟尚赊，事势益急。诏给度牒百道助费。遂提点本路刑狱。诸郡被水，连请于朝，给度牒二百道振恤之。行部问民疾苦，岁大旱，请于朝，得度牒、缗钱、绫纸以助振恤。疫疠大作，创药院疗之。前后持节江东五年，所活殆不可数计。

《赵必愿传》：必愿知崇安县，擅发光化社仓活饥民。帅怒，逮吏欲惩之。必愿曰：刍牧职也，吏何罪？束担俟谴。帅无以诘而止。旧有均惠仓，无所储。必愿捐缗钱，增籴至二千石。后知泉州，秋旱，力讲行荒政，乞拨永储、广储二仓米振救。

《杨大异传》：大异授衡阳主簿，有惠政，调龙泉尉，摄邑令。适岁饥，提刑司遣吏和籴米二万石于邑，米价顿增，民乏食。大异即以提刑司所籴者如价发粜，民甚德之。

《刘宰传》：宰差通判建康府，乞致仕，明敏仁恕，施惠乡邦，其烈实多。置义仓，创义役，三为粥以与饥者。自冬徂夏，日食凡万余人。薪粟、衣纩、药饵、棺衾之类，靡谒不获。

《八闽通志》：李华绍定间摄汀州事，岁荐饥，华移粟给食，全活甚众。复念民力凋瘵，乃削苗斛盐价，置均济仓。邦人赖焉。

《江西通志》：徐瑑绍定三年通判袁州，岁大歉，谷价日腾。瑑首议发廪，录城内外下户八千七十九家，合巨室官司排日出籴。摄守，益孳孳荒政，奖义粜，罚闭籴，倾州储仓以济常平，又力请通融米禁，全活饥民甚众。贫者给镪，病者给药，殁者给槥，收养婴儿逾百数。民深德之。

《宋史·吴昌裔传》：昌裔知婺州。婺告旱，民日夜望之，乃减驺从供帐，遣僚佐召邑令周行阡陌，蠲粟八万一千石、钱二十五万缗有奇。

《浙江通志》：赵汝滢嘉熙元年以奉议郎知桐庐县，发县帑，增置学田。又创屋三楹于常平仓后，捐己俸，籴丰粜歉，名曰惠民仓。邑人便之。

《宋史·杜范传》：范知宁国府，至郡，适大旱，范即以便宜发常平粟，又劝寓公富人有积粟者发之，民赖以安。始至仓廪多空，未几米余十万斛，钱亦数万，悉以代输下户粮。两淮饥民渡江者多剽掠，其首张世显尤勇悍，拥众三千余人至城外。范遣人犒之，俾勿扰以俟处分。世显乃阴有窥城之意，范以计擒斩之。给其众使归。

《董槐传》：槐以直宝谟阁知江州，兼都督府参谋。流民渡江而来，归者十余万。议者皆谓方军兴，郡国急储粟，不暇食民也。槐曰：民吾民也，发吾粟振之，胡不可？至者如归焉。

《八闽通志》：赵彦弥登宝庆第，调番禺簿、古康法曹、翁源令。岁庚子，乡郡大饥，谷价腾踊，斗谷钱五百，小民艰食，死者相枕藉。邑富人争利贵籴。彦弥恻然，捐私廪千余斛，日为二粥以续食，不足则籴以继。自是富室争裒谷赈济，实彦弥倡之也。自三月至夏五月，全活数千人。

《宋史·徐鹿卿传》：鹿卿知尤溪县，岁饥，处之有法。富者乐分，民无死徙。为江东转运判官，岁大饥，人相食。留守别之杰讳不诘。鹿卿命掩捕食人者尸诸市，又奏授真德秀为漕，时拨钱以助振给，不报。遂出本司积米三千余石，减半价以粜，及减抵当库息，出缗钱万有七千，以予贫民。劝居民收字遗孩，日给钱米，所活数百人。

《浙江通志》：王佖淳祐元年知睦州。先是嘉熙四年夏秋大旱，及是春，民食橡蕨不给，路殍相枕藉。佖下车，首扃厨传，节浮费，一意救荒，乞米于朝，劝分于乡。民赖以活。

《宋史·叶梦鼎传》：梦鼎权知袁州，转运司和籴米三万斛。梦鼎言：袁山多而田少，朝廷免和籴已百年。自今开之，百姓子孙受无穷之害，则无穷之怨。从之。

《浙江通志》：季镛淳祐十二年知睦州，时大水被九州，阛阓为壑，坏公私庐舍无数，民苦溺且饥。镛既至，虚己问俗，首蠲私苗十六，力请于朝，宽京府催籴之令，发廪分赈捐，抽解场木，予被水之家。未几，顿复旧观，民忘昏垫。

《八闽通志》：王迈淳祐间知邵武军事，尝因岁歉，作劝粜歌。制置杜杲自江右载米数千斛，归闻其歌，遂减价贱粜。民赖以济。

《江西通志》：李应革吉水人，宝祐进士，为崇政殿说书。时吉郡大饥，经筵讲罢，上从容问应革乡里，革以饥对。上恻然，不日减籴。应革复取建隆、绍兴、乾道赈饥故事，反复陈于上前，议论恺切。上为之感动，捐粟十万以赈之。

《宋史·高斯得传》：斯得知严州。严环山为郡，虽丰岁犹仰他州。夏旱，斯得蠲租发廪，招籴劝分，请于朝，得米万石以振济。

《吴渊传》：渊知太平州，寻兼江东转运使。时两淮民流徙入境者四十余万，渊亟加慰抚而赒济之，使之什伍，令土著人无相犯。旁郡流民焚劫无虚日，独太平境内肃然，无敢哗者。升华文阁学士，知隆兴府、江西安抚使兼转运副使，会岁大侵，讲行荒政，全活者七十八万九千余人。改知镇江府，岁亦大侵，因渊全活者六十五万八千余人。知平江府，岁亦大侵，因渊全活者四十二万三千五百余人。

《马光祖传》：光祖知建康，撙节费用，建平籴仓，贮米十五万石。又为库贮籴本二百余万缗，补其折阅，发籴常减于市价，以利小民。迁提领户部财用兼知临安府、浙西安抚使，会岁饥，荣王府积粟不发廪。光祖谒王，辞以故。明日往，亦如之。又明日，又往卧客次，王不得已见焉。光祖厉声曰：天下孰不知大王子为储君，大王不于此时收人心乎？王以无粟辞。光祖探怀中文书曰：某庄某仓若干。王无以辞。得粟活民甚多。

《史弥巩传》：弥巩提点江东刑狱，岁大旱，饶、信、南康三郡大侵。谓振荒在得人，俾厘户为五甲，乙以等第振粜，丙为自给，丁籴而戊济。全活为口一百一十四万有奇。

《赵逢龙传》：逢龙历知兴国、信、衢、衡、袁五州，提举广东、湖南、福建常平，居官自常奉外一介不取，民赋有逋负悉为代输，尤究心荒政，以羡余为平籴本。

《忠义传》：李芾初以荫补南安司户，辟祁阳尉，出振荒，即有声。差知德清县，属浙西饥，芾置保伍振民，活数万计。

《江西通志》：彭叔牙授新淦簿。时邻邑新喻旱甚，叔牙受檄摄新喻。且行，诣郡言：旱甚如此，救荒治赋何先？守笑而不言。至邑，下令裁翔贵，发廪劝分，然未周也。会漕司取载袁羡粟过邑，舟胶。叔牙亟白漕曰：民旦夕且死，而有粟不救，愚矣。幸称贷，秋成请偿之。报未下，辄发之，百里呼舞。郡督赋急，叔牙谒郡，言旱饥宜少宽假。守怒，谓其干誉。叔牙色不为动。及境，民老幼焚香欢迎，歌曰：孰饱其饥？孰安其危？我公不来虫出尸。

《浙江通志》：钱可则知睦州。浙右大水，粟价腾踊，可则亟发廪赈之，谕俗储蓄运籴，移檄旁郡弛籴，禁平市价。民以全活。

《续文献通考》：赵与檄知建德县，民以旱涝告请于朝，得粟一万斛以济。寻迁建德府，暨解任，以所积俸钱并堂馔直役钱，预为建德县人户代输咸淳四年茶租。其救荒之政，民尤被其惠。

《宋史·忠义传》：唐震咸淳中通判临安府。六年，江东大旱，擢知信州。震奏减纲运米，蠲其租赋。令坊置一吏，籍其户，劝富人分粟，使坊吏主给之。吏有劳者，辄为具奏，复其身。吏感其诚，事为尽力。所活无算。

《常楙传》：楙知平江，值旱，故事郡守合得缗钱十五万，悉以为民食军饷，助蠲苗九万、税十三万、版帐十六万，又蠲新苗二万八千，大宽公私之力。改浙东安抚使，值水灾，捐万楮以振之。复请籴于朝，得米万石，蠲新苗三万八千。又以诸暨被水尤甚，给二万楮，付县折运，民食不至乏绝。民各祀于家。两浙及会稽、山阴死者暴露，与贫而无以为殓者，乃以十万楮置普惠库，取息造棺以给之。

《儒林传》：黄震通判广德军。初，孝宗班朱熹社仓法于天下，而广德则官置此仓。民困于纳息，至以息为本，而息皆横取，民穷至自经。人以为熹之法，不敢议。震曰：不然，法出于尧舜，三代圣人犹有变通，安有先儒为法，不思救其弊耶？况熹法社仓归之于民，而官不得与，官虽不与，而终有纳息之患。震为别买田六百亩，以其租代社仓息，约非凶年不贷，而贷者不取息。郡守贾蕃世骄纵不法，震数与争论是非。蕃世疏震挠政，坐解官。抚州饥起，震知其州，单车疾驰中道，约富人耆老集城中，毋过某日，至则大书闭粜者籍，强籴者斩揭于市。坐驿舍署文书，不入州治。不抑米价，价日损。亲煮粥食饿者。请于朝，给爵赏旌劳者。而后入视州事。转运司下州籴米七万石，震曰：民生蹶矣，岂宜重困之！以没官田三庄所入应之。

《忠义传》：钟季玉知建昌军，会有旨江西和籴。季玉至才半年，属岁旱，度其经赋不能办，请于朝，和籴得减三之一。

赵良淳知安吉州，时岁饥，民相聚为盗，所在蜂起。或请以兵击之，良淳曰：民岂乐为盗哉？时艰岁旱，故相率剽掠苟活耳。命僚属以义谕之，众皆投兵散归。其不归者，众缚以献。有掠人货财，诣其主谢过而还之者，良淳劝富人出粟振之。尝语人曰：使太守身可以济民，亦所不惜也。其言恳恳，足以劝人。人皆倒囷以应之。

《金史·李上达传》：上达为同知大名尹，按察陕西、河南。是时关陕蒲、解、汝、蔡民饥，上达辄以便宜发仓粟赈百姓。

《庞迪传》：迪为临洮尹兼熙秦路兵马都总管。陕右大饥，流亡四集。迪开渠溉田，流民利其食，居民藉其力，各得其所。郡人立碑纪其政绩。

《循吏传》：牛德昌，中皇统二年进士第，调矾山簿，迁万泉令。属蒲陕荐饥，群盗充斥，州县城门昼闭。德昌到官，即日开城，纵百姓出入，榜曰：民苦饥寒，剽掠乡聚以偷旦夕之命，甚可怜也。能自新者一不问。贼皆感激解散，县境以安。

刘敏行累迁肥乡令。岁大饥，盗贼掠人为食。诸县老弱入保郡城，不敢耕种，农事废，畎亩荒芜。敏行白州借军士三十，护县民出耕，多张旗帜为疑兵。敏行率军巡逻，日暮则阅民入城。由是盗不敢犯，而耕稼滋殖。

《宗尹传》：宗尹拜平章政事。北方岁饥，军食不足，廷议输粟赈济。或谓此虽不登，而旧积有余，秋成在近，不必更劳输挽。宗尹曰：国家平时积粟，本以备凶岁也。必待秋成，则惫者众矣。人有捐瘠，其如防戍何？上从之。

《畿辅通志》：赵叶大定初任赞皇令，境内民饥，屡以俸粟分救之，数年逋逃归业者五百余户。旦暮劝谕东作，岁大熟。山地旷瘠，俗不堪麦，率民乘秋雨相地之宜播种，复获其利。

《金史·循吏传》：卢克忠，大定二年除北京副留守。会民艰食，克忠下令，凡民有蓄积者，计留一岁，悉平其价籴之。由是无捐瘠之患。

《宗宁传》：宗宁擢归德军节度使。时方旱蝗，宗宁督民捕之，得死蝗一斗，给粟一斗。数日捕绝。

《曹望之传》：望之为户部郎中，请于大盐泺设官榷盐，听民以米贸易。民成聚落，可以固边圉，其利无穷。从之。其后凡贮米二十余万石。及东北路岁饥，赖以济者不可胜数。

《卢孝俭传》：孝俭累官太原少尹，迁同知广宁尹。广宁大饥，民多流亡失业。乃借僧粟，留其一岁之用，使平其价，市与贫民。既以救民，僧亦获利。

《纥石烈良弼传》：良弼拜左丞相，上问宰臣曰：尧有九年之水，汤有七年之旱，而民不病饥。今一二岁不登，而人民乏食，何也？良弼对曰：古者地广人淳，崇尚节俭，而又惟农是务，故蓄积多而无饥馑之患也。今地狭民众，又多弃本逐末，耕之者少，食之者众，故一遇凶岁而民已病矣。上深然之，于是命有司惩戒荒纵不务生业者。

《张行简传》：行简累迁礼部郎中。群臣屡请上尊号，章宗不从，将下诏以示四方。行简奏曰：往年饥民弃子，或丐以与人，其后诏书官为收赎，或其父母衣食稍充，即识认，官亦断与之。自此以后，饥岁流离道路，人不肯收养，肆为捐瘠，饿死沟中。伏见近代御灾诏书，皆曰以后不得复取。今乞依此施行。上是其言，诏中书行之。

《贺扬庭传》：扬庭除洺州防御使。时岁歉民饥，扬庭谕蓄积之家，令出所余以粜之，饥者获济。洺人为之立石颂德。

《移剌益传》：益为户部员外郎，明昌三年，畿内饥，擢授霸州刺史，同授刺史者十一人。既入谢，诏谕之曰：亲民之职，惟在守令。比岁民饥，故遣卿等往抚育之。其资序有过者，有弗及者，朕不计。此但以材选，尔其知之。既至者，出俸粟以食饥者。于是倅以下及郡人递出粟以佐之，且命属县视以为法，多所全活。

《刘仲洙传》：仲洙为定海军节度使。岁饥，仲洙表请开仓，未报先为赈贷。有司劾之，罪以赎论。

《内族襄传》：襄拜枢密使兼平章政事，屯北京。民方艰食，乃减价出粜仓粟以济之。或以兵食方阙为言，襄曰：乌有民足而兵不足者？卒行之。民皆悦服。

《冯璧传》：璧校秘书，调辽滨主簿。县有和籴粟未给价者十余万斛，散贮民居，以富人掌之，有腐败则责偿于民，民殊苦之。璧白漕司，即日罢之，民大悦。

《张万公传》：万公知济南府山东路安抚使。山东连岁旱蝗，沂、密、莱、莒、潍五州尤甚。万公虑民饥盗起，当预备赈济。时兵兴，国用不给，万公乃上言，乞将僧道度牒、师德号、观院名额并盐引付山东，行部于五州给卖纳粟易换，又言督责有司禁戢盗贼之方。上皆从之。

《忠义传》：冯延登登进士第，调临真簿德顺州军判官，转宁边令。大安元年秋七月，雹害稼，民艰于食。延登发粟赈贷，全活甚众。

《移剌福僧传》：福僧充辽东宣抚副使。岁大饥，福僧出沿海仓粟，先赈其民，而后奏之。优诏奖谕。

《忠义传》：商衡辟威戎令。兴定三年，岁饥，民无所于籴。稀白行省，得开仓赈贷，全活者甚众。

纪　事　四

（食货典第一百七卷）

《元史・董文炳传》：文炳以父任为槁城令，县贫，重以旱蝗，而征敛日暴，民不聊生。文炳以私谷数千石与县，县得以宽民。前令因军兴乏用，称贷于人，而贷家取息岁倍，县以民蚕麦偿之。文炳曰：民困矣！吾为令，义不忍视也。吾当为代偿。乃以田庐若干亩计直与贷家，复籍县闲田与贫民为业，使耕之。于是流离渐还，数年间，民食以足。

《严实传》：实授东平路行军万户，会大饥，民北徙者多饿死。又法藏匿逃者，保社皆坐。逃亡无所托，僵尸蔽野。实命作糜粥盛置道，傍全活者众。

《李桢传》：桢从皇子阔出伐金，下河南诸郡。阔出遣桢往唐、邓二州数民实。兵余岁凶，流散十八九。桢至，赈恤饥寒，归者如市。

《赵阿哥潘传》：阿哥潘镇临洮，岁饥，发私廪以赈贫乏，给民农种粟二千余石、无菁子百石。人赖不饥。

《张文谦传》：文谦，邢州沙河人。中统元年，世祖即位，立中书省，首命王文统为平章政事，文谦为左丞，以安国便民为务。文统素忌克，屡相可否。积不能平，文谦遽求出。诏以本官行大名等路宣抚司事。临发，语文统曰：民困日久，况当大旱，不量减税赋，何以慰来苏之望？文统曰：上新即位，国家经费，止仰税赋，苟复减损，何以供给？文谦曰：百姓足，君孰与不足？于是蠲常赋什之四，商酒税什之一。

《山东通志》：陈仲祥中统间为临朐令，岁旱饥，邻境流民塞道，乃使分居山冈，时加赈恤。每出，民皆遮道而拜。

《元史·崔斌传》：斌出守东平。岁大侵，征赋如常年，斌驰奏以免。复请于朝，得楮币十万缗，以振民饥。

《张弘范传》：弘范守大名。岁大水，漂没庐舍，租税无从出，弘范辄免之。朝廷罪其专擅。弘范请入见，进曰：臣以为朝廷储小仓，不若储之大仓。帝曰：何说也？对曰：今岁水潦不收，而必责民输，仓库虽实，而民死亡殆尽，明年租将安出？曷若活其民，使不致逃亡，则岁有恒收，非陛下大仓库乎！帝曰：知体。其勿问。

《畿辅通志》：王君玉刺遂州，秋螟作，明年遣使赈贷。使至其境，以民无饥色，不给。玉曰：东作方兴，嗷嗷待哺，苟或不给，立见沟壑。慷慨流涕，使者感动，以楮币五万缗赈之。民感德焉。

《元史·塔本传》：塔本孙阿台为平滦路达鲁花赤。岁饥，发粟赈民。或持不可。阿台曰：朝廷不允，愿以家粟偿官。于是全活甚众。

《畿辅通志》：温迪罕完知赵州。至元丙子秋旱，完恻然曰：民不出租犹饥，况出耶？已饫民饥，何忍征之？

李仲知临城。至元十五年春，上司和籴，力陈去岁薄收，民艰食。及秋科下，复陈临城地不宜，麦皆获免。民赖之。

《元史·史弼传》：弼为浙西宣慰使，黄华反，建宁复霖雨，米价涌贵。弼即发米十万石平价粜之，而后闻于省。省臣欲增其价。弼曰：吾不可失信，宁辍吾俸以足之。省不能夺，益出十万石，民得不饥。

《忙兀台传》：忙兀台拜银青荣禄大夫，行省左丞相。还镇江浙时，浙西大饥，乃弛河泊禁，发府库官货，低其直贸粟以赈之。

《不忽木传》：不忽木为河东按察使。阿合马贷钱于官，约偿羊马，至则抑取部民所产以输。事觉，遣使按治，皆不伏。及不忽木往，始得其不法百余事。会大同民饥，不忽木以便宜发仓廪赈之。阿合马所善幸臣奏不忽木擅发军储，又锻炼阿合马使自诬服。帝曰：使行发粟以活吾民，乃其职也。何罪之有？命移其狱至京师审视。阿合马竟伏诛。

《雷膺传》：膺授中议大夫、江南浙西道提刑按察使。时苏湖多雨伤稼，百姓艰食，膺请于朝，发廪粟米二十万石赈之。江淮行省以发米太多，议存三之一。膺曰：布宣皇泽，惠养困穷。行省，臣职耳，岂可效有司出纳之吝耶？行省不能夺，悉给之。

《陈思济传》：思济同知浙东道宣慰司事。时浙西大水，民饥，浙东仓廪殷实，即转输以赈之，全活者众。檄上中书奏，允之。浙东复旱，祷于名山，雨大澍，民赖以苏。

《叶李传》：李为尚书右丞转资德大夫。时淮、浙饥馑，谷价腾踊。李奏免江淮租税之半，运湖广、江西粮十七万石至镇江，以赈饥民。

《唐仁祖传》：仁祖除翰林学士，承旨中奉大夫。辽阳饥，奉旨偕近侍速哥左丞忻都往赈。忻都欲如户籍口数大小给之。仁祖曰：不可。昔籍之小口，今已大矣。可偕以大口给之。忻都曰：若要善名，而陷我于恶邪？仁祖笑曰：吾二人善恶，众已的知，岂至是而始要名哉？我知为国恤民而已，何恤尔言？卒以大口给之。

《臧梦解传》：梦解授海宁知州，属江阴饥，江浙行省委梦解赈之。梦解不为文具，皆躬至其地，而人给以米，所活四万五千余人。江南行台治书侍御史荀宗道闻而韪之，举其名上闻。

《拜降传》：拜降为庆元路治中。岁大饥，状累上行省，不报。拜降曰：民饥如是而不赈之，岂为民父母意耶？即躬诣行省，力请得发粟四万石。民赖全活。

《乌古孙泽传》：泽为广西两江道宣慰副使，佥都元帅府事。岁饥，上言蠲其田租，发象州、贺州官粟三千五百石以赈饥者。既发，乃上其事。时行省平章哈剌哈孙察其心诚爱民，不以专擅罪之。

《畿辅通志》：孙拱至元中为保定路治中，岁饥，开仓赈民。或曰宜请于朝。曰：若待请则民馁死多矣。苟见罪，吾自任。遂发粟赈之。

齐谦至元间知赵州，岁荒，艰食者众，请于朝发公帑以赈之。临城地硗民贫，捐业而亡者户百有奇，所遗差额累见户代输。建言于府，民免横征之患。

《元史·许国祯传》：国祯子扆，一名忽鲁火孙，以中书右丞署太常事，改陕西行中书省右丞。时关中饥，议发仓粟赈之，同列以未得请于朝，不可。忽鲁火孙曰：民为邦本，今饥馁如此，若俟命下，无及矣。擅发之罪，吾当独任之，不以累公等。遂大发粟。不数日，命亦下。明年旱，祷于终南山而雨，岁以大熟，民皆画像祀之。

《王约传》：约拜监察御史，出赈河间饥民，均核有方，全活甚众。后拜翰林直学士，知制诰，奉诏赈京畿东道饥民，发米五十万石，所活五十余万人。因条疏京东利病十事，请发米续赈之。中书用其言，民获以苏。

《赵宏伟传》：宏伟，大德五年中丞董士恒荐起，佥浙西道肃政廉访司事。镇江旱，蠲民租九万余石。吏畏飞语，复征于民，民无所出。行台令宏伟核实，卒蠲之。大风海溢，润、常、江阴等州庐舍多荡没，民乏食。宏伟将发廪以赈，有司以未得报为辞。宏伟曰：民旦暮饥，擅发有罪，我先坐。遂发之，全活者十余万。迁江南行台都事。十一年，江南大饥，宏伟请以赃罚钱赈之，民赖以生。

《赵世延传》：世延大德十年除安西路总管。陕民饥，省台议请于朝赈之。世延曰：救荒如救火，愿先发廪以赈。朝廷设不允，世延当倾家财若身以偿。省台从之。所活者众。

《吴鼎传》：鼎官至礼部尚书、宣徽副使。大德十一年，山东诸郡饥，诏鼎往赈之。朝廷议发米四万石、钞折米一万石。鼎谓同使者曰：民得钞，将何从易米？同使者曰：朝议已定，恐不可复得。鼎曰：人命岂不重于米耶？言于朝，卒从所请。

《敬俨传》：俨为右司郎中，旱蝗为灾，民多因饥为盗。有司捕治，论以真犯。狱既上，朝议互有从违。俨曰：民饥而盗，迫于不得已，非故为也，且死者不可复生。宜在所矜贷。用是得减死者甚众。

《铁哥传》：铁哥拜中书平章政事，从幸晋山，饥民相望。铁哥辄发廪赈之，既乃陈疏自劾。帝称善不已。

《贺胜传》：大德九年，胜父仁杰请老，以胜代为上都留守。至大中，岁大饥，辄发仓廪赈民，乃自劾待罪。帝报曰：祖宗以上都之民付卿父子，欲安之也。卿能如此，朕复何忧？卿其视事。民德之，为立祠上都西门外。帝闻之，复命工写其像以赐，俾传示子孙。

《哈剌哈孙传》：哈剌哈孙罢相，出镇北边。至镇分遣使者赈降户，奏出钞帛易牛羊以给之，近水者教取鱼食。会大雪，民无取得食，命诸部置传车，相去各三百里，凡十传，转米数万石，以饷饥民，不足则益以牛羊。又度地置内仓积粟，以待来者。浚古渠，溉田数千顷。治称海屯田，教部落杂耕其间，岁得米二十余万，北边大治。

《王都中传》：都中为荆湖北道宣慰副使，适岁侵，都中躬履山谷，以拯其饥，民赖以全活者数十万。迁饶州路总管，年饥，米价翔踊，都中以官仓之米定其价为三等。言于行省，以为须粜以下等价，民乃可得食。未报。又于下等价减十之二，使民就籴。时宰怒其专擅。都中曰：饶去杭几二千里，比议定往还，非半月不可。人七日不食则死，安能忍死以待乎？其民亦相与言曰：公为我辈减米价，公果得罪，我辈当鬻妻子以代公偿。时宰闻之，乃罢。

《儒学传》：胡长孺为台州路宁海县主簿，阶将仕佐郎。大德丁未，浙东大侵。戊申，复无麦，民相枕死。宣慰同知脱欢察议行振荒之令，敛富人钱一百五十万给之，至县以余钱二十五万属长孺藏去，乃行旁州。长孺察其有干没意，悉散于民。阅月再至，索其钱。长孺抱成案进曰：钱在是矣。脱欢察怒曰：汝胆如山耶？何所受命而敢无忌若此？长孺曰：民一日不食，当有死者，诚不及以闻，然官书具在，可征也。脱欢察虽怒，不敢问。

陈孚特授奉直大夫、台州路总管府治中。大德七年，诏遣奉使宣抚循行诸道。时台州旱，民饥，道殣相望。江浙行省檄浙东元帅脱欢察儿发粟赈济，而脱欢察儿怙势立威，不恤民隐，驱胁有司，动置重刑。孚曰：使吾民日至莩死不救者，脱欢察儿也。遂诣宣抚使，诉其不法蠹民事一十九条。宣抚使按实，坐其罪。命有司亟发仓赈饥，民赖以全活者众。

《元明善传》：明善为翰林直学士，奉旨出赈山东、河南饥。时彭城下邳诸州连数十驿民饿马毙，而官无文书赈贷。明善以钞万二千锭分给之，曰：擅命获罪，所不辞也。

《伯都传》：伯都为御史中丞，延祐元年，拜甘肃行省平章政事。时米价腾踊，陆輓每石费二百缗，乃为经画，计所省至四百余万缗。自是诸仓俱充溢。甘州气寒地瘠，少稔岁，民饥则发粟赈之，春阙种则贷之。于是兵饷既足，民食亦给。

《塔本传》：塔本曾孙迭里威失为河间路总管，属岁饥，出俸金及官库所积赈之，活数十万人。

《王克敬传》：克敬除江浙行省左右司都事。番阳大饥，总管王都中出廪粟赈之，行省欲罪其擅发。克敬曰：番阳距此千里，比待命，民且死，彼为仁而吾属顾为不仁乎？都中因得免。

《儒学传》：吴师道授高邮县丞，再调宁国路录事。会岁大旱饥，民仰食于官者三十三万口。师道劝大家得粟三万七千六百石以赈饥民。又言于部，使者转闻于朝，得粟四万石、钞三万八千四百锭赈之。三十余万人赖以存活。

《许有壬传》：有壬为中书左司员外郎，京畿饥，有壬请振之。同列让曰：子言固善，其如亏国何有？壬曰：不然，民本也不亏，民顾岂亏国邪？卒白于丞相，发粮四十万斛济之。民赖以活者甚众。

《张升传》：升除绍兴路总管。初，大德、至大间，越大饥，且疫疠，民死者殆半。赋税盐课责里胥代纳，吏并缘为奸，害富家。升为证于簿，籍白行省蠲之。泰定二年，迁辽东道廉访使。属永平大水，民多捐瘠，升请发海道粮十八万石、钞五万缗以赈饥民，且蠲其岁赋。朝廷从之，民得全活者甚众。

《马札儿台传》：泰定四年，拜陕西行台治书侍御史。关陕大饥，赈贷有不及者，尽出私财，以周贫民，所活甚众。

《杨朵儿只传》：朵儿只子不花以荫补武备司提点，转佥河东廉访司事。河东民饥，先捐己赀以赈。请未得命，即发公廪继之。民遂赖不死。

《江南通志》：浦源，泰定中芜湖尹。郡内大水，劝发米赈饥。郡发廪米千石，减直以粜。源谓民有钱可籴，则不饥矣。尽以米济之。语同列曰：郡有责，吾独偿，不以累诸君也。

倪渊，泰定间为当涂主簿。岁侵，民上状言灾伤，郡戒县勿受。渊争之不得，即求解组去。郡守惊悟，即委以检视。渊躬履阡陌，稽实除税，民赖以苏。

燮理溥化，泰定间任舒城县达鲁花赤。时旱甚民饥，素封遏籴，民欲劫廪，几至乱。化闻于朝，劝好义之家出镪籴谷，籍民数验口赒给。民赖以生。

《元史·张思明传》：思明元贞十年，除江浙行中书省左右司郎中。十一年春，两浙大饥，首赞发廪赈之。延祐五年，除西京宣慰使，岭北戍士多贫者。岁凶，相挺为变。思明威惠并行，边境乃安。天历元年为江浙行中书省左丞。会陕西大饥，中书拨江浙盐运司岁课十万锭赈之。吏白周岁所入，已输京师，当回咨中书。思明曰：陕西饥民犹鲋在涸辙，往复逾月，是索之枯鱼之肆也。其以下年未输者如数与之。有罪，吾当坐。朝廷韪之。

《乃蛮台传》：天历二年，迁陕西行省平章政事。关中大饥，诏募民入粟予爵。四方富民应命输粟，露积关下。初，河南饥，告籴关中，而关中民遏其籴。至是关吏乃河南人，修宿怨，拒粟使不得入。乃蛮台杖关吏而入其粟。京兆民掠人而食，则命分健卒为队，捕强食人者，其患乃已。时入关粟虽多，而贫民乏钞以籴。乃蛮台取官库未毁昏钞，得五百万缗，识以省印，给民行用。俟官给赈饥，钞如数易之。先时，民或就食他所，多毁墙屋以往。乃蛮台谕之曰：明年岁稔，尔当复还，其勿毁之。民由是不敢毁。及明年还，皆得按堵如初。

《彻里帖木儿传》：天历二年，为河南行省平章政事。岁大饥，彻里帖木儿议赈之。其属以为必自县上之府，府上之省，然后以闻。彻里帖木儿慨然曰：民饥死者已众，乃欲拘以常格耶？往复累月，民存无几矣。此盖有司畏罪，将归怨于朝廷，吾不为也。大发仓廪赈之，乃请专擅之罪。文宗闻而悦之，赐龙衣上尊。

《良吏传》：卜天璋至元中为南京府史。时河北饥，民数万人集河上，欲南徙。有诏令民复业勿渡，众汹汹不肯还。天璋虑其生变，劝总管张国宝听其渡。国宝从之，遂以无事。后授饶州路总管，县以饥告，天璋即发廪赈之。僚佐持不可，天璋曰：民饥如是，必俟得请而后赈，民且死矣。失申之责，吾独任之，不以累诸君也。竟发藏以赈之，民赖全活。天历二年，拜山南廉访使。时谷价翔踊，乃下命勿损谷价，听民自便。于是舟车争集，米价顿减。复止宪司赃罚库缗钱不输于台，留用赈饥。御史至，民遮道称颂。

《张养浩传》：养浩召为吏部尚书，不拜。天历二年，关中大旱，饥民相食，特拜陕西行台中丞。既闻命，即散其家之所有，与乡里贫乏者。登车就道，遇饿者则赈之，死者则葬之。道经华山，祷雨于岳祠，泣拜不能起。天忽阴翳，一雨二日。及到官，复祷于社坛，大雨如注，水三尺乃止。禾黍自生，秦人大喜。时斗米直十三缗，民持钞出籴，稍昏即不用，诣库换易，则豪猾党蔽，易十与五，累日不可得，民大困。乃检库中未毁昏钞文可验者，得一千八十五万五千余缗，悉以印记其背，又刻十贯五贯为券，给散贫乏，命米商视印记出粜，诣库验数以易之。于是吏弊不敢行。又率富民出粟，因上章请行纳粟补官之令，闻民间有杀子以奉母者，为之大恸，出私钱以济之。到官四月，未尝家居，止宿公署，夜则祷于天，昼则出赈饥民，终日无少怠。每一念至，即抚膺痛哭，遂得疾不起，卒年六十。关中之人哀之如失父母。

《畿辅通志》：康若泰授濬州判官。天历二年，岁大饥，民食缺。公恻然，于是召富家人宴集募之，遂得粟二千石以给贫民。民赖以安。

《丹徒县志》：天历己巳，大旱，郡民饥疫。知事沈德华陈救荒之策，言今司县申至饥民四十万三千五百口，命悬旦暮，有甚焚溺。设官分职，本以为民，民既危亡，而居官守者岂可全身自保，坐视而不加意耶？拟将松江所拨赤籼米四万石，择其甚贫验口赈济为便。省府从其请，遂以八千赈济，余复平粜。民赖以生。

《元史·纳麟传》：纳麟，天历元年除杭州路总管，明年改江西廉访使。南昌岁饥，江西行省难于发粟。纳麟曰：朝廷如不允，我当以家赀偿之。乃出粟以赈民，全活甚众。

《江南通志》：张蒙完得天历间为祁门令。岁饥，道殣相望，亲诣各都发义仓、社仓赈之，劝富民两平发籴，旬日商旋米艘踵至。

《元史·良吏传》：谙都剌至顺元年迁襄阳路达鲁花赤。山西大饥，河南行省恐流民入境为变，檄守武关。谙都剌验其良民，辄听其度关。吏曰：得无违上命乎？谙都剌曰：吾防奸耳，非仇良民也，可不开其生路耶？既又煮粥以食之，所活数万人。

《陈思谦传》：思谦至顺元年拜西行台监察御史。先是，关陕大饥，民多鬻产流徙，及来归，皆无地可耕。思谦言：听民倍直赎之，使富者收兼入之利，贫者获已弃之业。从之。

《虞集传》：集除奎章阁侍书学士。时关中大饥，民枕藉而死，有方数百里无孑遗者。帝问集何以救关中？对曰：承平日久，人情宴安，有志之士急于近效，则怨讟兴焉。不幸大灾之余，正君子为治作新之机也。若遣一二有仁术知民事者，稍宽其禁令，使得有所为。随郡县择可用之人，因旧民所在，定城郭，修闾里，治沟洫，限畎亩，薄征敛，招其伤残老弱，渐以其力治之，则远去而来归者渐至。春耕秋敛，皆有所助。一二岁间，勿征勿徭。封域既正，友望相济，四面而至者均齐方一，截然有法，则三代之民将见出于空虚之野矣。帝称善。因进曰：幸假臣一郡，试以此法行之三五年间，必有以报朝廷者。左右有曰：虞伯生欲以此去尔。遂罢其议。

《畿辅通志》：刘继先知行唐。至正壬午秋，邑大饥，申请得米七百一十石，赈济饥民。民赖以生。迨至正癸未冬，民愈艰食，乃诣乡村收饥民所用草木叶皮等物，上达于府，府令上告，即告于户曹。户曹不从，乃上诉政府。政府拒之，复力请曰：职司牧民，民饥而死，岂为民上之道哉？宁得罪不恤也。政府谅其诚，得中统钞四万五千贯，以赈济贫民。

《元史·盖苗传》：苗授济宁路单州判官。岁饥，白郡府，未有以应。会他邑亦以告，郡府遣苗至户部以请，户部难之。苗伏中书堂下，出糠饼以示曰：济宁民率食此，况不得此食者尤多，岂可坐视不救乎？因泣下。时宰大悟，凡被灾者咸获赈焉。有官粟五百石陈腐，以借诸民，期秋熟还官。及秋，郡责偿甚急，部使者将责知州。苗曰：官粟实苗所贳，今民饥，不能偿。苗请代还。使者乃已其责。至正四年，为山东廉访使，民饥为盗，所在群聚，乃上救荒弭盗十二事。有司援例欲征苗所得职田。苗曰：年荒民困，吾无以救，尚忍征敛以肥己耶？辄命已之，同僚皆无敢取。

《别儿怯不花传》：至正四年，拜中书左丞相。明年，岁大饥，流民载道，令有司赈之，欲还乡者给路粮，又录在京贫民，日粜以粮。帝还自上都，遣中使数辈趣使迎谒。比见，帝亲酌酒劳之。

《铁木儿塔识传》：至正五年，拜御史大夫。近畿饥民争赴京城，奏出赃罚钞籴米万石，即近郊寺观为糜食之，所活不可胜计。居岁余，迁平章政事，位居第一。大驾时巡，留镇大都。旧法，细民籴于官仓，出印券，月给之者，其直三百文，谓之红帖米；赋筹而给之，尽三月止者，其直五百文，谓之散筹米。贪民买其筹、贴以为利。铁木儿塔识请别发米二十万石，遣官坐市肆，使人持五十文即得米一升，奸弊遂绝。七年，为左丞相，分海漕米四十万石，置沿河诸仓，以备凶荒。

《良吏传》：刘秉直至正八年为卫辉路总管。秋七月，虫螟生，民患之。秉直祷于八蜡祠，虫皆自死。岁大饥，人相食，死者过半。秉直出俸米，倡富民分粟，馁者食之，病者与药，死者与棺以葬。

《湖广通志》：刘潜任永州录事。岁饥，邻境遏籴，遣吏持所受告身恳于全守石古峰。守义其请，遂通商贩，民赖以活。

《元史·良吏传》：卢琦登至正二年进士第，十二年迁永春县尹。始至，赈饥。十三年，泉郡大饥，死者相枕藉。其能行者，皆老幼扶携就食永春。琦命分诸浮屠及大家，使食之，所存活不可胜计。

《余阙传》：阙佥浙东道廉访司事，丁母忧。至正十三年，行中书于淮东，改宣慰司为都元帅府，治淮西，起阙副使，佥都元帅府事，分兵守安庆。明年春夏大饥，人相食，乃捐俸为粥以食之，得活者甚众。民失业者数万，咸安集之，请于中书，得钞三万锭以振民。

《完者忽都皇后传》：至正十八年，京城大饥，后命官为粥食之。又出金银粟帛，命资正院使朴不花于京都十一门置冢，葬死者，遗骼十余万，复命僧建水陆大会度之。

《忠义传》：丁好礼至正二十年拜中书参知政事。时京师大饥。天寿节，庙堂欲用故事，大宴会。好礼言：今民父子有相食者，君臣当修省以弭大患，宴会宜减常度。不听。

《江南通志》：孟集至正间知崇明州。州有三沙，东沙视两沙为最贫地，不宜五谷，故米价常倍。集置常平仓于州南，以时粜籴。物价用平，人无饥馁。

《陕西通志》：费震，洪武中以贤良任汉中知府。时岁歉盗起，震发仓储十余万赈济，俾秋熟还仓，易陈为新。盗乃来归，即令占宅自为保伍，遂得数千户。秋大熟，民悉还前粟。

张得先洪武中知富平。时中原初定，众多艰食。得先首建招福、平皋、频阳、永润四乡各社仓，以赡贫乏。民咸赖焉。

《浙江通志》：夏原吉为户部尚书。永乐初，浙西大水。奉命往治，发民兵数万疏决壅滞，水患乃息。又抚绥饥民，奏发廪三十余万石赈之。时有奏以水退淤肥，宜召民佃耕，以益国用者。原吉叹曰：民疲极矣，救死不暇，可重役乎？即驰奏寝。

《江西通志》：刘辰永乐初迁江西左参政，至官适九江，诸郡濒流，田亩皆涝，民饥盗起，富室多罹其害。辰檄府县，劝令大姓出粟贷人，免征徭以当息，官为立券，明年偿其母。自是富者得安，饥者得食。

《续文献通考》：周忱巡抚直隶，初至苏松，属大饥，谷贵。忱廉得江浙湖广大稔，令人橐金至其地，故抑其直勿籴，且给言吴中米价高甚。用是三省大贾贩米数百艘集吴中。忱乃下令尽发官廪贷民，半收其直，城中米价骤减。各贾进退两难，只得贱粜。忱复椎牛酾酒谢之，各贾悉大欢而去。米价既平，乃复官籴以实廪。

《八闽通志》：黄裳永乐中知政和县，尝值岁歉，劝富民发粟以贷贫乏，官为置籍，令其秋成每石出息二斗偿之。民以不饥。

《江南通志》：曹弘宣德五年巡抚淮南山东。时连岁凶荒，人多饿死。弘验其地之肥瘠丰凶，均徭役，储粟谷，俵牛种，简孳牧，杀婚礼。民德其施。

《山东通志》：李公谅以贤良举为翼城知县。时兵燹之余，民不聊生，公谅教民拾野菜槐豆，五易水，煮之以济。饥民免流离。

《江西通志》：张泳宣德间授鄱阳丞，时旱荒，饥殍满道。泳发预备仓以济，复倾私橐籴米煮粥，请耆老黄振宗主其事。时振宗年一百四岁矣。其施粥凡一月，民得饱啜。泳遍诣乡落，召集居民，视菜色甚者，劝有力家分养之，助以官谷，不足请发大有仓。巡抚赵新即从之，得米八千余石，验口赈给，赖以生活者甚众。

《畿辅通志》：章珪正统中巡按畿甸。蝗灾民饥，有司请以亏欠马匹折追粮米为赈济。珪曰：赈济正以为民，若追折欠，民何以堪？具疏以闻，皆获免。

《江南通志》：王思旻正统间授泰州吏目，升州判，九载升州同，署州事。岁荒，适巡按莅泰。思旻迎于湾头，叩泣求题未允。思旻曰：忍立视百姓死而独生耶？抱籍跃入湍流。巡按亟呼捞救，为具题如请。益励政事，置预备仓廒八十间。民至今思之。

《畿辅通志》：耿九畴，正统间为刑部右侍郎。景泰初，中州饥旱，流民渡淮者众，彼此不相安。命九畴巡视安置。九畴为联婚姻，教树畜，与土著相辑睦者七万户。境内晏如。

《八闽通志》：胡晨为福安县丞。景泰初，岁歉民饥，仓廪匮竭。晨立券称贷于富家，犹未足，乃议尽借济留仓米赈之。同官欲俟申请然后发，晨曰：申请待报，动经旬日，民死亡过半矣。有罪，晨请独当之，誓不以相累也。遂开仓赈给，民得全活者甚众。

《陕西通志》：戴浩景泰初知巩昌，岁大祲，发储三万赈之。当路援法论浩。浩上疏待罪曰：臣愿以一人之命易千万人。诏原浩而令民偿所贷，或檄浩趣之。浩曰：疮痍未复而速征，不如无赈。请约三岁递偿之。

《荒政考略》：王竑于景泰二年以右佥都御史巡抚两淮。时徐淮大饥，民死者相枕藉。竑至，尽所以救荒之术。山东、河南流民猝至，竑不待奏报，大发广运官储赈之。近者人日饲以粥，远者量散以米，流徙者给米以为道食，被鬻者赎其人以还其家。共用米一百六十万余，全活数百万人。择医四十人，空庾六十楹，处流民之病者。死者给以棺，为丛冢葬之。穷昼夜，竭精虑，委曲劝谕，出于至诚，人人为尽力。或述其行事，为《救荒录》。

《畿辅通志》：李衍景泰中历升户部侍郎，巡视山海边关。时河北诸郡县旱，州县当输边者类橐银就边籴米，踊贵数倍，武吏催督，势甚张皇。衍请出太仓粟饷边，以银输太仓库，米价遂平。寻总督三边军储兼赈济饥民。时关陕旱久，衍引渭水为渠，以利居民。是岁大稔。

《江南通志》：邹来学，景泰间巡抚应天。时吴中水旱频仍，来学乞以今年输京米二十万石悉予贫民，来秋偿官，庶国赋不亏，小民得济。上从其请。

《明外史·周瑄传》：瑄景泰元年以尚书王直荐超拜刑部右侍郎，赈顺天、河间饥。未竣而英宗复位，仍命瑄遍历所部，大举荒政，先后赈饥民二十六万五千，给牛种各万余。后为右都御史，督理南京粮储。凤阳淮徐饥，以瑄言发廪四十万以赈。

《湖广通志》：唐瑜，景泰辛未进士，擢湖广左参政，分守荆襄，置廪储谷，遇旱发赈，抚绥均房，流民咸遂其愿。荆湖大水，挽舟载米济之。水退筑堤，民赖其利。

徐泰，景泰间知罗田县，教民务农。四郊俱创便民仓，以为凶荒赈济之备。又虑转运水次多艰，买蕲水巴河地一所，置仓廒数十间，复买附近地数十亩，以给仓之费。民甚便之。

《陕西通志》：郭瑾，景泰中守蓬州。岁大饥，院司牵制旧例。瑾泣曰：吾所育者天子之民也，独不能告天子耶？遂闻上得赈，蓬民赖焉。

《山东通志》：宋瓛为御史。时浙内饥，议惠济之策。瓛独曰：不如举按奸赃，扫荡不法，省冗费，停营造。悉见采纳。

《浙江通志》：彭谊天顺初知绍兴府，民告饥，即发仓赈之。或谓当上闻，否且得罪。谊曰：待请而发，转沟壑者多矣。吾何爱一身而不以活万命？明年有秋，民争委输，不逾月而仓复盈。先是，郡中官田税重，耕者多流移逋负。谊请计亩起耗，减重增轻。民便之。

《续文献通考》：夏寅以吴中饥，投书抚台发廪二十万斛，粜十万石。三吴赖以全。

《明外史·何乔新传》：乔新为河南按察使。岁大饥，故事赈贷讫秋止。乔新曰：止于秋，谓秋成可仰也，今秋可但已乎？赈至明年麦熟乃止。后进右副都御史。岁饥，奏免杂办及户口盐钞十之四。拜刑部右侍郎。山西大饥，人相食，命往赈，活三十余万人，还流冗十四万户。

《江南通志》：邢宥成化初知苏州，有通变才。乙酉，郡大饥，宥赒贷甚勤，流人之在境者得不失所，而公帑不空，富室无扰。论者谓荒政之最善者。

《畿辅通志》：陆愉知晋宁，成化五年，年饥，抗章请蠲租。或止之，愉曰：为人臣者岂不知为朝廷哉？但吾民疾苦，痌瘝切身，倘更征求，则皆委于沟壑矣。当力言之，虽咎弗辞。后竟允其请，民多全活。

田济，成化间出守真定。岁荒，济不待上报，开仓赈济，赈过粮米二十七万有奇，全活者不可胜数。

《江南通志》：刘魁成化十七年巡抚南畿。时淫雨为沴，连郡田禾灭没，莩死万数，征敛如故。力陈于朝，谓财赋资人以成。人者，财之本也。今欲取其末而先绝其本，可乎？

假令民穷为盗，或至狡窃，于时诛讨，则所费不止若逋税之数也。会魁代去，不果行。民追思之。

《陕西通志》：王节，天顺举人，知盩厔县。岁歉闭籴，节为立平粜法，粟不腾贵，民赖以安。时仓廪空乏逾年，积粟数千石为预备。计凿广济渠二十五里，引水灌田若干顷，农以永利。买田器，货官牛，给贫民耕。岁大旱，流离入境者众。节日夜资给，皆赖全活。

《畿辅通志》：张清，成化二十年知临城。邑遭岁凶，民多菜色，或至流移。邑积粟余四万斛，清不待请，开仓赈济。贫困获生者数千家，自外附籍者八十余户。岁定徭役以贫富计轻重，教值桑枣，野无闲地。

王钦，成化中知安肃，植柳四路。值大饥，折柳易食，所活甚众。

章忱，成化时知临城县。时临邑人饥，民多流散，忱招徕抚绥，给以籽种，缓其征徭。民接踵来归。久之旁邑流民愿就编籍者数十户。

《江南通志》：张宾成化中知金坛，时大水，以全灾报都。御史怒曰：如报，赋安所出？命他官验实以九分灾上。宾抗言曰：民重溺而匿之，不仁；告不以实，不忠。民将孳矣，尚安言赋？坐误报全荒，罚谷，宾不为慑。

陆愈，成化年知江都。会岁荒，计口给赈，贷以牛种。饥民有鬻子女者，捐俸赎之。凿花园港以蓄泄水利，增筑邵伯湖堤以御水患，办余钱以储赈粟。民立碑颂之。

缪昌，成化间守辽海。岁饥，抚臣欲散粟贷民。昌虑官吏或乘此为奸，议以平时之价粜于军，秋收籴粟补官。民称便。

《山东通志》：李昂，成化间知青州府。岁大饥，发官廪数十万石，又劝富民出粟八万余石，相移赈济，全活甚众。流民大至，煮粥给之。郡人比之富公。

《山西通志》：徐绶，成化间任崞县。会岁大饥，饿殍盈野，绶亲诣富室，给与印券，贷粟以赈之。全活万余人。

樊英，成化中为御史，按湖广。襄邓饥，流民肆掠数万人。英为赈贷，乃廉其渠魁，谕以祸福，使归并闾。事闻，擢辽东苑马寺少卿，后迁长芦盐运使。时河间真定饥，上命廷臣出赈，官无厚储。英先后出运司银七万余两佐之。

《湖广通志》：吕褕，成化间知随州。值岁旱民饥，褕素衣跣足祷雨，发仓赈贫。初夏，民纳祗候钱，褕曰：五谷未登，钱必假贷于人者。今还主，候秋赴纳。民感其德。

鲁永清，成化间知成都府，遇旱设籴赈之，为石四万余。府故无顶备，乃置仓为籴本。明年又饥，出入如数，而泛赈者不与焉。民用不敝。

《陕西通志》：郑时巡抚陕西，大饥，百方赈恤。言于上，得内帑金四十万以济，分门给散，无敢渔者。

徐镛，成化间知镇原县。值岁饥，请于上官移民就食，全活甚众。修仓得藏钱数十万缗，一无所私，以赈贫乏。蠲宿逋，流亡多复业者。

《广东通志》：张津成化进士，授建阳知县。岁歉，津出公帑，乞籴他邑。吏惧谴。津曰：民方槁死，焉避咎？遂遍诣乡聚，阅民羸虚丁口多寡，量给之粟，又以富室出贷，全活甚众。

《陕西通志》：何信，藩司舍人。成化中，关中大饥，诏发漕粟万石，令南阳、汝宁二郡发卒万人抵关中。将行，信闻之，恚曰：关中米石不过一金，奈何？至是入言于藩司吴节曰：诚权出万金，使人关籴，可得万石，令二郡能召出金一两者，即罢若役。二郡人知役费且十倍，皆踊跃从之。赍金入关，得粟万石。关中全活甚众。

《畿辅通志》：徐怀以副都抚蓟，在任广储蓄。畿内大荒，疏请京通蓟三仓米五万石，计部银六万两，发州县蠲赈，又疏借内帑充籴。民赖之全活。

《江南通志》：聂豹，正德间知华亭县。频年水灾洊饥，豹劳来安集，发诸奸所侵盗金万六千，用代逋赋。浚塘港三万丈，复塘之废者万二千丈。民不苦水，复业者三千余户。

金玥，正德中任端州训导。岁饥，议发粟赈济，有司以未得请不决。玥争之曰：请而后赈，民无遗矣。且以此获罪，不愈立视民死乎？监司义而从之。

《江西通志》：姜仪，正德间擢福建布政使，自公俸外，纤毫不以入籍。阅一期，所积羡余几万两。值建宁大歉，诸郡交上言请赈，曰：朝廷设官分理，无非为民也，何有惜数万金，坐视赤子饥死乎？乃发库藏金及所积羡余援之，活数万众。

《江南通志》：刘恩，嘉靖元年知宝应。适邑大饥，疫死者相藉。恩力请当道发帑籴谷，分委义民各村坊设糜赈济，一邑赖以全活。

周奎，嘉靖间知宣城县。岁大饥，发廪出帑，推乡士夫之忠且信者行各里散给。民不入市，并沾实赈，全活甚众。

龙诰正德中知庐州，建惠民仓。嘉靖癸未。岁大旱，开仓赈恤，复请金若干，设粥待餔，籴谷广赈，全活人数万。道死者，设义冢瘗之。

周大礼，嘉靖壬辰进士，知兴化府。会大饥，米价腾踊，所在有司平粜。大礼独出令故高其价，商贩辐辏，价为立减。又与木兰障水之役，以备旱涝。

周思兼，嘉靖丁未进士，授平度知州。岁侵，旁郡饥民掠食，幕府将巢之。思兼曰：此辈饥求食耳。作小木牌数千，散置四郊，令饥民执就抚。于是云集城下，开城门召入，给银米谕之。

《畿辅通志》：阎光祖，嘉靖间知钜鹿县。岁大饥，民相食，剽窃公行。光祖倾仓廪、劝赢余以赈之，多设粥糜以济饥者，严盗窃之禁，百姓安堵。明年，瘟疫大作，死者枕藉。光祖捐俸多备药饵，全活甚众。

《松江府志·顾文僖公杂记》曰：周文襄巡抚江南日，济农仓米岁常二十余万，遇水旱辄奏请免粮，以此补之，民不知凶荒，朝廷不知有缺乏也。又每岁正月十五后，便有文书来放粮曰：此是百姓纳与朝廷余剩数，今还与百姓食用种田，秋间又纳朝廷税也。放米每户率二石，虽云抵斗还官，其实多不取。先祖尝言：吾家一次领黄豆六石，后升合不曾追也。又曰：济农仓积米之多，近日士大夫多不信。予以所记二事明之。成化戊戌岁，诸廒皆满，余米无可著处，以七万石寄积于水次西仓，先君可闲公以老人选差监守，自戊戌至丁未，凡十年，始得放闲。盖所积既多，挨陈放支，次第不及故也。此事予所目见。嘉靖甲申，操江伍松月都宪巡历至松，感旧赋诗，有“米粟陈陈岁四亿”之句。予见而问之，曰：诗举成数，其实三十七万几千石。盖公常以常州推府承檄盘仓见此，闻今空乏，故作此诗也。予所见今四十有七年，日月颇远。伍公盘粮在弘治壬戌，方二十三年尔。此言如质之伍公，亦弗信也。

《江南通志》：翁大立，嘉靖间任总河。徐州大水湮没，大立仿郑侠为图以进。时穆宗好观灯采珠，大立疏曰：愿陛下以观灯之心，观臣之图；以采珠之心，采臣之言。疏入不报，中外为大立危。俄有旨发粟大赈，人以为自大立一疏启之也。

《山西通志》：韩邦靖，嘉靖时为山西左参议，分守大同。岁饥，人相食，奏请发内帑赈济。不许，为之怃然泣下辍食，将再论之。或曰：君之心尽矣。不从者责有所归也，奈何自苦如此？答曰：言而不从，自谓己责已尽而委咎于人，此诈臣之自便而钓名者之为也。复抗疏论列累千余言。不报。

袁士伟，嘉靖间盐运使。值岁凶，道殣相望，叹曰：此非朝廷赤子乎？乃悉召贫民给以工本，令入池捞采，课充数年，而存活亦以万计。

《湖广通志》：黎泮，嘉靖间麻城知县。值岁侵，盗贼蜂起，白昼群夺人仓廪。泮擒为首者数人治之，立毙杖下，仍命富户平价开粜，卒食足而盗亦息。

方仕，嘉靖间知常德。岁大旱，诚祷，亲诣德山白龙井，以骨角击井栏曰：龙如有灵为霖，仕宁溺无憾。又设捐谷四万八百余石，以时给散，存活者多。贫甚者给牛种。奏蠲租十之七。大水决堤，极力修葺，鼎筑府垣，周回百丈，足以防捍。

《陕西通志》：于玭，嘉靖间为静宁州同知。岁大侵，民相食，请赈。台省以边郡钱谷未许轻动，乃私发仓按籍赈贷，全活数万人。大吏感其为民，不以罪也。

《江南通志》：李登，隆庆初以选贡授新野令，值岁凶，多设粥糜食饥者，复置义仓，改赎锾，令折谷实之，存活甚众。邑有水患，筑堤三，成梁一，民免于鱼。

《畿辅通志》：王好问，嘉靖庚戌进士。穆宗即位，历官南京户部尚书。时诏赈江南，不待移文发赈，曰：奈何稽朝廷意以忍饥民？有古大臣风。

《明外史传·好礼传》：好礼为御史，巡按浙江，岁大侵，条上荒政，多报可。行部湖州，用便宜发漕折银万两易粟赈饥民，奏请服擅发罪。帝特宥焉。

《山东通志》：王象乾，隆庆间出守保定。会旱蝗，用马价万金散诸邑为籴本，且曰：输金输谷惟民便。次春，获利数千金，用办民间牛种。

《陕西通志》：王继夏知宁远县，地硗瘠，水复陂污，一值荒岁，无复生计。继夏乃栉比其俗，差为等，捐冗费，禁苛取，平均驿置之序。岁时行乡落，劝农力耕，核社仓，教积贮，垦荒莱，招流亡，因山就泽，听民自利不为禁。大庾小橐，咸以充盈。

《广东通志》：陈履，隆庆进士，奉命浙江监兑。岁大侵，上疏言：浙民嗷嗷，救死不暇。臣奉职无状，愿以后期请罪，不忍督促填沟壑，伤陛下好生之仁。诏宽其程。

《江南通志》：顾云程，万历丁丑进士，令淳安。会岁凶，抚按令禁籴。云程曰：遏籴非救荒策也，但示贩米者每十石官买其一，余勿问。

《畿辅通志》：牛惟炳，万历甲戌进士，选给事中。陕西荒旱，惟炳以封王入境，见饿殍枕藉，即驰疏请赈。发银五十万，差官赈济。

《续文献通考》：万历十四年，河南彰德府饥。巡抚衷公议发赈余米数千石及该府库贮银若干，于丰穰处籴米。随在委官煮粥，日一餐，人给三碗。明年复行开封等州县，如彰德，所全活不可胜计。

万历十五年，中州饥。时衷巡抚贞吉至其地，见河北诸郡及他省流寓者甚众，因命所司查勘，每大口给粟二斗，小口五升，活二万余人。愿回籍者，计程人给粟二升。又移檄本郡邑，计口赈之，有地者量给种。一时复业者三千余口。

韩文绾南枢。岁凶，饿莩相枕藉。公移咨户部，预支官军三月俸粮，度支以未得命为辞。公曰：救荒如救焚，民命在旦夕，安能忍死以待耶？即罪，吾独当之。遂发米六千石。

《湖广通志》：孙善继，万历间进士，知蕲州。下车即值大荒，倡庠生杨永贯出积谷六千石，富民黎朝臣捐金四百两，次第设粜于湖南北间。菜色饥民远近赖其存活者甚众。

《畿辅通志》：陈登云，万历进士，授鄢陵令，绩最，召拜御史，出按河南。岁洊饥，民食雁粪。登云取雁粪一封，具疏以闻。上为感动，出帑金十万赈之。

冯盛明，万历进士，授扶沟令，调莱芜。时岁大熟，谷贱伤农，盛明出令征输支给悉以谷。谷稍贵，商以钱易谷，既又以金易钱，由是额金无缺，而课乃得最。余谷捐俸置仓贮之以备荒。明年出储谷，煮粥赈邻封之饥。

邢孔阳，万历进士，授行人，以清擢郎中。会陕西灾，司农欲移京粟万石余，由漕运达河南，更陆运以给之。孔阳上书司农曰：移粟之役，是以三千锺而致一石，有害于豫，无济于秦。何若驰一吏籴粟关内，京粟航至中州粜之，以其镪补关内借支之数，是万夫不胜者，一吏代之足矣。司农从其议。

纪事五

（食货典第一百八卷）

《江南通志》：金华为昆山丞，委勘灾伤，至乡见百姓贫苦，流涕不食曰：民如此，何以办秋征？乃以荒白，曰：脱有罪，华自任之。是岁得准，灾民不告饥。

《松江府志》：万历壬子，朝廷因直浙水灾，出内帑十万、太仆寺马价二十万，遣给事中杨文举赈济。时饿殍盈路，而文举乘楼船，拥优伶，所至张乐宴饮。在松经旬，第遍游九峰间，贫民无一被泽者。郡县则裒所赍金馈之，名曰羡余。民大失望。后言官论劾，降边方杂职。

《江西通志》：邓以诰，万历甲辰擢衡州守。郴大饥，饥民万余人阑入矿山为盗，格杀官兵。邹参知学柱议大举进剿。诰曰：此愚民为救饥计，非敢为乱也。当一面持檄招安，俟其解散徐赈之。贼得檄，果如约解散。俄常宁又大饥，黠徒诱饥民数万复入矿为盗。参知欲以前所治郴盗策治之。诰曰：事安可胶柱？饥民所以敢复为盗者，度吾又必招安之也。乃遣挥使姚应祯等率锐卒，出其不意，直趋至宁。凡七阅月，罪人斯得，枭首恶三十辈，余党悉散。于是流亡麇集，乃大发仓赈之，宁境平。

刘一爌，万历间筮仕祁门令。邑狭，不足饷其民。一爌捐俸括赎平粜外，复劝民出谷，多方预储，置社仓，以待岁歉。准朱紫阳、陆象山法，乡各建仓，仓各责成于乡老之乐义耐事者，凶荒得不告匮。

《陕西通志》：刘璞知鄠县，万历乙巳冬至任。是岁鄠自四月至七月不雨，长吏遍走祷雨，万众嗷嗷。璞至，承施粥之檄，庾廪空乏，自输粟五百为之倡。于是义民王辅世等输粟一千二百有奇，粥事克济。又以社仓一事，原额五千六百有奇。内谷麦兼备，贮谷犹易，贮麦为难。乃循行阡陌而区画之，废寝食，历丙夜，亦不以为疲，刊为条例，不期年而厘然修举。

徐三畏，万历中知扶风县。岁大侵，郡下荒政条例，曰：救荒无奇策，可为者省事、止讼、停征尔。诸款条目以俟异日。与民休息，岁不为灾。

《江南通志》：周孔教巡抚江南。万历三十六年大水，孔教条上荒政，一缓征，一缓解，一弛榷。又奏请改折漕米百五十万，并请留榷税及渔课诸银二十余万以赈。奏上未报，孔教先发仓济贷，并括公帑羡金至荆襄市粟，方舟相济，米价顿平。

陆完学万历间备兵杭严。岁饥，米价腾踊，民情汹汹。或议减价，完学独谓：吾正欲昂价以来之。杭不产米，必资外輓，若减价则商裹足矣。越数日，商舟踵至，价果平，民赖以安。

《畿辅通志》：许宗会，万历时知庆都。岁大水，饿殍横路，绘图请赈，得粟八千余石，全活甚众。

焦源溥，万历间任沙河县。会岁歉，多方赈济，请蠲岁额五百两。时亲王发粟赈饥，诏下各邑自运。他邑皆派大户有车牛者。源溥曰：欲以救民，反以扰民，吾不忍也。遣吏以官钱觅送，吏胥舞文者虽一钱必置之法。

王麟趾，万历间知内黄县。下车即值年荒，例应谒府道上官，公曰：民朝夕望赈而吾可奔走蒲伏上官前乎？急发仓粟赈贷，建立粥厂，所全活不下数万。先是流移者闻之争复业焉。

《江南通志》：刘世光，万历间令沈丘。沈久侵，乃仿古常平法，为社仓以预储糈，查庾羡以抵岁逋，全活数千命。

《山西通志》：侯世卿，万历间分巡冀南道。值大歉，开厂煮粥。借无碍官银，乞籴于河东以平价。全活甚多。

杨果知费县，岁大熟，劝富民出粟，每社立仓，秋敛春散，稍收其息以备岁饥。

李成名，万历间巡抚南赣。时苦旱，人情汹汹，首议救荒，如正赋减三征七，改折南漕二粮，免征加派，疏请辽饷停征，又发仓括库，省讼轻刑，兴工广贩，防奸禁暴，以及劝借劝输，给银给谷，官买平籴等事，殚心竭力，务在实惠。所属存活者以十数万计。百姓相庆，为之歌曰：兄弟哥子与女婆，岁值凶荒无奈何。惟幸都爷金身到，人人复命笑呵呵。治虔八月，前条画事宜已行者六十九则，政通人和，教化大行。

《湖广通志》：唐兴仁，万历间知宝丰。会岁大饥，民相食，他邑不敢报。兴仁独以人相食报，继以父子相食报。抚按动色，具题赈济。寻坐兴仁等救荒无策，落职降调。

《陕西通志》：姚三让，万历间以御史出按陕西。值岁大侵，发粟劝贷，迄无余术。忽有老父教以石为糗粮，人多食之，精诚感格神明云。

刘复，万历间初出守上党。岁大饥，民多转徙。时苦地差之征，乃会计库藏余金补之，岁减万余金。又省站银岁千两，以牛种给民垦田万余亩，积粟至二千石。郡乃饥而不害。

王之宷，万历间莅庆云。邑方大侵，民不聊生。之宷一意拊循听讼，不罚一锾，劝民耕织、凿井、种树、采薪、煮盐，随力所营，招复逃户，轻其丁差。又踵前任熊令买牛垦荒，捐俸买牛，给与有地贫民，民多安业。春旱，夏苦水，秋复蝗，三时有害，每单骑下乡，星出星入，条陈荒状，申请赈济，全活甚众。

袁应泰，万历进士，为淮徐兵备道。山东大饥，流民十余万聚河上。应泰悉令渡河，安集州县，设粥厂千余所赡之。请诸台使，得银米以万计，不足则留漕折银四万。漕使难之。应泰绘图上疏，请擅留之罪。得旨动支。应泰昼夜在厂中，食必与同，寝处药饵无不周详。流民皆全活。

《广东通志》：汪起凤，天启间官广东左布政使。时值岁荒，合郡饥民汹汹起。凤下车即为调济，首率诸司捐赈，人心遂安。又通西粤米商，请督宪各给符牒，俾税关毋得榷及粟米。于是贩商大集，米价日减。

《广治平略》：天启四年，两浙大水。杭州推官蔡懋德建议请有司稍捐羡赎，富户随力捐赀，修建社仓。仿朱子法而变通之，令社仓分隶各里，不似昔之总隶于官；令官府多方措置，不似昔之止劝好义输纳；令仓谷司之约长，随时敛散生息，不入查盘，不似昔之一经封贮，即入查盘，惟有年年减耗；令散谷只在本里赈贷，先定极贫次贫，按册可稽，不似昔之遇荒议赈，贫民拥挤难稽。时署钱塘县者匝月修复社仓三十所，积粟九百余石。抚按颁其法于通省，民赖以济。

《畿辅通志》：郭凝鼎，崇祯初知遵化。时邑当残破之后，村落空墟，城市瓦砾。士来谒者率皆短褐不完。凝鼎见之欷歔泣下，力请上台发粟赈济。邑民以活。

《荒政考略》：徐光启上海人，历官大学士，谥文定。所著《农政全书》五十余卷，通水利，重田功，分别耕耘、蚕织、种植、畜养之类，皆便于民，最为详悉。其言备荒救荒，俱谆切可行。图绘百草，名曰"救荒本草"，注其应食不应食，盖虑饥民食草根树皮，有误用而伤生者。于此亦见仁民爱物之一端。

《江南通志》：金光辰，崇祯戊辰进士，授行人，考选御史。京师饥，发帑五城赈粥，光辰督理有方。上遣内使潜视之，叹曰：此真御史也。

陆自岩，崇祯丁丑进士，知湖州。岁饥，每米一锺值万钱，民群聚掠食。自岩谕以仁义祸福，立捕其渠魁杖杀之，余党惊散。岁饥，故例郡国灾伤，必台使者上之。自岩谓转请势缓恐不济，即破例自草疏奏请粜粜兑漕。饥民受其利。

《畿辅通志》：南洙源，崇祯时出守保定。岁大侵，人相食。洙源不请上官，发仓赈救，曰：家有薄产，可鬻以补。倘俟请之，民命休矣。

《江南通志》：张玮，崇祯中应天丞。时大旱，公私交诎，米价石至三两有奇。玮悉心赈济，活数十万人。辛巳又饥，玮踵行不倦，经理荒政，精悉无遗。

周光霁，崇祯中令高淳。岁大旱，储积皆尽，民间屑榆为粥，掘白土以食，称观音粉，斗米千钱而上督漕急。时负圩诸乡尚有薄收，光霁自立印券贷之输将，如期明岁秋登，悉还无逋。人称其才略。

牛若麟，崇祯间知吴县。时旱荒，饥民仓卒蜂聚。若麟设法先赈而后治其首，难变遂息。

《畿辅通志》：周命世知任丘县，崇祯辛巳大饥，请免本年租赋。上司屡檄督催，卒抗不征。

《广治平略》：崇祯十三四年间，连岁旱荒，中书舍人陈龙正创举社仓法于本乡。每区将附近各村居人挨次画图，列名置簿。当插青之际，力稍不足者每户贷米五斗，多者一石，至冬加息二分纳还。但借贷之时，须贴邻五家共立一票，稍寓保结之意。其间倘有不守本业，浪游花费，到冬无出，难于清楚者，不得姑作人情。如此不惟社仓规矩可久行而不废，且将回心守分，皆为良民矣。至于收放，不论米价高低，总用本色，亦不于例息二分之外稍有参差。诸县俱仿行之。御史李悦心上其法于朝。

《松江府志》：荒年减价粜米，其名甚美，然在官有谷则可，若以此禁民，则人人闭粜，求减而反增，苟苛求积粟之家，则奸民生心，贻地方之祸矣。崇祯辛巳四五月亢旱，米骤至三两一石。某孝廉议抑米价，方公岳贡以为然。六月朔，聚议于城隍庙，方公欲减至二两。时人情汹汹，莫敢可否。姜中翰云龙曰：日者始议减价，市肆无从转买，小民虽持贵值，无从得米。今过抑之，恐有米之家愈不肯售。请姑减五钱。方公不答，竟出还府。于是游手数千群往毁姜之室，劫其赀。方公素威严，闻变而至，民亦不复畏。会姜又出诉言衙役亦掠取，方公遽还府，寻遣练兵杨某出擒抢夺者，众共殴杀之。乃集隶卒、民壮，分护狱囚、仓库，俱罢午衙不视事。薄暮，姜氏之赀既尽，猒所欲而归者过半。华亭知县李茹春从数十人佩刀而出，步行谕之，示若驱逐者，始尽散去。明日知县复出西门，封民间仓廒。游猾复群随之，又掠取民家陆姓米。奸民至肆中辄曰：官已减价，尔何不贱卖。遂皆罢市，蜩沸者数日，幸而渐息。后访首恶三四人，抚军檄令枭斩。皆就狱中杀之，不显弃于市。

《玉露》：近时莆阳一寺规建大塔，工费巨万。或告侍郎陈正仲曰：当此荒岁，寺僧剥敛民财，兴无益之土木。公为此邦之望，盍白郡禁止之。正仲笑曰：子过矣。建塔之役，寺僧能自为之乎？莫非佣此邦之人为之也。敛之于富饶之家，散之于贫窭之辈，是小民藉此以得食而赢得一塔耳。当此荒岁，惟恐僧之不为塔也，子乃欲禁之乎？

《湖广通志》：传乃根筮仕凤阳，值岁歉民流，力请弛征省役，擢户部主事。崇祯壬午，省直旱蝗，公卿议蠲逋赋。根曰：救荒不如薄敛，请蠲不如勿加。今新饷日增而旧欠是恤，何异止沸而添薪也。在廷韪之。

《陕西通志》：汪乔年为陕西按察使，时岁凶，斗米二千钱，廛市闭粜。乔年集诸绅富有粟者，令减半粜以食贫民。城中立五市，市日出粟百石，贫富两赡。又煮粥亲视民之饥且馁者，民赖以活。

《畿辅通志》：常在知河间府，时兵燹之余，且值岁歉，民不聊生。在发粟赈恤，遣吏四出，作糜粥以给老稚之不能行者。遗孤满路，令收养者人给千钱。存活数万人。

荒政部杂录*

杂　录　一

(食货典第一百八卷)

《书经·舜典》：帝曰：弃，黎民阻饥，汝后稷播时百谷。

《益稷》：禹曰：洪水滔天，浩浩怀山襄陵，下民昏垫。予乘四载，随山刊木。暨益奏庶鲜食，予决九川，距四海；浚畎浍，距川。暨稷播奏庶艰食鲜食，懋迁有无化居，烝民乃粒，万邦作乂。

《礼记·檀弓》：公叔文子卒，其子戍请谥于君。君曰：昔者卫国凶饥，夫子为粥与国之饿者，是不亦惠乎？

《王制》：祭丰年不奢，凶年不俭。

《月令》：季春之月，天子布德行惠，命有司发仓廪，赐贫穷，振乏绝。

《礼器》：年虽大杀，众不匡惧，则上之制礼也节矣。

《郊特牲》：八蜡以记四方，四方年不顺成，八蜡不通，以谨民财也。顺成之方，其蜡乃通以移民也。既蜡而收民息已，故既蜡，君子不兴功。

《国语》：越大夫种倡谋曰：今吴民既罢而大荒荐饥，市无赤米而囷簏空虚，其民必移就食蒲蠃于东海之滨。

《汲冢周书文传》：解开望曰：土广无守可袭伐，土狭无食可围竭，二祸之来，不称之灾。天有四殃，水旱饥荒。其至无时，非务积聚，何以备之？夏箴曰：小人无兼年之食，遇天饥，妻子非其有也；大夫无兼年之食，遇天饥，臣妾舆马非其有也；国君无兼年之食，遇天饥，百姓非其有也。戒之哉！弗思弗行，至无日矣。

《管子·入国篇》：所谓振困者，岁凶，庸人訾厉，多死丧，弛刑罚，赦有罪，散仓粟以食之。此之谓振困。

《家语》：孔子在齐，齐大旱。春饥，景公问于孔子曰：如之何？孔子曰：凶年则乘驽马，力役不兴，驰道不修，祈以币玉，祭事不悬，祀以下牲。此贤君自贬以救民之礼也。

《史记·货殖传》：计然曰：岁在金，穰；水，毁；木，饥；火，旱。旱则资舟，水则资车，物之理也。六岁穰，六岁旱，十二岁一大饥。夫粜二十病农，九十病末。上不过八十，下不减三十，则农末俱利，平粜齐物，关市不乏，治国之道也。

《汉书·货殖传》：卓氏曰：吾闻岷山之下沃壄，下有蹲鸱，至死不饥。(注) 师古曰：蹲鸱谓芋也，其根可食以充粮。故无饥年。

《春秋繁露·五行变救篇》：木有变，春凋秋荣。秋(一无秋字) 木水，春多雨。此繇役众，赋敛重，百姓贫穷叛去，道多饥人。救者，省繇役，薄赋敛，出仓谷，赈困穷矣。

《白孔六帖》：水旱免税令曰：诸田有旱虫霜处，拘见营田州县检实具帐申省，十四损已上免租税调，七已上课役俱免。若桑麦损尽，各免其所输，听折来年；经二年后不在折限。其应免者通计麦用为分数。

韩愈《平淮西碑》：士饱而歌，马腾于槽。蔡人告饥，船粟往哺。

富郑公《救荒文移》：请颁常平之法，将一路所有钱会同应副，一路之中不得偏聚一州，一州之境不得偏聚一县。京东青、淄、潍、登、莱五州丰熟处，逐处散在城郭乡村不少。当司虽已诸般擘画，采取事件，指挥逐州官吏多方安泊存恤，救济施行，本使体量尚恐流民失所，寻出给告谕文字，送逐州给散诸县，令逐耆长将告谕指挥乡村等第人户并客户，依所定石斗出办米豆数。内近州县镇，只于城郭内送纳；其去州县镇城远处，只于逐耆令耆长置历受纳，于逐耆第一等人户处圆那房屋盛贮，收附封锁，施行去讫。自后据逐州申报已告谕到斛米数目，受纳各有次第。今体量得饥饿死损，须至令上项五州，一例于正月一日，委官分头支散上件劝谕到斛斗，救济饥民。

一、请本州才候牒到，立便酌量逐县耆分多少差官，每一官令专十耆或五七耆。据耆分合用员数，除逐县正官外，请于见任并前资、寄居及文学、助教、长史等官员内，须是拣择有行止清廉、干当得事、不作过犯官员，仍勘会所差官员本贯，将县分交互差委支散，免致所居县分亲故颜情，不肯尽公。及将封去帖牒书填定官员职位、姓名、所管耆分去处，给与逐官收执，火急发遣。往差定县分，计会县司，画时将在县收到赃罚钱或头子钱，并检取远年不用故纸卖钱，收买小纸，依封去式样，字号空歇，雕造印板，酌量流民多少宽剩，出给印押历子头，各于历子后粘连空纸三两张。便令差定官员令本县约度逐耆流民家数，分擘历子与所差官员，便令亲自收执，分头下乡，勒耆壮引领，排门点检抄劄流民。每见流民，逐家尽底唤出本家骨肉数目，当面审问的实人口，填定姓名、口数，逐家便各给历子一道收执，照证准备，请领米豆。即不曾差委公人耆壮抄劄，别致作弊虚伪，重叠请却历子。

一、指挥差委官抄劄给历子时，子细点检逐处流民。如内有虽是流民，见今已与人家作客锄田养种，及有钱本机织、贩舂诸般买卖图运过日，不致失所人，更不得一例抄劄姓名，给与历子，请领米豆。

一、应系流民，虽有屋舍权时居住，只是旋打刈柴草，日逐旋求口食人等，并尽底抄劄，给与历子，令请领米豆。

一、应有流民老小羸疲、全然单寒，及孤独之人，只是寻讨乞丐，安泊居止不定等人，委所差官员擘画，归著耆分或神庙寺院安泊。亦便出给历子，令请米豆。不得谓见难为拘管，辄敢遗弃，却致抛掷死损。请提举官常切觉察。

一、应系土居贫穷、年老、残患、孤独、见求乞贫子等，仰抄劄流民官员躬亲检点。如别不是虚伪，亦各依历子，令依此请领米豆。

一、指挥差委官员，须是于十二月二十五日已前抄劄集定流民家口数，给散历子了当。须管自皇祐元年正月一日起首，一齐支给，不得拖延有误。至日支散，不得日数前后不齐。

一、流民所支米豆，十五岁以上，每人日支一升；十五岁以下，每日给五合；五岁以下男女，不在支给。仍历子头上，分明细算，定一家口数合请米豆都数，逐旋依都数支给。所贵更不临时旋计者。

一、缘已就门抄劄见流民逐家口数及岁数，则支散日更不令全家到来，只每家一名，亲执历子请领。

一、逐官如管十耆，即每日支两耆，逐耆并支五日口食。候五日支遍十耆，即却从头支散。所贵逐耆每日有官员躬亲支散。如管五、七耆者，即将耆分大者，每日支散一耆；其耆分小者，每日支散两耆，亦须每日一次支遍，逐次并支五日口食。仍预先于村庄别出晓示，及令本耆壮丁四散告报流民指定支散日分、去处，分明开说甚字号耆分。仍仰差去官员，须是及早亲自先到所支斛斗去处，等候流民到来，逐旋支散。才候支绝一耆，速往下次合支耆分。不得自作违慢，拖延过时，别至流民归家迟晚，道涂冻露。

一、指执差委官员相度逐处受纳下米豆，如内有在耆分遥远第一等户人家收附，恐流民所去请领遥远，即勒耆壮量事图那车乘，般赴本耆地分中心稳便人家房屋室内收附，就彼便行支散。贵要一耆之内，流民尽得就近请领。

一、指执所差官员，除抄劄籍定给散流民外，如有逐旋新到流民，并须官员亲到审问，子细点检本家的实口数、安泊去处。如委不是重叠虚伪，立便给与历子，据所到口分起请。如有已得历子流民起移，仰居停主人画时令流民将元给历子于监散官员处毁抹。若是不来申报及称带却历子，并仰量行科决，不得卤莽重叠给印历子，亦不得阻滞流民。

一、逐耆尽各均匀给下斛斗，切虑流民于逐耆安泊不均，仰县司勘会据流民多处耆分，酌量人数发遣趱并于少处耆分安泊，令逐耆均匀支散救济。若是流民安泊处稳便，不愿起移，即趱并别耆斛斗，就便支俵。不得抑勒流民，须令起移。

一、州县镇城郭内流民，只差委本处见任官员，亦先且躬亲排门抄劄逐户家口数，依此给与历子。每一度并支五日米豆；候食尽，挨排日分，接续支给米豆，一般施行。

一、逐州除逐处监散官员，仍请委通判或选差清干职官一员往本州界内，往来都大提举诸县支散米豆官吏，仍点检逐耆元纳并逐官支散文历，一依逐件钤束指执施行。仍亲到所支散米豆处，子细体问流民所请米豆，委得均济，别无漏落。如有官员弛慢，不切用心，信纵手下公人作弊，减克流民合请米豆，不得均济，即密具事由，申报本州别选差官充替，讫申当司，不得盖庇。

一、所支斛斗，如州县内支绝已纳到告谕斛斗外，有未催到数目，便且于省仓斛斗内权时借支。据见欠斛斗，立便催纳，依数据填。其乡村所纳斛斗，如未足处，亦逐旋请紧切催促，不得阙绝支散，闪误流民。

一、每官一员，在县摘差手分、斗子各一名随行干当，仍给升斗各一只；及差本县公人三两人当直。如在县公人数少，即权差壮丁，亦不过三人。

一、所差官员，除见任官外，应系权差请官。如手下干当人并耆壮等，及流民内有作过者，本官不得一面区分，具事由押送本县，勘断施行。

一、权差官每月于前项赃罚、头子等钱内，支给食直钱五贯文。见任官不得一例支给。

一、权差官已有当司封去帖牒。若差见任官员，即请本州出给文字干当，其赏罚一依当司封去权差官帖牒内事理施行。

一、才候起支，当司必然别州差官，遍诣逐州逐县逐耆点检。如有一事一件违慢，本州承牒手分并县司官吏必然勘罪严断，的不虚行指执。

一、逐州县镇候差定官员，将印行指挥画一抄劄一本，付逐官收执，照会施行。

一、勘会二麦将熟，诸处流民尽欲归乡，寻指挥逐州并监散官员，将见今籍定流民，据每人合请米豆数目，自五月初一日算至五月终，一并支与流民充路粮，令各任便归乡。

一、指挥出榜青、淄等州河口晓示，与免流民税渡钱，仍不得邀难住滞。

一、指挥青、淄等州晓示道店，不得要流民房宿钱。

右具如前事，须各牒青、淄、潍、莱、登五州。候到各请一依前项，逐件指挥施行。讫报所有当司封去帖牒，如有剩数，却请封送当司，不得有违。

《朱子大全集》：措置赈恤粜籴事件：窃见军境久阙雨泽，深虑细民将来艰食，合预行招诱客贩米船就军出粜，并劝诱上户停蓄以备饥急。措置事件下项：

如遇客贩米到岸，欲就军出粜，仰赴务陈状看验税物讫，令就石寨内捎泊出粜，即与免在城税钱三分。或有粜不尽之数，欲载往他处，须再经本务出给关引，方得起离前去，庶可关防欺隐透漏之弊。今帖城下税务，遵依施行。

寻常客人粜米，必经由牙人方敢粜，常被邀阻，多抽牙钱，是致不肯住粜。合严立榜赏约，许从民旅之便，情愿交易，庶得牙人不敢骚扰。使军今立赏钱一千贯，榜市曹张挂晓示，如遇客旅兴贩米斛到军，听从民旅之便，自行粜籴。如牙人不遵今来约束，辄敢邀阻，解落牙钱，许被扰人画时具状，经使军陈诉，切待勾收犯人重行勘断，追纳赏钱，入官施行。

米船到岸，虽欲出粜，然贫民下户不过斗籴，卒难转变，钱物未免留滞。须当劝谕上户及时收籴，不惟他时可济荒歉，于停蓄之家，岂无宜利，可谓两便。合帖委官敦请上户说谕。

措置两县到岸米船事：照得旱伤，细民阙食，合行出粜常平米斛，应接细民食用。切虑向去日久有误，不测赈济。况今邻郡州县收成，正是客旅兴贩米斛之际，本军已行措置，不行收税，仍放免本船杂物税钱，招纳米船住岸出粜，接济民户日食。其两县务亦合依此措置招诱米船，候有米船到岸，即将常平米斛住粜，准备将来支用。七月十一日帖都昌县。

招诱客贩米斛免收力胜杂物税晓谕：照对本军并管属县近日以来阙少雨泽，见今祈祷，未获感应，米价渐高。本军已行下城下税务，都昌、建昌县招诱客贩米斛前来，从便住粜，免收力胜杂物税钱，不得邀阻减克牙钱之类外，窃虑客人未能通知，须至晓谕，并帖县依此施行。七月十五日。

再劝修筑陂塘：契勘今岁旱伤，盖缘人户不修陂塘，积水灌溉田禾，致令干死。使军已节次行下三县及散榜给印榜，晓示人户，陂塘浅漏处，亦合并力开掘修筑。如有欠阙工料支费并诸军县借米吃用修筑，次年送纳。如陂塘广阔，用工力数多，亦当计料工食申军，切待具申提举衙拨米借贷。

措置客米到岸，民户收籴不尽晓谕：照对管内田禾多有旱损，切恐民间阙食，已措置合税务多方招诱客人米船，住岸出粜，接济民间，收籴食用，与免收纳杂物税钱。今来渐有客旅兴贩米斛到来，如有民户收籴不尽之数，许令牙人并有力之家收籴停顿，准备接济。合行出榜晓示。

晓示乡民物货减饶市税：照对近城乡民全藉将些小系税之物入城货卖，办籴口食。若依递年收税，切虑无所从出。合将客旅步担兴贩纱帛、药草、丝绵、杂物依旧收税外，其余乡民应有些小土产物货入城转变，并与减饶三分之一。合行约束，不得作弊。

约束不许偷窃禾谷：照对三县管下田禾虽是旱损，其间有水源及可车戽去处，今来渐次成熟，切虑有不守行止之人，聚集偷窃禾谷。合行下巡慰司严行禁约。

约束诸县泛催官物，各给凭由：访闻逐县寻常文引，勾追欠户，吏不于引内批凿少欠是何年分、官物名色、若干数目，泛称积年拖欠，及追人户到官，多是人吏作弊，不问所欠多寡，例将断罪，是致小民忧疑，不能安迹。合行下诸县约束，如有人户少欠官物，各给凭由，明言批凿所欠是何年分官物，立限给付少欠之人，依限赴官送纳。

免流移民船力胜：照对有流移之民船至军岸，合行下税务审实，并与蠲免力胜放行。

禁旅店不许递传：单独访闻管下旅店，遇有单独因病或流移之人到店，多是虑其死亡，更不容留，遂行递传，驰逐出界，因此丧命。合行下诸县多印榜文，于旅店约束，遇有过往单独饥饿困病之人，即仰所到店户不得递传扛抬，送出外界，许就便米场验实，量给口食，候安痊日遣去。万一有死亡之人，即时报都保审实申县，行下如法埋葬。

取会管下都分富家及阙食之家：契勘管界久阙雨泽，田禾旱损，使军已行委官措置，招诱客人兴贩米斛，蠲免力胜杂物税钱，禁戢减克牙钱之弊，劝谕前来出粜。目今日逐有米不阙，军司亦已行帖都昌、建昌县及委官依使军所行措置，招诱客米，赴县住粜，及劝谕上户将所有米斛各逐乡村开仓，依时价出粜，应接民间食用去讫。切虑向去富实户将米斛停顿，不行出粜，使细民阙食不便，合行立式，预先委官取会管下都分蓄积米谷上户及阙食之家如后：

某都共几家。

一、富家有米可粜者几家，除逐家口食支用供赡地客外，有米几石可粜，开客户姓名米数并佃客、地客姓名。

一、富家无余米可粜者计几家，而仅能自给其地客、佃客不阙，仍各开户姓并佃客、地客姓名。

一、中产仅能自足而未能尽赡其佃客、地客者计几家，并开户名，取见佃客、地客所阙之数。

一、下户合要籴米者几家。

作田几家，各开户名、大人几口、小人几口，别经营甚业次。

不作田几家，各开户名、大人几口、小人几口，经营甚业次。

作他人田几家，各开户名，系作某人家田，大人几口、小人几口，兼经营甚业次。

右件如前，并是著实，即无隐漏。其阙食之家亦无诈冒重叠。仍五家结一保，如将来使军委官审实挑覆，却有不实去处，甘伏重罪不辞。

施行旱伤委官验视：照会本军并管属星子、都昌、建昌三县，自六月以来，天色亢旸，阙少雨泽，田禾干枯。本军恭依御笔处分，严禁屠宰，精意祈祷，及行下诸县精加祈祷去处。今据星子、都昌、建昌三县申依应遍诣寺观神祠及诸潭洞建坛，祭祀请水，精加祈祷雨泽，并无感应。今来诸乡旱禾多有干损，及备据税户陈德祥等状披诉，所布田禾缘雨水失时，早禾多有干槁，不通收刈，申乞委官检视。本军今检准淳熙令，诸私田灾伤，秋田以七月听经县陈诉，至月终止。本军除已依条施行及具奏闻申省部监司外，须至出榜三县管属乡村都保，各仰通知。

施行旱伤住催官物一月：契勘本军三县遭此旱灾，早禾干损，已出榜晓谕人户，依期投诉旱状，将来检踏，奏减秋税外，有去年秋粮零欠甚多，及今年夏税全未纳及分数。缘其所欠并系起发上供及本军军粮之数，虽是今年早田不熟，在法无缘免放。然而访闻诸县催科无术，不免决挞保长，骚扰人户。当此阙雨之时，深虑重困民力，除已行下各住催一月色役。保长人户奔走期限例遭刑责，费去车水工夫，今仰人户各依此意递相告报，于住催一月限内自备所欠钱粮，各赴仓送纳，上以应副官司起发纲运，供赡军兵，下亦使本户不被追呼，得以一意车水救田，别作营求，用备将来阙食之患。公私两便，各仰知悉。

谕上户承认赈粜米数目：契勘本军管下今岁旱伤田禾，切虑细民阙食，使司已行下三县推举管下富实有米上户，并自能赡给地佃客富家姓名，各家见蓄米谷数目，或有田产而不多，或无田产却有营运、蓄积米谷钱物之家，敦请赴官，以礼劝谕，承认赈粜米谷数目申军。所委官并三县劝谕到上户，承认赈粜米共七万三千二百六十八硕五斗，已检准前项条令，出给公据，付人户收籴米斛，回军赈粜。在城上户二十五名，共认赈粜米一万一千六百三十五硕，每升价钱一十七文足。星子县谕劝到上户三十一名，共认赈粜米一万一千九百三十五硕，每升价钱一十七文足。都昌县劝谕到上户五十九名，共认赈粜米二万八千九百八硕五升，每升价钱一十四文足。建昌县劝谕到上户九十一名，共认赈粜米一万八百硕，每升价钱一十二文足。

约束铺兵：本军盖缘旱伤，遂置历及黄旗绿匣速急前去两县追会旱伤事件，须管遵依台判日限时刻，仰铺兵连夜走传至县，仍仰本县于历内批凿承受日时手分姓名，即时依限回报，亦仰批发离县日时责付铺兵连夜依限赴军投下，以凭稽考。违迟去处根究，重作施行。

检坐乾道指挥检视旱伤：使军照对管属星子、都昌、建昌县人户陈诉秋田旱伤，使军已立式出榜三县晓示人户，赴县投帐缴申使军，切待依条差官检视减放苗米，所有近水乡分可以车戽注荫得熟田段，切虑人户将旱伤田段衮同得熟之田影带披诉。今检准乾道六年六月二十七日敕，户部曹尚书劄子奏，契勘州县每遇灾伤，依法听人户经官陈诉，差官检视，蠲放税租。访闻近来往往多被豪户计嘱乡司，将丰熟去处一例减放。其实被旱涝去处，所委官惮于往来检视，则贫乏下户不得蠲减。臣愚欲望圣慈特降睿旨，委诸路漕臣散出榜文，于乡村晓谕，应有灾伤去处，仰民户依条式于限内陈状，仍录白本户砧基田产数目四至，投连状前，委自县官将砧基点对坐落乡村四至亩步，差官核实检放。如辄敢妄移丰熟乡分在旱伤地分，侥幸减免，许诸色人陈告，依条断罪，仍将妄诉田亩并拘没入官，以一半给告人充赏施行。若州县奉行灭裂，从漕臣按治，重置典宪。取进止。六月二十七日，三省同奉圣旨，依兼检踏灾伤，在法差官同令佐诣田所，先检见存苗亩，次检灾伤田段，合委官前去三县乡村，究实得熟田段，具帐申军。已行帖出榜星子、都昌、建昌县，约束人户从实投帐，以备差官检放。如有将得熟田段影带披诉，却致被人户陈告，定依条断罪，追赏施行。

施行下诸县躬亲遍诣田段相视：使军契勘今岁三县田禾旱伤，间有边临山源溪涧或有得雨去处自熟田段，其税赋合全行输纳。又有边临大港，并有积水陂塘，可以车戽接救田段，皆是人户自入夏一干之后，合家老幼举债，辛勤用工车水救得。其禾稻十中只有三五分熟者，即行比仿自熟之田，究其见数勘量轻重，别作一等优恤。兼有无水车戽，全然旱死田段，切虑人户将来一概投诉旱伤，欲将各县乡分分委县官，趁此未曾收刈之际，躬亲下乡，遍诣田段地头，亲自相视，仍关叫耆保并人户指证，供给罪赏，攒类开具供申。

禁戢人从不许乞觅：使军照对所委官下乡，切虑将带合干等人，因而生事，乞觅骚扰，事属不便。合令县给口食与随行人，不得骚扰保正、寺观等人，仍立赏降给文榜，付检旱官随行张挂约束。

放免官私房廊白地：照对星子、都昌、建昌县军，自六月以来，天色亢旸，阙少雨泽，见据人户经军县陈诉旱伤，切虑细民不易，理宜宽恤。所有人户承赁官私房廊白地钱，自八月初一日为头，以十分为率，权行减免二分，候至来年麦熟日仍旧。

谕人户种荞麦、大小麦：仰人户趁此雨润，多种荞麦及大小麦，接济食用。

施行人户诉状乞觅：据学生冯椅劄子述，照对今岁旱荒，民户已是投词，星子见行委官检踏。其在都昌旧来踏旱之弊，名色非一，不敢不以告者。凡押旱状，官中所收则谓之醋息钱；直日司乞觅则谓之接状钱。已下案，案吏乞觅，则谓之买纸钱；及投旱帐，则谓之投帐钱；官员下乡检踏，供帐民户著押，社司乞觅，则谓之著字钱；检踏官员随从人吏于保正名下乞觅，则谓之倈付钱；官司行下蠲放所纳米斛，社司随斗敷数乞觅，则谓之苗头钱。凡此之类，皆蠹民之尤者。官中所放，本以裕民，而民之糜费，乃至于是。人户既已困穷，坐受其弊，无力赴诉，委实切害。合行下星子、都昌、建昌县严行约束，及出榜各县门，并检踏官随行张挂，晓示人户知悉。如合干人依前乞觅前项逐色钱数，仰人户不以早晚具状，经县陈诉，从本县拘收犯人申解军，切待根勘，依条施行，各令知委。

施行专拦牙人不许妄收力胜等钱：照对本军近出榜于上江州军晓谕，客贩米斛，前来从便住粜，免收力胜杂物税钱，及约束不得邀减牙钱之类外，切虑牙人并税务专拦，不依先来约束，仍前收纳力胜等税钱，及牙人妄有邀阻，减克牙钱之类，今立赏钱三十贯文省，榜市曹并税务检税亭张挂，晓示客人知委，广行兴贩米斛，前来出粜，赢落利息。如税务专拦等人并米牙人辄敢收纳力胜等税钱，及邀阻减克牙钱之类，仰各人不以早晚具状赴军陈论，切待追收犯人断罪，追赏施行。

禁豪户不许尽行收籴：照对本军管下今岁旱伤，访闻目今外郡客人兴贩米谷，到星子、都昌、建昌县管下诸处口岸出粜，多是豪强上户拘占，尽数收籴，以待来年谷价腾踊之时，倚收厚利，更不容细民收籴，事属未便。如遇客人贩到谷米，仰上户不得独行拘占，尽数收籴，许细民皆得从便食用。

管下县相视约束及开三项田段：使军契勘在法检视灾伤，先检见存苗亩，次检灾伤田段。盖欲趁得人户未及收刈之际，略见荒熟大概、的实分数，然后豁出熟田，细检荒旱去处，不致猾吏奸民通同作弊。本军近缘荒旱，检坐上项条法行下诸县，遵依施行。除星子知县王文林躬亲下乡，两日之内多历都分，见得荒熟田段分明，民间咸乐其来，不以为扰。都昌权县孙迪功亦已申到躬亲行视，所见灾伤等第、人情苦乐皆有条理。独有建昌一县，地理稍远，未遽申到，却访闻得本县官吏误认法意，欲将熟田一坵一角逐一看视，委是繁碎，不惟重扰灾伤人户，亦恐枉费日月，不能了办。合行约束。且如一坂之田，大约百坵，内有三五十坵成熟，即指定是何人田段，约计亩角，抄入熟田数内，不在将来检放之限。如一坂百亩只有一二十亩稍稍成熟，即不须逐亩抄劄，留与人户充收半藁口食，仍令人户一面收刈，犁翻种麦，量留根查，听候检放。或有田面大概黄熟，而其中有未出者，有出而青空者，有出而白死者，并系荒损，然其根查，却与熟田无异，切恐将来收刈之后，误被抄入熟田数内，不得检放，尤为不便。今请便行貌约多少，定下荒熟分数，令人户一面犁翻种麦。如今来所检熟田数内，将来续有死损，即仰人户量留穗穑，候检旱官到，别行陈诉，续与检放。

乞行下江西从便客旅兴贩米谷：契勘本军并管属诸县今岁旱伤，全藉江西丰熟州军客旅兴贩米斛，出粜接济细民。本军已行散出文榜，招诱兴贩前来，与免附载杂物税钱，行下城下税务约束，及出榜晓示米牙人不得减克分文牙钱，令客人自行出粜。切虑向上州军阻截，不令谷米下河，致使商旅不通，及间有兴贩米谷舟船，州军妄以杂物为名，倚收税钱，是致商贾不肯搬贩米谷前来出粜，细民失望，为害非轻。欲望钧慈速赐行下江西丰熟州军，许令商贾从便兴贩米谷，向下以来出粜，应接民间食用。仍乞严行禁戢场务，不得妄作名色，收纳税钱，庶得客旅通行，米价不致腾踊。

约束米牙不得兜揽搬米入市等事：契勘诸县乡村人户搬米入市出粜，多被米牙人兜揽，拘截在店，入水拌和，增抬价值，用小升斗出粜，赢落厚利，遂致细民艰食。情实切害，合行约束。

约束质库不许关闭等事：契勘质库户平时开张库店，典质钱物，利息所入，不为不多。才值旱伤岁时，辄以阙钱关闭邀阻，遂至细民急切阙用，无处质当。兼目今阙雨泽，城市古井多被有钱之家拘占夹栏，不令众人汲运。情理切害，合行告示，约束施行。

戒约上户体认本军宽恤小民：契勘本军并诸县今岁旱伤，民间理宜宽恤。今访闻乾道七年放债豪强之家为缘旱伤，人无以偿，多被强取去猪羊，以至入其家搜夺种子、豆麦之类，及抑令将见住屋宇并桑园田地低价折还，人无所归，遂至流移，有至今尚未能归业之人。本军虽已行下三县，晓谕上户体认本军宽恤之意，量度欠债人户，如粗有收成、有力可还之人，随宜取索外，其贫乏之人，见阙口食，委实无可偿还，仰上户且与宽容，俟民力少苏，却行取索。如将来人户恃顽不还，官司即为理索外，上户乘此旱伤，细民阙食之际，强以些小钱作合子文字借贷，遂空头年月价贯立契字，未及逾时，即行填捱预先月日，经官投印，及有吞图妇女顾充奴婢，致细民受苦不一，理合禁约。

施行张廷谏诉旱伤事：据学生张廷谏劄子述，夫旱暵之岁，朝廷检放秋苗成法具在，而上中等户无不力陈，必求其放免而后已，纵使官吏有弊，亦须及半，下户无力陈告，惮于所费，故皆不投帐。守令虑不及此，则有帐者次第减放，无帐者多致全催。粮食之储，既绝望于其前，追租之吏，又驱迫于其后。回视屋宇、器皿、布帛，不可食者，皆不可售，进退皇皇，朝暮不能相保。今若不待投陈检视，凡下等之苗先次全免放，则见存者其志益坚而已，逃者各思返其乡里矣。遂行下当县取会五斟以下米单名申军，不待检视，先次并与除放施行。

施行邵艮陈诉踏旱利害：使军今照近据管属星子、都昌、建昌三县人户陈诉田禾旱伤，已帖委县官躬亲下乡，先次检视熟田具帐供申。去后据进士邵艮劄子，窃见官吏下乡检视田段，略不问及人户旱伤去处，惟于每户帐状供具所熟田亩，亦不问所熟分数，但勒令供作全熟田段。乡民不知官吏深意，皆相顾骇惑。夫都昌田禾，例宜旱籼，非若星子早田，十居七八，安有五月中旬一雨至今而有全熟之理？虽陂塘脚下及近容水去处间有熟者，然赖车戽之勤所得，不偿所费，而又如此便利去处，其实无几。且以所居一都言之，惟麦坊、刘坊、大宁、余于之旱为尤惨，虽或一二分熟者，然大概颗粒不收，然则熟田实不能当旱田二十分之一。诚恐官司他日以所供熟田多少而定通放秋苗分数，则些少熟处，适所以累及旱伤之家，有大不均之病。闻之乡老，皆以为今岁之旱，酷于辛卯，盖彼时人家尚有岁备，自夫一旱之后，加以连年暗折，民间例无盖藏。自前月来，乡曲上户小民流离，已觉相踵。且今此正收刈之际，人家尚有一二分早禾可恃而已，如此者虽亦糊口迫之，诚以催科之窘，且深为后日虑而画，此至无赖计耳。比年以来，都昌上户多为小人诬赖，故阙乏之际，有力之家至不敢与交易，由是贫乏下户愈觉坐困而无告。今乡曲犹未雨，油麻粟豆并归乌有，赤地未畊，二麦且有失时之虑，嗣岁之计，彼将何措？此蠲租之惠，尤乡民之所深望也。昔唐制旱七分，租庸调皆免彼三分之收，非不知取，捐之盖有深意也。本军遂作访闻，行帖三县检视官约束。

委官置场循环收籴米斛：照得本军管界久阙雨泽，旱死田禾，目今在市阙米出粜。切虑细民阙食，合行借拨官钱，委官就军置场措置，循环收籴米斛出粜，应接细民食用。

约束游手不诈胁持良民：契勘今岁旱伤，委官下乡检踏成熟田段外，有旱田人户，一面犁翻种麦，量留根查，听候别有官前来检放。切虑游手胁持之人，见人户旱田已经犁翻耕种，妄作乡村虚声首熟，欺诈乞觅，使良善人户不敢犁翻，以至种麦失时，不能安业。今仰人户知委，若实有旱田，即依条量留根查，以备检放，一面犁翻种麦，免致失时。如有以此胁持，妄称陈诉欺诈之人，仰被扰人户经官陈理，切待追取，送狱根勘，断罪施行。

援例乞拨钱米：照对本军今岁旱伤，细民阙食，已行下星子、都昌、建昌县委官抄劄，合赈粜赈济户口人数申军，及照对乾道七年旱伤，系蒙提举常平使司支拨到池州、太平州、芜湖、繁昌等县常平米五万硕，差官管押前来本县，分拨下三县赈粜赈济，遂申常平提举使司，乞支拨米斛，差官管押前来本军赈粜赈济。续蒙提举使司支拨信州贵溪县常平米五千硕，差人前去搬取，及支拨池州常平钱五千贯省，付军收籴米斛赈粜。

再谕人户种二麦：使军累行劝谕人户耕种二麦，盖为今年荒旱不比常年，须是并力加工，救济性命。今访闻多有未施工处，显是顽慢。已帖检旱官并行催趣，将顽慢惰农量行决罚。先此晓谕，各仰知悉。

行下三县抄劄赈粜人户：照对近委官抄劄三县管下赈粜人户姓名、大小口数申军，寻将已申到帐拖。照得合赈粜人户并不见声说见住地名去处，恐有漏落增添情弊，难以稽考。合行下逐县将逐都塌画地图，画出山川水陆路径、人户住止去处，数内不合赈粜人户用红笔圈栏，合赈粜人户用青笔圈栏，合赈济人户用黄笔圈栏，逐一仔细填写姓名、大小口数，令本都保正长等参考，诣实缴申，切待差官点摘管实。

行下三县置场：照对见委官抄劄三县赈粜赈济人户、大小口数，画图结申，务要实惠及民，无致妄冒。所有置场去处，委官勘量地里远近，分定置场去处各县水陆地里若干。其劝谕到上户赈粜米斛，亦合拨隶近便赴场去处，以凭施行。续据三县申置场共三十五处。星子县置场七处，都昌县置场十一处，建昌县置场一十七处。

约束许下户就上户借贷：契勘今岁旱伤非常，得熟处少，本军已节次行下三县散榜晓谕人户，趁此土脉未干，并力耕垦，广种二麦，接济将来食用。如有惰农畊种失时之人，即请照已行榜示行遣。其贫乏无种粮之家，请谕上户借贷。如要官司文历，即印给令上户收执，遇有下户借贷麦种粮食，即令就历批领。将来还足，对行勾销；如有不还，官为理索。

再谕上户恤下户借贷：契勘今年荒旱非常，得熟处少，本军多方救恤，务使人户不致饥饿流移，及行劝谕人户多种二麦，接济吃用，非不叮宁。当职近因出郊相视陂塘，见得麦田多有未施工处，盖缘人户打谷未了，亦是官司劝谕未至。其得熟处不阙种粮，可以布种，然其人既无饥饿之忧，便乃懒惰。其荒旱处合更勤苦，又以难得粮种，遂致因循。今仰人户速将所收禾谷日下打持，趁此土脉未干，并力耕垦。其高田堪种麦处，即仰一面种麦。其水田不堪种麦处，亦仰趁早耕翻，多著遍数，务要均熟，庶得久远，耐旱宜禾。其得熟人户，当念幸得收成，常生惭愧，不可便致惰怠，趁此余力，多种二麦，将来可以博得他处物货。其遭旱人户，当念既遭此难，尤当勤力多种食物，方可养赡老小，不致饥饿流移。其下户无种粮者，上户当兴悯恻之心，广加借贷。目今施惠，既可以结邻里之欢；将来收成，亦自不失收息之利。庶几过此荒年，各保安业。今恐前来劝谕未明，再此榜示，仰人户知委。

杂录二

(食货典第一百九卷)

《朱子大全集》：革除米船隐瞒情弊：契勘赈粜场收籴米斛，如遇米船到岸，内过税船只收籴三分，住粜米船止籴一分。其住粜米船法格并与免收税钱外，访闻客旅多生奸猾，动是数只到岸，于内却无一两只作住粜，结计在市米牙人令其虚解牙钱，称就市粜讫，却将在船住粜米斛夤夜搬往过税船内，隐瞒官司。合行出榜约束。

行下场所革除米船隐瞒：照得赈粜场近缘住粜米船客人结计牙人虚解牙钱，夤夜搬往过税米船之内，隐瞒官司，有此欺弊，遂出榜河岸约束。今来尚虑住粜客人虽依晓示在市出粜，切虑关防不尽，合行下本场自今后遇有住粜米船，即令城下税务看验具数，关报赈粜场，本场权住出粜，令客人搬米赴场，从本场差人监用本场升斗，自行出粜，接济细民。日报粜过米数，粜足为给关子放行，庶几杜绝隐瞒官司之弊。

申提举司将常平米出粜：契勘本军今岁旱伤，细民阙食，遂行下三县抄劄到合赈粜赈济户口人数，已行措置赈粜赈济。所有本军城下常平仓见桩管在仓米八千八百九十三硕二㪷六升五合二勺，除今年八月内盘量欠折米一千六十硕三㪷二升四合外，实管见在米七千八百三十二硕九斗四升四合八勺。系是乾道八年以后逐年收籴到数目，价钱不一。其米经年在廒内，有结冒陈损。兼照今年七月内管属建昌县阙少米斛，出粜所支拨义仓米，估价应接民间食用，每升计价钱一十文足，已具状报提举使衙照会去讫。所有见管和粜米，本军今追到牙人沈先等供具，其米经年陈损，与受纳到人户义仓米陈损色样一同，依市价每一升估计价钱一十文足。本军照得上件米系是当来委官和籴到数目，切虑亏损元价，未敢擅便出粜，具状申提举使衙照会，依目今所估价直赈粜，应接民间食用，庶几饥民不致流移。

行下置场不许留滞客旅：契勘本军今岁旱伤，细民阙食，虽移文江西州县通放到客米舟船，又虑牙铺解落及市民日籴数少，阻滞客旅不便，遂行委官置场支拨官钱，依市价两平交量，收籴客米，以备赈粜，应接细民食用。今访闻得本场每遇客米到场中粜，更不即时交量，及至交量，又不即时支还价钱，切虑合干人因而作弊留滞，乞觅钱物，合行约束。限当日交量，即时当官支给价钱。如违，将犯人勘断。

行下两县委官捉人户粜米减克：契勘管下今岁旱伤，细民阙食，使军遂措置支拨官钱，差人前往外州县收籴到米，分拨两县出粜。访闻合干人将人户所籴米并不依实支量，公然作弊减克。今委逐县知县、县尉每日不测捉人户所籴米三两户，当官覆量，如有少数，即根究解人赴军。

申诸司乞行下江西不许遏籴：契勘本军并管属诸县今岁旱伤最甚，细民阙食，及无米支遣军粮，遂多方借兑官钱，差拨公吏前去江西得熟处州县收籴米数，回军赈粜支遣。及检准淳熙合灾伤官司不得禁止搬贩，及近降指挥，州县不许闭籴，如有遏籴，州军许邻州越诉，及准今年八月十九日圣旨节文，江东安抚使陈少保奏，今岁灾伤，先合措置通放米斛，州县有遏籴去处，许行越诉，本军遂节次备坐移文隆兴府照会收籴。去后已承回报，行下诸县，许令本军所差人收籴米谷放行。今却据差去公吏吕棋状申，在本军建昌县管下二陂山田等处，四散收籴靖安、新建县乡人米斛，欲装上船，都奉新县尉司弓手五十余人，各持枪棒，沿江巡绰，不容装发米斛；又被奉新县差人越界钉断建昌县管下三陂潭德爻口陂水把截，不放船只上下往来，已申建昌县差保正隅官防护所籴米船。今于十月二十四日被奉新县差弓级徐成等部领弓手、保正等于要路把截，不容乡人搬籴米谷，申乞施行。本军今照差去公吏吕棋系在本军建昌县界收籴靖安、新建县管下米谷，其奉新县官吏公然违戾见行条法，及不遵今年八月十九日专降圣旨指挥，辄差弓手持枪棒沿河巡绰，不容收籴，又差人越界前来建昌县管下三陂把截，钉断水口，不惟本军所籴米谷百端拦遏，不行通放，有误赈粜支遣，至于客贩米谷舟船，亦不得往来。公私利害至重，移文隆兴府并江西转运司照详前项条法指挥，请将奉新官吏按劾，仍通放米船，并申诸司行下隆兴府通放本军所籴米船，并申御史台乞依近降指挥，弹奏施行。

申仓部及运司检放三县苗米数：本军照对管属星子、都昌、建昌三县，自六月以来，天色亢旸，阙少雨泽，田禾干枯。本军恭依御笔处分，严禁屠宰，精意祈禳，及行下诸县精加祈祷。去后续据星子、都昌、建昌三县申依应遍诣寺观神祠及诸潭洞建坛，祭祀请水，精加祈祷雨泽，并无感应。今来诸乡早禾多有干损，及备据税户陈德祥等披诉，所布田禾缘雨水失时，早禾多有干槁，不通收刈，申乞委官检视，除放苗米。本军除已依条行下诸县，令人户供投土段文帐，差官检视，及于七月十六日具录奏闻，并申朝省及诸监司照会施行，遂选差委迪功郎、司户参军毛大年前去星子县，及委迪功郎、星子县主簿李如晦前去都昌县，及委从政郎、司法参军陈祖永前去建昌县，同逐县知县躬亲诣旱伤田段地头，逐一对帐检视。续据所委官具到已检放过人户灾伤田段，共放过米三万七千四百五十硕一㪷二升三合一勺申军。本军今照星子、都昌、建昌三县淳熙七年分管催人户苗米四万六千五百一十九硕六㪷五升四合五勺四抄七撮数内，除豁所委官检放过米共三万七千四百五十硕一㪷二升三合一勺，统均计放八分以上外，实催米九千六百十九硕五㪷三升一合四勺四抄七撮。本军已具奏闻，乞存留上件米支遣官兵外，今开具诸县检放实催米数下项，合具状供申行在尚书仓部及申转运司使衙照会。

星子县管催米六千五百三十石七斗三升二合六勺，已委司户毛迪功同知县王文林下乡检视，检放米五千三百六十八石七斗二合一勺，检放计八分二厘二毫，先放五斗以下四百石三升二合七勺，所委官检踏放四千九百六十八石六斗九合四勺，实催米一千一百六十二石六斗六升五勺。

都昌县管催米一万九千七百七十五石五升一合四勺八抄七撮，已委星子县主簿李迪功同权县孙迪功下乡检视，检放米一万六千八十四石二斗七升一合，检放计八分一厘三毫四丝，先放五斗以下一千八百六十四石八斗七升七合，所委官检踏放一万四千二百一十九石三斗九升四合，实催米三千六百九十石七斗八升四勺八抄七撮。

建昌县管催米二万二百一十三石八斗七升四勺六抄，已委司法陈从政同知县林宣教下乡检视，检放米一万五千九百九十七石七斗八升，检放计七分九厘一毫五丝，先放五斗以下米五百四十一石六斗七升，所委官检踏放一万五千四百五十六石一斗一升，实催米四千二百一十六石九升四勺四抄。

粜场印式

入门讫监　押

交钱讫监　押

支米讫监　押

不到监　押（系籴米人不到，于簿历上用此印）

交钱若干讫监　押

依数支米讫监　押

号式用青绢印

某场监官随行人吏某人斗子某人入门使押

夹截粜场交钱量米处

窗　交钱处　量米处　门　里门

总簿式

使军　今给总簿一面，付某县某场照给赈粜。

历头赈济牌子。仰照此字号，批凿牌历，对填米数，给付人户。今就此簿交领，逐次粜济讫，用支讫印于本日窠眼内。其粜不足者，实填所粜米数候结。

逐日缴申　年　月　日给

天字牌历某都某保某人逐次请籴米若干讫。姓　名押

正月　一日　六日　十一日　十六日　二十一日　二十六日

二月　一日　六日　十一日　十六日　二十一日　二十六日

三月　一日　六日　十一日　十六日　二十一日　二十六日

牌面印纸式

某县某乡第　都人户五日一次赴场请赈济米

正月　一日　六日　十一日　十六日　二十　一日　二十六日

二月　一日　六日　十一日　十六日　二十　一日　二十六日

三月　一日　六日　十一日　十六日　二十　一日　二十六日

闰月　一日　六日　十一日　十六日　二十　一日　二十六日

使　押

牌背题字式

县给付　都　官　押（用县印）

字号监　押

赈粜历头样

使军　所给历头，即不得质当及借卖与不系今赈粜之人。如觉察得或外人陈告，其与者、受者并定行断罪。

今给历付　县　乡　都人户

大人　口小儿　口每五日赍钱赴　收籴

如籴米，大人一升，小儿半升

如籴谷，大人二升，小儿一升。并五日并给，闰三月终止。

右给历头照会淳熙八年正月　日给

使　　押

正月初一日

正月初六日

正月十一日

措置赈粜场合行事件：照对管属今年旱伤尤甚，细民阙食，使司已措置委官抄劄到阙食户口，及劝谕上户承认赈粜米斛，并支常平仓见管米斛，合自淳熙八年正月一日为头赈粜赈济，至闰月终住。

粜支外令施行下项：

一、差寄居现任指使添差酒税、监押监庙官三十五员，前去各县，逐县监辖赈济，及要各县当职官分场巡察，不得容令随行人并保正长作弊，并监辖粜官每月支见任官食钱二贯文、米六斗，寄居官钱三贯、米一石，并逐场差拨人吏共三十五名，每月支食钱一贯五百文、米三斗。

一、使军置造入门并交钱讫、支米讫、不到交钱若干讫、依数支米讫印子各六枚，各三十五个，并合干人青绢号，云某处监官随行人吏某斗子某人使押，并置造升斗，委官较量，及簿历给下，逐场交管行使。

一、印给赈济户历头并赈济人口牌面，发下三县交管，于赈粜赈济前一月出榜晓示人户，定某日前来本场，请领历头牌子。出榜后半月，委各场监官就本场当官审实，依总簿内千字文号批凿牌历，给付人户附簿交领。

一、见置场赈粜米谷，合于赈粜赈济前十日，勒逐都保正将置场处用棘刺夹截作两门，两重极小，只通一人来往。外门之内、里门之外，须极宽，可容一场赈粜赈济人。外门之侧为一窗，后夹截交钱位子一间，依使军立去样式，告示保正夹截。

一、见措置下场赈粜赈济米谷，所有般运及支破担脚，仍钤束合干人不得减克斛面。官司米谷，并前一日般赴场监官交足。上户米，令各家自用客津般。每石三十里外支米三升，三十里内二升，十里内一升。其米就所粜内支官给价钱还上户。如米去场五里内，即就各家见安顿监粜。官米，陆路即仰保正轮差能担擎籴米人户般送，每石依上项计里数支雇米。水路即本县和雇人船装，钱比陆路减半，支其人船食米，并于官钱内支使。赈粜米谷一月，分六次出粜常平米。切虑内有去置场处稍远，般运艰辛，即令本场上户一面兑米出粜，即令监辖官具粜过赈济米谷报县，本县以常平米粜钱，依市价给还元兑粜米上户交领。其县市去置场相近，即般运米斛前去，置场处粜济，依已立定船脚支破。

施行置场赈粜赈济约束事：契勘赈粜赈济人户米谷，已下场差官及合干人监辖外，逐场先出榜分定都分先后，仍于外门外及里门外各依先后资次排定都分，上户坐处近都，先交钱后请米，远都后交钱先请米。

至日天未明，监官入场，隅官入交钱位子，保正、大保长各将旗号引本都保下轮粜济人，赴场外门依资次旗下座定。以监官逐队叫名，保正以旗引保长，保长以旗先行，赈济人户以次诣窗前呈牌，隅官以入门印印其左手讫，拨入门监官逐队叫名，保正长引赈济人以次请米讫，监官用支米讫印于牌下日子之左，以湿布拭去手印，即时出门。次引赈粜人户诣窗交钱，交讫用红印印于历内本日合粜米数下之右，如钱数不足，分明批上实籴之数，却付人户，以入门印印其左手，入门监官逐队叫名，保正长引赈粜人以次籴米讫，监官用粜米讫青印印其历内交钱印之左，仍用湿布拭去手印，即时出门。一保毕，又引一保。如前赈粜人户逐都各置绢旗一面，各书第几都字；逐保各置小旗一面，书第几都第几保字。逐场都各各异色，保各如其都之色。

委官往各场究见元认米数桩管实数：契勘先据星子等三县官劝谕到管下有力上户承认赈粜米谷，接济民间食用，军司已籍定姓名、认粜数目，及行下各令桩管，准备将来赈粜。切虑其中有桩不及所认之数，有误指准，合行委官前去究见各户见今的实桩管米谷数目。如有阙少，即请严责近限，计置桩管数足。

再措置场所赈济孤老人等约束：照对今岁旱伤，军司已行措置赈济赈粜事件，立式行下三县遵守，一例施行，自来年正月初一日为头赈粜赈济去讫。数内合赈粜事件，切虑军司有所未尽，兼赈济孤老残疾等人，若依每月作六次支给，又恐冬寒，趁日分赴场请米不及，合行下三县，如所行赈粜事件未尽，请画条具申军，所是赈济孤老残疾等人所请米次数，可改作每月初一日、十六日，作两次头行支给，庶几不至失所。

取会诸县知县下乡劝谕布种如何施行事：使军契勘先印给文榜发下三县，晓谕乡民将田土趁时犁翻，多种二麦。今闻得除种麦田地外，尚有未犁田地，去处稍多，及已耕翻田，乡民又不趁时壅事，兼相去交春日逼，切虑农事失时，委自知县躬亲下乡，劝谕乡民，遍行翻犁田土，以备来春布种。如使军不测，差官前去点检，得再有未翻犁去处，必定钩追有违约束之人，重行断罪。先具已如何施行状申。

再行下三县劝谕到上户赈粜不许抵拒事：契勘今岁旱伤，细民阙食，已行下都昌县劝谕到上户承认赈济米谷数目申军，使司亦已行下本县将劝谕到上户米谷数目，照应置场处户口多寡分拨，付逐场出粜，务要均平。切虑其间上户抵拒，官司不即依从分拨，即仰具姓名申军。

行下米场人户不到者于总簿用印：照对今岁本军管属旱伤，已行关防约束行下三县，自来年正月为头，赈粜赈济去讫，所有赈粜米日分人户赴场籴米不及，仰监籴官即时用不到印子，于总簿姓名下印讫为照。合行下，仍关报逐场。

行下米场具粜过米式：照对本军管属今岁旱伤，已据星子、都昌、建昌县劝谕上户承认赈粜米谷数目申军，使司亦已措置关防置场，差官下县监辖。自今年正月为头，赈粜赈济去讫，所有各县合五日一次，遇粜米日分具粜过米数文帐二本申县，本县缴连一本申军。今立式下项：

某处赈粜场

今具某月某日粜过米数下项

一、本场本日合粜人户计若干，共粜米若干。大人若干，合粜若干；小儿若干，合粜若干。

一、本日实到籴米人户若干，共籴过上户某人米若干。如是粜官米，即说官米。大人若干，籴过米若干；小儿若干，籴过米若干。

一、比合籴米数不到人户若干，少籴米若干。大人若干，合籴米若干；小儿若干，合籴米若干。

右谨具申闻。淳熙八年正月初二日。

施行场所未尽抄劄户：照对本军管属星子、都昌、建昌县旱伤，已行下各县委官抄劄到阙食户口人数，自今年正月为头，赈粜赈济。近据人户前来投陈，系漏落抄劄不尽，本军未见著实，难便施行。今出榜赈粜赈济场晓示，如有不济户当来漏落，未曾抄劄，即仰具状经本场巡察官陈理，从本官见著实。如委系阙食，即仰一面赈济，具姓名、保名申军。其间或有税产得过人户，以乞赈济为名，意在避免赋役，辄敢妄冒，烦紊官司，罪当追治。

措置行下各场关防上户用湿恶糙米：照对本军旱伤，已行下三县，劝谕管下上户承认米谷赈粜，军司已行措置关防，约束置场差官下县监辖赈粜外，切虑其间有上户却将湿恶粗糙米谷赴场出粜，有误民间食用，合行下三县，如有上户津般到湿恶粗糙米谷，即仰退回，令上户津般堪好米谷出粜，不得容令作弊，并印榜晓示。

续置历下场五日一次开具粜过米：照对本军管属旱伤，细民阙食，已行下三县劝谕到上户承认赈粜米谷数目申军。使司已关防措置约束事件，置场给历，下县付人户，差官监辖，自今年正月为头，每五日一次赈粜。切虑其间尚有人户不能措办五日钱，一顿收籴，合续添赈粜历一本，立式行下三县关报逐场。如有人户愿日赴场收籴米斛者，即仰赍元立历头，赴巡察官粘连印押，付人户逐日收籴。其有人户愿依前五日一次赴场收籴，即仰依已行事件施行，仍五日一次开具粜过米谷文帐供申。

行下普作赈济两日：契勘本军管属旱伤尤甚，细民阙食，已行下三县抄劄到阙食户口人数申军，及劝谕到上户张世亨等四名，依格承认赈济米共一万九千石，及依条处拨常平义仓米。自淳熙八年正月以后，缘管属寒雪，本军行下属县，将赈粜人户一例赈济两日。

再谕上户借贷米谷事：契勘本军管属去岁旱伤，已行下星子等三县劝谕上户，以所收米谷赈粜，除认数外，有余剩米谷，并不系劝谕赈粜米谷人家，递年多是春间将米谷等生放下户，秋冬随例收息。今来上户以旱伤之故，虑恐下户将来负欠不还，官司不为受理，仍以官司劝谕为词，不肯生放，使下户用乏，失业不便。使司今准淳熙四年十二月初三日指挥节文，诸人户除粜米令欠户还米本外，每斗收息五升，其生放约秋成计本息还钱，亦合一体施行。如有拖欠不还，官为理索，所贵两无亏损。合行下三县散榜劝谕，约束施行。

再委官体访场所合干人减克等事：契勘本军管下去岁旱伤，已行下三县劝谕到上户赈粜米谷，使司遂措置差官，下县分场监辖赈粜赈济，及帖县官分定地头巡察去讫。切虑各县逐场监粜济官容纵合干等人减克升㪷，及容上户将砂土碎截、湿恶空壳米谷赴场中粜济，及巡察官不即前去巡察，事属不便，就委官前去体访。如有似此违戾去处，即具状供申。

申监司为赈粜场利害事件：契勘本军并管属诸县去岁旱伤特甚，细民阙食，切虑人户逃移失业，遂多方劝谕上户赈粜米谷，并将见管常平米数行下分定置场去处，官吏监辖粜济，应接细民食用。今有下项利害事件，合申诸监司。

一、除本军劝谕上户桩官米数，并于外州和籴及常平米粜济，应接管内细民食用外，近来续据人户陈诉，当来抄劄漏落姓名及邻路州军流民前来逐食，又不免行下管属多方存恤，相度赈济，所费米斛比之元来计度数目大改增添。而向去小熟日子尚远，切虑所桩米谷不能周给，无可接续粜济，却致民间缺食，事属未便，乞即拨米二三万石，应副接续粜济。如蒙允许，即乞早赐行下取拨去处，以凭差拨人船前去搬取。

一、本军昨准淳熙七年九月十三日敕中书门下省检会，昨准乾道七年八月一日指挥，立定劝谕上户赈粜济格，给降付身补授名目，内无官人一千五百石，补进议校尉，愿补不理选限将仕郎者听。二千石补进武校尉。如系进士，免文解一次；不系进士，候到部与免短使一次。四千石，补承信郎。如系进士，与补上州文学。五千石，补承节郎。如系进士，补迪功郎。如是赈粜，依此减半推赏。又准淳熙七年十月八日指挥节文，赈粜米于市价减半钱数，即照已降指挥推赏。

一、本军行下管属劝谕赈济，只据上户张世亨、张邦献、刘师舆、黄澄四名承认，依格赈济。本军已行具奏及申诸监司照会。赈粜一项，至今尚未有申到承认应格之人。盖缘本军地瘠民贫，除上项四家赈济之外，未有出得上件米谷减半出粜之人，是致所认米谷数目不多，有阙赈粜。欲乞详酌所申，特赐敷奏，乞将上户承认赈粜米价止令量减四分之一，便与依格推赏，却于所得官资比折钱数，量展磨勘之类，早赐行下劝谕增认，庶使上户乐于就赏，细民不致阙食。

一、今照管属近来不住有外州县饥民流移入界，本军已行下诸县存恤，及委当职官司劝谕上户收充佃客，借与空闲屋宇，许令请佃。系官田土，给与种粮，趁春开耕。如向去丰熟外州县税户前来识认，官司不得受理。如今来所招佃客，将来衷私搬走回乡，即许元赡养税户经所属陈理，官为差人前去追取押回，断罪交还。及散榜乡村，遍行晓示外，欲乞详酌更申朝省明降指挥行下，庶几州县有所遵守，不惟安集流民，免致失所，亦使开辟旷土，供纳税赋，实为利便。

申提举司借米付人户筑陂塘：照对管属星子等三县去岁旱伤尤甚，缘田段多是高仰，见管陂塘多是穿漏，是致旱死不住。据管属星子、都昌、建昌人户经官陈乞借口粮，修筑陂塘，本军行下逐县委自知县躬亲前去管下，逐一验视所管陂塘。如有穿漏及开掘，即仰一面计度合用工数供报提举司，乞支拨米斛。已蒙提举衙回牒指挥，支拨保借常平司六百五十四石。

施行阙食未尽抄劄人等事：照对本军管下三县诸乡保正当来受情，不行依公抄劄阙食人户，多将得过隐实之人抄作阙食，其实是阙食人户却不抄劄，未欲便行追究，合行约束。

一、仰隅官、保正照应本县巡察官所行事理，须管从实，随门再行审实，抄劄阙食人户。若保正依前灭裂，不即同隅官抄劄及将元冒滥人盖庇，或在乡乞觅人户分文钱物，仰隅官具状陈诉，切待追究，重作施行。

一、有当来不应抄劄、隐实有营运物业之家，及上户自能赡给地客、见执使军历头之人，仰隅官、保正追收缴纳。若颜情盖庇，不即追纳，别致人户陈诉，或觉察得知，必定重作行遣。

一、有委是阙食人户，隅官、保正不为抄劄，或保正等乞觅骚扰，仰被扰人户不拘早晚，赴本军陈告，切待重作行遣。

一、有得过人户妄称阙食，陈乞给历，烦紊官司之人，定当追收，赴军重断。

一、有合追收元给文历人户，辄敢倚恃狡猾健讼，不伏追收，仰隅官、保正具状陈诉，切待重作行遣。

一、仰属县逐乡隅官、保正从实再行审实抄劄到阙食人户，切待委官躬亲下乡，随门审实。如再有不实，仍前泛滥去处，必定追收犯人赴军，定送狱根勘情弊施行。

审实粜济约束：照对已行帖逐县审实粜济事件，切虑各乡隅官、保正不依所行约束，别致引惹词诉，事属不便，合帖属县再行约束，开具供申。

一、各乡有营运店业兴盛之家，其元给历头，合行追取。若虽有些小店业，买卖微细，不能赡给，已请历头不合追回。如有似此未系抄劄之人，亦请令隅官、保正从实根括施行，毋致泛滥。

一、各乡上户地客如主家自能赡给，其元给历头合行追收。如主家见自阙食，不能赡给，虽是地客，亦合给历。如有似此之人，即请隅官、保正从实根括，毋致泛滥。

一、各乡人户如将户名及第行重赍请去历头，合行追回。如是只用第行，虽不用户名，实非重叠，其已请历不合追取，人户已请历头，如有虚增口数，今来核实，合行减退，即请于历头并总簿内分明改正。

一、县市上等有店业，日逐买卖，营运兴盛，及自有税产赡给，不合请给历头人户若干，开具坊巷、逐户姓名、大小口数。

一、县市中等得过之家，并公人等合赴县仓籴米人若干，开具坊巷、逐户姓名、大小口数。

一、县市下等贫乏小经纪人及虽有些小店业、买卖不多，并极贫秀才，合请历头人户若干，开具坊巷、逐户姓名、大小口数。

施行权免和籴令客米从便往来：本军旱伤，遂支拨官钱委官在军置场和籴客人米斛，循环粜籴，应接民间食用。及本军劝谕到上户承认粜米斛，并差公吏前去收籴到米斛，桩管赈粜，济不阙。所有元置和籴赈粜场，合权行住籴客人米斛，及出榜晓示，从便上下出粜。

免籴客米三分，照对本军旱伤，细民阙食，遂行措置场，和籴客旅米斛三分应接食用。今来赈粜济米数不阙，已行住籴，合行散榜上流州军客旅通知。

施行许令人户借贷官司米谷充种子布种：照对管下三县，去岁旱伤至重，本军已行措置，赈粜赈济。近来节次据人户经军陈状，因旱伤，目今布种阙少种粮，乞行借贷常平米斛布田。军司已行下各县相度依条施行去讫，未据申到。今检准常平免役令，诸灾伤计一县板税七分以上、第四等以下户乏种食者，虽旧有欠阁，不以月分，听结保贷借米谷。不堪充种子，纽直以钱各二贯石，给限半年，随税纳，仍免息利。豫以应支数保明申提举司，行讫申户部。今来除星子知县一面究实相度依条借贷外，所有都昌、建昌县合委官同各县知佐相度，究见管下第四等以下户委实阙乏种食之人，各令结保，依条施行。

不系赈济人一例赈济：契勘去岁旱伤，细民阙食，使军已行劝谕到上户承认粜济米谷及有上户自能赡给佃地客户口外，使军已印牌历付阙食人，赴场赈粜济。除将见有牌历合粜济人户普行赈济外，其上户赡给地佃等，日前除豁不系赈粜之人，亦行抄劄，一例赈济一十三日。自三月十一日为头，将张世亨等所认米及取拨常平米普行赈济，务要实惠。

行下各县抄劄户口并立支米谷正数：契勘所支赈粜米，缘三县各乡间有数户抄劄，口数太多，恐未尽实，合委官与县官评议，豫将所支米谷立定正数，赈济施行。二十口以上，每户支谷止于五石。二十口以下、十五口以上，每户支谷止于四石。十五口以下，计口计日支给。如管谷四石以上，所支亦止于四石。都昌县搬张、刘二家米等事，照对都昌县止劝谕到黄澄一名，承认赈济米五千石，奏所管义仓米会计赈济不周，本军遂行下建昌县，于张世亨、刘师舆赈济米内，取拨四千石付都昌县赈济。其合用顾舟水脚钱，每石支钱三十五文省，并每石支搬脚钱四十文足。今张、刘二家差人搬担就官，请领顾钱，并经都昌县所管常平米钱内支破。

诸县得米人户依时布种等事：使军近行下诸县，但系元给牌历赈粜赈济民户，并以劝谕到张世亨、黄澄、刘将仕米及义仓米并行赈济半月，仰得米人户并力及时耕种田土。如合干人减克，不行尽实给数，即仰人户径赴使军陈诉，切待根究，重作施行。

行下各场普济半月外照约束接续：照对本军近将劝谕到上户黄澄、张世亨等赈济米斛，自今年三月一日为头，普行赈济，通作一十五日，今来相次了毕。所有元劝到上户承认赈粜米斛，合行依使军先来约束，接续赈粜，应接细民食用。

委官核实四户赈济米数县官保明事：照对去岁旱伤，细民阙食。劝谕到都昌县、建昌县上户张世亨等四名，共赈济米一万九千石，本军遂行措置，相度地里远近，分作三十五场，委官监辖赈济，及委官巡察。近准尚书省劄，检会淳熙八年正月二十三日敕中书门下省，勘会两浙、江东西、湖北、淮西州军，去年间有旱伤去处，检坐乾道七年内立定劝谕富室上户赈济赈粜米斛赏格，已降指挥，行下逐路施行。近来逐路州军虽有开具已劝谕到赈济赈粜数目，缘无逐司保明，是致推赏未得，切虑因而留滞，未称劝赏之意。正月二十三日，三省同奉圣旨，令逐路安抚转运提举司各行下所部州县，将愿出谷赈济赈粜之家，如有见得数目，应格合行推赏，即日下县结罪，保明申州，州结罪保明申逐司，仍仰逐司疾速连衔保明申尚书省，不得少有稽滞。今有张世亨等所认赈济米斛，已行普济管下阙食人户，相次了毕，未见逐县知县结罪保明申军施行。今帖委司前去建昌、都昌县核实的确赈济米谷数目，结罪保明供申，切待再行稽考施行。

移文江西通放客米及本军籴米船事：契勘本军管属去岁旱伤，细民阙食，及无军粮支遣，本军节次借拨官钱五万三百四十四贯三百七十九文，差拨公吏前去江西得熟州军，收籴到米共二万三千五百二石二斗四升五合，回军赈粜及支遣军粮。并检准淳熙令，诸米谷遇灾伤，官司不得禁止搬贩，及近降指挥州县不许闭籴，如有闭籴，州军许邻州越诉。又准今年八月十九日圣旨指挥节文，江东安抚使陈少保奏，今岁灾伤，先合措置通放米斛州县遏籴去处，许人户经本司越诉。遂移文江西转运司、安抚司并奉新县等，通放米船，回军赈粜，支遣军粮施行。

奏乞推赏赈济上户：照会本军去岁旱伤至重，细民阙食，拨到常平米斛，数目不多，随行劝谕到管属上户承认米数。本军恭禀行下管属再行劝谕，如愿将米赈济，切依所降指挥格法推赏去后。今劝谕到元认赈粜米税户张世亨、刘师舆，进士张邦献、黄澄四名，遵法赈济。内建昌县税户张世亨五千石，乞补承节郎；进士张邦献五千石，乞补迪功郎；税户刘师舆四千石，乞补承信郎。并都昌县待补太学生黄澄五千石，乞补迪功郎。及差官监辖赈济，已于去年十二月二十八日先具奏闻，及申本路诸监司照会去讫。续据管属星子、都昌、建昌三县，共抄劄阙食饥民二万九千五百七十八户数，内大人一十三万七千六百七口，小儿九万二百七十六口。本军各仰给历头牌面，置簿历，发送逐县当职官给散付人户，预于县市及诸乡均定去处，共置三十五场，分见任寄居指使添差押、酒税、监庙等大小使臣共三十五员监辖赈粜赈济，及委县官分场巡察，严戢减克乞觅之弊。自淳熙八年正月初一日为始，今抄劄到阙食人户赴场赈粜，其鳏寡孤独之人，即以常平米斛依法赈济。至正月内，又缘雪寒，行下属县将元系赈济饥民，用上件张世亨、黄澄等及常平、义仓米一例赈济两日。至三月内，又虑饥民难得钱收籴米斛，再自十一日为头，行下诸县将已给历赈粜饥民一例普行赈济一十三日，通作半月。又照约都昌县止有黄澄一名承认赈济五千石，凑所管义仓米，会计赈济不周，本军遂于建昌县张世亨等赈济米内拨米四千石，本军措置官钱，和雇夫脚舟船装发，送都昌县交管，分于置场去处，责令监辖赈济。至闰三月十五日终，节次据都昌县、建昌县申到，张世亨、张邦献、刘师舆、黄澄赈济过米撮等共计一万九千石。星子县元无劝谕到上户赈济米斛，即以常平、义仓米斛依例普行赈济外，本军节次行下都昌、建昌知县逐旋审究的实赈济过张世亨、黄澄等米数，保明申军。去后据迪功郎、监城下酒税、权都昌县事孙侨，通直郎、知建昌县事林叔坦状，保明到张世亨、张邦献、刘师舆、黄澄赈济过米一万九千石，委是节次赈济饥民食用之数，即无冒滥。本军一面委差从政郎、本军司法参军陈祖承前去都昌、建昌县核实，得张世亨、张邦献、刘师舆、黄澄赈济米斛一万九千石，委是赈济过的实之数。本军再行稽考，别无冒滥，保明是实。本军勘会得张世亨、刘师舆各系税户，张邦献系应举习诗赋终场士人，并黄澄系于淳熙四年秋试应举习诗赋，取中待补太学生第十五名是实。其张世亨、张邦献、刘师舆、黄澄赈过米数，各应得近降指挥赏格数内，税户张世亨赈济过米五千石，合补承节郎；税户刘师舆赈济过米四千石，合补承信郎；进士张邦献赈济过米五千石，合补迪功郎；待补太学生黄澄赈济过米五千石，合补迪功郎。除已具申本路安抚司、转运司、提举司、提刑司照会依条保奏推赏外，欲望圣慈下所属给降合得付身发下，以凭给付张世亨等祗受。谨录奏闻。

晓谕逃移民户：检会赵知军任内访闻本军三县民贫，年谷稍不登熟，往往舍坟墓，离乡井，转移之他者。非其本心逃移，未出境而豪右请佃之状已至县司。其弊多端，或止押状而无户帖者，或逃请因而冒耕者，或计会乡司作逃移多年而免科例者，或有户帖而官无簿者，或免科例限满而诡名冒请者，或有强占而人不可谁何者。所有都分之内，递相容蔽，遂至税租皆无稽考，及其陈状归业，乡司邀阻，及上户强占，百般沮难，淹留岁月，无以自明，又复弃之而去。深可矜恤，已散榜管下县分元给晓谕。切虑文榜沉匿，合行再给文榜晓谕。

右今印榜晓示：逃移民户具状赴使军陈诉，切待追人根究施行，各令知委。

杂 录 三

（食货典第一百十卷）

《朱子大全集·社仓事目》：宣教郎直秘阁新提举二浙东路常平茶盐公事朱熹，今具社仓事目如后：

一、逐年十二月分，委诸部社首、保正副，将旧保簿重行编排，其间有停藏逃军及作过无行止之人隐匿在内，仰社首队长觉察，申报尉司追捉，解县根究；其引致之家，亦乞一例断罪。次年三月内，将所排保簿赴乡官交纳乡官点检。如有漏落及妄增添一户一口不实，即许人告，审实申县，乞行根治。如无欺弊，即将其簿纽算人口，指定米数，大人若干，小儿减半，候支贷日，将人户请米状拖对批填，监官依状支散。

一、逐年五月下旬新陈未接之际，预于四月上旬申府，乞依例给贷。仍乞选差本县清强官一员、人吏一名、斗子一名前来，与乡官同共支贷。

一、申府差官讫，一面出榜排定日分，分都支散。晓示人户，各依日限，具状结保。每十人结为一保，递相保委。如保内逃亡之人，同保均备取保。十人以下不成保不支。正身赴仓请米，仍仰社首、保正副、队长、大保长并各赴仓识认面目，照对保簿，如无伪冒重叠，即与签押保明。其社首、保正等人不保而掌主保明者听。其日监官同乡官人仓，据状依次支散。其保明不实别有情弊者，许人告首，随事施行，其余即不得妄有邀阻。如人户不愿请贷，亦不得妄有抑勒。

一、收支米，用淳熙七年十二月本府给到新添黑官桶官斗，仰斗子依公平量。其监官乡官人从，逐厅只许两人入中门，其余并在门外，不得近前挨拶夺人户所请米斛。如违，许被扰人当厅告覆，重作施行。

一、丰年如遇人户请贷官米，即开两仓，存留一仓。若遇饥歉，则开第三仓，专赈贷深山穷谷耕田之民，庶几丰荒赈贷有节。

一、人户所贷官米，至冬纳还。先于十月上旬定日申府，乞依例差官将带吏斗前来，公共受纳，两平交量。旧例每石收耗米二斗，今更不收上件耗米。又虑仓廒折阅无所从出，每石量收三升，准备折阅及支吏斗人等饭米。其米正行附历收支。

一、申府差官讫，一面出榜排定日分，分都交纳。仰社首、队长告报保头，保头告报人户，递相纠率，造一色干硬糙米具状，同保共为一状，未足不得交纳。如保内有人逃亡，即同促均备纳足，赴仓交纳。监官、乡官、吏斗等人，至日赴仓受纳，不得妄有阻节及过数多取。其余并依给米约束施行。其收米人吏斗子，要知首尾，次年夏支贷日不可差换。

一、收支米讫，逐日转上本县所给印历。事毕日，具总数申府县照会。

一、每遇支散、交纳日，本县差到人吏一名、斗子一名、社仓算交司一名、仓子两名，每名日支饭米一斗，发遣裹足米二石，共计米十七石五斗。又贴书一名、贴斗一名，各日支饭米一斗，发遣裹足米六斗，共计四石二斗；县官人从七名，乡官人从共十名，日支饭米五升，共计米八石五斗。已上共计米三十石二斗，一年收支两次，共用米六十石四斗。逐年盖墙并买藁荐修补仓廒，约米九石，通计米六十九石四斗。

一、排保式：某里第某都社首某人，今同本都大保长、队长编排到都内人口数下项：

甲户：大人若干口，小儿若干口，居住地名某处；或产户开说产钱若干，或白烟耕田、开店买卖、土著外来，系某年移来，逐户开列。

余开：

右某等今编排到都内人户口数在前，即无漏落及增添一户一口不实。如招人户陈首，甘伏解县断罪。谨状。

年　月　日大保长姓名　押　状

队长姓名　押　状

保正副姓名　押　状

社首姓名　押　状

一、请米状式：某都第某保队长某人、大保长某人下某处地名，保头某人等几人，今递相保委，就社仓借米，每大人若干，小儿减半。候冬收日，备干硬糙米，每石量收耗米三升，前来送纳。保内一名走失事故，保内人情愿均备取足，不敢有违。谨状。

年　月　日保头姓名

甲户姓名

大保长姓名

队长姓名

保长姓名

社首姓名

一、社仓支贷交收米斛，合系社首、保正副告报队长、保长，队长、保长告报人户。如阙队长、保长，许人户就社仓陈说告报，社首依公差补。如阙社首，即申尉司定差。

一、簿书锁钥，乡官公共分掌。其大项收支，须监官签押；其余零碎出纳，即委乡官公共掌管。务要均平，不得徇私容情，别生奸弊。

一、如遇丰年，人户不愿请贷，至七八月而产户愿请者听。

一、仓内屋宇什物，仰守仓人常切照管，不得毁损及借出他用。如有损失，乡官点检，勒守仓人备偿。如些小损坏，逐时修整；大段改造，临时具因依申府，乞拨米斛。

具位朱熹奏节文：臣所居建宁府崇安县开耀乡，有社仓一所。其法可以推广行之他处，欲望圣慈行下诸路州军，晓谕人户，有愿置立者，州县量支常平米斛，责付本乡出等人户主执敛散，随宜立约，实为久远之利。其建宁府社仓见行事目，谨录一道进呈，伏望圣慈详察，特赐施行。十一月廿八日，三省同奉圣旨，令户部看详闻奏。

敕命行在尚书户部：准淳熙八年十二月二十八日敕，中书门下省尚书省送致户部状，准淳熙八年十一月二十八日尚书省送到宣教郎直秘阁新提举两浙东路常平茶盐公事朱熹劄子奏：臣所居建宁府崇安县开耀乡，有社仓一所。系昨乾道四年，乡民艰食，本府给到常平米六百石，委臣与本乡土居朝奉郎刘如愚同共赈贷，至冬收到元米。次年夏间，本府复令依旧贷与人户，冬间纳还。臣等申府措置，每石量收息米二斗，自后逐年依此敛散。或遇小歉，即蠲其息之半；大饥，即尽蠲之。至今十有四年，量支息米造成仓廒三间收贮，已将元米六百石纳还本府。其见管三千一百石，并是累年人户纳到息米，已申本府照会，将来依前敛散，更不收息，每石只收耗米三升。系臣与本乡土居官及士人数人同共掌，管遇敛散时，即申府差县官一员监视出纳。以此之故，一乡四五十里之间，虽遇凶年，人不阙食。窃谓其法可以推广行之他处。而法令无闻，人情难强，妄意欲乞圣慈，特依义役体例行下诸路州军，晓谕人户，有愿依此置立社仓者，州县量支常平米斛，责与本乡出等人户主执敛散，每石收息米二斗，仍差本乡土居官员、士人有行义者与本县官同共出纳。收到息米十倍本米之数，即送元米还官，却将息米敛散，每石只收耗米三升。其有富家情愿出米作本者，亦从其便。息米及数，亦与拨还。如有乡土风俗不同者，更许随宜立约，申官遵守，实为久远之利。其不愿置立去处，官司不得抑勒，则亦不至骚扰。此皆今日之言，虽无所济于目前之急，然实公私储蓄预备久远之计，及今歉岁施行，人必愿从者众。伏望圣慈详察，特赐施行。取进止。三省同奉圣旨，令户部看详闻奏。本部今检准绍兴重修常平免役令下项，诸州常平钱谷及场务钱不足，申提举司通一路之数移用，仍听互相兑便支拨。诸义仓附常平监，专兼管廒屋，以转运司仓充其积藏，而应兑换者准常平法。诸义仓计夏秋正税，每一㪷别纳五合，同正税为一钞，不收头子脚乘钱及耗。限一日先次交人本仓。即正税不及一㪷，并本户放税二分以上，及孤贫不济者免纳。诸义仓谷，唯充赈给，不得他用。县遇灾伤，当职官体量，自第四等以下阙食户给散。若放税七分以上，通第三等给，并预申提举司审度行讫，奏诸灾伤，计一县放税七分以上，第四等以下户乏种食者，虽旧有欠阁，不以月分，听结保贷借。即谷不堪充种子者，纽直以钱各成贯石，给限二年，随税纳，仍免息。州预以应支数保明，申提举司行讫，申尚书户部。虽计一县放税不及七分，而本户放税及七分者，准此。本部看详，欲行下诸路提举司，遍下本路诸州县晓示，任从民便。如愿依上件施行，仰本乡土居或寄居官员有行义者，具状赴本州县自陈，量于义仓米内支拨。其敛散之事，与本乡耆老公共措置，州县并不须干预抑勒。仍仰提举司类聚具申，听候朝廷指挥。奏闻。十二月二十二日，三省同奉圣旨：依户部看详到事理施行。奉敕如右，牒到奉行。前批：十二月二十四日辰时，付户部施行，仍关合属去处，须至指挥。

两浙东路提举常平司主者仰一依今来敕命指挥，疾速施行，仍关合属去处劄到奉行。

淳熙八年十二月　日下

书令史郭舻、令史顿圯、主事全安仁

将作少监兼权户部郎中兼权　押

新　除　郎　官　未上

郎　　　中

跋语：淳熙八年冬十有一月己亥，臣熹以备使浙东奉行荒政，蒙恩召入延和殿戒谕，临遣因得具以所居建宁府崇安县开耀乡社仓本末推说条奏。误蒙开纳，即诏颁其法于四方。而臣熹又以使事适获奉承，仰戴皇仁，顿首幸甚。因窃惟念里社有仓，实隋唐遗法。往岁里中妄意此举，所以勤恤民隐者，盖偶合其微指，顾以国家未定著令，是以不能远及，且惧其弗克久。今乃得蒙上恩遍下郡国，将遂得与阖宇之间，含生之类，均被仁圣之泽于无穷，固已不胜大幸。而荒陬下里，升斗之积，又得上为明诏之所称扬，下为四方之所取，则抑又有荣耀焉？故敢具刻尚书户部所被敕命下浙东提举常平司者，厝于故里本仓厅事而记其说，如此俾千万年含哺鼓腹之俦，有以无忘帝力之所自云。淳熙九年四月丙辰，宣教郎直秘阁提举两浙东路常平茶盐公事借绯臣朱熹拜手稽首谨言。

劝立社仓榜：当司公奉圣旨建立社仓，已行印榜遍下管内州县劝谕。寻据绍兴府会稽县乡官新嘉兴主簿诸葛修职状，乞请官米置仓给贷，而致政张承务、新台州司户王迪功、衢州龙游县袁承节等又乞各出本家米谷，置仓给贷。当司契勘前件，官员心存恻怛，惠及乡间，出力输财，有足嘉尚，除已遵行所降指挥，具申朝廷外，须至再行劝勉，量出米谷，恭禀圣旨，建立社仓，庶几益广朝廷发政施仁之意，有以养成闾里睦姻任恤之风。再此劝谕，各请知委。

减半赏格榜：浙东提举常平司二月二十五日准尚书省劄子备提举司奏：今岁灾伤条画赈恤事件数内一项，去岁上户别纳粜济之人，近已蒙圣旨补授官资，无不感戴。然去岁蒙降减半指挥，止于绍兴一府施行。今岁一路皆荒，事体不同。今检会当年耿延年所乞事理，许于浙东一路通行，奉圣旨令吏部检坐乾道七年八月赏格，节次指挥，行下浙东州县，劝谕富室上户赈济赈粜，应格之人保明推赏。如后来检踏得灾伤最重处，许提举司开具保明，申尚书省取旨，与依减半指挥施行。劄付本司，须至晓谕。

右当司除已恭依圣旨指挥，行下诸州县劝谕外，今印榜晓示富室上户，仰体朝廷恤民之意，广出米谷，以拊乡间。有欲依募之家，先赴本司自陈，切待标拨，就比近灾伤最重州县入纳，即为保明申奏朝廷，乞补官资，应得上件减半指挥，不致有胥吏阻抑。故榜。九月七日。

约束粜米及劫掠榜：照对管下州县，中夏以来，久不得雨，高低早禾多有旱伤，切虑人民不安，理合存恤晓谕。

一、州县目今米价高贵，止缘早禾旱伤，其中晚之田，自有得雨，足可灌溉成熟去处。兼当司已蒙朝廷给降本钱，及取拨别色官钱，见今广招广南、福建、浙西等处客贩般运米斛到来投粜，准备阙米州县般运，前去出粜。切恐有米积蓄上户与停塌之家，未知前项事因，以谓旱损少米，意图邀求厚利，闭籴不粜。此项除已牒诸州府，请速行遍下属县，劝谕有米积蓄上户、停塌之家，趁此米谷未登之际，各依时价自行出粜，应副细民食用。如敢辄有违戾，切待根究，重行断遣。如是向去民间大段艰食，切待别行申奏朝廷，乞更多拨钱米，前来济粜。

一、州县火客佃户耕作主家田土，用力为多，全仰主家借贷。闻多有坐视火客佃户狼狈失业，恬不介意，切恐因而失所，却致无人布种，荒废田亩。此项除已牒诸州府遍行下诸县劝谕，应有田之家，请以田客所日耕布勤劳为念，常加优恤，应副存养，勿令失业云云。

一、州县旱伤去处，虑有无知村民不务农桑，专事扇惑聚众，辄以借贷为名，于村疃之间广张声势，乱行逼胁，以至劫掠居民财物米谷。此项当司检准律：强盗不得财，徒二年，一匹徒三年，二匹加一等，十匹及伤人者绞，杀人者斩；其持杖者虽不得财，流三千里，五匹绞，伤人者斩。今来切虑愚民不晓条法，误犯刑名，深可怜悯，除已牒诸州府请遍下诸县晓谕民户知委，各自安业，勿致扇惑，轻犯宪典，后悔无及。

右今镂榜晓谕民户知悉故榜。

再放苗米分数榜：契勘本路今年旱伤，检放苗米，多有不实去处，曾具奏请。今来当职询访不实最多，未欲按劾施行。今来到任已是深冬，难以检劾，须至别行措置，将诸州县人户灾伤苗米等第更行蠲放，除已奏闻及申尚书省外，须至晓谕。

右今将本路州县人户苗米元检放五分已上乡分，全户五斗已下全放；元检放四分以上乡分，全户四斗以下全放；元检放三分以上乡分，全户三斗以下全放；元检放二分以上乡分，全户二斗以下全放；元检放一分以上乡分，全户一斗以下全放。其绍兴府人户，须有丁之家方得蠲放。其湖田米亦依例蠲放施行。今印榜晓示人户知悉，如州县再行催理，仰经本司陈诉，切待追究，按劾施行。

约束检旱：照对今岁适当旱歉，州县合差官遍往乡村检视。每见差出官员，多是过数将带人从，反行须索，骚动村落。以纳图册为名，不论人户高低，每亩科派。又不亲行田亩，从实检校，反将诉荒人户非理监系，勒令服熟，殊失救荒恤民之意。今来当职斟酌，每官一员止得带斤子一名、吏贴一人、当直八名，仰从本州县陈乞，计日给钱米，各自赍行，并不许分毫骚扰。保正副及大小保长须亲行田亩，从实检放。如有违戾，许人户径到本司陈诉，切待追治施行。

劝谕救荒：契勘本军管内久阙雨泽，祈祷未应，田禾已有干损去处，皆由长吏不明，政刑乖错，致此灾殃。永念厥愆，实深悼惧。除已具申朝省及诸监司乞行宽恤赈济，及检计军仓两县常平米见管万数不少，又已多方招邀米船日近出粜，仍兑借诸色钱往外州循环收籴，准备赈济。况朝廷爱民如子，闻此灾伤，非晚必有存恤指挥，将来决然不至大段狼狈。今有预行劝谕将来事件下项：

一、本军日前灾伤人户多致流移，一离乡土，道路艰辛，往往失所，甚者横有死亡，抛下坟墓、田园、屋宇，便无人为主，一向狼藉，至今遗迹尚有存者。询问来历，令人痛心。况今淮南、湖北等路亦不甚熟，舍此往彼，等是饥饿，有何所益。今劝人户各体州县多方救恤之意，仰俟朝廷非常宽大之恩，各且安心著业，更切祈祷神明，车戽水浆，救取见存些少禾谷，依限陈诉所伤田段顷亩，听候官司减放税租，赈济米斛，不可容易流移，别致后悔。

一、今劝上户有力之家，切须存恤接济本家地客，务令足食，免致流移。将来田土抛荒，公私受弊。

一、今劝上户接济佃户之外，所有余米即须各发公平广大仁爱之心，莫增价例，莫减升斗，日逐细民告籴，即与应副，则不惟贫民下户获免流移饥饿之患，而上户之所保全，亦自不为不多。其粜米数多之人，官司必当施行，保明申奏推赏。其余措借出放，亦许自依乡例，将来填还不足，官司当为根究。如有故违不肯粜米之人，即仰下户经县陈诉，从官究实。

一、今劝贫民下户既是平日仰给于上户，今当此凶荒，又须赖其救接，亦仰各依本分，凡事循理，遇阙食时，只得上门告籴，或乞赊借生谷与米。如妄行需索，鼓众作闹，至夺钱米，如有似此之人，定当追捉根勘，重行决配，远恶州军。其尤重者，又当别作行遣。

一、早禾已多旱损。无可奈何，只得更将旱田多种荞麦及大小麦，接济食用。

徐宁《赈济条议》：

一、赈济饥民。今请自本州县当职官多方措置，尽实抄劄实系孤老残疾并贫乏不能自存阙食饥民大人小儿数目，籍定姓名，将义仓斛斗各逐坊巷，逐村逐镇分散赈济，不必聚集。逐处劝请乡官或士人各三人，乡村无上户士人处，请税户主管，置历收支，给散关子。每五日一次并给，内大人日支一升，小儿减半。州县镇市乡村，并令同日以巳时支散，用革重叠、冒请之弊。仍将本州县见养济乞丐人，亦同日别作一处支米，不得混合饥民赈给。臣谓其说固是，但不言义仓之米，如何得到村镇。

一、粜卖米斛，本谓接济艰食之民。今访闻州县，却是在市牙侩与有力强猾之徒，借倩人力，假为蓝缕之服，与卖米所合二人通同搀夺，不及乡村无食之民。今仰本州立赏钱一百贯，约束密切，委官稽察，不得容牙子停贩、有力强猾、公吏、军兵之家，假作贫民请买，务要实及村民，无致冒滥。如有违犯之人，断罪发落。

一、赈济。当支散日，用五色旗分为五处，每处分差指使二员、吏二名，抄劄饥民。每一名给与牌子并小色旗，候支俵及数，前来赈济所报覆。一处先了，先令赴请。所贵分头集事，又且饥民不致并就一处喧闹。

明王守仁批吉安府救荒申：据吉安府申备庐陵县申，看得所申，要将陈腐仓谷赈给贫民。此本有司之事，当兹灾患，正宜举行。但诚于爱民者不徒虚文之举，忠于谋国者必有深长之思，故目前之灾虽所宜恤，而日后之患尤所当防。以今事势而观后患，决有难测。近据崇仁县知县祝鳌申，要将预备仓谷凶荒之时则倍数借给，以济贫民，收成之日则减半还官，以实储蓄，颇有官民两便，已经本院批准，照议施行。看得各县事体不甚相远，此议或可通行，仰布政司再加裁酌，议处施行。各属遇灾地方，凡积有稻谷者，俱查照此议而行。仍仰各该掌印官务要身亲给散，使贫民得实惠之沾，官府无虚出之弊，乃可。其一应科派物料等项，当兹兵乱之余，加以水灾，民不聊生，岂堪追并？仰布政司酌量缓急，分别重轻，略定征收先后之次，备行各属，以渐而行，庶几用一缓二之意，少免医疮剜肉之苦。通行该司定议施行回报。

赈恤水灾牌：据南康、建昌、抚州、宜黄等县申称非常水灾，乞赐大施赈恤，急救生灵流移等情。看得洪水非常，下民昏垫，实可伤悯，但计府县所积无多，实难溥赈。其地方被水既广，而民困朝不谋夕，若候查实报名造册给散，未免旷日迟久，反生冒滥。已行二府各委佐贰官及行所属被水各县掌印等官，用船装载谷米分投，亲至被水乡村，验果贫难下户，就便量行赈给。为照南昌所属水灾尤剧，但居民稠杂，数多顽梗，若赈给之时，非守巡临督于上，或致腾踊纷争。为此仰分守巡南昌官吏，即便分督该府县官，于预备仓内米谷用船装运，亲至被水乡村，不必扬言赈饥，专以踏勘水灾为事。其间验有贫难下户，就便量给升斗，暂救目前之急。给过人户略记姓名、数目，完报查考，不必造册扰害。所至之地，就督各官申严十家牌谕，通加抚慰开导，令各相安相恤，仍督各官俱要视民如子，务施实惠，不得虚文搪塞，徒费钱粮，无救民患，取罪不便。

归有光处荒呈子：呈为议处灾荒以苏民困事。本县自去年四月至六月，海贼屯聚境内，四散烧劫，耕耘失事，加以亢旱，竟岁不雨，五谷不升，所在萧条，寇盗蜂起。节蒙巡抚都御史屡为闻奏，万姓感悦，以为宪台忧国爱民之诚，至于如此，虽转死沟壑，亦所不恨。今经历岁月，未见朝廷有旷荡之恩，譬之父母于其子，医药祷祀，无所不至，病势日剧，其子亦知父母之无可为力，然犹宛转号呼于其侧，以求须臾之命。此某等之所以恳渎而不已者也。伏见邸报有折银之议，查得嘉靖八年折兑一百七十万八十石，嘉靖十年折兑二百一十万石，嘉靖十二年折兑一百万石，嘉靖十四年折兑一百五十万石。以前皆是平常灾荒，于兑运四百万石之中，折兑之多有至二百余万石者。今来折兑欲得比照嘉靖十年更加宽多，庶于准折之中得蠲贷之实矣。又昆山一县被寇独深，盖贼由上海、华亭、嘉定、太仓、常熟诸道而入者，皆至昆山而止。尽昆山之西境，始入长洲之边；尽昆山之南境，始入吴江之边。当时蒙粮储道告示，称抚按俱批到以昆山、太仓、嘉定为灾荒第一。今邸报却以昆山与长、吴等县一同，欲乞比例上海、太仓等处，与长、吴略分等第，庶于通融之中，得处补之宜矣。又据本县丁田一节，原系十年每图分为十甲，输拨均徭。嘉靖十六年本府王知府改变旧法，定为每年出银，每丁银一分，每田一亩银七厘七毫，官为收贮，自行顾役，以免十年之轮编。今则轮编自若，而丁田岁岁增加，计今年本县丁银加至四分矣，田银每亩加至五分矣，通计一县增加三四万两。假使蒙恩得免三四万两之粮银，而实增加三四万两之丁田，是巡抚大臣累奏不能得之于上，而有司安坐而夺之于下也。议者往往以时事为解。窃见海上用兵，于今三年，军兴百需，若开河、筑城、造船及甓城敌台、兵杖、火器、勇夫加边防海诸所，取给不于田赋，则于大户，与夫词讼赃罚等项，并不取于丁田也。则此三四万两之银，盖有神输鬼运而莫知所在者矣。伏乞查照祖宗均徭旧制，行下各府州县，毋得仍用嘉靖十六年书册，重复科差，变乱成法，以资谿壑无穷之欲，庶于临时救荒之际，寓永远便民之策矣。又思折银之议，此亦涓埃之惠。若于今日时宜，非尽为蠲贷，百姓决不能安其田里，粮银终亦无所措办。况海寇尚在猖獗之际，殴民为盗，将来之祸有不可胜言者。为此具呈，伏乞早赐施行。

陈继儒《赈荒条议》：官长踏荒，东踏则西怨，西踏则东怨，舟车所至，攀拥叫号，里排总甲有伺候之费，有送迎之费，有造册之费，有愚民买荒之费。不如一概以全荒具申上司。旧规奏报夏灾例在五月，今已过期，似难复缓，直待上台题请，朝廷旨下，户部覆行，然后轻骑减从，踏勘未迟。今不必沿乡履亩也。（踏荒）

得钱做荒，出钱买荒，其弊种种不一，须令该图里排开报得分明，图书造册得分明。如一保之中，某区为熟区，某区为荒区；一区之中，某图为熟图，某图为荒图；一图之中，某圩为熟圩，某圩为荒圩。俱用印钤记讫，然后行抽勘之法，勘圩则刻，勘区勘图则宽。然后又行抽问之法，或问事，或比较，问过去前甲之里排则公，问见在挨甲之里排则私。大抵种田全荒者，即是上贫之饥民也；种田半荒者，即是次贫之饥民也。得一圩之真荒田若干，真饥民若干，而众图不敢欺矣；得一图之真荒田若干，真饥民若干，而众区不敢欺矣。勘荒在此，赈饥亦在此。本之以恻隐不忍之念头，参之以神明不测之作用，宁过仁，无过义，宁使得便宜在百姓，无使得便宜在朝廷。此勘荒之大指也。(勘荒)

勘荒固难，而派荒尤难。说者曰：官长不能千百其化身，而方圆于一手，何如一概摊荒，使荒熟皆沾恩典。此为熟乡作说客而设也。夫东南与西北，非特地势之高下不同，抑且有灾无灾之截然迥别。若幸而有恩，应尽数派与荒区。惟荒区有改折，惟荒区有停征、带征，惟荒区有粥赈、米赈，而高乡不得望焉。夫荒区菜麦不及收矣，秧苗不及栽矣，即栽腐烂矣。即间有可救者，皆数十百人共踏大朋水车，男罢耕，女罢织，甚则皮穿脚肿矣。今高乡有是乎？富户见田荒，谁肯借贷债米。业主见田荒，谁肯接济工本米？啼饥号寒，卖男鬻女。今高乡有是乎？租米既不能还，钱粮安所从出，佃户苦，业户苦，里排苦，县官苦。今高乡有是乎？盖当道之请命，为荒不为熟也；朝廷之特恩，为荒不为熟也。父老之拖泥带水，匍匐攀号，正恐以荒作熟也；县官之曝日冲风，亲行踏勘，止恐以熟作荒也。若不问苦乐高低，概行摊荒之法，似于官吏觉便，而于救灾则甚不均，甚不服。夫低乡涕泣而求之，高乡谈笑而得之，膏粱而欲坐享饿殍之飧，孟获而欲分夺婴儿之乳，此岂望吾良吏者乎？士大夫无以此曲动上听可也。(尽荒)

夏秋之交，旧水未消，新水复横，正如旧钱粮未足，新钱粮复征。三吴百姓之苦，未有甚于今日者也。且大暑而彻夜极寒，大雨而浃日不止，天时可怪，岁事可疑。自古水旱必相仍，兵荒必相继，即极盛太平之世且不能免，而况以好奢之世界，当易动之物情，可不为寒心哉？昔蜀道寇作，临汝侯嘲罗研曰：卿蜀人，何乐祸如此？研曰：蜀中百家为村，有食者不过数家，贫追之人十常八九，束缚之吏十有二三。若令有五母鸡，二母彘，床上有百钱，甑中有数升麦饭，虽苏张巧说于前，韩白按剑于后，将不能一夫为盗矣。古来乱民常挟饥民而起，如王仙芝、黄巢之类，不能枚举。必须当路者先服饥民之心，摄乱民之胆，而后可以永保于无事。何谓服饥民之心？如菲衣恶食，教民节俭，缓征停讼，与民休息，任怨任劳，怕因怕果。如切自家痛痒，如救自家骨肉，披发缨冠，废寝忘食，所谓服饥民之心者也。何谓摄乱民之胆？只今大水弥天，奸人借事生衅，或有装驾快船，以割稻为利者，或有抢夺篙橹货物，以增筑圩岸为名者，或有聚众鼓噪，以借米粜米为名者，此皆乱法之民。若有此等倡祸，即刻前往擒拿首恶，轻则系狱，重则捆打，此所谓摄乱民之胆者也。盖救灾恤患之中，专寓防微杜渐之意。饥民必救，乱民必斩。舍此八字，别无荒政矣。(禁乱)

夫上人要有救荒之心，而不当有救荒之状。如银赈、米赈、粥赈，此为无田者而设也。而目前库中之银几何，仓中之米谷几何？此不可遽言赈也。如蠲免，如改折，如停征、带征，此为有田者而设也。而目前之荒疏未上，朝廷之恩例未下，此不可以遽言蠲也。大抵饥民如小儿，不忍用威，又不敢遽用恩，挨得一刻不啼哭，则一刻之饼饵且止，挨得一日不啼哭，则一日之饼饵且止。留前贮后，相时而行，屈指七月至十月终，有一百二十日之期，幸而高乡成熟，则新米可接济矣。又屈指十一月至明春四月终，有一百八十日之期，幸而春熟有望，则豆麦又可接济矣。独二熟未至，接济何人？万姓嗷嗷，命在呼吸，前则以设法预备为主，后则以分头急救为主，中间则在闲时忙做，忙时闲做，勿促之告急，勿挑之使动，如遏粜抑价之类是也。(禁张皇)

改折一事，近虽奉有明旨，但时事多艰，拘挛当破。议赈则仓库空虚，议蠲则金花难免。独有漕粮一项，漕粮每石轻赍席板、过江水脚、折耗等项，共计银二两。若得几分请折，每石止征银五钱，则余米存留地方，有田者明沾实惠，无田者暗受恩波，计无便于此矣。查得改折事例，被灾十分九分以上者改折七分。又查得被灾八分以上者不分正改兑，每石折银五钱。此定制也。今三县灾伤，正当十分九分之数，则改折漕粮正当每石折银五钱之时。前有万历十六年及三十七年水灾奏准文卷，历历可查。申请道院援例乞恩，亦宽中之宽，恩外之恩，而未知可得否也。若复请今岁停征太过，则来岁带征益多，姑息于目前，而棰楚于日后，不惟难为百姓，抑且难为县官。且看部覆何如耳。(改漕折)

以官教民不若以民济民，以民济民不若以商济民。我既遏粜，邻亦效尤，寸寸节节，皆是死路。当听其自相灌输，较是两使。盖本方之米有限，日用则米日消；四方之米无穷，日来则价日减。此不待智者而后知也。若云米在外者，则欲招来，米出境者，则欲严禁，非惟用情之不恕，抑且立法之难行，此犹士大夫半明半暗之说也。(禁遏粜)

救荒之法无如，设处粮食为第一义。拣选大户，领银转贩，给付印批，勒限回县似矣。目今库藏空虚，官银何处撮借？愚谓使大户粜米，不如使大户积米。如不愿远粜而愿积米者，即将本家之米自贮本家之仓，积米若干，时价若干，但取结状印信登册讫，后日价踊，原照前价平粜。幸而价不甚昂，米还大户，而官无与焉。在官府许境内之米留之境内，不必处粜米之银，在大户以留之在家者听之，在官不必增远贩之费。此不遏之遏，不粜之粜也。拣选积米大家，只将屯户查明，量田之多寡，酌米之轻重，如千亩五百亩之家，或有余蓄，下此则不能矣。若开报殷实，徒生诈端，请托营求，易生烦扰，其不便者一。领银粜米，银一到手，岂无花费之子弟、侵克之家人？其不便者二。我遏我粜，彼遏彼粜，口语斗争，关津阻隔，其不便者三。远涉江湖，担延岁月，其不便者四。远方价高，回乡价减，查验推委，多所支离，其不便者五。华亭八十余区，试选区中大户召而问之，愿积米乎，愿粜米乎，其情实可以立见矣。(粜米)

抑价之说，行于官粜则可，行于民粜则不可。盖官府设法银两，遣官远方，贩得粮食，略有头绪矣，然后发与良善大户，平价粜于饥民。但奸徒或以低银至者，以低钱至者，以短价至者，受之则大户亏本，拒之则喧嚷相加，甚至诈告小升小斗，诈告谷插壳插粞，而添出词讼，无已时矣。况抑勒减价，则积米之家闭廪不出，贩米之商闻风不来，本欲抑价而价愈增，此立毙之道也。(禁抑价)

官粜官粜，其名甚美，而往年奉行台谕，几至大乱。盖强梁者得之，软弱者不得也；附近者得之，远僻者不得也；衙门之狡猾、臧获之亲厚者得之，而鳏寡孤独疾病无告者不得也；诡名诡姓、假为蓝缕之服者得之，而真正饥贫者不得也。或拥轧，或叫号，或困踣，或斗争，或声言以减窃告，以拌和告，以小斗斛告，本家不胜其烦，但求糊涂苟且了事，而止有平粜之名，无平粜之实。若不体贴施行，则区处钱粮之艰难、远贩粮食之辛苦，俱付之儿戏一掷耳。可惜，可惜！慎之，慎之！直待铺行十分踊贵之候，始付好义大户平粜饥民，但许升计，不许斗计，自城及乡，然亦可暂而不可久也。(平粜)

夫用众宜在狭处，不宜在广阔处。如在广阔处唱名，叫一人而千万人俱拥案前，本人不到而他人冒应冒领者有之，应去复来，领去复应，其谁能一一而稽察哉？大抵散赈不散米而散票，此常法也。散票之法，莫如晴明上城安排布置，每图分作十甲，第一甲以至十甲，每甲将水牌开写饥民姓名，挨甲编定，有一城垛，靠立饥民一名。县公乘轿，门子执票，有一名即将一票付之。得票者从轿后陆续过去，未领票者从轿前挨次前来。散过一图，又是一图。散过十甲，又是十甲。饥民执票就仓，仓吏认票发米，先后亦以此为次第。兵法云：用众如用寡，分数明也。此即散赈之法也。(散赈)

救荒之意为田设也。田主各自接救佃户，种田一亩者付米二升，种田十亩者付米二斗。共计米三万九千石，即省出官米三万九千石矣。即使官赈，有如此之直捷乎？即使官粜，有如此之均匀乎？人自为给，无强梁挤轧之弊；家自为赈，无游手冒名之弊。平时借作工本米，凶年借作性命米，工本米至冬月补偿，性命米至丰月补偿，各立券为准，不还者告官究追。此官府不赈之中，而民间暗寓赈济之法，比之报名分赈、执票平粜者，有淹速，有均否，有真伪，有会集之扰，有辨察之烦，其孰便孰不便也乎？且赈饥之事，官府既不能遍及乡村，又不能确定灾伤之重轻与饥户之真伪，惟田主与租户痛痒相关，情形又实。凡田之果荒与否，家之果贫与否，不待踏勘而彼此灼然莫可掩饰者。今能依照前议，既报其平日胼手胝足之劳，又救其目前逃亡饿殍之苦，此安插佃户第一义，而当事者又且赈之以济其穷，庶不立槁矣。况士农工商，惟农最苦，比之游手闲民及素不识姓名者，休戚万万也。田主置之度外，彼且相率而去。其故居。抛弃屋庐，谁人看守？明年菜麦，谁人下种？田主劳费，岂不多于今日哉？是说也，无田者、田少者皆欣然以为可行；而转展阻挠、倡言不便者，必出于多田富户之仆辈。独不思田多则易于转移，人饥又易于为德，决不分外多求，亦决不因求生事。仁人首倡，转相劝谕，由城而镇，由镇而乡，由吴而越，由吴越而推之他方被荒之处，岂非根本简便之良法哉？(田主赈佃户)

救荒煮粥事宜十七条：

一、早粥不如迟煮。煮粥最宜慎始虑终，须计量仓谷多寡，可食若干人，可支几时，然后起手。若骤然轻举，一时谷尽，又骤而已之，令老弱者转死，强梁者且生他心，不可不慎。

一、城郭不如乡村。设粥于城郭则游手之人多，设粥于乡村则力耕之农众。聚则疫痢易染，分则道里适中。设粥城郭十之一，乡村十之九，则得其平矣。

一、委官不如委好义。大户一心以奉委，又一心以救饥民。精神既分，事事苟且。惟敦请贤士大夫为地方素所信服者，监督煮粥，朝夕无供应之烦，左右无需索之苦，柴米不能凑手，可以猝请猝应，于当事者又无扞格不通之虞。昔井愚聂公尝行之而效矣。

一、搭厂不如寺院。搭厂费竹木，费柴薪，费工食，既防火烛，又虞风雨，又少遮拦。惟寻访地方寺院，一便水浆，一便造灶，一便寓房，一便贮柴积米，一便容民畜众。

一、土灶不如砖灶。土灶龌龊易败，砖灶洁净可久。其大锅锅盖、水缸等项，即从地方镇上店家借之，编号登记讫。若火钳、担桶、淘箩、簸扁诸小物类，大户领价置之。

一、执事不如选用饥民。选用饥民，须衣服洗净、精力健旺者，每人给米二升，许令执事煮粥。如有不好洁、不听命因而偷盗米粮物件者，逐出更换。

一、粞粥不如米粥。往时粞粥多有半生半熟者，间有拌和石膏者，饥不择食，往往食后致病而死。若米粥则无此弊，故煮决以白米为主。

一、草柴不如木柴。官既发米，随将买柴银两同时给发，每日用柴百束，先买二三千束备用。坐柴可以代凳，余炭可以煮茶。日逐劈柴最为烦苦，饥民待粥空闲者，即以劈柴委之，劈完加粥一碗。

一、吃粥不如带粥。凡煮粥上午一次，下午一次，奔走道途，倘遇风雨，尤觉艰难。若愿吃粥者，许令自带碗箸，以便就食。若愿带粥者，许令自家带钵，并给二次，以便携归。昔尝行此法，愿吃者少，愿带者多。盖吃则止于一人，带则归分老幼，不妨生理，不失碗箸，不成群混扰，不竟日奔驰。饥民既得安闲，而执事者亦少休息矣。

一、给粥老人先于童壮。前锅粥熟，即贮缸中，遇老即发。盖老者尪羸，不能久待，童壮尚可待也。

一、给粥妇人先于男子。妇人领粥出自万不得已，来即发之。盖妇人廉耻最重，不能久待，男子犹可待也。

一、童子、壮男各分一处。凡童子顽狡，溷入粥场，最难驯伏，须择一人管摄。或吃或带，击锣引旗，五童一队，挨次散之。凡壮男，须俟煮粥有余末后给散，击锣引旗，亦如之。大约以巳午为期。驯良生理者不必先来久候，强暴梗事者不致屯聚后留，亦分别调驭之一法。

一、丐流毋得混扰饥民。丐流混入饥民，非特不洁，亦且不甘，另遣乞丐头领置之粥场，远处别设粥赈之。

一、饥民日登记籍。钱粮出自官府苦心区处得来，一粒一毫，俱要著落。抛散者上干天刑，侵渔者难逃宪网。凡每日男女领粥若干，每日煮过米若干，执事工食米若干，一一登记簿籍，以呈查考。

一、修道路桥梁。大水之后，岸有低洼者补平之，桥有桥板桥栏腐坏者修好之。无令饥病之人因倾跌致毙，先宜周密预为之。

一、别筹领粥。凡远近有体面之人，如学究，如里排，如医生等类，以领粥为惭，而实以绝粒为苦。另置竹筹烙铁记色，分筹领粥，不必到厂。

一、煮粥须要尝粥。凡粥之生熟厚薄，有插和、无插和，须要监督，与大户亲看亲尝，则执事自然用心，而饥民亦且心服。

《农政全书》：富弼擘画屋舍安泊流民事。当司访闻青、淄、登、潍、莱五州地分，甚有河北灾伤流移人民逐熟过来。其乡村县镇人户，不那趱房屋安泊，多是暴露，并无居处。目下渐向冬寒，切虑老小人口别致饥冻死损，甚伤和气。须议别行劈〔擘〕画下项：

一、州县坊郭等人户，虽有房屋，又缘见是出赁与人户居住，难得空闲房屋。今逐等合那趱房屋间数如后：

第一等五间　第二等三间　第三等两间　第四等五等一间

一、乡村等人户，甚有空闲房屋，易得小可屋舍，逐等合那趱间数如后：

第一等七间　第二等五间　第三等三间

右各请体认。见今流民不少，在州即请本州出榜；在县镇乡村，即指挥县司晓示人户，依前项房屋间数，各令那趱，立定日限，须管数足。仍叮咛约束管当人等，不得因缘骚扰，乞觅人户钱物。如有违犯，严行断决。仍指挥州县城镇门头人，常切辨认才候，见有上件灾伤流民老小到门内，其在州，则引于司理处出头；其在县，即引于知县处出头；其在镇内，即引于监务处出头。各仰逐官相度人数，指定那趱房屋主人姓名，令干当人画时引押于抄点下房屋内安泊。如门头不肯引领者，许流民于随处官员处出头，速取勘决讫，当便指挥安泊了当。如有流民欲前去未肯安泊者，亦听从便。如有流民不奔州县直往乡村内安泊者，仰耆壮画时引领于那趱下房内安泊讫，申报本县。及当职官员，躬亲劝诱，逐家量口数，各与桑土，或贷种救济，种植度日。如内有见在房数少者，亦令收拾小可材料，权与盖造应副。若有下等人户，委的贫虚，别无房屋那应，不得一例施行。除此擘画之外，如更有安泊不尽老小，即指挥逐处僧尼等寺、道士女冠宫观、门楼、廊庑及更别那趱新居房屋，安泊河北逐熟老小。如有指挥不及事件，亦请当职官员相度利害，一而指挥施行，务要流民安居，不致暴露失所。

晓示流民许令诸般采取营运不得邀阻事：当司访闻得，上件饥民等，多在山林泊野打刈柴薪草木，货卖籴食，及拾橡子，造作吃用，并于沿河打鱼，取采蒲苇博口食。多被逐处地主或地分耆壮，妄称系官或有主地土诸般名目邀阻，不得采取。似此向去冬寒，必是大段抛掷死损，须至专行指挥。

右请当职官员体认。见今流移饥民至处，立便叮咛指挥诸县官火急行遣，遍于乡村道店村疃内分明粉壁晓示，在系流移饥民等，除人户墓园、桑枣果园及应系耕种地内诸般树木不得采取斫伐外，其近外远去处泊野山林内柴薪、草木、橡子并沿河蒲苇、芰打捕鱼诸般养活流民等事件，不拘系官系私有主地分，自随流民诸般采取，养活骨肉。其耆壮地主，并不敢辄有约拦阻障。如违，仰逐地方耆壮，具地主姓名解押送官，严行断遣。若耆壮通同拦障，并仰流民于近便县镇官员处出头陈告，立便追捉，重行勘断，申当司。所有前项事件，盖为应急救济流移饥民，才候向去丰熟日，即依旧施行。

告谕劝诱人户各量出斛米以救济饥民事：勘会当路淄、青、潍、登、莱五州，自春以来，风雨时若，夏已大稔，秋复倍登，咸遂收成，绝无灾害，兼曾指挥州县许人户就近输纳，务从百姓之便，不顾公家之烦。当司累奉朝廷指挥，凡事并从宽恤，一无骚扰，颇获安居。今者河北一方尽遭水害，老小流散，道路填塞，风霜日甚，衣食不充，已逼饥寒，将弃沟壑。坐见死亡之厄，岂无赈恤之方？又缘廪所收，簿书有数，流民不绝，济赡难周。欲尽救灾，必须众力，庶几冻馁稍可安存。况乎今年田苗既太丰于累载，而又诸郡物价复数倍于常时，盖因流民之来，遂收踊贵之值。岂可只思厚己不肯救人？共睹灾伤，谅皆痛悯。兼日累据诸处申报，以斛斗不住增长价例，乞当司指挥诸州县城郭乡村百姓，不得私下擅添物价，所贵饥民易得粮食。见今别路州县城郭乡村，并皆有此指挥，惟当司不曾行。盖恐止定价例，则伤我土居之人，须至别作擘画，可使两无所失。其上项五州乡村人户，分等第并令量出口食，以济急难。施斗石之微，在我则无所损；聚万千之数，于彼则甚有功。凡在部封，共成利济。敛水〔本〕路之物，救邻封之民，实用通其有无，岂复分于彼此。今具逐家均定所出斛米数目如后：

第一等二石　　第二等一石五斗

第三等一石　　第四等七斗

第五等四斗　　客户三斗

已上并米豆中半送纳

潮灾纪略

清抄本

（清）佚名 撰

夏明方 点校

潮灾纪略

康熙三十五年丙子，常邑谣言：今岁仲夏，有混沌之厄。一时虽氓咸惴惴，至有妇子相对涕泣者。至六月初一日海潮发，福常、寿兴、永兴等沙地尽为浸没，内地幸无恙。唯崇明一县被灾独剧。

雍正二年甲辰七月十七、十八两日，飓风拔木，吾谷枫林几为之凋。十九日，潮水陡发，沿海洲沙比康熙三十五年水更高三尺余。幸黎明渐退，沙上居民独被灾。籓司鄂捐俸二百五十两发赈，知县喻宗奎出示福山，准于八月某。日至福山，奉宪发银。沙上灾民至是日冲晓群集，及日中而喻令至，民皆枵腹以待久矣。沿海地方共四十余图，每图灾民名数不下百余口。喻令视册，知二百五十两不堪遍给，遂封贮不发，欲回邑酌议。一灾民攀舆号呌曰：如此白银，尔要吃在肚里耶？喻令以扶首击之，众哄然而起。喻令乃出轿窜去，幸福山官兵拥护入城。后委里中有干而年者，择其极贫赈之，得以报销。是年，唯崇明诸沙被潮溺者独多，江北诸盐场亦尽淹没，而吾邑以潮退独早，稻禾花豆颇损，人民无恙，故未报成灾。至雍正十年壬子七月，而常邑潮灾从来未有，惨不可言矣。

先是十五日，太仓刘河海船泊于海口，忽水面腥秽气触鼻不可忍。各船篙师舵长无不掩鼻，闷欲死，尽匿舱底避之。至十六日早晴霁，忽又有异香氤氲水面，披拂人衣，船人各惊异。是夜灾至。

十六日无风，傍晚大风顿起，黑云漫天，忽现赤色，少顷变纯黄色。海天半角，烂然金色，照耀城市。自申交酉大风挟猛雨，淋漓倾注。潮势乃起，如千军万马奔腾而来，如长岗高嶂推排而至，俄而水高四五尺，俄而丈余矣。福山近城一带地势稍高，屋庐稠密，皆有墙壁周四围，水力犹缓。若沿海诸处及诸洲沙民居，茅屋土墙，潮至即随之飘荡而去。更可异者，如金村，非高区也，不日而水田已见土。田庄去金村，不远二三里，次日而舟尚从桥面上行。王家墅，沿海高区也。三四日，民舟入市，尚繫缆于户。十七日，沿海地方潮势已退，内地至数日后尚有汪洋骇目者。是时水势不尽由海而来，直从地中泛出，趵窦漩洄，不可方物。直奇灾也！

江南自松江、上海至江阴，江北自海门、道州至如皋，共二十八州县被灾，而江北诸州县稍杀。盖潮来必由东北风，而是时北风犹意。常邑黄泗浦以西，正当下风之冲，室庐荡然，人民溺死无算。汇报二千五百有奇，其实男女老幼溺死几及万余人。

李家油车内大石磨，潮至汆过河函，又过水田三丘而后沉。凡诸石桥，桥面、桥柱皆冲滩，随水面辗转盘旋，尽汆过百余丈，或沉河底，或沉田间，无一完固者。

十七日早，内地潮水涨未及岸，已有几人乘一草屋上架梁，随潮水汆至田庄兴龙桥。因共救起，已仅余残喘。人食之，得稍苏。问其居处，云是寿兴沙人。半夜风潮，已过海面百里。至田庄，则又入内地数十里矣。

田庄一人欲过兴龙桥。初至，见潮水已过桥块，桥面尚露，举足欲上，忽轧轧作声，身摇摇，若将随水而去者。急转足而下，桥石尽盘旋水面，悠然而逝，两岸已成迷津矣。

洪口一战船，已坏多年，未修，十七日黎明，为风潮冲至福山城下，一时攀而上者几及千人，谓舡高大，乘之即随流他往，性命可保也。忽风忽潮涌，船艘掉转，通一大楼墙触碍。潮荡船，船击墙，顷刻船败，人尽纷纷落水。有矫捷者，力凭朽木败板，或数人一木，或一人一板，飘荡入内地，方得生。

凡草屋，皆沙上民居多。然潮来势速且大，皆不及上屋。潮一涌，则屋已揭去，水已没人首，故死者独诸沙为众。其余稍近内地者，或附木柱，或附茅蓬，顺流飘荡，终因腹馁无力，至堕水死者，十之五六。

猪羊鸡犬黄牛不习水，为水淹死宜矣。水牛习水，性更喜水，潮至亦死。港上及东北一带水牛，为潮势冲击，始还与波上下，终因无处倚傍，颠荡一日夜，至内地沉而死者千余头。唯诸蛇随潮漂荡，得树杪即扎缠树上，皆不死。人有附于树者，蛇亦不害。一人凭一木，漂至一树傍，遂攀树栖身于上。见隐隐有带条萦于枝上，谓可取以缚己也，牵手拽之，则一赤练蛇，长丈余。虽拽之，亦凝然不动。其人无奈，姑与并栖。每潮头来，蛇辄昂首透出水上。其人见而效之，得不死。

福山城外木行张姓之妇，临月，潮水发，上木排避之。忽篾簟冲断，随潮流至内地。即产于木排上，母子竟无恙。

有周姓兄弟同居，潮至，弟语兄急宜避去，其兄不肯。弟强之再三，终不听。弟不得已，挈其妻躲于一树上，得生。兄及嫂全没。人论其兄弟一生一死之故，皆云兄固宜死，盖其人平日事事要便宜，太使乖者。

一人伏于棺上，余至塘桥。见岸上人，号泣求救。人因水势急，实无下手处，听其去不顾。忽触一高阜，棺停，其人号泣，伏于棺上者三昼夜。水稍退，人始食之以麦粥。询其由，因指棺泣曰：此吾父也。吾妻及子女想登鬼箓矣。人诘之曰：何不挈与同避？其人曰：吾见潮势猛急异常，但恐父棺漂荡，奋身抱父棺。幸一路水势虽悍，吾伏棺上颇安稳，不至颠播，骸骨幸无恙。今棺得安置处，吾心稍慰。然后思及妻子，更加心痛耳。人皆以为孝子，愿捐高阜葬其父，乃拜谢而去。盖小长沙民也。

有王姓二子，家傍海潮大至，兄弟急排父寝门，欲扶之出避。时父年已八十余，起动稍迟，屋忽覆，父不知所在。兄弟入水中败屋遍寻之，皆死。

萧家桥钱姓妇，十六日，夫入城，独与两女三子居楼上。未就寝，闻风雨声异常，乃呼一婢同下楼，先运米麦等食物，继运薪炭，继运炊爨等具，悉置之楼。复思楼下衣箱皆儿女御寒具，复努力与婢擎之上楼。气竭少喘息，复思书斋中祖传书籍，吾夫所珍藏。脱潮水浸烂，夫必怒，勉呼婢偕运。时潮水已涨三尺余，钱宅中已没至半胫。妇冲波拖浪，搬运书籍，皆暗中往来。如是数四，与婢稍息。忽又思田〔曰〕：书斋中有帽一项，夫所新置。复下楼独往，携挂于所寝之床，然室中水已至楼梯三级矣。忽又思曰：此一物，奈何奈何！婢问何物，曰：有酒数坛，是汝主所依以养命者，必携至楼乃可。复挈婢欲往，继思两人各举一坛，力不能胜，乃取一布袱而往。其长女忽心痛，力阻其母无下楼取酒，不听。时水势已齐腰，妇用袱盛酒坛，与其婢各撮两角，互相搭手于肩，举之上楼。虽衣履浸水，通体淋漓，觅取之颇便，于是复下楼者数次。后举一坛，手搭婢肩，忽闻听前高墙倾倒，声若雷霆，心战体软。至楼梯，方举足欲上，被滑失足而溺。其婢与其子女号泣而呼，绝无应声，唯风浪噌吰而已。十七、十八两日，楼下潮水几及五尺，婢与子女但望洋号泣。幸食物等具，妇已一一备具，得不馁。十九日水退，其子女得尸于楼下正间，方环向恸哭，而夫适归。见其颜如生，唯左额上有跌捐痕，悲哀仓卒，亦不问其所以死也，但知其为潮水溺死而已。夫性本豪，高阳酒徒也。既殡其妇，欲自排遣，忽呼酒，连饮巨觥。既而问其女曰：家被淹没，何以此酒独存？得无天赐耶？女因言其母取酒而死状，夫乃大恸曰：如此真吾妇矣！惜书斋中厨内珍藏经籍，不为我一取也。女曰：先取置楼上箱中矣。因述十六夜间米麦食物薪炭炊具俱是母一人预为运置，姊妹衣服等及兄弟衣服皆不忧无备，即父一帽亦现挂楼上床头。夫闻，不觉搥胸顿足，大号而泣曰：如此真吾妇矣！吾妻真为我而死矣！遂悲恸成疾，未几亦死。

时浮尸从各港口汆入内地。有一队女人，手对手相结。中一人年似四十余，左一女、右二女，俱少艾。想系母子欲死同一处也。衣服皆绵绸衫、月白纱裙。三女俱穿红小鞋，下体皆层层结束。汆至李家桥，人疑其有物，用挽铙挽住，检之无有，止耳上金环四付。取之，即瘗之高处。

小东门外一男尸，乃十五六岁白面书生也。项上带一银圈，居民争欲取之。水流迅速，顷刻汆至五渠桥去。

凡溺死者，男伏女仰。此时却不尽然。有男而仰浮水面者，有女而伏水面者，盖由潮势翻腾，失其常也。更兼潮起时家家就寝，人尽不及穿衣，男女浮水面者，尸皆裸体，不忍寓目。

内地水退迟而人物不甚伤，沿海诸沙，水退早而人物尽失内地。乡民自十七至二十，皆乘舟捞物，每日得鸡鸭若干、猪羊若干。其捞得箱笼者，邻里相庆。至有搜及死尸而得其金银者，因而致富焉。然不一二年，而合家皆死于疫矣。

王家市某姓，开南货店，久与沿海诸图民家相熟。采麦花豆，耕种时暂时抵货物，取成时来赎。是年某家抵到米麦四百儿（按：原稿如此）十石，花豆称是。至冬底，竟无人来赎者，某家遂致大富。

奚浦茅紫庵地方，有袁宁官者，与其妻避水于屋。其父则挈宁官之手，附于大连树上，子以搭膊自缚于树之干。忽浪涌干折，子沉于水。袁妻急从屋上欲下往救其子，亦堕于水。恍见一红棍从水中扶之起，遂潮里许，见水面有树头露出，用手撩之，得免死，而其子已杳然无踪迹矣。

浮棺无数，随潮入内地。间有得生者来踪迹之，已不可认。但因其相似，或取归，或随葬其处而已。

有沿海人，夫妻两人及一老母同居。潮至，有两棺乘风势并冲墙壁，穿穴而去。夫妻随为浪涌，至一浅处，得全其命，而母不知其存亡也。及潮退回家，见尸横遍野，内有一老妇尸，酷肖其母。妇云：青裤腰者，是我姑。检视果然，遂负以归。至则庐舍倾圮，取芦苇为棚，勉置一棺殓之。阅一日，发破屋中瓦砾，其母尸在焉。乃知前所殓者非母也，然不忍弃，与其妻舁至一峰埋之。归而自念母独无棺，不胜大恸。涂中见一少妇尸，以举锄之便，复欲埋之。为移置使正，忽尸旁抛出一包裹，有二百余金。乃取归，办两棺，与其母合葬焉。少妇穿绣软衫裙十数重，而束缚谨密如此，非小家女也。

田庄浮尸，十余男人，四女子。十九日，里人敛财买棺埋之于荒峰。河阳山僧庵一僧，每夜遥见其处，鬼火荧荧，一处簇聚至十余点，一处落落只四点而已。盖葬时男与女离地二丈余，别隔而埋也。僧誓为诵往生咒荐之。诵咒至二千卷，鬼火乃灭。

北水门外刘姓者，馆于先生桥。夜梦神挟一册，册上皆人名，令刘每名用印。印至半页，忽见东人一家姓字。持印迟疑，旁吏叱之，遂一一印去。至末页，忽见已名，愈迟疑。吏又叱之，令速印。刘不得已，亦印讫。十六日夜半，东家一门尽溺死。刘适假馆在家，自幸获免。因述所梦与妻子知之，亦皆惊喜。至二十一日，刘忽令家人治早饭，欲入城访友。饭毕，出门惘惘，至晚不归。家人至友家寻之，并未至其家也。明早再入城踪迹，已溺死于骆驼浜内。

西徐市有钱姓者，率两仆附便舟，往东乡收花豆租。至时已午后，居停一佃户家。其佃素循良，见业主至，杀鸡具酒食款之。忽一语不合，遂痛骂钱，且殴之。钱大怒，急令仆买舟入城，欲诉之官。邻里为谢罪劝解，不顾也。时十六日下午，东北风急，钱舟扬帆迅速，抵暮已达邑城。而斯时所居停佃户之家，已漂没不知何往矣。后钱姑悟此佃素循良，而忽以无礼激我入城者，乃我命之不当死于此厄，而冥冥中有迫之避者耳。

有两小儿并缚绵花包上，随流氽至一村。村民捞起，争取绵花。一人独抱两儿，至家哺之。后数日，闻福山港口棉花行张姓，潮至，合家之人各附棉花一包，漂入内地，皆得生还，独失去两儿。其人乃抱两儿至彼，果是张姓之儿。合家大喜。问其所业，则种芦葡为生者。乃令挈家来同居，养其一家以报之。

城中有沈三奶奶者，其夫系贡生，适往江阴录科。三奶奶有母姨在吴家市，从一妪、一仆、二婢往探，姨家留之信宿。乘便自往沙上收取花豆租。甫至沙上，风雨乍作，潮水陡涌，倾翻其舟，婢妪及仆皆溺死。三奶奶独随船翻转，恰俯伏芦席上，漂荡至七房桥。将近一大树，黑暗中见一男子在树上，作叫苦声。三奶奶呼号求救，男子亦呼曰：须近树，可手援尔来躲此树也。忽浪头斜冲，芦席傍树，男子乃援之，令附抱一枝。足小不能竖立，欲落水者屡次。其人乃掖而楼〔搂〕之。至午半，风愈急，水愈涌，大树连根拔起。男子一手攀树，一手挈三姐姐共附于树。漂至一大松坟树，结于古松茂密处。得丙舍中有败楼，水尚不至，乃负三奶奶上楼暂躲。其时松声如吼，楼之四壁兀兀欲圮。男子慰之曰：无恐。天将明，风头乍缓乍猛，息之兆也。至天明，男子从高岸纡道至城，报其家，乃迎三奶奶归。庶几有鲁男子风者。

陈家桥李姓之子，聘陶富室女，已有婚期矣。七月十七海潮大作，李我子泊舟于岸，伺水面浮物至，则捞取之。俄见一女子，两手攀住一大箱，箱上用汗巾绊一小匣，随潮冲击而来。见李持篙注视，大呼求救。李乃推坠其女于水，而取其箱匣。至家启视，则锦绣衣服金珠首饰也，其父大喜。既而知陶姓一家尽被淹没，有另行择配意。适里中王姓者，其抚养之女貌甚姣好，李氏子欲聘为妻，即以所取金珠首饰为礼物。女一见而大恸。其继父及继母亟询之，女曰：此即我物也。潮来时，我抱持弗去。漂至中途，为强人所掠。不知何所以在彼？须为我一询其由。王老以姻事既成，不欲纷烦，伪□已托媒氏往询，乃一无赖子持来兑换，今已不知何往矣。及李娶日，女初入房，忽见大箱小匣安置寝所，认是己物，不觉呼号大骂。一时众戚邻里，并集来观。女乃向众泣诉曰：我陶某之长女也，实许此家。潮势冲至，被此人推我堕水，夺吾物。现有箱匣在，可据也。箱内衣若干，匣内金珠若干，今即以聘我。现在奁具内，贪又可据也。贪其财，弃其命，尚愿为之妻，有是情乎？有是理乎？众见女坚执不从，且所言真，群怒李氏之子残忍，遂白之官。知县张嘉论以李掠财杀命、负义伤恩，重笞李氏子，而离异其妻，令女改嫁。

大义桥氽来一妇人尸，伏而浮于水面，上体略沉，下体轻浮。人意其胸前必抱持金银，故重而沉也。群争捞起，则抱一婴孩，母子俱死，而手不放弃。怜而瘗之。

一老翁伏于一棺，随流漂至湖桥。见数舟捞物，大呼求救。数舟急鼓棹往，离老人所凭之棺止丈许地耳。水溜，猛力举棹，卒不能近。俄而一骇浪从棺底涌出，势高四五尺，人与棺杳无形迹矣。未几，棺仍浮起，已过湖桥而南，老人溺死。

吴三姐者，港上吴见心之女也。父母没，倚诸兄以居。已字未嫁，时年二十余。潮至，诸兄各挈其妻子上屋，独不顾其妹。三姐危迫，举一大官桌，翻转推至庭中，手持一竹竿，坐于桌上。潮涌出屋，回视兄嫂数人，已随屋漂荡，各堕入洪水流中矣。三姐坐桌上，过潮势猛急，屡次翻转欲堕，赖手中竹竿随势撑揞，已漂至内地。时天尚未明，顷刻已流至大东门城下。三姐亦不识为何处也。比晓，见有高岸，乃舍桌而登，坐一牙行家檐下，哭声甚哀。一老人启户出，问其处及父兄姓氏，乃不禁泪下曰：果尔，是吾媳也。吾昨来城买饼，寄宿此家行内。不料家乡已为水淹至此，吾儿亦无生理矣。遂大恸。主人知，留老人及其媳于家食之。至明日，老人之子寻父来城，既见，各惊喜。老人命挈三姐归，与子成婚。三姐却之曰：生我之恩，别宜图报。若以张冠李戴，冒昧成婚，宁死耳。主人贤之，因问曰：汝所字者，非某人之子乎？曰然。又问曰：汝非某人之女乎？曰然。老人又将媒氏及纳采何物并某年月日，一一为三姐述之。三姐知其言符，但私告主人曰：女无媒则为奔。今遽挈我而归，无乃类于奔乎？主人自指曰：我即媒也。且而翁素端悫，岂肯冒他人妇为己妇乎？汝可勿疑。三姐允之，遂妇于夫家。

时浮尸遍野，邑中行善者置棺百余，令人分路殓葬。棺不给，乃买芦席数千，随路掩埋。又不给，于是裸葬者十之七八。臭秽之气，到处欲哎。牛羊猪犬浮于水面者，久之溃烂，鱼虾皆宅其腹，鳗鱼大如臂。一时市镇中人不胜食，皆肥大味美，然食之则病，病者食之辄死。皆从死牛腹中来故也。

十七日，被灾各图地总赴县呈报。知县张嘉论，浙江海盐人也。问曰：夜来潮水，咸乎？淡乎？对曰：水淡。嘉论以为所报不实，掌其嘴。盖海盐潮水咸，常熟潮水淡。至今福山港口潮水，味若天泉，原非咸也。张令但知彼邑潮水之可以煎盐，不知吾邑潮水之不可煎盐也，故认淡为咸，反以报者不实。于是略不加意，亦不批看灾日期。十八日，有督粮道承差某，目击北水门一路潮水滔天，浮尸盈野，白之道宪刘柏。刘急传张令诘责之，张令窘甚，遂于十九日来福山勘灾。其时灾民皆以芦茅编箔蔽其身体，人各执清水一盏，献张令曰：盍尝之，咸乎？淡乎？张令见灾民无状，皇遽往游击署中避去。时游击马某，陕西人，不识字而性戆直。张令至，问马公曰：贵署水至，得无惊乎？马曰：没有。张令讶曰：安得没有？马笑而上指曰：这楼上但不曾浸到耳。灾民闻之，各抚掌称快。咸谓马公一谑，胜于咲骂也。

于是就被灾各图通详上报。后发银发粟赈济，屋每间发银六钱，人每口发银八钱，小口半之。设粥厂，自十年八月十五至十一年四月十五止，共支官帑银若干。

（原书尾注：海南于三月二十四日读讫。）

扑蛹历效

清雍正十年刻本

（清）王勋 撰

李文海 点校

叙

《春秋》书"螟",《尔雅》称食禾心为"螟",谓其冥冥难去也。而聚飞掠食,蝗害尤烈。唐太宗吞蝗轶事,传为美谈。我皇上御极以来,荣云生,甘露降,瑞征史不绝书,蜢蚱妖虫应绝迹盛世,而管见所得,虽曾历验,则拟为百年备而不用之法,无碍矣。癸酉岁作任邑令,即《禹贡》恒卫,既从大陆农作地,为沣洺等九河下流,沤茹蒸腾,螣蟓易生。七月履境,八月有飞蝗遮拥从东北至,扑灭半月净。二年惊蛰次日,粮房掾自书,如有蝻子生发,速行呈报,告条百余纸送票。余为骇惊,叱问是物岂寻常所有,何得妄出乃尔耶?掾曰是自来规矩,遂判司放行,年置闰前。四月十六日,俄即有娘娘庙地方走报曰蝻生,星发飞骑,验即去岁扑飞蝗处。方以为遗种卵生,无何而杜科路庄、北张、牛星寨陆续飞报,零星处未易覆□,余张皇夫役五鼓出漏下,旋有一日遍四境,时连陇畔盘旋,每日有约二三百里不一。时厅宪黄公颇为叹赏。诸处呟童呼蚂蚱厂,则其为土著习见无疑。由上忆之,自首夏徂早秋凡四阅月,而蝻始净。是年幸得有秋,远近异焉!复与旅途辟见,出所见一作,竟是柏梁体长篇《捕蝻行》,其制不知出何人手,今并不能复忆其词数段落。大约称余世系,则约太原槐荫;谓余缪列科名,则约攫虎拏龙;谓余乘马,则曰顾盼矍铄;谓余扑蝻,则曰迅速如神,奇兵突出。余愧不能当也。僭拟有骤来纠者,酌报防奸恤灾,均役成围,移阵出改,闻报称买,覆报待委,渥濑睦邻,□伪如左。

雍正壬子新正三晋丙子□荐前苑乡□王勋竹坡□偶识于上如□居。

捕蝻凡例(凡十六则。初生为蝻，高飞为蝗)

一、蝗从邻境飞来，急向附近村落鸣锣纠众，无暇细点夫役，止令其各备扑打器具。其具有四：曰棘针条，曰钉柄靴底，曰竹笆，曰口袋。棘条惟生于敝乡山西盂、寿等邑土坚高凸处者，最是利害，惹衣伤手，令人望而生畏。一切虫飞，偶着即为齑粉。奈平芜下湿地不恒见，无已则用榆柳等条，要一枝数岐，太干则脆，太新则无力。用钢针十数横贯中间，针不宜过长，长则恐挂蝗其上，不便再扑。落地时若不即毙，用靴底拍打(底有木柄。惯生蝗处，人都知备)，用笆勾在一堆(笆头不得太宽，恐于陇间有碍)，急装入袋内，著一人监口，防其复苏窜出。初来时，用火炮惊驱亦好。但此不足为恃，惊之彼界，安知不复翻来此疆耶？至详报从某处来，最宜斟酌。犹忆己丑六月，在舌畊官署偶见邸报某州某邑争闹状，虽循良素著，两败俱伤，可不慎与。

一、本地蝻子初生，须看其多寡。大约五日内扑灭不尽，即宜禀报(先禀后报，祈郡宪定夺)。

一、初生时(较蚕苗加大，一月间乃能搭鞍，两月内乃能飞腾。偶于陇间得一卵，其色黄，可六七分长。破壳数，果是九十九粒。播弄间，即破绷跳去。诗人以此类比子孙众多，奇甚)，犹得从容布置，细点夫役。遇老病妇稚，即行宽免。

一、拨夫时，竟有不肖衙官房吏串通本村头目敛钱免夫者，令人发指，宜预早出牌严查。

一、成围火速查夫，总不用唱名。只要靴底现成(蝻不能遽起，故条笆等不随)，站西过东，历落可数矣。

一、村落有大小，则人夫有多少，有一村可分为两围三围者，有合两三小村方可成一围者，上围三百，中下递减一百。缝白布方旗，挂轻妙高竿，上下用铁库裹尖(以便插地)。如村大人多，则书自某村边、头自某人起、至某人止为一队，共夫若干。馀仿此。村小人少，则书某村夫若干名、某村夫若干名合为一队。官骑马令快役抱旗紧随，房吏掌旗簿，遍看亩间，拣其极稠较大处，将某旗插向中央。看其亩陇广狭，酌用围之上中下。中央凿一二深穴，待蝻跳入坑灭，绕远围蝻三匝。蝻从第一匝窜出，第二匝打；从二匝窜出，第三匝打。已打成一围，则另换一副旗，书某村。副旗用土黄红杂色，将原旗拔去，再寻稠处插起。本队打毕本围，各认本旗围打，则免混乱无纪耽延之失矣。

一、一切按甲力役，于绅士应有酌减。惟浚河塞口及扑蝻不得滥免，以犯公论，而诸绅士亦群乐令家仆佃户从事。若真实寒士，又当别论矣。曾记骆庄厂中，有生十数戴嘆笠至，词色不愉，云某地方催来。余曰：本令原无著生员扑蝻之谕。诸生既惠然肯来，请看遍地妖虫，渐渐长成羽翼，为祸不小。儿辈偕众扑打者两月，鼻喷鲜红，谁其悯之？本令既作扑蝻大帅，该生独不可助力一臂，为行间偏将邪？试看陇头有卖凉粉者、饼者、高粱饎者，现今载有制钱，可按庚癸放饷。诸生带笑助理竟日，次日重来。

一、刲羊豕作文禳祭，非迂也。韩文公祭鳄鱼可验。余刲豕禳祭者四，诸生皆穿公服读祝云。

一、火攻，创获也。六月初扑打至牛星寨，与钜鹿接壤，距骆庄约四十余里。越五六日薄暮，骆庄厂人役飞报云：蚂蚱皆飞入泊里芦苇中去矣（泊即大陆泽）。余闻之不能就寝，夜坐苦思，至漏下十刻时，曰：得之矣。急传来役持牌星回骆庄，着有畊种家连夜各备麦秸干草，到泊岸沿边听用。鸡才鸣止，领家丁一、快手一飞骑回骆庄。时海日闪闪欲动，果见秸草屯叠沿岸。急命向苇低地硬可蹑处，将秸草布散，间两步一掇。泊水深处，虽荻芦蔚起，可望不可即，止就临岸不远间遥投枝杪叶际；亦有驾小舟布置者，而舟不能多得。恰系泊东南畔岸，东南风飕飗徐动，乘晓露未落，翅翎沾滞，不能骤飞，顺风纵火，烈焰迅腾，直至荻丛断处乃熄。不谓菁青嫩绿渟泓浩淼间，燎火易易乃尔。武侯谓利于水者必不利于火，今知生于水者翻易引以火。日晡余，除水面焰收杳杳不能侦觇外，苇荻参差地硬处，妖虫铺叠，皆焦头烂额而毙。不亦快哉！

一、中报虽蝻将净而不敢报云已净，只曰日夜扑灭，尚有零星，然不足为患矣。

一、称买，无可奈何中激出也。六月行尽，娘娘庙、北张骆庄、牛星寨皆渐扑灭无遗，而间有长成羽翼者，不知何以会暗通风信，尽联翼飞集于大陆泽东之东盟台。地方报到，纵辔驰至。其地流污热湿，稻粱芑穈塍堘与荻芦蒯麻错综参伍。余停鞭偃仰，盱睐既不能侣，地势平衍，蝻不能飞之，可以三匝绕打，复不能如泊岸之无它瞻顾，可纯用火攻。先将去岁扑灭飞蝗器具发出式样，嗣将城关权秤多借赍来，逐处挑长渠牌示，云：每老官版钱六文，称买蝗虫一斤。一时成丁趋事外，儿童辈罗青〔蜻〕蜓、捉蝴蝶，原是他们得意事，况又有钱，皆踊跃争先。顷刻间便是十数口袋倾坑深渠，旬日余用制钱百十余贯。一日，两三儿童告余曰：如今一个蚂蚱也没有了。余笑曰：没有了时敢罢。

一、初起事时，早查邻近州邑有无蝻生。如有时，即便移关商确如何扑打之处。若待邻封失误扑灭，移灾本境，不言则恐无辜受累，详报则重伤同气，尚宜彼此发愤。

一、各宪委文武员协打，原因事关重大，不能坐听尔，其实竟不能得力。宜于厂之附近立随便公馆，供饮馔，备茭刍，理应尔尔。当日唯沙河千户、内邱营把皆姓张氏，颇示关切。千户，字遇留，关中人也。余于丁艰旋里后，曾寄一绝云：捕蝻协力忆同仇，绝有沙河千户侯。再想将军何姓氏，汉家帷幄藉前筹。

一、大水沮洳边生蝻，较难措手。任邑未曾闻之，他处以理摹拟，应是久旱水缩，鱼虾子所变，其卵生中之化生与？既一望污漫，难乘橇从事，计惟于泽畔边，照濑之长短，挑成长沟，著役监守。待其强解跳跃时，既不肯投之深潭，势必跳之高岸，跳入渠内，则扑灭易于反掌矣。

一、覆报乃可曰：蝻尽净矣。（蝻尽处，麦豆一空。节尚早，续种谷黍；节迟，种荞。荞含月精结实，六十日还仓）。

一、厂之左右，定有一二颇有力量仗义之家，更有闲亭别墅，不惟肯邀本官歇息，而并慨然替官款待宪委、无德色。事竣后，拟给匾表之，而竟未得确当匾音，靠实则著相，浑写则泛常，不得已而在署中备杯酒称善。

王竹坡曰：余生平坎壈特甚。丙子叨列贤书，迟之又久，于雍正元年乃签得钜鹿郡之任县令。元年扑蝗查水，二年扑蝻，四阅时月。三年前旱后水，报荒请赈，九月内报完，代赔前任空五千有奇。十一月丁艰去任。后蹉跎更出，寻常万万。辛亥秋冬之交，游大名郡，旋任。士民闻风遮道，攀邀入境，城乡扶老携幼来看旧官，歌泣不一。然则种种苦惫，亦竟何负于鄙人哉！漫识。

荒政考

选自《关中丛书》

一九一二年铅印本

（清）王心敬　辑

李文海　点校

荒 政 考

丰川氏曰：自昔救荒无全策，非策之穷也。既荒而始议救，安得有全策哉？少得免于流离沟壑，即幸耳！故古圣王父天母地而子万民，一民失所，则曰特予之辜；古大臣代天子宣德意，匹夫匹妇有一不被其泽，则辄若己之纳于沟中。于是乎未荒而豫为之备，既荒而曲为之筹，凡以补天工、赞化育以天地万物为一体者，大君百尔之正职正分抑必如是，而后可言大人与天地合德也。屠纬真公荒政一考，括古今救荒之法，而统备以三十目，仁人君子之用心如此。顾吾惧其文繁而览者之莫竟也，又惧其徒法不行与夫无法而终穷也。壬子冬，仍循其目、本其意而节约之，期于便观览，易按行，而又于本目外增择人、开井二目，以补天工之穷焉。呜呼！吾郡今且荒矣！矧余陋巷老书生也，纵言之谆谆，又奚济于我同胞之饥馁乎？抑存此以供一体天地万物之大仁人君子采择尔。

一曰减岁租之额以苏民困。岁荒年饥，以里户十分论，计足支岁用者不过一二分，储微粟而不足用者计当十五六，一无恃赖者亦当三四分。民方颙颙望赈于官家，而吏且捶楚而额征之，空室者惟有逃亡，储微粟者势且不暇，顾冬春之寒饿，罄所有以输公，而其究也，且与室本空者同归流亡耳。故《周礼》荒政十二，以薄征为第一也。

二曰发积蓄之粟以救饥伤。盖无论损有余补不足，为天道王者，四海为家，父母万民，坐拥国廪之饶而漠视下民之命，心奚忍乎？且如饥馑相延，非户口流亡，即且饥民相缘为盗，上能晏然安枕耶？故发粟救伤，为济荒要义也。况如近代之积贮，何一不出小民平日节口缩腹之供输，而临饥则辗转汩没于奸胥市棍之手，又岂情理之平欤？然要之古今论赈济法多矣，俱不如屠子聚赈不如散赈、零赈不如顿赈为妥协尔。

三曰行官籴之法以资饥黎。盖如境内灾伤，将议赈济而官仓无多，议劝借而富户有限。若使有漕米者，则截留漕米。无漕米者，须发官帑银，委用忠厚吏农富户，转籴于邻省外郡丰熟之处，归而减价平粜于民，令得转运无穷，循环不已。即大水大旱之乡，不至于市乏可粜之粟麦，而如积谷罔利之家，虽欲独高其价而势必不能。更如他处米谷亦复不足，则杂买诸豆、芜菁、薷葛、荞麦、蕨粉、芝麻之类，并足充饥，饥民便可恃以无恐。况如丰熟而还帑，官银不失，而且获微羡，那移以赈民，民饥获济，而岁课仍收，且使委用得人，必无他虞。即自是而劝化富民，自以己赀往来籴粜，民且必从。此亦权时救急之一策。而如不待用法摧抑市价，而市价自平，是又中寓之一美善也。惟出粜之时，须设法禁约籴者，必系真正饥民，毋为商牙揭贩者所夹杂混籴，辗转射利。又一人不许过一石，而尤严戢吏胥诛求、役人抑勒，切不可听其罔法行私，是为要焉。盖远籴近粜无益真饥，且又藏彼处腾涌市价之弊，只有稍摧抑饥乡市价腾涌，暗中利贫之一美。若如前弊不能禁清，即美事瓦解，官长亦徒劳心费力尔。

四曰劝富户之赈以广相生。盖如饥馑洊臻，流亡满目，而仓粟无余，转贩又远，则如劝富出粟，或粜或贷，是亦权时救急之一法也。但其中有利存，亦有害寓。利存有三而害寓有二。利存何以有三也？其一，劝富而贷也，官家作保，丰时按原价官为催还，利在富家，尤在贫户。其二，劝富而粜也，可以济仓粟之穷，于国为利，于富户亦利。市价可不禁而渐平，并可不禁而隐消无赖之强胁，利在闾阎之处固多，利在富家之处亦不少。其三，劝富能平价出粜，而不令市井恶风勒价也。利在民情，颂上德之能感孚富人，尤利在舆论，佩服富民之好义乐仁。且如更能劝富直贷穷檐，候丰交还也，则利首在司牧者，不烦请帑，家给而斯民且归仁于至德之隐；及次即利在富户之借公施仁而阴骘可被于子孙。此所谓利者三也。害何以亦有二也？其一，劝富当计其人丁门户之需余三年者，然后可劝其出三年以外之羡余。盖吾乡辛未有荒，直至四年以外。有一富民，家口亦众，积有麦谷数百石。初一年，亦未甚多粜。逮次年仍荒而粟价益贵，则官胁之粜，而此富民亦利在乘其贵而粜也。于是乎尽粜其粟，以俟夏籴，而夏仍酷旱而无获。此富民竟家廪荡然无存，不得已携家口之半趁粟远乡，竟死于外而家且狼狈。故劝富宜为富民计三年之粟而后可，不然宁留一刻薄富户，作乡邑不逃不亡堪为国本之民也。其一，劝富以德化，无以威逼。盖若欲劝者，当隐邀其人，默与之商，可能出所余以贷乡，为本乡行此一大阴骘否。其人允，则知事而仁者也，然后官长以礼延至明商之，则公私两得。如其人有难色，则其人可知，竟勿强逼之贷。昔辛未之旱，州县官往往以威逼胁富人，究之富民多不应，而一时无赖之徒，遂成群合党明劫富民而无忌，而衙役里棍亦虎吓乡愚。凡二三十石藏粟之家，且多为此辈借以噬挤。卒之州县亦用严禁，而其风不止，竟积成横杀大案，历数官而未已。故劝富切须有道，州县官无徒市一时虚恩而为邑公私留实祸。此所谓害亦有二也。总之，此事在州县官先量自己之德能服人不能服人，次看富民是何等积蓄、何等存心行事，相其可者，州县官以精诚先倡。如向经知河阳，大旱蝗，乃先用己堂田所入租赈救之，已有富民皆争效慕，全活甚众。扈称为梓州路转运使，岁饥，称先出禄米赈民。一时富家大族皆愿以米输官，而全活数万。盖上躬行仁义，而其下不望风响应者，未之有也。又在悬赏格以劝民，信科条以鼓众，或量其所捐而优以礼貌，风以折节，奖以旌扁，荣以冠带，又或给以印信帖，除重情而外，豫免其罪责一次，令得执以为信。彼见司牧之中心款诚，调停详妥，好义者必争先，贪吝者亦勉应矣。不然而一邑之富民几何？极其所出，何济于穷檐百分之十？而并几个堪作国本之富民，令之挤噬于贪官污吏豪强无赖之流，而不能保其安全，是直使凶年饥馑之时，尽一邑无一饱暖安生之户而后已也。岂圣明之世所宜有而仁人君子所忍为乎？吾故愿司牧者，平日去矫激之见，无轻摧富而右贫，借口于抑强扶弱，荒年中又须慎持其平，无轻假公而济威，借口于不畏高明，不怕豪强而轻加挫抑也。要知国家谓百姓为国本者，是盖谓几个富民平日安土卫国之独久，急公输赋之独先，有兵则挽粟运刍之终赖，遇荒亦赋车供马之莫辞。总之时无丰凶，而国之所倚赖者，悉此辈也。呜呼！凡此富民，真国家之命脉哉！可无特留意耶？

五曰籍饥民之口以革冒滥。盖上之赈济，所以救饥殍，非以资奸民也。尝见邑里之报饥民也，家有需索，人有贿赂，市猾欲为他日规避差役之地，赂里役以报饥民，民之实饥流离者，则以贫莫能贿而反不得与，故虽有赈济之名，而终无能救小民之死。必也罪冒滥，罚漏遗，严勘诘，密体访。如苏次参按里分十甲牌，细察贫富，将饥民口数合请米数实贴于各人门首壁上。又如余前说，凡大荒散赈、小歉借仓，各按里粮匀摊。其法令里书按所赈贷金粟细分诸里粮，人给升底大票一叶，前书某里某甲某人若干、合领谷若干，各里书留底簿一扇，与散给员役一扇，以便对查。凡执票至者，给过即于票上簿上书“领过”二字。如此，则冒滥之弊必革，而待哺之民庶几无遗尔。

六曰躬赈济之役以防奸欺。盖凡官府赈济，当其发粮也，则既偷窃于吏胥，及委役之散粮也，则又克减于委役，盖窃克者十恒居其半矣。至如赈金，则又弊窦百端，莫可究诘。盖在朝廷原属实惠，而如后世赈不按里，散不依丁，丁簿上人数尽属诡名，则直是虚文搪塞，其实穷檐之实被者且十不能三四尔。呜呼！其如朝廷之德何？必也四境之内，照东南西北分日择地，谕令集该境饥民，州县官躬亲查给，而勿轻委人为当。万一地广人稠，一身难遍，则精择廉能员役分头管散。总之，簿籍既要分明，尤须计算赈资，每一处共饥民口数若干、赈资若干、每户口给与银粮若干，逐一明白榜示，使饥民各知数目。而要紧则在上官出其不意，时一亲到验查。如有管散人员克减短少者，许饥民即时首告，以凭坐脏，如律究问，则庶几吏胥弊少而穷民多沾实恩矣。

七曰详村落之赈以遍穷檐。盖从来有司之赈济，往往弥缝摭饰于城市之中为美观，而如穷乡僻野间横于道路填于沟壑者，则听其死亡而莫之肯顾。呜呼！父母斯民者，顾可为是偏枯耶？必也多方抚循，加意周遍，无远无近，一视同体，但得有暇，则正官亲临，万一无暇，则委用廉干，而亦必亲到一二乡，呼其饥民，细问虚实，使无不均之叹可也。

八曰行食粥之法以济权宜。食粥之法，为济极贫之丁口设。盖极贫者虽得升合之粮，不便炊爨，官为日煮粥饲之，以全活其性命，本仁术也。顾所最忌者，群千百人而聚食一处，远涉者不及食，而或以道毙，且群聚则秽热蒸染，易以生疫，甚而管食者克米，而多搀以水给食，而不惟其时，欲以救民之生而反以速民之死者，往往而然。必也慎选员役，躬亲考核，逐乡而煮，分图而食，煮必以洁，食必以时，如古者按时刻，照人数，执旗引队，群而不乱，庶几少弊耳。然要之，愚意煮粥终不如给粮，零散终不如顿散也。

九曰设多方之策以宏仁恩。夫四方之地风土悬殊，灾变之来情形不一，必也顺风俗，相时宜，酌人情，权事势，凡可以佐百姓之急者，悉心力而为之。如汉晁错建言，令天下入粟县官，得以拜爵除罪。武帝诏山林陂泽之饶，与民共之。董熠谓，饥年食蕨根、煮野菜、拾橡子、采柽米，凡可以度命者，随时在而为之。西晋武帝时，螟伤稼，尚书杜预上疏：汉时旧陂，缮以畜水，令饥者尽得鱼菜螺蚌之饶，此目下日给之益；水去之后，滇淤之田亩收数钟，此又明年之益；以典牧种牛四万五千余头分以给民，使及时耕种，谷登之后责其租税，此又数年以后之益。宋程珦知徐州，久雨，珦谓：俟可耕而种，时已过矣。乃募富家，得豆数千石以贷民，使布之水中。水尽涸，而豆甲已露矣。是年遂不艰食。范纯仁宰襄城，因岁大旱，度来年必歉，于是尽籍境内客舟，诱之运米，赖以无饥。又古者所行，令民入粟以次补吏、给度牒度僧入米以活饥，遇饥行权，术不厌详。然要之，出官帑银循环转运，及劝富民之兴贩、诱客商之粜籴，此于荒政为吃紧，而终不如遇可井之地，即豫为之殚功成井，灌谷荞、芜菁、萝卜之类，尤为的实济用，且出自己地力，不劳外营也。

十曰厉揭贩之禁以祛市奸。岁祲谷贵，小民已不堪命，而市井之猾、牙侩之奸罔念民艰，乘时射利。凡遇有谷之家入市出粜，辄结党成群，邀截兜揽，仍高其价而收籴之，以图抑勒零粜，取利倍增。谷价之所以日长，饥民之所以日困，则皆此曹为之祟也。有司须严查密访，重责枷锁，号令都市。此风果息，即市价可渐次而平矣。

十一曰戒抑价之令以来商粜。夫民情趋利，如水之流。顺而导之则通，逆而遏之则决。年荒谷贵，民诚不堪，有司不忍谷价日高以病小民，乃出示抑减市价，以惠穷民。此意未尝不美，殊不知此令一出，则他处之兴贩便畏阻而不来，本境之有谷者亦闭粜而不出，民食愈乏，民情亦慌，强则有劫掠，弱则有饿死而已。故良有司惟贵设法调停，令谷价听时低昂，不得抑减，而仍出官银以行运粜，恤商贾以来兴贩，请皇恩以开赈济，悬赏格以劝富民，渐近食新，即价不减而自减，不平而自平矣。昔范公仲淹知杭州，包公拯知庐州，皆不限米价而贾至日多，米价遂贱。此前贤已行之明鉴也。

十二曰予民间之利以充赡养。盖民之利，稼穑为先，而此外如近山林者，则有樵采之利；近江海湖荡河泊陂池者，则有梁罟之利；近灶场者，则有煎煮之利；近关津厂务者，则有商税之利。须力请于上，暂弛数月之禁，令饥民得依以活命，一遇丰熟，即停止，而又为严禁约束，不得乘机急行，非法抢掳，犯者无赦。是亦救荒之一策也。

十三曰留上供之粟以资赈济。王者为民父母，四海苍生，皆其赤子也。宁有父母廪食有余，坐视赤子之饿殍而漠不为之极救乎？惟是遇有凶荒，有司须力请于监司，监司则力请于朝廷，或留上供之运输，或截留漕米，如前代举行故事。又或力不能尽赈，则截留漕米，减价而粜，是亦平抑市价之道也。不然，而朝廷不闻诏留某项解京粮饷赈济饥民，所司亦绝不敢以此为请，而徒以境内藏积之储量行给散，譬之霡霂小雨漉久旱龟坼之田，其何能济？虚文故事，良可哀已！况乎人主未有不爱其民而惜其流亡死伤者，诚有能将小民饥饿流乞、转徙死亡、伤心酸鼻诸苦状悉描写以上闻，而恳其留粟、发粟，则上之人必恻然而感动；即不然，而言者未必获罪；即获罪，吾亦任之。即此人者，忠于国，惠被民，吾知其得天独深，非福禄寿考，必且荫留子孙而不可限量尔。

十四曰冒专擅之罪以救然眉。夫人一日不再食则饥，三日不食则死。岁荒年饥，十室七饥而欲死，民命直悬于旦夕，而君门则远乎万里。为有司者，受天子命作牧斯民，顾不惟闾阎之饥是顾而此身之功罪是计，必请而后行，得报始发，道路往返，未及施行而百姓且多辗转沟壑矣。故余以赈济之事，若犹可以稍缓，则当以请命为恭；若势在然眉，朝不及夕，则先发后闻，以身当之。盖古人如汲黯、萧复、杨纮、杨逸辈累累行之，往往反蒙朝廷褒美，未闻尽获罪谪也。然要之，臣子救济君父所托之生民，合如救赤子之入井，但使得济，矫制之罪且不暇计，褒美之荣又岂此心可觊乎？

十五曰假便宜之权以倡民牧。国家之事权，本不可以旁落下移，而古如大夫出疆，则许以专境外，将军统兵，则许以制分阃。盖事机变于万里之外，而字字禀命君门，或且有牵掣误事之弊藏于其中，故古之立制，出疆之大夫、专阃之戎帅，俱得便宜行事，不从中制也。惟荒政亦宜然。饥民之命方悬旦夕之间，而必令俟奏报得请而后得发仓拯救，即文移往返之间，远辄数月之外，近亦非一二月不遂。盖自县申府，府必驳查，自府申司申院，司院又必驳查，上下驳查，而半月二十日犹为速矣。然后题奏，边境之乡又非两月内外不能行县；倘若窎远之途，部更查勘，即非三月内外不能得命。夫三月，则百日也。民之告饥，非大水则大旱，曾可待至百日乎？故古之明主定规立制，无事不严专擅之罪，而至如立救荒之法，则辄给空名告身、空名度牒，而令得拜爵度僧，专断而行，丰熟乃罢。即古之良有司，亦正有不俟请命，竟自截留上供或且专制发粟如汲黯、杨纮其人者。盖意在全活黔首，非权宜不济，故在上初不嫌于事权之旁落下移，忠贤有司亦不避矫制专擅之罪而刻意行之也。是惟明君贤相权衡事宜，立为永规：凡水旱灾荒，如时可稍缓，则必以请命为恭；倘如势难久稽，则许有司得权便立行；而如其必须奏请，则亦必限以本省，一切申请查勘不得过二旬，题奏限程，途中必一日五百里为度，并部颁谕旨，亦不得过五日，而如谕旨下县，亦以日行三百里为限，不得稍逾时日为当也。而外如忠贤大臣题奏，于河漕额米及上供之米岁除一分，于沿漕通达镇城贮收，用备近镇水旱灾荒之借，而丰岁则亦准社仓加二出息之规，生殖粟本，亦是要义。

十六曰节国家之费以业贫民。凶年饥馑，小民糊口无措，而天子燕飨赏赐，辄费钜万，不亦可惜之甚乎？盖在朝廷稍事减损，不过省一饭一赏之费，捐虚文糜费之端，而便是延一邑一郡万姓之生，此明君贤主所乐为，而体国忠主之大臣所宜恳谏而力陈也。

十七曰立常平之法以普国恩。按：常平之法始于汉耿寿昌建言，令边郡皆筑仓廒，谷贱则增价而籴以利农，谷贵则减价以粜以利民，是以名曰“常平”。其法原取惠利百姓，以防水旱灾伤，不但为计较出入之息盈公帑而为富国之图也。唐宋以来，凡力行此法者，皆其于利国利民为甚切。无奈承行有司，往往罔知法意。当谷贱时，不设法增价买籴，以致仓中空虚。及遇饥荒，则又受文法之牵制，畏上司之稽查，而不敢轻发，以减价平粜，仅以一纸教令劝民之出粟，禁市贾之揭贩，又或远籴无利之官粮，强抑不能抑之市价，以为吾救荒之事，庶几尽心为可告无罪于君民而已矣。又其甚弊，则籴粟不平，取诸市而往往以短价强派里民，且重耗以收民间之输纳，是法本平，而承行之时究无一平也。至于出粜，则非青黄不接之时，即凶年饥馑之秋。彼当日原纳之里民亦望此籴急矣，而有司则又曰常平为赤贫设，凡有田地之富户不得籴，有房屋之富民不得籴，举贡生员不得籴，举当初重输此粟之里户皆不得与焉。曾不念此粟，皆此三项人之节口缩腹所输纳。究之此粟，卒多归之富商铺户与夫牙侩役胥，而所谓赤贫者亦卒十不得一二焉。盖来籴者未尝非赤贫，而赤贫亦安得有钱？十九属富商铺户之赁来、牙侩役胥之借倩尔。是立法之意原无不平，而承行之有司则于粜时尤不平更甚也。故常平之法，在国家必不可废，而常平之弊，则在明君贤相必不可不一大厘革。一不厘革，而累民之弊且莫此为甚矣。

十八曰兼义社之仓以待凶荒。按：屠子曰：社仓之法，古惟朱文公行之奏效。其详则淳熙八年建宁府崇安县开耀乡有社仓一所，文公倡议请米于府，府给常平米六百石，夏给人户，冬间交纳，每石量收息米二斗，大钱〔饥〕则尽捐之。积至十四年，将原米六百石纳还本府。其现管三千一百石，并是累年人户纳到息米，县申本府照会，将来依前敛散，更不收息，每石只收耗米三升。行之诸路，其有富家情愿出米本者，亦从其便；息米及数，亦与拨还。有不愿置立去处，官司不得抑勒，则亦不至骚扰。公私储畜，实预备久远之意。但夏贷冬收，每石收息米二斗，愚以为利息米改作一斗足矣。义仓古与社仓通行，但古行义仓法，于田亩正税外别征升合以入义仓，在廉吏行之则可，贪吏或借以济其多取之私，扰民不便。愚意则又谓：谓之义仓，乃尚义乐施之名。官吏尚义，则捐俸以买粮；富户尚义，则出赀以入粟。上以好义倡之而风，巨室大家起而乐和，必如是而后可耳。夫常平以赈粜，义仓以备借赈。在官既有减价平粜，则不必出令抑遏，而可以潜压谷价；复有借赈，则与平粜参用并行，何荒不救？更如粜则止许饥民之零籴，而不许贩户之顿买，在济饥则务由城郭百姓以遍乡村之极贫，庶乎水旱有备，流亡可免矣。然而漏落伪冒重叠等弊，又不可不严查厘革也。按：屠子之论如此，敬则谓其近于密矣，然亦尚涉于疏。疏则弊丛其中，法虽设而终于难行，虽牵强行之，而卒亦不得实效也。盖如行社仓之法而不限以出七留三之例，一遇大饥，出者无入，更遇连饥，不但里户或有流离，亦且粟本终于断绝矣。且如息米，小歉蠲半，大饥尽蠲，意则亦美，然其势亦难继。盖如社仓未久，而或骤遇大饥，中无素得之息，即且本年之米有出无入，而并息尽蠲之？又如荒旱连年，不且未久，而并其法尽废乎？又社仓之能久，全在管领之得人。今之谈济荒者，往往羡美朱子之义风不置，抑曾念古今得几朱文公也，而可易言行社仓也？无乃慕名而未按其实乎？又如义仓之法，官员之尚义尚属不难，即富户之尚义，亦尚不难。今试问管领此事之人出纳之惟允、收放之无私，果可易得也耶？管领之人不易得而法能终行也耶？是惟原终稽弊，于遂私中寓济公之术，于切情中寓近理之法，庶乎可望行之能久，而久行始可以实收其效耳。盖如息之重，原不如息轻之为有利于乡；然如利太轻，即且后将难继。且如民间息，往往加四加五，尚不可得于急需之秋；息至加二，即轻之至矣，是固小民荒歉时所求而不得者也。况多此一分之息，究之亦为借者储以待荒年耳。则如尽蠲之饥时，改息米二斗作一斗，此言可作谈柄而实不可以久行，只合逢小歉而饥时，其息或缓待之丰年则可耳。又粮储不可分于麦米稻豆，出发要须兼乎义社常平，务令粟本日增而遇荒不匮，庶几善耳。然如此等处，特以原设法疏密之大略耳。究之法在人行，虽有善法而不得其人，有人而不尽其方，终同无法也。必也无论社仓、义仓，总须本图本乡中第一有身家有行止之人推之管领，而拣择一二有精神有材具之人为之辅佐任事，日须上之迎送于公堂而州县宜优加之礼貌，下而公燕于私乡而士庶辈同设之酒肴，平日不问其出入，岁终惟清其放收，而如酬劳之具，即寓岁息之中，大约有息十石，则岁酬之一石，有息百石，则岁酬之十石，息日益增，则酬日益厚；而如其人自有力，欲附以私粟冀图利益者，亦正不妨听之。总之，宜令其公不妨私，身不空劳，荣名厚实于此毕收，庶几可望其殚心尽力，以成就一乡一图永永备荒之实具耳。夫十年之内，便有一二小水旱在焉。如其遭逢年荒，一旦公用，此社义之储蓄而果能为一乡一图之恃赖，而且其粟本日增而不损于原设，则其职举矣。须众举之官，官为悬扁，本乡人更为私谢将见，但得所举之人稍有本心，能知大义，即其事可久远无坏耳。至如出放义仓之粟，籴买常平之粮，则须各置簿籍，官为钤印，称职既须官旌，败事亦须到官惩罚，要须斟酌详允，而亦全在簿籍分明、查勘得法也。

十九曰豫救荒之计以省后忧。苏轼曰：救荒恤患，尤当在早。若灾伤之民，救之于未饥，则用物约而所及广；救之于已饥，则用物博而所及微。熙宁之伤，沈起、张静之流不先事奏闻，但立赏闭籴，富民皆事藏谷，小民无所得食。流殍既作，然后朝廷知之，始敕运江西及截本路上供米一百二十三万石济之，巡门俵米，拦街煮粥，终不能救，继以疾疫，本路死者五十余万人。此无他，不先事处置之过也。去年浙西数郡水旱，二圣仁智聪明，于去年十一月终首发德音，截拨本路上供斛斗二十万石赈济。又于十二月终宽减转运司元佑四年上供斛斗三分之一，为米五十余万斛，尽用其钱买银绢上供，了无一毫亏损县官。而命下之日，所在欢呼，官既任籴，米价自落。又自正月开仓粜常平米，仍免数路税场所收五谷力胜钱，且赐度牒三百道以助赈济。本路帖然，竟无一人饿殍者。此无他，先事处置之力也。总之，救荒在于预备，其法莫如《周礼》之备。而见荒有兆，蚤为之谋，详为之虑，则赵清献越州之法称最善焉。其法：先民之未饥，为书问属县被灾有几乡，民能自食者几家，当廪于官者有几人，沟壑兴筑可僦民使治者几所，库钱仓粟可发者几何，富人出粟之家有几户，使各书数目以对，得饥民若干、粟若干，预为设法赈济，男女分日而给，使众无相揉。又为给粟之所于城市郊野若干处，又告富人无得闭籴，又出官粟平价自粜，又僦民修城领工价就食，又民取息钱者，告富人纵予之，而待熟，官许为责偿，又男女有弃者收养之，又为病坊处疾疫之无归者，募僧二人，嘱以视医药、饮食，令无失时。凡死者，使在处收瘗之。抃经营绥辑，纤悉毕备，皆先事为计，越民赖以不灾。古人早见如是。此外先事之举可法亦多，而如简而能切，则屠公之论不可废也。其言曰：如见目今大水大旱大蝗，知将来必饥，辄豫为之计，或豫检踏灾荒之田，豫报查被灾之户，早申灾伤之文，早借备赈之粟；或豆、麦、蹲鸱，蕎蔔、芜菁、芝麻之类可种，则躬劝率百姓广种。各乡或豫发官帑银，给委忠实齿德富户，往邻郡丰熟去处，籴麦谷粮种以待平粜，或劝诱商贾客舟运粟以来，而许为存恤护视主粜，或豫查境内巨室富户，而结以恩信，优以礼貌，劝以阴德，悚以利害，令其各有顾惜桑梓之情。凡此皆所谓备豫之道也。呜呼！是言也，不谓切于情事之论不可矣。

二十曰先检踏之政以免壅阏。水旱蝗蝻之后，田禾被灾矣。若非正印官亲临，逐乡履亩检踏灾伤，而令首领及吏农里老人往而虚应故事，或反需索滋扰，则在先之核灾不实，而后日之救灾何据乎？此隐漏重冒之弊所以纷纷也。故但见水旱蝗蝻之灾伤，检踏不可不先不亲。

二十一曰时奏荒之疏以急上闻。人主深居九重，安能坐照万国而无遗？故如境内灾伤，有司须急申于府司督抚，督抚须急奏闻于朝廷。朝廷以万国为一体，必不至漠视而不为之救，则是此一申也，忠于朝廷，惠贻生民，不亦俯仰无愧于此心，仁泽永留于子孙耶？不然而万一报迟，闾井多流离饿殍之惨，朝廷有罪谪降罚之及，万民唾骂而鬼神降殃，亦何取乎？且吾目未见为民父母漠视民瘼，但图顾惜一己之前程，而祸不降于当身、报不及于子孙者也。

二十二曰严蔽灾之罚以儆欺玩。俗吏往往好谈时和年丰以钓声誉，而讳言饥荒水旱以损功名，故恒有匿灾异而不闻，甚或饰饥荒为丰稔者。此非朝廷严立科条：凡田苗收薄至四分与报两料俱薄者，必求减租；邑内有流亡饿殍而不上闻者，必加降黜；更如扣落赦饷、刻削赈资，即不但革职不恕，亦且赃必令赔，庶几称隐荒贼民之罚，泄天地神人之忿。此罚立，而庶几欺蔽灾荒者寡矣。

二十三曰修水旱之备以贵豫防。盖救灾于有事之后，不如防灾于无事之先。是惟每郡特设督农劝水之大员，使秩贰于太守而分尊于州县，每季必遍行郡境，凡州县防水防旱之备，视其举废，督农之官即得直行申报于巡抚，而惩劝即行。其有巡行或怠，劝惩无法，则巡抚立题降罚。盖田者生民之命，而劝惩则又有司举废之所由分也。民命，国家第一重事，故罪不可或淆，而督农之官之责不可不重尔。

二十四曰躬祈祷之事以回天意。成汤六事自责而甘霖立应，唐文皇逢灾吞蝗而岁不为灾。盖天高听卑，诚使精诚不懈，自然天意当孚。不然，天体尊而神理赫，曾可以虚文故事动之耶？故将欲行祷，必存救民如救入井孺子、保民如保自己赤子之心，持斋素，断嗜欲，首宿罪，悔己愆，内辨精诚，外励勤劳，必期天意感格而后可也。

二十五曰励恳款之行以感富民。夫民尽有良，可感而动，特上未有以正道感发之耳。今诚使为守令者平日爱民心切，逢荒救护情殷，士民业已目见心感，而欲于不得已时劝富足士民之赈贷乡闾，则不遣隶卒，不行符票，远则减省驺从，惟乘一马，近则不用轿盖，徒步而行，遍指〔诣〕富足士民之家，为之降其颜色，温其言词，优以礼貌，风以德义，以平日居官之惠爱，兼以此时之诚切，人性皆善，士民但非顽梗，有不良心感发者谁乎？良心既动，何物不舍？何民不从？又何荒歉之不可助欤？然要之，欲倡士民之赈贷，非先以身作倡自捐俸米不可，而外如士民之赈，则思酬以旌褒之实法，且欲倡士民之贷，则必为之作保，而令其按价偿于丰年，然后其事可济也。何者？世间明于大义之士原难，即厚藏金粟之家亦本甚少，赈而无望其报，贷而不计其偿，恐世少其人。果立此法，亦恐终无济于民饥尔。

二十六曰广道途之赈以集流亡。盖如吾县饥而旁郡县皆饥，闻吾救荒有法，或流移而来，虽非吾部中之赤子，然仁者一视之情，宁忍恝然而听其枕籍以死乎？按：熙宁诏曰：流民所在州县，每程人给米或豆一升。又，余观宋代擘画屋舍、安集流民，许令在流寓地方诸般采取、营运，支散流民斛斗米豆数目，安泊存恤，救赈最为周悉。而如康熙三十年陕省之荒，流民就食湖北者甚伙，而总督丁公安插救济之法靡所不周。始到，为之营寓所，散口粮，又为之设医药，给月粮；及荒出而归，则又为之筹路费，令之全家还乡，始终备极周悉。呜呼！如今逢荒而有司能如此留心，即不惟为天子收集流移，即己之积德累善不且甚厚也耶？

二十七曰申保甲之令以遏盗贼。饥荒之时，盗贼易生。何者？饥不可耐，寒不可忍也。然亦不能大噪横行，不过为鼠狗之计，以苟旦夕蜉蝣之生耳。姑息而不为之扑灭，则燎原可忧；辄用重典而悉置之法，则饥寒可悯。必也防戢之惟严，获盗之无赦，察其情形，视其素习，首恶断不可恕，乌合附从则须详察情节，伤主者必抵无赦，若止于偷窃衣粮，则为之大张声威，号令于市，令其喧传，自然当日解散。然要之，必不可纵而不惩，使肆无忌惮，贻患闾阎也。子产之为惠人，正为善用其猛以成惠尔。

二十八曰省荒后之耕以给将来。大饥之后，不惟民食艰乏，即耕种亦恐无具。必也，为之省视，耕种无食者，量济之以粟，无农具者，量为筹处散给，或劝富民借之食具，而令贫者为之出力耕种以补之，或待收成而以粮食偿之。有司须于耕种时暂辍他务，身历各乡，补助劝率，又须尽心相视其蠲资之人，厚者官为旌褒，小者，本人丰收日酬谢。即百姓见上人留意农务，自勤奋不怠，境无荒田。即又各乡好义之人，见上人如此留意穷民，自然胥兴好义之思，乐成亲睦之举，而乡无失业饿殍之民矣。

二十九曰申闭籴之禁以广通融。昔晋饥乞籴于秦，百里奚曰：天灾流行，国家代有。救灾恤邻，道也。行道有福。而葵邱之会，其五命中亦有曰"无遏籴"。夫遏籴，尚霸者之耻，矧令一统海宇，何地非其一家，而可封疆自限、吴越邻封欤？且独不思吾不恤邻，万一他日吾境亦荒，独不仰籴于彼乡耶？故闭籴断乎不可，但在有司留心酌剂斯可尔。

三十曰垦抛荒之田以廓民产。其法分东西南北区图，相地远近，设劝农长数员，选有身家德行良民为之约长，优以礼貌，重之事权。举行日，正印官设酒肴款待，谕以须履亩亲督，细查荒田若干，于抛荒户下即与豁粮，募佃人承令开垦；或许原户归而复业，量其人之丁力，领食若干，给与工本粮食；或许计其所费，分之垦田，以收足为断；又或官资之仓粮，责以收后抵斗还仓。若富民愿自备工食开垦者亦听，收两料后，然后起科。盖既免当年税粮，即一收可以全得。又若本户归耕，则复给工食。务期招徕有法，劝谕尽方，将现在者孰无向利之念，即流落者孰无恒产之思，自然荒田尽垦，国课渐增，而地方元气之复不难矣。

右荒政三十目，尽按屠公之旧而细注，则因其旧者十二三，增损者十六七。其于荒政亦云详矣。然如政不自行，得人则行，人不自行，责重责专则举，责轻责宽则废。故予于三十目外，又增以"专责巡方之精核以实皇恩"一目，为三十一也。然如责重责专而得督率之人矣，倘或天道久窘之以雨泽而饥荒，或延之以岁时，官仓无可借赈之粟，富家罄仓箱之粮，江河涸竭，水不可资，丰乡窎远，就食仍难，有司牧之责者，将遂听其转死沟壑甚至群起而抢掠耶？是惟行按地掘井而灌一法，可以助天道之穷，可以代官仓之匮，并可以使岁岁丰获，常免饥馁。盖其法通融地势之高下浅深，详计井数之多寡大小，地则有无相通，官为区处工本，则按实计酌，官为借仓，总之期可井之地，村无弗井之人，有丁之族，家无不灌之田。即使寡妇孤儿，亦须倡以邻里相助之义举，流客缁黄，咸为导之殚力灌溉之实务。至如借官，则即于秋收后责之还仓。民贷，要必至农毕时，即官令立偿。更如旱灾不已，则分高亢之壮民就佃有井之低壤。又如邻境多井，则移乏井之饥户，徙可灌之井乡。要须客无负主，主无弃氓，民知信官，官悉爱民，由一邑而行之一省，由一省而通之四海，将有江河泉源者固岁以不凶，即无江河泉源者亦且以井为恃赖，庶几合《大易》“井养不穷”之义，而于备荒其足恃乎？是惟留心民瘼之大人君子竭诚题请，尽心规画，令得旱荒立收井效，今日直奏奇功，为中原之倡，而使名垂万世而无穷，以比于大禹之治水、周公之制作，不亦善耶？不亦快耶？故于三十目外，又益之以“责巡方之精核”，又于三十目外，益之以“开井资灌溉之利”终焉。其条谨续于左。

三十一曰责巡方之精核以实皇恩。盖以为国为民之仁人君子，宦途中最难。世固有小民之流离已甚而禁不敢一言上闻者，甚至上已闻知、恩纶下沛而无良之辈且借此渔利，至与胥吏合手而蠹蚀饿鬼之皇恩，否亦痛痒不切，徒委之下僚及用事之役胥里长，而不知省视稽查其虚实，竟使朝廷及民之实惠且成一故事之虚文。是惟专责巡方大员，稽查荒境之浅深、民情之苦乐、流离之多寡与夫上自监司下及州县拯救饥民之勤惰缓急果否、克扣恩赈之有无，视其功罪，大吏即立加褒降；州县则视其功罪，亦即立加赏罚；而要紧则尤在细视漠不念民瘼之员，立除一二人以示儆，而不待于事终荒已。盖仁人君子既难，吏只惟赏罚为趋避，若俟荒终而后按为功罪，即一荒中时日若长，斯民之凋残死伤不可言已。且巡方无他吏责，只以访查民间利弊、官员贤否得实为尽职。巡方果权重而得人，即中少隐匿欺蔽之私，而饥民之暗享福泽为多，故救荒以严责巡方大吏，精察荒景吏情，而惩劝即行，一刻不缓为要义也。

三十二曰兴井利以保全民命。盖如岁荒已久，官仓无可借之粮，水道不通，远地无可运之粟，即拯济之术眼见立穷，是惟一大经营穿地成井、汲水灌溉一法，可补雨泽之穷，是为实而有据。其法则在视村堡人丁多寡之数而计丁为井，次视地势高下浅深之宜而因势利导，又次视成井取水难易省费之详而计费帮贴，又次先事豫为之备不可以缓时失事机，而紧要则在乡约村村得人，而大头脑则在太守实心期于报君子民，严饬州县不得虚应故事，而信赏必罚，丝毫不以假借也。外如地高难井，石田寡水而生那移人丁之法，与夫寡妇孤儿、单丁独户、僧尼流客、师巫乐工，或有人无田，或有田无人，或有人有田而无食用之资，太守与州县官皆须为之计处方法，令得通融井利，逢荒皆保身命，而不使一人一家流离饿殍，庶几乎大父母保赤之仁于此克尽，可告无罪焉尔。其详备于前《井利说》中，司牧者是惟推广而力行之，乃能收保全民命之效尔。

伐蛟说

清嘉庆十四年刻本

（清）魏廷珍　撰
张海鹏　校
李文海　点校

伐蛟说

尝考《月令》载伐蛟之文，古人多斩蛟之事。盖蛟之为害于民实甚，多方剪除，凡以为民也。江南地方如徽、宁、六、霍等处蛟水为患，人畜田舍随波荡然，殊可悯恻。访之故老，考之传闻，识产蛟之处，得伐蛟之法。蛟以卵生，数十年而起。生蛟之地，冬雪不存，夏苗不长，鸟雀不集，其土色赤，其气朝黄而暮黑，星夜上冲于霄。其卵入地，自能动转，渐吮地泉，其形即成。闻雷声渐起而上，其地之色与气亦渐明而显。蛟未起二三月前，远闻似秋蝉闷在人手中，而鸣又如醉人声。此时能动不能飞，可以掘而得。及渐起，离地面三尺余，声响渐大。不过数日，候雷雨而出，多在夏末秋初之间，穿山破岸，水激潮涌，为害不可胜言矣。善识者于春夏间观地之色与气，及未起二三月前，掘土三五尺余，其卵即得。其大如瓮，其围至三尺余。先以不洁之物镇之，多备利刃剖之，其害遂绝。或于雪后，见其地围圆不存雪，不生草木，再视其土之色与气，掘得其卵，煮而食，味甚美。此土人经验之言也。又有说用铁与犬血及妇人不洁之衣，埋其地以镇之。盖蛟非龙引不起，非雷震不行。铁与秽物，所以制之也。又有说蛟畏金鼓，夜畏火光。夏月田间作金鼓声以督农，则蛟不起。即或起而作波，但见火光，闻金鼓声，其水势必敛退。又云蛟畏荆树，盖荆汁能治蛟毒也。又闻深山老人云，夏秋连日夜雨，则竖高竿，挂一灯笼，可避蛟也。诸说颇近理，故录以示人，庶几弭患于未然。论为政之大体，自当以修德行仁，为挽气化、弭灾眚之本，此外何足道哉！然而为民父母之心，无所不周，不得不多方以冀救济，踵古人而行之，或有裨于万一。夫受人牛羊，立视而不救，非牧也。况受一方之百姓而职任抚循，明明有弭灾之说，顾嫌其迂而靳传，清夜扪心，何以自处？各府州县，其共体此意，善为措置，纵不能全弭其患，亦当竭尽乃心。况人事既尽，安知天意不可挽回乎？如有地方棍徒，挟仇欺诈，借伐蛟之名，而挖人之基宅，挖人之坟墓，以破人之风水来龙，则又当从重治罪，断断不可轻宥。各府州县，宜择地方之善识者，详加审视，如与前说吻合，即躬亲诣验料理。又当刊刻其法，广布四方，使家喻而户晓之也。

此魏公廷珍于雍正十二年署两江总督时刊刻通颁者也。法良意美，久而失传。乾隆五十一年冬，上允廷臣之请，敕下直省，酌量办理。爰取原本，重付剞劂，通发各属，流传奉行。其有照刊广布者听。乾隆丁未正月初吉抚江使者山阴何裕城识。

急溺琐言

选自《尘花轩集》

清乾隆年间刻本

（清）鲁之裕　撰

夏明方　点校

序

（按：此前残缺）温语移时，谆谆以畿南水患属治，则夫畿南之民之溺也，裕溺之矣。裕溺之而致廑我圣人之忧，裕能一日安其食息乎？惟是宋元以前之治水也，去其害焉尔矣。由明至今，则且欲兼资其利，一事而两谋之。去害则难乎为利，而欲收其利，又难免于为害也。乃颓迂如裕，受事一年，竟获以无愆告。裕能也乎哉？裕盖幸备员于制、河两大人左右，时奉两大人教，而因知夫水性之不可违，水势之不可逆，而水之地之不可与争也。水欲行，不可以强而障也；水欲止，不可以强而通也。且因而知民力之不可轻劳也，即一沟一洫而推类乎百城之役；国帑之不可虚糜也，即一铢一粟而务核其尺寸之工。于是乎朝焉夕焉咨焉度焉，而畿南之水之所以不治与其所以就治者，裕虽不敏，亦渐窥其条理矣。两大人之启迪乎？裕也又何如哉！爰辑《急溺琐言》于左者。

乾隆五年岁庚乘申五月朔日三南鲁之裕题并书。

急溺琐言一

天一生水，而后大地尽水荒也。一元一会之交，盖必有水厄焉。泰西之籍有曰：当洪水时，亚你墨尼亚为甚，猛雨四旬，地面全没，止遗诸厄数人。裕按其时，则帝喾之八年壬辰也。林孟鸣尝考尧时水患，盖十有七年云，揭静叔则以为一百五十八年。裕又按《竹书》：尧在位十有九年，命共工治河。六十一年，改命崇伯鲧治之。六十九年，鲧无功黜。七十年，虞舜登庸。七十五年，舜命司空伯禹嗣鲧职。八十六年，司空入觐。是则尧时之治水也，先共工，次鲧，皆以堙水被流殛。堙之云者，即今筑堤障水之术也。《国语》太子晋云：共工堕高堙卑，以祸天下；皇天弗福，共工用灭。有崇伯鲧称遂共工之过，尧殛之于羽山。厥后奏平成者，实在舜摄之己巳岁耳。《书》谓：尧以诸艰试舜，纳于大麓，烈风雷雨弗迷。孟子谓举舜而敷治焉。然则纳大麓者，使之治水入山林，断非若桓谭大录之说，亦非张萱之所谓坛会诸侯也。何也？其时水气盛而草木鸟兽繁殖，非益之烈焚、禹之随刊，何以施其相度哉？《国语》又云：共工之孙四岳，助禹疏川以导滞。《史记·殷世家》云：契，长佐治水有功。然则禹之治水，益也，岳也，固皆佐之者也。由是观之，曩昔水之为患与夫救患之孰罪孰功，古史虽简漏弗详，而顺道之与曲防，何尝不了如指掌也哉！

急溺琐言二

水之为患，非水性也。下流壅，不得不泛耳。是故禹之治四渎也，始于冀，继而兖。盖冀者，河之下流，而兖则河入海之路也。下流无壅，斯河得所归也矣。嗣是而青，而徐，而扬，而荆。夫青徐者，淮之下流；扬荆者，江与汉之下流也。夫而后自荆而豫，自豫而梁，自梁而雍，盖荆豫梁雍者，江汉河济之上源也。上源之势杀，斯水无或逞其怒焉矣。是则禹绩之载诸其史者然也。然而禹之所以称神者，不尽在乎其能疏瀹决排乎四渎而已。裕尝味乎孔子之赞禹曰“尽力乎沟洫”，而孟子之赞禹曰“行其所无事”。夫曰尽力，则非行所无事矣；而行所无事，则何庸于尽力哉？迨后观于周人分疆画井之制而豁然兴曰：是盖伯禹之尽力遗风乎？何也？沟洫浍川，次第消泄，纵横曲直，疆理条通，旱涝备储，农隙修守，则夫当是时也，遍九有之沟洫以容水，尽耕作之亚族以治水，日尽力而日行所无事也。是乃所谓水由地中行也。合孔孟之赞禹互观之，禹之神于治水，卒令千有余岁无患者，尽力沟洫之效也。汉唐而后无识此者。今我夫子奉命治水，而以消积水为先务也。裕窃以为缵禹之绩在此，岂阿好哉？

急溺琐言三

水之治也不一，其术有疏、有浚、有塞。何谓疏？分其流而导之是也。何谓浚？挑其淤而深之是也。何谓塞？扼其狂而阻之、当其冲而御之是也。三者之施也不一，其用有生地，有故道，有河身，有减水。地之生者，有直有纡，疏而不顺其势，直者湍，纡者滞矣。道之故者，有高有卑，浚而不得其平，高者壅，卑者潴矣。河身者，河渠虽通，而面底中边之广狭浅深不律也。浅狭者，流不畅也。辟之便深广者，岸易崩也。防之便减水者，水浩荡则旁分以泄之，水冲突则潆洄以缓之，是则疏浚之大略然也。若夫塞则有堤有埽，而堤则有创有增有补，有刺水、截水、挑水、护岸、夹堤、月堤、缕堤、遥堤、石船之分，而欲深左则堤右，欲深右则堤左，欲其中之深也，则左右之皆堤。至于埽，有岸埽、水埽、龙尾拦头、马头之异。其为埽台也，有推卷、牵制、挂蘺之法，有用土、用石、用草、用木、用缆、用桩、用铁之方。即堤埽之施于水也，有决口、豁口、龙口之不同，尤有开口放淤之奇智。决口者，新溃成川，其势方汹涌者也。豁口者，旧决既退，其口敞而未闭者也。龙口者，筑塞将合，而水泓激湍，必立表贯絙，网联巨舰，而穴且窒之，然后实以土石，掉至龙口，去窒沉舰，压以大埽，随压随筑，历昼夜不息而后可以合口也。放淤者，就堤之旁先为月堤，极坚极固，视月堤本堤之上下而开口，以诱浑水之入，上口视下口倍高。俟浑水满灌于月堤之中，泥盘旋而自落，则清水泛焉。于是开下口以纵之，半日之间，月堤平而大堤厚，虽有狼窝、獾洞、鳝蚓穿潜之隙，莫不弥而实之矣。要之疏也、浚也、塞也，其功之难易迥殊。大率疏易于浚，浚易于塞，而疏之需于器者畚锸车筐之类，浚之需于器者锹兜船爬之类，塞之需于料者草土木石麻铁之类，而草工为钜。盖柔能制水，水草狎而泥生，其力之重与碇等，木不能与较也。然而推转络拽资于絙，坚立稳植资于杙，夹辅镇重资于石。有治水之责者，尚其于是留心乎。

急溺琐言四

或有问于裕曰：闻子于漳水之复故与不复也，有三利六害之说，可得闻乎？裕应之曰：此裕之多言也，庸足闻。或强之不已，于是避席告之曰：漳之为水，挟沙而行者也。水斗则泥升六焉，而泥膏敷地，寸亩获可数钟。利一。漳性劲湍，当其涨而无所于束也，则疾行易涸，污莱之地停其泥，瞬息化为腴壤云。利二。运河东西两岸曲如蚓，曲则水至而当其冲，名曰"险工"。司堤者往往筑月堤护之，而豁其上下之口以诱漳入。而浊沉清泛，须臾间险者平矣。利三。滨漳之民所以幸漳之不复也，若夫漳之悍倍于永定，而自入卫济运以来，竟若与汶卫之柔狎。何也？二清一浊，二柔一悍，则夹辅以行，自刷沙而平其悍也。今乃分而逆使返其故，不坚其堤，则必溃；坚之，亦恐难以御其悍。永定其前车矣。害一。天下浊水之性，其流皆不任受分也，分则必夺溜焉，而漳为甚。兹既贪其济卫汶之弱，而又疾其有淤运之泥，辄思留其半以济运，分其半以返故。无论其不任受分也，藉曰受分而全流固泥，半流之泥安往乎？且夫运以漳之全力幸济也，半则力微，力微犹能济运乎？至于不济，而千百糟〔漕〕艘滞于东，危矣。害二。漳之故道，盖由青县鲍家嘴以入运而达海者也。其地与子牙河邻。二流之汹涌既同，二流之经由复逼，不幸而冲崩以汇于一，附河之村庄不足惜，将附河之城郭亦不足惜乎？害三。汶卫与漳分清浊，其汛与涸分蚤迟，且往往分强弱焉。使其候相等而势相均，无论矣。倘或清迟而浊早，清柔而浊强，则早者、强者必先涸，先涸者泥必壅。迨乎清至，力微不能以涤壅，则夫虑漳泥之有需于挖浅也。故却而复之。乃复漳而汶卫不足以负粮艘，仍必需于挖浅，何必多糜国家数百万之金钱，以试吾不效之奇也哉？害四。况乎漳之故道，其不绝者如线耳。复之自必开凿，一如其现行之道，阔五六十丈，深丈余，而后容其荡漾也。夫以宽五六十丈、长七八百里一路之地计之，亩则千百其顷，庐则千万其区，而邛垅园林皆不可以胜算。一旦掘而废徙之，生者欲托足而无所，葬者求迁厝而无方，怨苦悲号，见闻惨戚。圣仁之世，宜有此乎？害五。吾思谋者之议漳复故也，特以丁戊二年之雨，遂谓卫汶之自足济运，可以不资于漳，致有浊泥淤运之患耳。不思丁戊之雨，不可以岁岁律也。医者之疗疾也，有余易痊，不足难效。是故运溢则有闸以减之，运涸则无术以增之。漳归其故，而运不几病于不足乎？害六。漳复之害，昭昭若此。知其若此而默无一言焉，裕也将局外人哉，而裹手视之也。裕于此盖不敢求免乎多言之咎，而惟窃幸其言之不中也。已问者于是乎唯唯而退。

急溺琐言五

古今之言治水，未有不功禹而罪鲧者，而身膺其职，则往往宗鲧而祧禹。夫岂疏瀹决排难而完缮堤防易哉？未乘除乎利害费劳之多寡远近而侥幸一时之补救焉耳。夫伐薪运石，千万其赀，发卒鸠工，万亿其役。当其溃也，瓦解冰消。酸枣宣房，非殷鉴欤？何惑乎贾让之讥“止儿啼而塞其口”也。厥后有宋创遥堤之制，课民艺枣桑榆柳以为防，岁首事于正月，至季春而毕。善哉！未几而有治遥堤不如分水势之议。务在酌远近而多立水门，以时启闭，庶几舟楫通而灌溉利，是亦富民之资也。又未几而复河故道之说兴。欧阳永叔则又诋之曰：河本泥沙，无不淤之理。而淤淀之势，常先下流，下流淤高，水流不快，必自上流淤处而决。夫避高趋下，水之本性。河流已弃之故道，复之实难。天禧以来，决河非不能力塞，故道非不能力复，而不久即以决告者，故道淤而水不能行也。然则因水之欲注而宽为之防，以约拦之，使不至于狂荡，则犹不失其为顺水之性者。而元人贾鲁乃以塞筑奏绩，可训乎？有明徐有贞之言曰：治水以知天时地利人事为三要。故其治决也，先疏之。俟其势既平，而后堙其决。决止，乃多建闸坝，以时节宣之期，无或溢涸而河晏如矣。继有贞者，刘大夏为尤善。其言曰：国家诚不惜弃地，不惮勤民，而舍小以成大，捐少以图多，勿惑浮言，任心膂而委以便宜，因就下之势条分之，而后从下以上荡涤其淤，使河身有容而不溢，河委畅适以有归，而又任事得其人，积以岁月，因时制宜，随见长智，斯害日除而利日兴焉矣。若夫万历以后潘季驯之治水也，专以埴土胶泥、坚固堤防为策，譬之重门待暴，增纩御寒，律以行所无事，则不足言智也。何也？堤以防溃，施诸黄淮可也。畿辅则地平且洼，沥水易积，河虽防，沥则阻矣。前训具在，来者盍审而用之？

急溺琐言六

凡水之性，宜合而不宜分，宜急而不宜缓。何也？合则急，急则通；分则缓，缓则淤。至于淤，则未有不壅者；至于壅，则未有不决者。盖壅与决，恒相因者也。然必上先决而后其下壅，未有下先壅而后其上决者。盖其初也由壅而有决，其继也则因决而益壅，是故人有憎水之急与浊而欲分之者。予辄起而阻之，非执也。清流、缓流可分，急流、浊流不任受分也。不观之黄河乎？古今之治水，未有不称神乎禹者？然禹之疏河而九之也，在杀之于龙门以下之高地。夫水行高地，则引之东而东，引之西而西矣。是故九分之可也。即七八分之、十分之，亦无不可也。至于今，河徙而南，则地平矣，而土复沙矣。土之力不足以敌水，水于是任其所欲之。至于任其所欲之而尚可分哉？计惟有堤以束之，束之所以急之也，急则浊沙不能以自停，而淤壅自能以荡涤，所谓不横溢于两旁，自刷沙于中底者是也。是则以水治水之良法，禹之所以行所无事也。观于黄而漳可知，观于漳而滹沱可知矣。故《记》曰：河不两行。支河一开，正河必塞。此俗所以有夺溜之说也。

急溺琐言七

堤以约水，而水以束而力愈劲，则堤之当其冲者必溃焉。是唯有栽柳以护之。然而栽柳之术非一也，有卧柳，有编柳，有高柳，有低柳，有深柳，有漫柳。六柳之术备，而堤安于盘石矣。卧柳者何？堤之初筑必在冬春之交，其时正土脉升而柳枝萌芽之候也。于是焉取指大柳条长四五寸者，以万计，每筑土一层，即于内外堤边，相去三四寸，横铺柳枝一层，其枝入土者半而露出者半，自堤根以至堤顶，不可间断。编柳者何？取柳条如鸡卵大者，长四尺为度，以数千计，用木橛从堤根相去七八寸打直眼，深三尺，乃以柳条插入眼中，露一尺于外，紧筑之。俟一二月后，此条与卧柳俱又发芽成条，乃使人将此横铺与直插之新条，轻匀纵横而编之，编一层加土一层，务使之筑实而平满，以次上至于堤顶。若堤高一丈，则柳可编十层，盖由一尺而层累以升也。如是则根株纠结于土中，枝叶绸缪于堤面，浪激而土不浮，风狂而根不动，遥望其堤，不啻若绿藤之缠裹金墉矣。高柳者何？以柳枝之大如拳而长五尺许者，去堤四五步深栽坚筑之。待其上枝茂而下根生，则取其材可以供埽料，而排为林可以御风涛，其为力甚钜而为用亦甚广也。然而护之无棘，则兽噬之矣；看之无人，则众窃之矣。是在官之有以卫之耳。低柳者何？种于高柳之外丈余，听其丛生而岁刈其稍以为器，而又用以敌浪，而护高柳之足者也。虽有巨浪奔涛，遇之未有不减其怒者，以其柔也，以其多也，且取其易生也。故古人谓之“活龙尾埽”。深柳者何？高低编卧之柳，所以防水之泛滥而卫堤者耳。若夫风狂涛泼，奔腾冲突，漂屋庐，拔树木，而直冲乎堤岸者，高低编卧之柳且不足以自固其根株矣。是唯于堤外二三十步之远，取劲直柳桩如椽大者，长四五六尺，或七八尺至丈余者，掘穴深埋，纵横布置，或十层，或十四五层，泥浆和土，坚筑如林。待其根蒂纠纷，穿插盘结，既可以固堤外之滩颓，且可以御漂来之器物，并可以竹缆维持，系长木，加钉桩，下草埽，实土石，以与滔天之水相角其功，盖倍蓰于临时下桩以抢塞其决者矣。漫柳者何？坡水漫淹之处，欲筑堤而不能，不筑堤而不可，然则为之奈何？计惟有于漫水岸边密插柳枝，盖柳性喜水，既不畏乎浸烂，又能留彼浮泥。迨乎涨退沙淤，则柳已叶生根活矣。于是泥渐淤高，柳亦随淤而长。任吾意所欲堤之长短曲折而栽之，数年之后，泥以柳为之骨，柳以泥为之肤，不假人力而自能堆积淤壅，以成一堤矣。柳堤既成，若系浑水之滨，则加以夯硪而益坚之，可以放淤，使堤内尽为高地。若系清水之滨，则开为阡陌，亦即可以种稻艺麦，而黍稌蔬果莫不宜矣。柳之为功于堤也，讵不大哉！

急溺琐言八

人之言曰堤防，夫曰堤而又曰防者，堤固所以防水，而堤又需人以防之也。是故有堤而无人也，与无堤同；有人而无法也，与无人同。其法维何？曰昼防。五六七八此四月间，雨多水涨之候也。常以人巡堤上，搜獾洞，实鳝孔，灌柳枝，堆土牛，而于要害之处则□□积桩草、苘麻、柳稍等物以备之。曰夜防。防于夜，则灯竿不可不设也，而设灯竿，则信地尤不可不定也。大约堤长一里，宜分三铺，铺各三夫，而里以数计，铺以号编。夫各分其信地，而又铺十有长，里十有官。当夫汛至而堤有欲决之势，则铺长鸣金，左右铺夫奔而至，至即运土牛，下桩埽，以抢御之。倘一长之夫力不胜，则铺长叠振其金，而官督其十里之夫以齐来。料备夫齐，则将决未决之堤未有不可保者矣。曰雨防。防雨之法与夜等。惟是三铺之间，须更设一窝铺，使夫雨有蔽而劳亦可以暂息也。然非听其熟睡也，宜标禁于窝铺之前，违者务严惩之如军法，乃不虞于或误。曰风防。四防之中，风为剧。盖涛之汹涌，风致之。无风，则虽涨易御耳。法宜于平时预束秸藁、翘薪、柳枝、蒿藜等物，以为把而贮于两岸之上。及其水发风狂，则自下风之岸将所束之把浮系于树，以柔浪而杀其势。迨乎浪平风定，水退堤安，即仍将把束收晒而高贮之，以为卷埽之需。四防之候，每岁不过五六七八月，而此数月之水，其发不过数次，每次亦不过数日。然而初发之水不盛也，再次则猛矣。至于八月以后，则虽发而势亦衰。惟是极盛之时，苟防之而不能御，则须避其锐焉。其法在谨守要害，而以不要害处委之。非然，即不能固此要害也。俟其势退，而即急补其所委，盖恐其再至，则愈流而愈深，不特深而补之难为力也。决口既深，则正流必淤，正流一淤，欲从而疏之，其费多而工钜矣。兵法有云：善委敌者敌必疲。此法可以为防堤之一助。

急溺琐言九

水之束也，堤力也。然而堤之高低厚薄有定者也，水之消长盛衰无定者也，以有定待无定，能保其力之常固欤？是故闸坝之建，所以杀怒浪之奔冲而保堤者也。涵洞之设，又以泄积水而灌溉乎洼下之地，且能淤硗瘠而沃壤之者也。不宁惟是，积水泄则闸坝且受其卫焉，闸坝坚则大堤并蒙其奠焉。何也？闸坝所减之水，非涨而平漕之水，乃激而思逞之水也。其势既突而汹涌于闸间，则闸基且岌岌乎撼矣。而跌落之力，又将淘穴乎闸底而陷之于斯时也。乃有涵洞之水出而与之相潆洄旋转焉，斯闸基可免于震撼，闸底无虞于淘穴，涵洞之有助于闸坝，因有功于大堤也。其用如此。唯是建闸必先择地。盖非坚土不足以开基，而开基必先挖固土之塘，乃可以钉桩。桩头取平，上施龙骨木铺板，灰麻舱缝，次砌底石，迎水处立石一行，拦门桩二行，跌水处亦立石二行，拦门桩八行。由是而砌金门，叠雁翅，其功不可缺而序尤不可紊也。若夫建坝，则须择要害卑洼之处，坚其基，以钉桩。其雁翅宜长宜坡，迎水之石宜短，立石拦门与闸同。凡石缝，俱宜糯汁和灰以舱之。涵洞之择基、钉桩、砌石也亦然。涵洞之孔，则审水以酌之。水势盛者，二其孔；不盛，则可一其孔。

急溺琐言十

《论语》道国之要五者，而节用、爱人居其二。然则学古而入官也，可不于是兢兢哉？至于治水则不然。何也？欲保民者，必先有以劳乎民。善理财者，必先有以用其财。是岂民力帑金之不恤哉？盖劳民正所以保民，而费财正所以经国也。从来无米不可以为炊，徒手不可以善搏，夫人而知之矣。而于疏渠、筑坝、建闸、设涵、下埽、签桩一切抢修预备之计，则往往以不节不爱议其后，而不知夫因天之时，相地之利，顺水之性，以保民生而奠国计者，断断乎不能以省力而奏转危为安之效。是故派夫勒限之不容以后时，请帑兴修之动辄以千计，势在则然，欲不出于此焉不得也。夫无所为而劳民伤财焉，则道在爱人而节用；不得已而保民经国焉，则道又在于救灾除患矣。然则任河责者，将以姑息啬缩者之为尽职乎？抑以急公不苟者之为尽职乎？好议者请一为思之。

钦定康济录

（日）纪藩含章堂刻本

（清）陆曾禹　著
赵丽　徐娜　点校

《钦定康济录》点校说明

《康济录》原名《救饥谱》，系清初钱塘县监生陆曾禹所辑。乾隆四年，其同乡吏科给事中倪国琏"录其大要，共为四卷"，奏呈御览。乾隆谕令南书房翰林"详加校对，略为删润"，命名为《康济录》，于乾隆五年刊行。此后至乾隆四十九年，又经校核，收入《钦定四库全书》吏部十三之政书类三"邦计之属"（以下简称"四库本"）。该刻本总目共列"前代救援之典"、"先事之政"、"临事之政"、"事后之政"等四卷及附录（包括"摘要备观"、"赈粥须知"、"捕蝗必览"和"社仓条约"），但其正文又将第三卷"临事之政"分为"卷三上"、"卷三下"两部分；将第四卷"事后之政"和"附录"并为一卷，分称"卷四上"和"卷四下"，后者所附内容次第编入"卷四下之一"至"卷四下之四"。故《四库全书提要》称此书共为六卷。日本宽政六年（即清乾隆五十九年，公元1794年），纪州藩纪阳山本以其所得抄本自行点校，并予重刊，其各卷均署有"清钱塘县监生陆曾禹著，日本纪州名草郡奉行日州小田仲卿阅"字样。但在正文中，该本将"附录"之中四小目与"事后之政"并列，次第名之为"卷之四一册"至"卷之四五册"；其第三卷则称为"卷三上册"和"卷三下册"。此次重排，为使总目与正文各卷标题一致，特予重新调整。此外，由于该刻本系辗转流传，其中有不少错讹缺漏之处。此次点校虽以此为底本，但与四库本互为比勘，并以后者为准，在保留底本原貌的同时，予以改正或增补。兹不一一说明。

刻康济录序

天地之大德曰生，圣人之大宝曰位。位之所以为大宝者，能发政施仁以安济生民也。是故先王奉若天地，建邦国，树公侯，承以大夫师长，其云为举措，无非裁成辅相，以左右民者，所以兆民致变雍之化，八荒开仁寿之域，良有以也。泰皇、燧人邈矣，羲农以来，列圣相承，与夫九辅六相五臣十乱之属，从事于正德利用厚生，其政法布在方策者，弥近弥备，至于有周，蔑以尚焉。后之明后哲相及循吏良二千石，以至效一官、称一乡者，孰不闻由古先圣王孜孜焉存心于生民、加志于救荒哉！夷考其事，虽或王霸粹驳之不同，然其期于济恤，归乎治安，一也。夫人之读书学文，多识前言往行以蓄其德，岂特为博物君子称从行秘书而已哉？固将举而施诸世也。《大学》之明德亲民，《中庸》之成己成物，不其然乎？宋范文正曰：不为良相，则为良医。程明道曰：一命之士，苟存志于爱物，于人必有所济。朱晦翁请以社仓经界之法行于诸路。古人之所自任，可以见已。前辈称明道、晦翁为真儒，而非杨龟山、魏鹤山之徒，空言谈道，无拨乱匡时之略者，为是之故也。清钱塘县监生陆曾禹所集《救荒谱》一书，汇辑历代济民之嘉言善政，附以己见，详明的实，使人展卷，犁然指诸掌，可举而行焉。厚于天下后世，可谓至矣。吏科给事中倪国琏录其大要，以为四卷而奏进之，清帝敕为加删润，命名曰《康济录》，刊而布之。浪华木世肃得一本，日州小田景福与世肃善，览而好之，誊写藏于家。景福雄豪好学，慷慨有大志，文武之才也。向委质于吾藩，见为名草郡司。其治郡之略，得于《康济录》者多。知之斯好之矣，好之斯乐之矣，独乐之不若与人，与少乐之不若与众，乃不秘诸帐中而欲公之海内，与有志于济民者共之。因自点校而命剞劂氏，如字有漫灭者，无别本可雠校，姑阙之以俟后日。夫陆氏著之日入之邦，而景福用之日出之邦，小用之而小有效，安知天下无继景福大用之而大有效者乎！则犹景福大用之也，景福之志，然后可偿矣。梓成，俾余一言以弁其首。余素好程朱之学，而耻为二山氏之流，窃喜景福此举切于济民，忘其谫陋叨执，简以承役云。

宽政六年甲寅春三月纪阳山本惟恭子谦甫撰

序

吏科给事中臣倪国琏谨奏为进呈书籍事。仰惟我皇上轸念民瘼，仁恩周浃，遇各省偶有歉收，随即多方补救，蠲赈备施，不惜宵旰之勤劳，以谋斯民之安饱。然犹圣不自圣，安益求安，旱涝未形，畴咨早切，视民如伤之怀，有加无已，建极锡福之道，曲成不遗。凡属内外大小臣工，孰不思罄竭愚忱，以仰佐圣治于万一者？臣忝居言职，轮该进书，因见同乡已故钱塘县监生臣陆曾禹所集《救饥谱》一书，未经刊刻。其书每条前列经史，后加论说，与今所进经史之体无异。是以不揣愚昧，录其大要，共为四卷，恭呈睿览。虽书中所列条目总不出圣政之范围，然其编辑详明，似尚有可取者。伏惟圣慈垂鉴，俯采刍荛之一得，宥其草野之戆愚，臣曷胜惶悚待命之至。谨奏。乾隆四年十月二十日。奉上谕：吏科给事中倪国琏奏进《救饥谱》四卷，犹有郑侠绘图入告之遗意，甚属可嘉。著南书房翰林详加校对，略为删润，命名曰《康济录》，交与武英殿刊刻颁发。倪国琏著赏，赐表里各二疋，以示奖予。钦此。

乾隆五年闰六月十四日奉旨开列经理诸臣衔名

监　理

和硕和亲王臣弘昼

总　阅

经筵讲官太保议政大臣保和殿大学士总理兵部事务世袭三等伯臣鄂尔泰

经筵讲官起居注太保保和殿大学士兼官吏部尚书翰林院掌院学主事世袭三等伯臣张廷玉

经筵讲官太子太保东阁大学士兼礼部尚书臣徐本

南书房校对

吏部右侍郎世袭一等轻车都尉臣蒋溥

经筵讲官户部右侍郎臣梁诗正

内阁学士兼礼部侍郎臣汪由敦

日讲官起居注詹事府詹事臣鄂容安

日讲官起居注翰林院侍读学士世袭三等伯臣张若霭

日讲官起居注翰林院侍读臣彭启丰

日讲官起居注翰林院侍读臣介福

翰林院修撰臣金德瑛

翰林院编修臣秦蕙田

翰林院修撰臣庄有恭

武英殿校对

经筵讲官刑部右侍郎臣张照

工部右侍郎臣许希孔

原任刑部左侍郎臣励宗万

日讲官起居注詹事府詹事兼翰林院侍读学士臣陈浩

日讲官起居注詹事府少詹事兼翰林院侍讲学士臣吕炽

日讲官起居注詹事府少詹事兼翰林院侍讲学士臣周学健

署日讲官起居注右春坊右中允兼翰林院学士臣朱良裘
翰林院编修臣田志勤
翰林院编修臣董邦达
翰林院检讨臣唐进贤
翰林院编修臣李清芳
翰林院检讨臣郭肇鐄

校　刊

拔贡生臣费应泰
拔贡生臣卢明楷
拔贡生臣薛世楫
拔贡生臣廖名扬
拔贡生臣徐显烈
拔贡生臣王积光
优贡生臣王男
恩贡生臣曾尚渭
拔贡生臣李长发
拔贡生臣程元林

监　造

内务府南苑郎中兼佐领加六级纪录八次臣雅尔岱
内务府钱粮衙门郎中兼佐领加五级纪录六次臣永保
内务府广储司员外郎加二级臣双玉
内务府庆丰司员外郎加一级纪录二次臣西宁
内务府广储司司库加二级臣胡三格
监造臣恩克
监造加一级臣永忠
库掌臣于保柱
库掌臣郑桑格
库掌臣姚文彬

钦定康济录总目

卷一 前代救援之典

总叙：圣贤之治天下，岂不欲斯民含哺鼓腹，日游于太和之世哉？无如水旱之灾，尧汤不免，使无良策以处之，致民有饥馁之忧、流离之患，如保之怀，肯恝然乎？于是以不忍人之心，行不忍人之政，荒政从之而出矣。是政也，非谱而何？夫古有治谱，欲其前后相师，以修其政令，何独至于救饥而不以前人为谱哉？爰集圣贤之言行已昭救济之谋猷者，或总列于前，或分陈于后。果能仿而行之，惠我元元，如登大有，是谱也，不犹有脚之阳春，力可回天者耶？常目在焉，苍生幸矣。

唐尧之为君也，存心于天下，加志于穷民。一民饥，曰我饥之也；一民寒，曰我寒之也；一民有罪，曰我陷之也。百姓戴之如日月，视之如父母。

谨案：三称我字，是圣人以全副精神，注之一肩任来之意。四海虽大，若以我之为君，有一民为饥寒所困而陷于法网者，非我之教养有亏欤？故朝乾夕惕，泽润生民，举天地间，尽在春风和气中也。

虞舜弹五弦之琴，歌曰：南风之薰兮，可以解吾民之愠兮；南风之时兮，可以阜吾民之财兮。

谨案：大舜认定民是吾之民，愠必为之解，财必为之阜，方遂其惠养元元之意。肯令凶年饥岁流离失所而不急为轸恤哉？

商汤因旱祷于桑林，以六事自责，曰：政不节欤？民失职欤？宫室崇欤？妇谒盛欤？苞苴行欤？谗夫昌欤？何以不雨而至斯极也？言未已，大雨方数千里。

谨案：汤在位三十祀，而遇大旱之年共有七，民无菜色者。要非无备而能然也，祷之尚如是之切，上苍有不为之感动哉？是六事之责不可少，而九年之蓄，尤不可缺也。

周武王立重泉之戍，令曰：民有百鼓之粟者不行。民举所最粟以避重泉之戍，而国谷二十倍。（最，聚也。）

谨案：谷不积，不足以救饥；令不严，不足以惧民。严令积谷，圣王权变之道也，即预备不虞之典也。尚父不云乎“敬胜怠者吉，怠胜敬者凶”？安不忘危，敬胜之事也。故虽禾黍油油，必令仓箱盈足，诚以丰年多蓄，则饥馑可无虞耳。

周公曰：呜呼！君子所其无逸，先知稼穑之艰难。乃逸，则知小人之依。

注云：鱼无水则死，木无土则枯，民非稼穑则无以生也。四民之事，莫劳于稼穑；生民之功，莫盛于稼穑。周公发无逸之训，以戒成王，惧其知逸而不知无逸也。岂独成王之所当知哉？实千万世人主之准则也。

孔子自鲁适齐，时齐旱饥。景公问曰：如之何？对曰：凶年力役不兴，驰道不修，祈以玉帛，祀以下牲，此贤君自贬以救民之礼也。

谨案：时当饥馑，若不节一人之用度，救万姓之流离，天命民喦之际，岂不大可畏耶？故夫子以此告之，使景公急以救民为事也。

《易经·益卦》：象曰：益，损上益下，民说无疆；自上下下，其道大光。

大全云：恩由上究，非仅一切转移之术，始为益之名者也。要在制民常产之外，若山林川泽之利，损以与民，货税田租之类，量加蠲免。如是益下而民有不欣欣然尽发爱戴之心者欤？

《书经》：帝曰：弃，黎民阻饥，汝后稷，播时百谷。

谨案：舜之民，曷尝阻于饥哉？然舜以黎民非百谷不能生其身，非后稷莫能教其耕，故必谆谆戒勉，益见圣主贤臣安不忘危，豫备不虞之意耳。

《诗经·大雅》：倬彼云汉，昭回于天，王曰：於乎！何辜今之人？天降丧乱，饥馑荐臻。靡神不举，靡爱斯牲。圭璧既卒，宁莫我听？又曰：靡人不周，无不能止。

宋董煟曰："靡神不举，靡爱斯牲"，说谓慰安人心。然山川祷祀，从古有之，亦见古人忧畏之切。至《七章》言"靡人不周，无不能止"，非当时有实惠及于民，安能如是？

《春秋》：鲁僖公二年，冬十月不雨。三年，春王正月不雨，夏四月不雨。僖公忧闵，元服避舍，躬节俭，绌女谒，辍乐休工，释更徭之逋，罢军寇之诛，去苛刻惨毒之政，所蠲浮令四十五事，放谗佞郭都之等十三人，诛领人之吏受货赂赵侃等九人，率群臣祷于山川。天即为之大雨。

谨案：天以水旱困人，正欲长民者之惠爱苍生耳。苟能遇灾而惧，恤民之瘼，更新善政，天将消其灾而锡之福矣。从古天人相感之理，如响应声，夫岂独僖公一事哉？

《礼记·王制》云：国无九年之蓄，曰不足；无六年之蓄，曰急；无三年之蓄，曰国非其国也。三年耕，必有一年之食；九年耕，必有三年之食。以三十年之通制国用，虽有凶旱水溢，民无菜色，然后天子食，日举以乐。

谨案：无三年之蓄，尚非其国，后之各省，其所蓄不知有几。隋唐行之而有效，紫阳施之而见功者，社仓也。庶几乎其得之欤？夫粟既积之于京师，复遍之于天下，仓箱足而积贮丰，小民将击壤而歌矣。圣人所以能乐民之乐也。

《周礼》：大司徒以荒政十二聚万民：一曰散财（贷种食也），二曰薄征（轻赋税也），三曰缓刑（省刑罚也），四曰弛力（息徭役也），五曰舍禁（山泽无禁也），六曰去几（去关防之几察，使百货流通），七曰眚礼（杀吉礼也），八曰杀哀（节凶礼也），九曰蕃乐（谓闭藏乐器而不作），十曰多昏（多昏配，则男女得以相保），十一曰索鬼神（求废祀而修之也），十二曰除盗贼（安良民也）。大司徒以保息六养万民：一曰慈幼，二曰养老，三曰振穷，四曰恤贫，五曰宽疾，六曰安富。

谨案：《语》云：三代而上，有荒岁而无荒民。其所以无荒民者，必上之人有以豫备故也。即富者尚欲安之，况老幼贫穷疾病之类，有不在其怀保之中耶？嗟夫！政之不可偏废，如人身之脉络，不可一经不治，致令其受病也。世之为政者，果能视此而无愧焉，康阜之休，旁敷四海矣。

《穀梁传》：一谷不升谓之嗛，二谷不升谓之饥，三谷不升谓之馑，四谷不升谓之荒，五谷不升谓之大祲。大祲之礼，君食不兼味，台榭不涂，弛候廷道不除，百官布而不制，鬼神祷而不祀（嗛同歉，不满之意也）。

明邱濬曰："君食不兼味"以下，即《周礼·膳夫》所谓大荒则不举者也。譬如父母焉，其子不哺，而已乃日余膏粱，于心安乎？

齐粜贱，桓公恐五谷之归于诸侯，欲为百姓藏之，问于管子。管子曰：今者夷吾过市，有新成囷京者二家，君请式壁而聘之。桓公从之。民争为囷京以藏谷。

谨案：桓公之虑固深，管子之智更美。倘不赏一二人，以风众人，其谁我从？此所谓藏富于民，而君不致独贫者也。曷尝尽敛于太仓之内哉？夫大国无三年之蓄者，国非其国，然则交相致益，而后富强可甲于天下。

周惠王十七年十二月，卫文公立。公大布之衣，大帛之冠，务材训农，通商惠工，敬教劝学，授方任能。元年革车三十乘，季年乃三百乘。

谨案：治国不可以纵欲，守位贵从乎民好。膺民社者，治本是图，躬行节俭，则恩膏沛于万姓，菽粟足于仓箱矣。懿公好鹤，而文公能勤民布政，不数年间，国以富厚，民用和辑。人主好恶之间，不可不慎也如此。

周敬王四十年夏五月，荧惑守心（宿名）。心，宋之分野也。景公忧之，司星子韦曰：可移于相。公曰：相，吾之股肱。曰：可移于民。公曰：君者待民。曰：可移于岁。公曰：岁饥民困，吾谁为君？子韦曰：天高听卑，君有君人之言三，荧惑宜有动。于是候之，果徙三度。

谨案：观景公之言，盖不专为一身而忧之矣。相是股肱，民为邦本，此数语何尝有意格天，而天则为之格矣。可见天人感应之理，原在乎呼吸间。子韦知其理而候之，果徙三度。仁哉景公，智哉子韦也！

魏文侯时，租赋增倍于常。或有贺者，文侯曰：今户口不加，而租赋岁倍，此由课多也。譬如治焉，令大则薄，令小则厚。治人亦如之。夫贪其赋税，不爱民人，是虞人反裘而负薪也。徒惜其毛，不知皮尽而毛安所附，是两匮之势也。

谨案：理势明则言辞达。文侯之论增赋，不事支流旁干，直能探本穷源，贺者应惭，伪者宜惧。君子知此，民困必苏，非社稷之福哉？

李悝为魏文侯作平粜法，曰：粜甚贵则伤民，甚贱则伤农。若民伤则离散，农伤则国贫。故甚贵与甚贱，其伤一也。善为国者，使民无伤，而农益劝。故大熟，则上粜三而舍一，中熟粜二，下熟粜一，使民适足，价平而止。小饥则发小熟之敛，中饥则发中熟之敛，大饥则发大熟之敛，以粜于民。故虽遇水旱饥馑，粜不贵而民不散。行之魏国，日益富强。

谨案：收粜于丰熟之时，出粜于荒歉之日，务必平价而止，民农皆不令伤。非法之出于万全耶，有何水旱之足虑？嘉谋若此，食禄何惭？在位者鉴此类推，广其仁术，不负敦本爱民之君子矣。

汉文帝二月，诏曰：方春时和，草木群生之物，皆有以自乐。而吾百姓鳏寡孤独困穷之人，或阽于危亡而莫之省忧。为民父母将何如？其议所以赈贷之。

谨案：文帝以草木群生之乐其乐，因念吾民穷困之颠连，广其仁术，赈贷并行。是阳春之所不及者，文帝得而及之矣。否则枯木有时畅茂，穷檐赤子，乐岁终身苦，是草木之弗若，不亦深可叹乎？抚黎元者，能触景念民，勿忘先王对时育物之怀，则太和元气，长流行乎宇宙中矣。

文帝癸酉十二年，晁错上言曰：夫人情一日不再食则饥，终岁不制衣则寒。夫腹饥不得食，肤寒不得衣，虽慈父不能保其子，君安能以有其民哉？是故明君贵五谷而贱金玉。方今之务，莫若使民务农而已。欲民务农，在于贵粟。贵粟之道，在于使民以粟为赏罚。

今募天下之人入粟于边，以受爵免罪。不过三岁，塞下之粟必多矣。帝从之，令民入粟于边，拜爵各以多少级数为差。

谨案：自古以民饥而扰天下者，不一而足，未闻无珠玉而扰其国者也。错劝其君，贱珠玉，宝五谷，足国之本务，其在是乎！所以称智囊也。

景帝后元二年，夏四月，诏曰：雕文刻镂，伤农事者也；锦绣纂组，害女工者也。农事伤，则饥之本；女工害，则寒之原也。夫饥寒并至，而能亡为非者寡矣。今岁或不登，民食颇寡，其咎安在？或诈伪为吏，吏以货赂为市，渔夺百姓，侵牟万民。其令二千石各修其职事，有官职耗乱者，丞相以闻，请其罪。

谨案：此诏专重农桑，委其责于太守，致治之方，莫若此矣。况又令丞相不时奏闻，此大法小廉，民安物阜。周之成康，汉之文景，皆以贤君称也。

武帝时，董仲舒对策曰：郡守县令，民之师帅，所以承流而宣化也。师帅不贤，则主德不宣，恩泽不流，是以阴阳错缪，氛气充塞，群生寡遂，黎民未济也。

谨案：仲舒以承流宣化，责成郡守县令，此真握要之言。大吏贵而不切，散官疏而无权，惟府县官有守土之专，政令声教，易与相通，末俗颓风，力能振作。刘向素称董仲舒有王佐之才者，以其论事切中机要，而立意本于正大也。

武帝征和四年四月，以赵过为搜粟都尉。过教民为代田，一亩三甽（甽者，田中之沟也，广一尺，深一尺），岁代处（代，易也。岁易其处），故曰代田。每耨辄附根，根深耐风与旱。其耕耘田器，皆有便巧，用力少而得谷多。民皆便之。

谨案：《诗》云：诞后稷之穑，有相之道。从古教稼任地，各有便宜，以尽辅相裁成之责。武帝为民治农事，必使良才贤牧讲求于陇亩之间，以人工代天巧，神明变化，总期便民，而不敢逸于图治。休哉盛业，其汉治之隆欤！

光武帝建武二十五年，冬十月，监军谒者宋均，见蛮方饥馁困厄，均与诸将议曰：夫忠臣出境，有可以安国家者，专之可也。乃矫制告谕群蛮而降之，蛮地遂平。均未至，先自劾矫制之罪。上嘉其功，迎赐以金帛。

谨案：天灾可畏，饥遍蛮方，设或再加困斗，血刃者固多，僵仆者要亦不少，岂好生之心哉？监军矫制而谕之降，既得上国之体，且服小丑之心，以仁布德，以智全仁，宜乎上之奖赏矣。后之衔命阃外者，其将以此为法乎？

明帝永平三年，大起北宫。时天大旱，尚书仆射钟离意谒阙，免冠上疏曰：昔成汤遭旱，以六事自责。切见北宫大作，民失农时。自古非苦宫室小狭，但患民不安宁，宜且罢止，以应天心。上即时罢之，遂应时澍雨。

谨案：苍苍者天耶，孰谓理居元渺，一时无以格之哉？当时劳民伤财，人心不安，而天意示警，仆射免冠切谏，上即罢役，时雨降而禾稼生，可见风雨之调和，原在人心之喜豫。盖心和而气和，气和而阴阳交泰矣。王政本符乎情理，天心总寄于民心。信哉！

和帝永元五年，遣使分行三十余郡，凡贫民之不能自食者，悉开仓赈给。

谨案：和帝年十四五，能恤贫民，能除窦宪，亦云贤矣。第天性聪明，不如圣学日跻深邃，孰谓师保翼助之功，迂阔而不可近哉？

安帝时，皇太后邓氏每闻民饥，或达旦不寐，躬自减彻，以救灾危。故虽有水旱交侵，宇内复宁，岁仍丰稔，是勤政之效也。

谨案：民不赖君，何能活于凶岁？君不得民，何以享其太平？此君民一体之意也。假如手足有病，而心腹独能舒泰乎？皇太后达旦不寐，以救饥民，世称贤后，良有以也。

桓帝永寿三年春，或上言民之贫困，以货杂钱薄，宜改铸大钱。事下四府群僚及太学能言之士议之。太学生刘陶上议曰：当今之忧，不在于货，在乎民饥。窃见比年以来，良苗尽于蝗螟之口，杼轴空于公私之求，民所患者，岂谓钱货之厚薄、铢两之轻重哉？就使当今沙砾化为南金，瓦石化为和玉，使百姓渴无所饮，饥无所食，虽羲皇之纯德，唐虞之文明，犹不能以保萧墙之内也。盖民可百年无货，不可一朝有饥，故食为至急也。

谨案：古之帝王每求直言，时开言路，民情得以上达，使闾阎疾苦，无时不昭揭于九重。是以政令所布，深惬民怀，惠泽所流，且周百世，而嘉谋嘉猷，并藉以垂光于千载耳。

吴孙权赤乌三年，民饥。诏遣使，开仓廪，赈贫者。

谨案：国之赖民，犹鱼之藉水。鱼无水则不生，国无民则难与治。三国之主，强半称雄，肯置其苍生于沟壑哉？但遣使之中，又贵择人，必得公平廉干精明宽厚之臣而后可。盖百万生民之命悬于一人之手，岂云细事？细阅其史，一无所贬，亦曰知人。

北魏高宗和平四年十月，以定、相二州贳霜杀稼，免民田租。承明元年八月，以长安二蚕多死，免民赋之半。

谨案：稼与蚕，小民养生之本也。苟于此而无所得，衣食已亏，催科再急，不迫人于盗薮也，鲜矣。今魏不特因霜害稼而免其田租，且缘蚕息无收，而蠲其半赋，恩何溥哉！仁哉斯制矣！

高祖太和二十年，以久旱，自癸未不食，至于乙酉。群臣皆诣中书省请见。高祖在崇虚楼，遣舍人辞焉，且问来故。豫州刺史王肃对曰：今四郊雨已沾洽，独京城微少，庶民未乏一餐，而陛下辍膳三日，臣下惶惶，无复情地。高祖使舍人应之曰：朕不食数日，犹无所感。比来中外贵贱，皆言四郊有雨，朕疑其欲相宽免，未必有实，方将遣使视之。果如其言，即当进膳；如其不然，朕何以生为？当以身为万民塞咎耳。是夕大雨。

谨案：君心即是天心，君能以万民为心，天未有不以一人为念者也。民未饥而君已饥，天肯负爱民之君乎？北魏高祖辍膳三日而时雨降，可见感通之理，原在君心。君之爱民，正所以爱身。天之爱君，原欲其爱民。天也，君也，民也，分之则有三，合之则一体。理本相通，道无二致。敬天劝民者，所当三复斯旨。

城阳王徽为并州刺史。先是州界夏霜，禾稼不熟，民庶逃散，安业者少。徽辄开仓赈之，文武共谏止。徽曰：昔汲长孺郡守耳，尚辄开仓，赈救民灾。况我皇家亲近，受委大藩，岂可拘法而不救民困也。先给后表，孝明嘉之，加安北将军。

谨案：皮之不存，毛将安附？备位大藩，而不知为朝廷旬宣布化，子惠黎元，忝厥职也甚矣！观安北将军之明断，先给后表，一转移间，深合古名臣爱护百姓之至意。后之君子，可勿鉴诸？

宋文帝元嘉十二年，吴郡大水，钱塘升米三百。以扬州治中从事史沈演之兼散骑常侍，巡行拯恤，许以便宜从事。演之开仓廪，赈饥民。凡有生子者，日赐米一斗。刑狱有疑枉者，悉判遣之。百姓蒙赖。

谨案：美哉元嘉之政！可见称于天下后世者，盖由饥馑之年，令臣便宜从事，无一人不被其泽也。民当枵腹离散之际，谁不思邀惠于朝廷，以生其骨肉？倘巡行拯恤者，惠此而失彼，有始而无终，民受虚名，仍无实济，何烦此使为哉？演之得便宜之权，免掣肘之患，小者不遗于黄口，壮者可释于囹圄，尚有泪如淫雨，并垂于空釜鹑衣之上欤？古云上有便宜之令，下无专擅之臣。信哉此言也！

唐元宗开元十五年八月，制曰：河北州县水灾尤甚，言念蒸民，何以自给？朕当宁兴思，有劳旰昃，在予之责，用轸于怀。宜令所司，量支东都租米二十万石赈给。二十二年十一月敕曰：百姓屡空，朕孰与足？言念于此，良所疚怀。又闻京畿及关辅有损田百姓等属频年不稔，久乏粮储，虽今岁薄收，未免辛苦，宜从蠲省，勿用虚弊。至如州县不急之务、差科徭役，并积久欠负等，一切并停。其今年租八等已下，特宜放免。地税受田一顷已下者，亦宜放免。

谨案：开元之政，大有可观。即此二诏，忧勤宽大之意，露于言表。此时也，宫廷肃穆，辅理承化者多称贤佐，是以有灾即得上闻，遇荒即行补救，委曲详尽，有实惠而无虚名。总之贱货、尊贤、去蔽、去吝四者，古昔圣贤所为翼翼小心，守之而勿失者也。岂独为荒政云尔哉？实万世致治之常道也。

郭子仪因河中军士常苦乏食，乃自耕荒田百亩，将校以是为差，于是士卒皆不劝而耕。是岁河中野无旷土，军有余粮。

谨案：羊祜镇襄阳，垦田八百余顷。祜之始至也，军无隔日之粮。及至季年，有十年之积。汾阳之在河中，身体而力行之，上不致吾君忧国帑之无输，下不苦吾民有助饷之拮据，一事举而爱及于君民，非贤将而能若是乎？

德宗赈给种子诏：春阳布和，万物畅茂，实兆庶乐生之日，农夫致力之时。今兹吾人，则异于是。迫以荒馑，愁怨无憀。有离去井疆，业于庸保，有乞丐途路，困于死亡，乡闾依然，烟火断绝。种饷既乏，农耕不兴。若东作愆期，西成何望？为人父母，得不省忧。虽国计犹虚，公储未赡，济人之急，宁俟盈丰？罄其有无，庶拯艰厄。京兆府百姓，并宜赐种子二万石，同、华州各赐三千石，陕、虢两州，赐四千石。委州长吏，即与度支计会请受，差公清仁恤之吏，与县令亲至村闾，随便给付，仍加劝课，勿失农时。应诸仓所有远年粟麦，宜令节度更分二万石，京兆尹即差官逐便搬载，赈赐贫人，先尽鳏寡孤茕、目下不济者，务令均给，全活流庸。

谨案：制云：东作愆时，西成何望？知此而有不锡之以种乎？于是流离者可以归乡，彷徨者可以止惧，穷民而无告者可以生全。虽曰衰草荒田，不日而见青禾之盈目矣。

德宗时，诸州大水。陆贽请赈，帝曰：淮西缺赋，不宜赈。贽曰：宁人负我，无我负人。

谨案：陆贽精白一心，忠诚爱国，凡所敷陈，总以布达君上鸿恩、体恤闾阎穷困为主，所为行益道以事君者也。故称千古名臣之最。

宪宗元和间，南方旱饥，遣使赈恤。将行，宪宗戒之曰：朕宫中用帛一疋，皆计其数，惟赈恤百姓，则不计所费。卿辈当体此意。

谨案：宪宗俭于宫中，而厚于百姓，且欲令群臣悉体此意，仁哉圣心！抑何自奉廉而施恩溥也？从古奢靡之主，恩赏虽滥，而于百姓无关，由其内蔽于欲，而于兆庶始屯其膏耳。是故致治之道，先以清静根本之地为主。

文宗开成四年七月丙午，沧景节度使刘约奏请义仓粟，赈遭水百姓。诏曰：本置义仓，只防水旱。先给后奏，敕有明文。刘约所奏，已为迟晚，宜速赈恤。

谨案：文宗实乃励精求治之主，所以闻百姓之灾伤，咎节度之不能先给耳。后之良有司，盖深明乎救灾拯患之不可少缓，所以干擅发廪之愆，不避同事之讥，一切为己利身之想，毫忽不介于心。一朝出粟，亿兆得生，其慈仁智勇，讵不足以昭示后人也耶？

后周太祖广顺三年春正月，或言营田有肥饶者，不若鬻之，可得钱数十万缗，以资国用。周太祖曰：利在民，犹在国也。朕用此钱何为？于是罢户部营田务，除租牛课。

谨案：惠在一时，名垂千载，于周太祖见之矣。彼时若鬻田与民，敛钱在国，国亦未必因是而强，而已非损上益下之谊。是故牧民者，贵知立国之本图，而不必斤斤焉讲求于功利，则善矣。

世宗显德五年，遣使均定境内田租。世宗留心农事，常刻木为农夫、田器、蚕妇等，置之殿廷。欲均田面租税，先以元贞均田图赐诸道。至是，诏散骑常侍艾颖等三十四人，分行诸州，均定田租。

谨案：世宗非五代之圣主耶？明达不下于唐太宗，爱养仿佛乎汉文帝。殿廷刻木而重农桑，诸道颁图而均田赋。在上者，知储蓄之当先，得安不忘危之要道；在下者，明耕耘之宜急，有未雨绸缪之至计。非仁政欤？

显德六年，淮南饥，世宗令以米贷之。或曰：民贫恐不能偿。世宗曰：民犹子也，安有子倒悬，而父母不为解者？安在其必偿也。

谨案：世宗以仁爱之心，发而为矜民之语，大哉王言！被之当时而恩意浃于人心，垂之简册而仁政昭于后世，君民一体之理，深切而著明矣。愿致治者之日鉴在兹也。

宋太祖乾德元年四月，诏诸州长吏，视民田之旱甚者蠲其租，不俟报。

宋董煟曰：民之灾伤，至易晓也。今州县或遇水旱，两次差官检覆，使生民先被骚扰之苦，然后量减租数，几不偿所费矣。宜以乾德之诏为法。

真宗咸平二年春闰三月，求直言。转运副使朱台符上言，略曰：陛下践祚以来，彗星一见，时雨再愆。彗星见者，兵之象也；时雨愆者，泽未流也。宜重农以积粟，简卒以省费，专将帅之任以安边，慎守令之选以惠民。舍此数事，虽有智者，不能为计矣。

谨案：治天下者，果能以朱台符之言而力行之，立见清宁太平可奏。故为政而得其要者，若烟微而火炽，冰涣而水通，无往而不得民安物阜之盛也。

张咏知益州，以蜀地素狭，游手者众，事宁之后，生齿日繁，稍遇水旱，民必艰食。时斗粟值钱三十六。乃按诸邑田税，如其价，岁折米六万斛。至春，籍城中细民，计口给券，俾如原价籴之。奏为永制。其后七十余年，虽有灾馑，米甚贵而民无馁色。

谨案：收谷粟，代银钱，至春仍依原价粜与穷民，此权宜通变之至计也。要其心无刻不以苍生为念，故能随时处置，各适乎事势之当然，而民举受其实惠耳。自咏守蜀，而朝廷无西顾忧。诚哉是言矣！

祥符六年秋七月，知滨州吕夷简请免税河北农器。帝曰：务穑劝农，古之道也。岂独河北哉！诏诸路并除之。

发明云：治国之道，莫大于革弊政而恤民瘼。真宗禁内臣干预公事，除农器税，皆治国之善政也。

仁宗天圣七年六月，河北大水，坏澶州浮桥。七月，命三司刑部郎中钟离瑾为河北安抚使，仍诏瑾所至发官廪以赈贫乏。其被溺之家，见存三口者，给钱二千，不及者半之；溺死而不能收敛者，官为瘗埋；其经水仓库营壁，亟修完之，卑下者徙高阜处；水损官物，先为给遗防监；亡失官马者，更不加罪，止令根究；所部官吏贪暴不能存恤者，奏劾之；见系狱囚，委长吏从轻决遣。其备边事机，民间疾苦，悉具经画以闻。

宋董煟曰：祖宗救灾，非特旱伤祷祈蠲减而已。有水旱卒然而至，漂荡民庐，浸湿官廪，其赈恤经营之方，尤为详悉，真可端拜为矜式也。

仁宗庆历元年十一月，以京师谷价踊贵，发廪一百万石，减价出粜以济民。

谨案：减价出粜，其法最善，在官无损，在民有益。但所发不多，如以杯水救车薪之火，又何益哉！今以百万石济之，不重米而重民，知米由民出，得反本还原之道。穷民得食欢呼，有不格上苍而召和气，致丰年哉！

仁宗每见天下有奏灾伤州郡，必加存恤。嘉祐中，河北蝗涝。时霸州汶水县不依编敕告示灾伤，百姓状诉及本州不以时差汶检视，转运以为言。上曰：朝廷之政寄于郡县，郡县之政寄于守令，守宰之官，最为亲民。民无灾伤，尚当存恤，况有灾伤而不为受理，岂有心于恤民乎？自判官、知县、司户、主簿，罚铜各有等差。上谓左右曰：所以必行罚者，欲使天下官吏，知朝廷恤民之意。

谨案：昔人云：谅辅为五官掾，大旱祷雨不获，积薪自焚，火发而雨大至。戴封在西华亦然。古之良吏为民心切，竟至于此。今霸州诸吏，蠹国病民，惟铜是罚，当时朝廷虽宽其责，千载而下，议者孰肯恕其草菅民命之愆乎？

文彦博在成都，米价腾贵，因就各城门相近之寺院共十八处，减价粜米，仍不限其数，张榜通衢。翌日米价遂减。

谨案：饥年富家藏米待价，故尔踊贵。今官米减价出粜，自不得不争先出米而贱卖。然非循环籴粜，彼知官米有限，仍弗贱也。

吴遵路既俵米与民，又令采刍薪，出官钱收买，向常平仓籴米归养老稚，计买柴共二十二万束。比至严冬雨雪，市无柴薪，即依原价令其买去发卖，官不伤财，民再获利。

谨案：出官钱，收柴草，既不令彼苦于难卖，寒冬仍令贩去，又得趁钱。一小事而令民两番获利，非救荒之奇策而何？

齐州饥，河北流民道齐境不绝。晁补之请粟于朝，得万斛，为流者给舍次，具器用。人既集，则日给廪粥药物，躬临治之。凡活数千人。择高原以葬无主者，男女异墟。使者颇妒其功，欲有以挠之。既至境按事，乃更叹服。

明陈龙正曰：男女异墟，礼行于亡魂矣。心之精微至此，此使者见而感服。盖仁政之动人，有以化其偏私而发其天良也。

苏耆，陕西转运司。景祐中，洛阳大旱谷贵，百姓饥殍，东京转运司亦无以为赈。洛阳留守移书求耆粟二十万斛，遂移文陕府，如数与之，仍奏于朝。时同职谓耆曰：陕西沿边之地，屯军甚多。若有余，止可移之以实边郡，奈何移之别路？耆曰：天灾流行，春秋有恤邻之义。生民皆系于君，无内外之别，奈何知其垂亡而不以奇赢赈恤耶？苟有馈运，耆当自谋，必不以此相累。朝廷甚嘉之。

谨案：民之竟日而不可无者食也，至数日则死矣。手握生民之权，坐视而不救，仁者当如是乎？苏耆深明春秋之义，宁甘自罪，不累同僚，识力担当，独超千古，岂庸愚之有司所可及哉！

许元知丹阳县，县有练湖，决水一寸，为漕渠一尺。故法盗决湖者，罪比杀人。会岁大旱，元请借湖水溉田，不待报，决之。州使遣吏按问，元曰：便民罪令，可也。溉民田万余顷，岁乃大丰。

谨案：民可救而恩未逮，心虽切而事不奋，虽有仁心而不继以仁政，终未有以溥朝廷之德泽也。许尹决水溉田，宁甘自罪，有猷有为，非良牧而何？

神宗熙宁七年，夏四月大旱。帝语翰林承旨韩维曰：天久不雨，朕日夜焦劳。奈何？维对曰：陛下忧闵旱灾，损膳避殿，此乃举行故事，恐不足以应天变。当痛自责已，广求直言。因上疏极言青苗及开边之弊。会郑侠绘所见为图，上之于帝，阅后竟夕不寝，遂慨然行之。诏出，人情大悦。是日果大雨，远近沾洽。

谨案：昔范镇云：水旱之作，由民生不足，忧愁无聊之叹，上薄天地之和耳。故新法一罢，民心悦而天道应，时雨立沛。凡君临天下者，可不以民情而感通天意耶？

吴越大旱。时赵抃知越州，当民之未饥，为书问属县：灾所被者有几乡？当廪于官者有几何？沟防兴筑可僦民使治之者有几所？库钱仓米可发者有几许？富家可募出粟者有几姓？僧道士所食之羡余书于籍者其几有存？使各书以对，而谨其备。时得粟四万八千余石，自十月朔，人日给粟一升，幼小者半之。忧其相蹂也，使男女异日受粟，人受两日之粮。忧其流亡也，城市乡村立给粟之所，共五十七处，使各以便而受之。告富人无得闭籴；又出官米平价而粜，粜所共一十八铺，使籴者便于受粟。给工食，大修城池，病者医，死者埋，收弃儿，廪穷人，至五月而止。事有未便者，公一以自任，不以累其属。有上请者，或便宜辄行；事无巨细，必躬亲之。民赖以生。

旧评云：其施虽在于越中，其仁足以示天下；其事虽行于一时，其法足以传后世。灾沴之行，治世不能使之无，而能为之备。民病而后图之，与夫先事而为之计者，则有间矣。不习而有为，与夫素得之者，则有间矣。故采于越，得所施行，乐为之识。

徐宁孙赈济饥人，其策有三：第一策，本州县当职官尽实抄劄，果系孤老残疾，并贫乏不能自食者，大人小儿籍定姓名数目，将义仓米逐乡逐镇逐坊逐巷分散赈济。处处请乡官或士人各三人，如无上户士人处，则请耆老忠厚者，置册收支，给散关子。每五日一次，并而给之，大人日给一升，小儿减半。凡州县市镇乡村，并令同日同时支散，以革重叠冒请之弊。乞丐等人，亦同日同时别作一处支米，不得滚入饥民赈给。第二策，粜卖米麦，本济穷民，奈有在市牙侩与有力滑徒令匪人假为穷民，装饰冒籴冒支，且又串同斛手，单卖与奸诡相知之辈，不及村落无食之民。即有籴得穷民，已是将毕之际，强半粞谷糠秕，弊窦无穷。遂令本州县立赏钱一百贯，令人举首，务要及于乡民，无许冒滥。其第三策，赈济当支散日，用五色旗，分为五处，每处分差指使二员、吏二名，抄劄饥民，每一名给与牌子，并小色旗。候支散及数，前来赈济，散了一旗，再散一旗，不许乱赴请所。盖事贵循序，不得并在一处，挨挤喧闹。

谨案：此三策皆救荒之要，则缺一不可。不然，饥民不得实惠者有之，滑吏奸民而倍得者有之，因赈给而挤踏至死者有之。熟此，则人事既多克全，何患天灾之忽降也？

元祐初，河东京东淮南灾伤，监察御史上官均言赈恤有五术：一曰施与得实，二曰移粟就民，三曰随厚薄施散，四曰择用官吏，五曰告谕免纳夏秋二税。上嘉纳之。

谨案：五事得行，民在尧汤之世矣。虽灾而不受灾之害，非苍生之幸欤？不知苍生之幸，即国家之福，不可二视。

苏轼知杭州，时值大旱，饥疫并作。轼请于朝，蠲本路上供米三分之一，故米不翔贵。复得度僧牒百张，易米以救饥者。明年方春，即减价粜常平米，民遂免大旱之苦。

谨案：苏轼之有益于杭也，最称久远。筑堤引水，利济民田，至今犹多赖之，盖不独救荒一事之请蠲减粜也。从古名贤，入则虔共尔位，曲体君心，出则利济苍生，为国霖雨，固非仅恃文辞末技，铺张扬厉，以干名举〔誉〕已耳。继轼而为刺史者，其无务为文章以与轼相较优劣然后可。

吴中大水，诏出米百万斛、缗钱二十万赈救。谏官谓诉灾者为妄，乞加验考。给事中范祖禹封还其章云：国家根本，仰给东南。今一方赤子呼天赴愬，开口待哺，以脱朝夕之急，奏灾虽少过实，正当略而不问，若稍施惩谴，恐后无敢言者矣。

谨案：知明处当，然后可以论国家大体。祖禹，贤臣也。洞悉民情，因申说奏灾之不可罪，言简而理势尽该，正足以济其封还奏章之力。

高宗绍兴中，诏：拯济原为贫民，近世拯济止及城郭市井之内，而乡村之远者未尝及之。须令措置，州下县，县下乡，虽幽僻去处，亦分委官属，必躬必亲。

明陈龙正曰：守令之赈城市，遗乡村，岂非身在城市，据所见忘所不见耶？夫穷民惟乡村最多，以彼蠢愚无知，或生平畏见官长，忍饿不敢出，或事归里正保长，任意欺瞒，或保正胥吏勒索使费，强匿户口，种种情弊，百出不穷。此处正宜尽心查察，可听其遗漏而一任穷民之无告哉？

孝宗淳熙九年七月，以江西常平义仓及桩管米四十万石，付诸司预备赈粜；出南库钱三十万缗，付浙东提举朱熹以备赈粜；诏发所储和籴米百四十万石，补淳熙八年赈济之数，于沿江屯驻诸州桩管。九月，以钱引十万缗赐泸州备赈粜。十一年六月，诏诸州岁买稻种，备农之阙。

谨案：小民得分厘之惠，感激已殷，况在饥年，其欣幸也莫可言状。又况赈粜赈济行之不倦，更日有所得哉！故南渡之贤君，当推孝宗为第一。

浙东大饥，命朱子提举常平茶盐。既拜命，即移书他郡，广募米商，蠲其税。及至，客舟已辐辏矣。日与僚属钩访民隐，至废寝食。分画已定，案行所部，穷山长谷，靡所不到，拊问存恤，所活不可胜计。每出，皆乘单车，屏徒从，一身所需，皆自赍以行，毫不及州县，以故所历虽广而人不知。郡县官吏惮其风采，仓惶惊惧，常若使者压其境，由是所部肃然。朱子又尝言于上曰：臣曾摹得苏轼与林希书，谓熙宁中荒政之弊，费多而无益，以救迟故也。其言深切，可为后来之鉴。

谨案：爱民之政，身不力行，知之无益；行之不早，救之无益。所以朱子一闻上命，即刻力行招商，访困不辞，独历深山，以生饿殍，使州县闻之，无不惶惧奉行。是一人之所活有限，而诸吏之救人无穷矣，非贤者而能之乎？朱子文章不可及，其政事乃如此，此其忠君爱民之心，曷常有须臾之间哉！

杨仲元调宛邱簿。民诉旱，守拒之曰：邑未尝旱，此狡吏导民而然。仲元入白曰：野无青草，公日宴黄堂，宜不能知，但一出郊可见矣。狡吏非他，实仲元也。竟得免税。

谨案：忧民之人，当此一邑流离之日，恨不能奋身以救，故见亲民之官惟以宴饮为乐，而不计及民瘼，一腔慈惠之心，不得不激为直戆之语矣。凡诸守令所当广厥聪明，不蔽于近，始可与言为政之道。

元世祖至元二十年，诏停燕南、河北、山东租赋。

发明云：世祖因御史台臣之言，诏停燕南等路租赋，一举而听言、恤民之事，皆在其中。是亦可谓惠爱乎斯世斯民者矣。

至元二十二年，江西行省以岁课羡钞四十七万贯来献。太子怒曰：朝廷但令汝等安百姓，百姓安，钱粮何患不足？百姓不安，钱粮虽多，能自奉乎？尽却之。

谨案：帝王家能有一人以百姓为念者，则四海尽受其福矣，况太子哉！羡余之献，皆民脂民膏，加派苛征而来者也。聚敛之臣闻此言也，亦可以知所警矣。

至元二十七年十月丁丑，尚书省臣言江阴、宁国等路大水，民流移者四十五万八千四百七十八户。帝曰：此亦何待上闻？当速赈之。凡出粟五十八万二千八百八十九石。

谨案：急于救民者，有不待再计而决也。使稍有所吝，或令检踏，或令移民，必有无限踌躇之事矣。总之惟明惟断，乃能推实惠以予民。

成宗大德七年，诏：比岁不登，赈饥乏，蠲差税，贷积逋。近闻百姓困乏者尚众，今内郡曾经赈济人户，其大德七年差发税粮尽行蠲免。饥民流移他所，多方存恤，从便居住。如贫乏不能自给者，量与赈给口粮。被灾处所有好义之家，能出己财周给贫乏者，具实以闻，量加旌用。

谨案：不登之岁，蠲赈之外，穷黎赖富室以得生，富民因济困以荣身，亦荒政权宜之一法也。

大德十一年，江浙饥。中书省臣言杭州一郡，岁以造酒，糜米二十八万石，禁之便。

谨案：以必需之物，置之可省之途者，以米作酒是也。无酒人不害，无米人不生，禁之便。

武宗至大二年，诏被灾曾经赈济百姓，至大二年腹裹江淮夏税并行蠲免。至大二年正月以来，民间逋欠差税课程照勘并行蠲免。三年十月，诏大都、上都、中都，比之他郡，供给繁扰，与免至大三年秋税；其余去处今岁被灾人户，曾经体复，依上蠲免，已征者准下年数。

谨案：蠲之为言，惠民之政也，然亦贵及时。否则追呼早迫，杼轴已空，恩诏来自九重，而国课已纳于百室。此际上有隆恩，下无实惠，中间吏胥有私饱其囊橐而已。奉宣德意者，所当实心实力，剔弊厘奸为要。

顺帝至正十二年，春正月，中书省臣言：今当春首耕作之时，宜委通晓农事官员分道巡视，督勒守令，亲诣乡都，劝谕农民依时播种，务要人尽其力，地尽其利。其有曾经水旱盗贼等处，贫民不能自备牛种者，所在有司给之。仍令总兵官，禁止屯驻军马践踏田亩，以致农事废弛。从之。

谨案：苍生愚贱，全恃朝廷之经纶以安。果如是之经理咸宜，施无不当，则民自享盈宁之福矣。抚民者所当条列其事而行之，庶无负司牧之责。

明太祖吴〔洪武〕元年，六月不雨，上日减膳素食。群臣请复膳，上曰：亢旱为灾，实吾不德所致。今虽得雨，然苗稼焦损必多，纵食奚能甘味？得乎民心则得乎天心，今欲弭天灾，但当谨于修己，诚于爱民，庶可答天之眷。下令免今年田租。

谨案：太祖以蠲租为宽民之力，以民心为天心，是穷源而得本矣，尚肯困民而拂天乎？有明数百年，开国规模最称宽厚，于此亦可得其一二。

洪武初，陕西旱饥，汉中尤甚，乡民多聚为盗，莫能禁戢。是时府仓储粮十万余石，知府费震即日发仓，令民受粟。自是攘窃之盗与邻境之民来归者，令为保伍，验丁给之，赖以全活者甚众。至秋大熟，民悉以粟还仓。上闻而嘉之。

谨案：民之为盗，多迫于无可如何耳。有司已得其情，自宜及早招来，予以自新之路，仍为治世良民。但救之贵早，迟则积恶多而不可屈国法以徇民。救之贵有权有力，否则适以弭盗，而奸民易肆其诈谲。此一等处置，非精明强干，而又能保惠黎元者，皆不足以语此。

洪武二十六年二月，上谕户部曰：朕捐内帑之资，付天下耆民籴粟以储之，正欲备荒歉济饥民也。若岁荒民饥，必候奏请，道途往返，动经数月，则民之饥死者多矣。尔户部即令天下有司，自今凡遇饥岁，则先发仓廪以贷民，然后奏闻。著为令。

谨案：饥民之待食，如烈火之焚身，救之者刻不可缓，即以一日试之，亦无不验。使必待往返而后发粟赈济，生者尚可邀恩，死者焉能复活？太祖命"先贷后闻"，四字之中，仁心仁政，悉包罗无遗矣。

成祖永乐十年，敕户部：朕为天下主，所务在安民而已。近者河南民饥，有司不以闻，而往往有言谷丰者。若此欺罔，获罪于天，此亦朕任匪人之过。其速令河南发粟赈民，凡郡县及朝廷所遣官，目击民艰不言者，悉追下狱。十一年正月，上谓通政司曰：朕令来朝有司言民利病，率云田谷丰稔，比闻山西民乃食树皮草根。自今悉记之：境内灾伤，己不自言，他人言者，必罪。

谨案：守土之人，往往不肯以灾伤报者，意欲处于贤人君子之列，以为我能爱民，而天灾不至。殊不知匿灾不达，迟误之愆正大。成祖深明其事，非睿哲之主乎？

永乐十八年十一月，皇太子过邹县，民大饥，竞拾草实为食。太子见之恻然。乃下马入民舍，见男女衣皆百结，灶悉倾颓，叹曰：民隐不上闻若此乎？顾中官赐之钞。时山东布政石执中来迎，责之曰：为民牧，而视民穷如此，亦动念否乎？执中言：灾荒处已经奏免秋粮。太子曰：民饥且死，尚及征税耶？汝往督郡县，速取勘饥民口数，近地约三日，远地约五日，悉发官粟赈之，事不可缓。执中请人给三斗，太子曰：且与六斗，毋惧擅发。予见皇上，当自奏也。至京，果即奏之。上曰：昔范仲淹之子，犹能举麦舟济其父之故旧，况百姓皆朕之赤子哉！

谨案：太子之过邹也，始以民隐不上闻为可叹，继责执中身为民牧绝不动心为可恨，三言饥民与死为邻犹语秋粮为可笑，心切爱民，语皆循序，尧舜之仁，不过如此。后永乐复以麦舟为喻，父子一心，善人是则，国祚之永宜矣。

仁宗洪熙元年四月，时有至自南京者，上问道路所过何似，对曰：民多乏食，而有司征粮如故。遂召问少师蹇义，所对亦然。上坐西角门，召大学士杨士奇等，令草诏，免税粮之半，并罢官买。士奇对曰：当令户工二部知之。上曰：救民之窘，当如拯溺救焚，虑国用不足者，多有不决之意。命中官具纸笔，令士奇等草诏于西角楼，遣使赍行。上顾士奇曰：今可语二部矣。左右或言地方千里，其间未必尽荒无收，亦宜别之，庶不滥恩。上曰：恤民宁过厚。为天下主，宁与民寸寸计较耶？

谨案：仁宗此诏，莫言蠲租，即此一番婉转深心，亦不易觏。令人见之，感德于数百年之后，而况身逢其世乎？含宏广大，直与天地同符。

宣宗宣德九年正月，巡抚周忱奏内有云：臣将各府秋粮，查其数内有北军京职俸米一百万石，该运南京各卫上仓，听候支给，计其船脚耗费，每石须用六斗，方得一石到仓。臣尝奏乞将前项俸米一百万石，于各府存收，着令北京军职家属，就来关支，可省船脚耗米六十万石，又免小民搬运之劳。荷蒙圣恩准行，遂得省剩耗米六十万石。欲于苏、松、常三府所属县分之，各设济农仓一所，收贮前项耗米。后遇青黄不接、车水种田之时，人民缺食者，支给赋济。奉旨准行，小民俱有赖焉。

谨案：位镇封疆，原非凡品。此时若不救济苍生，上纾君父之忧，以为本固邦宁之计，岂不有辜屏翰抚绥之职乎？今奏减六十万石以惠穷黎，大臣经济，于此始称无愧。

世宗嘉靖八年，山西大饥，参政王尚䌹上救荒八议：一曰愍饥馑，乞遣使行部，问民疾苦；二曰恤暴露，乞有司祭瘗，消释厉气；三曰救贫民，乞支散庾积，秋成补还；四曰停征敛，乞截留住征，以俟丰年；五曰信告令，乞劝分菽粟；六曰推籴买，乞令无闭遏；七曰谨预备，乞申旧例措处积贮，勿使廪庾空虚；八曰恤流亡，乞所过州县加意存恤，勿使群聚思乱。户部覆议行之。

谨案：嘉靖继统之后，连岁饥荒，其所以宁辑者，诸臣匡救之力耳。王参政八议，与林佥事同在一时，诚皆一路之福星也。

嘉靖三十二年，程文德疏：水灾异常，言官屡奏，持议未见归一。臣谓今日内帑不必发，大臣不必往。夫救荒莫便于近，莫不便于拘，宜各遣行人，赍诏宣谕，令各州县自为赈给，听其便宜处置。凡官帑公廪、赎纳劝借，苟可济民，一不限制。又近日户部申明开纳事例，亦许就本地上纳，即粟麦黍菽，凡可救饥，皆得输于仓库，计值请劄受官。仍登计全活之数，定为等则，以凭黜陟；即抚按守巡贤否，亦以是稽之。制可。

谨案：时当俭岁，人肯以便宜请，则民之全活者多矣。何也？救荒贵速而恶迟。文德所言，凡可以救民之饥者，皆得上纳，是收涓滴之清流，而沛恩膏于涸辙矣。饥者不饥，流者不流，非若寒谷之回春欤？

卷二　先事之政计有六

先事论曰：哲后经国立治，积储九稔，谓之太平。盖虽〈时际〉丰熙，岁书大有，而圣德仁恩之厚，勤劳天下，宵旰勿〈遑。凡〉夫滋茂衣食，便安黎民之道，至大至详，有举无废，用是万方乂安，坐臻〈上〉理。当是时也，时有饥荒，国无〈歉〉乏，补偏救弊之术，无所事诸。后世耕者日少，户口日繁，〈灾伤之民〉救之于未饥，则用物约而所及广，救之于已饥，则用物博而所及微。天〈灾〉偶行，民情遽迫，非长民者早为之所，则设施无序，缓急无伦，何以慰九重廑念之怀，措万姓安全之地乎？用集历代探本之治，条为先事六则，敬备庙廊采择之端。贤吏仁民之法，古政具在，神明通变，动遵乎古而仍不泥乎古，自在道国爱民者之善为润泽也已。

一、教农桑以免冻馁

《月令》：孟春之月，天子乃以元日祈谷于上帝。乃择元辰，天子亲载耒耜，措之参保，介之御间，帅三公九卿诸侯大夫躬耕帝籍。天子三推，三公五推，卿诸侯九推。是月也，天气下降，地气上腾，天地和同，草木萌动。王命布农事，命田舍东郊皆修封疆，审端径术，善相邱陵阪险原隰土地所宜，五谷所殖，以教道民，必躬亲之。田事既饬，先定准直，农乃不惑。季春之月，天子乃荐鞠衣于先帝，命野虞毋伐桑柘。鸣鸠拂其羽，戴胜降于桑，具曲植籧筐，后妃斋戒，亲东乡躬桑，禁妇女毋观，省妇使以劝蚕事。蚕事既登，分茧称丝效功，以共郊庙之服，毋有敢惰。

谨案：民之大事，端在农桑，上以备宗庙之粢盛，下以致民生之蕃庶。所谓和协辑睦，财用蕃殖，悉于是乎兴焉。其为典甚巨，而布之政令，尤不可不亟为经纶也。自古圣王祈谷以勤民，耕藉以敬天，宫庙之中，后妃肃理蚕桑，虔奉祭祀如此。由是有及时劝课之令，俾草野农人得先时整饬器具，合天道以尽人功。德至溥也，意至深也，所以敦庞淳固，民和而天锡之福。盖恪勤乎子惠黎元之本计，无时而敢有怠心生于其间也。

齐管子曰：一农不耕，民有饥者；一女不织，民有寒者。仓廪实而知礼节，衣食足而知荣辱。

谨案：从古贤臣致治之才，莫如管仲。观其相齐，设施经纬，真足辅相天地之宜。所以桓公之时，最称富盛。似此雄材，宜乎专力山海之间，以充实百姓。及今其言如是，是盖洞明鱼盐之利，总非本富，泉货之用，亦有穷时，莫如使兆民之众，举知天地自然之利，而尽力于南亩，则饥寒勿及其身，天良愈培纯厚，礼节之大，由富庶而自入范围，荣辱所关，处丰亨而每多顾惜。国之纲维，胥立于是矣。非为政之急务，而足民之要图也哉！

汉景帝劝农桑诏：农，天下之本也。黄金珠玉，饥不可食，寒不可衣，以为币用，不识其终始。间岁或不登，意为末者众。农民寡也，其令郡国务劝农桑，益种树，可得衣食物。吏发民若取庸采黄金珠玉者，坐赃为盗，二千石听者与同罪。

谨案：金玉虽贵，无益于人之温饱；米粟虽贱，有关乎人之身家。以身家较珠玉，则米粟之不可不宝审矣。故文帝之劝农桑，重在有司，景帝之劝农桑，勿贵珠玉，皆得致治之本。所以文景之世，天下丰盈，百姓皆敦崇孝弟，砥砺廉隅，治几刑措，化洽群生，道国之本务得也。

张堪拜渔阳太守，开稻田八千余顷，劝民耕种，以致殷富。百姓歌曰：桑无附枝，麦穗两岐。张君为政，乐不可支。

谨案：富民而不令致力于农田，使野多旷土，民安惰逸，有利亦非长久之策也。良有司深明乎此，则有隙地，即有良田。盖其经营所到，无非实在为民之妙用，劝导所感，自多欢欣鼓舞之精神。其草野讴吟之意，有动于不自知者。张太守特开八千顷之稻田，使民向往于其间，人有不富而家有不足者哉？何处无田？何田无守？能以张公为法，民乐何如。

唐高宗时，河南北旱，遣御史中丞崔谧等分道赈给。侍御史刘思立上疏曰：麦秀蚕老，农事方殷。聚集参迎，妨废不少。既缘赈给，须立簿书。本欲安存，更成烦扰。伏望且委州县赈给。疏奏，谧等遂不行。

谨案：自古未有人无衣食，而国能太平者也。故爱国必先爱民。即赈给之使，尚不敢遣，恐妨蚕麦，而肯擅用其力役哉！此唐之初世，衣食足而民心固，虽有贼臣扰国，不致丧危，得固本之道耳。治国者于蚕忙农务之时，可不深为体恤，以裕其衣食之源耶？

五代梁太祖乾化元年二月，敕曰：今载春寒颇甚，雨泽仍愆，司天监占以夏秋必多霖潦。宜令所在郡县告谕百姓，备淫雨之患。

谨案：无知之小民，乌能测上天之水旱。司天监既有明占，理宜谕众，使知所备，虽未悉当，要亦不远。总赖后之治民者，得思患预防之道，时时敬体天心，不使一毫怠忽，斯为上策。

后唐明宗天成二年，敕：访闻京城坊市军营，有杀牛卖肉者，仰府县军巡严加纠察，如得所犯人，准条科断。如是死牛，即令货卖其肉，觔不得过五文；乡村死牛，但报本村节级，然后准例纳皮。天下州县，准此处分。

谨案：事能细心揆度，自能永远遵行。如肉令贱卖，则杀牛者必寡；报官方许开剥纳皮，则偷宰者必无有犯者；若再许人告首，即以此牛赏之，诚得禁宰耕牛之善法矣。

宋太宗尝谓近臣曰：耕耘之夫，最可矜悯。春蚕既登，并功纺绩，而缯布不及其身；田禾大稔，充其腹者不过疏粝。若风雨乖候，将如之何？

谨案：知稼穑之艰难者，须厚恤耕耘之劳苦也，否则知之亦无益。今太宗虑遭凶岁，早为筹画，得未雨绸缪之道矣。然不薄其赋，宽其役，缓其征，则俯仰无资，小民不能尽力于南亩，三年之蓄不可得，何由成郅隆之治哉！

张咏知鄂州，民以茶为业。咏曰：茶利厚，官将榷之。命拔茶植桑，民以为苦。其后榷茶，他县皆失业，而本地桑已成绢，岁至百万匹。民以殷富。

谨案：实心为民者，任劳任怨，在所不计。如张公之方命去茶也，民心岂能无怨？后桑成而利溥，不致失业。农桑惠人，非固本之君子欤？

江翱，建安人，为汝州鲁山令。邑多苦旱，乃自建安取旱稻种，耐旱而繁实，且可久蓄，高原种之，岁岁足食。（种法大率如种麦，治地毕，豫浸一宿，然后打潭下子，用稻草灰和水浇之。每锄草一次，浇粪水一次。至于三，即秀矣。）

谨案：土有高下燥湿之分，父母斯民者原贵有以教之也。如宋真宗因江淮两浙旱荒，命取福建占城稻而种之者，避旱荒也。程珦因沛县大雨，募富民之豆而布之者，救水灾也。汜胜之云：稗既堪水旱，种无不熟之时，何不择其秸长而粒大者种之，水旱皆可避也。鲁山令能立法救荒，于兹数者可无愧矣。

元世祖至元二十八年，诏颁农桑杂令。每村以五十家立一社，择高年晓农事者为长，增至百家，别设长一人，不及五十家者，与别村合社，地远不能合者，听自立社，专掌教督农民。凡种田者，立牌橛于田侧，书某社某人于上，社长以时点视劝戒。不率教者，籍其姓名，以授提点官行罚，仍大书所犯于门，候改过除之，不改则罚其代充本社夫役。社中有丧病不能耕种者，合众力助之；一社灾病多者，两社均助。浚河渠以防旱暵；地高者造水库，贫不能造者，官给材木；田无水者穿井，井深不能得水，听种区田。又每丁课种枣二十本，杂种十本，土性不宜者种榆柳等。其数以生成为率，愿多种者听，其无地及有疾者不与。各社种苜蓿以防饥，近水之家许凿池养鱼，牧鹅鸭，莳莲藕、菱芡、蒲苇以助衣食。荒间〔闲〕之地，悉以付民。

谨案：农桑令当以此为第一，详而到，备而切。人有怠惰者，众励之；土有不宜者，别树之；民有不足者，官给之，极裁成辅相之道也。何以后之理财者，但知为己而不知为民？识者能不为之遐思良吏，广孚圣泽于九有耶？

明太祖初渡江时，即以康茂才为营田使，谕之曰：比年兵扰，堤防颓圮，民废耕作，而军用浩繁。理财莫先于务农，故设营田司，命尔此职，巡行堤防水利之事，俾高无患干，卑不病潦，务以时蓄泄，毋负委托。

谨案：开基之圣主，自具有经国之大纲纪。隋时未尝不大开河道，不过为一日之游。观明太祖命人巡行水利，惟欲军民之足食，乃知以农事为重者，不可不急兴水利也。二者相因为用，犹木之附土，火之赖薪，非此不足以致盛大而享丰盈之福也。筹国者宜以此为法。

教农桑总论曰：世有日月则长明，人非稼穑则勿生，故圣贤独于耕耨之间，靡不谆谆告戒，而于法亦无不备也。忧旱之为灾，命树之以区田，虑水之为害，教之以柜田，傍山者则曰梯田为善，临水者又曰架田可耕，圃田宜于郭外，围地利于泽间，管子有渎田，赵过作代田，此外尚有涂田、沙田，不能尽述。教无不备，树无不精，使以农事为可缓，诸君子何皆亹亹而不倦也？昔人云：汉代去古未远，高帝立孝弟力田之科，深明乎乏九年之蓄者，适逢饥馑，不足以使民无菜色也。故其崇本抑末之志，略不稍贬其科条。观此，则不工不商之游惰蠹食于农者，不当痛惩乎？读《月令》、《管子》文，立法未尝不善，而何以时见饥寒之众？要知虽有绝妙之良规，究不若爱民之司牧，使其不见于设施，终无实际，何益之有？故惟慎选循良，重农积粟，处处无群居之游惰，村村尽敦本之农夫，何患乎太平之不奏也？孔子曰：民之所以生者，衣食也。上不教民，民匮其生，饥寒切于身而不为非者，寡矣。衣食可勿足乎？农桑可勿教乎？

二、讲水利以备旱涝

魏文侯时，西门豹为邺令，有令名。至文侯曾孙襄王时，与群臣饮酒，王为群臣祝曰：令吾臣皆如西门豹之为人臣也。史起进曰：魏氏之行田也以百亩，邺独二百亩，是田恶也。漳水在其傍，西门豹不知用，是不知也；知而不兴，是不仁也。仁智豹未之尽，何足法也？于是以史起为邺令，遂引漳水溉邺，以富魏之河内。民歌之曰：邺有贤令兮为史公，决漳水兮灌邺旁，终古泻卤兮为稻粱。

谨案：水利者，犹人身之血脉也。血脉不行，安得无病？水利无资，田将安溉？而况有漳水在其旁乎！观稻粱之歌，则知史起之责豹也宜矣。

秦始皇时，韩欲疲秦，使无东伐，乃使水工郑国行间，说秦令开泾水，自中山西抵瓠口为渠，并北山东注洛三百余里，欲以溉田。中作而觉，秦欲杀国。国曰：始臣为间，为韩延数年之命。然渠成，亦秦万世之利也。乃使卒就渠。渠成用溉，注填阏之水，溉泻卤之地四万余顷，收皆亩一钟。于是关中为沃野，无凶年，秦以富强。名曰“郑国渠”。

谨案：凶年之起，水旱不时耳。渠成则蓄泄有时，民遂以富。是韩之智，鸩酒止渴也；秦之愚，塞翁失马也。愿治国者宁为秦之愚，而无为韩之智也。

汉元鼎间，倪宽为左内史，奏请穿凿六辅渠（在郑国渠之里，今尚谓之辅渠，亦曰六渠），以益溉郑国傍高仰之田。上曰：农，天下之本也。泉流灌浸，所以育五谷也。令吏民勉农，尽地利，平徭行水，勿使失时。

谨案：天下地势，南北不同。江之南虽多山泽，然通舟楫，而惟沟洫为要。江之北，若河南山东两淮等地，亦通运河，而所重者在沟洫。至于山西、陕右，昔时运道尚皆湮塞，而况沟洫哉！倪宽奏开六渠，天子可之，诚得蓄泄之要矣。

西晋武帝咸宁四年七月，螟伤稼。诏问：主者何以佐百姓？度支尚书杜预上疏，以为今者水灾，东南尤剧，宜敕兖豫等诸州留汉氏旧陂，缮以蓄水，余皆决沥，令饥者尽得鱼菜螺蚌之饶。此目下日给之益也。水去之后，填淤之田，亩收数钟。此又明年之益也。典牧种牛有四万五千余头，不供耕驾，至有老死不穿鼻者，可分以给民，使及时耕种，谷登之后，责其税租。此又数年以后之益也。帝从之。民赖其利。

谨案：当阳侯以三益利万民，识鉴宏远。螟虽伤稼，饥者有食，岂他人所能及哉！武库之称，可以无愧。

隋文帝开皇十八年，以山东频年霖雨，杞、宋、陈、亳、曹、戴、谯、颍等诸州远于沧海，皆困水灾，所在沉溺。帝遣使将水工，巡行川源，相视高下，发随处近丁疏导之，困乏者开仓赈给，前后用谷五千余万石，遭水之处租调皆免，自是频有年矣。

谨案：水之为道，蓄泄由人则有益，旱涝任之则为灾。文帝知其然，不惜所费，随地疏通，非帝王经济之宏模欤？朱文公政训曰：赈济无奇策，不如讲水利。若到赈济时，成得甚事？不意文帝已先行之矣，则其国计之富足，不当甲于历代耶？

唐杭州本江海之地，水泉盐苦，居民稀少。刺史李泌始引湖水入城，凿六井。民足于水，生齿始繁。后白居易复浚西湖，放水入运河，自河入田，灌溉千顷，始称富足。但湖水多葑，自唐及钱氏，岁辄开治。宋则废而不理，湖中葑积，为田一十五万余丈，而水无几矣。运河失湖水之利，则取给于江潮，河水浑浊而多淤，三年一淘，为市大患。六井亦几废矣。宋苏轼知杭州，浚茅山、盐桥二河，以茅山一河专受江湖，以盐桥一河专受湖水。复造堰闸，以为湖水蓄泄之限，而潮亦不入市矣。且去葑田，积于湖之中，为长堤，通南北之路，而行者便，无环湖之远也。植桃李于堤上，望之如画。杭人名之曰"苏公堤。"

谨案：六井不开，居民不聚，运河无水，灌溉何从？二公之力，不在钱王之下。然非东坡之去葑田淤塞，水无容处，湖外之良田又将沉而为湖矣，疏导之功可不讲哉？

五代吴越王钱氏筑石堤以御潮汐，堤外又植大木十余行，谓之滉柱。宝元康定间，人有献议，取滉柱可得良材数十万，杭帅以为然。既而旧木出水，仍皆朽败而不可用。滉柱既空，石堤为洪涛所激，岁岁摧决。盖昔人埋柱以折其怒势，不与水争力，故江涛不能为患也。及杜伟长为转运使，又有人献议，自浙江税场以东，移退数里为月堤，以避怒水。此善策也，众水工皆以为便。独一老水工以为不然，密谕其党曰：移堤则岁岁无水患矣。若辈衣食，何从而得？于是众人从而和之。伟长不悟其计，费以巨万，而江堤之患，何岁无之？（后亦有讲月堤之利，涛害稍稀，然终不若滉柱之利为久也。）

谨案：怒潮并力而来，滉柱分株而受，水之触堤者，即有急而有缓，石之受攻者，亦或震而或宁，此塘之所以可久耳。奈何去其分涛之砥柱，任其冲激之狂澜？无惑乎岁有所筑，而塘终不能不坏也。一劳永逸之道，岂竟莫知之乎？呜呼！沿江沿海，风浪滔天，塘或倾欹，绝无栏绊，大则涨吞城邑，小则绕郭，居民悉遭漂没，水即易退，而人难复活矣。惟望在位仁人，勿以钱王旧制费重为嫌，则免席卷一空之害，而泽国永拜拯溺之恩矣。

宋范仲淹为扬州府兴化令，海水为患，田不可耕。仲淹乃筑堤于通泰海三州界，长数百里，以卫民田。岁享其利。

谨案：范公之有益于兴化，犹钱王之有益于杭州，皆以筑堤见功。盖海水为患，苟不速防，不独害于田亩，人民不将尽为鱼鳖耶？

元仁宗时，虞集拜祭酒。讲罢，因言京师恃东南海运，而实竭民力，以航不测，乃进曰：京东濒海数十里，皆萑苇之场，北极辽海，南滨青齐，海潮日至，淤为沃壤久矣。苟用浙人之法，筑堤捍水为田，听富民欲得官者，分授其地，而官为之限，能以万夫耕者，授以万夫之田，为万夫长，千夫、百夫亦如之。三年视其成，则以地之高下定额于朝，而以次征之；五年有积蓄，乃命以官，就所储给以禄；十年则佩之符印，俾得以传子孙。则东南民兵数万，可以近卫京师，外御岛夷，远宽东南海运之力，内获富民得官之用，游食之民得有所归，自然不至为盗矣。说者不一，事遂寝。

旧评曰：其后脱脱言京畿近水地利，召募江南人耕种，岁可收粟麦十万余石，不烦海运，京师足食。元主从之。又仿此法于江淮，召募能种水田及修筑圃堰之人各千人为农师。降空名添设职事敕牒十二道，募农人百人者，授正九品；二百人者，正八；三百人者，从七。就令管领所募之人。所募农夫每人给钞十锭，期年散归。遂大稔。

明嘉靖时，河臣周恭疏内有云：臣窃见中土之民困于河患，实不聊生。至于运河，以山东济南、东昌、兖州三府州县地方，虽有汶、沂、洸、泗等河，然与民间田地，支节脉络，不相贯通。每年太〔泰〕山、徂徕诸山水发，漫为巨浸，溃决城郭，漂没庐舍，亦与河南河患相同。或不幸而值旱暵，又自来并无修缮陂塘渠堰，蓄水以待雨泽，遂至齐鲁之间，一望赤地，蝗螟四起，草谷俱尽，东西南北横五千里，天灾流行。此皆沟渠不修之故也。臣惟善救时者，在乎得其大纲；善复古者，不必拘于陈迹。所谓修沟洫者，非谓一一如古，亦惟各因水势地势之相因，随其纵横曲直，但令自高而下，自小而大，自近而远，盈科而进，委之于海而已。

国朝陈芳生曰：平时预修水利，则蓄泄有备，而无旱潦之患。荒年为之，则饥民得以力食，即可免于流离。凡有父母斯民之志者，所宜急为讲求也。

明户科钱增疏请修水利。言：苏、松、常、镇、杭、嘉、湖七郡之水，以太湖为腹，以大海为尾闾，以三江入海为血脉。盖自吴淞淹塞，东江微细，独存娄江一派，而娄江之委七十里曰刘家河，乃娄江入海之道。东南诸水，全恃此以归墟，不至横溢泛滥者，则带水灵长之利也。近日涨沙淤塞，于是东流之水，逆而向西，涓滴不入，灌溉无资，岁逢旱魃，田禾立槁，何从而救涸辙之民乎！然此犹就旱暵言耳。万一大浸稽天，七郡洪流，倾河倒峡，震泽不能受，散漫横溃，势必以七郡之田庐为壑，而城郭人民皆不可问。东南数百万财赋尽委逝波，其如国计何哉！其时苏松巡按周元泰亦言刘家河急宜开浚。俱下该抚察议。

谨案：人忧旱暵之为灾，而不知横流之更恶。淫雨无休，去路淤塞，不特泛滥滔天，民将鱼鳖，即禾苗遭久溺，安得有收成？钱公特疏请开刘家河，蓄泄有备，旱潦无虞，其利泽远矣。况近日之江涛汹涌，堤岸难防，设有不测，直入内河，而去水不速，七郡之田庐百姓，不大为可忧哉？是不得不望封疆大臣特展经营，急为开浚，预防不测于无形耳。

讲水利总论曰：凡用水而水不蓄，去水而水不流，岂特有害于农田人民，亦恐由此而丧命。此经济名贤以仁智自任者，未有不急急于此也。史起之责西门豹，得之矣。虽然，仁智岂易言哉！韩之诱秦，大开泾水，而富其国，可谓智乎？元之不听虞集，惟竭民力以航不测，可谓仁乎？故治水者当以倪宽为最，舍此惟隋文帝之法更佳，故得频年称大有也。筑塘而捍水患者，文正公仲淹也。决堤而去水灾者，当阳侯杜预也。此皆蓄泄以时者矣。唐之凿六井，宋之去葑田，独非水利之善者乎？至若钱王于筑堤之外，更列滉柱十余行，破散洪涛并力之势，卫护江塘经久之基，于仁智两得矣。可恨者杭帅之愚昏，听小人之言而去之也。明季河臣周恭所言，颇有可采，户科钱增之请，关系非常，留心民瘼者皆宜深究也。于此而不知所急，谓仁智克全而经济无歉者，恐亦未之确也。故凡水利之当去留，在郡县者，郡县任之，在数郡者，司道任之，有属通省者，督抚任之，有关邻省者，移会而分任之，必无不可为之事矣。何惮之有？《国语》云：美哉禹功，明德远矣。微禹吾其鱼乎？后人虽不敢望圣王于万一，但旱干水溢，不为救治，岂父母斯民之道哉？

附穿井法：凡开井当用数大盆，贮清水，置各处，俟夜色明朗，观所照星何处最大而明，其地必有甘泉。此屡试屡验者。（见《农政全书》）

三、建社仓以便赈贷

隋文帝开皇间，长孙平请令诸州百姓，劝谕同社，共立义仓。收获之日，各出粟麦藏焉。社司执帐，检校多少。岁或不登，则发以赈之。

谨案：以同社之输蓄而济同社之急，社司执帐，官吏尚有侵吞之事乎？民安物阜，睦俗敦伦，悉由于此。故长孙平之社仓，与李悝之平粜，皆可为神农之高弟、后稷之功臣。

唐太宗贞观初，戴胄议自王公以下，计垦田秋熟，各输谷粟，所在为义仓，岁凶以给民。太宗善之。

谨案：所在为义仓，则与社仓无异矣。且以王公而出粟，给为庶民之所资，得损上益下，民悦无疆之道矣。社稷不有磐石之固乎？此贤主所以善之也。人能仿此社仓之建，谁曰难之？

德宗时，尚书李沂有云：去岁京师不稔，移民就丰，既废营生，困而后达，又于国体实有虚损。若豫储仓粟，安而给之，岂不愈于驱督老弱餬口千里之外哉！宜敕州县，年丰籴粟，积之于仓，谷贵平价，粜之于民。数年之中，谷积而人足，虽灾不为害也。

谨案：救民而害民者，移民之政也。扶老携幼，跋涉道途，风雨困厄，未至而亡者，十已六七矣。李公欲令州县处处建仓，积粟救民，其深仁厚泽，非浅鲜者所能及也。

宋仁宗时，张方平上仓廪论，有云：比者敕书有谕州县使立义仓之言，于兹三年，天下皆无立者。凡今之俗，苟且因循，有位者无心，有心者无位。在上可行者，务暇逸而从苟且，在下乐行者，或牵束而不得专。以故民间利不克时兴，害不克时去。彼义租社仓者，齐隋唐氏既尝为之矣。果令天下之县，各于逐乡筑为囷廪，中户以上为之等级，课入谷粟，县掌其籍，乡吏守之，遇岁之饥，发以赈给，协于《大易》裒多益寡、称物平施之义，符于周官党使相救、州使相赒之法，诚为国之大事也。

谨案：此论仓之所以不能建，可谓曲尽人情而言言中的矣。仁人君子果能晰其理，易其辙，去其弊，奋勇力行，不独济贫，且得理财正辞，禁民为非之义矣。

熙宁初，陈留知县苏涓言：臣领畿邑，请为天下倡，令户分五等，自二石至一斗，出粟有差，每社有仓，各置守者，耆为输纳，官为籍记。岁凶则出以赈民。藏之久，则又为立法，使新陈相登。即诏行之，既而王安石沮之，遂不果行。

谨案：文公之前，即有欲立社仓而为天下倡者，天子已可其奏，奈为荆公所沮。盖青苗法专重取利，社仓法专在济民，立意不同，自相水火。嗟夫！景星庆云不与暴风疾雨同时可见者也。

瓯宁县有洞曰回源，剧贼范汝为向曾窃据，民性悍，小遇饥馑，群起杀掠。进士魏掞之谓：民易动，盖缘艰食。乃请常平米一千六百石，以贷乡民，至冬而还。遂置仓于邑之长滩浦。自后每岁散敛如常，民得以济，不复思乱，草寇遂息。

明陈龙正曰：社仓之利，一以活民，一以弭盗，非特弭本境之盗也，且以清邻寇焉。文公赈粟于崇安，而擒盗于浦城；魏掞之置社仓于长滩浦，而回源洞之悍民以化。如一邑有若干乡区，每乡每区各立社仓，诚为至计。

孝宗时，赵汝愚知信州，乞置社仓疏有云：臣伏见州县之间遇水旱赈济赈粜，往往施惠止及城郭，不及乡村。乡村之人为生最苦，幸而得钱，近者数里，远者一二十里，奔走告籴，则已居后，于是老幼愁叹，有避荒就熟，轻去乡里之意。其间强而有力者，又不肯坐受其毙，夺攘摽〔剽〕掠，无所不至，以陷于非辜。城郭之民，率不致此。故臣谓城郭之患轻而易见，乡村之害重而难知。臣愚欲望圣慈远采隋唐社仓之制，明诏有司逐乡置处，每岁轮差上户两名以充社司，主其出纳，不如法者治之。使幸而连年丰稔，在在得有储蓄，则乡里晏然，若有所恃，虽遇歉岁，奸宄之心无自生也。

谨案：赵公此疏，如亲历穷乡，目睹贫民之苦。凡陷于剽掠者，皆因饥寒逼迫而致之，岂乐此丧身亡家之祸哉！果社社建仓，资生有路，诚救人于法网之先矣。非南渡之贤臣耶？

孝宗淳熙八年，浙东提举朱熹上社仓议，有云：乾道四年，臣熹居崇安之开耀乡。民艰食，请到本府常平米六百石赈贷，无不欢呼。于是存之于乡，夏则听民贷粟于仓，冬则令民加息以偿，每石息米二斗。如遇小歉，即蠲其息之半，大饥则尽蠲之。系臣与本乡土居官及士人数人同居掌管。凡十有四年，以六百石还府，现储米三千一百石，以为社仓，不复收息。故一乡之中，虽有饥年，人不缺食。伏望圣慈，特赐施行。孝宗从其言，遍下诸路仿行其法。

国朝陈芳生曰：社仓之制，专以赈贷。凡官贷民者，必多侵冒；民贷官者，必受追呼；民与民贷，必出倍息。惟此三害俱无，虽非荒年，亦可借作种食。年年出纳，久之所积自丰矣。

金世宗语户部曰：随处时有赈济，往往近地无粮，取于他处，往返既远，人愈难之。何不随处起仓，年丰则多籴，以备赈济，设有缓急，岂不易办乎？而徒使钱充府库，将安用之？

谨案：金世宗不愿钱充府库，而欲以之备粟，又欲随处起仓以储此粟，大得万物一体之怀。若使贤臣敬承其旨，广推仁爱之意，以锡福斯民，岂非仁术之至大者哉！

元世祖时，赵天麟上策曰：至元六年有旨，每社立一义仓，社长主之。遇大有年，听自相劝督而增数纳之。饥馑不得已之时，计口数之多寡而散之。官司不得拘检借贷，并许纳杂色。如是非惟共相赈救，而义风亦行。

谨案：尧汤有水旱之灾，而不为其所困者，有备故也。苟社社有仓，杂色可纳，饥以济之，小荒不致流移，大荒免为饿莩，较于临事而图者，相去不甚远耶？

明嘉靖时，兵部侍郎王廷相言：备荒之政，莫善于义仓。宜储之里社，定为式。一村之间，约二三百家为一会，每月一举。第上中下三等人户，捐谷多寡，各贮于仓，而推有德者为社长，善处事、能会计者副之。若遭凶岁，则计户给散，先中下者，后及上户，上户责之偿，中下者免之。凡给贷悉随于民，第登记册籍，以备有司稽考。既无官府编类之烦，亦无奔走道途之苦。

谨案：侍郎之言，最为得法。一村之间，有二三百家者，即为一会，共建一仓。随其社之大小，而命其积谷之多寡，又使自为主之，非即社仓而何？有备无患，闾里雍熙，岂无上世鼓腹而歌之乐哉？

万历间，御史钟化民奏内有云：臣闻古有水旱之灾，而民无捐瘠，以蓄积多而备先具也。今地方一遭灾荒，辄仰给于内帑，此一时权宜之计，岂百年经久之规哉！惟以本乡所出，积于本乡，以百姓所余，散于百姓，则村村有储，家家有蓄，缓急有赖，周济无穷矣。臣令各府州县掌印官，每堡各立义仓一所，不必新创房屋，以滋破费，即庵堂寺观，就便设立。每仓择好义诚实之人，兼有身家者，共相主之。此乃积于粒米狼戾之时，比之劝借于田园荒芜之后，难易殊矣。

谨案：钟御史令每堡各立社仓一所，诚救民之良法。后之有司果能世守勿失，何至有饥民啸聚之患哉！

建社仓总论曰：甚矣仁人之心，至社仓而至广至大也！常平与义仓皆立于州县，惟社仓则各建于各乡。故凡建于民间者，皆社仓也，乌得以一义字而疑之？此仓之美，不特救小民之困厄，实可以舒大君之忧心。饥寒聚集，叛乱立兴，虽即旋亡，岂无军饷？故恤国费者，此仓宜建；欲免剿贼者，此仓宜建；善培国本者，此仓宜建。口食得而上下安，枵腹饱而人心附，较之就食别境，领赈官司者远矣。何也？无跋涉之费也，无后期之失也，无宿途之苦也。他乡外省，不必驱驰，父母妻儿，岂犹轻弃？故诸贤无不惓惓于此仓也。然而得其妙者，文公为最。行之久而知之详，且欲遍行天下，而何以后人莫之法也？岂以民间亦有不欲行者乎？大功之成，不谋乎众，自古有之。况闻近世之常平，既不令人擅于取用，民间之社仓，则又废而不建，是迫人于沟壑，驱民于法网矣，岂不深为可叹哉？《书》云：皇天无亲，惟德是辅。民无常怀，惟惠之怀。社仓建而天有不为之辅，民有不为之怀者乎？君子勉之。

四、严保甲以革奸顽

《周礼》大司徒施教法于邦国都鄙，使之各以教其所治民。令五家为比，使之相保；五比为闾，使之相受；四闾为族，使之相葬；五族为党，使之相救；五党为州，使之相赒；五州为乡，使之相宾。

注云：保，犹任也。居相亲近，则易为督察也。相受者居同门闾，则可相容纳也。相宾者，贤能皆备于中，相与宾而兴之也。

齐管子《禁藏篇》云：夫善牧民者，非以城郭也。辅之以什，司之以伍，伍无非其人，人无非其里，里无非其家，故奔逃者无所匿，迁徙者无所容。不求而约，不召而来，故民无流亡之意，吏无备追之忧。故主政可往于民，民心可系于主。

谨案：昔施伯对鲁庄公言：管子，天下之才也。所在之国，则必得志于天下。今观其所重，不外于保甲法，则保甲之不可不急于行也明矣。

秦以卫鞅为左庶长，定变法之令。鞅使民为什伍，而相收司连坐。其法以五家为保，十家相连，收司相纠察也。一家有罪，九家举发。若不纠举，则十家连坐。司犹管也，为什伍之法，使之相兼管也。

谨案：此非卫鞅保甲之法乎？心虽残忍，才颇雄长，欲民之守其法，遵其令，亦若舍此不能。苏东坡云：帝秦者商君也，危秦者亦商君也。美哉斯言也！使以是法而范，群黎悉归仁厚，焉知不能以王道而化成天下？何至立法自毙，而遭后世之僇哉！

宋张咏守蜀，季春粜廪米，其价比时减三分之一，以济贫民。凡十户为保，一家犯事，一保皆坐不得籴，民以此少敢犯法。王文康知益州，献议者改咏之法，穷民无所济，复为盗。文康奏复之。其赈粜法：人日二升，团甲给票，赴场请籴。始二月一日，至七月终，岁出米六万石。蜀人大喜，为之谣曰：蜀守之良，先张后王。惠我赤子，俾无流亡。何以报之？俾寿而康。

谨案：张公以十家而共除一人之弊，此弊之所以除也。法变则盗兴，王文康亟奏复之，蜀人不但为之喜，而且为之谣，其法之有益于民而不可废也，审矣。膺牧民之任者，思欲共跻于升平，当以张公之所行为善则。

神宗熙宁三年十二月，立保甲法。其法十家为保，五十家为大保，十大保为都保。选众所服者二人，为都保正副。凡保丁，听自置弓箭、习武艺。于是诸州藉保甲聚民而教之。

谨案：至难行者保甲，盖里闾纷纭，民居最称繁杂，一时清理，岂易稽查。此事总在贤能县宰随时审势，逐段分清，积久认真，渐有就绪。王安石本意亦欲寓兵于农，但训练无时，妨农骚扰，民又何堪此苦？是以行之而无成耳。欲行保甲者，当不泥乎古，而仍不背古，斯称大经济。

程伯淳令留城，度乡村之远近，为立保伍，使其力役相助，患难相扶。孤茕残疾者，责之亲党，令无失所。出其途者，疾病皆有所养。择其子弟之秀者，聚而教之。乡民社会，为立科条，旌别善恶，使之有劝有耻。在邑三载，民爱之如父母。

谨案：保伍之法，贤人君子之所必重者，盖以舍此则无以联络人情，而使之交相劝勉也。故程夫子于乡民社会之时，特立科条，使其有廉有耻，患难相扶，且拔其秀者而教之，皆由别之清，故能励之切。使非保伍，为立科条，何从下手？

范仲达为袁州万载令，善行保伍法。自来言保伍法，无及之者。虽有奸细，一无所容。每有疑似无行止之人，保伍不敢著，互相传送至县，县验其无他，方令传送出境。讫任满，无一寇盗。后张定叟知袁州，欲觅其法而不可得。偶有一县吏略记保甲之大概云：县郭四门外，置隅官四人。此最紧要，盖所以防卫而制变者也。一个隅官，须各管得十来里方可。若诸乡，则置弹压之类，而不复置隅官，默寓大小相维之意。其用人子弟，必使竭力料理，非比泛泛，每以旌赏拔擢而激劝之。

谨案：留心济世者，无时不以善政为念者也。若仲达行之于前，定叟访之于后，惜乎不能尽得其妙。惟隅官之置，知其所重。要知防卫而制变者，即社长之类是也。总之，奖赏之事明，则弹压之用切，匪类不容于甲矣。

朱熹于建宁府崇安县，因荒请米，既建社仓，乃立保甲法。其法以十家为甲，甲推一首，五十甲推一人通晓者为社首。逃军无行，不得入甲。凡得入者，又问其愿与不愿。惟愿者开其大小口若干，共登一簿，以便稽查。

谨案：保甲法虽不为社仓而建，但既建社仓，此法断不可少。不然，司事者无人，举报者无人，贤否无由而别，虚实何从而知？故欲富国强兵者，在所首重，而欲敦伦善俗者，亦不可少缓也。朱子学贯天人，岂漫无所据而力行哉？

从政郎董煟曰：官司平日宜豫先抄劄，五家为甲。有死亡迁徙，当月里正申县改正。凡知县到任，责令用心抄劄存县，庶免临期里正有卖弄之弊。

谨案：临期抄劄，其弊无穷，古今一辙。惟保甲行而贫富了然矣。然得之于平日者，始为至当。故豫为抄劄，济世之良模也。

明张朝瑞行保甲法，或言往岁赈饥，皆领于里甲，今编保甲以代之，何也？曰：国初之里甲，犹今时之保甲。昔相邻相近，故编为一里。今年远人散，每见里长领赈，辄自侵隐，甲首住居窎远，难以周知。及至知而来，来而取，取而讼，讼而追，追而得，计所得不足以偿所失。故强者怒于言，懦者怒于色，只得隐忍而去。甚有鳏寡孤独之人，里甲曰：彼保甲报之，于我何与？保甲曰：彼里甲报之，我何与焉？互相推诿，使民死于沟壑，无可控诉者，难以数计。不若立为画一之法，俱归保甲。盖凡编甲之民，萃聚一处，其呼唤易集，其贫富易知。昔熙宁就村赈济，张咏照保粜米，徐宁孙逐镇分散，朱文公分都支给，皆用此法也。

谨案：除奸剔弊，莫善于保甲，故留心赈救者，首当重也。盖保甲不行，则审户不实，无论恩施之大小，悉为奸人冒破侵欺，鳏寡孤独以致嗷嗷待食者，仍绝粒而填于沟壑也。保甲顾不重哉？

王守仁巡抚江西，行十家牌法。曰：凡置十家牌，须先将各家门面小牌挨审的实。如人丁若干，必查某丁为某官吏，或生员，或当差役，习某技艺，作某生理，或过某房出赘，或有某残疾，及户籍田粮等项，俱要逐一查审的实。十家编排既定，照式造册一本，留县以备查考。及遇勾摄及差调等项，按册处分，更无躲闪脱漏。一县之事，如指诸掌。

谨案：十家牌一行，真实无虚，则保甲之法，已得八九。但须注明左右邻居及每季更换之人，方称至当。否则迁移物故，仍然混杂而无稽。

周孔教抚苏时，曰：弭盗安民，莫良于保甲法。是法也，为弭盗而设，是以治之之道编之也。人情莫不偷安，故其成之也难。为赈济而设，是以养之之道编之也。民情莫不好利，故其成之也易。今令各府州县，择廉能佐贰一员，专董其事，大概先将城内以治所为中央，每保统十甲，各设保正副等人，每甲统十户，设甲长一人。分东西南北，以东一保、东二保、东三保等为号，南与西北亦如之。其在乡四方保正副，又以在城保正副分方统之。假如在城东一保，统东乡一保，在城东二保，统东乡二保，余则皆以此为法。是保甲者，旧法也。以城中之保而分统乡间之保者，新设之法也。若乡间保长抗令，即添差助城中保长，协力处分。凡公事可以立办矣。

谨案：保甲之法，固不可缓。若以在城保甲统在乡保甲，未免近于穿凿，不若文公所行之法，简便而稳当也。

严保甲总论曰：保甲之法不立，城市错杂，乡村窎远，在位君子乌能知其贤否，并有余不足之家也？惟行之有素，按籍而稽，奸宄不得容留，贫富了然在目，冒破者无有矣，则保甲不与社仓相为表里者欤？故不论赈济、赈贷、赈粜，饥年皆不可少。虽平居无事之时，亦不可不以《周礼》为先也。管子行之于齐，而桓公得霸；卫鞅施之于秦，而孝公富强；蜀人之颂美张王二公，皆不离于此也。熙宁之可叹者，安石欲寓兵于农，反妨农时，致民饥馑，不足道矣。程伯淳令于留，民以此而戴之如父母；朱文公建于闽，贷以是而不致有侵欺。贤人君子尚不能舍此而致治，后之为政者，何皆梦梦而不知所重也？惟范仲达行之，而亦臻其妙；后张定叟欲仿之，而不得其传。苍生之有幸有不幸也，一至于此！世道人心，何从得古？深为可叹。继此则董煟与张朝瑞，言之凿凿，悉中弊端，不可不阅也。王阳明之十家牌，不逾此意；周孔教之抚苏法，赖此成规。总之，保甲之法行，任彼千头万绪，散漫难稽，我则有条有理，坦然明白，赏罚既当，风俗自敦。孟子亦言之矣，死徙无出乡，乡田同井，出入相友，守望相助，疾病相扶持，则百姓亲睦，非此意耶？

五、奏截留以资急用

唐明皇开元二十五年九月，诏曰：大河南北，人户殷繁，衣食之原，租赋尤广。顷年水旱，廒庾尚虚。今岁属和平，时遇丰稔，而租所入，水陆运漕，缘脚钱杂，必甚伤农。务在优饶，惠彼黎庶，息其转输，大实仓储。今年河南河北，应送含嘉太原等仓租米，宜折粟留纳本州。

谨案：不知者以为上供急，知之者以民食亦不可缓也。留上供以备饥年，即赵威后对齐使云“苟无岁何有民，苟无民何有君”之意耳。

宋真宗大中祥符间，诏江淮发运司岁留上供米五千石，以备饥年赈济。

宋董煟曰：祖宗之时，上供之米，犹每岁截留以备赈济，则常平义仓无所吝惜可知。然则祥符之诏，可不端拜而大书乎？

神宗熙宁中，浙江数郡水旱灾伤，诏拨本路上供斛斗二十万石赈济。

谨案：昔人云：民可百年无货，不可一朝有饥。熙宁中，虽多天灾流行，水旱频仍，然尚有司马光、赵抃、吕公弼诸君子在，岂不知国本之当重，肯吝其仓庾哉！九重一诏，万姓回春矣。

哲宗元祐元年，王岩叟言淮南旱甚，本路监司殊不留意。诏发运司截留上供米一十万石，比市价量减，出粜与缺米人户，每户不得过三石。

谨案：民情难抚，最在饥年。人不得食，徙者徙而流者流，四境靡宁矣。岩叟之罪监司，不亦宜乎？幸朝廷即诏截留一十万石减价出粜，活苍生于闾里，辑奸宄于草茅，一言出而享太平，非岩叟之类哉？

元祐四年，留上供斗斛三分之一，为米五十余万斛，尽用其钱买银绢上供，了无一毫亏损县官。而命下之日，所在欢呼。

谨案：民情千古一辙，昔日劝呼，于今岂异？积于太仓而红腐，何若留外省以施恩？爱民者所当急图也。

高宗绍兴中，户部尚书韩仲通乞以上供之米所余之数，岁椿〔桩〕一百万石，别廪贮之，以备水旱。诏从之。上曰：所储遇水旱诚为有补，非细事也。

谨案：疏可题而不题，非但不为小民作饥馑之谋，亦不为君上建太平之策矣。如韩公此疏一行，饿殍赖之而生，盗贼由之而息，不大有功于社稷哉！

绍兴五年，湖南旱甚。吕颐浩为帅，奏截拨上供米三万石，又令广西帅漕两司备五万石，水运至本路充赈济，全活甚众。

谨案：民不得食，死亡相继，即无意外之虞，已损国家元气。吕公之奏截留，非有爱民忧国之实心者不能也。

孝宗乾道七年，饶州旱伤，截留在州椿〔桩〕管上供米三万石、献助米二千石、本州义仓八万余石，又拨附近县义仓五万石，又请借会子五万贯，接续收籴米麦赈济。江州旱伤，截留上供米六千五百余石、本州义仓米四万四千余石，截留赣州起到一万石、赈粜本钱四万余贯，作本收籴米斛。又拨本路常平米十万石，劝诱上户认籴米二万八千六百余石，吉筠等州见起赴建康府米八万余石，桩管米六万七千余石。

明陈龙正曰：饶州得米十六万余石，钱五万贯，江州得米三十三万余石，钱四万贯，赈饥可谓厚矣。观其多方措置，非能如隋文帝之多藏也。然彼有余而不散，以促其危。此不足而乐散，以绵其祚。人主之存心，天之福祸，不其永鉴与？

乾道间，胡铨疏中有云：熙宁间，浙西灾伤，而沈起、张靓不先事奏闻朝廷，是不遵太宗之制也。元祐间，浙西灾伤，而苏轼先事奏乞处置，是能遵太宗之制也。今岁诸路或旱或水，方秋成之际，米已翔贵，日甚一日。来春艰食，灼然可知。倘不先事而图，则乙酉流离之患，臣恐不免。

谨案：此疏所言，足见截留之当早。若临期拨用，虽多无益。顾拨用于既荒之后，莫若截留于未荒之前。胡公以天下为己任，力排和议，深折权奸，无刻不以苍生为念，故虑无不周、言无不切也。

元世宗至元二十五年，尚书省臣言杭、苏、湖、秀四州大水，请辍上供米二十万石，审其贫者赈之。

谨案：大水为灾，群黎饥馑，在朝大僚能据实奏请，留供赈饥，不可谓非留心国计者。然以四州亿万之民，仅恃此项以为救济，较之圣君贤主，蠲赈兼行，不惜重费者，去之远矣。

明宪宗成化二年，江淮大旱，民自相残，命右副都御史林聪往赈之。聪奏借江南粮及支运粮储数十万，给民食，与之种。

谨案：江淮为财赋之区，旱荒如此而不早为之计，督抚大员之愆也。截漕给种，亦一时之权宜。总之，灾荒未至，必先提策一段爱民仁心，整顿一番惠民经济，同寅协恭，上以积诚召天和，下为闾阎筹本计，斯得之矣。

奏截留总论曰：明储巏与都御史书有云：目前救荒，简便应急，百方以思，莫如截留漕运之米为善。泰昌元年，御史左光斗亦请截漕救荒，可见智谋之士所见略同。唐宋之诏有自来矣。元明虽不能及，要亦未尝不以此为善也。若王岩叟之罪监司，韩仲通之得上谕，为国为民之心，岂浅见者所能哉！吕颐浩为赈饥而特请，胡铨能先事而疏题，生饥人于将毙，散盗贼于无形，得茕茕不救、炎炎奈何之意矣。林聪之奏请，庶几乎近之。圣天子以四海为家，岂必实粟于京而始为其粟哉！况天庾既足，尘腐者多，枵腹之民，赖之得活，何为畏缩不题？忠君爱国之臣，当如是乎？若夫看省分之大小，奏截留之多寡，不独下救其民，抑亦广上之泽于无穷矣。愿牧民之君子，推类以权其宜，俾黎元偶处荒年，而不知有饥馁之色。上下和乐，中外乂安，岂不称良有司之伟业欤？

六、稽常平以杜侵欺

汉宣帝五凤四年，岁丰，谷石至五钱。耿寿昌建言，令边郡皆筑仓。谷贱时，增价而籴以利农，谷贵时，减价而粜以利民，名曰常平仓。民便之。赐爵关内侯。

谨案：一仓建而民农两利，固本之法，莫逾于此，岂为有司应急而成哉？所以官司必不可令那用，小民欲贷，不必待乎奏闻，利民而不利官。耿侯立仓之意，原是如此。

隋文帝开皇间，卫州置黎阳仓，陕州置常平仓，华州置广通仓，转相灌注，漕关东及汲〔汾〕晋之粟，以给京师。置常平监。

谨案：文帝之置仓，亦云备矣，但丰年既实粟于仓，歉岁即宜散给于民，始得建仓之益，是以能藏而又能发。不然，守藏者惟以吝惜为心，则痌□视民之心，时时切挚于衷矣。

唐陆贽奏议有云：臣闻仁君在上，则海内无馁莩之人，岂必耕而饷之，爨而食之哉！盖以虑得其宜，制得其道，致人于歉乏之外，设备于灾沴之前耳。魏用平粜之法，汉置常平之仓，隋氏立制，始创社仓，终于开皇，人不饥馑。除赈给百姓外，一切不得贷便支用。每遇灾荒，即以赈给，小歉则随事借贷，大饥则录事分颁，富不至侈，贫不至饥，农不至伤，粜不至贵。一举而数美具，可不务乎？

谨案：陆贽之意，除赈给百姓外，一切不得贷便支用。盖积谷原以为民，倘官长那用于平时，荒年百姓更从何处支给？况奸胥猾吏知其可以转移，即生多少情弊。陆贽此奏，可谓良法。

宋韩琦论常平仓米：遇年岁不稔，合减原价出粜。但出粜之时，须令诸县取逐乡逐村下户姓名，印给关子，令收执赴仓籴米。每户或三石，或两石，不许浮数。惟是坊郭，则每日零细粜与，浮居之人，每日或一斗，或五升，则人人尽受实惠。

谨案：乡村来籴者，以数石计，城市来籴者，以升斗计，非常平不足以应之。倘被借端那去，急迫何从籴取？故上司不得视为无碍钱粮，下属不可因公借用。倘上下交侵，不但无颜以对耿侯，益且深有愧于韩公矣。

仁宗庆历二年，余靖疏内有云：天下无常安之势，无常胜之兵，无常足之民，无常丰之岁。由是古先圣王守之有道，制之有术，倘有缓急，不可无备。景德中，诏天下以逐州户口多寡，量留上供钱，起置常平仓，付司农寺系帐，三司不问出入。今若先为三司所支，则天下储蓄尽矣。伏乞特降指挥，三司先借支常平本钱处，并仰疾速拨还，今后不得更支拨，并依景德先降敕命施行。

谨案：此疏说得何等明白。若先为三司借去，蓄积尽矣，遇饥年将何救济？余公之疏，虑之深而言之切，可为常平万世不易之良规。

庆历四年正月，诏陕西谷翔贵，其令转运司出常平仓粟，减价出粜，以济贫民。

谨案：减价出粜，始得常平之意。若早为有司所那，百姓何由受惠？圣意何由宣布？此上台之稽察当严，而小民之首告宜许也。

司马光言：常平之法，此乃三代良法也。向者有州县缺常平粜本，虽遇丰年，无钱收籴。又有官吏怠惰，厌籴粜之烦，不肯收籴，尽人蓄积之家。又有官吏虽欲趁时收籴，而县申州，州再申其提点，取候指挥，动经累月，已是失时，谷价倍贵，以致出粜不行，堆积腐烂。此乃法因人坏，非法之不善也。

谨案：有此三害，已为常平之大蠹，况又有那用之端，存无一二，饥年仍不赈粜，四害并侵，一无所患，不可向常平而生叹乎？

苏轼奏内有云：臣在浙江二年，亲行荒政，只用出粜常平米一事，更不施行余策。若欲抄劄饥贫，不惟所费活大，有出无收，而此声一布，饥民云集，盗贼疾疫，客主俱毙。惟有依条将常平斛斗出粜，即官司简便，不劳抄劄勘会、给纳烦费，但得数万石斛斗在市，自然压下物价，境内百姓，人人受赐。古今之法，莫良于此。

谨案：东坡救荒，惟以平粜常平为美，后人犹议其赈有不及，见有未广。则凡后之为司牧者，正宜于常平之法竭尽经营，兴其利，剔其弊，使万姓永为利赖，荒年实有可恃，斯为至计。

高宗绍兴庚午，高宗皇帝谓执政曰：国家之常平仓以备水旱，宜令有司以陈易新，不得侵用。若临时贷于积谷之家，徒为文具，无实效也。

谨案："不得侵用"四字，高宗已深知有司之弊矣。见得水旱为灾，数之难料，非预备谷粟以救济生灵，何以解一时之纷扰？此诏可为万世法。

从政郎董煟曰：常平钱物不许移用，不如〔知〕他费不许移用，至于救荒，正所当用，若必待报，则事无及矣。今遇旱伤去处，州县仰一面计度，用常平钱于丰熟处循环收粜，以济饥民。俟结局日，以粜本拨还常平可也。

谨案：此一节说尽常平利弊，何以近则不然？便于官而不便于民，常平似为官而设也。呜呼！是所重者官，所贱者民。不知米由民出，聚而不散，钜桥粟，黎阳米，是祸端也。故侵那者在所当稽，而现存者宜于赈粜也。

元张光大有云：常平者，荒歉之预备，无伤于农，有益于民，遇水旱雹蝗之变，民无菜色，不至流离饿殍之患，良法也。可以遏富豪趋利之心，无抄劄户口之烦。有司视为文具者，原其所自，粜本之未立耳。若以御史所言，将三台追到赃罚银两，各随所属，拨为常平粜本，此为反〔返〕本还原，仁民之良策也。循环粜粜，以济饥民，何患乎米有限而不能遍及村落哉？为政君子果能深味常平之意，则可以固邦本，结民心，万世之长策也。

谨案：昔人知常平可以固邦本，结民心，谓返本还原之道，莫若以赃罚银两收籴之，非筹之熟而计之得者欤？奈何后之司牧，无米则听之，有谷则用之，民之困苦，绝不经营，循吏果若是乎？查盘之不可稍怠也明矣。

明张朝瑞有云：伏睹《大明会典》，洪武初，令天下县分各立预备四仓，官为粜谷收贮，以备赈济。次灾则赈粜，其费小；极灾则赈济，其费大。奈何岁久法湮，各州县仅存城内一仓，其余乡社尽无之矣。兹欲令各属县于东西南北适中、水陆道达、人烟辏集处，各立常平一所，本道查发赃罚并该府县无碍银两，粜谷入仓，不许逼抑科扰平民，或值中饥、大饥，以便赈粜、赈济。富者不许混买，仍用张咏赈蜀连坐法。每岁本道或该府管粮官，单车一巡视焉，以防官之治名而不治实者。盖社仓之法立，以时收敛，富者不得取重息，腾高价，贫民岁岁受赐沾恩，诚救荒之良策也。

谨案：从古法久弊生，贵乎经理者之搜剔尽善。备灾恤患，诚无过于常平义仓。今张公所言，颇得致治之要。然后世人情利弊，尤须曲意体贴，斟酌变通，务使法立而民胥享法之利，实在有益于草野，斯称顺俗宜民之至计。

稽常平总论曰：常平仓循环粜粜出入，利民之妙法。良有司能尽心于其间，彻底为民，勿敢自便，则苏公美意，犹然复见于今。兹第使各省虽有常平仓，即遇饥年，官不得发，民不得食，以避部议之严，是岂知立仓之本意哉！试思隋文之仓，米粟未尝不足，独以闭藏不给致败。庆历诏、高宗谕，庶几其可也。所以戒借用之弊者，莫如陆贽与余靖，得赈粜之美者，首推韩琦与苏轼。法之弊也，司马光言之最详，仓之废也，张朝瑞论之最当，其他皆可为规为式。《左传》云：备豫不虞，善之大者也。常平，善人之政，稽察，豫备之端，可不慎重其事哉！

卷三 临事之政计二十

临事论曰：古者有乡里之委积，以恤民艰，门关之委积，以养老孤，县都之委积，以待凶荒。夫能食之已足矣，而必又有所积，盖如此所以为仁政之周也。后世古法不修，适遇饥困，或指仰官谷以为生命，或劝捐借以助赈施，上即垂覆载之鸿恩，下仍多冻馁之黎庶。此皆承平日久，丰穰积年，救灾恤患之务，阙焉不讲耳。语云：拯灾贵早。周急济困之道，苟能斟酌于康年，自可维持于俭岁。凡长民者，诚能踵武圣贤，廓开大制，则深恩被于苍生，厚惠流于下土，仁民之业，岂不伟欤？

上 册

一、急祈祷以回天意

《周礼》：小祝掌小祭祀，顺丰年，逆时雨，宁风旱，弥灾兵，远罪戾。司巫掌群巫之政令。若国大旱，则帅巫而舞雩；国有大灾，则帅巫而造巫恒（巫恒，巫之有常者。帅巫而造之，求所以祷禳之术也）。

谨案：圣王御宇，其爱民也甚于爱身。故商之旱，成汤之祷于桑林也，以六事而自责；周之旱，宣王侧身修行，而欲消去之。其忧民之忧也若此，宜乎百姓戴之如日月，亲之如父母矣。今观《周礼》，原贵祈求。凡灾伤之处，倘去神京甚远，食禄是方者，可不竭诚致敬，上体天子之心，下救小民之苦，使玉烛常调，而时闻击壤之歌哉？

汉明帝永平十八年四月，诏曰：自春以来，时雨不降，宿麦伤旱，秋种未下，政失厥中，忧惧而已。其理冤狱，录轻系，二千石分祷五岳四渎。郡界有名山大川，能兴云致雨者，长吏各洁斋祷请，冀蒙嘉澍。

谨案：天之水旱固难测，人之祈祷，亦岂同哉！如遇旱灾，扰龙潭，掩枯骨，禁民间不得举火，抑阳而助阴。遇雨患，闭城市北门，盖井，禁妇人不许入市，抑阴而助阳。然而究不若一诚是格之为当也。汉帝遣官分祷，理冤狱，出轻系，既极其诚，复施仁政，不可为后世之法欤？

周达奚武为同州刺史，时大旱，高祖敕武祀华岳。岳庙旧在山下，常所祈祷。武谓僚属曰：吾备位三公，不能燮理阴阳，遂使盛农之月久绝甘雨，天子劳心，百姓惶惧。忝寄既重，忧责实深，不可同于众人，在常祀之所。必须登峰展诚，寻其灵奥。岳既高峻，千仞壁立，岩路险绝，人迹罕通。武年逾六十，惟将数人，攀藤援枝，然后得上。于是稽首祈请，陈百姓恳诚。晚不得还，即于岳上藉草而宿。梦见一白衣人，来执武手曰：辛苦！甚相嘉尚。武惊觉，益用祗肃。至旦，云雾四起，俄而澍雨，远近沾洽。高祖闻之，赐玺书慰劳。

谨案：念民既深，祈祷自切。奚武不避一身之险，遂格岳神之灵，阴云布而时雨降，民间之困释矣。后之君子欲免灾危者，可不小心翼翼，昭事上帝哉！

唐代宗大历四年四月，雨，至于九月，京师斗米八百。官出米二万石，分场出粜。闭坊市北门，置土台，台上置立黄旗以祈晴。是日雨止。

谨案：天之以灾谴示警，实未尝殃民以快意也，将以试司牧者之处置何如耳。今幸出官米而分粜之，民困稍苏。是霁也，穷黎欣幸感召而致之乎？抑亦闭北门，置土台而晴也？贤哲者定有以知此。

舒州令鞠信陵有仁政，尝为祷雨文，其略曰：必也私欲之求行于邑里，惨黩之政施于黎元，令长之罪也。神得而诛之，岂可移于人而害于岁耶？焚毕，雨澍。

谨案：对衾影而无惭者，始能向神明而畅达也。甚矣！仁政之美也。清白之吏，神勿福之乎？无辜之民，岁将困之乎？民无罪而令长贤，雨或稍迟，神岂无过？此司空图之移雨神，亦曰知民之情，而不时请于天，是徒偶于位矣，何以为神？

宋仁宗庆历甲申，王子融《息壤记》云：余以尚书郎莅荆州，自春至夏不雨，遍走群祀。五月壬申，与群僚过此，地无复隆起，而石屋檐已露，请掘取验，虽致小沴，亦足为快。因具畚锸，以待来朝从事。是夕雷雨大至，远近沾洽，即以馨俎荐答。苏子瞻《息壤诗》序云：息壤旁有石不可犯，畚锸所及，又复如故。又颇致雷雨。岁旱，屡发有验。

谨案：雨之不可得者，缘无从而知其可必能致雨之术也。今观息壤，王子融、苏子瞻皆云略不可犯，屡有所验。犯之既有其灾，求之岂无所福？欲雨者苟于此地展其诚敬，焉知不胜于锄锸之用哉！

宋太宗太平兴国五年五月癸卯朔，京师大霖雨。辛酉，命宰相祈晴。巳〔己〕卯，命宰臣祷雨。至道二年，命宰臣百官诣神祠祷雪。

谨案：燮理阴阳，宰相之任也。风雨时若，百谷繁昌，此皆圣天子时时默祝于上天，且以此责望于公孤卿尹者也。苟或愆时过甚，则百僚之长自宜身任其劳，斋心虔祷，上为至尊分忧，下率群臣尽职。至诚所感，或者邀福于上苍，以乂安海宇。此亦贤臣遇灾而惧之道也。

仁宗庆历七年三月辛丑，帝祷雨于西太乙宫。日方炎赫，帝却盖不御。及还，大雨沾足。

谨案：仁宗每遇水旱，必露立仰天，痛自刻责，抑何仁爱斯民之至于斯也。夫灾荒之至，半由人事阙失，故惟恐惧修省，克谨天戒，以感召和气，则灾戾消，而百谷用成，万民以济。《诗》曰：小心翼翼，昭事上帝，聿怀多福。仁宗有焉。

东坡志林云：吾昔为扶风从事，岁大旱，问父老境内有可祷者。云：太白山至灵，自昔有祷，无不应者。近岁有太守奏封山神为济民侯，自此祷则不验矣。莫测其故。吾方思之，偶取《唐会要》看云，天宝十四年，方士上言太白山金星洞有宝符灵药，遣使取之而获，诏封山为灵应公。吾然后知神之所以不悦者，即告太守遣使祷之。若应，当奏乞复公爵，且以瓶取水归郡。水未至，风雾相缠，旗幡飞舞，仿佛若有所见。遂大雨三日，岁大熟。吾作奏具言其状，诏封明应公。吾复为记之。是岁嘉祐七年。

谨案：旧典不可不谙，神灵不可不敬。使非苏公之观《唐会要》，知前人封典之误，诚心敬祷，许复公爵，则雨终不可得，而岁能丰哉？

孝宗淳熙时，大旱。知县李伯时以扰龙事告太守，以长绳系虎骨，缒于龙潭中，遂得雨。取之稍迟，雷霆随至。急令人取出，乃止。南州久旱，里人以长绳系虎骨，投有龙处。入水，即数人牵掣不定，俄顷云起潭水，雨亦随降。龙虎敌也，虽枯骨犹能激效如此。

谨案：行渺茫之祀典，不若效可法之祈求。虎骨非难得之物，龙潭亦郡邑所常有，知县李伯时与南州里人，皆以此而得雨。今之求雨者，独不可以一试乎？但恐不有诚心，仍无实效。此又在人之自励矣。

元顺帝至正二年，御史王思诚上奏，谓京畿去年秋不雨，冬无雪，方春首月蝗生，河水溢。宜雪冤狱，敕有司行祷百神，陈牲币，祭河伯，塞决口，被灾之家厚加赈恤，庶几可以召阴阳之和，消水旱之变。此应天以实不以文也。

谨案：人君驭育万物，敬畏天神，岂徒以虚文求降鉴哉？历稽古史，宋景公以善言退星，汉文帝敕有司祭而不祈、勿媚神以求助，唐懿宗诏京兆用香水蒲萧于坊市以召雨，罗隐请遵十六圣之教训，可致丰稔，诚以君上有爱民之隐，则必实践其仁厚之言，急行其补救之政，然后诚信昭于上，恩泽及于下，推德意以导扬和气，虽多灾沴，有潜消而默化矣。愿司牧者之敬慎乎平时，警惕于临事也。

明太祖洪武三年，夏久不雨。上忧之，乃择日躬自祈祷。至日四鼓，上素服草履，徒步出诣山川坛，设藁席露坐，昼暴于日，顷刻弗移，夜卧于地，衣不解带。皇太子捧榼进农家之食，杂麻麦菽粟。凡三日。既而大雨，四郊沾足。

谨案：天者，群物之祖，帝王则万民之大父母也。饥馑之岁，亿兆嗷嗷于下，司牧者忧劳于上，惟恐弗克积诚，感召天和，为民请命于苍昊，矧敢燕闲深宫，置民伤于度外哉！太祖洞悉其理，虔心步祷，几不自爱其发肤。是以君心端而天心亦顺，甘澍滂沱，岁称大有，岂不美欤？

明季戊申，河南大旱。知登封令梅传见麦俱枯槁，因思荞麦可种，劝民备种而待之。祈祷毕，信步行数里，遇一隐士，揖曰：令君勤苦，然雨关天行，非旦夕之可得也。梅曰：荞麦尚可种乎？其人叹息曰：可惜一片仁心。向树下一指，曰：公欲活民，非此不可。视之则菜也。梅遂令民广收菜子，与荞麦并种。未几，又淫雨不止。荞无一生者，惟菜则勃然透发矣，且逾常年数倍，民赖以不死。

谨案：苟以难必之事教民，不若以得饱之道率众。令君意在活民，诚心祈祷，虽不能必雨暘之协应，亦可得隐士之指迷。噫！此隐士者，乌知非神人之化身？不然，何以知荞之不生而菜之必茂也。乃知一诚所感，万类俱通，怨天尤人者，徒增罪戾耳。此亦救雨灾之一法，留心民瘼者不可不知也。

急祈祷总论曰：至治馨香，何事于祷？不知旱涝无常，非神莫祐，祷亦不可少也。况当万民窘迫，四境徬徨之际哉！使弗夙夜祗肃，以上格天心，不但不能救将来之饥馑，且不能慰怅望之民情矣。此《周礼》小祀〔祝〕必有掌祭祀者在也。为人君者，因祈祷而念民艰，释冤狱，广平粜，或格神于梦寐，或得雨于躬祈，怀保之仁，不于此而见欤？岳神降鉴，大臣之敬也。邑令则作文章而自责，投虎骨以扰龙，诚意所通，雨无不得。菜之可以活民，不遇隐士之指点，何由而知？可见有牧民之责者，无时不当积诚以致感通。如不可得，则如苏子瞻之迎神受惠，王子融之息壤求恩，皆可法也，安可食天禄而不顾岁时之丰歉哉！《诗》云：天降丧乱，饥馑荐臻。靡神不举，靡爱斯牲。圭璧既卒，宁莫我听？惟圭璧既卒，而后可以冀上天之降鉴。将荒之际，要务尚有过于祈祷者哉！

二、求才能以捍灾伤

汉武帝元朔元年冬，诏曰：十室之邑，必有忠信；三人并行，厥有我师。今或至阖郡而不荐一人，是化不下究，而积行之君子壅于上闻也。二千石官长纪纲人伦，将何以佐朕烛幽隐，惠元元，厉蒸庶，崇乡党之训哉！且进贤受上赏，蔽贤蒙显戮，古之道也。其与中二千石礼官博士议不举者罪。

谨案：武帝之诏，虽不专为荒政而言，然而令人举贤之法，莫妙于此。如赵简子得尹铎，而万姓感怀，陈宠用王涣，而百事尽理。况饥年民命，在于旦夕，若不以赏罚励荐举，乌知不有徘徊岐路，观望而后时者哉？

东晋秦甘露五年十月，秦王坚命牧伯守宰各举孝悌廉直、文学政事。察其所举，得人者赏之，非其人者罪之。由是人人莫敢妄举，而请托不行，内外之官，率皆称职，田畴修辟，仓库多实，盗贼屏息。

谨案：用人得而万事理，非秦王之谓乎？今举之不得其法，赏罚混淆，蒙蔽者多，田畴能辟欤？仓库能充欤？盗贼能息欤？甚矣！贤良之不可不急而赏罚之不可不明也。

南齐武帝永明三年，诏守宰亲民之要，刺史案部所先，宜严课农桑，相土揆时，必穷地利。若耕蚕殊众，足励浮惰者，所在即便立奏。其违方矫务，佚事妨农，亦以名闻。将明赏罚，以劝勤怠，较核殿最，以申黜陟。

谨案：佚事妨农，国之大蠹也。设逢水旱，小民衣食全无，必至冻馁流离，转于沟壑。此诏既励司牧于未荒，岂肯因循于歉岁？可谓劝之切而责之当者矣。

唐太宗贞观初，上令封德彝举贤，久之无所举。上诘之，对曰：非不尽心，但今未有奇才耳。上曰：君子用人如器，各取所长。古之致治者，岂借才异代乎？正患己之不能知，安可诬一世之人？德彝惭而退。

谨案：一人之聪明有限，天下之才智无穷，可弗令人悉举乎？故有一代之圣君，必有一代之贤臣，何尝借才于异代？蔽贤小人，惟知自用，被太宗一言道破。此其所以抱惭而退耳。

宪宗元和间，上与宰相论自古帝王，或勤劳庶政，或端拱无为，互有得失，何为而可？杜黄裳对曰：王者上承天地宗庙，下抚百姓四夷，夙夜忧勤，故不可自暇自逸。然上下有分，纪纲有序，苟慎选天下贤才而委任之，有功则赏，有罪则刑，谁不尽力？明主劳于求贤而逸于得人，此虞舜所以能无为而治者也。

谨案：天下事独任则劳，分任则逸，理固然也。然不得贤才而委之，则亲民之官不以实心行实政，而救灾恤患之无方，督抚大员不能洞达国体，宣布德意于群黎，俾知崇节俭致阜成之有道。所以治国之谟，必以慎选为要。杜公之对，真宰相之论也。

宋神宗熙宁二年，遣使赈济河北流民。司马光言：京师之米有限，河北之流民无穷。莫若择公正之人为监司，使察灾伤州县，守宰不胜任者易之，各使赈济本州县之民，则饥民有可生之路，岂得有流移？

谨案：宋之司马君实，其为政也，虽妇人小子，无不爱之戴之。然其救荒也，亦以举贤良、去不职为言。后之活饿莩者，何可不以得人为首务，大生机于歉岁，而免流移之颠沛哉？

孝宗时，臣僚言诸路旱伤，乞以展放展阁，责之转运司；籴给借贷，责之常平司；觉察妄滥，责之提刑司；体量措置，责之安抚司。上谕宰执曰：转运只言捡放一事，恐他日赈济之类，必不肯任事。虞允文奏曰：转运司管一路财赋，谓之省计。凡州郡有余不足，通融相补，正其责也。

谨案：君臣之间，皆以饥民为急。其用人也，互相斟酌，惟恐稍有不当，以贻民患。悉令各尽厥职，事有专司，非苍生之幸欤？

理宗嘉熙三年，临安饥，民相携溺死。命故守臣赵與权仍知临安府事。与权奉诏，急榜谕各全性命，伫沐圣恩。都人遂相戒勿死。與权上则祈哀公朝，下则推诚劝分，甘雨随至，米商大集，即流移者亦有以济之。

谨案：理宗之命故守臣仍知临安府事，民遂相戒勿死，良吏之有益民生也如此。凡当歉岁，得此良模，借寇之风，忽焉再睹，何患雨之不降，民之不救哉！

元武宗至大二年，诏：即位以来，恒以拯灾恤民为务，而恩泽犹未溥博，流离犹未安集，岂有司奉行弗至欤？今特命中书省选内外官僚，专以抚治为事，简汰冗员，撙节浮费，一新政理，以称朕怀。

谨案：因恩泽未溥，而以遴选宜严，计之得矣，但在司牧亦不可不以下士为怀。昔子奇年十六而令于阿，非赖白首者悉与之谋，其能大治欤？

张光大有云：择人委任为第一要事。若委任得人，自然无弊。君子作事谋始，赈济之方，尤为当慎。若一概委用富豪之家，则富而好义者少，为富不仁者多，其害有甚于吏胥无藉之辈。今后莫若选择乡里有德望诚信、谨厚好义之人，或贤良缙绅、素行忠厚廉价之士，不拘富豪，但为众所敬而悦服者，许令乡民推举，使之掌管，庶几储积不虚，凶年饥岁得以济民也。

谨案：元之张君，犹夫宋之董氏也。留心荒政，真诚恺切，故所论悉皆出于肺腑，事事可法。呜呼！人生天地间，既不能致君泽民，再不能立说济世，食粟而已，不亦大有愧于寸阴是惜之论哉？

明佥事林希元疏内有云：救荒无善政。使得人犹有不济，况不得人乎？臣愚欲令抚按监司精择府县官之廉能者，使主赈济。正印官如不堪用，可别择廉能佐贰或无灾州县廉能正印官用之。盖荒事处变，难以常拘也。至于分赈官员，可令主赈官择之。事完，官则上之吏部，府县学职等官视此〈为〉黜陟，举人监生等人员，视此为除授。民则上之抚按，别其赏罚。如此则人人有所激劝，而荒政之行，或庶几乎？

谨案：佥事之救荒，可谓无微不入矣。首重得人，而以赏罚劝，人敢不以勤敏自励、怠惰为戒哉？此即求贤于赏罚之中，使饥民得活于拯溺扶危之道耳。

御史钟化民救荒，谕所属曰：司厂不可用在官人。各地方保甲里者，公举富而好礼者，州县官以乡宾礼往请，破格优礼，谕以实心任事。厂内利弊，陈请即行，月给官俸。能使一厂饥民得所，旌以彩币匾额；倍之者给以冠带，或为骨肉赎罪，或欲子弟采芹，任其所欲。富室捐赈，视其多寡，与司厂者同赏格。既谕之后，又巡历各方，用拾遗法。得实心任事，多方全活灾民，贤之尤者，即刻破格荐扬；贪暴纵恣，以致饿殍枕籍，不肖之尤者，即时驰参。以故群吏实心任事，饥民多所全活。（拾遗法：预令饥民进见时，人具一纸，勿书姓名，开所当兴当革及官吏豪猾有无侵刻横行，散布于地，即与兴革处分。然必择其佥同者，而后察之也。）

谨案：破格优礼，陈请即行，钟公存此八字于心，何患人之不为我用，人亦谁不欲见用于公？此所以县县得人而厂厂有济也，况有拾遗之妙法乎？

求才能总论曰：天下事未有不得人而能理者也，况歉岁哉？事起急迫，人非素练，老幼悲啼，妇女杂乱，厉之以严，则饿体难加扑责，待之以宽，则散漫莫肯循规，加之吏胥作弊，致使饿莩盈途。故不得人，其何以济？此历代圣君贤相，无不以得人为要也。如汉武之诏，谓进贤受上赏，蔽贤蒙显戮；唐太宗之罪封德彝，谓用人当取所长，必不借才异代。虽不为救荒而言，而自得求才任事之要道。南齐之诏，至大之制，切中情弊。其次如苻坚之责重有司，孝宗之与群僚斟酌，高宗之复用与权，皆用人救荒之良法。佥事之用廉能，任其择取，御史之用厂首，陈请得行，人有不乐为其所用欤？昔王梅溪守泉州，会邑宰，勉以诗云：九重天子爱民深，令尹宜怀恻隐心。今日黄堂一杯酒，使君端为庶民斟。使为太守者皆若梅溪之存心，又何患乎令之不善也。总之，在君相，当郡县是求，在郡县，宜乡耆是选，递相慎择，必得其人，任之以事，自无不济。《书》云：建官惟贤，位事惟能。时当歉岁，可弗以择贤任能为首务哉？

三、命条陈以开言路

虞帝广开视听，求贤自辅，置进善旌，立敢谏鼓，设诽谤木，以访不逮于总章（即明堂，尧曰衢室，舜曰总章）。

谨案：圣人之治天下，肯使一民不被其泽哉？且贵贱相悬，朝野相隔，虽有善言，何由得达？此虞帝之圣不自圣而广开言路也。后世岁逢饥馑，不得良谟，将何以补天地之不足？故身虽圣矣，亦当法虞帝之视听，以善言为重宝。

夏禹悬器以招言者，曰：教寡人以道者击鼓，告事者铎，讼狱者鞀，谕以义者钟，有忧欲鸣者磬。每一馈十起，一沐三握发，以劳民。（鞀，音陶，有柄摇鼓。）

谨案：大禹之治水，智超千古，功在万年，犹欲以言自益，况乎后世帝王不及禹者多矣，可挟贵自矜而不以善言为急哉？《书》云：德日新，万邦惟怀；志自满，九族乃离。急下求言之诏，时闻规谏之条，有不日新其德欤？

周西伯即位，笃仁，敬老，慈少，礼下贤者，日中不暇食以待士。士以此多归之。

谨案：世知文王之德广被四海，而不知其所以无远弗届者，未有不由乐闻善言而得也。故日不暇食以求言，否则何西伯之不惮烦，而时与多士相接哉？周家八百之基，开之者西伯，总在见善不怠、去邪勿疑而已矣。

鲁公伯禽，周公之长子也。成王少，周公留相之，使其子就封于鲁。周公戒伯禽曰：我，文王之子，武王之弟，今王之叔父。吾于天下，亦不贱矣，然我亦一沐三握发，一饭三吐哺，起以待士，犹恐失天下之贤人。子之鲁，慎无以国骄人。

谨案：孔子之所赞美者，周公之才也。要知天下无有过于周公之才者矣，尚且握发吐哺以待士，周公岂不知身之贵哉？盖以作相之道，贵乎尊贤而得士，不可不以言为重耳。并以之训其子，则凡骄矜自恃、拒人于千里之外者，视此岂不有天壤之隔耶？

汉文帝时，每朝郎从官上书疏，未尝不止辇受其言。言不可用，置之，言可用则采之，未尝不称善。又除诽谤妖言法，诏曰：古之治天下，朝有进善之旌（如有进善者，立于旌下言之）、诽谤之木（虑政有缺失，便言事者书之于木），所以通治道而来谏者也。今法有诽谤妖言之罪，是使众臣不敢尽情，而上无由闻过失也，将何以示远方之贤良？其除之。

谨案：文帝之求直言，不啻如饥者之欲食，渴者之欲饮，故无不称其善者，诱之使言也。除诽谤妖言法者，虑其惧祸而不告也。朝乾夕惕，民瘼是恤，不待邹忌之讽谏而能然也。此文景之时号称熙皞盛世，可以仿佛唐虞耳。

唐太宗贞观三年，夏六月，以旱求直言。中郎将常何，武人不学。家客马周，代陈便宜二十余条。上怪其能，以问何。对曰：此非臣所能，家客马周为臣具草耳。上即召之，未至，遣使督促者数辈。及谒见，与语甚悦，令直门下省，寻除监察御史，奉使称旨。上以常何为知人，赐绢三百匹。

谨案：以太宗之聪明英武，一遇饥年，直言是急，救我元元。故见马周条陈之言，即令人召之，不特召之，而且使人促之，不特促之，而且官之，无非为万民起见，故天下无不救之饥寒。发明云：太宗之用人如此，天下乌有遗才，治道乌有不进者哉？信矣夫！

宋真宗咸平二年闰三月丁亥，以久不雨，谕宰相曰：凡政有阙失，宜相规以道，毋惜直言。庚寅，罢有司营缮之不急者，诏中外臣直言极谏。壬辰，雨。

谨案：言路通而苛政除，犹夫茅塞去而蹊径豁，人情快于下，天道有勿和于上哉？真宗之谕宰相，首欲阙失相规，诏谕群僚，又望极言敢谏，犹恐己之不德，降咎于民，急于改过，惟善是图，上苍有不为之感动哉？此时雨之所以立降也。

神宗熙宁七年，京师久旱，下诏求直言，略曰：朕之听纳，有不得于理欤？狱讼非其情欤？赋敛失其节欤？忠谏谠言郁于上闻，而阿谀壅蔽以成其私者众欤？诏出，人情大悦。是日即雨。

谨案：是雨也，非诏出而即雨也，因人情之大悦，和气相感而雨者也。人情岂徒悦哉？盖因直言，即罢新法二十八事，民免征求死于法网而雨者也。乃知郑侠之绘图，韩维之力谏，实有回天之力。仁宗因亢旱而求直言，英宗缘雨灾而望敢谏，从未有若两君言之切，而验之速者也。谁谓天道之元远哉？

明宣德间，山西、河南荒，上命于谦巡抚二省。公到任，即立木牌于院门，一书“求通民情”，一书“愿闻利弊”。二省里老皆远来迎公，公曰：吾欲首行平粜之法，汝众里老可将吾言劝谕富豪之家，将所积米谷扣起本家食用之外，余者皆要粜与饥民。若伏〔仗〕义者，每石肯减价二钱，减至一百石以上者，免其数年差役；一二千以上者，奏请建坊旌表。有不愿减者勿强。若有奸民擅富要利，坐视饥民，不与平粜者，里老从实具呈，重罚不恕。凡有借欠私债，一概年丰还纳。若有遗弃子女，里老可即报与州县，差官设法收养。候岁熟，访其父母而还之。如里内有贤良之民，能收养四五口者，官犒以羊酒，给其匾额；十口以上者，加彩缎，免其终身差役；二十口以上者，冠带荣身。一时富民乐捐，而尚义者甚众。

谨案：公之谋猷，能匡辅社稷之艰危，岂不克自出救荒之仁术？然犹以民情利弊为急，榜示于门，求通言路，盖以抚绥之责，关系匪轻，拯灾之方，便民为上，苟非虚衷下问，实心采访，纵有爱民之意，难施利济之谋，是以谘询周广，惟恐百姓不为上告，民情不得上申。言路开而州牧县令罔敢遏抑冤滞，由其上之明聪已无远不届也；蠹胥奸役莫敢扰累闾里，缘其上之察访已无微不烛也；豪猾绅士弗敢闭籴昂价，侵牟乡邑，惧受欺受侮者之直诉，劣迹难逃国宪也。然此尚未可恃为无弊，必平心以审之，明决以行之，其庶几有利而无害欤？

正统时，周文襄公巡抚江南，苏州逋税七百九十万石。公阅牒大异，询父老，皆言吴中豪富有力者不出耗，并赋之贫民，贫民不能支，尽流徙。公创为平米，官田、民田并加耗。苏税额二百九十余万石，公与知府况钟曲算疏减八十余万石。

明何良俊曰：周文襄巡抚江南一十八年，常操一小舟，沿村逐落，随处询访。遇一村朴老农，则携之与俱卧于榻中，下咨以地方之事。民情土俗，无不周知。故定为论粮加耗之制，以金花银粗细布轻赍等项，裨补重额之田，斟酌损益，尽善尽美。顾文僖谓“循之则治，紊之则扰”，非虚语也。

弘治间，命户部刘大夏出理边饷。或曰：北边粮草，半属中贵子弟经营。公素不与此辈合，恐不免刚以取祸。大夏曰：处事以理不以势，俟至彼图之。后既至，召边上父老，日夕讲究，遂得其领要，公有余积，家有余财。

旧评曰：忠宣之法诚善，然使不召边上父老，日夕讲究，如何得知？能如此虚心访问，实心从善，何官不治，何事不济？《书》曰：木从绳则正，后从谏则圣。人臣果知纳约自牖之理，兼以实心爱民，则民情何时不可上闻，九重何时不悉民隐耶？

世宗嘉靖七年九月，川陕、湖广、山西荒。谕都察院，令内外官员条奏救荒良策及凡不便者。

谨案：事不尽晰于典章，言不尽在于卿贰，故必令内外官员奏其良策。盖合天下之广，兆民之众，平时经理，常恐有未协民心、不便民俗之事，况于饥荒之岁，尤须斟酌尽善，康济黎元。况内外官员具有牧民之责，然则有嘉谋嘉猷者，可不亟为入告，以顺承此德意也哉？

命条陈总论曰：舜之孝，禹之功，西伯之德，皆臻人世之极，皇皇焉犹恐士民不以善言告，日中不暇食，求贤以自辅。后之致治者，可弗广开言路欤？君臣一体，理岂有殊！周公之辅成王，一沐三握发，一饭三吐哺，犹恐失天下之贤人，况致君泽民者，亦无不以言路为先也。况逢凶岁，饥馑频仍，衣食难充者众，民困不知，救援无术，何以称佐君上烛幽隐、子元元之意哉？此汉文帝之止辇受言，庶几无愧，唐太宗之立用马周，仿佛圣王，其他如宋之二君、明之嘉靖，亦不愧凶年之修省。于忠肃公之巡抚两省，一到即求通言路，上达民情，惟以平粜为先、育婴为重，上行之既力，下奉之必诚，既活饥寒之众，复全襁褓之婴。仁哉！忠肃救荒之政也。周文襄大惊逋欠，若不随地与农民辨〔辩〕论，乌得周知？刘大夏出理边疆，使不日夕与父老图谋，何由得法？且草茅之中，屠狗之间，未必无人，言可忽乎？《书》云：能自得师者王。谓人莫若己者亡，好问则裕，自用则小。君子可不卑以自牧，合天下之智以为智哉？

四、先审户以防冒恩

宋苏次参澧州赈济，患抄劄不公，给印册一本，用纸半幅，令各自书某家口数若干、大人若干、小儿若干、合请米若干，实贴于各人门首壁上。如有虚伪，许人告首，甘伏断罪，以便委官查点。又患请米者冗，分定几人为一队，逐队俱用旗引，如卯时一刻，引第一队领米，二刻引第二队，以至辰巳时，皆用此法，则自无冗杂，且老幼妇女悉得均粜矣。又任澧阳司户日，权安乡县，正值大涝。始至，令典押将县图逐乡抹出，全涝者用绿，半涝者用青，无水之乡用黄，不以示人。又令乡司抹来参合，方请乡耆逐乡为图，复以青绿黄色，别其村分，出图参验。故不捡涝而可知分数，催科赈济亦视此为先后。其法甚简要也。

谨案：宋苏君两番赈济，前法固佳，安乡之涝，令典押抹出。或言在城之人，焉知在乡之事，岂能无弊？殊不知水涝乃人所共睹共闻，倘出人不意，亲历数乡而验之，不但典押不敢妄抹，即乡司乡耆皆知自警矣。非善法而何？

李珏守毗陵时，适遇民饥，将灾伤都分作四等抄劄："仁"字系有产税物业之家；"义"字系中下户，虽有产税，灾伤实无所收之家；"礼"字系五等下户，及佃人之田并薄有艺业而饥荒难于求趁之人；"智"字系孤寡贫弱疾废乞丐之人。除"仁"字不系赈救，"义"字赈粜，"礼"字半济半粜，"智"字全济，并给票计口如常法。惟济米预挂榜文，十日一次，委官散给。民至于今称之。丁卯鄱阳旱暵，又将义仓米，每日就城中多置场所，减价出粜，先救城内外之民。却以此钱准价计口，逐月一顿支给，以济村落之民，非惟深山穷谷皆沾实惠，且免偷窃拌扣〔和〕之弊。一物两用，其利甚普。

谨案：李公之守毗陵，户分四等，别之最清。其赈鄱阳，先城后乡，以钱代米，免插和路费之苦，循循有序，处处至当，如陈平之宰肉。以之而治天下，何不均之有？

吴中大饥，方议赈恤，以民习欺诞，敕本部料捡，家至户到。左谏议大夫郑雍言：此令一布，吏专料民而不救灾，民皆死于饥。今富有四海，奈何谨圭撮之滥，而轻比屋之死乎？上悟，追止之。

谨案：搜检户口，在官长则不可不严，在天子万不可过谨。何也？官长不严，则滥冒者决多，天子过谨，则搜检者必刻，而况久羁时日乎？谏议之言，诚怀保赤子之道也。天子悟而追止之，君明而臣良，吴人生矣。

余童蕲州赈济，尽括户口之数，第为三等：孤独不能自存者，专赈济；下户乏食者，赈粜；有田无力耕者，赈贷。阖境五邑，以乡村远近，均粟置场，每场以一总首主出纳，十场以一官吏专伺察。

谨案：户列三等，赈各不同，已得其要，而且远近置场，多分给所，各有所主，令官察之，弊不能生，惠可遍及。宜其见美于千秋。

江东运判俞宗亨赈济，踏杀妇人一百六十二人，乞待罪。

旧评曰：是未明分场分队，用旗引之法，不知徐宁孙、苏次参皆有成式，尽可通变而行。大抵百人已上，便虑冗杂。此皆平日无纪律者，况饥羸之躯，易蹂践乎？

从政郎董煟曰：勘灾抄劄之时，里正乞觅，强梁者得之，善弱者不得也；附近者得之，远僻者不得也；吏胥里正之所厚者得之，鳏寡孤独疾病而无告者，未必得也。帐成已是深冬，官司疑之，又令覆实，使饥者自备裹粮，数赴点集，空手而归，困踣于风霜凛冽之时，甚非古人视民如伤之意。凡县令，宜每乡委请一上户（平时信义为乡里推服）、官员一人为提督赈济官，令其逐都择一二有声誉、行止公干之人为监视，每月送米麦点心钱，分团抄劄，不许邀阻乞觅，有则申县断治。其发米赈粜，亦如之。若此，庶乎其弊少革耳。

谨案：董君此语在数百年之前，而勘赈弊端历历如绘，可见人情千古一辙。惟在为政者，善于审户发粮，否则徒饱奸人之腹耳。

袁燮为江阴尉，浙西大饥，常平使者罗点属任赈恤。燮命每保画一图，田畴、山水、道路悉载之，以居民分布其间，凡名数治业悉书之。合都为乡，合乡为县，征发追胥，披图可立决。以此为荒政首。

谨案：披览舆图，了如指掌，司牧者留心于闲暇之时，则临事自有定见。若灾荒既告，方事丹青，如嗷嗷待哺者何？与索我于枯鱼之肆者，殆不远也。

明佥事林希元疏云：臣愚欲分民为六等。富民之等三：极富、次富、稍富，贫民之等三：极贫、次贫、稍贫。稍富不劝分，稍贫不赈济，极富、次富，使自捡其乡之次贫、稍贫而贷之种。非特欲借其银种也，欲于劝分之中而寓审户之法。何者？盖使极富次富之民，出银以贷诸贫，彼必度其能偿者方借，而不借者即极贫。不用耳目，而民为吾耳目，不费吾心，而民为吾尽心。法之简要，似莫有过于此者。若流移之民，则与鳏寡孤独等，皆谓之极贫可也。

谨案：审户不清，奸人得之已可恨，贫户失之更可怜。林公此法，使乡里自别上中下三等而贷之，其源清矣，其流岂浊哉？但极富者当贷几户，次富者当贷几人，不可不细加斟酌，亦安富之一道也。

御史钟化民督理荒政有云：垂亡之人，既因粥厂而得生矣。稍自顾惜不就厂者，散银赒之。令各府州县正印官遍历乡村，唤集里保，公同查审。胥棍作奸，许人举首，得实者重赏，如虚反坐。给与印信小票，上书极贫某人、给银五钱，次贫某人、给银三钱，鳏寡孤独更加优恤。分东西南北，先期出示分给，以免奔走守候。敢有以宿逋夺去者，以劫贼同论。其银又当不时掣封秤验，如有低潮短少，视轻重处分。

谨案：御史公审户之意，一在正印官遍历乡村，二在公同查审，三在许人首告，兼而行之，不可缺一。必须上台实有爱民之心，有司方不敢怠。至分东西南北先期出示者，尤美政也。

万历乙巳，陈霁岩知开州。时大水，无蠲而有赈。府下有司议，岩倡议极贫民赈谷一石，次贫民赈五斗，务必令民共沾实惠。放赈时，编号执旗，鱼贯而入，虽万人无敢哗者。公自坐仓门外小棚下，执笔点名，视其容貌衣服，于极贫者暗记之。庚午春，上司行文再赈贫者。书吏禀公，出示另报。公曰不必。第出前之点名册，查看暗记极贫者，径开其人，唤领赈米。乡民咸以为神。盖前领赈之时，不暇妆点，尽得真态故也。

谨案：有司官皆如是之惠爱，法纪精严，何患贫民之不沾实惠？要之真诚必能穷虚伪，亦惟始终存心为民，时时捡点，则民情洞鉴，而措置无一事之不得其宜矣。

中丞周孔教抚苏时，有云：救荒者，凡以为贫户下户也，官司非不欲一一清审之，奈寄之人则难公，任之己则难遍。昔人谓救荒无奇策，正以贫户之难审也。所以然者，亦不豫故耳。合令被灾之府州县，豫乘秋月，以主赈官督在城保长，以在城保长催在乡保长，以保长催甲长，以甲长报花户，每甲分为不贫、次贫、极贫三等，除不贫外，将次贫、极贫各口数大小若干，贴其门首壁上。再令每保开一土纸手本，送至赈济官，不许指称造册，科敛贫民。待乡党日久论定，委官乘便覆查。此即宋时苏次参沣州赈济之法。但彼临时为之，不若先时查审贫富明白，民志定矣，尤为无弊。

谨案：先时查审明白，较临期抄劄贫富，迥不相同。非亲历其境者，不能知其妙也。抚君之法，不但著美一时，且可传于后世。

陈龙正曰：赈饥之法，往往吏缘为奸，皆由户之不能审也。贫者未必报，报者未必给，其报而给者，又未必贫。请就里中，推一二大姓，任以赈事，有司不时单车临视，稍立赏罚科条，以劝戒之。盖大姓给散，其利有九：习知贫户多寡，不至漏冒，一也；给散近在里中，得免奔走与留滞之苦，二也；披籍而得姓名、谷米之数，易于查勘，三也；以邻里之谊，不至伪杂损耗，四也；贫户数服大姓，即有缺漏，易于自鸣，五也；食糜各于其乡，不至群聚喧杂，秽恶薰蒸而成疫疠，六也；大姓熟识，近邻不至攫夺，七也；分县官之劳，八也；吏不能为奸，九也。（一云黄懋中所言。）

谨案：凡论荒政，事贵可行，语贵通达，勿支勿漏，斯得之矣。若此九种，意周而语切，非目睹饥年之弊窦丛兴者，不能有此妙论也。譬如宝镜当前，丝毫悉烛，纤尘无有不见者也。此虽放赈之法，而审户已寓其中，不审之审也。可不熟此而为济世之策欤？

先审户总论曰：时当歉岁，不以生民为重，而恒以谷粟是惜者，固非要道，然用之而不得其法，徒资奸诡，莫救哀鸿，在朝廷既有所费，在穷民不得生全，主其事者，宁无溺职之罪耶？况有冒支之弊，必多不给之人，有一姓而得数姓之粮者，有几人而不得一口之食者，其害可胜道哉？故惟天子不当谨圭撮之滥，而轻比屋之死。郑雍所言，可风千古。若主赈之官，乌可不预为检点，此苏次参命取一家人口尽贴壁上，陈霁岩自将点过穷民暗记册中，立法善而用意深，尚何冒破之足虑？李珏之人分四等，余童之户别三般，居上者既能精其妙算，在下者焉敢肆其侵欺？袁燮之图，未尝不美，但当预计于平时，不能济变于歉岁。懋中所言，委托大户，其利有九，的碓〔确〕不易，仓卒可行。弊之无穷，董煟言之最尽。法之简要，希元思之最精。钟御史必令正印官亲历穷乡，公同检视。周巡抚又使府州县豫先抄劄，不混稽查。由此观之，良法已备于前矣，善政何疏于后也？乃知不稽旧典、任意设施者，不但不能比美先贤，且恐践俞通判之故辙矣。惟保甲之法严，而审户自清，审户清而奸诡息，然而尤当筹之于豫也。《诗》云：迨天之未阴雨，彻彼桑土，绸缪牖户。今此下民，莫敢侮予。人能得诗人之意，致力于闲暇之时，又何必徬徨于放赈之际哉？

五、借国帑以广籴粜

春秋庄公二十八年，鲁饥。臧文仲言于庄公曰：夫为四邻之援，结诸侯之信，重之以婚姻，申之以盟誓，固国之艰急是为。铸名器，藏宝财，固民之殄病是待。今国病矣，君盍以名器请籴于齐？于是以鬯圭玉磬如齐告籴，曰：不腆先君之敝器，敢告滞积以救敝邑。

谨案：官之籴粜，春秋时贤大夫已行之矣。何以后之为臣者，竟不恤民之困于高价，籴于熟所，粜于荒境哉？分厘之惠及小民，赞诵之声盈道路。易者不为，难者可知，虽曰爱民，其谁我信！

唐元宗开元十二年八月，诏曰：蒲同等州，自春偏旱，虑至来岁，贫下少粮。宜令太原仓出十五万石米付蒲州，永丰仓出十五万石米付同州，减时价十钱，粜与百姓。

谨案：籴莫贵于早，粜莫贵于时。以八月而计来年，计之得矣。且以十五万石赈粜于一州，每升减价十文，非美政乎？但唐时出粜之际，其法不传，使不知张公咏守蜀平粜之法，恐其利必尽归富户，其害实在穷民，深可叹耳。何也？穷民待哺之日时虽多，所籴之米粟有限，一则官不许其多籴，二则彼亦无钱多籴，奸人窥破其微，贿嘱官吏，串通斛手，在水次日买数十石而去，（此米未曾发人公所，早已暗贷与人，故此无从查考，簿上仍填零卖之期。）不逾月而官米已毕矣。奈此地米价稍减之名，忽又遍传商贩，商贩闻之，惧亏本而不来，官长察之，叹仓空而无继，米有不骤贵之理乎？奸人于是卖其所籴之米，不数旬而获利无算，宁勿令人切齿？是穷民之食贱米不过数旬，穷人之食贵米必需几月，食贱米者十不过二三，食贵米者十必八九，惠之者，非即所以害之耶？故赈粜当兼行张公保甲之法。此法一行，既无冒滥，亦不失恩。宋之去唐不远，乌知张公所行之法，非即蒲同等州所行之法哉？赈籴者，尚其察之。

德宗兴元元年，十月乙亥，诏曰：顷戎役繁兴，两河尤剧，农桑俱废，井邑为墟，丁壮服其干戈，疲羸委于沟壑。江淮之间，连岁丰稔，迫于供赋，颇亦伤农。收其有余，济彼不足。宜令度支于淮南浙江东西道，增价和籴米三五十万石，差官搬运于诸道，减价出粜，贵从权便，以利于人。宜即遣使，分道宣慰，劳勉将士，存问乡闾。有可以救岁凶灾，除人疾苦，各与长吏商量奏闻。

谨案：是时陆宣公言于上曰：人君知过非难，改过为难；言善非难，行善为难。诏内命官和籴，不厌多方，疾苦可除，悉求具奏，意真词切，感动君民。此车驾之所以得返长安耳。忠良之言，有益于人国也如是夫！

宋吴遵路知通州时，淮甸灾伤，民多流转。惟遵路劝诱富豪之家，得钱万贯，遣牙吏二十六次，和赁海船，往苏秀收籴米豆，归本处依元价出粜，使通州灾伤之地，常与苏秀米价不殊。当时范仲淹乞宣付史馆。

谨案：官米若不循环籴粜，奸商乘其既尽而鬻之，价愈高而民愈困矣。以万贯钱，转运至二十六次，价焉有不平之理？故遵路之劝富民者，是救一时之灾也；仲淹之命付史馆者，欲垂万世之则也。留心民瘼者，尚其知所取法哉？

孝宗乾道七年，饶州旱伤，措画赈济。知州王秬劄子，借会子五万贯，接续贩籴米麦之类以赈籴。得旨：依江州旱伤，益措置本州义仓米四万四千余石，又截留上供米六千五百余石，作本收籴米斛。

谨案：借钱籴粜，官不伤而民有益，最善而易行，何皆逡巡不果？如知州王君，借会子钱五万贯，接续贩籴，朝廷益之以米，又得数万石作本收籴，此州尚虑缺食乎？事毕而本在，民得不死。非贤者之妙算，而能之乎？

元文宗时，以张养浩为西台御史中丞。时关中大旱，民相食。既闻命，即散家之所有，以与乡里贫乏。登车就道，遇饥者赈之，死者瘗之。经华山，祷雨岳祠，泣拜不能起。天忽阴翳，一雨三日。及到官，复祷于社坛，大雨如注，水三尺乃止。禾黍自生，秦民大喜。时米价腾踊，缗钞壅，不可得米。养浩以倒换之艰，乃捡库中未毁缗钞，得一千八十五万五千余缗，悉印其背，又刻十贯五贯，为券给贫民。命米商视印出籴，诣库验数以易钞。又率富民出粟，为奏补官。四月未尝家居，止宿公署。夜祷于天，昼出赈饥，无少怠。每一念至，即抚膺恸哭。

谨案：人苦无实心爱民耳，此天之所以不能格也。若张公所行，惟知有民，不知有己，何祷不诚？何民不救？视民如伤之念，形之恸哭，是所忠者君，所爱者民，不愧忠君爱民之君子矣。

顺帝至元三年十二月，大都南城等处，设米铺二十，每铺日粜米五十石，以济贫民。俟秋成乃罢。六年二月，增设京城米铺，从便赈粜。

谨案：天之警惕于顺帝，亦云至矣。兹独于分设米铺一节，思以上格天意，政虽疏略，而爱养百姓之心，固肫挚而不浮。苟能震动恪恭，上则敬畏昊天，下乃轸恤民隐，则将推广此心，正己求贤，养民致治。岂遽至于危也？

明英宗正统六年，巡抚浙江监察御史康荣奏：杭州府地狭人稠，浮食者多，仰给苏松诸府。今彼地水旱相仍，谷米不至，杭州遂困。又湖州府比因岁凶，米亦甚贵。窃计二府官廪，有二十年之积，恐年久红腐，请发三十五万，粜于民间，令依时值偿纳，则朝廷不费而民受其惠。从之。

谨案：积善在常人则不易，在大臣又何难？一念朝存，万民暮活。如康公此奏，穷人虽难免拮据之求，饥者幸可无转死之虑。惟望仁人，赈饥救困，活此穷民，德大福大，自古不爽也。

宪宗成化六年，奏准将京通二仓粮米，发粜五十万石，每秔（音耕）米收银六钱、粟米五钱，以减京城米价腾贵。再将文武官员俸粮，预支三个月。

谨案：岁值饥馑，仁智不可不兼用也。仁以惠民，智以慰众。今减价粜米，仁也；预支月俸，智也。数月之后，麦熟稻登，仍然大有，乌可闭藏不发，令民心之顿变哉？

佥事林希元疏云：臣愚欲借官帑银钱，令商贾分往各处籴买米谷，归本处发卖。依原价量增，一分为搬运脚力，一分给商贾工食，粜尽复籴。事完之日，籴本还官，官无失财之费，民有足食之利，非特他方之粟毕集于我，而富民亦恐后时失利，争出粟以粜矣。然籴粜之法，专为济贫，若有商贾转来贩去，所当禁革。又当遍及乡村，不得专及城市，则贫民方沾实惠。

谨案：籴粜济民，能以林公之论为法，不特城市蒙其利泽，而村落亦沾其实惠矣，尚有沟壑之苦哉？奈何世之救荒者，皆不知林公之《荒政丛言》，是必要之书也？

中丞周孔教抚苏时，有云：次贫之民宜赈粜，其法有二：有坊郭之粜。宜多择诸城门相近寺院及宽厂民居，储谷于其中，不限时日，零细粜之。粜米计升，多不过一斗，粜谷不过二斗。如奸牙市虎，有借倩妆扮之弊，出首者重赏，其弊自革。有乡村之粜。宜行保甲之法，间月而粜之。每先一月出示，将有灾之乡保，限次月某日某保排定日期，每隔一日一粜，以防雨雪壅滞之患。每甲大约许粜三石，多则五石。若通水去处，当移舟就水次粜之。粜价俱比时价减少，愈少愈善。富人强夺贫人之籴，用张咏连坐之法，一家犯罪，十家皆不许籴。其籴本或借官银，或借官粮，或劝富家，事完各归其本；如系民家，则加旌奖可也。

谨案：赈粜之法，分出二种：一曰坊郭，一曰乡村。何其周到也！又曰循环行之，必待稻熟而止，方略精详，不遗遐迩。真仁人也！有心而不得其法，实惠不能及民，有法而不存此心，苍生何由得活？中丞不但身体力行，而且欲传后世，有不身为济世之名臣，而子孙享积德之报哉？

屠隆《荒政考》有云：灾伤之处，议赈济，则恐官府之囷廪有限；议劝借，又恐地方之富户无多。最妙之法，借帑银若干，委用忠厚吏农富户，向丰熟去处循环籴粜。积谷之家虽欲踊贵其价，而官府平粜之粮日日在市，势亦不能。如他处米亦不足，则杂置豆、粟、薥、薯、麦、荞、蕨粉、芝麻之类，皆足充饥，但当严禁商牙来籴。昔吴遵路知通州时，能使灾伤之处与苏秀同其米价，用此法也。

谨案：屠君开口两句，就将荒政说完，见得赈粜一事，是救荒上策，本不亏，民不死，即耿寿昌之遗意至说。凡可以充饥而救死者，一概可买，尤见行权之大略。

借国帑总论曰：上不病官，下不困民，能救生民于万死之中者，莫如借国帑以先兴贩也。自春秋以来，即有其事。今观唐、宋、元、明，代无不举，诚盛典也。且借官钱而籴粜之多者，无如王氏；借民钱而兴贩之频者，首推吴公。二人所行，为法千古，救荒者何可视为泛泛也？若元之张公，不特取钞命米商出籴救民，一种忠君爱民之心，勃不可遏，形之痛哭流涕而不止，真太古之仁人也。后之君子，或那常平米，或借府库钱，或贷富豪钱，加其月利，以作籴本，给与富商大贾，或差干吏能员，先往丰熟去处，循环籴粜，我无济人之重费，而实有起死之良图。举口之劳，生人之命，上智之事也。又何惑焉？《易》云：损上益下，民悦无疆。惟赈籴，则所损者甚少，而民之悦也诚无疆矣。

六、理囚系以释含冤

汉昭帝时，海州大旱三年，人民离散，莫知所从。会新太守下车，于公谓守曰：非申孝妇之冤不可。守询之，公曰：郯城昔有窦氏，少寡，事姑极孝。姑念孝妇侍奉勤苦，欲其嫁。妇不允，姑遂自经，盖以己在妨其嫁也。姑之女竟以杀母告。太守按治，妇乃诬服。某曾力争而勿听。咎非在是而何？新守斋戒沐浴，徒步往祭孝妇于冢。祝方毕而大雨如注。至今有孝妇庙在。

谨案：人有冤抑之事不明，则郁恨之气不散，遂结于太虚而灾眚见，淫雨、亢旱、蝗蝻、兵火之类是也。窦氏孝妇也，蒙不孝之名，身首不保，非于公之力请于太守，徒步往祭，舒孝妇之冤，而能上回天意哉？况以孀妇而遭此冤者多矣，一见于齐之庶女，再见于东汉之上虞，三见于晋代之临淄。折狱者慎之。

章帝建初元年，大旱谷贵。校书郎杨终以为广陵楚淮阳济南之狱，徙者万数，又远屯绝域，吏民怨旷，乃上疏曰：臣窃按春秋水旱之变，皆因暴急，惠不下流。自永平以来，仍连大狱，有司穷考，转相牵引，掠拷冤滥，家属徙边，加以北征外邦，西开三十六国，频年服役，转输烦费，又远屯伊吾楼兰车师戌己，民怀土思，怨结边域，足以感动天地，移变阴阳。愿陛下留念省察，以济元元。

谨案：杨子山以至理论天意，切实不差毫厘。何也？天不可测而理可必。圣人云：天视自我民视，天听自我民听。安有天心异于民心者哉？掠拷冤滥，已足违和，况闾阎愁苦，一方郁结。此天地所以为之感动也。

安帝立邓太后，犹临朝听政。永平二年夏，京师旱，亲幸洛阳寺录冤狱。有囚实不杀人，而被拷自诬，羸困舆见，畏吏不敢言。将去，举头若欲自诉。太后察视觉之，即呼还问状，具得枉实。即时收洛阳令下狱抵罪。行未还宫，澍雨大降。

谨案：不仁哉有司之严刑也！不肯细心体访，但将五毒迫人，囚不能堪，何冤不受？致令余威犹在，死不敢言。若非太后英明，此狱乌能得直。今下属问而上司录，防冤抑也。然而出入难必，谁敢再受一番荼毒？故案一定而狱多冤。理其枉而出之者，是在钦恤慎刑之君子矣。

唐太宗贞观十七年三月甲子，以久旱，诏曰：去冬之间，雪无盈尺。今春之内，雨不及时。载想田畴，恐乖丰稔。农为政本，食乃人天。百姓嗷然，万箱何冀？昔颓城之妇，陨霜之臣，至诚所通，感应天地。今州县狱讼，常有冤滞者，是以上天降鉴，延及兆庶。宜令覆囚，使至州县科简刑狱，以申枉屈，务从宽宥，以布朕怀。庶使桑林自责，不独美于殷汤；齐郡表坟，岂自高于汉代？

谨案：天地惟以好生为心，人主当以不杀为德。刑之所加，何招不得？有罪者叹自新之无路，受枉者恨宿愤之难申，怨触上苍，遂成闭塞。此诏一下，何患甘霖之不沛，而嘉禾之不熟哉？

开元中，榆林卫等久旱非常。颜真卿为御史，行部至五原。时有冤狱，久不决。真卿至，立辨其冤，雨即沛然而至。郡人遂呼为御史雨。

谨案：狱之冤者，不待决遣，而后乖戾之气，惨成凶岁。即令沉埋狱底，积愤未舒，已逆天和，久之不雨。幸颜公行部细心辨其冤狱，愁云怨日忽变而为畅霭和风，此御史雨之所由来也。

宋太祖建隆二年，帝谓宰臣曰：五代诸侯跋扈（跋扈，犹言强梁也。扈，竹篱也。水未至，先作竹篱，候鱼入水退，小鱼独留，大鱼跋篱扈而出。故曰跋扈也），有枉法杀人者，朝廷置而不问。人命至重，姑息当如是邪？自今诸州决大辟，录案奏闻，付刑部覆视之。

《宋史》断曰：禁暴止虐，诚帝王保民之盛德也。汤武圣君，此心纯乎爱民，故勇决严毅之中，即寓正直荡平之道。太祖深知理狱之难，视人命为至重，特诏令诸州，慎重录囚，达部详审，然后信谳定而法网宽。合之《周礼》委曲详核之条，仁慈忠厚之旨，前后无违矣。

欧阳观为泗州司理，尝秉烛治官书，屡废而叹。妻问之，曰：此死狱也。我求其生不得耳。其子修方三岁，乳者抱立于旁。观曰：术者谓我岁在戌不利，使其言验，不及见儿之立也。后当以吾言告之。

谨案：仁哉！欧阳观之存心，何肫挚而深切也！求生于死狱之内，并非要名遗言以告后人，并非树德，总为一腔慈惠，不欲因势而阻，尤不欲自我而止，故及身则倍著哀矜，锡类则教之忠厚。仁哉司理！宜文忠之为名臣也乎！

元仁宗延祐四年春正月，帝谓侍臣曰：中书比奏，百姓乏食，宜加赈恤。朕默思之，民饥若此，岂政有过差以致然与？向诏有司务遵世祖成宪，宜勉力奉行，辅朕不逮。然尝思之，惟省刑薄赋，庶使百姓可遂其生也。

谨案：百姓不能遂其生，四境扰害由之起，大业末年，乾符初年可鉴也。仁宗因民饥馑，言非省刑罚，薄赋敛，则不能舒其困，非思得其要而治得其道者哉？

明孝宗弘治十五年正月，上命御史王哲巡按江西。时值大旱，苗种不得入土。哲深恤民隐，即亲录囚系，出其所当原者数百人，余皆减之。次日即雨，遂成有秋。民为谣曰：江西有一哲，六月飞霜雪。天下有十哲，太平无休歇。

谨案：古之盛吉，执丹笔而泣者，谓吾笔一下，死生立判故也。理刑官如此存心，何至亢旱不雨？王御史因苗不得入土，亲录系囚，出其当原，减其余等，即成有秋。乃知宁失出，无失入。此二句者，诚祈祷之灵符也。

松江吴黼任抚州同知。时久旱不雨，台使以黼廉直，将邻郡建昌富民吴万八一案，令迹其实。盖万八以子杀父，大狱久未决。万八至是，仍以厚赂求宽免。黼曰：我荷国恩，食天禄，宁以贿赂坏公法耶？遂核论如律。是夕忽然大雨，万八已为雷震矣。一郡惊异，以为吴公之正直所感云。

谨案：此又以不杀而致旱灾者也。万八之狱，断无迟滞之理，问官何得贪其厚赂，而曲贷其辜？苟非吏谴严明，暗与王章相合，安见幽明一理，法不可弛？然则赦非善政，古且志之，况于绝伦之大者乎？

单县有田作者，其妇饷之，食毕即死。其翁曰：此必妇之故矣。陈于官，不胜箠楚，遂诬服。自是天久不雨。许襄毅公时官山东，曰：狱其有冤乎？乃亲历各境，出狱囚遍审之。至饷妇，乃曰：夫妇相守，人之至愿，鸩毒杀人，计之至密，焉有自饷于田而鸩之者哉？遂询其所馈饮食，所经道路。妇曰：鱼汤、米饭，度自荆林，无他异也。公问时，适当其夫死之际。置鱼作饭，仍由旧路而行，试狗彘，无不立死者。遂出其罪。即日大雨如注。

谨案：感孚之理，捷如影响。田妇饷夫而死，实出无心，问官不能细访，置之死地。所谓严刑之下，何所不招？遂干天怒，灾异顿施。非襄毅公上体天心，察其冤抑，安能沛甘澍于恒旸之岁哉？

理囚系总论曰：狱中之苦，人尽知之乎？以将相而叹狱吏之尊，则其毒加于囚也可知矣。一人在狱，阖户悲啼，吏卒苛求不已，妻儿卖尽难供，故血泪未干于箠楚，离魂又泣于梦中。仁人君子，可不以刑狱是恤哉？若雨呼御史者，不决之狱也；亢旱三年者，已死之狱也；畏吏不敢言，苗不得入土者，将死之狱也；罪定天诛，不杀之狱也。不论已死未死，有枉不直，困于狱中，天地未有不为之震怒，而见于灾异者也。杨终之论，信不诬矣！唐之太宗，宋之太祖，元之仁宗，异代同心，故得咸称致治之主。折狱者，存心必若欧阳观，明察得如许襄毅，方能无愧。试问今之沉于狱底者，果能求其生而勿得者欤？哀哉！吾恐半居洛阳令之所问也。人自不察耳。五毒痛加，何枉不坐？缧绁所系，何岁无冤？《易》云：君子以明慎用刑而不留狱。《书》云：杀戮无辜，上帝弗蠲，降咎于苗。君子可勿于囚系之内，稍开一面，以免降咎之困哉？

七、禁遏籴以除不义

周襄王甲戌五年冬，晋饥，使乞籴于秦。百里奚言于秦伯曰：天灾流行，国家代有。救灾恤邻，道也。行道有福。秦于是输粟于晋。

谨案：人生不幸，遭遇饥年，全赖有无相济，庶可生全。此贤臣所以劝其君救灾恤邻、惠养黎民之要道也。

襄王七年十一月，晋饥。秦伯馈之粟，曰：吾矜其民也。

谨案：秦伯之输粟一而再，矜民之语，蔼若阳春，并不生一点偏护之念。是故被其泽者，欢欣交通，远迩爱戴。后之为邻郡司牧者，可不上法贤哲之仁术乎？

隋齐州刺史卢贲，坐民饥闭籴，除名。皇太子为言，贲有佐命功，不可废。帝谓卢贲等功虽甚伟，然皆挟诈扰政，不可免也。乃如律治之。

谨案：沽名而不恤民者，非良有司也。欲以闭籴为爱民，殊不知邻邦均赤子也。故孟子取五霸之禁遏籴。千古公正之论，莫大于此。高祖之论卢贲，略前勋而儆害民之吏，诚快举哉！

唐崔俊为湖南都团练观察使。湖南旧法，丰年贸易不出境，邻部灾荒不相恤。俊至，谓属吏曰：此非人情也，无使闭籴以重困邻民。自是商货流通。

谨案：不近人情之事，皆胥吏贪污者之所为也。凡下闭籴之令，藉口为本境之民起见，未尝稍有所私，殊不知其所私者，不在是也，不过不能为民身家画万全之策，徒欲藏此粟于富家，以说豪猾昂价损民之意。岂知圣天子以天下为家，胞与为怀，凡在版图，莫不欲安养而生全之，宁肯令此境阜安，彼方饥馁乎？揆情度理，务在流通。崔公真仁人也！

后周广顺间，南唐大旱，井泉涸，淮水可涉，饥民度淮而北者相继。濠寿发兵御之，民与兵斗而北来。太祖闻之曰：彼我之民一也，听籴米过淮。唐人遂筑仓，多籴以供军。诏唐民以人畜负米者，听之；以舟车运载者，勿予。

谨案：视太祖之待南唐，非大度之主欤？唐人以之供军，尚许人畜负之而去，究何尝因救民而得祸？若后之府县官必然闭籴，以为上为其君，下为其民，而不知其干天之怒矣。人主当以好生为德，信哉！

宋仁宗嘉祐四年，谏官吴及言春秋之时，诸侯相争，窃地专封，固不以天下生灵为忧。然同盟之国，有救患分灾之义。秦饥，晋闭之籴，而《春秋》诛之。圣朝恩施动植，视民如伤，然州郡之间，各专其民，擅造闭籴之令，一路饥则邻路为之闭籴，一郡饥则邻郡为之闭籴。夫二千石以上，所宜同国休戚，而宣布主恩，今坐视流离，又甚于春秋之间。岂圣朝所以子育兆民之意？

谨案：闭籴之令，自古皆恨，又自古有之。其故何也？其意他处之民徙死，我境之粟有余，岂无卓异贤能之赏？殊不知此令一行，劫掠流移，由之而起。吴公言之亹亹，盖深知民之受弊甚大，断不可以害民之政，为我邀功幸禄计也。

苏轼浙西灾伤状内有云：臣闻熙宁之灾伤，本缘天旱米贵，而沈起、张靓之流，不先事奏闻，且立赏闭籴，富民皆事藏谷，小民无所得食。流殍既作，然后朝廷知之，使命运江西及截本路上供米一百二十三万石济之，巡门俵米，拦街散粥，终不能救。饥馑既成，继之以疫，所伤实多，两税课利，皆失其旧。是大吏之不能仰承德意，广孚惠泽于下民也。如之何其可乎？

谨案：饥年处事，沽名心万不可起。救荒政务，须宜早为裁酌。沈起、张靓，立赏闭籴，不过欲沽爱民之誉，不知小民绝粒，草木俱完，藏米者愈高其价，兴贩者惧劫不来，遂至于此。非平日失于稽古，临事在于求名乎？东坡疏中此段，可为闭籴者戒。

绍兴初，苏缄为南城令。岁凶，里中藏粟者固闭以待价。缄籍得其数，先发常平谷，定中价，粜于民。揭榜于道，曰：某家有粟几何，令民用官价籴。有勒不出及出不如数者，挞于市。以是民无艰食。

谨案：民无籴所，劫掠必兴，盗贼纵横，安危难保，惟赖司牧有以处之。然不将常平米尽行先籴，何以塞富民之口？苏君为政，先己后人，其谁我议？

淳熙八年敕：旱伤州县，全赖傍近丰熟去处，通放客贩米斛。已降旨不得遏籴。访闻上流得熟州郡，尚有将客贩米斛邀阻者，仰逐司觉察按劾。尚或容蔽，仰御史台弹奏。九年，两降指挥诸路监司不许遏籴，多出榜文晓谕。如故违戾，令总司觉察申奏。

谨案：官之籴粜有限，民之兴贩无穷，彼射锱铢之利，我活沟壑之民，实云两得。如其闭籴，此境虽安，彼地不活，无恻隐之心，违忠恕之道。弹劾觉察，其可缓乎？

咸淳七年，抚州饥，黄裳奉命往彼救荒。但期会富民耆老，以某日至，至则大书“闭籴者籍，强籴者斩”八字，揭于通衢，米价遂平。（一云辛幼安所行。）

谨案：孰谓救荒无奇策？以八字而定民心，非奇策乎？此所谓有治人，无治法也。

明万历九年，淮凤告灾。张居正疏云：皇上大发帑银，遣使分赈，恩至渥矣。然赈银有限，饥民无穷，惟是邻近协助，市籴通行，乃可延旦夕之命。近闻所在往往闭籴，灾民既缺食于本土，又绝望于他乡，是激之为变也。宜禁止遏籴之令，讲求平籴之法，听商民从宜籴买，江南则籴于江淮，山陕则籴于河南，各抚按互相关白，接递转运，不许闭遏。其籴本或于各布政司，或于南京户部，权宜措处。河南、直隶四府县，以临德二仓之米，平价发粜，则各处皆可接济。

谨案：以通畅之笔，写仁政之端，条分缕晰，何等明白！且令各巡抚互相关白，接递转运，籴本悉为措置，允称相度汪洋，不愧调和鼎鼐。有盐梅之责者，不可不法之以救天下也。

万历间，御史钟化民奉使河南赈饥，先飞檄各省，不许遏籴。及河南布政司，撤防劓兵，悉分置黄河口。各运米所过，为米舶传纤护送至境。设官单，记所到时刻稽迟，罪及将领。米到，任其价之高下，毋许抑勒。是时米价五两，远商慕重价，无攘夺患，浃辰米舟并集，延袤五十里。价遂减，石止八钱矣。（袤，音茂，长也。亘于东西曰广，亘于南北曰袤。）

谨案：水旱不时，天荒之也。遏籴阻抑，人荒之也。天荒尚有挽回，人荒岂无救治？钟公竭力救全，顿苏民困，米价十减五六。可知有治人，无治法，本仁心以行仁政，事未有不济者也。

禁遏籴总论曰：伪矣哉，有司之遏籴也！彼不过欲借此以邀爱民之上赏耳。若言真心为民，彼粜米之家，虽妇人小子，必知但卖其食之所余，断无尽货之理，何必有司之谆谆禁约也。总之，图治之术在诚实，尤在权宜。自周至明，历代典故，悉中窾要。晋惠公之失算，未识爱民之方；周太祖之大度，包容异域。卢赍、沈起、张靓等，特小人之尤者耳。设令见崔倰于湖南，能无愧欤？此宋朝之诏，使劾之察之，诚是也。吴公之论，苏缄之法，黄裳之谕，化民之檄，同功一体，得致治之原，良法良模，不可不知所以法之也。且无曲防，无遏籴，五霸禁之，圣贤取之，吏竟背之耶？《诗》曰：在彼无恶，在此无射。庶几夙夜，以永终誉。则凡在位之君子，欲美其誉于毕生者，可分疆界，致嗷嗷待哺之民日望泛舟之役而弗得哉？闭籴之令，乌可勿除！

八、发积储以救困穷

汉文帝六年，大旱蝗。令诸侯无入贡，弛山泽，减诸御服，损郎吏员，发仓庾以赈民。

谨案：尝阅文帝之诏，有云"患自怨起，福繇德兴"，则祸福之机，久矣了了于胸中，故首定振穷养老之令，每布蠲租免税之恩。当此旱蝗相继，岂不知民饥患也，救困德也，有不自损以济苍生哉？此三代后之贤君，首推文帝也。

魏黄初二年，冀州大荒，岁饥，使尚书杜畿持节开仓廪以赈之。五年，冀州复饥，又遣使者开仓廪赈之。六年春，遣使者巡行沛郡，问民间疾苦，贫者悉赈贷之。

谨案：时当灾荒，民惟望治。魏能爱民，赈贷弗倦，故能抚其众而大其国，百姓戴惠，四境宁帖。致治者所当于紧要机宜，务为斟酌也。

唐元宗开元二十九年，制曰：承前饥馑，皆待奏报，然后开仓。道路悠远，何救悬绝？自今委州县及采访使，给讫奏闻。

谨案：初阳透发，大地回春。一诏下颁，九州开泰。岂非明皇此日之制乎？洞悉嗷嗷待哺之苦，免其悬悬望眼之穿，故其时沐恩泽者，歌咏遐陬，四海清宁，兆人康乐。谁谓斯民也，非三代之所以直道而行者也？

宪宗元和九年，二月丁未，制曰：善为国者，务蓄于人。百姓未康，君孰与足？去岁甸服，气序愆和，夏属骄阳，秋多苦雨，三农爽候，五稼不滋。产于地者既微，出于力者宜困。百姓所欠历年税斛等项，并宜赦免；仍以常平义仓斛斗三十万石，委京兆条疏赈济；如不足，即宜以元和七年诸县所贮折籴斛斗添给。应缘赈给百姓等，委京兆官差择清干官，于每县界逐处给付，使无所弊，各得自资。将我诏意，戒之以扰，授之以仁，宣示朕怀，咸使知悉。

谨案：地无所产，粟何从生？民若遭荒，催征何益！宪宗悉为蠲免，诚贤主矣。且以三十万石而赈饥民，不足，又令添之以折籴之斛㪷，谆谆不已，民命为怀，何其仁也！克宽克仁，彰信兆民，宪宗之谓矣。

宋仁宗乾兴元年十二月，以京城谷价翔贵，出常平仓米，分十四场，贱粜以济民。皇祐三年十二月癸巳，诏曰：天下常平米，依原粜价出粜，以济饥民，毋得收余利以希恩赏。

谨案：民逢饥馑之灾，确似人遭水火之厄，救之稍迟，不成灰烬，即陷狂澜，宁不痛心！然救之不力，终于一死，与不救何殊？今乾兴间，以常平米分作十四场，减价出粜，以济平民；皇祐间又以天下常平仓米，依原价出粜，以济贫民。博施济众，可风千载，小民不有再生之乐欤？

宁宗时，真德秀知浑州，以廉仁公勤励僚友，以正心修身勉士行。遇水旱灾伤贫困无依之民，极力救恤。复立惠民仓，积谷至五万石。至凶荒时，照原价出粜。又积谷九万五千石，分十二县，置社仓，以遍及乡落。立慈惠仓、养老仓，孤幼无依自十五岁以下，年老无养自六十岁以上，皆有赈给。

谨案：自古理学儒臣，莫不本子惠苍生之念，为君父锡福于四方。盖其温厚性成，兼能陶镕于典籍，经权措置，各得其宜。试观此数法，实可与文公之社仓共垂不朽。有守土之责者，苟能仿而行之，是甘棠慈荫，可以传后世而润斯民矣。

元世祖至元五年，益都路饥，以米三十一万八千石赈之。十年，诸路出蝻，霖雨害稼，赈米五十四万五千五百九十石。十三年，东平济南诸路水旱，赈饥用米二十二万五千五百六十石、粟四万七千七百十二石、钞四千二百八十二锭。二十二年十一月，合剌禾州民饥，户给牛二头、种二石，更给钞一十一万六千四百锭，籴米六万四百石，为四月粮赈之。

谨案：天有降灾之时，民无愁苦之岁。此际之转移而造福者，惟随时蠲赈，惠爱万民之圣君贤相耳。帑藏之金粟，断无穷时，闾里之身家，亟宜抚恤。世祖赈饥，不异九天雨露，随地频施，一无所吝。民生矣，岁何凶焉？

武宗时，民饥者四十六万户，即诏每户月给米六斗。浙东宣慰同知脱欢察议行劝贷之令，敛富民钱一百五十余万，以二十五万属海宁县簿胡长孺藏之。长孺察其有干没意，悉散于民。既而果索其钱，长孺抱成案进曰：钱在此。脱欢察怒而不敢问。

谨案：饥民之得赈济，犹田苗之得时雨，点滴不到，根荄失鲜，业已云兴泽沛，则时刻不可需迟，何况云霓之转易乎？廉吏识破贪夫之意，发其积聚，补散民间，为苍生救饥，实则为脱欢消愆。仁智兼尽，一举而两得之矣。

明成祖永乐九年七月，户部言，赈北京临城县饥民三百余户，给粮三千七百石有奇。上曰：国家储蓄，上以供国，下以济民，故丰年则敛，凶年则散，但有土有民，何忧不足？隋开皇间，大旱民饥。文帝不开仓赈济，听民流移就食。末岁计所积，可供五十年。仓廪虽丰，民心勿固。前鉴具在。今后但遇水旱民饥，即开仓赈给，毋令失所。

谨案：开皇间，仓廪皆足，不肯赈给，使民流移，后且恃其富足而糜费焉。成祖深明其故而易其辙，诚明达之主哉！

正统间，周忱巡抚江南。适江北大饥，巡抚都御史王竑借三万石于忱。忱计至来春麦熟，曰：此须十万。即以与焉。盖忱所积余米，不但赡江南，又可兼利江北。景泰二年，有言忱勾通官吏，侵渔国帑。召忱还，忱言：臣之百凡修治兴作，见为枉费，亦由宣宗皇帝许臣便宜行事。臣之所费者余米也，不敢侵动正赋。事遂不问，致仕而归。户部因言忱所积米无可稽验，请综括为公赋。由是征需杂出，逋负依然。吴后大饥，民多饿莩，无不望周公之再生矣。

谨案：贤臣妙策，忽转而为奸吏弹射之端，户部因之作公赋，设使再遇饥年，于何利赖？户部之归积粟于朝廷，不过邀荣于一己，岂知国体之正大？其生财之道，固自有在，夫岂若是之琐琐也哉？

武宗正德四年，孙玺知兴化县事，多奇政。时大水伤稼，上司不允题荒。玺即自为奏请，诏减田租之半，又赈饥民万余人。后以兵备巡历云贵，直声大振。

谨案：今之为县令者，见上台不题而敢自奏乎？孙公不以逆鳞为恐，宁顾其他。虽然，使非天子之惠爱，何以成郎官之救援？宜并德之。

神宗万历二十二年，御史钟化民河南赈荒。垂危之人赈粥，有顾惜体面者，散银赈之。差州县正印官下乡亲放，移官就民，毋劳民就官。分东西南北四乡，先示散期，以免奔走伺候。贫民领得钱谷，或里长豪恶要抵宿负者，以劫论，出首者赏其银。正印官监视戥凿，逐封加印立册，期日分给，差廉能官不时掣封秤验。躬巡所至，延见各色人等，不嫌村陋。

谨案：饥无不救，国无不安。河南甲午之荒，甚难措手，而钟公独力撑持，弗辞辛苦，赈济斯民，不生不已，不特自忘其官，并过遭饥之困。观其政迹，直欲令人感入心脾矣。良臣善政，真足垂光简编！

发积储总论曰：仓廪实而国富饶，致治之本图也。然而有德此有人，有人此有土，有土则财与用俱有，可知百姓之身家，国之仓廪所由出。始而年岁丰登，民则为上实仓储，偶然旱潦告灾，君即为民谋保聚。盖君犹心而民犹体，体安心始泰，民饥其可勿救乎？积储其可勿发乎？君臣识鉴之明睿者，未有不以赈济为急者也。自汉文以至元明，赈济之法，救困之言，略备于前，致治者可勿以是为法哉？夫水旱蝗蝻，迫人沟壑，救人适以自安，无二视也。何则？未有百姓困厄于下，而君臣能相安于土〔上〕者也。天灾之流行偶尔，一人之救济万全，否则成汤何以将六事而自责？孔子何以举自贬以对景公救饥之道？权自上操，设遇灾伤之地，诚能大发积储，以救穷黎，则一方安乐，薄海内外，愈皆安乐矣。能散财者，世跻升平，夫岂谬哉！

九、不抑价以招商运

齐管子曰：滕鲁之粟釜百，则使吾国之粟釜千。滕鲁之粟四流而归我，若下深谷矣。

谨案：旨哉管子之言也！民之趋利，碓〔确〕如水之趋下，稍拂其性，其谁我向？谷粟者，活命之源也，使恤民之财，而不恤民之命，财帛其可饱乎？危亡其可免乎？则釜百釜千之论，非明决者不能道也。

汉宣帝本始四年春正月，诏：盖闻农者，兴德之本也。今岁不登，已遣使者，赈贷困乏。其令太官损膳省宰；乐府减乐人，使归就农业；丞相以下至都官令丞，上书入谷，输长安仓，助贷贫民；民以车船载谷入关者，得毋用传（传，符也。欲谷之多，故不问其出入也）。

谨案：宣帝令丞相以下，皆上书入谷，以贷贫民，则官无避事之弊矣。载谷入关者，不论舟车，皆无用传，则免征商之困矣。岂尚有抑价之令哉？

唐卢坦为宣歙观察使，岁饥，谷价日增。或请损之，坦曰：所部土狭谷少，仰四方之来者。若价贱，谷不复来，民益困矣。既而米商辐辏，市估遂平。民赖以生。

宋董煟曰：不抑价，则商贾来，此不易之论。昧者反之，其意正欲沽誉，不知市无告籴之所，适以召变而起衅也。坦有定见，真可嘉也。

宋神宗熙宁中，赵抃知越州。两浙旱蝗，米价踊贵。诸州皆榜道路，禁人增米价，人多饿死。抃独榜通衢，令有米者，任昂价粜之。于是诸州米商辐辏，米价更贱，而民无饿者。

谨案：抑价之令一行，商贾固裹足不前，囤户亦皆无米。吏知之乎？囤户恐人贱籴，略留少许以应多人，余皆重价而暗售他方，故无米者室如悬罄，有钱者亦欲呼庚，于是一夫不靖，千人应之。赵公之论，高出千古。

范公仲淹知杭州，一浙阻饥。谷价方踊，每斗一百二十文，范公增至一百八十文，众不知所为。仍多出榜文，具述杭饥及米价所增之数。于是商贾争先，惟恐其后，米既辐辏，价亦随减。

谨案：范公仁智兼全，行之固极其善，后世法令不可造次，须要揆时度势。假如杭州米贵，增价之榜文，必须豫先差人于产米地方张挂，约其已到之后，我处方增其价。不然，彼处米商未知，而我先增其价，贫民何堪久食贵米？但增价告示，切不可令一人知之，恐俱待增价而后卖，则民愈苦矣。

包拯知庐州，不限米价。商贾闻之，日集其境。不数日而米价大平。

谨案：龙图公之明决，虽妇人小子，无不知之。若使米价可抑，公抑之矣。公知物多必贱，少则贵，愈抑愈少，愈少愈贵。龙图公之所不抑也，而他人可抑之哉？

范纯仁为襄邑宰，因岁大旱，度来年必歉，于是尽籍境内客舟，诱之运米，许为主粜。明春客米果至，多于平日，邑人遂赖以不饥。

谨案：境内荒矣，客米不来。此际而方为之备，何若先事而为之图？范公预于冬间多方劝诱，交春果至，高价既无，民情可慰，非得预备不虞之策耶？

绍兴五年，行在斗米千钱。时留守参政孟庚、户部尚书章谊不抑价，惟大出陈廪，每升止粜二十五文，仅得时价四之一耳。民赖以济。

谨案：米贵时，民虽卖妻鬻女，总救不得数旬之苦。何也？米贵则人贱，所得无几耳。二公大出陈廪，减价救民，秋成仍可贱籴，非仁智两全之道欤？故虑米贵者，出天庾而贱粜，一也；借国帑以兴贩，二也；王侯贵戚，大小臣工，军民人等，有米照时价出粜，视其多寡，递有恩奖，三也；责重有司，广贷牛种，课民春耕，因其勤惰定以黜陟，四也；朝廷重农抑末，优恤穷甿，五也。得此五法，水利是务，专官督理，何米贵之足忧哉？

从政郎董煟云：比年为政者，不明立法之意，谓民间无钱，须当籍定其价。不知官抑其价，则客米不来，若他处腾踊，而此间之价低，则谁肯兴贩？商贾不至，则境内乏食，有蓄积者愈不敢出矣。饥民手持其钱，终日无告籴之所。有不肯甘心就死者，必不能安静，人情易于煽摇。此莫大之患也。惟不抑价，非惟舟车辐辏，而上户亦恐后时，争先发米出粜，其价自贱。

谨案：凡论荒政，言宜通畅，事贵预知。董君所论，彰隐情于未发，息祸患于无形，非达人之言欤？为政者果能频频瞩目，细想人情，自无抑价之令、闭籴之条矣。若之何忽之也？

明中丞周孔教抚苏时有云：谷少则贵，势也。有司往往抑之。米产他境欤，客贩必不来矣；米产吾境欤，上户必然闭籴矣。上户非真闭籴也，远商一至，牙侩为之指引，则阴粜与之，以故远商可籴，而土民缺食。是抑价者，欲利吾民，反害吾民也。

谨案：抑价之令一出，商贾不来，囤户不卖。即卖，如抚君所云，专卖与出重价之远商而去。四境之米，于是而绝，无论小民无钱在手，即有钱何从得籴？非死亡，即劫掠缘斯而起。抚君烛及隐微，非一省之福乎？

杭州司李蔡懋德《通商济荒条议》：杭城生齿，仰给外米，蒙宪行广籴通商，已无遗策，而聚米之道，不厌多方。近闻邻境闭籴，米价翔涌，商贩纷纷，有各处阻难之愬。职思官府之储散有限，民间之自运无穷，而民间之自运犹有限，远商之乐贩更无穷，但能使远地经商，望武陵为利薮，闻风争赴，米货迸凑，杭郡百万生齿之事济矣。招来之法，厘为八则（八则，载后《摘要备观》条内）。

谨案：商不通，民不救；价不抑，客始来。此定理也。司李善于擘画，厘为八则，精详周到。盖以经济为心，视疏忽者远矣。

杭守庞承宠《给批籴米议》：杭城周遭百里，食齿繁聚，地又山多田少，桑柘多而禾稼少。故民间食米，皆仰给于外省，所从来久矣。今夏徂秋，云汉为灾，民虞桂玉，所藉商贩云集，庶几拯此孑遗。无奈邻省下遏籴之令，掫人又播摽掠之虐，使不为之计，商人将裹足不敢出途，而杭民有立槁耳。给照流通，无待再计，仍请严檄嘉湖二府饬各巡兵，不得抢掠吓诈米船，生事者以三尺绳之，庶商贩通行，而杭民犹有更生之望也。

谨案：兴贩五谷，虽云射利之徒，譬犹救民之使，不可与他贩等。何也？杭州素不产米，远商不至，朝啼绝粒，暮丧沟渠，害可言哉？给批令籴，无许阻挠，通商之要法也。

不抑价总论曰：诸君子咸以不抑米价为高，又以稍增米价为善，商自通而民可救，此固不易之理矣。古人立法，固有成算，后世仿行，贵乎随时，非访之于父老，即宜询之于绅衿，然终不若微行村僻，得实之为当也。遇饥年，果能知境内之粟共有若干石，而榜示于通衢，必使阖郡人知之。令有米者但许随时价出粜，不许闭籴屯积。此亦救民之要法，不可不知也。小民既知有米可粜，心已安矣，谁复争求？客商知价不抑，舟已集矣，岂又他之？此不抑之抑也。惟杭城之栈米，最为可恨，富商略不遂意，栈而不卖，图厚利耳，岂顾穷民？牙人利口欺官，阿富翁耳，谁怜饿莩？彼果为人，何不速买速卖，循环籴粜，悉屯积而不卖哉？此非闭籴而何？君子知之。自管子以及宋明，政之美者，已列于右。若能仿行，何患乎饥民之不救也？与其为民惜钱，不若为民惜命。如宋时濮州侯日成，嫌米价日增，题请令人留一年之粮，余皆依祥符八年之数而出粜。天子虑其扰民，勿许。非洞悉人情之圣主耶?《书》云：懋迁有无化居，蒸民乃粒，万邦作乂。故米价贵任其低昂，不可稍为之裁抑，欲利吾民而反害吾民也。

十、开粥厂以活垂危

齐大饥，黔敖为食于路，以待饿者而食之。有饿者蒙袂辑屦，贸贸然来。黔敖左奉食，右执饮，曰：嗟！来食。扬其目而视之，曰：予惟不食嗟来之食，以至于斯也。从而谢焉，终不食而死。曾子闻之曰：微与！其嗟也可去，其谢也可食。

谨案：礼貌之于人大矣哉！士君子当死亡之际，略不自贬以偷生，曾子论之素矣。故钟御史河南赈粥、赈银，独加厚于寒士，不与庸众同之。盖以扬目而视之者，未必不谢之而宁死也。

卫公叔文子卒，其子请谥。君曰：昔者卫国凶饥，夫子为粥，与国之饿者，不亦惠乎?昔者卫国有难，夫子以其死卫寡人，不亦贞乎?夫子听卫国之政，修其班制，以与四邻交，卫国之社稷不辱，不亦文乎?故谓夫子贞惠文子。

谨案：人当饥馑之时，得惠一餐之粥，即延一日之命。此后得遇生机，皆此一餐之力矣。故为力少而致功大，以此定谥也宜矣。凡当凶岁，人可不以文子之惠为惠哉?

汉陆续，字智初，会稽吴人也，幼孤，仕郡户曹史。时岁荒，民饥困。太守尹兴，使续于都亭，赋民饘粥。续悉简阅其民，讯以名氏。事毕，兴问所食几何，续因口说六百余人，皆分别姓名，无有差谬。兴异之。

谨案：粥虽数碗，能活饥人，岂可小视?公皆悉数无遗，其不苟于处事也明矣。太守之用人，户曹之谨慎，不可为赈粥之盛典欤?

隋房景远为齐州主簿，多惠政。景远平生重然诺，好施与。岁祲，设粥通衢，存济甚众。平原刘郁，路经齐兖，遇劫贼将杀之。郁呼曰：与君乡近，何忍见杀?贼曰：若乡里亲亲是谁?郁曰：齐州房主簿，是我姨兄。贼曰：我食彼粥得活，何忍杀其亲?遂还郁衣物，且蒙活者二十余人。

谨案：善之感人，如风之偃草，未有不从之而披靡者也。故虽盗贼，不昧其良，赈救其可缓乎?主簿赈粥，得救其亲；设令景远自遇，化盗为良，岂其所难?可见粥之活人，感恩者切。食禄者何不稍分肥甘之万一，以延枵腹之残喘哉?

唐僖宗文德元年四月，以郭禹为荆南留后。初禹励精为治，抚集凋残，赈饘粥，给孤贫，通商务农。时藩镇莫以养民为事，独华州刺史韩建招抚流散，劝课农桑。数年之间，民富军赡。时人谓之“北韩南郭”。

谨案：人生天地间，惠在一时，名垂万世，始可告无忝于生平。“北韩南郭”近之矣。若专以功名为重者，生则显荣，死则泯焉，不亦大可慨哉?

宋程颐有云：救饥者，使之免死而已，非欲其丰肥也。当择宽广之地宿戒，使辰人，至巳则阖门不纳，午后与之食，申而出之，日得一粥，则不死矣。其力能自营一食者，皆不来矣。比之不择而与者，当活数倍之多也。

谨案：昔陈龙正谓，伊川之论虽佳，但日只一餐，恐不足以救其死耳。曾则以为莫若俟其食毕，每人或给米二三合，或给糕饼数枚，以代下次之餐。彼既不专守候于此，又可往他处营生，一朝而获数日之粮，未可知也。

陈尧佐知寿州，遭岁大饥。自出米为糜，以食饿者。吏民以故皆争出米，共活数万人。尧佐曰：吾岂以是为私惠耶？盖以令率人，不若身先而使其从之乐也。

谨案：米珠薪桂，人皆自顾不暇，何处恳求？官长若不救全，老弱死而壮者盗，必然之势。陈公身先率民，广开粥厂，一州之中，到处尽沾实惠。非善于鼓众之君子哉？

元顺帝至正十二年五月，起复余阙为淮东宣慰副使，守安庆。到官十日，寇至却之，集将吏，议屯田战守计。环境筑堡寨，选精甲外捍而田其中。明年春夏大饥，人相食，捐俸为粥以食之。请之中书，得钞三万锭以赈民。

谨案：忠于君者，必能爱民。如余公到官十日，捐俸煮粥，请钞赈民，力行善政，惟恐不及，后果尽忠于国。若置饥民于勿问，但以功名为重，是屯其膏而不能布上之恩泽矣。所以有圣主，必赖有贤臣，上下交而志同，夫非苍生之幸欤？

明嘉靖十七年，席书疏云：臣窃见南京地方，饥馑殊甚，初卖牛畜，继鬻妻女，老弱辗转，少壮流移，甚或饿死于道。廷议赈恤，但饥民甚多，钱粮绝少，惟作粥一法，不须防奸，不须审户，至简至要，可以救人。世俗皆谓作粥不可轻举，缘有行之一城，不知散布诸县，以致四方饥民，闻风辨集。主者势力难及，来者壅积无算，遂谓作粥不宜轻举。不知辰举而午即受惠，三四举而即可宁辑，其效甚速，其功甚大。此古遗法，扶颠起毙，拯溺救焚，未有先于此者，未有急于此者。此臣一得之愚也。

谨案：是时饿莩甚多，比户离徙，奸民杂出。公谓民命在于旦夕，若必待编审事定，民何以堪？令州县每十里为一局，先发现银，市米为粥，赈之两月。惟食以粥，则所赈皆贫民，奸猾渐散。乃奏截运储及户部所发银两，议定间月兼给。其妙在先令州县十里为一局，俟赈粥两月，然后议给银米，所以人沾实惠，而豪强不得为奸也。

陕西巡按毕懋康赈粥，其议有云：尝闻救荒，非救饥民，乃救死民也。其法无如煮粥善。相应先尽各州县见在仓粮，尽数动支，又动本院赎银收买米豆杂粮，煮粥赈济。然所谓救荒无奇策者，患在任之不真，任之不力耳。若有真心，自有良法，又何事不可为，何灾不可弭也？向得张司农救荒十二议，试有明验。为此仰司即将救荒议十二款发刻，令各府印刷，分给各州县，逐款着实举行。（十二款载后《赈粥须知》内。）

谨案：若有真心，自有良法。非实心爱民者，不能道此二句，亦不能知此二句之妙。毕公深于爱民，令州县尽开粥厂，且令将救荒十二议，处处发刻，印刷施行，其心不但欲救一省之荒，并欲救各省之荒，更可以救各省千百年后之荒矣！生机至今犹在，时与春风融和于宇宙间也。

万历时，知常熟县耿橘有云：荒年煮粥，全在官司处置有法，就村落散设粥厂。若尽聚之城郭，少壮弃家就食，老弱道路难堪，一不便也；竟日伺候二餐，遇夜投宿无地，二不便也；秽杂易染疾疫，给散难免挤踏，三不便也。非有司亲尝严禁，人众虑粥缺少，增添生水，往往致疾。惟就各处村落，属慕义者主之，画地分煮之为当也。

谨案：耿君三说，言言中窾，事事俱真。非目睹而心伤者，焉能有此？故于不得已之中，想出必不可易之法，莫如各处村落，各令义士主之。留法人间，惠爱至今不息。吁嗟乎耿公！安得天下有司尽如公也？

御史钟化民河南赈饥，令各府州县官遍历乡村，察举善良，以司粥厂。就便多立厂所，每厂收养饥民二百，不拘土著流移，分别老幼妇女，片纸注明某厂就食，以油纸护系于臂，汇立一册，听正印官不时查点，使不得东西冒应，期至麦熟而止。所到必行拾遗之法，遍历州县村墟粥厂，以故地方官望风感动，竭力赈救，而民赖以生。

谨案：谚云：饥时一口，胜如一斗。死在须臾，即能行走。粥厂之妙，言难尽述。钟公令州县乡村，就便多立厂所，在在救全，而且遍历周观，有司敢不竭力以生之乎？一点仁慈，贯彻各厂，如阳和之布大地，无有不在其化育之中者也。

开粥厂总论曰：饥年赈粥，可以粥视之乎？纯阳丹药，岐伯仙方，不是过也。何也？得之则生，勿得则死故耳。于黔敖之事可见矣。但粥厂之事务虽多，其要惟五耳：一贵多厂，耿橘之论是也；二贵得人，陆续之事是也；三贵巡察，钟化民之所行是也；四贵犒赏，毕懋康之所颁是也；五贵得法，席侍郎之所奏是也。以此五法，得余忠烈之捐俸，陈尧佐之先民，何患乎粥厂之不尽善尽美也？乃知无远涉之苦、门外之嗟者，厂多故也；无废弛之事、冒破之求者，得人故也；不事虚名、立平赈灶者，巡察故也；人人竭力、不忍相欺者，犒赏故也；实惠均沾、不填满沟壑者，得法故也。苟能若是，不特远迈于房主簿，且可与公叔文子及“北韩南郭”并传不朽矣！《礼记》云：使民有父之尊，母之亲，如此而后可以为民父母。则凡父母斯民者，一粥之赈，其可缓乎？

下　　册

十一、安流民以免颠沛

汉成帝鸿嘉四年春正月，诏曰：数敕有司务行宽大而禁苛暴，迄今不改。一人有辜，举宗拘系，农夫失业，怨恨者众。伤害和气，水旱为灾，关东流散者众，青幽冀部尤剧。朕甚痛焉！已遣使者循行郡国，被灾害什四已上、民赀不满五万，勿出租赋；逋贷未入，皆勿收。流民欲入关，辄籍内（籍其名而内之）；所之郡国，谨遇以理，务有全活之恩，以称朕意。

谨案：民至于一无所有，借贷无门，身同乞丐。今日或父子同行，明晚乌知不夫妻离散。故不作他乡之鬼者，十不得其半也。今此诏除其逋欠，所在之处，辄籍内之，令郡国速为救全，以广天子之意。民有不兴“鸿雁于飞”之咏耶？

唐仪凤间，王方翼为肃州刺史，蝗独不至其境。邻郡民皆重茧走之。方翼出私钱，作水硙，薄其直，以济饥瘵。起舍数十百楹居之，全活甚众。

宋董煟曰：流民至，当为法以处之。富弼令樵采打鱼之类，地主不得为主是也。但一时未免侵扰。莫若修堤浚河，兴水利，公私两便。不然，官司出钱租赁民间芦场或柴篠山，近县郭市井去处，纵流民樵采，官复置场买之。非惟流民得自食其力，雪寒平价出卖，亦可济应细民。

宋仁宗天圣七年闰二月，诏河北转运使，契丹流民，其令分送唐、邓、汝、襄州，以闲田处之。仍令所过，人日给米二升。初，河北转运使言：契丹岁大饥，民流过界河。上谓辅相曰：虽境外之民，皆是朕之赤子也。可赈救之。故降是诏。

宋董煟曰：境外之民，一遇饥歉，流徙过界，仁皇尚且救赈之，圣度广大如此。况同路同郡之民，为守令者可不加意乎？

韩琦知益州，岁饥，流民满道。琦募人入粟，设粥济之。明年给粮遣归。又招募壮者，等第列为禁军。一人充军，数口之家，得以全活。檄剑关，民流移欲东者勿禁。凡抚活流亡共一百九十万。庆历三年，陕西饥，诏琦抚之。琦至，宽征徭，免租税，给复一年，逐贪残不职之吏，罢冗员六百七十人。时河中同华等州饥，民相率东徙。琦发廪赈之，凡活一百五十万人。琦后为相，封魏郡王。五子皆贵，忠彦继为相。

谨案：天地之大德曰生，韩公体之。有一民不被其泽者，若已推而纳之沟中，韩公任之。两番赈救，法出万全，堪为济世之嘉模，永作活人之大典。于今屈指七百余年，凡见流移，必思盛德。是韩公之泯没者身，而不亡者心，以其生机犹在故也。安流者，可不以韩公为法哉？

富弼知青州，会河北岁凶，流人就食者众。公劝民出粟，益以官廪，随所在贮之。葺公私庐舍若干，散处其人，以便薪汲。或曰：此非弭谤，自全计也。公曰：能全活数万人，不胜二十四考中书令哉？行之愈力，忌者亦无能难也。（其法详于《摘要备观》内。）

谨案：大胆做去，细心处事，汲汲于民，罔知其他，富公之安流也。安流之法，其要惟三：一得食；二有居；三可归。富公尽得其妙，故为千古之名臣。

哲宗元祐中，耀州大旱，野无青苗。毕仲游谓：向来郡县赈济多后时，力愈劳而民不救。乃先民之未饥，揭榜示曰：郡将赈济，且平粜若干万石，谕无出境。民皆欢然安堵。已而果渐艰食，乃出粟以赈，且平粜以给之。邻近流散殆尽，而耀民之当徙就食者，乃十七万九千口。顾所发粟不及万石，以民粟继之，家给人足，无一人逃者。监司故搜于长安，得二人，曰：此耀之流民也。送还郡。仲游验阅，皆中州之逐利者，所赍自厚，即非流民。监司愧阻。

谨案：民心惶惑，百诡俱生。仲游先期出示，则民有所恃而无恐，何流亡之有？后则继之以实政，或平粜，或赈济，惠不混施，出之裕如。非平日素有筹画者而能然欤？

孝宗隆兴二年，赵令良帅绍兴。是时流民聚城郭，待赈济，饿而死者不可胜计。通判王恬、閭邱、宁孙建策云：今尽发常平义仓米赈给之，至来年麦熟止，恐无以为继。况旬给斗升之米，官不胜其劳，民不胜其病。莫若计其地之远近、口数之多寡，人给两月之粮，令归治本业，不犹愈于聚城郭待升斗之给、困饿而死乎？赵行其言，委官抄劄，给粮以遣之。不旬日间，城中无一死人，欢呼盈道，全活甚众。

谨案：建策者，贵乎通盘打算，如此则生，若彼则死。计地给粮，令归治业，非生民于必死之中耶？其妙处在总给两月之粮，日食之外，尚可谋生。君子哉赵公也！听仁者之言，而活此流民也。

滕达道知郓州，岁方饥，乞淮南米二十万石为备。后淮南、东京皆大饥，达道独有所乞之米。召城中富民，与约曰：流民且至，无以处之，则疾疫起，并及汝等矣。吾城外废营田，欲为席屋以待之。民曰：诺。为屋二千五百间，一夕而成。流民至，以次授地，锅炊器用皆具。以兵法部勒，妇女炊，少者汲，壮者樵。民至如归。上遣工部侍郎王古按视，庐舍道巷，引绳綦布，肃然如营阵。古大惊，图上其事。有诏褒美，用活者数万人。

谨案：安流者，心不慈，所需必不备；法不严，混乱不循规。滕君部民有法，派职有条，经济之才，令人惊服。诏旨乌得不大为褒美？

国朝陈芳生曰：流民过境，必当量仓储多寡，预酌抚恤之宜。如其未至，又且所积无几，或欲扬声招之，以饰虚誉，此贼民之甚者，亦必自贾奇祸，切戒切戒。

杜纮为永平令，岁荒，民将他徙。召谕父老曰：今不能使汝必无行，若留，能使汝无饥。皆曰：善，听命。乃官给印券，称贷于大家，约岁丰为督偿。于是咸得食，无徙者。明年稔，偿不愆。民甚德之。

谨案：民之流者，或死于道路，或亡于疫疾，或陷于劫贼，或归于豪强。种种惨状，不一而足。惟永平令慰之于未流之前，生之于将毙之际。民甚德之，不亦宜乎？

郑刚中判温州，岁饥，流民载道。劝守发仓赈之。守曰：恐实惠不及饥者。答曰：业有措置以万钱，每钱押一字。夜出坊巷，遇饥卧者给一钱。戒曰：勿拭去押字。次早凭钱给米，饥者无遗。守叹服。

谨案：出人不意而为之简且便，刚中法也。若稍露其机，假冒者多矣。总之真心爱民，自有善法，推广其意，当不止此。仁者勉之。

元武宗至大元年三月乙丑，以北来贫民八十六万八千户仰食于官，非久计，给钞百五十万锭、帑帛准钞五十万锭，命太师月赤察儿等分给之，罢其廪给。三年，诏各处人民饥荒转徙，疾疫死亡。虽令有司赈恤，而实惠未遍。今岁收成，转徙复业者，有司用心存恤。原抛事产依数给还，在官一切逋欠并行蠲免，仍除差税三年。野死遗骸，官为收拾，于官地内埋瘗。

明陈龙正曰：苛刻之吏，稍遇丰收、民间有复业者，辄并追其旧逋，以故民畏而不敢归。况更肯除税三年乎！元时纪纲虽颓，而民生往往受其宽政，故虽灾荒之日，子孙眷属，毫无愁苦。仁民之政，岂诬也哉！

明宪宗成化十二年，御史原杰奏设行台于郧阳，统治新设竹溪、郧西等县。诏可。初，祭酒周洪谟怜流民为项忠所逐，著《流民说》，有云：东晋时，庐松滋之民流至荆州，乃侨置滋县于荆江之南。陕西雍州之民流至襄阳，乃侨置南雍州于襄水之侧。其后松滋遂隶于荆州，南雍遂并于襄阳。垂今千载，宁谧如故。前代安流民，甚得其道。今若听其近诸县者附籍，远诸县者设州县以抚之，置官吏，编甲里，宽徭役，使安生理，则流民皆齐民矣。何以逐为？御史李贤然其说。至是流民复集，遂援洪谟之说疏上之，故命原杰往莅其事。事成，进杰右都御史。

谨案：实有救民之心，何患无安流之法？古之致治，何尝借才于异代？项忠坐不读书，未知往事；周君深明故典，仿佛前人。流民藉此而生，三县赖之而设。故诸事不可不以法古为先也。

安流民总论曰：时至饥年，以守土牧民官视之，则曰流民，以天子宰相视之，莫非赤子。忍令其扶老携幼，冒雨冲风，吞饥忍饿，途栖路宿而流离于道路哉？故爱民之君子，皆当法前贤之遗事以救之也。民之未流者，当以毕仲游、杜纮为法；民之已流者，王方翼、韩琦、富弼可师。成帝之诏，能释行路之悲；刚中之钱，可救途宿之苦。赵令良计程给费，故乡得返；原子山立县收留，异地可居。境外之民，仁宗待之以赤子；远来之众，武宗济之以恩膏。是未流者、已流者、欲归者、欲留者、行路者、途宿者、他国民、远来众，前人无不有以处之矣。是所望于后之仁人，哀其穷而轸恤乎离乡求活之苦。《诗》云：之子于征，劬劳于野；爰及矜人，哀此鳏寡。膺民社者，顾可不知劳来远定安集之典哉？

十二、劝富豪以助济施

齐桓公曰：大夫多并其财而不出，腐朽五谷而不散。管子对曰：请以城阳大夫而请之。桓公曰：何哉？管子对曰：城阳大夫，嬖宠被绨绤，鹅鹜含余秫，齐钟鼓，吹笙篪，而同姓兄弟，寒不得衣，饥不得食。将欲尽忠于邦国，能乎？其毋复见寡人，削其秩，杜其门而不出。功臣之家，皆争发其积藏，以与其远近兄弟。以为未足，又收国之贫病孤独、老不能自食之氓，皆与得焉。国无饥民。此之谓缪数。

旧评：既抑城阳之宠，又劝功臣之施。管子片言，其利大矣！

春秋之时，郑饥。未及麦，民病。子皮饩国人粟，户一钟，是以得郑国之民。故罕氏世掌国政，以为上卿。宋饥，时司城子罕出公粟以贷，使大夫皆贷。司城氏贷而不书，为大夫之无者贷。宋无饥人。晋叔向闻之曰：郑之罕，宋之乐，二者皆得国乎！

宋董煟曰：罕氏果世掌国政于郑，乐氏遂有后于宋，此所谓天灾流行，国家代有，行道有福，理之必然也。

汉赵熹守平原，青州大蝗；侵平原，荒甚。乃出俸赈之，劝富民出谷济饥，所活万计。官太傅，封侯世爵。

谨案：以何忍独饱存于胸中，分俸救人，伏湛行之矣。今又见于赵公，且劝富民出谷赈济，所活万计。何平原之多幸也！荒于天而不荒于人，非太守之力欤？

后魏樊子鹄为殷州刺史，属旱俭。恐民流亡，乃劝有粟之家分贷贫者，并遣人牛易力，多种二麦。州内获安。

谨案：不劝贷，穷民必流；不种麦，三春失望。何以及秋成而得活？樊刺史悉为措处，令小民通那有无，已不费而流亡少。乏经济之才者，何足语此？

唐高宗显庆元年，夏四月，上谓侍臣曰：朕思养人之道，未得其要。公等为朕陈之。来济对曰：昔齐桓公出游，见老而饥寒者，命赐之食。老人曰：愿赐一国之饥者。赐之衣，曰：愿赐一国之寒者。公曰：寡人之廪府，安足以周一国之饥寒？老人曰：君不夺农时，则国人皆有余食矣；不夺蚕要，则国人皆有余衣矣。故人君之养人，在省其征役而已。今山东役丁，岁别数万，役之则人大劳，取庸则人大费。臣愿陛下量公家所须外，余悉免之。

谨案：劝分于有力之家，孰若输息于朝廷之上？来济所对，得之矣。饥寒遍于国中，征役苦于万姓，虽日言养人，而人得养欤？一国之饥寒，非朝廷不能济也，非老人不能言也。君天下者，幸致思之。

宋向经知河阳，大旱蝗，民乏食。经度官廪，岁支无余，乃先以己圭田所入租赈救之。已而富人皆争效慕出粟，所全活者甚众。

谨案：旱蝗一见，已知必饥。理宜通盘打算：国帑肯发而赈乎？仓库足散而救乎？如其未然，劝分在所不免。以身树法，犹恐其迟，向君肯后之乎？故至饥年，当加礼于富人，深怜乎贫者。否则，富人不为我用，而贫者无得饱之时矣。

仁宗时，扈称为梓州转运使。岁大饥，道殍相望。称即先出禄米赈民。故富家大族，皆愿以米输之于官，而全活者数万人。降敕奖谕。

谨案：竭一己之力有限，合众人之助方多。即江海不择细流之意耳。然不有以先之，其谁我信？今扈公先出禄米以赈民，则富人之恐后也必矣！君子之德风，信然。

曾巩判越州时，岁饥，度常平不足以赈给，而田野之人，不能皆至城郭，至者群聚，有疫疠之虞。前期谕属县，召富人，使自实粟数，总得十五万石，视常平价稍增以与民。民得从便受粟，不出田里而食有余，粟价自平。又出粟五万石，贷民为种粮，使随岁赋入官。农民赖以不乏。

宋董煟曰：此策固善，但视常平价稍增，则视时价必稍损矣，恐成科抑，不若前期劝谕商贾富民循环粜贩之为愈。

陈珦知徐州沛县，会久雨，平原出水。谷既不登，晚种不入，民无卒岁具。珦谓俟水退即耕，而种时已过矣。乃募富家，得豆数千石以贷民，使布之水中。水未尽涸，而甲已露矣。是年遂不艰食。

谨案：凡劝募于人者，原不可认定出钱出粟。假如沛县因久雨而田难种，若劝人以粟赈之，乌能久远？陈君揆时度势，豆尚可种，遂募而种之，果得以济。为费既省，为力又多。即此而推，开人多少聪明，启人多少悟头。故因时而募者，方称善法。

明世宗嘉靖十年，令支大仓银三十万两赈济陕西。又奏准陕西灾伤重大，扣本家食用，其余照依时价粜与饥民。若每石减价一钱，至五百石以上者，给与冠带；一千以上，表为义门。遗弃子女，州县官设法收养；如民家有能自收养，至二十口以上者，给与冠带。

谨案：此诏之妙，在减价出粜者递有恩荣，使有米者不得尽索高价，小民可沾平粜之恩，朝廷不烦发帑之费，一举而数善备焉。然皆祖忠肃于公之政也。至收养子女，亦一时同行之事，良有司所当究心者。

劝富豪总论曰：劝谕之道不一，握其要则民输恐后，失其方虽官索不输，曷弗以古人为法哉？若管子之劝贵人，则以退黜劝；司城氏之劝大夫，则以不伐劝；其他先己而后人者，比比然也。至如揆时度势，若陈珦之劝输豆种，又在留心经济者之善为师法矣。但又有一种分头劝，不可不知。宜预查通县，共有几社，每社先访才干出众者、能事能言者数人，聘以礼，酌以筵，许其旌奖。每一人令其劝输几户，多者为能。倘有富足而不听劝输者，有司始自劝焉。不激不挠，循循善诱，务在必得。如是，则社社无不输之上户，村村无不救之穷民矣。《诗》云：哿矣富人，哀此茕独。《周礼》云：五族为党，使之相救；五党为州，使之相赒。统诗礼而观之，有无原贵相通，济贫即是安富，劝分其可少乎？特不可稍存其私耳。

十三、乞蠲赈以纾群黎

汉昭帝元凤二年诏：朕闵百姓未赡，前年减漕三百万石，颇省乘舆马及苑马，以补边郡三辅传马。其令郡国毋敛今年马口钱，三辅太常郡得以菽粟当赋。宣帝元康二年五月，诏曰：今天下颇被疾疫之灾，朕甚愍之。其令郡国被灾甚者，毋出今年田租。安帝廷光元年，京师及郡国二十七，雨水大风伤人。诏曰：被淹伤者，一切勿收田租。

谨案：汉帝之蠲免田租，奚啻数千万？此但略举一二，以见大纲。凡在后之抚绥兆民者，要当仿佛先人，加意百姓，蠲免征收，裕其衣食。不待有司之报，先事豫图，一闻奏请之章，准给恐后，庶几天灾不害，而民有保聚之乐矣。

唐宪宗元和四年三月，上以久旱，欲降德音。翰林学士李绛与白居易上言，以为欲令实惠及人，无如减其租税。又言宫人驱使之余，其数犹广，事宜省费，物贵徇情。又请禁诸道横敛，以充进奉。又言岭南、黔中、福建风俗，多掠良人，卖为奴婢，乞严禁止。闰月己酉降制，释天下系囚，蠲租税，出宫人，绝进奉，禁掠卖，皆如二人之请。己未雨，绛表贺曰：乃知忧先于事，故能无忧；事至而忧，无救于事。

谨案：二公以婉言谏君，蠲租之外，复请多端，悉皆听从。当斯时也，愁苦之气，变而为和畅之风。此时雨之所以立沛也。

元和七年，上谓宰相曰：卿辈屡言淮浙去岁水旱，近有御史自彼还，言不至为灾。事竟何如？李绛对曰：臣按淮南、浙东、浙西奏状，皆云水旱，人多流亡，求设法招抚。其意似恐朝廷罪之者，岂有无灾而妄言有灾耶？此盖御史欲为奸谀，以悦上意耳。愿得其主名，按置之法。上曰：卿言是也。国以人为本。闻有灾，当急救之，岂可复疑之耶？朕昔不思，失言耳。命速蠲其租税。

谨案：宪宗之蠲租也，不但命蠲，而且命速蠲，可见人主爱民之心颇切，特患无以告之耳。使非李绛力言，几为御史所误。小人之不可令其近君也若此。

元和十年三月，京兆府奏：恩敕蠲放百姓两税及诸色逋悬等，伏以圣慈忧轸疲氓，屡蠲逋赋，将行久远，实在均平。有依倚权豪，因循观望，忽逢恩贷，全免征繇。至于孤弱贫人，里胥敦迫，及其输纳，不敢稽违，旷荡之恩，翻不沾及。亦有奸猾之辈，侥幸为心，时雨稍愆，已生觊望，竞相诱扇，因至逋悬。若无纲条，实恐滋弊。自今后忽逢不稔，或有恩荡，伏请每贯每石内，分数放免；输纳已毕者，准数折免来年租税。则恩泽所加，强弱普及，人知分限，自绝奸欺。从之。诸州府亦准此处分。

谨案：欲厚斯民，烛奸为最，否则孤弱受其追呼，豪强享其德泽，完纳者全无实惠，拖欠者反得沾恩。无以惩其既往，何以劝其将来？京兆之奏，天子之从，两得之矣。

宋太祖建隆元年，户部郎中沈伦使吴越。归奏杨泗饥民多死。郡中军储尚百万余斛，可贷于民，至秋复收新粟。有司沮伦曰：今以军储赈饥民，岁若荐饥，无所收取，孰任其咎？上以难伦，伦曰：国家以廪粟济民，自当召和气而致丰稔，岂复水旱耶？帝命贷之。

谨案：帝王虽肯爱民，亦贵贤臣有以启之。宋太祖之贷军粮，若非沈伦之鼓舞，焉能得贷？和气致祥，实与《洪范》相符，仁人之论，非浅见者所能及也。故数语而人传千载。

程颢知扶沟，水灾民饥，请发粟贷之。邻邑亦请。司农怒，遣使问实。使至邻邑，而令遽自陈谷且登，无贷可也。使至，谓颢盍亦自陈。颢不肯，使者遂言不当贷。颢则请贷不已，力言民饥，遂得谷六千石，饥者获济。而司农益怒，视贷籍，户同等而所贷不等，檄县杖主吏。颢言：济饥当以口之众寡，不当以户之高下。且令实为之，非吏罪。乃得已。

谨案：心存济世，岂论位之尊卑？若程夫子之抗司农，可言其位之尊耶？食君之禄者，必当忠君之事，略不以黜陟介其怀，故民得济，而吏得免责也。君子之处事，岂庸众之所能测哉？

宁宗嘉泰四年，前知常州赵善防言：贫民下户，每岁二税，但有重纳，未尝拖欠。朝廷蠲放，利归揽户乡胥，而小民未尝沾恩。乞明诏，自今郊霈，与减放次年某料官物，或全料，或一半；其日前残零，并要依数纳足。则贫民实被宽恩，官赋亦易催理。从之。

谨案：饥馑不蠲，民安得活？但蠲而不得其当，徒归揽户，良善无恩。惟有停征本年，舒万姓剜肉之苦，免其来年，全四境易纳之人，顽户拖欠，空延日月，良民肯纳，来岁无征，此外别无善法。赵公所奏，可为万世不易之良规。

元成宗大德六年，御史台言：自大德元年以来，数有星变及风水之灾，民间乏食。陛下敬天爱民之心，无所不至，理宜转灾而福。今春霜杀麦，秋雨伤稼，五月太庙灾，尤古今重事。臣等思之，得非荷陛下重任者不能奉行圣意，以至如此？若不更新，后难为力。乞令中书与老成识达治体者共图之。复请禁诸路酿酒，减免差税，赈济饥民。帝皆嘉纳，命中书即议行之。

谨案：以灾伤而令老成图治，复请禁酿酒，免差税，广赈济，皆饥年之要务。而天子从之，有不转灾而为福者哉？昔人云：儒者之言，可宝万世。若此数语，能发天地之阳和，阐乾坤之生意，非万世之宝欤？

明神宗万历九年，给事中吴之鹏疏内有云：至若江南，天下财赋半给于斯。淫雨不绝，田墟尽没，禾苗淹烂，庐舍漂流，若不大施捐免不可。然臣之所谓蠲者，不在积逋，而在新逋；不在存留，而在起运。何也？盖积逋之蠲，奸顽侵欠者获厚惠，而善良供赋者不沾恩，则何以劝？且以凶岁议蠲，而乃免乐岁逋欠之虚数，民危在眉睫，而乃议往年可缓之征输，则何以周急？乃若存留，不过国课十分之一二耳。官俸军储之类，讵可一日无哉？故非蠲运济民，未有能获苏者也。

谨案：凶年之苦，折屋伐桑，难存皮骨；卖妻鬻子，不足充饥。故虽任尔千般锻炼，总难上纳分厘。是不蠲亦蠲矣，何若蠲之而民心犹在也？然蠲而不得其法，等于不蠲耳。给事之疏，搜剔利弊，一目了然。奏蠲者所当急效也。

乞蠲赈总论曰：岁当饥馑，小民颠沛流离，非急下蠲租之诏，频颁济困之恩，庶民何由而康济乎？此汉唐以下之贤主知之深而谋之最急者也。第圣天子深居九重，全恃亲民有司目击民艰者速为开报，镇抚大员旬宣德意者急为具题，或请蠲，或请赈，或请贷，时势不同，处置各异。是故损上益下之权，总在转移者之审别其要；剔除冒滥之法，总在推行者之竭尽其心。倘或民遇饥荒，郡县抑使不报，报亦覆验迟行，甚至灾荒分数，宁刻毋浮，赈济贫穷，宁严毋滥，此岂圣主惠爱斯民之本意？凡厥有司，可勿为之仰承恩旨，以子惠元元乎？要之，安民不当惜费，抚众贵乎实心。故为臣者，不可不以奏请为急；为上者，自必当以听纳为先，乞天恩而生饥馁。洞达国体者，必不以为损朝廷之储蓄，而以为培国本之良图矣。

十四、兴工作以食饿夫

齐景公之时饥，晏子请为民发粟。公不许，当为路寝之台。晏子令吏重其赁，远其兆，徐其日而不趣。三年台成而不〔民〕振。故上悦乎游，民足乎食。君子曰：政则晏子欲发粟与民而已，若使不可得，则依物而偶于政。

谨案：晏子之济饥，上无逆鳞之恐，下有拯溺之恩，以智行仁，即工寓赈，上下坠其仁术而不知。此君子所以美之也。

宋赵抃知越州，岁大饥。公多方赈救之外，又雇小民修城四千一百人，为工共三万八千，乃计其工而厚给之。民赖以济。

谨案：公之赈救多端，念此壮夫一种，非兴工，不足以聚多人。故城事一举，而四境归工，贫苦之家赖之得生，富贵之室藉此免祸。不然，强而有力者，当此饥寒逼迫，不知做出多少不可知之事矣。

范公仲淹知杭州，吴中大饥。吴民素喜竞渡，好佛事，乃纵民竞渡。召诸寺主，谕以饥岁工贱，令其大兴土木。又新仓廒吏舍。工技服力，日数万人。是岁两浙，惟杭晏然，民不流徙。

谨案：令人广修寺院，更美于官府兴工，其价稍增故耳。至于嬉游者，必其力之可费而后费之，借此以济穷民。格外之仁，智寓于权也。

欧阳修知颍州，岁大饥。公奏免黄河夫役，得全者万余家（此即《周礼》所谓弛力也）。又给民工食，大修诸陂，以溉民田，尽赖其利（此即以工役而寓赈济之意也）。

谨案：欧阳修不但文章名世，爱民之政，至今脍炙人口。此其所以称全人也。

神宗熙宁七年正月，河阳灾伤，开常平仓赈济。斛斗不足，乞兼发省仓。诏赐常平谷万石，兴修水利，以赈济饥民。

谨案：此诏爱民深矣。一举而数善备焉。兴修水利，令民口有食而家有粮，非目前之善策乎？兴修之后，堤塘坚固，沟洫分明，田事赖以不损，非永远之善策乎？赈济之外，果能府〈府〉皆然，何患大有之难登？

张守约知泾州，泾水善暴城。每岁增治堤堰，费不赀。适年饥，罢其役。或曰：如水害何？守约曰：荒岁劳民，甚于河患。祷之河神。一夕雷雨，河徙而南，城不为患。

谨案：昔潮州有鳄鱼，韩文公投之以文，则徙而去之，人以为奇。今泾水暴城，张公祷之于神，一夕而徙，不更异乎？总之，为万民起见，天地鬼神自能鉴原，所以无灵不格耳。人可不以万民为念哉！

汪纲，字仲举，知兰溪。岁苦旱，劝富民浚治塘堰，大兴水利。饥者得食其力，民赖以苏。

谨案：穷民无事，衣食弗得，法网在所不计矣。故盗贼蜂起，富室先遭涂〔荼〕毒，而饿莩亦丧残生，为害可胜言哉！今劝富民治塘修堰，饥者得食，富室无虞。保富安贫之道，莫过于此。

邵灵甫，宜兴人，储谷数千斛。岁大饥，或请乘时粜之，曰：是急利也。或请损值粜之，曰：此近名也。或曰：将自丰乎？曰：有成画矣。乃尽发所储，雇佣除道，自县至湖镇四十里。浚蠡湖横塘等水道八十余里，通罨画溪，入震泽。邑人争受役，皆赖全活，水陆又俱得利。子梁登第，孙纲冠于南省。咸谓积善之报。

谨案：耿寿昌奏立常平，而封侯食报；宋子贞广济饥人，而官至平章。救人之功，上干天听。灵甫子孙，连登高第，于理何疑？

明英宗正统五年二月，以畿内灾，民食不赡，敕张纯（都察院右佥都御史）、李畛（大理寺右少卿）区画赈济，给京城饥民饭三月，造奉天、华盖、谨身三殿，乾清、坤宁二宫。以畿内饥，复民二年；家有父母者，人赐二石米。

谨案：昔周孔教云：官府赈给，安能饱其一家？故凡城之当修、池之当凿、水利之当兴者，召民为之，日授其直，是于兴役之中，寓赈民之惠也。今张李二公，查有父母之家，又各赐米二石，孝养教民，又得之于兴工之内矣。非善政欤？

孝宗弘治元年，张敷华为湖广布政使。岁饥，给粟散粥，药病掩胔，高值来商，卑词告籴，出官钱，修学宫，遍役军民，籍为甲伍，使资佣值，以业饿者。

谨案：一命之荣，尚能起死，况方面乎？观张公之所为，身受其惠者，固感激终身，即见诸史者，亦永怀不已。噫！弘治至今，布政多矣，惟张公脍炙人口者，惠政及民故也。

嘉靖时，佥事林希元疏内有云：凶年饥岁，人民缺食，而城池水利之当修，在在有之。穷饿垂死之人，固难责以力役之事；次贫稍贫人户力能兴作者，虽官府量品赈贷，安能满其仰事俯育之需？故凡圮坏之当修、涸塞之当浚者，召民为之，日受其直，则民出力以趋事，而因可以赈饥；官出财以兴事，而因可以赈民。是谓一举而两得也。

谨案：佥事公云"在在有城池水利之当修"，此一句不知提醒多少梦中人。盖他事开销，不无难易。若地方急务，岂亦踌躇？诚一举而两得之事也。牧民者何事因循，不为上少纾恤民之忧乎？

万历间，御史钟化民救荒，令各府州县查勘该动工役，如修学、修城、浚河、筑堤之类，讨工招募，以兴工作，每人日给米三升。借急需之工养枵腹之众，公私两利。

谨案：化民之救荒，日驰数百里，巡察各县粥厂，随从无几，所到食粥，以故吏民畏服，敬若神人。如修学、筑堤等类，悉令开工，每人日给米三升，不许略加粞谷。又谕州县有领工价而或稍怠其役者，鞭挞概行停止。恐一人卧痛，阖室饿亡故耳。诚不世出之仁人也。

兴工作总论曰：失业之人，不知所往，加以饥寒逼迫，不就死于沟壑，必创乱于山林，势所必至。何也？丰年尚有通那之处，歉岁断无告贷之门。晏子知之，范君民于仁术，立法千古。宋之诸君子法之，饥民得济，惠爱何深？若张守约之祷河神，一夕而徙，钟化民之戒鞭挞，百世衔恩，不又可为后世之则欤？赐谷万石而兴修水利者，神宗一人也；给工食而寓孝道者，张李二公也。灵甫解囊于乡里，又奚愧焉？其他爱民之人，未有不急急于此者，惟宋与明为独甚。令彼穷人不暇于为非，全家赖之而得食，恩施万姓，名著千秋。有为者亦若是，我独不能欤？昔宋时莆阳一寺，有建大塔者，工费巨万。或告侍郎陈正仲曰：当此荒岁，寺僧剥敛民财，以作无益之举。盍白郡公禁止之？正仲笑曰：子过矣。建塔之役，寺僧能自为之乎？莫非佣此邦之人而为之也。敛之于富饶之家，散之于贫寠之辈，小民籍之得食。当此凶岁，惟恐僧之不为塔也。子乃欲禁之乎？乃知仁者之言明白显易，可醒愚蒙而为后世法者，此种是也。牧民者可不知兴工寓赈之道哉？

十五、育婴儿以慈孤幼

越王勾践，令国中将免者以告（免，即分娩也），公令医守之。生丈夫，二壶酒一犬；生女子，二壶酒一豚。生三人，公与之母；生二人，公与之饩。

谨案：户口不繁，疆场谁拓？况遭颠沛，尤贵人扶。故越王命医给赏，与母与饩，拳拳焉惟恐稍有不及而损之也。此其十年生聚，十年教训。二十年之后，吴其为沼也。婴儿其可勿恤乎？

汉高祖七年，民产子，复勿事二岁（复，免也。勿事，不役使也）。光武帝建武中，产子者，复以三年之算（每人岁赋钱一百二十，为一算）。章帝二年春正月，诏曰：人有产子者，复勿算三岁。令诸怀妊者，赐胎谷，人二斛；复其夫，勿算一岁。著以为令。

谨案：汉家之恤丁口也若是，故版籍繁而幅员广。两汉世数，约有四百余年。异代岂无爱民之君？能以婴儿为重者，则未有若汉家之惠养殷殷者矣。

贾彪为新息长，小民困贫，多不养子。彪严为其制，与杀人同罪。城南有盗劫害人者，北有妇人杀子者，彪出案发，而掾史欲引南。彪怒曰：贼寇杀人，此则常理；母子相残，逆天违道。遂驱车北行，案验其罪。城南贼闻之，亦面缚自首。数年间，人养子者千数。佥曰：贾父所长，生男名贾子，生女名贾女。

谨案：人见杀一无辜者，必怒骂曰：如此没天理。若婴儿初出母胎，何罪而即遭惨杀，况杀之者又其父母，非灭天伦之辈乎？是可忍也，孰不可忍也！回车案问，重于大盗，明决之论也。

郑产，泉陵人，为白土乡啬夫。时民家产子一岁，辄出口钱，鲜有举子者。产劝百姓勿杀子，口钱皆为代出。郡县具以闻上，钱因得免。改白土曰更生乡。

谨案：民之艰于费也，骨肉在所不顾，故以口钱而杀子者众。今郑君悉为代出，因而上闻，有感得免，乡亦改为更生。为人上者，可不深念民艰，凡可以苏民困者悉更有以生之哉？

晋王浚为巴蜀太守，邑人生子，皆不举。浚严其科条，宽其徭役，所活数千人。及后伐吴，所活者皆堪为兵。其父母戒之曰：王府君生汝，汝必死之。用是破吴，而建大功。

谨案：以太守而活婴儿，如拾芥之易。去其致死之由，开其得生之路，其谁敢异？何以今不多见也？王公因好生而全人骨肉，后因骨肉之言而建大功。食报之速，不捷于影响欤？

南北朝任昉为义兴守。岁饥，以月俸治粥，广活饥民，禁民产子不举，有孕者辄助其资金。全活数千余家。

谨案：平时尚有毙婴之户，荒年岂无杀子之人？任公不但禁民之不举，有孕即为之输金。衣食无措之人，藉此而并生其夫妇。民惟恐孕之不有矣，尚有杀子之人哉？

唐文宗太和六年五月，诏内云：天下有家长大者皆死，所余孩稚十二至襁褓者，不能自活，必至夭伤。长吏勒其近亲收养，仍官中给两月粮，亦具都数闻奏。

谨案：既恤孤于幼小，必当月给其口粮，奈何以勒令为功，粮止两月？数月之后，能保其无恙乎？呜呼！天子尚恤其锱铢，小民岂能常慷慨？是唐之慈幼，不及汉之怀保矣。

宋叶梦得守许昌，值大水，流殍满道。公尽发常平仓所储者赈之，全活者数万人。独有遗弃小儿，无由得救。公询之左右曰：无子者，何不收养？曰：人固所愿，但患岁丰年长，即来认去耳。公即立法，凡灾伤弃儿，父母不得复认。遂作空券印给，发于里社。凡得儿者，明书于券以付之。计救小儿，共三千八百余人。后官至尚书左丞封侯，子皆登第。

谨案：凡欲救人，不立一善法，则人必不为我救。如叶公之救三千余人，假使不立印券，勿令父母不许复认，救之焉能如此之众？故宋时有慈幼局，近世有育婴堂，不可不尽法之，以广吾仁爱也。

刘彝，所至多善政。其知虔州也，会江西饥歉，民多弃子于道上。彝揭榜通衢，召人收养，日给广惠仓米二升。每月一次，抱至官中看视。又推行于县镇。细民利二升之给，皆为字养。故一境生子，无夭阏者。

谨案：给之厚，生之众，必然之理。刘公操此立论，故无不救之婴。苏东坡云：闻鄂人有秦光亨者，今已及第，为安州司法。方其在母也，其舅陈遵梦一小儿，挽衣求救甚急。因念其姊有娠将产，而意不乐多子，岂应是乎？驰往省之，则婴儿已在水盆中矣。救之得免。以是观之，救之非救一婴儿，是救一安州司法矣。广而推之，功可胜言哉？

虞允文闻浙人岁有丁钱绢，故细民生子即弃之，稍长即杀之，每为之恻然。访知江渚有萩〔荻〕场，利甚溥，而为世家及浮屠所私。虞令有司籍其数以闻，请以代输民之身丁钱。符下日，民欢呼鼓舞，始知有父子生聚之乐。（有云虞公知太平州所行者。）

谨案：救人于一时，不若救人于永远；救人于犹豫难必之间，不若救人以的确不易之举。严其禁，赈其米，但救于一时而未必永远。丁钱绢，朝廷之旧额，遽尔请蠲，恐多未确。今虞公访荻场而代之，赋既不缺，且可永远。所失者皆私窃皇家之地利，所全者实民间父子之至情。今生齿浩繁，皆谓之虞子也可。

四明俞仲宽宰剑之顺昌，作戒杀之文。召诸乡父老为人所信服者，列坐庑下，以奉置醪醴，亲酌而侑之。出其文，使归劝其乡人，无得杀子。岁月间，活者以千计。故生子多以俞为小字。转运判官曹辅上其事，朝廷嘉之，就改仲宽一官，仍令在任。复为立法，推行一郡。后仲宽因被差他郡，还邑，每有小儿数百迎于郊。

谨案：竹马之迎，不可与汉之郭汲比美先后哉？要非座列庑中、亲行酌劝者不能也。故有活婴儿之心，平时宜以仲宽为法；若逢饥岁，则非月给不生，又当效王致远之开慈幼局也。

明嘉靖时，林希元疏内有云：大饥之年，民父子不相保，往往弃子而不顾。臣昔在泗州，见民有投子于淮河者，有弃子于道路者，为之恻然。因效刘彝之法，凡收养遗弃小儿者，日给米一升，一支五日，每月抱赴局官看视。饥民支米之外，又得小儿一口之粮，远近闻风，争趋收养。甚至亲生之子，亦诈称收抱，以希米食。旬月之间，无复有弃子于河于道者矣。今各处灾伤去处，若有遗弃小儿，如臣之法，似可行也。

谨案：佥事公遇一事，必尽一事之美。即如救婴儿，仿古人之法，给一口之粮，不但行之于一身，兼欲广之于天下。尤有不可及处，所题疏稿，出笔醒豁，不尚辞华，大有洞开重门之意。非实心处事之君子乎？

育婴儿总论曰：户口之繁，朝廷之瑞，婴儿大折，元气亏伤，临民者救之育之曷可缓也？况天地之大德曰生，其所最爱者曰人，可令其无端受戮、雏鸡小犬之不若哉？故越王抚之而昌大其国，汉室重之而世数绵长。贾彪回车案问，名垂不朽；王浚严列科条，功著平吴；刘彝之揭榜通衢，梦得之预为空券，惠在一时，法垂万世，仁何溥也！继此惟俞仲宽之酌酒劝人，庶几可匹。林希元疏内有云：饥民支米之外，又利一口之粮，争趋收养。可见法之严，不若惠之厚也。古云：拯诸沟壑而置之襁褓，惟在临民者之一举意耳。乌得以锱铢是惜，而不以好生为怀哉？《周礼》大司徒以保息六养万民，慈幼居其首，则不可不急为之抚育也明矣。

识认婴儿法：须记其头目疤瘤，及手指旋纹几箕几罗，始无差错。足指悉验而记之，方得其微。衣裤是何颜色、布帛单绵，此次辨也。

一曰：凶年之所弃，父母性命，尚在不保，安顾婴儿？或有人通知，或有人抱来，急宜收养，问其来历，便其长大知父母之姓名也。

十六、视存亡以惠急需

汉钟离意，会稽山阴人。少为郡督邮，太守贤之，任以县事。建武十四年，会稽大疫，死者万数。意独身自隐亲，经给医药（隐亲：谓亲自隐恤之。经给：谓经营济给之）。所部多蒙全济。

谨案：大疫之时，不难于给药而难于亲为调治。身且不恤，药岂吝施？病者籍之而得生，非《周礼》司救之道欤？

周畅为河南尹。安帝永初二年，夏旱，久祷无雨。畅因收葬雒城傍客死骸凡万余，应时雨，岁乃稔。

谨案：君子之处事，求其无歉于心而已。尸骸零落，暴露风霜，于心安乎？河南尹特为收葬，虽不能必其有雨，然而天道昭昭，毫厘不爽。尔既恩施于枯骨，天岂不恤于生人？此雨之所以立降也。

南北朝宋文帝元嘉四年五月，京师疾疫。遣使存问，给医药。死者若无家属，赐以棺器。二十四年六月，京邑疫疠，使郡县及营署部司普加履行，给以医药。

谨案：凡帝王，遇病者，当法神农之心而救之生；见死者，宜效文王之道而使之掩。文帝此举，两得之矣。否则，病者咨嗟，死者暴露，何以见仁风之广被？

后周贺兰祥为荆州刺史。时盛夏亢阳。祥亲巡境内，观政得失。见有发掘古冢暴露骸骨者，谓守令曰：此岂仁者之为政耶？命所在收葬之。即日雨，是年大有。州境先多古墓，俗好发掘。至是遂息。

谨案：发掘古冢，骸骨抛残，不特大伤天理，亦且浇薄成风。此际之县家，所为者何政？听其凶暴，而不加禁止。苟非刺史之深仁，曷能致时雨之大降？甚矣！巡行之不可少也。

隋辛公义为岷州刺史。岷俗一人病疫，阖户避之，病者多死。公义欲变其俗，命凡有疾者，悉舆至厅中，亲身为之拊摩，病者愈。召其家谕之曰：设若相染，吾殆矣。诸病者子孙，皆感泣而去。敝风遂革，合境呼为慈母。

谨案：死生命耳，故有病疫而死者，有不死者，必非一病而尽死也。但无药食调理，此必死之道。辛公知之，力挽颓风，亲自拊摩，见病之不能染也。岷俗感之而化，慈母之称，至今犹在。惠爱何深也。

唐太宗贞观十年，关内河东疾疫，遣医赍药疗之。十六年夏，谷、泾、徐、虢、戴五州疾疫，遣赐医药。十八年，自春及夏，庐、濠、巴、普、郴疾疫，遣医往疗。

谨案：贤君爱民，不使一民失所，肯令疾疫为之遍染耶？太宗命医赍药而往，亹亹不倦，民命自重，不特无忝于神农之味药，且沛陶唐仁寿之遗风矣！

宋仁宗至和元年正月壬申，京师疫。内出犀角二，令太医和药以疗民疾。其一通天犀也，左右请留供服御。帝曰：吾岂贵异物而贱百姓哉？立命碎之。

谨案：君之民，散于国；君之宝，藏于库。无宝不失其为令主，爱民则世称为圣君。仁宗深恤抱疾之众，不宝通天之犀，其识鉴岂不可与抵璧投珠之圣主共垂万世哉？

神宗熙宁八年，吴越大饥。赵抃知越州，多方救济。及春，人多病疫，乃作坊以处疾病之人。募诚实僧人，分散各坊，早晚视其医药饮食，无令失时。以故人多得活。凡死者，又给工银，使在处收埋，不得暴露。

谨案：人病矣，饮食汤药，一无所有，虽轻病尚不能生，况饥饿之躯乎？赵公用及僧人，使视汤药，真妙想天开。僧以慈悲为心者，固勇往而直前，即无此心，亦不得不以活人自命也。虽然，究须诚实者方佳，而赏劳亦不可少。

哲宗元祐三年冬，频雪，冻死者无算。吕公著为相，日与同列议所以救御之术。乃发官米官炭，遣官分场贱卖，以惠贫民。疾病之人，日给医药饘粥，又不时委官看问。以故得多全活。

谨案：米炭则分场而贱卖，药食则日给而救援，且又不时委官分看，非贤相而能之欤？上有好者，下必有甚焉者矣。其时体相君之心而活民者，要亦不少，真不减虞夏黄农之世矣！

元仁宗皇庆二年十一月，京师大旱疫。帝问弭灾之道，翰林学士程钜夫举汤祷桑林事以对。帝叹曰：此实朕之责也，赤子何罪？明日大雪。

谨案：帝王之心，常与天地相通者也。上不爱民，则疾疫频传，元元是恤，大雪降于次日，则高远而不能力求者天也，呼吸而可以相通者亦天也。君天下者，可勿以小民之疾苦为念哉？

明太祖洪武三年，命天下府州县开设惠民药局，拯疗贫病。军民疾患，每局选设官医提领，于医家选取内外科各一员，令府医学授正科一员掌之，县医学授副训科制药惠济。其药于各处出产，并税课抽分药材给与。不足，则官为置之。

谨案：大有为之君，未有不以民命为重者。此惠民药局所由建也。妙在即以税课抽分之药材而给之，不足又买之。后世果能守而不废欤？太平日久，贵者愈贵，贱者益贱，上下不相关，死生不相恤，始有不可知之事矣。

嘉靖时，佥事林希元疏内有云：时际凶荒，民多疫疠。极贫之民，一食尚艰，求医问药，于何取给？往时江北赈济，亦发银买药，以济贫民，然督察无方，徒资冒破。臣愚欲令郡县博选名医，多领药物，随乡开局，临症裁方，多出榜文，播告远近。但有饥民疾病，并听就厂领票，赴局支药。遇死者，给银四分，令人埋葬，生死沾恩矣。

谨案：林公说“一食尚艰，何从得药”，真切中病根之语。此医药之所以不可不并设也。然不随乡立局，处处有医，病者焉能匍匐就医得药而生？至死者给银收葬，不至暴露，尤见深仁。急宜法也。

视存亡总论曰：民之大事，生死而已。生惟疾病可忧，死则暴露为惨。二者不知所惠，而谓民之爱戴犹深者，恐未之确也。周静轩有云：天之立君，以为民也；君之立国，以行保民之政也。故炎帝察寒温平热之性，以疗人疾。后之为君者，可勿体此意以救民哉？药局之开，命医之举，宜急行焉。生之于床席，活之于垂亡，虽乏神犀，赖兹慈母，庶无忝耳。设不幸枵腹而死矣，苟不助银，令人速掩，血泪染尸，兽餐初毙，青磷夜泣，白骨飘零。生不能充肠而足食，死复暴露于荒郊，茕茕赤子，遭此惨伤，可云泽润苍生保民之政一无歉欤？今则并举而列之于右，则君臣各有所法，不至有愧于前人，岂尚贻讥于后世？《周礼》云：司救者有人，以治民病也；掌除骴者有人，以掩骼埋胔也。皆大典也。每岁宜然，况饥年乎？

十七、弭盗贼以息奸宄

鲁孔子曰：民之所以生者，衣食也。上不教民，民匮其生，饥寒切于身，而不为非者寡矣。故古之于盗，恶之而不杀也。今不先其教而一杀之，是以罚行而善不及，刑张而罪不省。夫赤子知慕其父母，由审故也。况为政兴其贤者，而废其不贤，以化民乎？知审此二者，则上盗息。

谨案：圣人之意，重教而不重杀。故曰：古之于盗，恶之而不杀。况当饥馑之时，命在须臾之际，其为盗也，意在盗其生耳。苟与丰岁之为盗者而同其罪，必欲置之死，可云审得其当哉？要知杀固不可，纵亦非宜。圣人加一恶字，弭盗者能体此意，亦无愧于读书之人矣。

汉光武帝建武十六年，郡国群盗并起。郡县追讨，到则解散，去复屯结。冬十月，遣使者下郡国，听群盗自相纠擿。五人共斩一人者，除其罪。于是更相追捕，贼并解散。徙其魁帅于他郡，赋田受廪，使安生业。自是牛马放牧不收，邑门不闭。（古者给人以食，取诸仓廪，故称廪给廪食也。）

谨案：以兵治盗，盗匿则不知；以盗治盗，盗散仍可捕。生五人而杀一人，为盗者人人自危，所以并相解散也。徙其魁帅，不杀可知。邑门不闭，良心尽现，要非赋田受廪，使其有生业之可安者不能也。

谭显为豫州刺史。时天下饥馑，竞为盗贼，州界收捕万余人。显愍其困穷，自陷刑辟，辄擅赦之。因自劾奏，有诏勿理。

谨案：仁哉！刺史谭公也。万人之命，悬于一人之手，与其杀之以彰王法，无宁生之而令自新。况人至众，岂无株连冤抑之累哉？谭公赦之而自劾，天子不问，一团生意，充塞寰区，吾知乱者定而饥者食。何也？世间之理，感召者多。当此之时，腾欢遐迩，岂无瑞麦佳禾之应哉？

唐太宗时，上与群臣论止盗。或请重法以禁之，上曰：朕当去奢省费，轻徭薄赋，选用廉吏，使民衣食有余，则自不为盗，安用重法耶？自是数年之后，海内升平，路不拾遗，外户不闭，商旅野宿焉。

谨案：治水而不穷其源，理人而不得其本，皮毛之用，何济于事？然则太宗之轻徭薄赋，裕其衣食之本源，是以德化民，不以盗视民。较于用重法而杀人者，不有天壤之隔耶？后果四海升平，匪人改过。故贞观之治，可为万世法。

宪宗问宰相：为政之道，宽猛何先？权德舆对曰：秦以惨刻而亡，汉以宽大而兴，太宗观明堂图，禁杖人背。是故安史以来，屡有坏法之臣，皆旋踵而亡。由祖宗仁政结于人心，人不能忘故也。然则宽猛之先后可见。上善其言。

谨案：德舆之对宪宗，大得为政之体，天理人情之至也。以秦汉而观，兴亡了然，惨刻何为？唐之太宗，恩浃人心，是以危而复安，乱而复治。德舆所对，悉得其要，天子安得不善其言？由此观之，刑清政简，俗厚风淳，皆君上敦崇宽大之一念所由成耳。临民者可勿鉴诸？

宋司马光知谏院时，言：臣闻敕下京东西灾伤州军，如贫户以饥偷盗斛斗，因而盗财者，与减等断放。臣窃以为未便。若朝廷明降敕文，预言与减等断放，是劝民为盗也。百姓乏食，当轻徭薄赋，开仓赈贷，以救其死，不当使之自相劫夺，况降敕而劝之？臣恐国家始于宽仁，而终于酷虐，意在活人，而杀人更多也。

谨案：温公岂不知活人为美政哉？但盗劫斛斗，而预言减等，朝廷之德意虽深，小人之盗心益炽，是欲活人而反开杀机矣。温公之奏，何等深切明白！盖君子之言，有当先期而告谕者，有宜存心而未发者，时中为妙，况天子之诏乎？

神宗熙宁七年，苏轼知密州军。论河北京东盗贼，奏曰：臣伏见河北京东，比年以来，旱蝗相仍，盗贼渐多。今又不雨，麦不入土。窃料明年春夏之际，盗必甚于今日。谨按山东自上世以来，为腹心根本之地。其与中原离合，常系社稷安危。近年公私匮乏，民不堪命，冒法而为盗则死，畏法而不盗则饥。饥寒之与弃市，均是死亡，而赊死之与忍饥，祸有迟速。相牵为盗，亦理之常。虽日杀百人，势必不止。苟非陛下，较得丧之孰多，权祸福之孰重，特于财利，少有所捐，衣食之门一开，骨髓之恩皆遍。人心不革、盗贼不衰者，未之有也。

谨案：荒歉之年，东坡以人之弃市而死者迟，冻馁而亡者速，因为盗者多。殊不知不止此也。彼以为作盗而戮者，止其一身；受饿而亡者，必死其阖户。此急赈之犹恐其为盗，况于不赈乎？且山东系中原要地，社稷之存亡系焉，可勿令其衔骨髓之恩哉？要非开衣食之门者，不能也。前贤论之既当，后人玩之当行。否则，何贵乎有书？积案盈箱之乱人耳目也。

孝宗淳熙中，庐陵艰食，饥民万余守谯门。录事参军谢谔亟命植五色旗，分部给穷民，顷刻而定。

谨案：经济之学不讲，仓卒之变难支。饥民万余守谯门而不散，使无仁术慰群黎，虽无作乱之心，难免劫掠之举，何以结局？参军急命树旗，别其五色，分部赈之，既分其党，不得相顾，遍惠其民，各自为心，顷刻而定。若此之事，设遇饥年，可不熟之于衷乎？

董煟曰：荒政除盗，亦当原情。顷有京尹者，以死囚代为盗者沉之于江，此最为得法。盖凶荒之年，强有力者好倡乱，须当有以警惕之，使远迩自肃之为上。不然，则群聚而起，杀伤多矣。

谨案：智哉！京尹之以死凶而代饥民；仁哉！董煟之援引以诏后世。纵之，恐诸人之效尤；杀之，在情理有可恕。以此而警惕穷民，非饥年禁盗之妙法耶？

金牛德昌为万泉令，属蒲陕荐饥，群盗充斥，城门昼闭。德昌到官，即日开城门，纵百姓出入。榜曰：民苦饥寒，剽掠乡聚，以偷旦夕之命，甚可怜也。能自新者一不问。贼皆感激解散，县境以安。

谨案：干戈息盗，不若至诚感人。民因饥馑而为盗，非扰社稷而兴兵，胡为乎闭其城而必欲致之死？牛公洞悉其情，使之自新。人孰无良，有不感激而解散者乎？灾伤既至，此类恒多，斟酌用之，可称上智。

明宪宗成化二十一年正月，巡按山西监察御史周洪奏：翼城、垣曲等县，饥民啸聚为盗，招抚不服，宜发兵捕之。上曰：民迫饥寒，朕甚悯焉。其令镇守巡抚等官，宣布朝廷宽宥之意，明示有司抚御之方。果有执迷不服，然后相机除剿。

谨案：兵者，凶器也，不得已而用之，亦必大伤和气。民当饥岁，衣食全无，御史与其既乱而请发兵，何不未饥而请先赈？不知罪己，但欲杀人，何以为御史？仁哉上谕！生意多而杀机少，圣天子之心矣。社稷有不巩固，而盗贼有不败亡者哉？

邱浚曰：臣愿明敕有司，遇有水旱灾伤，势必至于饥馑，必先榜示，禁民劫夺；谕之不从，痛惩首恶，以警余众，决不可行姑息之政。此非但救饥荒，乃弭祸乱之先务也。倘有富民闭粜，何以处之？曰：先谕之以惠邻，次开之以积善，许其随时取直，禁人侵其所有。民之无力者，官与之券，许其取息。待熟之后，官为追偿。苟积粟之家，丁口颇众，亦必为计算，推其赢余，以济匮乏。若彼仅自足，亦不可强也。凡有所积不肯发者，非至丰穰，不许出粜。彼见得利，又恐后时，自计有余，亦不得不发矣。

谨案：劫粮之众固可恨，闭粜之民亦可嫌。古人以数字而慰万民，曰"劫粮者斩，闭粜者籍"，诚荒政之妙策也。今邱公欲痛惩首恶，以警余人，非善法欤？虽然，衣食无资，恐难终止，故剿除不如招抚之美，蠲免不及赈济之佳。实惠及民，心怀盛德，何忧百姓之倾危？否则鲜有不为明主之责罚者。慎之！慎之！

弭盗贼总论曰：弭丰年之盗易，弭饥岁之盗难。何也？持法若严，则失缓刑之意；治之稍宽，又开劫夺之门。呜呼！惟知之真，则处之当。盖迫于饥寒而图苟活者，实不等于以劫掠而为生涯者也。此孔子有曰：古之于盗，恶之而不杀。汉光武徙贼帅于他郡，给田受廪，使安生业；唐太宗之慎选贤良，轻徭薄赋，裕其衣食；明之成化，惟以招抚为心，不以剿除是急。岂非皆务宽大而不尚惨刻者哉？司马光之不欲预言减等，深于爱民也；苏子瞻之先期请赈，明于治道也。对谭显而何惭，经济如参军，存心若京尹，非即昼开邑门之意乎？邱公以遏劫夺之风者，当痛惩首恶，以警余人，言简而理当。舍此何求？于以知饥年之弭盗，外貌不妨示以严，若柴瑾之封剑命诛，杨简之断肋示众，得之矣；存心又贵其能恕，如龚遂之抚恤乱民，王曾之笞释死犯，近之矣。《易》云：天地之大德曰生，圣人之大宝曰位。何以守位？曰：仁。然则为君者，固当溥吾仁而永吾位，为臣者可不体天地之心，承朝廷之意，裕其衣食之源，以告无忝于圣人之立说哉？

十八、甘专擅以奋救援

汉武帝时，河内失火，延烧千家。上使汲黯往视，还报曰：家人失火，比屋延烧，不足忧也。臣过河南，贫人伤水旱者万余家，至父子相食。臣谨以便宜持节发河南仓粟，以赈贫民。臣请归节，伏矫制之罪。上贤而释之。

宋董煟曰：古者社稷之臣，其见识施为，与俗吏固有不同。黯时为谒者，而能矫制以活生灵；今之太守，号曰牧民，一遇水灾，牵制顾望，不敢专决，视黯当内愧矣。

韩韶为赢〔嬴〕长（赢〔嬴〕长：泰山郡县令长），贼闻其贤，相戒不入赢〔嬴〕境。余县流民万余户入县界，韶开仓赈之。主者争谓不可，韶曰：长活沟壑之人，而以此伏罪，含笑入地矣。太守素知韶名德，竟无所坐。韶与同郡荀淑、钟皓、陈实皆尝为县长，所至以德政称，时人谓之颍川四长。

谨案：他县之民，流入我境，遽开仓赈救，世岂无议？殊不知仁人之心，见彼流于道路，求活无门，焉分彼此？噫！我能救人，人亦自能谅我。公道在天地间，断无少灭之理。

晋陶回为吴兴太守，时人饥谷贵，三吴尤甚。诏欲听相鬻买，以拯一时之急。回上疏曰：当今天下，不普荒俭，惟独东土谷价偏贵，使相鬻买，声必远流。北海闻此，将窥疆场。如臣愚意，不如开仓廪以赈之。乃不待报，辄开仓，及割府郡军资数万斛米，以救乏绝。由是一境获全。既而下诏，并敕会稽吴郡，依回赈恤。

谨案：古云邻之厚，君之薄也。若君之薄，非邻之厚欤？今陶太守，惟恐恶声远播，专擅救全，上格贤主，悉仿其法，识力岂在汲黯之下哉？

后魏李元忠，为光州刺史。时州境灾俭，人皆菜色。元忠表求赈贷，至秋征收。被报听用万石。元忠以为万石给人，计一家不过升斗耳，徒有虚名，不救其弊，遂出十五万石赈之。事讫表陈，朝廷嘉之。

谨案：杯水不可救车薪之火。古云：二千石与国同休戚。救民之灾，苟不力任，王仁恭见杀于刘武周，郭子和诛王才于榆林卫，皆以不赈而起人拂逆之心，可小视哉？今刺史不事虚名，增其赈米，不独救民，且可弭盗。

隋张须陀为齐郡丞，会兴辽东之役，百姓散失，又属岁饥，谷米踊贵。须陀开仓赈给，官属咸曰：须待诏敕，不可擅与。须陀曰：今帝在远，遣使往来，必淹岁序。百姓有倒悬之急，如待报至，当委沟壑矣。吾若以此获罪，死无所恨。先开仓而后上状，炀帝不责也。

谨案：恻隐之心，人皆有之。不因帝王而异也，但为小人之所蔽，扩充者无几耳。郡丞为国为民，不惜身命，开仓赈给，虽专擅于下，而上不之责。后之闭仓不救者，抑何护身之策太坚也耶？

唐员半千为武陟尉，属频岁旱饥。劝县令殷子良开仓以赈贫馁，子良不从。会子良赴州，半千便发仓粟，以给饥人。怀州刺史郭齐宗大惊，囚而按之。时黄门侍郎薛元超为河北道存抚使，谓齐宗曰：公之民不能救之，而使惠归一尉，岂不愧也？遽令释之。

谨案：有心救民，位不在乎大小。如员君职不过一尉耳，令不从其请，后因令之公出，遽发仓而赈之。一点救人之念，有勃然不可遏者，民不赖之以生耶？何物太守！窃位苟禄，而且囚之。虽然，不有小人，难形君子。此薛员二公所以见称千载也。

宋环庆大饥，帅守坐不职罢去，范纯仁代之。始至庆州，饥殍载路，官无谷以赈。纯仁欲发常平封贮粟麦赈之，州郡官皆不欲，曰：常平擅支，罪不赦。纯仁曰：环庆一路生灵付某，岂可坐视其死而不救？众皆曰：须奏请得旨。纯仁曰：人七日不食则死，岂能待乎？诸公但勿预，吾独坐罪可耳。即发粟赈之。一路饥民，悉得全活。

谨案：世多不职之吏，人亦知其所以不职之故乎？一惧祸患，二为功名，三贪财货。人肯置三者于勿问，惟以生民为己念，断无不做一番惠人之事，名垂竹帛者也。如范公曰"吾当自坐"四字出口，不知压倒多少无能之辈。

仁宗庆历七年，江东大饥，运使杨纮发义仓以赈之。吏欲取旨，纮谓吏曰：国家置义仓，本虑凶岁，今须肯而旨〔须旨而发〕，人将殍死。上闻而褒之。

谨案：杨公认定义仓为荒而建，以之救民，何辞以责？即有不测，一身危而万姓安，得失已非愚者所及。况事闻于上，不但不罪，而且褒之。迟早之间，所生多矣。智孰及之？

程颢摄上元令，盛夏塘堤大决。法当闻之府，府禀于漕，然后计工调役，非月余不能兴作。颢曰：如是，苗必槁矣。民将何食？救民获罪，所不辞也。遂发民夫塞之，岁则大熟。

谨案：圣贤出仕之心，非致君则泽民，岂为功名？岂拘文法？塘决而待请，虽则允从，苗已槁矣。伤稼杀人，俗吏之事，程夫子而肯为之哉？

秀州录事洪皓，见民田尽为水没，饥民塞路，仓库空虚，白郡守以荒政自任。悉籍境内之粟，留一年食，发其余，粜于城之四隅。本境民有不能自食者，洪亦为主之。凡流民，俱立屋于城之西南两废寺，男女异处，樵汲有职。稍有所犯，以民饥不可杖，逐而去之。借用所司发运钱粮，不足，会浙东运常平米四万过城下，洪遣使锁津栅，语运官截留。官噤不肯，曰：此御笔所起也，罪死不赦。公曰：民仰哺当至麦熟。今腊犹未尽，中道而止，则如不救。宁以一身易十万人之命。竟留之。未几，廉访使至，验其立法，曰：吾行边军之法，不过如是。违制抵罪，为君脱之。又请得米二十万石，所活九万五千余人。后官至端明学士，谥文惠。

谨案：洪公之活民也，始则心伤饿殍，竭力何辞，继则米尽官民，虽死勿恤，故遣吏锁栅，强遏皇粮。当斯时也，但知有万民之命，不知有一己之身。认罪活民，究无所罪。后且身膺上爵，子拜相公，谁谓作福而无福报哉？

元武宗至大二年，大名大水，张弘范辄免其租税。朝廷罪其专擅，弘范进曰：臣以为朝廷储小仓，不若储之大仓。诏勿问。

谨案：张君之说，大为近理。设大仓穷，而小仓徒多充实，不特无益，抑且难恃。是故哲后贤臣，咨谋朝夕，惟以民生为急，恒产是谋。迨乎里多盖藏，兆姓殷富，然后政教流行，而风俗淳厚，岂非盛时休美之业欤？

明景帝景泰二年，都御史王竑巡抚江北。时徐淮连岁饥荒，竑大发官仓赈救。诸仓尽空，独广运仓尚有滞积。此备京师之用者也，一中贵、一户部官主之。竑欲发，而主者难之。竑曰：民惟邦本，本固邦宁。民穷至此，旦夕为盗，且上忧朝廷，何论备京师？尔不吾从，脱有变，吾先杀尔，治尔召盗罪，然后自请死。竑词既戆，主者素惮其威，许之。所存活百五十八万八十余人，他境流寓安辑者万六百余家，共用米一百六十余万石。先是徐淮大饥，帝于棕轿上阅疏，惊曰：饿死我百姓矣！奈何？后得开仓赈济之奏，又大言曰：好御史！不然百姓多饿死矣。

谨案：史载竑部民有疾者，许其舁舆，即愈。竑每出，百姓则争舁之。可见有活人之功者，身虽未死，已作神人。昔朱熊所刻《救荒补遗》内言，韩魏公方殁，有死而复苏者，言公为阎罗天子矣。即同事神人，无不钦敬其救荒之功也。其事类此，因记之。

甘专擅总论曰：士君子策名清时，专为一身之计乎？万姓流离将毙，若不奋身以救，何贵乎有此权位也？加〔如〕以死惧，古诗云：遍观四海人，谁为不死客？然则死忠，死孝，死为万民，正死之得其所者矣。又何惧哉？况天之赋性相同，惟帝王更多恻隐，未有不以恤灾捍患之臣而为不忠者也。何必尽以珠玉之贵惜其身，而不以爱身之道以爱民？如以位言，员半千不过县尉，俨然有汲黯之风，洪皓止于录事，力并纯仁之举，曷尝以尊卑为限也。至若邑宰韩韶之救活流民，人称四长；程颢之发夫防决，苗长千村，非良牧而何！太守独无善政欤？陶回之发粟，擅美于晋时，元忠之赈贷，首称于后魏，皆彰彰青史，可法而可嘉者也。呜呼！人当隋代，尚有郡丞张须陀之救援，后世不能概见者，何哉？如宋之运使杨纮、明之巡抚王竑，皆拔萃超群，实心尽职，力任开仓，全活万姓，生为石柱，没为明神，信所宜矣。大仓之喻，弘范且然，人可弗及欤？乃知有致君泽民之心者，不独不重视其功名，即此身亦不甚惜耳。其意若曰：《左传》不云乎“苟利社稷，生死以之"？吾何为而不以智、仁、勇三者自励也。故其知灾伤之当恤，智也；哀矜恻隐，仁也；甘心专擅，勇也。一事举而震惊千古，宁独一时哉！

十九、扑蝗蝻以保稼穑

汉平帝时，卓茂为密令。天下大蝗，河南二十余县皆被其灾，独不入密县界。督邮言之，太守不信。自出案行见，乃服焉。

谨案：卓公之为令也，人纳其训，吏怀其惠，教化大行，岂若他人食禄，而无益于国家哉？此蝗蝻之所以不入其境也。可叹者，卓之贤，太守未之知也。贤愚莫辨，黜陟混淆，何以为太守？

光武时，宋均为九江太守，虎皆渡江而去。中元元年，山阳楚沛多蝗，其飞至九江界者，辄东西散去。由是名称远近。

谨案：爱民之人，即此诚心能格异类，故猛虎渡江，蝗蝻散去。岂因祈祷而然？全在平日之清廉惠爱有以格之耳。故凡为太守者，欲除蝗蝻于四境之上，不若除蝗蝻于一心之中。心清而政仁，所去者不独一蝗也。

戴封，字平仲，对策第一，擢拜议郎，迁西华令。时汝颖〔颍〕有蝗灾，独不入西华界。督邮行县，蝗忽大至。督邮其日即去，蝗亦顿除。一境奇之。

谨案：异哉督邮！确似蝗蝻之主帅也。督邮以剥民肥己为心，蝗蝻亦以食苗自饱为事，二而一者也。此蝗蝻所以随督邮而来去耳。微戴君之廉明，西华之青禾，几何而不为蝗喃之尽食也？故观蝗蝻之有无，即知司牧之贤否，可不警哉？

元和间，鲁恭为中牟令，有三异：蝗不入境，化及禽兽，童子有仁心。

谨案：蝗之为灾，皆因官之不职有以致之。故京房《易传》云：臣安禄滋谓贪厥灾虫易飞。候曰：食禄不益圣化，天视以虫。虫无益于人，而食万物者也。今鲁君之化，及于禽兽，童子有仁心，蝗尚入其境哉？

唐太宗时，畿内有蝗。上入苑中，掇数枚，祝之曰：民以谷为命，而汝食之。宁食吾之肺肠。举手欲食之，左右谏曰：恶物，恐成疾。上曰：朕为民受灾，何疾之避？遂吞之。是岁蝗不为灾。

谨案：君有仁心，荧惑退度。今欲吞恶物，宁食肺肠以救小民，而蝗蝻有不为之感化哉？天地以生物为心，太宗以救民为重，是天即君矣，君即天矣。君心激切，天意克从，蝗不为灾，理固然耳，又何疑哉？

元宗开元四年，山东大蝗。民祭拜，坐视食苗不敢捕。宰相姚崇奏云：秉彼蟊贼，付畀炎火。此古除蝗诗也。乃出台臣为捕蝗使，分道杀蝗。卢怀慎曰：凡天灾，安可以人力制也？且杀虫过多，必戾和气。崇曰：昔楚王吞蛭而厥疾瘳，叔敖断蛇而福乃降。今蝗幸可驱，若纵之，谷且尽。杀虫活人，祸归于崇，不以诿公也。蝗害遂息。

谨案：此何事也？犹牵制顾虑，作此迂论。卢公清慎有余，学术不足。其为相也，元宗原欲其坐镇雅俗，世人称为伴食中书，良不诬也。

宋太宗淳化二年，春正月不雨，蝗。三月乃雨。时连岁旱蝗，是年尤甚。帝手诏宰相曰：朕将自焚，以答天谴。翌日大雨，蝗尽死。

谨案：昔寇准言：《洪范》云"天人之际，应若影响"，斯言诚不谬也。太宗爱民心切，直欲自焚，以答天谴。翌日大雨，飞蝗尽死。羽书桴鼓，捷不若此。所谓天高而听卑，特患无爱民之君，不患无不息之灾也。

真宗咸平八年秋九月，时连岁旱蝗。帝问学士李迪曰：旱蝗荐臻，将何以济？迪言：陛下土木之役过甚。旱蝗之灾，殆天意以警陛下也。帝然之，遂罢诸营造，禁献瑞物。未几得雨，青州飞蝗赴海死，积海岸百余里。

谨案：帝问旱蝗，而李迪以力役对，若天有以命之也。帝即然之，遂罢营造，禁献瑞物，时雨即降，飞蝗尽死。可见天心即在民心，何必远求哉？凡欲除灾害者，曷勿以民情而揆之也？

谢绛论救蝗有云：窃见比日蝗虫亘野，坌集入郛郭，而使者数出，府县监捕驱逐，蹂践田舍，民不聊生。谨按《春秋》书蝗为哀公赋敛之虐，又汉儒推蝗为兵象。臣愿令公卿以下，举州府守臣，而使自辟属县令长，务求方略，不限资格，然后宽以约束，许便宜从事。期年条上理状，参考不诬，奏之朝廷，旌赏录用，以示激劝。

谨案：蝗之为灾，一在赋敛之苛，一在官员不职。古人所推，理必不爽。汉儒又推兵象者，若以民困不救，久将纷纭扰国，急切难于扑灭也。今谢公欲令公卿以下，各举守臣，令其便宜从事，期年参考，以定赏罚，非至计欤？

元顺帝时秋七月，河南武陟县禾将熟，有蝗自东来。县尹张宽仰天祝曰：宁杀县尹，毋伤百姓。俄而黑鹰飞啄食之。

谨案：天下之蠢然而无知者虫鸟也，殊不知最灵明而有觉者亦虫鸟也。天子改过，蝗皆自毙；郎官自祝，遂致鹰驱。故有牧民之责者，不必患蝗之为害，特患己之不诚也。

明成祖永乐二十二年五月，浚县蝗蝻生。知县王士廉以失政自责，斋戒，率僚属耆民祷于八蜡祠。越三日，有乌数万，食蝗殆尽。皇太子闻而嘉之，顾侍臣曰：此实诚意所格耳。

谨案：《礼记》云：先王能修礼以达义，体信以达顺，则天降膏露，地出醴泉，凤凰麒麟皆在郊椒〔陬〕矣。今浚令悔过自责，诚心敬祷，故始失而终得也。蝗无知而乌有灵，感孚之所致耳。

朱熊所缉〔辑〕《救荒补遗》有云：天灾不一，有可以用力者，有不可以用力者。凡水与霜，非人力所能为，姑得任之。至于旱伤，则有车戽之利，蝗蝻则有捕瘗之法，苟可以用力者，岂得坐视而不救哉？为守宰者，当速为方略以御之，以全斯民也。

谨案：明朱熊所刻《救荒书》，即董熠之所缉〔辑〕，不过增减其间，俱至当而不可易。故正统间刻此书，名曰《救荒活民补遗》。万历间，复有人刊之，以行于世。可见恻隐之心，人皆有之。若能广为传布，苍生之幸矣。

扑蝗蝻总论曰：蝗蝻之生，人知之乎？刻剥小民，不为顾恤，地方官吏侵渔百姓之见端耳。所以在上者以爱民为心，未有不格天地而异类为之消除。至如唐太宗宁食恶物而不恤，姚崇认后患而不辞，则蝗害顿除。或思自责，或罢土木，灾之散也，捷若桴鼓。太守得如宋均，县令能如卓茂等，安得有蝗入其境中？即有之，不为黑鹰啄食，亦为鸟雀所餐，又何虑哉？此谢绛、朱熊之论所当法也。要知蝗蝻不去，则草野咸受其害，一在修德格天，一在捕瘗除患。如以物命为怜，蝻者虾之遗孽也，天下之食虾者，统岁而计，宁止亿万石，何独至于害稼之蝗而疑之？此汴州刺史所以见诮于姚崇也。《诗》云：去其螟螣，及其蟊贼，无害我田稚。上古且然，今何惑哉？

二十、贷牛种以急耕耘

汉昭帝始元元年三月，遣使者赈贷贫民无种食之人。秋八月诏曰：往年灾害多，今年蚕麦伤，所赈贷食勿收责，毋令民出今年田租。

谨案：残冬已过，东作方兴，若不急令耕耘，将来困苦必倍于前者，力尽人疲故也。昭帝特令贷之种食，不但贷之，而又令勿收责，且蠲其租，非天子之仁、相君之德，沛生机于民食者乎？

南北朝宋文帝元嘉二十一年，魏太子课民稼穑，使无牛者借人之牛以耕种，而代为耘田以偿之。凡耕种二十二亩，而芸田七亩。大略以是为率。使民各标姓名于田首，以知其勤惰。禁饮酒、游戏者，于是垦田大增。

谨案：民无牛，令借人之牛，使耕种耘田以偿。是有牛者不吝，而耕田者亦乐于相从，处之大得其公。又使标姓名于田首而知勤惰。种种妙法，不一而足，无惑于垦田之大增，国赋由之而足也。

南齐戴僧静为北徐州刺史，买牛给贫民，令耕种，甚得边荒之情。

谨案：有田无牛犹之有舟无楫，不能济也。刺史一郡之主，民之生死系焉。买牛而给与贫民，获救荒之本，其得民情也宜矣。

唐德宗贞元元年二月，诏曰：诸道节度观察使所进耕牛，委京兆府勘责有地无牛百姓，量其产业，以所进牛，均平给赐。其有田五十亩已下人，不在给限。给事中哀〔袁〕高奏曰：圣慈所忧，切在贫下。百姓有田不满五十亩者，尤是贫人，请量三两户，共给牛一头，以济农事。从之。是时蝗旱之后，牛多疫死，诸道节度韦皋、李叔明等咸进耕牛。故有是命。

谨案：给事之奏，深得民情。民以贫而田不能多，再以田少而牛无所给，是困而益困，贫而益贫矣。岂裒多益寡之道欤？视其田之多寡，共给耕牛，当为至法。

文宗太和三年七月，齐德州奏：百姓自用兵已来，流移十分，只有二分。伏乞赐麦种耕牛等。敕量赐麦三千石、牛五百头；共给绫一万疋充价直，仍各委本州，自以侧近市籴分给。

谨案：兵荒之后，惟赖救全，牛种俱无，何由得活？德州之奏请不大有功于万民耶？《诗》云：恺悌君子，人之父母。首重耕耘，何惭民牧？

宋太宗至道二年，诏官仓发粟数十万石，贷京畿及内郡民为种。有司请量留以供国马，太宗曰：民田无种，不能尽地利，且竭力以给之，国马以刍藁可矣。

谨案：天地之利，用之则不竭，取之则非贪。以之救民，何民不救？太宗借种与民，而欲尽收地利以食民，是神农之心矣，肯以此粟为国马所食哉？有司之请，不智甚矣。

英宗治平间，河北凶荒，民无食，多贱卖耕牛。刘涣知澶州，尽发公帑钱买牛。明年逋民归，无牛耕，价贵十倍。涣依原直卖牛。河北一路，惟澶州民不失所。

谨案：公之卖耕牛，虽济民于已荒之后，实救人于未困之先。何也？使人卖时不买，今欲买时，安得有卖？牧民者肯事事仿此而行，则饥民无往不济矣。

神宗熙宁八年三月，上批：沂州、淮阳军灾伤特甚，百姓不惟缺食，农乏谷种，田事殆废，粒食绝望，纠集为盗者多，实可矜悯。若不复加赈恤，恐转至连结群党，难以捕擒，陷溺其民，投之死地。可速议所以赈恤之。遂诏京东转运提举司，发常平钱、省仓米等，给散与孤贫人户。

谨案：民无种谷，将来之口粮，何从取给？赈之固不胜其赈，而所赈之米粟并且难支，为民务本计者，肯恝然乎？今神宗御批小民绝粒，在于无种，因而大发仓库，广赈孤贫。本固矣，尚有憔悴其枝者哉？

曾巩知越州，值岁饥，出粟五万石，贷民为种粮，使随岁赋入官。农事赖以不乏。

谨案：知一州，即当知一州之缓急。曾公之知越州，岁饥矣。使不知种粮之当贷，或死或盗，纷然而起，即不困厄，元气已伤。今以五万石贷之，随赋而入，官既无损，民不困乏，何美如之？

查道知虢州，蝗灾。知民困极，急取州麦四千斛，贷民为种。民困由是而苏，遂得尽力于耕耘之事。

古人云：《春秋》于他不书，惟无麦即书；董仲舒建议，令民广种宿麦，无许后时。盖二麦于新陈未接之时，最为得力，不可不广也。查君贷之以种，非得古人之良法者哉？

明佥事林希元疏内有云：幸而残冬得度，东作方兴，若不预为之所，将来岁计，复何所望？故牛种一事，犹当处置。臣召父老计之，自立一法，逐都逐图，差人查勘。除有牛无种、有种无牛听自为计外，无牛人户，令有牛一头者带耕二家，用牛则与之供食，失牛则与之均赔。无种人户，令富人户一人借与十人或二十人，每人所借杂种三斗或二斗。耕种之时，令债主监其下种，不许因而食用；收成之时，许债主就田扣取，不许因而拖负。亦加其息，官为主契，付债主收执。此法一立，有牛种者，皆乐于借，而不患其无偿；缺牛种者，皆利于借，而不患其乏用。有灾伤处，如臣之法，似可行也。

谨案：佥事公之贷牛种也，特设一法，不取给于官，而通那于民，非至公至当可乎？故加息立券，万不可少，无许拖负，犹得民情。但当多发示谕，遍晓城市乡村，不得略迟时日；况为数不多，救全甚广，非亲身与父老斟酌者，而能得此善政耶？

万历戊子，东南水灾，穷民工力种粪一无所有。新建喻均守松江，得请免田粮若干；出示佃户还租，亦如减粮之数。仍令有田之家，量留谷本，至春耕时贷与佃户，为来岁种田之资。一时称为惠政。

谨案：请免田粮而惠及佃户，其仁溥矣。又令各留谷本，以贷佃户，殷殷无已。无非为乡民起见，不知喻公之为乡民，正所以为富户。乡民绝粒，业主何收？故当时钟御史给民之牛种云：有可耕之民，无可耕之具，饥馁何从得食，租税何从得有也？

贷牛种总论曰：四民中，最苦者农也。耕耘之外，别无所能。当此饥馑之时，若不令其速为耕种，则又绝将来之望矣。赈济者囊已俱倾，待哺者仍然引领，不犹中道而废耶？今观汉唐以及于明，贷耕牛之善法，莫如魏太子；贷宿麦之妙策，首推查道矣。四五月间新陈未接之际，得此一助，民赖不死。此董仲舒所以力言二麦之不可少也。为君者能如汉之昭帝、宋之太宗、熙宁之御批，为臣者得若南北朝之戴氏及唐宋明三代之诸臣，何患乎牛之不得、种之不播哉？粒食可望，而饥莩得生矣。但林公疏内有云“令保甲监其下种”，曾则以为不若使田邻互相监种之为便也。彼见我田，我见他地，一不种则有罚，何冒领之有？《左传》云：政如农功，日夜思之，思其始而成其终。可见临民者必如是而后可以言为政也。则牛种之贷，可不代为筹画，勉其耕种，以慰西成之望乎？

卷四（原刻本卷四之一册） 事后之政计有六

事后论曰：事将告竣，尤贵斡旋，略有未安，终齸抚恤。况饥年之事务，实民命之所关。才得稍苏，疮痍未起，百姓暴露乏食，久废其业，居无定所，室无完聚，朝廷虽有蠲复来岁丁田之诏，闾阎尚少目前耕种之需，纵使商贾农工尽待给于官府钱米之赈，流民灾户咸仰听于有司安插之方，田究荒芜，业归怠惰。此犹以饿殍之养养之而已，非深思远虑，为兆人计长久之道也。所宜以古为鉴，率由典常，识国家大体时用之宜，广圣主加惠黎元之意，周详恳挚，图维厥终，足国计而释民愁，转荒岁为乐岁。因计事后之图，亦有六焉。是在行之者之无务为其〔具〕文可矣。

一、赎难卖以全骨月（难，去声）

齐管子曰：汤七年旱，禹九年水。汤以庄山之金铸币而赎民之无饘卖子者，禹以历山之金铸币而赎民之无饘卖子者。

谨案：圣王之世，可见亦有卖子之人，贵乎上之人有以处之耳。穷民命在旦夕，若不听其鬻卖，必至骨肉相枕而死，不更惨乎！此圣王所以听其卖而代其赎，不禁其不卖也。

鲁国之法：鲁人为人臣妾于诸侯，有能赎之者，取金于府。子贡赎鲁人于诸侯，而让其金。孔子曰：赐失之矣。取其金，则无损于行；不取其金，则不复赎人矣。

谨案：孔子责子贡之让金，恐旷赎人之典耳。可见圣心亦以赎人为美政矣。后之君子，曷勿体圣人责子贡之失，求为政之得哉？

汉高祖五年诏：民以饥饿自卖为人奴婢者，皆免为庶人。光武建武七年诏：吏人遭饥馑及为青徐贼所略，为奴婢下妻，欲去留者，恣听之。敢拘制不还，以卖人法从事。

谨案：此二诏，为贫不为富，可一不可再，非中和之论也。若免为庶人，听其去留，少者空养育于平时，壮者徒费银钱于歉岁，设遇再饥，其谁复买？不遭啖食，定丧沟渠，岂禹汤铸币赎人之意哉？

后魏高宗和平四年诏：前以民遭饥寒，不自存济，有卖鬻男女者，尽仰还其家。或因缘势力，或私行请托，共相通容，不时检较，令良家子息仍为奴婢。今仰精究，不听取赎，有犯加罪；若仍不检还，听其父兄上诉，以掠人论。

谨案：古云：天地无私，故能覆载；王者无私，故能容养。若处事稍有不平，难言至当。良家子息不听取赎，然后以掠人论罪，其谁敢议？如一无所得，尽放还家，何以活将来之饿莩？今高宗之诏，非两全之道欤？

唐太宗贞观二年，遣使杜淹赈恤关内饥民。鬻子者，出金帛赎还之。

明邱浚曰：呜呼！人之至爱者，子也。时日不相见则思之，挺刃有所伤则戚之。当年丰时，虽千金不易一稚；一遇凶荒，惟恐鬻之而民不售。此无他，知偕亡而无益也。故不若官买之，以实军伍。

文宗开成元年三月，诏：比闻两河之间，频年旱灾。贫人得富家数百钱、数斗粟，即以男女为之仆妾。委所在长吏察访，听其父母骨肉，以所得婚购之，勿得以虚契为理。

谨案：此诏勿凭虚契，归其所买，骨肉有再聚之欢，养育无骤失之患。使上不代赎而令民自图者，此诏庶几其可也。父母斯民之次法耳。

柳宗元为柳州刺史，不鄙夷其民，惟务德化。先是以男女质钱，约子本相当，则没为奴婢。宗元与民设法，悉令赎归。衡湘以南，士皆北面称弟子。

谨案：人知柳柳州以文章鸣世，而不知其以德化民。即如赎子女而归其父母，其德之施于民也远矣！罗池庙食有以哉。

宋太宗淳化二年，诏陕西缘边诸州，饥民鬻男女，入近界部落者，官赎之。真宗大中祥符三年，诏前岁陕西民饥，有鬻子者，命官为赎购之，还其家。仁宗庆历八年二月，赐瀛莫恩冀州缗钱二万，赎还饥民鬻子。

谨案：鸟雀有群栖之乐，人生岂无完聚之欢？无如死生在于旦夕，骨肉在所难全。天子下念穷民，悉为代赎，父子得以永聚，夫妻不复分离，非仁政之一端乎？

元武宗至大元年十一月，以大都米贵，发廪十万石，减价以粜赈贫民。比来民饥，有鬻子者，命有司悉为赎之。

谨案：流落异乡，尤多苦切，父母不得相亲，闾里曾无一识。武宗赎其子而还其家，犹无子而有子矣；发廪贱粜，以赈贫民，是无食而有食矣。非圣朝之盛典乎？

明成祖永乐十一年六月，上召行在户部臣曰：人从徐州来，言水灾，民有鬻子女者，人至父子相弃，穷极矣。即驿赈之，所鬻为赎还。

谨案：骨肉远离，死生难料，设遭疾病，谁念垂危？是不死于饥寒，亦半丧于零丁矣。天子悯其孤穷，骨而肉之，赈而活之。在覆载尚有缺陷之时，在朝廷绝无生离之众，宁独受恩者永怀不已，即旁观者，亦感激无穷也。

宪宗成化二十三年，诏：陕西、山西、河南三省军民，先因饥荒逃移，将妻妾子女典卖与人者，许典卖之家首告，准给原价，赎取归宗。其无主及愿留者听，隐匿者罪之。

谨案：官给原价赎其归宗，若不首告，罪其隐匿，人亦何怨之有？使如汉家之竟令放还，或以掠人论，是以势而不以理，岂君民之道哉？

明神宗万历二十二年，钟化民河南救荒疏：臣仰体德意，赎还民间荒年出卖妻孥四千二百六十三名。皇上全人父子、兄弟、夫妇之伦，离而复合，断而复续，骨肉肺腑之亲，无悲思哀痛之惨矣。但赎还之后，不知其终保完聚否？倘餬口无资，后相转贸，如梦中乍会，觉后成空。思及于此，不觉泪下。惟帝念哉！

谨案：钟御史之善政，不一而足。即如赎人一种，至四千二百余名，饥时不至丧失，稍熟得能完聚。家而室，父而子，孰非再造之恩欤？

赎难卖总论曰：曾闻明季成化乙未科状元费宏之父，捐馆资一十二金，赎妇还夫，狼狈而归。夜闻窗外神人曰：今宵采苦菜作饭，明年产状元为儿。宏果十九而登乡荐，翁生受吏部侍郎之封。在贫士尚怜离散，居天位何得视为漠然？况其卖也，非自作之孽也。时当歉岁，不卖亲人，终无生理，其意以为饿死而无救，不若活卖而分离，后得一见，未可知也。在买者给其价而衣食之，不惜捐费于丰年，实欲服劳于后日，既生其身，且救其家，均相有益，高下难分。但血泪已枯于异地，而梦魂犹恋乎家乡，非天子之深仁厚德，孰能救其婢使奴差之苦也？然汉家之诏，恣听去留，不偿所值，设遇荐饥，于何得活，岂善策哉？故司牧能如柳宗元，使臣得若钟化民，多方设法，完彼亲人，皆合禹汤之心，无愧孔子之教矣。且父子不相见，兄弟妻子离散，仁政之所首疾也，可使见之于世乎？孟子曰：禹思天下有溺者，由己溺之也；稷思天下有饥者，由己饥之也。圣贤之忧民如此。此父母孔迩之歌，所以流传于盛世哉！

二、怜初泰以大抚绥

汉宣帝时，渤海岁饥多盗。帝命龚遂镇之。遂曰：民困饥寒，故盗弄陛下之兵于潢池耳。夫治乱民，犹治乱丝，不可急也。乃单车至府，悉罢捕盗令，但以执田器为良民，令民卖剑买牛，卖刀买犊。曰：何为带牛佩犊！由是吏民富实而盗悉解。

谨案：古称荒政，贵不治之治也。使太守必欲剿除盗贼，以清四境，不但不能使之安，必将迫之乱。今念茕茕赤子，饥饿使然，衣食足而礼义生，惟务农桑，富其一郡。较之血我干戈、腥我天地者，霄壤矣。

光武帝建武六年正月，诏曰：往岁水旱蝗虫为灾，谷价腾跃，人用困乏。朕惟百姓无以自赡，恻然愍之。其命郡国有谷者，给廪高年、鳏寡、孤独及笃癃无家属、贫不能自存者。如律，二千石勉加抚循，无令失职。

谨案：疮痍初起，调护无方，必死无疑之症矣。光武知之，以往岁灾伤，特命赈给，且勉二千石，不可失职，大得安不忘危之道哉！

后魏崔衡为秦州刺史。先是河东年饥，劫盗大起。衡至，修龚遂之法，劝课农桑。周年之间，寇盗止息。

谨案：崔衡既可仿而行之于魏，后人独不可效而施之于世乎？盗贼悉除，农桑得盛，龚君妙法，原在人间，人自不能则耳。好大喜功者，徒自诛求于不已，岂良有司哉？

唐代宗元年十一月，制：逃亡失业，萍泛无依，特宜招绥，使安乡井。其逃户复业者，宜给复三年；如百姓先货卖田宅尽者，宜委州县，取逃户死口田宅，量丁口充给。仍仰县令亲至乡村，安存处置，务从乐业，以赡资粮。

谨案：逃亡失业，不能抚绥，还乡无倚，复又他之，乌知其不为盗也。今既各有处置，人民乐业，泰阶将起，是安民适所以安己，富民即所以富君，非美诏欤？其握要处，在处置乐业，以赡资粮，尤见深恩。

代宗时，李栖筠为浙西观察使。属师旅饥馑之后，百姓流离，讲诵之徒数年竟绝。乃大开学馆，招延秀异，表大儒河南褚冲、吴郡何员等，超资授官〔馆〕，为学者师，身自执经问疑义。由是远迩趋风，鼓箧升堂者，至数百人。教化大行。

谨案：礼义者，经国之大典也。岂因饥馑之后可废而不讲乎？李观察特为之整理，诚得圣人教之之义矣。不大有功于名教耶？

僖宗光启三年，张全义为河南尹。初，东都荐经饥馑，饥民不满百户。全义选麾下十八人材器可仕者，人给一旗一榜，谓之“屯将”。使诣十八县故墟落中，植旗张榜，招怀流散，劝之树艺，蠲其租税，惟杀人者死，余但笞杖而已。由是民归之者如市。数年之后，都城坊曲，渐复旧制，诸县户口，率皆归复，桑麻蔚然，野无旷土。全义明察，人不能欺，而为政宽简。出见田畴美者，辄下马，与僚佐共观之，召田主，劳以酒食。有蚕麦善收者，或亲至其家，悉呼出老幼，赐以茶彩衣物。有田荒秽者，集众杖之。或诉以乏人牛，乃召其邻里，责使助之。由是邻里有无相助，比户丰实，凶年不饥，遂成富庶焉。

谨案：兵火之余，尚能富足。太平之世，何事凋零？乃知世有治人，实无治法。在上者，能如张公之招抚流亡，劝之树艺，谁不勇往耕耘，互相赒济？乃知一人之鼓舞，关系万姓之丰盈。何以后世之官，但知自富，不知富民，此凋零之所由来耳。苟能以富己之图维，变而为富民之善策，要亦无有不富者矣。后来屈指，谁可并驱？

宋富弼镇青州，适河决。八州之民俱徙京东，既以救济，至次年麦熟，于是各计其路之远近，授粮使归。生全者五十余万人。

谨案：家不归，无以安其身；粮不足，无以资其归。富公计其远近，授粮遣归，不使有穷途乏窘，始也救之生，终也给其归，始终相济，故能位极人臣，而名垂万世也。

苏轼论积欠状：臣亲入村落访问父老，皆有忧色，云：丰年不如凶年。官吏以夏麦既熟，举催积欠，胥徒在门，枷锁在身，求死不得，故流民不敢归乡。臣闻之，孔子曰：苛政猛如虎。昔常不信，以今观之，殆有甚焉。水旱杀人百倍于虎，而人畏催欠又甚于水旱，百姓何由安生？朝廷仁政，何由得成？

谨案：催欠于麦熟之际，以致居者日以扰，流者不敢归。盖些少之收，还官则仍然举家枵腹，救口则目前鞭挞奚辞，是饥于年者可救，饥于官者难逃。昔邵康节有云：宽一分，小民受一分之赐。凡为司牧者，当以抚恤黎民为首务。催征国课固不可缓，第必揆时度势，审知现在之情形，勿以荒田灾累之穷民认作顽户抗粮之百姓，庶几政无刻厉，而宽厚爱民之意乃行。

朱熹疏：臣窃以为救荒之政，蠲除赈贷，固当汲汲于其始；而抚存休养，尤在谨之于其终。臣愚欲望陛下赦臣之罪，察臣之言，亟诏有司，凡去年被灾之郡，尽今年毋得催理积年旧欠，及将去年倚阁夏税，悉与蠲放其上二等人户。当此凶年，细民所从仰食，其间亦有出粟减价赈粜，而不及赏格者。伏望圣慈普加恩施，许将去年残欠夏税多作料数，逐年带纳。则覆载之间，幅员之内，当此灾旱之余，无有一夫一妇不被尧舜之泽矣。

谨案：名贤之为百姓，甚于自己之为一身，真诚恳切，无所不至。文公以民之贫者，念其困苦而赦之；民之稍可者，念其救荒而带征。安富救贫，略不稍遗，岂易及哉？

元成宗大德三年正月，诏：比年水旱疾疫，百姓多被其灾，已尝蠲复赈贷，尚虑恩泽未周。其大德三年腹里诸路合纳包银俸钱尽行除免，江南等处夏税以十分为率，量免三分。五年诏：各路风水灾重去处，今岁差发税粮并行除免。贫乏缺食人民之家，计口赈济；乏绝尤甚者，另加优给。其余灾伤，亦仰委官省视存恤。

谨案：人君恩泽，能于百姓有加无已，正是培植元气之处，诚足为抚绥兆庶者之法守也矣。

明太祖洪武十年九月，敕中书省：去岁浙西尝被水灾，民人缺食，朕尝遣官验户赈济。今虽时和年丰，念去岁小民贷息已重，既偿之后，窘乏犹多。今赖上天之眷，田亩颇收，若不全免旧年被灾之民今年田租，不足以苏其困，尔中书其奉行之。

谨案：太祖以"窘乏犹多"四字，存之胸中，则免两租之念，已勃然而不可遏矣。非履安思危、视民如伤之至欤？要之，民为邦本，本固邦宁。祖宗培植于前，子孙保护于后，权宜斟酌，计出万全，是诚至治之要道也。

神宗时，巡视河南御史钟化民疏中有云：臣每至粥厂，流民告称，一向在外乞食，离乡背井，日夜悲啼，今蒙朝廷赈济，情愿归家，但无路费，又恐沿途饿死。臣体皇上爱民之心，令开封等处，查流民愿归者，量地远近，资给路费，给票到本州县，补给赈银，务令复业。据祥符县申报，共给过流移男妇二万三千二十五名。

谨案：钟御史救民，不尽善尽美则不肯止。假如穷民虽有路费，而不补给赈银，归无所望，未免逡巡。今闻有此口粮，先有所籍，生计得以徐图，故归而恐后者多矣。立法不可与富郑公后先媲美耶？

怜初泰总论曰：既荒之后，如病初起，不能抚绥，再加劳困，是不死于病笃之时，而反亡于初愈之日矣。不大为可叹哉！麦熟矣，旦夕可免啼饥之苦，有麦则然；蚕毕矣，出入可释无衣之叹，无丝则否。故小民有些须之蓄，尤不可有耗散之端。倘若徘徊岐路，归计无从，劫掠相侵，空囊如洗，或追呼逼迫，或礼义罔知，不仍如遭倒悬之苦耶？于以知归流也，弭盗也，停征也，教养也，四者皆仁政之大端，抚绥之急务。自汉唐以至元明，莫不各有善法，所当急效者也。才履丰年，方臻熟岁，可不下体民心，上承天意，以固我金瓯哉！虽然，若弭盗而不归其流，则劫夺之患不息，教养而不停其征，则妨民之困不除，农桑何由得盛？学校何从得兴？此又相因而为用者也。缺一不讲，乌乎可哉？

三、必赏罚以风继起

齐桓公之郭，问父老曰：郭何以亡？曰：以其善善而恶恶也。公曰：若子之言，乃贤君也。何至于亡？父老曰：郭公善善不能用，恶恶不能去，所以至此耳。

谨案：赏罚者，朝廷之大权；明决者，经纶之妙用。秉其权，则必善其用，倘聪明周彻，而裁断之际不能不瞻顾迟回，揆之上理，究非所宜。所以善恶在前，已灼见其根柢，务即用其激扬，赏罚严明，而四方风动。治国之要，莫大于此。

齐威王语即墨大夫曰：子令即墨，毁言日至。及使人视即墨，田野辟，人民给，官无事，东方以宁。是子不赂吾左右求助也。封之万家邑。语阿大夫曰：子令阿，誉言日至。及使人视阿，田野不辟，人民贫馁。是子赂吾左右求助也。是日烹阿大夫及左右尝誉者。自是莫敢饰非，而齐国大治。

谨案：威王之赏罚明，齐国之万事理。可见爱民者，不可以不赏，不赏无以酬既往；饰非者，不可以不罚，不罚何以戒将来？救荒者，诚能体此意以用人，则得任贤勿贰、去邪勿疑之道矣。

汉武帝元鼎二年诏：仁不异远，义不辞难。今京东虽未为丰年，山林池泽之饶，与民共之。今水潦移于江南，迫隆冬至，朕惧其饥寒不活。江南之地，火耕水耨，方下巴蜀之粟，致之江陵。遣博士等分循行谕，告所抵无令重困；吏民有赈救饥民免其厄者，具举以闻。

谨案：分人以财，谓之惠。惠之及人，能生人于垂毙，则功亦不小矣。故凡有功于饥岁，不敢望报者，君子之存心；必有以报之者，朝廷之大典。至若小民，尤为善举，可不上闻乎？

明帝永平三年，荆州刺史郭贺官有殊政，上赐以三公之服，黻黼冕旒；敕行部去襜帷，使百姓见其容，以彰有德。

谨案：盛矣哉上之所赐也！他郡知之，有不自反者欤？昔鲁恭有云：万民者，天之所生。天爱其所生，犹父母爱其子。故爱民者，天佑之，君宠之，民戴之，史载之，众美备于一身矣。胡为乎不以善政为先也？

南北朝宋文帝元嘉十二年，东土饥，遣扬州治中从事史沈演之，巡行所在。演之表曰：宰邑敷政，必以简惠成能，莅职阐治，务以吏民著绩。故王奂见纪于前，叔卿流称于后。窃见钱塘令刘道真、余杭令刘道锡，皆奉公恤民，恪勤匪懈，百姓称咏。初被水灾之时，余杭高堤决溃，洪流迅激，势不可量。道锡躬先吏民，亲执板筑，塘既屹立，县邑获全。经历诸县，访核名实，并为二邦之首最，治民之良宰。上嘉之，各赐谷千斛。

谨案：有功不赏，吝惠不施，淮阴之论项王妇人之仁耳。其何以济！演之特举二令，宋帝赐谷千斛，名垂后世，不可为励众之旷典欤？后之勤于民事者几县？受谷千斛者几人？甚可慨也。

唐德宗贞元二年正月，诏：亲人之任，莫切于令长。导王者之泽，以被于下，求庶人之瘼，以闻于朝，得失之间，所系甚大。昨者详延群彦，亲访嘉猷。尚书司勋员外郎窦申等十人，洁己贞明，处事通敏，人不流亡，事皆办集，就加宠秩，允叶前规。呜呼！弛张系于理，不系于时，升降在于人，不在乎位。非次之恩，以待能者，彰义黜恶，期于必行。凡百君子，各宜自勉。

谨案：尧舜之时，虽有水旱之灾，不闻有沟渠之死者，要在得人而理，蓄积有备耳。今此诏加意于贤良，勉郎官于抚字，非握要之典耶？

宋哲宗绍圣元年十一月，诏：河北赈饥，诸路恤流亡官吏，有善状才能显著者，以闻。

谨案：世岂无才乎？特患有才而不能知耳。或为小人之所蔽，或在草茅而无闻。即有伏龙凤雏，不得司马徽而荐扬之，能致鱼水之得欤？此诏有才能者，令举以闻，人惟恐才之不见用于世矣，何遁迹之有？

孝宗淳熙八年七月，赏监司守臣修举荒政者十六人。十二月癸卯朔，以徽、饶二州民流者众，罢守臣官。出南库钱三十万缗，付浙东提举常平朱熹赈粜。丙辰诏：县令有能修举荒政者，监司、郡守以名闻。

谨案：贤者赏之，不肖者罢之。又出库钱，令朱子赈粜，且诏监司郡守各奏修举荒政之员。天地养万物，圣人养贤以及万民，孝宗非身体而力行者哉？

潘潢覆积谷疏内有云：凡境内应有圩圻坝堰坍缺、陂塘沟渠壅塞，务要趁时修筑坚完，疏浚流通。倘坏久不修、修不完固，或因而害民者，并为不职，从实按勘施行。遇该考满，务查水利无坏，方许起送。有能为民兴利，如史起溉邺、郑国开渠之利，具奏不次擢用。该管官员，亦照所辖完坏多寡分数，定注贤否，一体旌别。

谨案：世之有赏罚，如门之有枢机。赏罚不行，如枢机坏矣，尚能望其启闭有时而足以卫护多人耶？潘公此疏，历历指出，如是者当罚，如是者当升，诚得枢机之妙者矣。

元文宗时，监察御史撒里不花、张士宏等言：朝廷政务，赏罚为先，功罪既明，天下斯定。国家近年，自铁木迭儿窃位擅权，假刑赏以遂其私，纲纪始紊。迨至泰定，爵赏益滥。比以兵兴，用人甚急，然而赏罚不可不严。夫功之高下，过之轻重，皆系天下之公论。愿命有司，务合公议，明示黜陟。功罪既明，赏罚攸当，则朝廷肃清，纪纲振举，而天下治矣。文宗嘉纳之。

谨案：大舜用九官，诛四凶，德被天下，而功垂不朽。后人可不法之以图治欤？御史以赏罚为先，文宗嘉之，孰谓非纪纲振举之朝哉？

明孝宗弘治十年二月，巡抚凤阳都御史李蕙奏：致仕六安州知州刘鉴，前在州四年，积预备仓粮，余十万石。后致仕，适连岁荒歉，州民赖仓粮存济者甚众。请加旌异。上曰：鉴虽致仕，余惠在民。其仍进阶奉政大夫，以劝为民牧者。

谨案：知州之贤，巡按之奏，孝宗之赏，皆得报功要法，可以励继起。但其在任之时，其竭力图维，预备仓粮，洁己爱民，不闻上台奏请；直待余惠及民，而始邀天眷。其初之蔽贤者，非奸佞而何？

周孔教抚苏时有云：大司徒保息万民之政，既曰恤民，又曰安富。大率民不可以势驱，而可以义动。故民有出粟助赈、煮粥活人者，上也；有富民巨贾趁丰籴谷，归里平粜，循环行之，至熟方持本而归者，次也；有借粟、借粮、借牛于乡人，待年丰而取偿者，又其次也。凡此之民，皆属尚义，于此权其轻重，或请给冠带，或特给门匾，或给以赏帖，后犯杖罪，子孙皆可准折，皆所以奖之而不负之也。此在会典及累朝诏旨俱有之，有司所当急行者也。

谨案：夫子云：道千乘之国，敬事而信。可见信为治国之本。救荒者，饥时赖之以救民，事后岂可置之而不问？周君序三种救荒之人，急宜表彰，纲举目张，斯为得信赏必罚之道。

必赏罚总论曰：古云：有功不赏，有罪不诛，虽唐虞不能以化天下。今多列报功而罚罪不载，非谓不职者可以宽其罚，盖不待事毕，早已逐而去之也。此即范仲淹一家哭何如一路哭之意耳。昔高澄问政要于杜弼，弼曰：天下大务，莫过于赏罚。赏一人，使天下之人喜，罚一人，使天下之人惧，二事不失，自然尽善。时有闻弼之言者，大说〔悦〕曰：言虽不多，于理甚要。故明于致治者，无不以二端为大务也。汉唐之典、宋元之事，尽列于前，彰彰可据。至刘鉴之不蒙即赏者，蔽贤者之罪也。周孔教之欲奖尚义者，励众之道也。乃知灾伤之际，不有贤良建策斡旋，解民倒悬，出之汤火，孰与活垂毙而生饿殍？《礼记》云：圣人南面而治天下，报功其二也。可见赏罚者，致治之大典也，而可忽乎哉！不特此也。城市乡村，若有孝弟节义之人，或敦伦，或济世者，此亦天地之正气，人间之仪表，安可不一并表扬，以彰有德？果能若是，是无往而不以唐虞之治治天下矣。国有不治，社稷有不安者哉？

四、筹匮乏以防荐饥

汉景帝时，上郡以西旱。复修卖爵令，而裁其价以招民。

谨案：救荒如救焚，惟速为佳。使价稍高，则观望者多后。今裁价而招民，人必勇往向前，可谓纳粟救荒之善策矣。何匮乏之有？

宣帝地节三年，京兆尹张敞上书：国兵在外，田事颇废，素亡余积，虽羌虏已破，来春民食必乏。穷僻之处，买亡所得，县官谷度不足以赈之。愿令诸有罪，非盗受财杀人及犯法不得赦者，皆得以差入谷。此八郡赎罪，务益致谷，以预备百姓之急。左冯翊萧望之驳议曰：今欲令民纳粟赎罪，则富者得生，贫者独死，是贫富异刑而法不一也。西边之役，民失作业，虽户赋口敛，以赡其困乏，古今通义，百姓莫以为非。以死救生，恐未可也。

谨案：无辜之民，困之以赋，不若令有罪之人赎之以财，出其情愿，输其当然，宽一人而生数十人之身命，通变之方，莫妙于此。况狡猾之民，得安其生，四方安乐，民皆改行从善。所谓礼义生于富足。此际转移，真不费之惠矣。可勿行哉？

南北朝齐何敬叔为长城令，有能名，在县清廉，不受礼遗。夏节至，忽牓门受饷，数日中得米二千余斛；他物称是。悉以代贫人输税。

谨案：一人受污，四境得食，非智者能之欤？然其污也易释，其智也实深。君子曰洁己爱人，莫敬叔之若矣。

唐代宗时，刘晏掌财赋，以为户口滋多，则赋税自广，故其理财以爱民为先。诸道各置知院官，每旬月具州县雨旸丰歉之状白使司。丰则贵籴，歉则贱粜，或以谷易杂货供官用，及于丰处卖之。知院官始见不稔之端，先申至某月须若干蠲免、某月须若干救助。及期，晏不俟州县申请，即奏行之。应民之急，未尝失时，不待其困毙流亡饿莩，然后赈之也。由是民得安其居业，户口蕃息。

谨案：《大学》一书，刘晏能熟读“有德有人”一节，行之事而见诸政。其后除刘公之外，凡理财者，或急急于征求，恤灾者且迟迟而赈救。不知国之与民，所系甚重，偶有偏灾，即为救济，务使民有安全之乐，而无困厄之忧，则诚仁主爱惠子民之至计矣。

宋范纯仁知襄城。襄俗不事蚕织，鲜植桑者。纯仁因民之有罪而情轻者，使植桑于家，多寡视罪之轻重，按所植荣茂，与除罪。

谨案：爱民之人，罚之者即所以益之也。开一面之恩，锡自新之路，与蒲鞭示辱、醇酒强人同一意耳。况疮痍初起，尤当以此为法。

元祐间，苏轼守杭，尝于城中创置病坊，名曰安乐坊，以僧主之。仍请于朝，三年医愈若干人，乞赐紫衣度牒一道。复买田，岁收租米千斛资之。轼还朝，近臣有以黄白金为馈。轼恐却之以拂故人意，受之则伤廉，乃悉畀于杭，用助买田，而以书致谢意。

谨案：东坡此举，即刘凝之受饷分给之意也。人不我拂，德及万民，一举而数善备焉。嗟夫！东坡行之于前，以救疾疫；今人何不踵行于后，使灾民得所养耶？

孝宗兴隆间，中书门下省言河南、江西旱伤，立赏格，以劝积粟之家。凡出米赈济，系崇尚义风，不与进纳同。

谨案：崇尚义风，不与进纳同。此二语，鼓舞天下救荒捐纳之人，真妙语也。一种爱民深心沛乎笔底，宜榜示四海，以为捐纳者劝。

朱熹奏内有云：湖南、江西旱伤，米价踊贵，细民艰食。理合委州县官劝谕富室，如有赈济饥民之人，许从州县保明申朝廷，依今来立定格目，给降付身，补授名目。窃恐有司将同常事，未即推恩，致使失信本人，无以激劝来者，欲望圣慈特降睿旨，依已降指挥，将陈夔等特补合得官资，庶几有以取信于民，将来或有灾伤，易为劝谕。

谨案：圣贤之心，岂为捐粟者计，实为阻饥者谋。若荒而令之捐，熟而迟其授，适有不足，再欲举行，其谁我信？《左传》有云：君子之言，信而有征，故怨远于身也。

毛鼎新，黄岩人，授浙西提举茶盐司准遣，改常平司准遣。其长有欲献羡余四十万者，鼎新力争，以置社仓。

明陈善曰：鼎新此举，不启君上之侈心，而于民有德，且俾其长免言利干进之咎。一举而三善具焉。

明宣德末，永丰饥，乱民严季茂等千余人就缚。布政陈智伯谓胁从者众，不可概令瘐死，倡捐俸为粥赈之。奏报决首恶三十余人，余皆免。时有告富民与贼通者三百余人，智悉令诣官自告，谕之曰：果若人言，下吏鞫讯，尔尚能保家乎？今若能出粟济饥民，当贷尔。众流涕乞如命。得粟万余石，所活不可胜计。

谨案：富民遭官一审，家资尽入吏胥之手，饥民其有济乎？陈公使之出粟活人，真上智也。穷黎被胁而从，情有可矜；富家向贼求生，于理可恕。处之悉当，非秦镜欤？

成化间，朱英巡抚甘肃，寻总督两广。在甘肃积军羡三十万，在两广四十余万，流民复业者十五万家。或谓：公先后督抚，积羡抚民，功多矣。何不奏闻？英言：此边臣常分，何足自荐？

谨案：流民复业者十五万家，非以积羡济之，而能然欤？在甘肃，在两广，莫不以积羡抚民，且弗自荐，心何纯也？较之献于天子而邀荣遇者，天壤矣。

御史钟化民疏内有云：积储之法，在民莫善于义仓，在官莫善于常平。中州常行此法矣。但官府之迁转不常，仓库之废兴不一，燃眉则急，痛定则忘，岂有济乎？臣令各州县，查将库贮籴本及堪动官银，谷贱则增价以籴，谷贵则减价以粜。设遇灾荒，先发义仓，义仓不足，方发常平，不必求赈，在在皆赈恤之方，无事发粟，年年有不费之惠也。昔神农之教曰：有石城十仞、汤池百步、带甲百万，无粟不可守也。仓廪既实，奚忧盗贼哉？（汤：音商。汤池者，水盛之池也。）

谨案：燃眉则急，痛定则忘，图治之所切戒者，莫大于此。若饥后而不为之备，又何以长享升平，世称至治乎？所以村村有储，处处有仓，则民殷富，而水旱可无急迫之忧。

筹匮乏总论曰：年运之荒歉，实无常也，而穷民之待哺，情孔亟焉。偶值无年，必多匮乏，苟不设法补足社仓，不犹生之于东隅，而窘之于西榆乎！用集其四，以备采择：一曰捐职，二曰赎罪，三曰用羡余，四曰假馈纳。劝分未尝不妙，但恐难言于既输之后耳。捐职如景帝之裁酌，宋孝宗之谕义，深得鼓舞之方，朱夫子则又论之详而勉之至，是法可勿行乎？赎罪，张敞所论，千古嘉谟，免一人之死，救千百人之生，岂萧望之所能及哉？法内行仁，范忠宣、陈智伯又为之最矣。以羡余而备荒者，则有毛鼎新、朱英之可鉴；将馈纳而赈救者，则有何敬叔与苏东坡之可凭。皆洁己爱民之君子，何皆莫之法也？若使理财者能如刘晏，筹社仓者能如钟化民，尚有燃眉则急，痛定则忘之诮乎？古者三年耕，必有九年之蓄，以三十年之通制国用，总以筹匮乏于丰年，不使民间有灾荒饥馑之苦耳。仁哉圣心！典制所垂，抑何惠民深而忧民之心更如此其恳挚也耶？

五、尚节俭以裕衣食

陶唐氏帝仁如天，智如神，就如日，望如云。金银珠玉不饰，锦绣文绮不展，奇怪异物不视，玩好之器不宝，淫佚之乐不听，宫墙室屋不垩色（音恶，白土也），衣履不敝尽，不更为也。

谨案：人知圣人之俭乎？心乎万民，不但不以金玉锦绣为贵，亦无暇及于此也。隋文未尝不俭，闭粟吝施，不知君民一体之理，犹鷦鷯而学鹏飞，不能仿佛于万一耳。

齐相晏婴（字平仲，今山东莱州府人）。婴以节俭重齐，一裘三十年，豚肩不掩豆。齐国之士，待以举火者七十余家。

谨案：晏婴，齐相也；萧何，汉相也。一衣食之俭也如此，要亦无恒产之足治矣。后世美婴而不美何者，婴能俭以及人，而何但知为子孙计耳。

汉杜诗，字公君，河内汲人也。仕郡功曹，迁南阳太守。性节俭而政治清平，以诛暴立威，善于计略，省爱民役，造作水排，铸为农器，用力少，见功多，百姓便之。又修治陂池，广拓土田，郡内比室殷足。时人方于召信臣，故南阳为之语曰：前有召父，后有杜母。

谨案：为政而以母称，其惠之及民也可知矣。身崇节俭，农务为先，以致比屋殷足，较于分俸及人者，更握其要。吾愿爱民之君子，皆以杜公为法可也。

羊续，字兴祖，太山平阳人也。中平三年，拜南阳太守。当入郡界，乃羸服间行，侍童子一人，亲历县邑，采问风谣，然后乃进。郡内惊竦，莫不震慑。时权豪之家，多尚奢丽。续深疾之，常敝衣薄食，车马羸败。府丞尝献生鱼，续受而悬于庭。丞后又进之，续乃出前所悬者，以杜其意。灵帝欲以续为太尉，时拜三公者，皆输东园礼钱千万，令中使督之，名为左驺。续乃坐使人于单席，举缊袍以示之，曰：臣之所资，惟斯而已。

谨案：力挽颓风，人之所难。兴祖间行入郡，矫其故弊。举缊袍以示使者，不以三公易其介。名垂后世，较于富贵一时、殁则无闻者远矣。

南北朝孔奂，字休文，晋陵守。清白自励，妻子不入衙斋，得俸即分瞻孤寡。一郡号曰神君。富人殷绮，见其俭素，馈以毡衣。奂谢曰：百姓未周，岂容独享温饱？

谨案：孔君之俭素，必欲百姓足而始自享其温饱，则无时无刻不以穷民为念矣。其分俸也，在所必然；毡衣之惠，徒增其叹。今之为守者，对孔君而果能无愧欤？

唐高祖武德二年，诏曰：酒醪之用，表节制于欢娱；刍豢之滋，致甘旨于丰衍，然而沉湎之辈，绝业亡资，惰窳（音与）之民，骋嗜奔欲。方今烽燧尚警，兵革未宁，年谷不登，市肆腾踊，趋末者众，浮冗尚多，肴羞曲蘖，重增其费。救敝之术，要在权宜。关内诸州，官民宜断屠酤。

谨案：人情多纵，知流而不知节，知放而不知检，欲仓箱之固也得乎？一遇饥年，仍为饿莩。此诏令官民尽断屠酤，诚得节制嗜欲之道矣。

太宗尝怪舜造漆器，禹雕其俎，谏者十余不止，小物何必尔耶？谏议大夫褚遂良对曰：雕琢害农力，纂绣伤女工，奢靡之始，恣纵之渐也。漆器不止，必金为之，金又不止，必玉为之。故谏者救其源，不使得开；及夫横流，则无复事矣。帝咨美之。

谨案：奢靡之始，恣纵之渐，天子且然，而况小民乎？仓箱朝尽，困窘暮乘，非死即流，势所必至，可不知所以节之哉？褚公之对，自天子以至庶人，皆不可不察也。

宋寇准，字平仲，渭南人。真宗朝拜相，决策成澶渊功。寝室一布帏，二十载不易。封莱国公。处士魏野赠诗曰：有官居鼎鼐，无地起楼台。北使至，历视诸宰执，语译者曰：孰是无地起楼台相公？（译，音亦，即今之通事也。）

谨案：清介而为外邦之所慕，岂他人所能及哉？叱堂吏之例簿，谢门生之三策，皎皎素风，可规天下。此枯竹生笋，而竹林祠之所由起也。可云生无楼阁地，死有竹林祠。

仁宗时，右司谏庞籍奏曰：臣昨在太平州界，检会广德军判官钱中孚等状，称诸乡贫民多食草子，名曰乌昧，并取蝗虫暴干，摘去翅足，和野菜煮食。臣窃思之，东南上供粮米，每岁六百万石，至府库物帛，皆出于民。民于饥年艰食如此，国家若不节俭，生灵何以昭苏？臣今取草子封进，望宣示六宫藩戚，庶抑奢侈，以济艰难。

谨案：庞公之论节俭，欲先君而后民，由宫廷而及国，诚得为治之本。民之所输若彼，所食若此，不深为可叹哉？是故圣君爱民，必使六合咸享丰盈，衣食充足，犹不敢少有崇侈以自奉也。此粟红贯朽，所以称文景之盛治耳。

元成宗大德九年，西域贾人，有献珍宝求售者，议以六十万锭售其直。省臣有谓左丞尚文者曰：此所谓押忽大珠也。六十万售之不为过矣。文问：何所用之？答曰：含之可不渴，熨面可使自有光。文曰：一人含之，千万人不渴，则诚宝也。若一宝止济一人，其用已微矣。吾之所谓宝者，米粟是也。有则百姓安，无则天下扰。以功用较之，岂不愈于彼乎？

谨案：世之宝珠玉者多矣，有能因珠玉而念及米粟，以济百姓者几人？贤哉左丞也！照乘之珠，不足以安社稷，卞和之玉，后复仍授他人，何不宝米粟，以济苍生，永国祚而享帝王之福哉？

明太祖洪武三年，诏：禁民僭侈，凡庶民之家，不得用金绣、锦绮、纻丝、绫罗，止许用䌷绢、素丝。其首饰钏镯，并不许用金玉、珠翠，止用银。五年，诏：古之丧礼，以哀戚为本，治丧之具，称家有无。近代以来，富者奢僭犯分；力不及者，揭借财物，炫耀殡送；及有惑于风水，停柩经年，不行安葬。宜令中书省集议定制，颁行遵守，违者论罪如律。十四年，令农民之家，许穿䌷纱绢布，商贾之家止许穿绢布；如农民之家，但有一人为商贾者，亦不许穿䌷纱。

谨案：有可用而不用，谓之俭约；有不当用而用，谓之僭妄。今民间僭妄者多，非有司之过欤？洪武三诏，独十四年令内，尤多重农之意。敦本而节人，非深明治道者，有此美政耶？

海瑞知淳安县时，鄢懋卿总理天下盐政，骄奢无度。每巡视郡县，所过供给费且不赀，独瑞供帐菲甚。懋卿虽怒，素闻其强项，亦敛威去。后擢主事，抗章直谏，刚正动于一时。至万历十三年，帝闻其名，擢为南佥都。一时京师自大僚以及郎丞，无不奉法，而雨花、牛首等景游宴顿绝。都人巷议，比之包老复生。

谨案：细阅刚峰之抗疏与椒山之谏章，片言只字，皆非他人所敢道也。一种忠君爱国之心，溢乎笔底。不知其有身矣，遑惜其他。痛哉！椒山蒙不测，刚峰得善终者，反侧之徒已去故也。其清介之风，足以卫民，足以易俗，非斯民之保障哉？

尚节俭总论曰：奢与俭较，俭固美矣，但俭而不能有益于人，见法于世，不因吾俭而去其奢，或恶其奢而师吾俭，此即於陵仲子之流矣。乌乎！取帝尧节于己而俭于世，澹泊无为，太古之风也。唐高祖、明太祖，皆躬崇节俭，垂裕后人。晏婴以及海瑞诸君子，俭以持己，惠及亲邻者有之，富足斯民者有之，名闻外邦者有之，移风易俗者有之，靡不因我之俭而有益于世者也。可不则之以范斯民哉？昔宋均有言：廉吏清在一己，无益百姓，似乎不足多也。故其廉，使非於陵仲子之廉，兼能济人，末俗颓风，赖之而振，始可称有功于斯世耳。白香山有云：人民之贫困者，由官吏之纵欲也；官吏之纵欲者，由君上之不能节俭也。故上一节其情，而下有以获其福，上一肆其欲，而下有以罹其殃。此至言也。《易》曰：节以制度，不伤财，不害民。是节者，素为圣人君子之所重矣。曷勿身以先之，固万姓之仓箱，而为久安长治之道哉。

六、敦风俗以享太平

魏文侯时，西门豹为邺令，发民夫凿渠，引漳水灌田，以苏民困。俗信女巫，岁为河伯娶妇，选室女投河中。豹及期往视，指女曰：丑。烦大巫又报河伯。即呼吏投之，群巫惊惧乞命。从此禁止。

谨案：利不兴，则民无以丰衣食；害不除，则人何以安室家。有一于此，太平何由得享？今西门豹之为邺令也，引漳水以灌田，溺大巫而救女，是拯民于陷阱之中，而登之衽席之上者矣。恶俗颓风，有不为之焕然一新欤？

汉景帝末，文翁为蜀郡守，广仁爱，好教化。见蜀中僻陋，有蛮地风，文翁欲诱进之。乃选郡县小吏有才者张叔等十余人，亲自饬厉，遣诣京师受业博士，或学律令，有至郡守刺史者。又修起学官于成都市中，高者以补郡县吏，次为孝弟力田。由是教化大行。至武帝时，乃令天下郡国皆立学校官，自文翁为之始云。

谨案：人之礼义廉耻，四维也。使无学校教诲，将不知四者为何物矣，何由而大其德业，享其大平？文翁施仁爱而广教化，不特蜀中为之一新，天下后世，皆为之感动。故学校之官，虽建于武帝，而实由文翁始，其有功于名教不亦多耶？

明帝永平二年，幸辟雍，拜三老五更，引五更桓荣及弟子升堂。上自为辨〔辩〕说，诸儒执经问难于前，冠带荐绅之士，圜桥门而观听者盖亿万计。自天子诸王侯及大臣子弟、功臣子孙，莫不受经，后宫亲属概不重用。以是吏得其人，民乐其业，远近畏服，户口滋殖。

谨案：勋业烂然，光照天地，必从古今典册中来。则致治之道，舍经书礼乐之人，其谁与归？惟文帝首重斯文，不用国戚，而循良叠见，若郭贺、宋均、刘平诸君子之美政，彰彰青史，则之而可以惠民，可以到〔致〕治。凡欲广教化、美风俗者，曷不以明帝为法哉？

仇览，一名香，为蒲亭长。有陈元者，母讼其不孝。览惊曰：守寡养姑，奈何欲致子于法？其母遂感悟而去。览亲至其家，谕以大义，卒成孝子。邑令王涣曰：不罪陈元，殊少鹰鹯之志。览曰：鹰鹯不如鸾凤耶？

谨案：革人之面，不若革人之心；置人之死，不若救人之生。王涣能以王法坐不孝，仇览独不能以严刑治逆母乎？览则不然，躬行劝化，使蒙天性，慈者慈而孝者孝，不特陈元思报劬劳之德，而阖邑无不动孝养之心，有耻且格，末俗一新。是王涣欲为其易，而仇览独任所难。鸾凤鹰鹯之喻，不信然乎？

隋辛公义为牟州刺史，下车先至狱所，决断十余日，囹圄空。后有讼事应禁者，公义即外宿。人问故，曰：忍禁人在狱，而我独安寝乎？自是州人感化，以讼为耻。

谨案：无谓末俗之难移也。上果有爱民之官，下断无不化之民，于公义见之矣。讼之为害也，结深仇，费钱帛，起奸伪，隳事功，不一而足，人情由此而恶薄，风俗何由而得新？今辛公以清狱之德、外宿之诚感动愚顽，州人悉以讼为耻，非古之遗爱欤？

赵煚（音景）字通贤，为冀州刺史。市多奸伪，煚造铜斗铁尺，置之肆间，百姓称便。上闻而嘉焉，诏天下如其法。尝有盗田中蒿者，为吏所执。煚曰：此刺史不能宣化故耳。彼何罪也？慰谕劝之，令人载蒿一车赐盗。盗感泣过于严刑。

谨案：夫子云：道之以政，齐之以刑，民免而无耻，何若以德礼化民，使其有耻且格之为美哉？赵煚知其然，作伪者，制器以防之，为盗者，载蒿以愧之，不尚严刑峻法，惟期教化风行，奸诡有不为之易辙耶？

唐太宗即位之初，尝与群臣语及教化。上曰：今承大乱之后，恐斯民未易化也。魏征对曰：不然。久安之民常骄佚，则难教；经乱之民多愁苦，则易化。封德彝非之曰：三代以还，人渐浇讹，故秦任法律，汉杂霸道，盖欲化之而不能也。征又曰：五帝三王，不易民而化，行帝道而帝，行王道而王，顾所行何如耳？若云渐浇，今民当悉化为鬼魅矣。帝从征言。

谨案：太公之封于齐也，五月而报政，伯禽之治鲁也，三年而报政，不各随其上之所道耶？德彝乌足以知之。不数年，太宗之教化大行，非风俗之一变乎？甚矣！魏征之言，彰彰有验也。于以知忠厚存心者，未有不获忠厚之报也。

徐有功为蒲州司法参军，不忍杖民。人服其德，更相约曰：犯徐参军杖者，众必共斥之。以故讫代不辱一人。时武后闻知，授有功为刑曹。数犯颜敢谏，持平守正，执据冤罔。尝与太后反覆辨〔辩〕论，太后大怒，命拽出斩之。有功回顾言曰：臣虽死，法终不可改。至市临刑得免。凡三坐大辟，终不挫折，将死晏然。后以此益重之。所全活者甚众，酤〔酷〕吏为之少衰，然疾之如仇矣。卒年六十八，授一子官。张文成为有功赞曰：蹑虎尾而勿惊，触龙鳞而不惧者也。

谨案：一人贪生，千人立死。有功宁犯颜而辩枉，不因将斩而易辞，仁爱与直节并行。执法者则之，何失入之有？

宋沈度，字公雅，为余干令。父老以三善名其堂，一曰田无废土，二曰市无游民，三曰狱无宿系。

谨案：圣人不云乎，斯民也，三代之所以直道而行也。官有善政，民无不誉，皆其良心之所发而不容泯者也。田无旷土，则家有余粮；市无游民，则廛无旷业；狱无宿系，则凶〔囚〕乏冤民。三者备而民心得，有不咸欣室〔至〕治而兴来暮之歌哉？

朱熹知彰州，奏除属县无名之征，岁免七百万。以俗未知礼，采古丧葬嫁娶仪制，揭以示民，命父老传训其子弟。拆毁淫祠，禁士女游集僧舍。风教一端。

谨案：去民横征之苦，导人仪制之间，非以世道人心为己任者，焉能及此？文公先释其困苦，后教其婚丧，循循善诱，风教一新。惜乎不令其久居廊庙，大行其淑世导民之德意耳！

元仁宗皇庆二年春三月，御史中丞郝天挺上疏论时政，陈七事：一曰惜名爵，二曰抑浮费，三曰止括田，四曰久任使，五曰论好事，六曰奖农务本，七曰励学养士。帝皆嘉纳，诏中书悉举行之。

谨案：凡帝王能纳善言，美时政，未有不享一统之盛而乐物阜民康之乐者也。今仁宗诏中书举行郝御史所陈之七事，理之所当废者，则必尽去，世之所仰望者，又必尽兴，政教一新，人情踊跃，沛乎莫遏无往，而不见一道同风之治矣！

明太祖曰：朕尝取镜自照，多失其真。冶工曰：模型不正故也。朕闻之惕然。人主一心为天下型，一不正，百度乖矣。可不慎乎？

谨案：模型正矣，使用人不明，理财未善，舛错其政，亦难致一道同风之盛。此圣经于二者，所以特举之而并重也。明太祖以镜自励，握其要道，克慎克勤，范我黎民，非致治之主耶？

敦风俗总论曰：民之日流于污下而不能享太平之福者，人知之乎？皆由未知孝弟忠信、礼义廉耻之为重耳。如父兄能以此而教子弟，师友能以此而晓愚蒙，在位者察其言行，奖其淳良，民惟恐身之不端而见弃于大人君子矣，风俗有不敦者哉？但异端不息，则人心难正；学校不兴，则教化不广；孝弟有亏，则人伦未备；冤狱不申，则明慎多惭。是皆有负于一人，而获罪于天下者也。呜呼！小民之焦劳初释，衣食方克〔充〕，若不身自力行，格彼非心，虽处于丰亨明盛之时，恐亦变而为颓败委靡之俗矣，不大为可忧哉？历稽往哲，溺女巫而毁淫祠者有人，修学宫而幸辟雍者有人，教以敦伦，宁如鸾凤，力争冤狱，甘触龙鳞，心何仁而胆何壮也。又有格民耻讼，愧盗如刑，不恃刑罚为章程者，非皆以善教得民心、力任移风易俗之仁人耶？然民亦有以三善名其堂者，益见斯民也，三代之所以直道而行者也。信乎夫子之言！君子之德风，小人之德草，草上之风必偃。厚其生，复其性，有不永享太平之福者哉？

附录一（原刻本卷四之二册） 摘要备观

摘要总论：〈救荒〉要务，已备于前，但古人偶值凶年，目击心伤，有一荐〈殷殷〉无已之心，或见于行事，或见于立言，〈皆救〉人活命之良规。既不敢尽弃而不收，又不能悉载而备〈览〉，以是不得不摘其要者而存之。临民者果能润泽其间，民蒙其福矣。但此种皆随见随录，以便增添，其先后之次第，盖未尝列序也。

历朝田制

井田之制，创自黄帝，三代因之。寓兵于农，伏险于顺，法至善也。今惟郑州，其井田尚存，余或可行于土旷人稀之处。《周礼》：凡治野，夫间有遂，遂上有径；十夫有沟，沟上有畛；百夫有洫，洫上有涂；千夫有浍，浍上有道；万夫有川，川上有路。百里之内，川与路纵横各九，而浍与道则各九十也。欲开井田，不必尽泥古法。纵横曲直，各随地势，浅深高下，各因水势，则长运可息，民力可苏矣。（见《劝农书》）

区田始自伊尹，教民粪种，负水浇稼，御旱济时之良法也。按旧说，长阔相乘，通共可作二千七百区。空一行种一行；于所种行内，隔一区种一区。除隔除空外，可种六百六十二区。每区深一尺，用熟粪一升，和匀壅其根旁。苗出，锄不厌频；结子时，再锄空区之土，向根上〈加〉培，以防大风摇摆。邱陵倾阪及高亢之处，皆可为之，近水更佳。每亩可收六十六石，学种者或半之。（熟粪者，不拘何粪，积于灰草之中，待其浥蒸气透而用之。非用火煨也。见《国脉民天》）

柜田，筑土护田，似围而小其面，俱置瀽穴，顺置田段，便于耕莳。若遇水荒，田制既小，坚筑高峻，外水难入，内水则车之易涸。浅没处，宜种黄穋稻。此稻自种至收，不过六十日，能避水溢之患。如水过，泽草自生，糁稗可收。高涸处，亦宜陆种诸物，皆可济饥。此救水荒之上法也。盖因坝水溉田，亦曰坝田。与此名同而实异矣。（见《农桑诀》）

梯田，谓梯山为田也。夫山多地少之处，除峭壁巉岩不可种，其余有土之山，下自横麓，上至危颠，裁作重磴，皆可艺种。如土石相半，则须垒石，相次包土成田；若山势峻极，人须伛偻蚁沿而上，耨土而种。自下登陟，俱若梯磴，故总而名之曰梯田。如上有水源，则可以种秫稻、秔稻；如止陆种，亦宜粟麦。盖田尽而地，地尽而山，山乡细民，求食若此之艰，良可慨也。（见《农桑诀》）

架田，架犹筏也。亦名葑田。考之农书云：若深水薮泽，则有葑田。以木缚为田丘，浮系水面，以葑泥附木架上，而种艺之。其木架田丘，随水高下浮泛，自不淹没。自初种以至收刈，不过六七十日。夫架田附葑泥而种，既无旱暵之灾，复有速收之效，水乡无地者宜效之。（见《农桑诀》）

圃田，种蔬果之田也。《周礼》：以场圃任园地。注曰：圃树果蓏（音裸）之属，其田绕以垣墙，或限以篱堑。负郭之间，但得十亩，足赡数口。若稍远城市，可倍添田数，至半顷而止。结庐于上，外周以桑，课之蚕利，内皆种蔬，惟务取粪壤，以为膏腴之本。虑有天旱，临水为上，否则量地凿井，以备灌溉。比之常田，岁利数倍。此园夫之业，可以代耕，若养素之士，亦可托为隐所，不亦美哉？（见《农桑诀》）

沙田，谓沙淤之田也。今通州等处皆有之，而民间率视为弃地。若江淮间有此田，则为腴地矣。盖此田大率近水，其地常润泽，可保丰熟。四围宜种芦苇，内则普为塍岸，可种稻秫，稍高者可种棉花、桑麻。或中贯湖沟，旱则便溉；或傍绕大港，涝则泄水，所以无水旱之虞。但沙涨无时，未可以为常也。（见《农桑诀》）

涂田者，见于濒海之地。潮水往来，淤泥常积，上有咸草丛生，此须挑沟筑岸，或树立桩橛，以抵潮汛。其田形中间高，两边下，不及数十丈，即为一小沟，数百丈即为一中沟，数千丈即为一大沟，以注雨潦，为之甜水沟。初种水稗，斥卤既尽，可种粱稻。所谓"泻斥卤兮生稻粱〔粱〕"，即此是也。此因潮涨而成，与淤田无异者也。（见《劝农书》）

围田者，四围筑长堤而护之，内外不相通之谓也。江以南，地卑多水，民间之田，皆筑土为岸，环而不断，随地形势，四面各筑大岸以障水，中间又为小岸。或外水高，而内水不得出，则车而出之，以是常稔而不荒。今北方之地，坦平无岸，潦则不能御水，旱则不能蓄水，焉能不荒？今须勉有力之家，度视地形，亦各为长堤大岸，以成大围，岸下须有沟以泄水，则外水可护，而内悉为膏腴之稼地矣。又何虑乎水旱之为灾也？

谨案：田制虽多，临民者贵乎随地制宜，因时命树，否则何补于农人？虽然，教之得其法矣。使不念其胼胝之劳，薄其赋敛，宽其徭役，彼方慕游食之乐以为乐，九年之蓄，可得而致哉？

养种法

凡五谷豆果蔬菜之有种，犹人之有父也，地则母耳。母要肥，父要壮，必先仔细拣种。其法量自己所种地，约用种若干石，其种约用地若干亩，即于所种地中，拣上好地若干亩，所种之物，或谷或豆等，即颗颗粒粒，皆要精选肥实光润者，方堪作种。此地粪力耕锄，俱要加倍，愈多愈妙。其下种行路，比别地又须宽数寸，遇旱则汲水灌之，则所长之苗与所结之子，比所下之种，必更加饱满。下次即用所结之实，仍拣上上极大者作为种子，如法加晒、加粪、加力，其妙难言。如此三年，则谷大如黍矣。若菜果应作种者，不可留多，如瓜止留一瓜，茄止留一茄。余开花时，俱要摘去，用泥封其枝眼。（见《国脉民天》）

古人云：凡五谷，种同时而得时者，谷多；谷同而得时者，米多；米同而得时者，饭多；饭同而得时者，久饱而益人。《舜典》曰：食哉惟时。此之谓也。

外有古今救民书集未得采入者，祈博览者补之。黎民幸矣。

邓御天《农历》一百二十卷

冯慕冈《重农〈考〉》　　邝廷瑞《便民图纂》

王炳《活民救荒书》　　《汜胜之书》

贾思勰《齐民要术》　　贾元道《农经》

王珉《要术》　　苗好谦《栽桑图说》

王盘《农桑辑〈要〉》　　《孟祺书》

周宪王《救荒本草》　　胡文焕《救荒本草》

王盘《野菜谱》　　张西山《荒政论》

明季仓粮考

《会典》：祖宗设仓贮谷，以备饥荒。其法甚详。凡民愿纳谷者，或赐奖敕为义民，或充吏，或给冠带散官。令有司以官田地租税契引钱及无碍官钱，籴谷收贮。近时多取于罪犯抵赎，以所贮多少为考绩殿最云。例具于后。

洪武初，令天下县分各立预备四仓，官为籴谷收贮，以备赈济。就择本地年高笃实民人管理。

正统五年，奏准各处预备仓，凡侵盗私用冒借亏欠等项，粮储查追充足，免治其罪。其侵盗证佐明白，不服赔偿者，准土豪及盗用官粮治罪。

成化六年，令在外军民子弟愿充吏者，纳米六十石，定拨原告衙门，遇缺收参。

弘治十八年，议准在外司府县问刑，应该赎罪等项赃罚等物，尽行折纳，籴买稻谷上仓，以备赈济。并不许折收银两及指挥别项花销。

正德二年，令云南抚按同三司掌印等官，查勘各库藏所积，除军前支用银物外，其余堪以变卖及官地湖地等项可以召人佃种收租者，尽数设法籴米谷上仓，专备赈济。

十四年，令辽东比照宣大事例，将巡按并大小衙门问过一应赎罪银两，存留本处，以备买粮赈济。

嘉靖三年，令各处巡抚按官，督各该司府州县，于岁收之时，多方处置预备仓粮。其一应问完罪犯纳赎纳纸，俱令折收米谷，每季具数开报。抚按衙门，以积粮多少为考绩殿最。如各官任内三年六年，全无蓄积者，考满到京，户部参送法司问罪。

八年，又令各处抚按官督所属官，将赃罚税契引钱一应无碍官钱籴买稻谷，或从便宜收受杂粮，以备荒歉。各该官员，果能积谷及数，听抚按官核实旌异；若不用心举行，照例住俸。

万历七年，议准各省直抚按，酌量所属知府地方繁简贫富，定拟积谷分数。其积不及数者，与州县一体查参；其升迁离任者，照在任一体参究。

谨案：不知善法之当遵，惟恃催科之足据，吝于己而刻于人，未有不危其国者也。如明季以赃罚银两积谷备荒，非法之至善哉？但为数太多，急于取足，因爱民之心反变而为害民之政，岂祖宗发帑相资之意？隆庆间王君赏上疏，言凡罪赎银两，当视地方贫富、狱讼繁简为差，不可概限之以重数也。疏上称善，可云两得矣。然则过多其数，固非善政，略无所备，亦岂良图？奈何自嘉靖起，虽有备荒之名，而无备荒之实，灾荒屡见，万姓流离。至于泰昌、天启、崇祯，尤不可问。积谷之典既旷，复兼加征助饷，分外征求，是直驱民作贼耳。即明季而观，有备者累世太平，无蓄者因灾即覆。凡有牧民之职者，可不为苍生作饥馑之谋，上慰圣主爱养黎元之意耶？

救荒全法

宋·董煟

救荒之政，有人主所当行者，有宰执所当行者，有监司、太守、县令所当行者，各有不同。今悉条列于后。

人主所当行，计六条：

恐惧修省　减膳撤乐

降诏求贤　遣使发廪

省奏章而从诤谏　散积藏以厚黎元

宰执所当行，计八条：

以调燮为己责　以饥溺为己任

启人主敬畏之心　虑社稷颠危之渐

进宽征固本之言　建散财发粟之策

择监司以察守令　开言路以通下情

监司所当行，计十条：

察邻路丰熟上下以为告籴之备

视部内灾伤大小而行赈救之策

通融有无　纠察官吏

宽州县之财赋　发常平之滞积

毋崇遏籴　毋启抑价

毋厌奏请　毋拘文法

太守所当行，计十六条：

稽考常平以赈粜　准备义仓以赈济

视州县三等之饥而为之计（小饥，则劝分发廪；中饥，则赈济赈粜；大饥，则告奏截漕，乞鬻爵，借内帑钱为粜本）

视邻郡三等之熟而为之备（才觉旱涝，即发常平钱，遣牙吏往丰熟处告籴，以备赈济。米豆杂料皆可）

申明遏籴之禁　宽弛抑籴之令

计州用之盈虚（存下一岁官吏支遣，余皆以救荒。不给，则告籴他邦）

察县吏之能否（县吏不职，劾罢则有迎送之费，姑委佐贰官以辅之；不然，对移他邑之贤者）

委诸县各条赈济之方　因民情各施赈济之术

差官祷祈　存恤流民

早检放以安人情　预措备以宽州用

因所利以济民饥（兴修水利、整理城垣之类）

散药饵以救民疾

守令所当行，计二十条：

方旱则诚心祈祷　已旱则一面申州

告县不可邀阻　检旱不可后时

申上司乞常平以赈粜　申上司发义仓以赈济

劝富室之发廪　　诱富民之兴贩
防渗漏之奸　　戢虚文之弊
听客人之粜籴　　任米价之低昂
请提督　　择监视
参考是非　　激劝功劳
旌赏孝弟以励俗（饥年骨肉不能相保。有能孝养公姑，竭力供祖父母者，当即行旌奖）
散施药饵以救民　　宽征催
除盗贼
上共六十条。

谨案：此六十条，因位立言，随时行政，条条尽善，种种回天。饥年得此，民可再生。虽隋侯之珠、卞和之玉，不足以易其一字也。愿圣主贤臣，以宝六经之法宝之，始称允当。

救荒无定法，风土不一，山川异宜，惟在豫先讲究而已。应令诸州守臣，到任一月以后，询究本州管下诸县镇可以备救荒及其措置之策断然可行者，条奏取旨，各令自守其说。任内设遇旱涝，即简举施行，不得自有违戾。外委监司，内委台谏，常切觉察。又救荒有赈粜、赈济、赈贷。此三者，名既不同，其用亦各有体。赈粜者，用常平米，其法在于平准市价，默消闭籴之风，比市价减三分之一；如若不足，当委官循环籴粜，务在救民，不计所费。赈济者，用义仓米，施及老幼残疾孤贫等人；米不足，或散钱与之，即用库银籴豆麦菽粟之类亦可。务在选用得人。赈贷者，或截留上供米，或借省仓米，或向朝廷乞封椿〔桩〕米或各项仓廒，权时那用，家不过二石，严戒出纳诸弊，死亡不能偿者已之，岂在责其必偿哉。

论　　赈

放赈亦有三：城市则减价出粜常平米，一也；村落则一赖支散义仓钱，二也；其不系赈济之人，则有逐都上户领钱兴贩、循环粜籴之法，三也。

明佥事林希元曰：若宋董煟《救荒全法》一书，可谓兼备矣。元张光大取而续增之，本朝朱熊又补其遗，世称为完书。刻板现在南京国子监，臣愚窃欲重加编集以进。此嘉靖八年林公所题之疏也。

荒政丛言疏

明·林希元

臣昔待罪泗州，适江北大饥，民父子相食，盗贼蜂起之际，臣之官适当其任。盖尝精意讲求于民情利弊，救荒事宜，颇闻详悉。今欲陈于陛下者，负暄之意也。臣闻救荒有二难：曰得人难，曰审户难。救荒有三便：曰极贫之民便赈米，曰次贫之民便赈钱，曰稍贫之民便转贷。救荒有六急：曰垂死贫民急饘粥，曰疾病贫民急医药，曰病起贫民急汤米，曰既死贫民急募瘗，曰遗弃小儿急收养，曰轻重系囚急宽恤。救荒有三权：曰借官钱以籴粜，曰兴工役以助赈，曰借牛种以通变。救荒有六禁：曰禁侵渔，曰禁攘盗，曰禁遏籴，曰禁抑价，曰禁宰牛，曰禁度僧。救荒有三戒：曰戒迟缓，曰戒拘文，曰戒遣使。其纲有六，其目二十有三，备开于后，编次以进。总曰荒政丛言。陛下倘不以臣言为愚拙，为迂疏，乞敕部院详议可否，即赐施行。

戒　迟　缓

臣闻救荒如救焚，惟速为济。民迫饥寒，其命在于旦夕，官司若迟缓而不速为之计，彼待哺之民岂有及乎？凡申报荒灾，务在急速，与走报军机者同限，失误饥民与失误军机者同罚。如此，则人人知警，待哺之民庶有济矣。

禁　宰　牛

凡年岁凶荒，则人民艰食，多变鬻耕牛，以苟给目前。不知方春失耕，岁计亦旋无望。臣按《问刑条例》：私宰耕牛，再犯累犯者，俱发边卫充军。但民果贫不能存活，许其赴官陈告，官令富民收买，仍令牛主收养，即以本牛种田，照乡例与富民分收。待丰年，或富民得牛，或牛主取赎。如此，则牛可不杀，而春耕有赖矣。

河南赈荒事实

明·钟化民

多　示　谕

蠲令已行，奸猾里书借口分别里分之灾伤为减免，以邀贿赂，任情移夺；村僻愚民不知免数，难沾实惠。公查照题准分数，每项原派银若干，今减免银若干，出示四郊，使民共晓。里书莫能上下其手，民悉沾恩。

禁　刑　讼

饥馑之年，幸留残喘，小民无知，犹逞其讼。有司不能劝息，反为受理。一纸之追，绝人数日之粮；一悉之驳，窘证犯数家之命；一人卧痛，数口待亡。公则通行府县，除人命大盗外，尽行停止。惟以粥厂为务。

怜　寒　士

读书者，不工不商，非农非贾。青灯夜雨，常无越宿之粮；破屋穷檐，止有枵雷之腹。一遇荒年，其苦万状。公则从厚给之。

搜　节　义

时当歉岁，义夫节妇，孝子顺孙，公必多方采访，而表章之。

抚苏事宜

明·周孔教

言救荒有六先：曰先示谕，先请蠲，先处费，先择人，先编保甲，先查贫户。有八宜：曰次贫之民宜赈粜，极贫之民宜赈济，远地之民宜赈银，垂死之民宜赈粥，疾病之民宜救药，罪系之民宜哀矜，既死之民宜募瘗，务农之民宜贷种。有四权：曰奖尚义之人，绥四境之内，兴聚贫之工，除入粟之罪。有五禁：曰禁侵欺，禁寇盗，禁抑价，禁溺女，禁宰牛。有三戒：曰戒后时，戒拘文，戒忘备。其纲有五，其目二十有六。

先处费

饥有三等，曰小饥多取足于民，中饥多取足于官，大饥多取足于上。取足于民，如通融有无、劝民转贷之类是也；取足于官，如处籴本以赈粜、处银谷以赈济是也；取足于上，如截上供米、借内帑钱、乞赎罪、乞鬻爵之类是也。

先示谕

时值饥荒，民情汹汹。宜当民之未饥，多揭榜示曰：将散财，将发粟，将请蠲税银粮米，将平粜粟米；吾民毋过忧，毋出境，毋弃父子，毋为寇盗。则民志定矣。

宜赈粜

赈济宜精，赈粜宜溥。一甲之中，惟以谷均人，不因人计谷。谷数同，银数同，听其通融来籴，则官不烦，民不扰，而惠利均沾，谷价自不腾涌矣。官之籴本，或出自官粮，或借官银，或劝令富家出钱收籴，照价出粜，而量增其船脚工食之费，皆成法也。

明陈龙正曰：此万历间周中丞孔教所颁行也。古今救荒之事，无不撮载。然提纲皆本于林希元，而其间损益，则因乎时地耳。

荒政议

远地之民宜赈银。古之诸仓，皆在民间，粟既藏于民，故及民也易。今之粟藏于官，故及民也难。近且难之，况于远乎？移粟就民，则偷窃伴和滋其弊矣；檄民支粟，则脚费米价适相当矣。故凡百里以外，地不产米，而海路不通者，惟当以银赈之。包银纸上用银匠姓名，穿钱索上用钱铺姓名，如有低伪，听其赴官陈告。

救荒活民书

元·张光大

每读中统建元之诏，能因旱暵，悯念黎元，哀矜恻怛之心，溢于意言之表。被灾去处，从实减免；不被灾地面，亦令量减分数。此天无私覆，地无私载，尧舜一视同仁之意也。郡县之官，一遇水旱，各私其民，诵之宁不有愧？

荒政要览

明·俞汝为

论禁游湖荡云：川主流，泽主聚，泽不得川不行，川不得泽不止，二者相为体用，故泽废是无川矣。况国有大泽，涝可为容，不致骤当冲溢之害；旱可为蓄，不致遽见枯竭之形。必究晰于此，而水利之说可徐讲矣。

劝 农 书

明·袁黄

今以农事列为数款，里老以下，人给一册。有能遵行者，免其杂差。

一州之中，土脉各异。有强土，有弱土，有轻土，有重土，有紧土，有缓土，有燥土，有湿土，有生土，有熟土，有寒土，有暖土，有肥土，有瘠土，皆须相其宜而耕之。《孝经》援《神契》曰：黄白土宜禾，黑土宜麦，赤土宜菽，污泉宜稻。尔民类以污下之地为劣，而不知其宜稻，惟不讲故也。

救荒活民补遗

明·朱熊

仁哉！王者之用心于民也，竞竞夕惕。一夫不得其所，必思有以济之，不使其有嗟怨之声，愁戚之态也。彼天下之人，将熙熙然钧陶于春风和气之中，然后为治耳。当五季之时，戈戟云扰，蛇蟠虎踞者，比比皆是。不有真圣人出，伐其罪而吊其民，何以见天地循环乎？一命之士，苟存心于爱物，于人尚有所济，况君临天下者哉？宋太祖平江南李煜，臣贺而君泣，命出米十万赈之。宜其善始令终，子孙享有天禄，垂三百年，至今与圣主明王配享，盛德之所致也。

荒 政 考

明·屠隆

灾变之来，必也顺风俗，相时宜，酌人情，权事势。如汉永平年间，诏五谷不登，其令郡国种芜菁以助人食。陈〔程〕珦知徐州，久雨。珦谓：待晴，种时已过。募富家得豆数千石，贷民布之水中。水未尽涸，而豆甲已露，遂不艰食。则凡可以佐百姓之急者，不可不多方为之擘画也。

天子端居九重，安能坐照万国？如有灾伤，百姓急须告灾于有司，有司急须申灾于抚按，抚按急须奏灾于朝廷，万不可迟。迟则易于起疑，而救灾又恐无及，是谁之咎也？

屠隆自序曰：岁或不登，四境萧条，百室枵馁，子妇行乞，老稚哀号，积骨若陵，漂尸填河，百姓之灾伤困厄至此。为民父母，奈何束手坐视，而不为之所哉？因作《荒政考》以告当世，贻后来，维司牧者留意焉。

农 政 全 书

明·徐光启

水而得一邱一垤，旱而得一井一池，即单寒孤子，聊足自救。惟蝗则不然，必籍国家之功令，必须百郡邑之协心，必须千万人之同力，一家一身无独力自免之理。此又与水旱异者也。总而论之，蝗灾甚重，除之则易，必合众力共除之，然后易耳。

救 荒 策

国朝·魏禧

救荒之策，先事为上，当事次之，事后为下。先事者，米价未贵，百姓未饥，吾有策以经之，四境安饱而吾无救荒之名，所谓美利不言是也；当事者，米贵而未尽，民饥而未死，有策以济而民无所重困，所谓急则治其标是也；事后者，米已乏竭，民多殍死，迁就支吾，少有所活，所谓害莫若轻是也。凡先事之策八，当事之策二十有八，事后之策三。

一、收买物件。饥荒时，贫民多卖衣服器用以给食，而富民乘人之急，甚至损其价之九而买之。此时官府宜那移钱粮，设人收买，使贫民不至大亏，则谋生之路宽矣。秋冬间仍行发卖，便可补数。至于草薪之类，亦当以此时收买，俟寒雨卖之，仍可得利。

一、重强籴之刑。时方大饥，民易生乱，若纵其强籴，则有谷者愈不肯粜，四方客粟，闻风不来，立饥死矣。且强籴不禁，势必抢夺，抢夺势必掳杀。当著为令曰：有不依时价强籴一升者，即行重处。盖彼原欲少取便宜，今且性命不保，则强籴者鲜矣。

一、赎重罪。重罪本无赎理，然能多出谷救荒，则虽枉法以生一人，而实救数千人之死，亦权道也。惟本年所犯，不可令赎，恐富人乘机报复故也。

先忧集

陈芳生 辑

社仓之制，专以赈贷。凡官贷者，必多侵冒；民贷官者，必受迫呼；民与民贷，必出倍息。惟社仓无此三害，虽非荒年，亦可借作种食。年年出纳，久之自丰。所积虽丰，亦不必停其出息。其无故不肯还者，申官追足。为民生计久远，难容姑息耳。

禁宰耕牛，必须验死牛，而后可以塞盗源。平时固当力行，凶年尤宜首重。牛之私宰者利最厚，故凶年盗牛居多。今惟禁屠家，无得夜杀；夜杀者，同盗牛法，坐十家。无许住村僻。住乡僻者，同私宰法，坐十家。首者免罪。私宰者或可熄迹矣。又闻江右近有凶徒，造毒药，淬利针，见农家有牛，暗以针刺牛，其牛见血立死。其所用药，大约射罔之属，与刺虎窝弓同类。迹之亦易得也。

凡盗牛卖，黄昏至者半价；夜半至者，价得十之三；五更至，止与一饭而无价。故私宰耕牛多在夜间，而无白昼之理。

荒政丛书

俞森 辑

观朱夫子社仓诸记及各规约，法可谓备矣。然变通亦在其人，随其时地之宜而用之，未可执一也。按：黄震通判广德军时，社仓大弊，众以始自文公，不敢他议。震曰：法出于圣人，犹有通变。安有先儒为法，遂不得救其弊哉？即别买田六百亩，以其租代社仓息，非凶年不得辄贷，贷不取息。此可谓善于法朱子者矣。

招来商米八则

明·蔡懋德

一、不定官价。凡米到行家，悉听时价之高下。

二、清追牙欠。市牙侵商米价者，务令呈官追给。商米发粜，即要追足价银，俾可速运得利。

三、免税钞。凡米船过关务，五尺以下者，尽行免钞。部勒有碑，不可不遵。

四、免官差。凡系米船，埠头不许混行差拨。

五、禁发米处奸棍阻遏。遏米原非美政，且已移文开禁，奸棍借口留难者，禀官拿究。

六、禁沿途自捕。吓诈水乡，假冒巡船，指称搜盗，因而抢夺，许鸣官重处。

七、禁役需索。请批挂号，官备纸劄，听米商随领随给。衙役不许私索分文，并稽半刻。

八、米到悉听民便。或积或卖，官俱不问，上许销批，倒换新批。

此上八议，明注批中，往来贸易，转相告谕，要使远近熙攘之辈皆羡子母什一之赢，愿出我途，而源源灌输于不穷，或于荒政未必无少补也。

荒政要览

俞汝为

按地平天成，禹锡元圭后，毕世经营，只是浚渠筑岸以养稼穑。夫子称之曰：卑宫室而尽力乎沟洫。此之谓也。或疑言疏瀹，不兼言封筑，则堤岸似属余事。不知井田之制，百步为亩，深尺广尺，为田间水道，而不立封限。百亩为遂，遂上有径；十夫有沟，沟上有畛；百夫有洫，洫上有涂；千夫有浍，浍上有道；万夫有川，川上有路。言致力沟洫，则畛涂在其中。《禹贡》称九泽，必曰既陂。是彭蠡震泽之底定，亦籍陂障围潴成泽。开浚封筑，信非两事也。于是想见唐虞三代之用民力，专用之而已。

佃农广开辟

洪武初，令各处人民，先因兵燹，遗下田土，他人开垦成熟者，听为己业。业主已还，令有司于附近荒田拨补。

十三年，诏陕西、河南、山东、北平等布政司及凤阳、淮安、扬州、庐州等府，民间田土，许尽力开垦，有司毋得起科。

天顺三年，令各处军民，有新开无额田地及愿佃种荒闲地土者，俱照减轻则例起科，每亩粮三升三合、草一斤，存留本处仓场交收，不许坐派远运。

成化二十一年，令辽东地方军舍余人等，有开垦不系屯田抛荒土地者，上等田，每一百亩纳谷一石、豆一石；中等田，纳谷一石、豆五斗。

嘉靖六年，募民开垦荒田。时给事中夏言疏内有云：太祖高皇帝立国之初，检覆天下官民土田，征收税粮，俱有定额。乃令山东、河南地方额外荒田，任民尽力开垦，永不起科。至后又令北直隶地方，比照山东、河南例，民间新开荒田，不问多寡，永不起科。所以然者，盖缘北方地土平广，中间大半泻卤瘠薄之地、葭苇沮茹之场，且地形率多洼下，一遇数日之雨，即成淹没，不必霖雨之久，辄有害耕之苦。祖宗列圣，盖有见于此，所以有永不起科之例，又有不许额外丈量之禁。是北方人民虽有水潦灾伤，犹得随处耕垦以帮取粮差，不致坐窘衣食。夫何近年以来，权幸亲暱之臣，不知民间疾苦，不知祖宗制度，妄听奸民投献，辄自违例奏讨，将畿甸州县人民奉例开垦永业指为无粮田土，一概夺为己有，由是饥寒愁苦，靡所底止。岂祖宗列圣之法，治世和民之道哉？

万历十一年，议准陕西延宁二镇丈出荒田但不在屯田旧额之内者，俱听军民随便领种，永不起科。各边但有屯余荒地堪垦者，俱照例行。

王家屏答王对沧巡抚书有云：开荒之议，大是难言，以为不可开，而却有可开之地；

以为可开，而却有不愿开之人。人所以不愿开者，富有田者，尽力于熟田，不肯治荒田也。贫无田者，又无力可治荒田，必仰给牛种于官。官给牛种，岂召之来而遂给之耶？必报姓名，必关里甲，必递领状，皆不得徒手得，必有费矣；还牛种于官，又有费矣；起收子粒，追呼之使相属，又必有费矣。此三项者，皆正费也，未为累也。田未垦时，荒田也，官田也。既垦而田主人至矣。田主人欠粮，则拉与赔粮；欠差，则拉与赔差。非必真正田主人也。本非其田而赖之使赔者，亦有之矣。赖之于官，非必不才有司，听其赖也。即才有司，而急于差粮之完，屈之使赔者亦有之矣。非直一岁赔也。岁岁佃之，则岁岁赔之，不弃其田，赔未已也。故人之视荒田，不啻坑阱，官虽召之，不应也；虽给之牛种，宽其租粒，不往也。何也？差粮之累难支，而官府之令不信也。此百姓之所以益逃，而田土之所以益荒也。乃诸镇以垦田入奏者，动辄数千百顷，每视其籍，惟有恨且叹耳。将谁欺乎？夫田既日垦，则租当日多，租日多则饷当日减。今各镇一面报开荒，一面请饷，则其未尝开荒可知矣。

张瀚淮凤垦田疏内有云：合于淮凤二府，特设一佥事，择实心干济者，畀之专敕，给以关防，驻扎适中州县，抚按同心董其事，各道不得侵其权，有司豪势不得挠其法。假以岁月，不责近功，开一顷即一顷之利，招一民即一民之安。三年果有成绩，进秩而不迁，再考再进秩，久且超迁之。其所辖有司，即以开垦地土招来人民多寡为殿最，亦各久任超迁。如是十年，不臻富庶之效，无是理也。专官之责，其效在广开沟洫。夫水土不平，耕作无以施力。必先度量地势高下，跟寻水所归宿，浚河以受沟渠之水，开沟渠以受横潦之水。官道之冲，设大堤以通行；偏小之村，亦增单以成径。惟欲于道傍多开沟洫，使接续通流，水由地中行，不占平地。又度低洼处所，多开塘堰以潴蓄之。夏潦之时，水归沟塘；亢旱之日，可资灌溉。高者麦，低者稻，平衍地多，则木棉桑果，皆得随时树艺。土本膏腴，地无遗利，遍野皆衣食之资矣。

屠隆曰：近日建议，北方新开水田，于北人甚利。盖北方地势高燥，故宜种二麦，但其间岂无可开种水稻者？兼而行之，始以为难，数年以后，为利专矣。巨室沮挠，持议不决，殆可深惜。

居业录曰：天下之衣食，尽出于农，工商不过相资而已。故程子举先王之法，合当八九分人为农，一二分人为工商。今以数计之，工商居半，又有待哺之兵及僧道尼巫师祝。富盛之家，皆不耕而食。机织本女子之事，今机匠以男为之。耕者少，食者多，天下如何不饥困？宜自百官士人之外，止将一分作工商，以通器用货财有无，其余尽驱之于农，既尽生财之道，又免坐食之费，四海必将殷富矣。

谨案：固本莫如积粟，富民不外垦田，弃地利而纵游民，天时稍逆，盗贼立兴，民可失业而田可不耕乎？此君臣之贤者，无不以开荒为急也。但开垦之法，其说多矣。有欲贷牛种于穷黎而开垦者，有欲选健卒而为屯田者，有欲令富民垦之而为世业者，纷纷不一，既以措费为不易，又恐冒滥其功程，遂多沮遏。尝窃计之，其费有不必取给于朝廷而费自足，其功有不必虑其冒滥而冒滥自除者，曷勿勉之？其法惟令公侯贵戚、文武大官自为筹画，召募开荒。今则废地，后作俸田，且为世业，官虽迁而田莫夺。疏浚堤防有勿急乎？然开荒之时，须以沟洫分明者受上赏，次者受中赏。苟且完事，必令重浚之。如有力而怠于从事者，则有罚。简一有风节贤臣，专董其事，看地势之高下，辨蓄泄之浅深为首务。次查其出本几何，开辟几何，养活农民若干众。一岁一奏。五年之内，奖以励之；八年之外，以此俸之；不敷，然后足之以俸银。谁不乐从？然朝廷之起科，须待其去官之日而后征之，又宜大减于常赋，使小民之还租，亦得半纳于官家。否则，何益于穷民？耻游惰而事农事，果得均相有益，民未有不乐为之耕，官未有不乐为之费者也，又何必以工本为艰难而专欲取给于内帑哉？

富公安流法

擘画屋舍安泊流民事

宋·富弼

富司访闻青、淄、登、潍、莱五州地分，有河北灾伤流移人民，逐熟过来。其乡村县镇人户，不那趱安泊，多是暴露，并无居处。目下渐向冬寒，切虑老少人口冻饿而死，甚损和气。特行擘画下项。

一、州县坊郭人户，虽有房屋，又缘出赁与人居住，难得空闲房屋。今逐等合那趱房屋间数开后：

第一等五间　　第二等三间
第三等两间　　第四等一间

一、乡村等人户，小可屋舍，逐等合那趱间数开后：

第一等七间　　第二等五间
第三等三间　　第四等、五等二间

急将前项那趱房屋间数报官。灾伤流民老小，在州者，州官著人，在县者，县官著人，在镇者，监务著人，引至抄点下房屋间数内，计口安泊。本县及当职官员躬亲劝诱，量其口数，各与桑土，或贷种救济，种植度日。如内有现在房数少者，亦令收拾小可材料，权与盖造应之。若有下等人户，委的贫虚，别无房屋那应，不得一例施行。如更有安泊不尽老小，寺院庵观门楼廊庑，亦无不可。务令安居，不致暴露失所。

谨案：人当颠沛流移之日，身无一文，扶老携幼，旅店不容安歇，道涂桥上栖身，冷雨淋肤，寒风刺骨，即壮健者已将病疫，况饥体愁人，有不转于沟壑哉！富公于青州，首重安顿流民之法，故无暴露失所之人。则凡有流民入境者，安可不仿佛前贤，先有以安其身哉？

青州劝诱人户，量出斛米，救济饥民示：有云河北一方，尽遭水害，老小流散，道路填塞。坐见死亡之厄，岂无赈恤之方？又缘仓廪所收，簿书有数，流民不绝，济赡难周。欲尽救灾，必须众力，庶几冻馁稍可安存。况乎今年田苗既大丰于累载，而又诸郡物价数倍于常时，盖因流民之来，遂收踊贵之直，岂可只思厚己，不肯救人？共睹灾伤，谅皆痛闵〔悯〕。五州乡村人户，分等第，并令量出口食，以济急难。施斗石之微，在我则无所损，聚千万之数，于彼则甚有功，凡在部封，共成利济。今具逐家均定所出斛米数目如后：

第一等二石　　第二等一石五斗
第三等一石　　第四等七斗
第五等四斗　　客户三斗

已上并米豆中半送纳

内有系大段灾伤人户，委的难为出办，即不得一例施行，亦不得为有此指挥，别生弊幸，透漏有力人户。稍有违戾，罪不轻恕。

一、凡有一官，令专十耆，将雕造印板所印刷票子给与流民，印押其头，后留余纸三四张，编定字号。所差官员，便令亲自收执，分头下乡，勒耆壮引领，排门抄点。凡见流民，尽底唤出，不论男女，当面审问的实，填定姓名口数，便各给票子一道收执，以便请领米豆。不得差委他人，混给票子，冒支米豆。

凡有土居贫穷，或老年，或残疾，或孤寡，或贫丐等人，除在孤老院有粮食者，不重给，余皆一体给票领银。

一、凡给米豆，每人日给一升；十三岁以下，每人日给五合；三岁以下男女，不在支给之例。仍于票子上，预算明白，不得临时混算。

一、〈一〉官如管十耆，每日只给两耆，以五日给遍；十耆一给五日。官员须早到给所办事，不得令流民迟归晚去，冻露道途。

一、官员受米豆，先要看耆内何处人家可以寄顿。只要便于流民请领，始为得当。

一、勘会二麦将熟，诸处之流民尽欲归乡，令监散官，自五月初一日算至五月终，一并支与流民，充作路粮，以便归乡。

一、指挥青、淄等州，须晓示道店，不得要流民房宿钱。

谨案：此皆富公青州安流之法，不但人无路宿，而且口食有资，宁若后人虽本境饥寒，尚无术以处之哉？自公分养之法一立，愈于聚民城市、薰蒸成疫者多矣。故录其大概以示后来，使知前贤处事之悉当也。

陆路运粮法

明·董搏霄

奏议：海宁一境，不通舟楫，军粮惟可陆运；濒海之人，屡经寇扰，且宜曲加存抚。权令军人运送。其陆运之方，每人行十步，三十六人可行一里，三百六十人可行十里，三千六百人可行一百里。每人负米四斗，以夹布囊盛之，用印封识，人不息肩，米不著地，排列成行。日五百回，计路二十八里，轻行十四里，重行十四里，日可运米二百石，每运可供二万人。此百里陆路运粮之法也。

附录二（原刻本卷四之三册）　赈粥须知

赈粥论曰：粥厂之当开，其事虽见之于古人；粥厂之宜备，其法又宜宣之于后世，庶几一目了然。何者当先？何者宜后？断宜选择者何人？必不可少者何事？悉以古人之法为法，既无遗漏，又不泛施，使饿莩藉之而生，枵腹赖之而活。虽云一粥，是人生死关头，须要一番精神勇猛注之，庶几阛市穷乡，皆沾利益。又闻昔伊川先生论赈粥云：惟有节则所及者广。又云：救饥者，欲其免死而已，非欲其丰肥也。观于此言，又可知赈济之中，亦应有节制之道矣。

官长开厂赈粥法

陕西毕巡按发刻张司农《救荒十二议》

一、亲审贫民。先令里长报明贫户，正印官亲自逐都逐图，验其贫窘，给与吃粥小票一张，填写里甲姓名，许执票入厂，仍登簿。万不可令民就官，往返等候，先有所费。要耐劳耐久，细心查审。

明胡其重曰：若赈可稍缓，则须亲审；若州县辽阔，遍历不完，而赈又不可缓，则须于寄居官等，择其有德有品者，分任其事亦可。

二、多设粥厂。众聚则乱，散处易治，昔富郑公设公私庐舍十余万区，而安处其民，又多设粥厂。今议州县之大者，设粥厂数百处，小者亦不下百余处，多不过百人，少则六七十人，庶釜爨便而米粥洁，钤束易而实惠行。

谨案：司农之得手处，全在此一条。妙在厂多，则人不杂，各赈各方，而且易于识认，又无途宿风雨之苦。

三、审定粥长。数百贫民之命，悬于粥长之手，不得其人，弊窦丛生。务择百姓中之殷实好善者三四人为正副而主之，即富郑公用前资待缺官吏之意也。

四、犒劳粥长。饥民群聚，易于起争，粥长约束，任劳任怨，上不推恩激劝，待以心腹，谁肯效力尽心？故宜许其优免重差，特给冠带匾额。近则又有一法，半月集粥长于公堂，任事勤劳者，以盒酒花红劳之；惰者量行惩戒，以警其后。

谨案：此法极善，可以鼓舞众人，而且易为。但有善人能人，不妨任粥长当堂禀用，官即具帖，请来厂中协力料理。

五、亲察厂弊。粥厂素称弊薮，惟在稽察严密，然非守令躬察，则不知警。又有以逸代劳之法，限粥长三五日执簿赴堂领米，谆谆嘱其用心，察其勤惰。又要时加密访。置大签四根，书东南西北四字，日抽一签，如东字，单骑东驰，不拘远近，直入厂中。果有弊者、造作不精者，分轻重而惩治之，不可贷也。

六、预备米谷。仓廪不实，支取易匮，或动支官银籴买，或劝借义民输助，必须多方设法，预为完备。凡煮粥之米，既交粥长，或搬运，或变卖，任从其便。只要有米煮粥，不许吏胥因而索诈。

七、预置柴薪。厂中器皿，不可强借，惟铁杓必须官给两个，恐有大小故也。煮粥之柴，其费最多，粥长等既任其劳，那堪再行赔累。即令粥长，在所领米内扣出其米，变卖作价可也。

八、严立厂规。驭饥民如驭三军，号令要严明，规矩要画一。印簿照收致〔到〕先后，顺序列名，鸣钟会食，唱名散签。凡散粥，或单日自左行散起，或双日自右行散起，或自上散，或自下散，或自中散，生〔互〕为先后，则人无后时之叹，不至垂涎以起争端。敢有起立擅用粥灶者，即时扶出除名。粥长不遵规矩，亦有所惩。

九、收留子女。预示饥民，不可擅弃子女，然而饥寒困苦，难保其无。万一有之，令里老保甲老人等收起，抱赴官局收养。仍给送来之人数十文，以作路费，庶可酬其奔走之劳。

十、禁止卖妇。卖妇者，当严为禁止。倘有迫切真情，将夫妻仍收入厂中。妇令抚婴，男归厂用，事完听去。

十一、收养流民。最苦者，饥民逃窜，以路为家。须于通衢宽空处，另立流民厂，另置流民簿，随到随收。如若满百，须增厂舍。若乞丐，又立花子厂，不得与流民共食。

十二、散给药饵。凶年之后，必有疠疫。疫者，万病同证之谓也。不论时日早晚，人参败毒散，极效；或九味羌活汤、香苏散，皆可。但须多服，方有效验。合动官银，令医生速为买办，合厂散数十帖，以济贫民。至夏间有感者为热病，败毒散加桂苓甘露饮神效。败毒散内，不用人参，加石膏为佳。再令时医定夺，必不误也。

谨案：毕公讳懋康。赈粥于陕西，万历二十九年事也。其入关之始，见饥民嗷嗷得〔待〕哺，乞生无路，乃云：莫如煮粥最善。故将张司农《救荒十二议》，即发刻施行，荐拔勤员，特参惰慢，务令有司以一段真精神救护元元。可称贤大夫矣。

山西巡抚吕坤赈粥法

一、广煮粥之地。饥民无定方，而煮粥有定处。若不多设处所，以粥就民，恐奔走于场，难宿于家，或朝食一来，暮食一来，十里之外，不胜奔疲，不便一也；壮丁就粥，便可随在歇止，而老病之父母、幼弱之小儿、羞怯之妇女，饿死于家，其谁看管？不便二也；乞粥以归，不惟道远难携，亦且枉费难察，不便三也。不如十里之内，就近村落寺观之处，各设一场，庶于人情为便。

一、择煮粥之人。旧日监督主管，多委里甲老人。嗟夫！难言之矣。无迫切之心，则痛痒不关，而事必苟；无综理之才，则点察失当，而事恒不详；无镇压之力，则强者多，暴者先，而惠不均。故定煮粥之法，当选煮粥之人，先令之讲求，讲求既明，正印官亲与问难。如于立法之外，另有良法者，即行奖赏。则人人各奏其能，而仁术益精详矣。

一、行劝谕之令。善不独行，当与善者共之。正印官执一簿籍，少带人数，各裹糇粮，遍到乡村。看得衣食丰足、房舍齐整之家，便入其门，亲自劝勉，或愿舍米粮若干，或愿煮粥若干日、饲养若干人，务尽激劝之言，无定难从之数。如有所许，即令自登簿籍，先送牌坊等样，为之奖励。

一、别食粥之人。凡来食粥者，报名在官，立簿一扇，分为三等六班。老者不耐饿，另为一等，粥先给，稍加稠；病者不可群，另为一等，粥先给；少壮，另为一等，最后给。此谓三等。造次颠沛之时，男女不可无辨。男三等在一边，女三等在一边，是为六班。

一、定散粥之法。擂鼓一通，食粥之人，男坐左边，以老病壮为序；女坐右边亦然。每人一满碗，周而复始，大率止于两碗。老病者，加半碗一碗可也。每日夕，人给炒豆一碗。

一、分管粥之役。大粥场立总管一人，掌簿二人，司积二人，管米豆，俱以廉干者为之；每锅灶头一人，炊手一人（壮妇人更好），柴夫一人，水夫一人，皆以食粥中之壮者为之。但有惰慢及作弊者，即时杖逐。

一、计煮粥之费。凡米须积在粥厂严密之处，司积者自带锁钥。每日每人以三合为率，食粥之人，每日增减不同。掌簿先一夕日落，报名数于司积，令某锅煮米若干。司积冒破米豆者，每一升，罚一扭〔担〕；灶头克减米豆者，不论多少，重责革出。

一、查盈缩之数。不分军民良贱，不论本土流民，除强壮充实男女不可轻收外，其余但系面黄肌瘦之人、尪羸褴褛之状，即准收簿。每簿分男女二扇，每班常余纸数叶，以备早晚续到之人。其人以日为序。如正月初一日赵甲，某府某县人，见在何处居住，有子无子。初一、初二以次登记。

一、备煮粥之具。布袋若干条，大锅若干口，木杓若干只（约与碗大），木碗若干个（碗，令食粥者自备甚便，但大小不一，恐多寡不同），大木杓若干个，水桶若干只。柴薪不可多得，即差少壮食粥之人，令其拾采。

一、广煮粥之处。须行各州县，一齐通煮，使穷民各就其便，而流来之人，不致结聚。但一场过五百人，即将流民拨于别场。有父子夫妻，一同随拨，盖结聚易，离散难，老病妇女何害？少壮男子不散，必为盗于地方。接熟之日，照归流民法，各发原籍，更为得所。

一、备草荐。饥病之人，坐卧无所，亦易生疾。州县将谷稻藁秸，织为草荐，令之铺地，庶不受湿。有力之家，平日肯织千百，或冬月施与丐子，或饥年散给粥场，大阴德事。事完另行奖励。

一、奖有功。如果有功无过者，原委人役，大则送牌，小则花红鼓乐，送至其家，以示优厚。

一、旌好义。看其费米之多寡，而定其旌赏之重轻，或送牌坊，或给免帖，或给冠带可也。

一、赈流民。过往流民，倘过粥场，每人给粥三碗，炒豆一碗，仍问姓名登记，以便查考。

一、贮煮粥器皿。天道无十年之熟，一切煮粥器皿，须令收藏，备造一册存库，委付一人收掌。不许变价及被人花费。

谨案：此上皆吕公之良法。其论粥厂，必使数里一厂，令人无奔走后时之失，一厂止收二百人，令人无杂聚成疫之害，可为曲尽人情。以余论之，如辰刻令人食粥一餐，随以米三合给之，代其下次之粥，民不因官守候二餐，误其一日之他图，官不为民令人过劳，日有两番之料理，较于广其食粥之地，别其食粥之人，不尤为要哉？

崇祯庚辰年，浙江海宁县双忠庙赈粥，人食热粥，方毕即死。每日午后，必埋数十人。与宋时湖州赈粥，粥方离锅，犹沸滚器中，饥人急食之，食已未百步而即死者无异。后杭人何敬德知之，遂于夜半煮粥，置大缸中，明旦分给，死者寡矣。其所以必死之故，人知之乎？凡食粥者，身寒腹馁，必然之势。身寒则热粥是好，腹馁则饱餐自调。殊不知此皆杀身之道，立死无疑。故赈饥民，其粥万不可过热，令其徐徐食之，戒其万勿过饱，始可得生。赈粥时，尤须大书数纸，多贴于粥厂左右，上书：饿久之人，若食粥骤饱者，立死无救；若食粥太热者，亦立死无救。犹当令人时时高唱于粥厂之中，使瞽目者与不识字之人皆知之，庶可自警。否则，乌能知其久饥与不久饥，而岂可概薄其粥，令其不饱哉？不论官赈民赈，皆宜如是。人之生死系焉！仁人幸无忽也。

旧传新锅煮粥、煮饭、煮菜，饥民食之，未有不死者，故厂中须用旧锅。万一旧锅不足，须将新锅或向庵堂寺院，或向饭铺酒家，换取旧锅备用，庶不致损人之命。此又一要法也。

不论男妇到厂吃粥，倘怀中有婴儿者，许给一人之粥，令其携归哺之。彼利此粥，不致弃子，造福更大也。

少妇处女初次到厂吃粥之后，当给半月之粮，令其吃完此米，再到厂中来吃一次，如前给之。后皆仿此。不可令彼含羞忍耻，日日到厂，挨挤于稠人广众之中也。

万历二十八年，河南大饥。郭家村刘一鹍，既贫且病，嘱其妻曰：与其相守而俱亡，何若自图生计？其妻泣曰：夫者妇之天，死则俱死耳。宁忍相弃乎？后赖御史钟化民令县官多设粥厂，食之而得生。

谨案：可见救人之死，莫如粥厂。但此厂贵早而不贵迟，枵腹者不能再候也；贵近而不贵远，贫病者不能远步也；贵久而不贵暂，禾麦未熟，不能自食也。一鹍可鉴，其他可知。倘此厂急促，不能立办，庵堂寺院皆可代也。

明末，州县官之赈粥也，探听勘荒官次日从某路将到，连夜于所经由处寺院中设厂垒灶，堆储柴米盐菜炒豆，高竿挂黄旗，书“奉宪赈粥”四大字于上，集村民等候。官到，鸣钟散粥；未到，则枵腹待至下午。官去，随撤厂平灶，寂然矣。皆耳闻目睹之事。由是推之，民安得不困，国安得不扰？后世官长赈粥，可不视此为戒哉？

凡赈粥，当在十月初旬为始。此际草根树皮，无从得觅，无粥则有死而已。其止当在三月初旬，此时草木既已萌芽，饥者或有赖于一二也。

因里设厂赈粥法

魏禧言，施粥者，必须因里设厂，若劳其远行，恐半途仆毙。又须立人监理，令饥民至者，随其先后，来一人则坐一人，后至者坐先至之下，已坐者不许再起，一行坐尽，又坐一行，以面相对，以背相倚，空其中路，可令担粥人行走。坐至正午，击梆一通，高唱给第一次食，令人次序轮散，有速食先毕者，不得混与。一次散讫，然后击梆二通，高唱给第二次食，如前法。共三次即止。盖久饥之人，肠胃枯细，骤饱即死。惟饥民中称有父母妻子卧病在家者，量行给与携归。处分已讫，方令散去。散去之法，令后至坐外者先行，挨次出厂，庶不拥挤践踏。又多人群聚，易于秽染生病。须多置苍术，醋碗薰烧，以逐瘟气。又不时察验，严禁管粥者克米，将生水搀稀，食者暴死。其碗箸，各令饥民自备。按米多亦不得施饭，欠饥食饭，有立死者。

谨案：魏君之论粥厂，简而当，切而备，非实与斯民休戚相关，以饥馑为念者不能也。故其救荒策，皆可为后世法，不独一粥厂也。

择地聚人赈粥法

城四门择空旷处为粥场，盖以雨棚，坐以矮凳，绳列数十行，每行两头竖木橛，系绳作界。饥民至，令入行中挨次坐定，男女异行。有病者，另入一行。乞丐者，另入一行。预谕饥民，各携一器，粥熟鸣锣，行中不得动移。每粥一桶，两人舁之而行，见人一口，分粥一杓贮器中，须臾而尽。分毕，再鸣锣一声，听民自便。分者不患杂蹂，食者不苦见遗，限定辰申二时，亦无守候之劳，庶法便而泽周也。

谨案：古人赈粥，择四门之宽广处而分食之，既免冗杂薰蒸之苦，又无遗出门外之悲，法云妙矣。但四乡若不仿此赈之，恐饥民尽奔城市，仍难安顿，故不可不广为之计也。

挑担〔担〕就人赈粥法

担〔担〕粥法，无定额，无定期，亦无定所。每晨用白米数斗煮粥，分挑至通衢若郊外。凡遇贫乞，令其列坐，人给一杓。每担〔担〕需米五六升，可给五六十人之餐，十担〔担〕便延五六百人一日之命。或数日，或旬日，更有仁人继之，诸命又可暂延。无设厂之劳，有活人之实，既可时行时止，又且无功无名，量力而行，随人能济众，每日有仁方矣。此崇祯辛巳嘉善陈龙正赈粥之法也。

明张氏曰：担〔担〕粥须用有盖水桶，外用小篮，备盐菜碗箸。荒年有外具衣冠，内实饥馁，不能忍耻就食者，如托人瓶钵取食，勿生疑阻。倘访知，果赤贫无人转托者，更宜挑担〔担〕上门量给之。

以米代粥分给法

沈少参正宗谓：担〔担〕粥法，止可代流亡之在其途者。若救土著之饥民，煮粥丛弊，不若分地挨户，给以粥米，既可活人，又不丛聚。但须分给得当，时加亲察，胜如因粥酿疫者多矣。

谨案：分给粥米之法，果能托亲觅友、老成忠厚之人，分布城市乡村，一体从事，何善如之？

垂死饥人赈粥法

边海有失风船飘至塘，船中人饿将绝者。急与食，往往狼吞而致死。后有煮稀粥泼桌上，令饥人渐渐吮食之，方能得生。盖饥肠微细，不堪顿食也。

谨案：以此观之，凡饥人，不可令其吃热粥而顿饱也明矣。佥事林公故有云：垂死贫民急饘粥，粥要极稀，毋令至饱。此皆历有征验之言，不可不遵也。

黄齑杂煮增粥法

取菜洗净，贮缸中，用麦面入滚水调稀浆浇菜上，以石压之，不用盐。六七日后，菜变黄色，味有微酸，便成黄齑矣。此后但以菜投入齑汁中，便可作齑，更不复用面。取齑切碎，和米煮粥食之。每米二斗，可当三斗之用。虽不及纯米养人，而充塞饥肠，聊以免死，亦俭岁缩节之一法也。

谨案：凶年增数日之粥，即救人几日之命，岂可视为泛泛？故用黄齑煮粥，凡米二升，可作三升之用，非法之至善者欤？物力维艰之际，不可不急为预备也。

附录三（原刻本卷四之四册）　捕蝗必览

捕蝗总论：《小雅·大田》之诗曰：去其螟螣，及其蟊贼，无害我田稚。田祖有神，秉畀炎火。其后，姚崇遣使捕蝗，即引此诗为证。然其说未详，而其法亦未大备。世云：蝗有蒸变而成者，有延及而生者。不知延及而生，实始于蒸变而成。若致力水涯，不容蒸变，祸端绝矣。既成之后，非多人不能扑灭。古人言：法在不惜常平义仓米粟，博换蝗蝻，虽不驱之使捕，而四远自辐辏矣。倘克减迟滞，则捕者气沮。诚哉是言也！故将蝗之始末盛衰，条分于后。盖知之详，则治之切，以助为政者之万一耳。

一、蝗之所自起

蝗之起，必先见于大泽之涯及骤盈骤涸之处。崇祯时，徐光启疏：以蝗为虾子所变而成，确不可易。在水常盈之处，则仍又为虾。惟有水之际，倏而大涸，草留涯际，虾子附之。既不得水，春夏郁蒸，乘湿热之气，变而为蝻，其理必然。故涸泽有蝗，苇地有蝗，无容疑也。

任昉《述异记》云：江中鱼化为蝗，而食五谷。《太平御览》云：丰年蝗变为虾。此一证也。《尔雅·翼言》：虾善游而好跃，蝻亦好跃。此又一证也。有一僧云：蝗有二须。虾化者须在目上，蝗子入土孳生者，须在目下，以此可别。

二、蝗之所由生

蝗既成矣，则生其子，必择坚垎（音劾）黑土高亢之处，用尾栽入土中。其子深不及寸，仍留孔窍，势如蜂窝。一蝗所下十余，形如豆粒，中止白汁，渐次充实，因而分颗，一粒中即有细子百余。盖蝻之生也，群飞群食，其子之下也，必同时同地，故形若蜂房，易寻觅也。

老农云：蝻之初生如米粟，不数日而大如蝇，能跳跃群行，是名为蝻。又数日群飞而起，是名为蝗。所止之处，喙不停啮，故《易林》名为饥虫。又数日而孕子于地，地下之子，十八日复为蝻，蝻复为蝗，循环相生，害之所以广也。

三、蝗之所最盛

蝗之所最盛而昌炽之时，莫过于夏秋之间。其时百谷正将成熟，农家辛苦拮据，百费而至此。适与相当，不足以供一啖之需。是可恨也。

按：春秋至于胜国，其蝗灾书月者，二百一十有一。内书二月者二，书三月者三，书四月者十九，书五月者二十，书六月者三十一，书七月者二十，书八月者十二，书九月者一，书十二月者三。以此观之，其盛衰亦有时也。

四、蝗之所不食

蝗所不食者，豌豆、绿豆、豇豆、大麻、苘麻、芝麻、薯蓣及芋桑。水中菱芡，蝗亦不食。若将秆草灰、石灰二者等分为细末，或洒或筛于禾稻之上，蝗则不食。

有王祯农书及吴遵路诸事可考。植之，不但不为其所食，而且可大获其利。

五、蝗之所自避

良守之所在，蝗必避其境而不入。故有救民之责者，果能以生民为己任，省刑罚，薄税敛，直冤枉，急赈济，洗心涤虑，虽或有蝗，亦将归于乌有而不为害矣。

如卓茂、宋均、鲁恭诸君子，载在前集，皆班班可考也。

六、蝗之所宜祷

蝗有祷之而不伤禾稼者，祷之未始不可；如祷而无益，徒事祭拜，坐视其食苗，其祷也不亦大可冷齿耶？

万历四十四年六月，丹阳有蝗从西北来，蔽天翳日，民争刲羊豕祷于神。有蒲大王者，尤号灵异。凡祷之家，止啮竹树茭芦，不及五谷。有一朱姓者，牲酝悉具。见蝗已过，遂止而不祷。须臾蝗复回，集于朱田凡七亩，尽啮而去。邻苗不损一颖。其事亦可异也。至于开元四年，山东大蝗，祭拜之而坐视其食苗。此一祷也，不可谓愚之至哉。

七、蝗之所畏惧

飞蝗见树木成行，或旌旗森列，每翔而不下。农家若多用长竿，挂红白衣裙，群然而逐，亦不下也。又畏金声炮声，闻之远举。鸟铳入铁砂或稻米，击其前行。前行惊奋，后者随之而去矣。

凡蝗所住之处，片草不存，一落田间，顷刻千亩皆尽。故欲逐之，非此数法不可。以类而推，爆竹流星，皆其所惧；红绿纸旗，亦可用也。

八、蝗之所可用

蝗若去其翅足，曝干，味同虾米，且可久贮而不坏。以之食畜，可获重利。

明陈龙正曰：蝗可和野菜煮食，见于范仲淹疏中。崇祯辛巳年，嘉湖旱蝗，乡民捕蝗饲鸭，鸭最易大而且肥。又山中人养猪，无钱买食，捕蝗以饲之。其猪初重止二十斤，旬日之间，肥而且大，即重五十余斤。始知蝗可供猪鸭。此亦世间之物性，有宜于此者矣。又有云：蝗性热，积久而后用更佳。

九、蝗之所由除

蝗在麦田禾稼深草之中者，每日清晨，尽聚草稍食露，体重不能飞跃。宜用箒箕栲栳之类，左右抄掠，倾入布囊。或蒸，或煮，或捣，或焙，或掘坑焚火，倾入其中。若只掩埋，隔宿多能穴地而出。

蝗在平地上者，宜掘坑于前，长阔为佳。两旁用板，或门扇等类，接连八字摆列，集众发喊，手执木板，驱而逐之，入于坑内。又于对坑用扫帚十数把，见其跳跃往上者，尽行扫入，覆以干草，发火烧之。然其下终是不死，须以土压之，过一宿乃可。一法先燃火于坑内，然后驱而入之。诗云：去其螟特，及其蟊贼，毋害我田稚。田祖有神，秉畀炎火。此即是也。

蝗若在飞腾之际，蔽天翳日，又能渡水，扑治不及。当候其所落之处，纠集人众，各用绳兜兜取，盛于布袋之内，而后致之死。

此上三种之蝗，见其既死，仍集前次用力之人，舁向官司，或钱或米，易而均分。否则有产者或肯出力，无产者谁肯殷勤？古人立法之妙，亦当见之于累朝矣。列之于后。

十、蝗之所可灭

有灭于未萌之前者：督抚官宜令有司，查地方有湖荡水涯及乍盈乍涸之处，水草积于其中者，即集多人，给其工食，侵水芟刈，敛置高处，待其干燥，以作柴薪。如不可用，就地烧之。

有灭于将萌之际者：凡蝗遗子在地，有司当令居民里老，时加寻视。但见土脉坟起，即便去除，不可稍迟时刻。将子到官，易粟听赏。

有灭于初生如蚁之时者：用竹作搭，非惟击之不死，且易损坏。宜用旧皮鞋底，或草鞋旧鞋之类，蹲地掴搭，应手而毙，且狭小不伤损苗种。一张牛皮，可裁数十枚。散与田头，复可收之。闻外国亦用此法。

有灭于成形之后者：既名为蝻，须开沟打捕，掘一长沟，沟之深广各二尺。沟中相去丈许，即作一坑，以便埋掩。多集人众，不论老幼，沿沟摆列，或持扫帚，或持打扑器具，或持铁锸。每五十人，用一人鸣锣。蝻闻金声，则必跳跃，渐逐近沟，锣则大击不止。蝻惊入沟中，势如注水。众各用力，扫者自扫，扑者自扑，埋者自埋，至沟坑俱满而止。一村如此，村村若此，一邑如是，邑邑皆然，何患蝻之不尽灭也？

谨案：四法果能行之于未成、将成、已成之后，丑类自灭，何至蝗阵如云，荒田如海？但穷民非食不生，苟不厚给，活其身家，谁肯多人合力，不尽灭之而不已哉？虽然给之厚矣，有司若不亲加料理，乌知弗为吏胥之所侵食也。故扑除之法有二：一在责重有司，一在厚给众力。敢录前人之善政，以为后世之芳规。视之者，幸无忽焉。

责重有司之例

唐开元四年夏五月，敕委使者详察州县勤惰者，各以名闻。

谨案：有此明诏，有司尚敢因循而不捕乎？故连岁蝗灾而不至大饥者，罚在有司故也。

宋淳熙敕：诸蝗初生若飞落，地主邻人隐蔽不言，耆保不即时申举扑除者，各杖一百，许人告报；当职官承报不受理，及受理而不亲临扑除，或扑除未尽而妄申尽净者，各加二等。

谨案：此敕初责地主邻人，未尝不是；末重当职官员，尤为敦本之论。得捕蝗之要法，所欠者耆保诸人，告而能捕者，绝无赏给，尚无以为鼓舞之道耳。

明永乐九年，令吏部行文各处有司，春初差人巡视境内，遇有蝗虫初生，设法捕扑，务要尽绝。如或坐视，致令滋蔓为患者，罪之。若布按二司不行严督所属巡视打捕者，亦罪之。每年九月行文，至十月再令兵部行文军卫，永为定例。

谨案：此则专罪有司之不力，而又委其任于布按。噫！法至是而无以加矣。昔徐光启疏中有云：主持在各抚按，勤事在各郡邑，尽力在各小民。美哉数语也！又陈氏有云：捕蝗之令，当严责其有司。盖亦一家哭，何如一路哭之意。古之良吏，蝗不入境。有事于捕已可愧矣，捕复不力，虽严罚岂为过耶？斯言诚可采也。

厚给捕蝗之例

晋天福七年，飞蝗为灾。诏有蝗处不论军民人等，捕蝗一斗者，即以粟一斗易之。有司官员、捕蝗使者，不得少有措滞。

谨案：捕蝗一斗，得粟一斗，非捕蝗而捕粟矣。小民何乐而不为？有司若果奉行，蝗必尽捕而无疑矣。

宋熙宁八年八月，诏有蝗蝻处，委县令佐躬亲打扑。如地方广阔，分差通判职官、监司提举，分任其事。仍募人，得蝻五升或蝗一斗，给细色谷一斗；蝗种一升，给粗色谷二升。给银钱者，以中等值与之。仍委官烧瘗，监司差官覆按。倘有穿掘打扑损伤苗种者，除其税，仍计价，官给地主钱数。

谨案：此诏给谷，既云详尽，而又偿及地主所损之苗，不但免税，而且偿其价数。噫！捕蝗而至此诏，可云无间然矣。

绍兴间，朱熹捕蝗，募民得蝗之大者，一斗给钱一百文；得蝗之小者，每升给钱五百文。

谨案：蝗蝻有大小之分，贤者别之最清。盖害人之物除之宜早，不可令其长大而肆毒也。故捕蝗者，不可惜费。得蝗之小者，宁多给之，而勿吝也。盖小时一升，大则岂止数石？文公给钱，大小迥异，不可为捕蝗之良法欤？

明万历四十四年，御史过庭训山东赈饥疏内有云：捕蝗男妇，皆饥饿之人，如一面捕蝗，一面归家吃饭，未免稽迟时候。遂向市上买面做饼，挑于有蝗去处，不论远近大小男女，但能捉得蝗虫与蝗子一升者，换饼三十个。又查得崮山邻近两厂领粮饥民一千零二十名，令其报效朝廷。今后将彼地蝗虫或蝗子，捕半升者，方给米面一升，以为五日之粮。如无，不准给与。

谨案：过御史何见之不广而责效甚速也？尹铎之保障晋阳，冯驩之焚券薛地，何尝责其必报，然亦未尝不报也。今过御史命人担饼易蝗，亦云小惠，且崮山饥民，升数之粟，必令有蝗而始给，彼老弱残疾，艰于行动，力不能捕蝗者，不尽死于此疏耶？

凡欲行捕蝗之法，可见不外严责有司，厚给捕者而已，但二者相因为用，缺一不可。要知捕蝗易粟，官亦易于励众，众亦乐于从官。若使不准开销，于何取给，不亦仍成画饼耶？故天子不可惜费，近臣不可蒙蔽，君臣一体，朝野同心，再法十宜而力行之，何患乎蝗之不除而蝻之不灭哉？

一宜委官分任。责虽在于有司，倘地方广大，不能遍阅，应委佐贰学职等员，资其路费，分其地段，注明底册，每年于十月内令彼多率民夫，给以工食，芟除水草，于骤盈骤涸之处及遗子地方，搜锄务尽。称职者申请擢用，遗恶者记过待罚。

二宜无便〔使〕隐匿。向系无蝗之地，今忽有之，地主邻人果即申报，除易米之外，再赏三日之粮。如敢隐匿不言，被人首告，首人赏十日之粮，隐匿地主各与杖警。即差初委官员，速往搜除，无使蔓延获罪。

三宜多写告示，张挂四境。不论男妇小儿，捕蝗一斗者，以米一斗易之。得蝻五升者、遗子二升者，皆以米三斗易之，盖蝻与遗子小而少故也。如蝗来既多，量之不暇遍，秤称三十斤作一石，亦古之制也，日可称千余斤矣。惟蝻与子不可一例同称，当以文公朱夫子之法为法也。

四宜广置器具。蝗之所畏服者，火炮彩旗、金锣及扫帚栲栳筲箕之类。乡人一时不能备办，有司当为广置，给与各厂社长，分发多人，令其领用，事毕归缴，庶不徒手徬徨。此即工欲善其事，必先利其器之意也。

五宜三里一厂，为易蝗之所。令忠厚温饱社长、社副司之，执笔者一人，协力者三人，共襄其事。出入有簿，三日一报，以凭稽察。敢有冒破，从重处分。使捕蝗易米者，无远涉之苦，无久待之嗟，无挤踏之患。

六宜厚给工食。凡社长、社副、执笔等人，有弊者既当重罚，无弊者岂可不赏？或给冠带，或送门匾，或免徭役，随其所欲而与之。其任事之时，社长、社副、执笔者共三人，每日各给五升；斛手二人、协力者一人，每日共给一斗。分其高下，而令人乐趋。

七宜急偿损坏。因捕蝗蝻损坏人家禾稼田地，既无所收，当照亩数除其税粮，还其工本，俱依成熟所收之数而偿之。先偿其七，余三分，看四边田邻所收而加足，勿令久于怨望。

八宜净米大钱。凡换蝗蝻，不得插和粞谷糠秕。如或给银，照米价分发，不许低昂；如若散钱，亦若银例，不许加入低薄小钱。巡视官应不时访察，以辨公私。

九宜稽察用人。社长、社副等有弊无弊，诚伪何如，用钟御史拾遗法以知之。公平者立赏，侵欺者立罚，周流环视，同于粥厂。其弊自除。

十宜立参不职。躬亲民牧，纵虫杀人，倪若水见诮于当时，卢怀慎遗讥于后世。飞蝗尚不能为之灭，饥贼奚能使之除？司道不揭，督抚安存？甚矣！有司之不可怠于从事也。

谨案：蝗之为害，甚于水旱，民之不能去尽者，以无良法故也。今以十所阐发蝗之生灭，以十宜细说蝗之可除，曷勿事之？且古之圣王，川泽有禁，山野有官，既不滥杀，岂肯纵恶？此即驱虎豹蛇龙之意也。

宋王荆公罢相，镇金陵。是秋，江左大蝗，有无名子题诗赏心亭曰：青苗免役两妨农，天下嗷嗷怨相公。惟有蝗虫感盛德，又随钧旆过江东。荆公一日饯客至亭上，览之不悦，命左右物色之，竟莫能得。

谨案：古云：瑞不虚呈，必应圣哲；妖不自作，必候昏淫。荆公恃才妄作，天怒人怨，乖戾之气，随之而行，势所必有。不思扑灭蝗蝻，反欲捕捉诗人，即或得之，亦不过江左之诗人，而能捕天下后世之诗人哉？识见不达，新法可知，怨者多矣。

钱穆甫为如皋令，会岁旱，蝗大起。而泰兴令独绐郡将云：县界无蝗。已而蝗亦大起，郡将诘之，令辞穷，乃言：县本无蝗，盖自如皋飞来。仍檄如皋请严捕蝗，无使侵邻境。穆甫得檄，书其纸尾，报之曰：蝗虫本是天灾，实非县令不才；既是敝邑飞去，却请贵县抑〔押〕来。未几传至郡下，无不绝倒。

谨案：二令皆可罢也。当此飞蝗食稼，困害良民之际，不思自罪，敬警格天，一欲委罪于人，一以批辞为戏，则其平日之政，必不善矣，可受百里生民之寄乎？

贺德邵，号戎庵，湖广荆门人。为诸生时，徒步入城，路过麻城，拾遗金二百两。留三日，待其人来，举而还之。后宰临邑，遇荒旱，设法赈济，全活数万人。邻境之蝗蝻云涌，而临邑独无。人皆异之，至今从祀不绝。

谨案：仰不愧于天，俯不怍于人，始可为政。贺君昼返遗金，岂来暮夜？此蝗蝻之所以不入其境也。如以有为无，除之不急，其为害也，不特伤稼，且将食人，宁独蔽天而已哉？

明顾仲礼，保定人。幼孤，事母至孝。遇岁凶，负母就养他郡，七年始归。时蝗虫遍野，食其田苗，仲礼泣曰：吾将何以为养母之资乎？言未已，狂风大起，蝗虫尽被吹散，苗得不伤。

谨案：人知官清，则蝗不入其境；不知人孝，则风亦能吹之而散。所以忠孝感神，捷如桴鼓。怨天尤人者，徒自增其罪戾耳。

附录四（原刻本卷四之五册） 社仓条约

社仓论曰：救荒之术，赈济贵乎速，转运贵乎近，利赖贵乎恒久，而不在乎一时之权宜。若是乎社仓之不可不设也审矣！但建之而不得其法，或相强于未行之前，或粉饰于举行之际，托非其人，干没是患，开发或滥，浮冒正多。推其意，原本于乡党相赒，而久且为闾里之扰累，岂非徒骛虚名而毫无实裨者乎？用集文公之条约，敢渎司牧之听闻，果能仿佛前贤，设施四境，未饥者咸歌大有，将饥者悉免倒悬，能变通以善其用，则紫阳复生而仁民之术溥矣。

崇安社仓记

朱 熹

乾道戊子春夏之交，建人大饥。予居崇安之开耀乡，知县事诸葛侯廷瑞以书来属予及其乡之耆艾左朝奉郎刘侯如愚曰：民饥矣。盍为劝豪民，发藏粟，下其直以赈之？刘侯与予奉书从事，里人方幸以不饥。俄而盗发浦城，距境不二十里，人情大震，藏粟亦且竭。刘侯与予忧之，不知所出，则以书请于县于府。时徐公嘉知府事，即日命有司，以船粟六百斛泝溪以来。刘侯与予率乡人行四十里，受之黄亭步下，归籍民口大小仰食者若干人，以率受粟。民得遂无饥以死，无不悦喜欢呼，声动旁邑。于是浦城之盗无复随和，而束手就擒矣。及秋，又请于府曰：山谷细民，无盖藏之积，新陈未接，虽乐岁不免出倍称之息，贷食豪右，而官粟积于无用之地，后将红腐，不复可食。愿自今以往，岁一敛散，既以纾民之急，又得易新以藏，俾愿贷者出息什二，又可以抑侥幸，广贮蓄。不欲者勿强。岁或不幸，小饥则弛半息，大祲尽蠲之。于以惠活鳏寡，塞祸乱源，甚大惠也。请著为例。王公报皆施行如章。刘侯与予又请曰：粟若分贮民家，于守视出纳不便，请仿古法，为社仓以贮之。于是为仓三，亭一，门墙守舍无一不具。司会计董工役者，贡士刘复、刘得舆，里人刘瑞也。既成，而刘侯之官江西幕府，予又请曰：复与得舆皆有力于是仓，而刘侯之子将仕郎琦尝佐其父于此，其族子右修职郎玶亦廉平有谋，请得与并力。府以予言，悉具书礼请焉。四人者，遂皆就事，方且相与讲求仓之利病，且为条约。予惟成周之制，县都皆有委积以待凶荒，而隋唐所谓社仓者，亦近古之良法也。今皆废矣。独常平义仓尚有古法之遗意，然皆藏于州县，所恩不过市井游惰辈；至于深山长谷力穑远输之民，则虽饥饿濒死，而不能及也。又其为法太密，使吏之避事畏法者，视民之殍而不肯发，往往全其封鐍，递相付授，至或累数十年，不一訾省。一旦甚不获已，然后发之，则已化为浮埃聚壤，而不可食矣。夫以国家忧民之深，其虑岂不及此？然而未之有改者，岂不以里社不能皆有可任之人？欲一听其所为，则惧其计私以害公；欲谨其出入，同于官府，则钩校靡密，上下相遁，其害又必有甚于前所云者。是以难之而弗暇耳。今幸数公相继，其忧民虑远之心皆出乎法令之外，又皆不鄙吾人以为不足任，故吾人得以及是数年之间，左提右挈，上说下教，遂能为乡闾立此无穷之计。是岂吾力之独能哉？因书其本末如此，刻之石，以告后之君子云。

社仓条约

一、逐年十二月，分委诸部社首、保正副，将旧保簿重行编排。其间有停藏逃军及作过无行止之人，隐匿在内，仰社首、队长觉察申报，尉司追捉，解县根究。其引至之家，亦乞一例断罪。次年三月内，将所排保簿赴乡官交纳，乡官点检。如有漏落及妄有增添，一户一口不实，即许人告，审实申县，乞行根治。如无欺弊，即将其簿纽算人口，指定米数，大人若干，小儿减半，候支贷日，将人户请米状拖对批填，监官依状支散。

一、逐年五月下旬新陈未接之际，预于四月上旬，申府乞依例给贷。仍乞选差本县清强官一员、人吏一名、斗子一名，前来与乡官同共支贷。

一、申府差官讫，一面出榜，排定日分，分都支散（先远后近，一日一都），晓示人户（产钱六百文以上，及自有劳〔营〕运衣食不缺，不得请贷）各依日限具状（状内开说大人、小儿口数）结保（每十人结为一保，递相保委。如保内逃亡之人，同保均备取保，十人以下不成保不支。陈龙正曰：不成保不支，将听畸零穷民之饿乎？不如金华县规，附甲为妥），正身赴仓请米，仍仰社首、保正副、队长、大保长并各赴仓识认面目，照对保簿，如无伪冒重叠，即与签押保明（其社首、保正等人不保，而掌主保明者听）。其日，监官同乡官入仓据状，依次支散。其保明不实，别有情弊者，许人告首。随事施行，其余即不得妄有邀阻。如人户不愿请贷，亦不得妄有抑勒。

一、收支米，用淳熙七年十二月本府给到新漆黑官桶及官斗，仰斗子依公平量。其监官、乡官人从，逐厅止许两人入中门，其余并在门外，不得近前挨拶搀夺人户所请米斛。如违，许被扰人当厅告覆，重作施行。

一、丰年如遇人户请贷官米，即开两仓，存留一仓。若遇饥歉，则开第三仓，专赈贷深山穷谷耕田之民。庶几丰荒赈贷有节。

一、人户所贷官米，至冬纳还（不得过十一月下旬）。先于十月上旬，定日申府，乞依例差官，将带吏斗前来，公共受纳，两平交量。旧例每石收耗米二斗，今更不收上件耗米。又虑仓廒折阅，无所从出，每石量收三升，准备折阅及支吏斗等人饭米。其米正行附册收支。

一、申府差官讫，即一面出榜，排定日分，分都交纳（先近后远，一日一都）。仰社首、队长告报保头，保头告报各户，递相纠率，造一色干硬糙米具状（同保共为一状，未足不得交纳。如保内有人逃亡，即同保均备纳足）赴仓交纳。监官、乡官、吏斗等人，至日赴仓受纳，不得妄有阻抑及过数多取，其余并依给米约束施行（其收米人吏斗子，要知首尾。次年夏支贷日，不可差换）。

一、收支米讫，逐日转上本县所给印册。事毕日，具总数申府县照会。

一、每遇支散交纳日，本县差到人吏一名、斗子一名、社仓算交司一名、仓子两名，每人日支饭米一斗（约半月），发遣裹足米二石，共计米一十七石五斗。又贴书一名、贴斗一名，各日支饭米一斗（约半月），发遣裹足米六斗，共计四石二斗。县官人从七名、乡官人从共一十名，每名日支饭米五升（十日），共计米八石五斗。已上共计米三十石二斗。一年收支两次，共用米六十石四斗。逐年盖墙，并买藁荐，修补仓廒，约米九石。通计米六十九石四斗。

陈龙正曰：每人日支饭米一斗，太多矣。应减为一升五合，另给酒菜银数分，上下均便。

张文嘉曰：支收交纳，各有定限，为日不多。在乡官士人，知此义举，断不计利。至于吏人仓子，安肯空劳？每名支饭米一斗，即寓相犒之意。若减为一升五合，又给酒菜之资，不惟反多烦琐，抑恐不足服此辈之心。其乡官并仆从，恐有贫薄者，亦必须支米五升，方足薪水之用。固知朱子非过厚也。

又按：朱子当日始创此事，故须官府弹压。倘今举行社仓，则保簿赴官交纳及申县乞差、吏斗诸事，俱不必行，止须支给司社及仓守效劳宣力诸人可也。

一、排保式。某里第某都，社首某人，今同本都大保长、队长编排到都内人口数下项。

甲户（大人若干口，小儿若干口，居住地名某处；或产户开说产钱若干，或白烟耕田、开店买卖、土著外来，系某年移来，逐户开）

余开：

右某等，今编排到都内人户口数在前，即无漏落及增添一户一口不实。如招人户陈首，甘伏解县断罪。谨状。

年月日大保长姓名：

队长姓名

保正副姓名

社首姓名

请米状式。某都第某保队长某人，大保长某人下，某处地名，保头某人等几人，今递相保委，就社仓借米，每大人若干，小儿减半。候冬收日，备干硬糙米，每石量收耗米三升，前来送纳。保内一名走失事故，保内人情愿均备取足，不敢有违。谨状。

年月日保头姓名

甲户姓名

大保长姓名

队长姓名

保长姓名

社首姓名

一、社仓支贷交收米斛，合系社首、保正副告报队长、保长，队长、保长告报人户。如阙队长，许人户就社仓陈说，告报社首依公差补。如阙社首，即申尉司定差。

一、簿书锁钥，乡官公共分掌。其大项收支，须监官签押；其余零碎出纳，即委乡官，公共掌管。务要均平，不得徇私容情，别生奸弊。

一、如遇丰年人户不愿请贷，至七八月而产户愿请者，听。

一、仓内屋宇什物，仰守仓人常切照管，不得毁损及借出他用。如有损失，乡官点检，勒守仓人赔偿。如些小损坏，逐时修整；大段改造，临时具因依申府，乞拨米斛。

宋陆九渊曰：社仓固为农之利，然农田常熟，则其利可久。苟非常熟之田，一遇歉岁，则有散而无敛，来岁缺种粮时，乃无以赈之。莫若兼置平粜一仓，使无贵贱之患。折所粜为二，每存其一，以备歉岁，代社仓之匮，实为长利也。

旧说：青苗者，田未熟而贷之钱，田已熟而收其利。安石尝行此于一邑，甚善。

然犹躬通下情，随其愿与不愿也。至当国时，欲以此行之天下，而守令者又阿重臣意旨，以多散钱多得利为称职，不问贫富缓急强与之，又寄权人役，出纳之际，轻重为奸，而民遂怨咨载道矣。

谨案：社仓之建，至凶岁而益见其妙。若听民之愿与不愿而议建，十不得一矣。何也？小民以他人之物，而为一己之所有，则恒喜；以一己之需而为公家之所存，则多恶。此必然之势也。如惧其恶而不令建，张咏之命去茶植桑，不尝致恶于四境乎？其后何以复为其所喜。等而上之，鲁人之歌孔子，郑人之歌子产，皆彰彰可验也。是彼一时之喜恶，何足以惑吾永远之深仁哉？

跋

臣闻民邦本也，食民天也。是故圣人治天下，以务农重谷为先，而讲求积贮为要。当是时，三年耕必有一年之食，九年耕必有三年之食，以三十年之通制国用，虽有凶旱水溢，民无菜色。《周礼》大司徒胙土以封诸侯，画井以授万民，而以荒政十二聚之，以保息六养之。于以见圣人之心，急恤民也。是故圣人在上，一民饥曰我饥之，一民寒曰我寒之。《周书》曰：如保赤子，心诚求之。盖圣人之心，与天地准，其所以为民计长久防未然者，补亭毒所不足，致生民于有余，是故天地有待于圣人也。我皇上至圣至诚，子育万方，自御极以来，劝农桑，讲积贮，诏书无岁不下。间遇直省岁俭艰食，遣使振贷；一夫罔或失所，恩蠲逋赋至数十百万。唐虞三代圣人之用心，蔑以加矣。乾隆四年，嘉纳谏臣倪国琏所进《救饥谱》一书，命名曰《康济录》。五年冬颁发到闽，臣适奉命巡抚是邦，跪受敬读。伏见录中所载古先哲王良法美意与夫名臣循吏之建白措施，何一非我皇上圣政之范围？而特旨刊布，欲使封疆之臣，鉴古宜今，图绸缪而咨云汉，所以爱民之深、虑民之切而责望于臣工者，圣意厚矣。臣伏自念闽所辖十府二州之地，督抚身驻会城，与民势远而分疏，日孳孳以宣德意、求民瘼为念，而外郡旁县乡曲之民，何能户户而拊，人人而煦也？古者欲使民无太息愁恨之声，倚良令长州县为亲民之官，而守牧有董率之责。臣用是仰体圣主惠怀元元之意，恭为校刊，分发郡县。夫富弼之于青州，赵抃之于越州，苏轼之于杭州，朱子之于越东，此三四臣者，亦惟以君上爱民之心为心，故当时蒙其福，而后世伟其行。臣愿七闽之守尹，日奉是书而读之，亦惟以我皇上爱民之心为心，则蒸为和气，岁以屡丰，第力讲于先事之政，而临事以下诸条，可百年不用也。此臣恭刊是书，与郡县交儆之志也。爰拜手稽首，而敬序于后云。乾隆七年春二月，巡抚福建等处地方提督军务都察院右副都御史纪录十一次臣王恕谨序。

荒政琐言

清乾隆癸未年重刻本

（清）万维翰 著
李文海 点校

序

《周礼》以荒政十二聚万民，汉唐而降，因时制变之方载在史策者日益详，后人拾其余濡，丝纶陈议，转以循行，行之而弊生，藉口救荒无奇策。呜呼！策何奇哉！有治人斯有治法。方今版图既广，生齿益繁，时异事殊，办此非易。况天灾流行，国家代有，所赖官斯土者设法救济，非胸有成算，措置咸宜，一时亿万哀鸿宣繻中泽，纵绘郑侠之图，贬怀辰之食，亦立而视其死耳。愚谓政在变通，难以胶执。其大端不外出粟、粜借、查灾、蠲赈数者，诚得痛痒相关之人，举公正无私之法，虑其始终，清其弊窦，一如父母之保赤子，诚求曲中，当不至于失乳而号也。否则议论虽多，奚裨于实政哉！兹就现行规条，参之末议，分为十则，附录成规，以备考核。苟非其人，法不自行，是所望于仁心为质之君子。时乾隆十七年孟秋朔吴江万维翰题。

荒政琐言目录

荒政琐言

平粜

汉大司农耿寿昌令边郡筑仓，谷贱时增价而籴，谷贵时减价而粜，名曰常平仓，损上益下，民甚便之。今则谷贱籴，谷贵亦籴，而价不能增；谷贵粜，谷贱而不堪久贮亦粜，与古制稍异。然蓄积足恃，可济民间缓急，其法犹为近古欤！

州县平粜，法立弊生，稍不加意，则胥役渔利，奸牙囤积，真正穷民挨挤守候，有终日而不得升斗者，无济枵腹之民，徒饱豪强之橐。故定价太贵，则民不沾恩；太贱，则千百仓储一朝罄尽，甚至不可收拾。是宜预定章程，变通立法也。

每年青黄不接，市价昂长，预行指款详粜，亦有由司将存七粜三谷米数目行知者，照时价核算，每米一石，丰年减价五分，歉收米贵之年减价一钱。若荒歉之岁，当大加核减，不拘一钱五分之例，按市价核钱，除零出粜。若出粜不敷，即续详多粜，亦不拘粜三之数。

开粜后时价低昂，详请增减。若价本平贱，民食未乏，无烦官谷接济，即应停粜。与其粜得贱价，他日难于买补，不如留为歉岁之用也。

分厂平粜，不但便民，亦省事端。地方官每以运送米石多颠抗折耗，又恐员役不敷照应，仅于最冲要处，分一二厂，奉行故事。不知厂少则人多，人多则不能无生得失。何如多设几厂，阳以恤其劳，而阴以散其势。

陈年仓谷，每多红腐；拨运米石，又多潮湿。二者皆不能久贮，不可不为转移，以免后患，然亦不可轻易出脱。当相其机宜，经理出入，使官民两无所累。

城仓开粜，酌定四乡远近适中，择寺庙宽大处，分厂平粜。运米脚价及员役斗级饭食，例得准销，先行垫办，事竣造报。

每厂分男女二局，每日开厂自辰时起，至午时止。凡赴籴贫民，先尽老幼，次及丁壮，委员弹压。如设厂多而佐杂不敷监粜，可移营酌派千把员弁赴厂督理，多令衙役巡逻照应，勿使拥挤。

厂内一处收钱给票，一处收票支米。不可延挨至午开厂，以致贫民守候妨工。且恐迟至日中，聚集人众，一时分散不及，致生吵闹。

出粜之时，防胥役克扣，乡保勒索，然尤虑冒籴、重籴并奸牙贩卖渔利诸弊。临时收钱给票是否实在穷民，虽有乡保，亦不能人人物色之。有立法稍善者，令持门牌赴厂，按牌准籴，然亦不无先后混弊。余曾在直隶州县办理一两处，先期三四月前，令各乡保将烟户册逐一核正，注明户下有钱粮若干、有无手艺，造册存署。临时按册挨查，某村庄内某某等户皆应籴米，一目了然。另以绵纸为票，用印注写户名，每村庄为一束，交与保正散给各户，执票籴米，严谕不许需索分文。此系内署亲友查办，断不可假手胥吏。仍预刻初一至三十木戳，开粜时，各户赍票出验，于票上加以本日木戳，仍即交还本人，一面收钱发票支米。若有路远，不能每日赴厂，愿趸籴三日五日者，则于印票内连用三五日戳记，准其趸籴，俾得休息。则重籴、混籴之弊皆可清厘矣。烟户册内既已如此详细，倘遇灾祲，极贫、次贫按册可稽。是查造烟户册，不但为弭盗之良法，兼可备粜赈之成规。地方官亦何不捐数十金纸笔之资，费一两月督率之功，为之整理一清乎？

粜米虽无定数，大约自一二升至五升为率。倘外米云集，市价渐平，或麦秋已熟，或新谷将登，民食可济，酌看情形，详请停粜。亦应将停止日期预行示谕，勿使远乡穷民趁籴空回。

浙省监粜官，每员日给饭食银八分，以资薪水。每厂书役一名、斗级二名、衙役二名在厂供役，每名日给口粮银三分。在本县监粜者不给。各省成例不同，应随地查办。

仓米气头廒底，应另留一处，减价变卖，亏折无多。不可听信管仓丁役人等搀和，致民不堪食，退有后言。

编氓蕃庶，若米贵日久，皆欲仰食于官，势难接济，而绅衿富户囤积居奇，亦失赒恤邻里之义。应劝谕各家将余米出粜，令挨次定期轮流出粜，于本家门首自为经理。不过官给告示约束，或时委佐贰巡查弹压，以免刁民啰唣，不可扰累。

绅衿富户如有愿出资采买出粜者，给与印照，仍移行经过地方一体查验放行，事竣缴销。此所以济本地之乏。至各县所存平粜原价，应责令及时买补还仓。倘以之借给商人营运，不但帑项久悬，巧吏且得藉口停买，遂至仓储久虚，缓急何赖？

仓谷碾米出粜，须先事办理。倘一时砻米不及，不妨即以谷接粜。定例一米二谷存仓，好谷每石碾至六斗，上下不无盈余，但民食孔殷，未可执一而论。又有续详动款接粜，未奉批示，须看大势，有当毅然开粜者，无论米谷，皆应接粜。每见有粜米不粜谷，或观望拘泥，迟徊不粜，乡民徒手往返，激成事端。此不知变通者之误也。

米价既贵，邻近即有遏粜之处。应预行知会出示晓谕，使之流通无阻。若禁之使不往，人亦禁之使不来，利己病邻，势将转而自病矣。而况一有禁阻之文，则刁民乘机滋事，聚众抢夺，酿无穷之祸。见微知著，不可不虑。

市价贵贱，自然之势。有因米价翔踊，谓牙行把持昂价，严加饬禁。此在聚米极多之处，或可偶一行之，否则贱价一定，商人裹足不前，受害更深。总在招徕之使有余，则价自平。故曰民有余则轻之，民不足则重之。又曰论其有余不足，则知贵贱，贵上极则反贱，贱下极则反贵。月报粮价，有关入告，每有视为无关紧要，听胥吏混填，遂至接壤邻境而价值低昂，大相悬殊者。上司亦以为时值如此，不加查察。不知有因时近出粜，故为少开，易于减价者；又有时将采买，故为多开，易于报销者。须留心确访，庶无朦蔽。

出　借

常平仓谷，粜以平市价，借以济民食。青黄不接之时，原宜借粜兼行。有谓粜不如借。粜以升计，借以斗计，折耗不同；且粜则买补，或不敷而借，则征收可取盈也。有谓借不如粜。买补之时，秋收价平，借欠花户恐有逃亡拖欠，不如出粜之存价在库也。其实二者不可偏废，只应查明烟户册，实系力田农民的名，方准出借，殷户具保，自不致于延欠。且以常情论之，富户出粟，加利四五分不等，民犹依期交还，以图明年复借；今官粟加一息或且免息，反欲抗欠，此岂人情？其必有胥役之需索、保领之克扣、完纳之浮收、地棍衙蠹之冒捏，概可知矣。故曰有治人无治法。能清厘其弊窦，自无拖欠。出陈易新，通其饶乏，官民两利矣。

有令大户总借百石数十石，转分小户，谓可免零星折耗。殊不知大户岂肯代认折耗，依然分派，且小户借大户之脸面得以借领，大户必朘小户之余润方肯代劳，经胥乡保层层剥削，民不堪矣。

被灾后晓谕农民及时补种。如无力穷民不能置买籽粒者，作速按亩借给米谷。俟来岁丰收，免息交还。

福建省出借谷石，向不收息；广东省止收耗谷三升；河南、山东丰年加息，歉年免息；浙江常平仓谷春间出借，秋后照数收完，其社仓谷石例应加息征还；直隶常平仓谷借作籽种者不加息，余亦加一收息。各处办理不同，惟歉收之岁出借贫民，各省一概免息。

收成五分以下，所借粮石缓至来年秋后征还；收成六分者，本年先还一半，次年征还一半；收成七分者，秋后征还，免其加息；收成八九十分者，秋后加息还仓。此乾隆四年定例。浙省通饬收成八分者，亦免加息。

直隶被灾，查明有牛具之家、赈册有名之人，实在种麦地方，每亩借给麦种五仓升。如该处有麦种可买，每亩给银一钱；有地无牛之贫民雇牛耕种，每亩发雇价制钱二十五文。

东省夏被旱灾，每亩借籽本银一钱。时已交秋，补种豆荞等类，每亩借银五分。于存公耗羡内动支造报。伏秋盛暑之月，力作穷民艰于粒食，动常平仓谷酌借口粮，秋后免息还仓。

籽本有借必还，惟加息、免息视乎丰歉。乾隆十六年浙省被灾，则以被灾五六七分者，每亩赈给籽本谷三升；八九十分者，每亩赈给籽本谷六升，俱不取偿。此变通办法。因原奏内已经声明赈给，故可准销，非成例也。

查　　灾

夏灾不出六月，秋灾不出九月，此就题报情形而言。自题出之日起，限四十五日，将成灾轻重分数顷亩造册具题，准扣程途；限一面查报户口，定议赈恤。又自题报分数之日起，再限两个月，将应免钱粮造册题蠲，仍取该管道府州县厅印结送部。

定例夏月被灾，如秋禾种植将来可望收成者，应俟秋获之时确勘分数，另行办理。其间有得雨稍迟、播种较晚、必需接济者，或借籽种，或贷口粮。是夏灾原无赈恤之例。但江浙地方有只种晚禾一熟，无别项杂粮可以补种者，应行详题，即照秋灾之例办理。

成灾分数不可牵匀计算，应以各田地实在被灾分数为准。如一村之中有田百亩，其九十亩青葱茂盛，独十亩禾稼荡然，则此十亩即为被灾十分；其中有一分收成者，即为被灾九分；二分收成，即为被灾八分；有三分、四分、五分收成，即为被灾七分、六分、五分。以此定灾核算，蠲数方为确实。

有未种田亩，应归入已种被灾十分灾田内汇造册结。报灾后查办被灾田亩，则令乡保按村庄田亩被灾分数查造草册，刻期送县，注明某人名下自田几亩、灾田几亩，或佃田几亩、灾田几亩。盖被灾分数原就灾田而论，不必问其名下共田若干，然注明此句，则其人之有力无力、极贫次贫，已可得其大概矣。有此草册，即分头履亩踏勘。此时且不必逐户挨查，盖被灾轻重，无论有力无力，皆应按分数议蠲。急欲查明分数详题，其查看应赈户口犹是第二层。先将田亩查清，再行查赈，方于例限无误。总之实在成灾，即于详报后速行查勘。若俟题报行知之后始行查办，则四十五日之期瞬届，非迟误即草率矣。

报灾勘灾，官民惶遽之时，正要办理确实。倘查勘不到，民情不服，议论滋起，上司委员抽查再有异同，则从前所查皆不可信，又费一番更张。不如清查确实，一劳永逸也。四乡辽远，一人不能遍历，除本处佐杂分查外，如尚未敷，不妨再请委员。但守土之官查办，是其专责；佐杂各员，或以事非切己，不能认真赶办，所贵平日之诚信相孚，而临时舟车资斧从优佽给也。

查造册票等项，不能不假手胥吏，胥吏又藉乡保为枢纽，于是无穷弊端，皆出其中。故必遴选勤慎殷实之吏，不许作奸舞弊。造册纸张等项，照例开销，不敷者捐给，庶免派累需索之弊。

被灾五六分者，蠲免钱粮一分；七分者，蠲免二分；八分者，蠲免四分；九分者，蠲免六分；十分者，蠲免七分。蠲剩银米，照例缓征。其原报被灾勘不成灾、歉收田亩钱粮，缓至次年麦熟征完。其原不被灾田亩应征银米照常征输，以资经费，毋庸一概缓征。

蠲免钱粮，当就田亩而论。田既被灾，则不论有无生计家产，俱按分数豁免钱粮。

北地夏至后乏雨，不能栽种禾黍，惟劝种荞麦蔓菁；南方除禾稻外，如绿豆、赤豆、萝卜之类，尚可补种。旱灾待雨可以车戽之处，借工本以济乏力。水灾急宜疏消，使田禾涸出，受伤尚少，否则再为翻犁耕种。亡羊补牢，未为晚也。

水荒一线，旱荒一片。此言被旱之甚于被水，然必有高阜之地可以免潦，低洼之地不忧暵干者，非可概论。水灾难勘，有大水一过无碍收成者，有稍被损伤减收分数者，有淹浸久而全荒者；旱灾则赤地干裂，禾苗枯槁，一望而知。如有地棍、经胥、保甲、圩长串通捏冒舞弊，即行查究。

按图按圩挨次切勘，未经勘到之处，饬令地户不必守候。不可听灾民混请，先看某处，以致拦舆争闹。

直隶查灾放赈各官，正印丞卒以上，不给盘费；佐杂教职等官，每员月给盘费银八两。查户口时，抄写册票并差遣等事，每一委员书办一名、跟役二名，每名日给饭食银四分。放赈时，每厂书办二名、衙役四名、斗级四名，每名日给饭食银四分。册籍纸张、笔墨，州县垫用请领。

浙省场员会同地方官查勘灶地，除场员薪水照例不支外，每员座船一只，日给船价饭食银三钱二分；随带经书二名、差役二名、门子一名、家丁一名、轿夫二名，每名日给饭食银三分。事竣造册结，由府申监道核转。委员会同地方官查勘民地，除地方官不支给外，委员亦照前开造册结，由司报销。

查　　赈

通县被灾散赈，务必通查合属贫民，均行赈济。若一县之内半属有收，止赈被灾村庄穷民，非被灾村庄不在查赈之列。其寄庄业户田粮已经蠲缓，亦不在赈例。

查勘灾地，原无牵算之法。如一县内半属全荒半属有收，一户内十亩全荒十亩有收，固不可均作被灾五分。惟查赈则又当别论。一县之中，只计被灾村庄查明给赈。一户之内，或全荒，或半荒半熟，正可分别极贫、次贫。此又办理之不同也。

田亩被灾，如属富家业主，或另有山场花果桑麻烟豆等项出息，或渔商生理、手艺工作可以营生，不藉力田活命者，概不列入赈册。

浙省向来查赈规条，以被灾穷民并无己田，又无手艺营生、山场别业，向系佃种为活，及佃田十五亩以下、己田十亩以下全被灾伤，准作极贫；又己田十五亩以上，佃田十五亩以上，被灾过半，又无山场别业，准作次贫；佃田十五亩以上之户，虽无己田，如果全灾，亦列作极贫。被灾之民并无己田己屋、佃田耕种全荒者，或无己田己屋、佃田成灾过半、家口众多者，并外乡迁居耕种田已全荒、无力佣工者，定为极贫；虽无己田、尚有房屋牲畜、佃田全荒者，虽无己田己屋、佃田半属有收而家口无多者，自种己业仅止数亩全荒者，或有少许收获而家口众多者，搭寮居住耕种外乡别邑农民佃田荒已过半、无力佣工者，定为次贫。此虽已行成案，亦只言其大概耳。总在临时酌看情形，因地制宜，妥协办理，毋致遗滥，不可过于拘泥也。

直隶灾赈，以十二岁以下为小口；浙江以十六岁以上为大口，能行走者为小口，襁褓者不在赈列。

田亩少而家口多者，虽属无力，未可概为极贫。盖田少则收获本少，即丰年亦不能养数口之家，自应除不藉田亩生计者不赈外，其余实系穷苦者，将年力壮盛可以食力者删除，不过酌量予赈。若计口授食，是歉岁获邀赈恤，反过于丰收矣。

查灾给赈，不可预有成见，总就其被灾之轻重为定。若有心博宽大之名，以免日后刁民控告，书役乡保乘机混冒，无所不至，临时亦难裁汰。若有心为节省之计，一任删减，哗然不服，更且哀鸿载道，辗转沟壑，大可伤心。故灾户必不可漏，惟有审其力量，以口数为伸缩。若不谙治体，始而善念勃发，谓宁滥毋遗，及见需费浩繁，痛加删削，以至灾民失所，络绎道途，然后复为增益，刁民又妄生觊觎。此皆不体察地方实情，而但以意为轻重也。

先令乡保查开被灾户口草册，有产有艺极贫次贫户首何人、男女大小几口，俱行注明，总以一家为一户，不许以父子祖孙分报、重报。既有草册，然后印委及同城佐杂各官轻骑减从，带同乡保，分路查点。仍将某月日查某村庄先行示期，以免灾民外出，逐户按册挨查极贫次贫大口小口。如有未符，即于册内核正。无滥无遗，全在此时着实。有牛、有畜、有仓庾、有生业，暗记册内。日内有混行告赈者，可以查明驳饬。再有先经外出存有空房者，查其姓名丁口另行登记。日后闻赈归来，查册补赈。

查毕之后，或给门单实贴门首，或于墙上灰书姓名口数，以防遗漏重复影射之弊。仍将各庄被灾分数、极贫次贫大小男女名数汇造简明册，申送上司查阅。

乡保开报最易滋弊，应严加查察。给与纸张，不使需索派累；谕以利害，不使瞻徇冒滥。仍不时确访，如有妄冒及指称使费敛钱，立即拿究。倘耳目不及，别经发觉，又多一事矣。

查定户口，或有出外投奔亲戚，或已亡故，或有远归，皆令乡保随时禀报，查明增删。如前册内未开而实系该村贫民，查明取结，一体入赈。

户口册既定，即预备双联印票，填明村庄、姓名、户内男妇应准口数、应赈月份，与灾户收执，静候赈期。应赈月份，自照被灾分数，惟名口多寡，须看灾户情形，随时权衡，不能按口尽给。若于挨查时即行给票，恐有刁民一时争多较少，喧闹纠缠，不如另行查填散给，其票根存县备查。

被灾各属贫生，止藉数亩薄田教书以资耕读。今田亩被灾别无他产谋生者，教官确查大小户口、极贫次贫，造册转送州县，按其家口酌加抚恤。稍有活变生计，不得冒滥。浙省成例，以贫生全无粮产亦无己屋者为极贫，住系己屋、尚有些微田地而全荒者为次贫。此亦不可拘泥。

卫所军田被灾，如系军佃，该卫自行查明，造册移县。所需银米，附县给赈。事竣，由卫造花名册结，各县出结报销。其民种军田，应归县查报户口给赈。

直隶旗庄人等，除庄头及有壮丁、披甲、差地顷亩数多毋庸议及，并租种旗地之被灾地户在民册内造报外，其有专靠种地数亩为活，并无别业餬口，实在乏食旗人，将大小家口另行造册，由该佐领汇报理事厅核发州县，一体赈恤。

民户应给抚恤籽本、赈济银米，由藩司核实，在于司款动支。各场灶户被灾所需抚恤籽本、赈济银米等项，由道核实，银动道库、义仓及京协饷平余等款，米动盐义仓粮，按期详明拨给。事竣，取具各场册结及勘灾查赈盘费等项册结，汇案题销。乾隆十六年，浙省因京协饷余平所存无几，各场抚恤籽本、赈济银两在于盐库报存盐课项下动支；义仓无存，应给灶户赈米，于截漕项下动给。扣蠲灶课钱粮册结，由道取齐，核明造总，并赈恤各册结一例依限取造，汇移布政司汇转。

赈恤灾黎，原因水旱田地被灾起见。若鳏寡孤独，平日自应查明，编入养济院额内，并有额外捐给半分口粮候缺顶补，原不待歉岁始行抚恤。乾隆十六年，浙省咨准部覆，将贫寒士子及鳏寡孤独疲癃残疾之人，照被灾七八分之例，一体加赈两个月。又是变通办法。

灾户查定之后，穷民每以册内有名而赈期尚早，遂携带妻子出外觅食者，自应设法安集，多方晓谕，毋令餬口四方。不然络绎载途，皆某县流民，岂美名耶？且邻邑灾民流离乞食，饥寒所迫，为地方之累，不如多费几文，资送回籍，收管安插，省一事故也。

赈　　恤

秋月被灾五分者，来春酌借口粮，毋庸加赈。被灾六分极贫者，赈一个月；被灾七八分极贫者，赈两个月，次贫赈一个月；被灾九分极贫者，赈三个月，次贫赈两个月；被灾十分极贫者，赈四个月，次贫者赈三个月。每大口日给米五合，小口减半，仍扣除小建。

赈四个月者，十月赈起；三个月者，十一月赈起；两个月者，十二月赈起；一个月者，次年正月或腊月中给赈。灾黎甫行被灾，仓皇无定。如大水淹漫，田庐漂没，穷民无食无依之时，则有急赈，即所谓抚恤，不分极贫、次贫，总与一月口粮。其室庐无恙、秋成有望者不在此例。

大水淹漫，室庐荡然，被灾最为惨烈，自应急赈。可以一面奏明，一面办理。若别项灾伤时当八九月间，即便丰收，亦须有待，断无今日告灾，明日乏食之理。乃小民望恩幸泽几于刻不可缓，每有非时妄想，肆口怨言，纷纷控诉。此亦须剀切晓谕，以免争闹滋事。

户口看定，即宜约计应需银米若干、不敷若干，详请拨领，通盘计算，先事预筹，方免迟误。

设厂散赈，就远近适中之处，预将应需米石运贮，并将某村庄定于某日在某处厂内散给先行出示晓谕。此亦成例。有谓灾民跋涉艰难，必须每数里即设一厂。殊不知赈厂与粜厂不同，灾重之区给赈四个月，即赴城领米，亦不过四次，未为劳民废时。较之粜厂，有日至、月至之别。倘系老弱病废及寡居幼丁，皆许亲邻代领。若多分厂所，不但搬运之折耗繁多，一县之胥役斗级能有几何可以分派？印委各官何能分身周历？反致稽察不及，即生事端。不如择最远之地设厂一两处，只要人手多，不壅滞，自便民耳。

城仓乡厂散赈之时，先令乡保挨顺村庄，依次散给。其未散到者，俱令暂远，不得越次近前挨挤。

逐户验票，唱名散给，即于票内加以戳记，给还本户，以便下次领赈。如系末次，即将印票收存。开厂须早，不可使乡民守候。司赈之员预赴厂所住宿，不但慎守米石，且便次早放赈。

仓谷不敷散赈，督抚酌量情形，银米兼赈，在于地丁银内动支赈济。至折价若干，各省自有成例，不拘一定。银米搭赈，或有每月半银半米；或有赈两月者，次赈给银；赈二月者，二赈给银；赈四月者，二赈、四赈给银。

米粮先贱而后贵，似应先赈银后赈米。若该处情形有钱无买，则须赈米搭银；一面招商采买，以济民食。

折给米价虽有定数，但以整封分拆零户，折耗既多，必须赔补，穷民换钱零用，又被店铺亏折，不如易钱散给。若有平粜等项钱文应行易银存贮者，亦可移换。此官民两便之道。

散赈之时，人手虽多，难按升斗量给。应制大建一斗五升、大桶七升五合，小桶另备；小建一斗四升五合，大桶七升二合五勺，小桶多备数副。临时按照大小建取用，庶为便捷。

千万仓贮，搬运分量，未尝无折耗，但新陈出易，经理得宜，从长计议，自有弥补之策。切不可因目前之赔累，以节省为念，而斤斤于升斗之微末，致腾口说。此不可不慎也。

直隶乾隆四年水灾，冲塌民房，查明除有力之家及数椽土房雨淋稍塌尚可居住外，其余全行冲塌，现在露处无栖，或虽未全塌，非拆不可，又无力修盖穷民，查明人口多寡、被灾轻重。如被灾重而人口多，又坍房无栖者，给盖房银一两，次者给银八钱，少者六钱。又人少屋止一间、其梁柱墙垣俱须周围盖造者，给银八钱；人稍多、屋两间，给银一两二钱；屋多人多，给银一两八钱。

江南被水灾坍塌房屋，官给修房之费。上江瓦屋，每间四钱，草房三钱，次贫者各减一钱；下江瓦房，每间给修费银七钱五分，草房四钱五分。乾隆十年，奉旨每间增银二钱。坍房压死人，大口棺木八钱一两不等，小口四钱。浙江被水冲倒房屋，楼房每间给银二两，平房给银一两，草房给银五钱，草披草厂给银二钱五分。淹毙人口，大口给银二两，小口一两。此等规条，各省不同，临时参考。

以工代赈

佣工度日之人并不力田，原不给赈。时当俭岁，难以存活，惟有寓赈于工。查明城垣、桥梁、浚河诸事详估，奏准兴工，可令食力。

工程一千两以上者，俟水旱不齐之年，动帑兴修，以工代赈。一千两以下者，酌用民力，分年修理。

直隶民修堤埝、疏浚河渠，原不给工价。歉岁民食维艰，照钦工例酌给十分之三。筑堤实土一方，连夯硪，给米三升九合；开河旱土，每方给米三升，水方给米四升五合。俱以米一石折银一两。事竣核实报销，于公项下动拨。

各省民堤民埝，有关民舍田庐应行修筑而民力实不能办者，照以工代赈例动用公项，酌量兴修。所需土方，照浙省大嵩塘挑河之例，每方准银三分八厘，加夯硪银一分，共给银四分八厘。

各省修河筑堤，土方多寡，微有不同。民堤民埝，应照各省官河官堤土方工价给予一半。自雍正十二年以后，给官价十分之三。乾隆七年以后，给官价一半。

杭城挑河，就近拖送上岸堆积，给银八分，外加车水银一分。河面宽六七丈者，再加车水银五厘。百丈之外，用船装送，再加船夫银六分，又加挑送上岸夫价银三分，每方共银一钱八分五厘。次远者，加船夫银四分，又加挑送上岸夫价银三分，每方共银一钱六分。就近空地堆积，每方给钱一百文，计银一钱二分五厘。远送江滩，每方连车水给钱一百四文，计银一钱三分。

筑坝每道，取土填筑，每方银八分，每丈用长八尺松桩十二根，每根银五分。每丈用夹坝，高四尺，长八尺，松板一丈，每丈银六钱。每丈用安钉桩、攀缆夫十六名，每名银四分。每道用柴花簏三百二十八条，每百条银五分。筑坝两头各有乱石泊岸，拆移空处，以便筑坝。俟工完仍行整砌。每道用夫十名，每名银四分。各处工程报销不同，临时查办。

劝捐

本地绅衿商民，如有谊笃桑梓情殷任恤者，或将余米减价平粜，或就实在贫民径行施给，或设厂煮粥，或捐制棉衣，及桥梁、黉序、水道、陂塘之类，事竣核实具详，小则从优旌奖，大则题请议叙。

绅衿富户，社仓捐谷十石以上，州县给以花红；三十石以上，州县给匾；五十石以上，详报知府给匾；八十石以上，详报巡道给匾；一百石以上，详报布政司给匾；一百五十石以上，督抚二院给匾；捐至四百石，照例请题，给以八品顶带；捐至千石以上，又系有职之员，分别职衔大小，酌量议叙。

直省偏灾地方，绅士捐赀助赈，除捐银不及三百两者量给匾额花红，如候补候选人员，捐至三百两以上至六百两，予以记录；六百两以上至九百两，予以加级；五千两以上，准其不论双单月即用。贡监生民人等，捐银四五百两以上，予以职衔，加以顶带；千两以上，亦准分班选用。现任官员，捐银千两以上，始准纪录；五千两以上，准其加级或加顶带。今浙省另有奏准捐银议叙新例，不及备录。

劝谕绅士减价平粜，浙省议定，出粜百石及五十石以下者，于该县城乡总制一匾，开列粜户姓名，悬挂公所；粜一百五十石以上至二百石者，县给匾音；二百石以上至三百石者，详府给匾；三百石以上至四百石者，详道给匾；四百石以上至五百石者，详司给匾；五百石以上至八百石者，抚院给匾；八百石以上至千石，督抚各给匾音。此与捐谷奖励大不相同，诚以捐谷出自好施而减粜不过寡取，故于与人为善之中立嘉奖之差等如此。

粥　　厂

不耕不业，例不食赈，以及疲癃残疾饥馁无告之民，粥厂自不可缓矣。或动公项，或劝谕富室出资，分厂煮粥，自冬徂春，暂济民食。其开厂停厂，总先期十日前出示晓谕，俾贫民依期就食，不致或先或后，有虚往返。

一二里以内饥民，就厂食粥；其远者，势不能为一盂粥行数里路，应大口折给米二合，小口减半。但穷民贪得一飧，不无冒滥，应照平粜米厂之例，预备印票，令各乡保查明无产无业实在贫苦无依者，散给印票，其外来之人，临时问明给票。票内写明县分、村庄、姓名、大小口，厂内预刻初一至三十日木戳。凡赴厂领米领粥，赍票出验，即以本日木戳印记票内，给与粥筹米筹，入内交筹，给粥给米而出。次日亦然，已有本日戳记及无印票者，概不准给。远村民人愿总领五日米者，即连用五日戳记，免其连日奔走。

厂内两廊分别男左女右，自外验票给筹，鱼贯而入。有老弱不能上前者，拨役照料，免致拥挤。

每厂派佐杂一员、书吏二名、衙役四名、量米斗级煮粥搬运水火夫数名，并选集里中公正绅耆董理其事。每日寅卯时督令水火夫煮粥，辰时起，至午时散给，不得迟延，以致饥民枵腹守候。员役酌给薪水饭食，委员宿厂典守米石，并稽查煮粥搀杂糠秕、灰水等弊。

外来馁乏饥民不能回籍者，暂行收留。强壮者给粥一飧，问明住址，给钱十余文，由县给文，拨役逐程伴送回籍安插。虽资送流民之例已经停止，但日食粥厂，为费不少，不如以数日之食作归籍之资。即于公捐数内开销，未始不可也。

流　　民

汉初令饥民就食蜀汉，后又令就食江淮间。欲留之处，遣使冠盖相属于道护之，下巴蜀粟以赈之。歉岁之有流民，振古如斯矣。今饥民到境，设法留养，亦行古之道也。但此等流民，或有被灾处未及镇抚，或彼处入赈之民，因本籍已经查赈，有人代领，遂出身求乞，以省家食。若一经设厂留养，不但本地穷民窜身其间，远方之民闻风而至，有聚无散，其费不支；且伊等冬冷无衣，夜寒无被，虽免啼饥，又烦经理；况人多则难稽察，奸良不一，日则就食，夜则匪窃，防闲更难。厂内日久秽气薰蒸，朝夕传染，必有疾病，继以死亡，饭食之外，又须医药棺木之资。各项费用，若皆出之劝捐，势难为继。且此中乞丐游惰居其半，养之不能，听之不可，流离载道，滋生事端。不如设法遮留，各归故土，询明里居、住址，逐程递送回籍，取乡保管束，不使复出。沿途每日给钱十余文，仅资口食，不可多给；多则愚民贪利，又将复来矣。

镇　　抚

芸生万众，使民自养易，以官养民难。往往有多方抚恤而仰食无餍，不思佣力求生，辄行控灾控赈，纠约多人混行争闹。若有求必应，民气转骄。如果查办确实，并无遗漏，不可不示之以法。此恩威兼济之道，但须驾驭有权，操纵在我，否则激成事端，忧方大耳。

地方一有灾祲，无穷事变皆出其中，不但好勇疾贫之辈嚣然不静，向时匪类亦乘机窃发。故应修整栅栏，轮值支更员役巡夜。乡僻处所一切冷庙、坟屋随时巡察，水栅以时启闭，小艇、渔舟稽查盘诘，责成保甲严查里内。旧贼出入，新贼潜踪，须加意防范也。

截留漕米，船上回空带来之水手，俱从山东淮扬一带短雇无力回籍旗丁，又不能养赡，于是流落为匪，四散扰害。应令旗丁将每船水手查开姓名、住址，报明卫官。其有手艺营生、亲友依靠不愿回籍者，取结安插。其愿回籍者，若责令原雇之旗丁设法资送，恐力不能。查江浙收漕均有漕费钱文，半给旗丁剥运。今既截留，则此项钱文已属闲款，可以动拨，为资送回籍之费。

民食不足，卖儿鬻女。即有一班恶徒从中把持取利，或强分身价，或包价转贩，或不令亲属见面，远售与闽广客商，或诱引拆卖发妻，总使一散而不能复聚。此等名为救急，实属惨毒，急宜访拿严禁。至于无食之人，若令子女饿殍相守以死，亦所难行。只许在三五百里内典身服役，买主觅认识之人作保。三面成交，亲族送至本主，地头媒保不许分肥。仍俟岁丰力裕，备价取赎。先须切实示谕，省事端，亦积阴德也。

成灾分数结册式

县　结　式

浙江某府某县今于

与印结为（全注语，后仿此）事。结得卑县乾隆某年分被旱田地，会同委员某县某勘实各庄被灾几几分，共田若干，内几分田若干，几分田若干，又被灾几几分，共地若干，内几分地若干，几分地若干，另具应免钱粮册结另送外，所有勘实被灾轻重分数田地，不致扶捏，如虚甘罪，印结是实。

府　结　式

浙江某府今于

与印结为某事。结据某县知县某结称，结得卑县乾隆某年分被旱田地，会同委员某府同知县知县某勘实各庄被灾云云（照县结全备）等情到府。卑府覆核无异，理合加具印结是实。

委　员　结　式

浙江某府某同知县今于

与印结为某事。结得某县某年分被旱，奉委会同该县知县某勘实各庄被灾云云（照县结全备），除应免钱粮册结该县造送外，所有勘实被灾轻重分数田亩地，不致扶捏，如虚甘罪，印结是实。

册　　式

浙江某府某县

呈为某事。今将卑县某年分被旱成灾田亩勘实轻重分数造具简明清册，呈送查核施行。须至册者。

今开：

原勘被旱共若干都庄内，除某某都庄报后得雨薄收、不致成灾外，所有某都起至某都止共若干都庄俱系勘实成灾。内：

原勘被灾田共若干顷亩

今除勘实不致成灾田若干顷亩外

实在勘实成灾共田若干顷亩。内：

五分成灾田若干

六分成灾田若干

七分成灾田若干

八分成灾田若干

九分成灾田若干

十分成灾田若干

以上共成灾田若干

某都

勘实被灾共田若干。内：

几分灾田若干

几分灾田若干

余仿此。

不成灾结式

县　结　式

浙江某府某县今于

与印结为某事。结得卑县某年原报被旱村庄田亩，会同委员某府同知县知县某履亩确勘，实系秋成有收，不致成灾，并无扶同捏混情弊，印结是实。

府　结　式

浙江某府今于

与印结为某事。结据某县知县某结称，结得云云（照县结全备）等情到府。卑府覆核无异，理合加具印结是实。

委员结式

浙江某府某同知县今于

与印结为某事。结得某县某年原报被旱村庄田亩，奉委会同某县知县某履亩确勘，实系秋成有收，不致成灾，并无扶同捏混情弊，印结是实。

给过籽本数目结册式

府结式

浙江某府今于

与印结为某事。结据某县知县某结称，结得卑县某年分原额田亩地，除不被旱田亩地外，勘实被旱五六七分田地共若干，除有力之家不给籽本田地若干，其余无力之户共田地若干，每亩给籽本谷三升，照定价折给银若干，共银若干。被旱八九十分田地共若干，除有力之家不给籽本田地若干，其余无力之户共田地若干，每亩给籽本谷六升，照定价折给银若干，共银若干。以上通共给过籽本谷价共银若干，俱系会同委员按亩散给，督令补种杂粮，抚恤安顿得所外，中间不致扶捏，如虚甘罪，印结是实。等情到府。卑府覆核无异，理合加具印结是实。

县结式

浙江某府某县今于

与印结为某事。结得卑县某年分原额田亩地云云（照前全写），印结是实。

委员结式

浙江某府某县今于

与印结为某事。结得卑县奉委查勘某县某年分勘实云云（照府结全写），俱系会同该县按亩散给，督令补种杂粮，抚恤安顿得所，不致扶捏，如虚甘罪，印结是实。

册式

浙江某府某县

呈为某事。今将卑县某年分被旱田亩，分别有力无力给过籽本折价银两，分晰造具细册，呈送查核施行。须至册者：

今开：

某年分

勘实被灾五、六、七八、九、十分田，共若干顷亩，内除有力之家不给籽本田若干，其余无力之户田若干，每亩给籽本谷三/六升，照定价折给银若干，共银若干。

余仿此。

共给过籽本谷价银若干。

某庄

勘实被灾几分田若干，内除有力之家不给籽本田若干，其余无力之家共田若干，每亩给籽本谷几升，照定价折给银若干，共银若干。

一户某被灾几分田若干，给籽本谷价银若干。

余仿此。

以上通共给过籽本谷价共银若干。

前件系动支某款银两，领回散给，理合注明。

抚恤一月口粮结册式

县结式

浙江某府某县今于

与印结为某事。结得卑县某年分被旱，赈过乏食灾民若干户，内男妇大口若干口，计赈一个月，自某年某月某日赈起，至某月某日止，计三十日，每口日给米若干，共给米若干，每石折给银若干，计赈米价银若干；男女小口若干名口，计赈一个月，自某年某月某日赈起，至某月某日止，计三十日，每口日给米若干，共该米若干，每石折给银若干，计赈米价银若干。通共该米若干，每石折给银若干，计赈米价银若干。内动支某款银若干，每米一石，折给银若干，作米若干。俱系会同委员亲行逐名散给，并无虚捏冒领重支等弊，不致虚捏，印结是实。

府结式

浙江某府今于

与印结为某事。结据某县知县某结称，结得云云（全备县结）等情到府。卑府覆核无异，理合加具印结是实。

委员结式

浙江某府某同知/县今于

与印结为某事。结得奉委会同某县知县某赈过乏食灾民（以下照依县结各数全开）。俱系会同该县知县某亲行逐名散给，并无虚捏冒领等弊，不致扶捏，印结是实。

册式

浙江某府某县

呈为某事。今将赈过某年分被旱乏食灾民大小名口，动给银米数目，造具细册，呈送查核施行。须至册者。

今开：

一、卑县赈过灾民共若干户，内男妇大口若干名口，计赈一个月，自乾隆某年某月某日赈起至某月某日止，计三十日，每口日给米五合，共该米若干，每石折给银若干，共折给银若干；男女小口若干，计赈一个月，自乾隆某年某月某日赈起至某月某日止，计三十日，每日给米二合五勺，共该米若干，每石折给银若干，共折给银若干。通共赈过灾民若干。

大口若干

小口若干

通共该米若干，每石折给银若干，共给银若干。前件系在于某款银内动支，按户按口赈给，理合注明。

某户

被旱乏食灾民

一户某人

大口几口，某人，某人

以上某庄赈过灾民若干户，内男妇大口若干名口，计赈一个月，计三十日，每口日给米五合，共给米若干，每石折给银若干，共赈给银若干；男女小口若干名口，计赈一个月，计三十日，每口日给米二合五勺，共给米若干，每石折给银若干，共赈给银若干。

共该赈米若干，每石折给银若干，共给米价银若干。

余仿此。

蠲免钱粮府结式

浙江某府今于

与印结为某事。结据某县知县某结称，结得卑县乾隆某年分各庄被旱成灾五六七八九十分共田若干，每亩除蠲免各征不等加丁等项，实征银若干，共应征银若干，共应免银若干，每亩除漕白粮等米各征不等外，实征米若干，共应征米若干，共应免米若干，内被灾几分田若干，每亩除蠲免加丁等项，实征银若干，共征银若干，奉文免十分之几，每亩免银若干，共应免银若干，每亩加丁除漕白粮等米若干，共征米若干，奉文免十分之几，每亩免米若干，共应免米若干。被灾五六七八九十分田亩（仿前叙入）。取具各庄里民，并无捏报冒免情弊，甘结印铃〔钤〕外，卑县不致扶捏，如虚甘罪。等情到府。卑府覆核无异，理合加具印结是实。

（此系乾隆十六年浙省民田地被灾颁发册结式，存此备查。场地册结式，不另载。且折给籽种册结，各有不同，应随时酌办。）

平粜印票式

按日用一木戳，如有路远，情愿总籴三、五日之米，即连用几日木戳，以免日日赴厂。

票印粜平县某

某都图某村庄某人

某年某月初一　初二　初三　初四　初五

此票遗失不准领米

中用印一颗。赈粥印单亦仿此。

赈纪

清乾隆十九年刻本

（清）方观承　辑
夏明方　点校

序

三代以来，救荒之政备矣。后之人择可行而行之，固已无所不宜，然事有宜于古不宜于今者，且五方物产登耗之数、民情舒惨诚伪之殊，皆当随地异施，泥法太过，与无法等。夫以数百万人之命，起死回生于呼吸之间，岂易事哉？故必有视民如伤之主咨儆于上，而下之宣布德泽者竭诚致慎，和衷集思，参用经权，以规尽善，乃克相与以有成也。乾隆八年六月，畿南二十七州县以旱告。皇上宵旰焦劳，命所司亟筹振救。时观承监司清河，会同天津道陶君正中总其事，戴星而驰，遍历灾所，心计口画，十指布算，集古赈饥成法而参观之。户若干，口若干，当核也，则周中丞孔教用之。某也才，某也良，可委也，则林佥事希元用之。赈米有徐宁孙抄劄之法，赈银有钟化民督理之法。其展赈也，则陈霁岩之于开州，安流民则滕达道之于郓州，煮粥则耿橘之于常熟，平粜则文潞公之于成都，贷牛种则定之于越州，他若董江都之广种宿麦、赵清献之召兴工作、周文襄之省运耗、吴遵路之采刍薪、吕文靖之谕赎农器、樊子鹄之劝富民捐输，皆次第仿而行之。其或扞格不可行，则以意为变通，蕲于适事而止。制府高公斌、总藩沈君起元同心商榷，朝奏而夕报可，复有不待奏请，我皇上已照临及之者。蠲租赐赉，动逾距〔巨〕万，转输储备，罔或后时，事事深惬民隐，而意外之恩每加于其所不及望。盖以仁爱之天心，兼精详之睿虑，穷幽极微，无远不届，且为之计长久。臣下奉扬德意，风流令行，旬月之间，转灾为福。荀子有言：禹之水、汤之旱而民无菜色者，此道得也。嗣观承秉节斯土，间遇郡邑偏灾，辄用前法，可幸无罪。用是恭辑前后三年中俞旨，下及内外臣僚见之行事者，厘为八卷，名曰《赈纪》。纪之为言，记所以记恩也。又纪与纲相维，敢谓条分缕析，纲目毕具。且是年所遇固旱灾也，他若水潦霜雹虫螽之属，概未之及，然使旁通义类，得其意之所存以推行尽利，其于救荒之道亦庶几矣。时乾隆十九年岁次甲戌十月，太子太保直隶总督兼理河道都察院右都御史桐城方观承撰。

赈纪目录

卷一　上谕

乾隆八年六月二十一日奉上谕：河间、天津地方，今年雨泽愆期，米价昂贵，不得不速筹接济。上年通仓存贮，有口外采买备用之粟米，著先拨十万石运送天津。其何以分贮平粜赈恤，听总督高斌酌量办理。钦此。

乾隆八年六月二十五日奉上谕：据山东巡抚喀尔吉善奏称，东省雨泽愆期之州县，秋成渐至失望，民人多出外谋生，而邻省贫民亦有转入东省觅食者。夫地方雨旸不时，例应借给子本，督令补种；设或得雨已迟，补种无及，亦应酌量抚恤，何至一时纷纷转徙？即出逃亦所时有，然必俟果至秋成无望，或流他处觅食可耳，岂有尚在六月可望续种之时，即流移至此？喀尔吉善又奏称：在愚氓之意，不过希冀邻省收养，多沾恩泽。细察此辈，非习惯求乞，即游惰愚氓。如竟行留养，不惟为日尚早，难乎为继，且愈滋觊觎轻出之风。若任其过往，漫无稽查，又恐流离四散，不无为匪滋事。请即饬地方官劝令各回故土，以待本处自有之恩，并令遮留抚驭，毋致再有外出等语。所见甚为得体。各省督抚须当留心于平居无事之时，委曲开导，使之敦本务实，力田逢年。若轻弃其乡，则本业抛荒，失所依倚；即国家收养资送，亦不得已之计，非可恃为长策也。平日既谆切劝谕，俾各知安土重迁。及至歉象已形，百姓有渐不能支之势，即设法安顿，使之各守乡里，不致越境四出。如此则先事绸缪，临期补救，于扶危济困之道斯为得宜，而闾阎实被其泽矣。若平时漫不经心，以致贫民遇歉转徙，留之不得，驱之不可，岂经国子民之善计乎？可将朕意传谕各省督抚共知之。钦此。

乾隆八年七月十三日奉上谕：前因直隶天津、河间等属夏间被旱，米价腾贵，朕特降谕旨，令仓场总督拨运仓米十万石分贮被旱各州县，以备平粜抚恤之用。今据高斌奏称，被旱之地已经成灾，除先行酌量抚绥外，见在查明分别赈恤，照例于冬月开赈等语。朕思开赈之后，需米必多，著仓场总督于通仓梭米各色米内再拨四十万石，于现拨十万石运完之后，即行接运，务于八月内全数运津，令总督高斌分发各处水次，就近挽运，接济冬间赈恤。该部速遵谕行。钦此。

乾隆八年十月十六日奉上谕：据直隶总督高斌奏称：直隶天津河间等属，今年夏间被旱，业已蒙恩赈恤。第歉收之后，米价尚属昂贵。闻奉天米谷丰收，请弛海禁，俾商民贩运，米谷流通，接济天津等处民食等语。奉天一省，今年朕亲临幸，目睹收成丰稔，米价平贱，以之接济直隶，洵属裒多益寡。著照高斌所请，准其前往贩运。自奉旨之日，至次年秋收为止，令该地方官给与商人印票，听奉天将军府尹查验。收买之后，给以回照，仍行文知会直隶总督，并令沿海官弁时加稽查，毋令私出外洋，庶需谷者得以餬口，而粜贩者又藉以获利，于奉天、直隶二省均有裨益。该部即行文该总督、将军、府尹等知之。钦此。

乾隆八年十一月十五日奉上谕：河间、天津等处来京就食之民日益众多，盖因愚民无知，见京师既设饭厂，又有资送盘费，是以本地虽有赈济，伊等仍轻去其乡而不顾，且有已去而复来者。不但抛荒本业，即京师饭厂聚人太多，春暖恐染时气，亦属未便。尔等可寄信与高斌，令其设法安插，妥协辨〔办〕理。钦此。

乾隆八年十二月二十一日奉上谕：直隶天津、河间等处今年被灾，业已加恩赈恤。第歉收之后，米价颇昂，来岁青黄不接之时，民食未免艰难，所当预为筹画者。除督臣高斌已遵旨遣官在奉天买米八万石外，朕思明春山东、河南漕船经由直隶地方，若截留漕米十万石，令高斌视州县大小，酌量分派存贮，以敷粜借之用，于民食自有裨益。其如何截留东豫各船及分贮沿河州县之处，该督即会同仓场总督逐一详悉，安〔妥〕议办理。钦此。

乾隆九年正月初二日奉上谕：上年直隶天津、河间等处收成歉薄，贫民乏食。朕宵旰焦劳，多方区画，惟恐一夫失所。总督高斌又遵旨酌议明岁加赈，并奏请动支司库闲款银两，于停赈后为接济民食之用，朕俱已俞允。惟是上秋被旱之后，冬月雨雪又少，麦苗待泽甚殷，东作方兴之时，麦秋收成未卜，穷民尤堪轸念。著高斌详察本地情形，若于从前定议之外，有应加赈月分者，据实陈奏，朕当格外加恩。钦此。

乾隆九年正月初九日奉上谕：上年直隶天津、河间等处收成歉薄，冬月雨雪又少。今当东作方兴之时，麦秋未卜，深廑朕怀。是以前经降旨，令高斌详察本地情形，若于从前定议赈恤之外有应加赈月分者，据实陈奏，朕当格外加恩。今据高斌覆奏，天津府属之天津县、河间府属之肃宁、故城、宁津、顺天府属之大城、保定府属之束鹿、深州本州并所属之饶阳、安平、冀州所属之衡水，又续报保定府属之新城共十一州县，原属偏灾，业按分数给赈，民情大势宁谧，但与灾重之十六州县地界毗连，青黄不接之际，生计仍属艰难，应请遵照恩旨，按前赈户口再加赈一个月，以资接济，于地方实大有裨益等语。着即照高斌所奏，将此十一州县按册再加赈一月，该部即遵谕速行。钦此。

乾隆九年正月十五日奉上谕：去冬谕令高斌酌买八沟米石备用，据高斌奏称：目前米价昂贵，应暂停缓，俟十二月内各处米粮齐集，价值自平。若较前平减，再行籴买等语。朕思口外之米，每至春初价平，况又有停买之信，奸商必不囤积。若此时得买，不拘多少，总属有益。朕已批谕保祝矣。尔等可即寄信与高斌，务期多得米粮备用。至于前岁平减之价，原不可为常，纵眼前稍觉浮多，及至需用之时，仍得其济，不必拘拘较量锱铢也。钦此。

乾隆九年二月十一日奉上谕：上年天津、河间、深州等属十六州县被灾较重，朕已格外加恩赈济抚绥，毋令贫民失所。但今已届仲春，雨泽未降，二麦收成不能期必，倘青黄不接之际已经停赈，恐贫民仍不免乏食，朕心轸念殷切。此十六州县，著于从前定议之外，再加赈月分，以济民食。总督高斌可分别妥议具奏，早为办理。其或米谷不敷，著一并预筹，以备临时之用。该部遵谕速行。钦此。

乾隆九年二月十九日奉上谕：朕因直隶天津、河间、深州等属上年被灾较重，今春雨泽未降，麦收未能期必，恐停赈之后贫民不免乏食，著高斌分别妥议，于从前定议之外，再加赈月分，以接济穷民，并豫筹米谷，以备临时之用。今据高斌奏称：见在次贫之民，前议赈至二月止；极贫之民，赈至三月止。今遵旨加赈，应将次贫再加赈三月一个月，极贫再加赈四月一个月。但次贫情形不一，各村庄被灾轻重亦不同，除次贫内见在乏食仍须接济者照常加赈一月外，其有加赈一月尚不能支持、无异极贫者，若只照次贫加赈一月，仍恐不能自存，应同极贫一例加赈，至四月为止。此应赈之民，若全给本色，更于民食有益，约计需米三十万石。仰恳敕下仓场总督于通仓内照数给发，即令被灾州县自雇船只赴通请领，其水脚照例报销等语。著即照高斌所议速行，其一切查办事宜，著饬原办之道府亲赴各州县督率办理，务令贫民均沾实惠。钦此。

乾隆九年四月十三日奉上谕：直隶河间、天津、冀、深等属十六州县上年被灾较重，今春雨泽愆期，朕恐二麦收成不能期必，小民东作方兴，已降旨于停赈之后再加赈四月一个月，资其力作。目今雨泽稽迟，麦收已经失望，而秋田收获尚早，此际若不格外加恩，恐贫民仍不免于乏食。著再加赈五月一个月，该部即传谕总督高斌先期筹画，速行办理。钦此。

乾隆九年七月初一日奉上谕：从前直隶河间、天津等属被灾之地一应新旧钱粮，经总督高斌奏请，停其征比，缓至本年秋成后催征完纳。朕已降旨俞允。今幸甘霖叠沛，秋成可望，所有应完钱粮，例应于秋后征收，但朕思二府被灾既重，又当积歉之后，元气一时难复，当格外加恩，以资培养。著高斌确查灾重之十六州县，将本地应征新旧钱粮缓至明年，看彼地收成光景奏闻，再行开征。其被灾稍轻之州县，各处情形亦不一，或有应行缓征者，并著高斌详查，奏闻请旨，务俾民力得以宽纾，不致输将竭蹶。又据高斌奏称，天津府属之庆云县地僻民贫，商贩罕至，米粮缺乏，民食艰难，请于河南大名等处买到杂粮内酌拨二千石，确查穷民，酌量散给，以资接济等语。著照高斌所请，即行散给，并即照大城等州县出借口粮之例，免其秋后还仓。该部即遵谕速行。钦此。

乾隆九年八月二十二日奉上谕：上年天津、河间等处被旱成灾，朕于常格之外加恩赈恤，不使穷民失所。今春雨泽又复愆期，麦收歉薄，朕心更为忧虑。幸于五月半后天赐甘霖，通省沾渥，禾稼丰稔倍常，朕为万民额手称庆。念从前天津、河间被灾最重之二十六州县，并续报偏灾之霸州等五州县，目下秋田虽获有收，恐元气一时未复，著将所借麦种牛力牧费制钱等项，悉行豁免，俾积歉之区民力宽裕，示朕加恩休养之至意。该部遵谕速行。钦此。

乾隆十年二月二十二日奉上谕：直隶河间、天津等属前岁荒歉，朕格外加恩，多方赈恤，曾降谕旨，将被灾最重之十六州县并故城、新城二县乾隆九年以前新旧钱粮，俱缓至本年秋收后，令该督看彼地收成光景奏闻，再行开征。今思灾重各州县旧欠钱粮虽俱停缓，而本年应纳钱粮已届开征之期，该处当积歉之后，元气未复，若照例催输，民力未免拮据，朕心轸念。著将河间府属之河间、献县、阜城、任邱、交河、景州、吴桥、东光、天津府属之青县、静海、沧州、南皮、盐山、庆云、冀州属之武邑、深州属之武强等十六州县并故城、新城二县所有本年应征钱粮，俱缓至秋收后照例开征，以纾民力。目今东作方兴，俾得尽力南亩，以示加惠元元之意。该部即遵谕速行。钦此。

乾隆十一年三月二十三日奉上谕：协办大学士、尚书刘於义查办水利回京，奏庆云、盐山两县，土瘠民贫，积歉之后，种种困苦情形，朕心深为轸恻。其陈奏穿井、买牛、种树三条，俱有关于耕作，朕已降旨，照所请速行矣。惟是立法固欲其利民，而经画当筹其尽善。其种树一事尚易办理，如穿井有苦水甜水之分，惟甜水可资灌溉，官为穿井，分给于民，其地之远近，何以均沾？民之贫富，何以分别？谁应给以官井？谁应令其自开？土井随时修葺，何以保无倾圮？永远为业，何以不起争端？又如买牛以助其耕种，其自有耕牛者固不必散给，其无牛力之户如何分别给与？至一切喂养收管之处，亦应预为筹及。以上二事，其办理之初固须经理得宜，奉行之后亦须永垂利益。此时正当东作紧急之时，不可稍有迟缓。著总督那苏图率同地方官悉心筹度，派委干员作速办理，一切以实心行之，勿视为民间琐屑之事可以苟且塞责，务使良法美意，历久无弊，庶于瘠土民生渐复元气。可即传谕知之，有应速办者，一面办理，一面奏闻。钦此。

乾隆十一年五月十四日奉上谕：直隶庆云县土瘠民贫，连年荒歉，朕心深为轸念，多方筹画，蠲赈频施，以苏民困。惟是该县当积歉之后，一时元气难以骤复，必须大沛恩膏，俾小民永沾实惠。著将庆云县每年额征地丁银两蠲免十分之三，永著为例。该部即遵谕行。钦此。

昔尧曰：弃，黎民阻饥。舜曰：来禹，洚水警予。呼其臣而诏之，此古帝王遇灾始事也。追读周宣王云汉之诗，咨嗟诰诫，为民请命。自时厥后，蠲赈之令代复闻之，大都补救于临时，而先几鲜所备豫，事后亦相与安之而已。我皇上敬天勤民，痌瘝在抱，乾隆八年河、津、冀、深等属入夏不雨，至于六月，深宫神运，虑远思深，谓食不足，难有仁术，将安所施？而潞卫二河，南连齐豫，东接辽海，天设此舟楫可通之势，以裕挽输，富以其邻，呼吸立应。其议赈议蠲一切法，悉破常格，为之有加无已。盖自是年六月越十年二三月，前后六十有六旬，皇衷缱绻，与民终始，使被灾轻重四十二州县无一夫不获其所，而于甚瘠之区所经画而拊循之者尤三致意焉。圣天子心尧舜之心而布汉唐以来未有之泽者如此，谨备录诏旨，次其月日，恭纂成编，用弁简首，垂万世法。臣方观承谨记。

卷二　核赈

核户之法，始于宋苏次参，家各书其大小口数、应请米若干于门，而余童则第上中下为三等、李珏为四等、林希元为六等，法犹未尽也。今窃谓民当六七月，灾象已形，宜及早以安之，于是颁规条，创格式，分员履勘，概限八月初旬等差厘举，急请普赈。夫既众著于得食之有期，而加赈又相继也，斯有所系恋而无去志。其法圭撮必谨，主于无滥，盖不夺饥者之食以实不饥之腹，自无所遗，故义以裁制之而仁术不虚耳。是年有刁民屡赴都院告赈，勾验红册，悉注去留增减之故咨覆，民卒无言。惟其立于可信之地，以有此依据也。虽然，力行保甲，尤为先务。阳明先生之抚豫也，下令家置小牌，丁若干口、习某技业、有无残疾及田粮等项，编排的实。为牧令者，于一州一县中如指诸掌，一遇灾赈，按籍处分，百不失一。朱子分都支给之法，胥由是也。然则临期核户，又其后焉者矣。

院奏办赈事宜折

奏为恭请圣训事：直隶河间天津二府，冀、深二州属，秋田亢旱，经臣具奏情形，蒙皇上批谕周详，无微不到。臣钦遵敬绎之下，谨将奉行事宜，拟议六条，恭呈训示。

一、赈务轻重缓急之宜，不能豫定，惟在临时酌量妥办，以重当厄之施。然起手收功先后之次第，亦应早为筹画。目前最急者，先令地方印官亲身赴乡，核明户口，分别极贫、次贫，俾灾民食赈有望。其心已安，即就便剀切晓谕，无妄希就食，轻离乡井。民知官之恤己也，自易听从。

一、此时届秋获犹早，其流移者众，缘亢旱已甚，田禾无望，尚非已经迫于饥馁，惟当早为安辑。拟令清河道方观承、天津道陶正中率同河间府知府徐景曾、天津府知府胡文伯分路前往，因地制宜，悉心筹办。

一、被灾加赈月分，本有定例可遵，但臣察看灾区情形，有不得不恳恩于常例之外者。拟于八月普赈之后，将灾重州县之极贫统加赈五个月，次贫统加赈四个月。自十一月起，至明年二三月上，责成道府大员，率属加意经理，俾无失所。迨明年三四月青黄不接之时，应否再筹接济，另奏请旨。

一、粮价骤贵，民情不免惶迫，拟将恩赏通仓粟米，先即分运各州县，照地方时价酌量平减出粜，以资民食。

一、八九月种麦之期，凡有地无力之户，行令地方官按其宜麦之区，借给麦种，务令及时普种。如地主外出，即责成地邻承种。地主归来，计其迟早，酌量分给子利。

一、赈务首重在米。米有不敷，乃兼用银。今所赖者，古北口外连年丰稔，米谷充裕，八沟、热河、鞍匠屯各处，价皆平贱，内地商贩多资其利。上年奉旨采买口米，运贮通仓，今已得用。是广收口外之粟米，实属两有裨益之事。请令热河、八沟四旗三厅属多为收籴存贮，以备运通运津充赈，或抵运蓟州陵糈，而以东豫二省岁运蓟仓者截留在津充用，皆今冬必应筹办者。

乾隆八年七月初二日。奉朱批：所奏俱妥，即照此实力为之。钦此。

会议办赈十四条

本道等蒙奏委专司赈务，期于安辑灾黎，招徕流尸〔户〕，俾河、津、冀、深饥民早邀圣泽，得免仳离。凡核验户口、给散银米一切事宜，固属目前要务，而蓄养耕牛、借助麦种，尤当先期筹画。兹会议列为十四条，呈请裁行。乾隆八年七月初五日。

一、今岁夏麦失收，秋禾继旱，贫民无以自存，自应随宜拯救，未便仍拘常例。所有成灾州县极次贫民户口，于核查完日，各照例于八月内先行普赈一月。（不分极次贫普赈，以救其急，故又曰急赈，亦曰先赈。）其加赈月分，已蒙破格奏请，极贫加赈五个月，次贫加赈四个月，仰荷圣恩俞允，诚百万灾黎更生之幸。但二十五州县，成灾本有轻重，给赈宜加区别。本道等悉心体察河间府属之河间、阜城、任邱、交河、献、景、吴桥、东光、天津府属之静海、青、沧、南皮、盐山、庆云、冀州属之武邑、深州属之武强共十六州县，均系全灾，应将极次贫民加赈月分遵照奏案办理；其河间府属之肃宁、宁津、故城、保定府属之束鹿、正定府属之栾城、广平府属之威县、深州并所属之饶阳、安平共九州县，均系偏灾，应仍照常例办理。（常例：成灾十分者，极贫加赈四个月，次贫三个月；九分灾，极贫加三个月，次贫两个月；七分八分灾，极贫加两个月，次贫一个月；六分灾，极贫加一个月，次贫不加。）并请于题报疏内分析声明。

一、大赈（即加赈）自十一月为始，至明年二三月止，已蒙奏明行知。计普赈之后，各处户口查毕，米粮运到，原需两月之期，其常例加赈月分，更宜施之于冬寒岁暮之时。应请定于十一月初一日开赈，按月散给。（并月散给，官省民费。）惟是极贫户口内，有老病孤寡全无依倚，一经停赈，即难存活者，应请于八月普赈后，仍续赈九、十两月，俾接至大赈，以广皇仁。

一、赈例：大口日给米五合，小口减半。但户口过多，窃恐米谷不继，似应银米兼赈，计于民用亦便。米折银数，值此价昂之时，应请照乾隆三年直隶奏案，每斗折银一钱五分半，米五合折银七厘五毫，合制钱六文半。

一、查赈先赴被灾最重之州县，就一州县中，先赴被灾最重之村庄，挨户清查，分别极贫次贫，点明男女大小口数，开载赈册，仍于门墙灰书户名口数，以防遗漏重复影射之弊。其极贫户内，老病孤寡赤贫无依者，悉注册内，以便续办。村庄内如有因灾挈眷外出存剩空房者，另簿记之，作为外字号，亦于门墙灰书户名口数。本人闻赈归来，即凭查验补赈。

一、挨查户口，备具印票、赈册，标明某州县某村庄，以次登记姓名并男女大小口数，十二岁以下者定为小口，票钤州县印，每百张为一束。（须点清数目，使有稽考。）查毕一村，即照册填写名口，票册合钤图记，按名散给。谕令于放赈之日，执票赴厂支领。其老病嫠独家无丁男者，许同村亲族两邻具保代领。

一、乾隆二年户部定议：凡遇赈恤，于城中设厂之外，再于城四面二三十里乡村，择庙宇闲房之高大者，预将米谷分贮，揭示放赈日期，临时亲往散给。应令地方官除城仓设厂外，再酌视应赈村庄道路远近，于饥民日可往返适中处所，分设赈厂，预将应需米谷运贮某某村庄，定于某日在某厂内散给，先期出示晓谕，务使远近周知。（揭示按村庄远近，先远后近）。届期之前夕，司赈之员至厂住宿，遵照规条俵散（散赈规条详后）。其运米车船脚价，由藩司照例详请，动项给发。地方官如有借端派累情弊，严揭参究。

一、闻赈归来贫户，应请一体赈恤。地方官责令地保乡约，随时据实举报。其大小名口与外字号册内所开相符者，即令地保并见赈之户出具保结，一体给赈。有在十月以前归来者，仍准补赈一月。（虽过八月普赈而未及十一月大赈，仍补赈一月。归在十一月以后者，入大赈）。倘外字号册开载偶有不全而实系本村外出之贫民，取有保结，亦即给与。如所保不实，地保责惩究追，赈户革赈。其补赈外字号户口银米数目，另册申报稽核。（外出之民，其遣易办，其冒难稽。即如八年，旱在六月，必系六月因旱而出者始为灾民，应赈。如在五六月以前，则是因他事而出，非转徙之灾民矣。但实是土著而适于凶年言归，此中又须体察。）

一、贫乏生员，应令教官查报，酌量周恤。案查乾隆三年钦奉上谕：嗣后凡遇地方赈贷之时，饬令教官将贫生等名籍开送地方官，核实具报，视人数之多寡，即于存公项内酌拨银米，移交本学教官均匀散给，资其饘粥。如教官开报不实、散给不均及胥吏中饱者，交督抚学政稽查，即以不职参治。钦此。今议恤贫生户口，动用公项是否敷用，请饬藩司定议照办。（贫生不言赈者，所以别于齐民也。当晓之，以养其廉耻。）如有贫生混入灾民滋事者，轻则发学戒饬，重则革究。

一、地方住旗庄头、壮丁、家奴并旗户地亩多者，俱不应赈。又租种旗地之佃户，已于民册查办，其有旗人正身种地数亩，无别业为活，亦无子弟在官，实系乏食者，准将家口造册，由本管领催汇报理事厅，核发州县，一体赈恤。又灶户之贫乏者，令该管大使查明口数，移送州县赈恤。如旗庄、灶户有混入贫民冒领滋事者，行本管究惩。（灶户亦民也。有地之家已入民册者，当查明即系某灶，于灶户数内删除。更有商人长雇之灶户，受雇得值，已可营生，不应给赈。）

一、银米兼赈。按：大口日给米五合，计月给半，米七升五合；小口日给米二合五勺，计月给半，米三升七合五勺。州县应另造七升五合、三升七合五勺木筒各若干具，以备散赈之用，庶免零星轻重之弊。（米不及斗，故曰筒。但愚民或疑为减小之斗，须明白晓谕之。筒面宜扣以铁，以免削减。）再赈例应扣小建，其两样木筒，照扣除之数另造一分备用。（或统于银内扣除而不扣米，亦属简便。）

一、案查乾隆元年奉上谕：嗣后直省州县，倘遇查勘水灾旱灾等事，凡一切饭食盘费及造册纸张各费，俱酌量动用存公银两，毋许丝毫派累地方。钦此。本道等酌议，核赈、散赈各委员，正印丞倅以上，无庸给与盘费。佐杂教职，应请每员月给盘费银八两。核赈委员，各派书办二名、跟役二名，每名日给饭食银四分。散赈，每厂派书办二名、衙役四名、量米斗级四名，每名日给饭食银四分。凡册籍纸张笔墨零星各费，令州县先行垫用，统于司库存公银内请领还项。

一、出借麦种，先仅畜有牛只之家，查明实种麦地，按亩借种五仓升。（民间地亩不皆种麦。秦雍之地，种麦者十之七；直隶广平、大名等府，麦地居十之五；正定、保定、河间、天津等府，麦地居十之三；永平、宣化、遵、蓟等府州，麦地不过十之一二。是年官借麦种有地百亩者，准借三十亩；地十亩者，准借三亩。乃实种之地也。）其无牛贫民，谕令向牛力有余之家雇用，照详定之例，每亩代发雇值制钱二十五文，收成时还官。如地主外出，借种邻右承种。俟本户回籍，按其月日迟早，官为酌分子利。已奉奏明，应通饬灾地一体遵行。如本户不归，即听全收还种。（风声所及，流户多归，不止尽地利也。）

一、时将白露，一经得雨，即应及期种麦，全赖牛犁足用。今贫民因旱乏草卖牛者多，来春生计所关，不得不为多方筹画。应令印委各员于赴村查赈时，察视贫民小户牧养无资者，官为借给八九两月牧费，按月银五钱，验明毛齿登记。本户自用耕种并附近有地无牛者雇用，官为代发雇值，收成时照数还官。所借牧费，宽期于明岁麦后还半，大秋全完。（乡民弃午〔牛〕，亦出于万不得已。设法存之，俾无误种麦。八九两月，正其时也。）

一、本地绅士商民殷实之家，值此灾旱，如有谊笃桑梓、情殷任恤者，或将余粮减价平粜，或就贫民径行施给，或设厂煮粥，或制给棉衣，不拘何条，不论本地邻封，但有情愿助赈者，报明地方官，听其自行经理。事竣，按其所用银米核实具详，少则酌量优奖，多则题请议叙。

院奏借民麦种牛力牧费折

臣查值〔直〕隶各属，于七月初旬内得雨，多已沾足，秋禾结实，得此滋助，收成可加分数。旱灾地方，乘雨补种蔓菁蔬菜，藉以疗饥，民情较前稍觉安帖。且久旱得雨，地脉疏通，由此膏霖可期应候。八九月正值普种秋麦之时，民间多种一亩，来春获收一亩之益，尤为补救要务。但牛具子种，灾民无力营措，均须预为筹画。臣见在动项，委员采买麦种，分贮被灾州县，查明贫户畜有牛具者，按亩五升借给。如欲自买麦种，每亩借银一钱。缺乏牛力者，谕令雇用，每亩借雇价钱二十五文。并令牛力有余之家，将外出贫民所遗麦地代为耕种，亦按亩借种，视本人回籍月日迟早，酌量分与子利。其因旱乏草有牛而不能牧养者，不免轻为卖弃，令各员查赈之便，验明属实，登注毛齿，于八九两月，每月借银五钱，以资饲养。本人耕种之余，仍可出雇，计一日之牛力，可种地六七亩，约得雇值二钱，彼此相资，民所乐从。所借牧费雇价，俱于来年麦秋两季分限还官。臣并饬地方官亲诣四乡，劝谕雨后广为布种，务无后期，无旷土。此时民情皆有恋土之意，外出者亦渐次归来，资以牛力，秋麦春麦接种无误，则来春生计有资，民气可望渐复。谨具奏闻。乾隆八年七月二十三日。奉朱批：览奏稍慰朕怀。其劝课补种秋麦，实为目下急务，极力为之。

察勘地亩灾分议

查赈先在勘准地亩灾分轻重，轻重一错，后来核办户口，剧难调剂。然九、十分重灾易勘，而七、八分与六分递轻之等，所辨已微，至六分与五分，赈否攸关，尤当审慎。大旨与其畸轻，毋宁畸重。重则可于核户时伸缩之，轻则无挽补法矣。今岁成灾州县，九、十分者居多，所报六、七分灾者，似亦拘于成例，若报灾不可少二层焉者，其实收成未必果有三分、四分也。幸蒙天恩优厚，凡六、七、八分灾村，比较常年九、十分灾民得食还多，否则其时六分之极贫、七八分之次贫，止食一赈，民其不支矣。此事责成，全在地方官其勘报轻重之间。不惟核赈以此为根据，即钱粮之蠲缓分数亦因之，诚为办赈第一要义也。至于委员，不过临时一过，取其白地而十分、九分之，视其苗之长短疏密而七八分之、五六分之，岂知十日半月之后之一槁而同归于尽也。反是者，则前无雨而后忽有雨，此有雨而彼仍无雨，局已下变，而泥于委员报文之已上，不为更正，则错到底矣。故及灾册未经达部以前，地方官不妨具结申请，即使驳查覆勘而其言果验，自当俯从，慎勿护前，反贻后咎。为此札，请贵司核议施行。

派员核户议

地方灾赈，首在清厘户口，以杜遗滥。今年直属之被偏灾者，本处牧令尚可料理。普灾，则其应办之事正多，而城内早暮亦需弹压，何能分身四乡？至一二教职佐杂，更难责以周遍，势不得不假手胥役乡地，而此辈乘机舞弊，任情操纵，甚或浮开诡名，侵冒帑项，倥偬之际，不可究诘。今议于通省内另派厅印，带同佐杂等员分查。视州邑之大小，厅印或一员，或二员，佐杂并能事教官，或三四员，或五六员，各给号记一字，如天地元黄之类。其厅官之才干者，或兼管两州县。派员既定，本道等照议定规条，率同各厅印清查一二日，俾皆领会。（是年沧州灾最重，陶副使首先赴之，士民讦诉州牧者日十数辈。时州牧任事甫两月，察所诉诬妄，因集众谕之，悉以呈状交州，责治督率各员遍历穷檐，指示清厘，赍银米就赈久饥者，发胥役冒赈奸状。驻沧凡七日，而细大毕举，风声所及，远近帖然。）厅印又率同各佐杂教职清查一二日，俾皆领会，然后各照派定村庄，四出分查，庶可画一。委员各带赈票多张，票用本州县印信，加用委员号记，见票即知为某委员所查。委员清查时，于票上填明极次贫户大小口数，随查随即按户散给。另用红格赈簿，将一日内所查村庄成灾几分、某户极贫、某户次贫、大几口、小几口，逐一登记。又按一日所查共若干户，若干口，总注于后，钤用本员印信图记。于查完之日，通计一州县户口应赈确数，一报上司察核，一送本州县照册计口，验票给赈。道府大员于巡历之次，按簿抽查，应改正者立予改正。如别有情弊，惟承办之员是问。（诫委员必曰无滥无遗。然才说无滥，弊已在遗，才说无遗，弊又在滥，故不得已而曰宁滥无遗。）至于本处胥役，惟委员随一二名以供缮写，使令不许干预核户之事。如此则户口无从弊混，民沾实惠，而官亦鲜后患矣。再，此时即应飞檄各州县督令该管乡地，先按村、按户、按口开造草册，无许遗漏。届期移送委员，察其应赈者，填入格册。其不应赈与外出之户，俱就草册内注明，以草册为赈册之根，又以本有之门牌为草册之根。

赈说示委员

田禾灾而赈恤行，赈所以救农也。农民终岁勤苦，力出于己，赋效于公，凡夫国家府库、仓禀之积，皆农力之所入也。出其所入于丰年者而以赈其凶灾，德意无穷而恩施有自，盖有非可得而幸邀者矣。司赈者先视田亩被灾轻重，复审其居处器用牛具之有无存弃，以别极贫、次贫。其不因灾而贫者，则非农也。佣工之农，耰锄辍而饥饿随之，极贫者为多，此与佣食于主家者有别也。孟子曰：乐岁终身苦，凶年不免于死亡。此农民之待赈为切而急赈、加赈之泽为甚厚也。不因灾而贫者亦赈，误以赈为博施之举也；不必皆贫而衰老者亦赈，误以赈为养老之典也。乞丐得饱于凶年，将无启其乐祸之心乎？佣人安坐而得食，将无堕其四体之勤乎？夫农饥则四民皆饥，谷贵则百物皆贵。盖推广恩泽而及之耳，非赈政之本意也。观于给贫生则用存公余款，给旗庄则用井田官谷，益知灾赈之大发正帑，盖首重救农。其余乏食之民，不过为区别斯可矣，未可与农民并论也。作赈说。

办赈述示僚属二条

水旱间作而饥口待食于官，尝至数十百万之众。孰应给，孰应减，按例依期。汤年一溉，为枯渴之所必争。恶其争不以道而法随之，亦不得已之为也。盖当此之际，亲履穷檐，悲闵衔恤，父母之心也。镇以高严，惩其顽抗，师帅之职也。外肃中慈，所向皆办。倘惟煦煦姑息，堕威启玩，其争转多，是陷之罪矣。

尝见急民之灾虽有多官而民所一意谨奉者，惟牧令也。救其死亡，全其室家，当厄之施，主恩为大，次则牧令，宜有其美，让之不可夺之，使百姓知感而疾痛相依，有言共信，则争无由起，并受其福矣。此又为大吏者所宜知也。

院题秋禾被旱情形疏

为详报秋禾被旱情形题请赈恤以广皇仁事。据直隶布政使司布政使沈起元呈详前事，该臣等查得直属河间天津二府、冀深二州所属各州县，因入夏以来雨泽愆期，或麦收之后秋禾未获种植，或已种之后根苗未能滋长；又保定府属之束鹿县、正定府属之栾城县、广平府属之威县，得雨亦未沾足，以致秋收失望，虽其中轻重不等，而被旱偏灾已形。据各属陆续具报，经臣先后奏明，委清河、天津二道带同河、津、冀、深等府州亲历灾地督率查办，并委员会同各该地方官确勘被灾分数，查明应赈户口逐一造报。去后，兹据布政使沈起元以旱灾已成先行具详请题赈恤前来，除各州县见在乏食穷民有经搬移外出者，业经分饬邻近各属亲身察看，凡能赴前途投亲佣工谋食者，听其自便，其有老羸残疾不能前行者，即便收留，照例给与口粮，同情愿回籍实在无力贫民并外省来直流民查明一体资送回籍，勿致饥馁病伤，其用过银钱米谷各数目，统俟事竣之日照例造册请销，并将本地居民加意抚绥，悉心劝导，无使轻离乡井，候示赈恤外，所有河间府属之河间、献县、阜城、肃宁、任邱、交河、宁津、景州、吴桥、故城、东光，天津府属除天津县被灾尚轻另行查办外，其余青县、静海、沧州、南皮、盐山、庆云、保定府属之束鹿、正定府属之栾城、广平府属之威县、冀州属之武邑、深州并所属之武强、饶阳、安平等二十五州县被旱成灾情形，相应先行题报，仍俟各州县将被灾村庄地亩勘明分数查造册结到日，另行汇造清册，送部查核。至各州县被灾贫民农业失收，资粮久罄，见在佣工无所，谋食维艰，仰恳圣恩，急为赈恤。一俟户口查清，即行散给，照例于八月分先行普赈一月口粮，大口给米五合，小口二合五勺，谷则加倍，此后仍分别极贫、次贫户口加赈。惟是各该州县麦收既歉，秋禾复旱，与常年偏灾不同，应遵乾隆五年钦奉之谕旨，因时就事，不拘常例办理，将极贫加赈五个月，次贫加赈四个月，自本年十一月起，按月散给。其八月分普赈之后，至十一月加赈之期，为日尚远，其中实在乏食贫民及鳏寡老弱赤贫无依者，一经停赈，难以存活，应请于普赈之后，于极贫内再将此等穷民按日赈给，仍俟十一月大赈之后，一体归入极贫数内接赈。每月所赈大小口米谷，俱照前赈一月之数分别给发。所需赈米，除本处现有仓粮酌量动用外，荷蒙皇上天恩，先后发运通仓梭粟米五十万石，已檄行司道酌议分拨，饬令被灾各属速赴领运。但查河间、天津等处旱灾颇重，应赈户口清查尚无定数，诚恐灾户众多，拨运之米不能敷用，将来难以为继，且有路远难运之处，不得不米银兼赈，应请遵照近例，通融给放。案查乾隆三年灾赈，因米价增长，奏明以制钱一百三十文合银一钱五分，折米一斗兼赈。荷蒙恩准，钦遵在案。今被旱各属米价甚昂，至平之处，每石需银一两五钱。若折价太少，贫民不敷买食。应请照从前成例，每米一斗折银一钱五分，按数实给，统俟事竣之日，将赈过户口银米确数分晰造册报销。散给赈米，应酌量饥民日可往返之处，于四乡设厂，将米运送分贮，示期放赈。其运米舟车脚费，动项发给，事竣核实造册，照例请销。至各属贫民有先经外出谋生闻赈归来者，查明户口，一体赈恤。如在十月以前归来者，仍补行赈给一月口粮，另册报销。被灾旗户，除庄头、庄丁、披甲、家奴四项并地亩本多足以资生者无庸议赈，又租种旗地被旱之佃户已在民册造报无庸重复再造外，其有屯居另户旗人专靠旗地数亩更无别业餬口者，应令地方官会同该管理事同知分别查明，照民人应赈月分一例赈恤，所需米石，照例于霸州、固安、新城、永清四州县收存井田屯谷数内拨用。（旗人之愿屯居者，于霸固四州县内，仿井田意，户给官地一百二十五亩，岁输租谷于官，谓之屯谷。）如无井田屯谷，即于本处常平仓粮内动用报销。灶户内贫乏户口难以资生者，应令该管大使查明口数，移送州县，与民人一例赈恤。凡旗庄、灶户，如有混充贫民冒领滋事者，除不准报赈外，仍发该管处究惩。乏食贫士应令教官将名籍开送地方官核实详报，遵照乾隆三年钦奉谕旨一体周恤，所有应需月分银米数目，照贫民之例，酌动存公银两移交教官散给，另册造报。再，被旱州县得雨以后，无误播种秋麦，实为最急之务。应请动用司库正项，委员采买鲜好麦种，分发各州县，乘勘赈之便，挨村逐户，劝令及时种麦。查明有地无力之户，按其应种麦地，每亩借给麦种五仓升。有欲自买麦种者，每亩借给银一钱。于麦收后，照原借银麦各数征还，免其加息。其各属州县内被旱勘不成灾并间有被水被雹被虫以及麦收歉薄之处缺乏麦种农民，应饬确查地方情形，亦准酌量借给，汇册报部，于麦收后免息还官。灾民有缺乏牛力者，应请按亩借给制钱二十五文，以为雇牛耕种之资，在于司库正项内动支，收成时照数还项。如牛力有余之户愿将外出贫民所遗地亩代为耕种，亦即查明，酌量借给麦种，俟本户回籍，按其月日迟早，官为断定，分给子粒。如本户未即归来，即听代耕之人全收还种。又或贫民牛只喂养无资，并请官为借给八九两月牧费，每月银五钱，将牛只毛齿及本户姓名登记。如已借领牧费仍行变卖者，责处追还。应借银两，亦于司库正项内动支，令于来年麦收还半，秋后通完。再，被灾本处绅士商民人等，有谊笃桑梓、情殷任恤者，或将余粮减价平粜，或就贫民径行施给，或设厂煮粥，或捐制棉衣，不拘何项，不论本地邻封，但有情愿助赈者，报明地方官，听其自行经理。事竣，按其所用银米多寡核实具详，少则从优奖励，多则照例题请议叙。又查赈官员盘费饭食及造册纸张价值等项，应遵乾隆元年钦奉上谕，准动存公银两。今酌议查灾散赈，正印丞倅以上，无庸给与盘费，其佐杂教职等官，每员每月支给银八两，每官一员书役四名、每厂书办二名、衙役四名、斗级四名，每名每日给饭银四分，并造册纸张杂费，均于司库存公银内报销，不得丝毫派累地方。以上各项事宜，见在酌筹办理。至此外各州县，或有数村庄地亩被旱被水被雹被虫偏灾之处应量加赈恤者，俟详覆到日，另行查办。再，被灾地亩本年应纳钱粮，一概暂停征比，统俟勘明分数，将应行蠲免并缓征带征各事宜逐一核明，分别另行题请，合并陈明。臣谨具题。乾隆八年八月初八日。奉旨：该部速议具奏。钦此。

部覆前事

户部为详报秋禾等事，据直隶总督高斌题前事，乾隆八年七月二十七日题，八月初八日奉旨：该部速议具奏。钦此。于本月初九日抄出到部。臣等查得直督高斌将直属河间天津二府、冀深二州所属各州县被旱应行赈恤事宜具题前来一疏称：直属河间天津二府、冀深二州所属各州县并束鹿、栾城、威县被旱成灾，秋收失望，经臣先后奏明并委清河、天津二道带同河、津、冀、深等府州亲历灾地督率查办，确勘被灾分数，查明应赈户口，逐一造报。除见在乏食穷民有经搬移外出者，业经分饬邻近各属亲身察勘，凡能赴前途投亲佣工谋食者，听其自便；其有老羸残疾不能前行者，即便收留，照例给与口粮，同情愿回籍实在无力贫民并外省来直流民查明一体资送回籍，勿致饥馁病伤。其用过银钱米谷各数目，统俟事竣之日，照例造册请销，并将本地居民加意抚绥，悉心劝导，无使轻离乡井，候示赈恤等语。除河间、天津等州县被旱地方，该督既经委员确勘被灾分数，查明应赈户口造报，应俟题报到日分晰办理外，至乏食穷民搬移外出并老羸残疾以及外省来直流民应行抚恤资送之处，现经臣部议覆御史周祖荣条奏案内，行令该督切实劝慰，加意抚绥，并令各地方官酌量资送，妥协办理在案，应令该督遵照前行办理，仍将用过银钱米谷数目事竣核实报销。一、疏称：河间府属之河间、献县、阜城、肃宁、任邱、交河、宁津、景州、吴桥、故城、东光、天津府属之青县、静海、沧州、南皮、盐山、庆云、保定府属之束鹿、正定府属之栾城、广平府属之威县、冀州属之武邑、深州并所属之武强、饶阳、安平等二十五州县被旱成灾情形，相应先行题报，仰恳圣恩，急为赈恤，俟户口查清，即行散赈，照例于八月分先行普赈等语。查乾隆二年八月内，九卿议覆前任安徽布政使晏斯盛条奏，地方水旱灾伤，该督抚一面题报情形，一面遴委大员亲在被灾地方，酌量情形，先发仓廪，及时赈恤等因，通行在案。又乾隆五年九月内臣部酌议被灾赈恤事宜一案，奉旨：此奏依议。赈济之事，最关紧要，固不可不先定条例，以便遵行。然临时情形难以预料，惟在督抚因时就事，熟筹妥协。如果应行赈济，即于常例之外，多用帑金，朕亦无所吝惜。倘该督抚不留心稽查，以致有司奉行不当，徒饱奸胥猾吏之私橐，小民不沾实惠，则虚糜国帑，究何裨益？钦遵亦在案。今直属河间等二十五州县，据称麦收既薄，秋禾复旱，与常年偏灾不同，应如该督所请，饬令各该地方官作速查明，照例于八月先行普赈一月，大口日给米五合，小口减半，谷则倍之。其极贫次贫各户应行接赈加赈之处，亦应令该督遵奉谕旨，因时熟筹，分别妥办，务使灾黎均沾实惠。倘有官吏里役扣克捏报情弊，即行严参治罪。一、疏称：所需赈米，除本处现有仓粮酌量动用外，荷蒙皇恩发运通仓梭粟米五十万石，现经酌议分拨被灾各属领运，但查河间、天津等处旱灾颇重，应赈户口见在清查尚无定数，恐灾户众多，拨运之米不敷，将来难以为继，且有路远难运之处，不得不米银兼赈，应请遵照近例，通融给放。查乾隆三年灾赈案内奏明：米价增长，以制钱一百三十文，合银一钱五分，折米一斗兼赈在案。今被旱各属米价甚昂，至平之处每石需银一两五钱，若折价太少，贫民不敷买食。应请照前例每米一斗折银一钱五分，按数实给，俟事竣之日，将赈过户口银米分晰造册报销等语。查赈恤米石，除本处存贮仓粮以及奉旨拨运通仓米石水陆可通者，行令该督檄饬各属速赴领运散给。如应赈户口众多，拨运之米不敷，且有路远难运之处，不得不银米兼赈，应如该督所请，每米一斗折银一钱五分，准其米银兼赈，务令按数实给。倘冬春之间，米价减落，再行酌减折给报部。事竣之日，将赈过户口银米确数分晰造册题销。一、疏称：散给赈米，应酌量饥民日可往返之处，于四乡设厂等语。查饥民散处，远近不一，自不便悉令赴城就赈。应如该督所请，于四乡适中之地，分设厂座散给。其运送米石，如有必需脚费之处，统于事竣之日按程据实报销。一、疏称：各属贫民有先经外出谋住〔生〕、闻赈归来者，查明户口，一体赈恤。如在十月以前归来者，仍补行赈给一月口粮，另册报销等语。查灾民远出，现今臣部于议覆御史周祖荣条奏案内，行令该地方官切实开导，速令转回故土，无致失所。其闻赈回籍之民，愈宜加意安顿。应如该督所请，如各属饥民在十月以前归来者，查明户口，均照例一体加恩补赈一月口粮，事竣据实另造妥册题销。一、疏称：被灾旗户有屯居另户旗人，专靠旗地数亩更无别业餬口者，应令地方官会同该管理事同知分别查明，照民人应赈月分，一例赈恤。所需米石，如无井田屯谷，即于本处常平仓粮内动用报销。至灶户内贫乏户口，应令该管大使查明口数，移送州县，与民人一例赈恤等语。查乾隆三年直属被灾旗户灶户，经原任直督孙嘉淦题请，照民人赈恤在案，均应如该督所请，将被灾旗民饬令该地方官会同管理旗庄同知通判分别查明，照民人应赈月分动支井田谷石，一体赈恤。如无井田处所，在于仓粮内动拨。至应赈灶户，应令该管大使查明户口，造册移送该州县查办。统于事竣之日，按照各户赈过米谷数目，一并汇册题销。一、疏称：乏食贫士，应令教官将名籍开送地方官核实详报，酌动存公银两，移交散给，另册造报等语。查乾隆三年四月内钦奉上谕：着该督抚学政饬令教官，将贫生等名籍开送地方官，核实详报，视人数多寡，即于存公项内量拨银米，移交本学教官均匀散给。钦遵在案。今被灾贫士应令钦遵谕旨，一体周恤。所有应需月分银米，照贫民之例酌动存公银两，移交教官，示期按名散领。仍将动用银两，事竣另册报销。一、疏称：被旱州县得雨以后，无误播种秋麦，实为最急之务。应请动用司库正项，委员采买鲜好麦种，分发各州县，乘勘赈之便，查明有地无力之户，按其应种麦地，每亩借给麦种五仓升。有欲自买麦种者，每亩借给银一钱，于麦收后照原借银麦各数征还，免其加息。其各属州县内被旱勘不成灾并间有被水被雹被虫以及麦收歉薄之处，如有实系有地无力缺乏麦种农民，应饬确查地方情形，亦准酌量借给，汇册报部，麦收免息还官等语。查缺乏麦种，自应借给，应如该督所请，委员采买鲜好麦种，每亩借给五仓升。如欲自买者，每亩借给银一钱。其被旱勘不成灾及被水被雹被虫以及麦收歉薄之处缺乏麦种农民，亦应如该督所请，酌量借给。统于麦收后照数还官，免其加息。仍将采买价值并借给过麦种造具银两花名清册，先行送部查核。一、疏称：灾民有缺乏牛力者，按亩借给制钱二十五文，以为雇牛耕种之资，于司库正项内动支，收成照数还项。如牛力有余之户，愿将外出贫民所遗地亩代为耕种，亦即查明，酌量借给麦种，俟本户回籍，按其月日迟早，官为断定，分给子粒。如本户未即归来，即听代耕之人全收还种。又或贫民牛只喂养无资，并请官为借给八九两月牧费，每月银五钱。应借银两，亦于司库正项内动支，令于来年麦收还半，秋后通完。俟事竣，分晰造报等语。查外出贫民所遗地亩，原不应听其荒弃，但物各有主，若令别户代耕，分给子粒，恐启藉端侵占、互相争诘之弊，且各地方官见在资助流民，招回故土，并酌量普赈加赈，伊等闻知皇恩大沛，自必络绎回籍。其本户未种地亩，即可劝助补种。至于雇牛之资及喂养牛只等事，亦应听民自便。若借给牧费、登记毛齿姓名，按月给领，恐当此赈务孔迫之际，地方官势难分身，遍为料理，且恐领后追偿，亦不免于滋扰。应令该督因时就事，详细熟筹，如果斟酌尽善，经理得人，方可权宜行之；倘或奉行不善，致有纷扰，亦不得拘泥已经奏明之案，不复另行筹办。一疏称：被灾本地绅士商民人等，有谊笃桑梓情殷任恤者，报明地方官，听其自行经理，事竣按其所用银米多寡核实具详，少则从优奖励，多则照例题请议叙等语。查乾隆四年八月内吏部议覆御史朱凤英条奏内开：嗣后如有地方收成歉薄，绅衿士民乐于捐输，应行议叙，务须核实具题，饬令地方官出具并无胥吏侵渔浮冒印结咨部。赈恤之案先报户部确核相符，再行会同臣部议叙。尚有抑勒捐助以少报多者，一经发觉，除本人不准议叙外，将题请之督抚、申报之地方官，一并从重议处，等因在案。应如该督所请，檄令被灾各属道例晓谕，无论本地邻封绅士商民，但有情愿捐赈者，报明有司，听其自行经理，毋得假手吏胥，致滋侵扰。事竣，将所用银米数目确查结报，少则奖励，多则题叙。倘有抑勒等弊，查出参奏，交部议处。一、疏称：查赈官员盘费饭食及造册纸张价值等项，酌议查灾散赈正印丞倅以上，无庸给与盘费，其佐杂教职等官，每员每月支银八两，每官一员书役四名，每厂书办二名、衙役四名、斗级四名，每名每日给饭食银四分，并造册纸张杂费，均于司库存公银内报销，不得丝毫派累地方等语。查乾隆元年七月内钦奉上谕：嗣后直省州县，倘遇查勘水旱等事，凡一切饭食盘费及造册纸张各费，俱酌量动给存公银两，毋许丝毫派累地方。钦遵在案。今直隶河间等府属查灾散赈佐杂等官以及书役人等应需盘费饭食纸张，应令该督遵照谕旨办理，仍将用过银两分晰造报查核。一、疏称：被灾地亩本年应纳钱粮一概暂停征比，统俟勘明分数，将应行蠲免并缓征带征各事宜逐一核明，分别另行题请等语。查停征蠲缓事宜，应俟直督勘明分数，分别具题，到日再行核议可也。乾隆八年八月十六日题。奉旨：依议速行。钦此。

部覆汇报秋灾赈恤蠲缓事宜疏

户部为详报秋禾等事，据直隶总督高斌题前事，乾隆八年九月三十日题，十月十二日奉旨：该部速议具奏，钦此。于本月十三日抄出到部，臣等会查得总督高斌将本年直属被灾五十八州县厅应行赈恤蠲缓事宜具题前来，一、疏称：除宛平、密云、怀柔、涿州、易州、藁城、曲阳、延庆、怀来、赤城、万全、龙门等十二州县被水被雹被霜被虫地亩，俱经勘明分数，均在四分以下，例不成灾，又滦州被旱三四分以至四分五厘不等，均系不及五分，又宣化、蔚县二处被雹二三四五六七分不等，勘明补种，不致成灾，又尚未册报之肃宁、静海、栾城等三县及官地被灾之大城县，并续报被水被雹之蔚州、蔚县已未成灾顷亩确数，俟各该州县造送到日，另行分别补送外，所有霸昌道属之霸州、固安、大城、通永道属之蓟州、热河道属之承德通判、永平府属之玉田、丰润、保定府属之新城、唐县、完县、雄县、束鹿、高阳、河间府属之河间、献县、阜城、任邱、交河、宁津、景州、吴桥、故城、东光、天津府属之天津、青县、沧州、南皮、盐山、庆云、津军厅、广平府属之威县、清河、宣化府属之蔚州、西宁、冀州属之武邑、衡水、深州并所属之武强、饶阳、安平等四十州县厅已勘明成灾之处，将被灾地亩分数造册具题等语。应将直隶送到霸州等四十州县厅被灾清册存查外，仍令总督高斌将各州县厅成灾地亩应免钱粮，按照分数具题请豁。至宛平、涿州等十二州县、滦州一州，该督既称被灾均不及五分，又宣化、蔚州二处被雹，仍获有秋，不致成灾，均无庸议。其未册报之肃宁、静海、栾城、大城、蔚州、蔚县已未成灾顷亩确数，应令该督作速勘明，饬催造报。一、疏称：承德通判、唐县二处被雹成灾五六七分不等，民情安帖，一切食用，尽可支持，无庸议赈。又雄县、清河二县被灾仅止五分，例不应赈。又津军厅地方应照例归入天津县查办等语。除津军厅所属地方应入天津县一体赈恤外，其承德通判、唐县二处，该督既称民情安帖，无庸议赈，雄县、清河二县被灾仅止五分，例不应赈，均无庸议。一、疏称：固安县被雹成灾八分、十分地亩，均系旗人自种，并非当差应纳粮租之地，无庸造册送转，其被灾地户均有别地丰收，又玉田县被雹系一隅偏灾，查明居民未至乏食，均无庸议赈。其应征新旧钱粮，照例蠲缓等语。查固安县被雹成灾地亩，该督既称系旗人自种地户，均有别地丰收，玉田县一隅偏灾，民无乏食，应无庸议。一、疏称：蔚州被水灾民并霸州、大城、蓟州、丰润、完县、高阳、天津、西宁等州县被灾农民，见在均可度日，无庸先赈。其所需冬春赈恤，应同先行普赈一月之肃宁、宁津、故城、束鹿、栾城、威县、衡水、深州、饶阳、安平、新城等十一州县遵照偏灾赈例，除被灾五分者本年钱粮恩蠲一分缓征，应于冬春之月，查有乏食穷民酌借口粮，无庸议赈外，其被灾六分，极贫照例给赈一个月；被灾七八分，极贫给赈两个月，次贫给赈一个月；被灾九分，极贫给赈三个月，次贫给赈两个月；被灾十分，极贫给赈四个月，次贫给赈三个月。又河间、献县、阜城、任邱、交河、景州、吴桥、东光、青县、静海、沧州、南皮、盐山、庆云、武邑、武强等十六州县，遵照原题，于八月内先行普赈一个月，俟十一月大赈之期，将极贫加赈五个月，次贫加赈四个月。再，被灾最重之河间等十六州县及次重之肃宁等十一州县，于普赈之后，若待至大赈，为期尚远，其实在孤寡老弱赤贫无依者难以延待，应请推广皇仁。既奉部覆准原题，于普赈之后，再将此等穷民按月续赈，候十一月大赈之期，仍归入极贫数内一体赈给。其天津县虽无庸先行普赈，但灾民中有实系老病孤寡无倚不能存活者，若仅按被灾分数，统俟十一月大赈始得给领赈米，其间九、十两月难以延待，似应先行按月赈给。以上给赈月日，饬令各属分别办理，所赈口粮，每日大口给米五合，小口减半，谷则倍之。应需赈米，在于各该本处仓粮及运津通仓米五十万石内拨领散给，并动用司库银两，遵照题明确数，米银兼赈，务期无遗无滥，均沾实惠等语。均应如该督所请办理。肃宁等十一州县极贫次贫应行赈恤之处，亦应如所请，按照分数月分查办。至所称河间等十六州县、肃宁等十一州县并天津县孤寡老弱按月续赈之处，查详报秋禾等事案内，据该督以河间等州县被灾与常年不同，请将孤寡老弱于普赈后，按月赈给，俟十一月大赈时，一体接赈。经臣部议覆，行令分别妥办在案。所有河间等十六州县，既称被灾最重，所有老弱孤寡，应令遵照前题妥办。至肃宁等十一州县，据称被灾次重，则非河间等处可比，未便一例续赈。应令该督于普赈之后，统俟十一月大赈时，再行赈恤。其大小户口应给米谷数目并动拨仓粮银两米银兼赈之处，业经臣部于原题河间等二十五州县案内分晰覆准在案。今续报之各州县，应令该督遵照前题分别妥办，务使灾黎均沾实惠。倘有官吏里役扣克捏冒等弊，即行严参治罪，仍将赈过户口银米谷石数目，造册报部核销。一、疏称：应赈之旗户、灶户、贫士，业经题明，照例赈恤。今续报成灾之处，亦应一体办理等语。查直督高斌题报河间、天津等处旱灾案内，请将旗户、灶户、贫士照例一体赈恤。经臣部覆准在案，应令该督照例办理。统于事竣之日，按照各旗灶户口，将赈过米谷银两各数，造册报销。一、疏称：各属夏田被灾已经借给子种补种秋禾并乏食农氏〔民〕请借口粮者，所借米谷，均应俟来岁秋后免息还仓。其勘报被水被雹被虫之处，无论已未成灾以及麦收歉薄地方，有缺乏麦种者，行令查明，酌借以资播种。所借银麦，统于来年麦熟后还官，免其加息。其有冬春之际缺乏口粮子种应行酌借，并旧欠子种口粮米谷，均应缓至来年秋后免息追还。再，各属本年春间出借口粮应还官者，除永平、宣化、大名三府及热河道属外，其余各府州属，业经奏准，照依歉收之例，概免加息。又各州县如遇来春青黄不接之时，粮价昂贵，即酌动仓粮，照例减价平粜，以资民食等语。查本年六月内直督高斌折奏：得雨地方，惟永平、宣化、大名三府属及古北口外已经沾足，本年春间出借口粮，应照例酌看收成分数分别加免外，其余各府州属本年出借口粮，照依歉收之例，概免加息，以纾民力等因。奉朱批：即照所请行，应咨部者，咨部知之。钦此。钦遵知照臣部在案。所有出借口粮免息之处，应令该督遵照原奏办理；至来春青黄不接之时，如果粮价昂贵，即行照例减粜。再查乾隆四年四月内臣部折奏，民借仓粮，收成在五分以下者，缓至来年秋收后征还；收成六分者，本年先完一半，次年征完一半；收成七分者，本年秋后征完，免其加息；收成八、九、十分者，本年秋收后照数还仓。亦在案。今各属被灾借给子种口粮以及旧欠米谷，应令该督按照被灾分数，分别催追还仓报部，仍将出借过子种口粮米谷银钱数目，先行造册，送部备查。一、疏称：已未成灾村庄，本年钱粮照例分别停缓带征，凡有应征历年旧欠钱粮，缓至来年麦熟后催征，以纾民力。其余未报被灾处所，仍行催征完解等语。除未经被灾地亩应完新旧钱粮饬令各属照例催征完解外，其被灾地方，无论已未成灾，本年钱粮并历年旧欠钱粮，应令直督高斌按照分数，将应行停缓带征之处，分晰造册题报。一、疏称：各属旗庄被灾地亩，应令地方官查明，详请咨部，委员查勘，照例减免差事。其租种地亩之佃户，亦应按庄头所免差事之多寡，量为减免等语。查庄园人等官圈地亩，俱系自种当差，此内间有民人承佃，亦属寥寥，其交纳庄租并非公项，且庄头所当差事繁重，与民纳钱粮不同。从前直属遇有旱涝年分，并无将民人与庄头一体减免之案。现今被灾庄园人等地亩，既经奏明派员会同地方官查勘，应俟查明到日，由内务府循照旧例办理。一、疏称：被灾入官余绝等项地亩应征本年租银，除成灾七分以上者应照例各按分数请蠲外，其六分以下，应请照依不成灾民地钱粮之例，亦缓于来年麦熟后征收等语。查乾隆二年九月内原任直督李卫于秋禾被水案内，请将入官地亩应纳租银作为十分，被灾十分者，准免租银五分；被灾九分者，准免租银四分；被灾八分者，准免租银二分；被灾七分者，准免租银一分；其六分以下者，不作成灾分数，租银缓至来年麦熟后征收。八旗余绝地亩，亦照入官地亩之例办理。覆准在案。今前项入官余绝地亩，该督所奏与例相符，应如所请办理。一、疏称：赈恤旧例，遇小建月分，扣除一日口粮。今河间等属八月普赈，例应扣除小建，但地方官开赈多在八月十五日以后，应按三十日为一月扣算。嗣后冬春大赈，自十一月初一日起，按月散给。凡遇小建，应照例扣除等语。应如该督所题，将八月普赈一月口粮按三十日散给，免其扣除小建。其冬春大赈遇有小建，仍扣除造报。一、疏称：大城县被旱官地，肃宁、栾城二县被旱民地，静海县详报被旱被霜，蔚县、蔚州续报被水被雹，查勘尚需时日等语。应令该督高斌速饬勘报，送部查核可也。乾隆八年十月十九日题。本月二十日奉旨：依议速行。钦此。

按：是年题报旱灾请赈者二十五州县，内重灾十六处，轻灾九处。续题疏内，轻灾添入保定府属之新城、冀州属之衡水共十一处。此时天津县亦已请赈，嗣复报有顺属之大城。此二县贫民待泽转更甚于新衡，故皆议赈，而冬月更将二县六分以上极次贫民奏请加赈一月。办灾情形随时迁变，未可拘泥原题有如此。

谕民安静候赈示

今岁河津二府、冀深二州所属地方，雨泽愆期，秋成失望，仰蒙皇上轸念穷黎，屡颁谕旨，发运通仓米数十万石，赈粜兼行。又奉督部院奏请司库银两筹备麦种牛力，凡为尔等资养赡、计安全者无不悉心设法，期于普沐恩膏，此尔等所共见共闻者。乃犹待泽不遑，一旦轻离乡井，不免道路颠连。业经出示晓谕开导，谅已深喻德意。今本道按临被灾州县，督率地方官察勘应赈户口，外出者宜即回归，在家者慎毋轻出，散赈有期，各宜静候。所有极次贫民户口，一俟委员勘明之日，即按户给票，先赈一月，再为示期加赈，遵照章程，划一办理。在事经书人役，按日给以饭食，纸笔各项，俱有公费。如地保人等胆敢指派分文，侵扰民间滴水粒米者，察出立毙杖下。至衿监尤当爱惜颜面，如有希图冒滥，甚至挟制官长，如上年江南宝应问赈之案，钦奉严旨，按律治罪，身家俱丧，可为炯戒。又妇女逢赈宣唓，更为恶俗，不准给赈，仍拘夫舅惩治。如实系孤贫，准令牌头邻右从傍指识入赈。本道爱民如子，执法如山。凡尔士民，各宜凛遵约束，共戴恩施。

办赈事宜八条

据霸州知州朱一蜚禀陈办赈事宜，酌量增减，定为八条，印委各官，即一体遵照办理。

一、乡村之僻小者易于稽察，如村大人众，又有劣衿棍徒串通把持，弊端百出，尤宜加意清厘，责重乡地牌头按户实报。乡地所管数村或一二十村户籍，贫富应赈不应赈，大概皆知。牌头只管数甲，此数十家之丁口大小，更无不周知熟悉。有冒赈者，不先谋之乡地牌头不能也。乡地牌头串合分肥，一家冒，一村皆冒，以致远近闻风，无不欲冒者。或一户两分，或捏合眷属，或妆点空房穷状，或妇幼前后重复（村大户繁，已登册之妇女幼丁又溷入未查户内，委员尝不能辨），或奴役作为另户，或诡称外出，或假作新归，或藏匿粮糗牛具，变幻叵测，千态万状，未易悉数。一经察出，即将胥役乡地枷责示众。牌甲代人瞒官不实报者，重杖以惩。（冒与滥有别。滥犹在所应给，冒则不应赈者而分应赈之食，故宜倍严。）

一、收成确实分数，地方官按村注交委员携带查阅。成灾九、十分之村庄户口固难率为删除，极次尤当加意斟酌。虽目前勘是次贫，正恐迟一二月后，又成极贫矣。（贫家老弱多而壮丁少、妇女多而男丁少者，均当从宽查办。）如被灾六分尚有四分收成者，又当防其冒入极贫。（被灾六分村庄，只赈极贫，不赈次贫。）凡贫户，一切生业室庐器具情形，均于册内注明，愈详愈有益也。

一、次贫户内，老幼数口俱入赈矣。其壮丁无庸滥给者，须当面明白晓谕，仍于册内注明。（极贫，例不减。只虽壮丁，亦当与赈。惟次贫壮丁不得滥给。向来查户有应减之口，常不令知之。今必谕以应减之故，使之心折。假令彼有言而委员不能夺之，即仍入应赈。如此则委员不致任情率办。）

一、除应赈及不应赈外，其有本人坚切求赈而必不应给被删者，恐有刁民从中生事，须于草册内切实登注。

一、城关市镇鳏寡孤独老疾残废极贫乏食者，准其摘赈。其肩挑负贩自食其力之人，概严混冒。未查之先，出示明白晓谕，以免喧嚣。（城关市镇之人以佣贩艺业为生，例不应赈。惟孤独残废无告之民凶年滋困，故准予极贫之赈，而仍归入附近灾村开报。）

一、沿河及交界地方，多有刁民赁住破屋，携带家口，指称种地，分趁数县皆得领赈。须详查来历姓名，系某州县某村人，给与印票，令回本地禀官验票补赈，以杜重冒。

一、盐场大使灶户册，系赈底名开造，委员无从查询。惟本地收粮吏书能知其现名，然责令查注，又恐滋弊。应统于各村应赈户口内一体查明，交地方官将某名即系某灶户名底，饬粮书另行摘造申送，仍于原册内注明删除。（或于造送灶户册内，令盐大使注明本户住址，则知某一村中有灶户几名，饬令乡地预于本户门墙灰书灶字，以免复冒。）

册　式

		号			号			号			号			二号		灾户姓名	摘写庄名一字　一号
小口	女口	男口	小口	女口	男口	小口	女口	男口	小口	女口	男口	小口	女口	男口	小口	女口	男口
口		共	口		共	口		共	口		共	口		共	口		共
															其家有无盖藏，是何营运艺业，他（地）亩若干，牛具农器几何，并壮丁乳哺之不应赈者，均填格内。有应续赈者，加一续字。		
贫			贫			贫			贫			次贫			极贫		

一、贫生户口，由教官查明开送，无庸列入草册。其同居弟侄，亦不得造入民户。

右册式每页刊列号数，惟便数十页为一册，以天地元黄等字样为委员号记，人占一字，印于册面。所查某庄，即摘写庄名一字编为册内号数，委员执册挨户登注灾民姓名口数，仍将州县草册查对是否相合，如某项口无，则填以圈，按户注明极次字样。查完一村庄，合计男女小口总数注明册后。一日查过数村庄，即通计数村庄男女小口总数注明册后，封送总查之厅印官覆核，移交地方官办理。

饬厅印官覆核赈册檄

被灾地方村庄户口，派委佐杂各员分查，全在总辖之厅印官覆核得实，务无遗滥参差。其册开之极次贫大小名口，应结具总数，按页钤用印记，以杜抽换增添之弊。至监赈人员，如本地教职佐杂不敷派用，即于委员内酌留明练者详明监赈。此皆厅印应协同地方官料理之事。今委员等分查村庄既毕，遽将册交地方官，不待通邑事竣，径自散去，以致未竣之州县复请添员，殊属不合。仰即转饬各委员，将查过村庄户口实册，俱由厅印覆核钤印，移交地方官照办。统俟通一州县事竣，除详留监赈外，其余各回本任。厅印官仍将各员事竣回任日期报查，并将原发号记缴销。

票　式

州县为照票事
今查得　村庄　贫一户某
应赈　大口　小口　共　口
年　月　日给付本户凭票领赈
乾隆

州县第　号

州县为存票事
今查得　村庄　贫一户某
应赈　大口　小口　共口
除给本户照票领赈外存此备查
年　月　日
乾隆

票用厚韧之纸，制如质剂状，当幅之中，填号钤印而别之。票首用委员号记，依格册内所开极次贫户大小口数填注，如某项口无，则填以圈。一存官，一给本户收执。于赴厂时，监赈官点名验票相符，令执票领米，银随米给。监赈官另制普赈并各加赈月分图记，普赈讫，则于票上用“普赈一月讫”图记，加赈则于票上用“加赈某月讫”图记，按月按次用之，赈毕掣票。其外出归来之户，查明入册，一例填给小票。如适值放米时归来者，即就厂查明一册内前后户及某之左右邻，询问得实，添入册内，给发小票，一体领赈。再，查户时，一户完，即填给一户赈票，官与民皆便。但村大户多刁民，往往于给票后，妇女小口又复混入。则应俟一村查完后，于村外空地以次唱名给票；其老疾寡弱户口，仍当下填给。

严察捏报户口示

本道按临各属稽查赈务，首在清厘户口，务无遗滥。凡极贫之应赈者，尽数开报，不许率意删减。讵有乡保人等串通作弊，不仅妆点极贫，竟将外来男妇搀混本庄作为一家眷属，希图混冒入册，亟应示禁。嗣后如有前项不法情事，除本身丁口不准给赈，仍将乡保枷责示众。至从前之已查者，其中亦难保无弊。现饬原查印委各员分赴各处，谕令据实首报免罪；如仍匿不举首，一经访出，定即严惩。

禁冒妄求赈示

本年被旱州邑秋禾失望，荷蒙圣主鸿恩，轸念力耕贫民餬口无资，发粟赈恤，俾安农业。至于关厢市镇贸易商贾以及肩挑背负佣趁自给之人，向来不靠地亩，年岁虽荒，别有生业，皆不在应赈之列。惟鳏寡孤独老病残废者，准一体摘赈，乃推广有加之圣泽，非例应溥及之恩膏。尔等自当各安本分，静候察办。昨本道督查至南皮泊镇，有徐德茂、韩润等倡率男妇，手执署县所发门牌求赈如数。盖缘错认门牌即为给赈凭据，又不容委员确核丁口，造为煽惑听闻之语。及细加诘问，始知俱系生业宽裕不应入赈之人，并阅署县所发门牌，乃报灾后仓卒所为，即使确实，亦只可为造册之根，不可为散赈之据。且泊镇为水陆通衢，贸易商贾及肩挑背负者十居其九，并非乏食庄农，何可妄思例给？除将徐德茂等重惩外，合再晓谕知之。

谕民遵奉核户事

近闻景州于查户之日，贫民牵率求赈，又不肯令委员进门，无由确知应赈口数，殊可骇异。夫救灾恤患，朝廷莫大之恩施；计口授餐，有司当遵之令甲。不入户，何由分别极次？不查口，何由验其小大？宦户不应赈，生员之贫者应赴教官报赈，此外编户村氓，男耕女织习苦田间，非深闺屏迹者可比，于委员有何避忌？况当此救焚拯溺之候，哀矜疾苦，人有同情，官长即系父兄，妇女同为赤子，何得妄生议论，藉词阻挠？合行晓谕：倘嗣后仍敢造言煽惑，必有诈冒情弊，即便严查究处。至各员所带人役，亦应严加约束，无许出入挨挤，罔知避忌，致滋口实。

禁生员冒赈谕

谕府州知悉：乾隆三年四月内钦奉上谕：地方偶遇歉年，贫生不能自给，往往不免饥馁，深可悯念。朕思伊等身列胶庠，自不便与贫民一体散赈。嗣后凡遇地方赈贷之时，著督抚学政饬令教官，将贫生等名籍开送地方官核实详报，视人数多寡，即于存公项内量拨银米，移交本学教官均匀散给，资其饘粥。如教官开报不实、散给不均及为吏胥中饱者，交督抚学政稽查，即以不职参治。钦遵在案。细绎谕旨，以伊等身列胶庠，不便等于饥民散赈，惟令地方官视人数多寡，酌拨银米，资其饘粥，宜不复核户验口，同贫民列入赈册矣。所以别士族于齐民，恩意至为优厚。本道已谕委员遵照，诚以生员素明义利，爱惜廉耻，如非实系乏食，岂肯靦颜贪冒？乃近据各学所报贫生名册，竟至合学无不食赈之人，一户开送自五六口至二三十口之多，且复混入民册，种种诈冒，深可骇叹。本道不得不随宜酌办，示以限制。因询问教职中之明干能约束者，佥称一学内实系乏食贫生，不过三分之一。今将各州县所报详加准酌，应照任邱县禀详情形并被灾分数月分区别办理。其不成灾之村庄士民，一例不赈。如敢恃符妄告，轻则戒饬，重则褫革。教官职任师长，倘仍前徇情干誉，率混浮开，一并记过。本管府州更宜督率主持，俾知畏忌。

贫生定额给赈议

近据各属造送贫生名册，一家六七八口，文武生通学全载。访因各生乞赈，不听教官核报，更有夹入民册，重复影冒者。伏读上谕：地方赈贷之时，核实贫生名籍，于存公项内酌拨，移交本学教官，资其饘粥。既不与饥民一例查赈，自不便入室点验丁口，但据报即行全给，殊多浮冒，公帑既属虚糜，士习亦滋偷薄。本道等与府州县寿〔筹〕酌并询问教官，一学之中，文武生员实系乏食应资助者，大率居三之一。今普灾之十六州县，似应饬令教官通开文武生名册，准照三分之一定额给赈。如一学三百名，以一百名为贫生定额，每名均以三大口为率，按米折银，照次贫月分散给。其偏灾州县，就所居之村庄，照次贫民户加赈月分，每户亦均以三大口为率。其不成灾之村庄，士民一例无赈。应给银两，于藩库存公项内请领回县，先令教官与诸生秉公核议，其实系单寒者，教官平日宜有见闻，诸生同里同学更无不知。议定之后，按名移县支领。如本非贫乏有意搅扰者，革究。教官或有偏私侵蚀情弊，听府县察实揭参，庶几画一易遵。其间即有盈缩，要非贫民遗滥之比矣。

此条经司院批覆，仍令教官逐户据实开造。逮后竟不能行，照议按三分之一饬办，乃克妥竣。

贡监生不应给赈议

昨本司议赈贫生应除贡监详，奉院批：乾隆元年定例，被灾各属，凡贡监生员实系赤贫乏食者，报明教官确实造册，按其家口酌加抚恤。今称贡监不赈，因何与元年之例未符？即会同清河、天津二道妥议具覆，本司道等覆查乾隆三年四月内钦奉上谕：各省所有学田银两，原为给散各学廪生贫生之用，但为数无多。或地方偶遇歉年，饬令教官将贫生名籍开送地方官核实，通融散给。钦遵在案。窃思贡监各生，或以明经登进，或由援例捐赀，原与单寒士子有间，是以谕旨内专指贫生，并未开载贡监名色。虽奉有乾隆元年之部行，然例应钦遵后奉之谕旨。且部覆原题内亦未于贫生项下开有贡监，自不便一概给赈。但或监生内有早年援例垂老穷困者，亦应加以体察。如有似此者，应令地方官通融办理，将其家口入于贫民户内给赈，庶无漏泽而于例亦无违碍矣。

卷三　散赈

村民当领赈时，急于得饱，非立法大为之防，则诸患生焉。道里不均，有往返之劳，场宇不宽，有拥挤之虑，时日不定，有守候之苦，称较有低昂，量概有盈缩，荐盖少而米虞蒸湿，校贯差而钱或短少，外出户口之遗漏重冒者，保邻亲属之扶同捏饰者，皆为患所宜防。议行条规十则，期于弊除而利可溥。余与陶副使自冬徂春巡历灾区，妇女不闻叹于室，童子相卒嬉于路，二三父老举手加额曰：圣天子活我！惟当局者先期筹画，身之所不至而心至之，心之所不至而法已至之，庶几弊无萌生，泽可下究耳。故备书之。

散赈条规

有赈州县审户将毕，设厂闲（按：疑为“開”字）赈宜次第举行，所有散赈事宜十二条，应通谕印委各员及所管地保、领赈贫民一体周知，遵守如左：

一、散赈大口日给米五合，谷则倍之，小口减半。银米兼支，升米折银一分五厘。一月三十日，大口月给赈米七升五合、银一钱一分二厘五毫，小口月给赈米三升七合五勺、银五分六厘二毫五丝。普赈、大赈，俱按月放给。普赈一月，不扣小建。加赈，小建之月，大口全扣一日银七厘五毫，小口全扣一日银三厘七毫五丝，米不再扣。

一、赈厂每处委佐杂教职一员驻厂监赈，专司稽察约束之事，详明委任，以专责成。（胥役搀楝〔原文如此〕和水，私窃罗卖，抽换银封，弊窦种种。须明练者专司其事。）

一、印官领到库银，先期翦錾，按赈册村庄户口，总计一户大小口应赈半米银数，库平兑足包封。或制小袋，开写姓名银数于上，一村庄为一总包，照册内户口次第就厂散给。（小袋线穿，挨次俵散最便。）

一、放赈前数日，将各厂附近村庄，按道里远近、人户多少均匀配定，分为几日支放。多张告示，注明某村某庄于某日赴某处厂所领赈，仍谕各乡地遍传，依期而赴，不得遗漏。（各村至厂道里，应于散赈册内添注。）

一、厂门左右十丈外，界以长绳。令乡地带领赈户人众，各按村庄排立，以道路远近为给放次第。一村庄之内，先女后男，先老弱后少壮。（一法：按村各书一旗，立于村外旷地，令饥民各聚旗下，逐村随旗赴厂，以次散之。）天早则任先行，日晏则责成乡地拢合一村庄之人同行，毋许先后涣散。（荒年暮夜，负银米孤行田野，防生他虞。）银米所在，阑以大木，守以役壮，书役二名、量米斗级四名在内供役。银米分置两处。贫民呈票领米，给竹筹一枝，缴筹领银，不复验票。普赈大赈，按所赈月分制小戳记，于票上印之。停赈之月掣票。

一、厂内贮米，戒湿润。书役按票开发，不许留前待后。斗级按大小口数，用新制木筒平量，不得短少抛撒，违者听监赈官究处。（散米木筒概板，委员入厂时均须校验无弊。）

一、赈厂许钱市之人就厂兑换，官为定价，一准库平。凡翦银、封银，即用钱市之人。贫民领银，就厂易钱，但认封面所开银数，即照定价给钱，不须启封称较。铺户按封合计是日所换总数，仍缴原封于官，另给银如数。其缴回之碎银，又以供续次之用，不烦重剪，兼可就原封改写村庄姓名，并省称较也。

一、贫户止一两口者，应照市价折发钱文。库贮钱多或市钱易购，则悉用钱折发更便。

一、赈册内有续字之极贫户口，自起赈日至十月底止，核算共几十几日、应得银米若干，于普赈时一并支给。其闻赈归来之户，实系某村庄外字号册有名，察其尤困苦者，亦于其回日起赈，至加赈前止，按日支给银米，且须速给（以其多一番流离之苦，故宜并从优厚）。其外字号册所不载与勘不成灾村庄托名外出，及原有资产、今回籍安业者，概不准给。

一、外出之户在各村已查之后陆续递回及自归者，既难随时赴村察讯，而传唤地邻亦滋烦扰，应于本户到县之日，询明所住村庄，核对草册外字号内姓名口数相符，并其牌约地邻姓名，填给执照一纸，谕令于赈厂呈投，即就厂眼同地邻查证确实，换给赈票，添入红册，一例领赈。

一、离厂稍远之村庄有孤寡老弱病废不能赴领者，准本村亲信之人带票代领，册内注明代领姓名，以防窃票冒支之弊。（令本村地牌随厂识认，并询问前后连名之人，自无假冒。）

一、灾民众多，情伪百出。有于领赈之后复携家口外出者，多系卖票复往他处，诡名重领；亦有携家口寄顿别属，而于放赈时单身回籍领粮复出者。应令地方牌邻据实举报，于赈册内删除。倘地邻扶同隐匿，察出究处。有首告者，赏给口米一份。

赈口病故不减议

加赈之月，丁口有病故者，例应按数裁减，所以稽实也。然念死者敛〔殓〕埋需费，况在凶年，虽积一口累月之粮，犹不足以偿，奈何减之？亦有隐匿不报者，乡地从而挤分之，是徒夺其半口之食而于公无益也。用是明著为令：凡赈户死口，概不核减。印委员一体遵照，悉依户口原数报销可也。

多设赈厂檄

散赈定例：州县本城设厂，四乡各于适中处所设厂，俾一日可以往返。倘一乡一厂相距仍远，天寒日短，领赈男妇栖托无地，地方官宜勿拘成例，勿惜小费，更多设一二厂，以便贫民。如景州设有七厂，乃为因地制宜之道。今核各属所报赈厂，有已筹度得宜者，有地面不皆适中者，并有只设一二厂者，冬月大赈在迩，亟宜饬办。未足数者，速即补设，已分设者，再加详度村庄，有远在三十里外者，即添设一二处，务使妇女老弱辰出晚归，毋致寒天竭蹶，露宿单行，不但累民，复恐滋事。监赈官务须前夕就厂住宿，及早开放，不得任情自便，致累守候。仍将设厂处所各距村庄远近里数，列册径报本道察核。

分贮通仓粟米十万石院檄

准仓场总督咨开为奏明事：上年十二月直隶古北口外采买粟米十万石运交通仓，业经奏明为开放俸米之用，见在存剩米六万二千三百余石，其不敷之米，请照例以梭代粟，补足十万石之数。臣等檄坐粮厅雇剥船百只，约可装米二万石，于六月二十五日起运赴津。其余米石，正在陆续雇船拨运。于乾隆八年六月二十五日具奏。奉旨：知道了。钦此。又准户部咨同前事，该司道即转行知照，俟通仓拨米到津之日，即令天津道府公同斛兑入仓，加谨收贮，就近委员帮同津令办理。仍速就河、津两府情形酌议分贮，以资赈粜之用，并分饬州县照依派定米数，备具文领赴津，就船拨兑，以省收放之烦。其盘量折耗米数，亦即核议详咨。

司议分贮米数：

河间县六千石，献县七千石，阜城县五千石，肃宁县五千石，宁津县四千石，任邱县四千石，交河县七千石，景州七千石，吴桥县六千石，故城县四千石，东光县五千石。

天津县一万石，青县五千石，静海县五千石，沧州八千石，南皮县五千石，盐山县四千石，庆云县三千石。

司议分发赈米四十万石

本年七月十三日奉上谕：在通仓各色米内再拨四十万石，于现拨十万石运完之后，即行接运，务于八月内全数到津，分发各处水次，就近挽运，接济冬间赈恤。督院行令议详分拨，除分拨各州县米数另单呈送外，查领米州县俱在天津以南，今通米运贮天津北仓，实为总汇之区，但四十万石之米，通州河下必不能同时载运，各船往返需时，兼以风水难定，恐致辗转延误。及今办理，惟有令各州县分路多备船只赴津，尽运急赈一月之米，余船俱押赴通州充用。其末运即可径达各属水次，不必起卸北仓。所有北仓原派之米，严督各州县源源领运，务于冰沍以前完毕，毋许稍涉稽延。

分发米数：

河间县贮米二万四千石，献县贮米二万八千石，阜城县贮米一万四千石，肃宁县贮米一万石，任邱县贮米二万六千石，交河县贮米二万八千石，宁津县贮米一万六千石，景州贮米二万八千石，吴桥县贮米一万五千石，故城县贮米六千石，东光县贮米二万石。

天津县贮米一万石，青县贮米二万石，静海县贮米一万石，沧州贮米三万二千石，南皮县贮米二万石，盐山县贮米三万六千石，庆云县贮米七千石。

深州贮米一万石，武强县贮米一万石，饶阳县贮米一万石，安平县贮米五千石。

冀州武邑县贮米一万石，衡水县贮米五千石。（嗣衡水县勘不成灾，无庸议赈，米经另拨。）

仓场总督奏运赈米全竣折

奏为运津赈米报竣事。本年七月十三日钦奉上谕：前因直隶天津、河间等属夏间被旱，米价昂贵，朕特降谕旨，令仓场总督拨运仓米十万石分贮被旱各州县，以备平粜抚恤之用。今据高斌奏称，被旱之地已经成灾，除先行酌量抚绥外，见在查明，分别赈恤，照例于冬月开赈等语。朕思开赈之后，需米必多，著仓场总督于通仓稄米各色米内再拨四十万石，于现拨十万石运完之后，即行接运，务于八月内全数运津。令总督高斌分发各处水次，就近挽运，接济冬间赈恤。该部速遵谕行，钦此。又传奉谕旨，著臣吴拜等速办。臣等随饬坐粮厅，于七月十八日备船开运，具奏在案。嗣是量船之多寡，每日或万余石，或一万二三千石至一万五六千石，陆续发运赴津。直隶督臣高斌亦已先期分饬领米州县备船转运，委盐道邓钊监兑，或分卸水次，或拨入津仓，随到随收。经沿河官弁攒重催空，臣亲身督率稽查，以副钦限。计于西仓放米二十万二十石，中仓放米十二万石，南仓放米七万八千石，共米四十万石，于八月二十四日全数起运开行。一应运费，照例动用轻赍银两，造入通库奏册内报销。理合奏闻。乾隆八年九月初八日。奉朱批：览。钦此。

院奏赈务情形折

臣窃照河、津、冀、深等属被旱成灾，民人外出，荷蒙皇上格外天恩发粟发帑，措置安全。一应抚恤、招徕、稽查、弹压事宜，臣钦奉圣训，令清河道方观承、天津道陶正中亲赴各属，督同印委各官，协力核办。月余以来，节据该道等将灾地情形穷檐疾苦并劝课种麦、安插流移、清厘贫口、设厂散赈诸要务备细会禀，渐已办有头绪。统计报灾之二十五州县内，最重者河间、献县、阜城、任邱、交河、景州、青县、静海、沧州、南皮、盐山、庆云、吴桥、东光、武邑、武强，俱系全灾，即有偏雨沾润、禾稼可望薄收之处，于通属不过什伯中之一二，犹恐气凉霜早，不能成实。其极贫民口多以草实水萍充饥，情状危惨。臣饬查赈官员携带钱米，随时拯救，不得拘泥赈期，致伤民命。被灾次重者肃宁、宁津、故城、威县、深州，稍轻者束鹿、栾城、饶阳、安平及续报之天津、大城二县，然各处虽止偏灾，而毗连灾重之地，颇费调剂。合二十七州县之贫民，待泽孔殷，一经造入赈册，莫不泥首感泣，咸庆更生。亦间有浮开户口、串同捏饰者，愚民无知，当即改正。如系书役乘机舞弊，必加严惩。因灾口繁多，逐户挨查有需时日，今已核造将竣，照例先赈一月，业据各属陆续报期开赈。其从前外出贫民，凡回籍就食者，俱随到随即补赈，仍派专员加意安集，将安插过户口按月具报查核。仰赖圣主福庇，自八月初二至初六日，连得甘雨。民间专留种麦之地，已见抽苗被陇。其补种晚禾之区，须俟月内收获后，接种秋麦。地方官各已领贮麦种，按时借给，不致迟误。俟普赈一月之后，将成灾最重之十六州县，照臣前奏，自十一月加赈至来春二三月止；成灾次重及续报偏灾之十一州县，遵照定例，按成灾分数加赈一个月至四个月。其实在乏食饥口孤苦无依者，于加赈之前，仍按日给赈，均沾稠叠之恩膏，兼勤种麦之本计。民情已有系恋，地方见在安帖，所有各属赈务情形，恐廑圣怀，理合恭折奏闻。乾隆八年九月初八日。奉到朱批：览奏，稍慰朕怀。钦此。

院奏普赈饥口银米各数折

窃照河、津、济、深等属二十五州县赈务，臣节据清河道方观承、天津道陶正中会报，各属户口查完之日，俱于八月内普赈一月，银米各半。其极贫内之孤寡老疾尤困苦者，于十一月大赈之前，仍按日续赈。全活甚多，恩施尤溥，领赈贫民男妇大小感戴皇恩，欢呼盈路。又仰赖圣主福庇，被灾各处于八月二十三四、九月初六等日连得渥雨，民间乘雨种麦，官为借种，广行劝谕，所种倍于常年，来春生计有资，民情益用安定。至于外出流民，于查户时，俱立有外字号册，注明姓名口数。今闻赈纷纷回籍，查对原册有名，即予补赈。沿途询系回籍属实者，照例资送。其有地近轻灾、例不应赈、假诈外出流民希图资送者，正在严行查禁，开导安业。臣行据布政司沈起元核覆统计，原题被灾二十五州县并续报之天津、大成二县应赈极次贫，约共大小口一百五十八万，合普赈、加赈，约共需米五十七万五千余石、银八十六万余两。除通仓米五十万石已领运分派州县，又添拨各处仓谷约十五万石，计足敷用。至来春粜借及补实仓储等事，臣通盘筹画，请旨遵行，务期民食有资，仓储不缺，以为灾地善后之图。所有普赈已竣及饥口银米大概数目，谨具奏闻，伏祈圣鉴。乾隆八年十月初十日。奉朱批：所奏俱悉。钦此。

司议委员月费起止日期

办赈之教职佐贰等官，奏准每员月给银八两。但由别属调委之员，奉文起程与事竣回署有远近迟早之不同。即本地委员分查告竣，亦有先后。其盘费银两似难概以月计，应请按日计算。本地委员以奉委分查之日起，事竣日止；其别属调赴各员，以奉文起程与事竣回署日期为起止。

本处办赈微员月费议

办赈微员，奉职烦苦。其自外州县派来教职佐杂，已蒙议给盘费，续委之员自应并给。至本处之教职佐杂，向未议及。微员俸薪有限，奔走需时，应请一例每月给银八两，在于司库存公项内支拨，事竣报销。

司详委员分别奖叙

今岁河、津各属被灾，先后派委佐杂教职，随同厅印分办核户、散赈等事。兹大局业经告竣，准清河、天津二道将佐杂教职各员分别等次列册，移请奖叙。本司覆加查核，应请将居心慈惠、办事周详、叠奉差委、备著勤劳者列为一等，办事明晰、不辞劳瘁者列为二等，小心勤力者列为三等。所有列在一等之蠡县县丞杨景素等十二员，准其记功三次；列在二等之天津府经历饶锐等二十二员，准其记功二次；列在三等之景州州判史宏彦等四十员，准其记功一次，以昭奖励。其余各员未经道册列入，应无庸议。拟合详情核夺。

一等十二员：

蠡县县丞杨景素

高阳县教谕李缙

束鹿县教谕史锦

清苑县教谕陆维藩

安州州判于松龄

清河县县丞龙廷栋

东安县县丞刘杰

元城县县丞饶安绪

雄县县丞朱光瑛

青县兴济巡检杨檠

安州吏目许开勋
效力州同冯一诚

二等二十二员：
天津府经历饶锐
河间府经历徐元升
定州州同颜色灿
鄚县州判唐倚衡
晋州学正赵城
易州学正刘曾明
安肃县教谕徐寅
肃宁县教谕任枚
盐山县教谕刘文彦
新城县教谕王錧
南宫县县丞严宗璋
高阳县县丞邢绍周
永清县县丞韩极
武清县县丞李光昭
宝坻县主簿钟秉惠
交河县主簿冯仲舒
南皮县主簿王承业
沧州吏目倪雨露
阜城县典吏宓宏道
效力州同陆昂
效力州同王玉
外委把总孙成玉

三等四十员：
景州州判史宏彦
沧州州判俞洲
署广平府经历赖定瑶
良乡县县丞甘怡
固安县县丞陈之纪
天津县县丞郑金
武清县县丞赵廷臣
吴桥县县丞柳槐
深州学正张敩睦
静海县教谕赵士机
蠡县教谕纪逯宜

任邱县主簿高自伟
东光县主簿王希曾
束鹿县主簿王学璧
武清县主簿葛光祖
深州吏目申起元
定州吏目程正蒙
束鹿县典史于世宁
新安县典史陶宗望
正定县典史潘成信
交河县典史徐玘
阜城县典史方楷
东光县典史戴延祺
临城县典史桂光宏
署钜鹿县典史单奇龄
景州龙华镇巡检吴惟忠
吴桥县连镇巡检张大法
武清县河西务巡检王宏毅
青县杜林镇巡检张鹏程
静海县独流镇巡检李璘
沧州砖河驿驿丞范镇衍
效力州同罗鸿远
效力州同龚望舒
效力州判王聚岚
效力县丞钟秉宽
效力举人查览
效力监生王廷会
效力监生吴钢
沧州捷池汛把总孙廷锡
南运河外委把总郭联晋

卷四　展赈

八月普赈之后，按成灾分数以定加赈月分，次贫视极贫递减，常例也。即不拘常例，亦无分极次，一再加赈而止，是岁以九、十两月。茕独老疾之不自存也，按日以给，是名续赈。更有急不能待者，则立给钱米以救之，是名摘赈。其不成灾之区有蠲无赈，以其毗连灾村，亦波及之，是名抽赈；城关亦然。又念次贫者，更数月后即无异极贫，概从优厚赈。已告竣，逆虑其去麦秋尚远，取二三四五月有加无已，统名之曰展赈。自古及今，得未尝有。故灾地袤延，曾无一人转沟壑者。今续赈已成例案，告灾之地皆仿而行之。茕独老疾之养尤加意于荒年，是谓圣人之政，虽百世不易可也。

谕委员摘赈续赈

赈灾必先审户，固不能不需时日，但其中已不无饥饿待毙者，所争惟在旦暮，又不可概俟赈期，不亟拯救。圣泽汪秽，发金发粟，本以保全民命，若惟常例是拘，即是奉行不善。前已面属印委各员，恐未周知，合再饬谕：嗣后于勘验户口之时，遇有老病孤苦情状危惨，非急赈之不生者，验明情形，即知会印官先行摘赈，酌量开赈日期远近，照口米例，或米或钱，即日给付。此较极贫之应续赈者，又有缓急之别，然亦不过百中之一二。所用钱米另记簿册，一例请销。其饥口姓名、住址并某员所查，详悉开载，以备稽核。（于红册内所注极贫下添注“续”字，入于续赈。）又被灾最重村庄生计尤艰，次贫之户转瞬便成极贫，其极次之间须倍加审酌填写。又极贫户内有久不得食、惟藉野菜草根糠秕为活者，色见恒饥，家无余物，均须注明“续赈”字样，毋得偶有遗忘。又合一州县户口查毕开赈，虽旧例为然，亦须酌量灾地轻重，如贫民实有迫不及待之势，则先尽一乡查毕，即定期开赈，四乡以次施行，亦属变通之道。印委官可详酌情形，公同定议，一面禀报，一面办理。所有开厂各事宜，目下即当筹办，以期周妥。又一州县中村庄有多至七八百者，其僻壤孤乡在犬牙两界之地，各员分头查勘，甚或遗漏未到，亦未可定，不可不加详慎。此地方官之专责，委员不得而知，本道虑及于此，合并谕及。谕到，即抄给委员各一纸。乾隆八年七月十八日。

勘灾分别轻重并轻灾抽赈谕

案乾隆七年，大学士议覆御史李清芳条奏赈务各款：定例民田收成六分以上为不成灾，其被灾五分，尚有五分收成，本年钱粮恩蠲一分，仍缓征，来春酌借口粮，无庸再议加赈。至被灾六分者，除先赈一月外，将极贫加赈一个月。被灾七八分者，极贫加赈两个月，次贫加赈一个月。被灾九分者，极贫加赈三个月，次贫加赈两个月。被灾十分者，极贫加赈四个月，次贫加赈三个月。（灾轻，照常例办理。）至若地方连歉，抑或灾出非常，一切赈恤事宜有难拘常例办理者，督抚遵奉谕旨，因时就事，熟筹妥办。或将极贫加赈自五六个月至七八个月，次贫加赈自三四个月至五六个月。（灾重，不拘常例办理。）通行在案。是按分酌定大概者，部臣权衡之法；随时加增拯助者，圣主浩荡之恩。今河津各属赈务，如肃宁、宁津、故城、深州、饶阳、安平、束鹿、栾城、威县并续报之新城、衡水、大城、天津，被灾六七八分不等，其收成五分及五分以上者尚居十之三四，亦有毗连重灾处所者，然究系偏灾，是以题案内将二十五州县被灾轻重分别声明，业奉行知。本道巡历所至，勘明情形，自不便与普灾州县一概给赈，致违成例。恐各州县因有前发规条，未能深悉，用再饬谕灾轻州县，俱照乾隆七年定例，于普赈一月之后，按照成灾分数分别加赈。所需银米，于户口查毕之后核算确数请领。其原拨赈米有余者，亦即详明改拨灾重州县充用。至成灾五分者，尚有半收，例惟蠲缓无赈，但五分灾与六分相近，（定例五分灾无赈，六分灾只赈极贫一月。第五分、六分村落毗连，一赈一不赈，调剂常难。是年灾重十六州县六分灾之极次贫亦加赈至五个月、四个月，逾于常格数倍，而同邑连界之五分灾村曾无颗粒之及，小民不胜其希冀之念，每至滋生事端，故议抽赈以安之。然究属例不应赈之区，难任滥邀旷典。惟照六分灾，极贫加赈一月之例查办，庶乎其可也。）恐勘报稍有不确，或气凉霜早，分数减变，均未可定。应照乾隆三年直隶查灾旧案，将五分灾内无地极贫酌量抽赈，照六分成灾定例查办造报。其有地次贫不得违例滥给。附近灾地之邻邑有似此情形者，无由通融，当于借助中筹之。乾隆八年八月十二日。

院奏加赈大城、天津折

为请旨事。直属被灾州县荷蒙皇上加恩赈恤，经臣请将被灾最重之河间十六州县，于八月普赈后，自十一月大赈起，极贫加赈五个月，次贫加赈四个月。其次重之肃宁等州县，照例按其被灾分数，于普赈后加赈自一个月至四个月。至霸州、大城、天津三州县，前于报灾之时体察民情尚可度日，无需普赈，惟按其成灾分数分别加赈。俱经题明在案。今查大城、天津二县偏灾六七八分，较之霸州诸处为重。缘照常例，办理六分灾者，只赈极贫一月而不及次贫；七八分灾者，极贫赈两月而次贫只赈一月。从前八九月间，小民微有收获，兼资渔采。今届隆冬，前此之薄储已罄，而河冻冰合，佣工操舟之辈遂至谋生无路。极贫户口既难支持，其六分灾之次贫，因无普赈，亦不加赈，更觉向隅。臣伏查乾隆五年九月内钦奉谕旨：赈恤之事，惟在督抚因时就事，熟筹妥办。本年赈务仰荷圣主恩施，实已普遍周洽，咸称得所。大城、天津二县本系偏灾，今于常例办理之外，尚有前项情形。臣身任地方，目击民艰，不敢因已经题定之事不为另筹补救，同布政使沈起元、按察使方观承、天津道陶正中详加商酌，谨缮折奏，恳圣恩俯准，将该二县被灾六分以上极次贫民，再给赈一月，仍与束鹿等州县偏灾应赈月分相同，而贫若农民均资安辑，益戴隆施矣。乾隆八年十一月十八日。奉朱批：著照所请行，该部知道。钦此。

派拨领运加赈米三十万石

准户部咨开，乾隆九年二月十九日奉上谕：朕因直隶天津、河间、深州等属上年被灾较重，今春雨泽未降，麦收未能期必，恐停赈之后，贫民不免乏食，著高斌分别妥议，于从前定议之外，再加赈月分，以接济穷民，并豫筹米谷，以备临时之用。今据高斌奏称，见在次贫之民，前议赈至二月止；极贫之民，赈至三月止。今遵旨加赈，应将次贫再加赈三月一个月，极贫再加赈四月一个月。但次贫情形不一，各村庄被灾轻重亦不同，除次贫内见在乏食仍须接济者，照常加赈一月外，其有加赈一月尚不能支持无异极贫者，若只照次贫加赈一月，仍恐不能自存，应同极贫一例加赈至四月为止。此应赈之民，若全给本色，更于民食有益，约计需米三十万石。仰恳敕下仓场总督于通仓内照数给发，即令被灾州县自雇船只赴通请领，其水脚照例报销等语。著即照高斌所议速行。其一切查办事宜，著饬原办之道府亲赴各州县督率办理，务令贫民均沾实惠。钦此。该司即将加赈之州县应需米石各若干，核明确数，饬令速即雇备船只赴通领回。查明应赈户口，将次贫再加赈三月一月，极贫再加赈四月一月，次贫内有加赈一月尚难支持者，应同极贫一例加赈至四月为止，务令贫民均沾实惠。并移饬原办之道府亲赴各州县督率办理，先将分派米数开单送查领米，米脚照例报销。

司详分派米数：

河间县米二万石，献县米一万六千五百石，阜城县米一万石，任邱县米一万五千石，交河县米一万五千五百石，景州米二万五千五百石，吴桥县米一万石，东光县米二万二千五百石，青县米一万六千五百石，静海县米一万一千石，沧州米三万一千石，南皮县米一万五千石，盐山县米二万八千石，庆云县米一万三千石，武邑县米一万四千石，武强县米一万石。十六州县共拨米二十七万三千五百石，通仓存米二万六千五百石。

仓场总督奏拨加赈米数折

臣等准户部咨，乾隆九年二月十九日钦奉谕旨，给发通仓米三十万石，以为直隶天津、河间灾地三月、四月加赈之用。即令州县自雇船只赴通请领。钦遵在案。又于本月二十日准户部咨开，直隶提督保祝奏请，将东豫二省应运蓟遵陵糈四万七千余石，即以八沟、唐三营买存之米就近抵拨，其东豫原运蓟粮，仍照议截留通仓或天津备用。奉朱批：著照所请速行。钦遵亦在案。查本年蓟遵陵糈应山东轮运，既据提臣保祝筹请抵拨，当照原议运通，但现奉谕旨拨通仓米三十万石运津备赈，所有蓟粮四万七千余石，自应全数截留津南，不必复运通仓。再查东豫漕船尚有五帮，共装粟米一万数千石，甫过津关，并可截留。合前共米六万余石，均即于沿河有赈州县水次交卸充用。其通仓之米，应将粳米挨陈拨十万石、梭米挨陈拨十三万余石，以足三十万石之数。如此既可省六万余石之转运，而于赈需亦得早办。伏候圣训。乾隆九年二月三十日。奉朱批：依议速行。钦此。

仓场总督奏请雇用东豫回空漕船带运赈米折

臣等昨准部咨，奉旨给发通仓米三十万石运津备赈，令州县雇船赴通请领。臣等伏思：米多必须船多，乃能转运迅速。询之通永道，知州县船不敷用。因查东豫二省粟米帮船渐次抵坝，不日即可起卸。此内除自备之船，例不回空，听其留通，以供南粮剥运，其应回空者约有二百余船，每船以五百石计算，约可装束十万余石。若令州县即将东豫回空漕船和雇装载，按道里远近给价帮丁，挽运南下，俾穷民早得给领，实于赈务有益。且被灾州县多在沿河漕船交卸，尤为便捷，计其抵次修舱领兑，亦无迟误。如蒙俞允，臣等行文直隶督臣办理，并饬知各帮弁兵遵照。乾隆九年二月三十日。面奉谕旨：依议。钦此。

司议次贫户口区别加赈

窃查河、津、冀、深等属灾重十六州县加赈一月，前蒙接准部咨，钦奉上谕，行令将次贫再加赈三月一月，极贫再加赈四月一月，至次贫内有加赈一月尚不能支持者，应同极贫一例加赈至四月为止。当经移行遵照，除各属加赈极次贫民三四月口粮应照原赈之数散给，无庸再议，其次贫接赈，须确查实系力不能支、无异极贫者，方准给领四月一月口粮。乃各属有照原赈之户悬拟减口者，有按原赈次贫人数每口减去升合均匀摊给者，又或作为半个月赈米给领者，办理殊未妥协。兹据天津、大名二道（大名道沈世枫）酌定规条，议将被灾八九十分村庄之次贫，印官覆加察看，其畜有牛驴、积有柴薪、房舍完整、男女健泽者，分别登记，俱于三月分赈毕掣票，余概给予四月分赈米。又州县额征册内有完银二两之花户，开具的实村庄姓名，查对赈册有名，即不准接赈。均应如该道等所议办理。又查户底册内注有地四十亩以上者，于三月分赈毕，将应掣赈票加用“出借”二字图记，仍给本户收执，准于停赈后酌借口粮，无庸接赈一条；又城市关厢沿河集镇人户，于三月分赈毕，将应掣赈票加用“平粜”二字图记，仍给本户收执，准于停赈后赴厂减价籴米，无庸接赈，其老病无告者仍予四月分赈米一条。本司覆核有地四十亩以上之户，并城市集镇之尚可谋生者，均应停其加赈。四月以后，二麦渐已登场，亦非平粜借种之时，况各州县现存米粮仅敷加赈之用，未便复议借粜。应俟加赈全毕，存有余米，再视赈册内之减口稍多者，及冬春闻赈复业人户未即报官入册者，酌予存恤。又碱薄地面村庄，上年被灾虽未至八九十分，而情形窘迫者，并宜加意体察，从宽接赈，不必过为区分。请裁示，分别饬属遵照。乾隆九年三月日。

司详配拨蓟粮漕米各数

乾隆九年三月初二日，奉准仓场总督咨前事转行到司，当将派拨加赈州县粳梭粟米细数开单呈送咨覆，兹复准通永、天津二道移称，本年二月三十日奉仓场总督奏准直属加赈米三十万石内，将东省应运蓟粮并东豫尾帮粟米共六万余石合算截拨，除行坐粮厅飞檄津南及甫过津关之帮船，即就沿河有赈州县分别截留交卸，其应领通仓粳梭米，照奏定数目均配各州县赴通请领，以便佥仓给发，并将分派漕船帮次抄单。知照前来，本司查加赈之河间等十六州县，共拨米二十七万三千五百石，通仓存米二万六千五百石，业于钦奉上谕事案内分析开呈。今仓场总督将截拨蓟运粟米四万七千石、又另截五尾帮粟米一万三千余石核入赈米三十万石之内，行令总理之通永道照依奏准数目，于州县应领米内均配给发。据通永、天津二道议将两项粟米分拨水次景州等九州县，其河间、献县、阜城、任邱、交河、吴桥、南皮等七县赈米，仍照前派之数，于通仓粳梭三项米内拨给。再，原派肃宁、大城等州县截留借粜米石，已经拨入景州等州县应领数内，容于通仓存米及奉天采买高粮内再行酌派，另文详报。本司覆加核议，均应照办，并按均配米数开单呈送察咨。计开：景州原拨米二万五千五百石，今截留蓟运米一万石，赴通仓领米一万五千五百石。东光县原拨米二万二千五百石，今截留蓟运米一万石，赴通仓领米一万二千五百石。青县原拨米一万六千五百石，今截留蓟运米三千石，赴通仓领米一万三千五百石。静海县原拨米一万一千石，今截留蓟运米二千石，赴通仓领米九千石。沧州原拨米三万一千石，今截留蓟运米一万石，赴通仓领米二万一千石。盐山县原拨米二万八千石，今截留蓟运米九千石，赴通仓领米一万九千石。庆云县原拨米一万三千石，今截留蓟运米三千石，赴通仓领米一万石。武邑县原拨米一万四千石，今截留五尾帮粟米七千石零，赴通仓领米六千石。武强县原拨米一万石，今截留五尾帮粟米六千石，赴通仓领米四千石。

部咨拨运豫谷

准户部咨开，署兵部侍郎雅尔图奏备荒事宜一折，奉旨：大学士鄂尔泰、张廷玉速议具奏。钦此。据奏称：直隶麦收歉薄，急宜预筹接济。臣前在豫省曾奏明买麦十万石，分贮彰德、卫辉水次各仓。嗣复易谷存贮不下十四五万石。此项仓谷可由水路拨运天津，以资赈粜等语。查豫省既有另案奏买之麦易谷存贮，而彰卫水路可通畿地，应如所奏，行令河南巡抚速筹运交直隶分贮备用。乾隆九年三月二十二日。奉朱批：依议速行。钦此。相应移咨遵照。

司详运贮豫谷事宜

乾隆九年四月十二日，奉准户部咨开：豫省彰卫水次，有另案存贮仓谷十四五万石，行令河南巡抚运交直隶备用。应作何分派收贮，于何地交卸，并委员督理协办各事宜，行令本司议覆，仍移天津、大名二道知照。查奉拨豫省彰卫仓谷，由水路运送来直，自应查明沿河州县谷少之区分贮。除将派定各属数目另详外，其沿途截拨监兑事宜，应遴委府佐数员前往经理。今查有大名府同知吴元鏊、顺德府同知钱汝骥、广平府同知李钟淳、正定府同知季芳霭堪以差委，请俟议定交卸处所，行令分路会同豫省委员监收盘兑。至记数稽筹需员，即饬府于佐杂内详委。其在水次交兑者，无庸议给脚费；离县稍远应需陆路运脚，请于司库乾隆八年地粮项内酌拨银八千两，押送广平、河间等府分贮，就近给发。再，盘量斗斛，恐有参差。应移知天津、大名二道，于就近各府查取司颁仓斛带往应用，俾领谷州县与豫省委员均无异议。

司详沿河州县兑收豫米

乾隆九年四月十五日，奉准河南抚院咨，拨运直省谷十五万石，按拨陕旧例，石谷碾米五斗三升，共米七万九千五百石，分为三运，限四月二十五日头运起行，二运宽期十日，三运定于五月中旬。希饬大名等处地方官协雇民船赴豫装运，并应运送何处交卸，迅赐示遵行令，本司核议详覆。查豫省仓谷碾米水运来直，据粮道咨开七万九千五百石，分作三运，每次约米二万六千五百石。今查明河津府属需米之区酌量分拨，更先尽现赈缺米州县以应急需。应挨顺北来道路，照另单派定。应领米数，令各州县先期探听，押运到日，即会同两省委员盘兑领回。其不通水路者，一面于水次起卸，一面备车陆运，速发仓收，俾委员押空早回，接应后运。再，豫米既分三运，监收之员未便仍照前议，应请头运委顺德府通判饶佺监兑，磁州州判孟克文、大名府经历袁中枢分催；二运委顺德府同知钱汝骥监兑，顺德府经历赖定瑶、平山县巡检周德溥分催；三运委大名府同知吴元鏊监兑，元城县县丞饶安绪、正定县典史潘成信分催。前详同知李钟淳、季芳霱，均另有差委，伏候裁示，并请移咨豫省，转饬委员一体循照办理。

司咨河南粮道

前准贵道咨开，奉拨彰卫二府属仓谷十五万石，辗正余米七万九千五百石，分作三运，委员管押赴直，应于何处交卸，希即行知管运各员遵照，并将分派州县米数开明示覆，以凭核扣运费。当经行令顺德府同知钱汝骥、通判饶佺、大名府同知吴元鏊，会同贵省委员在于领米州县水次交收。今据饶倅申报，头运豫米二万六千五百石，内在静海水次兑交霸州米二千五百石，在沧州水次兑交河间县米五千石、东光县米七千石，在天津水次兑交任邱县米一万二千石。据钱丞申报，二运豫米二万六千五百石，内在泊头水次兑交交河县米二千石，在捷地水次兑交盐山县米九千石，又沧州兑收米一万一千五百石，静海县兑收米三千石。据吴丞申报，三运豫米二万六千五百石，内在顺德水次兑交深州米三千石，在白草洼水次兑交景州米四千石，在连镇水次兑交景州米四千石、献县米三千石，在泊镇水次兑交南皮县米一千五百石、安平县米二千石、饶阳县米三千五百石、武强县米五千五百石，并将委员等仓收移送。

院奏豫米凑拨加赈折

准户部咨开，乾隆九年四月十三日奉上谕：直隶河间、天津、冀、深等属十六州县上年被灾较重，今春雨泽愆期，朕恐二麦收成不能期必，小民东作方兴，已降旨于停赈之后再加赈四月一个月，以资其力作。目今雨泽稽迟，麦收已经失望，而秋田收获尚早，此际若不格外加恩，恐贫民仍不免于乏食，著再加赈五月一个月。该部即传谕总督高斌先期筹画，速行办理。钦此。臣伏查河、津、冀、深等属被灾州县，荷蒙皇上隆施叠沛，普赈加赈直至四月。今复蒙轸念麦收失望，秋获尚早，特降谕旨再加赈五月一个月，圣恩浩荡，从古未有。臣随遍行晓示，并核计重灾十六州县一月赈需米二十二万余石。今春截留漕米十万石，又奉天买米八万石、高粱七万石，又古北口米拨运陵糈余存三万石，共米二十八万余石。除轻灾州县拨充借粜，又顺德府属备贮二万石，尚不敷米五万余石，应请在于豫省运直米内动用凑赈。臣接河南抚臣硕色来咨，米分三运，四月二十五日头运开行，二运后十日，五月中旬三运全完，已委员前往协同豫省雇船挽运，并令沿途武弁催趱。计其头运、二运之米已可依期敷用。谨奏。乾隆九年四月二十一日。奉朱批：所奏俱悉。钦此。

司议续拨赈米并如赈仍照普赈办理

乾隆九年四月十七日，奉准部咨前事，以五月加赈之期转瞬即届，约计灾重十六州县应需一月赈米尚在不敷，应以豫米凑赈。州县各原存米若干，豫米应作何分拨，行令本司速即议详。查豫米七万九千五百石，分作三运来直，业经分拨景州等州县，以次兑收。兹核计去冬普赈一月，重灾十六州县共约需米二十一万二千五百余石。其闻赈归来及咨送回籍贫民，尚须约略加增。今十六州县府领漕米、奉米、古北口拨存余米，又通仓余米，合之原赈二十一万二千五百余石之数，或有余，或不足。其有余者无庸转拨，不足者俱以豫米凑用，仍于加赈一月足用之外，尽豫米均匀派拨，令州县皆余米二三千石，以备补赈及借粜之需。河间县原存赈米一万四千石，续拨奉米一万石、高粱三千石加赈，不敷米一千石，今拨豫米五千石。献县原存赈米一万一千六百石，续拨奉米一万石、高粱二千石，计余米四百石，今添拨豫米三千石备用。阜城县原存赈米九千石，续拨漕米六千石、奉米二千石、高粱五千石，计余米四千石。任邱县原存赈米一万四千一百石，续拨通仓余米二千五百石、高粱二千石加赈，不敷米九千六百石，今拨豫米一万二千石。交河县原存赈米一万二千三百石，续拨漕米八千石、口米二千石、高粱二千石加赈，不敷米三百石，今拨豫米三千石。景州原存赈米二万石，续拨漕米一万石、高粱五千石加赈，不敷米五千石，今拨豫米八千石。吴桥县原存赈米六千石，续拨漕米八千石、奉米三千石、高粱二千石，计余米七千石。东光县原存赈米一万七千三百石，续拨漕米八千石、口米三千石、高粱二千石加赈，不敷米四千三百石，今拨豫米七千石。青县原存赈米一万一千五百石，续拨漕米八千石、口米三千石、高粱三千石，计余米二千五百石。静海县原存赈米一万二百石，续拨漕米八千石、高粱二千石加赈，不敷米二百石，今拨豫米三千石。沧州原存赈米二万五千六百石，续拨漕米一万石、口米二千石、高粱五千石加赈，不敷米八千六百石，今拨豫米一万一千五百石。南皮县原存赈米一万六千石，续拨漕米八千石、口米二千石、高粱二千石，计余米一千四百石，今添拨豫米一千五百石备用。盐山县原存赈米二万二百石，续拨漕米八千石、口米三千石、高粱三千石加赈，不敷米六千二百石，今拨豫米九千石。庆云县原存赈米八千石，续拨漕米七千石、口米三千石、高粱三千石，计余米五千石。武邑县原存赈米一万四千石，续拨通仓余米三千石、高粱二千石、口米八千七百七十五石六斗加赈，不敷米二百余石，今拨豫米二千五百石。武强县原存赈米八千一百石，续拨通仓余米三千石、高粱二千石加赈，不敷米三千一百石，今拨豫米五千五百石。本司更有请者，灾重十六州县普赈一月，例得无分极次，迨后大赈及奉旨加赈，始为区别办理。今灾重地方雨泽愆期，麦收失望，秋田尚未布种，又与前月议赈时情形有异。贫民于停赈之后，诚如圣谕，仍不免于乏食。今蒙恩加赈五月一个月，似应照普赈之例，极次贫民、贫士、旗庄、灶户及闻赈归来户口，均一体查办，以广皇仁。乾隆九年四月二十三日。

院奏肃宁等州县酌借口粮折

例有所穷，惠施可继。不得已以借为赈，当局者于此有苦心焉。似此数案，仍例于赈类。

臣窃见直属灾重州县，仰荷圣恩高厚，叠次加赈。今复展至五月，贫民下户咸资存活。而偏灾之区不在此例，其中鳏寡孤独赤贫无倚者，于停赈之后，仍难自给。伏思旷典不可以屡邀，一再加赈之后，又复议从优厚，是竟与灾重州县略无区别矣。臣因详筹接助之道，察看偏灾十一州县内，天津、束鹿尚可支持；肃宁、宁津、故城、衡水、深州、饶阳、安平、新城、大城等九州县，当此青黄不接之时，实觉生计艰难。又霸州、雄县及未成灾之文安县上年收成本属歉薄，今夏雨泽又复愆期，拟行令地方官确查见在极贫乏食、难以自存之户，每户酌量借给口粮，宽期丰岁还官。计一州县约需米三千石，共需米三万六千石。核之现贮，已足敷用。谨请圣训遵行。乾隆九年四月二十九日。奉朱批：著照高斌所请赐予，秋收不必还仓。钦此。

院奏文安、固安等县加借口粮折

臣窃见顺天府属之文安县，上年虽未成灾，而秋成甚歉。今届芒种，雨泽未降，民情皇皇。前臣议同肃宁等州县乏食贫户酌借口粮，秋后还官，具折奏请，荷蒙皇上格外天恩，免其还仓，正在钦遵查办。兹臣出勘河道城工，于经由地方察看情形，文安地近偏灾，旱干既久，穷民嗷嗷待哺。原议借米三千石，未能遍及。应请加借米二千石，以资补救。又上年同被偏灾之固安及未成灾之永清、东安、香河、保定五县，均与灾地毗连，今岁二麦歉收，天时亢暵，贫民大势艰难。应请推广皇仁，将固安等五县亦照肃宁等州县之例，一体确查乏食户口，借给口粮，量为安顿。固安、永清、东安、香河四县各需米二千石，保定县壤地褊小，需米一千石，请于各县存仓米内动支。米有不敷，用谷给发。臣同天津道陶正中、霸昌道秦炌目击民艰，已分饬上紧计理。可否拟同肃宁等县一例免其还仓，出自圣恩，伏候谕旨。再，臣于十三日至青县，十四日至沧州，均系灾重之区，蒙恩赏给加赈口粮，又值二麦登场，尚有薄收，民情甚为安帖，惟望雨孔殷。十二日午后，文安得雨五寸余，俱微雨。合并奏闻。乾隆九年五月十九日。奉朱批：著照所请，行该部知道。钦此。

院奏覆抚恤庆云贫民折

臣据天津道陶正中禀称，六月十六日计荐引见之次，仰蒙皇上询及所属灾地雨后情形有无尚需补救，随将天津府属之庆云县地僻民贫、商贩罕至、米粮缺乏，河间府属之东光、吴桥二县土性碱薄、户口滋繁、上年被灾最重、民情亦觉拮据等缘由具奏。奉旨：禀商总督高斌，作速查办。钦此。又奉圣谕：各灾地应征新旧钱粮，作何分别宽缓，以纾民力，并令臣高斌酌量奏请圣裁。臣遵查河津等属灾重之十六州县，自上年八月赈至本年五月，恩施已极优渥。今据各属禀报，自五月十六、十七日得雨沾足之后，夏秋雨旸时若，田禾畅茂，转盼西成，丰收有象。惟庆云一县僻处海隅，舟楫不通，商贩罕至，粮价独昂，茕独之无依者，积歉之后，实形困乏。仰蒙皇恩轸念，令臣作速查办。臣谨拟将庆云亦照肃宁、文安等州县借给口粮，于河南大名买到杂粮内酌拨二千石，确查极贫户口散给，令天津府知府胡文伯亲往督办，务使均沾实惠，并恳圣慈，一例免其还仓。东光、吴桥二县滨临运河，商通货集，穷民营生有路，可以无庸再议接助。至各灾地新旧钱粮，经臣奏请，缓至本年秋后完纳，奉有批谕，见在遵奉办理。臣谨缮折奏覆，伏祈皇上睿鉴。乾隆九年七月初三日。奉朱批：览奏俱悉。钦此。

观承于乾隆八年十月，由清河道授直隶按察使，督赈如故。九年二月奉使南河，清河道王贞甫（师）署臬篆，制府委大名道沈坳堂（世枫）同陶未堂副使接理赈务。观承于八月回任，十一月授直隶布政使，未堂擢直隶按察使。是年盐山、庆云又以洊饥赈，前后经理阅岁余。余与未堂实始终其事焉。未堂计荐入都，蒙圣主垂询庆民疾苦。未堂敷陈详切，涕泗交并。用是益见知遇。著之纶言，寻有晋藩之命。

院奏覆赈恤庆盐偏灾折

臣于八月初二日据按察使方观承传奉谕旨：河间、天津二府属本年虽获有秋，究非丰收，景州、沧州尤属不及，庆云则雨水未足。小民当积歉之后，朕心倍为廑念。可传谕总督高斌，如尚有应行料理之事，著即加意料理。钦此。仰见我皇上圣心，无时不以灾后民瘼为念。臣遵查景、沧禾稼，或因地本碱薄，或因雨少接续，原有不及之处，而合计一州收成尚有七分。庆云惟于五月得雨，六月微雨两次，嗣是经月无雨，田禾日就稿〔槁〕萎。七月十一日雨后虽稍有起色，而为时已晚，苗止数寸，穗多不实，间复生发绵虫（好蚄害稼之虫），贫民渐有外出者。据报被旱一百六村庄。又毗连之盐山东乡一带，亦有旱象，然较庆云为轻。臣已令天津道府亲赴勘明成灾分数，照例抚恤。先将河南大名采买之麦拨运三万石，乘此广种之期，借作子种。所需赈米，虽附近有收之地可以采办，但歉后新粮甫经上市，恐妨民食，近年大名府属以屡丰告，其地多产高粮，由漳卫河道运抵庆、盐相近水次，甚为便捷。黍秬为庆、盐常餐，更于民情相宜，已拨司库银三万两，委大名守任弘业承办。俟庆、盐灾户查明，即先行抚恤一月，再分别月分加赈，余米存为来春借粜之用。二县贫民叠蒙恩恤，久庆生全。今只一隅偏灾，补救尚易。贫民一闻查赈，自不复有外出；其已出者多在近地，亦必闻赈遄归。所有一切事宜，臣遵旨加意料理，务俾连歉穷民不致失所，上慰宸念。乾隆九年八月十八日。奉朱批：览奏俱悉。钦此。

庆云、盐山二邑，居古九河下游，地多斥卤，旱潦无备，灾祲相仍。乾隆八年至十年赈米几三十万，民赖以支，然未有长策也。十一年兴举水利，于盐邑疏宣惠河，于庆邑疏马颊河，悉纳泛滥之水循轨而东注之，于是害稍去而利可兴。仰荷皇上惠保为怀，复大发帑金，令有司于二邑多开井泉，以资灌溉。以庆人尤困，官给牛力，并导以种树之利。时观承官藩司，率守令筹议谓：穿井首宜辨水土。盐山土疏泉苦，得井难；庆云土坚水淡，得井易。而一邑之中美劣亦至不齐，视水甘泉王者甓甃之，岁加察验，有坏即修。泉劣而溉引无多者，穿土编苇以障之，集事尤易。相其人居与地之多寡，或户予一井，或两户同井，俾递日取汲焉。给牛之法，即仿其旧俗，两三户或三四户伙一牛，五日轮饲。自见喂之户始，次第服耕，不限以日。计一牛之力，日可犁六七亩。有地三十亩至五十亩而以连歉告者，得领官牛，烙印而籍记之，病毙报验，盗卖惩治追赔。庆云东北二乡最为荒碱，度其土宜，分植榆柳枣杏，官为采购枝条，视无地及地少而瘠薄者给种成活，槁则随宜补植，不复绳以官法。计开井、种树、给牛，共用帑金二万一千九百两，视往者赈恤之费裁什一耳，而厥利溥矣。复奉旨永免庆云额赋十分之三。於戏！此尤旷古希觏之殊恩也。由是二邑之民无不感奋，自以其力穿井泉，毓材木，蹄趾之错于陇畔者日益增。数年以来，享井养不穷之利，鲜水旱虫蝝之优〔忧〕，村畴接望，烟树蓊然，览其风者称乐土焉。以是知圣主之德洋恩溥足以回斡造化而人事之可尽者，当官者不得委为异人任已。因纪赈而牵连书之，以著泽民之本计，不同于荒政一时之补救也。

院奏拨庆云、吴桥荞麦折

臣伏见天津府属之庆云县僻处海隅，米粮稀少。积歉之后，匮乏堪虞。经臣奏请将河南大名买到杂粮酌拨二千石，确查极贫户口散给，并请照肃宁、文安出借口粮之例，免其还仓。荷蒙圣慈允准。今查有天津县四月内买到荞麦二千石，缘雨后多种晚谷，无藉作种，改拨庆邑甚便，已令知府前往散给。又河间府属之吴桥县，上年成灾五分之三百二十一村庄，例不给赈，惟将老羸疾苦之贫民酌量安顿。据天津道陶正中禀称，天津县仓尚有旧贮荞麦三百十二石九斗，请拨吴桥，俾贫民领食，亦可以资接助。臣谨一并奏明。乾隆九年八月二十五日。奉朱批：好！知道了。钦此。

司详肃宁、文安等州县口粮免还各数

乾隆九年四月三十日、五月二十一日，前司节奉行知蒙奏请，肃宁等十二州县、固安等五县所借口粮，秋后免其还仓，行令确核支领实数。本司查肃宁、宁津、故城、衡水、深州、饶阳、安平、新城、雄县、一〔大〕城、霸州、文安、固安、永清、东安、香河、保定等十七州县先后出借口粮，实动存仓米四万三百四十四石零。内肃宁、宁津、故城、饶阳、新城、雄县、大城、霸州、文安、永清、东安、保定十二州县，动支常平米二万五千六十四石五升四合六勺六抄；故城、衡水、文安、永清、东安、香河六县，动支常平谷一万五千五百七十八石五升六勺八抄，折米七千七百八十九石二升五合三勺四抄。又深州、安平、大城三州县，动支常平高粮四千九百三十三石三斗二升，折米四千九百三十三石三斗二升。又文安县动支社谷一千一百一十六石，折米五百五十八石。又固安县动支井田屯谷四千石，折米二千石。俱钦遵恩旨，免其还仓造册详送咨销。乾隆十年二月初五日。

卷五　安抚流移

案：乾隆元年例载，流民一口，日给银六分。五年改定制钱二十文，小口半之。是年八月准台臣奏，仍照元年例行。夫国家施布恩泽，以恤民瘼，更在明立限制，以定民志。若流移所至，较本籍所得食赢数倍，于是不成灾之地亦皆伪为携负，相率而路。风声所树，何异悬赏格以为招哉？嗣于十月停止，是令转徙顿息。今奉谕旨，令督抚随宜安插，不必拘定资送，遏其冀幸之路。是即所以还定安集之也。宋元祐中，监司搜长安得二人，曰：流民。毕仲游阅实，皆逐利者。明周祭酒洪谟著《流民说》，听近附籍，编甲里，安生理。民便之。然则推广朝廷德意，惟奉行者与时咸宜焉斯可耳。

院奏安抚外出流民折

臣伏见河、津、冀、深等属雨泽愆期，秋成失望，百姓流移外出。数日以来，沿途络绎，其中有因旱不能耕种四出佣工者，有无业穷民携带家口随地乞食者，更有富民因村众俱散、无与为守、不敢独留者。河间中路既多，天津东路更复不少，大约为数一二万不止。臣职司民牧，不能预筹安辑，实切惭悚。今遍示乡村谆切开导，皇上恩恤灾歉，必不使一夫失所，慎勿煽惑讹妄，轻弃乡井，自干跋涉流离之苦。一面饬令地方印官亲赴四乡，按保甲门牌，将贫民户口一一核记，不得遗漏，以为办赈之据，又可因便劝谕宁帖。其年力精壮愿往有收处所佣工觅食者，仍听其便。再，流民来自山东武定府德州者亦多，合并奏闻。乾隆八年六月二十四日奏。奉珠〔朱〕批：所奏俱悉。若俟秋成再行赈恤，恕民去者愈多。卿可将朕已发粟十万、仍有续发之处晓谕贫民，更将赈恤速为料理，则民心安矣。钦此。

抚恤道路流民谕

谕州县：凡遇流民过境，除有行装脚力投托亲友不愿回籍者听便外，其有一家老幼贸贸长途转徙靡定者，劝令急归故土待赈，兴工佣作，借牛借种，将来次第举行，安全有望，勿致异地流离，自贻后悔。此内老羸残疾不能行动形状可悯者，即收留抚恤，给与口粮，务俾保全生命，毋任流为道殣。各州县更毋以他县之民稍存岐视之念，只图移送出境，以求无事。又毋得矜张扬播，市恩干誉，以致流众希图留养，转生事端。乾隆八年七月初一日。

抚恤回籍流民檄

自交六月，河、津、冀、深等府州亢旱成灾，各属民人或出口外，或赴京师，或投熟地亲朋，扶老携幼，轻离乡井，道路相属。续于七月初六日得有既足之雨泽，并闻普赈之恩旨，相率归里，再庆生全。各州县身为司牧，不能于灾民未去之前，早为安集，又岂容于还归之后，再令颠连？该府州即转饬所属，凡闻赈归来各户，除本非因灾外出者不在赈例，其实系被灾转徙，已将房屋器具弃置无存，今日徒手空归，竟至栖身无所，待哺莫诉，此等贫民，诚有死生呼吸之势，地方官急宜筹画安顿，给以口粮，毋得拘泥户口核毕起赈之例，坐视不救。本道访知，定以玩视民瘼揭参。该府州各念民命攸关，且经费皆可开销，不致偏累，务率所属同心保护灾黎，群安食息，无俟往复。谆谆也。乾隆八年七月十五日。

专员稽察补赈新归户口檄

各属闻赈归来之户，已于核户时入于外字号册，应询明名口、住址、地邻，填给执照，令于放赈时赴厂换票，一例领赈。业经通饬在案。其或外字号册未曾造入，而实系六七月间因灾外出之贫民（六月以前有外出者，即非因灾），未便因造册偶遗，致令失所，是以原议许其补入赈册。但新归户口无论已未入册，均难别其真伪，虽责令乡地识认，不无串通假捏。应令本人于赈厂自觅同村熟识现食赈者具保，核实给领；如有假捏，保人革赈，庶较乡地为可信。再，夫男外出，其母妻子女入赈，而本户原系极贫，不应减壮，只缘外出，故惟赈其见在人数。今既归家，仍应补赈，须验其原给印票，注有“极贫外出”字样者，即准给领。俟加赈月分完后，将此项补给口数，按次月日，另造详册送核。其次贫外出之人，不在此例。州县各于所属佐杂遴委明干者一员，专司稽察，务令详慎办理，俾归来贫户无一遗漏，无一捏冒，方见经理之善，仍将委员衔名报查。乾隆八年八月二十六日。

院覆台臣条奏安抚流民折

臣奉内阁抄寄御史胡宝瑔奏折一件，奏为赈恤已极周备，宜宣示皇恩，劝谕流民俾安农业事。乾隆八年七月十七日，奉朱批：著高斌速议具奏。钦此。臣遵查河、津、冀、深被旱，上廑宸衷，恩膏叠沛，先后拨米五十万石为赈粜之用。臣业将灾赈事宜，节次奏请圣训办理。今该御史奏称，被旱以来，贫民觅食道路、流滞京师者甚众，若令有司禁止出境，是绝其资生之路，尤不免于坐困。此固不得不听其转移。但北土民风，往往轻去其乡，及其复归故土，农时已失，虽未可以强禁，亦宜善为劝谕，使之安土重迁，毋废地利。臣查灾地秋成失望，贫民仓皇外出，各谋生路，诚未便一概阻回。是以臣奏请古北各关口暂为弛禁，毋令遏塞，转生他患。复沿途示谕：凡投亲佣工力能自达者，悉听其便；其老病不能前行者，随地留养，资送回籍。仍令地方官于核户时谆切劝导安心待赈，一经得雨，即及时补种秋麦，以冀来岁有收。今自七月初六日甘霖沾遍之后，臣体察民情，实已渐就安帖。又该御史奏称，蒙恩前后发米五十万石充赈，请敕下高斌，速将所奉谕旨遍行晓谕，俾土著之民欲觅食他处者知有稠叠之皇恩，自可静以待赈。臣查前奉恩旨发运通仓粟米十万石，当即出示晓谕。近又奉旨发米四千〔十〕万石，所在舟车拨运。灾民咸已闻知，络绎还乡，随到随赈。此后可期归来者日多，外出者渐少。又该御史奏称，各处流民之无职业者，查明留养约束，毋令滋事；其有情愿归耕而无力还乡者，皆酌量资送回籍，使趁种春麦，于来岁民食乃有裨益。臣查流民之老羸残疾者，已令所在留养。有愿还乡就赈者，即便给与口粮路费，资送回籍。其外出所遗地亩，劝令邻近有牛力之家，官借麦种代为耕犁。俟本户归来，酌量迟早，分与子粒。无牛力者，借给牛具、夫工钱文，劝课广种。俱经臣奏明举行在案。今自得雨以来，农民遍野，秋麦盈阡，已非前此景象。惟是抚恤事宜至为繁细，惟有随时体察经理，以期稍资补救，仰副圣怀。谨奏。奉朱批：知道了。钦此。

廷议抚恤事宜二条

总理事务履亲王等奏为遵旨速议事。御史王兴吾奏请抚恤京师外来流民折，奉朱批：留京总理事务王大学士等速议具奏。钦此。查京城内外，于六月间，有外来流民，男妇老幼，络绎于道。臣等同步军统领臣舒赫德、顺天府尹臣蒋炳将抚恤事宜详悉面商，正在查办间，奉到朱批王兴吾奏折，命臣等妥议，一面交部查办，一面奏闻。臣等钦遵，询据舒赫德、蒋炳同称，流民皆来自直隶河间、天津并山东东昌、武定各处，因本地秋成无望，出外佣工，依亲餬口，或本有家业，为避荒计，携眷暂出。其中由京出口者甚多，而留住京师之人，亦十之二三。半月以来，日渐聚积。其老病羸弱无可依归者，现收入两普济堂留养；年壮能力作者，听其自谋生理。惟是天气将寒，工作渐少，恐有冻馁之患，不可不预为筹画。臣等谨公同酌议事宜二条，恭请圣鉴。一、饭厂之宜早设也。向例五城设饭厂十处，每厂日给米二石，自十月初一日起，至次年三月二十日止。今外来贫民日众，厂米不敷，且闰年天气早寒，待至十月，开厂已迟。臣等酌议，请改期于八月望后，每厂日增给米二石，柴薪银两照例开销，五城御史实力查看，务令均沾实惠。再，外来贫民栖宿处所亦应筹及。请于饭厂附近搭盖席棚，或收拾空闲庙宇，听其投宿，应交五城御史饬令司坊官酌动平粜银两办理。一、情愿回籍之人宜查明资遣也。直东各属灾民，因本处无可资生，是以出外谋食。今直隶屡奉恩旨，拨发通仓米数十万石，交督臣加意抚恤，东省抚臣亦已奏办，是伊等理宜回家就赈；且入秋得有雨泽，正可及时种麦，以资明岁生计。应饬大、宛两县五城司坊官遍行晓谕，其中有愿回籍而无力行走者，应酌量资遣，照乾隆元年之例，每口每程给银六分，先令坊县询明籍贯造册，于八月望后起，至九月三十日止，乘天气未甚寒之时，递送回籍，交地方官入册给赈，毋致失所。其已经出口者，至八九月间或在彼难以谋生，必将仍回内地，既不宜听其来京聚处，亦未便任其转徙无著，应令直隶督臣转饬沿边州县一体劝谕回籍，照例资送。五城大宛所需资送银两，于五城平粜钱文内支给报销。其不愿回籍之人，准于五城饭厂存留，俟明岁春融另议散遣。谨奏请旨。乾隆八年七月二十一日。奉朱批：好。依议行。钦此。

部覆台臣条奏请恤灾民疏

户部为请恤贫民等事。御史周祖荣奏称：直隶河间、天津所属如景州、献县、沧州诸处，地遭夏旱，禾稼枯槁，已届秋凉，补种无及，民人乏食，日不聊生。其家有牛驴牲畜者，向例不在应赈之数。伊等朝夕饔飧，急不可待，而将来查赈又恐格于成例，不获邀恩，于是挈妻携子外出。其孤身无藉者，更复仓皇转徙，有至京乞食者，有赴口外佣工者，过往纷纷，狼狈在路。而开赈例于冬月，此时正在查报之际，地方官必须确勘灾分户口，期无遗滥。顾自入秋以来，灾民待食孔亟，不顾荡析离居，将来散赈届期，伊等本身不在故土，反致未沾恩泽；况邻境有司，或视为无关痛痒，听其转于沟壑，岂不更致失所？是今日之急务在安民心，而安民心之法，必须地方官单车简从，亲历乡村，切实开导，俾知迁流异地益蹙其生，其鳏寡孤独废疾不能自存者，定为极贫，速动存公银两，或拨仓米先行拯救，庶老弱望泽之心为之一慰，而壮者自不欲挈家轻出矣。再，邻省如山东旱雹灾区，亦有贫民流入直境，当量给路费，令其速归就赈。是在良有司体察情形，妥协备办，而尤在直省大吏之仰体圣心，无分畛域也。乾隆八年七月十九日。奉朱批：该部议奏。钦此。臣等伏查本年六月内钦奉上谕：河间、天津地方今年雨泽愆期，米价昂贵，不得不速筹接济。上年通仓存贮有口外采买备用之粟米，著先拨十万石运送天津。其何以分贮平粜、赈恤，听总督高斌酌量办理。又本年七月内奉上谕：据高斌奏称，被旱之地已经成灾，除先行酌量抚绥外，见在查明分别赈恤等语。朕思开赈之后，需米必多，著仓场总督于通仓梭粟各色米内，再拨四十万石，于现拨十万石运完之后，即行接运，务于八月内全数运津。钦遵各在案。因思灾黎外出，屡经奉有谕旨，令督抚设法安顿，使各守乡土，无致越境流离。而直属被旱地方现筹开赈，伊等闻知恩膏广被，转徒无益，谅不致复有纷岐四出之事。惟是未奉恩旨以前，已有挈眷离乡赴京乞食者，应如该御史所奏，令各地方官切实开导，速令转回故土，毋任迁徙异乡，转致不沾惠泽。至该御史奏称，邻省亦有贫民流入直境，当量给路费，令其速归。查近经总理王大臣等议奏，直东各属灾民出外谋食者，令五城司坊、大、宛二县乘天气未寒之时，按程资给路费，递送回籍在案。今邻省贫民有入直省者，亦应令所在地方官酌量资送，妥协办理可也。奉旨：依议速行。钦此。

议请派员察办外出户口

昨京师两次人来，皆云途中并未见有北去流民，又云京中流民却不为少，竟未知由何路潜往。本道等细思此事，与其沿途禁制难周，不若本地稽查易办。州县官总以丰年亦有外出之说存据胸中，未一经心，即以为必难查禁。今惟立法责成，断然行之，以定民志，庶为约而可守。本道等拟于各州县每一村庄，选乡地可用者一二人，明示赏罚，责令宣布条约，稽查劝谕。其村庄内如果冬春无全户外出之人，加以奖赏。倘有游手无赖之徒，诱惑乡愚，成群出走，势难阻止者，即访明伊等去路报官，查明为首号召之人，重处枷示，扶同不报，一例究治。或其人实因漏赈而出，禀明地方官立即补给，毋许回护，致有向隅。即以冬春有无外出之户口，定各牧令考成之优劣。再于此次查赈熟谙之佐贰教职内，选其老成才干者数员，分定州县，指授明悉，派令前往，同地方官商酌，携带查户原册，遍历村庄回环察看，既以劝谕安业，又以体验民情。领赈之后，有无妄出回籍之民，有无漏赈，凡村庄道路各情形，俱令随时禀报。有关外出户口事宜者，即会同地方官禀闻办理，余无干预。但使十月以内人情安帖，则向后严寒，虽至愚顽，谅不别生希冀，冒昧远走矣。仍恳加檄各州县，俾一意恪遵，以重责成。拟派刘杰等七员系查赈得力之人，此次果能办理有效，请加倍奖叙，以示鼓励。仍照查户之例给与盘费，刘杰、龙廷栋二员就近在天津给领，余于保定府现存闲款项内支给。天津、青县、静海，派东安县县丞刘杰；沧州、庆云、盐山，派清河县县丞龙廷栋；南皮、东光、宁津，派高阳县教谕李缙；河间、肃宁、任邱、大城，派安州州判于松龄；献县、阜城、交河，派清苑县教谕陆维藩；景州、吴桥、故城，派宝坻县主簿钟秉惠；深州、武强、武邑，派束鹿县教谕史锦。其毗连之饶阳、安平、束鹿、衡水四县灾轻户少，一并交史锦带办。乾隆八年九月二十日。

前事分檄委员

本道虑及各属被灾户口，有于领赈后复出，及不应赈之户希图外出资送钱文与得文回籍冒赈等弊，已檄饬各州县实力稽查。惟是一州县内村多户众，牧令耳目难周，因具禀督院，于此次查赈熟谙各员内，选派老成才干者，分定州县，协同稽察。如果再能实力办理，著有明效，加倍奖叙。该员于文到之日，即束装前赴派定地方，会同牧令等以次商酌妥办，并携带查户原册，遍历村庄，回环察看，既以劝谕安业，又以体验民情。领赈之后，有无妄出回籍之民？有无漏赈？其有不能安业仍复外出者，是何情节？有难概以法禁者，作何安顿？于所至村庄内，凡关从前及见在外出户口应办事宜，即会同地方官妥议禀闻办理，余勿有所干预。该员务须不惮劳苦，梭织往来，将所过村庄道路情形随时禀报，并不得多带胥役，致惑愚民观听。民气易动而难静，倘查办不善，以致别生希冀，转滋喧竞，责有攸归。限于十一月十五日以前赴保销差。乾隆八年九月二十一日。

前事分檄州县

各属被灾户口普赈已竣，将届加赈之期，自当各安本业，按月领赈，不应复有外出之事。至不应赈之户口及不成灾之村庄内游手无赖，诳诱乡愚，成群出走，希图资送钱文口粮及得文回籍冒赈，此种情弊虽近日稍知敛戢，仍当加意稽察。况时迫严冬，愚民只因一念之妄，枉罹冻馁之苦，展转道途，殊可悯恻。牧令有父母斯民之责，何可不亟思劝谕绥辑，必使眼前赤子，各安其所，无一轻去乡井者，而后慊然快慰，不可以直省民风丰年亦有外出之说存据胸中，漫不加意，致贻旷职之讥。韦应物诗云“邑有流亡愧俸钱”，斯言可三复也。本道闻近日被灾各处犹有前弊，因禀院派员查办，各州县即于所属每一村庄内，不拘乡地约正选，派明白可用者一二人，明立赏罚，指示规条，令其逐户宣说，如领赈后复有外出者，即全户革赈。并将京城九月三十日停止资送、保定省城及沿途俱停止给文，明白晓谕，俾安本业，勿生妄想。如果阖村冬春无全户外出之人，将乡地约正优加奖赏。倘有男妇因被刁徒诳惑势难阻止者，责令乡地查报，立将为首号召之人重处枷示；扶同不报，一例究治。又或极贫户内，从前偶有遗漏未赈，难以自存，因而外出者，或闻赈归籍愚懦无知之妇幼，乡地不为代报即不能得赈，仍复无依外出者，察实即行补给，善为安顿，毋得回护。州县于委员到境之日，将查户原册密交携带检阅委员，于所历村庄内，凡遇外出户口有前项情节应查办者，即会同妥议，禀闻办理，不得稍涉延诿。日来赈务章程已定，惟抚集灾黎，乃州县专责，务须实心加意为之。考成所击〔系〕，毋得视为泛常。仍于文到之日，先将遵办缘由报核。乾隆八年九月三十日。

前事移会营汛

河、津、深、冀各属被旱成灾，当六七月间，因灾民纷纷外出，蒙督院饬谕沿途州县劝令回籍就赈，并令清苑县照例资给，备文移送。其有北赴京师者，又仰荷皇恩逾格，每名按程日给资送银六分，沿途照文支给。乃愚民贪利，以为给文回籍，即可得赈，又利有资送银钱，遂有不成灾之村民、不应赈之户口，携老挈幼，遂〔逐〕队成群，捏作从前外出流民，希图资送并给文冒赈。本道等巡历所至，深悉其弊。其实系从前外出者，沿途皆自北而南，各回原籍就赈。见在外出者，时已九月，乃复自南而北，其本非流民可知。业奉督院饬令州县查明，分别给文。其京师资送之例，闻于九月三十日停止。若任愚氏〔民〕冒昧前往，将见本非流离之人转罹冻馁之厄，除出示严行谕禁、檄令地方官稽查劝阻外，并经禀明督院一体查办。合资贵镇协营即转饬沿途汛拨，如遇携眷北行贫民，即将前途停止给文资送之处明白开导，务令各回本籍，毋任前行，枉蹈寒天跋涉之苦。再查河间献县一带，居民多有于秋收后，将门户堵闭，携带家小赴京佣工，或随地觅食，至明春麦熟方归。习以为常。此等贫民本年俱在给赈之列，自十一月加赈起，直至来年二三月。圣恩渥厚，原欲其安守农业，乃于领赈之后，仍前率眷外出，情同冒赈，大有未便。亦经出示严禁。应烦一并转饬沿途盘问拦阻，以襄赈务。乾隆八年十月初一日。

议详分别资遣流民

伏念贫民之外出者，送归有资，归后有赈。今赈给已遍，极贫不遗一口，次贫不遗一户，出者自应早归，归者不应复出。乃游荡无赖之辈，既已领赈，仍复他出，甫送归籍，依旧重来，贪图资送，辗转牵引，未副朝廷加意安辑之德意，反滋闾阎贪诈无厌之浇风，政体攸关，防维宜亟。（流民自京师资送者，名曰大票；外县资送者，名曰小票。大票一家数口，按口按程给银六分。日行一二程，所获数倍于赈粮。有甫经资送到家，又复潜出者。）本司道等酌议资送之法，必须详其起止，方免混淆。本年六月外出之贫民，流移顺天府境内及永平热河口外者尚多，路途较远，仍有藉于资送；其附近灾地二三百里内者，此时无不闻赈回籍，应请概行停止。并饬永宣二府北路、东路、西路三厅所属州县，将境内流民，令乡保逐一查明，如依倚得所、不愿即归者，听其自便；其余悉照乾隆五年定例，给与资送钱文（每名制钱二十文，小口减半），遣役逐程替送回籍，地方官查系应赈之户，照例补赈。其南路厅及保定府所属州县，流民到境，必有上站文书，方许接送。若不知何来，一概不准给文转递。又如此时尚有携带老幼自南而北者，舍赈外出，必无是理，悉饬回籍，无许前进。仍令被灾州县督率地保严查境内，惟听单身丁壮出外佣作谋生；有携挈妇女老弱出村者，即时阻回。如不听阻，报官察究。九月二十一日。

示轻灾食赈贫民

向来河津两府民人，轻去其乡，为俗之敝。本年秋冬间外出之户，宁津为多。本道委员前来劝阻者，乃怜其冒寒远走，老幼蹣跚，或有意外之虞，非为民人挈家外徙，大有干碍于地方官，可以借此挟制也。至偏灾地面应赈与否以及赈两三月不等，皆有一定之例，非由外出归还，便不问虚实，即可计口授食也。兹本道巡历到境，就委员所呈数日内拦回民口，每日有数十起之多。查其村庄，俱在附城十数里之内。显系闻知目下有人劝阻，妆点情形，妄生希冀。合亟示谕：嗣后各当安分宁家，转瞬春融，即可力作餬口，毋得轻听人言，觊援重灾之例，辄起非分之想。试思题奏久定之事，此时岂能破例增给乎？且尔等偏灾加赈，已在常例之外，以视附近之乐陵、德平，当自幸托处畿地，被泽最先，沾恩至渥，迥非他省能及。贪争之念，其亦可以少息矣。

院覆西城御史移文

乾隆八年十月初四日，准巡视西城察院移会，内开：乾隆八年七月内经总理事务王大臣议，将京师外来流民，每程每口给银六分递送回籍，入册赈恤。奉朱批：好，依议行。钦此。自八月望后迄今，经本城资送过流民七百余口，俱取有良乡县转送收管。讵于九月二十八日，据山东历城县流民段志义同母韩氏手持资送原文，口称：小民蒙恩资送回籍，行至阜城县地方，不见公差护送，不给路费，只换短文，并将长文留下，叫小民自回山东。因无路费，不能行走，禀县不问，将长文发出，短文掣去。无奈何又带文书来京等语。又于二十八日，据深州民邢双禄一户四口、康士禄一户三口禀称：小民本处被灾，县官查赈，非年老有病，概不准给，因此来京等语。又于二十九日，据任邱县流民田永义一户三口、李西贤一户三口、王绍玉一户四口禀称：小民家中荒旱，委官查过，不给赈粮，饥饿无奈上京等语。又于三十日，据献县流民王世英一户男妇二口禀称：家有母亲、兄弟、两侄并小民夫妻，共七口。本县查赈，只给一名口粮，度日不过，因此同妻外出等语。又据宁津县流民任骆氏一户五口禀称：本县放赈只给孤寡口粮，有房地人一概不给，故此奔来京中等语。又据献县流民范进忠一户三口禀称：家有父母兄弟共十三口，只领三名口粮，不能度日，同妻女乞食来京等语。查资送流民，例应沿途州县差役持文递回原籍。今据段志义供称，行至阜城县，不发路费，又不转送，以致复来京师。虽段志义口说难凭，而本城兵马司原送印文，该县何以不专差递送，仍存段志义之手？其中办理，似有未协。再查深州、任邱、献县各被灾处所，现俱开赈，该地方官自宜悉心办理，毋使饥民复赴京师，方为妥协。相应将段志义所持本城兵马司原文一角并深州、任邱、献县各流民喊禀供词，移会贵部院严饬妥办可也。到院，兹据清河、天津二道查明详覆，据任邱县详称，田永义等三户，俱系北鄚村人。检查县册，田永义即田永利，名下注“吹手生理”；李西贤即李希贤，名下注“有粮食可以度日”；王绍玉即王若愚，名下注“木匠手艺”。卑县鄚州，乃巨村大镇，人烟繁庶，其有艺业营生者例不应赈，即各户亦未赴县求赈。兹准北城兵马司资送回籍，因其外出初归，业经量行补助。又据深州详称，邢双禄、康士禄二户，均系本年七月初旬外出，在各村未查户口之前。今检外字号册内，注有邢双禄、康士禄二户名口，应准照例补赈。又据献县详称，本年九月初四日，准河间县递送山东历城县流民段志义等到县，当即资给口粮，同武邑贫民田子明等，差役朱士成赍带长文护送至阜城县，掣有印收。因朱士成回家取衣，将长文暂交田子明收执。讵段志义不愿回籍，向田子明索取长文，又复逃赴京师，捏词妄诉。阜城北至京师，与南至历城道路相等，段志义既可复回至京，因何转不回籍？其中情伪已可概见。又贫民册内无王世英，惟王英一户大小七口。核户之时，因其家尚微有贮蓄，赈给四口。嗣据地方禀报，王英之子王学携妻外出，至今尚未归里。见在奉查之王世英，或即系王英之子王学顶冒伊父之名，在京渎诉。至仅赈一口之王世英，并无其人。又县属龙堂村有范进忠一户大小三口，陌南村亦有范进忠一户大小七口，并无家有十三口、给赈五口之范进忠，无凭查覆。又据武邑县申覆，本年九月初十日准阜城县递送流民田子明一户男妇大小七口回籍，业经查收给赈。又据宁津县详称，骆氏一户，伊夫任三，木匠生理，住居杨家胡同，系收成六分村庄，不在灾赈之内。各缘由。呈详前来，拟合移覆。

是年核赈户册，开载颇详。刁民之妄告者情伪多端，覆验即得。次年二月钦命大臣遍历灾区，逐户稽询，以一无遗漏入奏，而浮言以息，实审户慎始之力也。

部覆流民路费例案

准户部咨，乾隆八年九月二十七日直隶总督咨称：资送流民回籍路费，于乾隆五年经户部定例，大口日给制钱二十文，小口减半，其年老有疾加给脚力银三分。今岁直属河间二十五州县被灾情刑〔形〕案内汇疏题明部覆，以贫民外出并外省来直流民应行抚恤资送，现于议覆御史周祖荣条奏案内行令遵照前行办理。查资送流民，按程给银六分，与按日给钱二十文，多寡悬殊，事不画一。因思承行事件，例以奉旨及奉文之日为准，而又以后奉到之日为准。廷议御史王兴吾条奏，于八月初三日奉到；部覆御史周祖荣条奏，于八月初七日奉到。此奉文之先后也。每口每程给银六分，系乾隆元年部覆；每日大口二十文，小口减半，系乾隆五年部覆。此定例之先后也。元年部覆定为每口每程者，以程计也。五年定例改以日计。一程约计百里，流民徒步一日，岂能走及一程？若以所过州县为程，则相去六七十里或四五十里，流民过一州县，即给银六分，实与原定每程之例未符；且若所过州县不复核其程数，百里之内过二州县，即得银一钱二分；又不分大口小口，则流民一日所得，不特倍逾于赈给之数，且较民间营趁朝夕为活者更多余裕。愚顽无知，将转以流移为利，谁复肯还乡复业乎？所以五年部覆定例以日计而不以程计，实为斟酌尽善。除见在通饬各属并宛、大两县悉遵五年定例资给，每名每日，大口给大制钱二十文，小口减半。先动本处库项给领，事竣造册题销，在于司库存公银内拨还原款。至外出穷民有应冬月留养者，应遵雍正八年十二月内钦奉世宗宪皇帝谕旨，动用常平仓谷，大口日给一升，小口五合，按日动支，画一册报。拟合咨部示覆。查雍正十三年十二月，因部覆原任步军统领鄂善条奏：资送流民回籍，每口每程日给银六分；其间有老病不能行走者，按程加给银三分，以为脚力之资。奉旨依议，钦遵在案。又乾隆五年，大学士九卿会议江苏市〔布〕政使徐士淋条奏：嗣后资送灾民回籍路费，照上下两江之例，每大口日给制钱二十文，小口减半；其年老有病者，仿照直隶成例，加给脚力三分。如遇水程，照大小口应给之数减半给与船价。奉旨依议速行，钦遵亦在案。今本年七月内，总理事务王大臣等议覆御史王兴吾奏请：资遣灾民，查照乾隆元年之例，每口每程给银六分。奉朱批：好，依议行。钦此。是前后资遣流民、给与路费，均系题奏奉旨之案。今准来咨，大口日给制钱二十文，小口减半，及贫病灾黎动谷留养之处，未便据咨遽议，应听自行奏明办理可也。

流民分别留养、资遣院檄

本月十八日，奉到大学士寄字，内开：乾隆八年十一月十五日奉上谕：河间、天津等处来京就食之民日益众多，盖因愚民无知，见京师既设饭厂，又有资送盘费，是以本地虽有赈济，伊等仍轻去其乡而不顾，且有已去而复来者，不但抛荒本业，即京师饭厂，聚人太多，春暖恐染时气，亦属未便。尔等可寄信与高斌，令其设法安插，妥协办理。钦此。遵旨寄信前来。遵查本年河津各属偏灾，仰荷皇上多方赈救，恩膏所及，实已普遍周洽。乃偏灾州县内不成灾村庄之贫民，并赈户应减之壮口，因本地例不应赈，即希冀外出得文回籍请赈，更有于领赈之后希图资送银钱，复又携眷潜出，自蹈流移之苦，业经遣员会同地方官巡查晓谕，并令沿途营汛好言劝阻，而乘间北赴之人究不能止，皆因京师恩赏优厚，河津道路非遥，资送甚裕，是以愚民轻出不顾，且有已去而复来者。若不立法查办，不但抛荒本业，京师聚积多人，实有未便。畿南山东之北赴京师者，东路多由沧州、天津、武清、通州，西路多由新城、涿州、良乡。时值河冻水合，固安、文安、霸州、永清、东安一带亦可通行无阻。今酌定地界，东路武清、天津以南，西路新城、雄县以南，中路霸州、文安以南，俱与灾地毗连，各该州县凡遇直、东两省北来流民，均即劝阻回籍领赈，不必资送银钱，致启侥幸，转滋纷扰。其东省流民之在良乡、涿州、通州、宝坻、香河、固安、永清各境内者，均令地方官查明口数，照例留养，俟春融资送回籍。至本省流民之转移来去者，非已赈复出，即系本不应赈之户，惟劝令回籍安业，不必留养资送。如已至大宛两县境内欲赴京城者，无论本省、东省流民，俱照定例，大口日给制钱二十文，小口日给制钱十文，资送安插。如方冬不愿回籍，即由大宛给文，令赴附近之通州、良乡验文，给谷留养，总不得令入京师。除分行各州县外，该司道即便一体转饬遵照。乾隆八年十一月十九日。

部覆都察院奏筹收养流民折

户部左侍郎办理步军统领事务臣舒赫德等谨奏：乾隆八年十一月十六日，内阁抄出左都御史臣刘统勋奏为酌筹收养流民事。臣伏查京师五城所设饭厂，向系恩养在京贫民。今岁因河间、天津诸处偏灾，有来京觅食流民，屡蒙加给米石柴薪，视常年所用，至五倍之多。司坊官复搭盖席棚，资其栖止。时际严冬，可免冻馁。但臣窃见常年饭厂例设至三月二十日，而来年立春节候，则在今岁十二月二十一日，是春融之期较早。若聚此成千累百之男妇老幼，拥挤于席棚之内，气味熏蒸，虑有疫染。且目下皇恩叠沛，将来闻风接踵而至者当不止四千余人之数，其中游惰愚民仰给在官，未必尽思复业，似不可不预为筹计。合无仰请敕下步军统领、顺天府尹、五城御史公同酌议，明白晓谕，在京在外均蒙圣泽收养，与其坐食而废业，不如归里以谋生，且途间盘费，现有议定每站六分银数，又有该城文书送至本地方官收管，无虑流离失所，自必感激踊跃，听候陆续资遣，不致久聚京师。奉旨：著步军统领、顺天府尹会同都察院议奏。钦此。臣等会议得，京师外来觅食流民，先经总理事务履亲王等议于五城饭厂加添米石，搭盖席棚，俾就食宿，无致失所。其中愿回籍者，每名口按程给银六分，资送回籍就赈。奏奉俞允，钦遵在案。自八月迄今，五城司坊、大宛两县陆续资送回籍，计一千六百余名口，而近日来厂就食者渐增至四千余名。复经五城御史奏请添米，每厂日煮米五石，五城十厂，日煮米五十石，已不为少。惟是仰给在官，终非长策，且明岁春融较早，一交二月，即须耕作，资遣之法，诚不可不预为筹及。应如所奏，令五城御史司坊官分厂劝谕，俾知在内在外俱得沾沐皇恩，途间既日费有资，回籍又概予赈恤，其中愿回籍者，仍照原议，即行资遣，沿途无许留滞。老幼单弱不能行走者，仍于各厂收养过冬，以明年二月初一日为始，至月底止，统于一月内概行咨遣回籍安插，无误春耕。五城饭厂所加米石，亦于二月初一按数递减，至二月底止。其在京贫民，仍照向例煮赈至三月二十日止。再，灾地贫民之来京师者，其在本籍或系已赈之人，或系不应赈之人，若不加以稽察，必将无所底止。应请敕下直隶总督、山东巡抚速饬被灾地方详切晓谕，设法禁止，勿任如前北上。近京州县亦酌派佐杂等官分路游巡，遮留资送，庶民情以定而游惰敛踪矣。谨合词具奏，伏祈皇上圣鉴施行。乾隆八年十一月二十一日奏。本日奉旨：依议。钦此。

院奏修理沧景城工代赈折

臣伏见本年河津两郡旱灾，荷蒙优恤，极次贫户俱加赈至明春二三月，无忧失所。惟次贫户内壮丁及偏灾处所无地可耕、佣工为活之人，或例不应赈，或赈期已满。此等贫民交春之后不免日食艰难，念惟地方兴举工作，则远近趋集，寓赈于工，实为安顿良法。乾隆二年七月内，钦奉上谕：年岁丰歉难以预定，而城工之应修理者，必先有成局，然后可以随时兴举。一省之中工程最大者，莫如城郭，而地方以何处为最要要地，又以何处为当先，应令各省督抚一一确查，分别缓急，预为估计，造册报部。将来如有水旱不齐之时，欲以工代赈者，即可按籍而稽，速为办理，不致迟滞，于民生殊有裨益。钦此。又本年十月二十一日，臣面奉上谕：今日经过丰润县，见城垣甚是残缺，想各处似此者必多。夫城垣所以卫民，守土之官平日如能留心经理，偶有坍损，即于缺口严禁出入践踏，随时堵筑，本易为力。皆因常时漫不经心，任其残毁，以致日甚一日。若于农隙之时酌拨本地就近民夫，徐为黏补，自可渐次修复。是在良有司留心地方，劝用民力，善为办理，尤在尔等大吏平时督率有方，其加意整饬之，毋得忽视。钦遵各在案。除通行各属恪遵谕旨，实力奉行，将残缺城垣随时劝用民力徐为黏补，以期渐次修复。又见在沧州改筑土城，春融兴工，可于趁食灾民有益。臣谨另折奏请训示遵行。今查河间府以南冲要城垣，如献县、阜城皆以次修筑。阜城之南，为景州与山东德州接界，乃畿南第一冲要之区，土城坍塌，从前估报册内原定为要地当先之工。今献、阜业经修举，景州转任残缺，殊非所以重藩蔽而肃观瞻。本年景州又值被灾最重，实与他处城工可缓者不同。请将景州土城亦于开春与沧州城工并举，则河、津两属青黄不接之时乏食壮口，俱得佣趁自给，以工代赈，正与从前所奉谕旨相符。兹估计景州城垣土工约需银三万四千余两，应否即动司库正项兴举，谨具折奏请圣训。如蒙允准，臣一面备料兴工，一面题估报部。伏祈皇上睿鉴。乾隆八年十一月二十九日。奉朱批：以工代赈，甚应为者。钦此。

大学士议覆资送流民分设饭厂折

大学士伯臣鄂尔泰等会议得，京师近来流民日渐繁多，仰蒙圣虑，于五城饭厂增添米石，俾资饱食，不至失所。其明春资送事宜，并经定议于二月初一日起一月之内，概照原议资送回籍，交地方官安插，无误春耕。灾地贫民，交直隶总督、山东巡抚督饬地方官详切晓谕，设法禁止，勿任如前北上。近京州县，亦酌派佐杂等官分路游巡，遮留资送。奏准通行在案。但京师四达之地，贫民之北来者，虽经各路遮留，究难概行阻绝。若不于近京州县妥计抚绥，不特贫民奔走道路，或至冻馁，且聚集京城人多，春融恐有时疾。应请于京东之通州、京西之良乡，分设饭厂二处，搭盖席棚窝舍，俾续来流民得以就食栖宿，于明春二月，即在各处照例资送，更为近便。通州饭厂，交仓场侍郎办理；良乡饭厂，交直隶总督派委道员办理。承办之员，视人数之多寡，酌量所需米数报明户部，于京通各仓就近支领。柴薪、银两，照五城饭厂每米一石给银五钱之例支给棚费，并准报销。至在京流民，现经五城御史于散饭时谕知，愿回籍者，陆续资送；愿赴通州、良乡就食者，给与路费遣往。此后流民俱令赴彼处饭厂就食，无许复至京师。应交与步军统领、顺天府尹出示晓谕，并于各门委派员役查禁指引。其或有阑入城内者，五城御史即时分送两处收养，无任逗留。臣等谨合词具奏，恭候命下之日，都察院行文仓场侍郎、直隶总督，速将通州、良乡饭厂料理齐备，知会步军统领、顺天府尹、五城御史，一体遵照。又兵科给事中臣杨二酉奏五城加增米石于二月初一日递减成数一折，奉旨一并议奏。查五城饭厂，先经王大臣议于每厂日添米二石，又经五城御史奏请每厂日添米二石，今将在京流民分往通州、良乡饭厂收养，则将来人数自可渐减，应令各城将议添之米照所减人数陆续减除，核实报销可也。乾隆八年十一月三十日奏。奉朱批：依议速行。钦此。

倡劝富民煮赈院谕

谕霸州、文安、永清、东安、武清等州县知悉：迩日直东两省贫民流移赴京就食，仰荷圣恩，于京东通州、京西良乡二处各设饭厂，煮赈留养，至明春二月资遣回籍。地方印官理应仰体皇仁，力筹拯助，推广行之，乃不愧牧民之任。今据固安令魏得茂禀，与永定河道暨同城各员捐俸，并劝谕绅士合力煮赈，外来贫民就食称便。又据武邑令胡正禀，于未散赈之前捐设粥厂，俾各村就近赴厂食粥，贫民鲜复外出。（武邑胡令于境内设粥赈五处，绅士分司其事。附厂十五里内贫民，日给五合米粟粥。余巡历至县，男妇千余人迎拜马首，颂邑侯德，至泣下。自是民无外出。）是二处煮赈已有成效。该州县与良乡、通州并列近畿，界连固邑，亟宜仿照行之，以广惠泽；倡率富民，诚心劝谕，不可丝毫勒派。设厂之后，凡本省东省流民之不愿回籍者，俱收留待至春月资遣，冬寒栖宿，并宜善为安顿。

附

州县煮赈，本城设厂一处，再于四乡适中之地分设数处。城内委官主之，四乡择乡官贡监之有行者主之。先计一厂食粥之人约有若干，千人日需米三四石，石米用四大釜，一釜煮米五升，作五次煮成。黄昏浸米，四鼓起爨，至天明已可成粥三次，已刻五次皆成，贮以洁净大甕。制铁杓十余，令一杓所盛，足三簋碗。厂外搭盖席棚，签桩约绳为界。先期出示晓谕，男女各为一处，携带器皿，清晨各赴某地，或寺或棚齐集，以鸣金为号，男妇皆入。金三鸣门闭，只留一路点发，禁人续入。制火印竹筹二三千根，点发时人给一筹，先女后男，先老后少，依次领筹。出至厂前，男左女右，十人一放，东进西出。每收一筹，与粥一杓。有怀抱小口者增半杓。得粥者即令出厂，以次给放，自辰及午而毕。其老病不能行走者，乡地报明，查其亲属有在厂食粥者造入名册，一并发筹给领。（煮赈当豫筹散遣之法。常缩扣三日米薪，于示期停止之前一日散给，按人钱米若干。如能另备，即不需缩扣。）

院奏覆安辑流民事宜折

为遵旨奏覆事。乾隆八年十一月二十五日署清河道王师到省，传奉谕旨：近来京师流民，沧、景人为多。资送盘费，每日六分，仅足抵家，嗣后如何过活？麦收须至明年五月，此数月又如何安顿？常平仓、社仓例应于青黄不接时减价平粜，但遇荒歉之年，又不可一例而论。再，流民内有懒于耕作轻去其乡愚顽之辈，当如何教导安插？诸事不可全靠州县。州县官之冒滥侵欺下愚不移者固非所论，即只知慎重钱粮，不能多方调剂，亦于地方无益。须委大员一一妥协办理。可传谕总督知之。钦此。又于本月二十六日臣遵旨奏覆安顿流民一折，奉到朱批：知道了。有人奏流民多，恐薰蒸成疫，故有此谕。又有人奏，今年流民亦只三四千之数，较之雍正二三年数至盈万者尚为减少。朕反悔前谕之失斟酌矣。夫民不幸而遇灾，幸有京师就食餬口之一路，又复邀之途而使空返焉，赤子其何以堪？卿其体帖〔贴〕前后所降谕旨酌中行之。钦此。臣跪诵之下，仰见我皇上至仁如天，爱民如子，务无一夫不获之圣心。臣近奉廷议，于通州、良乡二处添设饭厂席棚，以赡续至之流民。其在京流民有愿赴通赴良就食者，给费遣送。今通州、良乡报于本月十一日开厂，自此流民不致复聚京师，而穷途栖食，仍然安插得所，实称妥协。复思通州在京城之东，良乡在京城之西，而固安、永清、东安、武清等县界其中，霸州、文安又在固安之南，皆为流民北来必由之路。固安一县，已据知县魏德茂于十一月内捐俸煮赈；霸州、文安、永清、东安、武清五州县，亦节次捐设粥厂，自本年十二月起，至明年二月止，俾北去流民随在即可就食，不专恃通良二处。其中有愿回籍者，资给路费，仍令本籍查明实系因灾外出未赈者，即行补给，善为安顿。臣并恐州县耳目难周，又另委多员，于被灾各处巡环察看，俾回籍贫民早得领赈，切谕领赈之户各安本业，毋得听诱复出。州县官有限于才识，于灾地事宜不能悉协者，臣委道府大员亲历其处，就近稽查指示，未敢专靠州县。至灾重地方次贫，应赈至来年二月，极贫应赈至三月，偏灾地方，按例加赈一、二、三、四月不等。将来停赈之后，麦收之前，青黄不接，民食艰难，臣当时时留心体察，随宜筹画。有应办理者，即行酌量办理，有应奏闻者，随时奏请圣训举行，务期穷黎安辑，不致失所，以仰副我皇上诚求保赤之至意。再，沧、景二州土城并天津河堤兴工代赈，已蒙谕旨准行。春融之后，不特沧、景、天津本地力作贫民可资生计，凡附近地方专藉佣工为业者，俱可赴工趁食，实于灾地有裨。臣钦奉谕旨训诲周详，谨将见在地方情形恭折详悉奏覆，伏祈皇上圣鉴。乾隆八年十二月二十二日。奉朱批：览奏稍慰，仍须督率属员实力妥协为之。钦此。

大学士议覆科臣奏抚流民事宜折

大学士伯鄂尔泰等谨奏：巡视北城给事中吴炜奏流民事宜一折，奉朱批：原议之大臣速议具奏。钦此。臣等会议得京师流民抚恤资遣事宜，先经臣等会议，于本年二月初一日为始一月内，将饭厂流民概行资送回籍，抚绥安插，无误春耕。又议于通州、良乡分设饭厂，俾续来流民得以就食，二月止赈，即由两处照例资送。在京流民有愿赴通州、良乡就食者，亦即给与路费遣往。其五城饭厂加增米石，照所减人数陆续减除，核实报销。奉旨依议，钦遵在案。今据吴炜奏称：五城资送之流民多系续到不准存留者，其现居棚厂愿归者寥寥，询系来自河间、天津两府者为多，而河间、献县又居其大半，应将此两县流民送良乡收养。乃良乡即便递回原籍，所收养者，仅老弱残疾二三百人，以致伊等闻风沮气，不愿前往，有已送而仍逃回京城者。又因冬春雨雪稀少，归无麦收之望，延住京师。五城枸〔拘〕于前奏，来者不准入册，令杂入本京贫民数内一体散赈，每厂俱有二千余名，少亦一千七八百名。今自二月初一日起，已减米一石，再若递减，则至月尽，必将所增四石之数尽行减去，而仅留额米一石，众口敖〔嗷〕嗷，待哺无策。宜令五城御史亲督司坊官随时酌量妥办，如一二十日内雨泽既降，则流民不迫自行，固当照原议递减赈米。倘雨泽愆期，仍令五城照前数散赈，不必递减。至三月二十日，自可一概照例停止等语。查外来流民宜散而不宜聚，宜递而不宜留，屡经臣等议令五城司坊劝谕资遣回籍安插。自上年九月迄今，中城资送过一千二百六十五名，现存三百七名；南城资送过四百九十三名，现存四百三十六名；西城资送过一千九百九十九名，现存八百名；北城资送过一千三名，现存一千三十三名。计各城现存数目多寡不同，经御史等于散饭时晓谕，多愿回籍，亦有愿赴河渠各处佣工度日者，约于月内悉可散遣。其中无家可归之人，混入在京贫民在厂领赈，亦间有之。此各城饭厂实在情形也。至饭厂米数之增减，原应视人数之多寡。前议资送以二月底为限者，盖欲流民知停赈有期，早作归计。今各城流民较上年冬月已为减少，若人数既减而米数不除，恐留京之人直至三月二十日停厂乃去，一时数千人拥挤杂沓，殊为可虑。且如一再旬内得有透雨，则流民到家即可耕作，即或雨泽愆期，本地原有加赈一月之养，未致失望。应仍令各城谕遣回籍。其每日所用米石，照领赈流民实数煮给，核实报销。至于赈瞻在京贫民，每厂日煮米一石，至三月二十日停止。今人数比往年为多，应俟外来流民尽遣之后，将所加额米一石仍用添赈，不必减除。在京在外，均沐恩施，实称两益。再据通州呈报，自上年十二月十一日开厂起，除资送外，现存六百二十六名；良乡县自上年十二月初七日开厂起，除资送外，现存一百七十二名。伊等既愿领资回籍，自无庸仍行留养。今吴炜因良色〔乡〕将五城遣往之人资送者多，遂谓流民闻风沮气，殊非确实情形。应再行各该处，仍照臣等原议妥协办理可也。谨合词具奏。乾隆九年二月初九日。奉旨：依议。钦此。

卷六　借粜蠲缓

是年六七月间，旱象将成，我皇上先后敕发通仓米五十万石备借粜用。嗣后弛海禁，移塞上粟，截东豫漕，买广、大二府麦，往往臣工未及奏请，膏泽先已下逮。本年正赋蠲缓，明年又明年，一再蠲之缓之，所贷麦种、牧费、牛力，概予豁免。计此三年中，直取二十七州县作监门图绘，日悬九重宵旰中，而东西方数千里登秏盈虚之数烛照眉列，转移捷于影响。即令民自为谋，亦未必机宜适合至此。仰惟皇上春秋躬省耕敛，凡小民稼穑之依，周知熟睹，渊然雷声时至，取怀而予，适如人之所待命而不敢言者，所谓天高听卑，畿辅尤为切近之地，万民所以望幸不置也。唐韩绛贺宪宗表曰：忧先于事，故能无忧；事至而忧，无救于事。我皇上思深虑远，常省度于未灾之前，不仅仅诏令间垂示哀矜至意，而此十六字，凡百有位，其三复者。

院奏预筹借粜缓征折

臣窃查直属入夏以来，惟永平、宣化、大名三府属及古北口外已报雨足，其余府州县雨泽未遍，旱象将形。恐再愆期，秋禾无望，则救荒之政宜筹，而动发仓储，减价平粜，尤为目前切务。案：乾隆四年江苏抚臣张渠奏请减粜，于成熟之年，每石减市价银五分；歉年，每石减市价银一钱。荷蒙圣鉴，以寻常出陈易新之际，应照此例。若遇荒歉，谷价高昂，减价一钱，未见有益，敕令嗣后务看地方情形，必须减价若干，方与百姓有益之处，确切奏闻请旨。钦遵在案。今直属因旱，粮价渐增，应遵恩旨，将所粜官谷比市价每石酌减三钱，俾穷民日食有资，仍严禁吏胥混冒，贩户囤积。但今秋禾无收，将来需米之处正多，并宜樽节贮蓄，以备缓急。各属动谷平粜，俱不得过十分之三。再，民间借贷子种，例得免息还仓；借贷口粮，应于秋后视收成分数分别加息、免息。今各属请贷仓谷，除永平、宣化、大名三处及口外地方，应仍照例酌看收成分别加免，其余各府州属本年出借口粮，应请照歉收之例概免加息，以纾民力。其本年应征新旧钱粮，恳请圣恩，准与河间、天津二府一例暂缓征收，统于秋成时确查情形，另行奏请办理。乾隆八年六月初六日奏。奉朱批：即照所请行，应咨部者咨部知之。钦此。

缓征平粜院檄

河间、天津二府属被灾州县，本年应征钱粮，业经奏请缓征；其顺天、保定、正定、顺德、广平五府，易、冀、深、赵、定五州所属本年钱粮并请缓征，亦经奏蒙俞允。又各属减价平粜，出借口粮，概免加息各事宜，均照奏案办理。仍饬地方官出示晓谕，将奉文停征日期报查。事关民瘼，如有玩视之员，立即揭报，以凭严参。

附

州县平粜，在于关厢市镇择宽大寺宇公所设厂，或一二处，或三四处，运米厂内。先期出示，每斗减价若干，令贫民各执本户门牌赴籴。刻木戳记三十枚，自初一至三十日验牌粜讫，即于牌上印之，以杜本日重买之弊。厂前分置席棚，界以绳椿〔桩〕，委佐杂各员带役分棚弹压。妇女幼弱与壮丁，各分先后，验牌放入，不许混乱。每户籴米三升，至五升为止。如或从前失去门牌及远乡未领者，乡地报明补给。倘有囤户贱价垄断，致令贫民往来重籴者，察出严惩。有首报者，即以囤户钱米赏之。

因灾出粜，仍限以粜三成例者，为留米备赈也。其时米少价昂，不得不借此少平市价，以系民心。究之能籴者尚非极贫，极贫者无钱可籴，故亦不须多粜也。其轻灾僻邑及歉后米少价昂，行之为有实益。然只在城设厂，村民既难往返于数十里之外，而老弱妇女，尝有持钱终日空守至暮者。故必四乡分厂，择适中之地，使四面相距十余里村庄环而相赴，又分村分日，先期出示，明白传谕，庶可遍及而无余弊。

院奏拨通仓粟米平粜折

臣查天津郡城为畿南水陆要冲，商民辐辏，烟户殷繁，岁需食米，向赖奉天通商贩运。乾隆六年，奉天将军奏请禁止，自此津郡缓急无藉。目下雨泽愆期，粟米每石一两六钱，高粮每石一两三钱。数日之内，市价骤增四分之一。天津道陶正中来言：津属闾阎素乏盖藏，城中铺户亦少存贮，将来青黄不接，即有重价，无处购觅。且河津二府旱象已形，向前需米正多，应请速为筹画。臣思津郡人众食乏情形孔迫，实有可虞，仰恳皇上天恩，将通仓所贮口米先拨运五万石，到津分发平粜，有余即收贮北仓，不敷另请续拨。所拨米数统俟秋成，仍于口外采买补还。如蒙俞允，臣行令布政使沈起元委员赴通领运，所需脚价于司库公项内动支。伏祈圣训。乾隆八年六月二十一日。奉上谕：河间天津地方，今年雨泽愆期，米价昂贵，不得不速筹接济。上年通仓存贮有口外采买备用之粟米，著先拨十万石运送天津。其何以分贮平粜赈恤，听总督高斌酌量办理。钦此。

院谕劝民种麦

今年成灾州县，久旱之后，地半抛荒。兹幸甘霖遍沛，计惟广种秋麦，为目前最急之务。本部院已动发库银，委员购备好麦作种，俾农民借领，及时播种。然使人无遗力，全在亲民之官不惮烦劳，实心董劝，庶望来年夏熟稍收补救之益。各州县应于查赈之便，谕知：麦地一亩，借种五升；有欲自置种者，每亩借银一钱；缺乏牛力者，每亩借雇价二十五文。悉照司道详定条规办理，勿任冒领，勿致后期。计典在迩，上考下考，于此攸分，其勿视为泛常。勉之。

劝谕犁地种麦示

迩者旱暵成灾，农民艰苦，仰蒙恩赈次第举行，尔等得免饥馁之患，但不可恃有恩施，便不勤力地亩，致误来春生计。本月初四、初六两日，城乡俱得透雨，尔等麦地正当乘湿翻犁，届期即得耕种。倘乏牛力，亦可雇用。除有地一顷以上者无俟官为借助，其在一顷以下，准借麦种每亩五仓升。自备种者，每亩借银一钱。于来年麦收后，照数还官。然须查明地亩是否宜麦，或数亩，或数十亩，本户详注四至，并里长乡约姓名，出具保结，官为核实，预将麦种麦价封备。俟得雨之后，印佐委员分诣各乡散给，限于三日内给领全完。毋许假手书役，致有克扣迟误之弊。倘地非宜麦及领回不即耕种者，查出加倍罚追，乡保并坐。再，外出贫民遗有宜麦之地，如本村及附近村民愿代种者，并准报明地方官领种。俟本户回籍，按其月日迟早分给子利。本户不归，即听代耕之人收割还种，毋虞本人争执，只将原地交还可也。总之今年既被偏灾，明岁全资麦熟。本道不吝谆谆劝谕，尔等各宜速自为谋，毋得懒惰误耕，毋得冒借取咎。乾隆八年七月日。

借贷麦种谕

此时督劝乡农，广种宿麦，其有关于来春生计者不小。因灾贷种，上廑宸衷，屡烦宪檄，州县办此，必须稽查详密，使所借确皆种有麦地，则民沾实惠，而官亦免贻后累。乃愚民贪借，几无剩亩，州县辄亦据以转请。殊不知直隶地土，非尽宜麦，民间亦不常餐，非豫东两省可比。即豫东田亩，种麦者亦不过十居六七，直隶尚不及半。是以行令查明有地百亩者，许借种三十亩，以为限制。过此即知为冒借非实也。讵州县又执定三十亩之说，凡借者皆按地给以十分之三，又属错误。前本道示内，有查明地亩是否宜麦或数亩或数十亩之语，分析甚明，初非不问宜麦与否，概照十之三出借也。如无宜麦之地，则一亩亦不应借。如数十亩实皆宜麦，即不妨按亩全借。惟至百亩以上，则以十之三为之限制耳。倘不核实办理，先即拘定成数，转恐虚冒不少。再，民间有留麦地，麦后不种秋禾，大概皆力能办种之人。其于秋禾旱后，趁种荞麦小豆希冀薄收者，目今尚未登场。此与留麦地相较，其为无力可知。是力能早种者，无藉于借；晚种者，未必皆蓄有种，并应借助。此又州县当加体察、随宜酌办者也。又若避出借之繁难，虑将来之赔累，惟从己便，罔恤民艰，计较多而实心少，则隐微之间更有愧于父母斯民之责矣。此番核造户口，委员专办，正为州县借种等事有关本计，俾得亲历村庄，专心察勘。若仍潦草塞责，应借者不借，有误贫民种植，而冒借者无麦，宁不转滋日后追呼？至于胥役串合冒领之弊，尤当立法察禁，以劝课之勤惰，定居官之优劣，已奉督宪再三申谕矣。其谨遵毋忽。乾隆八年八月日。

院奏于古北口外买米折

近年古北口外，地土日辟，产米益裕，宜多买贮，以备缓急。屡经奉有谕旨遵行。臣前议奏，被旱州县赈粜需米甚多，口外丰收有望，请动项会同提臣保祝采买粟米二三十万石，分发充赈。经行在户部议覆，奉旨依议速行。见在动支库银二十万两，委员前往分头采办，价贱则多买，勿拘定数，价贵具报停止。所买米内，以四万七千二十石运交蓟仓，抵补陵糈。其豫东两省应运蓟仓之四万七千二十石，即就近截贮通仓，可省水陆两运脚费。嗣当采买之年，俱照此例办理，实称两便。其余米石，常年尽数运贮通仓，今次应分发被灾州县，俱于此时陆运至张家湾，俟明春开冻后，由运河抵津分拨，以备荒春平粜之用。在灾地米贵之时，即照市价大减，仍可于买价运费无亏，而贫民停赈之后，日食有资，俾益匪浅。其粜存米价，一俟秋收丰稔，即令州县酌剂盈绌，将动拨凑赈米谷筹补还仓。伏候圣训。乾隆八年九月十三日。奉朱批：该部速议具奏。钦此。

部覆前事

户部为遵旨速议具奏事。查得先经直督奏请，于古北口外采买粟米二三十万石分发州县，以备缓急拨用。经臣部议，令动项委员采买，并可否多买，酌量办理。至抵运豫东陵糈截留之米，仍应运交通仓贮备，不便截留天津。奏覆行知在案。今既照原议办理，无庸再议。嗣当采买之年，仍应临时酌量具奏，无须预定据奏，将多余米石俱于此时陆运至张家湾，俟开冻后，由运河抵津，分拨各州县减价平粜。其粜存米价，俟秋收丰稔，筹补还仓。应照议将所存粜价，照大学士九卿原议本地丰稔不拘定数买补之例，酌量采买，以补动缺各数，造册报销。乾隆八年十月十四日题。奉旨：依议速行。钦此。

古北口外热河、八沟四旗三厅属多产粟米，十月后蒙古贩载毕至。是冬价贵，仅买米七万九千二百九十五石六斗。抵运陵糈米五万二千五百二十石运赴张湾，转拨河津二府属灾赈米二万六千七百七十五石六斗。内拨南皮二千石，东光三千石，交河二千石，青县三千石，沧州二千石，盐山二千石，庆云三千石。余米八千七百七十五石六斗存通州仓，于九年四月拨充武邑加赈之用。

院奏奉天采买米豆折

臣查直属被灾之地，赈粜需米正多，经臣奏请动拨司库银二十万两，在于古北口外采买粟米，分发州县充用。今闻奉天年丰米贱，若照从前议定之例，委员前往采买，明春由海运津，实为便捷。臣又闻京城黑豆昂贵，明春户部支放缺用，奉天并产黑豆，应请动拨司库银十万两，委员由陆路赍往，在于锦属沿海地方采买黑豆二万石，余银尽数买回粟米。买价运费，定以米一仓石在一两一钱以内，豆一仓石在一两以内，毋许浮逾。再，古北口外产豆无多而市价适平，应请交热河道酌量采买一万石运京，以供支放，亦属有益。所需银两，即于前拨银二十万内动用。谨缮折请旨，伏祈敕部议覆施行。乾隆八年十一月初五日。奉朱批：若待部议，必稍迟。卿即照此办理可也。钦此。

院檄前事

本部院具奏请拨司库银十万两，委员前往奉天采买米豆，由海运津，并于热河采买黑豆一万石运京。钦奉俞允，已咨明户部、奉天将军府尹，并行天津镇、热河道知照。该司即再动拨库银十万两，委冀州知州范清旷带同佐杂二员，赴奉天沿海地方采买黑豆二万石，余银尽买粟米，俟春融由海道运回天津。黑豆转运张家湾，换车运交户部。粟米由津分发各州县，补实仓储，并备来年平粜之用。再，委同知一员前往热河，随同该道酌看市价，采买黑豆一万石运交户部。所需银两，即在前拨口外买米之二十万两内动支。余俱照奏案办理，仍将动银款项造册请咨，所带佐杂各员衔名并起程日期报查。

热河采买黑豆一万石，奉天采买黑豆一万七百五十五石二斗一升七合五勺，俱运京。采买粟米八万五千三百六十三石四斗七升，分拨文安县二千石，清苑县一万四千石，新城县三千石，雄县五千石，河间县一万石，献县一万石，肃宁县三千石，献县〔原文如此〕二千石，吴桥县三千石，天津县五千石，冀州一千三百六十三石四斗七升，深州二千石，沙河县一千五百石，南和县一千五百石，平乡县三千石，广宗县六千五百石，钜鹿县四千五百石，唐山县一千五百石，任县一千五百石，清河县五千石。

司详分拨东豫漕粟米数

乾隆八年十二月二十八日，奉准部咨，内阁奉上谕：直隶天津、河间等处今年被灾，业已加恩赈恤。第歉收之后米价颇昂，来岁青黄不接之时，民食未免艰难，所当预为筹画者。除督臣高斌已遵旨遣官在奉天买米八万石外，朕思明春山东、河南漕船经由直隶地方，若截留漕米十万石，令高斌视州县大小，酌量分派存贮，以敷粜借之用，于民食自有裨益。其如何截留东豫各船及分贮沿河州县之处，该督即会同仓场总督逐一详悉妥议办理。钦此。除咨仓场总督将如何截留东豫漕米示覆饬遵外，该司等即查明州县大小，作何分派存贮，以资粜借，并将沿河州县水陆道路如何截收转运以及兑漕诸事宜速议详覆，以凭察咨。本司等会查得直属河津二郡被灾州县，近运河者十居六七，豫东漕艘北上，自可顺途截拨。其河间、献县、肃宁、任邱、深州、武强、武邑、雄县、新城、束鹿等处，须自天津转由淀河领运，应俟奉米到日，另行详拨。天津县应需之米，即令存贮北仓。今拟将沿河之故城县贮米五千石，景州、沧州各贮米一万石，吴桥、东光、交河、南皮、青县、静海六县各贮米八千石，俱就水次兑收。其距河稍远之阜城县酌贮米六千石，宁津县贮米六千石，盐山县贮米八千石，庆云县贮米七千石，俱令备车于最近口岸分拨转运。所议截拨米数并起运口岸，应请移咨仓场部堂预行派定帮次，檄饬员弁遵照，并请委员监兑。各州县水次，应再添委丞倅四员分路照管，仍委官赴仓场领斛十四只分发充用，以免参差。再，州县领米不多，即令酌量分贮原设赈厂，就近粜借，更于贫民为便。所有铺垫盘量运脚，悉照上年领运通米之例办理，并请咨明户部，一面转行知照，俾州县先为料理。

院批：候分咨，仍移行清河、天津两道，河间、天津两府董率办理，并委同知姜士嵛、毛振翧，通判阎有信、汪铎分路监兑，督令各州县一俟米船抵次，立即兑收，不得迟延。先即委员详请给咨领斛，余俱照议饬遵。

司详截漕事宜

乾隆八年十二月内钦奉上谕，截留东豫漕米十万石分贮沿河州县，以备粜借之用。本司钦遵派拨领运，详蒙分咨并批委道厅各员监兑截收，当经移行遵照。合将兑收事宜陈请裁行。一、截漕，向例应候仓场将应截何帮何项漕米及运弁旗丁姓名、船只数目开册移咨到日，转饬照办。今值春融开冻，漕艘转瞬北上，应请移咨，将应截丁船米数、帮次开册速送转发，饬令前途文武官弁迎探某帮何时可抵某处水次，专差驰报，以便移行道府并监兑丞倅，分饬领米州县亲诣水次，眼同弁丁兑收，并将样米呈验。一、乾隆四年截漕，系坐粮厅会同天津盐法二道较准漕斛，于河涯平坦处所设厂兑交，照例抽验晒飏。如有折耗，于平米内扣除余米，作正造报。其背米人夫，每石脚钱二文，应旗丁给发在案。今津属州县水次，请委天津府同知姜士嵛、通判阎有信监兑；河属州县水次，请委河间府同知毛振翧、通判汪铎监兑。仍令清河、天津二道出示晓谕，督同丞倅、牧令、运弁将漕斛公同较准，抽验晒飏。如有折耗，于平米内扣除，将余米补足。斗级夫役，毋许额外多索。一、水次州县，应令备船就帮交兑，以免颠抗折耗。陆运州县，设厂交兑，雇车运回，仍委本处佐杂同州县亲信家丁、书役管押。再，监视筹斛、综核米数应需员役，即令河津二府就近派委，将委员衔名同开斛日期报查。一、漕船交粮已毕，即催旗丁将空船移泊空阔处所，毋许搀杂，以致河道拥塞。一、截漕之时，粮艘鳞集，人夫杂遝，防范宜严。向例移会津镇，派拨弁兵周流巡查。如有旗丁盗卖米粮，搀和沙水，并脚夫水手人等斗欧〔殴〕生事，即行惩究。一、交兑厂所，令印捕各员会同汛弁，无分昼夜，稽查匪类，防范火烛，毋许懈怠。乾隆九年正月十四日。

院奏奉天续买高粮折

臣窃见京城黑豆价昂，直属河津诸处需米正殷，经臣奏请，委员在于古北喜峰各边口采买黑豆一万石，又动拨司库银十万两，委冀州知州范清旷前往奉天采买黑豆二万石，余银尽数收买粟米，俱用海船载回天津，将黑豆运交户部，粟米由天津分发州县，补实仓储，并备春夏平粜之用。荷蒙俞允，钦遵在案。今据范清旷禀称：奉天沿海之盖乎〔平〕、锦州本年产豆甚少，今遵照原奏，酌于应买之地合算价脚在一两以内，买得黑豆一万石，余银尽数采买粟米，可得八万石。又据称，奉天素产高粮，较粟米为贱，商贩多由海船运赴天津发卖。臣思直属歉收之地，粜借所需，已蒙恩准截留豫东漕粟米十万石，今奉天采买可得八万石，以之分派州县，足敷备用。维是各属冬雪既稀，春雨未降，储积为民命所关，自宜广为筹贮。今将直属需米与奉天产米清〔情〕形互相揆酌，如河津二属向来高粱价贱，民间或搀豆者食，或磨粉成糊，多用作为常餐。奉天所产高粮既贱，质味更嘉，挹彼注兹，两得其利，且较粟米采办为易。臣与司道公同筹议，应乘委员之便，再于司库动拨银五万两，交令在于奉天沿海各处，将高粮净米合算价脚在九钱以内，尽银收买，同粟米由海道运回天津，分发各州县添备春夏平粜之用，既较粟米为贱，又于民用相宜。所粜价值，另筹仓贮，实于国计民生均有禆益。除一面遴委候补知州张登高解银前赴奉天，协同范清旷及时妥办。合将缘由恭折奏明。乾隆九年正月二十一日。奉朱批：好。知道了。

钦此。

司详分拨肃宁等州县借粜米数

查肃宁、大城等州县应筹借粜，前已详明派拨通米并奉天高粮二项。通米除拨河间等十六州县二十七万三千五百石外，尚存仓二万六千五百石，应分拨肃宁县二千石、任邱县二千五百石、武邑县三千石、深州三千石、武强县三千石、饶阳县二千石、安平县二千石、大城县二千石、新城县五千石、雄县二千石。又奉天高粮七万九百九十石二斗五升，应分拨河间县三千石、献县二千石、阜城县五千石、任邱县二千石、交河县二千石、景州五千石、吴桥县二千石、东光县二千石、肃宁县二千石、宁津县二千石、故城县二千石、天津县五千石、青县三千石、静海县二千石、沧州五千石、南皮县二千石、盐山县三千石、庆云县三千九百九十石二斗五升、武邑县二千石、深州三千石、武强县二千石、饶阳县二千石、安平县二千石、大城县三千石、新城县二千石。又清苑县为饥民易集之地，亦应拨贮二千石。乾隆九年三月十八日院批：如详，速饬各州县赴领。所需脚价，照例给发。事竣造册报销。再查天津县原拨高粮五千石，已据该司以霸州仓贮不敷借粜，详请改拨二千石，遵用在案，并依前批分饬遵照。

此项高粮，复改充三四月加赈之用。

院奏借支灾地兵饷折

臣伏见上年被旱各属灾民贫士仰荷圣恩叠加赈恤，咸称得所。惟兵丁身隶戎行，月支饷米，例不领赈，而灾地米薪刍豆价值俱昂，所得月饷米折不敷买用，未免拮据。臣同镇臣傅清面商，并据河间协副将王朝辅具禀，请借一季饷银以恤兵艰。核计天津镇左右城守三营马步兵丁一季饷银并米折银共八千五百四两四钱，河间协马步兵丁一季饷银并米折银共六千九百八十两七分，可否仰恳圣恩，在于司库地粮内照数借给，自本年七月起，按四季扣还，则兵丁并有接助，地方益资宁辑矣。乾隆九年正月二十六日奏。奉朱批：著照所请，行该部知道。钦此。

院奏拨银十万两买麦折

臣承准大学士伯鄂尔泰等寄字，内开乾隆九年四月十三日奉上谕：雅尔图所奏直隶备荒二折及大学士等所议奏折二件，可俱发与高斌阅看。从来办事之道，贵乎得中。凡身在事外者，常不察其事之究竟，而先期张大其词，启人心之希冀，固属太过。而身在事中者，或稍观望迟回，以致临时急迫，此又不及之病也。高斌之意，以地方灾尚未形，此时当务镇静，并非视为缓图，朕亦深知之。然麦秋既已失望，万一大田再不能布种，则办理甚为棘手。未雨绸缪之策，所当悉心预筹者，而高斌此时则尚未有成算，可寄信询问之。至于委员前往河南、奉天采买之处，亦询问高斌，此时尚可无需，亦不必急。如果必需，即行具奏。朕思直隶官员现有查灾、散赈、修工等事，难以兼办采买。俟高斌具奏到日，朕降旨令河南巡抚硕色、奉天将军额洛图委员采办，运送直隶交纳，似更属便益。可将此一并询问之。若彼直隶官员能办，此则不必。钦此。遵旨寄信前来，并录大学士等奏帖二件、雅尔图原奏二折封寄到臣。臣敬绎训谕，仰见我皇上圣明，洞照切中臣驽钝不及之病，臣不胜惶悚之至。遵即悉心筹虑，看得今年直属，惟大名府属雨泽沾是〔足〕，永平、宣化、广平次之，顺德又次之。正定府赵州雨尚未足，顺天、保定二府及定州各属二麦，现因缺雨歉收，而上年被灾之河间、天津、冀、深等处复有旱象，尤觉可虑。今麦收既已失望，惟待雨布种大田。芒种以前，可种早谷、黍豆；芒种后至初伏前，亦仍可种晚谷、杂粮。然天时难定，诚如圣谕，万一大田不能布种，则办理甚为棘手。为今之计，自以多筹储积为急务。此时河南河北、直隶大名一带，二麦将次登场，大名与彰卫水路可通，应即委买〔员〕前往察看麦稔处所，广为采买，运贮灾属备用。谨拟先拨司库银十万两，委广平府同知李钟淳、通判汪世吉、安州知州冯章宿分赴采买，仍察看市集请〔情〕形，如可多得，即再添拨银两，尽力购办，水脚照例报销。至直隶官员尚敷差遣，且就臣所知，委用亦易策励，仰荷圣恩体恤垂询，合并奏覆。再，荞麦子种所需无多，就近在于天津、武清水路口岸采办尚易，无庸远赴河南、奉天买运。臣谨遵旨议奏，伏候训示。乾隆九年四月二十一日。奉到朱批：知道了。钦此。

司详分拨豫麦

广平府同知李钟淳等，分领司库银十万七百三十二两零，共采买麦六万五千一百五十二石六升。运至连镇三万二千二百五十石一斗四升零，分拨青县四千石、静海县三千石、天津县四千石、吴桥县五千石、阜城县三千八百石、宁津县四千八百五十一石九斗九升、任邱县四千石、大城县三千五百九十八石一斗五升；运至泊镇一万九百一石九斗二升，分拨河间县四千石、南皮县三千石、交河县三千九百一石九斗二升；径运故城县四千石、景州五千石、东光县四千石、沧州五千石、天津县四千石（改拨祁州三千石，满城县一千石）。

院奏续拨银二十一万两买麦折

臣前钦奉训旨，以直隶麦秋失望，宜为未雨绸缪之计，经臣请动司库银十万两，委员分赴大名府并河南麦收地方尽力采办，由水路运贮备用。于四月二十一日奉到朱批，钦遵在案。臣查大名、广平二府，今岁麦收并皆丰稔，由滏河转运冀、深各属，一水可通。随又在于司库动拨银十万两分交大名府知府任弘业、广平府知府吴谷实力购办，又委正定府通判蔡学颐领银六万两，前往归德、南阳察看情形，不拘米麦杂粮，酌量买运。近闻河南、山东运河一带米麦价亦平贱，续又委宣化府同知江洪、蓟运通判吴汝义各领银三万两分赴收买，由水路运回河间、天津存贮。此于歉收地方可用借作麦种，即随时照价粜卖，亦于民食有挹注之益。所买米麦，悉依时价先后，不必相同，运脚照例请销。所有前后动拨司库银共三十二万两采办缘由，谨具奏明。乾隆九年六月初七日。奉到朱批：所奏具悉。钦此。

司详分拨豫麦

大名、广平二府分领司库银十万两，实用银九万八千二百九十七两零，共采买麦六万三千四百十四石八斗四升，分拨献县一万六百六十六石五斗四升、肃宁县四千石、盐山县一万石、庆云县二万石、冀州一千石、武邑县四千石、衡水县三千八百五十石、南宫县一千石、新河县一千石、枣强县一千石、深州一千石、武强县一千石、饶阳县一千石、安平县一千石、霸州二千八百九十八石三斗。

正定府通判领银六万两，实用银五万六千一百五十一两零，采买麦四万一百三十六石；又用银三千七百二十一两零，采买高粮三千二百七十二石。运至连镇麦三千石，分拨阜城县二千石、任邱县一千石；运至泊镇麦三万一百三十六石，分拨河间四千一百八十六石、交河县一千石、南皮县一千石、青县一千石、大城县二千石、清苑县一千石、满城县二千石、新安县二千石、唐县二十〔千〕石，高阳县二千石、蠡县三千石、容城县三千石、安肃县三千石、定兴县二千九百五十石；径运故城县二千石、东光县二千石、天津县三千石（改拨固安县）。高粮三千二百七十二石，拨庆云县。

宣化府同知领司库银六万两，实用银五万九千四百二十五两，共采买麦四万九十一石九斗。运至连镇麦一万二千石，分拨景州一千石、吴桥县一千石、静海县二千石、雄县三千石、通州五千石；运至泊镇麦二万一千九十一石九斗，分拨交河县一千九十一石九斗、任邱县一千石、南皮县二千石、青县一千石、天津县四千石、文安县二千石、清苑县三千石、新城县四千石、博野县二千石、保定县一千石；径运东光县一千石、沧州一千石、天津县一千石（改拨安州）、故城县四千石（改拨束鹿县）。

院奏被灾州县分别轻重缓征疏

臣准户部咨开，乾隆九年七月初一日奉上谕：从前直隶河间、天津等属被灾之地一应新旧钱粮，经总督高斌奏请，停其征比，缓至本年秋成后催征完纳。朕已降旨俞允。今幸甘霖叠沛，秋成可望，所有应完钱粮例应于秋后征收，但朕思二府被灾既重，又当积歉之后，元气一时难复，当格外加恩，以资培养。著高斌确查灾重之十六州县，将本地应征新旧钱粮缓至明年，看彼地收成光景奏闻，再行开征。其被灾稍轻之州县，各处情形亦不一，或有应行缓征者，并著高斌详查，奏闻请旨，务俾民力得以宽纾，不致输将竭蹶。又据高斌奏称，天津府属之庆云县地僻民贫，商贩罕至，米粮缺乏，民食艰难，请于河南大名等处买到杂粮内酌拨二千石，确查穷民，酌量散给，以资接济等语。著照高斌所请，即行散给，并即照大城等州县出借口粮之例，免其秋后还仓。该部即遵谕速行。钦此。钦遵到臣，仰见我皇上加患灾黎、恩施无已之至意。除给散庆云赏民口粮另折奏覆外，所有上年被灾最重河间府属之河间、献县、阜城、任邱、交河、景州、吴桥、东光、天津府属之青县、静海、沧州、南皮、盐山、庆云、冀州属之武邑、深州属之武强等十六州县应征新旧钱粮，俱缓至明年，确看收成光景，遵旨奏闻，再行开征。当即行司遵照。其被灾稍轻之州县情形不一，臣钦遵圣谕，悉心详察。如顺天府属之霸州、大城、遵化州属之丰润、冀州属之衡水，秋收俱约有九分，河间府属之肃宁、宁津、天津府属之天津、津军厅、深州并所属之饶阳、安平、保定府属之雄县、束鹿、高阳、正定府属之栾城、广平府属之威县、清河，秋收俱约有八分，新旧钱粮未便再请与灾重之区一例缓征，但究属歉后，若新旧并征，又恐输将竭蹶。仰恳圣恩，准将灾轻各州县厅本年应征钱粮仍照例征收，其旧欠应征应还各项俱缓至明年秋成之后，以纾民力。再，河间府属之故城县秋收约止六分。

又，保定府属之新城县，秋收本有八分，嗣因绵虫生发，一百四十八村庄被灾四五分不等，通计合县收成已减分数；又因清河水涨，附近三十余村地亩多被淹浸。应请将此二县应征新旧钱粮，准列于灾重十六州县内，一并缓至明年秋后开征。至新城被水村庄，本系一水一麦之地，秋禾例不报灾，但今年麦收只二三分，秋禾又复被水，农民生计未免艰难。臣见在详加察办，如系征粮地亩，应予一体缓征，仍将乏食贫民核明户口，分别抚恤。如向非征粮例不报灾者，应令地方官酌借麦种口粮，以资安顿，庶于定例有区别而偏灾并免向隅矣。臣谨具奏请旨。奉朱批：所奏俱悉。钦此。

院奏灾地新旧口粮免息还仓折

臣伏核民借仓粮，有子种、口粮二项。子种例于秋后免息还仓；口粮酌看秋收分数，在八分以上者加息还仓。直属今岁秋成在在丰稔，惟查有上年被灾、今春少雨、麦收歉薄之处，民力未裕，兹值还仓之期，似宜稍加区别，以广皇仁。臣同司道详加酌议，大名、广平、宣化三府属麦收尚不为歉，秋禾亦丰，农民所借口粮仍请循例办理；其顺天等府及州厅各属，或上年有灾，或麦秋告歉，借户多系贫乏，可否仰恳圣恩，将本年及旧欠未完口粮均免加息，只照本数还仓。谨奏请旨。乾隆九年月日。奉朱批：是。知道了。钦此。

司详豁免麦种牛力牧费各数

乾隆九年八月二十二日，奉上谕：上年天津、河间等处被旱成灾，朕于常格之外加恩赈恤，不使穷民失所。今春雨泽又复愆期，麦收歉薄，朕心更为忧虑。幸于五月半后天赐甘霖，通省沾渥，禾稼丰稔倍常，朕为万民额手称庆。念从前天津、河间被灾最重之二〔一〕十六州县并续报偏灾之霸州等五州县，目下秋田虽获有收，恐元气一时未复，著将所借麦种、牛力、牧费制钱等项悉行豁免，俾积歉之区民力宽裕，示朕加恩休养之至意。该部遵谕速行。钦此。遵查被灾最重之河间、献县、阜城、任邱、交河、景州、吴桥、东光、青县、静海、沧州、南皮、盐山、庆云、武邑、武强十六州县，共出借麦种二千五百六石二斗八升，麦种牛力银六万八千九百六十六两七钱零、制钱一千缗二十五千二百七十五文；被灾次重之肃宁、宁津、故城、深州、饶阳、衡水、束鹿、威县、天津、大城十州县，共出借麦种牛力银一万一百五十九两九钱零、制钱五百九十九千四百九十七文；又偏灾之霸州、固安、雄县、清河、玉田五州县，共出借麦种银三千五百六两九钱零。应遵恩旨悉予豁免，以纾民力。除分行各州县遵照并出示晓谕外，理合造册，详请题销。

卷七　捐恤谕禁

无衣无褐，何以卒岁？人未有饥而不寒者也。百谷聿既不登，则来年粦麦急有厚望。然无牛何以犁？无草何以牧？无柴薪何以爨？无屋何以栖止？厥惟富有力者噢咻之。赈所不继，兴工以代之。刁民之强项者，从而禁制之。古人言救荒无奇策，果能周知利病，参用刚柔，折中于道，人视之平平无奇，斯奇之至矣。用是杂取文告，都为一集。

禁农民卖牛示

被灾各处秋成无望，全在广种麦田。此时正资牛力，讵各乡村因旱乏草，饲养维艰，纷纷出卖，遂有刁民乘机兴贩至〔致〕利，百十成群，驱之北赴。在尔等剜肉医疮，固为计出无奈，独不思目下得雨既足，正宜及时种麦，牛具被弃，岂能徒手而耕？无网罟不能得鱼，无斧斤不能得薪，事甚明显。本道深为尔等顾惜筹虑。今按临各属勘灾放赈，并酌定借种之法，总以牛具为凭。如尔等有应种之麦地，先须验明牛具，始准借领。倘有地无牛不能种，即不准借。至于奸贩挟带银钱，在于村庄市集贱价收买耕牛射利并偷宰病农等弊，业奉督部院通饬文武各衙门分路严拿，尽法究处，并将所贩之牛全数入官。尔等慎毋听其诱惑，自绝生理。

院禁私杀耕牛示

力田之家，耕犁载运全赖牛力。因其有益农功，是以律严私宰。开圈宰卖者，有计只论罪初犯再犯之条，枷杖徒流，不少宽宥。本年河间、天津各属夏麦失收，秋禾复歉，惟藉来年麦熟，以资生计。今正值播种之期，需牛甚殷。本部院恐被灾穷民无力饲养，轻为弃卖，又恐有地无牛雇借艰难，业经奏请借给牛草、雇价银两，奉旨俞允。是民间畜牛断宜爱恤存留，以资力作。若只图微利，宰杀售卖，不特有误秋耕，更至身罹法网，追悔莫及。乃无知愚民仍有私宰并卖与圈店者，更有嗜利奸徒收买贩运者，藐法妨农，漫无止戢，合饬地方官亟行出示严禁，并于因公下乡之时谆切劝诫。仍令本管乡地不时查察，如有前弊，即禀官按律惩治，勿稍宽纵。乡地徇隐，事发连坐。

劝论〔谕〕助赈示

本年旱灾二十七州县，荷蒙皇恩振救，本道亲临灾地督率印委各员逐户察勘，并借农民麦种牛力，俾无旷土，无后期，凡可为贫民计者，无不殚思竭虑，次第办理。复念畿辅首善之地，风俗淳厚，以姻睦任恤称于乡者素不乏人。值兹灾祲，念彼饥寒，既生长之同方，合艰难之共恤，倘巨室有能好行其德，使贫民不皆待给于官，非特阴德为甚大，定为旌叙所先加。尔绅士商民人等，有谊笃桑梓者，或将裕存粮食减价平粜，或就本地穷民径行施给，或设厂煮粥使之就食，或捐备棉衣俾以御寒，事出乐施，情殷助赈，即呈报地方官听其自行经理。事竣之日，将用过银米数目申报督院核酌，从优旌奖；如与例符，即予题叙。又或邻省富户、侨寓士商有乐于捐助者，亦一体呈报，转详核办。地方官只须明白晓谕，俾互相敦劝，不得抑勒强派。至贫民得邀贤助，丝粟皆恩，各当心存感激，毋得妄生希冀，尤不可因本道出示劝谕，不如所愿，遂生怨望，甚至搅扰喧闹，借生事端。地方如过〔遇〕此等奸民，即行严拿究治。

劝谕业主恤佃示

本道办赈所至，检阅村庄户口，体访农民生计，因知占业自耕者少，为人佃种者多。此等佃户，平时劳筋苦力，为尔等业主终岁勤劬，相依为命，一旦灾荒失所，为业主者竟膜外置之，毫不关心，谅不若是之忍。是周恤佃丁之举，实业主情谊之不容已者。除妇女小口俱凭官发赈外，其出力耕作之本身壮丁，允宜量力周助，使之结感于歉岁，必将偿力于丰年。即曰有借须还，亦属操券可得。其各将所恤佃丁姓名、居址、人数报明地方官，以便于赈册内填注开除。如有将穷佃家口一并自认、力为赡给、不待官赈者，本道必按名申报，从优奖励，以示与人为善之意。如佃丁妄生希冀，求索无厌，听该业户主持发付。倘竟借端挟制，强悍滋事，立即报官重惩。

饬谕被灾旗地业佃相安谕

佃民之赖旗地资生，与旗人之赖地租度日，其情事同也。为地方官者，必使旗民共信，业佃相安，悉除偏倚之见，乃为调剂之公。兹据牧令等禀请劝谕地主，将今岁秋租量行义让，或缓至来年夏秋收获之后，不得轻言易佃，致失小民恒业。合即饬谕府厅州传知所属，今年旗地之被偏灾者，如佃户实系贫苦，力难完交租额，地主应视灾分轻重酌加优恤，或义让，或缓期，各量己力行之。如或刁佃藉灾抗租，以轻报重，地方官更不得沽名曲护，致长刁风。至于易佃之弊，亦不尽起于旗人。往往见有本处奸民视旗地之尤腴者，啖以增租之利，或预期交纳，以为攘夺之计，旗人被诱夺旧与新。然曾不数年，而新佃之抗欠视旧佃为更甚，旗人徒被不令之名，而旧佃先有失业之苦。以此晓之于平时，而严奸民之罚于败露之后，是亦息事宁人之一端也。

劝谕富户通融周急示

今年所报旱灾地方核办户口，宁滥无遗。有地百亩以内者，概已食赈。自此等而上之，虽朝廷有逾格之恩膏而仓库有折中之限制，固不能遍及也。念一邑之中，尝有故家贫落而食指犹多，值此荒年，倍形窘迫。同邑之富有力者，又复故示羸形，售以田不可，售以房不可，售以什物不可，断断拒人，怨言滋生。故兹出示劝谕：凡尔有力之家，当知任恤之道，况以我所有易人所无，未为亏己，即已益人。其有以房田告售者，减其价，薄其利，留契立限，过期管业，亦为有得无失。至于什物器皿，从权作质，价贬什之七，利取什之二，迨至丰熟，人归故物，我获新赢。即论封殖，亦所宜然。周官荒政有保富之条，以其能分财惠贫也。其不然者，亦何赖于富民哉？本道揆情示劝，于儒之教则曰敦笃古风，于释之教则曰力行方便，仰纾天庾广赉之深心，兼副当道熟筹之至计。唯尔等善守富者是望焉。

禁止拆卖房屋示

近见灾地贫民有拆卖房屋者，固因救饥待爨之急，亦怀离乡背井之思。讵不闻八月普赈之后，继以续赈、加赈，皇恩至渥，需时待泽，可以安居得饱，何用仓皇毁弃成业，遽思他适耶？况在此时零星瓦木，所值无几，迨欲规复故址，往往价增数倍，虽悔何及？本道巡历所至，目击心伤，合行晓谕：嗣后乡村房屋概不许轻拆贱卖，有向同村富室指房称贷者，准听其便。委员核户时，仍查明是否弃屋外出，注之赈册，以凭稽核。

禁占洼地柴薪示

河、津二府亢旱歉收，米薪并苦缺乏。仰邀恩赈发米发银，自冬迄春，尔等日食已可无虑。而柴薪尚未筹及，转盼隆冬冰雪在地，采取艰难，深为尔等忧之。兹本道临莅盐邑，访有东洼、北洼官荒，旧系产草之区，听民采取，负担驮载，皆所不禁。近为地方棍徒占踞，有人采割盈车，辄向索取钱文。值此旱荒之时，岂容强梁擅利，流毒地方。除密饬访拿外，为此示，仰盐邑被灾村民知悉：各宜趁此天气和暖手足便易之时，赴东北两洼素产柴草处所往回并力采取，运贮墙隅屋角，以备冬春陆续烧用，毋得懒惰偷安，有米无薪，致受寒饥之苦。倘有棍徒仍前勒索阻拦，即指名扭禀驻扎盐城之粮捕厅，严加惩治。尔等亦不得藉端滋事，并宜凛遵。

劝捐棉衣院示

直属今年被灾地方穷民困苦，荷蒙圣恩广沛，普遍赈恤，已无饥馁之患。惟是晨风戒凉，向前渐入寒冬，孤苦无营之人，虽幸得食而衣不蔽体，仍恐莫保身命，深堪悯恻。案原题部议，绅衿士庶有情愿捐赈或捐备棉衣者，报明地方官，听其自行经理，多则题叙，少则奖励。奉旨允行。及今抚恤灾黎之计，捐备棉衣又为急务。各州县可即出示劝谕绅衿士庶，有愿捐赈者，即令制备棉衣，分给贫民，或交地方印官，于赴乡散赈之便，察看单寒极贫之男妇携带散给，不得预期声张，更不得委任胥役。仍将捐给数目据实申报，分别奖叙。如奉行不善，致有抑勒扰累，定即加以处分。

劝捐棉衣谕

谕府州县：原题赈例，有劝谕绅衿富户捐助之条，业经出示晓谕。今时当秋尽，转瞬冬寒，灾地穷民仰赖圣恩赈给，咸幸更生，而其中尤困苦者衣不蔽体，寒已切肤，不死于饿而复死于冻，宜亦父母斯民者之深为悯恻而亟思筹措者也。兹蒙督院捐制棉衣千件，盐政两司、本道等亦各有施助，但力难遍及，心则无穷，有不能不望于绅士之好行其德者。该府州宜率同地方官善为劝导，使之乐从。即如当商，平时取利于穷檐小户，今捐值十两八两之棉衣以恤灾困，宜无吝情。况旧布短袄过期不赎者，不烦外求，无需另制，尤易为力。地方官总核所捐衣数，于赈册内查明极贫中应给名口，分遣妥人指名散给；或属委员于放赈时，察看无衣者预记之，有余更以及次贫户口之茕苦者。总勿显示恩施，致来希冀，惠难为继，而弊益滋多，即自生扰累矣。如捐户自能经理、不愿官办者听便；不愿捐者，尤不得勉强抑勒。所捐姓名、衣数，俱通报院司察核。

司议强借处分

河、津、冀、深等属田禾受旱，民命维艰，荷蒙皇上天恩发粟分运借粜，仍俟勘确请赈。凡在士民，理宜安分守法，静待膏泽下颁。惟是被灾地广，其间良顽不一，恐有不法之徒，或号召强借，或率众抢夺，愚民被其煽惑，殷户遭其扰害。宜先议定处分，详请通饬宣示，俾各属暨委员等有所遵守，即可当下发落，明示惩儆。除黉夜白昼入人家内抢夺米粮、杀伤事主、情关重大者，仍照例通详究拟外，其有素非善类藉灾生事、号召多人强行借贷、无异抢夺者，亦应通详，分别首从按律定拟，以惩凶顽。若仅到门求借、尚知畏惧不敢行强者，一面禀报，一面将首犯枷示通衢，余犯分别发落。至抢借为首之犯，素行尚无劣迹、实因迫于饥饿、一时起意纠集、抢夺米粮无多、情稍可原者，将首犯枷示通衢四十日，满日重责四十板；只系强借，将首犯枷示通衢一个月，满日重责三十板，余人酌量发落。其有向族戚强借、所纠集者亦皆族戚，将首犯重责示惩，即时谕令解散，仍责令该殷户分赡米粮，以敦亲谊。所有一切抢借之赃照追给主，发落之犯交保管束，俱令地方官禀报总理赈务之道员，就近核办。其随从附和之无知灾黎，已到案者，讯明即释；未到案者，概免株连。

劝谕当商减利听赎农器示

民食全赖农田，耕作必资器具。乃村民每际农隙，辄取犁钽半价赴质。质及犁钽，其贫可知，而犹以为轻而易赎也。值此荒年，分厘莫措而待用孔亟，取赎失时，有误农功不小。在商家逐利，虽难责令减少，然犁钽不比衣饰，所质不过百钱上下，计所让之利无多，而人各取其一件以去，数盈万千，人无遗力，异日有收于南亩与取赢于区肆者，其益正尔相资。况目击贫农待赈为活而犹锱铢与较，揆情亦有所难安乎？尔当商人等，嗣后于贫民所质犁钽及一切农用什物，宜各按每月三分之利，让半听赎；有再能多让少取者，地方官酌量加奖。夫不病农，即以惠商，本道非有所偏也。倘农民恃有此示，过缩钱文，强赎生事，亦即加以惩处。

谕宁津贫民赴沧工作示

照得沧州城垣改用土工，来年正月择期兴作，乃荷皇上垂念灾地穷黎，为此寓赈于工之举，以安其生也。宁邑只系偏灾，数月以来，流移之民较他处为多，远徙觅食，殊可悯念。除委员谕留外，合亟晓谕：此地离沧州不过百里，此时去工期仅余两月，尔等有能力作者，至期率领妻子赴工挑土，仅足谋生。待麦田成熟后回家安业，不远胜于冬月冲寒四出乎？凡有赴工贫民，本道俱给与照票，交捕衙办理。尔宁民有愿往者，即赴捕衙领照汇报，以便来春饬知沧州工员验收，毋得自误。

院奏捐给灾民棉衣折

臣伏查本年河间、天津各处被旱灾民，仰荷圣泽覃敷，发帑发粟，多方赈恤，实已普庆更生，咸称得所。惟灾民之尤孤苦者，衣不蔽体，无以御冬，且旱后柴薪缺少，得暖为难，并应筹画。臣于九月间与司道等公同商酌，会同盐臣各先捐制棉衣，为之倡率。行令被灾各府州县，于所属富户殷商善为劝谕，各随多寡捐助棉衣，或交官散给，或自行经理，听其乐输，严禁抑勒。仍将捐助姓名申报，分别奖励。兹据各府州县自捐并劝谕所捐棉衣共四万三千六百九十一件，经各地方官于十一月加赈之时，视极贫人口无衣者当面散给。就一州县所捐，皆已足用。见在臣派委专员，于被灾各处村庄道路巡环察看，劝谕穷民安业领赈，因以体察闾阎疾苦。时届初寒，尚不致有单衣露体之人。仰惟圣主痌瘝在抱，灾民冻馁时廑宸衷，合将捐给棉衣缘由具折奏闻。乾隆八年十二月十三日。奉朱批：知道了。钦此。

题覆捐助银米棉衣议叙疏

户部为钦奉上谕事：福建司案呈户科抄出直隶总督方观承题前事，乾隆十八年四月二十二日奉旨：该部察核具奏。钦此。臣等会查得直隶总督方观承疏称，直属乾隆八年秋禾被灾赈恤及出借口粮子种用过银钱米谷并采买领运价脚等银、官民损〔捐〕施银衣各项，经前督臣那苏图据册题销，接准部覆，以直属乾隆八年灾歉，据在直候推守备张文宪等所捐银米等项有无以少报多及书吏侵渔浮冒情弊，未据核实声明，取具印甘各结送部，不便遽行办理。再，捐助棉衣等项，册内并无价值开报，行令一并分晰查明，另造册结保题，到日再议等因。当经转行遵照。兹据布政使玉麟呈称，除河间县盐商李允武捐助棉衣二百八十件，据该县申报，李允武已经病故，其所用价值无由查询，毋庸造册请叙外，其绅士商民胡正等捐助银米衣件，均经确查，彼时系呈明各地方官验实散给，并无以少报多及书吏侵渔浮冒情弊，并捐助棉衣确实价值，取具印甘各结，由本管道府核明送转，汇造总册，详请保题。臣覆核无异，除册结送部外，理合具题吏户二部，将捐银之前任武邑县终养知县胡正、候补守备张文宪、贡生袁廷佐等，捐设粥厂之候选州同方镇等，捐助棉衣之生监高星、路世谟、王朝鼎、张守信、黄从、祝良恺、徐大成等，盐商常亨茂、胡世亮、高凤鸣等，民人张恢谟、侯廷桂、孙宏道等，照例议叙，奖赏有差。

卷八　赈需杂记

是岁被灾州县二十有七，皆在畿南。既各按其灾之轻重就地赈恤之矣，复恐轻去其乡者之转而远徙，且窜入都市也，更于近京州县多为邀食之所，西自良乡，而固安、而永清，而武清、东安，东至于通州。其中若霸州，若文安，又在固、永迤南，皆流民北来必经之路。所在设厂煮赈，俾安食以度三冬，无有越志。至次年二月，畿南普雨，归及春耕，依然庆乐土焉。统计赈户六十六万四千八百九十有奇，大小口共二百十万六千六百九十。又煮赈流民九十四万四千二十口，赈过米谷共一百一十万七百二十石有奇，银一百一十万五千四百七十六两有奇，办员二百四十有五，均备列如左。夫办员固视其才之何若，又当察其性情之宽严而器使之。使宽厚者当重灾，则虽滥而不至伤惠；刻核者当轻灾，则虽遗而不至屯膏；反是，则交失之矣。爰并志其成劳，以见委任之不可苟焉而已也。

旱灾最重十六州县

河间县：被灾六、七、八、九、十分

知县：方嵋

协办：望都县知县石声闻

分办：县丞张若淞、景和巡检陈进、北魏巡检沈弘远、典史沈熙载、河间府经历徐元升、安州州判于松龄、安肃县教谕徐寅、定州吏目程正蒙、河工效力举人唐倚衡、效力州同陈阳英

监赈：本府经历、本县县丞、巡检、典史等

设厂六处：县城南仓、北仓（自沙河桥陆运至城四十里）、沙河桥（自天津北仓水运至桥三百一十四里）、十方院（沙河桥陆运五里）、阎家村（沙河桥陆运二里）、崇仙镇（沙河桥陆运五十里）

赈米七万一千五百四十六石二斗九升零，银五万三千七百二十九两三钱四分零

赈过极次贫民、住旗贫士五万四千五百七十四户，大小口一十一万一千八百七十九

借麦种银五千九百九十一两

资送流民大小口一万五千六百八十口，粮银五百五两九钱六分八厘

委员盘费、运米脚价、纸张杂费共银一万一千一百四十一两一钱零

职官捐棉衣一百件，河间府知府徐景曾

绅士捐棉衣二百件，孟越等

商捐棉衣七百八十件，李允武、张仁义等

献县：被灾六、七、八、九、十、分

知县：杨文彩

协办：定兴县知县孙凤立

分办：教谕鲍梓、主簿王永任、典史王举、宛平县县丞施廷璜、新城县典史林硕春、蠡县典史蒋烇、正定县典史潘成信、曲阳县典史王士奎、效力州同石嵋、效力州同王聚岚、效力举人查览、效力监生朱光锟、效力监生谢璋

监赈：本县教谕、主簿同查览、朱光锟等

设厂五处：臧家桥（自天津北仓水运至桥四百八里，自通仓水运至桥八百里）、沙洼厂（自天津北仓水运至厂三百七十八里）、樊屯厂（臧家桥陆运五十里）、淮镇厂（沙洼陆运三十五里）、景城厂（臧家桥陆运五十里）

赈米五万六千五百四十六石八升零，银四万三千五百一两七钱一分三厘零

赈过极次贫民、贫士四万九千一百一十一户，大小口九万五千三百二十八

麦种银五千七百二十四两九钱

资送流民大小口七千一百五十八口，粮银二百三十二两一分二厘零

委员盘费、运米脚价、纸张杂费，共银九千二百五十四两四钱九分四厘零

职官捐棉衣二百件，知县杨文彩

绅士捐棉衣九百三十五件，齐曰勇等

商捐棉衣八百九十件，常亨茂等

阜城县：被灾七、八、九、十分

知县：许煓

协办：保定府理事同知僧保住

分办：典史宓宏道、晋州学正赵城、清苑县教谕陆维藩、广平府经历赖定瑶、正定县县丞陆昂、候补县丞张德远

监赈：教谕曹溥等

设厂四处：县城（自天津北仓水运至景州连镇四百三十里，自连镇陆运至县城六十里）、韩村（连镇陆运六十里）、史均（连镇陆运五十里）、石槽（连镇陆运六十里）

赈米二万六千七百九十六石九斗三升零，银二万二千四百七十两二钱四分零

赈过极次贫民、贫士一万七千一百七十五户，大小口四万八千二百二十二

借牛力银六千两七钱七分八厘零，麦种银二千六十一两六钱八分

资送流民大小口二千八百八十七口，粮银九十八两二钱四分

委员盘费、运米脚价、纸张杂费，共银四千二百三十三两六钱九分零

职官捐棉衣四百件，大名道沈世枫、大名府任弘业等

任邱县：被灾六、七、八、九、十分

知县：朱煐

协办：涞水县知县王治

分办：主簿高自伟、典史鲍裕光、祁州州判李廷藻、定兴县县丞王天倪、束鹿县典史于世宁、钜鹿县典史单奇龄、效力监生吴钢

监赈：教谕徐经、署典史赖修同于世宁、吴钢等

设厂六处：县城（自赵北口陆运至县六十里）、赵北口（自天津北仓水运至口二百八十里，自通仓水运

至口五百六十里)、香城铺(赵北口陆运四十里)、长丰(赵北口陆运七十里)、梁召(赵北口陆运五十里)、刘家庄(赵北口陆运四十里)

赈米五万八千一百五十六石六斗,谷七千八百二十一石六斗一升零,高粮七百二石六斗四升零,银六万三千八十四两一钱六分零

赈过极次贫民、住旗、贫士三万七千六百四十二户,大小口一十一万二千三百四

借牛力银六十九两六分六厘,麦种银七千三百七十五两三钱

养送流民大小口一万三千一百六十三口,粮银五百六十三两九钱七分三厘零

委员盘费、运米脚价、纸张杂费,共银六千七百三十八两四钱六分零

绅士捐棉衣一千二百五十件,高应述等

商捐棉衣七百件,晋隆基等

交河县:被灾六、七、八、九、十分

知县:严遂成

协办:宝坻县知县洪肇楙

分办:教谕崔云騆、主簿冯仲舒、典史徐圯、新桥驿丞唐珍、束鹿县教谕史锦、东安县县丞刘杰、曲阳县典史王士魁、外委把总郭联普

监赈:本县知县、教谕、主簿、典史同史锦等

设厂五处:县城(自泊镇陆运至县五十里)、富庄驿(泊镇陆运七十五里)、泊镇东、泊镇西(自天津北仓水运至泊四百三十里)、冯家口(自天津北仓水运至口四百二十里)

赈米六万三百六十九石四升零,银四万九千二百二十二两九钱一厘零

赈过极次贫民、住旗、贫士三万六千四百六十五户,大小口十万四千五百三十八

借麦种银六千五百两

资送流民大小口三千八百八十五口,粮银九十一两六分三厘,谷二十七石三斗

委员盘费、运米脚价、纸张杂费,共银八千一百一十六两一钱五分零

职官捐棉衣一百二十件,知县严遂成

绅士捐棉衣七百一十件,进士苏鹤成、监生王伟、生员王瑢

商捐棉衣四百二十件,吴三益等

景州:被灾六、七、八、九、十分

知州:屈成霖

协办:河间府通判汪铎、永清县知县李缵

分办:州判史宏彦、吏目孙万钟、龙华镇巡检吴惟忠、高阳县教谕李缙、武清县县丞黄守义、元城县县丞饶安绪、安州吏目许开勋、磁家务巡检马锦、河工效力州同龚望舒、效力县丞钟秉宽、效力县丞张德远

监赈:通判汪铎同史宏彦等

设厂七处:州城(自安陵镇水次陵〔陆〕运至城三十里)、安陵镇(自天津北仓水运至镇五百二十里)、王谦寺(距州三十五里)、张史(距州四十五里)、王义(距州四十里)、梨园(距州三十里)、留烟(距州四十里)

赈米九万三千九百一十九石二斗八升零,高粮六百五十九石二斗,银七万八千五百四

十六两七钱四分六厘零

赈过极次贫民、贫士四万九千五百七十六户，大小户〔口〕一十六万七千九百六十六

借麦种银二千八百一十七两五钱

资送流民大小口六百三十三口，粮银三十四两七钱七分七厘

委员盘费、运米脚价、纸张杂费，共银一万一千五百二十五两五厘零

商捐棉衣六百三十件，范继文等

吴桥县：被灾五、六、七、八、九、十分

知县：满保

协办：安肃县知县王屋霨

分办：县丞柳槐、典史文邦选、连窝巡检张大法、东安县主簿张永安、宝坻县主簿钟秉惠、束鹿县主簿王学璧、效力州同罗弘远、管河把总魏振时

监赈：教谕陶发祖、训导杜若馨同张大法等

设厂六处：县城（自连镇陆运至城四十里）、连镇（自天津北仓水运至镇四百九十里）、沟店（距县九十五里）、杨家寺（距县九十八里）、新镇店（距县九十里）、水波（距县六十五里）

赈米二万五千九百四十一石五斗八升零，谷四千一百五十九石六斗四升零，银二万一千八百七十一两五钱一分八厘零

赈过极次贫民、贫士一万九千九百五户，大小口四万五千六百三十

借牛力银一千一百九十二两一钱八分三毫，麦种银四千一百八两六钱

资送流民大小口三百六十九口，粮银九两八钱六分五厘

委员盘费、运米脚价、纸张杂费，共银四千九百四十一两六钱一分二厘零

士民捐小米四百二十石，王朝鼎等

绅士捐棉衣银一千二百六两五钱，祝良恺等

东光县：被灾七、八、九、十分

知县：赵宪

协办：易州知州杨芊

分办：训导陈嘉谟、主簿王希曾、典史戴延祺、易州学正刘曾明、永清县县丞韩极、新城县典史陶宗望、深泽县典史陈廷鉴、效力州同王玉

监赈：教谕胡曰相、原任青县主簿张景仲同刘曾明、韩极、王玉等

设厂五处：县城（自马头水次陆运至城三里）、马头（自天津北仓水运至马头四百七十里）、夏口（马头陆运十五里）、王家集（马头陆运二十二里）、秦村（马头陆运二十八里）

赈米七万九千四百一十八石八斗九升零，银六万八千七百二两七钱二分零

赈过极次贫民、灶户、贫士四万一千七百九十九户，大小口一十三万九千五百六十一

借牛力银六百八十五两五钱，麦种银五千二百四两一钱

资送流民大小口一千八十口，粮银一十二两一钱八分，制钱一十四千五百六十五文

委员盘费、运米脚价、纸张杂费，共银六千六百五十四两四钱八分零

职官捐棉衣一百件，知县赵宪

绅士捐棉衣一百三十件，原任武城县知县马永图、武举赵士瑜等

商捐棉衣六百六十件，查懋德、李儒魁等

青县：被灾七、八、九、十分

知县：鲍梓，署县事县丞李必显

协办：河西务同知周硕勋

分办：主簿吴艾、子牙河主簿乔玉瑗、杜林、巡检张鹏程、乾宁、驿丞刘国富、典史陈正坤、雄县县丞朱光鍈、武清县主簿葛光祖

监赈：署主簿王聚岚、流河驿丞耳孔木等

设厂三处：县城（自天津北仓水运至县城二百四十里）、兴济镇（距县三十五里）、流河镇（距县四十里）

赈米五万一千二百七十五石三斗八升五合，谷二千六百二十九石九斗七升五合，银四万九千八百三十二两九钱一分五厘

赈过极次贫民、旗灶、贫士二万八千五百五十户，大小口九万一千四百九十六

借麦种银一千九百三十五两五钱

委员盘费、运米脚价、纸张杂费，共银二千八百八两八钱七分零

职官捐谷一百五十石，候选州判许志忠

职官捐棉衣六百件，清河道方观承、清苑县知县王原泗

商捐棉衣一百五十件，范宗文、李荣丰等

静海县：被灾六、七、八、九、十分

知县：马国镇

协办：河西务同知周硕勋

分办：教谕赵士机、署主簿王聚岚、子牙河主簿姚琸、香河县主簿王镛、中所千总史御璞、效力监生王廷曾

监赈：本县教谕、主簿等

设厂三处：县城（自天津北仓水运至县一百一十里，自通仓水运至县四百里）、在城华藏庵、唐官屯（距县五十里）

赈米三万四千九百五十八石二斗零，谷八千三百五十七石四斗五升零，银五万二千两七钱一分七厘零

赈过极次贫民、住旗、贫士二万九千九百八十九户，大小口四万三千六百一十三

借麦种银二千四百九十两四钱

资送流民大小口一万二百一十三口，粮银三百十三两一钱六分四厘零

委员盘费、运米脚价、纸张杂费，共银一千四百六十八两

职官捐棉衣一百四十二件，知县马国镇、教谕赵士机、子牙河主簿姚琸、巡检李璘、典史夏学淳、千总史御璞

绅士捐棉衣五百三十件，通政使励宗万、郎中励宗奕、蒲圻县知县牛光敷、候选州同沈世弘、贡生李作霖等、监生张志和等、生员萧成美等、民人朱作稼等

商捐棉衣二百九十五件，傅云符、庞太统等

沧州：被灾七、八、九、十分

知州：刘蒸雯

协办：顺德府通判饶佺

分办：州判俞洲、吏目倪云璐、李村巡检吴玉、砖河驿丞范钟衍、固安县县丞陈之纪、蠡县县丞杨景素、清河县县丞龙廷栋、永清县主簿李培纲、满城县典史张光祖、唐县典史傅德正、捷地汛把总孙廷锡、外委把总孙成玉

监赈：通判饶佺、教谕贾三获、训导孟耀、李村巡检吴玉、清河县县丞龙廷栋

设厂五处：州城（自天津北仓水运至州三百里，自张家湾水运至州五百八十里）、砖河镇（距州三十里）、旧沧州（距州四十里）、孟村（距州七十里）、李村（距州七十里）

赈米十一万二千三百七十三石二斗五升，高粮五千石，银十一万一千三百一十一两九分零

赈过极次贫民、住旗、贫士五万二千六百六十七户，大小口二十万一百八十

借麦种一千五百四十八石八斗，麦种银六千七百一十四两四钱，荞麦种银一百六十七两一钱一分

资送流民大小口五千九百七十六口，粮银四十六两三钱二分，制钱九十五千一百七十二文

委员盘费、运米脚价、纸张杂费，共银九千二十六两五钱七分零

职官捐棉衣四百八十件，知州刘蒸雯、城守尉阿尔本阿、砖河游击彭端节、天津府通判阎有信、顺德府通判饶佺

绅士捐棉衣九百八十件，原任知府卫封济、原任游击阎履泰、候补守备白文锐、候选州同孙让祖、候选州同王次林、原任知县阎俨、候选经历祝鸿、候选县丞李如路、举人刘连芳等、拔贡吕宝善等、监生戴暟等、生员隋之屏等

商捐棉衣五百六十七件，查懋德等

南皮县：被灾六、七、八、九、十分

知县：侯珏，署知县朱奎扬

协办：霸州知州朱一蜚

分办：教谕李长发、主簿王承业、典史陈日炽、定州州同颜色灿、天津府经历饶锐、宝坻县主簿镇秉惠、效力州同顾之岑、效力县丞沈湘

监赈：本县教谕、主簿、典史等

设厂五处：泊头镇（自天潮〔津〕北仓水运至泊四百二十里，自张家湾水运至泊六百九十里）、冯家口（目〔自〕天津北仓水运至口三百八千〔十〕四里）、潞灌镇（泊头陆运八十五）、黑龙村（泊头陆运八十里，冯室〔家〕口陆运七千〔十〕五里）、底桥镇（陆运七十里）

赈米五万五百二十石四斗五升一合，高粮二千石，银四万六百一两六钱一分七厘五毫

赈过极次贫民、住旗、贫士二万二千九百六十六户，大小口八万七十〔千〕七百四十八

惜〔借〕麦种银二千八百二十七两，子种银一千二百两四钱七分一厘

资送流民大小口五千六百三十一口，粮银一百二十四两一钱五厘八毫

委员盘费、运米脚价、纸张杂费，共银八千六百九十两四钱二分零

职官捐棉衣九百件，沧州分司史尚廉、知县侯珏、署知县朱奎扬

绅士捐棉衣一千三百件，原任河北道张受长、旗人周应蕚等、举人张绳祖等、监生侯日俨等、生员高星等、武举王嘉言、民人陈自富等

商捐棉衣三百件，房星�等

盐山县：被灾六、七、八、九、十分

知县：郑鸣岐

协办：武清县知县吴翀

分办：教谕刘文彦、旧县巡检李宗良、署旧县巡检沈鹏、典史陈善道、杨村县丞赵廷臣、三角淀县丞李光照、高阳县县丞邢绍周、海丰场盐大使王峤巘、易州巡检胡鸿、千总郭文宣、杨庄汛千总张勇烈、南路捕盗把总黄成贵、南运河把总赵桂海

监赈：训导田可获、杨庄巡检陈范、静海县流河巡检李璘、效力监生朱光录

设厂四处：县城（自沧州捷地水次陆运至县城九十里，自天津北仓水运至捷地三百四十里，自通仓水运至捷地七百里）、仁村（捷地陆运九十里）、十二基（捷地陆运一百里）、望树（捷地陆运一百二十里）

赈米九万三千八百二十三石一斗三升零，高粮三千石，谷五百八石六斗五升，银七万七千五百一十五两九钱零

赈过极次贫民、住旗、贫士共四万二千七百一十七户，大小口一十五万九千九百七十一

借麦种银四千一百九十六两四钱七分

资送流民大小口一千七十九口，粮银四十两六钱四分九厘四毫

委员盘费、运米脚价、纸张杂费，共银一万七千六百三十五两六钱一分零

职官捐棉衣一千九十六件，盐法道邓钊、天津府胡文伯、沧州分司史尚廉

绅士捐棉衣九十件，候选州同刘熙、贡生李士晋、生员孙材

商捐棉衣一百七十件，周广钧、王岩等

庆云县：被灾六、七、八、九、十分

知县：金士仁

协办：保定县知县王沄

分办：典史孔宗洺、河西务巡检王弘毅、张登巡检李唐、把总王彪、效力县丞杨寅

监赈：教谕董瓒、效力县丞杨寅

设厂二处：县城（自天津北仓水运至沧州捷地三百四十里，自捷地陆运至县城一百二十里）、板搭营（距县二十里）

赈米四万九十二石五斗，银三万八百七十四两八钱九分三厘零

赈过极次贫民、贫士二万八百三十四户，大小口六万二千四百八十九

借麦种银四千八百六十七两七钱

资送流民大小口九百九十五口，粮银二十七两七钱九分

委员盘费、运米脚价、纸张杂费，共银一万二百五十八两九钱九分八厘零

职官捐棉衣三百件，督部院高斌

武邑县：被灾六、七、八、九、十分

知县：胡正

协办：冀州知州范清旷

分办：教谕戴三聘、候补知州严宗嘉、新河县教谕王淑林、南宫县县丞严宗璋、枣强县县丞张天爵、冀州吏目温炜、南宫县典史王应元、新河县典史金鼎

监赈：训导张秉鏻、开州州判熊绎祖、束鹿县教谕史锦、冀州训导张澳

设厂四处：县城（自圈头镇陆运至城二十里）、圈头镇（自天津北仓水运至镇五百八十里）、赵桥（圈头陆运二十五里）、马回台（圈头陆运十八里）

赈米三万九千一百一十九石三斗二升，瞉〔疑为谷之大写“穀”〕四千一百七十八石一斗六升，高粮二千石，银三万五千七百三十一两六钱六分

赈过极次贫民、贫士三万一千七百三十二户，大小口七万五千二百六十二；又本县知县及绅士商民捐银煮粥赈过贫民七万五千二百六十二口

借麦种银四千七百五十两

资送流民大小口二百五十八口，粮银七两三钱九分八厘

委员盘费、运米脚价、纸张杂费，共银七千九百四十八两一钱一分

职官捐煮赈银四百两，知县胡正

绅士捐煮赈银一千二百五十八两，进士孟履中、贡生袁廷佐、武举贾阿

商捐煮赈银二百二十四两，又捐银一百两，谭绳祖、李郁芳等

职官捐棉衣一千件，督部院高斌、冀州知州范清旷、枣强县知县赵杲、知县胡正

绅士捐棉衣三百五十件，进士孟履中、贡生袁廷佐、武举贾阿

商捐棉衣七百件，谭绳祖、平〔疑为“李”字〕郁芳等

武强县：被灾六、七、八、九、十分

知县：陶镛

协办：正定府知府王师

分办：教谕张本、训导刘誉、典史高国瑞、满城县教谕冯禾、安肃县教谕徐寅、定兴县教谕张淑璋、新城县教谕王琯、博野县教谕吴□、栢乡县教谕唐元瑞、平山县典史徐璋、饶阳县典史林必铉

监赈：本县教谕、训导、赵州吏目林永涵、效力州同苏瀚等

设厂五处：城东、城西（自小范镇水次陆运至城三十里）、小范镇南、小范镇北（自天津北仓水运至镇五百二十里，自通仓水运至镇八百一十五里）、堤南村（小范镇陆运十八里，距县二十五里）

赈米三万六千六百五十六石四斗六升七合五勺，银三万一千四百六十五两二分七厘五毫

赈过极次贫民、贫士一万九千九百五十一户，大小口六万三千一百四十九

借牛力银八两六钱四分，牧费银一十六两，麦种二百四十五石，麦种银一百九十五两一钱

资送流民大小口九百六十三口，粮银十九两六钱九分五厘

委员盘费、运米脚价、纸张杂费，共银四千七百六十二两七钱二分四厘零

绅士捐棉衣一百件，监生张藩等

商捐棉衣一百件，翟璟等

旱灾次重十一州县

肃宁县：被灾五、六、七、八分

知县：陈文正；署县事候补知州：严宗嘉

协办：广昌县知县王化南

分办：教谕任枚、典史吴兆龙、河间府经历徐元升、涞水县县丞冯镇、行唐县巡检洪敬宇

监赈：任枚、徐元升

设厂二处：城南（自天津北仓水运至献县臧家桥四百八里，自臧家桥陆运至县七十里）、白家村（距县二十里）

赈米六千九百一石二斗，谷二千六百九十三石四斗，银五千六百九十六两四钱四分零

赈过极次贫民、住旗、贫士一万三千七百四十八户，大小口四万六千七百八十八

借麦种银一千三百八十二两二钱

资送流民大小口三百九十九口，粮钱六千四百三十文

委员盘费、运米脚价、纸张杂费，共银一千五百七十九两九钱七分零

职官捐棉衣三百件，督部院高斌

宁津县：被灾五、六、七、八、九分

知县：王钦；署知县：唐倚衡

协办：完县知县王沧

分办：教谕黄灿、训导陈钦尧、典史陈培治、高阳县教谕李缙、良乡县县丞甘怡、井陉县典史邢瑜、阜平县典史方楷

监赈：本县教谕同甘怡、邢瑜、方楷等

设厂四处：县城（自天津北仓水运至吴桥连镇四百九十里，自连镇陆运至县七十里）、尚家道口（连镇陆运五十里）、柴胡店（连镇陆运八十五里，距县十五里）、耿家园（连镇陆运七十五里）

赈米五千五百三十三石六斗一升零，银四千三百八两九钱四分

赈过极次贫民、灶户、贫士七千四百九十五户，大小口二万一千九十四

借牛力银四钱五分七厘零，麦种银八千二十四两二钱三分

资送流民大小口六千三百六口，粮银二千七百九十三两八钱四分九厘零

委员盘费、运米脚价、纸张杂费，共银一千七百二十三两七分零

职官捐棉衣一百件，知县王钦

士民捐谷四百三十石，生员高怀义等

商捐谷七百五石，胡世亮、战缵祖等

绅士捐棉衣七百件，教谕王灿

商捐棉衣二百件，胡世亮等。

故城县：被灾五、六、七分

知县：向德华

协办：香河县知县张永安

分办：训导刘汉成、县丞陈克大、巡检高弘绩、典史王廷钊、蠡县教谕纪逯宜、临城县典史桂光弘

监赈：香河县知县张永安同训导、县丞等

设厂五处：县城（自天津北仓水运至县七百二十里）、大马房（距县二十五里）、碱场店（距县二十五里）、师召村（距县四十五里）、马家庄（距县三十里）

赈米二千一百九十三石九斗三升零，谷四千五百六十九石一斗五升，银三千五十两八钱九分零

赈过极次贫民、贫士八千五十一户，大小口一万九千一百八十七

借麦种银一千四百五十八两九钱

委员盘费、运米脚价、纸张杂费，共银一千四百四十七两六钱三分零

商捐棉衣三百四十六件，马文臣等

束鹿县：被灾五、六、七、八、九分

知县：李成蹊

协办：安州知州冯章宿

监赈：本县教谕等

设厂一处：旧城（自县城陆运四十里）

赈谷九千一百六十七石五斗九升零，银三千九百九十二两九钱二厘零

赈过极次贫民、贫士七千二百九十一户，大小口五万八千二百七十八

借麦种银三千一百六十九两八钱

资送流民大小口七十一口，粮银三两九钱一分七厘六毫

委员盘费、运米脚价、纸张杂费，共银三百五十六两七钱五分二厘零

职官捐棉衣二百件，保定府知府吴谦志（捐棉衣一百件）、知县李成蹊（捐棉衣一百件）

绅士捐棉衣一百二十九件，武举韩湘等

商民捐棉衣六百七十六件，李永裕、贾宪玺等

故城县［疑为衡水县］：被灾五、六、七分

知县：徐琨

分办：候补州同陆昂、获鹿县教谕陈永清

监赈：无极县知县张维城

设厂一处：县城

赈米一千二百九石六斗三升，银六两六钱三分七厘零

赈过极次贫民、贫士一千五百七十八户，大小口八千七百五十一

资送流民六十三口，口粮银五钱一分

绅士捐棉衣五十件，举人张乔等

商捐棉衣一百九十件，李笃等

威县：被灾六、七、八、九分

知县：卢豪然

分办：教谕傅基孔，典史王英伟

监赈：鸡泽县教谕尤淑孝、清河县典史宋世衍

设厂二处：县城（自曲周陆运至县七十里）、镇堡（距县五十里）

赈谷五千七百三十五石三斗一升，银二千二十七两九分六厘零

赈过极次贫民、贫士大小口三万二千八百四十五

借麦种银五百七十四两五钱

委员盘费、运米脚价、纸张杂费，共银四百四十四两三钱八分六厘零

绅士捐棉衣四百五十五件，贡生王宗舜、监生申景龙等

商民捐棉衣四百六十八件，崔桂龄、王明甫等

深州：被灾五、六、七、八、九、十分

知州：姜嗣泰

总理：保定府知府吴谦志

分办：学正张敦睦、署吏目申起元、保定府教授王鸿、行唐县教谕杨标、藁城县教谕张镇、良乡县县丞赵自瑞、正定县县丞张裕燕、宛平县主簿吴敬胜、赵州吏目林永涵、蠡县典史蒋煃、藁城县典史陆科元、武强县典史高国瑞、隆平县典史李伟、效力正六品峨若祁、效力州同甘士琮、效力举人范绍文

监赈：州判饶鸿焕、训导姜澍、吏目吕钟、饶阳县教谕张正贤、武强县教谕张本、束鹿县主簿王学璧、沙河县典史陈文澜

设厂七处：城东、城西（自天津北仓水运至武邑圈头镇五百八十里，自圈头陆运至州六十里）、护家池（圈头陆运十八里，距州四十里）、陈二庄（圈头陆运三十里，距州四十里）、磨头（圈头陆运五十五里，距州五十里）、西堡疃（自天津北仓水运至武强小范镇五百二十里，自小范陆运至疃八十里）、北戏村（小范陆运四十里）

赈〔此处疑脱一“米”字〕一万三千二百九十七石五斗，谷二万三千三百六十三石八斗五升，银一万九千九百九十九两四钱五分五厘

赈过极次贫民、贫士三万六千八百四十户，大小口九万八千一百五十八

借麦种银一千一百三十五两一钱五分

委员盘费、运米脚价、纸张杂费，共银六千七百一两四钱七分一厘零

职官捐棉衣三百件，永年县知县王玲等

饶阳县：被灾五、六、七分

调任知县：侯珏；知县：王维周

协办：保定府通判程士数

分办：教谕张正贤、训导樊峦、宁津县教谕赵献猷、元氏县典史周鉴、效力县丞沈鹏

监赈：本县教谕训导

设厂二处：东仓、西仓（自武强小范镇水次陆运至仓六十里）

赈米一千九百五十四石五斗三升零，谷四千三百六十石六斗五升零，银二千九百七十一两九钱二分五厘零

赈过极次贫民、贫士七千二十一户，大小口四万六千六百一十六

借麦种银七百三十九两

资送流民大小口一千七百六十七口，粮银二十五两一钱八分九厘

委员盘费、运米脚价、纸张杂费，共银一千八十六两八钱七分

职官捐棉衣二百五十件，顺德府知府徐景曾等

安乎〔平〕县：被灾六、七分

知县：王毓德

协办：宁河县知县沈浚

分办：教谕刘如基、典史阴旺、祁州学正纪晋、效力州同苏瀚

监赈：教谕同祁州州同杜熜

设厂二处：县城、角邱店（自武强小范水次陆运至店一百一十里）

赈米一千石，谷一千七百九十七石六斗二升五合，银一千二百三十两一钱三分零

赈过极次贫民、贫士二千二百九十八户，大小口一万二百八十七

资送流民大小口八百七十七口，粮银一十三两六钱七分五厘

委员盘费、运米脚价、纸张杂费，共银八百九十八两八钱一分零

绅士捐棉衣一百四十件，知县刘辉祉、举人商斯行

商捐棉衣一百三十五件，晋仁、崔戊钺等

天津县：被灾五、六、七、八分

知县：张志奇

协办：通州知州杜甲

分办：县丞郑发、葛沽巡检左建宏、杨青巡检郑一民、典史周锦、东安县县丞刘杰、蠡县县丞杨景素、青县巡检杨檠、效力州同冯一诚

监赈：本县县丞、巡检、北仓大使席珍

设厂三处：河东大寺（自北仓水运至寺二十五里）、城西药王庙（北仓水运二十里）、北仓（自通仓水运至仓三百八十五里）

赈米三千四百六十四石，谷二万五千七百八十三石九斗零，银一千一百九十二两三钱一分零

赈过极次贫民、旗灶、贫士一万九千三十户，大小口四万八千四百四十一

借麦种银三百一十八两九钱

资送流民大小口四千三十四口，粮银一百三十七两五钱五分零

委员盘费、运米脚价、纸张杂费，共银三百六十四两六厘零

绅士捐赈恤银二千两，候选通判牛光泰

职官捐棉衣银一百两、棉衣一百件，盐法道邓钊、知县张志奇

绅士捐棉衣三千八百八十九件，侍卫章赵维、原任河池州知州孙超、原任蒲圻县知县牛光敷、原任守备王振基、候选州同沈世英、进士沈宏模、武进士崔裕德、举人王廷瑶、武举袁瑛、贡生赵瑛、监生李廷文、生员辛溥

商捐棉衣一千一百八十件，郭永宁等

大城县：被灾六、七、八分

知县：谢钟龄

协办：文安县知县梁德长、晋州吏目熊先滨

监赈：本县县丞王傅色等

设厂二处：县城、白洋桥（自天津北仓水运至桥二百四十二里）

赈米四千三百八十四石三斗零，谷六千一百一十四石九斗八升零，银四十七两一钱八分零

赈过极次贫民、贫士五千八百九十一户，大小口二万一千六百四十九

借麦种银二百八十六两四钱

资送流民大小口九百六十一口，粮银二十四两一分四厘零

委员盘费、运米脚价、纸张杂费，共银三百三两八钱八分五厘八毫

职官捐棉衣五十件，知县谢钟龄

绅士捐棉衣九十件，举人刘丞等

煮赈留养流民八州县

良　乡　县

知县：董承勋

设厂一处：县城

须用粥米五十五石一斗七升

赈过京外流民大小口一万一千七百五十二

席棚、柴薪、水缸等物用银四十七两六钱三分零

资送流民大小口八千二百有九口，粮脚力银四百七十一两四钱七分零

通　　州

知州：杜甲

设厂二处：给孤寺、天成庵

领用通仓米五百五十二石

赈过流民大小口六万六千五十三

席棚、草帘、地草、水缸等物用银三百四十九两七钱五分

资送流民大小口一千二百四十四口，粮脚力银一百七两五钱二分

固　安　县

知县：魏德茂

设厂二处：县城北关、王龙村

领用藩库银二百两，本县绅士商民捐助各项米石

赈过流民大小口三万五千二百一十三

资送流民大小口七百八十八口，粮脚力银一十六两七钱二分零

永　清　县

知县：李缵

设厂二处：李家口、韩村

领用藩库银一百两，本县官绅士商捐粟米二百八十六石三斗二升五合，高粮一百五十二石六斗一升一合

赈过流民大小口二十一万九千四百六十八

席棚、草帘、地草、柴薪、水缸等物用银一百三十九两五钱四分

资送流民大小口七百七十七口，粮脚力银二十七两六钱四分六厘五毫

东　安　县

知县：李光昭

设厂一处：桃河头

领用藩库银一百两，知县李光昭捐银一百两，绅士商民捐米一百二十石

赈过流民大小口一十三万五千五百三十二

席棚、柴薪、水缸等物用银八十六两四钱三分

资送流民大小口三百九十二口，粮脚力银八两七分三厘

武　清　县

知县：吴翀

设厂一处：杨村

领用藩库银一百两，古北口采买粟米七百七十石，本县官绅士商捐高粮六百一十三石八斗

赈过流民大小口一十四万五千二百一十六

席棚、草帘、地草、柴薪、水缸等物用银二百二十两六分

资送流民大小口二千六百二口，粮脚力银一百二十六两二钱一分

霸　　州

知州：朱一蜚

设厂一处：州城

领用藩库银一百两，绅士商民捐米一百二十四石

赈过贫民大小口九万三千八百六十二

席棚、柴薪、水缸等物，知州朱一蜚捐办

资送流民大小口二千一百一十二口，粮脚力银五十三两二钱五分零

文　安　县

知县：梁德长

设厂一处：县城

领用藩库银一百两，知县梁德长捐银二百两，绅士商民捐米二百六十二石五斗

赈过流民大小口二十三万七千六百二十四

席棚、柴薪、水缸等物用银七十四两三钱三分

资送流民大小口三千三百有八口，粮脚力银七十六两四钱六分

附录副使陶正中纪赈诗

乾隆八年秋，畿南二十七州县因旱赈恤，邀恩逾于常格。制府高公是究是图，抚绥悉协，庶司各勤其职。凡五阅月。流者复，殆者安，民庆更生，泽施无已。敬依昌黎南山诗韵，以纪其事。

瀛海还神皋，群生托灵囿。恒旸见汤年，斯理窅难究。亨屯仰经纶，乐恺本天授。伊余奉简书，畏此渥泽漏。载驰敷令德，一一皆亲观。昨冬雪意腓，今春雨未凑。寒食乾风起，大野裂错绣。把犁长太息，厚地膏弗透。金乌日夕舂，赤甸敛黄茂。坟衍俨焦灼，宿莽翳荒岫。遂令雁户翔，纷纭从所就。村烟递销歇，人面而鸟噣。臅热事遐陟，充涂混顽秀。制府来河浒，礼神肃清酎（时永定河泛涨，公方驻宿虔祀）。夙驾晨往告，我车恤前覆。恻怛绘流亡，飞章迅宿构。拯此林总俦，神瘁形影瘦。帝谓通呼吸，坱轧润下宙。法古迈补助，铭德谢镌镂。一夫时予辜，矧此地广袤。口惟往钦哉，施厄当厥候。泛粟古潞河，衔尾督官篷。呼吁闻庚癸，委输达丁戊。连帆压津云，系缆塞河宾。待哺此方民，色喜起盥嗽。香风出橐囊，玉粒净簸糅。驰卒速转漕，百里达昏昼。旁县沿曲流，小艇入清沤。黄头竞牵挽，狎浪捷猿狖。经时咸普周，及尔未颠仆。荒政鲜良谋，斯言无乃陋。外府出金钱，灌注百万富。畸零杂刍粮，不胫珠玉走。天工人其代，茂对钧在宥。深宫斋祓勤，精诚感则售。炎洲回清飚，造物肆宏祐。蓊蔚积层云，滂沛惊厉诟。绿意转蔬畦，水痕升井甃。霡霂日夜余，万物无怐愗。钱镈徕中田，废业复理旧。荜门传瓦卜，灾沴亮不又。父老亦有言，乐国蛟龙兽。无馁赖循良，深情亟借寇。不见官符下，寮寀并前救。□鱼纵巨壑，慈乌哺新鷇。偕余安邑里，奄观粒食奏。无为久中泽，辑履嗟贸贸。伊昔轻去乡，萍水得邂逅。蒙首携妇子，担簦压肩脰。风尘凋鹄形，背立拭目瞀。北徙过燕云，南趋涉河溜。小儿趁耶啼，彳亍劳顾复。长途要伴侣，野次罗左右。簇火聚空廊，采菖托华胄。鼷鼠饮河流，青蝇逐腥臭。今者闻汪濊，归志乐相副。扫室窜蟏蛸，瑾户去鼪鼬。伊谁奠厥居，擘画心膂皱。谟猷创野获，策力奋隙斗。噢咻挟旷温，煦育驯雉雊，殷忧先魃虐，恩厚屡辐辏。郁者沐浴施，勾者雷雨骤。恤纬保仳�，耻罍力眷佑。伛偻负檐暄，呻吟予艾灸。悬室空瓶罂，稽簿记篆籀。选才示程式，列食戒迟逗。闲田代菑畲，力牧供锄耨。嘉种贷及时，邻封敕预购。去蠹绝觊觎，诘奸防逗谣。赡口阅秋春，流膏先耄幼。法良节虚糜，意美慎错谬。林资觅橡栗，野采杂饤饾。吹律回枯槁，肉骨起坟柩。军屯溉釜鬵，井

灶活觞豆。其前若哀鸿，其后若舞兽。宫庠给异粃，桐花养鸑鷟。富邻手可援，任恤忍居后。免赋规偏全，蠲租无宿留。九畴叙雨旸，三民恤婚媾。史无虎而冠，诗有豹为袖。努力候春耕，得暇事冬狩。和气酿丰年，安居疑邱首。村舂足稻粱，篱炊闻馈馏。谁过而辄忘，畴弃而弗收。公也既劳止，引弓未弛彀。六月旱象形，焚如徙薪櫄。慷慨披丹悃，艰贞得卦繇。平陂感于泰，蹢躅遇于姤。已饥见古昔，身任重遭遘。下走咸星驰，长官或露宿。坚冰忽在须，乘马遑在厩。不才空激昂，砆石并莹琇。勤励运斋甓，明惭室屋霤。感兹散复完，民得安以狃。熙熙室永宁，巍巍绩用懋。洪惟圣主慈，如伤结营脿。稼穑求宵旰，饘粥劳劝侑。立达通有欲，饱暖释隐疚。豳风发忠爱，齐俗泯诅咒。生物涵至灵，大块同寄僦。岁时洁蒸尝，神明格歆嗅。受厥来牟祥，作歌爰报酭。

英国文学简史
定价 32.00元

美国文学简史（第三版）
定价 35.00元

美国文学选读（上册）
定价 32.00元

美国文学选读（下册）
定价 35.00元

美国文学批评名著精读（上）
定价（全二册）42.00元

美国文学批评名著精读（下）
定价（全二册）42.00元

英国文学经典名作选读
定价 30.00元

美国文学经典名作选读
定价 15.00元

策划：张彤工作室

责任编辑：董秀桦

封面设计：STRONG思创设计

当代欧美文学导读

（上册）